Über dieses Buch »Es ist eine hervorragende Arbeit, redlich, positiv und reich«, urteilte S. Fischers Lektor Moritz Heimann nach der Lektüre des Manuskripts über Thomas Manns ersten Roman, seinen wohl am meisten gelesenen, am meisten verbreiteten. ›Verfall einer Familie‹ – sein Untertitel scheint ihn einzureihen in eine bestimmte Gattung, aber »der Zug zum Satirischen und Grotesken«, der darin steckt, hebt ihn zugleich davon ab, gibt ihm einen eigenen Charakter, eigene Wirkung bis in die Gegenwart. Thomas Mann erzählt nur wenig verschlüsselt die Geschichte seiner Familie und ihrer Stellung in der Vaterstadt Lübeck, soweit er sie nachvollziehen, in Einzelheiten überblicken konnte, ja sogar noch miterlebt hat. Verwandte, Honoratioren und markante Persönlichkeiten seiner Jugend werden integriert. Erst spät, kurz vor seinem Tod, hat die nachgeborene Generation ihm verziehen und ihm das Ehrenbürgerrecht verliehen. Den meisten Raum nimmt das Leben Thomas Buddenbrooks ein – »ein modernes Heldenleben«; sein Sohn Hanno wird einen langen Strich unter die Genealogie der Familie setzen und sich rechtfertigen mit den Worten: »Ich dachte – ich dachte – es käme nichts mehr« – fast ein Leitmotiv des ganzen, im übertragenen Sinne späten Werkes von Thomas Mann, der Früheres und viel Früheres noch einmal, wie ihm schien: ein letztes Mal, erzählt hat.

Der Autor Thomas Mann wurde 1875 in Lübeck geboren und wohnte seit 1893 in München. 1933 verließ er Deutschland und lebte zuerst in der Schweiz am Zürichsee, dann in den Vereinigten Staaten, wo er 1938 eine Professur an der Universität Princeton annahm. Später hatte er seinen Wohnsitz in Kalifornien, danach wieder in der Schweiz. Er starb in Zürich am 12. August 1955.

Thomas Mann
Buddenbrooks
Verfall einer Familie

Roman

Fischer
Taschenbuch
Verlag

Der Text folgt der Erstausgabe
S. Fischer Verlag, Berlin 1901

732.–751. Tausend: Juni 1993

Ungekürzte Ausgabe
Veröffentlicht im Fischer Taschenbuch Verlag GmbH,
Frankfurt am Main, November 1989

Lizenzausgabe mit freundlicher Genehmigung
des S. Fischer Verlages GmbH, Frankfurt am Main
© 1960/1974 S. Fischer Verlag GmbH, Frankfurt am Main
Umschlaggestaltung: Manfred Walch, Frankfurt am Main
Umschlagabbildung: Hans Olde ›Porträt der Großherzogin
Caroline von Sachsen-Weimar-Eisenach‹
(mit freundlicher Genehmigung der Städtischen Galerie
am Lenbachhaus, München)
Gesamtherstellung: Clausen & Bosse, Leck
Printed in Germany
ISBN 3-596-29431-2

Gedruckt auf chlor- und säurefreiem Papier

Inhalt

Erster Teil

1.

»Was ist das. – Was – ist das . . . «

»Je, den Düvel ook, c'est la question, ma très chère demoiselle!«

Die Konsulin Buddenbrook, neben ihrer Schwiegermutter auf dem geradlinigen, weiß lackierten und mit einem goldenen Löwenkopf verzierten Sofa, dessen Polster hellgelb überzogen waren, warf einen Blick auf ihren Gatten, der in einem Armsessel bei ihr saß, und kam ihrer kleinen Tochter zu Hilfe, die der Großvater am Fenster auf den Knieen hielt.

»Tony!« sagte sie, »ich glaube, daß mich Gott –«

Und die kleine Antonie, achtjährig und zartgebaut, in einem Kleidchen aus ganz leicht changierender Seide, den hübschen Blondkopf ein wenig vom Gesichte des Großvaters abgewandt, blickte aus ihren graublauen Augen angestrengt nachdenkend und ohne etwas zu sehen ins Zimmer hinein, wiederholte noch einmal: »Was ist das«, sprach darauf langsam: »Ich glaube, daß mich Gott«, fügte, während ihr Gesicht sich aufklärte, rasch hinzu: »– geschaffen hat samt allen Kreaturen«, war plötzlich auf glatte Bahn geraten und schnurrte nun, glückstrahlend und unaufhaltsam, den ganzen Artikel daher, getreu nach dem Katechismus, wie er soeben, anno 1835, unter Genehmigung eines hohen und wohlweisen Senates, neu revidiert herausgegeben war. Wenn man im Gange war, dachte sie, war es ein Gefühl, wie wenn man im Winter auf dem kleinen Handschlitten mit den Brüdern den »Jerusalemsberg« hinunterfuhr: es vergingen einem geradezu die Gedanken dabei, und man konnte nicht einhalten, wenn man auch wollte.

»Dazu Kleider und Schuhe«, sprach sie, »Essen und Trinken, Haus und Hof, Weib und Kind, Acker und Vieh . . . « Bei diesen

Worten aber brach der alte Monsieur Johann Buddenbrook einfach in Gelächter aus, in sein helles, verkniffenes Kichern, das er heimlich in Bereitschaft gehalten hatte. Er lachte vor Vergnügen, sich über den Katechismus mokieren zu können, und hatte wahrscheinlich nur zu diesem Zwecke das kleine Examen vorgenommen. Er erkundigte sich nach Tony's Acker und Vieh, fragte, wieviel sie für den Sack Weizen nähme, und erbot sich, Geschäfte mit ihr zu machen. Sein rundes, rosig überhauchtes und wohlmeinendes Gesicht, dem er beim besten Willen keinen Ausdruck von Bosheit zu geben vermochte, wurde von schneeweiß gepudertem Haar eingerahmt, und etwas wie ein ganz leise angedeutetes Zöpflein fiel auf den breiten Kragen seines mausgrauen Rockes hinab. Er war, mit seinen siebenzig Jahren, der Mode seiner Jugend nicht untreu geworden; nur auf den Tressenbesatz zwischen den Knöpfen und den großen Taschen hatte er verzichtet, aber niemals im Leben hatte er lange Beinkleider getragen. Sein Kinn ruhte breit, doppelt und mit einem Ausdruck von Behaglichkeit auf dem weißen Spitzen-Jabot.

Alle hatten in sein Lachen eingestimmt, hauptsächlich aus Ehrerbietung gegen das Familienoberhaupt. Madame Antoinette Buddenbrook, geborene Duchamps, kicherte in genau derselben Weise wie ihr Gatte. Sie war eine korpulente Dame mit dicken weißen Locken über den Ohren, einem schwarz und hellgrau gestreiften Kleide ohne Schmuck, das Einfachheit und Bescheidenheit verriet, und mit noch immer schönen und weißen Händen, in denen sie einen kleinen, sammetnen Pompadour auf dem Schoße hielt. Ihre Gesichtszüge waren im Laufe der Jahre auf wunderliche Weise denjenigen ihres Gatten ähnlich geworden. Nur der Schnitt und die lebhafte Dunkelheit ihrer Augen redeten ein wenig von ihrer halb romanischen Herkunft; sie stammte großväterlicherseits aus einer französisch-schweizerischen Familie und war eine geborene Hamburgerin.

Ihre Schwiegertochter, die Konsulin Elisabeth Buddenbrook, eine geborene Kröger, lachte das Krögersche Lachen, das mit einem pruschenden Lippenlaut begann, und bei dem sie das

Kinn auf die Brust drückte. Sie war, wie alle Krögers, eine äußerst elegante Erscheinung, und war sie auch keine Schönheit zu nennen, so gab sie doch mit ihrer hellen und besonnenen Stimme, ihren ruhigen, sicheren und sanften Bewegungen aller Welt ein Gefühl von Klarheit und Vertrauen. Ihrem rötlichen Haar, das auf der Höhe des Kopfes zu einer kleinen Krone gewunden und in breiten künstlichen Locken über die Ohren frisiert war, entsprach ein außerordentlich zartweißer Teint mit vereinzelten kleinen Sommersprossen. Das Charakteristische an ihrem Gesicht mit der etwas zu langen Nase und dem kleinen Munde war, daß zwischen Unterlippe und Kinn sich durchaus keine Vertiefung befand. Ihr kurzes Mieder mit hochgepufften Ärmeln, an das sich ein enger Rock aus duftiger, hellgeblümter Seide schloß, ließ einen Hals von vollendeter Schönheit frei, geschmückt mit einem Atlasband, an dem eine Komposition von großen Brillanten flimmerte.

Der Konsul beugte sich mit einer etwas nervösen Bewegung im Sessel vornüber. Er trug einen zimmetfarbenen Rock mit breiten Aufschlägen und keulenförmigen Ärmeln, die sich erst unterhalb des Gelenkes eng um die Hand schlossen. Seine anschließenden Beinkleider bestanden aus einem weißen, waschbaren Stoff und waren an den Außenseiten mit schwarzen Streifen versehen. Um die steifen Vatermörder, in die sich sein Kinn schmiegte, war die seidene Krawatte geschlungen, die dick und breit den ganzen Ausschnitt der buntfarbigen Weste ausfüllte... Er hatte die ein wenig tiefliegenden, blauen und aufmerksamen Augen seines Vaters, wenn ihr Ausdruck auch vielleicht träumerischer war; aber seine Gesichtszüge waren ernster und schärfer, seine Nase sprang stark und gebogen hervor, und die Wangen, bis zu deren Mitte blonde, lockige Bartstreifen liefen, waren viel weniger voll als die des Alten.

Madame Buddenbrook wandte sich an ihre Schwiegertochter, drückte mit einer Hand ihren Arm, sah ihr kichernd in den Schoß und sagte:

»Immer der nämliche, mon vieux, Bethsy...?« »Immer« sprach sie wie »Ümmer« aus.

Die Konsulin drohte nur schweigend mit ihrer zarten Hand, so daß ihr goldenes Armband leise klirrte; und dann vollführte sie eine ihr eigentümliche Handbewegung vom Mundwinkel zur Frisur hinauf, als ob sie ein loses Haar zurückstreiche, das sich dorthin verirrt hatte.

Der Konsul aber sagte mit einem Gemisch von entgegenkommendem Lächeln und Vorwurf in der Stimme:

»Aber Vater, Sie belustigen sich wieder einmal über das Heiligste!«...

Man saß im »Landschaftszimmer«, im ersten Stockwerk des weitläufigen alten Hauses in der Mengstraße, das die Firma Johann Buddenbrook vor einiger Zeit käuflich erworben hatte und das die Familie noch nicht lange bewohnte. Die starken und elastischen Tapeten, die von den Mauern durch einen leeren Raum getrennt waren, zeigten umfangreiche Landschaften, zartfarbig wie der dünne Teppich, der den Fußboden bedeckte, Idylle im Geschmack des achtzehnten Jahrhunderts, mit fröhlichen Winzern, emsigen Ackersleuten, nett bebänderten Schäferinnen, die reinliche Lämmer am Rande spiegelnden Wassers im Schoße hielten oder sich mit zärtlichen Schäfern küßten... Ein gelblicher Sonnenuntergang herrschte meistens auf diesen Bildern, mit dem der gelbe Überzug der weiß lackierten Möbel und die gelbseidenen Gardinen vor den beiden Fenstern übereinstimmten.

Im Verhältnis zu der Größe des Zimmers waren die Möbel nicht zahlreich. Der runde Tisch mit den dünnen, geraden und leicht mit Gold ornamentierten Beinen stand nicht vor dem Sofa, sondern an der entgegengesetzten Wand, dem kleinen Harmonium gegenüber, auf dessen Deckel ein Flötenbehälter lag. Außer den regelmäßig an den Wänden verteilten, steifen Armstühlen gab es nur noch einen kleinen Nähtisch am Fenster und, dem Sofa gegenüber, einen zerbrechlichen Luxus-Sekretär, bedeckt mit Nippes.

Durch eine Glastür, den Fenstern gegenüber, blickte man in das Halbdunkel einer Säulenhalle hinaus, während sich linker Hand vom Eintretenden die hohe, weiße Flügeltür zum Speise-

saale befand. An der anderen Wand aber knisterte, in einer halb-
kreisförmigen Nische und hinter einer kunstvoll durchbrochenen Tür aus blankem Schmiedeeisen, der Ofen.

Denn es war frühzeitig kalt geworden. Draußen, jenseits der
Straße, war schon jetzt, um die Mitte des Oktobers, das Laub
der kleinen Linden vergilbt, die den Marienkirchhof umstanden, um die mächtigen gotischen Ecken und Winkel der Kirche
pfiff der Wind, und ein feiner, kalter Regen ging hernieder.
Madame Buddenbrook, der Älteren, zuliebe, hatte man die
doppelten Fenster schon eingesetzt.

Es war Donnerstag, der Tag, an dem ordnungsmäßig jede
zweite Woche die Familie zusammenkam; heute aber hatte man,
außer den in der Stadt ansässigen Familienmitgliedern, auch ein
paar gute Hausfreunde auf ein ganz einfaches Mittagbrot gebeten, und man saß nun, gegen vier Uhr nachmittags, in der sin-
kenden Dämmerung und erwartete die Gäste...

Die kleine Antonie hatte sich in ihrer Schlittenfahrt durch den
Großvater nicht stören lassen, sondern hatte nur schmollend die
immer ein bißchen hervorstehende Oberlippe noch weiter über
die untere geschoben. Jetzt war sie am Fuße des »Jerusalemsber-
ges« angelangt; aber unfähig, der glatten Fahrt plötzlich Einhalt
zu tun, schoß sie noch ein Stück über das Ziel hinaus...

»Amen«, sagte sie, »ich weiß was, Großvater!«

»Tiens! Sie weiß was!« rief der alte Herr und tat, als ob ihn die
Neugier im ganzen Körper plage. »Hast du gehört, Mama? Sie
weiß was! Kann mir denn niemand sagen...«

»Wenn es ein warmer Schlag ist«, sprach Tony und nickte bei
jedem Wort mit dem Kopfe, »so schlägt der Blitz ein. Wenn es
aber ein kalter Schlag ist, so schlägt der Donner ein!«

Hierauf kreuzte sie die Arme und blickte in die lachenden Gesichter, wie jemand, der seines Erfolges sicher ist. Herr Buddenbrook aber war böse auf diese Weisheit, er verlangte durchaus zu
wissen, wer dem Kinde diese Stupidität beigebracht habe, und
als sich ergab, Ida Jungmann, die kürzlich für die Kleinen engagierte Mamsell aus Marienwerder, sei es gewesen, mußte der
Konsul diese Ida in Schutz nehmen.

»Sie sind zu streng, Papa. Warum sollte man in diesem Alter über dergleichen Dinge nicht seine eigenen wunderlichen Vorstellungen haben dürfen...«

»Excusez, mon cher!... Mais c'est une folie! Du weißt, daß solche Verdunkelung der Kinderköpfe mir verdrüßlich ist! Wat, de Dunner sleit in? Da sall doch gliek de Dunner inslahn! Geht mir mit eurer Preußin...«

Die Sache war die, daß der alte Herr auf Ida Jungmann nicht zum besten zu sprechen war. Er war kein beschränkter Kopf. Er hatte ein Stück von der Welt gesehen, war anno 13 vierspännig nach Süddeutschland gefahren, um als Heereslieferant für Preußen Getreide aufzukaufen, war in Amsterdam und in Paris gewesen und hielt, ein aufgeklärter Mann, bei Gott nicht alles für verurteilenswürdig, was außerhalb der Tore seiner giebeligen Vaterstadt lag. Abgesehen vom geschäftlichen Verkehr aber, in gesellschaftlicher Beziehung, war er mehr als sein Sohn, der Konsul, geneigt, strenge Grenzen zu ziehen und Fremden ablehnend zu begegnen. Als daher eines Tages seine Kinder von einer Reise nach Westpreußen dies junge Mädchen – sie war erst jetzt zwanzig Jahre alt – als eine Art Jesuskind mit sich ins Haus gebracht hatten, eine Waise, die Tochter eines unmittelbar vor Ankunft der Buddenbrooks in Marienwerder verstorbenen Gasthofsbesitzers, da hatte der Konsul für diesen frommen Streich einen Auftritt mit seinem Vater zu bestehen gehabt, bei dem der alte Herr fast nur französisch und plattdeutsch sprach... Übrigens hatte Ida Jungmann sich als tüchtig im Hausstande und im Verkehr mit den Kindern erwiesen und eignete sich mit ihrer Loyalität und ihren preußischen Rangbegriffen im Grunde aufs beste für ihre Stellung in diesem Hause. Sie war eine Person von aristokratischen Grundsätzen, die haarscharf zwischen ersten und zweiten Kreisen, zwischen Mittelstand und geringerem Mittelstand unterschied, sie war stolz darauf, als ergebene Dienerin den ersten Kreisen anzugehören, und sah es ungern, wenn Tony sich etwa mit einer Schulkameradin befreundete, die nach Mamsell Jungmanns Schätzung nur dem guten Mittelstande zuzurechnen war...

12

In diesem Augenblick ward die Preußin selbst in der Säulenhalle sichtbar und trat durch die Glastür ein: ein ziemlich großes, knochig gebautes Mädchen in schwarzem Kleide, mit glattem Haar und einem ehrlichen Gesicht. Sie führte die kleine Klothilde an der Hand, ein außerordentlich mageres Kind in geblümtem Kattunkleidchen, mit glanzlosem, aschigem Haar und stiller Altjungfernmiene. Sie stammte aus einer völlig besitzlosen Nebenlinie, war die Tochter eines bei Rostock als Gutsinspektor ansässigen Neffen des alten Herrn Buddenbrook und ward, weil sie gleichaltrig mit Antonie und ein williges Geschöpf war, hier im Hause erzogen.

»Es ist alles bereit«, sagte Mamsell Jungmann und schnurrte das r in der Kehle, denn sie hatte es ursprünglich überhaupt nicht aussprechen können. »Klothildchen hat tücht'g geholfen in der Küche, Trina hat fast nichts zu tun brauchen...«

Monsieur Buddenbrook schmunzelte spöttisch in sein Jabot über Ida's fremdartige Aussprache; der Konsul aber streichelte seiner kleinen Nichte die Wange und sagte:

»So ist es recht, Thilda. Bete und arbeite, heißt es. Unsere Tony soll sich ein Beispiel daran nehmen. Sie neigt nur allzu oft zu Müßiggang und Übermut...«

Tony ließ den Kopf hängen und blickte von unten herauf den Großvater an, denn sie wußte wohl, daß er sie, wie gewöhnlich, verteidigen werde.

»Nein, nein«, sagte er, »Kopf hoch, Tony, courage! Eines schickt sich nicht für alle. Jeder nach seiner Art. Thilda ist brav, aber wir sind auch nicht zu verachten. Spreche ich raisonable, Bethsy?«

Er wandte sich an seine Schwiegertochter, die seinem Geschmacke beizupflichten pflegte, während Madame Antoinette, mehr aus Klugheit wohl denn aus Überzeugung, meistens die Partei des Konsuls nahm. So reichten sich die beiden Generationen, im chassé croisé gleichsam, die Hände.

»Sie sind sehr gut, Papa«, sagte die Konsulin. »Tony wird sich bemühen, eine kluge und tüchtige Frau zu werden... Sind die Knaben aus der Schule gekommen?« fragte sie Ida.

Aber Tony, die vom Knie des Großvaters aus in den »Spion«
durchs Fenster sah, rief fast gleichzeitig:

»Tom und Christian kommen die Johannisstraße herauf...
und Herr Hoffstede... und Onkel Doktor...«

Das Glockenspiel von Sankt Marien setzte mit einem Chorale
ein: pang! ping, ping – pung! ziemlich taktlos, so daß man nicht
recht zu erkennen vermochte, was es eigentlich sein sollte, aber
doch voll Feierlichkeit, und während dann die kleine und die
große Glocke fröhlich und würdevoll erzählten, daß es vier Uhr
sei, schallte auch drunten die Glocke der Windfangtür gellend
über die große Diele, worauf es in der Tat Tom und Christian
waren, die ankamen, zusammen mit den ersten Gästen, mit Jean
Jacques Hoffstede, dem Dichter, und Doktor Grabow, dem
Hausarzt.

2.

Herr Jean Jacques Hoffstede, der Poet der Stadt, der sicherlich
auch für den heutigen Tag ein paar Reime in der Tasche hatte,
war nicht viel jünger als Johann Buddenbrook, der Ältere, und,
abgesehen von der grünen Farbe seines Leibrockes, in demselben Geschmack gekleidet. Aber er war dünner und beweglicher
als sein alter Freund und besaß kleine, flinke, grünliche Augen
und eine lange, spitze Nase.

»Besten Dank«, sagte er, nachdem er den Herren die Hände
geschüttelt und vor den Damen – im besonderen vor der Konsulin, die er außerordentlich verehrte – ein paar seiner ausgesuchte-
sten compliments vollführt hatte, compliments, wie die neue
Generation sie schlechterdings nicht mehr zustande brachte, und
die von einem angenehm stillen und verbindlichen Lächeln begleitet waren. »Besten Dank für die freundliche Einladung,
meine Hochverehrten. Diese beiden jungen Leute«, und er wies
auf Tom und Christian, die in blauen Kitteln mit Ledergürteln
bei ihm standen, »haben wir in der Königstraße getroffen, der
Doktor und ich, als sie von ihren Studien kamen. Prächtige Bursche – Frau Konsulin? Thomas, das ist ein solider und ernster
Kopf; er muß Kaufmann werden, darüber besteht kein Zwei-

14

fel. Christian dagegen scheint mir ein wenig Tausendsassa zu sein, wie? Ein wenig Incroyable... Allein ich verhehle nicht mein engouement. Er wird studieren, dünkt mich; er ist witzig und brillant veranlagt...«

Herr Buddenbrook bediente sich seiner goldenen Tabaksdose.

»'n Aap is hei! Soll er nicht gleich Dichter werden, Hoffstede?«

Mamsell Jungmann steckte die Fenstervorhänge übereinander, und bald lag das Zimmer in dem etwas unruhigen, aber diskreten und angenehmen Licht der Kerzen des Kristallkronleuchters und der Armleuchter, die auf dem Sekretäre standen.

»Nun, Christian«, sagte die Konsulin, deren Haar goldig aufleuchtete, »was hast du heute nachmittag gelernt?« Und es ergab sich, daß Christian Schreiben, Rechnen und Singen gehabt hatte.

Er war ein Bürschchen von sieben Jahren, das schon jetzt in beinahe lächerlicher Weise seinem Vater ähnlich war. Es waren die gleichen, ziemlich kleinen, runden und tiefliegenden Augen, die gleiche stark hervorspringende und gebogene Nase war schon erkenntlich, und unterhalb der Wangenknochen deuteten bereits ein paar Linien darauf hin, daß die Gesichtsform nicht immer die jetzt kindliche Fülle behalten werde.

»Wir haben furchtbar gelacht«, fing er an zu plappern, während seine Augen im Zimmer von einem zum anderen gingen. »Paßt mal auf, was Herr Stengel zu Siegmund Köstermann gesagt hat.« Er beugte sich vor, schüttelte den Kopf und redete eindringlich in die Luft hinein: »Äußerlich, mein gutes Kind, äußerlich bist du glatt und geleckt, ja, aber innerlich, mein gutes Kind, da bist du schwarz...« Und dies sagte er unter Weglassung des r und indem er »schwarz« wie »swärz« aussprach – mit einem Gesicht, in dem sich der Unwille über diese »äußeliche« Glätte und Gelecktheit mit einer so überzeugenden Komik malte, daß alles in Gelächter ausbrach.

»'n Aap is hei!« wiederholte der alte Buddenbrook kichernd. Herr Hoffstede aber war außer sich vor Entzücken.

»Charmant!« rief er. »Unübertrefflich! Man muß Marcellus Stengel kennen! Akkurat so! Nein, das ist gar zu köstlich!«

Thomas, dem solche Begabung abging, stand neben seinem jüngeren Bruder und lachte neidlos und herzlich. Seine Zähne waren nicht besonders schön, sondern klein und gelblich. Aber seine Nase war auffallend fein geschnitten, und er ähnelte in den Augen und in der Gesichtsform stark seinem Großvater.

Man hatte zum Teil auf den Stühlen und dem Sofa Platz genommen, man plauderte mit den Kindern, sprach über die frühe Kälte, das Haus… Herr Hoffstede bewunderte am Sekretär ein prachtvolles Tintenfaß aus Sèvres-Porzellan in Gestalt eines schwarzgefleckten Jagdhundes. Doktor Grabow aber, ein Mann vom Alter des Konsuls, zwischen dessen spärlichem Backenbart ein langes, gutes und mildes Gesicht lächelte, betrachtete die Kuchen, Korinthenbrote und verschiedenartigen Salzfäßchen, die auf dem Tische zur Schau gestellt waren. Es war das »Salz und Brot«, das der Familie von Verwandten und Freunden zum Wohnungswechsel übersandt worden war. Da man aber sehen sollte, daß die Gabe nicht aus geringen Häusern komme, bestand das Brot in süßem, gewürztem und schwerem Gebäck und war das Salz von massivem Golde umschlossen.

»Ich werde wohl zu tun bekommen«, sagte der Doktor, indem er auf die Süßigkeiten wies und den Kindern drohte. Dann hob er mit wiegendem Kopf ein gediegenes Gerät für Salz, Pfeffer und Senf empor.

»Von Lebrecht Kröger«, sagte Monsieur Buddenbrook schmunzelnd. »Immer kulant, mein lieber Herr Verwandter. Ich habe ihm dergleichen nicht spendiert, als er sich sein Gartenhaus vorm Burgtor gebaut hatte. Aber so war er immer… nobel! spendabel! ein à la mode-Kavalier…«

Mehrmals hatte die Glocke durchs ganze Haus gegellt. Pastor Wunderlich langte an, ein untersetzter alter Herr in langem, schwarzem Rock mit gepudertem Haar und einem weißen, behaglich lustigen Gesicht, in dem ein Paar grauer, munterer Augen blinzelten. Er war seit vielen Jahren Witwer und rechnete sich zu den Junggesellen aus der alten Zeit, wie der lange Makler,

Herr Grätjens, der mit ihm kam und beständig eine seiner hageren Hände nach Art eines Fernrohrs zusammengerollt vors Auge hielt, als prüfe er ein Gemälde; er war ein allgemein anerkannter Kunstkenner.

Auch Senator Doktor Langhals nebst Frau kamen an, langjährige Freunde des Hauses, – nicht zu vergessen den Weinhändler Köppen mit dem großen, dunkelroten Gesicht, das zwischen den hochgepolsterten Ärmeln saß, und seine gleichfalls so sehr beleibte Gattin...

Es war schon nach halb fünf Uhr, als schließlich die Krögers eintrafen, die Alten sowohl wie ihre Kinder, Konsul Krögers mit ihren Söhnen Jakob und Jürgen, die im Alter von Tom und Christian standen. Und fast gleichzeitig mit ihnen kamen auch die Eltern der Konsulin Kröger, Holzgroßhändler Oeverdieck nebst Frau, ein altes, zärtliches Ehepaar, das sich vor aller Ohren mit den bräutlichsten Kosenamen zu benennen pflegte.

»Feine Leute kommen spät«, sagte Konsul Buddenbrook und küßte seiner Schwiegermutter die Hand.

»Öwer denn ook glick düchtig!« und Johann Buddenbrook machte eine weite Armbewegung über die Krögersche Verwandtschaft hin, indem er dem Alten die Hand schüttelte...

Lebrecht Kröger, der à la mode-Kavalier, eine große, distinguierte Erscheinung, trug noch leicht gepudertes Haar, war aber modisch gekleidet. An seiner Sammetweste blitzten zwei Reihen von Edelsteinknöpfen. Justus, sein Sohn, mit kleinem Backenbart und spitz emporgedrehtem Schnurrbart, ähnelte, was Figur und Benehmen anbetraf, stark seinem Vater; auch über die nämlichen runden und eleganten Handbewegungen verfügte er.

Man setzte sich gar nicht erst, sondern stand, in Erwartung der Hauptsache, in einem vorläufigen und nachlässigen Gespräch beieinander. Und Johann Buddenbrook, der Ältere, bot auch schon Madame Köppen seinen Arm, indem er mit vernehmlicher Stimme sagte:

»Na, wenn wir alle Appetit haben, mesdames et messieurs...«

Mamsell Jungmann und das Folgmädchen hatten die weiße Flügeltür zum Speisesaal geöffnet, und langsam, in zuversichtlicher Gemächlichkeit, bewegte sich die Gesellschaft hinüber; man konnte eines nahrhaften Bissens gewärtig sein bei den Buddenbrooks...

3.

Der jüngere Hausherr hatte, als der allgemeine Aufbruch begann, mit der Hand nach der linken Brustseite gegriffen, wo ein Papier knisterte, das gesellschaftliche Lächeln war plötzlich von seinem Gesicht verschwunden, um einem gespannten und besorgten Ausdruck Platz zu machen, und an seinen Schläfen spielten, als ob er die Zähne aufeinanderbisse, ein paar Muskeln. Nur zum Schein machte er einige Schritte dem Speisesaale zu, dann aber hielt er sich zurück und suchte mit den Augen seine Mutter, die als eine der letzten, an der Seite Pastor Wunderlichs, die Schwelle überschreiten wollte.

»Pardon, lieber Herr Pastor... Auf zwei Worte, Mama!« Und während der Pastor ihm munter zunickte, nötigte Konsul Buddenbrook die alte Dame ins Landschaftszimmer zurück und zum Fenster.

»Es ist, um kurz zu sein, ein Brief von Gotthold gekommen«, sagte er rasch und leise, indem er in ihre fragenden, dunklen Augen sah und das gefaltete und versiegelte Papier aus der Tasche zog. »Das ist seine Handschrift... Es ist das dritte Schreiben, und nur das erste hat Papa ihm beantwortet... Was machen? Es ist schon um zwei Uhr angekommen, und ich hätte es dem Vater längst einhändigen müssen, aber sollte ich ihm heute die Stimmung verderben? Was sagen Sie? Es ist immer noch Zeit, ihn herauszubitten...«

»Nein, du hast recht, Jean, warte damit!« sagte Madame Buddenbrook und erfaßte nach ihrer Gewohnheit mit einer schnellen Bewegung den Arm ihres Sohnes. »Was soll darin stehen!« fügte sie bekümmert hinzu. »Er gibt nicht nach, der Junge. Er kapriziert sich auf diese Entschädigungssumme für den Anteil

18

am Hause... Nein, nein, Jean, noch nicht jetzt... Heute abend vielleicht, vorm Zubettegehn...«

»Was tun?« wiederholte der Konsul, indem er den gesenkten Kopf schüttelte. »Ich selbst habe Papa oft genug bitten wollen, nachzugeben... Es soll nicht aussehen, als ob ich, der Stiefbruder, mich bei den Eltern eingenistet hätte und gegen Gotthold intrigierte... auch dem Vater gegenüber muß ich den Anschein dieser Rolle vermeiden. Aber wenn ich ehrlich sein soll... ich bin schließlich Associé. Und dann bezahlen Bethsy und ich vorläufig eine ganz normale Miete für den zweiten Stock... Was meine Schwester in Frankfurt betrifft, nun, so ist die Sache arrangiert. Ihr Mann bekommt schon jetzt, bei Papas Lebzeiten, eine Abstandssumme, ein Viertel bloß von der Haus-Kaufsumme... Das ist ein vorteilhaftes Geschäft, das Papa sehr glatt und gut erledigt hat und das im Sinne der Firma höchst erfreulich ist. Und wenn Papa sich Gotthold gegenüber so ganz abweisend verhält, so ist das...«

»Nein, Unsinn, Jean, dein Verhältnis zur Sache ist doch wohl klar. Aber Gotthold glaubt, daß ich, seine Stiefmutter, nur für meine eigenen Kinder sorge und ihm seinen Vater geflissentlich entfremde. Das ist das Traurige...«

»Aber es ist seine Schuld!« rief der Konsul beinahe laut und mäßigte dann seine Stimme mit einem Blick nach dem Speisesaal. »Es ist seine Schuld, dies traurige Verhältnis! Urteilen Sie selbst! Warum konnte er nicht vernünftig sein! Warum mußte er diese Demoiselle Stüwing heiraten und den... Laden...« Der Konsul lachte ärgerlich und verlegen bei diesem Worte. »Es ist eine Schwäche, Vaters Widerwille gegen den Laden; aber Gotthold hätte diese kleine Eitelkeit respektieren müssen...«

»Ach, Jean, das beste wäre, Papa gäbe nach!«

»Aber kann ich denn dazu raten?« flüsterte der Konsul mit einer erregten Handbewegung nach der Stirn. »Ich bin persönlich interessiert, und deshalb müßte ich sagen: Vater, bezahle. Aber ich bin auch Associé, ich habe die Interessen der Firma zu vertreten, und wenn Papa nicht glaubt, einem ungehorsamen und rebellischen Sohn gegenüber die Verpflichtung zu haben, dem Betriebskapital die Summe zu entziehen... Es handelt sich um elftausend Courant-Taler. Das ist gutes Geld... Nein, nein, ich kann nicht zuraten... aber auch nicht abraten. Ich will nichts davon wissen. Nur die Szene mit Papa ist mir désagréable...«

»Abends spät, Jean. Komm nun, man wartet...«

Der Konsul barg das Papier in der Brusttasche, bot seiner Mutter den Arm, und nebeneinander überschritten sie die Schwelle zum hellerleuchteten Speisesaal, wo die Gesellschaft mit der Placierung um die lange Tafel soeben fertig geworden war.

Aus dem himmelblauen Hintergrund der Tapeten traten zwischen schlanken Säulen weiße Götterbilder fast plastisch hervor. Die schweren roten Fenstervorhänge waren geschlossen, und in jedem Winkel des Zimmers brannten auf einem hohen, vergoldeten Kandelaber acht Kerzen, abgesehen von denen, die in silbernen Armleuchtern auf der Tafel standen. Über dem massigen Büffet, dem Landschaftszimmer gegenüber, hing ein umfangreiches Gemälde, ein italienischer Golf, dessen blaudunstiger Ton in dieser Beleuchtung außerordentlich wirksam war. Mächtige, steiflehnige Sofas in rotem Damast standen an den Wänden.

Es war jede Spur von Besorgnis und Unruhe aus dem Gesicht Madame Buddenbrooks verschwunden, als sie sich, zwischen dem alten Kröger, der an der Fensterseite präsidierte, und Pastor Wunderlich, niederließ.

»Bon appétit!« sagte sie mit ihrem kurzen, raschen, herzlichen Kopfnicken, indem sie einen schnellen Blick über die ganze Tafel bis zu den Kindern hinuntergleiten ließ...

4.

»Wie gesagt, alle Achtung, Herr Buddenbrook!« übertönte die wuchtige Stimme des Herrn Köppen das allgemeine Gespräch, als das Folgmädchen mit den nackten, roten Armen, dem dicken, gestreiften Rock und der kleinen weißen Mütze auf dem

Hinterkopf, unter Beihilfe Mamsell Jungmanns und des Mädchens der Konsulin von oben, die heiße Kräutersuppe nebst geröstetem Brot serviert hatte und man anfing, behutsam zu löffeln.

»Alle Achtung! Diese Weitläufigkeit, diese Noblesse... ich muß sagen, hier läßt sich leben, muß ich sagen...« Herr Köppen hatte bei den früheren Besitzern des Hauses nicht verkehrt; er war noch nicht lange reich, stammte nicht gerade aus einer Patrizierfamilie und konnte sich einiger Dialektschwächen, wie die Wiederholung von »muß ich sagen«, leider noch nicht entwöhnen. Außerdem sagte er »Achung« statt »Achtung«.

»Hat auch gar kein Geld gekostet«, bemerkte trocken Herr Grätjens, der es wissen mußte, und betrachtete durch die hohle Hand eingehend den Golf.

Man hatte soweit wie möglich bunte Reihe gemacht und die Kette der Verwandten durch Hausfreunde unterbrochen. Streng aber war dies nicht durchzuführen gewesen, und die Alten Oeverdiecks saßen einander wie gewöhnlich fast auf dem Schoße, sich innig zunickend. Der alte Kröger aber thronte hoch und gerade zwischen der Senatorin Langhals und Madame Antoinette und verteilte seine Handbewegungen und seine reservierten Scherze an die beiden Damen.

»Wann ist das Haus noch gebaut worden?« fragte Herr Hoffstede schräg über den Tisch hinüber den alten Buddenbrook, der sich in jovialem und etwas spöttischem Tone mit Madame Köppen unterhielt.

»Anno... warte mal... Um 1680, wenn ich nicht irre. Mein Sohn weiß übrigens besser mit solchen Daten Bescheid...«

»Zweiundachtzig«, bestätigte, sich vorbeugend, der Konsul, der weiter unten, ohne eine Tischdame, nebst Senator Langhals seinen Platz hatte. »1682, im Winter, ist es fertig geworden. Mit Ratenkamp & Comp. fing es damals an, aufs glänzendste bergauf zu gehen... Traurig, dieses Sinken der Firma in den letzten zwanzig Jahren...«

Ein allgemeiner Stillstand des Gesprächs trat ein und dauerte eine halbe Minute. Man blickte in seinen Teller und gedachte dieser ehemals so glänzenden Familie, die das Haus erbaut und bewohnt hatte und die verarmt, heruntergekommen, davongezogen war ...

»Tja, traurig«, sagte der Makler Grätjens; »wenn man bedenkt, welcher Wahnsinn den Ruin herbeiführte ... Wenn Dietrich Ratenkamp damals nicht diesen Geelmaack zum Kompagnon genommen hätte! Ich habe, weiß Gott, die Hände über dem Kopf zusammengeschlagen, als der anfing zu wirtschaften. Ich weiß es aus bester Quelle, meine Herrschaften, wie greulich der hinter Ratenkamps Rücken spekuliert und Wechsel hier und Akzepte dort auf den Namen der Firma gegeben hat ... Schließlich war es aus ... Da waren die Banken mißtrauisch, da fehlte die Deckung ... Sie haben keine Vorstellung ... Wer hat auch nur das Lager kontrolliert? Geelmaack vielleicht? Sie haben da wie die Ratten gehaust, jahraus, jahrein! Aber Ratenkamp kümmerte sich um nichts ... «

»Er war wie gelähmt«, sagte der Konsul. Sein Gesicht hatte einen düsteren und verschlossenen Ausdruck angenommen. Er bewegte, vornübergebeugt, den Löffel in seiner Suppe und ließ dann und wann einen kurzen Blick seiner kleinen, runden, tiefliegenden Augen zum oberen Tischende hinaufschweifen.

»Er ging wie unter einem Drucke einher, und ich glaube, man kann diesen Druck begreifen. Was veranlaßte ihn, sich mit Geelmaack zu verbinden, der bitter wenig Kapital hinzubrachte, und dem niemand den besten Leumund machte? Er muß das Bedürfnis empfunden haben, einen Teil der furchtbaren Verantwortlichkeit auf irgend jemanden abzuwälzen, weil er fühlte, daß es unaufhaltsam zu Ende ging ... Diese Firma hatte abgewirtschaftet, diese alte Familie war passée. Wilhelm Geelmaack hat sicherlich nur den letzten Anstoß zum Ruin gegeben ... «

»Sie sind also der Ansicht, werter Herr Konsul«, sagte Pastor Wunderlich mit bedächtigem Lächeln und schenkte seiner Dame und sich selbst Rotwein ins Glas, »daß auch ohne den Hinzutritt des Geelmaack und seines wilden Gebarens alles gekommen wäre, wie es gekommen ist?«

»Das wohl nicht«, sagte der Konsul gedankenvoll und ohne

22

sich an eine bestimmte Person zu wenden. »Aber ich glaube, daß Dietrich Ratenkamp sich notwendig und unvermeidlich mit Geelmaack verbinden mußte, damit das Schicksal erfüllt würde... Er muß unter dem Druck einer unerbittlichen Notwendigkeit gehandelt haben... Ach, ich bin überzeugt, daß er das Treiben seines Associés halb und halb gekannt hat, daß er auch über die Zustände in seinem Lager nicht so vollständig unwissend war. Aber er war erstarrt...«

»Na, assez, Jean«, sagte der alte Buddenbrook und legte seinen Löffel aus der Hand. »Das ist so eine von deinen idées...«

Der Konsul hob mit einem zerstreuten Lächeln sein Glas seinem Vater entgegen. Lebrecht Kröger aber sprach:

»Nein, halten wir es nun mit der fröhlichen Gegenwart!«

Er faßte dabei vorsichtig und elegant den Hals seiner Weißwein-Bouteille, auf deren Pfropfen ein kleiner silberner Hirsch stand, legte sie ein wenig auf die Seite und prüfte aufmerksam die Etikette. »C. F. Köppen«, las er und nickte dem Weinhändler zu; »ach ja, was wären wir ohne Sie!«

Die Meißener Teller mit Goldrand wurden gewechselt, wobei Madame Antoinette die Bewegungen der Mädchen scharf beobachtete, und Mamsell Jungmann rief Anordnungen in den Schalltrichter des Sprachrohres hinein, das den Eßsaal mit der Küche verband. Es wurde Fisch herumgereicht, und während Pastor Wunderlich sich mit Vorsicht bediente, sagte er:

»Diese fröhliche Gegenwart ist immerhin nicht so ganz selbstverständlich. Die jungen Leute, die sich hier jetzt mit uns Alten freuen, denken wohl nicht daran, daß es jemals anders gewesen sein könnte... Ich darf sagen, daß ich an den Schicksalen unserer Buddenbrooks nicht selten persönlichen Anteil genommen habe... Immer, wenn ich diese Dinge vor Augen habe« – und er wandte sich an Madame Antoinette, indem er einen der schweren silbernen Löffel vom Tische nahm –, »muß ich denken, ob sie nicht zu den Stücken gehören, die anno sechs unser Freund, der Philosoph Lenoir, Sergeant Seiner Majestät des Kaisers Napoléon, in Händen hatte... und erinnere mich unserer Begegnung in der Alfstraße, Madame...«

Madame Buddenbrook blickte mit einem halb verlegenen, halb erinnerungsschweren Lächeln vor sich nieder. Tom und Tony, dort unten, die keinen Fisch essen mochten und dem Gespräch der großen Leute aufmerksam gefolgt waren, riefen beinahe einstimmig herauf: »Ach ja, erzählen Sie, Großmama!« Aber der Pastor, der wußte, daß sie es nicht liebte, von diesem für sie ein wenig peinlichen Vorfall selbst zu berichten, begann statt ihrer noch einmal mit der alten kleinen Geschichte, auf welche die Kinder gern zum hundertsten Male gehorcht hätten, und die vielleicht einem oder dem anderen noch unbekannt war...

»Kurz und gut, man figuriere sich: Es ist ein Novembernachmittag, kalt und regnicht, daß Gott erbarm', ich komme von einem Amtsgeschäft die Alfstraße hinauf und denke der schlimmen Zeiten. Fürst Blücher war fort, die Franzosen waren in der Stadt, aber von der herrschenden Erregung merkte man wenig. Die Straßen lagen still, die Leute saßen in ihren Häusern und hüteten sich. Schlachtermeister Prahl, der mit den Händen in den Hosentaschen vor seiner Tür gestanden und mit seiner dröhnendsten Stimme gesagt hatte: ›Dat is je denn doch woll zu arg, is dat je denn doch woll –!‹, war einfach, bautz, vor den Kopf geknallt worden... Nun, ich denke: Du willst einmal zu den Buddenbrooks hineinsehen, ein Zuspruch könnte willkommen sein; der Mann liegt mit der Kopfrose, und Madame wird mit der Einquartierung zu schaffen haben.

Da, im nämlichen Moment, wen sehe ich mir entgegenkommen? Unsere allverehrte Madame Buddenbrook. Allein in welcher Verfassung? Sie eilt ohne Hut durch den Regen, sie hat kaum einen Shawl um die Schultern geworfen, sie stürzt mehr, als sie geht, und ihre coiffure ist eine komplette Wirrnis... Nein, das ist wahr, Madame! es war kaum noch die Rede von einer coiffure.

›Welch angenehme surprise!‹ sage ich und erlaube mir, sie, die mich gar nicht sieht, am Ärmel zu halten, denn mir schwant nichts Gutes... ›Wohin doch so schnell, meine Liebe?‹ Sie bemerkt mich, sie blickt mich an, sie stößt hervor: ›Sind Sie's... leben Sie wohl! Alles ist zu Ende! Ich gehe hinunter in die Trave!‹

›Behüte!‹ sage ich und fühle, wie ich weiß werde. ›Das ist der Ort nicht für Sie, meine Liebe! Was ist aber passiert?‹ Und ich halte sie so fest, als der Respekt es zuläßt. ›Was passiert ist?‹ ruft sie und zittert. ›Sie sind über dem Silberzeug, Wunderlich! Das ist passiert! Und Jean liegt mit der Kopfrose und kann mir nicht helfen! Und er könnte auch nicht helfen, wäre er auf den Beinen! Sie stehlen meine Löffel, meine silbernen Löffel, das ist passiert, Wunderlich, und ich gehe in die Trave!‹

Nun, ich halte unsere Freundin, ich sage, was man sagt in solchen Fällen, ›Courage‹, sagte ich, ›Liebste!‹ und ›Alles wird gut werden!‹ und ›Wir wollen reden mit den Leuten, fassen Sie sich, ich beschwöre Sie, und gehen wir!‹ Und ich führe sie die Straße hinauf in ihr Haus. Im Eßzimmer droben finden wir die Miliz, wie Madame sie verlassen, an die zwanzig Mann hoch, die sich mit der großen Truhe abgeben, wo das Silberzeug liegt.

›Mit wem von Ihnen kann ich Rücksprache nehmen‹, frage ich höflich, ›meine Herren?‹ Nun, man fängt an zu lachen und ruft: ›Mit uns allen, Papa!‹ Dann aber tritt einer vor und präsentiert sich, ein Mensch, der lang ist wie ein Baum, mit einem schwarz gewichsten Schnauzbart und großen roten Händen, die aus den betreßten Aufschlägen heraussehen. ›Lenoir‹, sagt er und salutiert mit der Linken, denn in der Rechten hält er ein Bündel von fünf oder sechs silbernen Löffeln, ›Lenoir, Sergeant. Was wünscht der Herr?‹

›Herr Offizier!‹ sage ich und ziele auf den point d'honneur. ›Sollte die Beschäftigung mit diesen Dingen sich mit Ihrer glänzenden Charge vereinbaren?... Die Stadt hat sich dem Kaiser nicht verschlossen...‹ – ›Was wollen Sie?‹ antwortet er. ›Das ist der Krieg! Die Leute benötigen dergleichen Geschirr...‹

›Sie sollten Rücksicht nehmen‹, unterbrach ich ihn, denn mir kommt ein Gedanke. ›Diese Dame‹, sage ich, denn was sagt man nicht in solcher Lage, ›die Herrin des Hauses, sie ist nicht etwa eine Deutsche, sie ist beinahe Ihre Landsmännin, sie ist eine Französin...‹ – ›Wie, eine Französin?‹ wiederholt er. Und was glauben Sie, daß dieser lange Haudegen hinzufügt? – ›Eine Emigrantin also?‹ sagt er. ›Aber dann ist sie eine Feindin der Philosophie!‹

Ich bin baff, aber ich verschlucke mein Lachen. ›Sie sind‹, sage ich, ›ein Mann von Kopf, wie ich sehe. Ich wiederhole, daß es mir Ihrer nicht würdig scheint, sich mit diesen Dingen zu befassen!‹ – Er schweigt einen Augenblick; dann aber, plötzlich, wird er rot, er wirft seine sechs Löffel in die Truhe und ruft: ›Aber wer sagt Ihnen denn, daß ich etwas anderes mit diesen Dingen beabsichtigte, als sie ein wenig zu betrachten?! Hübsche Sachen, das! Wenn einer oder der andere der Leute ein Stück als Souvenir mit sich nehmen sollte...‹

Nun, sie haben immerhin noch genug Souvenirs mit sich genommen, da half keine Berufung auf menschliche oder göttliche Gerechtigkeit... Sie kannten wohl keinen anderen Gott als diesen fürchterlichen kleinen Menschen...«

5.

»Sie haben ihn gesehen, Herr Pastor?« –

Die Teller wurden aufs neue gewechselt. Ein kolossaler, ziegelroter, panierter Schinken erschien, geräuchert, gekocht, nebst brauner, säuerlicher Schalottensauce und solchen Mengen von Gemüsen, daß alle aus einer einzigen Schüssel sich hätten sättigen können. Lebrecht Kröger übernahm das Tranchieren. Die Ellenbogen in legerer Weise erhoben, die langen Zeigefinger gerade auf den Rücken von Messer und Gabel ausgestreckt, schnitt er mit Bedacht die saftigen Stücke hinunter. Auch das Meisterwerk der Konsulin Buddenbrook, der »Russische Topf«, ein prickelnd und spirituös schmeckendes Gemisch konservierter Früchte wurde gereicht. –

Nein, Pastor Wunderlich bedauerte, Bonaparte niemals zu Gesichte bekommen zu haben. Der alte Buddenbrook aber sowohl wie Jean Jacques Hoffstede hatten ihn von Angesicht zu Angesicht gesehen; ersterer zu Paris, unmittelbar vor der russischen Kampagne, gelegentlich einer Parade im Schloßhofe der Tuilerieen, letzterer zu Danzig...

»Gott, nein, er sah nicht gemütlich aus«, sagte er, indem er einen Bissen von Schinken, Rosenkohl und Kartoffel, den er auf seiner Gabel komponiert, mit erhobenen Brauen in den Mund schob. »Übrigens soll er sich ganz heiter benommen haben, in Danzig. Man erzählte sich damals einen Scherz... Er hasardierte den ganzen Tag mit den Deutschen, und zwar nicht eben harmlos, abends aber spielte er mit seinen Generälen. ›N'est-ce pas, Rapp‹, sagte er und griff eine Handvoll Gold vom Tische, ›les Allemands aiment beaucoup ces petits Napoléons?‹ – ›Oui, Sire, plus que le Grand!‹ antwortete Rapp...«

In der allgemeinen Heiterkeit, die laut wurde – denn Hoffstede hatte die Anekdote hübsch erzählt und sogar ein wenig das Mienenspiel des Kaisers markiert –, sagte der alte Buddenbrook:

»Na, ungescherzt, allen Respekt übrigens vor seiner persönlichen Großheit... Was für eine Natur!«

Der Konsul schüttelte ernsthaft den Kopf.

»Nein, nein, wir Jüngeren verstehen nicht mehr die Verehrungswürdigkeit des Mannes, der den Herzog von Enghien ermordete, der in Ägypten die achthundert Gefangenen niedermetzelte...«

»Das ist alles möglicherweise übertrieben und gefälscht«, sagte Pastor Wunderlich. »Der Herzog mag ein leichtsinniger und aufrührerischer Herr gewesen sein, und was die Gefangenen betrifft, so war ihre Exekution wahrscheinlich der wohlerwogene und notwendige Beschluß eines korrekten Kriegsrates...«

Und er erzählte von einem Buche, das vor einigen Jahren erschienen war und das er gelesen hatte, das Werk eines Sekretärs des Kaisers, das volle Aufmerksamkeit verdiene...

»Gleichviel«, beharrte der Konsul, indem er eine Kerze putzte, die im Armleuchter vor ihnen flackerte. »Ich begreife es nicht, ich begreife nicht die Bewunderung für diesen Unmenschen! Als christlicher Mann, als Mensch von religiösem Empfinden finde ich in meinem Herzen keinen Raum für ein solches Gefühl.«

Sein Gesicht hatte einen stillen und schwärmerischen Ausdruck angenommen, ja, er hatte sogar den Kopf ein wenig auf die Seite gelegt – während es wahrhaftig aussah, als ob sein Vater und Pastor Wunderlich einander ganz leise zulächelten.

»Ja, ja«, schmunzelte Johann Buddenbrook, »aber die kleinen Napoléons waren nicht übel, was? Mein Sohn schwärmt mehr für Louis Philipp«, fügte er hinzu.

»Schwärmt?« wiederholte Jean Jacques Hoffstede ein bißchen mokant... »Eine kuriose Zusammenstellung! Philipp Egalité und schwärmen...«

»Nun, mich dünkt, daß wir von der Juli-Monarchie bei Gott eine Menge zu lernen haben...« Der Konsul sprach ernst und eifrig. »Das freundliche und hilfreiche Verhältnis des französischen Konstitutionalismus zu den neuen praktischen Idealen und Interessen der Zeit... ist etwas so überaus Dankenswertes...«

»Praktische Ideale... na, ja...« Der alte Buddenbrook spielte während einer Pause, die er seinen Kinnladen gönnte, mit seiner goldenen Dose. »Praktische Ideale... nee, ich bin da gar nich für!« Er verfiel vor Verdruß in den Dialekt. »Da schießen nun die gewerblichen Anstalten und die technischen Anstalten und die Handelsschulen aus der Erde, und das Gymnasium und die klassische Bildung sind plötzlich Bêtisen, und alle Welt denkt an nichts als Bergwerke... und Industrie... und Geldverdienen... Brav, das alles, höchst brav! Aber ein bißchen stupide, von der anderen Seite, so auf die Dauer – wie? Ich weiß nicht, warum es mir ein Affront ist... ich habe nichts gesagt, Jean... die Juli-Monarchie ist eine gute Sache...«

Senator Langhals aber sowohl wie Grätjens und Köppen standen dem Konsul zur Seite... Ja, wahrhaftig, vor der französischen Regierung und den gleichartigen Bestrebungen in Deutschland müsse man die größte Achtung haben... Herr Köppen sagte wieder »Achung«. – Er war noch viel röter geworden während des Speisens und schnob vernehmlich; Pastor Wunderlichs Gesicht aber blieb weiß, fein und aufgeweckt, obgleich er in aller Behaglichkeit ein Glas nach dem andern trank.

Die Kerzen brannten langsam, langsam hinunter und ließen

dann und wann, wenn ihre Flammen im Luftzuge zur Seite flak-
kerten, einen feinen Wachsgeruch über die Tafel hinwehen.

Man saß auf hochlehnigen, schweren Stühlen, speiste mit
schwerem Silbergerät schwere, gute Sachen, trank schwere,
gute Weine dazu und sagte seine Meinung. Man war bald bei den
Geschäften und verfiel unwillkürlich mehr und mehr dabei in
den Dialekt, in diese behaglich schwerfällige Ausdrucksweise,
die kaufmännische Kürze sowohl wie die wohlhabende Nach-
lässigkeit an sich zu haben schien und die hie und da mit gutmütiger Selbstironie übertrieben wurde. Man sagte nicht: »an der
Börse«, man sagte ganz einfach: »an Börse«... wobei man zum
Überfluß das r wie ein kurzes ä aussprach und ein wohlgefälliges
Gesicht dazu machte.

Die Damen waren dem Disput nicht lange gefolgt. Madame
Kröger führte bei ihnen das Wort, indem sie in der appetitlich-
sten Art die beste Manier auseinandersetzte, Karpfen in Rotwein
zu kochen... »Wenn sie in ordentliche Stücken zerschnitten
sind, Liebe, dann mit Zwiebeln und Nelken und Zwieback in
die Kasserrolle, und dann kriegen Sie sie mit etwas Zucker und
einem Löffel Butter zu Feuer... Aber nicht waschen, Liebste,
alles Blut mitnehmen, um Gottes willen...«

Der alte Kröger ließ die angenehmsten Scherze einfließen.
Konsul Justus, sein Sohn, der neben Doktor Grabow weiter unten in der Nähe der Kinder saß, hatte mit Mamsell Jungmann ein
neckisches Gespräch angeknüpft; sie kniff ihre braunen Augen
zusammen und hielt nach ihrer Gewohnheit Messer und Gabel
gerade empor, indem sie sie leicht hin und her bewegte. Selbst
Oeverdiecks waren ganz laut und lebendig geworden. Die alte
Konsulin hatte ein neues Kosewort für ihren Gatten erfunden:
»Du gutes Schnuckeltier!« sagte sie und schüttelte ihre Haube
vor Herzlichkeit.

Das Gespräch floß in einem Gegenstand zusammen, als Jean
Jacques Hoffstede auf sein Lieblingsthema zu sprechen kam, auf
die italienische Reise, die er vor fünfzehn Jahren mit einem reichen Hamburger Verwandten gemacht hatte. Er erzählte von
Venedig, Rom und dem Vesuv, er sprach von der Villa Bor-

ghese, wo der verstorbene Goethe einen Teil seines ›Faust‹ geschrieben habe, er schwärmte von Renaissance-Brunnen, die Kühlung spendeten, von wohlbeschnittenen Alleen, in denen es sich so angenehm lustwandeln lasse, und jemand erwähnte des großen, verwilderten Gartens, den Buddenbrooks gleich hinter dem Burgtore besaßen...

»Ja, meiner Treu!« sagte der Alte. »Ich ärgere mich noch immer, daß ich mich seinerzeit nicht resolvieren konnte, ihn ein bißchen menschlich herrichten zu lassen! Ich bin kürzlich mal wieder hindurchgegangen – es ist eine Schande, dieser Urwald! Welch nett Besitztum, wenn das Gras gepflegt, die Bäume hübsch kegel- und würfelförmig beschnitten wären...«

Der Konsul aber protestierte mit Eifer.

»Um Gottes willen, Papa –! Ich ergehe mich sommers dort gern im Gestrüpp; aber alles wäre mir verdorben, wenn die schöne, freie Natur so kläglich zusammengeschnitten wäre...«

»Aber wenn die freie Natur doch mir gehört, habe ich da zum Kuckuck nicht das Recht, sie nach meinem Belieben herzurichten...«

»Ach, Vater, wenn ich dort im hohen Grase unter dem wuchernden Gebüsch liege, ist es mir eher, als gehörte ich der Natur und als hätte ich nicht das mindeste Recht über sie...«

»Krischan, freet mi nich tau veel«, rief plötzlich der alte Buddenbrook, »Thilda, der schadt es nichts... packt ein wie söben Drescher, die Dirn...«

Und wahrhaftig, es war zum Erstaunen, welche Fähigkeiten dieses stille, magere Kind mit dem langen, ältlichen Gesicht beim Essen entwickelte. Sie hatte auf die Frage, ob sie zum zweiten Male Suppe wünsche, gedehnt und demütig geantwortet: »J-a-bit-te!« Sie hatte sich vom Fisch wie vom Schinken zweimal je zwei der größten Stücke nebst starken Haufen von Zutaten gewählt, sorgsam und kurzsichtig über den Teller gebeugt, und sie verzehrte alles, ohne Überhastung, still und in großen Bissen. Auf die Worte des alten Hausherrn antwortete sie nur langgezogen, freundlich, verwundert und einfältig: »Gott – Onk-el?« Sie ließ sich nicht einschüchtern, sie aß, ob es auch nicht anschlug und ob man sie verspottete, mit dem instinktmäßig ausbeutenden Appetit der armen Verwandten am reichen Freitische, lächelte unempfindlich und bedeckte ihren Teller mit guten Dingen, geduldig, zäh, hungrig und mager.

6.

Nun kam, in zwei großen Kristallschüsseln, der »Plettenpudding«, ein schichtweises Gemisch aus Makronen, Himbeeren, Biskuits und Eiercrème; am unteren Tischende aber begann es aufzuflammen, denn die Kinder hatten ihren Lieblings-Nachtisch, den brennenden Plumpudding bekommen.

»Thomas, mein Sohn, sei mal so gut«, sprach Johann Buddenbrook und zog sein großes Schlüsselbund aus der Beinkleidtasche. »Im zweiten Keller rechts, das zweite Fach, hinter dem roten Bordeaux, zwei Bouteillen, du?« Und Thomas, der sich auf solche Aufträge verstand, lief fort und kam wieder mit den ganz verstaubten und umsponnenen Flaschen. Kaum aber war aus dieser unscheinbaren Hülle der goldgelbe, traubensüße alte Malvasier in die kleinen Dessertweingläser geflossen, als der Augenblick gekommen war, da Pastor Wunderlich sich erhob und, während das Gespräch verstummte, das Glas in der Hand, in angenehmen Wendungen zu toasten begann. Er sprach, den Kopf ein wenig zur Seite geneigt, ein feines und spaßhaftes Lächeln auf seinem weißen Gesicht und die freie Hand in zierlichen kleinen Gesten bewegend, in dem freien und behaglichen Plauderton, den er auch auf der Kanzel innezuhalten liebte... »Und wohlan, so lassen Sie sich denn belieben, meine wackeren Freunde, ein Glas dieses artigen Tropfens mit mir zu leeren auf die Wohlfahrt unserer vielgeehrten Wirte in ihrem neuen, so prächtigen Heim, – auf die Wohlfahrt der Familie Buddenbrook, der anwesenden sowohl wie der abwesenden Mitglieder... vivant hoch!«

›Die abwesenden Mitglieder?‹ dachte der Konsul, während er sich vor den Gläsern verbeugte, die man ihm entgegenhob.

›Sind damit nur die in Frankfurt und vielleicht die Duchamps in Hamburg gemeint, oder hat der alte Wunderlich seine Hintergedanken...?‹ Er stand auf, um sein Glas an das seines Vaters klingen zu lassen, indem er ihm herzlich in die Augen blickte.

Nun aber kam der Makler Grätjens von seinem Stuhle empor, und das nahm Zeit in Anspruch; als er aber ein Ende genommen hatte, da widmete er mit seiner etwas kreischenden Stimme ein Glas der Firma Johann Buddenbrook und ihrem ferneren Wachsen, Blühen und Gedeihen, zur Ehre der Stadt.

Und Johann Buddenbrook dankte für alle die freundlichen Worte, als das Oberhaupt der Familie zum ersten und als älterer Chef des Handelshauses zum zweiten – und schickte Thomas nach einer dritten Bouteille Malvasier, denn die Berechnung hatte sich als falsch erwiesen, daß zwei genügen würden.

Auch Lebrecht Kröger sprach. Er erlaubte sich, sitzen zu bleiben dabei, weil das einen noch kulanteren Eindruck machte, und nur aufs gefälligste mit Kopf und Händen zu gestikulieren, während er seinen Trinkspruch den beiden Damen des Hauses, Madame Antoinette und der Konsulin, gelten ließ.

Als er aber geendet, als der Plettenpudding schon beinahe verspeist war und der Malvasier zur Neige ging, da erhob sich langsam, mit einem Räuspern und unter einem allgemeinen »Ah!« Herr Jean Jacques Hoffstede... die Kinder, da unten, applaudierten geradezu vor Freude.

»Ja, excusez! ich konnte nicht umhin...« sprach er, wobei er leicht seine spitze Nase berührte und ein Papier aus der Rocktasche zog... Ein tiefes Stillschweigen verbreitete sich im Saale.

Das Blatt, das er in Händen hielt, war allerliebst kunterbunt, und von einem Oval, das auf der Außenseite von roten Blumen und vielen goldenen Schnörkeln gebildet ward, verlas er die Worte:

»Gelegentlich der freundschaftlichen Teilnahme an dem frohen Einweihungsfeste des neuerworbenen Hauses mit der Familie Buddenbrook. Oktober 1835.«

Und dann wendete er und begann mit seiner schon etwas zitternden Stimme:

»Hochverehrte! – Nicht versäumen
Darf es mein bescheiden Lied,
Euch zu nah'n in diesen Räumen,
die der Himmel euch beschied.

Dir soll's, Freund im Silberhaare,
und der würd'gen Gattin dein,
Eurer Kinder trautem Paare
Freudevoll gewidmet sein!

Tüchtigkeit und zücht'ge Schöne
Sich vor uns'rem Blick verband, –
Venus Anadyomene
Und Vulcani fleiß'ge Hand.

Keine trübe Zukunft störe
Eures Lebens Fröhlichkeit,
Jeder neue Tag gewähre
Euch stets neue Seligkeit.

Freuen, ja unendlich freuen
Wird mich euer künftig Glück.
Ob ich oft den Wunsch erneuen
Werde, sag euch itzt mein Blick.

Lebet wohl im prächt'gen Hause
Und behaltet wert und lieb
Den, der in geringer Klause
Heute diese Zeilen schrieb!«

Er verbeugte sich, und ein einmütiger, begeisterter Beifall brach
los.

»Charmant, Hoffstede!« rief der alte Buddenbrook. »Dein
Wohl! Nein, das war allerliebst!«

Als aber die Konsulin mit dem Dichter trank, färbte ein ganz
feines Rot ihren zarten Teint, denn sie hatte wohl die artige Re-

verenz bemerkt, die er bei der »Venus Anadyomene« nach ihrer
Seite vollführt hatte...

7.

Die allgemeine Munterkeit hatte nun ihren Gipfel erreicht,
und Herr Köppen verspürte das deutliche Bedürfnis, ein paar
Knöpfe seiner Weste zu öffnen; aber das ging wohl leider
nicht an, denn nicht einmal die alten Herren erlaubten sich
dergleichen. Lebrecht Kröger saß noch genau so aufrecht an
seinem Platze wie zu Beginn der Mahlzeit, Pastor Wunderlich
blieb weiß und formgewandt, der alte Buddenbrook hatte sich
zwar ein bißchen zurückgelegt, wahrte aber den feinsten Anstand, und nur Justus Kröger war sichtlich ein wenig betrun-
ken.

Wo war Doktor Grabow? Die Konsulin erhob sich ganz un-
auffällig und ging davon, denn dort unten waren die Plätze von
Mamsell Jungmann, Doktor Grabow und Christian frei geworden, und aus der Säulenhalle klang es beinahe wie unterdrücktes
Jammern. Sie verließ schnell hinter dem Folgmädchen, das Butter, Käse und Früchte serviert hatte, den Saal – und wahrhaftig,
dort im Halbdunkel, auf der runden Polsterbank, die sich um die
mittlere Säule zog, saß, lag oder kauerte der kleine Christian und
ächzte leise und herzbrechend.

»Ach Gott, Madamchen!« sagte Ida, die mit dem Doktor bei
ihm stand, »Christian, dem Jungchen, ist gar so schlecht...«

»Mir ist übel, Mama, mir ist *verdammt* übel!« wimmerte Christian, während seine runden, tiefliegenden Augen über der allzu
großen Nase unruhig hin und her gingen. Er hatte das »verdammt« nur aus übergroßer Verzweiflung hervorgestoßen, die
Konsulin aber sagte:

»Wenn wir solche Worte gebrauchen, straft uns der liebe Gott
mit noch größerer Übelkeit!«

Doktor Grabow fühlte den Puls; sein gutes Gesicht schien
noch länger und milder geworden zu sein.

»Eine kleine Indigestion... nichts von Bedeutung, – Frau

34

Konsulin!« tröstete er. Und dann fuhr er in seinem langsamen, pedantischen Amtstone fort: »Es dürfte das beste sein, ihn zu Bette zu bringen... ein bißchen Kinderpulver, vielleicht ein Täßchen Kamillentee zum Transpirieren... Und strenge Diät, – Frau Konsulin? Wie gesagt, strenge Diät. Ein wenig Taube, – ein wenig Franzbrot...«

»Ich will keine Taube!« rief Christian außer sich. »Ich will niemals wieder etwas essen! Mir ist übel, mir ist *verdammt* übel!« Das starke Wort schien ihm geradezu Linderung zu bereiten, mit solcher Inbrunst stieß er es hervor.

Doktor Grabow lächelte vor sich hin, mit einem nachsichtigen und beinahe etwas schwermütigen Lächeln. Oh, er würde schon wieder essen, der junge Mann! Er würde leben wie alle Welt. Er würde, wie seine Väter, Verwandten und Bekannten, seine Tage sitzend verbringen und viermal inzwischen so ausgesucht schwere und gute Dinge verzehren... Nun, Gott befohlen! Er, Friedrich Grabow, war nicht derjenige, welcher die Lebensgewohnheiten aller dieser braven, wohlhabenden und behaglichen Kaufmannsfamilien umstürzen würde. Er würde kommen, wenn er gerufen würde, und für einen oder zwei Tage strenge Diät empfehlen, – ein wenig Taube, ein Scheibchen Franzbrot... ja, ja – und mit gutem Gewissen versichern, daß es für diesmal nichts zu bedeuten habe. Er hatte, so jung er war, die Hand manches wackeren Bürgers in der seinen gehalten, der seine letzte Keule Rauchfleisch, seinen letzten gefüllten Puter verzehrt hatte und, sei es plötzlich und überrascht in seinem Comptoirsessel oder nach einigem Leiden in seinem soliden alten Bett, sich Gott befahl. Ein Schlag, hieß es dann, eine Lähmung, ein plötzlicher und unvorhergesehener Tod... ja, ja, und er, Friedrich Grabow, hätte sie ihnen vorrechnen können, alle die vielen Male, wo es »nichts auf sich gehabt hatte«, wo er vielleicht nicht einmal gerufen war, wo nur vielleicht nach Tische, wenn man ins Comptoir zurückgekehrt war, ein kleiner, merkwürdiger Schwindel sich gemeldet hatte... Nun, Gott befohlen! Er, Friedrich Grabow, war selbst nicht derjenige, der die gefüllten Puter verschmähte. Dieser panierte Schinken mit

Schalottensauce heute war delikat gewesen, zum Teufel, und dann, als man schon schwer atmete, der Plettenpudding – Makronen, Himbeeren und Eierschaum, ja, ja... »Strenge Diät, wie gesagt, – Frau Konsulin? Ein wenig Taube, – ein wenig Franzbrot...«

8.

Drinnen, im Eßsaale, herrschte Aufbruch.

»Wohl bekomm's, mesdames et messieurs, gesegnete Mahlzeit! Drüben wartet für Liebhaber eine Zigarre und ein Schluck Kaffee für uns alle und, wenn Madame spendabel ist, ein Likör... Die Billard hinten, sind zu jedermanns Verfügung, wie sich versteht; Jean, du übernimmst wohl die Führung ins Hinterhaus... Madame Köppen, – die Ehre...«

Plaudernd, befriedigt und in bester Laune Wünsche in betreff einer gesegneten Mahlzeit austauschend verfügte man sich durch die große Flügeltür ins Landschaftszimmer zurück. Aber der Konsul ging nicht erst hinüber, sondern versammelte sofort die billardlustigen Herren um sich.

»Sie wollen keine Partie riskieren, Vater?«

Nein, Lebrecht Kröger blieb bei den Damen, aber Justus könne ja nach hinten gehen... Auch Senator Langhals, Köppen, Grätjens und Doktor Grabow hielten zum Konsul, während Jean Jacques Hoffstede nachkommen wollte: »Später, später! Johann Buddenbrook will Flöte blasen, das muß ich abwarten... Au revoir, messieurs...«

Die sechs Herren hörten noch, als sie durch die Säulenhalle schritten, im Landschaftszimmer die ersten Flötentöne aufklingen, von der Konsulin auf dem Harmonium begleitet, eine kleine, helle, graziöse Melodie, die sinnig durch die weiten Räume schwebte. Der Konsul lauschte, solange etwas zu hören war. Er wäre gar zu gern im Landschaftszimmer zurückgeblieben, um in einem Lehnsessel bei diesen Klängen seinen Träumen und Gefühlen nachzuhängen; allein die Wirtspflicht...

36

»Bringe ein paar Tassen Kaffee und Zigarren in den Billard-saal«, sagte er zu dem Folgmädchen, das über den Vorplatz ging.

»Ja, Line, Kaffee, du? Kaffee!« wiederholte Herr Köppen mit einer Stimme, die aus vollem Magen kam, und versuchte, das Mädchen in den roten Arm zu kneifen. Er sprach das k ganz hinten im Halse, als schlucke und schmecke er bereits.

»Ich bin überzeugt, daß Madame Köppen durch die Glas-scheiben gesehen hat«, bemerkte Konsul Kröger.

Senator Langhals fragte: »Da oben wohnst du also, Budden-brook?«

Rechts führte die Treppe in den zweiten Stock hinauf, wo die Schlafzimmer des Konsuls und seiner Familie lagen; aber auch an der linken Seite des Vorplatzes befand sich noch eine Reihe von Räumen. Die Herren schritten rauchend die breite Treppe mit dem weißlackierten, durchbrochenen Holzgeländer hinun-ter. Auf dem Absatz blieb der Konsul stehen.

»Das Zwischengeschoß ist noch drei Zimmer tief«, erklärte er; »das Frühstückszimmer, das Schlafzimmer meiner Eltern und ein wenig benutzter Raum nach dem Garten hinaus; ein schmaler Gang läuft als Korridor nebenher... Aber vorwärts! – Ja, sehen Sie, die Diele wird von den Transportwagen passiert, sie fahren dann durch das ganze Grundstück bis zur Becker-grube.«

Die weite, hallende Diele, drunten, war mit großen, viereck-igen Steinfliesen gepflastert. Bei der Windfangtüre sowohl wie am anderen Ende lagen Comptoirräumlichkeiten, während die Küche, aus der noch immer der säuerliche Geruch der Schalot-tensauce hervordrang, mit dem Weg zu den Kellern links von der Treppe lag. Ihr gegenüber, in beträchtlicher Höhe, sprangen seltsame, plumpe, aber reinlich lackierte Holzgelasse aus der Wand hervor: die Mädchenkammern, die nur durch eine Art freiliegender, gerader Stiege von der Diele aus zu erreichen wa-ren. Ein Paar ungeheurer alter Schränke und eine geschnitzte Truhe standen daneben.

Durch eine hohe Glastür trat man über einige ganz flache, be-fahrbare Stufen in den Hof hinaus, an dem linkerseits sich das kleine Waschhaus befand. Man blickte von hier aus in den hübsch angelegten, jetzt aber herbstlich grauen und feuchten Garten hinein, dessen Beete mit Strohmatten gegen den Frost geschützt waren und der dort hinten vom »Portal« abgeschlossen ward, der Rokoko-Fassade des Gartenhauses. Die Herren aber schlugen vom Hofe aus den Weg zur Linken ein, der zwischen zwei Mauern über einen zweiten Hof zum Rückgebäude führte.

Dort führten schlüpfrige Stufen in ein kelleriges Gewölbe mit Lehmboden hinab, das als Speicher benutzt wurde, und von dessen höchstem Boden ein Tau zum Hinaufwinden der Kornsäcke herabhing. Aber man stieg zur Rechten die reinlich gehaltene Treppe ins erste Stockwerk hinauf, woselbst der Konsul seinen Gästen die weiße Tür zum Billardsaale öffnete.

Herr Köppen warf sich erschöpft auf einen der steifen Stühle, die an den Wänden des weiten, kahl und streng aussehenden Raumes standen.

»Ich sehe fürs erste zu!« rief er und klopfte die feinen Regentropfen von seinem Leibrock. »Hole mich der Teufel, was ist das für eine Reise durch Euer Haus, Buddenbrook!«

Ähnlich wie im Landschaftszimmer brannte hier hinter einem Messinggitter der Ofen. Durch die drei hohen und schmalen Fenster blickte man über feuchtrote Dächer, graue Höfe und Giebel...

»Eine Carambolage, Herr Senator?« fragte der Konsul, während er die Queues aus den Gestellen nahm. Dann ging er umher und schloß die Löcher der beiden Billards. »Wer will mit uns sein? Grätjens? Der Doktor? All right. Grätjens und Justus, dann nehmen Sie das andere... Köppen, du *mußt* mitspielen.«

Der Weinhändler stand auf und horchte, den Mund voll Zigarettenrauch, auf einen starken Windstoß, der zwischen den Häusern pfiff, den Regen prickelnd gegen die Scheiben trieb und sich heulend im Ofenrohr verfing.

»Verflucht!« sagte er und stieß den Rauch von sich. »Glaubst du, daß der ›Wullenwewer‹ zu Hafen kann, Buddenbrook? Was für ein Hundewetter...«

Ja, die Nachrichten aus Travemünde waren nicht die besten; dies bestätigte auch Konsul Kröger, der das Leder seines Stockes kreidete. Stürme an allen Küsten. Anno 24 war es, weiß Gott, nicht viel schlimmer, als in St. Petersburg die große Wasserflut war... Na, da kam der Kaffee.

Man bediente sich, man trank einen Schluck und begann zu spielen. Dann aber begann man vom Zollverein zu sprechen... oh, Konsul Buddenbrook war begeistert für den Zollverein!

»Welche Schöpfung, meine Herren!« rief er, sich nach dem geführten Stoße lebhaft umwendend, zum anderen Billard hinüber, wo das erste Wort gefallen war. »Bei erster Gelegenheit sollten wir beitreten...«

Herr Köppen aber war nicht dieser Meinung, nein, er schnob geradezu vor Opposition.

»Und unsere Selbständigkeit? Und unsere Unabhängigkeit?« fragte er beleidigt und sich kriegerisch auf sein Queue stützend. »Wie steht es damit? Würde Hamburg es sich beifallen lassen, bei dieser Preußenerfindung mitzutun? Wollen wir uns nicht gleich einverleiben lassen, Buddenbrook? Gott bewahre uns, nein, was sollen wir mit dem Zollverein, möchte ich wissen! Geht nicht alles gut?...«

»Ja, du mit deinem Rotspon, Köppen! Und dann vielleicht mit den russischen Produkten, davon sage ich nichts. Aber weiter wird ja nichts importiert! Und was den Export betrifft, nun ja, so schicken wir ein bißchen Korn nach Holland und England, gewiß!... Ach nein, es geht leider nicht alles gut. Es sind bei Gott hier ehemals andere Geschäfte gemacht worden... Aber im Zollverein würden uns die Mecklenburgs und Schleswig-Holstein geöffnet werden... Und es ist nicht auszudenken, wie das Propregeschäft sich aufnehmen würde...«

»Aber ich bitte Sie, Buddenbrook«, fing Grätjens an, indem er sich lang über das Billard beugte und den Stock auf seiner knochigen Hand sorgsam zielend hin und her bewegte, »dieser Zollverein... ich verstehe das nicht. Unser System ist doch so einfach und praktisch, wie? Die Einklarierung auf Bürgereid...«

»Eine schöne alte Institution.« Dies mußte der Konsul zugeben.

»Nein, wahrhaftig, Herr Konsul, – wenn Sie etwas ›schön‹ finden!« Senator Langhals war ein wenig entrüstet: »Ich bin ja kein Kaufmann... aber wenn ich ehrlich sein soll – nein, das mit dem Bürgereid ist ein Unfug, allmählich, das muß ich sagen! Es ist eine Formalität geworden, über die man ziemlich schlank hinweggeht... und der Staat hat das Nachsehen. Man erzählt sich Dinge, die denn doch arg sind. Ich bin überzeugt, daß der Eintritt in den Zollverein von seiten des Senates...«

»Dann gibt es einen Konflikt –!« Herr Köppen stieß zornentbrannt das Queue auf den Boden. Er sagte »Kongflick« und stellte jetzt alle Vorsicht in betreff der Aussprache hintan. »Einen Kongflick, da versteh' ich mich auf. Nee, alle schuldige Achung, Herr Senator, aber Sie sind ja woll nich zu helfen, Gott bewahre!« Und er redete hitzig von Entscheidungskommissionen und Staatswohl und Bürgereid und Freistaaten...

Gottlob, daß Jean Jacques Hoffstede ankam! Arm in Arm mit Pastor Wunderlich trat er herein, zwei unbefangene und muntere alte Herren aus sorgloserer Zeit.

»Nun, meine braven Freunde«, fing er an, »ich habe etwas für Sie; einen Scherz, etwas Lustiges, ein Verslein nach dem Französischen... passen Sie auf!«

Er ließ sich gemächlich auf einem Stuhl nieder, den Spielern gegenüber, die, auf ihre Queues gestützt, an den Billards lehnten, zog ein Blättchen aus der Tasche, legte den langen Zeigefinger mit dem Siegelring an die spitze Nase und verlas mit einer fröhlichen und naiv-epischen Betonung:

»Als Sachsens Marschall einst die stolze Pompadour
Im goldnen Phaeton – vergnügt spazierenfuhr,
Sah Frelon dieses Paar –

            oh rief er, seht sie beide!
Des Königs Schwert – und seine Scheide!«

Herr Köppen stutzte einen Augenblick, ließ dann Kongflick und Staatswohl dahinfahren und stimmte in das Gelächter der übrigen ein, daß der Saal widerhallte. Pastor Wunderlich aber war an ein Fenster getreten und kicherte, der Bewegung seiner Schultern nach zu urteilen, still vor sich hin.

Man blieb noch eine gute Weile beisammen, hier hinten im Billardsaal, denn Hoffstede hatte noch mehr Scherze ähnlicher Art in Bereitschaft. Herr Köppen hatte seine ganze Weste geöffnet und war bei bester Laune, denn er befand sich besser hier als im Speisesaal bei Tische. Er machte drollige plattdeutsche Redensarten bei jedem Stoß und rezitierte dann und wann beglückt vor sich hin:

»Als Sachsens Marschall einst...«

Das Verslein nahm sich wunderlich genug aus in seinem rauhen Baß...

9.

Es war ziemlich spät, gegen elf Uhr, als die Gesellschaft, die sich im Landschaftszimmer noch einmal zusammengefunden hatte, beinahe gleichzeitig aufzubrechen begann. Die Konsulin begab sich sofort, nachdem sie die Handküsse aller in Empfang genommen, in ihre Zimmer hinauf, um nach dem leidenden Christian zu sehen, indem sie die Aufsicht über die Mägde beim Wegräumen des Geschirres an Mamsell Jungmann abtrat, und Madame Antoinette zog sich ins Zwischengeschoß zurück. Der Konsul aber geleitete die Gäste die Treppe hinunter über die Diele und bis vor die Haustür auf die Straße hinaus.

Ein scharfer Wind trieb den Regen seitwärts herunter, und die alten Krögers krochen, in dicke Pelzmäntel gewickelt, eiligst in ihre majestätische Equipage, die schon lange wartete. Das gelbe Licht der Öllampen, die vorm Haus auf Stangen brannten und weiter unten an dicken, über die Straße gespannten Ketten hingen, flackerte unruhig. Hie und da sprangen die Häuser mit Vorbauten in die Straße hinein, die abschüssig zur Trave hinunterführte, und einige waren mit Beischlägen oder Bänken versehen. Feuchtes Gras sproß zwischen dem schlechten Pflaster empor. Die Marienkirche, dort drüben, lag ganz in Schatten, Dunkelheit und Regen gehüllt.

»Merci«, sagte Lebrecht Kröger und drückte dem Konsul, der am Wagen stand, die Hand. »Merci, Jean, es war allerliebst!« Dann knallte der Schlag, und die Equipage polterte davon. Auch Pastor Wunderlich und der Makler Grätjens gingen mit Dank ihres Weges. Herr Köppen, in einem Mantel mit fünffacher Pelerine, einem weitschweifigen grauen Zylinder auf dem Kopf und seine beleibte Gattin am Arm, sagte in seinem biedersten Baß:

»'n Abend, Buddenbrook! Na, geh 'rein, erkält' dich nicht. Vielen Dank – du? Ich habe gegessen wie lange nicht ... und mein Roter zu vier Courantmark konveniert dir also? Gut' Nacht noch mal ...«

Das Paar ging mit Konsul Kröger und seiner Familie gegen den Fluß hinunter, während Senator Langhals, Doktor Grabow und Jean Jacques Hoffstede die entgegengesetzte Richtung einschlugen ...

Konsul Buddenbrook stand, die Hände in den Taschen seines hellen Beinkleides vergraben, in seinem Tuchrock ein wenig fröstelnd, ein paar Schritte vor der Haustür und lauschte den Schritten, die in den menschenleeren, nassen und matt beleuchteten Straßen verhallten. Dann wandte er sich und blickte an der grauen Giebelfassade des Hauses empor. Seine Augen verweilten auf dem Spruch, der überm Eingang in altertümlichen Lettern gemeißelt stand: »Dominus providebit.« Während er den Kopf ein wenig senkte, trat er ein und verschloß sorgfältig die schwerfällig knarrende Haustür. Dann ließ er die Windfangtüre ins Schloß schnappen und schritt langsam über die hallende Diele. Die Köchin, die mit einem Teebrett voll Gläser klirrend die Treppe herunterkam, fragte er:

»Wo ist der Herr, Trina?«

»Im Eßsaal, Herr Konsul ...« Ihr Gesicht wurde so rot wie ihre Arme, denn sie war vom Lande und geriet leicht in Verwirrung.

Er ging hinauf, und noch in der dunklen Säulenhalle machte

seine Hand eine Bewegung nach der Brusttasche, wo das Papier knisterte. Dann trat er in den Saal, in dessen einem Winkel noch Kerzenreste auf einem der Kandelaber brannten und die abgeräumte Tafel beleuchteten. Der säuerliche Geruch der Schalottensauce lag beharrlich in der Luft.

Dort hinten bei den Fenstern ging, die Hände auf dem Rükken, Johann Buddenbrook gemächlich auf und ab.

10.

»Na, min Söhn Johann! wo geiht di dat!« Er blieb stehen und streckte dem Sohne die Hand entgegen, die weiße, ein wenig zu kurze, aber feingegliederte Hand der Buddenbrooks. Seine rüstige Gestalt, an der nur die gepuderte Perücke und das Spitzenjabot weiß aufleuchtete, hob sich matt und unruhig beleuchtet von dem Dunkelrot der Fenstervorhänge ab.

»Noch nicht müde? Ich gehe hier und horche auf den Wind... verflixtes Wetter! Kapitän Kloot ist von Riga unterwegs...«

»Oh Vater, mit Gottes Hilfe wird alles gutgehen!«

»Kann ich mich darauf verlassen? Zugegeben, daß du mit dem Herrgott auf du und du stehst...«

Dem Konsul ward wohler zumut angesichts dieser guten Laune.

»Ja, um zur Sache zu kommen«, fing er an, »so wollte ich Ihnen nicht nur gute Nacht sagen, Papa, sondern... aber Sie dürfen nicht böse werden, wie? Ich habe Sie mit diesem Briewe – er ist heute nachmittag gekommen – bis jetzt nicht ennuyieren wollen... an diesem heiteren Abend...«

»Monsieur Gotthold – voilà!« Der Alte tat, als bliebe er ganz ruhig angesichts des bläulichen, versiegelten Papieres, das er entgegennahm. »Herrn Johann Buddenbrook sen. Persönlich... Ein Mann von conduite, dein Herr Stiefbruder, Jean! Habe ich seinen zweiten Brief neulich überhaupt beantwortet? Allein er schreibt einen dritten...« Während sein rosiges Gesicht sich mehr und mehr verdüsterte, zerriß er mit einem Finger das

Siegel, entfaltete rasch das dünne Papier, wandte sich schräge, daß die Schrift vom Kandelaber aus beleuchtet ward, und führte einen energischen Schlag mit dem Handrücken darauf. Selbst in dieser Handschrift schien Abtrünnigkeit und Rebellion zu liegen, denn während die Zeilen der Buddenbrooks sonst winzig, leicht und schräge über das Papier eilten, waren die Buchstaben hoch, steil und mit plötzlichem Drucke versehen; viele Wörter waren mit einem raschen, gebogenen Federzug unterstrichen.

Der Konsul hatte sich ein wenig seitwärts bis zur Wand, wo die Stühle standen, zurückgezogen; aber er setzte sich nicht, da sein Vater stand, sondern erfaßte nur mit einer nervösen Bewegung eine der hohen Lehnen, während er den Alten beobachtete, der, den Kopf zur Seite geneigt, mit finsteren Brauen und schnell sich bewegenden Lippen las...

»Mein Vater!

Wohl zu Unrecht verhoffe ich, daß Ihr Rechtssinn groß genug sein wird, um die *Entrüstung* zu ästimieren, welche ich empfand, als mein zweiter, so *dringlicher* Brief in betreff der wohlbewußten Angelegenheit ohne Antwort verblieb, nachdem nur auf den ersten eine Entgegnung (ich geschweige, welcher Art!) zur Hand gekommen war. Ich muß Ihnen aussprechen, daß die Art, in welcher Sie die Kluft, welche, dem Herrn sei's geklagt, zwischen uns besteht, durch Ihre Hartnäckigkeit vertiefen, eine *Sünde* ist, welche Sie einstmals vor Gottes Richterstuhl aufs *schwerste* werden verantworten müssen. Es ist traurig genug, daß Sie vor Jahr und Tag, als ich, auch gegen Ihren Willen, dem Zuge meines Herzens folgend, meine nunmehrige Gattin ehelichte und durch Übernahme eines Laden-Geschäftes Ihren *maßlosen* Stolz beleidigte, sich so überaus grausam und völlig von mir wandten; allein die Weise, in welcher Sie mich jetzt traktieren, schreit zum Himmel, und sollten Sie vermeinen, daß ich mich angesichts Ihres Schweigens kontentiert und still verhalten werde, so irren Sie *gröblichst*. – Der Kaufpreis Ihres neu erworbenen Hauses in der Mengstraße hat 100000 Courantmark betra-

44

gen, und ist mir ferner bekannt, daß Ihr Sohn aus zweiter Ehe und Associé, *Johann*, bei Ihnen mietweise wohnhaft ist und nach Ihrem Tode mit dem Geschäfte auch das Haus als alleiniger Besitzer übernehmen wird. Mit meiner Stiefschwester in Frankfurt und ihrem Gatten haben Sie Vereinbarungen getroffen, in die ich mich nicht zu mischen habe. Was aber mich, Ihren ältesten Sohn, angeht, so treiben Sie Ihren *unchristlichen* Zorn so weit, es schlankerhand zu refüsieren, mir irgendeine Entschädigungssumme für den Anteil am Hause zukommen zu lassen! Ich habe es mit Stillschweigen übergangen, als Sie mir bei meiner Verheiratung und Etablierung 100 000 Courantmark auszahlten und mir testamentarisch ein für allemal nur ein Erbteil von 100 000 zusprachen. Ich war damals nicht einmal hinlänglich orientiert über Ihre Vermögensverhältnisse. Jetzt jedoch sehe ich klarer, und da ich mich nicht als prinzipiell enterbt zu betrachten brauche, so *beanspruche* ich in diesem besonderen Falle eine Entschädigungssumme von 33 335 Courantmark, will sagen ein Drittel der Kaufsumme. Ich will keine Vermutungen darüber anstellen, welchen *verdammungswürdigen* Einflüssen ich die Behandlung verdanke, welche ich bislang zu dulden genötigt war; aber ich *protestiere* gegen dieselbe mit dem ganzen Rechtssinn des *Christen* und des *Geschäftsmannes* und versichere Sie zum letzten Male, daß, sollten Sie sich nicht entschließen können, meine gerechten Ansprüche zu respektieren, ich Sie weder als *Christ* noch als *Vater* noch als *Geschäftsmann* länger werde achten können.

Gotthold Buddenbrook. «

»Verzeih, wenn es mir kein Pläsier macht, dir diese Litanei noch einmal vorzubeten. – Voilà!« Und mit einer grimmigen Bewegung warf Johann Buddenbrook den Brief seinem Sohne zu.

Der Konsul fing das Papier auf, als es in der Höhe seiner Kniee flatterte, und folgte mit verwirrten und traurigen Augen den Schritten des Vaters. Der alte Herr ergriff den langen Kerzenlöscher, der beim Fenster lehnte, und ging stramm und erzürnt am Tische entlang in den entgegengesetzten Winkel, zum Kandelaber.

»Assez! sage ich. N'en parlons plus, Punktum! Ins Bett! En avant!« Eine Flamme nach der anderen verschwand ohne Auferstehen unter dem kleinen Metalltrichter, der oben an der Stange befestigt war. Es brannten nur noch zwei Kerzen, als der Alte sich wieder nach seinem Sohne umwandte, den er dort hinten kaum zu erkennen vermochte.

»Eh bien, was stehst du, was sagst du? Du mußt doch irgend etwas sagen!«

»Was soll ich sagen, Vater? – Ich bin ratlos.«

»Es passiert leicht, daß du ratlos bist!« warf Johann Buddenbrook mit böser Betonung hin, obgleich er selbst wußte, daß diese Bemerkung nicht viel Wahres enthielt, und daß sein Sohn und Associé ihm manches Mal im entschlossenen Ergreifen des Vorteils überlegen gewesen war.

»Schlechte und verdammungswürdige Einflüsse...« fuhr der Konsul fort. »Das ist die erste Zeile, die ich entziffere! Sie begreifen nicht, wie mich das quält, Vater? Und er wirft uns Unchristlichkeit vor!«

»Du wirst dich durch dieses miserable Geschreibsel einschüchtern lassen, – ja?!« Johann Buddenbrook kam zornig herbei, den Kerzenlöscher hinter sich herschleifend. »Unchristlichkeit! Ha! Geschmackvoll, muß ich sagen, – diese fromme Geldgier! Was seid ihr eigentlich für eine Kompanei, ihr jungen Leute, – wie? Den Kopf voll christlicher und phantastischer Flausen... und... Idealismus! und wir Alten sind die herzlosen Spötter... und nebenbei die Juli-Monarchie und die praktischen Ideale... und lieber dem alten Vater die gröbsten Sottisen ins Haus schicken, als auf ein paar tausend Taler verzichten!... Und als Geschäftsmann wird er geruhen, mich zu verachten! Nun! als Geschäftsmann weiß ich, was faux-frais sind, – faux-frais!« wiederholte er mit grimmigem pariserischen Gurgel-R. »Ich mache mir diesen exaltierten Schlingel von einem Sohn nicht ergebener, wenn ich mich demütigen sollte und nachgeben...«

»Lieber Vater, was soll ich antworten! Ich will nicht, daß er recht hat mit dem, was er von ›Einflüssen‹ sagt! Ich bin als Teilhaber interessiert, und gerade deshalb dürfte ich dir nicht raten, auf deinem Standpunkt zu bestehen, jedoch... Und ich bin ein so guter Christ als Gotthold, jedoch...«

»Jedoch! Ja, du hast meiner Treu recht, ›jedoch‹ zu sagen, Jean! Wie verhalten sich die Dinge denn eigentlich? Damals, als er für seine Mamsell Stüwing inflammiert war, als er mir Szene für Szene machte und am Ende, meinem strengen Verbot zum Trotz, diese Mesalliance einging, da schrieb ich ihm: Mon très cher fils, du heiratest deinen Laden, Punktum. Ich enterbe dich nicht, ich mache kein spectacle, aber mit unserer Freundschaft ist es zu Ende. Hier hast du 100000 als Mitgift, ich vermache dir andere 100000 im Testamente, aber damit basta, damit bist du abgefertigt, es gibt keinen Schilling mehr. – Dazu hat er geschwiegen. Was geht es ihn an, wenn wir Geschäfte gemacht haben? Wenn du und deine Schwester eine tüchtige Portion mehr bekommen werden? Wenn von dem Erbteil, das euer ist, ein Haus gekauft wurde...«

»Wenn Sie verstünden, Vater, in welchem Dilemma ich mich befinde! Um der Familieneintracht willen müßte ich raten... aber...« Der Konsul seufzte leise auf, an seinen Stuhl gelehnt. Johann Buddenbrook spähte, gestützt auf die Löschstange, aufmerksam in das unruhige Halbdunkel hinein, um den Gesichtsausdruck des Sohnes zu erforschen. Die vorletzte Kerze war heruntergebrannt und von selbst erloschen; nur eine flackerte noch, dort hinten. Dann und wann trat eine hohe, weiße Figur ruhig lächelnd aus der Tapete hervor und verschwand wieder.

»Vater, – dieses Verhältnis mit Gotthold bedrückt mich!« sagte der Konsul leise.

»Unsinn, Jean, keine Sentimentalität! Was bedrückt dich?«

»Vater... wir haben hier heute so heiter beieinander gesessen, wir haben einen schönen Tag gefeiert, wir waren stolz und glücklich in dem Bewußtsein, etwas geleistet zu haben, etwas erreicht zu haben... unsere Firma, unsere Familie auf eine Höhe gebracht zu haben, wo ihr Anerkennung und Ansehen im reichsten Maße zuteil wird... Aber, Vater, diese böse Feind-

schaft mit meinem Bruder, deinem ältesten Sohne... Es sollte
kein heimlicher Riß durch das Gebäude laufen, das wir mit Gottes gnädiger Hilfe errichtet haben... Eine Familie muß einig
sein, muß zusammenhalten, Vater, sonst klopft das Übel an die
Tür...«

»Flausen, Jean! Possen! Ein obstinater Junge...«

Es entstand eine Pause; die letzte Flamme senkte sich tiefer
und tiefer.

»Was machst du, Jean?« fragte Johann Buddenbrook. »Ich
sehe dich gar nicht mehr.«

»Ich rechne«, sagte der Konsul trocken. Die Kerze flammte
auf, und man sah, wie er gerade aufgerichtet und mit Augen, so
kalt und aufmerksam, wie sie während des ganzen Nachmittags
noch nicht dareingeschaut hatten, fest in die tanzende Flamme
blickte. – »Einerseits: Sie geben 33 335 an Gotthold und 15 000 an
die in Frankfurt, und das macht 48 335 in Summa. Andererseits:
Sie geben nur 25 000 an die in Frankfurt, und das bedeutet für die
Firma einen Gewinn von 23 335. Das ist aber nicht alles. Gesetzt,
Sie leisten an Gotthold eine Entschädigungssumme für den Anteil am Hause, so ist das Prinzip durchbrochen, so ist er damals
nicht endgültig abgefunden worden, so kann er nach Ihrem Tode
ein gleich großes Erbe beanspruchen wie meine Schwester und
ich, und dann handelt es sich für die Firma um einen Verlust von
Hunderttausenden, mit dem sie nicht rechnen kann, mit dem ich
als künftiger alleiniger Inhaber nicht rechnen kann... Nein,
Papa!« beschloß er mit einer energischen Handbewegung und
richtete sich noch höher auf. »Ich muß Ihnen abraten, nachzugeben!« –

»Na also! Punktum! N'en parlons plus! En avant! Ins Bett!«

Das letzte Flämmchen verlosch unter dem Metallhütchen. In
dichter Finsternis schritten die beiden durch die Säulenhalle, und
draußen, beim Aufgang zum zweiten Stocke, schüttelten sie einander die Hand.

»Gut' Nacht, Jean... Courage, du? Das sind so Ärgerlichkei-
ten... Auf Wiedersehen morgen beim Frühstück!«

Der Konsul stieg die Treppe hinauf in seine Wohnung, und

der Alte tastete sich am Geländer ins Zwischengeschoß hinunter. Dann lag das weite alte Haus wohlverschlossen in Dunkelheit und Schweigen. Stolz, Hoffnungen und Befürchtungen ruhten, während draußen in den stillen Straßen der Regen rieselte und der Herbstwind um Giebel und Ecken pfiff.

Zweiter Teil

1.

Zweiundeinhalbes Jahr später, um die Mitte des April schon, war zeitiger als jemals der Frühling gekommen, und zu gleicher Zeit war ein Ereignis eingetreten, das den alten Johann Buddenbrook vor Vergnügen trällern machte und seinen Sohn aufs freudigste bewegte.

Um neun Uhr, eines Sonntagmorgens, saß der Konsul im Frühstückszimmer vor dem großen, braunen Sekretär, der am Fenster stand und dessen gewölbter Deckel vermittelst eines witzigen Mechanismus zurückgeschoben war. Eine dicke Ledermappe, gefüllt mit Papieren, lag vor ihm; aber er hatte ein Heft mit gepreßtem Umschlage und Goldschnitt herausgenommen, und schrieb, eifrig darüber gebeugt, in seiner dünnen, winzig dahineilenden Schrift, – emsig und ohne Aufenthalt, es sei denn, daß er die Gänsefeder in das schwere Metall-Tintenfaß tauchte...

Die beiden Fenster standen offen, und vom Garten her, wo eine milde Sonne die ersten Knospen beschien und wo ein paar kleine Vogelstimmen einander kecke Antworten gaben, wehte voll frischer und zarter Würze die Frühlingsluft herein und trieb dann und wann sacht und geräuschlos die Gardinen ein wenig empor. Drüben, auf dem Frühstückstische, ruhte die Sonne blendend auf dem weißen, hie und da von Brosamen gesprenkelten Leinen und spielte in kleinen, blitzenden Drehungen und Sprüngen auf der Vergoldung der mörserförmigen Tassen...

Beide Flügel der Tür zum Schlafzimmer waren geöffnet, und von dort vernahm man die Stimme Johann Buddenbrooks, der ganz leise nach einer alten drolligen Melodie vor sich hin summte:

> »Ein guter Mann, ein braver Mann,
> Ein Mann von Complaisancen;
> Er kocht die Supp' und wiegt das Kind
> Und riecht nach Pomeranzen. «

Er saß zur Seite der kleinen Wiege mit grünseidenen Vorhängen, die bei dem hohen Bett der Konsulin stand und die er mit einer Hand in gleichmäßiger Schwingung erhielt. Die Konsulin und ihr Gatte hatten sich, der leichteren Bedienung halber, für einige Zeit hier unten eingerichtet, während ihr Vater und Madame Antoinette, die, eine Schürze über dem gestreiften Kleide und eine Spitzenhaube auf den dicken weißen Locken, sich dort hinten am Tische mit Flanell und Linnen zu schaffen machte, das dritte Zimmer des Zwischengeschosses zum Schlafen benutzten.

Konsul Buddenbrook warf kaum einen Blick in das Nebenzimmer, so sehr war er von seiner Arbeit in Anspruch genommen. Sein Gesicht trug einen ernsten und vor Andacht beinahe leidenden Ausdruck. Sein Mund war leicht geöffnet, er ließ das Kinn ein wenig hängen, und seine Augen verschleierten sich dann und wann. Er schrieb:

»Heute, d. 14. April 1838, morgens um 6 Uhr, ward meine liebe Frau Elisabeth, geb. Kröger, mit Gottes gnädiger Hilfe aufs glücklichste von einem Töchterchen entbunden, welches in der hl. Taufe den Namen Clara empfangen soll. Ja, so gnädig half ihr der Herr, obgleich nach Aussage des Doktors Grabow die Geburt um etwas zu früh eintrat und sich vordem nicht alles zum besten verhielt und Bethsy große Schmerzen gelitten hat. Ach, wo ist doch ein solcher Gott, wie du bist, du Herr Zebaoth, der du hilfst in allen Nöten und Gefahren und uns lehrst, deinen Willen recht zu erkennen, damit wir dich fürchten und in deinem Willen und Geboten treu mögen erfunden werden! Ach Herr, leite und führe uns alle, solange wir leben auf Erden...« –
Die Feder eilte weiter, glatt, behende und indem sie hie und da einen kaufmännischen Schnörkel ausführte, und redete Zeile für Zeile zu Gott. Zwei Seiten weiter hieß es:

»Ich habe meiner jüngsten Tochter eine Police von 150 Courant-Talern ausgeschrieben. Führe du sie, ach Herr! auf deinen Wegen, und schenke du ihr ein reines Herz, auf daß sie einstmals eingehe in die Wohnungen des ewigen Friedens. Denn wir wissen wohl, wie schwer es sei, von ganzer Seele zu glauben, daß der ganze liebe süße Jesus mein sei, weil unser irdisches kleines schwaches Herz...« Nach drei Seiten schrieb der Konsul ein »Amen«, allein die Feder glitt weiter, sie glitt mit feinem Geräusch noch über manches Blatt, sie schrieb von der köstlichen Quelle, die den müden Wandersmann labt, von des Seligmachers heiligen, bluttriefenden Wunden, vom engen und vom breiten Wege und von Gottes großer Herrlichkeit. Es kann nicht geleugnet werden, daß der Konsul nach diesem oder jenem Satze die Neigung verspürte, es nun genug sein zu lassen, die Feder fortzulegen, hinein zu seiner Gattin zu gehen oder sich ins Comptoir zu begeben. Wie aber! Wurde er es so bald müde, sich mit seinem Schöpfer und Erhalter zu bereden? Welch ein Raub an Ihm, dem Herrn, schon jetzt einzuhalten mit Schreiben... Nein, nein, als Züchtigung gerade für sein unfrommes Gelüste zitierte er noch längere Abschnitte aus den heiligen Schriften, betete für seine Eltern, seine Frau, seine Kinder und sich selbst, betete auch für seinen Bruder Gotthold, – und endlich, nach einem letzten Bibelspruch und einem letzten, dreimaligen Amen, streute er Goldsand auf die Schrift und lehnte sich aufatmend zurück.

Ein Bein über das andere geschlagen, blätterte er langsam in dem Hefte zurück, um hie und da einen Abschnitt der Daten und Betrachtungen zu lesen, die sich von seiner Hand dort vorfanden, und sich wieder einmal dankbar der Erkenntnis zu freuen, wie immer und in aller Gefahr Gottes Hand ihn sichtbar gesegnet. Er hatte die Pocken gehabt so stark, daß alle Leute ihm das Leben absprachen, aber er war gerettet worden. Einmal – er war noch ein Knabe – hatte er den Vorbereitungen zu einer Hochzeit beigewohnt, wobei viel Bier gebraut wurde (denn es bestand die alte Sitte, das Bier im Hause zu brauen), und zu diesem Ende stand ein großes Brau-Küben vor der Türe aufgerichtet. Nun, dasselbe schlug nieder und die Bodenseite auf den Knaben, mit solchem Knall und solcher Gewalt, daß die Nachbarn vor die Türe kamen und ihrer sechs genug zu tun hatten, es wieder aufzurichten. Sein Kopf war gequetscht, und das Blut rann heftig über alle seine Gliedmaßen. Er wurde in einen Laden getragen, und da noch ein wenig Leben in ihm war, ward zum Doktor und zum Wundarzt geschickt. Dem Vater aber sprach man zu, er möge sich in Gottes Willen schicken, es sei unmöglich, daß der Knabe am Leben bliebe... Und nun höre: Gott der Allmächtige segnete die Mittel und half ihm wieder zur vollkommenen Gesundheit! – Als der Konsul diesen Unglücksfall im Geiste aufs neue erlebt hatte, ergriff er noch einmal die Feder und schrieb hinter sein letztes Amen: »Ja, Herr, ich will dich loben ewiglich!« –

Ein anderes Mal, als er, ein ganz junger Mensch noch, nach Bergen gekommen war, hatte Gott ihn aus großer Wassergefahr errettet. »Indem wir«, stand dort, »in der Stromzeit, wenn die Nordfahrer angekommen sind, sehr viel arbeiten mußten, durch die Jagten zu kommen und zu unserer Brücke zu gelangen, so ging es mir dabei so, daß ich auf dem Rande der Schute stand, die Füße gegen die Dollen und den Rücken gegen die Jagt gestützt, um die Schute immer näher zu bringen; zu meinem Unglück brechen die eichnen Dollen, wogegen ich die Füße gesetzt hatte, und ich falle über Kopf ins Wasser. Ich komme zum erstenmal auf, aber niemand ist so nahe, daß er mich fassen kann; ich komme zum zweitenmal auf, allein die Schute geht mir über den Kopf. Es waren Leute genug da, die mich gerne retten wollten, allein sie mußten erst schieben, daß die Jagt und Schute nicht über mich kämen, und all' ihr Schieben hätte doch nichts geholfen, wenn nicht in diesem Augenblick ein Tau auf einer Nordfahrer-Jagt von selbst gerissen wäre, wodurch die Jagt hinaustrieb und ich also durch Gottes Verhängnis Raum erhielt, und obwohl ich zum drittenmal nicht weiter aufkam, als daß nur die Haare zur Sicht kamen, so gelang es, weil alle die Köpfe, der eine hier, der andere dort, aus der Schute über dem Wasser waren, daß einer, der nach vorne zu aus der Schute lag, mich an den Haaren faßte, und ich griff ihn am Arm. Allein da er sich selbst nicht halten konnte, schrie und brüllte er so gewaltig, daß die anderen es hörten und ihn so geschwind an den Hüften faßten und mit Macht festhielten, daß er standhalten konnte. Auch ich hielt immer fest, wenngleich er mich in den Arm biß, und kam es dadurch dahin, daß er auch mir helfen konnte...« Und dann folgte ein sehr langes Dankgebet, das der Konsul mit feuchten Augen überlas.

»Ich könnte gar vieles anführen«, hieß es an anderer Stelle, »wenn ich gewilligt wäre, meine Leidenschaften zu entdecken, allein...« Nun, hierüber ging der Konsul hinweg und begann, hie und da ein paar Zeilen aus der Zeit seiner Verheiratung und seiner ersten Vaterschaft zu lesen. Diese Verbindung war, sollte er ehrlich sein, nicht gerade das gewesen, was man eine Liebesheirat nennt. Sein Vater hatte ihm auf die Schulter geklopft und ihn auf die Tochter des reichen Kröger, die der Firma eine stattliche Mitgift zuführte, aufmerksam gemacht, er war von Herzen einverstanden gewesen und hatte fortan seine Gattin verehrt, als die ihm von Gott vertraute Gefährtin...

Mit der zweiten Heirat seines Vaters hatte es sich ja nicht anders verhalten.

> »Ein guter Mann, ein braver Mann,
> Ein Mann von Complaisancen...«

trällerte er leise im Schlafzimmer. Bedauerlich, wie wenig Sinn er für alle diese alten Aufzeichnungen und Papiere besaß. Er stand mit beiden Beinen in der Gegenwart und beschäftigte sich nicht viel mit der Vergangenheit der Familie, wenngleich er ehemals dem dicken Goldschnitt-Heft immerhin ein paar Notizen in seiner etwas schnörkeligen Handschrift hinzugefügt hatte, und zwar hauptsächlich in betreff seiner ersten Ehe.

Der Konsul schlug die Blätter auf, die stärker und rauher waren als das Papier, das er selbst hineingeheftet, und die schon zu vergilben begannen... Ja, Johann Buddenbrook mußte diese erste Gattin, die Tochter eines Bremer Kaufmannes, in rührender Weise geliebt haben, und das eine, kurze Jahr, das er an ihrer Seite hatte verleben dürfen, schien sein schönstes gewesen zu sein. »L'année la plus heureuse de ma vie«, stand dort, mit einer krausen Wellenlinie unterstrichen, auf die Gefahr hin, daß Madame Antoinette es las...

Dann aber war Gotthold gekommen, und das Kind hatte Josephinen zugrunde gerichtet... Wunderliche Bemerkungen standen, was dies betrifft, auf dem rauhen Papier. Johann Buddenbrook schien dieses neue Wesen ehrlich und bitterlich gehaßt zu haben, von dem Augenblick an, wo seine ersten kecken Regungen der Mutter gräßliche Schmerzen bereitet hatten, – gehaßt zu haben, bis es gesund und lebhaft zur Welt kam, während Josephine, den blutleeren Kopf in die Kissen gewühlt, verschied, – und niemals diesem skrupellosen Eindringling, der kräftig und sorglos heranwuchs, den Mord der Mutter verziehen zu haben... Der Konsul verstand das nicht. Sie starb, dachte er, indem sie die hohe Pflicht des Weibes erfüllte, und ich hätte die Liebe zu ihr zärtlich auf das Wesen übertragen, dem sie das Leben schenkte und das sie mir scheidend hinterließ... Er aber, der Vater, hat in seinem ältesten Sohne nie etwas anderes als den ruchlosen Zerstörer seines Glückes erblickt. Dann, später, hatte er sich mit Antoinette Duchamps, dem Kinde einer reichen und hochangesehenen Hamburger Familie, vermählt, und respektvoll und aufmerksam hatten die beiden nebeneinander gelebt...

Der Konsul blätterte hin und her im Hefte. Er las, ganz hinten, die kleinen Geschichten seiner eigenen Kinder, wann Tom die Masern und Antonie die Gelbsucht gehabt und Christian die Windpocken überstanden hatte; er las von den verschiedenen Reisen nach Paris, der Schweiz und Marienbad, die er mit seiner Gattin unternommen, und schlug zurück bis zu den pergamentartigen, eingerissenen, gelbgesprenkelten Blättern, die der alte Johann Buddenbrook, der Vater des Vaters, mit blaßgrauer Tinte in weitläufigen Schnörkeln beschrieben hatte. Diese Aufzeichnungen begannen mit einer weitläufigen Genealogie, welche die Hauptlinie verfolgte. Wie am Ende des sechzehnten Jahrhunderts ein Buddenbrook, der älteste, der bekannt, in Parchim gelebt und sein Sohn zu Grabau Ratsherr geworden sei. Wie ein fernerer Buddenbrook, Gewandschneider seines Zeichens, zu

Rostock geheiratet, »sich sehr gut gestanden« – was unterstrichen war – und eine ungemeine Menge von Kindern gezeugt habe, tote und lebendige, wie es gerade kam... Wiederum einer, der schon Johan geheißen, als Kaufmann zu Rostock verblieben, und wie schließlich, am Ende und nach manchem Jahr, des Konsuls Großvater hierhergekommen sei und die Getreidefirma gegründet habe. Von diesem Vorfahren waren schon alle Daten bekannt: Wann er die Frieseln und wann die echten Blattern gehabt, war treu verzeichnet; wann er vom dritten Boden auf die Darre gestürzt und am Leben geblieben, obgleich eine Menge Balken im Wege gewesen seien, und wann er in ein hitzig Fieber mit Raserey verfallen, stand reinlich vermerkt. Und er hatte seinen Notizen manche gute Ermahnung an seine Nachkommen hinzugefügt, von denen, sorgfältig in hoher gotischer Schrift gemalt und umrahmt, der Satz hervorstach: »Mein Sohn, sey mit Lust bey den Geschäften am Tage, aber mache nur solche, daß wir bey Nacht ruhig schlafen können.« Und dann war umständlich nachgewiesen, daß ihm die alte, zu Wittenberg gedruckte Bibel zugehöre, und daß sie auf seinen Erstgeborenen und wiederum auf dessen Ältesten übergehen solle...

Konsul Buddenbrook zog die Ledermappe zu sich heran, um dies oder jenes der übrigen Papiere herauszugreifen und zu überlesen. Da waren uralte, gelbe, zerrissene Briefe, welche sorgende Mütter an ihre in der Fremde arbeitenden Söhne geschrieben hatten, und die vom Empfänger mit der Bemerkung versehen waren: »Wohl empfangen und den Inhalt beherzigt.« Da waren Bürgerbriefe mit Wappen und Siegel der Freien und Hansestadt, Policen, Gratulationspoeme und Patenbriefe. Da waren diese rührenden Geschäftsbriefe, die etwa der Sohn an den Vater und Kompagnon aus Stockholm oder Amsterdam geschrieben, die mit einer Beruhigung in betreff des ziemlich gesicherten Weizens die dringende Bitte verbanden, *sogleich* Frau und Kinder zu grüßen... Da war ein besonderes Tagebuch des Konsuls über seine Reise durch England und Brabant, ein Heft, auf dessen Umschlag ein Kupfer das Edinburger Schloß mit dem Grasmarkte darstellte. Da waren als traurige Dokumente die bösen Briefe Gottholds an seinen Vater und schließlich, als heiterer Abschluß, das letzte Festgedicht Jean Jacques Hoffstede's...

Ein feines, eiliges Klingeln ließ sich vernehmen. Der Kirchturm droben, auf dem mattfarbigen Gemälde, das über dem Sekretär hing und einen altertümlichen Marktplatz darstellte, besaß eine wirkliche Uhr, die nun auf ihre Weise zehn schlug. Der Konsul verschloß die Familien-Mappe und verwahrte sie sorgfältig in einem hinteren Fache des Sekretärs. Dann ging er ins Schlafzimmer hinüber.

Hier waren die Wände mit dunklem, großgeblümtem Tuche ausgeschlagen, dem gleichen Stoffe, aus dem die hohen Gardinen des Wochenbettes bestanden. Eine Stimmung von Erholung und Frieden nach überstandenen Ängsten und Schmerzen lag in der Luft, die, vom Ofen noch leise erwärmt, mit einem Mischgeruch von Eau de Cologne und Medikamenten durchsetzt war. Die geschlossenen Vorhänge ließen das Licht nur dämmernd herein.

Über die Wiege gebeugt standen die beiden Alten nebeneinander und betrachteten das schlafende Kind. Die Konsulin aber, in einer eleganten Spitzenjacke, das rötliche Haar aufs beste frisiert, streckte, ein wenig bleich noch, aber mit einem glücklichen Lächeln ihrem Gatten die schöne Hand entgegen, an deren Gelenk auch jetzt ein goldenes Armband leise klirrte. Sie wandte dabei, nach ihrer Gewohnheit, die Handfläche so weit als möglich herum, was die Herzlichkeit der Bewegung zu erhöhen schien...

»Nun, Bethsy, wie geht es?«

»Vortrefflich, vortrefflich, mein lieber Jean!«

Ihre Hand in der seinen, näherte er, den Eltern gegenüber, sein Gesicht dem Kinde, das rasch und geräuschvoll Luft holte, und atmete während einer Minute den warmen, gutmütigen und rührenden Duft ein, der von ihm ausging. »Gott segne dich«, sagte er leise, indem er die Stirn des kleinen Wesens küßte, dessen gelbe, runzlige Fingerchen eine verzweifelte Ähnlichkeit mit Hühnerklauen besaßen.

»Sie hat prächtig getrunken«, bemerkte Madame Antoinette. »Sieh nur, sie hat stupende zugenommen...«

»Wollt ihr mir glauben, daß sie Netten ähnlich sieht?« Johann Buddenbrooks Gesicht strahlte heute geradezu vor Glück und Stolz. »Blitzschwarze Augen hat sie, hole mich der Teufel...«

Die alte Dame wehrte bescheiden ab. »Ach, wie kann man schon jetzt von einer Ähnlichkeit sprechen... Du willst zur Kirche, Jean?«

»Ja, es ist zehn, – hohe Zeit also, ich warte auf die Kinder...«

Und die Kinder ließen sich bereits hören. Sie lärmten ungebührlich auf der Treppe, während man das beruhigende Zischen Klothildens vernahm; dann aber traten sie in ihren Pelzmäntelchen – denn in der Marienkirche war es natürlich noch winterlich – leise und vorsichtig herein, erstens wegen der kleinen Schwester und zweitens, weil es nötig war, sich vor dem Gottesdienste zu sammeln. Ihre Gesichter waren rot und erregt. Welch ein Festtag heute! Der Storch, ein Storch mit braven Muskeln, entschieden, hatte außer dem Schwesterchen noch allerlei Prachtvolles mitgebracht: eine neue Schulmappe mit Seehundsfell für Thomas, eine große Puppe mit wirklichem – dies war das Außerordentliche – mit wirklichem Haar für Antonie, ein buntes Bilderbuch für die artige Klothilde, die sich aber still und dankbar fast ausschließlich mit den Zuckerdüten beschäftigte, die gleichfalls eingetroffen waren, und für Christian ein komplettes Kasperle-Theater mit Sultan, Tod und Teufel...

Sie küßten ihre Mutter und durften rasch noch einmal behutsam hinter die grünseidne Gardine blicken, worauf sie mit dem Vater, der seinen Pelerinen-Mantel übergeworfen und das Gesangbuch zur Hand genommen hatte, schweigend und ruhigen Schrittes zur Kirche zogen, gefolgt von dem durchdringenden Geschrei des neuen Familienmitgliedes, das plötzlich erwacht war...

Zum Sommer, im Mai vielleicht schon, oder im Juni, zog Tony Buddenbrook immer zu den Großeltern vors Burgtor hinaus, und zwar mit heller Freude.

Es lebte sich gut dort draußen im Freien, in der luxuriös eingerichteten Villa mit weitläufigen Nebengebäuden, Dienerschaftswohnungen und Remisen und dem ungeheuren Obst-, Gemüse- und Blumengarten, der sich schräg abfallend bis zur Trave hinunterzog. Die Krögers lebten auf großem Fuße, und obgleich ein Unterschied bestand zwischen diesem blitzblanken Reichtum und dem soliden, wenn auch ein wenig schwerfälligen Wohlstand in Tony's Elternhause, so war es augenfällig, daß bei den Großeltern alles immer noch um zwei Grade prächtiger war als zu Hause; und das machte Eindruck auf die junge Demoiselle Buddenbrook.

An eine Tätigkeit im Hause oder gar in der Küche war hier niemals zu denken, während in der Mengstraße der Großvater und die Mama wohl gleichfalls nicht viel Gewicht darauf legten, der Vater aber und die Großmama sie oft genug mahnten, den Staub zu wischen und ihr die ergebene, fromme und fleißige Cousine Thilda als Muster vorhielten. Die feudalen Neigungen der mütterlichen Familie regten sich in dem kleinen Fräulein, wenn sie vom Schaukelstuhle aus der Zofe oder dem Diener einen Befehl erteilte... Zwei Mädchen und ein Kutscher gehörten außer ihnen zum Personale der alten Herrschaften.

Was man sagen mag, so ist es etwas Angenehmes, wenn beim Erwachen morgens in dem großen, mit hellem Stoff tapezierten Schlafzimmer die erste Bewegung der Hand eine schwere Atlas-Steppdecke trifft; und es ist nennenswert, wenn zum ersten Frühstück vorn im Terrassenzimmer, während durch die offene Glastür vom Garten die Morgenluft hereinstreicht, statt des Kaffees oder des Tees eine Tasse Schokolade verabreicht wird, ja, jeden Tag Geburtstagsschokolade mit einem dicken Stück feuchten Napfkuchens.

Dieses Frühstück freilich mußte Tony, abgesehen von den

Sonntagen, ohne Gesellschaft einnehmen, da die Großeltern lange nach Beginn der Schulzeit herunterzukommen pflegten. Wenn sie ihren Kuchen zur Schokolade verzehrt hatte, so ergriff sie die Büchermappe, trippelte die Terrasse hinunter und schritt durch den wohlgepflegten Vorgarten.

Sie war höchst niedlich, die kleine Tony Buddenbrook. Unter dem Strohhut quoll ihr starkes Haar, dessen Blond mit den Jahren dunkler wurde, natürlich gelockt hervor, und die ein wenig hervorstehende Oberlippe gab dem frischen Gesichtchen mit den graublauen, munteren Augen einen Ausdruck von Keckheit, der sich auch in ihrer graziösen kleinen Gestalt wiederfand; sie setzte ihre schmalen Beinchen in den schneeweißen Strümpfen mit einer wiegenden und elastischen Zuversichtlichkeit. Viele Leute kannten und begrüßten die kleine Tochter des Konsuls Buddenbrook, wenn sie durch die Gartenpforte in die Kastanienallee hinaustrat. Eine Gemüsefrau vielleicht, die, ihre große Strohschute mit hellgrünen Bändern auf dem Kopf, in ihrem Wägelchen vom Dorfe hereinkutschierte, rief ihr ein freundliches »God'n Morgen ook, Mamselling!« zu, und der große Kornträger Matthiesen, der in seinem schwarzen Habit mit Pumphosen, weißen Strümpfen und Schnallenschuhen vorüberging, nahm vor Ehrerbietung sogar seinen rauhen Zylinder ab...

Tony blieb ein bißchen stehen, um auf ihre Nachbarin Julchen Hagenström zu warten, mit der sie den Schulweg zurückzulegen pflegte. Das war ein Kind mit etwas zu hohen Schultern und großen, blanken, schwarzen Augen, das nebenan in der völlig vom Weinlaub bewachsenen Villa wohnte. Ihr Vater, Herr Hagenström, dessen Familie noch nicht lange am Orte ansässig war, hatte eine junge Frankfurterin geheiratet, eine Dame mit außerordentlich dickem schwarzen Haar und den größten Brillanten der Stadt an den Ohren, die übrigens Semlinger hieß. Herr Hagenström, welcher Teilhaber einer Exportfirma – Strunck & Hagenström – war, entwickelte in städtischen Angelegenheiten viel Eifer und Ehrgeiz, hatte jedoch bei Leuten mit strengeren Traditionen, den Möllendorpfs, Langhals' und Buddenbrooks, mit seiner Heirat einiges Befremden erregt und war, davon abgesehen, trotz seiner Rührigkeit als Mitglied von Ausschüssen, Kollegien, Verwaltungsräten und dergleichen nicht sonderlich beliebt. Er schien es darauf abgesehen zu haben, den Angehörigen der alteingesessenen Familien bei jeder Gelegenheit zu opponieren, ihre Meinungen auf schlaue Weise zu widerlegen, die seine dagegen durchzusetzen und sich als weit tüchtiger und unentbehrlicher zu erweisen als sie. Konsul Buddenbrook sagte von ihm: »Hinrich Hagenström ist aufdringlich mit seinen Schwierigkeiten... Er muß es geradezu auf mich persönlich abgesehen haben; wo er kann, behindert er mich... Heute gab es eine Szene in der Zentral-Armen-Deputation, vor ein paar Tagen im Finanz-Department...« Und Johann Buddenbrook fügte hinzu: »Ein oller Stänker!« – Ein anderes Mal kamen Vater und Sohn zornig und deprimiert zu Tische... Was passiert sei? Ach, nichts... Eine große Lieferung Roggen nach Holland sei ihnen verlorengegangen; Strunck & Hagenström hätten sie ihnen vor der Nase weggeschnappt; ein Fuchs, dieser Hinrich Hagenström...

Solche Äußerungen hatte Tony oft genug angehört, um gar nicht zum besten gegen Julchen Hagenström gestimmt zu sein. Sie gingen gemeinsam, weil sie einmal Nachbarinnen waren, aber meistens ärgerten sie einander.

»Mein Vater hat tausend Taler!« sagte Julchen und glaubte entsetzlich zu lügen. »Deiner vielleicht –?«

Tony schwieg vor Neid und Demütigung. Dann sagte sie ganz ruhig und beiläufig:

»Meine Schokolade hat eben furchtbar gut geschmeckt... Was trinkst du eigentlich zum Frühstück, Julchen?«

»Ja, ehe ich es vergesse«, antwortete Julchen; »möchtest du gern einen von meinen Äpfeln haben? – Ja päh! ich gebe dir aber keinen!« Und dabei kniff sie ihre Lippen zusammen, und ihre schwarzen Augen wurden feucht vor Vergnügen. –

Manchmal ging Julchens Bruder Hermann, ein paar Jahre älter als sie, gleichzeitig zur Schule. Sie besaß noch einen zweiten Bruder namens Moritz, aber dieser war kränklich und ward zu

Hause unterrichtet. Hermann war blond, aber seine Nase lag ein wenig platt auf der Oberlippe. Auch schmatzte er beständig mit den Lippen, denn er atmete nur durch den Mund.

»Unsinn!« sagte er, »Papa hat viel mehr als tausend Taler.« Das Interessante an ihm aber war, daß er als zweites Frühstück zur Schule nicht Brot mitnahm, sondern Zitronensemmel: ein weiches, ovales Milchgebäck, das Korinthen enthielt und das er sich zum Überfluß mit Zungenwurst oder Gänsebrust belegte... Dies war so sein Geschmack.

Für Tony Buddenbrook war das etwas Neues. Zitronensemmel mit Gänsebrust, – übrigens mußte es gut schmecken! Und wenn er sie in seine Blechbüchse blicken ließ, so verriet sie den Wunsch, ein Stück zu probieren. Eines Morgens sagte Hermann:

»Ich kann nichts entbehren, Tony, aber morgen werde ich ein Stück mehr mitbringen, und das soll für dich sein, wenn du mir etwas dafür wiedergeben willst.«

Nun, am nächsten Morgen trat Tony in die Allee hinaus und wartete fünf Minuten, ohne daß Julchen gekommen wäre. Sie wartete noch eine Minute, und dann kam Hermann allein; er schwenkte seine Frühstücksdose am Riemen hin und her und schmatzte leise.

»Na«, sagte er, »hier ist eine Zitronensemmel mit Gänsebrust; es ist nicht eimal Fett daran – das pure Fleisch... Was gibst du mir dafür?«

»Ja, – einen Schilling vielleicht?« fragte Tony. Sie standen mitten in der Allee.

»Einen Schilling...« wiederholte Hermann; dann schluckte er hinunter und sagte:

»Nein, ich will etwas anderes haben.«

»Was denn?« fragte Tony; sie war bereit, alles mögliche für den Leckerbissen zu geben...

»Einen Kuß!« rief Hermann Hagenström, schlang beide Arme um Tony und küßte blindlings darauflos, ohne ihr Gesicht zu berühren, denn sie hielt mit ungeheurer Gelenkigkeit den Kopf zurück, stemmte die linke Hand mit der Büchermappe gegen seine Brust und klatschte mit der rechten drei- oder viermal aus allen Kräften in sein Gesicht... Er taumelte zurück; aber im selben Augenblick fuhr hinter einem Baume Schwester Julchen wie ein schwarzes Teufelchen hervor, warf sich, zischend vor Wut, auf Tony, riß ihr den Hut vom Kopf und zerkratzte ihr die Wangen aufs jämmerlichste... Seit diesem Ereignis war es beinahe zu Ende mit der Kameradschaft.

Übrigens hatte Tony sicherlich nicht aus Schüchternheit dem jungen Hagenström den Kuß verweigert. Sie war ein ziemlich keckes Geschöpf, das mit seiner Ausgelassenheit seinen Eltern, im besonderen dem Konsul, manche Sorge bereitete, und obgleich sie ein intelligentes Köpfchen besaß, das flink in der Schule erlernte, was man begehrte, so war ihr Betragen in so hohem Grade mangelhaft, daß schließlich sogar die Schulvorsteherin, welche Fräulein Agathe Vermehren hieß, ein wenig schwitzend vor Verlegenheit, in der Mengstraße erschien und der Konsulin höflichst anheimgab, der jungen Tochter eine ernstliche Ermahnung zuteil werden zu lassen – denn dieselbe habe sich, trotz vieler liebevoller Verwarnungen, auf der Straße aufs neue offenkundigen Unfugs schuldig gemacht.

Es war kein Schade, daß Tony auf ihren Gängen durch die Stadt alle Welt kannte und mit aller Welt plauderte; der Konsul zumal war hiermit einverstanden, weil es keinen Hochmut, sondern Gemeinsinn und Nächstenliebe verriet. Sie kletterte, gemeinsam mit Thomas, in den Speichern an der Trave zwischen den Mengen von Hafer und Weizen umher, die auf den Böden ausgebreitet waren, sie schwatzte mit den Arbeitern und den Schreibern, die dort in den kleinen dunklen Comptoirs zu ebener Erde saßen, ja sie half sogar draußen beim Aufwinden der Säcke. Sie kannte die Schlachter, die mit ihren weißen Schürzen und Mulden durch die Breite Straße wanderten; sie kannte die Milchfrauen, die mit ihren Blechkannen vom Lande hereinkamen, und ließ sich manchmal ein Stück von ihnen kutschieren; sie kannte die graubärtigen Meister in den kleinen, hölzernen Goldschmiedbuden, die in die Marktarkaden hineingebaut waren, die Fisch-, Obst- und Gemüsefrauen auf dem Markte so wie die Dienstmänner, die an den Straßenecken ihren Tabak kauten... Gut und schön!

Aber ein bleicher, bartloser Mensch; dessen Alter nicht zu bestimmen ist und der morgens mit einem traurigen Lächeln in der Breiten Straße zu lustwandeln pflegt, kann nichts dafür, wenn er gezwungen ist, bei jedem plötzlichen Laut, den man ausstößt – zum Beispiel »Ha!« oder »Ho!« –, auf einem Beine zu tanzen; und dennoch ließ Tony ihn tanzen, sobald sie ihn zu Gesichte bekam. Es ist ferner nicht schön, eine ganz winzige kleine Frau mit großem Kopfe, welche die Gewohnheit hat, bei jeder Witterung einen ungeheuren, durchlöcherten Schirm über sich aufgespannt zu halten, beständig durch Rufe wie »Schirmmadame!« oder »Champignon!« zu betrüben; und es ist tadelnswert, wenn man mit zwei oder drei gleichgesinnten Freundinnen vor dem Häuschen der alten Puppenliese erscheint, die in einer engen Twiete bei der Johannisstraße mit wollenen Puppen handelt und allerdings ganz merkwürdig rote Augen hat, – dort aus Leibeskräften die Glocke zieht und, wenn die Alte herauskommt, mit falscher Freundlichkeit fragt, ob hier vielleicht Herr und Madame Spucknapf wohnen, worauf man mit großem Gekreisch davonrennt... Das alles aber tat Tony Buddenbrook, und zwar, wie es schien, mit völlig gutem Gewissen. Denn wurde ihr von seiten irgendeines Gequälten eine Drohung zuteil, so mußte man sehen, wie sie einen Schritt zurücktrat, den hübschen Kopf mit der vorstehenden Oberlippe zurückwarf und ein halb entrüstetes, halb mokantes »Pa!« hervorstieß, als wollte sie sagen: ›Wage es nur, mir etwas anhaben zu wollen! Ich bin Konsul Buddenbrooks Tochter, wenn du es vielleicht nicht weißt...‹

Sie ging in der Stadt wie eine kleine Königin umher, die sich das gute Recht vorbehält, freundlich oder grausam zu sein, je nach Geschmack und Laune.

3

Jean Jacques Hoffstede hatte, was die beiden Söhne des Konsuls Buddenbrook anging, sicherlich ein treffendes Urteil gefällt.

Thomas, der seit seiner Geburt bereits zum Kaufmann und künftigen Inhaber der Firma bestimmt war und die realwissenschaftliche Abteilung der Alten Schule mit den gotischen Gewölben besuchte, war ein kluger, regsamer und verständiger Mensch, der sich übrigens aufs köstlichste amüsierte, wenn Christian, welcher Gymnasiast war und nicht weniger Begabung, aber weniger Ernsthaftigkeit zeigte, mit ungeheurem Geschick die Lehrer nachahmte – im besonderen den tüchtigen Herrn Marcellus Stengel, der im Singen, Zeichnen und derartigen lustigen Fächern den Unterricht erteilte.

Herr Stengel, aus dessen Westentaschen stets ein halbes Dutzend wundervoll gespitzter Bleistifte hervorstarrte, trug eine fuchsrote Perücke und einen offenen, hellbraunen Rock, der ihm fast bis an die Knöchel reichte, besaß Vatermörder, die sogar noch seine Schläfen bedeckten, und war ein witziger Kopf, der philosophische Unterscheidungen liebte, wie etwa: »Du sollst 'ne Linie machen, mein gutes Kind, und was machst du? Du machst 'nen Strich!« – Er sagte »Line« statt »Linie«. Oder zu einem Faulen: »Du sitzest in Quarta nicht Jahre, will ich dir sagen, sondern Jahren!« – Wobei er »Quäta« statt »Quarta« sagte und nicht »Jahre«, sondern beinahe »Schahre« aussprach... Sein Lieblingsunterricht bestand darin, in der Gesangsstunde das schöne Lied ›Der grüne Wald‹ üben zu lassen, wobei einige Schüler auf den Korridor hinausgehen mußten, um, wenn der Chorus angestimmt hatte: »Wir ziehen so fröhlich durch Feld und Wald...«, ganz leise und vorsichtig das letzte Wort als Echo zu wiederholen. Waren jedoch Christian Buddenbrook, sein Vetter Jürgen Kröger oder sein Freund Andreas Gieseke, Sohn des Bankdirektors, hiermit beamtet, so warfen sie, statt das zarte Echo zu vollführen, den Kohlenkasten die Treppe hinunter und mußten nachmittags um vier Uhr in der Wohnung des Herrn Stengel nachsitzen. Hier ging es ziemlich behaglich zu. Herr

Stengel hatte alles vergessen und befahl seiner Haushälterin, den Schülern Buddenbrook, Kröger und Gieseke »je« eine Tasse Kaffee zu verabreichen, worauf er die jungen Herren wieder entließ...

In der Tat, die vortrefflichen Gelehrten, die unter der freundlichen Herrschaft eines humanen, tabakschnupfenden alten Direktors in den Gewölben der Alten Schule – einer ehemaligen Klosterschule – ihres Amtes walteten, waren harmlose und gutmütige Leute, einig in der Ansicht, daß Wissenschaft und Heiterkeit einander nicht ausschlössen, und bestrebt, mit Wohlwollen und Behagen zu Werke zu gehen. Es war da in den mittleren Klassen ein ehemaliger Prediger, der im Lateinischen unterrichtete, ein gewisser Pastor Hirte, ein langer Herr mit braunem Backenbart und munteren Augen, dessen Lebensglück geradezu in dieser Übereinstimmung seines Namens mit seinem Titel bestand, und der nicht oft genug die Vokabel pastor sich übersetzen lassen konnte. Seine Lieblingsredensart lautete »grenzenlos borniert!«, und es ist niemals aufgeklärt worden, ob dies ein bewußter Scherz war. Beabsichtigte er aber, seine Schüler völlig zu verblüffen, so gebot er über die Kunst, die Lippen in den Mund zu klemmen und sie wieder hinauszuschnellen, in einer Art, daß es knallte wie ein springender Champagnerpfropfen. Er liebte es, mit langen Schritten im Klassenzimmer umherzugehen und einzelnen Schülern mit ungeheurer Lebhaftigkeit ihr ganzes zukünftiges Leben zu erzählen, und zwar zu dem ausgesprochenen Zwecke, ihre Phantasie ein bißchen anzuregen. Dann aber ging er ernstlich zur Arbeit über, das heißt, er überhörte die Verse, die er über genus-Regeln – er sagte »Genußregeln« – und allerhand schwierige Konstruktionen mit wirklichem Geschick gedichtet hatte, Verse, die Pastor Hirte mit unaussprechlich triumphierender Betonung des Rhythmus und der Reime hervorbrachte...

Toms und Christians Jugendzeit... es ist nichts Bedeutendes davon zu melden. In jenen Tagen herrschte Sonnenschein im Hause Buddenbrook, wo in den Comptoirs die Geschäfte so ausgezeichnet gingen. Und manchmal gab es ein Gewitter, ein kleines Unglück wie dieses:

Herr Stuht in der Glockengießerstraße, ein Schneidermeister, dessen Gattin alte Kleidungsstücke kaufte und darum in den ersten Kreisen verkehrte, Herr Stuht, dessen Bauch von einem wollenen Hemd bekleidet war und in erstaunlicher Rundung über das Beinkleid hinunterfiel... Herr Stuht hatte den jungen Herren Buddenbrook zwei Anzüge gefertigt, die zusammen siebzig Courantmark kosteten; allein auf den Wunsch der beiden, hatte er sich bereitfinden lassen, schlankerhand achtzig auf die Rechnung zu setzen und ihnen bar den Rest einzuhändigen. Das war ein kleines Geschäft... kein ganz säuberliches, wohl aber durchaus kein ungewöhnliches. Das Unglück aber bestand darin, daß durch das Walten irgendeines finsteren Schicksales das ganze an den Tag kam, daß Herr Stuht, einen schwarzen Rock über dem wollenen Hemd, im Privatcomptoir des Konsuls erscheinen mußte und Tom und Christian in seiner Gegenwart einem strengen Verhör unterzogen wurden. Herr Stuht, der breitbeinig, aber mit seitwärts geneigtem Kopf und in achtungsvoller Haltung neben dem Armsessel des Konsuls stand, hielt eine wohltönende Rede, des Inhaltes, daß »dat nu so'n Saak« sei und daß er froh sein werde, die siebenzig Courantmark wiederzubekommen, »indem de Saak ja nu mal scheep gangen« sei. Der Konsul war heftig aufgebracht über diesen Streich. Nach ernster Überlegung aber auf seiner Seite war das Ergebnis, daß er das Taschengeld seiner Söhne erhöhte; denn es hieß: Führe uns nicht in Versuchung.

Augenscheinlich waren auf Thomas Buddenbrook größere Hoffnungen zu setzen als auf seinen Bruder. Sein Benehmen war gleichmäßig und von verständiger Munterkeit; Christian dagegen erschien launenhaft, neigte einerseits zu einer albernen Komik und konnte andererseits die gesamte Familie auf die sonderbarste Weise erschrecken...

Man sitzt bei Tische, man ist beim Obste angelangt und speist unter behaglichen Gesprächen. Plötzlich jedoch legt Christian einen angebissenen Pfirsich auf den Teller zurück, sein Gesicht ist bleich, und seine runden, tiefliegenden Augen über der allzu großen Nase haben sich erweitert.

»Ich esse nie wieder einen Pfirsich«, sagt er.

»Warum nicht, Christian... Was für ein Unsinn... Was ist dir?«

»Denkt euch, wenn ich aus Versehen... diesen großen Kern verschluckte, und wenn er mir im Halse steckte... und ich nicht Luft bekommen könnte... und ich spränge auf und würgte gräßlich, und ihr alle spränget auch auf...« Und plötzlich fügte er ein kurzes, stöhnendes »Oh!« hinzu, das voll ist von Entsetzen, richtet sich unruhig auf seinem Stuhle empor und wendet sich seitwärts, als wollte er fliehen.

Die Konsulin und Mamsell Jungmann springen tatsächlich auf.

»Gott im Himmel, – Christian, du hast ihn doch nicht verschluckt?!« Denn es hat vollkommen den Anschein, als sei es wirklich geschehen.

»Nein, nein«, sagt Christian und beruhigt sich allmählich, »aber *wenn* ich ihn verschluckte!«

Der Konsul, der gleichfalls blaß vor Schrecken ist, beginnt nun zu schelten, und auch der Großvater pocht indigniert auf den Tisch und verbittet sich die Narrenspossen... Allein Christian ißt wirklich längere Zeit keinen Pfirsich mehr. –

4.

Es war nicht bloß Altersschwäche, was die alte Madame Antoinette Buddenbrook, sechs Jahre ungefähr nachdem die Familie das Haus in der Mengstraße bezogen, an einem kalten Januartag endgültig auf ihr hohes Himmelsbett im Schlafzimmer des Zwischengeschosses daniederwarf. Die alte Dame war rüstig gewesen bis zuletzt und hatte ihre dicken weißen Seitenlocken mit aufrechter Würde getragen; sie hatte zusammen mit ihrem Gatten und ihren Kindern die hauptsächlichsten Diners besucht, die in der Stadt gegeben wurden, und bei den Gesellschaften, die Buddenbrooks selbst veranstalteten, ihrer eleganten Schwiegertochter im Repräsentieren nicht nachgestanden. Eines Tages aber, ganz plötzlich, hatte sich ein halb unbestimmbares Leiden eingestellt, ein leichter Darmkatarrh anfangs nur, gegen den Doktor Grabow ein wenig Taube und Franzbrot verordnet hatte, eine mit Erbrechen verbundene Kolik, die mit unbegreiflicher Schnelligkeit Entkräftung herbeiführte, einen sanften und hinfälligen Zustand, der beängstigend war.

Als dann Doktor Grabow mit dem Konsul eine kurze, ernste Unterredung draußen auf der Treppe gehabt hatte, als ein zweiter, neu hinzugezogener Arzt, ein untersetzter, schwarzbärtiger, düster blickender Mann, neben Grabow aus und ein zu gehen begann, da änderte sich gleichsam die Physiognomie des Hauses. Man ging auf Zehen umher, man flüsterte ernst, und die Wagen durften nicht über die Diele rollen. Etwas Neues, Fremdes, Außerordentliches schien eingekehrt, ein Geheimnis, das einer in des anderen Augen las; der Gedanke an den Tod hatte sich Einlaß geschafft und herrschte stumm in den weiten Räumen.

Dabei durfte nicht gefeiert werden, denn es kam Besuch. Die Krankheit währte vierzehn oder fünfzehn Tage, und nach einer Woche kam der alte Senator Duchamps, ein Bruder der Sterbenden, nebst seiner Tochter von Hamburg an, während ein paar Tage später des Konsuls Schwester mit ihrem Gatten, dem Bankier aus Frankfurt, eintraf. Die Herrschaften wohnten im Hause, und Ida Jungmann hatte alle Hände voll zu tun, für die verschiedenen Schlafzimmer zu sorgen und gute Frühstücke mit Krabben und Portwein bereitzuhalten, während in der Küche gebraten und gebacken ward...

Droben saß Johann Buddenbrook am Krankenbette und blickte, die matte Hand seiner alten Nette in der seinen, mit erhobenen Brauen und ein wenig hängender Unterlippe stumm vor sich hin. Die Wanduhr tickte dumpf und mit langen Pausen, viel seltener aber noch atmete die Kranke einmal kurz und oberflächlich auf... Eine schwarze Schwester machte sich am Tisch mit dem Beef-Tee zu schaffen, den man versuchsweise noch reichen wollte; dann und wann trat geräuschlos ein Familienmitglied ein und verschwand wieder.

Der Alte mochte sich erinnern, wie er vor sechsundvierzig

Jahren zum ersten Male am Sterbebette einer Gattin gesessen hatte, und er mochte der wilden Verzweiflung, die damals in ihm aufbegehrt war, die nachdenkliche Wehmut vergleichen, mit der er, nun selbst so alt, in das veränderte, ausdruckslose und entsetzlich gleichgültige Gesicht der alten Frau blickte, die ihm niemals ein großes Glück, niemals einen großen Schmerz bereitet, die aber viele lange Jahre mit klugem Anstand bei ihm ausgehalten und nun ebenfalls langsam davonging.

Er dachte nicht viel, er sah nur unverwandt und mit einem leisen Kopfschütteln auf sein Leben und das Leben im allgemeinen zurück, das ihm plötzlich so fern und wunderlich erschien, dieses überflüssig geräuschvolle Getümmel, in dessen Mitte er gestanden, das sich unmerklich von ihm zurückgezogen hatte und nun von seinem verwundert aufhorchenden Ohr in der Ferne erhallte... Manchmal sagte er mit halber Stimme vor sich hin:

»Kurios! Kurios!«

Und als dann Madame Buddenbrook ihren letzten, ganz kurzen und kampflosen Seufzer getan hatte, als im Eßsaal, woselbst die Einsegnung stattfand, die Träger den blumenbedeckten Sarg aufgehoben hatten, um ihn schwerfällig davonzuschaffen, – da änderte sich seine Stimmung nicht, da weinte er nicht einmal, aber dies leise, erstaunte Kopfschütteln blieb ihm, und dies beinahe lächelnde »Kurios!« wurde sein Lieblingswort... Kein Zweifel, daß es auch mit Johann Buddenbrook zu Ende ging.

Er fing an, stumm und abwesend im Familienkreise zu sitzen, und wenn er einmal die kleine Clara auf die Kniee genommen hatte, um ihr vielleicht eines seiner alten drolligen Lieder vorzusingen, zum Beispiel:

»Der Omnibus fährt durch die Stadt...«

oder

»Kiek, doa sitt'n Brummer an de Wand...«

so konnte er plötzlich stillschweigen, um dann die Enkelin, gleichsam aus einem langen, halb unbewußten Gedankengange heraus mit einem kopfschüttelnden »Kurios!« zu Boden zu setzen und sich abzuwenden... Eines Tages sagte er:

»Jean – assez, du?«

Und alsbald begannen in der Stadt die reinlich gedruckten und mit zwei Unterschriften versehenen Formulare zu zirkulieren, auf denen Johann Buddenbrook senior sich kundzutun erlaubte, daß sein zunehmendes Alter ihn veranlasse, seine bisherige kaufmännische Wirksamkeit aufzugeben, und daß er infolgedessen die von seinem seligen Vater anno 1768 gegründete Handlung *Johann Buddenbrook* mit Activis und Passivis unter gleicher Firma von heute an seinem Sohne und seitherigen Associé Johann Buddenbrook als alleinigem Inhaber übertrage, mit der Bitte, das ihm so vielseitig geschenkte Vertrauen seinem Sohne zu erhalten... Hochachtungsvoll – Johann Buddenbrook senior, welcher aufhören wird zu zeichnen.

Als aber diese Kundgebung erfolgt war, als der Alte fortan sich weigerte, noch einen Fuß ins Comptoir zu setzen, da nahm seine nachdenkliche Apathie in erschreckender Weise zu, da genügte, Mitte März, ein paar Monate nur nach dem Tode seiner Frau, irgendein kleiner Frühlingsschnupfen, um ihn bettlägerig zu machen, – und dann, in einer Nacht, kam die Stunde, wo die Familie auch sein Bett umstand, wo er zum Konsul sagte:

»Alles Glück – du? Jean? Und immer courage!«

Und zu Thomas:

»Hilf deinem Vater!«

Und zu Christian:

»Werde was Ordentliches!«

– worauf er schwieg, alle anblickte und sich mit einem letzten »Kurios!« nach der Wand kehrte...

Er hatte Gottholds bis zum Schluß nicht Erwähnung getan, und auf die schriftliche Aufforderung des Konsuls, am Sterbebette des Vaters zu erscheinen, hatte der älteste Sohn mit Schweigen geantwortet. Am nächsten Morgen jedoch, ganz früh, als die Todesanzeigen noch nicht versandt waren und der Konsul auf die Treppe hinaustrat, um im Comptoir das Notwendigste zu erledigen, geschah das Merkwürdige, daß Gotthold Buddenbrook, Inhaber der Leinenhandlung Siegmund Stüwing & Comp. in der der Breiten Straße, raschen Schrittes über die Diele kam. Sechsundvierzigjährig, klein und beleibt, besaß er starke aschblonde, mit weißen Fäden durchsetzte Cotelettes. Er war kurzbeinig und trug sackartig weite Hosen aus rauhem, kariertem Stoff. Die Treppe hinauf schritt er dem Konsul entgegen, indem er die Brauen hoch unter der Krempe seines grauen Hutes erhob und sie dennoch zusammenzog.

»Johann«, sagte er, ohne dem Bruder die Hand zu reichen, mit hoher, angenehmer Stimme, »wie steht es?«

»Heute nacht ist er heimgegangen!« sagte der Konsul bewegt und ergriff die Hand des Bruders, die einen Regenschirm hielt. »Er, der beste Vater!«

Gotthold senkte die Brauen so tief, daß seine Lider sich schlossen. Nach einem Schweigen sagte er nachdrücklich:

»Es ist nichts geändert worden, bis zum Schlusse, Johann?«

Und sofort ließ der Konsul seine Hand fahren, ja, er trat sogar eine Stufe zurück, und während seine runden, tiefliegenden Augen klar wurden, sagte er:

»Nichts.«

Gottholds Brauen wanderten wieder unter die Hutkrempe hinauf, und seine Augen richteten sich mit Anstrengung auf den Bruder.

»Und was habe ich von *deiner* Gerechtigkeit zu gewärtigen?« sagte er mit gesenkter Stimme.

Der Konsul seinerseits senkte nun den Blick; dann aber, ohne ihn wieder zu erheben, machte er jene entschiedene Handbewegung von oben nach unten und antwortete leise und fest:

»Ich habe dir in diesem schweren und ernsten Augenblick meine Hand als Bruder gereicht; was aber geschäftliche Dinge betrifft, so kann ich dir immer nur als Chef der ehrwürdigen Firma gegenüberstehen, deren alleiniger Inhaber ich heute geworden bin. Du kannst nichts von mir gewärtigen, was den Verpflichtungen widerspricht, die mir *diese* Eigenschaft auferlegt; meine sonstigen Gefühle müssen schweigen.«

Gotthold ging... Zum Begräbnis jedoch, als die Menge der Verwandten, Bekannten, Geschäftsfreunde, der Deputationen, der Kornträger, Comptoiristen und Speicherarbeiter Zimmer, Treppen und Korridore füllte und die sämtlichen Mietkutschen der Stadt die ganze Mengstraße hinunter standen, – zum Begräbnis kam er zur aufrichtigen Freude des Konsuls aufs neue; ja er brachte sogar seine Gattin, die geborene Stüwing, und seine drei schon erwachsenen Töchter mit: Friederike und Henriette, die beide sehr lang und hager waren, und Pfiffi, die achtzehnjährige Jüngste, die allzu klein und beleibt erschien.

Und als dann am Grabe, am Buddenbrookschen Erbbegräbnis dort draußen vorm Burgtore, am Rande des Friedhofgehölzes, Pastor Kölling von Sankt Marien, ein robuster Mann mit dickem Kopf und derber Redeweise, das maßvolle, gottgefällige Leben des Verstorbenen gepriesen hatte, im Gegensatze zu dem der »Wollüstigen, Fresser und Säufer« – dies war sein Ausdruck, obgleich manche Leute, die sich der Diskretion des jüngst verstorbenen alten Wunderlich erinnerten, die Köpfe schüttelten –, als die Feierlichkeiten und Formalitäten beendet waren und die siebzig oder achtzig Mietkutschen in die Stadt zurückzurollen begannen... da erbot sich Gotthold Buddenbrook, den Konsul zu begleiten, weil er ihn unter vier Augen zu sprechen wünsche. Und siehe da: hier, neben dem Stiefbruder auf dem Rücksitz der hohen, weiten, plumpen Kutsche, eins seiner kurzen Beine über das andere gelegt, zeigte er sich versöhnlich und sanft. Er erkenne, sagte er, mehr und mehr, daß der Konsul handeln müsse, wie er es tue, und das Andenken des Vaters solle für ihn kein böses sein. Er verzichte auf seine Ansprüche, und zwar um so lieber, als er gesonnen sei, sich von allen Geschäften zurückzuziehen und sich mit seinem Erbe und dem, was ihm sonst erübrige, zur Ruhe zu setzen, denn das Leinengeschäft mache ihm wenig Freude und gehe so mäßig, daß er sich nicht entschließen werde, noch mehr hineinzustecken... ›Der Trotz gegen den Vater hat ihm keinen Segen gebracht!‹ dachte der Konsul mit einem inneren frommen Aufblick; und Gotthold dachte wahrscheinlich dasselbe.

In der Mengstraße aber begleitete er den Bruder ins Frühstückszimmer hinauf, woselbst die beiden Herren, nach dem langen Stehen in der Frühlingsluft in ihren Fräcken fröstelnd, einen alten Cognac miteinander tranken. Und als dann Gotthold ein paar höfliche und ernste Worte mit seiner Schwägerin gewechselt und den Kindern die Köpfe gestreichelt hatte, ging er davon, um am nächsten »Kindertag« bei Krögers draußen, im Gartenhause, zu erscheinen... Er begann schon zu liquidieren.

5.

Eines schmerzte den Konsul: daß nämlich der Vater nicht mehr den Eintritt seines ältesten Enkels ins Geschäft hatte erleben dürfen, der schon um Ostern desselben Jahres erfolgte.

Thomas war sechzehnjährig, als er die Schule verließ. Er war stark gewachsen in letzter Zeit und trug seit seiner Konfirmation, bei der Pastor Kölling ihm mit starken Ausdrücken Mäßigkeit! empfohlen hatte, ganz herrenmäßige Kleidung, die ihn noch größer erscheinen ließ. Um seinen Hals hing die lange goldene Uhrkette, die der Großvater ihm zugesprochen hatte und an der ein Medaillon mit dem Wappen der Familie hing, diesem melancholischen Wappenschilde, das eine unregelmäßig schraffierte Fläche, ein flaches Moorland mit einer einsamen und nackten Weide am Ufer zeigte. Der noch ältere Siegelring mit grünem Stein, den wahrscheinlich schon der sehr gut situierte Gewandschneider in Rostock getragen hatte, war nebst der großen Bibel auf den Konsul übergegangen.

Die Ähnlichkeit mit dem Großvater hatte sich bei Thomas so stark entwickelt wie bei Christian diejenige mit dem Vater; besonders sein rundes und festes Kinn und die feingeschnittene, gerade Nase waren die des Alten. Sein seitwärts gescheiteltes Haar, das in zwei Einbuchtungen von den schmalen und auffällig geäderten Schläfen zurücktrat, war dunkelblond, und im Gegensatz dazu erschienen die langen Wimpern und die Brauen, von denen er gern die eine ein wenig emporzog, ungewöhnlich hell und farblos. Seine Bewegungen, seine Sprache sowie sein Lachen, das seine ziemlich mangelhaften Zähne sehen ließ, waren ruhig und verständig. Er blickte seinem Beruf mit Ernst und Eifer entgegen...

Es war ein äußerst feierlicher Tag, als der Konsul ihn nach dem ersten Frühstück mit sich in die Comptoirs hinunternahm, um ihn Herrn Marcus, dem Prokuristen, Herrn Havermann, dem Kassierer, sowie dem übrigen Personale zu präsentieren, mit dem er eigentlich längst gut Freund war; als er zum ersten Male auf seinem Drehsessel am Pulte saß, emsig mit Stempeln, Ordnen, Kopieren beschäftigt, und als der Vater ihn nachmittags auch an die Trave hinunter in die Speicher »Linde«, »Eiche«, »Löwe« und »Walfisch« führte, wo Thomas eigentlich ebenfalls längst zu Hause war, wo er aber nun als Mitarbeiter vorgestellt wurde...

Er war mit Hingebung bei der Sache und ahmte den stillen und zähen Fleiß des Vaters nach, der mit zusammengebissenen Zähnen arbeitete und manches Gebet um Beistand in sein Tagebuch schrieb; denn es galt, die bedeutenden Mittel wieder einzubringen, die beim Tode des Alten der »Firma«, diesem vergötterten Begriff, verlorengegangen waren... Eines Abends, sehr spät, im Landschaftszimmer, ließ er sich gegen die Konsulin ziemlich eingehend über die Verhältnisse aus.

Es war halb zwölf Uhr, und die Kinder, sowie Mamsell Jungmann schliefen draußen in den Zimmern am Korridor, denn der zweite Stock stand nun leer und wurde nur dann und wann für Fremde gebraucht. Die Konsulin saß auf dem gelben Sofa neben ihrem Gatten, der, eine Zigarre im Munde, die Kursnotizen der ›Städtischen Anzeigen‹ überblickte. Sie beugte sich über eine Seiden-Stickerei und bewegte leichthin die Lippen, während sie mit der Nadel eine Reihe von Stichen zählte. Neben ihr, auf dem zierlichen Nähtisch mit Goldornamenten, brannten die sechs Kerzen eines Armleuchters; der Kronleuchter hing unbenutzt.

Johann Buddenbrook, der sich allgemach der Mitte der Vierziger näherte, hatte in den letzten Jahren ersichtlich gealtert. Seine kleinen runden Augen schienen noch tiefer zu liegen, die große, gebogene Nase sprang, wie die Wangenknochen, noch schärfer hervor, und ein Puderquast schien an den Schläfen ein paarmal ganz leicht sein aschblondes, sorgfältig gescheiteltes Haar berührt zu haben. Die Konsulin ihrerseits stand am Ende der Dreißiger, aber sie konservierte ihre nicht schöne und dennoch glänzende Erscheinung aufs beste, und ihr mattweißer Teint mit den vereinzelten Sommersprossen hatte an Zartheit nichts eingebüßt. Ihr rötliches, kunstvoll frisiertes Haar war vom Schein der Kerzen durchleuchtet. Während sie die ganz hell-blauen Augen ein wenig beiseite gleiten ließ, sagte sie:

»Eines wollte ich dir zur Überlegung empfehlen, mein lieber Jean: ob es nämlich nicht ratsam wäre, einen Bedienten zu engagieren... Ich bin zu dieser Überzeugung gekommen. Wenn ich an meine Eltern denke...«

Der Konsul ließ die Zeitung auf die Kniee sinken, und während er die Zigarette aus dem Munde nahm, wurden seine Augen aufmerksamer, denn es handelte sich um Geldausgaben.

»Ja, meine liebe und verehrte Bethsy«, fing er an und zog die Anrede in die Länge, denn er mußte seine Einwände ordnen. »Einen Bedienten? Wir haben nach dem Tode der seligen Eltern alle drei Mädchen, von Mamsell Jungmann abgesehen, im Hause behalten, und mich dünkt...«

»Ach, das Haus ist so groß, Jean, daß es beinahe fatal ist. Ich sage: ›Lina, mein Kind, im Hinterhaus ist schrecklich lange nicht abgestäubt worden!‹, aber ich mag die Leute nicht überanstrengen, denn sie müssen schon pusten, wenn hier vorn alles nett und reinlich ist... Ein Diener wäre so angenehm für Kommissionen und dergleichen... Man bekommt einen braven und anspruchslosen Mann vom Lande... Aber ehe ich es vergesse, Jean: Louise Möllendorpf will ihren Anton gehen lassen; ich habe ihn mit Sicherheit servieren sehen...«

»Ich muß gestehen«, sagte der Konsul und rückte ein wenig unbehaglich hin und her, »daß dieser Gedanke mir fremd ist. Wir besuchen jetzt weder Gesellschaften, noch geben wir selbst welche...«

»Nein, nein; aber Besuch haben wir trotzdem häufig genug,

und das ist nicht meine Schuld, lieber Jean, obgleich du weißt, daß ich mich herzlich darüber freue. Es kommt ein auswärtiger Geschäftsfreund von dir, du bittest ihn zum Essen, er hat noch kein Gasthauszimmer genommen und übernachtet natürlich bei uns. Dann kommt ein Missionar, der vielleicht acht Tage bei uns bleibt... Für übernächste Woche erwarten wir Pastor Mathias aus Cannstatt... Nun, um kurz zu sein, die Salairs sind so gering...«

»Aber sie häufen sich, Bethsy! Wir honorieren vier Leute im Hause, und du vergissest die vielen Männer, die im Dienste der Firma stehen!«

»Sollten wir wirklich einen Bedienten nicht erschwingen können?« fragte die Konsulin lächelnd, indem sie ihren Gatten mit seitwärts geneigtem Kopfe anblickte. »Wenn ich an das Personal meiner Eltern denke...«

»Deine Eltern, liebe Bethsy! Nein, nun muß ich dich fragen, ob du dir eigentlich über unsere Verhältnisse klar bist?«

»Nein, das ist wahr, Jean, ich habe wohl nicht die hinlängliche Einsicht...«

»Nun, die ist leicht zu beschaffen«, sagte der Konsul. Er setzte sich im Sofa zurecht, schlug ein Bein über das andere, tat einen Zug aus seiner Zigarre und begann, während er die Augen ein wenig zusammenkniff mit außerordentlicher Geläufigkeit seine Zahlen hervorzubringen...

»Kurz und gut: Mein seliger Vater hat seinerzeit, vor meiner Schwester Heirat, rund und nett 900 000 Mark Courant besessen, abgesehen, wie sich versteht, von dem Grundbesitz und dem Werte der Firma. 80 000 sind als Mitgift nach Frankfurt und 100 000 bei Gottholds Etablierung abgegangen: macht 720 000. Dann kam der Kauf dieses Hauses, das trotz der Einnahme für das kleine in der Alfstraße mit Verbesserungen und Neuanschaffungen volle 100 000 gekostet hat: macht 620 000. Nach Frankfurt wurden als Entschädigungssumme 25 000 gezahlt: macht 595 000, und so hätten die Dinge bei Vaters Tode gelegen, wären alle diese Spesen nicht im Laufe der Jahre durch rund 200 000 Courantmark Verdienst corrigiert worden. Das Gesamtver-

mögen betrug also 795 000. Dann wurden ferner 100 000 an Gotthold ausgekehrt und noch 267 000 nach Frankfurt; das macht,
wenn ich noch ein paar tausend Courantmark kleinerer Ver-
mächtnisse abrechne, die nach Vaters Testament an das Heilige-
Geist-Hospital, die Kaufleute-Witwen-Kasse und so weiter gingen, etwa 420 000, mit deiner Mitgift um 100 000 mehr. Das
sind, in runden Summen und abgesehen von allerhand kleineren
Schwankungen des Vermögens, ungefähr die Verhältnisse. Wir
sind nicht so ungemein reich, meine liebe Bethsy, und bei
alledem muß man bedenken, daß das Geschäft zwar kleiner geworden ist, daß aber die Geschäftsspesen dieselben geblieben
sind, weil der Zuschnitt des Geschäftes es nicht gestattet, die
Unkosten herabzusetzen... Hast du mir folgen können?«

Die Konsulin nickte ein wenig zögernd, die Stickerei im
Schoße. »Recht gut, mein lieber Jean«, sagte sie, obgleich sie
nicht alles verstanden hatte und durchaus nicht begriff, warum
alle diese großen Summen sie hindern sollten, einen Bedienten
zu engagieren.

Der Konsul ließ seine Zigarre aufglimmen, stieß mit zurück-
geneigtem Kopfe den Rauch von sich und fuhr dann fort:

»Du denkst, daß wir ja, wenn einmal deine lieben Eltern zu
Gott gerufen werden, noch etwas Beträchtliches zu erwarten ha-
ben, und das ist richtig. Jedoch... wir dürfen damit nicht allzu
unvorsichtig rechnen. Ich weiß, daß dein Vater ziemlich peinliche
Verluste gehabt hat, und zwar, wie bekannt ist, durch Justus.
Justus ist ein äußerst liebenswürdiger Mensch, aber er ist nicht
eben ein starker Geschäftsmann und hat auch unverschuldetes
Unglück gehabt. Er hat bei mehreren Kunden höchst störende
Einbußen erlitten, die Folge seines geschwächten Betriebskapitals war teures Geld, durch Transaktionen mit Bankiers, und dein
Vater hat mehrere Male mit bedeutenden Summen einspringen
müssen, damit kein Unglück geschah. Dergleichen kann sich
wiederholen und wird sich, fürchte ich, wiederholen, denn –
verzeih mir, Bethsy, wenn ich aufrichtig rede – die gewisse heitere
Leichtlebigkeit, die bei deinem Vater, der mit Geschäften nichts
mehr zu tun hat, so angenehm wirkt, kommt deinem Bruder, als

Geschäftsmann, schlecht zustatten... Du verstehst mich... er *ist* nicht sehr behutsam, wie? ein bißchen rasch und obenhinaus... Im übrigen lassen sich deine Eltern, was mich so aufrichtig freut, nichts abgehen, sie führen ein herrschaftliches Leben, wie es... ihren Verhältnissen entspricht...«

Die Konsulin lächelte nachsichtig; sie kannte das Vorurteil ihres Gatten gegen die eleganten Neigungen ihrer Familie.

»Genug«, fuhr er fort und legte den Rest seiner Zigarre in den Aschbecher, »ich meinesteils verlasse mich in der Hauptsache darauf, daß der Herr mir meine Arbeitskraft erhalten wird, damit ich mit seiner gnädigen Hilfe das Vermögen der Firma auf die ehemalige Höhe zurückführen kann... Ich hoffe, deine Einsicht ist nun eine klarere, liebe Bethsy –?«

»Vollkommen, Jean, vollkommen!« beeilte sich die Konsulin zu antworten, denn sie gab für heute abend den Bedienten auf. »Aber laß uns zur Ruhe gehn, wie? es ist allzu spät geworden...«

Übrigens wurde nach ein paar Tagen, als der Konsul gutgelaunt aus dem Comptoir zu Tische kam, dennoch der Beschluß gefaßt, Möllendorpfs Anton zu engagieren.

6.

»Tony geben wir in Pension, und zwar zu Fräulein Weichbrodt«, sagte Konsul Buddenbrook, und er äußerte das so bestimmt, daß es dabei blieb.

Weniger zufrieden nämlich, wie angedeutet, als mit Thomas, der sich mit Talent in die Geschäfte einlebte, mit Clara, die munter heranwuchs, und der armen Klothilde, deren Appetit jeden Menschen erfreuen mußte, konnte man mit Tony und Christian sein. Was den letzteren anging, so war es das wenigste, daß er beinahe jeden Nachmittag genötigt war, bei Herrn Stengel Kaffee zu trinken, – obgleich die Konsulin, der dies zuviel wurde, eines Tages den Herrn Lehrer durch ein zierliches Handbillett zum Zwecke einer Rücksprache zu sich in die Mengstraße entbot. Herr Stengel erschien in seiner Sonntagsperücke, mit seinen höchsten Vatermördern, die Weste von lanzenartig gespitzten Bleistiften starrend, und saß mit der Konsulin im Landschaftszimmer, während Christian heimlich im Eßsaale der Unterredung zuhörte. Der ausgezeichnete Erzieher legte beredt, wenn auch ein wenig befangen, seine Ansichten dar, sprach von dem bedeutsamen Unterschied zwischen »Line« und »Strich«, erwähnte des schönen grünen Waldes sowie des Kohlenkastens und gebrauchte im übrigen während dieser Visite beständig das Wort »infolgedessen«, das ihm wohl dieser vornehmen Umgebung am besten zu entsprechen schien. Nach einer Viertelstunde erschien der Konsul, jagte Christian davon und drückte Herrn Stengel sein lebhaftes Bedauern darüber aus, daß sein Sohn ihm Ursache zur Unzufriedenheit gegeben habe... »Oh, behüte, Herr Konsul, ich bitte ergebenst! Ein geweckter Kopf, ein munterer Patron, der Schüler Buddenbrook. Und infolgedessen... Allein ein wenig übermütig, wenn ich mir erlauben darf, hm... und infolgedessen...« Der Konsul führte ihn höflich im Hause umher, worauf Herr Stengel sich verabschiedete... Das alles aber war nicht das Schlimme.

Das Schlimme bestand darin, daß folgendes bekannt wurde: Der Schüler Christian Buddenbrook durfte eines Abends mit einem guten Freunde das Stadttheater besuchen, woselbst ›Wilhelm Tell‹ von Schiller gegeben wurde; die Rolle von Tells Knaben Walter jedoch spielte eine junge Dame, eine Demoiselle Meyer-de la Grange, mit der es eine eigne Bewandtnis hatte. Sie pflegte nämlich, war es ihrer Rolle nun angemessen oder nicht, auf der Bühne eine Brillant-Brosche zu tragen, die notorisch echt war, denn, wie allgemein bekannt, war sie ein Geschenk des jungen Konsuls Peter Döhlmann, Sohn des verstorbenen Holzgroßhändlers Döhlmann in der Ersten Wallstraße vorm Holstentor. Konsul Peter gehörte zu den Herren, die in der Stadt »Suitiers« genannt wurden – wie zum Beispiel auch Justus Kröger –, das heißt, seine Lebensführung war ein wenig locker. Er war verheiratet und besaß sogar eine kleine Tochter, befand sich aber seit längerer Zeit mit seiner Gattin in Zwietracht und lebte ganz wie ein Junggeselle. Das Vermögen, das sein Vater ihm hinterlassen hatte, dessen Geschäft er sozusagen fortführte, war ziemlich bedeutend gewesen, aber man sagte sich, daß er dennoch vom Kapitale zehre. Er hielt sich meistens im »Klub« oder im Ratskeller auf, um zu frühstücken, ward jeden Morgen um vier Uhr irgendwo in den Straßen gesehen und unternahm häufig Geschäftsreisen nach Hamburg. Vor allem jedoch war er ein eifriger Theaterliebhaber, versäumte keine Vorstellung und nahm persönliches Interesse an dem ausübenden Personal. Demoiselle Meyer-de la Grange war die letzte der jungen Künstlerinnen, die er in den vergangenen Jahren mit Brillanten ausgezeichnet hatte...

Um zur Sache zu kommen, so sah die junge Dame als Walter Tell – sie trug auch in dieser Rolle ihre Brillantbrosche – ganz allerliebst aus und spielte so rührend, daß dem Schüler Buddenbrook vor innerer Begeisterung die Tränen in die Augen traten, ja, daß er sich zu einer Handlungsweise hinreißen ließ, wie sie nur aus einem allzu starken Empfinden hervorgehen kann. In einer Pause nämlich erstand er im gegenüberliegenden Blumenladen für 1 Mark 8½ Schilling ein Bouquet, mit welchem dieser vierzehnjährige Knirps mit seiner großen Nase und seinen kleinen tiefliegenden Augen den Weg zum Bühnenraum marschierte und, da niemand ihn aufhielt, vor einer Garderobentür auf Fräulein Meyer-de la Grange stieß, die im Gespräche mit Konsul Peter Döhlmann stand. Der Konsul wäre vor Lachen beinahe gegen die Wand gefallen, als er Christian mit dem Bouquet daherkommen sah; der neue Suitier aber machte ernsthaft sein bestes Kompliment vor Walter Tell, überreichte ihm die Blumen, schüttelte langsam den Kopf und sagte in einem Tone, der vor Aufrichtigkeit beinahe bekümmert klang:

»Fräulein, wie schön haben Sie gespielt!«

»Nun seh' mal einer diesen Krischan Buddenbrook!« schrie Konsul Döhlmann mit seiner breiten Aussprache. Fräulein Meyer-de la Grange aber zog die hübschen Brauen empor und fragte:

»Sohn vom Konsul Buddenbrook?« Dann streichelte sie ihrem neuen Verehrer mit vielem Wohlwollen die Wange.

Dies war der Tatbestand, den Peter Döhlmann am selben Abend im »Klub« zum besten gab, der mit ungeheurer Schnelligkeit in der Stadt bekannt wurde und sogar dem Schuldirektor zu Ohren kam, der ihn wiederum zum Gegenstande einer Unterredung mit Konsul Buddenbrook machte. Wie faßte dieser die Sache auf? Er war weniger zornig als gradezu überwältigt und geschlagen... Als er der Konsulin Mitteilung machte, saß er beinahe gebrochen im Landschaftszimmer.

»Das ist unser Sohn, so entwickelt er sich...«

»Jean, mein Gott, dein Vater hätte gelacht darüber... Und erzähle es nur Donnerstag bei meinen Eltern, Papa wird sich köstlich amüsieren...«

Hier begehrte der Konsul auf. »Ha! Ja! Ich bin überzeugt, daß er sich amüsieren wird, Bethsy! Er wird sich freuen, daß sein leichtfertiges Blut und seine unfrommen Neigungen nicht nur in Justus, dem... Suitier, sondern ersichtlich auch in einem seiner Enkel fortleben... sapperlot, du zwingst mich zu dieser Äußerung! Er geht zu dieser Person! Er gibt sein Taschengeld aus für diese Lorette –! Er weiß es nicht, nein; aber die Neigung zeigt sich! Die Neigung zeigt sich!...«

Ja, das war ein schlimmer Fall; und der Konsul war um so entsetzter, als auch Tony, wie gesagt, sich nicht zum besten betrug. Zwar verzichtete sie mit den Jahren darauf, den bleichen Mann tanzen zu lassen und die Puppenliese zu besuchen; aber sie zeigte eine immer keckere Art, den Kopf in den Nacken zu werfen, und äußerte, besonders wenn sie den Sommer draußen bei den Großeltern verlebt hatte, einen argen Hang zu Hoffart und Eitelkeit.

Eines Tages überraschte der Konsul sie mit Verdruß dabei, daß sie gemeinsam mit Mamsell Jungmann Claurens ›Mimili‹ las; er blätterte in dem Bändchen, schwieg und verschloß es auf immer. Kurz darauf kam es an den Tag, daß Tony – Antonie Buddenbrook – ganz allein mit einem Gymnasiasten, einem Freunde ihrer Brüder, vorm Tore spazieren gegangen war. Frau

Stuht, dieselbe, die in den ersten Kreisen verkehrte, hatte die beiden erblickt, hatte sich, gelegentlich eines Kleiderankaufes bei Möllendorpfs, darüber geäußert, daß nun wahrhaftig auch Mamsell Buddenbrook schon in die Jahre komme, wo... und Frau Senatorin Möllendorpf hatte in heiterem Tone dem Konsul davon erzählt. Diese Spaziergänge wurden verhindert. Dann aber erwies es sich, daß Mademoiselle Tony aus jenen alten, hohlen Bäumen, gleich hinter dem Burgtore, die nur lückenhaft mit Mörtelmasse gefüllt waren, kleine Korrespondenzen abholte oder daselbst zurückließ, die von ebendemselben Gymnasiasten herrührten oder an ihn gerichtet waren. Als dies am Lichte war, erschien es geboten, die nun fünfzehnjährige Tony in strengere Obhut zu geben, in eine Pension, in diejenige von Fräulein Weichbrodt, Am Mühlenbrink Numero 7.

7.

Therese Weichbrodt war bucklig, sie war so bucklig, daß sie nicht viel höher war als ein Tisch. Sie war einundvierzig Jahre alt, aber da sie niemals Gewicht auf äußere Wohlgefälligkeit gelegt hatte, so ging sie gekleidet wie eine Dame von sechzig bis siebzig Jahren. Auf ihren grauen, gepolsterten Ohrlocken saß eine Haube mit grünen Bändern, die über die schmalen Kinder-Schultern hinabfielen, und nie war an ihrem kümmerlichen schwarzen Kleidchen etwas wie Putz gesehen worden... ausgenommen die große, ovale Brosche, auf der in Porzellan-Malerei das Bild ihrer Mutter prangte.

Das kleine Fräulein Weichbrodt besaß kluge und scharfe braune Augen, eine leichtgebogene Nase und schmale Lippen, die sie aufs entschiedenste zusammenpressen konnte... Überhaupt lag in ihrer geringen Figur und allen ihren Bewegungen ein Nachdruck, der zwar possierlich, aber durchaus respektgebietend wirkte. Dazu trug in hohem Grade auch ihre Sprache bei. Sie sprach mit lebhafter und stoßweiser Bewegung des Unterkiefers und einem schnellen, eindringlichen Kopfschütteln, exakt und dialektfrei, klar, bestimmt und mit sorgfältiger Betonung jedes Konsonanten. Den Klang der Vokale aber übertrieb sie sogar in einer Weise, daß sie zum Beispiel nicht »Butterkruke«, sondern »Botter-« oder gar »Batterkruke« sprach und ihr eigensinnig kläffendes Hündchen nicht »Bobby«, sondern »Babby« rief. Wenn sie zu einer Schülerin sagte: »Kend, sei nicht sa domm!« und zweimal dabei ganz kurz mit dem gekrümmten Zeigefinger auf den Tisch pochte, so machte dies Eindruck, das ist sicher; und wenn Mademoiselle Popinet, die Französin, sich beim Kaffee mit allzuviel Zucker bediente, so hatte Fräulein Weichbrodt eine Art, die Zimmerdecke zu betrachten, mit einer Hand auf dem Tischtuch Klavier zu spielen und zu sagen: »Ich wörde die *ganze* Zockerböchse nehmen!«, daß Mademoiselle Popinet heftig errötete...

Als Kind – mein Gott, wie winzig mußte sie als Kind gewesen sein! – hatte Therese Weichbrodt sich selber »Sesemi« genannt, und diese Änderung ihres Vornamens hatte sie beibehalten, indem sie den besseren und tüchtigeren Schülerinnen, Internen sowohl wie Externen, gestattete, sie so zu nennen. »Nenne mich ›Sesemi‹, Kind«, sagte sie gleich am ersten Tage zu Tony Buddenbrook, indem sie sie kurz und mit einem leicht knallenden Geräusch auf die Stirn küßte... »Ich höre es gern.« Ihre ältere Schwester, Madame Kethelsen, aber hieß Nelly.

Madame Kethelsen, die ungefähr achtundvierzig Jahre zählte, war von ihrem verstorbenen Gatten mittellos im Leben zurückgelassen worden, bewohnte bei ihrer Schwester im oberen Stockwerk eine kleine Stube und beteiligte sich an der allgemeinen Tafel. Sie kleidete sich ähnlich wie Sesemi, war aber im Gegensatz zu ihr außerordentlich lang; an ihren hageren Handgelenken trug sie wollene Pulswärmer. Sie war nicht Lehrerin, sie wußte nichts von Strenge, und in Harmlosigkeit und stillem Frohsinn bestand ihr Wesen. Hatte ein Zögling Fräulein Weichbrodt einen Streich vollführt, so stieß sie darüber ein gutmütiges und vor Herzlichkeit beinahe klagendes Lachen aus, bis Sesemi auf den Tisch pochte und so eindringlich »Nelly!« rief, daß es wie »Nally« klang; dann verstummte sie eingeschüchtert.

Madame Kethelsen gehorchte ihrer jüngeren Schwester, sie ließ sich von ihr ausschelten wie ein Kind, und die Sache war die, daß Sesemi sie herzlich verachtete. Therese Weichbrodt war ein belesenes, ja beinahe gelehrtes Mädchen und hatte sich ihren Kinderglauben, ihre positive Religiosität und die Zuversicht, dort drüben einst für ihr schwieriges und glanzloses Leben entschädigt zu werden, in ernstlichen kleinen Kämpfen bewahren müssen. Madame Kethelsen dagegen war ungelehrt, unschuldig und einfältigen Gemütes. »Die gute Nelly!« sagte Sesemi. »Mein Gott, sie ist ein Kind, sie ist niemals auf einen Zweifel gestoßen, sie hat niemals einen Kampf zu bestehen gehabt, sie ist glücklich...« In solchen Worten lag ebensoviel Geringschätzung wie Neid, und das war ein schwacher, wenn auch verzeihlicher Charakterzug Sesemi's.

Das hochgelegene Erdgeschoß des ziegelroten Vorstadthäuschens, das von einem nett gehaltenen Garten umgeben war, wurde von den Unterrichtsräumen und dem Speisezimmer eingenommen, während sich im oberen Stockwerk und auch im Bodenraum die Schlafzimmer befanden. Die Zöglinge Fräulein Weichbrodts waren nicht zahlreich, denn die Pension nahm nur größere Mädchen auf und besaß, auch für externe Schülerinnen, nur die drei ersten Schulklassen; auch sah Sesemi mit Strenge darauf, daß nur Töchter aus zweifellos vornehmen Familien in ihr Haus kamen... Tony Buddenbrook ward, wie angedeutet, mit Zärtlichkeit empfangen; ja, zum Abendessen hatte Therese »Bischof« gemacht, einen roten und süßen Punsch, der kalt getrunken ward, und auf den sie sich mit Meisterschaft verstand... »Noch ein bißchen Beschaf?« fragte sie mit herzlichem Kopfschütteln... und das klang so appetitlich, daß niemand widerstand.

Fräulein Weichbrodt saß auf zwei Sofakissen am oberen Ende der Tafel und beherrschte die Mahlzeit mit Tatkraft und Umsicht; sie richtete ihr verwachsenes Körperchen ganz stramm empor, pochte wachsam auf den Tisch, rief »Nally!« und »Babby!« und demütigte Mademoiselle Popinet mit einem Blicke, wenn diese im Begriffe stand, sich alles Gelée des kalten

Kalbsbratens anzueignen. Tony hatte ihren Platz inmitten zweier anderer Pensionärinnen erhalten. Zwischen Armgard von Schilling, einer blonden und stämmigen Gutsbesitzerstochter aus Mecklenburg, und Gerda Arnoldsen, die in Amsterdam zu Hause war, einer eleganten und fremdartigen Erscheinung mit schwerem, dunkelrotem Haar, nahe beieinanderliegenden braunen Augen und einem weißen, schönen, ein wenig hochmütigen Gesicht. Ihr gegenüber plapperte die Französin, die aussah wie eine Negerin und ungeheure goldene Ohrringe trug. Am unteren Tischende saß mit säuerlichem Gesicht die hagere Engländerin Miss Brown, die gleichfalls im Hause wohnte.

Man befreundete sich rasch mit Hilfe von Sesemi's »Bischof«. Mademoiselle Popinet hatte in der letzten Nacht wieder Alpdrücken gehabt, erzählte sie... Ah, quelle horreur! Sie pflegte dann »Ülfen, Ülfen! Dieben, Dieben!« zu rufen, daß alles aus dem Bette sprang. Ferner stellte sich heraus, daß Gerda Arnoldsen nicht Klavier spielte, wie die anderen, sondern Geige, und daß Papa – ihre Mutter war nicht mehr am Leben – ihr eine echte Stradivari versprochen habe. Tony war unmusikalisch; die meisten Buddenbrooks und alle Krögers waren es. Sie konnte nicht einmal die Choräle erkennen, die in der Marienkirche gespielt wurden... Oh, die Orgel in der Nieuwe Kerk zu Amsterdam hatte eine vox humana, eine Menschenstimme, die prachtvoll klang! – Armgard von Schilling erzählte von den Kühen zu Hause.

Diese Armgard hatte vom ersten Augenblicke an den größten Eindruck auf Tony gemacht, und zwar als das erste adelige Mädchen, mit dem sie in Berührung kam. Von Schilling zu heißen, welch ein Glück! Die Eltern hatten das schönste alte Haus der Stadt, und die Großeltern waren vornehme Leute; aber sie hießen doch ganz einfach »Buddenbrook« und »Kröger«, und das war außerordentlich schade. Die Enkelin des noblen Lebrecht Kröger erglühte in Bewunderung für Armgards Adel, und im geheimen dachte sie manchmal, daß für sie selbst dieses prächtige »von« eigentlich viel besser gepaßt haben würde, – denn Armgard, mein Gott, sie wußte ihr Glück nicht einmal zu schätzen, sie ging umher mit ihrem dicken Zopf, ihren gutmütigen blauen Augen und ihrer breiten mecklenburgischen Aussprache und dachte gar nicht daran; sie war durchaus nicht vornehm, sie machte nicht den geringsten Anspruch darauf, sie hatte keinen Sinn für Vornehmheit. Dieses Wort »vornehm« saß erstaunlich fest in Tony's Köpfchen, und sie wandte es mit anerkennendem Nachdruck auf Gerda Arnoldsen an.

Gerda war ein wenig apart und hatte etwas Fremdes und Ausländisches an sich; sie liebte es, ihr prachtvolles rotes Haar trotz Sesemi's Einspruch etwas auffallend zu frisieren, und viele fanden es *albern*, daß sie die Geige spiele – wobei zu bemerken ist, daß »albern« einen sehr harten Ausdruck der Verurteilung bedeutete. Darin jedoch mußte man mit Toni übereinstimmen, daß Gerda Arnoldsen ein vornehmes Mädchen war. Ihre für ihr Alter voll entwickelte Erscheinung, ihre Gewohnheiten, die Dinge, die sie besaß, alles war vornehm. Zum Beispiel die elfenbeinerne Toiletteneinrichtung aus Paris, die Tony besonders zu schätzen wußte, da sich auch bei ihr zu Hause allerlei Gegenstände vorfanden, die ihre Eltern oder Großeltern aus Paris mitgebracht hatten und sehr wert hielten.

Die drei jungen Mädchen schlossen rasch einen Freundschaftsbund, sie gehörten der gleichen Unterrichtsklasse an und bewohnten gemeinsam den größten der Schlafräume im oberen Stockwerke. Welche amüsanten und behaglichen Stunden waren das, wenn man um zehn Uhr zur Ruhe ging und beim Auskleiden plauderte – mit halber Stimme nur, denn nebenan begann Mademoiselle Popinet von Dieben zu träumen... Sie schlief zusammen mit der kleinen Eva Ewers, einer Hamburgerin, deren Vater, ein Kunstschwärmer und Sammler, sich in München angesiedelt hatte.

Die braungestreiften Rouleaux waren geschlossen, die niedrige, rot verhüllte Lampe brannte auf dem Tische, ein leiser Duft nach Veilchen und frischer Wäsche erfüllte das Zimmer und eine gemächliche, gedämpfte Stimmung von Müdigkeit, Sorglosigkeit und Träumerei.

»Mein Gott«, sagte Armgard, die halb ausgekleidet auf dem

Rande ihres Bettes saß, »wie geläufig Doktor Neumann spricht! Er kommt in die Klasse, stellt sich an den Tisch und spricht von Racine...«

»Er hat eine schöne, hohe Stirn«, bemerkte Gerda, während sie sich vor dem Spiegel zwischen den beiden Fenstern beim Schein zweier Kerzen die Haare kämmte.

»Ja!« sagte Armgard rasch.

»Und du hast auch *nur* von ihm angefangen, um das zu hören zu bekommen, Armgard, denn du blickst ihn beständig mit deinen blauen Augen an, als ob...«

»Liebst du ihn?« fragte Tony. »Mein Schuhband geht einfach nicht auf, *bitte*, Gerda... so! nun! Liebst du ihn, Armgard? Heirate ihn doch; es ist eine sehr gute Partie, er wird Professor am Gymnasium werden...«

»Gott, ihr seid scheußlich. Ich liebe ihn gar nicht. Ich werde sicherlich keinen Lehrer heiraten, sondern einen Landmann...«

»Einen Adligen?« Tony ließ den Strumpf sinken, den sie in der Hand hielt und blickte gedankenvoll in Armgards Gesicht.

»Das weiß ich noch nicht; aber ein großes Gut muß er haben... Ach, wie freue ich mich darauf, Kinder! Ich werde um fünf Uhr aufstehen und wirtschaften...« Sie zog die Bettdecke über sich und sah träumend zum Plafond empor.

»Vor ihrem geistigen Auge stehen fünfhundert Kühe«, sprach Gerda und betrachtete ihre Freundin im Spiegel.

Tony war noch nicht fertig; aber sie ließ ihren Kopf im voraus aufs Kissen sinken, verschränkte die Hände im Nacken und betrachtete auch ihrerseits sinnend die Zimmerdecke.

»Ich werde natürlich einen Kaufmann heiraten«, sagte sie. »Er muß recht viel Geld haben, damit wir uns vornehm einrichten können; das bin ich meiner Familie und der Firma schuldig«, fügte sie ernsthaft hinzu. »Ja, ihr sollt sehn, das werde ich schon machen.«

Gerda hatte ihre Schlaffrisur beendet und putzte ihre breiten, weißen Zähne, wobei sie sich ihres elfenbeinernen Handspiegels bediente.

»Ich werde *wahrscheinlich* gar nicht heiraten«, sagte sie ein wenig mühsam, denn das Pfefferminz-Pulver behinderte sie. »Ich sehe nicht ein, warum. Ich habe gar keine Lust dazu. Ich gehe nach Amsterdam und spiele Duos mit Papa und lebe später bei meiner verheirateten Schwester...«

»Wie schade!« rief Tony lebhaft. »Nein, wie schade, Gerda! Du solltest dich hier verheiraten und immer hier bleiben... Höre mal, du solltest zum Beispiel einen von meinen Brüdern heiraten...«

»Den mit der großen Nase?« fragte Gerda und gähnte mit einem kleinen zierlichen und nachlässigen Seufzer, wobei sie den Handspiegel vor den Mund hielt.

»Oder den anderen, das ist ja gleichgültig... Gott, wie ihr euch einrichten würdet! Jakobs müßte es machen, Tapezierer Jakobs in der Fischstraße, er hat einen vornehmen Geschmack. Ich würde täglich zu Besuch kommen...«

Aber dann ließ Mademoiselle Popinets Stimme vernehmen: »Ah! voyons, mesdames! zu Bette, s'il vous plaît! Sie werden sich heute abend nicht mehr verheiraten!«

Die Sonntage aber und die Ferien verlebte Tony in der Mengstraße oder draußen bei den Großeltern. Welch ein Glück, wenn am Ostersonntag gutes Wetter war und man die Eier und Marzipanhasen in dem ungeheuren Krögerschen Garten suchen konnte! Welche Sommerferien an der See, wenn man im Kurhause wohnte, an der Table d'hôte speiste, badete und Esel ritt! Auch wurden in einigen Jahren, wenn der Konsul Geschäfte gemacht, Reisen von größerer Ausdehnung unternommen. Aber welch Weihnachtsfest, vor allem, mit drei Bescherungen: zu Hause, bei den Großeltern und bei Sesemi, woselbst an diesem Abend der »Bischof« in Strömen floß... Am herrlichsten aber war dennoch der Weihnachtsabend zu Hause, denn der Konsul hielt darauf, daß das Heilige Christfest mit Weihe, Glanz und Stimmung begangen ward. Wenn man in tiefer Feierlichkeit im Landschaftszimmer versammelt war, während die Dienstboten und allerlei alte und arme Leute, denen der Konsul die blauroten Hände drückte, sich in der Säulenhalle drängten, dann erscholl dort draußen vierstimmiger Gesang, den die Chorknaben der

Marienkirche vollführten, und man bekam Herzklopfen, so festlich war es. Dann, während schon durch die Spalten der hohen, weißen Flügeltür der Tannenduft drang, verlas die Konsulin aus der alten Familienbibel mit den ungeheuerlichen Buchstaben langsam das Weihnachtskapitel, und war draußen noch ein Gesang verklungen, so stimmte man »O Tannenbaum« an, während man sich in feierlichem Umzuge durch die Säulenhalle in den Saal begab, den weiten Saal mit den Statuen an der Tapete, wo der mit weißen Lilien geschmückte Baum flimmernd, leuchtend und duftend zur Decke ragte und die Geschenktafel von den Fenstern bis zur Tür reichte. Aber draußen, auf dem hartgefrorenen Schnee der Straßen musizierten die italienischen Drehorgelmänner, und vom Marktplatz scholl der Trubel des Weihnachtsmarktes herüber. Außer der kleinen Clara beteiligten sich auch die Kinder an dem späten Abendessen in der Säulenhalle, bei dem es Karpfen und gefüllten Puter in übergewaltigen Mengen gab...

Hier ist zu erwähnen, daß Tony Buddenbrook in diesen Jahren zwei mecklenburgische Güter besuchte. Ein paar Sommerwochen verlebte sie mit ihrer Freundin Armgard auf dem Besitztum des Herrn von Schilling, das Travemünde gegenüber jenseits der Bucht an der Küste lag. Und ein anderes Mal reiste sie mit Cousine Thilda dorthin, wo Herr Bernhardt Buddenbrook Inspektor war. Dieses Gut hieß »Ungnade« und brachte nicht einen Heller ein; aber als Ferienaufenthalt war es trotzdem nicht zu verachten.

So wanderten die Jahre vorbei, und es war, alles in allem, eine glückliche Jugendzeit, die Tony verlebte.

Dritter Teil

(Meiner Schwester Julia sei dieser Teil zur Erinnerung an unsere
Ostseebucht von Herzen zugeeignet.)

1.

Kurz nach fünf Uhr, eines Juni-Nachmittages, saß man vor dem
»Portale« im Garten, woselbst man Kaffee getrunken hatte.
Drinnen in dem weißgetünchten Raum des Gartenhauses mit
dem hohen Wandspiegel, dessen Fläche mit flatternden Vögeln
bemalt war, und den beiden lackierten Flügeltüren im Hintergrunde, die genau betrachtet gar keine Türen waren und nur
gemalte Klinken besaßen, war die Luft zu warm und dumpfig,
und man hatte die aus knorrigem, gebeiztem Holze leichtge-
arbeiteten Möbel hinausgestellt.

Im Halbkreise saßen der Konsul, seine Gattin, Tony, Tom
und Klothilde um den runden gedeckten Tisch, auf dem das benutzte Service schimmerte, während Christian, ein wenig seitwärts, mit einem unglücklichen Gesichtsausdruck Cicero's
zweite Catilinarische Rede präparierte. Der Konsul war mit seiner Zigarre und den ›Anzeigen‹ beschäftigt. Die Konsulin hatte
ihre Seidenstickerei sinken lassen und sah lächelnd der kleinen
Clara zu, die mit Ida Jungmann auf dem Rasenplatze Veilchen
suchte, denn es gab zuweilen Veilchen dort. Tony hatte den
Kopf in beide Hände gestützt und las versunken in Hoffmanns
›Serapionsbrüdern‹, während Tom sie mit einem Grashalm ganz
vorsichtig im Nacken kitzelte, was sie aus Klugheit aber durchaus nicht bemerkte. Und Klothilde, die mager und ältlich in ihrem geblümten Kattunkleide dasaß, las eine Erzählung, welche
den Titel trug: ›Blind, taub, stumm und dennoch glückselig‹;
zwischendurch schabte sie die Biskuitreste auf dem Tischtuche
zusammen, worauf sie das Häufchen mit allen fünf Fingern ergriff und behutsam verzehrte.

91

Der Himmel, an dem unbeweglich ein paar weiße Wolken standen, begann langsam blasser zu werden. Das Stadtgärtchen lag mit symmetrisch angelegten Wegen und Beeten bunt und reinlich in der Nachmittagssonne. Der Duft der Reseden, die die Beete umsäumten, kam dann und wann durch die Luft daher.

»Na, Tom«, sagte der Konsul gutgelaunt und nahm die Zigarre aus dem Mund; »die Roggenangelegenheit mit van Henkdom & Comp., von der ich dir erzählte, arrangiert sich.«

»Was gibt er?« fragte Thomas interessiert und hörte auf, Tony zu plagen.

»Sechzig Taler für tausend Kilo... nicht übel, wie?«

»Das ist vorzüglich!« Tom wußte, daß dies ein sehr gutes Geschäft war.

»Tony, deine Haltung ist nicht comme il faut«, bemerkte die Konsulin, worauf Tony, ohne die Augen von ihrem Buche zu erheben, einen Ellbogen vom Tische nahm.

»Das schadet nichts«, sagte Tom. »Sie kann sitzen, wie sie will, sie bleibt immer Tony Buddenbrook. Thilda und sie sind unstreitig die schönsten in der Familie.«

Klothilde war zum Sterben erstaunt. »Gott! Tom –?« machte sie, und es war unbegreiflich, wie lang sie diese kurzen Silben zu ziehen vermochte. Tony duldete schweigsam, denn Tom war ihr überlegen, da half nichts; er würde wieder eine Antwort finden und die Lacher auf seiner Seite haben. Sie zog nur mit geöffneten Nasenflügeln heftig die Luft ein und hob die Schultern empor. Als aber die Konsulin von dem bevorstehenden Ball bei Konsul Huneus zu sprechen begann und etwas über neue Lackschuhe fallenließ, nahm Tony auch den anderen Ellbogen vom Tisch und zeigte sich lebhaft bei der Sache.

»Ihr redet und redet«, rief Christian kläglich, »und dies ist so fürchterlich schwer! Ich wollte, ich wäre auch Kaufmann –!«

»Ja, du willst jeden Tag etwas anderes sein«, sagte Tom. – Hierauf kam Anton über den Hof; er kam mit einer Karte auf dem Teebrett, und man sah ihm erwartungsvoll entgegen.

»Grünlich, Agent«, las der Konsul. »Aus Hamburg. Ein angenehmer, gut empfohlener Mann, ein Pastorssohn. Ich habe Ge-

schäfte mit ihm. Es ist da eine Sache... Sage dem Herrn, Anton
– es ist dir recht, Bethsy? –, er möge sich hierher bemühen...«

– Durch den Garten kam, Hut und Stock in derselben Hand,
mit ziemlich kurzen Schritten und etwas vorgestrecktem Kopf,
ein mittelgroßer Mann von etwa zweiunddreißig Jahren in
einem grüngelben, wolligen und langschößigen Anzug und
grauen Zwirnhandschuhen. Sein Gesicht unter dem hellblonden, spärlichen Haupthaar war rosig und lächelte; neben dem
einen Nasenflügel aber befand sich eine auffällige Warze. Er trug
Kinn und Oberlippe glattrasiert und ließ den Backenbart nach
englischer Mode lang hinunterhängen; diese Favoris waren von
ausgesprochen goldgelber Farbe. – Schon von weitem vollführte er mit seinem großen, hellgrauen Hut eine Gebärde der
Ergebenheit...

Mit einem letzten, sehr langen Schritte trat er heran, indem er
mit dem Oberkörper einen Halbkreis beschrieb und sich auf
diese Weise vor allen verbeugte.

»Ich störe, ich trete in einen Familienkreis«, sprach er mit weicher Stimme und feiner Zurückhaltung. »Man hat gute Bücher
zur Hand genommen, man plaudert... Ich muß um Verzeihung
bitten!«

»Sie sind willkommen, mein werter Herr Grünlich!« sagte der
Konsul, der sich, wie seine beiden Söhne, erhoben hatte und
dem Gaste die Hand drückte. »Ich freue mich, Sie auch außerhalb des Comptoirs und im Kreise meiner Familie begrüßen zu
können. Herr Grünlich, Bethsy, mein wackerer Geschäftsfreund... Meine Tochter Antonie... Meine Nichte Klothilde... Sie kennen Thomas bereits... Das ist mein zweiter
Sohn, Christian, ein Gymnasiast.«

Herr Grünlich hatte wiederum auf jeden Namen mit einer
Verbeugung geantwortet.

»Wie gesagt«, fuhr er fort, »ich habe nicht die Absicht, den
Eindringling zu spielen... Ich komme in Geschäften, und wenn
ich den Herrn Konsul ersuchen dürfte, einen Gang mit mir
durch den Garten zu tun...«

Die Konsulin antwortete:

»Sie erweisen uns eine Liebenswürdigkeit, wenn Sie nicht sofort mit meinem Manne von Geschäften reden, sondern ein Weilchen mit unserer Gesellschaft fürlieb nehmen wollten. Nehmen Sie Platz!«

»Tausend Dank«, sagte Herr Grünlich bewegt. Hierauf ließ er sich auf dem Rande des Stuhles nieder, den Tom herbeigebracht hatte, setzte sich, Hut und Stock auf den Knieen, zurecht, strich mit der Hand über seinen einen Backenbart und ließ ein Hüsteln vernehmen, das ungefähr klang wie: »Hä-ä-hm!« Dies alles machte den Eindruck, als wollte er sagen: ›Das wäre die Einleitung. Was nun?‹

Die Konsulin eröffnete den Hauptteil der Unterhaltung.

»Sie sind in Hamburg zu Hause?« fragte sie, indem sie den Kopf zur Seite neigte und ihre Arbeit im Schoße ruhen ließ.

»Allerdings, Frau Konsulin«, entgegnete Herr Grünlich mit einer neuen Verbeugung. »Ich habe meinen Wohnsitz in Hamburg, allein ich bin viel unterwegs, ich bin stark beschäftigt, mein Geschäft ist ein außerordentlich reges... hä-ä-hm, ja, das darf ich sagen.«

Die Konsulin zog die Brauen empor und machte eine Mundbewegung, als sagte sie mit respektvoller Betonung: ›So?‹

»Rastlose Tätigkeit ist für mich Lebensbedingung«, setzte Herr Grünlich halb zum Konsul gewendet hinzu, und er hüstelte aufs neue, als er den Blick bemerkte, den Fräulein Antonie auf ihm ruhen ließ, diesen kalten und musternden Blick, mit dem junge Mädchen fremde junge Herren messen, und dessen Ausdruck jeden Augenblick bereit scheint, in Verachtung überzugehen.

»Wir haben Verwandte in Hamburg«, bemerkte Tony, um etwas zu sagen.

»Die Duchamps«, erklärte der Konsul, »die Familie meiner seligen Mutter.«

»Oh, ich bin vollkommen orientiert!« beeilte sich Herr Grünlich zu erwidern. »Ich habe die Ehre, ein wenig bei den Herrschaften bekannt zu sein. Es sind ausgezeichnete Menschen insgesamt, Menschen von Herz und Geist, – hä-ä-hm. In der Tat, wenn in allen Familien ein Geist herrschte wie in dieser, so stünde es besser um die Welt. Hier findet man Gottesglaube, Mildherzigkeit, innige Frömmigkeit, kurz, die wahre Christlichkeit, die mein Ideal ist; und damit verbinden diese Herrschaften eine edle Weitläufigkeit, eine Vornehmheit, eine glänzende Eleganz, Frau Konsulin, die mich persönlich nun einmal charmiert!«

Tony dachte: Woher kennt er meine Eltern? Er sagt ihnen, was sie hören wollen... Der Konsul aber sprach beifällig:

»Diese doppelte Geschmacksrichtung kleidet jeden Mann aufs beste.«

Und die Konsulin konnte nicht umhin, dem Gaste mit einem leisen Klirren des Armbandes die Hand zu reichen, deren Flächen sie in herzlicher Weise ganz weit herumdrehte.

»Sie reden mir aus der Seele, mein werter Herr Grünlich!« sagte sie.

Hierauf verbeugte sich Herr Grünlich, setzte sich zurecht, strich über seinen Backenbart und hüstelte, als wollte er sagen: ›Fahren wir fort.‹

Die Konsulin ließ ein paar Worte fallen über die für Herrn Grünlichs Vaterstadt so furchtbaren zweiundvierziger Maitage... »In der Tat«, bemerkte Herr Grünlich, »ein schweres Unglück, eine betrübende Heimsuchung, dieser Brand. Ein Schaden von hundertfünfunddreißig Millionen, ja, das ist ziemlich genau berechnet. Übrigens bin ich meinerseits der Vorsehung zu hohem Danke verpflichtet... ich bin nicht im geringsten getroffen worden. Das Feuer wütete hauptsächlich in den Kirchspielen Sankt Petri und Nikolai... Welch reizender Garten«, unterbrach er sich, während er sich dankend mit einer Zigarre des Konsuls bediente, »– doch, für einen Stadtgarten ist er ungewöhnlich groß! Und welch farbiger Blumenflor... oh, mein Gott, ich gestehe meine Schwäche für Blumen und für die Natur im allgemeinen! Diese Klatschrosen dort drüben putzen ganz ungemein...«

Herr Grünlich lobte die vornehme Anlage des Hauses, er lobte die ganze Stadt überhaupt, er lobte auch die Zigarre des Konsuls und hatte für jeden ein liebenswürdiges Wort.

»Darf ich es wagen, mich nach Ihrer Lektüre zu erkundigen, Mademoiselle Antonie?« fragte er lächelnd.

Tony zog aus irgendeinem Grunde plötzlich die Brauen zusammen und antwortete, ohne Herrn Grünlich anzublicken:

»Hoffmanns ›Separationsbrüder‹.«

»In der Tat! Dieser Schriftsteller hat Hervorragendes geleistet«, bemerkte er. »Aber um Vergebung... ich vergaß den Namen Ihres zweiten Herrn Sohnes, Frau Konsulin.«

»Christian.«

»Ein schöner Name! Ich liebe, wenn ich das aussprechen darf« – und Herr Grünlich wandte sich wieder an den Hausherrn – »die Namen, welche schon an und für sich erkennen lassen, daß ihr Träger ein Christ ist. In Ihrer Familie ist, wie ich weiß, der Name Johann erblich... wer dächte dabei nicht an den Lieblingsjünger des Herrn. Ich zum Beispiel, wenn ich mir diese Bemerkung gestatten darf«, fuhr er mit Beredsamkeit fort, »heiße wie die meisten meiner Vorfahren Bendix, – ein Name, der ja nur als eine mundartliche Zusammenziehung von Benedikt zu betrachten ist. Und Sie lesen, Herr Buddenbrook? Ah, Cicero! Eine schwierige Lektüre, die Werke dieses großen römischen Redners. Quousque tandem, Catilina... hä-ä-hm, ja, ich habe mein Latein gleichfalls noch nicht völlig vergessen!«

Der Konsul sagte:

»Ich habe, im Gegensatze zu meinem seligen Vater, immer meine Einwände gehabt gegen diese fortwährende Beschäftigung der jungen Köpfe mit dem Griechischen und Lateinischen. Es gibt so viele ernste und wichtige Dinge, die zur Vorbereitung auf das praktische Leben nötig sind...«

»Sie sprechen meine Meinung aus, Herr Konsul«, beeilte sich Herr Grünlich zu antworten, »bevor ich ihr Worte verleihen konnte! Eine schwierige, und, wie ich hinzuzufügen vergaß, *nicht unanfechtbare* Lektüre. Von allem abgesehen, erinnere ich mich einiger direkt anstößiger Stellen in diesen Reden...«

Als eine Pause entstand, dachte Tony: ›Jetzt komme ich an die Reihe.‹ Denn Herrn Grünlichs Blicke ruhten auf ihr. Und richtig, sie kam an die Reihe. Herr Grünlich nämlich schnellte plötzlich ein wenig auf seinem Sitze empor, machte eine kurze, krampfhafte und dennoch elegante Handbewegung nach der Seite der Konsulin und flüsterte heftig:

»Ich bitte Sie, Frau Konsul, beachten Sie? – Ich beschwöre Sie, mein Fräulein«, unterbrach er sich laut, als ob Tony nur dies verstehen sollte, »bleiben Sie noch einen Moment in dieser Stellung...! – Beachten Sie«, fuhr er wieder flüsternd fort, »wie die Sonne in dem Haare Ihres Fräulein Tochter spielt? – Ich habe niemals schöneres Haar gesehen!« sprach er plötzlich ernst vor Entzücken in die Luft hinein, als ob er zu Gott oder seinem Herzen redete.

Die Konsulin lächelte wohlgefällig, der Konsul sagte: »Setzen Sie der Dirn keine Schwachheiten in den Kopf!« und Tony zog wiederum stumm die Brauen zusammen. Einige Minuten darauf erhob sich Herr Grünlich.

»Aber ich inkommodiere nicht länger, nein, bei Gott, Frau Konsulin, ich inkommodiere nicht länger! Ich kam in Geschäften... allein wer könnte widerstehen... Nun ruft die Tätigkeit! Wenn ich den Herrn Konsul ersuchen dürfte...«

»Ich brauche Sie nicht zu versichern«, sagte die Konsulin, »wie sehr es mich freuen würde, wenn Sie während der Dauer Ihres Aufenthaltes am Orte in unserem Hause vorliebnehmen möchten...«

Herr Grünlich blieb einen Augenblick stumm vor Dankbarkeit. »Ich bin Ihnen von ganzer Seele verbunden, Frau Konsulin!« sagte er mit dem Ausdruck der Rührung. »Aber ich darf Ihre Liebenswürdigkeit nicht mißbrauchen. Ich bewohne ein paar Zimmer im Gasthause ›Stadt Hamburg‹...«

›Ein *paar* Zimmer‹, dachte die Konsulin, und dies war es auch, was sie nach Herrn Grünlichs Absicht denken sollte.

»Jedenfalls«, beschloß sie, indem sie ihm noch einmal mit herzlicher Bewegung die Hand bot, »hoffe ich, daß wir uns nicht zum letzten Male gesehen haben.«

Herr Grünlich küßte der Konsulin die Hand, wartete einen Augenblick, daß auch Antonie ihm die ihrige reiche, was aber nicht geschah, beschrieb einen Halbkreis mit dem Oberkörper, trat einen großen Schritt zurück, verbeugte sich nochmals, setzte dann mit einem Schwunge und indem er das Haupt zurückwarf, seinen grauen Hut auf und schritt mit dem Konsul davon...

»Ein angenehmer Mann!« wiederholte der letztere, als er zu seiner Familie zurückkehrte und seinen Platz wieder einnahm.

»Ich finde ihn *albern*«, erlaubte sich Antonie zu bemerken, und zwar mit Nachdruck.

»Tony! Mein Gott! Was für ein Urteil!« rief die Konsulin ein wenig entrüstet. »Ein so christlicher junger Mann!«

»Ein so wohlerzogener und weltläufiger Mann!« ergänzte der Konsul. »Du weißt nicht, was du sagst.« – Es geschah manchmal, daß die Eltern in dieser Weise aus Höflichkeit den Standpunkt wechselten; dann waren sie desto sicherer, einig zu sein.

Christian zog seine große Nase in Falten und sagte:

»Wie wichtig er immer spricht!... Man plaudert! Wir plauderten gar nicht. Und Klatschrosen putzen ungemein. Manchmal tut er, als ob er ganz laut zu sich selbst spräche. Ich störe – ich muß um Verzeihung bitten!... Ich habe niemals schöneres Haar gesehen!...« Und Christian ahmte Herrn Grünlich so vortrefflich nach, daß selbst der Konsul lachen mußte.

»Ja, er macht sich allzu wichtig!« fing Tony wieder an. »Er sprach beständig von sich selbst! *Sein* Geschäft ist rege, *er* liebt die Natur, *er* bevorzugt die und die Namen, *er* heißt Bendix... Was geht uns das an, möchte ich wissen... Er sagt alles nur, um sich herauszustreichen!« rief sie plötzlich ganz wütend. »Er sagte dir, Mama, und dir, Papa, *nur*, was ihr gern hört, um sich bei euch einzuschmeicheln!«

»Das ist kein Vorwurf, Tony!« sagte der Konsul streng. »Man befindet sich in fremder Gesellschaft, zeigt sich von seiner besten Seite, setzt seine Worte und sucht zu gefallen – das ist klar...«

»Ich finde, er ist ein guter Mensch«, sagte Klothilde sanft und gedehnt, obgleich sie die einzige Person war, um die Herr Grünlich sich nicht im geringsten bekümmert hatte. Thomas enthielt sich des Urteils.

»Genug«, beschloß der Konsul, »er ist ein christlicher, tüchtiger, tätiger und fein gebildeter Mann, und du, Tony, ein großes Mädchen von achtzehn oder nächstens neunzehn Jahren, gegen das er sich so artig und galant betragen hat, du solltest deine Tadelsucht bezähmen. Wir alle sind schwache Menschen, und du bist, verzeih mir, wahrlich die letzte, die einen Stein aufheben dürfte... Tom, an die Arbeit!«

Tony murmelte vor sich hin: »Ein goldgelber Backenbart!« und dabei zog sie die Brauen zusammen, wie sie es schon mehrere Male getan hatte.

2.

»Wie aufrichtig betrübt war ich, mein Fräulein, Sie zu verfehlen!« sprach Herr Grünlich einige Tage später, als Tony, die von einem Ausgang zurückkehrte, an der Ecke der Breiten und Mengstraße mit ihm zusammentraf. »Ich erlaubte mir, Ihrer Frau Mama meine Aufwartung zu machen, und ich vermißte Sie schmerzlich... Wie entzückt aber bin ich, Sie nun doch noch zu treffen!«

Fräulein Buddenbrook war stehen geblieben, da Herr Grünlich zu sprechen begann; aber ihre Augen, die sie halb geschlossen hatte und die plötzlich dunkel wurden, richteten sich nicht höher als auf Herrn Grünlichs Brust, und um ihren Mund lag das spöttische und vollkommen unbarmherzige Lächeln, mit dem ein junges Mädchen einen Mann mißt und verwirft... Ihre Lippen bewegten sich – was sollte sie antworten? Ha! es mußte ein Wort sein, das diesen Bendix Grünlich ein für allemal zurückschleuderte, vernichtete... aber es mußte ein gewandtes, witziges, schlagendes Wort sein, das ihn zugleich spitzig verwundete und ihm imponierte...

»Das ist nicht gegenseitig!« sagte sie, immer den Blick auf Herrn Grünlichs Brust geheftet; und nachdem sie diesen fein vergifteten Pfeil abgeschossen, ließ sie ihn stehen, legte den Kopf zurück und ging rot vor Stolz über ihre sarkastische Redegewandtheit nach Hause, woselbst sie erfuhr, daß Herr

Grünlich zum nächsten Sonntag auf einen Kalbsbraten gebeten sei...

Und er kam. Er kam in einem nicht ganz neumodischen, aber feinen, glockenförmigen und faltigen Gehrock, der ihm einen Anstrich von Ernst und Solidität verlieh, – rosig übrigens und lächelnd, das spärliche Haar sorgfältig gescheitelt und mit duftig frisierten Favoris. Er aß Muschelragout, Julienne-Suppe, gebackene Seezungen, Kalbsbraten mit Rahmkartoffeln und Blumenkohl, Marasquino-Pudding und Pumpernickel mit Roquefort und fand bei jedem Gerichte einen neuen Lobspruch, den er mit Delikatesse vorzubringen verstand. Er hob zum Beispiel seinen Dessertlöffel empor, blickte eine Statue der Tapete an und sprach laut zu sich selbst: »Gott verzeihe mir, ich kann nicht anders; ich habe ein großes Stück genossen, aber dieser Pudding ist gar zu prächtig gelungen; ich *muß* die gütige Wirtin noch um ein Stückchen ersuchen!« Worauf er der Konsulin schalkhaft zublinzelte. Er sprach mit dem Konsul über Geschäfte und Politik, wobei er ernste und tüchtige Grundsätze an den Tag legte, er plauderte mit der Konsulin über Theater, Gesellschaften und Toiletten; er hatte auch für Tom, Christian und die arme Klothilde, ja selbst für die kleine Clara und Mamsell Jungmann liebenswürdige Worte... Tony verhielt sich schweigsam, und er seinerseits unternahm es nicht, sich ihr zu nähern, sondern betrachtete sie nur dann und wann mit seitwärts geneigtem Kopfe und einem Blick, in dem sowohl Betrübnis wie Ermunterung lag.

Als Herr Grünlich sich an diesem Abend verabschiedete, hatte er den Eindruck verstärkt, den sein erster Besuch hervorgebracht. »Ein vollkommen erzogener Mann«, sagte die Konsulin. »Ein christlicher und achtbarer Mensch«, sagte der Konsul. Christian konnte seine Bewegungen und Sprache nun noch besser nachahmen, und Tony sagte mit finsteren Brauen gute Nacht, denn sie ahnte undeutlich, daß sie diesen Herrn, der sich mit so ungewöhnlicher Schnelligkeit die Herzen ihrer Eltern erobert hatte, nicht zum letzten Mal gesehen habe.

In der Tat, sie fand Herrn Grünlich, wenn sie nachmittags von einem Besuche, einer Mädchengesellschaft, zurückkehrte, eingenistet im Landschaftszimmer, woselbst er der Konsulin aus Walter Scotts ›Waverley‹ vorlas – und zwar mit mustergültiger Aussprache, denn die Reisen im Dienste seines regen Geschäftes hatten ihn, wie er berichtete, auch nach England geführt. Tony setzte sich seitab mit einem anderen Buche, und Herr Grünlich fragte mit weicher Stimme: »Es entspricht wohl nicht Ihrem Geschmacke, mein Fräulein, was ich lese?« Worauf sie mit zurückgeworfenem Kopf etwas recht spitzig Sarkastisches erwiderte, wie zum Beispiel: »Nicht im geringsten!«

Aber er ließ sich nicht stören, er begann von seinen zu früh verstorbenen Eltern zu erzählen und berichtete von seinem Vater, der ein Prediger, ein Pastor, ein höchst christlicher und dabei in ebenso hohem Grade weltläufiger Mann gewesen war... Dann jedoch, ohne daß Tony seiner Abschiedsvisite beigewohnt hätte, war Herr Grünlich nach Hamburg abgereist. »Ida!« sagte sie zu Mamsell Jungmann, an der sie eine vertraute Freundin besaß. »Der Mensch ist fort!« Ida Jungmann aber antwortete: »Kindchen, wirst sehen...«

Acht Tage später ereignete sich jene Szene im Frühstückszimmer... Tony kam um neun Uhr herunter und war erstaunt, ihren Vater noch neben der Konsulin am Kaffeetisch zu finden. Nachdem sie sich die Stirn hatte küssen lassen, setzte sie sich frisch, hungrig und mit schlafroten Augen an ihren Platz, nahm Zucker und Butter und bediente sich mit grünem Kräuterkäse.

»Wie hübsch, Papa, daß ich dich einmal noch vorfinde!« sagte sie, während sie mit der Serviette ihr heißes Ei erfaßte und es mit dem Teelöffel öffnete.

»Ich habe heute auf unsere Langschläferin gewartet«, sagte der Konsul, der eine Zigarette rauchte und beharrlich mit dem zusammengefalteten Zeitungsblatt leicht auf den Tisch schlug. Die Konsulin ihrerseits beendete langsam und mit graziösen Bewegungen ihr Frühstück und lehnte sich dann ins Sofa zurück.

»Thilda ist schon in der Küche tätig«, fuhr der Konsul bedeutsam fort, »und ich wäre ebenfalls bei meiner Arbeit, wenn deine Mutter und ich nicht in einer ernsthaften Angelegenheit mit unserem Töchterchen zu sprechen hätten.«

Tony, den Mund voll Butterbrot, blickte ihrem Vater und dann ihrer Mutter mit einem Gemisch von Neugier und Erschrockenheit ins Gesicht.

»Iß nur zuvor, mein Kind«, sagte die Konsulin, und als Tony trotzdem ihr Messer niederlegte und rief: »Nur gleich heraus damit, bitte, Papa!« erwiderte der Konsul, der durchaus nicht aufhörte, mit der Zeitung zu spielen: »Iß nur.«

Während Tony unter Stillschweigen und appetitlos ihren Kaffee trank, ihr Ei und ihren grünen Käse zum Brote verzehrte, fing sie zu ahnen an, um was es sich handelte. Die Morgenfrische verschwand von ihrem Gesicht, sie ward ein wenig bleich, sie dankte für Honig und erklärte bald mit leiser Stimme, daß sie fertig sei...

»Mein liebes Kind«, sagte der Konsul, nachdem er noch einen Augenblick geschwiegen hatte, »die Frage, über die wir mit dir zu reden haben, ist in diesem Briewe enthalten.« Und er pochte nun, statt mit der Zeitung, mit einem großen, bläulichen Couvert auf den Tisch. »Um kurz zu sein: Herr Bendix Grünlich, den wir alle als einen braven und liebenswürdigen Mann kennen gelernt haben, schreibt mir, daß er während seines hiesigen Aufenthaltes eine tiefe Neigung zu unserer Tochter gefaßt habe, und bittet in aller Form um ihre Hand. Was denkt unser gutes Kind darüber?«

Tony saß mit gesenktem Kopfe zurückgelehnt, und ihre rechte Hand drehte den silbernen Serviettenring langsam um sich selbst. Plötzlich aber schlug sie die Augen auf, Augen, die ganz dunkel geworden waren und voll von Tränen standen. Und mit bedrängter Stimme stieß sie hervor:

»Was will dieser Mensch von mir –! Was habe ich ihm getan?!« Worauf sie in Weinen ausbrach. –

Der Konsul warf seiner Gattin einen Blick zu und betrachtete ein wenig verlegen seine leere Tasse.

»Liebe Tony«, sagte die Konsulin sanft, »wozu dies Echauffement! Du kannst sicher sein, nicht wahr, daß deine Eltern nur dein Bestes im Auge haben, und daß sie dir nicht raten können, die Lebensstellung auszuschlagen, die man dir anbietet. Siehst du, ich nehme an, daß du noch keine entscheidenden Empfindungen für Herrn Grünlich hegst, aber das kommt, ich versichere dich, das kommt mit der Zeit... Einem so jungen Dinge, wie du, ist es niemals klar, was es eigentlich will... Im Kopfe sieht es so wirr aus wie im Herzen... Man muß dem Herzen Zeit lassen und den Kopf offenhalten für die Zusprüche erfahrenerer Leute, die planvoll für unser Glück sorgen...«

»Ich weiß gar nichts von ihm –« brachte Tony trostlos hervor und drückte mit der kleinen weißen Batist-Serviette, in der sich Eiflecke befanden, ihre Augen. »Ich weiß nur, daß er einen goldgelben Backenbart hat und ein reges Geschäft...« Ihre Oberlippe, die beim Weinen zitterte, machte einen unaussprechlich rührenden Eindruck.

Der Konsul rückte mit einer Bewegung plötzlicher Zärtlichkeit seinen Stuhl an sie heran und strich lächelnd über ihr Haar.

»Meine kleine Tony«, sagte er, »was solltest du auch von ihm wissen? Du bist ein Kind, siehst du, du würdest nicht mehr von ihm wissen, wenn er nicht vier Wochen, sondern deren zweiundfünfzig hier verlebt hätte... Du bist ein kleines Mädchen, das noch keine Augen hat für die Welt, und das sich auf die Augen anderer Leute verlassen muß, die Gutes mit dir im Sinne haben...«

»Ich verstehe es nicht... ich verstehe es nicht...« schluchzte Tony fassungslos und schmiegte ihren Kopf wie ein Kätzchen unter die streichelnde Hand. »Er kommt hierher... sagt allen etwas Angenehmes... reist wieder ab... und schreibt, daß er mich... ich verstehe es nicht... wie kommt er dazu... was habe ich ihm getan?!...«

Der Konsul lächelte wieder. »Das hast du schon einmal gesagt, Tony, und es zeigt so recht deine kindliche Ratlosigkeit. Mein Töchterchen muß durchaus nicht glauben, daß ich es drängen und quälen will... Das alles kann mit Ruhe erwogen werden, *muß* mit Ruhe erwogen werden, denn es ist eine ernste Sache. Das werde ich auch Herrn Grünlich vorläufig antworten und sein Gesuch weder abschlagen noch bewilligen... Es gibt da viele Dinge zu überlegen... So... sehen wir wohl? abgemacht! Nun geht Papa an seine Arbeit... Adieu, Bethsy...«

»Auf Wiedersehen, mein lieber Jean.«

– »Du solltest immerhin noch ein wenig Honig nehmen, Tony«, sagte die Konsulin, als sie mit ihrer Tochter allein geblieben war, die unbeweglich und mit gesenktem Kopfe an ihrem Platze blieb. »Essen muß man hinlänglich...«

Tony's Tränen versiegten allmählich. Ihr Kopf war heiß und voll von Gedanken... Gott! was für eine Angelegenheit! Sie hatte es ja gewußt, daß sie eines Tages die Frau eines Kaufmannes werden, eine gute und vorteilhafte Ehe eingehen werde, wie es der Würde der Familie und der Firma entsprach... Aber nun geschah es ihr plötzlich zum ersten Male, daß jemand sie wirklich und allen Ernstes heiraten wollte! Wie sollte man sich dabei benehmen? Für sie, Tony Buddenbrook, handelte es sich plötzlich um alle diese furchtbar gewichtigen Ausdrücke, die sie bislang nur gelesen hatte: um ihr »Jawort«, um ihre »Hand«... »fürs Leben«... Gott! Was für eine gänzlich neue Lage auf einmal!

»Und du, Mama?« sagte sie. »Du rätst mir also auch, mein... Jawort zu geben?« Sie zögerte einen Augenblick vor dem »Jawort«, weil es ihr allzu hochtrabend und gênant erschien; dann aber sprach sie es zum ersten Male in ihrem Leben mit Würde aus. Sie begann, sich ihrer anfänglichen Fassungslosigkeit ein wenig zu schämen. Es erschien ihr nicht weniger unsinnig als zehn Minuten früher, Herrn Grünlich zu heiraten, aber die Wichtigkeit ihrer Stellung fing an, sie mit Wohlgefallen zu erfüllen.

Die Konsulin sagte:

»Zuraten, mein Kind? Hat Papa dir zugeraten? Er hat dir nicht abgeraten, das ist alles. Und es wäre unverantwortlich, von ihm wie von mir, wenn wir das tun wollten. Die Verbindung, die sich darbietet, ist vollkommen das, was man eine gute Partie nennt, meine liebe Tony... Du kämest nach Hamburg in ausgezeichnete Verhältnisse und würdest auf großem Fuße leben...«

Tony saß bewegungslos. Etwas wie seidene Portieren tauchte plötzlich vor ihr auf, wie es deren im Salon der Großeltern gab... Ob sie als Madame Grünlich morgens Schokolade trinken würde? Es schickte sich nicht, danach zu fragen.

»Wie dein Vater dir sagte: du hast Zeit zur Überlegung«, fuhr die Konsulin fort. »Aber wir müssen dir zu bedenken geben, daß sich eine solche Gelegenheit, dein Glück zu machen, nicht alle Tage bietet, und daß diese Heirat genau das ist, was Pflicht und Bestimmung dir vorschreiben. Ja, mein Kind, auch das muß ich dir vorhalten. Der Weg, der sich dir heute eröffnet hat, ist der dir vorgeschriebene, das weißt du selbst recht wohl...«

»Ja«, sagte Tony gedankenvoll. »Gewiß.« Sie war sich ihrer Verpflichtungen gegen die Familie und die Firma wohl bewußt, und sie war stolz auf diese Verpflichtungen. Sie, Antonie Buddenbrook, vor der der Träger Matthiesen tief seinen rauhen Zylinder abnahm und die als Tochter des Konsuls Buddenbrook in der Stadt wie eine kleine Herrscherin umherging, war von der Geschichte ihrer Familie durchdrungen. Schon der Gewandschneider zu Rostock hatte sich *sehr* gut gestanden, und seit seiner Zeit war es immer glänzender bergauf gegangen. Sie hatte den Beruf, auf ihre Art den Glanz der Familie und der Firma Johann Buddenbrook zu fördern, indem sie eine reiche und vornehme Heirat einging... Tom arbeitete dafür im Comptoir... Ja, die Art dieser Partie war sicherlich die richtige; aber ausgemacht Herr Grünlich... Sie sah ihn vor sich, seine goldgelben Favoris, sein rosiges, lächelndes Gesicht mit der Warze am Nasenflügel, seine kurzen Schritte, sie glaubte seinen wolligen Anzug zu fühlen und seine weiche Stimme zu hören...

»Ich wußte wohl«, sagte die Konsulin, »daß wir ruhigen Vorstellungen zugänglich sind... haben wir vielleicht schon einen Entschluß gefaßt?«

»Oh, bewahre!« rief Tony, und sie betonte das »Oh« mit plötzlicher Entrüstung. »Was für ein Unsinn, Grünlich zu heiraten! Ich habe ihn beständig mit spitzen Redensarten verhöhnt... Ich begreife überhaupt nicht, daß er mich noch leiden mag! Er müßte doch ein bißchen Stolz im Leibe haben...«

Und damit fing sie an, sich Honig auf eine Scheibe Landbrot zu träufeln.

3

In diesem Jahre unternahmen Buddenbrooks auch während der Schulferien Christians und Clara's keine Erholungsreise. Der Konsul erklärte, geschäftlich zu sehr in Anspruch genommen zu sein, und die schwebende Frage in betreff Antoniens trug dazu bei, daß man abwartend in der Mengstraße verblieb. An Herrn Grünlich war, von der Hand des Konsuls geschrieben, ein überaus diplomatischer Brief abgegangen; aber der Fortgang der Dinge ward durch Tony's in den kindischsten Formen geäußerte Hartnäckigkeit behindert. »Bewahre, Mama!« sagte sie. »Ich kann ihn nicht ausstehen!«, wobei sie die zweite Silbe des letzten Wortes mit höchstem Nachdruck betonte und das »st« ausnahmsweise nicht getrennt sprach. Oder sie erklärte mit Feierlichkeit: »Vater« – sonst pflegte Tony »Papa« zu sagen – »ich werde ihm mein Jawort niemals erteilen.«

Auf diesem Punkte wäre die Angelegenheit sicherlich noch lange Zeit stehengeblieben, wenn sich nicht, zehn Tage vielleicht nach jener Unterredung im Frühstückszimmer – man stand in der Mitte des Juli –, das Folgende ereignet hätte...

Es war Nachmittag, ein blauer, warmer Nachmittag; die Konsulin war ausgegangen, und Tony saß mit einem Romane allein im Landschaftszimmer am Fenster, als Anton ihr eine Visitkarte überbrachte. Bevor sie noch Zeit gehabt, den Namen zu lesen, betrat ein Herr in glockenförmigem Gehrock und erbsenfarbenem Beinkleid das Zimmer; es war, wie sich versteht, Herr Grünlich, und auf seinem Gesicht lag ein Ausdruck flehender Zärtlichkeit.

Tony fuhr entsetzt auf ihrem Stuhle empor und machte eine Bewegung, als wollte sie in den Eßsaal entfliehen... Wie war es möglich, noch mit einem Herrn zu sprechen, der um ihre Hand angehalten hatte? Das Herz pochte ihr bis in den Hals hinauf, und sie war sehr bleich geworden. Solange sie Herrn Grünlich weit entfernt wußte, hatten die ernsthaften Verhandlungen mit den Eltern und die plötzliche Wichtigkeit ihrer Person und Entscheidung ihr geradezu Spaß gemacht. Nun aber war er wieder da! Er stand vor ihr! Was würde geschehen? Sie fühlte schon wieder, daß sie weinen würde.

Mit raschen Schritten, die Arme ausgebreitet und den Kopf zur Seite geneigt, in der Haltung eines Mannes, welcher sagen will: ›Hier bin ich! Töte mich, wenn du willst!‹ kam Herr Grünlich auf sie zu. »Welch eine Fügung!« rief er. »Ich finde *Sie*, Antonie!« Er sagte »Antonie«.

Tony, die, ihren Roman in der Rechten, aufgerichtet an ihrem Stuhle stand, schob die Lippen hervor, und indem sie bei jedem Worte eine Kopfbewegung von unten nach oben machte und jedes dieser Wörter mit einer tiefen Entrüstung betonte, stieß sie hervor: »Was – fällt – Ihnen – ein!«

Trotzdem standen ihr die Tränen bereits in der Kehle.

Herrn Grünlichs Bewegung war allzu groß, als daß er diesen Einwurf hätte beachten können.

»Konnte ich länger warten... Mußte ich nicht hierher zurückkehren?« fragte er eindringlich. »Ich habe vor einer Woche den Brief Ihres *lieben* Herrn Vaters erhalten, diesen Brief, der mich mit Hoffnung erfüllt hat! Konnte ich noch länger in halber Gewißheit verharren, Fräulein Antonie? Ich hielt es nicht länger aus... Ich habe mich in einen Wagen geworfen... Ich bin hierhergeeilt... Ich habe ein paar Zimmer im Gasthofe ›Stadt Hamburg‹ genommen... und da bin ich, Antonie, um von Ihren Lippen das letzte, entscheidende Wort in Empfang zu nehmen, das mich glücklicher machen wird, als ich es zu sagen vermag!«

Tony war erstarrt; ihre Tränen traten zurück vor Verblüffung. Das also war die Wirkung des vorsichtigen väterlichen Briefes, der jede Entscheidung auf unbestimmte Zeit hinausgeschoben hatte! – Sie stammelte drei- oder viermal:

»Sie irren sich. – Sie irren sich...«

Herr Grünlich hatte einen Armsessel ganz dicht an ihren Fenstersitz herangezogen, er setzte sich, er nötigte auch sie selbst, sich wieder niederzulassen, und während er, vornüber gebeugt, ihre Hand, die schlaff war vor Ratlosigkeit, in der seinen hielt, fuhr er mit bewegter Stimme fort: »Fräulein Antonie... Seit dem ersten Augenblick, seit jenem Nachmittage... Sie erinnern sich jenes

Nachmittages?... als ich Sie zum ersten Male im Kreise der Ihrigen, eine so vornehme, so traumhaft liebliche Erscheinung, erblickte... ist Ihr Name mit unauslöschlichen Buchstaben in mein Herz geschrieben...« Er verbesserte sich und sagte: »gegraben«. »Seit jenem Tage, Fräulein Antonie, ist es mein einziger, mein heißer Wunsch, Ihre schöne Hand fürs Leben zu gewinnen, und was der Brief Ihres *lieben* Herrn Vaters mich nur hoffen ließ, das werden Sie mir nun zur glücklichen Gewißheit machen... nicht wahr?! ich darf mit Ihrer Gegenneigung rechnen... Ihrer Gegenneigung sicher sein!« Hierbei ergriff er auch mit der anderen Hand die ihre und blickte ihr tief in die ängstlich geöffneten Augen. Er trug heute keine Zwirnhandschuhe; seine Hände waren lang, weiß und von hohen, blauen Adern durchzogen.

Tony starrte in sein rosiges Gesicht, auf die Warze an seiner Nase und in seine Augen, die so blau waren wie diejenigen einer Gans.

»Nein, nein!« brachte sie rasch und angstvoll hervor. Hierauf sagte sie noch: »Ich gebe Ihnen nicht mein Jawort!« Sie bemühte sich, fest zu sprechen, aber sie weinte schon.

»Womit habe ich dieses Zweifeln und Zögern Ihrerseits verdient?« fragte er mit tief gesenkter und fast vorwurfsvoller Stimme. »Sie sind ein von liebender Sorgfalt behütetes und verwöhntes Mädchen... aber ich schwöre Ihnen, ja, ich verpfände Ihnen mein Manneswort, daß ich Sie auf Händen tragen werde, daß Sie als meine Gattin nichts entbehren werden, daß Sie in Hamburg ein Ihrer würdiges Leben führen werden...«

Tony sprang auf, sie befreite ihre Hand, und während ihre Tränen hervorstürzten, rief sie völlig verzweifelt:

»Nein... nein! Ich habe ja *nein* gesagt! Ich gebe Ihnen einen Korb, verstehen Sie das denn nicht, Gott im Himmel?!...«

Allein auch Herr Grünlich erhob sich. Er trat einen Schritt zurück, er breitete die Arme aus, indem er ihr beide Handflächen entgegenhielt, und sprach mit dem Ernst eines Mannes von Ehre und Entschluß:

»Wissen Sie, Mademoiselle Buddenbrook, daß ich mich nicht in dieser Weise beleidigen lassen darf?«

»Aber ich beleidige Sie nicht, Herr Grünlich«, sagte Tony,

denn sie bereute, so heftig gewesen zu sein. Mein Gott, mußte gerade ihr dies begegnen! Sie hatte sich so eine Werbung nicht vorgestellt. Sie hatte geglaubt, man brauche nur zu sagen: ›Ihr Antrag ehrt mich, aber ich kann ihn nicht annehmen‹, damit alles erledigt sei...

»Ihr Antrag ehrt mich«, sagte sie, so ruhig sie konnte; »aber ich kann ihn nicht annehmen... So, und ich muß Sie nun... verlassen, entschuldigen Sie, ich habe keine Zeit mehr.«

Aber Herr Grünlich stand ihr im Wege.

»Sie weisen mich zurück?« fragte er tonlos...

»Ja«, sagte Tony; und aus Vorsicht fügte sie hinzu: »Leider«...

Da atmete Herr Grünlich heftig auf, er machte zwei große Schritte rückwärts, beugte den Oberkörper zur Seite, wies mit dem Zeigefinger auf den Teppich und rief mit fürchterlicher Stimme:

»Antonie –!«

So standen sie sich während eines Augenblicks gegenüber; er in aufrichtig erzürnter und gebietender Haltung, Tony blaß, verweint und zitternd, das feuchte Taschentuch am Munde. Endlich wandte er sich ab und durchmaß, die Hände auf dem Rücken, zweimal das Zimmer, als sei er hier zu Hause. Dann blieb er am Fenster stehen und blickte durch die Scheiben in die beginnende Dämmerung.

Tony schritt langsam und mit einer gewissen Behutsamkeit auf die Glastür zu; aber sie befand sich erst in der Mitte des Zimmers, als Herr Grünlich aufs neue bei ihr stand.

»Tony!« sagte er ganz leise, während er sanft ihre Hand erfaßte; und er sank... sank langsam zu Boden auf die Kniee. Seine beiden goldgelben Favoris lagen auf ihrer Hand.

»Tony...« wiederholte er, »sehen Sie mich hier... Dahin haben Sie es gebracht... Haben Sie ein Herz, ein fühlendes Herz?... Hören Sie mich an... Sie sehen einen Mann vor sich, der vernichtet, zugrunde gerichtet ist, wenn... ja, der vor Kummer sterben wird«, unterbrach er sich mit einer gewissen Hast, »wenn Sie seine Liebe verschmähen! Hier liege ich... bringen Sie es über das Herz, mir zu sagen: Ich verabscheue Sie –?«

»Nein, nein!« sagte Tony plötzlich in tröstendem Ton. Ihre Tränen waren versiegt, Rührung und Mitleid stiegen in ihr auf. Mein Gott, wie sehr mußte er sie lieben, daß er diese Sache, die ihr selbst innerlich ganz fremd und gleichgültig war, so weit trieb! War es möglich, daß *sie* dies erlebte? In Romanen las man dergleichen, und nun lag im gewöhnlichen Leben ein Herr im Gehrock vor ihr auf den Knieen und flehte!... Ihr war der Gedanke, ihn zu heiraten, einfach unsinnig erschienen, weil sie Herrn Grünlich albern gefunden hatte. Aber, bei Gott, in diesem Augenblicke war er durchaus nicht albern! Aus seiner Stimme und seinem Gesicht sprach eine so ehrliche Angst, eine so aufrichtige und verzweifelte Bitte...

»Nein, nein«, wiederholte sie, indem sie sich ganz ergriffen über ihn beugte, »ich verabscheue Sie nicht, Herr Grünlich, wie können Sie dergleichen sagen!... Aber nun stehen Sie auf... bitte...«

»Sie wollen mich nicht töten?« fragte er wieder, und sie sagte noch einmal in einem beinahe mütterlich tröstenden Ton:

»Nein – nein...«

»Das ist ein Wort!« rief Herr Grünlich und sprang auf die Füße. Sofort aber, als er Tony's erschrockene Bewegung sah, ließ er sich noch einmal nieder und sagte ängstlich beschwichtigend:

»Gut, gut... sprechen Sie nun nichts mehr, Antonie! Genug für diesmal, ich bitte Sie, von dieser Sache... Wir reden weiter davon... Ein anderes Mal... Ein anderes Mal... Leben Sie wohl für heute... Leben Sie wohl... Ich kehre zurück... Leben Sie wohl! –«

Er hatte sich rasch erhoben, er hatte seinen großen grauen Hut vom Tische gerissen, hatte ihre Hand geküßt und war durch die Glastür hinausgeeilt.

Tony sah, wie er in der Säulenhalle seinen Stock ergriff und im Korridor verschwand. Sie stand, völlig verwirrt und erschöpft, inmitten des Zimmers, das feuchte Taschentuch in einer ihrer herabhängenden Hände.

4

Konsul Buddenbrook sagte zu seiner Gattin:

»Wenn ich mir denken könnte, daß Tony irgendeinen delikaten Beweggrund hat, sich für diese Verbindung nicht entschließen zu können! Aber sie ist ein Kind, Bethsy, sie ist vergnügungslustig, tanzt auf allen Bällen, läßt sich von den jungen Leuten becouren, und zwar mit Pläsier, denn sie weiß, daß sie hübsch und von Familie ist... sie ist vielleicht im geheimen und unbewußt auf der Suche, aber ich kenne sie, sie hat ihr Herz, wie man zu sagen pflegt, noch gar nicht entdeckt... Fragte man sie, so würde sie den Kopf hin und her drehen und nachdenken... aber sie würde niemanden finden... Sie ist ein Kind, ein Spatz, ein Springinsfeld... Sagt sie Ja, so wird sie ihren Platz gefunden haben, sie wird sich nett installieren können, wonach ihr der Sinn steht, und ihren Mann schon nach ein paar Tagen lieben... Er ist kein Beau, nein, mein Gott, nein, er ist kein Beau... aber er ist immerhin im höchsten Grade präsentabel, und man kann am Ende nicht fünf Beine auf ein Schaf verlangen, wenn du mir die kaufmännische Phrase zugut halten willst!... Wenn sie warten will, bis jemand kommt, der eine Schönheit und außerdem eine gute Partie ist – nun, Gott befohlen! Tony Buddenbrook findet immer noch etwas. Indessen andererseits... es bleibt ein Risiko, und, um wieder kaufmännisch zu reden, Fischzug ist alle Tage, aber nicht alle Tage Fangetag!... Ich habe gestern vormittag in einer längeren Unterredung mit Grünlich, der sich ja mit dem andauerndsten Ernste bewirbt, seine Bücher gesehen... er hat sie mir vorgelegt... Bücher, Bethsy, zum Einrahmen! Ich habe ihm mein höchstes Vergnügen ausgesprochen! Seine Sachen stehen für ein so junges Geschäft recht gut, recht gut. Sein Vermögen beläuft sich auf etwa 120000 Taler, was ersichtlich nur die vorläufige Grundlage ist, denn er macht jährlich einen hübschen Schnitt... Was Duchamps sagen, die ich befragte, klingt auch nicht übel: Seine Verhältnisse seien ihnen zwar nicht bekannt, aber er lebe gentlemanlike, verkehre in der besten Gesellschaft, und sein Geschäft sei ein notorisch lebhaftes und weit verzweigtes... Was ich bei einigen anderen Hamburger Leuten, wie zum Beispiel bei einem Bankier Kesselmeyer, erfahren, hat mich gleichfalls vollauf befriedigt. Kurz, wie du weißt, Bethsy, ich kann nicht anders, als diese Heirat, die der Familie und der Firma nur zum Vorteil gereichen würde, dringend erwünschen! – Es tut mir ja leid, mein Gott, daß das Kind sich in einer bedrängten Lage befindet, daß sie von allen Seiten umlagert ist, bedrückt umhergeht und kaum noch spricht; aber ich kann mich schlechterdings nicht entschließen, Grünlich kurzerhand abzuweisen... denn noch eines, Bethsy, und das kann ich nicht oft genug wiederholen: Wir haben uns in den letzten Jahren bei Gott nicht in allzu hocherfreulicher Weise aufgenommen. Nicht als ob der Segen fehlte, behüte, nein, treue Arbeit wird redlich belohnt. Die Geschäfte gehen ruhig... ach, allzu ruhig und auch das nur, weil ich mit äußerster Vorsicht zu Werke gehe. Wir sind nicht vorwärtsgekommen, nicht wesentlich, seit Vater abgerufen wurde. Die Zeiten jetzt sind wahrhaftig nicht gut für den Kaufmann... Kurz, es ist nicht viele Freude dabei. Unsere Tochter ist heiratsfähig und in der Lage, eine Partie zu machen, die allen Leuten als vorteilhaft und rühmlich in die Augen springt – sie soll sie machen! Warten ist nicht ratsam, nicht ratsam, Bethsy! Sprich noch einmal mit ihr; ich habe ihr heute nachmittag nach Kräften zugeredet...«

– Tony war in bedrängter Lage, darin hatte der Konsul recht. Sie sagte nicht mehr »nein«, aber sie vermochte auch das »Ja« nicht über die Lippen zu bringen – Gott mochte ihr helfen! Sie begriff selbst nicht recht, warum sie sich die Zusage nicht abgewinnen konnte.

Unterdessen nahm sie hier der Vater beiseite und sprach ein ernstes Wort, ließ dort die Mutter sie bei sich Platz nehmen, um eine endliche Entschließung zu fordern... Onkel Gotthold und seine Familie hatte man in die Angelegenheit nicht eingeweiht, weil sie immer ein bißchen mokant gegen die in der Mengstraße gestimmt waren. Aber sogar Sesemi Weichbrodt hatte von der Sache erfahren und riet mit korrekter Aussprache zum Guten, selbst Mamsell Jungmann sagte: »Tonychen, mein Kindchen, brauchst keine Sorge haben, bleibst in den ersten Kreisen...«, und Tony konnte nicht den verehrten seidnen Salon draußen vorm Burgtore besuchen, ohne daß die alte Madame Kröger anfing: »A propos, ich höre da von einer Affaire, ich hoffe, du wirst Raison annehmen, Kleine...«

Eines Sonntags, als sie mit den Eltern und Geschwistern in der Marienkirche saß, redete Pastor Kölling in starken Worten über den Text, der da besagt, daß das Weib Vater und Mutter verlassen und dem Manne nachfolgen soll, – wobei er plötzlich ausfallend wurde. Tony starrte entsetzt zu ihm empor, ob er sie vielleicht sogar ansähe... Nein, Gott sei Dank, er hielt seinen dicken Kopf nach einer anderen Seite gewandt und predigte nur im allgemeinen über die andächtige Menge hin; und dennoch war es nur allzu klar, daß dies ein neuer Angriff auf sie war und jedes Wort ihr galt. Ein jugendliches, ein noch kindliches Weib, verkündete er, das noch keinen eigenen Willen und keine eigene Einsicht besitze und dennoch den liebevollen Ratschlüssen der Eltern sich widersetze, das sei strafbar, das wolle der Herr ausspeien aus seinem Munde... und bei dieser Wendung, welche zu denen gehörte, für die Pastor Kölling schwärmte und die er mit Begeisterung hervorbrachte, traf Tony dennoch ein durchdringender Blick aus seinen Augen, der von einer furchtbaren Armbewegung begleitet war... Tony sah, wie ihr Vater neben ihr eine Hand erhob, als wollte er sagen: ›So! nicht zu heftig...‹ Aber es war kein Zweifel, daß Pastor Kölling von ihm oder der Mutter ins Einverständnis gezogen war. Rot und gebückt saß sie an ihrem Platze, mit dem Gefühle, daß die Augen aller Welt auf ihr ruhten, – und am nächsten Sonntage weigerte sie sich aufs bestimmteste, die Kirche zu besuchen.

Sie ging schweigsam umher, sie lachte nicht mehr genug, sie verlor geradezu den Appetit und seufzte manchmal so herzbrechend, als ringe sie mit einem Entschlusse, um dann die Ihren kläglich anzusehen... Man mußte Mitleid mit ihr haben. Sie magerte wahrhaftig ab und büßte an Frische ein. Schließlich sagte der Konsul:

»Das geht nicht länger, Bethsy, wir dürfen das Kind nicht malträtieren. Sie muß mal ein bißchen heraus, zur Ruhe kommen und sich besinnen; du sollst sehen, dann nimmt sie Vernunft an. Ich kann mich nicht losmachen, und die Ferien sind beinahe vorüber... aber wir können auch alle ganz gut zu Hause bleiben. Gestern war zufällig der alte Schwarzkopf von Travemünde hier, Diederich Schwarzkopf, der Lotsenkommandeur. Ich ließ ein paar Worte fallen, und er zeigte sich mit Vergnügen bereit, die Dirn für einige Zeit bei sich aufzunehmen... Ich gebe ihm eine kleine Entschädigung... Da hat sie eine behagliche Häuslichkeit, kann baden und Luft schnappen und mit sich ins reine kommen. Tom fährt mit ihr, und alles ist in Ordnung. Das geschieht besser morgen als später...«

Mit diesem Einfalle erklärte Tony sich freudig einverstanden. Sie bekam Herrn Grünlich zwar kaum zu Gesicht, aber sie wußte, daß er in der Stadt war, mit den Eltern verhandelte und wartete... Mein Gott, er konnte jeden Tag wieder vor ihr stehen, um zu schreien und zu flehen! In Travemünde und in einem fremden Hause würde sie sicherer vor ihm sein... So packte sie eilig und vergnügt ihren Koffer, und dann, an einem der letzten Julitage, stieg sie mit Tom, der sie begleiten sollte, in die majestätische Krögersche Equipage, sagte in bester Laune Adieu und fuhr aufatmend zum Burgtor hinaus.

5.

Nach Travemünde geht es immer geradeaus, mit der Fähre übers Wasser und dann wieder geradeaus; der Weg war beiden wohlbekannt. Die graue Chaussee glitt flink unter den hohl und taktmäßig aufschlagenden Hufen von Lebrecht Krögers dicken Braunen aus Mecklenburg dahin, obgleich die Sonne brannte und der Staub die spärliche Aussicht verhüllte. Man hatte ausnahmsweise um ein Uhr zu Mittag gegessen, und die Geschwister waren Punkt zwei Uhr abgefahren, so würden sie kurz nach vier Uhr anlangen, denn wenn eine Droschke drei Stunden gebraucht, so hatte der Krögersche Jochen Ehrgeiz genug, den Weg in zweien zu machen.

Tony nickte in träumerischem Halbschlaf unter ihrem großen, flachen Strohhut und ihrem mit crèmefarbenen Spitzen besetzten Sonnenschirm, der bindfadengrau war, wie ihr schlicht gearbeitetes, schlankes Kleid, und den sie gegen das Rückverdeck gelehnt hatte. Ihre Füße in Schuhen mit Kreuzbändern und weißen Strümpfen hatte sie zierlich übereinander gestellt; sie saß bequem und elegant zurückgelehnt, wie für die Equipage geschaffen.

Tom, schon zwanzigjährig, mit Akkuratesse in blaugraues Tuch gekleidet, hatte den Strohhut zurückgeschoben und rauchte russische Zigaretten. Er war nicht sehr groß geworden; aber sein Schnurrbart, dunkler als Haar und Wimpern, begann kräftig zu wachsen. Indem er nach seiner Gewohnheit eine Braue ein wenig emporzog, blickte er in die Staubwolken und auf die vorüberziehenden Chausseebäume.

Tony sagte:

»Ich bin noch niemals so froh gewesen, nach Travemünde zu kommen, wie diesmal... erstens aus allerhand Gründen, Tom, du brauchst dich durchaus nicht zu mokieren; ich wollte, ich könnte ein gewisses Paar goldgelber Côtelettes noch einige Meilen weiter zurücklassen... Dann aber wird es ein ganz neues Travemünde sein, da in der Vorderreihe bei Schwarzkopfs... Ich werde mich gar nicht um die Kurgesellschaft bekümmern... Das kenne ich zur Genüge... Und ich bin gar nicht dazu aufgelegt... Überdies steht dem... Menschen da draußen alles offen, er geniert sich nicht, paß auf, er würde eines Tages hold lächelnd neben mir auftauchen...«

Tom warf die Zigarette fort und nahm sich eine neue aus der Büchse, in deren Deckel eine von Wölfen überfallene Troika kunstvoll eingelegt war; das Geschenk irgendeines russischen Kunden an den Konsul. Die Zigaretten, diese kleinen, scharfen Dinger mit dem gelben Mundstück waren Toms Leidenschaft; er rauchte sie massenweise und hatte die schlimme Gewohnheit, den Rauch tief in die Lunge zu atmen, so daß er beim Sprechen langsam wieder hervorsprudelte.

»Ja«, sagte er, »was das betrifft, im Kurgarten wimmelt es von Hamburgern. Konsul Fritsche, der das Ganze gekauft hat, ist ja selbst einer... Er soll augenblicklich glänzende Geschäfte machen, sagt Papa... Übrigens läßt du dir doch manches entgehen, wenn du nicht ein bißchen mittust... Peter Döhlmann ist natürlich dort; um diese Zeit ist er nie in der Stadt; sein Geschäft geht ja wohl von selbst im Hundetrab... komisch! Na... Und Onkel Justus kommt sicher sonntags ein bißchen hinaus und macht der Roulette einen Besuch... Dann sind die Möllendorpfs und Kistenmakers, glaube ich, vollzählig, und Hagenströms...«

»Ha! – Natürlich! Wie wäre Sarah Semlinger wohl entbehrlich...«

»Sie heißt übrigens Laura, mein Kind, man muß gerecht sein.«

»Mit Julchen natürlich... Julchen *soll* sich diesen Sommer mit August Möllendorpf verloben, und Julchen *wird* es tun! Dann gehören sie doch endgültig dazu! Weißt du, Tom, es ist empörend! Diese hergelaufene Familie...«

»Ja, lieber Gott... Strunck & Hagenström machen sich geschäftlich heraus; das ist die Hauptsache...«

»Selbstverständlich! und man weiß ja auch, wie sie's machen... Mit den Ellenbogen, weißt du... ohne jede Kulanz und Vornehmheit... Großvater sagte von Hinrich Hagenström: ›Dem kalbt der Ochse‹, das waren seine Worte...«

»Ja, ja, ja, das ist nun einerlei. Verdienen wird groß geschrieben. Und was diese Verlobung betrifft, so ist das ein ganz korrektes Geschäft. Julchen wird eine Möllendorpf, und August bekommt einen hübschen Posten...«

»Ach... du willst mich übrigens ärgern, Tom, das ist alles... Ich verachte diese Menschen...«

Tom fing an zu lachen. »Mein Gott... man wird sich mit ihnen einrichten müssen, weißt du. Wie Papa neulich sagte: Sie sind die Heraufkommenden... Während zum Beispiel Möllendorpfs... Und dann kann man den Hagenströms die Tüchtigkeit nicht absprechen. Hermann ist schon sehr nützlich im Geschäft, und Moritz hat trotz seiner schwachen Brust die Schule glänzend absolviert. Er soll sehr gescheut sein und studiert Jura.«

»Schön... aber dann freut es mich wenigstens, Tom, daß es auch noch andere Familien gibt, die sich vor ihnen nicht zu bücken brauchen, und daß zum Beispiel wir Buddenbrooks denn doch...«

»So«, sagte Tom, »nun wollen wir nur nicht anfangen zu prahlen. Ihre wunden Punkte hat jede Familie«, fuhr er mit einem Blick auf Jochens breiten Rücken leiser fort. »Wie es zum Beispiel mit Onkel Justus steht, weiß der liebe Gott. Papa schüttelt immer den Kopf, wenn er von ihm spricht, und Großvater Kröger hat ein paarmal, glaube ich, mit großen Summen aushelfen müssen... Und mit den Vettern ist auch nicht alles in Ordnung. Jürgen, der ja studieren will, kommt immer noch nicht zum Abgangsexamen... Und mit Jakob, bei Dahlbeck & Comp. in Hamburg, soll man gar nicht zufrieden sein. Er kommt niemals mit seinem Gelde aus, obgleich er wohl versorgt wird; und was Onkel Justus ihm verweigert, das schickt ihm Tante Rosalie... Nein, ich finde, man soll keinen Stein aufheben. Wenn du übrigens den Hagenströms die Waagschale halten willst, so solltest du doch Grünlich heiraten!«

»Sind wir in diesen Wagen gestiegen, um davon zu sprechen? Ja! Ja! ich sollte es vielleicht! Aber ich will jetzt nicht daran denken. Ich will es einfach vergessen. Nun fahren wir zu Schwarzkopfs. Ich habe sie wissentlich nie gesehen... Es sind wohl nette Leute?«

»Oh! Diederich Swattkopp, dat is'n ganz passablen ollen Kerl... Das heißt, so spricht er nicht immer, sondern nur, wenn er mehr als fünf Gläser Grog getrunken hat. Einmal, als er im Comptoir gewesen war, gingen wir zusammen in die Schiffergesellschaft... Er trank wie ein Loch. Sein Vater ist auf einem Norwegenfahrer geboren und nachher Kapitän auf dieser Linie gewesen. Diederich hat einen guten Bildungsgang gemacht; die Lotsenkommandantur ist eine verantwortliche und ziemlich gut bezahlte Stellung. Er ist ein alter Seebär... aber immer galant mit den Damen. Paß auf, er wird dir die Cour machen...«

»Ha! – Und die Frau?«

»Seine Frau kenne ich selbst nicht. Sie wird schon gemütlich sein. Übrigens ist da ein Sohn, der zu meiner Zeit in Sekunda oder Prima saß und jetzt wohl studiert... Sieh mal, da ist die See! Eine kleine Viertelstunde noch...«

In einer Allee von jungen Buchen fuhren sie eine Strecke ganz dicht am Meere entlang, das blau und friedlich in der Sonne lag. Der runde, gelbe Leuchtturm tauchte auf, sie übersahen eine Weile Bucht und Bollwerk, die roten Dächer des Städtchens und den kleinen Hafen mit dem Segel- und Tauwerk der Böte. Dann fuhren sie zwischen den ersten Häusern hindurch, ließen die Kirche zurück und rollten die »Vorderreihe«, die sich am Flusse hinzog, entlang bis zu einem hübschen kleinen Hause, dessen Veranda dicht mit Weinlaub bewachsen war.

Lotsenkommandeur Schwarzkopf stand vor seiner Tür und nahm beim Herannahen der Kalesche die Schiffermütze ab. Es war ein untersetzter, breiter Mann mit rotem Gesicht, wasserblauen Augen und einem eisgrauen, stacheligen Bart, der fächerförmig von einem Ohr zum anderen lief. Sein abwärts gezogener Mund, in dem er eine Holzpfeife hielt und dessen rasierte Oberlippe hart, rot und gewölbt war, machte einen Eindruck von Würde und Biederkeit. Eine weiße Piqué-Weste leuchtete unter seinem offenen, mit Goldborten verzierten Rock. Breitbeinig und mit etwas vorgestrecktem Bauche stand er da.

»Ist wahrhaftig eine Ehre für mich, Mamsell, alles was recht ist, daß Sie eine Zeitlang mit uns fürliebnehmen wollen...« Er hob Tony mit Behutsamkeit aus dem Wagen. »Kompliment, Herr Buddenbrook! Wohlauf, der Herr Papa? Und die Frau Konsulin?... Ist mir ein aufrichtiges Pläsier!... Na, treten die Herrschaften näher! Meine Frau hat wohl so etwas wie einen kleinen Imbiß bereit. – Fahr'n Se man to Gastwirt Peddersen«, sagte er zum Kutscher, der den Koffer ins Haus getragen hatte; »da sünd de Pierd ganz gaut unnerbracht... Sie übernachten doch bei uns, Herr Buddenbrook?... I, warum nicht gar! Die Pferde müssen doch verschnaufen, und dann kämen Sie ja nicht vor Dunkelwerden zur Stadt...«

»Wissen Sie, hier wohnt man mindestens so gut wie draußen im Kurhaus«, sagte Tony eine Viertelstunde später, als man in der Veranda um den Kaffeetisch saß. »Was für prachtvolle Luft! Man riecht den Tang bis hierher. Ich bin entsetzlich froh, wieder in Travemünde zu sein!«

Zwischen den grünbewachsenen Pfeilern der Veranda hindurch blickte man auf den breiten, in der Sonne glitzernden Fluß mit Kähnen und Landungsbrücken und hinüber zum Fährhaus auf dem »Priwall«, der vorgeschobenen Halbinsel Mecklenburgs. Die weiten, kummenartigen Tassen mit blauem Rande waren ungewohnt plump im Vergleich mit dem zierlichen alten Porzellan zu Hause; aber der Tisch, auf dem an Tony's Platz ein Strauß von Wiesenblumen stand, war einladend, und die Fahrt hatte Hunger gemacht.

»Ja, Mamsell soll sehen, daß sie sich hier herausmacht«, sagte die Hausfrau. »Sie sieht ein bißchen strap'ziert aus, wenn ich mich so ausdrücken darf; das macht die Stadtluft, und dann sind da die vielen Fêten...«

Frau Schwarzkopf, eine Pastorentochter aus Schlutup, schien ungefähr fünfzig Jahre zu zählen, war einen Kopf kleiner als Tony und ziemlich schmächtig. Ihr noch schwarzes, glatt und reinlich frisiertes Haar stak in einem großmaschigen Netze. Sie trug ein dunkelbraunes Kleid mit einem kleinen weißgehäkelten Kragen und ebensolchen Manschetten. Sie war sauber, sanft und freundlich und empfahl eifrig ihr selbstgebackenes Korinthenbrot, das, umgeben von Rahm, Zucker, Butter und Scheibenhonig, in dem bootförmigen Brotkorb lag. Diesen Korb schmückte eine Borte von Perlenstickerei, welche die kleine Meta gearbeitet hatte, ein achtjähriges, artiges, kleines Mädchen, das in schottischem Kleidchen und mit einem flachsblonden, steif abstehenden Zöpfchen neben seiner Mutter saß.

Frau Schwarzkopf entschuldigte sich wegen des Zimmers, das für Tony bestimmt war, und in dem diese schon ein wenig Toilette gemacht hatte. Es sei so einfach...

»Pah, allerliebst!« sagte Tony. Es habe Aussicht auf die See, das sei die Hauptsache. Und dabei tauchte sie die vierte Scheibe

Korinthenbrot in ihren Kaffee. Tom sprach mit dem Alten über den »Wullenwever«, der jetzt in der Stadt repariert wurde...

Plötzlich kam ein junger Mensch von etwa zwanzig Jahren mit einem Buch in die Veranda, der seinen grauen Filzhut abnahm und sich errötend und etwas linkisch verbeugte.

»Na, min Söhn«, sagte der Lotsenkommandeur, »du kömmst spät...« Dann stellte er vor: »Das ist mein Sohn –« er nannte einen Vornamen, den Tony nicht verstand. »Studiert auf den Doktor... bringt seine Ferien bei uns zu...«

»Sehr angenehm«, sagte Tony, wie sie es gelernt hatte. Tom stand auf und gab ihm die Hand. Der junge Schwarzkopf verbeugte sich nochmals, legte sein Buch aus der Hand und nahm, aufs neue errötend, am Tische Platz.

Er war von mittlerer Größe, ziemlich schmal und so blond wie möglich. Sein beginnender Schnurrbart, so farblos wie das kurzgeschnittene Haar, das seinen länglichen Kopf bedeckte, war kaum zu sehen; und dem entsprach ein außerordentlich heller Teint, eine Haut wie poröses Porzellan, die bei der geringsten Gelegenheit hellrot anlaufen konnte. Seine Augen waren von etwas dunklerem Blau als die seines Vaters und hatten denselben, nicht sehr lebhaften, gutmütig prüfenden Ausdruck; seine Gesichtszüge waren ebenmäßig und ziemlich angenehm. Als er anfing zu essen, zeigte er ungewöhnlich gutgeformte, engstehende Zähne, die spiegelnd blank waren, wie poliertes Elfenbein. Übrigens trug er eine graue, geschlossene Joppe mit Klappen an den Taschen und einem Gummizug im Rücken.

»Ja, ich bitte um Entschuldigung, ich komme zu spät«, sagte er. Seine Sprache war ein wenig schwerfällig und knarrend. »Ich habe ein bißchen am Strande gelesen und nicht früh genug nach der Uhr gesehen.« Hierauf kaute er schweigsam und musterte Tom und Tony nur dann und wann prüfend von unten herauf.

Später, als Tony wieder einmal von der Hausfrau genötigt wurde, zuzulangen, sagte er:

»Dem Scheibenhonig können Sie vertrauen, Fräulein Buddenbrook... Das ist reines Naturprodukt... Da weiß man doch, was man verschluckt... Sie müssen ordentlich essen, wissen Sie! Diese Luft hier, die zehrt... die beschleunigt den Stoffwechsel. Wenn Sie nicht genug zu sich nehmen, so fallen Sie ab...« Er hatte eine naive und sympathische Art, sich beim Sprechen vorzubeugen und manchmal eine andere Person dabei anzublicken, als die, an die er sich wandte.

Seine Mutter hörte ihm zärtlich zu und forschte dann in Tony's Gesicht nach dem Eindruck, den seine Worte hervorbrächten. Der alte Schwarzkopf aber sagte:

»Nu speel di man nich up, Herr Dokter, mit deinem Stoffwechsel... Da wollen wir gar nichts von wissen«, worauf der junge Mensch lachte und wieder errötend auf Tony's Teller blickte.

Ein paarmal nannte der Lotsenkommandeur den Vornamen seines Sohnes, aber Tony konnte ihn durchaus nicht verstehen. Es war etwas wie »Moor« oder »Mord«... unmöglich, es in der breiten und platten Aussprache des Alten zu erkennen.

Als die Mahlzeit beendet war, als Diederich Schwarzkopf, der, mit weit von der weißen Weste zurückgeschlagenem Rock, behaglich in die Sonne blinzelte, und sein Sohn ihre kurzen Holzpfeifen zu rauchen begannen und Tom sich wieder seinen Zigaretten widmete, waren die jungen Leute in ein lebhaftes Gespräch über alte Schulgeschichten geraten, an dem Tony sich munter beteiligte. Herr Stengel wurde zitiert... »Du sollst 'ne Line machen, und was machst du? Du machst 'n Strich!« Schade, daß Christian nicht da war; er konnte das noch viel besser...

Einmal sagte Tom zu seiner Schwester, indem er auf die vor ihr stehenden Blumen wies:

»Herr Grünlich würde sagen: Das putzt ganz ungemein!«

Worauf Tony ihn, rot vor Zorn, in die Seite stieß und einen scheuen Blick zu dem jungen Schwarzkopf hinübergleiten ließ.

Man hatte mit dem Kaffeetrinken heute ungewöhnlich lange gewartet, und man saß lange beieinander. Es war schon halb sieben Uhr und über dem »Priwall« drüben begann sich die Dämmerung zu senken, als der Kommandeur sich erhob.

»Na, die Herrschaften entschuldigen«, sagte er. »Ich habe nun noch drüben im Lotsenhause zu tun... Wir essen um achte, wenn's gefällig ist... Oder heut' mal ein bißchen später, Meta, wie?... Und du –« hier nannte er wieder den Vornamen –, »nun sitz hier nur nicht herum... Nun geh nur hinaus und gib dich wieder mit deinen Knochen ab... Mamsell Buddenbrook wird wohl auspacken... Oder wenn die Herrschaften an den Strand gehen wollen... Störe nur nicht!«

»Diederich, mein Gott, warum soll er nicht noch sitzen bleiben«, sagte Frau Schwarzkopf sanft und vorwurfsvoll. »Und wenn die Herrschaften an den Strand gehen wollen, warum soll er nicht mitgehen? Er hat doch Ferien, Diederich!... Und soll er denn gar nichts von unserem Besuche haben?«

6.

In ihrem kleinen, reinlichen Zimmer, dessen Möbel mit hellgeblümtem Kattun überzogen waren, erwachte Tony am nächsten Morgen mit dem angeregten und freudigen Gefühl, mit dem man in einer neuen Lebenslage die Augen öffnet.

Sie setzte sich empor, und indem sie die Arme um ihre Knie schlang und den zerzausten Kopf zurücklegte, blinzelte sie in den schmalen und blendenden Streifen vom Tageslicht, der zwischen den geschlossenen Läden hindurch ins Zimmer fiel, und kramte mit Muße die gestrigen Erlebnisse wieder hervor.

Kaum ein Gedanke streifte Herrn Grünlichs Person. Die Stadt und der gräßliche Auftritt im Landschaftszimmer und die Ermahnungen der Familie und Pastor Köllings lagen weit zurück. Hier würde sie nun jeden Morgen ganz sorglos erwachen... Diese Schwarzkopfs waren prächtige Leute. Gestern abend hatte es wahrhaftig eine Apfelsinenbowle gegeben, und man hatte auf ein glückliches Zusammenleben angestoßen. Man war sehr vergnügt gewesen. Der alte Schwarzkopf hatte Seegeschichten zum besten gegeben und der junge von Göttingen berichtet, wo er studierte... Aber es war doch sonderbar, daß sie noch immer seinen Vornamen nicht wußte! Sie hatte mit Spannung darauf geachtet, aber er war beim Abendessen nicht mehr genannt worden, und es hätte sich wohl nicht geschickt, danach zu fragen. Sie dachte angestrengt nach... Mein Gott, wie hieß der junge Mensch! Moor... Mord...? Übrigens hatte er ihr gut gefallen, dieser Moor oder Mord. Er hatte ein so gutmütig verschmitztes Lachen, wenn er um Wasser bat und statt dessen ein paar Buchstaben mit Zahlen dahinter nannte, so daß der Alte ganz böse wurde. Ja, das sei aber die wissenschaftliche Formel für Wasser... allerdings nicht für *dieses* Wasser, denn die Formel für *diese* Travemünder Flüssigkeit sei wohl viel komplizierter. Jeden Augenblick könne man eine Qualle darin finden... Die hohe Obrigkeit habe ihre eignen Begriffe von Süßwasser... Worauf ihm wieder ein väterlicher Verweis zuteil geworden war, weil er in wegwerfendem Tone von der Obrigkeit gesprochen hatte. Frau Schwarzkopf hatte immer in Tony's Gesicht nach Bewunderung gesucht, und wahrhaftig, er sprach sehr amüsant, zugleich lustig und gelehrt... Er hatte sich ziemlich viel um sie gekümmert, der junge Herr. Sie hatte geklagt, daß sie beim Essen einen heißen Kopf bekäme, sie glaube zuviel Blut zu haben... Was hatte er geantwortet? Er hatte sie gemustert und gesagt: Ja, die Arterien an den Schläfen seien gefüllt, aber das schließe nicht aus, daß nicht genug Blut oder genug rote Blutkörperchen im Kopfe seien... Sie sei vielleicht ein *bißchen* bleichsüchtig...

Der Kuckuck sprang aus der geschnitzten Wanduhr und gluckste viele Male hell und hohl. »Sieben, acht, neun«, zählte Tony, »aufgestanden!« Und damit sprang sie aus dem Bette und stieß die Fensterläden auf. Der Himmel war ein wenig bedeckt, aber die Sonne schien. Man sah über das Leuchtenfeld mit dem Turm weit über die krause See hinaus, die rechts im Bogen von der mecklenburgischen Küste begrenzt war und sich in grünlichen und blauen Streifen erstreckte, bis sie mit dem dunstigen Horizont zusammenfloß. Nachher will ich baden, dachte Tony, aber vorher ordentlich frühstücken, damit der Stoffwechsel nicht an mir zehrt... Und damit machte sie sich lächelnd und mit raschen, vergnügten Bewegungen ans Waschen und Ankleiden.

Es war kurz nach halb zehn Uhr, als sie die Stube verließ. Die

Tür des Zimmers, wo Tom geschlafen hatte, stand offen; er war in aller Frühe wieder zur Stadt gefahren. Schon hier oben in dem ziemlich hoch gelegenen Stockwerk, in dem nur Schlafzimmer lagen, roch es nach Kaffee. Das schien der charakteristische Geruch des kleinen Hauses zu sein, und er nahm zu, als Tony die mit einem schlichten, undurchbrochenen Holzgeländer versehene Treppe hinunterstieg und drunten über den Korridor ging, an dem Wohn- und Eßzimmer und das Bureau des Lotsenkommandeurs lagen. Frisch und in bester Laune betrat sie in ihrem weißen Piquékleide die Veranda.

Frau Schwarzkopf saß mit ihrem Sohne allein am Kaffeetische, der schon teilweise abgeräumt war. Sie trug eine blaukarierte Küchenschürze über ihrem braunen Kleid. Ein Schlüsselkorb stand vor ihr.

»Tausendmal um Vergebung«, sagte sie, indem sie aufstand, »daß wir nicht gewartet haben, Mamsell Buddenbrook! Wir sind früh auf, wir einfachen Leute. Da gibt es hunderterlei zu tun... Schwarzkopf ist in seinem Bureau... Nicht wahr, Mamsell ist nicht böse?«

Tony ihrerseits entschuldigte sich. »Sie müssen nicht glauben, daß ich immer so lange schlafe. Ich habe ein sehr böses Gewissen. Aber die Bowle von gestern abend...«

Hier fing der junge Sohn des Hauses an zu lachen. Er stand, seine kurze Holzpfeife in der Hand, hinter dem Tische. Die Zeitung lag vor ihm.

»Ja, Sie sind schuld«, sagte Tony; »guten Morgen!... Sie haben beständig mit mir angestoßen... Jetzt verdiene ich nur noch kalten Kaffee. Ich müßte schon gefrühstückt und gebadet haben...«

»Nein, das wäre zu früh für eine junge Dame! Um sieben war das Wasser noch ziemlich kalt, wissen Sie; elf Grad... das schneidet ein bißchen nach der Bettwärme...«

»Woher wissen Sie denn, daß ich lauwarm baden will, Monsieur?« Und Tony nahm am Tische Platz. »Sie haben mir den Kaffee warm gehalten, Frau Schwarzkopf!... Aber einschenken tue ich mir selbst... vielen Dank!«

Die Hausfrau sah zu, wie ihr Gast die ersten Bissen aß.

»Und Mamsell hat gut geschlafen die erste Nacht? Ja, mein Gott, die Matratze ist mit Seegras gefüllt... wir sind einfache Leute... Aber nun wünsche ich guten Appetit und einen vergnügten Vormittag. Mamsell wird sicher mancherlei Bekannte am Strande treffen... Wenn es angenehm ist, begleitet mein Sohn Sie hin. Um Verzeihung, daß ich nicht länger Gesellschaft leiste, aber ich *muß* nach dem Essen sehen. Ich habe eine Bratwurst... Wir geben es so gut wie wir können.«

»Ich halte mich an den Scheibenhonig«, sagte Tony, als die beiden allein waren. »Sehen Sie, da weiß man doch, was man verschluckt!«

Der junge Schwarzkopf stand auf und legte seine Pfeife auf die Brüstung der Veranda.

»Aber rauchen Sie doch! Nein, das stört mich ganz und gar nicht. Wenn ich zu Hause zum Frühstück komme, ist immer schon Papas Zigarrenrauch in der Stube... Sagen Sie mal«, fragte sie plötzlich, »ist es wahr, daß ein Ei soviel wert ist wie ein Viertelpfund Fleisch?«

Er wurde über und über rot. »Wollen Sie mich eigentlich zum besten haben, Fräulein Buddenbrook?« fragte er zwischen Lachen und Ärger. »Ich habe gestern abend noch einen Rüffel von Vater bekommen wegen meiner Fachsimpelei und Wichtigtuerei, wie er sagte...«

»Aber ich habe ganz harmlos gefragt?!« Tony hörte vor Bestürzung einen Augenblick auf zu essen. »Wichtigtuerei! Wie kann man dergleichen sagen!... Ich möchte gern etwas erfahren... Mein Gott, ich bin eine Gans, sehen Sie! Bei Sesemi Weichbrodt war ich immer unter den Faulsten. Und Sie wissen, glaube ich, so viel...« Innerlich dachte sie: Wichtigtuerei? Man befindet sich in fremder Gesellschaft, zeigt sich von seiner besten Seite, setzt seine Worte und sucht zu gefallen – das ist doch klar...

»Nun ja, es deckt sich in gewisser Weise«, sagte er geschmeichelt. »Was gewisse Nährstoffe betrifft...«

Hierauf, während Tony frühstückte und der junge Schwarzkopf fortfuhr, seine Pfeife zu rauchen, fing man an, von Sesemi Weichbrodt zu schwatzen, von Tony's Pensionszeit, von ihren Freundinnen, Gerda Arnoldsen, die nun wieder in Amsterdam war, und Armgard von Schilling, deren weißes Haus man vom Strande aus sehen konnte, wenigstens bei klarem Wetter...

Später, als sie schon mit Essen fertig war und sich den Mund wischte, fragte Tony, indem sie auf die Zeitung deutete:

»Steht etwas Neues darin?«

Der junge Schwarzkopf lachte und schüttelte mit spöttischem Mitleid den Kopf.

»Ach nein... Was soll wohl darin stehen?... Wissen Sie, diese ›Städtischen Anzeigen‹ sind ein klägliches Blättchen!«

»Oh?... Aber Papa und Mama haben sie immer gehalten!«

»Ja, nun!« sagte er und wurde rot... »Ich lese sie ja auch, wie Sie sehen, weil eben nichts anderes zur Hand ist. Aber daß der Großhändler Konsul Soundso seine silberne Hochzeit zu feiern gedenkt, ist nicht allzu erschütternd... Ja – ja! Sie lachen... Aber Sie sollten mal andere Blätter lesen, die ›Königsberger Hartung'sche Zeitung‹... oder die ›Rheinische Zeitung‹... da würden Sie etwas anderes finden! Was der König von Preußen auch sagen mag...«

»Was sagt er denn?«

»Ja... nein, das kann ich leider vor einer Dame nicht zitieren...« Und er wurde abermals rot. »Er hat sich ziemlich ungnädig über diese Presse geäußert«, fuhr er mit einem etwas gewaltsamen ironischen Lächeln fort, das Tony einen Augenblick peinlich berührte. »Sie geht nicht sehr glimpflich mit der Regierung um, wissen Sie, mit den Adligen, mit Pfaffen und Junkern... sie weiß allzu geschickt, die Zensur an der Nase zu führen...«

»Nun, und Sie, gehen Sie auch nicht glimpflich mit den Adligen um?«

»Ich?« fragte er und geriet in Verlegenheit... Tony stand auf.

»Na, darüber müssen wir ein anderes Mal reden. Wie wäre es, wenn ich nun zum Strande ginge? Sehen Sie, es ist beinahe ganz blau geworden. Heute wird es nicht mehr regnen. Ich habe die größte Lust, wieder einmal in die See zu springen. Wollen Sie mich hinunter begleiten?...«

7.

Sie hatte ihren großen Strohhut aufgesetzt und ihren Sonnenschirm aufgespannt, denn es herrschte, obgleich ein kleiner Seewind ging, heftige Hitze. Der junge Schwarzkopf schritt, in seinem grauen Filzhut, sein Buch in der Hand, neben ihr her und betrachtete sie manchmal von der Seite. Sie gingen die »Vorderreihe« entlang und spazierten durch den Kurgarten, der stumm und schattenlos mit seinen Kieswegen und Rosenanlagen dalag. Der Musiktempel, zwischen Nadelbäumen versteckt, stand schweigend dem Kurhaus, der Konditorei und den beiden durch ein langes Zwischengebäude miteinander verbundenen Schweizerhäusern gegenüber. Es war gegen halb zwölf Uhr; die Badegäste mußten sich noch am Strande befinden.

Die beiden gingen über den Kinderspielplatz mit den Bänken und der großen Schaukel; sie gingen nahe am Warmbadehause vorbei und wanderten langsam über das Leuchtenfeld. Die Sonne brütete auf dem Grase und ließ diesen heißen, würzigen Geruch von Klee und Kraut daraus aufsteigen, in dem blaue Fliegen surrend standen und umherschossen. Ein monotones, gedämpftes Rauschen kam vom Meere her, in dessen Ferne dann und wann kleine Schaumköpfe aufblitzten.

»Was lesen Sie da eigentlich?« fragte Tony.

Der junge Mann nahm das Buch in beide Hände und blätterte es schnell von hinten nach vorne durch.

»Ach, das ist nichts für Sie, Fräulein Buddenbrook! Lauter Blut und Gedärme und Elend... Sehen Sie, hier ist gerade von Lungenödem die Rede, auf deutsch: Stickfluß. Dabei sind nämlich die Lungenbläschen mit einer so wässerigen Flüssigkeit angefüllt... das ist hochgradig gefährlich und kommt bei Lungenentzündung vor. Wenn es schlimm ist, kann man nicht mehr atmen und stirbt ganz einfach. Und das alles ist ganz kühl von oben herab behandelt . . . «

»Ja, pfui! . . . Aber wenn man Doktor werden will . . . Ich werde dafür sorgen, daß Sie bei uns Hausarzt werden, wenn Grabow sich später einmal zur Ruhe setzt, passen Sie auf!«

»Ha! . . . Und was lesen Sie denn, wenn ich fragen darf, Fräulein Buddenbrook?«

»Kennen Sie Hoffmann?« fragte Tony.

»Den mit dem Kapellmeister und dem ›Goldenen Topf‹? Ja, das ist sehr hübsch . . . Aber, wissen Sie, es ist doch wohl mehr für Damen. Männer müssen heute etwas anderes lesen.«

»Jetzt muß ich Sie *eines* fragen«, sagte Tony nach ein paar Schritten und faßte einen Entschluß. »Nämlich, *wie* heißen Sie eigentlich mit Vornamen? Ich habe ihn noch kein einziges Mal verstanden . . . das macht mich förmlich nervös! Ich habe geradezu darüber gegrübelt . . . «

»Sie haben darüber gegrübelt?«

»Ach ja – nun erschweren Sie mir die Sache nicht! Es schickt sich wohl nicht, daß ich frage; aber ich bin natürlich neugierig . . . Übrigens brauche ich es ja, solange ich lebe, nicht zu erfahren.«

»Na, ich heiße Morten«, sagte er und wurde so rot wie noch niemals.

»Morten? Das ist hübsch!«

»Nun! hübsch . . . «

»Ja, mein Gott . . . es ist doch hübscher, als wenn Sie Hinz oder Kunz hießen. Es ist etwas Besonderes, etwas Ausländisches . . . «

»Sie sind eine Romantikerin, Mademoiselle Buddenbrook; Sie haben zuviel Hoffmann gelesen . . . Ja, die Sache ist ganz einfach die: Mein Großvater war ein halber Norweger und hieß Morten. Nach ihm bin ich getauft worden. Das ist alles . . . «

Tony stieg behutsam durch das hohe, scharfe Schilfgras, das am Rande des nackten Strandes stand. Die Reihe der hölzernen Strandpavillons mit ihren kugelförmigen Dächern lag vor ihnen und ließ den Durchblick auf die Strandkörbe frei, die näher am Wasser standen und um die Familien im warmen Sande lagerten:

Damen mit blauen Schutz-Pincenez und Leihbibliotheksbänden, Herren in hellen Anzügen, die müßig mit ihren Spazierstöcken Figuren in den Sand zeichneten, gebräunte Kinder mit großen Strohhüten auf den Köpfen, die schaufelten, sich wälzten, nach Wasser gruben, mit Holzformen Kuchen buken, Tunnels bohrten, mit bloßen Beinen in die niedrigen Wellen hineinwateten und Schiffe schwimmen ließen... Rechts ragte das Holzgebäude der Badeanstalt in die See hinaus.

»Nun marschieren wir geradeswegs auf den Möllendorpfschen Pavillon zu«, sagte Tony. »Lassen Sie uns doch etwas abbiegen!«

»Gern... aber Sie werden sich nun ja wohl den Herrschaften anschließen... Ich setze mich da hinten auf die Steine.«

»Anschließen... ja, ja, ich werde wohl guten Tag sagen müssen. Aber es ist mir recht zuwider, müssen Sie wissen. Ich bin hierhergekommen, um meinen Frieden zu haben...«

»Frieden? Vor wem?«

»Nun! Vor wem...«

»Hören Sie, Fräulein Buddenbrook, ich muß Sie auch noch *eines* fragen... aber bei Gelegenheit, später, wenn Zeit dazu ist. Nun erlauben Sie, daß ich Ihnen Adieu sage. Ich setze mich da hinten auf die Steine...«

»Soll ich Sie nicht vorstellen, Herr Schwarzkopf?« fragte Tony mit Wichtigkeit.

»Nein, ach nein...« sagte Morten eilig, »ich danke sehr. Ich gehöre doch wohl kaum dazu, wissen Sie. Ich setze mich da hinten auf die Steine...«

Es war eine größere Gesellschaft, auf die Tony zuschritt, während Morten Schwarzkopf sich rechter Hand zu den großen Steinblöcken begab, die neben der Badeanstalt vom Wasser bespült wurden, – eine Gruppe, die vor dem Möllendorpfschen Pavillon lagerte und von den Familien Möllendorpf, Hagenström, Kistenmaker und Fritsche gebildet ward. Abgesehen von Konsul Fritsche aus Hamburg, dem Besitzer des Ganzen, und Peter Döhlmann, dem Suitier, bestand sie ausschließlich aus Damen und Kindern, denn es war Alltag, und die meisten Herren befanden sich in der Stadt bei ihren Geschäften. Konsul Fritsche, ein älterer Herr mit glattrasiertem, distinguiertem Gesicht, beschäftigte sich droben im offenen Pavillon mit einem Fernrohr, das er auf einen in der Ferne sichtbaren Segler richtete. Peter Döhlmann, mit einem breitkrempigen Strohhut und rundgeschnittenem Schifferbart, stand plaudernd bei den Damen, die auf Plaids im Sande lagen oder auf kleinen Sesseln aus Segeltuch saßen: Frau Senatorin Möllendorpf, geborene Langhals, die mit einer langgestielten Lorgnette hantierte und deren Haupt von grauem Haar unordentlich umstanden war; Frau Hagenström nebst Julchen, die ziemlich klein geblieben war, aber, wie ihre Mutter, bereits Brillanten in den Ohren trug; Frau Konsulin Kistenmaker nebst Töchterchen und die Konsulin Fritsche, eine runzelige kleine Dame, die eine Haube trug und im Bade Wirtspflichten versah. Rot und ermattet sann sie auf nichts als Réunions, Kinderbälle, Verlosungen und Segelpartien ... Ihre Vorleserin saß in einiger Entfernung. Die Kinder spielten am Wasser.

Kistenmaker & Söhne war die aufblühende Weinhandlung, die in den letzten Jahren C. F. Köppen aus der Mode zu bringen begann. Die beiden Söhne, Eduard und Stephan, arbeiteten bereits in dem väterlichen Geschäft. – Dem Konsul Döhlmann fehlten gänzlich die ausgesuchten Manieren, über die etwa Justus Kröger verfügte; er war ein biederer Suitier, ein Suitier, dessen Spezialität die gutmütige Grobheit war und der sich in der Gesellschaft außerordentlich viel herausnehmen durfte, weil er wußte, daß er besonders bei den Damen mit seinem behäbigen, dreisten und lauten Gebaren als ein Original beliebt war. Als auf einem Diner bei Buddenbrooks sich das Erscheinen eines Gerichtes lange Zeit verzögerte, die Hausfrau in Verlegenheit und die beschäftigungslose Gesellschaft in Mißstimmung geriet, stellte er die gute Laune wieder her, indem er mit seiner breiten und lärmenden Stimme über die ganze Tafel brüllte:

»Ick bün so wied, Fru Konsulin!«

Mit eben dieser schallenden und groben Stimme erzählte er augenblicklich fragwürdige Anekdoten, die er mit plattdeutschen Wendungen würzte ... Die Senatorin Möllendorpf rief, erschöpft und außer sich vor Lachen, einmal über das andere: »Mein Gott, Herr Konsul, hören Sie einen Augenblick auf!«

– Tony Buddenbrook ward von den Hagenströms kalt, von der übrigen Gesellschaft mit großer Herzlichkeit empfangen. Selbst Konsul Fritsche kam eilfertig die Stufen des Pavillons herunter, denn er hoffte, daß wenigstens im nächsten Jahre wieder die Buddenbrooks helfen würden, das Bad zu bevölkern.

»Der Ihrige, Mamsell!« sagte Konsul Döhlmann, mit möglichst feiner Aussprache, denn er wußte, daß Fräulein Buddenbrook seine Manieren nicht besonders bevorzugte.

»Mademoiselle Buddenbrook!«

»Sie hier?«

»Wie reizend!«

»Und seit wann?«

»Und welch inzückende Toilette!« – Man sagte »inzückend«. –

»Und Sie wohnen?«

»Bei Schwarzkopfs?«

»Beim Lotsenkommandeur?«

»Wie originell!«

»Wie *finde* ich das *forchtbar* originell!« – Man sagte »forchtbar«. –

»Sie wohnen in der Stadt?« wiederholte Konsul Fritsche, der Besitzer des Kurhauses, ohne ahnen zu lassen, daß ihn dies peinlich berührte...

»Werden Sie uns nicht das Vergnügen machen bei der nächsten Réunion?« fragte seine Gattin...

»Oh, nur für kurze Zeit in Travemünde?« antwortete eine andere Dame...

»Finden Sie nicht, Liebe, daß die Buddenbrooks ein bißchen allzu exklusiv sind?« wandte sich Frau Hagenström ganz leise an die Senatorin Möllendorpf...

»Und Sie haben noch nicht gebadet?« fragte jemand. »Wer von den jungen Damen hat sonst heute noch nicht gebadet? Mariechen, Julchen, Luischen? Selbstredend begleiten Ihre Freundinnen Sie, Fräulein Antonie...«

Einige junge Mädchen trennten sich von der Gesellschaft um mit Tony zu baden, und Peter Döhlmann ließ es sich nicht nehmen, die Damen den Strand entlang zu geleiten.

»Gott! erinnerst du dich noch unserer Schulgänge von damals?« fragte Tony Julchen Hagenström.

»J-ja! Sie spielten immer die Boshafte«, sagte Julchen mit mitleidigem Lächeln.

Man ging oberhalb des Strandes auf dem Steg von paarweise gelegten Brettern der Badeanstalt zu; und als man an den Steinen vorüberkam, wo Morten Schwarzkopf mit seinem Buche saß, nickte Tony ihm aus der Ferne mehrmals mit rascher Kopfbewegung zu. Jemand erkundigte sich:

»Wen grüßest du, Tony?«

»Oh, das war der junge Schwarzkopf«, sagte Tony, »er hat mich herunterbegleitet...«

»Der Sohn des Lotsenkommandeurs?« fragte Julchen Hagenström und blickte mit ihren blanken schwarzen Augen scharf zu Morten hinüber, der seinerseits mit einer gewissen Melancholie die elegante Gesellschaft musterte. Tony aber sagte mit lauter Stimme:

»Eines bedaure ich: nämlich, daß zum Beispiel August Möllendorpf nicht hier ist... Es muß doch alltags recht langweilig am Strande sein!«

8.

Hiermit begannen schöne Sommerwochen für Tony Buddenbrook, kurzweiligere und angenehmere, als sie sie jemals in Travemünde erlebt hatte. Sie blühte auf, nichts lastete mehr auf ihr; in ihre Worte und Bewegungen kehrten Keckheit und Sorglosigkeit zurück. Der Konsul betrachtete sie mit Wohlgefallen, wenn er sonntags mit Tom und Christian nach Travemünde kam. Dann speiste man an der Table d'hôte, trank bei der Kurmusik den Kaffee unter dem Zeltdach der Konditorei und sah drinnen im Saale der Roulette zu, um die lustige Leute, wie Justus Kröger und Peter Döhlmann, sich drängten: Der Konsul spielte niemals. –

Tony sonnte sich, sie badete, aß Bratwurst mit Pfeffernußsauce und machte weite Spaziergänge mit Morten: den Chausseeweg zum Nachbarort, den Strand entlang zu dem hoch gelegenen »Seetempel«, der eine weite Aussicht über See und Land beherrschte, oder in das Wäldchen hinauf, das hinterm Kurhause lag und auf dessen Höhe die große Table d'hôte-Glocke hing... Oder sie ruderten über die Trave zum »Priwall«, wo es Bernstein zu finden gab...

Morten war ein unterhaltender Begleiter, wiewohl seine Meinungen ein wenig hitzig und absprechend waren. Er führte über alle Dinge ein strenges und gerechtes Urteil mit sich, das er mit Entschiedenheit hervorbrachte, obgleich er rot dabei wurde. Tony ward betrübt und sie schalt ihn, wenn er mit etwas ungeschickter, aber zorniger Geste alle Adeligen für Idioten und Elende erklärte; aber sie war sehr stolz darauf, daß er ihr gegenüber offen und zutraulich seine Anschauungen aussprach, die er den Eltern verschwieg... Einmal sagte er:

»Dies muß ich Ihnen noch erzählen: Auf meiner Bude in Göttingen habe ich ein vollkommenes Gerippe... wissen Sie, so ein Knochengerippe, notdürftig mit etwas Draht zusammengehalten. Na, diesem Gerippe habe ich eine alte Polizistenuniform angezogen... ha! Finden Sie das nicht ausgezeichnet? Aber sagen Sie es um Gottes willen nicht meinem Vater!« –

Es konnte nicht fehlen, daß Tony oftmals mit ihrer städtischen Bekanntschaft am Strande oder im Kurgarten verkehrte, daß sie zu dieser oder jener Réunion und Segelpartie hinzugezogen wurde. Dann saß Morten »auf den Steinen«. Diese Steine waren seit dem ersten Tag zwischen den beiden zur stehenden Redewendung geworden. »Auf den Steinen sitzen«, das bedeutete: »Vereinsamt sein und sich langweilen«. Kam ein Regentag, der die See weit und breit in einen grauen Schleier hüllte, daß sie völlig mit dem tiefen Himmel zusammenfloß, der den Strand durchweichte und die Wege überschwemmte, dann sagte Tony:

»Heute müssen wir beide auf den Steinen sitzen... das heißt in der Veranda oder im Wohnzimmer. Es bleibt nichts übrig, als daß Sie mir Ihre Studentenlieder vorspielen, Morten, obgleich es mich greulich langweilt.«

»Ja«, sagte Morten, »setzen wir uns... Aber wissen Sie, wenn Sie dabei sind, so sind es keine Steine mehr!«... Übrigens sagte er dergleichen nicht, wenn sein Vater zugegen war; seine Mutter durfte es hören.

»Was nun?« fragte der Lotsenkommandeur, wenn nach dem Mittagessen Tony und Morten gleichzeitig aufstanden und sich anschickten, auf und davon zu gehen... »Wohin mit den jungen Herrschaften?«

»Ja, ich darf Fräulein Antonie ein bißchen zum Seetempel begleiten.«

»So, darfst du das? – Sage mal, mein Sohn Filius, wäre es nicht am Ende angebrachter, du setztest dich auf deine Stube und repetiertest deine Nervenstränge? Du hast alles vergessen, bis du wieder nach Göttingen kommst...«

Frau Schwarzkopf aber sprach sanft: »Diederich, mein Gott! Warum sollte er nicht mitgehen? Laß ihn doch mitgehen! Er hat doch Ferien! Und soll er denn gar nichts von unserem Besuche haben?« – So gingen sie.

Sie gingen den Strand entlang, ganz unten am Wasser, dort, wo der Sand von der Flut benetzt, geglättet und gehärtet ist, so daß man mühelos gehen kann; wo kleine, gewöhnliche, weiße Muscheln verstreut liegen und andere, längliche, große, opalisierende; dazwischen gelbgrünes, nasses Seegras mit runden, hohlen Früchten, welche knallen, wenn man sie zerdrückt; und Quallen, einfache, wasserfarbene sowohl wie rotgelbe, giftige, welche das Bein verbrennen, wenn man sie beim Baden berührt...

»Wollen Sie wissen, wie dumm ich früher war?« sagte Tony. »Ich wollte die bunten Sterne aus den Quallen heraushaben. Ich trug eine ganze Menge Quallen im Taschentuche nach Hause und legte sie säuberlich auf den Balkon in die Sonne, damit sie verdunsteten... dann mußten die Sterne doch übrigbleiben! Ja, schön... Als ich nachsah, war da ein ziemlich großer nasser Fleck. Es roch nur ein bißchen nach faulem Seetang...«

Sie gingen, das rhythmische Rauschen der langgestreckten Wellen neben sich, den frischen Salzwind im Gesicht, der frei und ohne Hindernis daherkommt, die Ohren umhüllt und einen angenehmen Schwindel, eine gedämpfte Betäubung hervorruft... Sie gingen in diesem weiten, still sausenden Frieden am Meere, der jedes kleine Geräusch, ob fern oder nah, zu geheimnisvoller Bedeutung erhebt...

Links befanden sich zerklüftete Abhänge aus gelbem Lehm und Geröll, gleichförmig, mit immer neu hervorspringenden Ecken, welche die Biegungen der Küste verdeckten. Hier irgendwo, weil der Strand zu steinig wurde, kletterten sie hinauf, um droben durch das Gehölz den ansteigenden Weg zum Seetempel fortzusetzen. Der Seetempel, ein runder Pavillon, war aus rohen Borkenstämmen und Brettern erbaut, deren Innenseiten mit Inschriften, Initialen, Herzen, Gedichten bedeckt waren... Tony und Morten setzten sich in eine der kleinen abgeteilten Kammern, die der See zugewandt waren und in denen es nach Holz roch wie in den Kabinen der Badeanstalt, auf die schmale, roh gezimmerte Bank im Hintergrunde.

Es wurde sehr still und feierlich hier oben, um diese Nachmittagsstunde. Ein paar Vögel schwatzten, und das leise Rauschen der Bäume vermischte sich mit dem des Meeres, das sich dort tief unten ausbreitete und in dessen Ferne das Takelwerk eines Schiffes zu sehen war. Geschützt vor dem Winde, der bislang um ihre Ohren gespielt hatte, empfanden sie plötzlich eine nachdenklich stimmende Stille.

Tony erkundigte sich:

»Kommt der oder geht er?«

»Wie?« fragte Morten mit seiner schwerfälligen Stimme... und als ob er aus irgendeiner tiefen Abwesenheit erwachte, sagte er rasch: »Geht! Das ist der ›Bürgermeister Steenbock‹, der nach Rußland fährt. – Ich möchte nicht mit«, setzte er nach einer Pause hinzu. »Dort muß es noch empörender zugehen als bei uns!«

»So!« sagte Tony. »Nun gedenken Sie wieder mit den Adligen anzufangen, Morten, ich sehe es Ihrem Gesichte an. Es ist nicht schön von Ihnen... Haben Sie jemals einen gekannt?«

»Nein!« rief Morten beinahe entrüstet. »Gott sei Dank!«

»Ja! ja, sehen Sie wohl? Ich aber. Ein Mädchen allerdings, Armgard von Schilling dort drüben, von der ich Ihnen schon erzählte. Nun, sie war gutmütiger als Sie und ich, sie wußte kaum, daß sie ›von‹ hieß, sie aß Mettwurst und sprach von ihren Kühen...«

»Sicherlich gibt es Ausnahmen, Fräulein Tony!« sagte er eifrig. »Aber hören Sie... Sie sind eine junge Dame, Sie sehen alles persönlich an. Sie kennen einen Adligen und sagen: Aber er ist doch ein braver Mensch! Gewiß... aber man braucht gar keinen zu kennen, um sie alle zu verurteilen! Denn es handelt sich um das Prinzip, wissen Sie, um die Einrichtung! Ja, darauf müssen Sie schweigen... Wie? Jemand braucht nur geboren zu werden, um ein Auserlesener und Edler zu sein... der verächtlich auf uns andere herabblicken darf... die wir mit allen Verdiensten nicht auf seine Höhen gelangen können?...« Morten sprach mit einer naiven und gutherzigen Entrüstung; er versuchte, Handbewegungen zu machen, sah selbst, daß sie ungeschickt waren, und unterließ sie wieder. Aber er redete fort. Er war in Stimmung. Er saß vorgebeugt, einen Daumen zwischen den Knöpfen seiner Joppe, und gab seinen gutmütigen Augen einen trotzigen Ausdruck... »Wir, die Bourgeoisie, der dritte Stand, wie wir bis jetzt genannt worden sind, wir wollen, daß nur noch ein Adel des Verdienstes bestehe, wir erkennen den faulen Adel nicht mehr an, wir leugnen die jetzige Rangordnung der Stände... wir wollen, daß alle Menschen frei und gleich sind, daß niemand einer Person unterworfen ist, sondern alle nur den Gesetzen untertänig sind!... Es soll keine Privilegien und keine Willkür mehr geben!... Alle sollen gleichberechtigte Kinder des Staates sein, und wie keine Mittlerschaft mehr existiert zwischen dem Laien und dem lieben Gott, so soll auch der Bürger zum Staate in unmittelbarem Verhältnis stehen!... Wir wollen Freiheit der Presse, der Gewerbe, des Handels... Wir

wollen, daß alle Menschen ohne Vorrechte miteinander konkurrieren können, und daß dem Verdienste seine Krone wird!...
Aber wir sind geknechtet, geknebelt... was wollte ich eben sagen? Ja, passen Sie auf: Vor vier Jahren sind die Bundesgesetze über die Universitäten und die Presse erneuert worden – schöne Gesetze! Es darf keine Wahrheit niedergeschrieben oder gelehrt werden, die vielleicht nicht mit der bestehenden Ordnung der Dinge übereinstimmt... Verstehen Sie? Die Wahrheit wird unterdrückt, sie kommt nicht zum Worte... und warum? einem idiotischen, veralteten, hinfälligen Zustand zuliebe, der, wie jedermann weiß, früher oder später ja dennoch abgeschafft werden wird... Ich glaube, Sie begreifen diese Gemeinheit gar nicht! Die Gewalt, die dumme, rohe, augenblickliche Polizistengewalt, ganz ohne Verständnis für das Geistige und Neue... Nein, von allem abgesehen will ich nur noch eines sagen... Der König von Preußen hat ein großes Unrecht begangen! Damals, anno dreizehn, als die Franzosen im Lande waren, hat er uns gerufen und uns die Konstitution versprochen... wir sind gekommen, wir haben Deutschland befreit...«

Tony, die ihn, das Kinn in die Hand gestützt, von der Seite betrachtete, überlegte einen Augenblick ernstlich, ob er selbst wohl wirklich geholfen haben könnte, Napoleon zu vertreiben.

»...aber meinen Sie, daß das Versprechen eingelöst worden ist? Ach nein! – Der jetzige König ist ein Schönredner, ein Träumer, ein Romantiker, wie Sie, Fräulein Tony... Denn eines müssen Sie beachten: Wenn die Philosophen und Dichter eine Wahrheit, eine Anschauung, ein Prinzip soeben wieder überwunden und abgetan haben, dann kommt allmählich ein König, der nun gerade *dabei* angelangt ist, der nun gerade *dies* für das Neueste und Beste hält und sich danach benehmen zu müssen glaubt... Ja, so ist es mit dem Königtum bestellt! Die Könige sind nicht nur Menschen, sie sind sogar höchst mittelmäßige Menschen, sie sind immer um mehrere Postmeilen zurück... Ach, mit Deutschland ist es gegangen wie mit einem Burschenschafts-Studenten, der zur Zeit der Freiheitskriege

137

seine mutige und begeisterte Jugend hatte und nun zum kläglichen Philister geworden ist...«

»Jaja«, sagte Tony. »Alles gut. Aber lassen Sie mich das eine fragen... Was geht Sie das eigentlich an? Sie sind ja gar kein Preuße...«

»Ach, das ist alles eins, Fräulein Buddenbrook! Ja, ich nenne Ihren Familiennamen, und zwar mit Absicht... und ich müßte eigentlich noch ›Demoiselle‹ Buddenbrook sagen, damit Ihnen Ihr ganzes Recht wird! Sind bei uns etwa die Menschen freier, gleicher, brüderlicher als in Preußen? Schranken, Abstand, Aristokratie – hier wie dort!... Sie haben Sympathie für die Adligen... soll ich Ihnen sagen warum? Weil Sie selbst eine Adlige sind! Ja-ha, haben Sie das nicht gewußt?... Ihr Vater ist ein großer Herr, und Sie sind eine Prinzeß. Ein Abgrund trennt Sie von uns andern, die wir nicht zu Ihrem Kreise von herrschenden Familien gehören. Sie können wohl einmal mit einem von uns zur Erholung ein bißchen an der See spazieren gehen, aber wenn Sie wieder in ihren Kreis der Bevorzugten und Auserwählten treten, dann kann man auf den Steinen sitzen...« Seine Stimme war ganz fremdartig erregt geworden.

»Morten«, sagte Tony traurig. »Nun haben Sie sich *doch* geärgert, wenn Sie auf den Steinen saßen! Ich habe Sie doch gebeten, sich vorstellen zu lassen...«

»Oh, Sie nehmen die Sache wieder als junge Dame, zu persönlich, Fräulein Tony! Ich spreche doch im Prinzip... Ich sage, daß bei uns nicht mehr brüderliche Menschlichkeit herrscht als in Preußen... Und wenn ich persönlich spräche«, fuhr er nach einer kleinen Pause mit leiserer Stimme fort, aus der aber die eigentümliche Erregung nicht verschwunden war, »so würde ich nicht die Gegenwart meinen, sondern eher vielleicht die Zukunft... wenn Sie als Madame Soundso einmal endgültig in Ihrem vornehmen Bereich verschwinden werden und... man zeit seines Lebens auf den Steinen sitzen kann...«

Er schwieg, und auch Tony schwieg. Sie blickte ihn nicht mehr an, sondern nach der anderen Seite, auf die Bretterwand neben ihr. Es herrschte ziemlich lange eine beklommene Stille.

»Erinnern Sie sich«, fing Morten wieder an, »daß ich Ihnen einmal sagte, ich hätte eine Frage an Sie zu richten? Ja, die beschäftigt mich seit dem ersten Nachmittage, als Sie hier ankamen, müssen Sie wissen… Raten Sie nur nicht! Sie können unmöglich wissen, was ich meine. Ich frage ein anderes Mal, bei Gelegenheit; es hat keine Eile, es geht mich im Grunde gar nichts an, es ist bloß Neugierde… Nein, heute will ich Ihnen nur das eine verraten… etwas anderes… Sehen Sie mal.«

Hierbei zog Morten aus einer Tasche seiner Joppe das Ende eines schmalen, buntgestreiften Bandes hervor und sah mit einem Gemisch von Erwartung und Triumph in Tony's Augen.

»Wie hübsch«, sagte sie verständnislos. »Was bedeutet das?«

Morten aber sprach feierlich:

»Das bedeutet, daß ich in Göttingen einer Burschenschaftsverbindung angehöre – nun wissen Sie es! Ich habe auch eine Mütze in diesen Farben, aber die habe ich für die Ferienzeit dem Gerippe in der Polizistenuniform aufgesetzt… denn hier dürfte ich mich nicht damit sehen lassen, verstehen Sie… Ich kann doch darauf rechnen, daß Sie reinen Mund halten? Wenn mein Vater von der Sache erführe, so gäbe es ein Unglück…«

»Kein Wort, Morten! Nein, auf mich können Sie zählen!… Aber ich weiß gar nichts davon… Sind Sie alle gegen die Adligen verschworen?… Was wollen Sie?«

»Wir wollen die Freiheit!« sagte Morten.

»Die Freiheit?« fragte sie.

»Nun ja, die Freiheit, wissen Sie, die Freiheit…!« wiederholte er, indem er eine vage, ein wenig linkische, aber begeisterte Armbewegung hinaus, hinunter, über die See hin vollführte, und zwar nicht nach jener Seite, wo die mecklenburgische Küste die Bucht beschränkte, sondern dorthin, wo das Meer offen war, wo es sich in immer schmaler werdenden grünen, blauen, gelben und grauen Streifen leicht gekräuselt, großartig und unabsehbar dem verwischten Horizont entgegendehnte…

Tony folgte mit den Augen der Richtung seiner Hand; und während nicht viel fehlte, daß beider Hände, die nebeneinander auf der rauhen Holzbank lagen, sich vereinigten, blickten sie gemeinsam in dieselbe Ferne. Sie schwiegen lange, indes das Meer ruhig und schwerfällig zu ihnen heraufrauschte... und Tony glaubte plötzlich einig zu sein mit Morten in einem großen, unbestimmten, ahnungsvollen und sehnsüchtigen Verständnis dessen, was »Freiheit« bedeutete.

9.

»Es ist merkwürdig, daß man sich an der See nicht langweilen kann, Morten. Liegen Sie einmal an einem anderen Orte drei oder vier Stunden lang auf dem Rücken, ohne etwas zu tun, ohne auch nur einem Gedanken nachzuhängen...«

»Ja, ja... Übrigens muß ich gestehen, daß ich mich früher manchmal gelangweilt habe, Fräulein Tony; aber das ist einige Wochen her...«

Der Herbst kam, der erste starke Wind hatte sich aufgemacht. Graue, dünne und zerrissene Wolken flatterten eilig über den Himmel. Die trübe, zerwühlte See war weit und breit mit Schaum bedeckt. Große, starke Wogen wälzten sich mit einer unerbittlichen und furchteinflößenden Ruhe heran, neigten sich majestätisch, indem sie eine dunkelgrüne, metallblanke Rundung bildeten, und stürzten lärmend über den Sand.

Die Saison war völlig zu Ende. Der Teil des Strandes, den sonst die Menge der Badegäste bevölkerte und wo jetzt die Pavillons zum Teile schon abgebrochen waren, lag mit wenigen Sitzkörben fast ausgestorben da. Aber Tony und Morten lagerten nachmittags in einer entfernten Gegend: Dort, wo die gelben Lehmwände begannen und wo die Wellen am »Möwenstein« ihren Gischt hoch emporschleuderten. Morten hatte ihr einen festgeklopften Sandberg getürmt: daran lehnte sie mit dem Rücken, die Füße in Kreuzband-Schuhen und weißen Strümpfen übereinandergelegt, in ihrer weichen grauen Herbstjacke mit großen Knöpfen; Morten, ihr zugewandt, lag, das Kinn in die Hand gestützt, auf der Seite. Eine Möwe schoß dann und wann über die See und ließ ihren Raubvogelschrei vernehmen. Sie sahen die grünen, mit Seegras durchwachsenen Wände der Wellen an, die drohend daherkamen und an dem Steinblock zerbarsten, der sich ihnen entgegenstellte... in diesem irren, ewigen Getöse, das betäubt, stumm macht und das Gefühl der Zeit ertötet.

Endlich machte Morten eine Bewegung, als ob er sich selbst erweckte, und fragte:

»Nun werden Sie wohl bald abreisen, Fräulein Tony?«

»Nein... wieso?« sagte Tony abwesend und ohne Verständnis.

»Ja, mein Gott, wir haben den zehnten September... meine Ferien sind ohnehin bald zu Ende... wie lange kann das noch dauern! Freuen Sie sich auf die Gesellschaften in der Stadt...? Sagen Sie mal: Es sind wohl liebenswürdige Herren, mit denen Sie tanzen... Nein, das wollte ich auch nicht fragen! Jetzt müssen Sie mir eines beantworten«, sagte er, indem er mit plötzlichem Entschlusse sein Kinn in der Hand zurechtrückte und sie anblickte. »Es ist die Frage, die ich so lange aufgespart habe... wissen Sie? Nun! Wer ist Herr Grünlich?«

Tony fuhr zusammen, sah ihm rasch ins Gesicht und ließ dann ihre Augen umherschweifen wie jemand, der an einen fernen Traum erinnert wird. Dabei wurde das Gefühl in ihr lebendig, das sie in der Zeit nach Herrn Grünlichs Werbung erprobt hatte: Das Gefühl persönlicher Wichtigkeit.

»*Das* wollen Sie wissen, Morten?« fragte sie ernst. »Nun, dann will ich es Ihnen sagen. Es war mir zwar höchst peinlich, verstehen Sie, daß Thomas den Namen am ersten Nachmittage erwähnte; aber da Sie ihn einmal gehört haben... genug: Herr Grünlich, Bendix Grünlich, das ist ein Geschäftsfreund meines Vaters, ein wohlsituierter Kaufmann aus Hamburg, der in der Stadt um meine Hand angehalten hat... aber nein!« antwortete sie rasch auf eine Bewegung Mortens, »ich habe ihn zurückgewiesen, ich habe mich nicht entschließen können, ihm mein Jawort fürs Leben zu erteilen.«

»Und warum nicht... wenn ich fragen darf?« sagte Morten ungeschickt.

»Warum? O Gott, weil ich ihn nicht *ausstehen* konnte!« rief sie beinahe entrüstet... »Sie hätten ihn kennen sollen, wie er aussah und wie er sich benahm! Unter anderem hat er goldgelbe Favoris... völlig unnatürlich! Ich bin überzeugt, daß er sie mit dem Pulver frisierte, mit dem man die Weihnachtsnüsse vergoldet... Außerdem war er falsch. Er schwänzelte um meine Eltern herum und sprach ihnen in schamloser Weise nach dem Munde...«

Morten unterbrach sie:

»Aber was heißt... Sie müssen mir noch eines sagen... was heißt: ›Das putzt ganz ungemein‹?«

Tony geriet in ein nervöses und kicherndes Lachen.

»Ja... so sprach er, Morten! Er sagte nicht: ›Das nimmt sich gut aus‹, oder: ›Das schmückt das Zimmer‹, sondern: ›Das putzt ganz ungemein‹... so albern war er, ich versichere Sie!... Dabei war er im höchsten Grade aufdringlich; er ließ nicht von mir ab, obgleich ich ihn niemals anders als mit Ironie behandelte. Einmal machte er mir eine Szene, bei der er beinahe weinte... ich bitte Sie: ein Mann, der weint...«

»Er muß Sie sehr verehrt haben«, sagte Morten leise.

»Aber was ging *mich* das an!« rief sie erstaunt, indem sie sich an ihrem Sandberg zur Seite wandte...

»Sie sind grausam, Fräulein Tony... Sind Sie immer grausam? Sagen Sie mir... Sie haben diesen Herrn Grünlich nicht leiden können, aber sind Sie jemals einem anderen zugetan gewesen?... Manchmal denke ich: Haben Sie vielleicht ein kaltes Herz? Eines will ich Ihnen sagen... es ist so wahr, daß ich es Ihnen beschwören kann: Ein Mann ist nicht albern, weil er darüber weint, daß Sie nichts von ihm wissen wollen... das ist es. Ich bin nicht sicher, durchaus nicht sicher, daß ich nicht ebenfalls... Sehen Sie, Sie sind ein verwöhntes, vornehmes Geschöpf... Mokieren Sie sich immer nur über die Leute, die zu Ihren Füßen liegen? Haben Sie wirklich ein kaltes Herz?«

Nach der kurzen Heiterkeit begann nun plötzlich Tony's Oberlippe zu zittern. Sie richtete ein Paar großer und betrübter Augen auf ihn, die langsam blank von Tränen wurden, und sagte leise:

»Nein, Morten, glauben Sie das von mir?... Das müssen Sie nicht von mir glauben.«

»Ich glaube es ja auch nicht!« rief Morten mit einem Lachen, in dem Ergriffenheit und mühsam unterdrückter Jubel zu hören war... Er wälzte sich völlig herum, so daß er nun auf dem Bauche neben ihr lag, ergriff, indem er die Ellenbogen aufstützte, mit beiden Händen die ihre und sah mit seinen stahlblauen, gutmütigen Augen entzückt und begeistert in ihr Gesicht.

»Und Sie... Sie mokieren sich nicht über mich, wenn ich Ihnen sage, daß...«

»Ich weiß, Morten«, unterbrach sie ihn leise, während sie seitwärts auf ihre freie Hand blickte, die langsam den weichen, weißen Sand durch die Finger gleiten ließ.

»Sie wissen...! Und Sie... *Sie*, Fräulein Tony...«

»Ja, Morten. Ich halte auch große Stücke auf Sie. Ich habe Sie sehr gern. Ich habe Sie lieber als alle, die ich kenne.«

Er fuhr auf, er machte ein paar Armbewegungen und wußte nicht, was er tun sollte. Er sprang auf die Füße, warf sich sofort wieder bei ihr nieder und rief mit einer Stimme, die stockte, wankte, sich überschlug und wieder tönend wurde vor Glück:

»Ach, ich danke Ihnen, ich danke Ihnen! Sehen Sie, nun bin ich so glücklich wie noch niemals in meinem Leben...!« Dann fing er an, ihre Hände zu küssen.

Plötzlich sagte er leiser:

»Sie werden nun bald nach der Stadt abreisen, Tony, und meine Ferien sind in vierzehn Tagen zu Ende... dann muß ich wieder nach Göttingen. Aber wollen Sie mir versprechen, daß Sie diesen Nachmittag hier am Strande nicht vergessen werden, bis ich zurückkomme... und Doktor bin... und bei Ihrem Vater für uns bitten kann, so schwer es sein wird? Und daß Sie unterdessen keinen Herrn Grünlich erhören werden?... Oh, es wird nicht lange dauern, passen Sie auf! Ich werde arbeiten, wie ein... und es ist gar nicht schwer...«

»Ja, Morten«, sagte sie glücklich und abwesend, indem sie seine Augen, seinen Mund und seine Hände betrachtete, die die ihren hielten...

Er zog ihre Hand noch näher an seine Brust und fragte gedämpft und bittend:

»Wollen Sie mir daraufhin nicht... Darf ich das nicht... bekräftigen...?«

Sie antwortete nicht, sie sah ihn nicht einmal an, sie schob nur ganz leise ihren Oberkörper am Sandberg ein wenig näher zu ihm hin, und Morten küßte sie langsam und umständlich auf den Mund. Dann sahen sie nach verschiedenen Richtungen in den Sand und schämten sich über die Maße.

10.

»Teuerste Demoiselle Buddenbrook!

Wie lange ist es her, daß Unterzeichneter das Angesicht des reizendsten Mädchens nicht mehr erblicken durfte? Diese so wenigen Zeilen sollen Ihnen sagen, daß dieses Angesicht nicht aufgehört hat, vor seinem geistigen Auge zu schweben, daß er während dieser hangenden und bangenden Wochen unablässig eingedenk gewesen ist des köstlichen Nachmittages in Ihrem elterlichen Salon, an dem Sie sich ein Versprechen, ein halbes und verschämtes zwar noch, und doch so beseligendes entschlüpfen ließen. Seitdem sind lange Wochen verflossen, während derer Sie sich behufs Sammlung und Selbsterkenntnis von der Welt zurückgezogen haben, so daß er nun wohl hoffen darf, daß die Zeit der Prüfung vorüber ist. Endesunterfertigter erlaubt sich, Ihnen, teuerste Demoiselle, mitfolgendes Ringlein als Unterpfand seiner unsterblichen Zärtlichkeit hochachtungsvollst zu übersenden. Mit den devotesten Komplimenten und liebevollsten Handküssen zeichnet als

Dero Hochwohlgeboren

ergebenster

Grünlich.«

«Lieber Papa!

O Gott, wie habe ich mich geärgert. Beifolgenden Brief und Ring erhielt ich soeben von Gr., so daß ich Kopfweh vor Aufregung habe, und weiß ich nichts Besseres zu tun, als beides an *Dich* zurückgehen zu lassen. Gr. *will* mich nicht verstehen, und ist das, was er so poetisch von dem ›Versprechen‹ schreibt, einfach nicht der Fall, und bitte ich Dich so dringend, ihm nun doch kurzerhand plausibel zu machen, daß ich *jetzt noch tausendmal weniger* als vor sechs Wochen in der Lage bin, ihm mein Jawort fürs Leben zu erteilen, und daß er mich endlich in Frieden lassen soll, er *macht sich ja lächerlich*. Dir, dem besten Vater, kann ich es ja sagen, daß ich anderweitig gebunden bin an jemand, der mich liebt, und den ich liebe, daß es sich gar nicht sagen läßt. O Papa! Darüber könnte ich viele Bogen vollschreiben, ich spreche von Morten Schwarzkopf, der Arzt werden will und, sowie er Doktor ist, um meine Hand anhalten will. Ich weiß ja, daß es Sitte ist, einen Kaufmann zu heiraten, aber Morten gehört eben zu dem anderen Teile von angesehenen Herren, den Gelehrten. Er ist nicht reich, was wohl für Dich und Mama gewichtig ist, aber das muß ich Dir sagen, lieber Papa, so jung ich bin, aber das wird das Leben manchen gelehrt haben, daß Reichtum allein nicht immer jeden glücklich gemacht hat. Mit tausend Küssen verbleibe ich

Deine gehorsame Tochter

Antonie.

PS. Der Ring ist niedriges Gold und ziemlich schmal, wie ich sehe.«

»Meine liebe Tony!

Dein Schreiben ist mir richtig geworden. Auf seinen Gehalt eingehend, teile ich Dir mit, daß ich pflichtgemäß nicht ermangelt habe, Herrn Gr. über Deine Anschauung der Dinge in geziemender Form zu unterrichten; das Resultat jedoch war derartig, daß es mich aufrichtig erschüttert hat. Du bist ein erwachsenes Mädchen und befindest Dich in einer so ernsten Lebenslage, daß ich nicht anstehen darf, Dir die Folgen namhaft zu machen, die ein leichtfertiger Schritt Deinerseits nach sich ziehen kann. Herr

Gr. nämlich brach bei meinen Worten in Verzweiflung aus, indem er rief, so sehr liebe er Dich und so wenig könne er Deinen Verlust verschmerzen, daß er willens sei, sich das Leben zu nehmen, wenn Du auf Deinem Entschlusse bestündest. Da ich das, was Du mir von einer anderen Neigung schreibst, nicht ernst nehmen kann, so bitte ich Dich, Deine Erregung über den zugesandten Ring zu bemeistern und alles noch einmal bei Dir selbst mit Ernst zu erwägen. Meiner christlichen Überzeugung nach, liebe Tochter, ist es des Menschen Pflicht, die Gefühle eines anderen zu achten, und wir wissen nicht, ob Du nicht einst würdest von einem höchsten Richter dafür haftbar gemacht werden, daß der Mann, dessen Gefühle Du hartnäckig und kalt verschmähtest, sich gegen sein eigenes Leben versündigte. Das eine aber, welches ich Dir mündlich schon oft zu verstehen gegeben, möchte ich Dir ins Gedächtnis zurückrufen, und freue ich mich, Gelegenheit zu haben, es Dir schriftlich zu wiederholen. Denn obgleich die mündliche Rede lebendiger und unmittelbarer wirken mag, so hat doch das geschriebene Wort den Vorzug, daß es mit Muße gewählt und gesetzt werden konnte, daß es feststeht und in dieser vom Schreibenden wohl erwogenen und berechneten Form und Stellung wieder und wieder gelesen werden und gleichmäßig wirken kann. – Wir sind, meine liebe Tochter, nicht *dafür* geboren, was wir mit kurzsichtigen Augen für unser eigenes, kleines, persönliches Glück halten, denn wir sind nicht lose, unabhängige und für sich bestehende Einzelwesen, sondern wie Glieder in einer Kette, und wir wären, so wie wir sind, nicht denkbar ohne die Reihe derjenigen, die uns vorangingen und uns die Wege wiesen, indem sie ihrerseits mit Strenge und ohne nach rechts und links zu blicken einer erprobten und ehrwürdigen Überlieferung folgten. Dein Weg, wie mich dünkt, liegt seit längeren Wochen klar und scharf abgegrenzt vor Dir, und Du müßtest nicht meine Tochter sein, nicht die Enkelin Deines in Gott ruhenden Großvaters und überhaupt nicht ein würdig Glied unserer Familie, wenn Du ernstlich im Sinne hättest, Du allein, mit Trotz und Flattersinn Deine eignen, unordentlichen Pfade zu gehen. Dies, meine liebe Antonie, bitte ich Dich, in Deinem Herzen zu bewegen. –

Deine Mutter, Thomas, Christian, Clara und Klothilde (welch letztere mehrere Wochen bei ihrem Vater auf Ungnade verlebt hat), auch Mamsell Jungmann grüßen Dich von ganzem Herzen; wir freuen uns alle, Dich bald wieder in unsere Arme schließen zu können.

In treuer Liebe
Dein Vater.«

11.

Es regnete in Strömen. Himmel, Erde und Wasser verschwammen ineinander, während der Stoßwind in den Regen fuhr und ihn gegen die Fensterscheiben trieb, daß nicht Tropfen, sondern Bäche daran hinunterflossen und sie undurchsichtig machten. Klagende und verzweifelte Stimmen redeten in den Ofenröhren...

Als Morten Schwarzkopf bald nach dem Mittagessen mit seiner Pfeife vor die Veranda trat, um nachzusehen, wie es mit dem Himmel bestellt sei, stand ein Herr in langem, engem, gelb-kariertem Ülster und grauem Hute vor ihm; eine geschlossene Droschke, deren Verdeck vor Nässe glänzte und deren Räder so mit Kot besprengt waren, hielt vorm Hause. Morten starrte fassungslos in das rosige Gesicht des Herrn. Er hatte Bartcôtelettes, die aussahen, als seien sie mit dem Pulver frisiert, mit dem man die Weihnachtsnüsse vergoldet.

Der Herr im Ülster sah Morten an, wie man einen Bedienten ansieht, leicht blinzelnd, ohne ihn zu sehen, und fragte mit weicher Stimme:

»Ist der Herr Lotsenkommandeur zu sprechen?«

»Allerdings...« stammelte Morten, »ich glaube, daß mein Vater...«

Hier faßte ihn der Herr ins Auge; seine Augen waren so blau wie diejenigen einer Gans.

»Sind Sie Herr Morten Schwarzkopf?« fragte er...

»Ja, mein Herr«, antwortete Morten, indem er sich anstrengte, einen festen Gesichtsausdruck zu gewinnen.

»Sieh da! In der Tat . . .« bemerkte der Herr im Ülster, und dann fuhr er fort: »Haben Sie die Güte, mich Ihrem Herrn Vater zu melden, junger Mann. Mein Name ist Grünlich. «

Morten führte den Herrn durch die Veranda, öffnete ihm im Korridor rechter Hand die Tür zum Bureau und kehrte ins Wohnzimmer zurück, um seinen Vater zu benachrichtigen. Während Herr Schwarzkopf hinausging, ließ der junge Mensch sich an dem runden Tische nieder, stützte die Ellenbogen darauf und schien sich, ohne seine Mutter anzusehen, die am trüben Fenster mit dem Stopfen von Strümpfen beschäftigt war, in das »klägliche Blättchen« zu vertiefen, das von nichts anderem als der silbernen Hochzeit des Konsuls Soundso zu berichten wußte. – Tony befand sich droben in ihrem Zimmer, um auszuruhen.

Der Lotsenkommandeur betrat sein Bureau mit der Miene eines Mannes, der mit dem Mittagessen zufrieden ist, das er zu sich genommen. Sein Uniformrock, über der gewölbten weißen Weste, stand offen. Von seinem roten Gesicht hob sich scharf der eisgraue Schifferbart ab. Seine Zunge fuhr behaglich zwischen den Zähnen umher, wobei sein biederer Mund in die abenteuerlichsten Stellungen geriet. Er verbeugte sich kurz, ruckartig und mit einem Ausdruck, als wollte er sagen: ›So macht man es ja wohl!‹

»Gesegnete Mahlzeit«, sagte er; »dem Herrn zu Diensten!«

Herr Grünlich, von seiner Seite, verneigte sich mit Bedacht, indem seine Mundwinkel sich ein wenig abwärts zogen. Hierbei sagte er leise: »Hä-ä-hm. «

Das Bureau war eine ziemlich kleine Stube, deren Wände einige Fuß hoch mit Holz bekleidet waren und im übrigen den untapezierten Kalk zeigten. Vor dem Fenster, an welches unablässig der Regen trommelte, hingen gelbgerauchte Gardinen. Rechter Hand von der Tür befand sich ein langer, roher, mit Papieren bedeckter Tisch, über welchem eine große Karte von Europa und eine kleinere der Ostsee an der Wand befestigt war. Von der Mitte der Zimmerdecke hing das sauber gearbeitete Modell eines Schiffes unter vollen Segeln herab.

Der Lotsenkommandeur nötigte seinen Gast auf das geschweifte, mit schwarzem, zersprungenem Wachstuch bezogene Sofa, das der Tür gegenüber stand, und machte es sich selbst mit über dem Bauch gefalteten Händen in einem hölzernen Armstuhl bequem, während Herr Grünlich in fest geschlossenem Ülster, den Hut auf den Knieen, ohne die Rückenlehne zu berühren, genau auf der Kante des Sofas saß.

»Mein Name«, sagte er, »ist, wie ich wiederhole, *Grünlich*, Grünlich von Hamburg. Um mich Ihnen zu empfehlen, erwähne ich, daß ich mich einen nahen Geschäftsfreund des Großhändlers Konsul Buddenbrook nennen darf.«

»Allabonöhr! Ist mir eine Ehre, Herr Grünlich! Aber wollen der Herr sich's nicht ein bißchen bequemer machen? Einen Grog nach der Fahrt? Ich rufe sofort in die Küche...«

»Ich erlaube mir, Ihnen zu bemerken«, sprach Herr Grünlich mit Ruhe, »daß meine Zeit gemessen ist, daß mein Wagen mich erwartet, und daß ich lediglich genötigt bin, Sie um eine Unterredung von zwei Worten zu ersuchen.«

»Dem Herrn zu Diensten«, wiederholte Herr Schwarzkopf ein wenig eingeschüchtert. Es entstand eine Pause.

»Herr Kommandeur!« begann Herr Grünlich, indem er den Kopf mit Entschlossenheit schüttelte und ihn dabei ein wenig zurückwarf. Dann schwieg er aufs neue, um die Wirkung dieser Anrede zu verstärken; er schloß seinen Mund dabei so fest wie einen Geldbeutel, den man mit Schnüren zusammenzieht.

»Herr Kommandeur«, wiederholt er und sagte dann rasch: »Die Angelegenheit, in der ich zu Ihnen komme, betrifft unmittelbar die junge Dame, die seit einigen Wochen in Ihrem Hause wohnt.«

»Mamsell Buddenbrook?« fragte Herr Schwarzkopf...

»Allerdings«, versetzte Herr Grünlich tonlos und mit gesenktem Kopf; an seinen Mundwinkeln bildeten sich straffe Fältchen.

»Ich... sehe mich veranlaßt, Ihnen zu eröffnen«, fuhr er mit leichthin trällernder Betonung fort, indem seine Augen mit ungeheurer Aufmerksamkeit von einem Punkt des Zimmers auf einen anderen und dann zum Fenster sprangen, »daß ich vor einiger Zeit um die Hand eben dieser Demoiselle Buddenbrook angehalten habe, daß ich mich im vollen Besitz der beiderseitigen elterlichen Zustimmung befinde, und daß das Fräulein selbst mir, ohne daß zwar die Verlobung bereits in aller Form stattgefunden hätte, mit unzweideutigen Worten Anrechte auf ihre Hand gegeben hat.«

»Wahrhaftigen Gott?« fragte Herr Schwarzkopf lebhaft... »Davon hab' ich noch gar nichts gewußt! Gratuliere Herr... Grünlich! Gratuliere Ihnen aufrichtig! Da haben Sie was Gutes, was Reelles...«

»Sehr obligiert«, sagte Herr Grünlich mit kaltem Nachdruck. »Was mich jedoch«, fuhr er mit singend erhobener Stimme fort, »in dieser Angelegenheit zu Ihnen führt, mein werter Herr Kommandeur, ist der Umstand, daß sich dieser Verbindung ganz neuerdings *Schwierigkeiten* in den Weg stellen, und daß diese Schwierigkeiten... von Ihrem Hause ausgehen –?« Die letzten Worte sprach er mit fragender Betonung, als wollte er sagen: ›Kann es möglich sein, was mir zu Ohren gekommen ist?‹

Herr Schwarzkopf antwortete ausschließlich dadurch, daß er seine ergrauten Augenbrauen hoch in die Stirne zog und mit beiden Händen, braunen, blondbehaarten Schifferhänden, die Armlehnen seines Stuhles ergriff.

»Ja. In der Tat. So höre ich«, sprach Herr Grünlich mit trauriger Bestimmtheit. »*Ich höre*, daß Ihr Sohn, der Herr studiosus medicinae, es sich... unwissentlich zwar... gestattet hat, in meine Rechte einzugreifen, *ich höre*, daß er die hiesige Anwesenheit des Fräuleins dazu benutzt hat, ihr gewisse Versprechungen abzugewinnen...«

»Was?« rief der Lotsenkommandeur, indem er sich heftig auf die Armlehnen stützte und emporsprang... »Das soll doch gleich... I, dat wier je denn doch woll...« Und mit zwei Schritten war er an der Tür, riß sie auf und rief mit einer Stimme über den Korridor, welche die ärgste Brandung übertönt hätte:

»Meta! Morten! Tretet mal an! Tretet mal alle beide an!«

»Ich würde lebhaft bedauern«, sprach Herr Grünlich mit einem feinen Lächeln, »wenn ich durch die Geltendmachung meiner älteren Rechte Ihre eignen väterlichen Pläne durchkreuzen sollte, Herr Kommandeur...«

Diederich Schwarzkopf wandte sich um und starrte ihm mit seinen scharfen, von kleinen Fältchen umgebenen blauen Augen ins Gesicht, als bemühte er sich vergebens, seine Worte zu verstehen.

»Herr!« sagte er dann mit einer Stimme, die klang, als hätte soeben ein scharfer Schluck Grog seine Kehle verbrannt... »Ich bin man'n einfachen Mann und versteh' mich schlecht auf Medisangsen und Finessen... aber wenn Sie vielleicht meinen sollten, daß... na! denn lassen Sie sich gesagt sein, daß Sie auf dem Holzwege sind, Herr, und daß Sie sich über meine Grundsätze täuschen! Ich weiß, wer mein Sohn ist, und weiß, wer Mamsell Buddenbrook ist, und ich habe zuviel Respekt und auch zuviel Stolz im Leibe, Herr, um solche väterlichen Pläne zu machen! Und nun redet mal, nun antwortet mir mal! Was ist das eigentlich, wie? Was höre ich da eigentlich, was?...«

Frau Schwarzkopf und ihr Sohn standen in der Tür; die erstere ahnungslos, mit dem Ordnen ihrer Schürze beschäftigt, Morten mit der Miene eines verstockten Sünders... Herr Grünlich hatte sich bei ihrem Eintritt keineswegs erhoben; er verharrte in gerader und ruhevoller Haltung fest in seinen Ülster geknöpft auf der Sofakante.

»Du hast dich also wie ein dummer Junge betragen?« fuhr der Lotsenkommandeur Morten an.

Der junge Mensch hielt einen Daumen zwischen den Knöpfen seiner Joppe; er machte finstere Augen und hatte vor Trotz sogar seine Wangen aufgeblasen.

»Ja, Vater«, sagte er, »Fräulein Buddenbrook und ich...«

»So, na, dann will 'k di man vertellen, daß du 'n Döskopp büs', 'n Hanswurst, 'n groten Dummerjan! Und daß du morgen nach Göttingen abkutschierst, hörst du wohl? morgenden Tages! Und daß das Ganze 'n Kinderkram ist, ein nichtsnutziger Kinderkram und damit Punktum!«

»Diederich, mein Gott«, sagte Frau Schwarzkopf, indem sie die Hände faltete; »das kann man doch nicht so ohne weiteres sagen! Wer weiß . . .« Sie schwieg, und man sah, wie eine schöne Hoffnung vor ihren Augen zusammenstürzte.

»Wünschen der Herr das Fräulein zu sprechen?« wandte sich der Lotsenkommandeur mit rauher Stimme an Herrn Grünlich . . .

»Sie ist in ihrem Zimmer! Sie schläft!« erklärte Frau Schwarzkopf mitleidig und gerührt.

»Das bedaure ich«, sagte Herr Grünlich, obgleich er ein wenig aufatmete, und erhob sich. »Übrigens wiederhole ich, daß meine Zeit gemessen ist, und daß mein Wagen mich erwartet. Ich gestatte mir«, fuhr er fort, indem er vor Herrn Schwarzkopf mit dem Hute eine Bewegung von oben nach unten beschrieb, »Ihnen, Herr Kommandeur, meine vollste Genugtuung und Anerkennung angesichts Ihres männlichen und charaktervollen Benehmens auszusprechen. Ich empfehle mich Ihnen. Ich habe die Ehre. Adieu.«

Diederich Schwarzkopf reichte ihm keineswegs die Hand: Er ließ nur kurz und ruckartig seinen schweren Oberkörper ein wenig nach vorne fallen, als wollte er sagen: ›So macht man es ja wohl!‹

Zwischen Morten und seiner Mutter hindurch ging Herr Grünlich gemessenen Schrittes zur Tür hinaus.

12.

Thomas erschien mit der Krögerschen Kalesche. Der Tag war da.

Der junge Herr kam um zehn Uhr des Vormittags und nahm einen kleinen Imbiß mit der Familie in der Wohnstube. Man saß beieinander wie am ersten Tage; nur daß der Sommer dahin war, daß es zu kalt und windig war, in der Veranda zu sitzen, und daß Morten fehlte . . . Er war in Göttingen. Tony und er hatten nicht einmal ordentlich Abschied voneinander genommen. Der Lotsenkommandeur hatte dabeigestanden und gesagt: »So, Punktum. Hü.«

Um elf Uhr stiegen die Geschwister in den Wagen, an dessen hinterem Teile Tony's großer Koffer festgeschnallt worden war. Sie war blaß und fröstelte in ihrer weichen Herbstjacke vor Kälte, Müdigkeit, Reisefieber und einer Wehmut, die dann und wann plötzlich in ihr aufstieg und ihre Brust mit einem drängenden Schmerzgefühl erfüllte. Sie küßte die kleine Meta, drückte der Hausfrau die Hand und nickte Herrn Schwarzkopf zu, als er sagte:

»Na, vergessen Sie uns nicht, Mamselling. Und nichts für ungut, was?«

»So, und glückliche Reise und beste Empfehlungen an den Herrn Papa und die Frau Konsulin...« Dann schnappte der Schlag ins Schloß, die dicken Braunen zogen an, und die drei Schwarzkopfs schwenkten ihre Tücher...

Tony drückte den Kopf in die Wagenecke und sah zum Fenster hinaus. Der Himmel war weißlich bedeckt, die Trave warf kleine Wellen, die schnell vor dem Winde dahineilten. Dann und wann prickelten kleine Tropfen gegen die Scheiben. Am Ausgang der Vorderreihe saßen die Leute vor ihren Haustüren und flickten Netze; barfüßige Kinder kamen herbeigelaufen und betrachteten neugierig den Wagen. *Die* blieben hier...

Als der Wagen die letzten Häuser zurückließ, beugte Tony sich vor, um noch einmal den Leuchtturm zu sehen; dann lehnte sie sich zurück und schloß die Augen, die müde und empfindlich waren. Sie hatte in der Nacht fast nicht geschlafen vor Erregung, war früh aufgestanden, um ihren Koffer in Ordnung zu bringen, und hatte nicht frühstücken mögen. In ihrem ausgetrockneten Munde hatte sie einen faden Geschmack. Sie fühlte sich so hinfällig, daß sie es nicht einmal versuchte, die Tränen zurückzudrängen, die jeden Augenblick langsam und heiß in ihre Augen emporstiegen.

Kaum hatte sie ihre Lider geschlossen, als sie sich wieder in Travemünde in der Veranda befand. Sie sah Morten Schwarzkopf leibhaftig vor sich, wie er zu ihr sprach, sich nach seiner Art dabei vorbeugte und hie und da einen anderen gutmütig forschend ansah; wie er lachend seine schönen Zähne zeigte, von denen er ersichtlich gar nichts wußte... und es wurde ihr ganz ruhig und heiter dabei zu Sinn. Sie rief sich alles ins Gedächtnis zurück, was sie in vielen Gesprächen von ihm gehört und erfahren hatte, und es bereitete ihr eine beglückende Genugtuung, sich feierlich zu versprechen, daß sie dies alles als etwas Heiliges und Unantastbares in sich bewahren wollte. Daß der König von Preußen ein großes Unrecht begangen, daß die ›Städtischen Anzeigen‹ ein klägliches Blättchen seien, ja selbst, daß vor vier Jahren die Bundesgesetze über die Universitäten erneuert worden, das würden ihr fortan ehrwürdige und tröstliche Wahrheiten sein, ein geheimer Schatz, den sie würde betrachten können, wann sie wollte. Mitten auf der Straße, im Familienkreise, beim Essen würde sie daran denken. ... Wer weiß? vielleicht würde sie ihren vorgezeichneten Weg gehen und Herrn Grünlich heiraten, das war ganz gleichgültig; aber wenn er zu ihr sprach, würde sie plötzlich denken: ›Ich weiß etwas, was du nicht weißt... Die Adeligen sind – im *Prinzip* gesprochen – verächtlich!‹

Sie lächelte zufrieden vor sich hin... Aber da, plötzlich, vernahm sie in dem Geräusch der Räder mit vollkommener, mit unglaublich lebendiger Deutlichkeit Mortens Sprache; sie unterschied jeden Laut seiner gutmütigen, ein wenig schwerfällig knarrenden Stimme, sie hörte mit leiblichem Ohr, wie er sagte: »Heute müssen wir beide auf den Steinen sitzen, Fräulein Tony...«, und diese kleine Erinnerung überwältigte sie. Ihre Brust zog sich zusammen vor Wehmut und Schmerz, ohne Gegenwehr ließ sie die Tränen hervorstürzen... In ihren Winkel gedrückt, hielt sie das Taschentuch mit beiden Händen vors Gesicht und weinte bitterlich.

Thomas, seine Zigarette im Munde, blickte ein wenig ratlos auf die Chaussee hinaus.

»Arme Tony!« sagte er schließlich, indem er ihre Jacke streichelte. »Du tust mir herzlich leid... ich verstehe dich so gut, siehst du! Aber was ist da zu tun? Dergleichen muß durchgemacht werden. Glaube mir nur... ich kenne das auch...«

»Ach, du kennst gar nichts, Tom!« schluchzte Tony.

»Na, sage das nicht. Jetzt steht es zum Beispiel fest, daß ich Anfang nächsten Jahres nach Amsterdam gehe. Papa hat eine Stelle für mich... bei van der Kellen & Comp.... Da werde ich Abschied nehmen müssen für lange, lange Zeit...«

»Ach, Tom! Ein Abschied von Eltern und Geschwistern! Das ist gar nichts!«

»Ja –!« sagte er ziemlich langgedehnt. Er atmete auf, als ob er noch mehr sagen wollte, und schwieg dann. Indem er die Zigarette von einem Mundwinkel in den anderen wandern ließ, zog er eine Braue empor und wandte den Kopf zur Seite.

»Und es dauert ja nicht lange«, fing er nach einer Weile wieder an. »Das gibt sich. Man vergißt...«

»Aber ich will ja gerade nicht vergessen!« rief Tony ganz verzweifelt. »Vergessen... ist das denn ein Trost?« –

13.

Dann kam die Fähre, es kam die Israelsdorfer Allee, der Jerusalemsberg, das Burgfeld. Der Wagen passierte das Burgtor, neben dem zur Rechten die Mauern des Gefängnisses aufragten, er rollte die Burgstraße entlang und über den Koberg... Tony betrachtete die grauen Giebelhäuser, die über die Straße gespannten Öllampen, das Heilige-Geist-Hospital mit den schon fast entblätterten Linden davor... Mein Gott, alles das war geblieben, wie es gewesen war! Es hatte hier gestanden, unabänderlich und ehrwürdig, während sie sich daran als an einen alten, vergessenswerten Traum erinnert hatte! Diese grauen Giebel waren das Alte, Gewohnte und Überlieferte, das sie wieder aufgenommen und in dem sie nun wieder leben sollte. Sie weinte nicht mehr; sie sah sich neugierig um. Das Abschiedsleid war beinahe betäubt, angesichts dieser Straßen und dieser altbekannten Gesichter darin. In diesem Augenblick – der Wagen rasselte durch die Breite Straße – ging der Träger Matthiesen vorüber und nahm tief seinen rauhen Zylinder ab – mit einem so bärbeißigen Pflichtgesicht, als dächte er: ›Ich wäre ja wohl ein Hundsfott...!‹

Die Equipage bog in die Mengstraße ein, und die dicken Braunen standen schnaubend und stampfend vorm Buddenbrookschen Hause. Tom war seiner Schwester aufmerksam beim Aussteigen behilflich, während Anton und Line herbeieilten, um den Koffer herunterzuschnallen. Aber man mußte warten, bevor man ins Haus gelangte. Drei mächtige Transportwagen schoben sich soeben dicht hintereinander durch die Haustür, hochbepackt mit vollen Kornsäcken, auf denen in breiten schwarzen Buchstaben die Firma ›Johann Buddenbrook‹ zu lesen war. Mit schwerfällig widerhallendem Gepolter schwankten sie über die große Diele und die flachen Stufen zum Hofe hinunter. Ein Teil des Kornes sollte wohl im Hinterhause verladen werden und der Rest in den »Walfisch«, den »Löwen« oder die »Eiche« wandern...

Der Konsul kam, die Feder hinterm Ohre, aus dem Comptoir heraus, als die Geschwister die Diele betraten, und streckte seiner Tochter die Arme entgegen.

»Willkommen zu Hause, meine liebe Tony!«

Sie küßte ihn und sah ihn mit Augen an, die noch verweint waren und in denen etwas wie Scham zu lesen war. Aber er war nicht böse, er erwähnte kein Wort. Er sagte nur:

»Es ist spät, aber wir haben mit dem zweiten Frühstück gewartet.«

Die Konsulin, Christian, Klothilde, Clara und Ida Jungmann standen zur Begrüßung droben auf dem Treppenabsatz versammelt...

Tony schlief fest und gut die erste Nacht in der Mengstraße, und sie stieg am nächsten Morgen, den 22. September, erfrischt und ruhigen Sinnes ins Frühstückszimmer hinunter. Es war noch ganz früh, kaum sieben Uhr. Nur Mamsell Jungmann war schon anwesend und bereitete den Morgenkaffee.

»Ei, ei, Tonychen, mein Kindchen«, sagte sie und sah sich mit kleinen, verschlafenen braunen Augen um; »schon so zeitig?«

Tony setzte sich an den Sekretär, dessen Deckel zurückgeschoben war, faltete die Hände hinter dem Kopf und blickte eine

Weile auf das vor Nässe schwarz glänzende Pflaster des Hofes und den vergilbten und feuchten Garten hinaus. Dann fing sie an, neugierig unter den Visitkarten und Briefschaften auf dem Sekretär zu kramen...

Dicht beim Tintenfaß lag das wohlbekannte große Schreibheft mit gepreßtem Umschlag, goldenem Schnitt und verschiedenartigem Papier. Es mußte noch gestern abend gebraucht worden sein, und ein Wunder nur, daß Papa es nicht wie gewöhnlich in der Ledermappe und in der besonderen Schublade dort hinten verschlossen hatte.

Sie nahm es, blätterte darin, geriet ins Lesen und vertiefte sich. Was sie las, waren meistens einfache und ihr vertraute Dinge; aber jeder der Schreibenden hatte von seinem Vorgänger eine ohne Übertreibung feierliche Vortragsweise übernommen, einen instinktiv und ungewollt angedeuteten Chronikenstil, aus dem der diskrete und darum desto würdevollere Respekt einer Familie vor sich selbst, vor Überlieferung und Historie sprach. Für Tony war das nichts Neues; sie hatte sich manches Mal mit diesen Blättern beschäftigen dürfen. Aber noch niemals hatte ihr Inhalt einen Eindruck auf sie gemacht wie diesen Morgen. Die ehrerbietige Bedeutsamkeit, mit der hier auch die bescheidensten Tatsachen behandelt waren, die der Familiengeschichte angehörten, stieg ihr zu Kopf... Sie stützte die Ellenbogen auf und las mit wachsender Hingebung, mit Stolz und Ernst.

Auch in ihrer eignen kleinen Vergangenheit fehlte kein Punkt. Ihre Geburt, ihre Kinderkrankheiten, ihr erster Schultag, ihr Eintritt in Mademoiselle Weichbrodts Pensionat, ihre Konfirmation... Alles war in der kleinen, fließenden Kaufmannsschrift des Konsuls sorgfältig und mit einer fast religiösen Achtung vor Tatsachen überhaupt verzeichnet: Denn war nicht der geringsten Eine Gottes Wille und Werk, der die Geschicke der Familie wunderbar gelenkt?... Was würde hier hinter ihrem Namen, den sie von ihrer Großmutter Antoinette empfangen hatte, in Zukunft noch zu berichten sein? Und alles würde von späteren Familiengliedern mit der nämlichen Pietät gelesen werden, mit der jetzt sie die früheren Begebnisse verfolgte.

Sie lehnte sich aufatmend zurück, und ihr Herz pochte feierlich. Ehrfucht vor sich selbst erfüllte sie, und das Gefühl persönlicher Wichtigkeit, das ihr vertraut war, durchrieselte sie, verstärkt durch den Geist, den sie soeben hatte auf sich wirken lassen, wie ein Schauer. »Wie ein Glied in einer Kette«, hatte Papa geschrieben... ja, ja! Gerade als Glied dieser Kette war sie von hoher und verantwortungsvoller Bedeutung, – berufen, mit Tat und Entschluß an der Geschichte ihrer Familie mitzuarbeiten!

Sie blätterte zurück bis ans Ende des großen Heftes, wo auf einem rauhen Foliobogen die ganze Genealogie der Buddenbrooks mit Klammern und Rubriken in übersichtlichen Daten von des Konsuls Hand resümiert worden war: Von der Eheschließung des frühesten Stammhalters mit der Predigerstochter Brigitta Schuren bis zu der Heirat des Konsuls Johann Buddenbrook mit Elisabeth Kröger, im Jahre 1825. Aus dieser Ehe, so hieß es, entsprossen vier Kinder... worauf mit den Geburtsjahren und -tagen die Taufnamen untereinander aufgeführt waren; hinter demjenigen des älteren Sohnes aber war bereits verzeichnet, daß er Ostern 1842 in das väterliche Geschäft als Lehrling eingetreten sei.

Tony blickte lange Zeit auf ihren Namen und auf den freien Raum dahinter. Und dann, plötzlich, mit einem Ruck, mit einem nervösen und eifrigen Mienenspiel – sie schluckte hinunter, und ihre Lippen bewegten sich einen Augenblick ganz schnell aneinander – ergriff sie die Feder, tauchte sie nicht, sondern stieß sie in das Tintenfaß und schrieb mit gekrümmtem Zeigefinger und tief auf die Schulter geneigtem, hitzigem Kopf, in ihrer ungelenken und schräg von links nach rechts emporfliegenden Schrift:

»... Verlobte sich am 22. September 1845 mit Herrn Bendix Grünlich, Kaufmann zu Hamburg.«

14

»Ich bin vollkommen Ihrer Meinung, mein werter Freund. Diese Frage ist von Wichtigkeit und muß erledigt werden. Kurz und gut: Die traditionelle Bar-Mitgift für ein junges Mädchen aus unserer Familie beträgt siebzigtausend Mark.«

Herr Grünlich warf seinem zukünftigen Schwiegervater den kurzen und prüfenden Seitenblick eines Geschäftsmannes zu.

»In der Tat...« sagte er, und dieses »In der Tat« war genau so lang wie sein linker goldgelber Backenbart, den er bedächtig durch die Finger gleiten ließ... Er ließ die Spitze los, als das »In der Tat« vollendet war.

»Sie kennen«, fuhr er fort, »verehrter Vater, die tiefe Hochachtung, die ich ehrwürdigen Überlieferungen und Prinzipien entgegenbringe! Allein... sollte im gegenwärtigen Falle diese schöne Rücksicht nicht eine Übertreibung bedeuten?... Ein Geschäft vergrößert sich... eine Familie blüht empor... kurzum, die Bedingungen werden andere und bessere...«

»Mein werter Freund«, sprach der Konsul...« Sie sehen in mir einen Geschäftsmann von Kulanz! Mein Gott... Sie haben mich nicht einmal ausreden lassen, sonst wüßten Sie bereits, daß ich willig und bereit bin, Ihnen den Umständen entsprechend entgegenzukommen, und daß ich den siebzigtausend schlankerhand zehntausend hinzufüge.«

»Achtzigtausend also...« sagte Herr Grünlich; und dann machte er eine Mundbewegung, als wolle er sagen: ›Nicht zuviel; aber es genügt.‹

Man einigte sich in der liebenswürdigsten Weise, und der Konsul klapperte, als er sich erhob, zufrieden mit dem großen Schlüsselbund in seiner Beinkleidtasche. Erst mit den achtzigtausend hatte er die »traditionelle Höhe der Bar-Mitgift« erreicht. –

Hierauf empfahl sich Herr Grünlich und reiste nach Hamburg ab. Tony verspürte wenig von ihrer neuen Lebenslage. Niemand hinderte sie, bei Möllendorpfs, Langhals', Kistenmakers und im eigenen Hause zu tanzen, auf dem Burgfelde und den

Travewiesen Schlittschuh zu laufen und die Huldigungen der jungen Herren entgegenzunehmen... Mitte Oktober hatte sie Gelegenheit, der Verlobungsgesellschaft beizuwohnen, die man bei Möllendorpfs zu Ehren des ältesten Sohnes und Julchen Hagenströms veranstaltete. »Tom!« sagte sie. »Ich gehe nicht hin. Es ist empörend!« Aber sie ging dennoch hin und unterhielt sich aufs beste.

Im übrigen hatte sie sich mit den Federstrichen, die sie der Familiengeschichte hinzugefügt, die Erlaubnis erworben, mit der Konsulin oder allein in allen Läden der Stadt Kommissionen größeren Stiles zu machen und für ihre Aussteuer, eine *vornehme* Aussteuer, Sorge zu tragen. Tagelang saßen im Frühstückszimmer am Fenster zwei Näherinnen, welche säumten, Monogramme stickten und eine Menge Landbrot mit grünem Käse aßen...

»Ist das Leinenzeug von Lentföhr gekommen, Mama?«

»Nein, mein Kind, aber hier sind zwei Dutzend Teeservietten.«

»Schön. – Und er hatte versprochen, es bis heute nachmittag zu schicken. Mein Gott, die Laken müssen gesäumt werden!«

»Mamsell Bitterlich fragt nach den Spitzen für die Kissenbühren, Ida.«

»Im Leinenschrank auf der Diele rechts, Tonychen, mein Kindchen.«

»Line – –!«

»Könntest auch gern mal selbst springen, mein Herzchen...«

»O Gott, wenn ich darum heirate, um selber die Treppen zu laufen...«

»Hast du an die Trauungstoilette gedacht, Tony?«

»Moiré antique, Mama!... Ich lasse mich nicht trauen ohne moiré antique!«

So verging der Oktober, der November. Zur Weihnachtszeit erschien Herr Grünlich, um den Heiligen Abend im Kreise der Buddenbrookschen Familie zu verleben, und auch die Einladung zur Feier bei den alten Krögers schlug er nicht aus. Sein Benehmen gegenüber seiner Braut war erfüllt von dem Zartgefühl, das man von ihm zu gewärtigen berechtigt war. Keine unnötige Feierlichkeit! Keine gesellschaftliche Behinderung! Keine taktlosen Zärtlichkeiten! Ein hingehaucht diskreter Kuß auf die Stirn in Gegenwart der Eltern hatte das Verlöbnis besiegelt... Zuweilen verwunderte Tony sich ein wenig, daß sein Glück jetzt der Verzweiflung, die er bei ihren Weigerungen an den Tag gelegt hatte, kaum zu entsprechen schien. Er betrachtete sie lediglich mit einer heiteren Besitzermiene... Hie und da freilich, wenn er zufällig mit ihr allein geblieben, konnte eine scherzhafte, eine neckische Stimmung ihn überkommen, konnte er den Versuch machen, sie auf seine Kniee zu ziehen, um seine Favoris ihrem Gesichte zu nähern, und sie mit vor Heiterkeit zitternder Stimme zu fragen: »Habe ich dich doch erwischt? Habe ich dich doch noch ergattert?...« Worauf Tony antwortete: »O Gott, Sie vergessen sich!« und sich mit Geschicklichkeit befreite.

Herr Grünlich kehrte bald nach dem Weihnachtsfeste nach Hamburg zurück, denn sein reges Geschäft forderte unerbittlich seine persönliche Gegenwart, und Buddenbrooks stimmten mit ihm stillschweigend darin überein, daß Tony vor der Verlobung Zeit genug gehabt habe, seine Bekanntschaft zu machen.

Die Wohnungsfrage ward brieflich geordnet. Tony, die sich ganz außerordentlich auf das Leben in einer Großstadt freute, gab dem Wunsche Ausdruck, sich im Innern Hamburgs niederzulassen, wo ja auch – und zwar in der Spitalerstraße – sich Herrn Grünlichs Comptoirs befanden. Allein der Bräutigam erlangte mit männlicher Beharrlichkeit die Ermächtigung zum Ankaufe einer Villa vor der Stadt, bei Eimsbüttel... in romantischer und weltentrückter Lage, als idyllisches Nestchen so recht geeignet für ein junges Ehepaar – »procul negotiis« – nein, er hatte sein Latein gleichfalls noch nicht völlig vergessen!

Es verging der Dezember, und zu Beginn des Jahres sechsundvierzig ward Hochzeit gemacht. Es gab einen prächtigen Polterabend, bei dem die halbe Stadt anwesend war. Tony's Freundinnen – darunter auch Armgard von Schilling, die in einer turmhohen Kutsche zur Stadt gekommen war – tanzten mit Toms und Christians Freunden – darunter auch Andreas

Gieseke, Sohn des Branddirektors und studiosus iuris, sowie Stephan und Eduard Kistenmaker von Kistenmaker & Söhne – im Eßsaale und auf dem Korridor, der zu diesem Behufe mit Talkum bestreut worden war... Für das Poltern sorgte in erster Linie Konsul Peter Döhlmann, der auf den Steinfliesen der großen Diele alle irdenen Töpfe zerschlug, deren er habhaft werden konnte.

Frau Stuht aus der Glockengießerstraße hatte wieder einmal Gelegenheit, in den ersten Kreisen zu verkehren, indem sie Mamsell Jungmann und die Schneiderin am Hochzeitstag bei Tony's Toilette unterstützte. Sie hatte, strafe sie Gott, niemals eine schönere Braut gesehen, lag, so dick sie war, auf den Knieen und befestigte mit bewundernd erhobenen Augen die kleinen Myrtenzweiglein auf der weißen moiré antique... Dies geschah im Frühstückszimmer. Herr Grünlich wartete in langschößigem Frack und seidener Weste vor der Tür. Sein rosiges Gesicht zeigte einen ernsten und korrekten Ausdruck; auf der Warze an seinen linken Nasenflügel bemerkte man ein wenig Puder, und seine goldgelben Favoris waren mit Sorgfalt frisiert.

Droben in der Säulenhalle, denn dort sollte die Trauung stattfinden, hatte sich die Familie versammelt – eine stattliche Gesellschaft! Da saßen die alten Krögers, ein wenig kümmerlich beide schon, aber wie stets die distinguiertesten Erscheinungen. Da waren Konsul Krögers mit ihren Söhnen Jürgen und Jakob, welch letzterer, wie die Verwandten Duchamps, von Hamburg gekommen war. Da war Gotthold Buddenbrook und seine Frau, die geborene Stüwing, mit Friederike, Henriette und Pfiffi, die sich leider alle drei wohl nicht mehr verheiraten würden... Da war die mecklenburgische Nebenlinie durch Klothildens Vater, Herrn Bernhardt Buddenbrook vertreten, der von »Ungnade« hereingekommen war und mit großen Augen das unerhört herrschaftliche Haus seines reichen Verwandten betrachtete. Die in Frankfurt hatten nur Geschenke geschickt, denn die Reise war doch zu umständlich... An ihrer Stelle aber waren, als einzige, die nicht der Familie zugehörten, Doktor Grabow, der Hausarzt, und Mamsell Weichbrodt, Tony's mütterliche Freundin, zugegen – Sesemi Weichbrodt mit ganz neuen grünen Haubenbändern über den Seitenlocken und einem schwarzen Kleidchen. »Sei glöcklich, du *gutes* Kend!« sagte sie, als Tony an Herrn Grünlichs Seite in der Säulenhalle erschien, reckte sich empor und küßte sie mit leise knallendem Geräusch auf die Stirn. – Die Familie war zufrieden mit der Braut; Tony sah hübsch, unbefangen und heiter aus, wenn auch ein wenig blaß vor Neugier und Reisefieber.

Die Halle war mit Blumen geschmückt und ein Altar an ihrer rechten Seite errichtet worden. Pastor Kölling von St. Marieen hielt die Trauung, wobei er mit starken Worten im besonderen zur *Mäßigkeit* ermahnte. Alles verlief nach Ordnung und Brauch. Tony brachte ein naives und gutmütiges »Ja« heraus, während Herr Grünlich zuvor »Hä-ä-hm!« sagte, um seine Kehle zu reinigen. Dann ward ganz außerordentlich gut und viel gegessen.

... Während droben im Saale die Gäste, mit dem Pastor in ihrer Mitte, zu speisen fortfuhren, geleiteten der Konsul und seine Gattin das junge Paar, das sich reisefertig gemacht hatte, in die weißnebelige Schneeluft hinaus. Der große Reisewagen hielt, mit Koffern und Taschen bepackt, vor der Haustür.

Nachdem Tony mehrere Male die Überzeugung ausgesprochen hatte, daß sie sehr bald zu Besuch nach Hause kommen und daß auch der Besuch der Eltern in Hamburg nicht lange auf sich warten lassen werde, stieg sie guten Mutes in die Kutsche und ließ sich von der Konsulin sorgfältig in die warme Pelzdecke hüllen. Auch ihr Gatte nahm Platz.

»Und ... Grünlich«, sagte der Konsul, »die neuen Spitzen liegen in der kleineren Handtasche zuoberst. Sie nehmen sie vor Hamburg ein bißchen unter den Paletot, wie? Diese Akzise ... man muß das nach Möglichkeit umgehen. Leben Sie wohl! Leb wohl, noch einmal, meine liebe Tony! Gott sei mit dir!«

»Sie werden doch in Ahrensburg gute Unterkunft finden?« fragte die Konsulin ...

»Bestellt, teuerste Mama, alles bestellt!« antwortete Herr Grünlich.

Anton, Line, Trine, Sophie verabschiedeten sich von »Ma'm'
Grünlich«...

Man war im Begriffe, den Schlag zu schließen, als Tony von
einer plötzlichen Bewegung überkommen ward. Trotz der Umstände, die es verursachte, wickelte sie sich noch einmal aus der
Reisedecke heraus, stieg rücksichtslos über Herr Grünlichs
Kniee hinweg, der zu murren begann, und umarmte mit Leidenschaft ihren Vater.

»Adieu, Papa... Mein guter Papa!« Und dann flüsterte sie
ganz leise: »Bist du zufrieden mit mir?«

»Der Konsul preßte sie einen Augenblick wortlos an sich;
dann schob er sie ein wenig von sich und schüttelte mit innigem
Nachdruck ihre beiden Hände...

Hierauf war alles bereit. Der Schlag knallte, der Kutscher
schnalzte, die Pferde zogen an, daß die Scheiben klirrten, und die
Konsulin ließ ihr Batisttüchlein im Winde spielen, bis der Wagen, der rasselnd die Straße hinunterfuhr, im Schneenebel zu
verschwinden begann.

Der Konsul stand gedankenvoll neben seiner Gattin, die ihre
Pelzpelerine mit graziöser Bewegung fester um die Schultern
zog.

»Da fährt sie hin, Bethsy.«

»Ja, Jean, das erste, das davongeht. – Glaubst du, daß sie
glücklich ist mit ihm?«

»Ach, Bethsy, sie ist zufrieden mit sich selbst; das ist das soli-
deste Glück, das wir auf Erden erlangen können.«

Sie kehrten zu ihren Gästen zurück.

15.

Thomas Buddenbrook ging die Mengstraße hinunter bis zum
»Fünfhausen«. Er vermied es, oben herum durch die Breite
Straße zu gehen, um nicht der vielen Bekannten wegen beständig den Hut in der Hand tragen zu müssen. Beide Hände in den
weiten Taschen seines warmen, dunkelgrauen Kragenmantels

schritt er ziemlich in sich gekehrt über den hartgefrorenen, kristallisch aufblitzenden Schnee, der unter seinen Stiefeln knarrte. Er ging seinen eigenen Weg, von dem niemand wußte... Der Himmel leuchtete hell, blau und kalt; es war eine frische, herbe, würzige Luft, ein windstilles, hartes, klares und reinliches Wetter von fünf Grad Frost, ein Februartag sondergleichen.

Thomas schritt den »Fünfhausen« hinunter, er durchquerte die Beckergrube und gelangte durch eine schmale Querstraße in die Fischergrube. Diese Straße, die in gleicher Richtung mit der Mengstraße steil zur Trave hin abfiel, verfolgte er ein paar Schritte weiter abwärts, bis er vor einem kleinen Hause stand, einem ganz bescheidenen Blumenladen mit schmaler Tür und dürftigem Schaufensterchen, in dem ein paar Töpfe mit Zwiebelgewächsen nebeneinander auf einer grünen Glasscheibe standen.

Er trat ein, wobei die Blechglocke oben an der Tür zu kläffen begann wie ein wachsames Hündchen. Drinnen vorm Ladentisch stand im Gespräch mit der jungen Verkäuferin eine kleine, dicke, ältliche Dame in türkischem Umhang. Sie wählte unter einigen Blumentöpfen, prüfte, roch, mäkelte und schwatzte, daß sie beständig genötigt war, sich mit dem Schnupftuch den Mund zu wischen. Thomas Buddenbrook grüßte sie höflich und trat zur Seite... Sie war eine unbegüterte Verwandte der Langhals', eine gutmütige und schwatzhafte alte Jungfer, die den Namen einer Familie aus der ersten Gesellschaft trug, ohne dieser Gesellschaft doch zuzugehören, die nicht zu großen Diners und Bällen, sondern nur zu kleinen Kaffee-Zirkeln gebeten ward und mit wenigen Ausnahmen von aller Welt »Tante Lottchen« genannt wurde. Einen in Seidenpapier gewickelten Blumentopf unter dem Arme, wandte sie sich zur Tür, und Thomas sagte, nachdem er aufs neue gegrüßt hatte, mit lauter Stimme zum Ladenmädchen:

»Geben Sie mir... ein paar Rosen, bitte... Ja, gleichgültig. La France...«

Dann, als Tante Lottchen die Tür hinter sich geschlossen hatte und verschwunden war, sagte er leiser:

»So, leg nur wieder weg, Anna… Guten Tag, kleine Anna! Ja, heute bin ich recht schweren Herzens gekommen.«

Anna trug eine weiße Schürze über ihrem schwarzen, schlichten Kleide. Sie war wunderbar hübsch. Sie war zart wie eine Gazelle und besaß einen beinahe malaiischen Gesichtstypus: ein wenig hervorstehende Wangenknochen, schmale, schwarze Augen voll eines weichen Schimmers und einen mattgelblichen Teint, wie er weit und breit nicht ähnlich zu finden war. Ihre Hände, von derselben Farbe, waren schmal und für ein Ladenmädchen von außerordentlicher Schönheit.

Sie ging hinter dem Verkaufstische an das rechte Ende des kleinen Ladens, wo man durchs Schaufenster nicht gesehen werden konnte. Thomas folgte ihr diesseits des Tisches, beugte sich hinüber und küßte sie auf die Lippen und die Augen.

»Du bist ganz verfroren, du Ärmster!« sagte sie.

»Fünf Grad!« sagte Tom… »Ich habe nichts gemerkt, ich ging ziemlich traurig hierher.«

Er setzte sich auf den Ladentisch, behielt ihre Hand in der seinen und fuhr fort: »Ja, hörst du, Anna?… heute müssen wir nun vernünftig sein. Es ist soweit.«

»Ach Gott…!« sagte sie kläglich und erhob voll Furcht und Kummer ihre Schürze…

»Einmal mußte es doch herankommen, Anna… So! nicht weinen! Wir wollten doch vernünftig sein, wie? – Was ist da zu tun? Dergleichen muß durchgemacht werden.«

»Wann…?« fragte Anna schluchzend.

»Übermorgen.«

»Ach Gott… warum übermorgen? Eine Woche noch… Bitte!… Fünf Tage!…«

»Das geht nicht, liebe kleine Anna. Alles ist bestimmt und in Ordnung… Sie erwarten mich in Amsterdam… Ich könnte auch nicht einen Tag zulegen, wenn ich es noch so gerne wollte!«

»Und das ist so fürchterlich weit fort…!«

»Amsterdam? Pah! gar nicht! Und *denken* kann man doch immer aneinander, wie? Und ich schreibe! Paß auf, ich schreibe, sowie ich dort bin…«

»Weißt du noch...« sagte sie, »vor anderthalb Jahren? Beim Schützenfest?...«

Er unterbrach sie entzückt...

»Gott, ja anderthalb Jahre! ... Ich hielt dich für eine Italienerin... Ich kaufte eine Nelke und steckte sie ins Knopfloch... Ich habe sie noch... Ich nehme sie mit nach Amsterdam... Was für ein Staub und eine Hitze war auf der Wiese!...«

»Ja, du holtest mir ein Glas Limonade aus der Bude nebenan... Ich erinnere das wie heute! Alles roch nach Schmalzgebäck und Menschen...«

»Aber schön war es doch! Sahen wir uns nicht gleich an den Augen an, was für eine Bewandtnis es mit uns hatte?«

»Und du wolltest mit mir Karussell fahren... aber das ging nicht; ich mußte doch verkaufen! Die Frau hätte gescholten...«

»Nein, es ging nicht, Anna, das sehe ich vollkommen ein.«

Sie sagte leise:

»Und es ist auch das einzige geblieben, was ich dir abgeschlagen habe.«

Er küßte sie aufs neue, auf die Lippen und die Augen.

»Adieu, meine liebe, gute kleine Anna!... Ja, man muß anfangen, Adieu zu sagen!«

»Ach, du kommst doch morgen noch einmal wieder?«

»Ja, sicher, um diese Zeit. Und auch übermorgen früh noch, wenn ich mich irgend losmachen kann... Aber jetzt will ich dir eines sagen, Anna... Ich gehe nun ziemlich weit fort, ja, es ist immerhin recht weit, Amsterdam... und du bleibst hier zurück. Aber wirf dich nicht weg, hörst du, Anna?... Denn bis jetzt hast du dich *nicht* weggeworfen, das sage ich dir!«

Sie weinte in ihre Schürze, die sie mit ihrer freien Hand vors Gesicht hielt.

»Und du?... Und du?...«

»Das weiß Gott, Anna, wie die Dinge gehen werden! Man bleibt nicht immer jung... du bist ein kluges Mädchen, du hast niemals etwas von Heiraten gesagt und dergleichen...«

»Nein, behüte!... daß ich das von dir verlange...«

»Man wird getragen, siehst du... Wenn ich am Leben bin,

werde ich das Geschäft übernehmen, werde eine Partie machen
...ja, ich bin offen gegen dich, beim Abschied... Und auch
du... das wird so gehen... Ich wünsche dir alles Glück, meine
liebe, gute, kleine Anna! Aber wirf dich nicht weg, hörst du?...
Denn bis jetzt hast du dich *nicht* weggeworfen, das sage ich
dir...!«

Hier drinnen war es warm. Ein feuchter Duft von Erde und
Blumen lag in dem kleinen Laden. Draußen schickte schon die
Wintersonne sich an, unterzugehen. Ein zartes, reines und wie
auf Porzellan gemalt blasses Abendrot schmückte jenseits des
Flusses den Himmel. Das Kinn in die aufgeschlagenen Kragen
ihrer Überzieher versteckt, eilten die Leute am Schaufenster
vorüber und sahen nichts von den beiden, die in dem Winkel des
kleinen Blumenladens voneinander Abschied nahmen.

Vierter Teil

1.

»D. 30. April 1846.

Meine liebe Mama,

tausend Dank für Deinen Brief, in welchem Du mir Armgard von Schillings Verlobung mit Herrn von Maiboom auf Pöppenrade mitteiltest. Armgard selbst hat mir ebenfalls eine Anzeige geschickt (sehr vornehm, Goldrand) und dazu einen Brief geschrieben, in dem sie sich äußerst entzückt über den Bräutigam ausläßt. Es soll ein bildschöner Mann sein und von vornehmem Wesen. Wie glücklich sie sein muß! Alles heiratet; auch aus München habe ich eine Anzeige von Eva Ewers. Sie bekömmt einen Brauerei-Direktor.

Aber nun muß ich Dich eines fragen, liebe Mama: warum nämlich noch immer nichts über einen Besuch von Konsul Buddenbrooks hierselbst verlautet! Wartet Ihr vielleicht auf eine offizielle Einladung Grünlichs? Das wäre nicht nötig, denn er denkt, glaube ich, gar nicht daran, und wenn ich ihn erinnere, so sagt er: Ja, ja, Kind, dein Vater hat anderes zu tun. Oder glaubt Ihr vielleicht, Ihr stört mich? Ach nein, nicht im allergeringsten! Oder glaubt Ihr vielleicht, Ihr macht mir nur wieder Heimweh? Du lieber Gott, ich bin doch eine verständige Frau, ich stehe mitten im Leben und bin gereift.

Soeben war ich zum Kaffee bei Madame Käselau, in der Nähe; es sind angenehme Leute, und auch unsere Nachbarn linker Hand, namens Gußmann (aber die Häuser liegen ziemlich weit voneinander), sind umgängliche Menschen. Wir haben ein paar gute Hausfreunde, die beide ebenfalls hier draußen wohnen: den Doktor Klaaßen (von welchem ich Dir nachher noch werde erzählen müssen) und den Bankier Kesselmeyer, Grünlichs intimen Freund. Du glaubst nicht, was für ein komischer alter Herr das ist! Er hat einen weißen, geschorenen Backenbart und schwarz-weiße dünne Haare auf dem Kopf, die aussehen wie Flaumfedern und in jedem Luftzuge flattern. Da er auch so drollige Kopfbewegungen hat wie ein Vogel und ziemlich geschwätzig ist, nenne ich ihn immer ›die Elster‹; aber Grünlich verbietet mir dies, denn er sagt, die Elster stehle, Herr Kesselmeyer aber sei ein Ehrenmann. Beim Gehen bückt er sich und rudert mit den Armen. Seine Flaumfedern reichen nur bis zur Hälfte des Hinterkopfes, und von da an ist sein Nacken ganz rot und rissig. Er hat etwas so äußerst Fröhliches an sich! Manchmal klopft er mir auf die Wange und sagt: Sie gute kleine Frau, welch Gottessegen für Grünlich, daß er Sie bekommen hat! Dann sucht er einen Zwicker hervor (er hat stets drei davon bei sich, an langen Schnüren, die sich beständig auf seiner weißen Weste verwickeln), schlägt ihn sich auf die Nase, die er ganz kraus dabei macht, und sieht mich mit offenem Munde so vergnüglich an, daß ich ihm laut ins Gesicht lache. Aber das nimmt er gar nicht übel.

Grünlich selbst ist viel beschäftigt, fährt morgens mit unserem kleinen gelben Wagen zur Stadt und kommt oft erst spät nach Hause. Manchmal sitzt er bei mir und liest die Zeitung.

Wenn wir in Gesellschaft fahren, zum Beispiel zu Kesselmeyer oder Konsul Goudstikker am Alsterdamm oder Senator Bock in der Rathausstraße, so müssen wir eine Mietkutsche nehmen. Ich habe Grünlich schon oft um Anschaffung eines Coupés gebeten, denn das ist nötig hier draußen. Er hat es mir auch halb und halb versprochen, aber er begibt sich merkwürdigerweise überhaupt nicht gern mit mir in Gesellschaft und sieht es augenscheinlich nicht gern, wenn ich mich mit den Leuten in der Stadt unterhalte. Sollte er eifersüchtig sein?

Unsere Villa, die ich Dir schon eingehend beschrieb, liebe Mama, ist wirklich sehr hübsch und hat sich durch neuerliche Möbel-Anschaffungen noch verschönert. Gegen den Salon im Hoch-Parterre hättest Du nichts einzuwenden: ganz in brauner Seide. Das Eßzimmer nebenan ist sehr hübsch getäfelt; die Stühle haben 25 Courant-Mark das Stück gekostet. Ich sitze im

Pensée-Zimmer, das als Wohnstube dient. Dann ist da noch ein Rauch- und Spielkabinett. Der Saal, der jenseits des Korridors die andere Hälfte des Parterres einnimmt, hat jetzt noch gelbe stores bekommen und nimmt sich vornehm aus. Oben sind Schlaf-, Bade-, Ankleide- und Dienerschaftszimmer. Für den gelben Wagen haben wir einen kleinen groom. Mit den beiden Mädchen bin ich ziemlich zufrieden. Ich weiß nicht, ob sie ganz ehrlich sind; aber Gott sei Dank brauche ich ja nicht auf jeden Dreier zu sehen! Kurz, es ist alles, wie es unserem Namen zukommt.

Nun aber kommt etwas, liebe Mama, das Wichtigste, welches ich mir bis zum Schlusse aufgehoben. Vor einiger Zeit nämlich fühlte ich mich ein bißchen sonderbar, weißt Du, nicht ganz gesund und doch wieder noch anders; bei Gelegenheit sagte ich es dem Doktor Klaaßen. Das ist ein ganz kleiner Mensch mit einem großen Kopf und einem noch größeren geschweiften Hut darauf. Immer drückt er sein spanisches Rohr, das als Griff eine runde Knochenplatte hat, an seinen langen Kinnbart, der beinahe hellgrün ist, weil er ihn lange Jahre schwarz gefärbt hat. Nun, Du hättest ihn sehen sollen! Er antwortete gar nicht, rückte an seiner Brille, zwinkerte mit seinen roten Äuglein, nickte mir mit seiner Kartoffelnase zu, kicherte und musterte mich so impertinent, daß ich nicht wußte, wo ich bleiben sollte. Dann untersuchte er mich und sagte, alles lasse sich aufs prächtigste an, nur müsse ich Mineralwasser trinken, denn ich sei vielleicht ein *bißchen* bleichsüchtig. – O Mama, vertraue es dem guten Papa ganz vorsichtig an, damit er es in die Familienpapiere schreibt. Sobald als möglich hörst du Weiteres!

Grüße Papa, Christian, Clara, Thilda und Ida Jungmann innig von mir. An Thomas, nach Amsterdam, habe ich kürzlich geschrieben.

Deine treugehorsame Tochter

Antonie.«

»D. 2. August 1846.

Mein lieber Thomas,

mit Vergnügen habe ich Deine Mitteilungen über Dein Zusammensein mit Christian in Amsterdam empfangen; es mögen einige fröhliche Tage gewesen sein. Ich habe über Deines Bruders Weiterreise über Ostende nach England noch keine Nachrichten, hoffe jedoch zu Gott, daß sie glücklich vonstatten gegangen sein wird. Möchte es doch, nachdem Christian sich entschlossen, den wissenschaftlichen Beruf fahrenzulassen, noch nicht zu spät für ihn sein, bei seinem Prinzipale Mr. Richardson etwas Tüchtiges zu lernen, und möchte seine merkantile Laufbahn von Erfolg und Segen begleitet sein! Mr. Richardson (Threadneedle Street) ist, wie Du weißt, ein naher Geschäftsfreund meines Hauses. Ich schätze mich glücklich, meine beiden Söhne in Firmen untergebracht zu haben, die mir freundschaftlichst verbunden sind. Den Segen davon darfst Du jetzt schon verspüren: Ich empfinde vollkommene Genugtuung, daß Herr van der Kellen Dein Salair bereits in diesem Vierteljahr erhöht hat und Dir weiterhin Nebenverdienste einräumen wird; ich bin überzeugt, daß Du durch ein tüchtig Führen Dich dieses Entgegenkommens würdig gezeigt hast und zeigen wirst.

Bei alledem schmerzt es mich, daß Deine Gesundheit sich nicht völlig auf der Höhe befindet. Was Du mir von Nervosität geschrieben, gemahnte mich an meine eigene Jugend, als ich in Antwerpen arbeitete und von dort nach Ems gehen mußte, um die Kur zu gebrauchen. Wenn etwas Ähnliches sich für Dich als nötig erweisen sollte, mein Sohn, so bin ich, versteht sich, bereit, Dir mit Rat und Tat zur Seite zu stehen, wiewohl ich für uns andere derartige Ausgaben in diesen politisch unruhigen Zeiten scheue.

Immerhin haben Deine Mutter und ich um die Mitte des Junius eine Fahrt nach Hamburg unternommen, um Deine Schwester Tony zu besuchen. Ihr Gatte hatte uns nicht aufgefordert, empfing uns jedoch mit großer Herzlichkeit und widmete sich uns während der zwei Tage, die wir bei ihm verbrachten, so vollständig, daß er sein Geschäft vernachlässigte und mir kaum

Zeit zu einer Visite in der Stadt bei Duchamps' ließ. Antonie befand sich im fünften Monat; ihr Arzt versicherte, daß alles in normaler und erfreulicher Weise verlaufen werde. –

Noch möchte ich eines Briewes des Herrn van der Kellen erwähnen, dem ich mit Freude entnahm, daß Du auch privatim in seinem Familienkreise ein gern gesehener Gast bist. Du bist nun, mein Sohn, in dem Alter, wo Du die Früchte der Erziehung zu ernten beginnst, die Deine Eltern Dir zuteil werden ließen. Es möge Dir als Ratschlag dienen, daß ich in Deinem Alter, sowohl in Bergen als in Antwerpen, es mir immer angelegen sein ließ, mich meinen *Prinzipalinnen* dienstlich und angenehm zu machen, was mir zum höchsten Vorteil gereicht hat. Abgesehen selbst von der ehrenden Annehmlichkeit eines näheren Verkehrs mit der Vorstands-Familie, schafft man sich in der Prinzipalin eine fördernde Fürsprecherin, wenn der allerdings möglichst zu vermeidende, nichtsdestoweniger mögliche Fall eintreten sollte, daß ein Versehen im Geschäft sich ereignete oder die Zufriedenheit des Prinzipals hie oder da zu wünschen übrigließe. –

Was Deine geschäftlichen Zukunftspläne angeht, mein Sohn, so erfreuen sie mich durch das lebhafte Interesse, das sich in ihnen ausspricht, ohne zwar, daß ich ihnen vollkommen beizustimmen vermöchte. Du gehst von der Ansicht aus, daß der Absatz derjenigen Produkte, welche die Umgegend unserer Vaterstadt hervorbringe, als: Getreide, Rapssaat, Häute und Felle, Wolle, Öl, Ölkuchen, Knochen usw., das natürlichste, nachhaltigste Geschäft Deiner Vaterstadt sei, und denkst Dich neben dem Kommissionshandel vorzugsweise jener Branche zuzuwenden. Ich habe mich zu einer Zeit, als die Konkurrenz in diesem Geschäftszweige noch sehr gering war (während sie jetzt erheblich gewachsen), gleichfalls mit diesem Gedanken beschäftigt und, soweit Raum und Gelegenheit dazu vorlagen, auch einige Experimente gemacht. Meine Reise nach England hatte hauptsächlich den Zweck, auch in diesem Lande Verbindungen für meine Unternehmungen nachzusuchen. Ich ging zu diesem Ende bis Schottland hinauf und machte manche nutzbringende Bekanntschaften, erkannte aber alsbald auch den gefährlichen

Charakter, welchen die Export-Geschäfte dorthin an sich trugen, weshalb eine weitere Kultivierung derselben in der Folge auch unterblieb, zumal ich immer des Mahnwortes eingedenk gewesen bin, welches unser Vorfahr, der Gründer der Firma, uns hinterlassen: ›Mein Sohn, sey mit Lust bey den Geschäften am Tage, aber mache nur solche, daß wir bey Nacht ruhig schlafen können!‹

Diesen Grundsatz gedenke ich heiligzuhalten bis an mein Lebensende, obgleich man ja hie und da in Zweifel geraten kann angesichts von Leuten, die ohne solche Prinzipien scheinbar besser fahren. Ich denke an Strunck & Hagenström, die eminent im Wachsen begriffen sind, während unsere Angelegenheiten einen allzu ruhigen Gang gehen. Du weißt, daß das Haus nach der Verkleinerung infolge des Todes Deines Großvaters nicht mehr gewachsen ist, und ich bete zu Gott, daß ich Dir die Geschäfte wenigstens in dem jetzigen Zustande werde hinterlassen können. An dem Prokuristen Marcus habe ich ja einen erfahrenen und bedächtigen Helfer. Wenn nur die Familie Deiner Mutter ihre Groschen ein wenig besser beieinanderhalten wollte; die Erbschaft wird für uns von so großer Wichtigkeit sein!

Ich bin mit geschäftlichen und städtischen Arbeiten außerordentlich überhäuft. Ich bin Ältermann des Bergenfahrer-Kollegiums, und hat man mich sukzessive zum bürgerlichen Deputierten fürs Finanz-Department, das Kommerz-Kollegium, die Rechnungs-Revisions-Deputation und das St. Annen-Armenhaus erwählt.

Deine Mutter, Clara und Klothilde grüßen Dich herzlich. Auch haben mir mehrere Herren: die Senatoren Möllendorpf und Doktor Oeverdieck, Konsul Kistenmaker, der Makler Gosch, C. F. Köppen sowie im Comptoir Herr Marcus und die Kapitäne Kloot und Klötermann Grüße an Dich aufgetragen. Gottes Segen mit Dir, mein Sohn! Arbeite, bete und spare!

In sorgender Liebe

Dein *Vater*.«

»D. 8. Oktober 1846.

Liebe und hochverehrte Eltern!

Unterfertigter sieht sich in der angenehmen Lage, Sie von der vor einer halben Stunde erfolgten, glücklichen Niederkunft Ihrer Tochter, meiner innig geliebten Gattin Antonie, zu benachrichtigen. Es ist nach Gottes Willen ein Mädchen, und finde ich keine Worte, zu sagen, wie freudig bewegt ich bin. Das Befinden der teuren Wöchnerin sowie des Kindes ist ein ausgezeichnetes, und zeigte sich Doktor Klaaßen völligst vom Verlaufe der Sache befriedigt. Auch Frau Großgeorgis, die Hebamme, sagt, es wäre gar nichts gewesen. – Die Erregung zwingt mich, die Feder niederzulegen. Ich empfehle mich den würdigsten Eltern in hochachtungsvoller Zärtlichkeit.

B. Grünlich.

Wenn es ein Junge wäre, so wüßte ich einen sehr hübschen Namen. Jetzt möchte ich sie Meta nennen, aber Gr. ist für Erika.

T.«

2.

»Was fehlt dir, Bethsy?« sagte der Konsul, als er zu Tische kam und den Teller erhob, mit dem man seine Suppe bedeckt hatte. »Fühlst du dich unwohl? Was hast du? Mir scheint, du siehst leidend aus?«

Der runde Tisch in dem weitläufigen Speisesaal war sehr klein geworden. Außer den Eltern saßen alltäglich nur Mamsell Jungmann, die zehnjährige Clara und die hagere, demütige und still essende Klothilde daran. Der Konsul blickte umher... alle Gesichter waren lang und kummervoll. Was war geschehen? Er selbst war nervös und sorgenvoll, denn die Börse ward in Unruhe gehalten von dieser verzwickten schleswig-holsteinischen Angelegenheit... Und noch eine andere Unruhe lag in der Luft. Später, als Anton hinausgegangen war, um das Fleischgericht zu holen, erfuhr der Konsul, was im Hause vorgefallen war. Trina, die Köchin Trina, ein Mädchen, das bislang nur

Treue und Biedersinn an den Tag gelegt hatte, war plötzlich zu unverhüllter Empörung übergegangen. Zum großen Verdrusse der Konsulin unterhielt sie seit einiger Zeit eine Freundschaft, eine Art von geistigem Bündnis mit einem Schlachtergesellen, und dieser ewig blutige Mensch mußte die Entwicklung ihrer politischen Ansichten in der nachteiligsten Weise beeinflußt haben. Als die Konsulin ihr wegen einer mißratenen Schalottensauce einen Verweis hatte zuteil werden lassen, hatte sie die nackten Arme in die Hüften gestemmt und sich wie folgt geäußert:

»Warten Sie man bloß, Fru Konsulin, dat duert nu nich mehr lang, denn kommt 'ne annere Ordnung in de Saak; denn sitt *ick* doar up'm Sofa in' sieden Kleed, und *Sei* bedeinen mich denn...« Selbstverständlich war ihr sofort gekündigt worden.

Der Konsul schüttelte den Kopf. Er selbst hatte in letzter Zeit allerhand Besorgniserregendes verspüren müssen. Freilich, die älteren Träger und Speicherarbeiter waren bieder genug, sich nichts in den Kopf setzen zu lassen; aber unter den jungen Leuten hatte dieser und jener durch sein Benehmen Zeugnis davon gegeben, daß der neue Geist der Empörung sich tückisch Einlaß zu verschaffen gewußt hatte... Im Frühjahr hatte ein Straßenkrawall stattgefunden, obgleich eine neue Verfassung, die den Anforderungen der neuen Zeit entsprach, bereits im Entwurf vorhanden war, welcher ein wenig später, trotz des Widerspruches Lebrecht Krögers und einiger anderer störrischer alter Herren, durch Senatsdekret zum Staatsgrundgesetz erhoben wurde. Volksvertreter wurden gewählt, eine Bürgerschaft trat zusammen. Aber es gab keine Ruhe. Die Welt war ganz in Unordnung. Jeder wollte die Verfassung und das Wahlrecht revidieren, und die Bürger zankten sich. »Ständisches Prinzip!« sagten die einen; auch Johann Buddenbrook, der Konsul, sagte es. »Allgemeines Wahlrecht!« sagten die anderen; auch Hinrich Hagenström sagte es. Noch andere schrieen: »Allgemeine Ständewahl!« und vielleicht wußten sie sogar, was darunter zu verstehen war. Dann schwirrten noch solche Ideen in der Luft umher wie Aufhebung des Unterschiedes zwischen Bürgern und Einwohnern, Ausdehnung der Möglichkeit, das Bürgerrecht zu erlangen, auch auf Nichtchristen... Kein Wunder, daß Buddenbrooks Trina auf Gedanken verfiel wie der mit dem Sofa und dem seidenen Kleid! Ach, es sollte noch ärger kommen. Die Dinge drohten eine fürchterliche Wendung zu nehmen...

Es war ein erster Oktobertag des Jahres achtundvierzig, ein blauer Himmel mit einigen leichten, schwebenden Wolken daran, silberweiß durchleuchtet von einer Sonne, deren Kraft freilich nicht mehr so groß war, daß nicht hinter dem hohen, blanken Gitter im Landschaftszimmer schon der Ofen geknistert hätte.

Die kleine Clara, ein dunkelblondes Kind mit ziemlich strengen Augen, saß mit einer Strickerei vorm Nähtische am Fenster, während Klothilde, auf gleiche Weise beschäftigt, den Sofaplatz neben der Konsulin innehatte. Obgleich Klothilde Buddenbrook nicht viel älter war als ihre verheiratete Cousine, also erst einundzwanzig Jahre zählte, begann ihr langes Gesicht bereits scharfe Linien zu zeigen, und ihr glatt gescheiteltes Haar, das niemals blond, sondern von jeher mattgrau gewesen, trug dazu bei, daß das Bild der alten Jungfer schon fertig war. Sie war zufrieden damit, sie tat nichts, um dem abzuhelfen. Vielleicht war es ihr Bedürfnis, schnell alt zu werden, um schnell über alle Zweifel und Hoffnungen hinauszugelangen. Da sie keinen Silbergroschen besaß, so wußte sie, daß niemand in der weiten Welt sich finden würde, sie zu heiraten, und mit Demut sah sie ihrer Zukunft entgegen, die darin bestand, in irgendeiner kleinen Stube eine kleine Rente zu verzehren, die ihr mächtiger Onkel ihr aus der Kasse irgendeiner wohltätigen Anstalt für arme Mädchen aus angesehener Familie verschaffen würde.

Die Konsulin ihrerseits war mit der Lektüre zweier Briefe beschäftigt. Tony erzählte von dem glücklichen Gedeihen der kleinen Erika, und Christian berichtete eifrig von dem Londoner Leben und Treiben, ohne freilich seiner Tätigkeit bei Mr. Richardson eingehend zu erwähnen... Die Konsulin, die sich der Mitte der Vierziger näherte, beklagte sich bitterlich über das Schicksal der blonden Frauen, so rasch zu altern. Der zarte

Teint, der einem rötlichen Haar entspricht, wird in diesen Jahren trotz aller Erfrischungsmittel matt, und das Haar selbst würde unerbittlich zu ergrauen beginnen, wenn man nicht Gott sei Dank das Rezept einer Pariser Tinktur besäße, die das fürs erste verhütete. Die Konsulin war entschlossen, niemals weiß zu werden. Wenn das Färbemittel sich nicht mehr als tauglich erwiese, so würde sie eine Perücke von der Farbe ihres jugendlichen Haares tragen... Auf der Höhe ihrer noch immer kunstvollen Coiffure war eine kleine, von weißen Spitzen umgebene seidene Schleife angebracht: der Beginn, die erste Andeutung einer Haube. Ihr seidener Kleiderrock umgab sie weit und bauschig; ihre glockenförmigen Ärmel waren mit steifem Mull unterlegt. Wie stets klirrten ein paar goldene Reifen leise an ihrem Handgelenk. – Es war drei Uhr nachmittags.

Plötzlich wurde Rufen und Schreien, eine Art von übermütigem Johlen, Pfeifen und das Gestampf vieler Schritte auf der Straße vernehmbar, ein Lärm, der sich näherte und anwuchs...

»Mama, was ist das?« sagte Clara, die durchs Fenster und in den »Spion« blickte. »All die Leute... Was haben Sie? Worüber freuen sie sich so?«

»Mein Gott!« rief die Konsulin, indem sie die Briefe von sich warf, angstvoll aufsprang und zum Fenster eilte. »Sollte es... O mein Gott, ja, die Revolution... Es ist das Volk...«

Die Sache war die, daß während des ganzen Tages bereits Unruhen in der Stadt geherrscht hatten. In der Breiten Straße war am Morgen die Schaufensterscheibe des Tuchhändlers Benthien vermittelst Steinwurfes zertrümmert worden, wobei Gott allein wußte, was das Fenster des Herrn Benthien mit der hohen Politik zu schaffen hatte.

»Anton?!« rief die Konsulin mit bebender Stimme in den Eßsaal hinüber, wo der Bediente mit dem Silberzeug hantierte... »Anton, geh hinunter! Schließe die Haustür! Mach alles zu! Es ist das Volk...«

»Ja, Frau Konsulin!« sagte Anton. »Kann ich das auch wagen? Ich bin ein Herrschaftsknecht... Wenn sie meine Livree zu sehen kriegen...«

»Die bösen Menschen«, sagte Klothilde traurig und gedehnt, ohne ihrer Handarbeit Einhalt zu tun. – In diesem Augenblick kam der Konsul durch die Säulenhalle und trat durch die Glastür ein. Er trug seinen Paletot über dem Arm und den Hut in der Hand.

»Du willst ausgehen, Jean?« fragte die Konsulin entsetzt...

»Ja, Liebe, ich muß in die Bürgerschaft...«

»Aber das Volk, Jean, die Revolution...«

»Ach, lieber Gott, das ist nicht so ernst, Bethsy... Wir stehen in Gottes Hand. Sie sind schon am Hause vorüber. Ich gehe durch das Hinterhaus...«

»Jean, wenn du mich lieb hast... Du willst dich dieser Gefahr aussetzen, willst uns hier allein lassen... Oh, ich ängstige mich, ich ängstige mich!«

»Liebste, ich bitte dich, du echauffierst dich auf eine Weise... die Leute werden vorm Rathaus oder auf dem Markt ein bißchen spektakeln... Vielleicht wird es dem Staat noch ein paar Fensterscheiben kosten, das ist alles.«

»*Wohin* willst du, Jean?«

»In die Bürgerschaft... Ich komme schon fast zu spät, die Geschäfte haben mich aufgehalten. Es wäre eine Schande, da heute zu fehlen. Meinst du, daß dein Vater sich abhalten läßt? So alt er ist...«

»Ja, dann geh mit Gott, Jean... Aber sei vorsichtig, ich bitte dich, nimm dich in acht! Und habe ein Auge auf meinen Vater! Wenn ihm etwas zustieße...«

»Unbesorgt, meine Liebe...«

»Wann kommst du zurück?« rief die Konsulin ihm nach.

»Je nun, um halb fünf, um fünf Uhr... je nachdem. Es steht Wichtiges auf der Tagesordnung, es kommt darauf an...«

»Ach, ich ängstige mich, ich ängstige mich!« wiederholte die Konsulin, indem sie mit ratlosen Seitenblicken sich im Zimmer auf und nieder bewegte.

3

Konsul Buddenbrook durchschritt eilig sein weitläufiges Grundstück. Als er in die Beckergrube hinaustrat, vernahm er hinter sich Schritte und erblickte den Makler Gosch, welcher, malerisch in seinen langen Mantel gehüllt, gleichfalls die schräge Straße hinauf zur Sitzung strebte. Während er mit der einen seiner langen und mageren Hände den Jesuitenhut lüftete und mit der anderen eine glatte Gebärde der Demut vollführte, sprach er mit gepreßter und verbissener Stimme:

»Herr Konsul... ich grüße Sie!«

Dieser Makler Siegismund Gosch, ein Junggeselle von etwa vierzig Jahren, war trotz seines Gebarens der ehrlichste und gutmütigste Mensch von der Welt; nur war er ein Schöngeist, ein origineller Kopf. Sein glattrasiertes Gesicht zeichnete sich aus durch eine gebogene Nase, ein spitz hervorspringendes Kinn, scharfe Züge und einen breiten, abwärts gezogenen Mund, dessen schmale Lippen er in verschlossener und bösartiger Weise zusammenpreßte. Es war sein Bestreben – und es gelang ihm nicht übel –, ein wildes, schönes und teuflisches Intrigantenhaupt zur Schau zu stellen, eine böse, hämische, interessante und furchtgebietende Charakterfigur zwischen Mephistopheles und Napoleon... Sein ergrautes Haar war tief und düster in die Stirn gestrichen. Er bedauerte aufrichtig, nicht bucklig zu sein. – Er war eine fremdartige und liebenswürdige Erscheinung unter den Bewohnern der alten Handelsstadt. Er gehörte zu ihnen, weil er in aller Bürgerlichkeit ein kleines, solides und in seiner Bescheidenheit geachtetes Vermittlungsgeschäft betrieb; in seinem engen, dunklen Comptoir aber stand ein großer Bücherschrank, der mit Dichtwerken in allen Sprachen gefüllt war, und es ging das Gerücht, daß er seit seinem zwanzigsten Jahre an einer Übersetzung von Lope de Vega's sämtlichen Dramen arbeite... Einmal jedoch hatte er bei einer Liebhaberaufführung von Schillers ›Don Carlos‹ den Domingo gespielt. Dies war der Höhepunkt seines Lebens. – Niemals war ein unedles Wort über seine Lippen gekommen, und selbst in geschäftlichen Gesprächen brachte er die üblichen Redewendungen nur zwischen den Zähnen und mit einem Mienenspiel hervor, als wollte er sagen: ›Schurke, ha! Im Grab verfluch' ich deine Ahnen!‹ Er war, in mancher Beziehung, der Erbe und Nachfolger des seligen Jean Jacques Hoffstede; nur daß sein Wesen düsterer und pathetischer war und daß ihm nichts von der scherzhaften Heiterkeit eignete, die der Freund des älteren Johann Buddenbrook aus dem vorigen Jahrhundert herübergerettet hatte. – Eines Tages verlor er an der Börse mit einem Schlage sechs und einen halben Courant-Taler an zwei oder drei Papieren, die er spekulativer Weise gekauft hatte. Da riß sein dramatisches Empfinden ihn mit sich fort, und er gab eine Vorstellung. Er ließ sich auf einer Bank nieder in einer Haltung, als habe er die Schlacht bei Waterloo verloren, preßte eine geballte Faust gegen die Stirn und wiederholte mehrere Male mit einem gotteslästerlichen Augenaufschlag: »Ha, verflucht!« Da die kleinen, ruhigen, sicheren Gewinste, die er beim Verkaufe dieses oder jenes Grundstückes einstrich, ihn im Grunde langweilten, so war dieser Verlust, dieser tragische Schlag, mit dem der Himmel ihn, den Intriganten, getroffen, ein Genuß, ein Glück für ihn, an dem er wochenlang zehrte. Auf die Anrede: »Ich höre, Sie haben Unglück gehabt, Herr Gosch? Das tut mir leid...«, pflegte er zu antworten: »Oh, mein werter Freund! Uomo non educato dal dolore riman sempre bambino!« Begreiflicher Weise verstand das niemand. War es von Lope de Vega? Fest stand, daß dieser Siegismund Gosch ein gelehrter und merkwürdiger Mensch war.

»Welche Zeiten, in denen wir leben!« sagte er zu Konsul Buddenbrook, während er, in gebückter Haltung auf seinen Stock gestützt neben ihm die Straße hinaufschritt. »Zeiten des Sturmes und der Bewegung!«

»Da haben Sie recht«, erwiderte der Konsul. Die Zeiten seien bewegt. Man dürfe auf die heutige Sitzung gespannt sein. Das ständische Prinzip...

»Nein, hören Sie!« fuhr Herr Gosch zu sprechen fort. »Ich bin den ganzen Tag unterwegs gewesen, ich habe den Pöbel beobachtet. Es waren herrliche Bursche darunter, das Auge flammend von Haß und Begeisterung . . .«

Johann Buddenbrook fing an zu lachen. »Sie sind mir der Rechte, mein Freund! Sie scheinen Gefallen daran zu finden? Nein, erlauben Sie mir . . . eine Kinderei, das alles! Was wollen diese Menschen? Eine Anzahl ungezogener junger Leute, die die Gelegenheit benützen, ein bißchen Spektakel zu machen . . .«

»Gewiß! Allein man kann nicht leugnen . . . Ich war dabei, als Schlachtergeselle Berkemeyer Herrn Benthiens Fensterscheibe zerwarf . . . Er war wie ein Panther!« Das letzte Wort sprach Herr Gosch mit besonders fest zusammengebissenen Zähnen und fuhr dann fort: »Oh, man kann nicht leugnen, daß die Sache ihre erhabene Seite besitzt! Es ist endlich einmal etwas anderes, wissen Sie, etwas Unalltägliches, Gewalttätiges, Sturm, Wildheit . . . ein Gewitter . . . Ach, das Volk ist unwissend, ich weiß es! Jedoch mein Herz, dieses mein Herz, es ist mit ihm . . .« Sie waren schon vor das einfache, mit gelber Ölfarbe gestrichene Haus gelangt, in dessen Erdgeschoß sich der Sitzungssaal der Bürgerschaft befand.

Dieser Saal gehörte zu der Bier- und Tanzwirtschaft einer Witwe namens Suerkringel, stand aber an gewissen Tagen den Herren von der »Bürgerschaft« zur Verfügung. Von einem schmalen, gepflasterten Korridor aus, an dessen rechter Seite sich Restaurationslokalitäten befanden und auf dem es nach Bier und Speisen roch, trat man linker Hand durch eine aus grüngestrichenen Brettern gefertigte Tür, die weder Griff noch Schloß besaß und so schmal und niedrig war, daß niemand hinter ihr einen so großen Raum vermutet hätte. Der Saal war kalt, kahl, scheunenartig, mit geweißter Decke, an der die Balken hervortraten, und geweißten Wänden; seine drei ziemlich hohen Fenster hatten grüngemalte Kreuze und waren ohne Gardinen. Ihnen gegenüber erhoben sich amphitheatralisch aufsteigend die Sitzreihen, an deren Fuß ein grün gedeckter, mit einer großen Glocke, Aktenstücken und Schreibutensilien geschmückter Tisch für den Wortführer, den Protokollführer und die anwesenden Senatskommissare bestimmt war. An der Wand, die den

Türen gegenüberlag, waren mehrere hohe Garderobehalter mit Mänteln und Hüten bedeckt.

Stimmengewirr schlug dem Konsul und seinem Begleiter entgegen, als sie hintereinander durch die schmale Tür den Saal betraten. Sie waren ersichtlich die letzten, die ankamen. Der Raum war gefüllt mit Bürgern, welche, die Hände in den Hosentaschen, auf dem Rücken, in der Luft, in Gruppen beieinanderstanden und disputierten. Von den hundertzwanzig Mitgliedern der Körperschaft waren sicherlich hundert versammelt. Eine Anzahl von Abgeordneten der Landbezirke hatte es unter den obwaltenden Umständen vorgezogen, zu Hause zu bleiben.

Dem Eingang zunächst stand eine Gruppe, die aus kleineren Leuten, aus zwei oder drei unbedeutenden Geschäftsinhabern, einem Gymnasiallehrer, dem »Waisenvater« Herrn Mindermann und Herrn Wenzel, dem beliebten Barbier, bestand. Herr Wenzel, ein kleiner, kräftiger Mann mit schwarzem Schnurrbart, intelligentem Gesicht und roten Händen, hatte den Konsul noch heute morgen rasiert; hier jedoch war er ihm gleichgestellt. Er rasierte nur in den ersten Kreisen, er rasierte fast ausschließlich die Möllendorpfs, Langhals', Buddenbrooks, und Oeverdiecks, und seiner Allwissenheit in städtischen Dingen, seiner Umgänglichkeit und Gewandtheit, seinem bei aller Unterordnung merklichen Selbstbewußtsein verdankte er seine Wahl in die Bürgerschaft.

»Wissen Herr Konsul das Neueste?« rief er eifrig und mit ernsten Augen seinem Gönner entgegen...

»Was soll ich wissen, mein lieber Wenzel?«

»Man konnte es heute morgen noch nicht erfahren haben... Herr Konsul entschuldigen, es ist das Neueste! Das Volk zieht nicht vor das Rathaus oder auf den Markt! Es kommt hierher und will die Bürgerschaft bedrohen! Redakteur Rübsam hat es aufgewiegelt...«

»Ei, nicht möglich!« sagte der Konsul. Er drängte sich zwischen den vorderen Gruppen hindurch nach der Mitte des Saales, wo er seinen Schwiegervater zusammen mit den anwesenden Senatoren Doktor Langhals und James Möllendorpf erblickte.

»Ist es denn wahr, meine Herren?« fragte er, indem er ihnen die Hände schüttelte...

In der Tat, die ganze Versammlung war voll davon; die Tumultuanten zogen hierher, sie waren schon zu hören...

»Die Canaille!« sagte Lebrecht Kröger kalt und verächtlich. Er war in seiner Equipage hierhergekommen. Die hohe, distinguierte Gestalt des ehemaligen »à la mode-Kavaliers« begann, unter gewöhnlichen Umständen, von der Last seiner achtzig Jahre gebeugt zu werden; heute aber stand er ganz aufrecht, mit halb geschlossenen Augen, die Mundwinkel, über denen die kurzen Spitzen seines weißen Schnurrbartes senkrecht emporstarrten, vornehm und geringschätzig gesenkt. An seiner schwarzen Sammetweste blitzten zwei Reihen von Edelsteinknöpfen...

Unweit dieser Gruppe gewahrte man Hinrich Hagenström, einen untersetzten, beleibten Herrn mit rötlichem, ergrautem Backenbart, einer dicken Uhrkette auf der blaukarierten Weste und offenem Leibrock. Er stand zusammen mit seinem Kompagnon, Herrn Strunck, und grüßte den Konsul durchaus nicht.

Weiterhin hatte der Tuchhändler Benthien, ein wohlhabend aussehender Mann, eine große Anzahl anderer Herren um sich versammelt, denen er haarklein erzählte, wie es sich mit seiner Fensterscheibe begeben habe... »Ein Ziegelstein, ein halber Ziegelstein, meine Herren! Krach... hindurch und dann auf eine Rolle grünen Rips... Das Pack!... Nun, es ist Sache des Staates...«

In irgendeinem Winkel vernahm man unaufhörlich die Stimme des Herrn Stuht aus der Glockengießerstraße, welcher, einen schwarzen Rock über dem wollenen Hemd, sich an der Auseinandersetzung beteiligte, indem er mit entrüsteter Betonung beständig wiederholte:

»Unerhörte Infamie!« – Übrigens sagte er »Infamje«.

Johann Buddenbrook ging umher, um hier seinen alten Freund C. F. Köppen, dort den Konkurrenten desselben, Konsul Kistenmaker, zu begrüßen. Er drückte dem Doktor Grabow die Hand und wechselte ein paar Worte mit dem Brand-direktor Gieseke, dem Baumeister Voigt, dem Wortführer Doktor Langhals, einem Bruder des Senators, mit Kaufleuten, Lehrern und Advokaten...

Die Sitzung war nicht eröffnet, aber die Debatte war äußerst rege. Alle Herren verfluchten diesen Skribifax, diesen Redak-teur, diesen Rübsam, von dem man wußte, daß er die Menge aufgewiegelt habe... und zwar wozu? Man war hier, um festzu-stellen, ob das ständische Prinzip der Volksvertretung beizube-halten oder das allgemeine und gleiche Wahlrecht einzuführen sei. Der Senat hatte bereits das letztere beantragt. Was aber wollte das Volk? Es wollte den Herren an den Kragen, das war alles. Es war, zum Teufel, die faulste Lage, in der sich die Herren jemals befunden hatten! Man umringte die Senatskommissare, um ihre Meinung zu erfahren. Man umringte auch Konsul Bud-denbrook, der wissen mußte, wie Bürgermeister Oeverdieck sich zu der Sache verhielt; denn seitdem im vorigen Jahre Sena-tor Doktor Oeverdieck, ein Schwager Konsul Justus Krögers, Senatspräsident geworden war, waren Buddenbrooks mit dem Bürgermeister verwandt, was sie in der öffentlichen Achtung beträchtlich hatte steigen lassen...

Plötzlich schwoll draußen das Getöse an... Die Revolution war unter den Fenstern des Sitzungssaales angelangt! Mit einem Schlage verstummten die erregten Meinungsäußerungen hier drinnen. Man faltete, stumm vor Entsetzen, die Hände auf dem Bauch und sah einander ins Gesicht oder auf die Fenster, hinter denen sich Fäuste erhoben und ein ausgelassenes, unsinniges und betäubendes Hoh- und Höh-Geheul die Luft erfüllte. Dann je-doch, ganz überraschend, als ob die Aufständischen selbst über ihr Betragen erschrocken gewesen wären, ward es draußen ebenso still wie im Saale, und in der tiefen Lautlosigkeit, die sich über das Ganze legte, ward lediglich in der Gegend der untersten Sitzreihen, wo Lebrecht Kröger sich niedergelassen hatte, ein Wort vernehmbar, das kalt, langsam und nachdrücklich sich dem Schweigen entrang:

»*Die Canaille!*«

Gleich darauf tat in irgendeinem Winkel ein dumpfes und entrüstetes Organ den Ausspruch:

»Unerhörte Infamje!«

Und dann flatterte plötzlich die eilige, zitternde und geheimnisvolle Stimme des Tuchhändlers Benthien über die Versammlung hin...

»Meine Herren... meine Herren... hören Sie auf mich... Ich kenne das Haus... Wenn man auf den Boden steigt, so gibt es da eine Dachluke... Ich habe schon als Junge Katzen dadurch geschossen... Man kann ganz gut aufs Nachbardach klettern und sich in Sicherheit bringen...«

»Nichtswürdige Feigheit!« zischte der Makler Gosch zwischen den Zähnen. Er lehnte mit verschränkten Armen am Wortführertische und starrte, gesenkten Hauptes, mit einem grauenerregenden Blick zu den Fenstern hinüber.

»Feigheit, Herr? Wieso? Gottesdunner... Die Leute werfen mit Ziegelsteinen! Ick heww da nu 'naug von...«

In diesem Augenblick wuchs draußen der Lärm von neuem an, aber ohne sich wieder zu der anfänglichen stürmischen Höhe zu erheben, tönte er nun ruhig und ununterbrochen fort, ein geduldiges, singendes und beinahe vergnügt klingendes Gesumme, in welchem man hie und da Pfiffe sowie einzelne Ausrufe wie »Prinzip!« und »Bürgerrecht!« unterschied... Die Bürgerschaft lauschte mit Andacht.

»Meine Herren«, sprach nach einer Weile der Wortführer Herr Doktor Langhals mit gedämpfter Stimme über die Versammlung hin. »Ich hoffe, mich mit Ihnen im Einverständnis zu befinden, wenn ich nunmehr die Sitzung eröffne...?«

Das war ein unmaßgeblicher Vorschlag, dem aber weit und breit nicht die geringste Unterstützung zuteil wurde.

»Da bün ick nich für tau haben«, sagte jemand mit einer biederen Entschlossenheit, die keinen Einwand gestattete. Es war ein bäuerlicher Mann namens Pfahl, aus dem Ritzerauer Landbezirk, der Deputierte für das Dorf Klein-Schretstaken. Niemand erinnerte sich, seine Stimme schon einmal in den Verhandlungen vernommen zu haben; allein in der gegenwärtigen Lage fiel die Meinung auch des schlichtesten Kopfes schwer ins Gewicht... Unerschrocken und mit sicherem politischen Instinkt hatte Herr Pfahl der Anschauung der gesamten Bürgerschaft Ausdruck verliehen.

»Gott soll uns bewahren!« sagte Herr Benthien entrüstet. »Da oben auf den Sitzen kann man von der Straße aus gesehen werden! Die Leute werfen mit Ziegelsteinen! Nee, Gottesdunner, ick heww da nu 'naug von...«

»Daß auch die verfluchte Tür so eng ist!« stieß der Weinhändler Köppen verzweifelt hervor. »Wenn wir hinaus wollen, drükken wir ja wol dot... drücken wir uns ja wol!«

»Unerhörte Infamje«, sprach dumpf Herr Stuht.

»Meine Herren!« begann der Wortführer eindringlich aufs neue. »Ich bitte Sie, doch zu erwägen... Ich habe binnen drei Tagen eine Ausfertigung des heute zu führenden Protokolles dem regierenden Bürgermeister zuzustellen... Überdies erwartet die Stadt die Veröffentlichung durch den Druck... Ich möchte jedenfalls zur Abstimmung darüber schreiten, ob die Sitzung eröffnet werden soll...«

Aber abgesehen von einigen wenigen Bürgern, die den Wortführer unterstützten, fand sich niemand, der bereit gewesen wäre, zur Tagesordnung überzugehen. Eine Abstimmung hätte sich als zwecklos erwiesen. Man durfte das Volk nicht reizen. Niemand wußte, was es wollte. Man durfte es nicht durch einen Beschluß nach irgendeiner Richtung hin vor den Kopf stoßen. Man mußte abwarten und sich nicht regen. Von der Marienkirche schlug es halb fünf...

Man bestärkte einander in dem Entschlusse, geduldig auszuharren. Man begann, sich an das Geräusch zu gewöhnen, das dort draußen anschwoll, abnahm, pausierte und wieder einsetzte. Man fing an, ruhiger zu werden, sich's bequemer zu machen, sich auf den unteren Sitzreihen und den Stühlen niederzulassen... Die Betriebsamkeit all dieser tüchtigen Bürger begann sich zu regen... Man wagte hie und da, über Geschäfte zu sprechen, hie und da sogar ein Geschäft zu machen... Die Makler näherten sich den Großkaufleuten... Die eingeschlossenen Herren plauderten miteinander wie Leute, die während eines heftigen Gewitters beisammensitzen, von anderen Dingen reden und manchmal mit ernsten und respektvollen Gesichtern auf den Donner horchen. Es wurde fünf Uhr, halb sechs Uhr, und die Dämmerung sank. Dann und wann seufzte jemand darüber, daß seine Frau mit dem Kaffee warte, worauf Herr Benthien sich erlaubte, die Dachluke in Erinnerung zu bringen. Aber die meisten dachten darüber wie Herr Stuht, der mit einem fatalistischen Kopfschütteln erklärte: »Ich bin ja doch zu dick dazu!«

Johann Buddenbrook hatte sich, eingedenk der Mahnung der Konsulin, neben seinem Schwiegervater gehalten, und er betrachtete ihn etwas besorgt, als er ihn fragte:

»Dies kleine Abenteuer geht Ihnen hoffentlich nicht nahe, Vater?«

Unter dem schneeweißen Toupet waren auf Lebrecht Krögers Stirn zwei bläuliche Adern in besorgniserregender Weise geschwollen, und während die eine seiner aristokratischen Greisenhände mit den opalisierenden Knöpfen an seiner Weste spielte, zitterte die andere, mit einem großen Brillanten geschmückt auf seinen Knieen.

»Papperlapapp, Buddenbrook!« sagte er mit sonderbarer Müdigkeit. »Ich bin ennuyiert, das ist das Ganze.« Aber er strafte sich selber Lügen, indem er plötzlich hervorzischte: »Parbleu, Jean! man müßte diesen infamen Schmierfinken den Respekt mit Pulver und Blei in den Leib knallen... Das Pack...! Die Canaille...!«

Der Konsul summte begütigend. »So... so... Sie haben ja recht, es ist eine ziemlich unwürdige Komödie... Aber was soll man tun? Man muß gute Miene machen. Es wird Abend. Die Leute werden schon abziehen...«

»Wo ist mein Wagen? ...Ich befehle meinen Wagen!« kommandierte Lebrecht Kröger gänzlich außer sich. Seine Wut explodierte, er bebte am ganzen Leibe. »Ich habe ihn auf fünf Uhr bestellt! ...Wo ist er? ...Die Sitzung wird nicht abgehalten... Was soll ich hier? ... Ich bin nicht gesonnen, mich narren zu lassen! ...Ich will meinen Wagen! ...Insultiert man meinen Kutscher? Sehen Sie nach, Buddenbrook!«

»Lieber Schwiegervater, um Gottes willen, beruhigen Sie sich. Sie alterieren sich... das bekommt Ihnen nicht! Selbstverständlich... ich gehe nun, mich nach Ihrem Wagen umzusehen. Ich selbst bin dieser Lage überdrüssig. Ich werde mit den Leuten sprechen, sie auffordern, nach Hause zu gehen...«

Und obgleich Lebrecht Kröger protestierte, obgleich er mit plötzlich ganz kalter und verächtlicher Betonung befahl: »Halt, hiergeblieben! Sie vergeben sich nichts, Buddenbrook!« schritt der Konsul schnell durch den Saal.

Dicht bei der kleinen grünen Tür wurde er von Siegismund Gosch eingeholt, der ihn mit knochiger Hand am Arm ergriff und mit gräßlicher Flüsterstimme fragte: »Wohin, Herr Konsul? ...«

Das Gesicht des Maklers war in tausend tiefe Falten gelegt. Mit dem Ausdruck wilder Entschlossenheit schob sich sein spitzes Kinn fast bis zur Nase empor, sein graues Haar fiel düster in Schläfen und Stirn, und er hielt seinen Kopf so tief zwischen den Schultern, daß es ihm wahrhaftig gelang, das Aussehen eines Verwachsenen zu bieten, als er hervorstieß:

»Sie sehen mich gewillt, zum Volke zu reden.«

Der Konsul sagte:

»Nein, lassen Sie mich das lieber tun, Gosch... Ich habe wahrscheinlich mehr Bekannte unter den Leuten...«

»Es sei!« antwortete der Makler tonlos. »Sie sind ein größerer Mensch als ich.« Und indem er seine Stimme erhob, fuhr er fort: »Aber ich werde Sie begleiten, ich werde an Ihrer Seite stehen, Konsul Buddenbrook! Mag die Wut der entfesselten Sklaven mich zerreißen...«

»Ach, welch ein Tag! Welch ein Abend!« sagte er, als sie hinausgingen... Sicherlich hatte er sich noch niemals so glücklich gefühlt. »Ha, Herr Konsul! Da ist das Volk!«

Die beiden hatten den Korridor überschritten und traten vor die Haustür hinaus, indem sie auf der oberen der drei schmalen Stufen stehenblieben, die auf das Trottoir führten. Die Straße bot einen befremdenden Anblick. Sie war ausgestorben, und an den offenen, schon erleuchteten Fenstern der umliegenden Häuser gewahrte man Neugierige, die auf die schwärzliche, sich vorm Bürgerschaftshause drängende Menge der Aufrührer hinabblickten. Diese Menge war an Zahl nicht viel stärker als die Versammlung im Saale und bestand aus jugendlichen Hafen- und Lagerarbeitern, Dienstmännern, Volksschülern, einigen Matrosen von Kauffahrteischiffen und anderen Leuten, die in den geringen Stadtgegenden, in den »Twieten«, »Gängen«, »Wischen« und »Höfen« zu Hause waren. Auch drei oder vier Frauen waren dabei, die sich von diesem Unternehmen wohl ähnliche Erfolge versprachen wie die Buddenbrooksche Köchin. Einige Empörer, des Stehens müde, hatten sich, die Füße im Rinnstein, auf den Bürgersteig gesetzt und aßen Butterbrot.

Es war bald sechs Uhr, und obgleich die Dämmerung weit vorgeschritten war, hingen die Öllampen unangezündet an ihren Ketten über der Straße. Diese Tatsache, diese offenbare und unerhörte Unterbrechung der Ordnung, war das erste, was den Konsul Buddenbrook aufrichtig erzürnte, und sie war schuld daran, daß er in ziemlich kurzem und ärgerlichem Tone zu sprechen begann:

»Lüd, wat is dat nu bloß für dumm Tüg, wat Ji da anstellt!«

Die Vespernden waren vom Trottoir emporgesprungen. Die Hinteren, jenseits des Fahrdammes, stellten sich auf die Zehenspitzen. Einige Hafenarbeiter, die im Dienste des Konsuls standen, nahmen ihre Mützen ab. Man machte sich aufmerksam, stieß sich in die Seiten und sagte gedämpft: »Dat's Kunsel Buddenbrook! Kunsel Buddenbrook will 'ne Red' hollen! Holl din Mul, Krischan, hei kann höllschen fuchtig warn! ... Dat's Makler Gosch ... kiek! Dat's so 'n Aap! ... Is hei 'n beeten öwerspönig?«

»Corl Smolt!« fing der Konsul wieder an, indem er seine kleinen, tiefliegenden Augen auf einen etwa zweiundzwanzigjährigen Lagerarbeiter mit krummen Beinen richtete, der, die Mütze in der Hand und den Mund voll Brot, unmittelbar vor den Stufen stand. »Nu red mal, Corl Smolt! Nu is' Tied! Ji heww hier den leewen langen Namiddag bröllt ... «

»Je, Herr Kunsel...« brachte Corl Smolt kauend hervor. »Dat's nu so 'n Saak... öäwer... Dat is nu so wied... Wi maaken nu Revolutschon.«

»Wat's dat för Undög, Smolt!«

»Je, Herr Kunsel, dat seggen Sei woll, öäwer dat is nu so wied... wi sünd nu nich mihr taufreeden mit de Saak... Wi verlangen nu ne anner Ordnung, und dat is ja ook gor nich mihr, daß dat *wat* is...«

»Hür mal, Smolt, un ihr annern Lüd! Wer nu 'n verstännigen Kierl is, der geht naa Hus un schert sich nich mihr um Revolution und stört hier nich de Ordnung...«

»Die heilige Ordnung!« unterbrach Herr Gosch ihn zischend...

»De Ordnung, seg ick!« beschloß Konsul Buddenbrook. »Nicht mal die Lampen sind angezündet... Dat geiht denn doch tau wied mit de Revolution!«

Corl Smolt aber hatte nun seinen Bissen verschluckt und, die Menge im Rücken, stand er breitbeinig da und hatte seine Einwände...

»Je, Herr Kunsel, dat seggen Sei woll! Öäwer dat is man bloß wegen das allgemeine Prinzip von dat Wahlrecht...«

»Großer Gott, du Tropf!« rief der Konsul und vergaß, platt zu sprechen vor Indignation... »Du redest ja lauter Unsinn...«

»Je, Herr Kunsel«, sagte Corl Smolt ein bißchen eingeschüchtert; »dat is nu allens so, as dat is. Öäwer Revolutschon mütt sien, dat is tau gewiß. Revolutschon is öwerall, in Berlin und in Poris...«

»Smolt, wat wull Ji nu eentlich! Nu seggen Sei dat mal!«

»Je, Herr Kunsel, ick seg man bloß: wie wull nu 'ne Repulike, seg ick man bloß...«

»Öwer du Döskopp... Ji *heww* ja schon een!«

»Je, Herr Kunsel, denn wull wi noch een.«

Einige der Umstehenden, die es besser wußten, begannen schwerfällig und herzlich zu lachen, und obgleich die wenigsten die Antwort Corl Smolts verstanden hatten, pflanzte diese Heiterkeit sich fort, bis die ganze Menge der Republikaner in breitem und gutmütigem Gelächter stand. An den Fenstern des Bürgerschaftssaales erschienen mit neugierigen Gesichtern einige Herren, mit Bierseideln in den Händen... Der einzige, den diese Wendung der Dinge enttäuschte und schmerzte, war Siegismund Gosch.

»Na Lüd«, sagte schließlich Konsul Buddenbrook, »ick glöw, dat is nu dat beste, wenn ihr alle naa Hus gaht!«

Corl Smolt, gänzlich verdutzt über die Wirkung, die er hervorgebracht, antwortete:

»Je, Herr Kunsel, dat is nu so, un denn möht man de Saak je woll up sick beruhn laten, un ick bün je ook man froh, dat Herr Kunsel mi dat nich öwelnehmen daut, un adjüs denn ook, Herr Kunsel...«

Die Menge fing an, sich in der allerbesten Laune zu zerstreuen.

»Smolt, töf mal ’n Oogenblick!« rief der Konsul. »Seg mal, hast du den Krögerschen Wagen nich seihn, de Kalesch’ von Krögers vorm Burgtor?«

»Jewoll, Herr Kunsel! De is kamen. De is doar unnerwarts upp Herr Kunsel sin Hoff ruppfoahrn...«

»Schön; denn loop mal fixing hin, Smolt, un seg tau Jochen, hei sall mal ’n beeten rannerkommen; sin Herr will naa Hus.«

»Jewoll, Herr Kunsel!«... Und indem er seine Mütze auf den Kopf warf und den Lederschirm ganz tief in die Augen zog, lief Corl Smolt mit breitspurigen, wiegenden Schritten die Straße hinunter.

4.

Als Konsul Buddenbrook mit Siegismund Gosch in die Versammlung zurückkehrte, bot der Saal ein behaglicheres Bild als vor einer Viertelstunde. Er war von zwei großen Paraffin-Lampen erleuchtet, die auf dem Wortführertisch standen, und in ihrem gelben Licht saßen und standen die Herren beieinander, gossen sich Flaschenbier in blanke Seidel, stießen an und plauderten geräuschvoll in fröhlichster Stimmung. Frau Suerkringel, die Witwe Suerkringel war dagewesen, sie hatte sich treuherzig ihrer eingeschlossenen Gäste angenommen, mit beredten Worten, da die Belagerung ja noch lange dauern könne, eine kleine Stärkung in Vorschlag gebracht und sich die erregten Zeiten zunutze gemacht, um eine bedeutende Quantität ihres hellen und ziemlich spirituösen Bieres abzusetzen. Soeben, beim Wiedereintritt der beiden Unterhändler, schleppte der Hausknecht in Hemdärmeln und mit wohlmeinendem Lächeln einen neuen Vorrat von Flaschen herbei, und obgleich der Abend vorgeschritten, obgleich es zu spät war, der Verfassungsrevision noch Aufmerksamkeit zu schenken, war niemand geneigt, schon jetzt dies Beisammensein zu unterbrechen und nach Hause zu gehen. Mit dem Kaffee war es in jedem Fall für heute vorbei...

Nachdem der Konsul mehrere Händedrücke entgegengenommen, die ihn zu seinem Erfolge beglückwünschten, begab er sich ohne Verzug zu seinem Schwiegervater. Lebrecht Kröger schien der einzige zu sein, dessen Stimmung sich nicht verbessert hatte. Hoch, kalt und abweisend saß er an seinem Platze und antwortete auf den Bericht, in diesem Augenblick fahre der Wagen vor, mit höhnischer Stimme, die vor Erbitterung mehr als vor Greisenalter zitterte:

»Beliebt der Pöbel, mich in mein Haus zurückkehren zu lassen?«

Mit steifen Bewegungen, die nicht im entferntesten an die charmanten Gesten gemahnten, die man sonst an ihm kannte, ließ er sich den Pelzmantel um die Schultern legen und schob, da der Konsul sich erbot, ihn zu begleiten, mit einem nachlässigen »Merci« seinen Arm unter den seines Schwiegersohnes.

Die majestätische Kalesche, mit zwei großen Laternen am Bock, hielt vor der Tür, woselbst man nun zur herzlichen Genugtuung des Konsuls begann, die Lampen in Brand zu setzen, und die beiden stiegen ein. Steil, stumm, ohne sich zurückzulehnen, mit halb geschlossenen Augen saß Lebrecht Kröger, die Wagendecke über den Knieen, zur Rechten des Konsuls, während der Wagen durch die Straßen rollte, und unter den kurzen

Spitzen seines weißen Schnurrbartes liefen seine abwärts gezogenen Mundwinkel in zwei senkrechte Falten aus, die sich bis zum Kinn hinunterzogen. Der Grimm über die erlittene Demütigung zehrte und nagte in ihm. Matt und kalt blickte er auf das leere Polster ihm gegenüber.

In den Straßen ging es lebhafter zu als an einem Sonntagabend. Augenscheinlich herrschte Feststimmung. Das Volk, entzückt über den glücklichen Verlauf der Revolution, zog wohlgelaunt umher. Es wurde sogar gesungen. Hie und da schrieen Jungen »Hurra!«, wenn der Wagen vorüberfuhr, und warfen ihre Mützen in die Luft.

»Ich glaube wahrhaftig, Sie lassen sich die Sache zu nahegehn, Vater«, sagte der Konsul. »Wenn man bedenkt, was für eine Narrenposse das Ganze war... Eine Farce...« Und um irgendeine Antwort und Äußerung des Alten zu erlangen, fing er an, lebhaft über die Revolution im allgemeinen zu sprechen... »Wenn die besitzlose Menge zu der Erkenntnis gelangte, wie wenig sie in diesen Zeiten ihrer eigenen Sache dient... Ach, mein Gott, es ist überall das nämliche! Ich hatte heute nachmittag ein kurzes Gespräch mit dem Makler Gosch, diesem wunderlichen Manne, der alles mit den Augen eines Poeten und Stückeschreibers betrachtet... Sehen Sie, Schwiegervater, die Revolution ist in Berlin an ästhetischen Teetischen vorbereitet worden... Dann hat das Volk die Sache ausgefochten und seine Haut zu Markte getragen... Wird es auf seine Kosten kommen?«

»Sie täten gut, das Fenster an Ihrer Seite zu öffnen«, sagte Herr Kröger.

Johann Buddenbrook warf ihm einen raschen Blick zu und ließ eilig die Glasscheibe nieder.

»Fühlen Sie sich nicht ganz wohl, lieber Vater?« fragte er besorgt...

»Nein. Durchaus nicht«, antwortete Lebrecht Kröger streng.

»Sie haben einen Imbiß und Ruhe nötig«, sagte der Konsul, indem er, um irgend etwas zu tun, die Felldecke fester um die Kniee seines Schwiegervaters zog.

Plötzlich – die Equipage rasselte durch die Burgstraße – geschah etwas Erschreckendes. Als nämlich der Wagen, fünfzehn Schritte etwa von dem in Halbdunkel getauchten Gemäuer des Tores, eine Ansammlung lärmender und vergnügter Gassenjungen passierte, flog durch das offene Fenster ein Stein herein. Es war ein ganz harmloser Feldstein, kaum von der Größe eines Hühnereies, der, zur Feier der Revolution von der Hand irgendeines Krischan Snut oder Heine Voß geschleudert, sicherlich nicht böse gemeint und wahrscheinlich gar nicht nach dem Wagen gezielt worden war. Lautlos kam er durchs Fenster herein, prallte lautlos gegen Lebrecht Krögers von dickem Pelze bedeckte Brust, rollte ebenso lautlos an der Felldecke hinab und blieb am Boden liegen.

»Täppische Flegelei!« sagte der Konsul ärgerlich. »Ist man denn heute abend aus Rand und Band? ... Aber er hat Sie nicht verletzt, wie, Schwiegervater?«

Der alte Kröger schwieg, er schwieg beängstigend. Es war zu dunkel im Wagen, um den Ausdruck seines Gesichtes zu unterscheiden. Gerader, höher, steifer noch denn zuvor saß er, ohne das Rückenpolster zu berühren. Dann aber kam es ganz tief aus ihm heraus ... langsam, kalt und schwer, ein einziges Wort:

»Die Canaille.«

Aus Besorgnis, ihn noch mehr zu reizen, antwortete der Konsul nicht. Der Wagen rollte mit hallendem Geräusch durch das Tor und befand sich drei Minuten später in der breiten Allee vor dem mit vergoldeten Spitzen versehenen Gatter, welches das Krögersche Besitztum begrenzte. Zu beiden Seiten der breiten Gartenpforte, die den Eingang zu einer mit Kastanien besetzten Anfahrt zur Terrasse bildete, brannten hell zwei Laternen mit vergoldeten Knöpfen auf ihren Deckeln. Der Konsul entsetzte sich, als er hier in das Gesicht seines Schwiegervaters sah. Es war gelb und von schlaffen Furchen zerrissen. Der kalte, feste und verächtliche Ausdruck, den der Mund bis dahin bewahrt, hatte sich zu einer schwachen, schiefen, hängenden und blöden Greisengrimasse verzerrt ... Der Wagen hielt an der Terrasse.

»Helfen Sie mir«, sagte Lebrecht Kröger, obgleich der Konsul, der zuerst ausgestiegen war, schon die Felldecke zurückwarf und ihm Arm und Schulter als Stütze darbot. Er führte ihn auf dem Kiesboden langsam die wenigen Schritte bis zu der weißglänzenden Freitreppe, die zum Speisezimmer emporführte. Am Fuße der Stufen knickte der Greis in die Kniee. Der Kopf fiel so schwer auf die Brust, daß der hängende Unterkiefer mit klappendem Geräusch gegen den oberen schlug. Die Augen verdrehten sich und brachen...

Lebrecht Kröger, der à la mode-Kavalier, war bei seinen Vätern.

5.

Ein Jahr und zwei Monate später, an einem schneedunstigen Januarmorgen des Jahres 1850, saßen Herr und Madame Grünlich nebst ihrem kleinen dreijährigen Töchterchen in dem mit hellbraunfarbigem Holze getäfelten Speisezimmer auf Stühlen, von denen ein jeder fünfundzwanzig Courantmark gekostet hatte, beim ersten Frühstück.

Die Scheiben der beiden Fenster waren vor Nebel beinahe undurchsichtig; verschwommen gewahrte man nackte Bäume und Sträucher dahinter. In dem grünglasierten niedrigen Ofen, der in einem Winkel stand – neben der offenen Tür, die ins »Pensée-Zimmer« führte, woselbst man Blattgewächse erblickte –, knisterte die rote Glut und erfüllte den Raum mit einer sanften, ein wenig riechenden Wärme. An der entgegengesetzten Seite gestatteten halb zurückgeschlagene grüne Tuchportieren den Durchblick in den braunseidenen Salon und auf eine hohe Glastür, deren Ritzen mit wattierten Rollen verstopft waren, und hinter der eine kleine Terrasse sich in dem weißgrauen, undurchsichtigen Nebel verlor. Seitwärts führte ein dritter Ausgang auf den Korridor.

Der schneeweiße gewirkte Damast auf dem runden Tische war von einem grüngestickten Tischläufer durchzogen und bedeckt mit goldgerändertem und so durchsichtigem Porzellan, daß es hie und da wie Perlmutter schimmerte. Eine Teemaschine summte. In einem dünnsilbernen, flachen Brotkorb, der die Ge-

196

stalt eines großen, gezackten, leicht gerollten Blattes hatte, lagen Rundstücke und Schnitten von Milchgebäck. Unter einer Kristallglocke türmten sich kleine, geriefelte Butterkugeln, unter einer anderen waren verschiedene Arten von Käse, gelber, grünmarmorierter und weißer sichtbar. Es fehlte nicht an einer Flasche Rotwein, welche vor dem Hausherrn stand, denn Herr Grünlich frühstückte warm.

Mit frisch frisierten Favoris und einem Gesicht, das um diese Morgenstunde besonders rosig erschien, saß er, den Rükken dem Salon zugewandt, fertig angekleidet, in schwarzem Rock und hellen, großkarierten Beinkleidern, und verspeiste nach englischer Sitte ein leichtgebratenes Kotelett. Seine Gattin fand dies zwar vornehm, außerdem aber auch in so hohem Grade widerlich, daß sie sich niemals hatte entschließen können, ihr gewohntes Brot- und Ei-Frühstück dagegen einzutauschen.

Tony war im Schlafrock; sie schwärmte für Schlafröcke. Nichts erschien ihr vornehmer als ein elegantes Negligé, und da sie sich im Elternhause dieser Leidenschaft nicht hatte überlassen dürfen, frönte sie ihr nun als verheiratete Frau desto eifriger. Sie besaß drei dieser schmiegsamen und zarten Kleidungsstücke, bei deren Herstellung mehr Geschmack, Raffinement und Phantasie entfaltet werden kann als bei einer Balltoilette. Heute aber trug sie das dunkelrote Morgenkleid, dessen Farbe genau mit dem Tone der Tapete über der Holztäfelung übereinstimmte und dessen großgeblümter Stoff, weicher als Watte, überall mit einem Sprühregen ganz winziger Glasperlchen von derselben Färbung durchwirkt war... Eine gerade und dichte Reihe von roten Sammetschleifen lief vom Halsverschluß bis zum Saume hinunter.

Ihr starkes, aschblondes Haar, mit einer dunkelroten Sammetschleife geschmückt, war über der Stirn gelockt. Obgleich, wie sie selbst wohl wußte, ihr Äußeres seinen Höhepunkt bereits erreicht hatte, war der kindliche, naive und kecke Ausdruck ihrer etwas hervorstehenden Oberlippe derselbe geblieben wie ehemals. Die Lider ihrer graublauen Augen waren vom kalten

Wasser gerötet. Ihre Hände, die weißen, ein wenig kurzen, aber feingegliederten Hände der Buddenbrooks, deren zarte Gelenke von den Sammet-Revers der Ärmel weich umschlossen wurden, handhabten Messer, Löffel und Tasse mit Bewegungen, die heute aus irgendeinem Grunde ein wenig abrupt und hastig waren.

Neben ihr, in einem turmartigen Kinderstuhl und bekleidet mit einem aus dicker hellblauer Wolle gestrickten, formlosen und drolligen Röckchen, saß die kleine Erika, ein wohlgenährtes Kind mit kurzen hellblonden Locken. Sie hielt mit beiden Händchen eine große Tasse umklammert, in der ihr Gesichtchen völlig verschwand, und schluckte ihre Milch, indem sie hie und da kleine, hingebende Seufzer vernehmen ließ.

Hierauf klingelte Frau Grünlich, und Thinka, das Folgmädchen, trat vom Korridor ein, um das Kind aus dem Turm zu heben und es hinauf in die Spielstube zu tragen.

»Du kannst sie eine halbe Stunde draußen spazierenfahren, Thinka«, sagte Tony. »Aber nicht länger, und in der dickeren Jacke, hörst du? ... Es nebelt.« – Sie blieb mit ihrem Gatten allein.

»Du machst dich ja lächerlich«, sagte sie nach einigem Stillschweigen, indem sie ersichtlich ein unterbrochenes Gespräch wieder aufnahm... »Hast du Gegengründe? Gib doch Gegengründe an! ... Ich *kann* mich nicht immer um das Kind bekümmern...«

»Du bist nicht kinderlieb, Antonie.«

»Kinderlieb... kinderlieb... Es fehlt mir an Zeit! Der Haushalt nimmt mich in Anspruch! Ich wache mit zwanzig Gedanken auf, die tagsüber auszuführen sind, und gehe mit vierzig zu Bett, die noch nicht ausgeführt sind...«

»Es sind zwei Mädchen da. Eine so junge Frau...«

»Zwei Mädchen, gut. Thinka hat abzuwaschen, zu putzen, reinzumachen, zu bedienen. Die Köchin ist über und über beschäftigt. Du ißt schon am frühen Morgen Koteletts... Denke doch nach, Grünlich! Erika muß über kurz oder lang jedenfalls eine Bonne, eine Erzieherin haben...«

»Es entspricht nicht unseren Verhältnissen, ihr schon jetzt ein eigenes Kindermädchen zu halten.«

»Unseren Verhältnissen!…O Gott, du *machst* dich lächerlich! Sind wir denn Bettler? Sind wir gezwungen, uns das Notwendigste abgehen zu lassen? Meines Wissens habe ich dir achtzigtausend Mark in die Ehe gebracht…«

»Ach, mit deinen achtzigtausend!«

»Gewiß!…Du sprichst geringschätzig davon…Es kam dir nicht darauf an…Du hast mich aus Liebe geheiratet…Gut. Aber liebst du mich überhaupt noch? Du gehst über meine berechtigten Wünsche hinweg. Das Kind soll kein Mädchen haben…Von dem Coupé, das uns nötig ist wie das tägliche Brot, ist überhaupt keine Rede mehr…Warum läßt du uns dann beständig auf dem Lande wohnen, wenn es unseren *Verhältnissen* nicht *entspricht*, einen Wagen zu halten, in dem wir anständiger Weise in Gesellschaft fahren können? Warum siehst du es niemals gern, daß ich in die Stadt komme?…Am liebsten möchtest du, daß wir uns hier ein für alle Male vergrüben und daß ich keinen Menschen mehr zu Gesichte bekäme. Du bist sauertöpfig!«

Herr Grünlich goß sich Rotwein ins Glas, erhob die Kristallglocke und ging zum Käse über. Er antwortete durchaus nicht.

»Liebst du mich überhaupt noch?« wiederholte Tony… »Dein Schweigen ist so ungezogen, daß ich mir sehr wohl erlauben darf, dich an einen gewissen Auftritt in unserem Landschaftszimmer zu erinnern…Damals machtest du eine andere Figur!…Vom ersten Tage an hast du nur abends bei mir gesessen, und das nur, um die Zeitung zu lesen. Anfangs nahmst du wenigstens einige Rücksicht auf meine Wünsche. Aber seit langer Zeit ist es auch damit zu Ende. Du vernachlässigst mich!«

»Und du? Du ruinierst mich.«

»*Ich?*…Ich ruiniere dich…«

»Ja. Du ruinierst mich mit deiner Trägheit, deiner Sucht nach Bedienung und Aufwand…«

»Oh! wirf mir nicht meine gute Erziehung vor! Ich habe bei meinen Eltern nicht nötig gehabt, einen Finger zu rühren. Jetzt habe ich mich mühsam in den Haushalt einleben müssen, aber ich kann verlangen, daß du mir nicht die einfachsten Hülfsmittel verweigerst. Vater ist ein reicher Mann; er konnte nicht erwarten, daß es mir jemals an Personal fehlen würde...«

»Dann warte mit dem dritten Mädchen, bis dieser Reichtum uns etwas nützt.«

»Willst du etwa Vaters Tod wünschen?!... Ich sage, daß wir vermögende Leute sind, daß ich nicht mit leeren Händen zu dir gekommen bin...«

Obgleich Herr Grünlich im Kauen begriffen war, lächelte er; er lächelte überlegen, wehmütig und schweigend. Dies verwirrte Tony.

»Grünlich«, sagte sie ruhiger... »Du lächelst, du sprichst von unseren Verhältnissen... Täusche ich mich über die Lage? Hast du schlechte Geschäfte gemacht? Hast du...«

In diesem Augenblicke geschah ein Klopfen, ein kurzer Trommelwirbel gegen die Korridortür, und Herr Kesselmeyer trat ein.

6.

Herr Kesselmeyer kam als Hausfreund unangemeldet, ohne Hut und Paletot in die Stube und blieb an der Türe stehen. Sein Äußeres entsprach durchaus der Beschreibung, die Tony in einem Briefe an ihre Mutter davon gemacht hatte. Er war von leicht untersetzter Gestalt und weder dick noch dünn. Er trug einen schwarzen und schon etwas blanken Rock, ebensolche Beinkleider, die eng und kurz waren, und eine weiße Weste, auf der sich eine lange, dünne Uhrkette mit zwei oder drei Kneiferschnüren kreuzte. Von seinem roten Gesicht hob sich scharf der geschorene weiße Backenbart ab, der die Wangen bedeckte und Kinn und Lippen frei ließ. Sein Mund war klein, beweglich, drollig und enthielt lediglich im Unterkiefer zwei Zähne. Während Herr Kesselmeyer, die Hände in seinen senkrechten Hosentaschen vergraben, konfus, abwesend und nachdenklich stehen blieb, setzte er diese beiden gelben, kegelförmigen Eckzähne auf die Oberlippe. Die weißen und schwarzen Flaumfedern auf seinem Kopfe flatterten leise, obgleich nicht der geringste Lufthauch fühlbar war.

Endlich zog er die Hände hervor, bückte sich, ließ die Unterlippe hängen und befreite mühselig ein Kneiferband aus der allgemeinen Verwicklung auf seiner Brust. Dann hieb er sich das Pincenez mit einem Schlag auf die Nase, wobei er die abenteuerlichste Grimasse schnitt, musterte das Ehepaar und bemerkte:

»Ahah.«

Es ist, da er diese Redewendung außerordentlich oft gebrauchte, sofort zu bemerken, daß er sie in sehr verschiedener und sehr eigenartiger Weise hervorzubringen pflegte. Er konnte sie mit zurückgelegtem Kopf, krausgezogener Nase, weit offenem Munde und in der Luft umherfuchtelnden Händen mit einem langgezogenen, nasalen und metallischen Klange ertönen lassen, der an den Gesang eines chinesischen Gongs erinnerte... und er konnte sie, andererseits und abgesehen von vielen Nuancen, ganz kurz, beiläufig und sanft beiseite werfen, was sich vielleicht noch drolliger ausnahm; denn er sprach ein sehr getrübtes und näselndes A. Heute ließ er ein flüchtiges, heiteres und von einem kleinen krampfhaften Kopfschütteln begleitetes »Ahah« verlauten, das aus einer ungeheuer fröhlichen Gemütsstimmung hervorzugehen schien... und doch durfte dem nicht getraut werden, denn es bestand die Tatsache, daß der Bankier Kesselmeyer sich desto lustiger benahm, in je gefährlicherer Laune er sich befand. Wenn er mit tausend »Ahahs« umhersprang, den Kneifer auf die Nase hieb und wieder fallen ließ, mit den Armen flatterte, schwatzte und sich vor übermäßiger Albernheit ersichtlich nicht zu lassen wußte, so konnte man sicher sein, daß die Bosheit an seinem Inneren zehrte... Herr Grünlich sah ihn blinzelnd und mit unverhohlenem Mißtrauen an.

»Schon so früh?« fragte er...

»Jaha...« antwortete Kesselmeyer und schüttelte eine seiner kleinen, roten, runzligen Hände in der Luft, als wollte er sagen: ›Gedulde dich nur, es gibt eine Überraschung!‹ ... »Ich habe mit

Ihnen zu reden! Unverzüglich zu reden mit Ihnen, mein Lieber!«
Er sprach höchst lächerlich. Er wälzte jedes Wort im Munde
umher und gab es mit unsinnigem Kraftaufwand seines kleinen,
zahnarmen, beweglichen Mundes von sich. Das R rollte er in
einer Weise, als sei sein Gaumen gefettet. Herrn Grünlichs Blinzeln wurde noch mißtrauischer.

»Kommen Sie her, Herr Kesselmeyer«, sagte Tony. »Setzen
Sie sich hin. Es ist hübsch, daß Sie kommen... Passen Sie mal
auf. Sie sollen Schiedsrichter sein. Ich habe eben einen Streit mit
Grünlich gehabt... Nun sagen Sie mal: Muß ein dreijähriges
Kind ein Kindermädchen haben oder nicht! Nun?... «

Allein Herr Kesselmeyer schien gar nicht auf sie zu achten. Er
hatte Platz genommen, kraute, indem er seinen winzigen Mund
so weit wie nur immer möglich öffnete und die Nase in Falten
legte, mit einem Zeigefinger seinen geschorenen Backenbart,
was ein nervös machendes Geräusch ergab, und musterte über
das Pincenez hinweg mit unsäglich fröhlicher Miene den eleganten Frühstückstisch, den silbernen Brotkorb, die Etikette der
Rotweinflasche...

»Nämlich«, fuhr Tony fort, »Grünlich behauptet, ich ruiniere
ihn!«

Hier blickte Herr Kesselmeyer sie an... und dann blickte er
Herrn Grünlich an... und dann brach er in ein unerhörtes Ge-
lächter aus! »Sie ruinieren ihn...?« rief er. »Sie... ruin... Sie...
Sie ruinieren ihn also? ...O Gott! Ach Gott! Du liebe Zeit!
...Das ist spaßhaft! ...Das ist höchst, höchst, *höchst* spaßhaft!«
Worauf er sich einer Flut von unterschiedlichen »Ahahs« über-
ließ.

Herr Grünlich rückte sichtlich nervös auf seinem Stuhl hin
und her. Abwechselnd fuhr er mit seinem langen Zeigefinger
zwischen Kragen und Hals und ließ hastig seine goldgelben Favoris durch die Hände gleiten...

»Kesselmeyer!« sagte er. »Fassen Sie sich doch! Sind Sie von
Sinnen? Hören Sie doch auf zu lachen! Wollen Sie Wein haben?
Wollen Sie eine Zigarre haben? Worüber lachen Sie eigentlich?«

»Worüber ich lache? ...Ja, geben Sie mir ein Glas Wein, geben

Sie mir eine Zigarre... Worüber ich lache? Sie finden also, daß Ihre Frau Gemahlin Sie ruiniert?«

»Sie ist allzu luxuriös veranlagt«, sagte Herr Grünlich ärgerlich.

Tony bestritt dies durchaus nicht. Ganz ruhig zurückgelehnt, die Hände im Schoße, auf den Sammetschleifen ihres Schlafrockes, sagte sie mit keck hervorgeschobener Oberlippe:

»Ja... So bin ich einmal. Das ist klar. Ich habe es von Mama. Alle Krögers haben immer Hang zum Luxus gehabt.«

Sie würde mit der gleichen Ruhe erklärt haben, daß sie leichtsinnig, jähzornig, rachsüchtig sei. Ihr ausgeprägter Familiensinn entfremdete sie nahezu den Begriffen des freien Willens und der Selbstbestimmung und machte, daß sie mit einem beinahe fatalistischen Gleichmut ihre Eigenschaften feststellte und anerkannte... ohne Unterschied und ohne den Versuch, sie zu korrigieren. Sie war, ohne es selbst zu wissen, der Meinung, daß jede Eigenschaft, gleichviel welcher Art, ein Erbstück, eine Familientradition bedeute und folglich etwas Ehrwürdiges sei, wovor man in jedem Falle Respekt haben müsse.

Herr Grünlich hatte fertig gefrühstückt, und der Duft der beiden Zigarren vermischte sich mit dem warmen Ofendunst.

»Haben Sie Luft, Kesselmeyer?« fragte der Hausherr... »Nehmen Sie eine andere. Ich schenke Ihnen noch ein Glas Rotwein ein... Sie wollen also mit mir reden? Ist es eilig? Von Belang? ...Finden Sie es vielleicht zu warm hier? ...Wir fahren nachher zusammen zur Stadt... Im Rauchzimmer ist es übrigens kühler...« Aber zu allen diesen Bemühungen schüttelte Herr Kesselmeyer lediglich eine Hand in der Luft, als wollte er sagen: ›Das führt zu nichts, mein Lieber!‹

Endlich erhob man sich, und während Tony im Speisezimmer verblieb, um das Folgmädchen beim Abdecken zu überwachen, führte Herr Grünlich seinen Geschäftsfreund durch das Pensée-Zimmer. Indem er die Spitze seines linken Backenbartes nachdenklich zwischen den Fingern drehte, schritt er geneigten Hauptes voran; mit den Armen rudernd, verschwand Herr Kesselmeyer hinter ihm im Rauchzimmer.

Zehn Minuten verstrichen. Tony hatte sich auf einen Augenblick in den Salon begeben, um persönlich mit einem bunten Federbüschel über die glänzende Nußholzplatte des winzigen Sekretärs und die geschweiften Beine des Tisches zu fahren, und ging nun langsam durch das Eßzimmer ins Wohngemach hinüber. Sie schritt ruhig und mit unverkennbarer Würde. Demoiselle Buddenbrook hatte als Madame Grünlich ersichtlich an Selbstbewußtsein nichts eingebüßt. Sie hielt sich überaus aufrecht, drückte das Kinn ein wenig auf die Brust und betrachtete die Dinge von oben herab. In der einen Hand den zierlichen lakkierten Schlüsselkorb, die andere leichthin in die Seitentasche ihres dunkelroten Schlafrockes geschoben, ließ sie sich ernsthaft von den langen, weichen Falten umspielen, während doch der naive und unwissende Ausdruck ihres Mundes verriet, daß diese ganze Würde etwas unendlich Kindliches, Harmloses und Spielerisches war.

Im Pensée-Zimmer bewegte sie sich mit der kleinen messingnen Brause umher, um die schwarze Erde der Blattgewächse zu tränken. Sie liebte ihre Palmen sehr, die so prachtvoll zur Vornehmheit der Wohnung beitrugen. Sie betastete behutsam einen jungen Trieb an einem der dicken, runden Schäfte, prüfte zärtlich die majestätisch entfalteten Fächer und entfernte hie und da eine gelbe Spitze mit der Schere... Plötzlich horchte sie auf. Die Unterredung im Rauchzimmer, die schon seit mehreren Minuten einen lebhaften Klang angenommen hatte, ward jetzt so laut, daß man hier drinnen jedes Wort verstand, obgleich die Türe stark und die Portiere schwer war.

»Schreien Sie doch nicht! Mäßigen Sie sich doch, Gott im Himmel!« hörte man Herrn Grünlich rufen, dessen weiche Stimme die Überanstrengung nicht vertragen konnte und sich daher quiekend überschlug... »Nehmen Sie doch noch eine Zigarre!« setzte er dann mit verzweifelter Milde hinzu.

»Ja, mit dem größten Vergnügen, danke sehr«, antwortete der Bankier, worauf eine Pause eintrat, während derer Herr Kesselmeyer sich wohl bediente. Hierauf sagte er: »Kurz und gut, wollen Sie nun oder wollen Sie nicht, eins von beidem!«

»Kesselmeyer, prolongieren Sie!«

»Ahah? Na... hein, *nein*, mein Lieber, keineswegs, davon ist überhaupt nicht die Rede...«

»Warum nicht? Was ficht Sie an? Seien Sie doch verständig um des Himmels willen! Haben Sie so lange gewartet...«

»Keinen Tag länger, mein Lieber! Ja, sagen wir acht Tage, aber keine Stunde länger! Verläßt sich denn noch irgend jemand auf...«

»Keinen Namen, Kesselmeyer!«

»Keinen Namen... schön. Verläßt sich noch irgend jemand auf Ihren wohllöblichen Herrn Schw...«

»Keine Bezeichnung...! Allmächtiger Gott, seien Sie doch nicht albern!«

»Schön, keine Bezeichnung! Verläßt sich noch irgend jemand auf die bewußte Firma, mit der Ihr Kredit steht und fällt, mein Lieber? Wieviel hat sie verloren bei dem Bankerott in Bremen? Fünfzigtausend? Siebzigtausend? Hunderttausend? Noch mehr? Daß sie engagiert war, ganz ungeheuer engagiert war, das wissen die Spatzen auf den Dächern... Dergleichen ist Stimmungssache. Gestern war... schön, keinen Namen! Gestern war die bewußte Firma gut und schützte Sie unbewußt vollkommen vor Bedrängnis... Heute ist sie flau, und B. Grünlich ist fläuer-am-fläuesten... das ist doch klar? Merken Sie es denn nicht? Sie sind doch der erste, der solche Schwankungen zu fühlen hat... Wie begegnet man Ihnen denn? Wie sieht man Sie denn an? Bock und Goudstikker sind wohl ungeheuer zuvorkommend und vertrauensvoll? Wie benimmt sich denn die Kreditbank?«

»Sie prolongiert.«

»Ahah? Sie lügen ja? Ich weiß ja, daß sie Ihnen schon gestern einen Tritt versetzt hat? Einen höchst, höchst aufmunternden Tritt?... Nun sehen Sie mal!... Aber schämen Sie sich nur nicht. Es liegt natürlich in Ihrem Interesse, mir weiszumachen, daß die anderen nach wie vor ruhig und sicher sind... Na-hein, mein Lieber! Schreiben Sie dem Konsul. Ich warte eine Woche.«

»Eine Abschlagssumme, Kesselmeyer!«

»Abschlagssumme her und hin! Abschlagssummen läßt man sich erlegen, um sich vorderhand von jemandes Zahlungsfähigkeit zu überzeugen! Habe ich das Bedürfnis, *darüber* Experimente anzustellen? Ich weiß doch wundervoll Bescheid, wie es mit *Ihrer* Zahlungsfähigkeit bestellt ist! Ha-ahah... Abschlagssumme finde ich höchst, höchst spaßhaft...«

»Mäßigen Sie doch Ihre Stimme, Kesselmeyer! Lachen Sie doch nicht fortwährend so gottverflucht! Meine Lage ist so ernst... ja, ich gestehe, sie ist ernst; aber ich habe soundso viele Geschäfte in der Schwebe... Alles kann sich zum Guten wenden. Hören Sie, passen Sie auf: Prolongieren Sie, und ich unterschreibe Ihnen zwanzig Prozent...«

»Nichts da, nichts da... höchst lächerlich mein Lieber! Nahein, ich bin ein Freund des Verkaufs zur rechten Zeit! Sie haben mir acht Prozent geboten, und ich habe prolongiert. Sie haben mir zwölf und sechzehn Prozent geboten, und ich habe jedesmal prolongiert. Jetzt können Sie mir vierzig bieten, und ich würde nicht denken an Prolongation, nicht einmal daran denken, mein Lieber... Seit Gebrüder Westfahl in Bremen auf die Nase fielen, sucht für den Augenblick jeder seine Interessen von der bewußten Firma abzuwickeln und sich sicherzustellen... Wie gesagt, ich bin für rechtzeitigen Verkauf. Ich habe Ihre Unterschriften behalten, solange Johann Buddenbrook zweifellos gut war... mittlerweile konnte ich ja die rückständigen Zinsen zum Kapitale schlagen und Ihnen die Prozente steigern! Aber man behält eine Sache doch nur so lange, als sie steigt oder wenigstens solide feststeht... wenn sie anfängt zu fallen, so verkauft man... will sagen, ich verlange mein Kapital.«

»Kesselmeyer, Sie sind schamlos!«

»A-ahah, ›schamlos‹ finde ich höchst spaßhaft!... Was wollen Sie überhaupt? Sie müssen sich ja sowieso an Ihren Schwiegervater wenden! Die Kreditbank tobt, und im übrigen sind Sie doch auch nicht grade fleckenlos...«

»Nein, Kesselmeyer... ich beschwöre Sie, hören Sie jetzt mal ruhig zu! ...Ja, ich bin offen, ich gestehe Ihnen unumwunden, meine Lage ist ernst. Sie und die Kreditbank sind ja nicht die einzigen... Es sind mir Wechsel vorgelegt worden... Alles scheint sich verabredet zu haben...«

»Selbstverständlich. Unter diesen Umständen... Aber da ist es doch ein Aufwaschen...«

»Nein, Kesselmeyer, hören Sie mich an!... Tun Sie mir doch die Liebe, noch eine Zigarre zu nehmen...«

»Ich bin ja mit dieser noch nicht zur Hälfte fertig?! Lassen Sie mich mit Ihren Zigarren in Ruhe! Bezahlen Sie...«

»Kesselmeyer, lassen Sie mich jetzt nicht fallen... Sie sind mein Freund, Sie haben an meinem Tische gesessen...«

»Sie vielleicht nicht an meinem, mein Lieber?«

»Jaja... aber kündigen Sie mir jetzt Ihren Kredit nicht, Kesselmeyer...!«

»Kredit? *Kredit* auch noch? Sind Sie eigentlich bei Troste? Eine neue Anleihe?...«

»Ja, Kesselmeyer, ich beschwöre Sie... wenig, eine Kleinigkeit!... Ich brauche nur nach rechts und links ein paar Aus- und Abschlagszahlungen zu machen, um mir wieder Respekt und Geduld zu verschaffen... Halten Sie mich, und Sie werden ein großes Geschäft machen! Wie gesagt, eine Menge Angelegenheiten befinden sich in der Schwebe... Alles wird sich zum Guten wenden... Sie wissen, ich bin rege und findig...«

»Ja, ein Geck, ein Taps sind Sie, mein Lieber! Wollen Sie nicht die übergroße Güte haben, mir zu sagen, was Sie jetzt noch ausfindig machen wollen?... Vielleicht irgendwo in der weiten Welt eine Bank, die Ihnen auch nur einen Silbergroschen auf den Tisch legt? Oder noch einen Schwiegervater?... Ach nein... Ihren Hauptcoup haben Sie doch wohl hinter sich! Dergleichen machen Sie nicht noch einmal! Alle Achtung! Na-hein, meine höchste Anerkennung...«

»Sprechen Sie doch leiser, in Teufels Namen...«

»Ein Geck sind Sie! Rege und findig... ja, aber immer nur zugunsten anderer Leute! Sie sind gar nicht skrupulös, und doch haben Sie noch niemals Vorteile davon gehabt. Sie haben Spitzbübereien begangen, Sie haben sich Kapital ergaunert, nur um mir statt zwölf Prozent sechzehn zu zahlen. Sie haben Ihre ganze Ehrlichkeit über Bord geworfen, ohne den geringsten Nutzen davon zu haben. Sie haben ein Gewissen wie ein Schlachterhund und sind doch ein Pechvogel, ein Tropf, ein armer Narr! Es gibt solche Leute; sie sind höchst, höchst spaßhaft! ... Warum haben Sie eigentlich solche Angst, sich endgültig mit der ganzen Geschichte an den Bewußten zu wenden? Weil Sie sich nicht ganz wohl dabei fühlen? Weil es damals vor vier Jahren nicht alles in Ordnung war? nicht alles ganz säuberlich zugegangen ist, wie? Fürchten Sie, daß gewisse Dinge...«

»Gut, Kesselmeyer, ich werde schreiben. Aber wenn er sich weigert? Wenn er mich fallenläßt? ...«

»Oh... ahah! Dann machen wir einen kleinen Bankerott, ein höchst spaßhaftes Bankeröttchen, mein Lieber! Das ficht mich gar nicht an, nicht im allermindesten! Ich persönlich bin durch die Zinsen, die Sie hie und da zusammengekratzt haben, schon ungefähr auf meine Kosten gekommen... und bei der Konkursmasse habe ich die Vorhand, mein Teurer... Und passen Sie auf, ich werde nicht zu kurz kommen. Ich weiß hier Bescheid bei Ihnen, mein Verehrter! Ich habe die Inventaraufnahme schon zum voraus in der Tasche... ahah! ich werde schon dafür sorgen, daß auch kein silbernes Brotkörbchen und kein Schlafrock beiseite geschafft wird...«

»Kesselmeyer, Sie haben an meinem Tische gesessen...«

»Lassen Sie mich mit Ihrem Tische in Ruhe! ... In acht Tagen hole ich mir Antwort. Ich *gehe* zur Stadt; ein bißchen Bewegung wird mir ungeheuer guttun. Guten Morgen, mein Lieber! Fröhlichen guten Morgen...«

Und Herr Kesselmeyer schien aufzubrechen; ja, er ging. Man vernahm seine sonderbaren, schlürfenden Schritte auf dem Korridor und sah ihn im Geiste mit den Armen rudern...

Als Herr Grünlich ins Pensée-Zimmer trat, stand Tony dort, die messingne Brause in der Hand, und blickte ihm in die Augen.

»Was stehst du... was starrst du...« sagte er, indem er die Zähne zeigte, mit den Händen vage Bewegungen in der Luft beschrieb und den Oberkörper hin und her wiegte. Sein rosiges Gesicht besaß nicht die Fähigkeit, völlig bleich zu werden. Es war rot gefleckt, wie das eines Scharlachkranken.

7

Der Konsul Johann Buddenbrook traf nachmittags um zwei Uhr in der Villa ein; im grauen Reisemantel betrat er den Salon der Grünlichs und umarmte mit einer gewissen schmerzlichen Innigkeit seine Tochter. Er war bleich und schien gealtert. Seine kleinen Augen lagen tief in den Höhlen, seine Nase sprang scharf und groß zwischen den eingefallenen Wangen hervor, seine Lippen schienen schmaler geworden zu sein, und sein Bart, den er neuerdings nicht mehr als zwei gelockte Streifen trug, die von den Schläfen bis zur Mitte der Wangen liefen, sondern der, halb verdeckt von den steifen Vatermördern und der hohen Halsbinde, unterhalb des Kinnes und der Kinnladen an seinem Halse wuchs, war so stark ergraut wie sein Haupthaar.

Der Konsul hatte schwere und aufreibende Tage hinter sich. Thomas war an einer Lungenblutung erkrankt; durch einen Brief des Herrn van der Kellen war der Vater von dem Unglücksfalle benachrichtigt worden. Er hatte die Geschäfte in den bedächtigen Händen seines Prokuristen zurückgelassen und war auf dem kürzesten Wege nach Amsterdam geeilt. Es hatte sich erwiesen, daß die Erkrankung seines Sohnes keine unmittelbare Gefahr in sich schließe, daß aber eine Luftkur im Süden, in Südfrankreich dringend ratsam sei, und da es sich günstig getroffen hatte, daß auch für den jungen Sohn des Prinzipales eine Erholungsreise geplant worden war, so hatte er die beiden jungen Leute, sobald Thomas reisefähig war, gemeinsam nach Pau abreisen lassen.

Kaum nach Hause zurückgekehrt, war er von diesem Schlage getroffen worden, der sein Haus für einen Augenblick in seinen Grundfesten erschüttert hatte: diesem Bankerotte in Bremen, bei welchem er »auf einem Brett« achtzigtausend Mark verloren hatte... wodurch? Die auf »Gebr. Westfahl« gezogenen, diskontierten Wechsel waren, da die Käufer ihre Zahlungen eingestellt hatten, auf die Firma zurückgekommen. Nicht als ob Deckung gefehlt hätte; die Firma hatte gezeigt, was sie vermochte, sofort, ohne Zögern und Verlegenheit vermochte. Dies aber war kein Hindernis dafür gewesen, daß der Konsul all die plötzliche Kälte, die Zurückhaltung, das Mißtrauen auszukosten bekommen hatte, welches ein solcher Unglücksfall, eine solche Schwächung des Betriebskapitals bei Banken, bei »Freunden«, bei Firmen im Auslande hervorzurufen pflegt...

Nun, er hatte sich aufgerichtet, hatte alles ins Auge gefaßt, beruhigt, geregelt, die Stirne geboten... Da aber, mitten im Kampf, mitten unter Depeschen, Briefen, Berechnungen, war noch dies über ihn hereingebrochen: Grünlich, B. Grünlich, der Mann seiner Tochter, war zahlungsunfähig, und in einem langen, verwirrten und unendlich kläglichen Brief erbat, erflehte, erjammerte er eine Aushülfe von hundert- bis hundertzwanzigtausend Mark! Der Konsul hatte kurz, oberflächlich und schonend seiner Gattin Mitteilung gemacht, hatte kalt und unverbindlich geantwortet, er ersuche Herrn Grünlich in Gemeinschaft mit dem erwähnten Bankier Kesselmeyer um eine Unterredung im Hause des ersteren, und war abgereist.

Tony empfing ihn im Salon. Sie schwärmte dafür, in dem braunseidenen Salon Besuch zu empfangen, und da sie, ohne klar zu sehen, eine durchdringende und feierliche Empfindung von der Wichtigkeit der gegenwärtigen Lage hatte, so machte sie heute auch mit dem Vater keine Ausnahme. Sie sah wohl, hübsch und ernsthaft aus und trug ein hellgraues, auf der Brust und an den Handgelenken mit Spitzen besetztes Kleid mit Glokkenärmeln, stark geschweiftem Reifrock nach neuester Mode und einer kleinen Brillantspange am Halsverschluß.

»Guten Tag, Papa, *endlich* sieht man dich einmal wieder! Wie geht es Mama? ... Hast du gute Nachrichten von Tom? ... Lege doch ab, setz dich doch bitte, lieber Papa! ... Willst du nicht ein bißchen Toilette machen? Ich habe das Fremdenzimmer oben für dich herrichten lassen... Grünlich macht auch grade Toilette...«

»Laß ihn nur, mein Kind; ich will ihn hier unten erwarten. Du weißt, ich bin zu einer Unterredung mit deinem Mann gekommen... zu einer sehr, sehr ernsten Unterredung, meine liebe Tony. Ist Herr Kesselmeyer hier?«

»Jawohl, Papa, er sitzt im Pensée-Zimmer und besieht das Album...«

»Wo ist Erika?«

»Oben, mit Thinka, im Kinderzimmer, es geht ihr gut. Sie badet ihre Puppe... natürlich nicht im Wasser... eine Wachspuppe... kurzum, sie tut nur so...«

»Versteht sich.« Der Konsul atmete auf und fuhr fort: »Ich kann nicht annehmen, liebes Kind, daß du über die Lage... die Lage deines Mannes unterrichtet bist?«

Er hatte sich auf einem der Fauteuils niedergelassen, die den großen Tisch umgaben, während Tony auf einem kleinen Sessel, der drei schräg übereinander getürmte seidene Kissen darstellte, zu seinen Füßen saß. Die Finger seiner Rechten spielten behutsam mit den Diamanten an ihrem Halse.

»Nein, Papa«, antwortete Tony, »das muß ich dir gestehen, ich weiß gar nichts. Mein Gott, ich bin eine Gans, weißt du, ich habe gar keine Einsicht! Neulich habe ich ein bißchen zugehört, als Kesselmeyer mit Grünlich sprach... Zum Schlusse schien es mir, als ob Herr Kesselmeyer wieder nur Spaß machte... er redet immer so lächerlich. Ein- oder zweimal verstand ich deinen Namen...«

»Du verstandest meinen Namen? In welcher Beziehung?«

»Nein, von der Beziehung weiß ich gar nichts, Papa! ... Grünlich war seit diesem Tage mürrisch... ja, unausstehlich, das muß ich sagen!... Bis gestern... gestern war er sanft gestimmt und fragte zehn- oder zwölfmal, ob ich ihn liebe, ob ich ein gutes Wort bei dir für ihn einlegen würde, wenn er dich etwas zu bitten hätte...«

»Ah...«

»Ja... er teilte mir mit, er habe dir geschrieben, du würdest

211

kommen... Gut, daß du da bist! Es ist ein bißchen unheimlich... Grünlich hat den grünen Spieltisch hergerichtet... es liegen eine Menge Papiere und Bleistifte darauf... daran sollst du nachher mit ihm und Kesselmeyer eine Beratung abhalten...«

»Höre, mein liebes Kind«, sagte der Konsul, indem er mit der Hand über ihr Haar strich... »Ich muß dich nun etwas fragen, etwas Ernstes! Sage mir einmal... du liebst doch deinen Mann von ganzem Herzen?«

»Gewiß, Papa«, sagte Tony mit einem so kindisch heuchlerischen Gesicht, wie sie es ehemals zustande gebracht, wenn man sie gefragt hatte: ›Du wirst nun doch niemals wieder die Puppenliese ärgern, Tony?‹... Der Konsul schwieg einen Augenblick.

»Du liebst ihn doch so«, fragte er dann, »daß du nicht ohne ihn leben könntest... unter keinen Umständen, wie? auch wenn durch Gottes Willen seine Lage sich ändern sollte, wenn er in Verhältnisse versetzt werden würde, die es ihm nicht mehr erlaubten, dich fernerhin mit allen diesen Dingen zu umgeben...?« Und seine Hand beschrieb eine flüchtige Bewegung über die Möbel und Portieren des Zimmers hin, über die vergoldete Stutzuhr auf der Spiegel-Etagere und endlich über ihr Kleid hinunter.

»Gewiß, Papa«, wiederholte Tony in dem tröstenden Ton, den sie beinahe immer annahm, wenn jemand ernst zu ihr sprach. Sie blickte an ihres Vaters Gesicht vorbei aufs Fenster, hinter dem lautlos ein zarter und dichter Schleierregen sich herniederbewegte. Ihre Augen waren voll von einem Ausdruck, wie Kinder ihn annehmen, wenn man beim Märchenvorlesen so taktlos ist, eine allgemeine Betrachtung über Moral und Pflichten einfließen zu lassen... einem Mischausdruck von Verlegenheit und Ungeduld, Frömmigkeit und Verdrossenheit.

Der Konsul betrachtete sie während einer Minute stumm und mit nachdenklichem Blinzeln. War er mit ihrer Antwort zufrieden? Er hatte daheim und unterwegs alles reiflich erwogen...

Jeder Mensch begreift, daß Johann Buddenbrooks erster und aufrichtigster Beschluß dahin ging, eine Auszahlung irgendwelcher Höhe an seinen Schwiegersohn nach Kräften zu vermeiden. Als er sich aber erinnerte, wie dringend er, um ein gelindes Wort zu gebrauchen, diese Ehe befürwortet hatte, als er sich den Blick ins Gedächtnis zurückrief, mit dem das Kind nach der Hochzeitsfeier von ihm Abschied genommen und ihn gefragt hatte: »Bist du mit mir zufrieden?«, da mußte er einem ziemlich niederdrückenden Schuldbewußtsein seiner Tochter gegenüber Raum geben und sich sagen, daß diese Sache ganz und gar durch ihren Willen entschieden werden müsse. Er wußte wohl, daß sie in diese Verbindung nicht aus Gründen der Liebe gewilligt hatte, aber er rechnete mit der Möglichkeit, daß diese vier Jahre, die Gewöhnung und die Geburt des Kindes vieles verändert haben konnten, daß Tony sich jetzt ihrem Manne mit Leib und Seele verbunden fühlen und aus guten christlichen und weltlichen Gründen jeden Gedanken an eine Trennung zurückweisen konnte. In diesem Falle, überlegte der Konsul, müsse er sich zur Hergabe jeder Geldsumme bequemen. Zwar verlangten Christenpflicht und Frauenwürde, daß Tony ihrem angetrauten Gatten bedingungslos auch ins Unglück folgte; wenn sie aber tatsächlich diesen Entschluß an den Tag legen würde, so fühlte er sich nicht berechtigt, sie fortan alle die Verschönerungen und Bequemlichkeiten des Lebens, an die sie von Kindesbeinen an gewöhnt war, unverschuldet entbehren zu lassen... so fühlte er sich verpflichtet, eine Katastrophe zu verhüten und B. Grünlich um jeden Preis zu halten. Kurz, das Ergebnis seiner Erwägungen war der Wunsch gewesen, seine Tochter mitsamt ihrem Kinde zu sich zu nehmen und Herrn Grünlich seiner Wege gehen zu lassen. Mochte Gott dies Äußerste verhüten! Für jeden Fall bewegte er den Rechtsparagraphen bei sich, der bei bestehender Unfähigkeit des Gatten, Frau und Kinder zu ernähren, zur Scheidung berechtigte. Vor allem aber mußte er die Ansichten seiner Tochter erforschen...

»Ich sehe«, sagte er, indem er fortfuhr, zärtlich ihr Haar zu streicheln, »ich sehe, mein liebes Kind, daß du von guten und lobenswerten Grundsätzen beseelt bist. Allein... ich kann nicht annehmen, daß du diese Dinge betrachtest, wie sie, Gott sei's geklagt, betrachtet werden müssen: nämlich als Tatsachen. Ich habe dich nicht gefragt, was du in diesem oder jenem Falle vielleicht tun *würdest*, sondern was du jetzt heute, sogleich tun *wirst*. Ich weiß nicht, inwiefern du die Verhältnisse kennst oder ahnst... ich habe also die traurige Pflicht, dir zu sagen, daß dein Mann sich genötigt sieht, seine Zahlungen einzustellen, daß er sich geschäftlich nicht mehr halten kann... ich glaube, du verstehst mich...«

»Grünlich macht Bankerott...?« fragte Tony leise, indem sie sich halb von ihren Kissen erhob und rasch des Konsuls Hand ergriff...

»Ja, mein Kind«, sagte er ernst. »Du vermutetest das nicht?«

»Ich habe nichts Bestimmtes vermutet...« stammelte sie. »Dann hat Kesselmeyer also nicht Spaß gemacht...?« fuhr sie fort, indem sie schräg vor sich hin auf den braunen Teppich starrte... »*O Gott!*« stieß sie plötzlich hervor und sank auf ihren Sitz zurück. Erst in diesem Augenblick ging alles vor ihr auf, was in dem Worte »Bankerott« verschlossen lag, alles, was sie schon als kleines Kind dabei an Vagem und Fürchterlichem empfunden hatte... »Bankerott«... das war etwas Gräßlicheres als der Tod, das war Tumult, Zusammenbruch, Ruin, Schmach, Schande, Verzweiflung und Elend... »Er macht Bankerott!« wiederholte sie. Sie war dermaßen geschlagen und niedergeschmettert von diesem Schicksalswort, daß sie an keine Hülfe dachte, auch nicht an eine, die von ihrem Vater kommen könnte.

Er betrachtete sie mit emporgezogenen Brauen, mit seinen kleinen, tiefliegenden Augen, die traurig und müde aussahen und dennoch eine ganz außerordentliche Spannung verrieten.

»Ich frage dich also«, sagte er sanft, »meine liebe Tony, ob du dich bereit hältst, deinem Manne auch in die Armut hinein zu folgen?...« Gleich darauf gestand er sich, daß er das harte Wort »Armut« instinktiv als Abschreckungsmittel gewählt habe und fügte hinzu: »Er kann sich wieder emporarbeiten...«

»Gewiß, Papa«, antwortete Tony. Aber das hinderte nicht, daß sie in Tränen ausbrach. Sie schluchzte in ihr Batisttüchlein, das mit Spitzen besetzt war und das Monogramm AG trug. Sie hatte noch völlig ihr Kinderweinen: ganz ungeniert und ohne Ziererei. Ihre Oberlippe machte einen unaussprechlich rührenden Eindruck dabei.

Ihr Vater fuhr fort, sie mit den Augen zu prüfen. »Das ist dein Ernst, mein Kind?« fragte er. Er war genau so ratlos wie sie.

»Muß ich nicht...« schluchzte sie. »Ich muß doch...«

»Durchaus nicht!« sagte er lebhaft; aber schuldbewußt verbesserte er sich sofort: »Ich würde dich nicht unbedingt dazu zwingen, meine liebe Tony. Gesetzt den Fall, daß deine Gefühle dich nicht unverbrüchlich an deinen Mann fesselten...«

Sie sah ihn mit in Tränen schwimmenden und verständnislosen Augen an.

»Wieso, Papa...?«

Der Konsul wand sich ein wenig hin und her und fand ein Auskunftsmittel.

»Mein gutes Kind, du kannst glauben, daß ich es sehr schmerzhaft empfinden würde, dich all den Unbilden und Peinlichkeiten aussetzen zu müssen, die durch das Unglück deines Mannes, durch die Auflösung des Geschäftes und deines Hausstandes unmittelbar werden herbeigeführt werden... Ich habe den Wunsch, dich diesen ersten Unannehmlichkeiten zu entziehen und dich sowie unsere kleine Erika vorderhand zu uns nach Hause zu nehmen. Ich glaube, daß du mir das danken wirst...?«

Tony schwieg einen Augenblick, währenddessen sie ihre Tränen trocknete. Sie hauchte umständlich auf ihr Taschentuch und drückte es gegen die Augen, um die Entzündung zu verhüten. Hierauf fragte sie in entschiedenem Tone, ohne die Stimme zu erheben: »Papa: *ist* Grünlich schuldig! *kommt* er aus Leichtsinn und Unredlichkeit ins Unglück!«

»Höchstwahrscheinlich! ...« sagte der Konsul. »Das heißt... nein, ich weiß es nicht, mein Kind. Ich sagte dir, daß die Auseinandersetzung mit ihm und seinem Bankier noch aussteht...«

Tony schien auf diese Antwort gar nicht geachtet zu haben. Gebückt auf ihren drei seidenen Kissen stützte sie den Ellenbogen auf das Knie und das Kinn in die Hand und blickte mit tiefgesenktem Kopfe versunken und träumerisch von unten herauf ins Zimmer hinein.

»Ach, Papa«, sagte sie leise, und beinahe ohne die Lippen zu bewegen, »wäre es damals nicht besser gewesen...«

Der Konsul konnte ihr Gesicht nicht sehen; aber es trug den Ausdruck, der an manchem Sommerabend, wenn sie zu Travemünde an dem Fenster ihres kleinen Zimmers lehnte, darauf gelegen hatte... Ihr einer Arm ruhte auf den Knieen ihres Vaters, während die Hand schlaff und ohne Stütze nach unten hing. Selbst diese Hand drückte eine unendlich wehmütige und zärtliche Hingebung aus, eine erinnerungsvolle und süße Sehnsucht, die in die Ferne schweifte.

»Besser...?« fragte Konsul Buddenbrook. »Wenn was nicht geschehen wäre, mein Kind?«

Er war von Herzen zu dem Geständnis bereit, daß es besser gewesen wäre, diese Ehe nicht zu schließen; aber Tony sagte nur mit einem Seufzer: »Ach, nichts!«

Es schien, daß ihre Gedanken sie fesselten, daß sie weit abseits weilte und den »Bankerott« beinahe vergessen hatte. Der Konsul sah sich genötigt, selbst auszusprechen, was er lieber nur bestätigt hätte.

»Ich glaube deine Gedanken zu erraten, liebe Tony«, sagte er, »und auch ich meinerseits, ich zögere nicht, dir zu bekennen, daß ich den Schritt, der mir vor vier Jahren als klug und heilsam erschien, in dieser Stunde bereue... aufrichtig bereue. Ich glaube, vor Gott nicht schuldig zu sein. Ich glaube, meine Pflicht getan zu haben, indem ich mich bemühte, dir eine deiner Herkunft angemessene Existenz zu schaffen... Der Himmel hat es anders gewollt... du wirst von deinem Vater nicht glauben, daß er damals leichtfertig und unüberlegt dein Glück aufs Spiel gesetzt hat! Grünlich trat mit mir in Verbindung, versehen mit den besten Empfehlungen, ein Pastorssohn, ein christlicher und weltläufiger Mann... Später habe ich geschäftliche Erkundigungen über ihn eingezogen, die so günstig lauteten als möglich. Ich habe die Verhältnisse geprüft... Das alles ist dunkel, dunkel und harrt noch der Aufklärung. Aber nicht wahr, du klagst mich nicht an...«

»Nein, Papa! wie kannst du dergleichen sagen! Komm, laß es dir nicht zu Herzen gehen, armer Papa... Du siehst blaß aus, soll ich nicht ein paar Magentropfen herunterholen?« Sie hatte ihre Arme um seinen Hals gelegt und küßte ihn auf die Wangen.

»Ich danke dir«, sagte er; »so, so... laß nur, ich danke dir. Ja, ich habe angreifende Tage hinter mir... Was soll man tun? Ich habe viel Ärgernis gehabt. Das sind Prüfungen von Gott. Aber das hindert nicht, daß ich mich dir gegenüber nicht ganz ohne Schuld fühlen kann, mein Kind. Alles kommt jetzt auf die Frage an, die ich dir schon vorgelegt habe, die du mir aber noch nicht hinlänglich beantwortet hast. Sprich offen zu mir, Tony... hast du in diesen Jahren der Ehe deinen Mann lieben gelernt?«

Tony weinte aufs neue, und indem sie mit beiden Händen, in denen sie das Batisttüchlein hielt, ihre Augen bedeckte, brachte sie unter Schluchzen hervor: »Ach... was fragst du, Papa! ...Ich habe ihn niemals geliebt... er war mir immer widerlich... weißt du das denn nicht...?«

Es wäre schwer zu sagen, was auf dem Gesichte Johann Buddenbrooks sich abspielte. Seine Augen blickten erschrocken und traurig, und dennoch kniff er die Lippen zusammen, so daß Mundwinkel und Wangen sich falteten, wie es zu geschehen pflegte, wenn er ein vorteilhaftes Geschäft zum Abschluß gebracht hatte. Er sagte leise:

»Vier Jahre...«

Tony's Tränen versiegten plötzlich. Das feuchte Taschentuch in der Hand, richtete sie sich auf ihrem Sitze empor und sagte zornig:

»Vier Jahre... ha! manchmal hat er abends bei mir gesessen und die Zeitung gelesen in diesen vier Jahren...!«

»Gott hat euch beiden ein Kind geschenkt...« sagte der Konsul bewegt.

»Ja, Papa... und ich habe Erika sehr lieb... obgleich Grünlich behauptet, ich sei nicht kinderlieb ... Ich würde mich nie von ihr trennen, das sage ich dir ... aber Grünlich – nein! ... Grünlich – nein! ... Nun macht er auch noch Bankerott! ... Ach Papa, wenn du mich und Erika nach Hause nehmen willst ... mit Freuden! Nun weißt du es!«

Der Konsul kniff wiederum die Lippen zusammen; er war äußerst zufrieden. Immerhin mußte der Hauptpunkt noch berührt werden, aber bei der Entschlossenheit, die Tony an den Tag legte, riskierte man wenig damit.

»Bei alledem«, sagte er, »scheinst du völlig zu vergessen, mein Kind, daß ja Hilfe denkbar wäre ... und zwar durch mich. Dein Vater hat dir bereits bekannt, daß er sich dir gegenüber nicht unbedingt schuldlos fühlen kann, und in dem Falle ... nun, in dem Falle, daß du es von ihm erhoffst ... erwartest ... würde er einspringen, würde er das Falliment verhüten, würde er die Schulden deines Mannes wohl oder übel decken und sein Geschäft flott erhalten ...«

Er prüfte sie gespannt, und ihr Mienenspiel erfüllte ihn mit Genugtuung. Es drückte Enttäuschung aus.

»Um wieviel handelt es sich eigentlich?« fragte sie.

»Was tut das zur Sache, mein Kind ... um eine große, große Summe!« Und Konsul Buddenbrook nickte einige Male mit dem Kopfe, als ob die Wucht des Gedankens an diese Summe ihn langsam hin und her schüttelte. »Dabei«, fuhr er fort, »darf ich dir nicht verhehlen, daß die Firma, ganz abgesehen von dieser Sache, Verluste erlitten hat, und daß die Hergabe dieser Summe eine Schwächung für sie bedeuten würde, von der sie sich schwer ... schwer wieder erholen könnte. Ich sage das keineswegs, um ...«

Er vollendete nicht. Tony war aufgesprungen, sie war sogar ein paar Schritte zurückgetreten, und, noch immer das nasse Spitzentüchlein in der Hand, rief sie:

»Gut! Genug! Nie!«

Sie sah beinahe heroisch aus. Das Wort »Firma« hatte eingeschlagen. Höchstwahrscheinlich wirkte es entscheidender als selbst ihre Abneigung gegen Herrn Grünlich.

»Das tust du *nicht*, Papa!« redete sie ganz außer sich fort. »Willst auch du noch Bankerott machen? Genug! Niemals!«

In diesem Augenblick öffnete sich die Korridortür ein wenig zögernd, und Herr Grünlich trat ein.

Johann Buddenbrook erhob sich mit einer Bewegung, welche ausdrückte:

›Erledigt.‹

8.

Herrn Grünlichs Gesicht war rot gefleckt, aber er war aufs sorgfältigste gekleidet. Er trug einen ähnlichen schwarzen, faltigen, soliden Leibrock, ähnliche erbsenfarbene Beinkleider wie diejenigen, in denen er einstmals in der Mengstraße seine ersten Visiten gemacht. In einer schlaffen Haltung blieb er stehen und sprach, den Blick zu Boden gerichtet, mit weicher und matter Stimme:

»Vater . . .«

Der Konsul verbeugte sich kalt und ordnete dann mit einigen energischen Griffen seine Halsbinde.

»Ich danke Ihnen, daß Sie gekommen sind«, setzte Herr Grünlich hinzu.

»Das war meine Pflicht, mein Freund«, erwiderte der Konsul; »nur fürchte ich, daß es das einzige bleiben wird, was ich in Ihrer Sache zu tun vermag.«

Sein Schwiegersohn warf ihm einen hastigen Blick zu und nahm dann eine noch schlaffere Haltung an.

»Ich höre«, fuhr der Konsul fort, »daß Ihr Bankier, Herr Kesselmeyer, uns erwartet . . . welchen Ort haben Sie für die Unterredung bestimmt? Ich stehe zu Ihrer Verfügung . . .«

»Ich bitte Sie um die Güte, mir zu folgen«, murmelte Herr Grünlich.

Konsul Buddenbrook küßte seine Tochter auf die Stirn und sagte:

»Geh hinauf zu deinem Kinde, Antonie.«

Dann schritt er mit Herrn Grünlich, der sich bald vor ihm, bald hinter ihm bewegte und die Portieren öffnete, durch das Speisezimmer ins Wohngemach.

Als Herr Kesselmeyer, der am Fenster stand, sich umwandte, richteten die weißen und schwarzen Flaumfedern auf seinem Kopfe sich auf und sanken dann sanft auf den Schädel zurück.

»Herr Bankier Kesselmeyer... Großhändler Konsul Buddenbrook, mein Schwiegervater...« sagte Herr Grünlich ernst und bescheiden. Des Konsuls Gesicht war bewegungslos. Herr Kesselmeyer bückte sich mit hängenden Armen, indem er seine beiden gelben Eckzähne auf die Oberlippe setzte, und sagte:

»Ihr Diener, Herr Konsul! Meine lebhafte Satisfaktion, das Vergnügen zu haben!«

»Verzeihen Sie gütigst, daß Sie haben warten müssen, Kesselmeyer«, sagte Herr Grünlich. Er war voll Höflichkeit für den einen wie für den anderen.

»Kommen wir zur Sache?« bemerkte der Konsul, indem er sich suchend hin und her wandte... Der Hausherr beeilte sich zu antworten:

»Ich bitte die Herren...«

Während man ins Rauchkabinett hinüberging, sagte Herr Kesselmeyer aufgeräumt:

»Eine angenehme Reise gehabt, Herr Konsul?... Ahah, Regen? Ja, eine schlechte Jahreszeit, eine häßliche, schmutzige Jahreszeit! Gäbe es ein bißchen Frost, ein bißchen Schnee...! Aber nichts da! Regen! Kot! Höchst, höchst widerwärtig...«

›Was für ein sonderbarer Mensch‹, dachte der Konsul.

In der Mitte des kleinen Zimmers, dessen Tapeten dunkel geblümt waren, stand ein ziemlich umfangreicher, viereckiger, grünbezogener Tisch. Der Regen draußen hatte zugenommen. Es war so finster, daß Herr Grünlich die drei Kerzen, die in silbernen Leuchtern auf der Tafel standen, alsbald entzündete. Bläuliche, mit Firmenstempeln versehene Geschäftsbriefe und abgegriffene, hie und da eingerissene, mit Daten und Namenszügen bedeckte Papiere lagen auf dem grünen Tuch. Außerdem bemerkte man ein dickleibiges Hauptbuch und ein von wohlgeschärften Gänsefedern und Bleistiften starrendes Tinten- und Streusandfaß aus Metall.

Herr Grünlich machte die Honneurs mit den stillen, taktvollen und zurückhaltenden Mienen und Bewegungen, mit denen man die Gäste bei einem Begräbnis komplimentiert.

»Lieber Vater, bitte, nehmen Sie den Armstuhl«, sagte er sanft. »Herr Kesselmeyer, haben Sie die Freundlichkeit, sich *hier* zu setzen? . . . «

Endlich war die Ordnung hergestellt. Der Bankier saß dem Hausherrn gegenüber, während der Konsul im Armsessel an der Breitseite des Tisches präsidierte. Die Rückenlehne seines Stuhles berührte die Korridortür.

Herr Kesselmeyer bückte sich, ließ die Unterlippe hängen, entwirrte auf seiner Weste einen Kneifer und hieb ihn sich auf die Nase, indem er dieselbe krauste und den Mund aufriß. Dann kraute er sich mit einem nervös machenden Geräusch den geschorenen Backenbart, stemmte die Hände auf die Kniee, nickte den Papieren zu und bemerkte kurz und fröhlich:

»Aha! Da haben wir die ganze Bescherung!«

»Sie erlauben nun, daß ich mir einen genaueren Einblick in die Lage der Dinge verschaffe«, sagte der Konsul und griff nach dem Hauptbuch. Plötzlich jedoch streckte Herr Grünlich schirmend beide Hände über den Tisch hin, lange, von hohen blauen Adern durchzogene Hände, die ersichtlich zitterten, und rief mit bewegter Stimme:

»Einen Augenblick! Noch einen Augenblick, Vater! Oh, lassen Sie mich noch eine einleitende Bemerkung vorausschicken! . . . Ja, Sie werden Einblicke gewinnen, Ihrem Blick wird nichts entgehen. . . Aber glauben Sie mir: Sie werden Einblick in die Lage eines Unglücklichen gewinnen, nicht eines Schuldigen! Sehen Sie in mir einen Mann, Vater, der sich ohn' Ermatten gegen das Schicksal gewehrt hat, der aber von ihm zu Boden geschlagen ist! In diesem Sinne. . . «

»Ich werde sehen, mein Freund, ich werde sehen!« sagte der Konsul mit sichtlicher Ungeduld; und Herr Grünlich zog seine Hände zurück, um dem Geschicke seinen Lauf zu lassen.

Es vergingen lange, furchtbare Minuten des Schweigens. In dem unruhigen Kerzenlicht saßen die drei Herren, eingeschlossen von vier dunklen Wänden, dicht beieinander. Man vernahm keine Bewegung als das Rascheln des Papieres, mit dem der Konsul hantierte. Sonst war draußen der fallende Regen das einzige Geräusch.

Herr Kesselmeyer hatte seine Daumen in die Armlöcher der Weste geschoben, spielte mit den übrigen Fingern an den Schultern Klavier und sah mit unsäglicher Heiterkeit von einem zum anderen. Herr Grünlich saß, ohne sich zurückzulehnen, die Hände auf dem Tisch, starrte trüb vor sich hin und ließ dann und wann einen ängstlichen Blick seitwärts zu seinem Schwiegervater gleiten. Der Konsul blätterte im Hauptbuch, verfolgte mit dem Fingernagel Kolonnen von Zahlen, verglich Daten und warf mit dem Bleistift seine kleinen, unleserlichen Ziffern aufs Papier. Sein abgespanntes Gesicht drückte Entsetzen vor den Verhältnissen aus, in die er nun »Einblick gewann«... Endlich legte er seine Linke auf Herrn Grünlichs Arm und sagte erschüttert:

»Sie armer Mann!«

»Vater...« brachte Herr Grünlich hervor. Dem bedauernswerten Menschen liefen zwei große Tränen die Wangen hinab und in die goldgelben Favoris hinein. Herr Kesselmeyer verfolgte den Weg dieser beiden Tropfen mit dem größten Interesse; er stand sogar ein wenig auf, beugte sich vor und starrte seinem Gegenüber mit offenem Munde ins Gesicht. Konsul Buddenbrook war heftig bewegt. Weich gemacht durch das Unglück, das ihn selbst betroffen, fühlte er, wie das Erbarmen ihn mit sich fortriß; aber rasch wurde er wieder Herr seiner Gefühle.

»Wie ist es möglich!« sagte er mit einem trostlosen Kopfschütteln... »In diesen wenigen Jahren!«

»Kinderspiel!« antwortete Herr Kesselmeyer gutgelaunt. »In vier Jahren kann man allerliebst vor die Hunde kommen! Wenn man bedenkt, wie munter Gebrüder Westfahl in Bremen vor kurzer Zeit noch umhersprangen...«

Der Konsul sah ihn blinzelnd an, indem er ihn weder sah noch hörte. Er hatte keineswegs seinem wirklichen Gedanken Ausdruck gegeben, über den er grübelte... Warum, fragte er sich argwöhnisch und dennoch verständnislos, warum dies alles gerade jetzt? B. Grünlich hatte schon vor zwei, vor drei Jahren stehen können, wo er jetzt stand; das übersah man mit einem Blick. Aber sein Kredit war unerschöpflich gewesen, er hatte von den Banken Kapital erhalten, er hatte die Unterschriften von soliden Häusern wie Senator Bock und Konsul Goudstikker immer wieder für seine Unternehmungen in Empfang genommen, und seine Wechsel hatten kursiert wie Bargeld. Warum gerade jetzt, jetzt, jetzt – und der Chef der Firma Johann Buddenbrook wußte wohl, was er unter diesem Jetzt verstand – dieser Zusammenbruch auf allen Seiten, dieses totale Zurückziehen alles Vertrauens wie auf Verabredung, dieses einmütige Herfallen über B. Grünlich unter Hintansetzung jeder Rücksicht, ja jeder Höflichkeitsform? Der Konsul wäre allzu naiv gewesen, hätte er nicht gewußt, daß das Ansehen seines eignen Hauses nach der Verlobung Grünlichs mit seiner Tochter auch seinem Schwiegersohne hatte zugute kommen müssen. Aber hatte der Kredit des letzteren so vollkommen, so eklatant, so ausschließlich von dem seinen abgehangen? War Grünlich selbst denn nichts gewesen? Und die Erkundigungen, die der Konsul eingezogen, die Bücher, die er geprüft hatte?... Mochte es sich damit verhalten, wie es wollte, so stand sein Entschluß, in dieser Sache auch nicht das Glied eines Fingers zu regen, fester als jemals. Man sollte sich verrechnet haben! Augenscheinlich hatte B. Grünlich die Anschauung zu erwecken gewußt, als sei er mit Johann Buddenbrook solidarisch? Diesem, wie es schien, entsetzlich weit verbreiteten Irrtum mußte ein für alle Male vorgebeugt werden! Und auch dieser Kesselmeyer sollte sich wundern! Besaß dieser Bajazz ein Gewissen? Es sprang in die Augen, wie schamlos er ganz allein darauf spekuliert hatte, daß er, Johann Buddenbrook, den Mann seiner Tochter nicht würde fallenlassen, wie er dem längst vernichteten Grünlich zwar fort und fort Kredit gewährt, ihn aber immer blutigere Wucherzinsen hatte unterschreiben lassen...

»Gleichviel«, sagte er kurz. »Kommen wir zur Sache. Wenn ich hier als Kaufmann mein Gutachten abgeben soll, so bedauere ich, aussprechen zu müssen, daß dies die Lage eines zwar unglücklichen, aber auch eines in hohem Grade schuldigen Mannes ist.«

»Vater...« stammelte Herr Grünlich.

»Diese Anrede klingt mir *schlecht* in die Ohren!« sagte der Konsul rasch und hart. »Ihre Forderungen, mein Herr«, fuhr er fort, indem er sich flüchtig dem Bankier zuwandte, »an Herrn Grünlich betragen sechzigtausend Mark...«

»Mit den rückständigen und den zum Kapital geschlagenen Zinsen achtundsechzigtausendsiebenhundertundfünfundfünfzig Mark und fünfzehn Schillinge«, antwortete Herr Kesselmeyer behaglich.

»Sehr wohl... Und Sie wären unter keinen Umständen geneigt, Ihre Geduld zu verlängern?«

Herr Kesselmeyer begann einfach zu lachen. Er lachte mit offenem Munde, stoßweise, ohne eine Spur von Hohn und sogar gutmütig, indem er dem Konsul ins Gesicht sah, als wollte er ihn auffordern, gleichfalls einzustimmen.

Johann Buddenbrooks kleine tiefliegende Augen trübten sich und umgaben sich plötzlich mit roten Rändern, die sich bis zu den Wangenknochen hinzogen. Er hatte nur der Form wegen gefragt und wußte sehr wohl, daß ein Aufschub von seiten dieses einen Gläubigers die Sachlage ganz unwesentlich verändert haben würde. Aber die Art, in der dieser Mensch ihn zurückwies, beschämte und erbitterte ihn aufs äußerste. Mit einer einzigen Handbewegung schob er alles weit von sich, was vor ihm lag, legte mit einem Ruck den Bleistift auf den Tisch und sagte:

»So erkläre ich, daß ich nicht willens bin, mich länger in irgendeiner Weise mit dieser Angelegenheit zu beschäftigen.«

»Ahah!« rief Herr Kesselmeyer, indem er seine Hände in der Luft schüttelte... »Das nenne ich ein Wort, das nenne ich würdig gesprochen. Der Herr Konsul wird die Sache ganz einfach regeln! Ohne langes Parlamentieren! Schlankerhand!«

Johann Buddenbrook sah ihn nicht einmal an.

»Ich kann Ihnen nicht helfen, mein Freund«, wandte er sich ruhig an Herrn Grünlich. »Die Dinge müssen den Weg nehmen, den sie eingeschlagen haben... Ich sehe mich nicht in der Lage, sie aufzuhalten. Fassen Sie sich und suchen Sie Trost und Kraft bei Gott. Ich muß diese Unterredung als geschlossen betrachten.«

Überraschender Weise nahm Herrn Kesselmeyers Gesicht einen ernsten Ausdruck an, was sich ganz wunderlich ausnahm; dann aber nickte er Herrn Grünlich aufmunternd zu. Dieser saß bewegungslos und rang nur seine langen Hände auf dem Tische so heftig, daß die Finger leise krachten.

»Vater... Herr Konsul...« sagte er mit wankender Stimme, »Sie werden... Sie können meinen Ruin, mein Elend nicht wollen! Hören Sie mich an! Es handelt sich in Summa um ein Manko von hundertzwanzigtausend... Sie können mich retten! Sie sind ein reicher Mann! Betrachten Sie diese Summe, wie Sie wollen... als eine endgültige Abfindung, als das Erbteil Ihrer Tochter, als ein verzinsbares Darlehen... Ich werde arbeiten... Sie wissen, daß ich rege und findig bin...«

»Ich habe mein letztes Wort gesprochen«, sagte der Konsul.

»Erlauben Sie mir... *können* Sie nicht?« fragte Herr Kesselmeyer und sah ihn durch seinen Kneifer mit krauser Nase an... »Wenn ich dem Herrn Konsul zu bedenken geben dürfte... dies wäre eigentlich gerade jetzt eine allerliebste Occasion, die Stärke der Firma Johann Buddenbrook zu beweisen...«

»Sie täten gut daran, mein Herr, die Sorge für das Ansehen meines Hauses mir selbst zu überlassen. Um meine Zahlungsfähigkeit klarzustellen, habe ich nicht nötig, mein Geld in die nächste Pfütze zu werfen...«

»Nicht doch, nicht doch! A-ahah, ›Pfütze‹ ist höchst spaßhaft! Aber meinen Herr Konsul nicht, daß der Konkurs Ihres Herrn Schwiegersohnes auch Ihre Lage in eine falsche und schiefe Beleuchtung... wie? ...bringen würde... wie? ...rücken würde? ...«

»Ich kann Ihnen nur noch einmal empfehlen, meinen Ruf in der Geschäftswelt meine eigene Sache sein zu lassen«, sagte der Konsul.

Herr Grünlich sah ratlos seinem Bankier ins Gesicht und begann von neuem:

»Vater... ich flehe Sie an, bedenken Sie, was Sie tun! ... Ist denn von mir allein die Rede? Oh, ich... mag *ich* immerhin zugrunde gehen! Aber Ihre Tochter, mein Weib, sie, die ich so liebe, die ich mir in so heißem Kampfe erworben... und unser Kind, unser beider unschuldiges Kind... auch sie im Elend! Nein, Vater, ich würde es nicht tragen! Ich würde mich töten! Ja, mit dieser meinen eigenen Hand würde ich mich töten... glauben Sie mir! Und möge der Himmel Sie dann von jeder Schuld freisprechen!«

Johann Buddenbrook lehnte bleich und mit pochendem Herzen in seinem Armsessel. Zum zweiten Male stürmten die Empfindungen dieses Mannes auf ihn ein, deren Äußerung durchaus das Gepräge der Echtheit trug, wieder mußte er, wie damals, als er Herrn Grünlich den Travemünder Brief seiner Tochter mitgeteilt hatte, dieselbe gräßliche Drohung vernehmen, und wieder durchschauerte ihn die schwärmerische Ehrfurcht seiner Generation vor menschlichen Gefühlen, die stets mit seinem nüchternen und praktischen Geschäftssinn in Hader gelegen hatte. Dieser Anfall aber währte nicht länger als eine Sekunde. ›Hundertundzwanzigtausend Mark...‹ wiederholte er innerlich, und dann sagte er ruhig und fest:

»Antonie ist meine Tochter. Ich werde zu verhindern wissen, daß sie unschuldig leidet.«

»Was wollen Sie damit sagen...?« fragte Herr Grünlich, indem er langsam erstarrte...

»Das werden Sie erfahren«, antwortete der Konsul. »Für jetzt habe ich meinen Worten nichts hinzuzufügen.« Und damit erhob er sich, stellte seinen Stuhl fest auf den Boden und wandte sich zur Tür.

Herr Grünlich saß stumm, steif, fassungslos, und sein Mund bewegte sich ruckweise nach beiden Seiten, ohne daß sich ihm ein Wort zu entringen vermochte. Herrn Kesselmeyers Munterkeit aber kehrte bei dieser abschließenden und endgültigen Bewegung des Konsuls zurück... ja, sie nahm überhand, sie überschritt alle Grenzen und wurde fürchterlich! Das Binocle fiel von seiner Nase, die sich zwischen die Augen hinaufzog, während sein winziger Mund, in dem die beiden Eckzähne gelb und einsam ragten, zu zerreißen drohte. Seine kleinen, roten Hände ruderten in der Luft, seine Flaumfedern flatterten, sein gänzlich verschobenes und vor übermäßiger Fröhlichkeit verzerrtes Gesicht mit dem weißen, geschorenen Backenbart war zinnoberfarben...

»A-ahah!« schrie er, daß seine Stimme sich überschlug... »Das finde ich höchst... höchst spaßhaft! Aber Sie sollten es sich überlegen, Herr Konsul Buddenbrook, ein solch allerliebstes, ein solch köstliches Exemplar von einem Schwiegersöhnchen in den Graben zu werfen!... So etwas von Regsamkeit und Findigkeit gibt es auf Gottes weiter, lieber Erdenwelt nicht zum zweiten Male! Ahah! schon vor vier Jahren, als uns schon einmal das Messer an der Kehle stand... der Strick um den Hals lag... wie wir da plötzlich die Verlobung mit Mademoiselle Buddenbrook an der Börse ausschreien ließen, noch bevor sie wirklich stattgefunden hatte... jederlei Achtung! Na-hein, meine höchste Anerkennung...!«

»Kesselmeyer!« kreischte Herr Grünlich, machte krampfhafte Bewegungen mit den Händen, als ob er ein Gespenst von sich abwehrte, und lief in einen Winkel des Zimmers, woselbst er sich auf einen Stuhl setzte, das Gesicht in den Händen verbarg und sich so tief bückte, daß die Enden seiner Favoris auf seinen Schenkeln lagen. Einige Male zog er sogar die Kniee empor.

»Wie haben wir das eigentlich gemacht?« fuhr Herr Kesselmeyer fort. »Wie haben wir es eigentlich angefangen, das Töchterchen und die achtzigtausend Mark zu ergattern? O-ho! das arrangiert sich! Wenn man auch nur für einen Sechsling Regsamkeit und Findigkeit besitzt, so arrangiert sich das! Man legt dem rettenden Herrn Papa recht hübsche Bücher vor, allerliebste, reinliche Bücher, in denen alles aufs beste bestellt ist... nur daß sie mit der rauhen Wirklichkeit nicht völlig übereinstimmen... Denn in der rauhen Wirklichkeit sind drei Viertel der Mitgift schon Wechselschulden!«

Der Konsul stand totenblaß an der Tür, den Griff in der Hand. Das Grauen rann ihm den Rücken hinunter. Befand er sich in dieser kleinen, unruhig beleuchteten Stube allein mit einem Gauner und einem vor Bosheit tollen Affen?

»Herr, ich verachte Ihre Worte«, brachte er mit geringer Sicherheit hervor. »Ich verachte Ihre wahnsinnigen Verleumdungen um so mehr, als sie auch mich treffen... mich, der ich meine Tochter nicht leichtfertiger Weise ins Unglück gebracht habe. Ich habe sichere Erkundigungen über meinen Schwiegersohn eingezogen... das übrige war Gottes Wille!«

Er wandte sich, er *wollte* nichts mehr hören, er öffnete die Tür. Aber Herr Kesselmeyer schrie ihm nach:

»Ahah? Erkundigungen? Bei wem? Bei Bock? Bei Goudstikker? Bei Petersen? Bei Maßmann & Timm? Die waren ja alle engagiert! Die waren ja alle ganz ungeheuer engagiert! Die waren ja alle ungemein froh, daß sie durch die Heirat sichergestellt wurden...«

Der Konsul schlug die Tür hinter sich zu.

9.

Im Speisezimmer hantierte Dora, die nicht ganz ehrliche Köchin.

»Bitte Madame Grünlich, herunterzukommen«, befahl der Konsul.

»Mach dich fertig, mein Kind!« sagte er, als Tony erschien. Er ging mit ihr in den Salon hinüber. »Mach dich in aller Eile bereit und trage Sorge, daß auch Erika bald reisefertig ist... Wir fahren zur Stadt... Wir werden im Gasthof übernachten und morgen nach Hause fahren.«

»Ja, Papa«, sagte Tony. Ihr Gesicht war rot, verstört und ratlos. Sie machte unnütze und eilfertige Handbewegungen an ihrer Taille, ohne zu wissen, womit sie ihre Vorbereitungen beginnen sollte, und ohne noch recht an die Wirklichkeit dieses Erlebnisses glauben zu können.

»Was soll ich mitnehmen, Papa?« fragte sie ängstlich und erregt... »Alles? Alle Kleider? Einen oder zwei Koffer?...Macht Grünlich wirklich Bankerott?...O Gott!... Aber kann ich dann meine Schmucksachen mitnehmen?...Papa, die Mädchen müssen doch gehen... ich kann sie nicht mehr ablohnen... Grünlich hätte mir heute oder morgen Wirtschaftsgeld geben müssen...«

»Laß das, mein Kind; diese Dinge werden hier geordnet werden. Nimm nur das Notwendigste... einen Koffer... einen kleinen. Man wird dir dein Eigentum nachschicken. Spute dich, hörst du? Wir haben...«

In diesem Augenblicke wurden die Portieren auseinandergeschlagen und in den Salon kam Herr Grünlich. Mit raschen Schritten, die Arme ausgebreitet und den Kopf zur Seite geneigt, in der Haltung eines Mannes, welcher sagen will: ›Hier bin ich! Töte mich, wenn du willst!‹ eilte er auf seine Gattin zu und sank dicht vor ihr auf beide Knie nieder. Sein Anblick war mitleiderregend. Seine goldgelben Favoris waren zerzaust, sein Leibrock war zerknittert, seine Halsbinde verschoben, sein Kragen stand offen, und auf seiner Stirn waren kleine Tropfen zu bemerken.

»Antonie...!« sagte er. »Sieh mich hier... Hast du ein Herz, ein fühlendes Herz?...Höre mich an... du siehst einen Mann vor dir, der vernichtet, zugrunde gerichtet ist, wenn... ja, der vor Kummer sterben wird, wenn du seine Liebe verschmähst! Hier liege ich... bringst du es über das Herz, mir zu sagen: Ich verabscheue dich –? Ich verlasse dich –?«

Tony weinte. Es war genau wie damals im Landschaftszimmer. Wieder sah sie dies angstverzerrte Gesicht, diese flehenden Augen auf sich gerichtet, und wieder sah sie mit Erstaunen und Rührung, daß diese Angst und dieses Flehen ehrlich und ungeheuchelt waren.

»Steh auf, Grünlich«, sagte sie schluchzend. »Bitte, steh doch auf!« Und sie versuchte, ihn an den Schultern emporzuheben. »Ich verabscheue dich nicht! Wie kannst du dergleichen sagen!...« Ohne zu wissen, was sie sonst noch sprechen sollte, wandte sie sich vollkommen hülflos ihrem Vater zu. Der Konsul ergriff ihre Hand, verneigte sich vor seinem Schwiegersohn und ging mit ihr der Korridortüre zu.

»Du gehst?« rief Herr Grünlich und sprang auf die Füße...

»Ich habe Ihnen schon ausgesprochen«, sagte der Konsul, »daß ich es nicht verantworten kann, mein Kind so ganz unverschuldet dem Unglück zu überlassen, und ich füge hinzu, daß auch Sie das nicht können. Nein, mein Herr, Sie haben den Besitz meiner Tochter verscherzt. Und danken Sie Ihrem Schöpfer dafür, daß er das Herz dieses Kindes so rein und ahnungslos erhalten hat, daß sie sich *ohne* Abscheu von Ihnen trennt! Leben Sie wohl!«

Hier aber verlor Herr Grünlich den Kopf. Er hätte von kurzer Trennung, von Rückkehr und neuem Leben sprechen und vielleicht die Erbschaft retten können; aber es war zu Ende mit seiner Überlegung, seiner Regsamkeit und Findigkeit. Er hätte den großen, unzerbrechlichen, bronzenen Teller nehmen können, der auf der Spiegel-Etagère stand, aber er nahm die dünne, mit Blumen bemalte Vase, die sich dicht daneben befand, und warf sie zu Boden, daß sie in tausend Stücke zersprang...

»Ha! Schön! Gut!« schrie er. »Geh nur! Meinst du, daß ich dir nachheule, du Gans? Ach nein, Sie irren sich, meine Teuerste! Ich habe dich *nur* deines Geldes wegen geheiratet, aber da es noch lange nicht genug war, so mach nur, daß du wieder nach Hause kommst! Ich bin deiner überdrüssig... überdrüssig... überdrüssig...!«

Johann Buddenbrook führte seine Tochter schweigend hinaus. Er selbst aber kehrte noch einmal zurück, schritt auf Herrn Grünlich zu, der, die Hände auf dem Rücken, am Fenster stand und in den Regen hinausstarrte, berührte sanft seine Schulter und sprach leise und mahnend:

»Fassen Sie sich. *Beten* Sie.«

10

Das große Haus in der Mengstraße blieb lange Zeit von einer gedämpften Stimmung erfüllt, als Madame Grünlich, zusammen mit ihrer kleinen Tochter, dort wieder eingezogen war. Man ging behutsam umher und sprach nicht gerne »davon«.... ausgenommen die Hauptperson der ganzen Angelegenheit selbst, die im Gegenteile mit Leidenschaft davon sprach und sich dabei wahrhaft in ihrem Elemente fühlte.

Tony bezog mit Erika im zweiten Stockwerk die Zimmer, die ehemals, zur Zeit der alten Buddenbrooks, ihre Eltern innegehabt hatten. Sie war ein wenig enttäuscht, als ihr Papa es sich keineswegs in den Sinn kommen ließ, ein eignes Dienstmädchen für sie zu engagieren, und sie durchlebte eine nachdenkliche halbe Stunde, als er ihr mit sanften Worten auseinandersetzte, es zieme sich vorderhand nichts anderes für sie, als in Zurückgezogenheit zu leben und auf die Geselligkeit der Stadt zu verzichten, denn wenn sie auch an dem Geschick, das Gott als Prüfung über sie verhängt, nach menschlichen Begriffen unschuldig sei, so lege doch ihre Stellung als geschiedene Frau ihr fürs erste die äußerste Zurückhaltung auf. Aber Tony besaß die schöne Gabe, sich jeder Lebenslage mit Talent, Gewandtheit und lebhafter Freude am Neuen anzupassen. Sie gefiel sich bald in ihrer Rolle als eine von unverschuldetem Unglück heimgesuchte Frau, kleidete sich dunkel, trug ihr hübsches aschblondes Haar glatt gescheitelt wie als junges Mädchen und hielt sich für die mangelnde Geselligkeit schadlos, indem sie zu Hause mit ungeheurer Wichtigkeit und unermüdlicher Freude an dem Ernst und der Bedeutsamkeit ihrer Lage Betrachtungen über ihre Ehe, über Herrn Grünlich und über Leben und Schicksal im allgemeinen anstellte.

Nicht jedermann bot ihr Gelegenheit dazu. Die Konsulin war zwar überzeugt, daß ihr Gatte korrekt und pflichtgemäß gehandelt habe; aber sie erhob, wenn Tony zu sprechen begann, nur leicht ihre schöne weiße Hand und sagte:

»Assez, mein Kind. Ich höre nicht gern von dieser Affaire.«

Clara, erst zwölfjährig, verstand nichts von der Sache, und Cousine Thilda war gleichfalls zu dumm. »Oh Tony, wie traurig!« war alles, was sie langgedehnt und erstaunt hervorzubringen wußte. Dagegen fand die junge Frau eine aufmerksame Zuhörerin in Mamsell Jungmann, die nun schon fünfunddreißig Jahre zählte, und sich rühmen durfte, im Dienste der ersten Kreise ergraut zu sein. »Brauchst nicht Furcht haben, Tonychen, mein Kindchen«, sagte sie; »bist noch jung, wirst dich wieder verheiraten.« Übrigens widmete sie sich mit Liebe und Treue der Erziehung der kleinen Erika und erzählte ihr dieselben Erinnerungen und Geschichten, denen vor fünfzehn Jahren die Kinder des Konsuls gelauscht hatten: von einem Onkel, im besonderen, der zu Marienwerder am Schluckauf gestorben war, weil er »sich das Herz abgestoßen« hatte.

Am liebsten und längsten aber plauderte Tony, nach dem Mittagessen oder morgens beim ersten Frühstück, mit ihrem Vater. Ihr Verhältnis zu ihm war mit einem Schlage weit inniger geworden als früher. Sie hatte bislang, bei seiner Machtstellung in der Stadt, bei seiner emsigen, soliden, strengen und frommen Tüchtigkeit, mehr ängstliche Ehrfurcht als Zärtlichkeit für ihn empfunden; während jener Auseinandersetzung aber in ihrem Salon war er ihr menschlich nahegetreten, und es hatte sie mit Stolz und Rührung erfüllt, daß er sie eines vertrauten und ernsten Gespräches über diese Sache gewürdigt, daß er die Entscheidung ihr selbst anheimgestellt und daß er, der Unantastbare, ihr fast mit Demut gestanden, er fühle sich nicht schuldlos ihr gegenüber. Es ist sicher, daß Tony selbst niemals auf diesen Gedanken gekommen wäre; da er es aber sagte, so glaubte sie es, und ihre Gefühle für ihn wurden weicher und zarter dadurch. Was den Konsul selbst anging, so änderte er seine Anschauungsweise nicht und glaubte seiner Tochter mit verdoppelter Liebe ihr schweres Geschick entgelten zu müssen.

Johann Buddenbrook war in keiner Weise persönlich gegen seinen betrügerischen Schwiegersohn vorgegangen. Zwar hatten Tony und ihre Mutter aus dem Verlaufe einiger Gespräche erfahren, zu welch unredlichen Mitteln Herr Grünlich gegriffen hatte, um achtzigtausend Mark zu erlangen; aber der Konsul hütete sich wohl, die Sache der Öffentlichkeit oder gar der Justiz zu übergeben. Er fühlte in seinem Stolz als Geschäftsmann sich bitter gekränkt und verwand schweigend die Schmach, so plump übers Ohr gehauen worden zu sein.

Jedenfalls strengte er, sobald der Konkurs des Hauses B. Grünlich erfolgt – der übrigens in Hamburg verschiedenen Firmen nicht unerhebliche Verluste bereitete –, mit Entschlossenheit den Scheidungsprozeß an... und dieser Prozeß war es hauptsächlich, der Gedanke, daß sie, sie selbst den Mittelpunkt eines wirklichen Prozesses bildete, der Tony mit einem unbeschreiblichen Würdegefühl erfüllte.

»Vater«, sagte sie; denn in solchen Gesprächen nannte sie den Konsul niemals »Papa«. »Vater, wie geht unsere Sache vorwärts? Du meinst doch, daß alles gut gehen wird? Der Paragraph ist vollkommen klar; ich habe ihn genau studiert! ›Unfähigkeit des Mannes, seine Familie zu ernähren...‹ Die Herren müssen das einsehen. Wenn ein Sohn da wäre, würde Grünlich ihn behalten...«

Ein anderes Mal sagte sie:

»Ich habe noch viel über die Jahre meiner Ehe nachgedacht, Vater. Ha! also *deshalb* wollte der Mensch durchaus nicht, daß wir in der Stadt wohnten, was ich doch so sehr wünschte. Also *deshalb* sah er es niemals gern, daß ich überhaupt in der Stadt verkehrte und Gesellschaften besuchte! Die Gefahr war dort wohl größer als in Eimsbüttel, daß ich auf irgendeine Weise erfuhr, wie es eigentlich um ihn bestellt war! ...Was für ein Filou!«

»Wir sollen nicht richten, mein Kind«, erwiderte der Konsul.

Oder sie begann, als die Ehescheidung ausgesprochen war, mit wichtiger Miene:

»Du hast es doch schon in die Familienpapiere eingetragen, Vater? Nein? Oh, dann darf ich es wohl tun... Bitte, gib mir den Schlüssel zum Sekretär.«

Und emsig und stolz schrieb sie unter die Zeilen, die sie vor vier Jahren hinter ihren Namen gesetzt: »Diese Ehe ward anno 1850 im Februar rechtskräftig wieder aufgelöst.«

Dann legte sie die Feder fort und dachte einen Augenblick nach.

»Vater«, sagte sie, »ich weiß wohl, daß dies Ereignis einen Flecken in unserer Familiengeschichte bildet. Ja, ich habe schon viel darüber nachgedacht. Es ist genau, als wäre hier ein Tintenklecks in diesem Buche. Aber sei ruhig... es ist meine Sache, ihn wieder fortzuradieren! Ich bin noch jung... findest du nicht, daß ich noch ziemlich hübsch bin? Obgleich Madam' Stuht, als sie mich wiedersah, zu mir sagte: ›O Gott, Madam' Grünlich, wie sind Sie alt geworden!‹ Nun, man kann unmöglich sein Lebtag eine solche Gans bleiben, wie ich vor Jahren war... das Leben nimmt einen natürlich mit... Kurz, nein, ich werde mich wieder verheiraten! Du sollst sehen, alles wird durch eine neue, vorteilhafte Partie wieder gutgemacht werden! Meinst du nicht?«

»Das steht in Gottes Hand, mein Kind. Aber es schickt sich durchaus nicht, jetzt über solche Dinge zu sprechen.«

Im übrigen begann Tony um diese Zeit sich sehr oft der Redewendung »Wie es im Leben so geht...« zu bedienen, und bei dem Worte »Leben« hatte sie einen hübschen und ernsthaften Augenaufschlag, welcher zu ahnen gab, welch tiefe Blicke sie in Menschenleben und -schicksal getan...

Der Tisch im Eßsaale vergrößerte sich noch mehr, und Tony erhielt neue Gelegenheit, sich auszusprechen, als Thomas im August dieses Jahres von Pau nach Hause zurückkehrte. Sie liebte und verehrte diesen Bruder, der ja auch damals bei der Abreise von Travemünde ihren Schmerz gekannt und gewürdigt hatte und in dem sie den zukünftigen Firmenchef, das einstmalige Familienhaupt erblickte, von ganzem Herzen.

»Ja, ja«, sagte er. »Wir beide haben schon allerhand durchgemacht, Tony...« Dann zog er eine Braue empor, ließ die russische Zigarette in den anderen Mundwinkel wandern und dachte wahrscheinlich an das kleine Blumenmädchen mit dem malaiischen Gesichtstypus, das vor kurzer Zeit den Sohn ihrer Brotgeberin geheiratet hatte und nun auf eigene Hand das Blumengeschäft in der Fischergrube fortführte.

Thomas Buddenbrook, noch ein wenig blaß, war eine auffallend elegante Erscheinung. Es schien, daß diese letzten Jahre seine Erziehung durchaus vollendet hatten. Mit seiner über den Ohren zu kleinen Hügeln zusammengebürsteten Frisur, mit seinem nach französischer Mode sehr spitz gedrehten und mit der Brennzange waagerecht ausgezogenen Schnurrbart und seiner untersetzten, ziemlich breitschulterigen Gestalt machte seine Figur einen beinahe militärischen Eindruck. Aber das bläuliche, allzu sichtbare Geäder an seinen schmalen Schläfen, von denen das Haar in zwei Einbuchtungen zurücktrat, sowie eine leichte Neigung zum Schüttelfrost, die der gute Doktor Grabow vergebens bekämpfte, deutete an, daß seine Konstitution nicht besonders kräftig war. Was Einzelheiten der Körperbildung, wie das Kinn, die Nase und besonders die Hände... wunderbar echt Buddenbrooksche Hände! betraf, so war seine Ähnlichkeit mit dem Großvater noch größer geworden.

Er sprach ein mit spanischen Lauten untermischtes Französisch und setzte jedermann durch seine Liebhaberei für gewisse moderne Schriftsteller satirischen und polemischen Charakters in Erstaunen... Nur bei dem finsteren Makler, Herrn Gosch, fand er in der Stadt für diese Neigung Verständnis; sein Vater verurteilte sie aufs strengste.

Das hinderte nicht, daß der Stolz und das Glück, das der Konsul über seinen ältesten Sohn empfand, ihm in den Augen zu lesen war. Mit Rührung und Freude begrüßte er ihn alsbald nach seiner Ankunft aufs neue als Mitarbeiter in seinen Comptoirs, in denen er selbst jetzt wieder mit größerer Genugtuung zu wirken begann; und zwar nach dem Tode der alten Madame Kröger, der am Ende des Jahres erfolgte.

Man mußte den Verlust der alten Dame mit Fassung ertragen. Sie war steinalt geworden und hatte zuletzt ganz einsam gelebt. Sie ging zu Gott, und Buddenbrooks bekamen eine Menge Geld, volle runde hunderttausend Taler Courant, die das Betriebskapital der Firma in wünschenswertester Weise verstärkten.

Eine weitere Folge dieses Sterbefalles war diejenige, daß des Konsuls Schwager Justus, sobald er den Rest seines Erbteiles in Händen hatte, müde seiner beständigen geschäftlichen Mißerfolge, liquidierte und sich zur Ruhe setzte. Justus Kröger, der Suitier, des alten à la mode-Kavaliers lebensfroher Sohn, war kein sehr glücklicher Mensch. Er hatte, mit seiner Coulance und seiner heiteren Leichtlebigkeit, es niemals zu einer sicheren, soliden und zweifellosen Position in der Kaufmannswelt bringen können, er hatte einen bedeutenden Teil seines elterlichen Erbes im voraus eingebüßt, und neuerdings kam hinzu, daß Jakob, sein ältester Sohn, ihm schwere Kümmernisse bereitete.

Der junge Mann, der in dem großen Hamburg sich sittenlose Gesellschaft gewählt zu haben schien, hatte seinem Vater mit den Jahren eine ungebührliche Menge Courantmark gekostet, und da, wenn Konsul Kröger sich weigerte, noch mehr zu leisten, seine Gattin, eine schwache und zärtliche Frau, dem lockeren Sohne heimlich weitere Geldsummen zukommen ließ, so waren zwischen dem Ehepaar traurige Mißhelligkeiten entstanden. Um allem die Krone aufzusetzen, war fast zur selben Zeit, als B. Grünlich seine Zahlungen einstellte, in Hamburg, wo Jakob Kröger bei den Herren Dalbeck & Comp. arbeitete, noch etwas anderes, Unheimliches vorgefallen... Ein Übergriff, eine Unredlichkeit hatte stattgefunden... Man sprach nicht davon und richtete keine Fragen an Justus Kröger; aber es hieß, daß Jakob in New York eine Stellung als Reisender gefunden habe und demnächst zu Schiff gehen werde. Einmal, vor seiner Fahrt, wurde er in der Stadt gesehen, wohin er wahrscheinlich gekommen war, um außer dem Reisegelde, das sein Vater ihm zugeschickt, von seiner Mutter noch mehr zu erlangen: ein geckenhaft gekleideter Jüngling von ungesundem Aussehen.

Kurz, es war dahin gekommen, daß Konsul Justus, als ob er nur einen Leibeserben besäße, ausschließlich von »meinem Sohne« sprach... womit er Jürgen meinte, der sich zwar niemals eines Vergehens schuldig gemacht, aber geistig allzu beschränkt erschien. Er hatte das Gymnasium mit großer Mühe absolviert und befand sich seit einiger Zeit in Jena, wo er sich, ohne viel Freude und Erfolg, wie es den Anschein hatte, der Jurisprudenz widmete.

Johann Buddenbrook empfand aufs schmerzlichste die wenig

ehrenvolle Entwicklung der Familie seiner Frau und blickte mit desto ängstlicherer Erwartung auf seine eigenen Kinder. Er war berechtigt, die vollste Zuversicht in die Tüchtigkeit und den Ernst seines ältesten Sohnes zu setzen; was aber Christian betraf, so hatte Mr. Richardson geschrieben, der junge Mann habe sich zwar mit entschiedener Begabung die englische Sprache zu eigen gemacht, zeige aber im Geschäft nicht immer hinreichendes Interesse und lege eine allzu große Schwäche für die Zerstreuungen der Weltstadt, zum Beispiel für das Theater, an den Tag. Christian selbst bewies in seinen Briefen ein lebhaftes Wander-bedürfnis und bat eifrig um die Erlaubnis, »drüben«, das heißt in Süd-Amerika, vielleicht in Chile, eine Stellung annehmen zu dürfen. »Aber das ist Abenteuerlust«, sagte der Konsul und be-fahl ihm, vorerst während eines vierten Jahres seine merkantilen Kenntnisse bei Mr. Richardson zu vervollständigen. Es wurden dann noch einige Briefe über seine Pläne gewechselt, und im Sommer 1851 segelte Christian Buddenbrook in der Tat nach Valparaiso, wo er sich eine Position verschafft hatte. Er reiste direkt von England, ohne vorher in die Heimat zurückzu-kehren.

Abgesehen aber von den beiden Söhnen, bemerkte der Kon-sul zu seiner Genugtuung, mit welcher Entschiedenheit und welchem Selbstgefühle Tony ihre Stellung als eine geborene Buddenbrook in der Stadt verteidigte... obgleich man hatte vorhersehen müssen, daß sie in ihrer Eigenschaft als geschiedene Frau allerlei Schadenfreude und Voreingenommenheiten auf sei-ten der anderen Familien werde zu überwinden haben.

»Ha!« sagte sie, als sie mit gerötetem Gesicht von einem Spa-ziergang zurückkam, und warf ihren Hut auf das Sofa im Land-schaftszimmer... »Diese Möllendorpf, diese geborene Hagen-ström, diese Semlinger, dieses Julchen, dieses Geschöpf... was meinst du wohl, Mama! Sie grüßt mich nicht... nein, sie grüßt mich nicht! Sie wartet, daß ich sie zuerst grüße! Was sagst du dazu! Ich bin in der Breiten Straße mit erhobenem Kopfe an ihr vorübergegangen und habe ihr gerade ins Gesicht gesehen...«

»Du gehst zu weit, Tony... Nein, alles hat seine Grenzen.

Warum konntest du Madame Möllendorpf nicht zuerst grüßen? Ihr seid gleichaltrig, und sie ist eine verheiratete Frau, so gut wie du es warst...«

»Niemals, Mama! O Gott, das Geschmeiß!«

»Assez, meine Liebe! So undelikate Worte...«

»Oh, man kann sich hinreißen lassen!«

Ihr Haß gegen diese »hergelaufene Familie« wurde durch die bloße Vorstellung genährt, daß die Hagenströms sich nun vielleicht berechtigt fühlen könnten, auf sie herabzusehen, und nicht minder durch das Glück, mit dem dies Geschlecht emporblühte. Der alte Hinrich starb zu Anfang des Jahres 51, und sein Sohn Hermann... Hermann mit den Zitronensemmeln und der Ohrfeige, führte nun an der Seite des Herrn Strunck das glänzend gehende Exportgeschäft fort und heiratete ein kurzes Jahr später die Tochter des Konsuls Huneus, des reichsten Mannes der Stadt, der es mit seinem Holzhandel dahin gebracht hatte, jedem seiner drei Kinder zwei Millionen hinterlassen zu können. Sein Bruder Moritz hatte trotz seiner Brustschwächlichkeit ein ungewöhnlich erfolgreiches Studium hinter sich und ließ sich in der Stadt als Rechtsgelehrter nieder. Er galt für einen hellen, schlauen, witzigen, ja sogar schöngeistigen Kopf und zog rasch eine beträchtliche Praxis an sich. Er hatte nichts Semlingersches in seinem Äußeren, besaß aber ein gelbes Gesicht und spitze, lückenhafte Zähne.

Sogar in der Familie selbst galt es, den Kopf hochzuhalten. Seit Onkel Gotthold fern den Geschäften lebte, mit seinen kurzen Beinen und weiten Hosen sorglos in seiner bescheidenen Wohnung umherging und aus einer Blechbüchse Brustbonbons aß, denn er liebte sehr die Süßigkeiten... war seine Stimmung gegen den bevorzugten Stiefbruder mit den Jahren milder und resignierter geworden, was freilich nicht ausschloß, daß er angesichts seiner drei unverheirateten Töchter einige stille Genugtuung über Tony's mißglückte Ehe empfand. Um aber von seiner Frau, der geborenen Stüwing, und besonders von den drei nun schon sechs-, sieben- und achtundzwanzig Jahre alten Mädchen zu reden, so bewiesen sie für das Unglück ihrer Cousine und den Scheidungsprozeß ein beinahe übertriebenes, ein weitaus lebhafteres Interesse, als sie damals für die Verlobung und Hochzeit selbst offenbart hatten. An den »Kindertagen«, die seit dem Tode der alten Madame Kröger donnerstags wieder in der Mengstraße abgehalten wurden, hatte Tony keinen leichten Stand ihnen gegenüber...

»O Gott, du Ärmste!« sagte Pfiffi, die Jüngste, die klein und beleibt war und eine drollige Art hatte, sich bei jedem Worte zu schütteln und Feuchtigkeit in die Mundwinkel zu bekommen. »Nun ist es also ausgesprochen? Nun bist du also gerade so weit wie vorher?«

»Ach, im Gegenteile!« sagte Henriette, die wie ihre ältere Schwester von außerordentlich langer und dürrer Gestalt war. »Du bist sehr viel trauriger daran, als wenn du dich überhaupt nicht verheiratet hättest!«

»Das muß ich sagen«, bestätigte Friederike. »*Dann* ist es ja unvergleichlich viel besser, *niemals* zu heiraten.«

»Oh nein, liebe Friederike!« sagte Tony, indem sie den Kopf zurücklegte und sich eine recht schlagkräftige und formgewandte Erwiderung ausdachte. »Da dürftest du denn doch wohl in einem Irrtum befangen sein, nicht wahr?! Man hat doch immerhin das Leben kennengelernt, weißt du! Man ist doch keine Gans mehr! Und dann habe ich ja immer noch mehr Aussicht, mich wieder zu verheiraten, als so manche andere, es zum ersten Male zu tun.«

»Zo?« sagten die Cousinen einstimmig... Sie sagten »Zo« mit einem Z, was sich desto spitziger und ungläubiger ausnahm.

Sesemi Weichbrodt aber war viel zu gut und taktvoll, um die Sache auch nur zu erwähnen. Tony besuchte ihre ehemalige Pflegerin in dem roten Häuschen, Am Mühlenbrink Nr. 7, das noch immer von einer Anzahl junger Mädchen belebt wurde, obgleich die Pension anfing, langsam aus der Mode zu kommen; und auch das tüchtige alte Mädchen ward hie und da in die Mengstraße auf einen Rehrücken oder eine gefüllte Gans gebeten. Dann erhob sie sich auf die Zehenspitzen und küßte Tony gerührt, ausdrucksvoll und mit leise knallendem Geräusch auf die Stirn. Was ihre ungelehrte Schwester, Madame Kethelsen, anging, so begann sie neuerdings mit großer Schnelligkeit taub zu werden und hatte fast nichts von Tony's Geschichte verstanden. Sie stieß bei immer unpassenderen Gelegenheiten ihr unwissendes und vor unbefangener Herzlichkeit fast klagendes Lachen aus, so daß Sesemi sich beständig genötigt sah, auf den Tisch zu pochen und »Nally!« zu rufen...

Die Jahre schwanden dahin. Der Eindruck, den das Erlebnis von Konsul Buddenbrooks Tochter in der Stadt und in der Familie hervorgerufen hatte, verwischte sich mehr und mehr. Tony selbst wurde an ihre Ehe nur dann und wann erinnert, wenn sie im Gesicht der gesund heranwachsenden kleinen Erika diese oder jene Ähnlichkeit mit Bendix Grünlich bemerkte. Aber sie kleidete sich wieder hell, trug ihr Haar wieder über der Stirn gekraust und besuchte wie ehemals Gesellschaften in ihrem Bekanntenkreise.

Immerhin war sie recht froh, daß ihr Gelegenheit geboten wurde, jährlich im Sommer die Stadt auf längere Zeit zu verlassen... denn leider machte das Befinden des Konsuls jetzt weitere Kur-Reisen notwendig.

»Man weiß nicht, was es heißt, alt zu werden!« sagte er. »Ich bekomme einen Kaffeefleck in mein Beinkleid und kann nicht kaltes Wasser daraufbringen, ohne sofort den heftigsten Rheumatismus davonzutragen... Was konnte man sich früher erlauben?« Auch litt er manchmal an Schwindelanfällen.

Man ging nach Obersalzbrunn, nach Ems und Baden-Baden, nach Kissingen, man machte von dort aus sogar eine so bildende wie unterhaltende Reise über Nürnberg nach München, durchs Salzburgische über Ischl nach Wien, über Prag, Dresden, Berlin nach Hause... und obgleich Madame Grünlich wegen einer nervösen Magenschwäche, die sich neuerdings bei ihr bemerkbar zu machen begann, in den Bädern gezwungen war, sich einer strengen Kur zu unterwerfen, empfand sie diese Reisen als eine höchst erwünschte Abwechslung, denn sie verhehlte durchaus nicht, daß sie sich zu Hause ein wenig langweilte.

»Oh, mein Gott, weißt du, wie es im Leben so geht, Vater!«

sagte sie, indem sie gedankenvoll die Zimmerdecke betrachtete... »Gewiß, ich habe das Leben kennen gelernt... aber gerade darum ist es eine etwas trübe Aussicht für mich, hier nun immer zu Hause sitzen zu müssen wie ein dummes Ding. Du glaubst hoffentlich nicht, daß ich nicht gern bei euch bin, Papa... ich müßte ja Schläge haben, es wäre die höchste Undankbarkeit! Aber wie es im Leben so ist, weißt du...«

Hauptsächlich aber ärgerte sie sich über den immer religiöseren Geist, der ihr weitläufiges Vaterhaus erfüllte, denn des Konsuls fromme Neigungen traten in dem Grade, in welchem er betagt und kränklich wurde, immer stärker hervor, und seitdem die Konsulin alterte, begann auch sie an dieser Geistesrichtung Geschmack zu finden. Die Tischgebete waren stets im Buddenbrookschen Hause üblich gewesen; jetzt aber bestand seit längerer Zeit das Gesetz, daß sich morgens und abends die Familie gemeinsam mit den Dienstboten im Frühstückszimmer versammelte, um aus dem Munde des Hausherrn einen Bibelabschnitt zu vernehmen. Außerdem mehrten die Besuche von Pastoren und Missionären sich von Jahr zu Jahr, denn das würdige Patrizierhaus in der Mengstraße, wo man, nebenbei bemerkt, so vorzüglich speiste, war in der Welt der lutherischen und reformierten Geistlichkeit, der Inneren und Äußeren Mission längst als ein gastlicher Hafen bekannt, und aus allen Teilen des Vaterlandes kamen gelegentlich schwarzgekleidete und langhaarige Herren herbei, um ein paar Tage hier zu verweilen... gottgefälliger Gespräche, einiger nahrhafter Mahlzeiten und klingender Unterstützung zu heiligen Zwecken gewiß. Auch die Prediger der Stadt gingen als Hausfreunde aus und ein...

Tom war viel zu diskret und verständig, um auch nur ein Lächeln sichtbar werden zu lassen, aber Tony mokierte sich ganz einfach, ja, sie ließ es sich leider angelegen sein, die geistlichen Herren lächerlich zu machen, sobald sich ihr Gelegenheit dazu bot.

Zuweilen, wenn die Konsulin an Migräne litt, war es Madame Grünlichs Sache, die Wirtschaft zu besorgen und das

Menü zu bestimmen. Eines Tages, als eben ein fremder Prediger, dessen Appetit die allgemeine Freude erregte, im Hause zu Gast war, ordnete sie heimtückisch Specksuppe an, das städtische Spezialgericht, eine mit säuerlichem Kraute bereitete Bouillon, in die man das ganze Mittagsmahl: Schinken, Kartoffeln, saure Pflaumen, Backbirnen, Blumenkohl, Erbsen, Bohnen, Rüben und andere Dinge mitsamt der Fruchtsauce hineinrührte, und die niemand auf der Welt genießen konnte, der nicht von Kindesbeinen daran gewöhnt war.

»Schmeckt es? Schmeckt es, Herr Pastor?« fragte Tony beständig... »Nein? O Gott, wer hätte das gedacht!« Und dabei machte sie ein wahrhaft spitzbübisches Gesicht und ließ ihre Zungenspitze, wie sie es zu tun pflegte, wenn sie einen Streich erdachte oder ausführte, ganz leicht an der Oberlippe spielen.

Der dicke Herr legte mit Ergebung den Löffel nieder und sagte arglos:

»Ich werde mich an das nächste Gericht halten.«

»Ja, es gibt noch ein kleines Après«, sagte die Konsulin hastig... denn ein »nächstes Gericht« war nach dieser Suppe undenkbar, und trotz einiger Armeritter mit Apfel-Gelee, welche nachfolgten, mußte der betrogene Geistliche, während Tony vor sich hin kicherte und Tom mit Selbstüberwindung eine Braue emporzog, sich ungesättigt vom Tische erheben...

Ein anderes Mal stand Tony mit der Köchin Stina in häuslichem Gespräche auf der Diele, als Pastor Mathias aus Cannstatt, der wieder einmal während einiger Tage im Hause weilte, von einem Ausgang zurückkehrte und an der Windfangtür klingelte. Mit ländlich watschelnden Schritten ging Trina, zu öffnen, und der Pastor, in der Absicht, ein leutseliges Wort an sie zu richten und sie ein wenig zu prüfen, fragte freundlich:

»Liebscht den Herrn?«... Vielleicht war er willens, ihr etwas zu schenken, wenn sie sich treu zu ihrem Heiland bekannte.

»Je, Herr Paster...« sagte Trine zögernd, errötend und mit großen Augen. »Wekken meenen S' denn? den Ollen oder den Jungen?«

Madame Grünlich verfehlte nicht, diese Geschichte bei Tische mit lauter Stimme zu erzählen, so daß selbst die Konsulin in ihr pruschendes Krögersches Lachen ausbrach.

Der Konsul freilich sah ernst und indigniert auf seinen Teller nieder.

»Ein Mißverständnis...« sagte Pastor Mathias verwirrt.

11.

Was folgt, geschah im Spätsommer des Jahres fünfundfünfzig, an einem Sonntag-Nachmittage. Buddenbrooks saßen im Land-schaftszimmer und warteten auf den Konsul, der sich unten noch ankleidete. Man hatte mit der Familie Kistenmaker ein Festtagsunternehmen, einen Spaziergang zu einem Vergnü-gungsgarten vorm Tore verabredet. Ausgenommen Clara und Klothilde, die jeden Sonntag-Abend im Hause einer Freundin für kleine Negerkinder Strümpfe strickten, wollte man dort Kaffee trinken und vielleicht, wenn das Wetter es erlaubte, eine Ruderpartie auf dem Flusse unternehmen...

»Mit Papa ist es zum Heulen«, sagte Tony, indem sie nach ihrer Gewohnheit starke Worte wählte. »Kann er jemals zur fest-gesetzten Zeit fertig sein? Er sitzt an seinem Pult und sitzt... und sitzt... dies und das *muß* noch fertig werden... großer Gott, vielleicht ist es wirklich notwendig, ich will nichts gesagt ha-ben... obgleich ich nicht glaube, daß wir geradezu Bankerott ansagen müßten, wenn er die Feder eine Viertelstunde früher weggelegt hätte. Gut... wenn es schon zehn Minuten zu spät ist, fällt ihm sein Versprechen ein, und er kommt die Treppen herauf, indem er immer zwei Stufen überspringt, obgleich er weiß, daß er oben Kongestionen und Herzklopfen bekommt... So ist es vor jeder Gesellschaft, vor jedem Ausgang! Kann er sich nicht Zeit lassen? Kann er nicht rechtzeitig aufbrechen und lang-sam gehen? Es ist unverantwortlich. Ich würde meinem Manne einmal ernstlich ins Gewissen reden, Mama...«

Sie saß, nach der Mode in changierende Seide gekleidet, auf dem Sofa bei der Konsulin, die ihrerseits eine schwerere Robe aus grauer, gerippter, mit schwarzen Spitzen besetzter Seide trug. Die Enden ihrer aus Spitzen und steifem Tüll gefertigten Haube, die unterm Kinn mit einer Atlasschleife zusammengefaßt waren, fielen auf die Brust hinab. Ihr glattgescheiteltes Haar war unveränderlich rotblond. Sie hielt einen Pompadour in ihren beiden weißen und zartblau geäderten Händen. Neben ihr im Fauteuil lehnte Tom und rauchte seine Zigarette, während am Fenster Clara und Thilda einander gegenübersaßen. Es war unfaßlich, wie völlig erfolglos die arme Klothilde täglich so gute und reichliche Nahrung zu sich nahm. Sie wurde beständig magerer, und ihr schwarzes Kleid, welches überhaupt gar keinen Schnitt hatte, beschönigte diese Tatsache nicht. In ihrem langen, stillen, grauen Gesicht unter dem glatten, aschfarbenen Scheitel stand eine gerade und poröse Nase, die sich vorn verdickte...

»Meint ihr, daß es *nicht* regnen wird!« sagte Clara. Das junge Mädchen hatte die Gewohnheit, bei einer Frage niemals die Stimme zu erheben, und sah mit einem bestimmten und ziemlich strengen Blick jedem einzelnen ins Gesicht. Ihr braunes Kleid war lediglich mit einem kleinen, weißen, gestärkten Fallkragen und ebensolchen Manschetten geschmückt. Sie saß aufrecht, die Hände im Schoße zusammengelegt. Die Dienstboten fürchteten sie am meisten, und sie hielt morgens und abends die Andacht ab, denn der Konsul konnte nicht mehr vorlesen, ohne sich Beschwerden im Kopf zu verursachen.

»Nimmst du für heute abend deinen *Baschlik* mit, Tony!« fragte sie wieder. »Er wird verregnen. Schade um den neuen Baschlik. Ich halte es für richtiger, daß ihr euren Spaziergang verschiebt...«

»Nein«, erwiderte Tom; »Kistenmakers kommen. Es macht nichts... das Barometer ist zu plötzlich gefallen... Es gibt irgendeine kleine Katastrophe, einen Guß... nichts Dauerndes. Papa ist noch nicht fertig, schön. Wir können ruhig warten, bis es vorüber ist.«

Die Konsulin erhob abwehrend eine Hand.

»Du glaubst, daß ein Gewitter kommt, Tom? Ach, du weißt, ich ängstige mich.«

»Nein«, sagte Tom. »Ich habe heute morgen am Hafen mit Kapitän Kloot gesprochen. Er ist unfehlbar. Es gibt bloß einen Platzregen... nicht einmal stärkeren Wind.«

Verspätete Hundstage hatte diese zweite Septemberwoche gebracht. Bei Süd-Südost-Wind hatte der Sommer schwerer als im Juli auf der Stadt gelastet. Ein fremdartig dunkelblauer Himmel hatte über den Giebeln geleuchtet, fahl am Horizonte, wie in der Wüste; und nach Sonnenuntergang hatten in den schmalen Straßen Häuser und Bürgersteige wie Öfen eine dumpfe Wärme ausgestrahlt. Heute war der Wind ganz nach Westen hin umgeschlagen, und gleichzeitig hatte dieser plötzliche Barometersturz stattgefunden... Noch war ein großer Teil des Himmels blau, aber ganz langsam zog ein Komplex von graublauen Wolken daran herauf, dick und weich wie Kissen.

Tom fügte hinzu:

»Ich finde auch, der Regen käme höchst erwünscht. Wir würden verschmachten, wenn wir in dieser Luft marschieren müßten. Es ist eine unnatürliche Wärme. Ich habe dergleichen in Pau nicht gehabt...«

In diesem Augenblick trat Ida Jungmann, die kleine Erika an der Hand, ins Zimmer. Das Kind stak in einem frisch gesteiften Kattunkleidchen, verbreitete einen Geruch von Stärke und Seife und sah sehr drollig aus. Es hatte ganz die rosige Gesichtsfarbe und die Augen des Herrn Grünlich; aber die Oberlippe war diejenige Tony's.

Die gute Ida war schon ganz grau, beinahe weiß, obgleich sie kaum die Vierzig überschritten hatte. Aber das lag in ihrer Familie; auch der Onkel, welcher an Schluckauf zugrunde gegangen war, hatte mit dreißig Jahren schon weißes Haar gehabt; übrigens blickten ihre kleinen braunen Augen treu, frisch und aufmerksam. Sie war nun zwanzig Jahre bei Buddenbrooks und empfand mit Stolz ihre Unentbehrlichkeit. Sie führte die Aufsicht über Küche, Speisekammer, Wäscheschränke und Porzellan, sie machte die wichtigeren Einkäufe, sie las der kleinen Erika vor, machte ihr Puppenkleider, arbeitete mit ihr und holte sie, bewaffnet mit einem Paket von belegtem Franzbrot, mittags von der Schule ab, um mit ihr auf dem Mühlenwall spazieren zu gehen. Jede Dame sagte zur Konsulin Buddenbrook oder ihrer Tochter: »Was für eine Mamsell haben Sie, Liebe! Gott, die Person ist Goldes wert, was ich Ihnen sage! Zwanzig Jahre! ... und sie wird mit sechzig und länger noch rüstig sein! Diese knochigen Leute... und dann die treuen Augen! Ich beneide Sie, – Liebe!« Aber Ida Jungmann hielt auch auf sich. Sie wußte, wer sie war, und wenn auf dem Mühlenwall sich ein gewöhnliches Dienstmädchen mit ihrem Zögling auf derselben Bank niederließ und von gleich zu gleich ein Gespräch beginnen wollte, so sagte Mamsell Jungmann: »Erikachen, hier zieht's«, und ging von dannen.

Tony zog ihre kleine Tochter zu sich heran und küßte sie auf eine der rosigen Bäckchen, worauf die Konsulin ihr mit etwas zerstreutem Lächeln die Handfläche entgegenstreckte... denn sie beobachtete ängstlich den Himmel, der dunkler und dunkler wurde. Ihre linke Hand fingerte nervös auf dem Sofapolster, und ihre hellen Augen wanderten unruhig seitwärts zum Fenster.

Erika durfte sich neben die Großmutter setzen, und Ida nahm, ohne die Rückenlehne zu benützen, auf einem Sessel Platz und begann zu häkeln. So saßen alle eine Weile schweigend und warteten auf den Konsul. Die Luft war dumpf. Draußen war das letzte Stück Blau verschwunden, und tief, schwer und trächtig hing der dunkelgraue Himmel hernieder. Die Farben des Zimmers, die Tinten der Landschaften auf den Tapeten, das Gelb der Möbel und der Vorhänge, waren erloschen, die Nuancen in Tony's Kleide spielten nicht mehr, und die Augen der Menschen waren ohne Glanz. Und der Wind, der Westwind, der eben noch drüben in den Bäumen auf dem Marienkirchhof gespielt hatte und den Staub auf der dunklen Straße in kleinen Wirbeln umhergetrieben hatte, regte sich nicht mehr. Es war einen Augenblick vollkommen still.

Da, plötzlich, trat dieser Moment ein... ereignete sich etwas Lautloses, Erschreckendes. Die Schwüle schien verdoppelt, die Atmosphäre schien einen sich binnen einer Sekunde rapide stei-

gernden Druck auszuüben, der das Gehirn beängstigte, das Herz
bedrängte, die Atmung verwehrte... drunten flatterte eine
Schwalbe so dicht über der Straße, daß ihre Flügel das Pflaster
schlugen... Und dieser unentwirrbare Druck, diese Spannung,
diese wachsende Beklemmung des Organismus wäre unerträglich geworden, wenn sie den geringsten Teil eines Augenblicks
länger gedauert hätte, wenn nicht auf ihrem sofort erreichten
Höhepunkt eine Abspannung, ein Überspringen stattgefunden
hätte... ein kleiner, erlösender Bruch, der sich unhörbar irgendwo ereignete, und den man gleichwohl zu hören glaubte...
wenn nicht in demselben Moment, fast ohne daß ein Tropfenfall
vorhergegangen wäre, der Regen herniedergebrochen wäre,
daß das Wasser im Rinnstein schäumte und auf dem Bürgersteig
hoch emporsprang...

Thomas, durch Krankheit daran gewöhnt, die Kundgebun-
gen seiner Nerven zu beobachten, hatte sich in dieser seltsamen
Sekunde vorgebeugt, eine Handbewegung nach dem Kopfe gemacht und die Zigarette fortgeworfen. Er sah im Kreise umher,
ob auch die anderen es gefühlt und beachtet hätten. Er glaubte
etwas bei seiner Mutter bemerkt zu haben; den übrigen schien
nichts bewußt geworden zu sein. Jetzt blickte die Konsulin in
den dicken Regen hinaus, der die Marienkirche völlig verhüllte,
und seufzte:

»Gott sei Dank.«

»So«, sagte Tom. »Das kühlt in zwei Minuten. Nun werden
draußen die Tropfen an den Bäumen hängen, und wir werden in
der Veranda Kaffee trinken. Thilda, mach mal das Fenster auf.«

Das Geräusch des Regens drang stärker herein. Er lärmte
förmlich. Alles rauschte, plätscherte, rieselte und schäumte. Der
Wind war wieder aufgekommen und fuhr lustig in den dichten
Wasserschleier, zerriß ihn und trieb ihn umher. Jede Minute
brachte neue Kühlung.

Da kam Line, das Folgmädchen Line im Laufschritt durch die
Säulenhalle und fuhr so heftig ins Zimmer herein, daß Ida Jungmann beschwichtigend und vorwurfsvoll ausrief:

»Gott, ich sage! ... «

Line's ausdruckslose blaue Augen waren weit aufgerissen, und ihre Kinnbacken arbeiteten eine Weile vergebens...

»Ach, Fru Konsulin, ach nee, nu kamen S' man flink... ach Gottes nee, wat heww ick mi verfiert...!«

»Gut«, sagte Tony, »nun hat sie wieder Stücke gemacht! Wahrscheinlich aus gutem Porzellan! Nein, Mama, dein Personal...!«

Aber das Mädchen stieß geängstigt hervor:

»Ach nee, Ma'm' Grünlich... un wenn es dat man wier... oäwer dat is mit den Herrn, und ick wollt man die Stiefel bringen, un doar sitt Herr Kunsel doar upp'm Lehnstaul und kann nich reden und kiemt man immer bloß so, un ick glöw, dat geht nich gaut, denn Herr Kunsel is ook goar tau geel...«

»Zu Grabow!« schrie Thomas und drängte sie zur Tür hinaus.

»Mein Gott! O mein Gott!« rief die Konsulin, indem sie die Hände neben ihrem Gesichte faltete und hinauseilte...

»Zu Grabow... mit einem Wagen... sofort!« wiederholte Tony atemlos.

Man flog die Treppe hinunter, durchs Frühstückszimmer, ins Schlafzimmer.

Aber Johann Buddenbrook war schon tot.

Fünfter Teil

1.

»Guten Abend, Justus«, sagte die Konsulin. »Geht es dir gut? Nimm Platz.«

Konsul Kröger umarmte sie zart und flüchtig und schüttelte seiner ältesten Nichte die Hand, die gleichfalls im Eßsaale zugegen war. Er zählte nun ungefähr fünfundfünfzig Jahre und hatte sich zu seinem kleinen Schnurrbart einen starken runden Backenbart wachsen lassen, der das Kinn frei ließ und ganz grau war. Über seine breite und rosige Glatze waren sorgfältig ein paar spärliche Haarstreifen frisiert. Ein breiter Trauerflor saß an dem Ärmel seines eleganten Leibrockes.

»Weißt du das Neueste, Bethsy?« fragte er. »Ja, Tony, dich wird es besonders interessieren. Kurz, unser Grundstück vorm Burgtor ist nun verkauft... an wen? Nicht etwa an *einen* Mann, sondern an zwei, denn es wird geteilt, das Haus wird abgebrochen, ein Zaun quer hindurchgezogen, und dann baut sich rechts Kaufmann Benthien und links Kaufmann Sörenson eine Hundehütte... nun, Gott befohlen.«

»Unerhört«, sagte Frau Grünlich, indem sie die Hände im Schoße faltete und zum Plafond emporblickte... »Großvaters Grundstück! Gut, damit ist das Besitztum verpfuscht. Der Reiz bestand gerade in der Weitläufigkeit... die eigentlich überflüssig war... aber das war das Vornehme. Der große Garten... bis zur Trave hinunter... und das zurückliegende Haus, mit der Auffahrt, der Kastanienallee... Nun wird es also geteilt. Benthien wird vor der einen Tür stehen und seine Pfeife rauchen und Sörenson vor der anderen. Ja, ich sage auch, ›Gott befohlen‹, Onkel Justus. Es ist wohl niemand mehr vornehm genug, um das Ganze zu bewohnen. Gut, daß Großpapa es nicht mehr zu sehen bekommt...«

Die Trauerstimmung lag noch zu schwer und ernst in der Luft, als daß Tony ihrer Entrüstung in lauteren und stärkeren Worten hätte Ausdruck geben mögen. Es war am Tage der Testamentseröffnung, zwei Wochen nach des Konsuls Ableben, nachmittags halb sechs Uhr. Die Konsulin Buddenbrook hatte ihren Bruder in die Mengstraße gebeten, damit er sich mit Thomas und Herrn Marcus, dem Prokuristen, an einer Unterredung über die Verfügungen des Verstorbenen und die Vermögensverhältnisse beteilige, und Tony hatte den Entschluß kundgetan, gleichfalls an den Auseinandersetzungen teilzunehmen. Dieses Interesse, hatte sie gesagt, sei sie der Firma sowohl wie der Familie schuldig, und sie trug Sorge, dieser Zusammenkunft den Charakter einer Sitzung, eines Familienrates zu verleihen. Sie hatte die Fenstervorhänge geschlossen und trotz der beiden Paraffinlampen, die auf dem ausgezogenen, grüngedeckten Speisetisch brannten, zum Überfluß sämtliche Kerzen auf den großen vergoldeten Kandelabern entzündet. Außerdem hatte sie auf der Tafel eine Menge Schreibpapiers und gespitzter Bleistifte verteilt, von denen niemand wußte, wozu sie eigentlich gebraucht werden sollten.

Das schwarze Kleid gab ihrer Gestalt eine mädchenhafte Schlankheit, und obgleich sie den Tod des Konsuls, dem sie während der letzten Zeit so herzlich nahegestanden, vielleicht von allen am schmerzlichsten empfand, obgleich sie noch heute bei dem Gedanken an ihn zweimal in bittere Tränen ausgebrochen war, vermochte die Aussicht auf diesen kleinen Familienrat, diese kleine ernsthafte Unterredung, an der sie mit Würde teilzunehmen gedachte, ihre hübschen Wangen zu röten, ihren Blick zu beleben, ihren Bewegungen Freude und Wichtigkeit zu geben... Die Konsulin dagegen, ermattet vom Schrecken, vom Schmerz, von tausend Trauerformalitäten und den Begräbnisfeierlichkeiten, sah leidend aus. Ihr Gesicht, von den schwarzen Spitzen der Haubenbänder umrahmt, erschien noch bleicher dadurch, und ihre hellblauen Augen blickten matt. In ihrem glattgescheitelten, rotblonden Haar aber war noch immer kein einziges weißes Fädchen zu sehen... War auch dies noch die Pariser

Tinktur oder schon die Perücke? Das wußte Mamsell Jungmann allein, und sie würde es nicht einmal den Damen des Hauses verraten haben.

Man saß am Ende des Speisetisches und wartete, daß Thomas und Herr Marcus aus dem Comptoir kämen. Weiß und stolz hoben sich die gemalten Götterbilder auf ihren Sockeln von dem himmelblauen Hintergrunde ab.

Die Konsulin sagte:

»Die Sache ist diese, mein lieber Justus... ich habe dich bitten lassen... kurz zu sein, es handelt sich um Clara, das Kind. Mein lieber seliger Jean hat die Wahl eines Vormundes, dessen die Dirn noch während dreier Jahre bedarf, mir überlassen... Ich weiß, du liebst es nicht, mit Verpflichtungen überhäuft zu werden; du hast Pflichten gegen deine Frau, gegen deine Söhne...«

»Gegen meinen Sohn, Bethsy.«

»Gut, gut, wir sollen christlich und barmherzig sein, Justus. Wie wir vergeben unseren Schuldigern, heißt es. Gedenke unseres gnädigen Vaters im Himmel.«

Ihr Bruder sah sie ein wenig verwundert an. Man hatte bisher nur aus des verstorbenen Konsuls Munde solche Redewendungen vernommen...

»Genug!« fuhr sie fort, »es sind so gut wie keine Mühseligkeiten mit diesem Liebesamte verbunden... Ich möchte dich bitten, die Vormundschaft zu übernehmen.«

»Gern, Bethsy, wahrhaftig, das tu' ich gern. Darf ich mein Mündel nicht sehen? Ein bißchen zu ernst, das gute Kind...«

Clara ward gerufen. Schwarz und bleich erschien sie langsam mit traurig zurückhaltenden Bewegungen. Sie hatte die Zeit nach ihres Vaters Tode fast unaufhörlich mit Beten auf ihrem Zimmer verbracht. Ihre dunklen Augen waren unbeweglich; sie schien erstarrt in Schmerz und Gottesfurcht.

Onkel Justus, galant wie er war, schritt ihr entgegen und verbeugte sich beinahe, als er ihr die Hand drückte; dann richtete er einige wohlgesetzte Worte an sie, und sie ging wieder, nachdem sie von der Konsulin einen Kuß auf ihre unbeweglichen Lippen entgegengenommen hatte.

»Wie geht es dem guten Jürgen?« begann die Konsulin aufs neue. »Wie fühlt er sich in Wismar?«

»Gut«, antwortete Justus Kröger, indem er sich mit einem Achselzucken wieder niedersetzte... »Ich glaube, er hat nun seinen Platz gefunden. Er ist ein braver Junge, Bethsy, ein Junge von Ehre; aber... nachdem ihm das Examen zweimal mißglückt, war es das beste... Die Jurisprudenz machte ihm selbst keinen Spaß, und die Position an der Post in Wismar ist ganz acceptable... Sage mal, ich höre, dein Christian kommt?«

»Ja, Justus, er wird kommen, und Gott behüte ihn auf der See! Ach, es dauert so fürchterlich lange! Obgleich ich ihm am nächsten Tage nach Jeans Tode geschrieben habe, hat er den Brief noch lange nicht, und dann braucht er mit dem Segelschiff noch ungefähr zwei Monate. Aber er muß kommen, ich habe so sehr das Bedürfnis, Justus! Tom sagte zwar, Jean würde es niemals zugegeben haben, daß er seine Stelle in Valparaiso fahrenläßt... aber ich bitte dich: acht Jahre beinahe, daß ich ihn nicht gesehen habe! Und dann unter diesen Umständen! Nein, ich will sie alle um mich haben in dieser schweren Zeit... das ist natürlich für eine Mutter...«

»Sicherlich, sicherlich!« sagte Konsul Kröger, denn ihr kamen die Tränen.

»Jetzt ist auch Thomas einverstanden«, fuhr sie fort, »denn wo ist Christian besser aufgehoben als in dem Geschäft seines seligen Vaters, in Toms Geschäft? Er kann hier bleiben, hier arbeiten... ach, ich bin auch beständig in Angst, daß ihm dort drüben das Klima ein Übel tut...«

Nun kam, begleitet von Herrn Marcus, Thomas Buddenbrook in den Saal. Friedrich Wilhelm Marcus, des verstorbenen Konsuls langjähriger Prokurist, war ein hochgewachsener Mann in braunem Schoßrock mit Trauerflor. Er sprach sehr leise, zögernd, ein wenig stotternd, jedes Wort eine Sekunde lang überlegend, und pflegte mit dem gerade ausgestreckten Zeige- und Mittelfinger seiner Linken langsam und vorsichtig über seinen rotbraunen, ungepflegt den Mund bedeckenden

Schnurrbart zu streichen oder sich mit Sorgfalt die Hände zu reiben, wobei er seine runden, braunen Augen so bedächtig zur Seite wandern ließ, daß er den Eindruck völliger Konfusion und Abwesenheit machte, obgleich er stets aufmerksam prüfend bei der Sache war.

Thomas Buddenbrook, in so jungen Jahren bereits der Chef des großen Handlungshauses, legte in Miene und Haltung ein ernstes Würdegefühl an den Tag; aber er war bleich, und seine Hände im besonderen, an deren einer nun der große Erb-Siegelring mit grünem Steine glänzte, waren weiß wie die Manschetten, die aus den schwarzen Tuchärmeln hervorsahen, – von einer frostigen Blässe, die erkennen ließ, daß sie vollkommen trocken und kalt waren. Diese Hände, deren schön gepflegte ovale Fingernägel dazu neigten, eine bläuliche Färbung zu zeigen, konnten in gewissen Augenblicken, in gewissen, ein wenig krampfhaften und unbewußten Stellungen einen unbeschreiblichen Ausdruck von abweisender Empfindsamkeit und einer beinahe ängstlichen Zurückhaltung annehmen, einen Ausdruck, der den ziemlich breiten und bürgerlichen, wenn auch feingegliederten Händen der Buddenbrooks bis dahin fremd gewesen war und wenig zu ihnen paßte... Toms erste Sorge war, die Flügeltür zum Landschaftszimmer zu öffnen, um die Wärme des Ofens, der dort hinter dem schmiedeeisernen Gitter brannte, dem Saale zugute kommen zu lassen.

Dann wechselte er einen Händedruck mit Konsul Kröger und nahm, Herrn Marcus gegenüber, Platz an der Tafel, wobei er seine Schwester Tony mit erhobener Augenbraue ziemlich verwundert ansah. Aber sie legte in einer Weise den Kopf zurück und das Kinn auf die Brust, daß er jede Bemerkung über ihre Gegenwart unterdrückte.

»Also man darf noch nicht ›Herr Konsul‹ sagen?« fragte Justus Kröger... »Die Niederlande hoffen vergebens auf deine Vertretung, alter Tom?«

»Ja, Onkel Justus; ich habe es für besser gehalten... sieh mal, ich hätte das Konsulat sofort übernehmen können, mit so manch anderer Verpflichtung; aber erstens bin ich noch ein bißchen jung... und dann habe ich mit Onkel Gotthold gesprochen; er freute sich und akzeptierte.«

»Sehr vernünftig, mein Junge. Sehr politisch... Vollkommen gentlemanlike.«

»Herr Marcus«, sagte die Konsulin, »mein lieber Herr Marcus!« Und sie reichte ihm die Hand, deren Fläche sie ganz weit herumdrehte und die er langsam, mit einem bedächtigen und verbindlichen Seitenblick entgegennahm. »Ich habe Sie heraufgebeten... Sie wissen, um was es sich handelt, und ich weiß, daß Sie einig mit uns sind. Mein seliger Mann hat in seinen letztwilligen Verfügungen den Wunsch ausgesprochen, Sie möchten nach seinem Heimgang Ihre treue, bewährte Kraft nicht länger als fremder Mitarbeiter, sondern als Teilhaber in den Dienst der Firma stellen...«

»Gewiß, allerdings, Frau Konsulin«, sprach Herr Marcus. »Ich bitte ergebenst, überzeugt zu sein, daß sich die Ehrung meiner Person, welche in diesem Anerbieten liegt, mit Dankbarkeit zu schätzen weiß, denn die Mittel, welche ich der Firma entgegenzubringen vermag, sind nur allzu geringe. Ich weiß vor Gott und den Menschen nichts Besseres zu tun, als Ihre und Ihres Herrn Sohnes Offerte dankbarst zu akzeptieren.«

»Ja, Marcus, dann danke ich Ihnen herzlich für Ihre Bereitwilligkeit, einen Teil der großen Verantwortlichkeit zu übernehmen, die für mich vielleicht zu schwer wäre.« Dies sprach Thomas schnell und leichthin, indem er seinem Associé über den Tisch hinüber die Hand reichte, denn die beiden waren längst einig, und dies alles war Formalität.

»Kumpanie is Lumperie... na, Sie beide werden den Schnack ja wohl zuschanden machen!« sagte Konsul Kröger. »Und nun wollen wir die Verhältnisse mal durchgehen, Kinder. Ich habe hier bloß auf die Mitgift meines Mündels zu achten; das übrige ist mir egal. Hast du eine Kopie des Testamentes da, Bethsy? Und du, Tom, einen kleinen Überschlag?«

»Den habe ich im Kopf«, sagte Thomas und begann, während er sein goldnes Crayon auf der Tischplatte hin und her bewegte und, zurückgelehnt, ins Landschaftszimmer hinüberblickte, den Stand der Dinge auseinanderzusetzen...

Die Sache war die, daß des Konsuls hinterlassenes Vermögen beträchtlicher war, als irgendein Mensch geglaubt hatte. Die Mitgift seiner ältesten Tochter freilich war verlorengegangen, die Einbuße, die die Firma gelegentlich des Bremer Konkurses im Jahre 51 erlitten, war ein schwerer Schlag gewesen. Und auch das Jahr 48 sowie das gegenwärtige Jahr 55 mit ihren Unruhen und Kriegsläuften hatten Verluste gebracht. Aber der Buddenbrooksche Anteil an der Krögerschen Hinterlassenschaft von 400000 Courantmark hatte, da Justus eine Menge im voraus verbraucht, volle 300000 betragen, und obgleich Johann Buddenbrook nach Kaufmannsart beständig geklagt hatte, war den Verlusten doch durch einen etwa fünfzehnjährigen Verdienst von 30000 Talern Courant die Waage gehalten worden. Das Vermögen also betrug, abgesehen von jedem Grundbesitz, in runder Zahl 750000 Mark Courant.

Selbst Thomas war, bei aller Einsicht in den Geschäftsgang, von seinem Vater über diese Höhe im unklaren gelassen worden, und während die Konsulin mit ruhiger Diskretion die Zahl entgegennahm, während Tony mit einer allerliebsten und verständnislosen Würde geradeaus blickte und dennoch einen ängstlichen Zweifel aus ihrer Miene nicht verbannen konnte, welcher ausdrückte: ›Ist das auch viel? Sehr viel? Sind wir auch reiche Leute?‹... während Herr Marcus sich langsam und anscheinend zerstreut die Hände rieb und Konsul Kröger sich ersichtlich langweilte, erfüllte ihn selbst diese Zahl, die er aussprach, mit einem nervösen und treibenden Stolz, der sich beinahe wie Unmut ausnahm.

»Wir müßten längst die Million erreicht haben!« sagte er mit vor Erregung gepreßter Stimme, indes seine Hände zitterten... »Großvater hat in seiner besten Zeit schon neunhunderttausend zur Verfügung gehabt... Und welche Anstrengungen seitdem, welch hübscher Erfolg, welche guten Coups hie und da! Und Mamas Mitgift! Mamas Erbe! Ach, aber die beständige Zersplitterung... Mein Gott, sie liegt in der Natur der Dinge; verzeiht, wenn ich in diesem Augenblick allzu ausschließlich im Sinne der Firma rede und wenig familiär... Diese Mitgiften, diese Auszahlungen an Onkel Gotthold und nach Frankfurt, diese Hunderttausende, die dem Betrieb entzogen werden mußten... Und das waren damals nur *zwei* Geschwister des Firmenchefs... Genug, wir werden zu tun bekommen, Marcus –!«

Die Sehnsucht nach Tat, Sieg und Macht, die Begier, das Glück auf die Kniee zu zwingen, flammte kurz und heftig in seinen Augen auf. Er fühlte die Blicke aller Welt auf sich gerichtet, erwartungsvoll, ob er das Prestige der Firma, der alten Familie zu fördern und auch nur zu wahren wissen werde. An der Börse begegnete er diesen musternden Seitenblicken aus alten jovialen, skeptischen und ein bißchen mokanten Geschäftsmannsaugen, welche zu fragen schienen: ›Wirst de Saak ook unnerkregen, min Söhn?‹ ›Ich werde es!‹ dachte er...

Friedrich Wilhelm Marcus rieb sich bedächtig die Hände, und Justus Kröger sagte:

»Na, ruhig Blut, alter Tom! Die Zeiten sind nicht mehr wie damals, als dein Großpapa preußischer Heereslieferant war...«

Und nun begann ein ausführliches Gespräch über die großen und kleinen Anordnungen des Testamentes, ein Gespräch, an dem sich alle beteiligten und in welchem Konsul Kröger die gute Laune vertrat, indem er von Thomas beständig als von »Seiner Hoheit dem nunmehr regierenden Fürsten« sprach. »Der Speicher-Grundbesitz bleibt der Tradition gemäß ohne weiteres bei der Krone«, sagte er.

Im übrigen gingen, wie sich versteht, die Bestimmungen dahin, daß alles nach Möglichkeit beisammengelassen werden sollte, daß Frau Elisabeth Buddenbrook im Prinzip Universalerbin sei und das ganze Vermögen im Geschäfte verbleibe, wobei Herr Marcus konstatierte, daß er das Betriebskapital als Teilhaber um 120000 Courant verstärke. Für Thomas waren als vorläufiges Privatvermögen 50000 ausgesetzt und die gleiche Summe für Christian, in dem Falle, daß er sich selbständig etabliere. Justus Kröger war eifrig bei der Sache, als der Passus verlesen ward: »Die Fixierung der Mitgift-Summe für meine inniggeliebte jüngere Tochter Clara im Falle ihrer Verehelichung überlasse ich dem Ermessen meiner inniggeliebten Frau«... »Sagen wir Hunderttausend!« schlug er vor, indem er sich zurücklehnte, ein Bein über das andere schlug und mit beiden Händen seinen kurzen grauen Schnurrbart empordrehte. Er war die Coulance selbst. Aber man setzte die hergebrachte Summe von 80000 Courantmark fest.

»Im Falle einer abermaligen Verheiratung meiner inniggeliebten ältesten Tochter Antonie«, hieß es weiter, »darf angesichts der Tatsache, daß bereits an ihre erste Ehe 80000 Courantmark gewendet worden, als Aussteuer die Summe von 17000 Talern Courant nicht überschritten werden...« Frau Antonie bewegte mit ebenso graziöser wie erregter Geste die Arme nach vorn, um die Ärmel der Taille zurückzuschieben, und sie blickte zur Decke empor, indem sie ausrief:

»*Grünlich – ha!*« Es klang wie ein Kriegsruf, wie ein kleiner Trompetenstoß. »Wissen Sie eigentlich, wie es sich mit dem Manne verhält, Herr Marcus?« fragte sie. »Wir sitzen eines harmlosen Nachmittags im Garten... vorm Portal... Sie wissen, Herr Marcus: unser Portal. – Gut! Wer erscheint? Eine Person mit einem goldfarbenen Backenbart... Was für ein Filou!...«

»So«, sagte Thomas. »Wir reden nachher von Herrn Grünlich, nicht wahr?«

»Gut, gut; aber das wirst du mir zugeben, Tom, du bist ein kluger Mensch, und die Erfahrung habe ich gemacht, weißt du, obgleich ich vor kurzer Zeit noch so sehr einfältig war, nämlich, daß im Leben nicht alles immer mit ehrlichen und gerechten Dingen zugeht...«

»Ja...« sagte Tom. Und man fuhr fort, man ging ins Detail, man nahm Kenntnis von den Bestimmungen über die große Familienbibel, über des Konsuls Diamantknöpfe, über viele einzelne Dinge... Justus Kröger und Herr Marcus blieben zum Abendbrot.

2

Zu Beginn des Februar 1856, nach achtjähriger Abwesenheit, kehrte Christian Buddenbrook in die Vaterstadt zurück. Er kam, in einem gelben und großkarierten Anzug, der durchaus etwas Tropisches an sich hatte, mit der Postkutsche von Hamburg, brachte den Schnabel eines Schwertfisches und ein großes Zuckerrohr mit und nahm in halb zerstreuter, halb verlegener Haltung die Umarmungen der Konsulin entgegen.

Diese Haltung bewahrte er auch, als gleich am nächsten Vormittag nach seiner Ankunft die Familie vors Burgtor hinaus zum Friedhofe ging, um auf dem Grabe einen Kranz niederzulegen. Sie standen alle beieinander auf dem verschneiten Wege vor der umfangreichen Platte, auf welcher die Namen der hier Ruhenden das in Stein gearbeitete Wappen der Familie umgaben... vor dem aufrechten Marmorkreuz, das sich an den Rand des kleinen, winterlich kahlen Friedhofgehölzes lehnte: alle, ausgenommen Klothilde, die auf »Ungnade« weilte, um ihren kranken Vater zu pflegen.

Tony legte den Kranz auf den in goldenen Buchstaben frisch in die Platte eingelassenen Namen des Vaters und kniete dann trotz des Schnees am Grabe nieder, um leise zu beten; der schwarze Schleier umspielte sie, und ihr weiter Kleiderrock lag ein wenig malerisch schwungvoll neben ihr ausgebreitet. Gott allein wußte, wieviel Schmerz und Religiosität, und andererseits wieviel Selbstgefälligkeit einer hübschen Frau in dieser hingegossenen Stellung lag. Thomas war nicht in der Stimmung, darüber nachzudenken. Christian aber blickte seine Schwester mit einem Mischausdruck von Mokerie und Ängstlichkeit von der Seite an, als wollte er sagen: ›Wirst du das auch verantworten können? Wirst du auch nicht verlegen werden, wenn du aufstehst? Wie unangenehm!‹ Tony fing diesen Blick auf, als sie sich erhob; aber sie geriet durchaus nicht in Verlegenheit. Sie legte den Kopf zurück, ordnete Schleier und Rock und wandte sich mit würdevoller Sicherheit zum Gehen, was Christian sichtlich erleichterte.

War der verstorbene Konsul, mit seiner schwärmerischen Liebe zu Gott und dem Gekreuzigten, der erste seines Geschlechtes gewesen, der unalltägliche, unbürgerliche und differenzierte Gefühle gekannt und gepflegt hatte, so schienen seine beiden Söhne die ersten Buddenbrooks zu sein, die vor dem freien und naiven Hervortreten solcher Gefühle empfindlich zurückschreckten. Sicherlich hatte Thomas mit reizbarerer Schmerzfähigkeit den Tod seines Vaters erlebt, als etwa sein Großvater den Verlust des seinen. Dennoch pflegte er nicht am Grabe in die Kniee zu sinken, hatte er sich niemals, wie seine Schwester Tony, über den Tisch geworfen, um zu schluchzen wie ein Kind, empfand er als im höchsten Grade peinlich die großen, mit Tränen gemischten Worte, mit denen Madame Grünlich zwischen Braten und Nachtisch die Charaktereigenschaften und die Person des toten Vaters zu feiern liebte. Solchen Ausbrüchen gegenüber hatte er einen taktvollen Ernst, ein gefaßtes Schweigen, ein zurückhaltendes Kopfnicken... und gerade dann, wenn niemand des Verstorbenen erwähnt oder gedacht hatte, füllten sich, ohne daß sein Gesichtsausdruck sich verändert hätte, langsam seine Augen mit Tränen.

Es war anders mit Christian. Er vermochte bei den naiven und kindlichen Ergüssen seiner Schwester schlechterdings nicht, seine Haltung zu bewahren; er bückte sich über seinen Teller, wandte sich ab, zeigte das Bedürfnis, sich zu verkriechen, und unterbrach sie mehrere Male sogar mit einem leisen und gequälten: »Gott... Tony...«, wobei seine große Nase in unzählige Fältchen gezogen war.

Ja, er legte Unruhe und Verlegenheit an den Tag, sobald das Gespräch sich dem Verstorbenen zuwandte, und es schien, als ob er nicht nur die undelikaten Äußerungen tiefer und feierlicher Gefühle, sondern auch die Gefühle selbst fürchtete und mied.

Man hatte ihn noch keine Träne über den Tod des Vaters vergießen sehen. Die lange Entwöhnung allein erklärte dies nicht. Das Merkwürdigste aber war, daß er, im Gegensatze zu seinem sonstigen Widerwillen gegen derartige Gespräche, immer wieder seine Schwester Tony ganz allein beiseite nahm, um sich von ihr die Vorgänge jenes fürchterlichen Sterbenachmittages so recht anschaulich und im einzelnen erzählen zu lassen: denn Madame Grünlich erzählte am lebhaftesten.

»Also gelb sah er aus?« fragte er zum fünften Male... »Was schrie das Mädchen, als es zu euch hereinstürzte? ... Er sah also ganz gelb aus? ... Und hat nichts mehr sagen können, bevor er starb? ... Was sagte das Mädchen? Wie hat er nur noch machen können? ›Ua... ua‹? ... « Er schwieg, schwieg lange Zeit, indes seine kleinen, runden, tiefliegenden Augen schnell und gedankenvoll im Zimmer umherirrten. »*Gräßlich*«, sagte er plötzlich, und man sah, daß ein Schauer ihn überlief, während er aufstand. Und immer mit unruhigen und grübelnden Augen ging er auf und nieder, während Tony sich wunderte, daß ihr Bruder, der sich aus unbegreiflichen Gründen zu schämen schien, wenn sie laut den Vater betrauerte, mit einer Art schauerlicher Nachdenklichkeit ganz laut die Todeslaute desselben wiederholen mochte, die er mit vieler Mühe von Line, dem Mädchen, erfragt hatte...

Christian hatte sich durchaus nicht verschönt. Er war hager und bleich. Die Haut umspannte straff seinen Schädel, zwischen den Wangenknochen sprang die große, mit einem Höcker versehene Nase scharf und fleischlos hervor, und das Haupthaar war schon merklich gelichtet. Sein Hals war dünn und zu lang, und seine mageren Beine zeigten eine starke Krümmung nach außen... Übrigens schien sein Londoner Aufenthalt ihn am nachhaltigsten beeinflußt zu haben, und da er auch in Valparaiso am meisten mit Engländern verkehrt hatte, so hatte seine ganze Erscheinung etwas Englisches angenommen, was nicht übel zu ihr paßte. Es lag etwas davon in dem bequemen Schnitt und dem wolligen, durablen Stoff seines Anzuges, in der breiten und soliden Eleganz seiner Stiefel und in der Art, wie sein rotblonder, starker Schnurrbart mit etwas säuerlichem Ausdruck ihm über den Mund hing. Ja selbst seine Hände, die von jenem matten und porösen Weiß waren, wie die Hitze es hervorbringt, machten mit ihren rund und kurz geschnittenen sauberen Nägeln aus irgendwelchen Gründen einen englischen Eindruck.

»Sage mal…« fragte er unvermittelt, »kennst du das Gefühl… es ist schwer zu beschreiben… wenn man einen harten Bissen verschluckt und es tut den ganzen Rücken hinunter weh?« Dabei war wieder seine ganze Nase in straffe kleine Fältchen gezogen.

»Ja«, sagte Tony, »das ist etwas ganz Gewöhnliches. Man trinkt einen Schluck Wasser…«

»So?« erwiderte er unbefriedigt. »Nein, ich glaube nicht, daß wir dasselbe meinen.« Und ein unruhiger Ernst bewegte sich auf seinem Gesichte hin und her…

Dabei war er der erste, der im Hause eine freie und der Trauer abgewandte Stimmung vertrat. Er hatte von der Kunst, den verstorbenen Marcellus Stengel nachzuahmen, nichts verlernt und redete oft stundenlang in seiner Sprache. Bei Tische erkundigte er sich nach dem Stadttheater… ob eine gute Truppe dort sei, was gespielt werde…

»Ich weiß nicht«, sagte Tom mit einer Betonung, die übertrieben gleichgültig war, um nicht ungeduldig zu sein. »Ich kümmere mich jetzt nicht darum.«

Christian aber überhörte dies völlig und fing an, vom Theater zu sprechen… »Ich kann gar nicht sagen, wie gern ich im Theater bin! Schon das Wort ›Theater‹ macht mich geradezu glücklich… Ich weiß nicht, ob jemand von euch dies Gefühl kennt? Ich könnte stundenlang stillsitzen und den geschlossenen Vorhang ansehen… Dabei freue ich mich wie als Kind, wenn wir hier herein zur Weihnachtsbescherung gingen… Schon das Stimmen der Orchesterinstrumente! Ich würde ins Theater gehen, nur um *das* zu hören! … Besonders gern habe ich die Liebesszenen… Einige Liebhaberinnen verstehen es, den Kopf des Liebhabers so zwischen beide Hände zu nehmen… Überhaupt die Schauspieler… ich habe in London und auch in Valparaiso viel mit Schauspielern verkehrt. Zu Anfang war ich wahrhaftig stolz, mit ihnen so im ganz gewöhnlichen Leben sprechen zu können. Im Theater achte ich auf jede ihrer Bewegungen… das ist sehr interesssant! Einer sagt sein letztes Wort, dreht sich in aller Ruhe um und geht ganz langsam und sicher und ohne Verlegenheit zur Tür, obgleich er weiß, daß die Augen des ganzen Theaters auf seinem Rücken liegen... wie man das kann! ...Früher habe ich mich fortwährend gesehnt, einmal hinter die Kulissen zu kommen – ja, jetzt bin ich da ziemlich zu Hause, das kann ich sagen. Stellt euch vor... in einem Operetten-Theater – es war in London – ging eines Abends der Vorhang auf, als ich noch auf der Bühne stand... Ich unterhielt mich mit Miss Watercloose... einem Fräulein Watercloose... ein sehr hübsches Mädchen! Genug! plötzlich öffnet sich der Zuschauerraum... mein Gott, ich weiß nicht, wie ich von der Bühne heruntergekommen bin!«

Madame Grünlich lachte so ziemlich allein in der kleinen Tafelrunde; aber Christian fuhr mit umherwandernden Augen zu sprechen fort. Er sprach von englischen Café-Konzert-Sängerinnen, er erzählte von einer Dame, die mit einer gepuderten Perücke aufgetreten sei, mit einem langen Stock auf die Erde gestoßen und ein Lied namens ›That's Maria!‹ gesungen habe... »Maria, wißt ihr, Maria ist die Schändlichste von allen... Wenn eine das Sündhafteste begangen hat: that's Maria! Maria ist die *Allerschlimmste*, wißt ihr... das Laster...« Und das letzte Wort sprach er mit abscheulichem Ausdruck, indem er die Nase krauste und die rechte Hand mit gekrümmten Fingern erhob.

»Assez, Christian!« sagte die Konsulin. »Dies interessiert uns durchaus nicht.«

Allein Christians Blick schweifte abwesend über sie hin, und er hätte auch wohl ohne ihren Einwurf zu sprechen aufgehört, denn während seine kleinen, runden, tiefliegenden Augen rastlos wanderten, schien er in ein tiefes, unruhiges Nachdenken über Maria und das Laster versunken.

Plötzlich sagte er:

»Sonderbar... manchmal kann ich nicht schlucken! Nein, da ist nichts zu lachen; ich finde es furchtbar ernst. Mir fällt ein, daß ich vielleicht nicht schlucken kann, und dann kann ich es wirklich nicht. Der Bissen sitzt schon ganz hinten, aber dies hier, der Hals, die Muskeln... es versagt ganz einfach... Es gehorcht dem Willen nicht, wißt ihr. Ja, die Sache ist: ich wage nicht einmal, es ordentlich zu wollen.«

Tony rief ganz außer sich:

»Christian! mein Gott, was für dummes Zeug! Du wagst nicht, schlucken zu wollen... Nein, du machst dich ja lächerlich! Was erzählst du uns eigentlich alles...!«

Thomas schwieg. Die Konsulin aber sagte:

»Das sind die Nerven, Christian, ja, es war höchste Zeit, daß du nach Hause kamst; das Klima drüben hätte dich noch krank gemacht.« –

Nach Tische setzte er sich an das kleine Harmonium, das im Eßsaale stand, und machte einen Klaviervirtuosen. Er tat, als ob er sein Haar zurückwürfe, rieb sich die Hände und blickte von unten herauf ins Zimmer; dann, lautlos, ohne die Bälge zu treten, denn er konnte durchaus nicht spielen und war überhaupt unmusikalisch wie die meisten Buddenbrooks, begann er, emsig vornübergebeugt, den Baß zu bearbeiten, vollführte wahnsinnige Passagen, warf sich zurück, blickte entzückt nach oben und griff mit beiden Händen machtvoll und sieghaft in die Tasten... Selbst Clara geriet ins Lachen. Sein Spiel war täuschend, voll von Leidenschaft und Charlatanerie, voll von unwiderstehlicher Komik, die den burlesken und exzentrischen englisch-amerikanischen Charakter trug und weit entfernt war, einen Augenblick unangenehm zu berühren, denn er selbst fühlte sich allzu wohl und sicher darin.

»Ich bin immer sehr häufig in Konzerte gegangen«, sagte er, »ich sehe es gar zu gern, wie die Leute sich mit ihren Instrumenten benehmen!... Ja, es ist wahrhaftig wunderschön, ein Künstler zu sein!«

Dann begann er von neuem. Plötzlich jedoch brach er ab. Ganz unvermittelt wurde er ernst: so überraschend, daß es aussah, als ob eine Maske von seinem Gesicht hinunterfiel; er stand auf, strich mit der Hand durch sein spärliches Haar, begab sich an einen anderen Platz und blieb dort, schweigsam, übellaunig, mit unruhigen Augen und einem Gesichtsausdruck, als horche er auf irgendein unheimliches Geräusch.

. . . »Manchmal finde ich Christian ein bißchen sonderbar«, sagte Madame Grünlich eines Abends zu ihrem Bruder Thomas, als sie allein waren . . . »Wie spricht er eigentlich? Er geht so merkwürdig ins Detail, dünkt mich . . . oder wie soll ich sagen! Er sieht die Dinge von einer so fremdartigen Seite an, wie? . . . «

»Ja«, sagte Tom, »ich verstehe recht wohl, was du meinst, Tony. Christian ist herzlich indiskret . . . es ist schwer, es auszudrücken. Ihm fehlt etwas, was man das Gleichgewicht, das persönliche Gleichgewicht nennen kann. Einerseits ist er nicht imstande, taktlosen Naivetäten anderer Leute gegenüber die Fassung zu bewahren . . . Er ist dem nicht gewachsen, er versteht nicht, es zu vertuschen, er verliert ganz und gar die Contenance . . . Aber andererseits kann er auch in *der* Weise die Contenance verlieren, daß er selbst in das unangenehmste Ausplaudern gerät und sein Intimstes nach außen kehrt. Das mutet manchmal geradezu unheimlich an. Ist es nicht, wie wenn einer im Fieber spricht? Dem Phantasierenden fehlt in ganz derselben Weise die Haltung und die Rücksicht . . . Ach, die Sache ist ganz einfach die, daß Christian sich zu viel mit sich selbst beschäftigt, mit den Vorgängen in seinem eignen Inneren. Manchmal ergreift ihn eine wahre Manie, die kleinsten und tiefsten dieser Vorgänge ans Licht zu ziehen und auszusprechen . . . Vorgänge, um die ein verständiger Mensch sich gar nicht bekümmert, von denen er gar nichts wissen will, und zwar aus dem einfachen Grunde, weil er sich genieren würde, sie mitzuteilen. Es liegt so viel Schamlosigkeit in solcher Mitteilerei, Tony! . . . Siehst du, auch ein anderer Mensch als Christian mag sagen, daß er das Theater liebt; aber er wird es mit einem anderen Accent, beiläufiger, kurz: bescheidener sagen. Christian aber sagt es mit einer Betonung, die bedeutet: ›Ist meine Schwärmerei für die Bühne nicht etwas ungeheuer Merkwürdiges und Interessantes?‹ Er kämpft mit den Worten dabei, er tut, als ringe er danach, etwas ausbündig Feines, Verborgenes und Seltsames zum Ausdruck zu bringen . . . «

»Ich will dir eines sagen«, fuhr er nach einer Pause fort, indem er seine Zigarette durch die schmiedeeiserne Gittertür in den Ofen warf . . . »Ich selbst habe manchmal über diese ängstliche, eitle und neugierige Beschäftigung mit sich selbst nachgedacht, denn ich habe früher ebenfalls dazu geneigt. Aber ich habe gemerkt, daß sie zerfahren, untüchtig und haltlos macht... und die Haltung, das Gleichgewicht ist für mich meinerseits die Hauptsache. Es wird immer Menschen geben, die zu diesem Interesse an sich selbst, diesem eingehenden Beobachten ihrer Empfindungen berechtigt sind, Dichter, die ihr bevorzugtes Innenleben mit Sicherheit und Schönheit auszusprechen vermögen und damit die Gefühlswelt der anderen Leute bereichern. Aber wir sind bloß einfache Kaufleute, mein Kind; unsere Selbstbeobachtungen sind verzweifelt unbeträchtlich. Wir können zur Not hervorbringen, daß das Stimmen von Orchester-Instrumenten uns ein merkwürdiges Vergnügen macht, und daß wir manchmal nicht wagen, schlucken zu wollen... Ach, wir sollen uns hinsetzen, zum Teufel, und etwas leisten, wie unsere Vorfahren etwas geleistet haben...«

»Ja, Tom, du sprichst meine Ansicht aus. Wenn ich bedenke, daß diese Hagenströms sich immer mehr aufnehmen... O Gott, das *Geschmeiß*, weißt du... Mutter will das Wort nicht hören, aber es ist das einzig richtige. Glauben sie vielleicht, daß es außer ihnen keine vornehmen Familien mehr gibt in der Stadt? Ha! ich muß lachen, weißt du, ich muß laut lachen...!«

3.

Der Chef der Firma Johann Buddenbrook hatte seinen Bruder bei dessen Ankunft mit einem längeren, prüfenden Blick gemessen, er hatte ihm während der ersten Tage eine ganz unauffällige und beiläufige Beobachtung zugewandt, und dann, ohne daß ein Urteil auf seinem ruhigen und diskreten Gesicht zu lesen gewesen wäre, schien seine Neugier befriedigt, seine Meinung abgeschlossen zu sein. Er sprach mit ihm im Familienkreise mit gleichgültigem Tone über gleichgültige Dinge und amüsierte sich wie die übrigen, wenn Christian irgendeine Vorstellung gab...

Nach acht Tagen etwa sagte er zu ihm:

»Wir werden also zusammen arbeiten, mein Junge? . . . Soviel ich weiß, bist du mit Mamas Wunsch im Einverständnis, nicht wahr? . . . Na, wie du weißt, ist Marcus mein Kompagnon geworden, gegen die Quote, die seinem eingezahlten Vermögen entspricht. Ich denke mir, daß du äußerlich, als mein Bruder, ungefähr seinen früheren Platz einnehmen wirst, eine Prokuristenstellung . . . wenigstens repräsentativ . . . Was deine Beschäftigung betrifft, so weiß ich ja nicht, wie weit deine kaufmännischen Kenntnisse vorgeschritten sind. Ich denke mir, daß du bislang ein bißchen gebummelt hast, wie? . . . Jedenfalls wird dir in der Hauptsache die englische Korrespondenz am meisten zusagen . . . Dann aber muß ich dich um eines bitten, mein Lieber! In deiner Eigenschaft als Bruder des Chefs nimmst du natürlich tatsächlich unter den übrigen Angestellten eine bevorzugte Stellung ein . . . aber ich brauche dir nicht zu sagen, nicht wahr, daß du ihnen viel mehr durch Gleichstellung und energische Pflichterfüllung imponierst, als indem du von Vorrechten Gebrauch machst und dir Freiheiten nimmst. Also die Comptoirstunden innehalten und immer die dehors wahren, wie? . . . «

Und dann machte er ihm einen Vorschlag in betreff der Prokura, den Christian ohne Besinnen und Handeln akzeptierte: mit einem verlegenen und zerstreuten Gesicht, das von sehr wenig Habsucht und einem eifrigen Bestreben zeugte, die Sache rasch zu erledigen.

Am folgenden Tage führte Thomas ihn in die Comptoirs ein, und Christians Tätigkeit im Dienste der alten Firma begann . . .

Die Geschäfte hatten nach dem Tode des Konsuls ihren ununterbrochenen und soliden Gang genommen. Aber bald wurde bemerkbar, daß, seitdem Thomas Buddenbrook die Zügel in Händen hielt, ein genialerer, ein frischerer und unternehmenderer Geist den Betrieb beherrschte. Hie und da ward etwas gewagt, hie und da ward der Kredit des Hauses, der unter dem früheren régime eigentlich bloß ein Begriff, eine Theorie, ein Luxus gewesen war, mit Selbstbewußtsein angespannt und ausgenützt . . . Die Herren an der Börse nickten einander zu. »Buddenbrook will mit avec Geld verdienen«, sagten sie. Aber sie fanden es doch ganz gut, daß Thomas den ehrenfesten Herrn Friedrich Wilhelm Marcus wie eine Bleikugel am Fuße hinter sich drein zu ziehen hatte. Herrn Marcus' Einfluß bildete das retardierende Moment im Gang der Geschäfte. Er strich mit zwei Fingern sorgsam über seinen Schnurrbart, rückte mit peinlicher Ordnungsliebe seine Schreibutensilien und das Glas Wasser zurecht, das stets auf seinem Pulte stand, prüfte eine Sache mit abwesendem Gesichtsausdruck von mehreren Seiten und hatte übrigens die Gewohnheit, fünf- oder sechsmal während der Comptoirzeit hinaus auf den Hof und in die Waschküche zu gehen, um seinen ganzen Kopf unter den Strahl der Wasserleitung zu halten und sich so zu erfrischen.

»Die beiden ergänzen sich«, sagten die Chefs der größeren Häuser zueinander: Konsul Huneus vielleicht zu Konsul Kistenmaker; und unter Schiffsleuten und Speicherarbeitern wie in den kleinen Bürgersfamilien wiederholte man sich dieses Urteil, denn die Stadt nahm Anteil daran, wie der junge Buddenbrook »de Saak woll befingern« werde... Auch Herr Stuht in der Glockengießerstraße sagte zu seiner Frau, welche in den ersten Kreisen verkehrte: »Die beiden ergänzen sich ganz gaut, will 'k di man vertellen!«

Die »Persönlichkeit« im Geschäfte aber, darüber bestand kein Zweifel, war dennoch der jüngere der beiden Kompagnons. Das zeigte sich schon darin, daß er es war, der mit den Bediensteten des Hauses, mit den Kapitänen, den Geschäftsführern in den Speicher-Comptoirs, den Fuhrleuten und den Lagerarbeitern zu verkehren wußte. Er verstand es, mit Ungezwungenheit ihre Sprache zu reden und sich dennoch in unnahbarer Entfernung zu halten... Wenn aber Herr Marcus zu einem biederen Arbeitsmann: »Verstahn Sie mich?« sagte, so klang dies so völlig unmöglich, daß sein Sozius, ihm gegenüber am Pulte, einfach anfing zu lachen, auf welches Zeichen das ganze Comptoir sich der Heiterkeit überließ.

Thomas Buddenbrook, ganz voll von dem Wunsche, der Firma den Glanz zu wahren und zu mehren, der ihrem alten Namen entsprach, liebte es überhaupt, im täglichen Kampf um den Erfolg seine Person einzusetzen, denn er wußte wohl, daß er seinem sicheren und eleganten Auftreten, seiner gewinnenden Liebenswürdigkeit, seinem gewandten Takt im Gespräche manch gutes Geschäft verdankte.

»Ein Geschäftsmann darf kein Bürokrat sein!« sagte er zu Stephan Kistenmaker – von Kistenmaker & Söhne –, seinem ehemaligen Schulkameraden, dessen geistig überlegener Freund er geblieben war, und der auf jedes seiner Worte horchte, um es dann als seine eigene Meinung weiterzugeben... »Es gehört Persönlichkeit dazu, das ist *mein* Geschmack. Ich glaube nicht, daß ein großer Erfolg vom Comptoirbock aus zu erkämpfen ist... wenigstens würde er mir nicht viel Freude machen. Der Erfolg will nicht bloß am Pulte berechnet sein... Ich habe stets das Bedürfnis, den Gang der Dinge ganz gegenwärtig mit Blick, Mund und Geste zu dirigieren... ihn mit dem unmittelbaren Einfluß meines Willens, meines Talentes, meines Glückes, wie du es nennen willst, zu beherrschen. Aber das kommt leider allmählich aus der Mode, dies persönliche Eingreifen des Kaufmannes... Die Zeit schreitet fort, aber sie läßt, wie mich dünkt, das Beste zurück... Der Verkehr erleichtert sich immer mehr, die Kurse sind immer schneller bekannt... Das Risiko verringert sich und mit ihm auch der Profit... Ja, die alten Leute hatten es anders. Mein Großvater zum Beispiel... er kutschierte vierspännig nach Süd-Deutschland, der alte Herr mit seinem Puderkopf und seinen Escarpins, als preußischer Heereslieferant. Und dann charmierte er umher und ließ seine Künste spielen und machte ein unglaubliches Geld, Kistenmaker! – Ach, ich fürchte beinahe, daß der Kaufmann eine immer banalere Existenz wird, mit der Zeit...«

So klagte er manchmal, und darum waren es im Grunde seine liebsten Geschäfte, wenn er ganz gelegentlich, auf einem Familien-Spaziergange vielleicht, in eine Mühle eintrat, mit dem Besitzer, der sich geehrt fühlte, plauderte und leichthin, en passant, in guter Laune, einen guten Kontrakt mit ihm abschloß... Dergleichen lag seinem Sozius fern.

... Was Christian betraf, so schien er sich zunächst mit wirklichem Eifer und Vergnügen seiner Tätigkeit zu widmen; ja, er schien sich ausnehmend wohl und zufrieden darin zu befinden und hatte während mehrerer Tage eine Art, mit Appetit zu essen, seine kurze Pfeife zu rauchen und seine Schultern in dem englischen Jacket zurechtzuschieben, die seiner behaglichen Genugtuung Ausdruck gab. Er ging morgens ungefähr gleichzeitig mit Thomas ins Comptoir hinunter und nahm neben Herrn Marcus und seinem Bruder schräg gegenüber in seinem verstellbaren Armsessel Platz, denn er hatte wie die beiden Chefs einen Armsessel. Zunächst las er die ›Anzeigen‹, wobei er in Gemütlichkeit seine Morgenzigarette zu Ende rauchte. Dann holte er sich aus dem unteren Pultschranke einen alten Cognac, streckte die Arme aus, um sich Bewegungsfreiheit zu verschaffen, sagte »Na!« und ging, während er die Zunge zwischen den Zähnen umherwandern ließ, guten Mutes zur Arbeit über. Seine englischen Briefe waren ganz außerordentlich gewandt und wirksam, denn wie er das Englische sprach, schlechthin, ungewählt, gleichgültig und mühelos dahinplätschernd, so schrieb er es auch.

Seiner Art gemäß verlieh er im Familienkreise der Stimmung Worte, die ihn erfüllte.

»Der Kaufmannsstand ist doch ein schöner, wirklich beglückkender Beruf!« sagte er. »Solide, genügsam, emsig, behaglich... ich bin wahrhaftig ganz dafür geboren! Und so als Angehöriger des Hauses, wißt ihr... kurz, ich fühle mich so wohl wie nie. Man kommt morgens frisch ins Comptoir, man sieht die Zeitung durch, raucht, denkt an dies und jenes und wie gut man es hat, nimmt seinen Cognac und arbeitet mal eben ein bißchen. Es kommt die Mittagszeit, man ißt mit seiner Familie, ruht sich aus, und dann geht's wieder an die Arbeit... Man schreibt, man hat gutes, glattes, reinliches Firmenpapier, eine gute Feder... Lineal, Papiermesser, Stempel, alles ist prima Sorte, ordentlich... und damit erledigt man alles, emsig, nach der Reihe, eins nach dem anderen, bis man schließlich zusammenpackt. Morgen ist wieder ein Tag. Und wenn man zum Abendbrot hinaufgeht, fühlt man sich so durchdringend zufrieden... jedes Glied fühlt sich zufrieden... die Hände fühlen sich zufrieden...!«

»Gott, Christian!« rief Tony. »Du machst dich ja lächerlich! Die Hände fühlen sich zufrieden...!«

»Doch! Ja! Das kennst du also nicht? Ich meine...« Und er ereiferte sich in dem Bestreben, dies auszudrücken, dies zu erklären... »Man schließt die Faust, weißt du... sie ist nicht besonders kräftig, denn man ist müde von der Arbeit. Aber sie ist nicht feucht... sie ärgert einen nicht... Sie fühlt sich selbst gut und behaglich an... Es ist ein Gefühl von Selbstgenügsamkeit... Man kann ganz still sitzen, ohne sich zu langweilen...«

Alle schwiegen. Dann sagte Thomas ganz gleichgültig, um seinen Widerwillen zu verbergen:

»Mir scheint, daß man nicht arbeitet, damit...« Aber er brach ab, er wiederholte nichts. »Ich wenigstens habe andere Ziele dabei vor Augen«, fügte er hinzu.

Christian jedoch, dessen Augen wanderten, überhörte dies, denn er befand sich in Gedanken, und alsbald begann er eine Geschichte aus Valparaiso zu erzählen, eine Mord- und Totschlag-Affaire, bei der er persönlich zugegen gewesen war... »Aber da reißt der Kerl das Messer heraus – –« Aus irgendwelchen Gründen wurden solche Erzählungen, an denen Christian reich war, und über die Madame Grünlich sich köstlich amüsierte, während die Konsulin, Clara und Klothilde sich entsetzten und Mamsell Jungmann nebst Erika mit offenem Munde zuhörten, von Thomas stets ohne Beifall aufgenommen. Er pflegte sie mit kühlen und spöttischen Bemerkungen zu begleiten und sich den deutlichen Anschein zu geben, als glaube er, daß Christian übertreibe und blagiere... was sicherlich nicht der Fall war; aber er erzählte mit Verve und Farbe. Erfuhr Thomas es nicht gern, daß sein jüngerer Bruder weiter herumgekommen sei und mehr gesehen habe als er? Oder empfand er mit Widerwillen ein Lob der Unordnung und der exotischen Gewalttätigkeit in diesen Messer- und Revolver-Geschichten? ... Fest steht, daß Christian sich durchaus nicht um die Ablehnung seiner Erzählungen von seiten seines Bruders bekümmerte; er selbst war allzusehr in Anspruch genommen von seinen Schilderungen, als daß er auf Erfolg oder Mißerfolg bei anderen geachtet hätte, und wenn er geendet hatte, so blickte er sich nachdenklich und abwesend im Zimmer um.

Wenn überhaupt das Verhältnis der beiden Buddenbrooks zueinander mit der Zeit sich nicht zum Guten gestaltete, so war Christian dabei nicht derjenige, der es sich beifallen ließ, irgendwelche Gehässigkeiten gegen seinen Bruder zu zeigen oder zu hegen, sich irgendeine Meinung, ein Urteil, eine Abschätzung desselben anzumaßen. Er ließ mit stillschweigender Selbstverständlichkeit keinen Zweifel darüber, daß er die Überlegenheit, den größeren Ernst, die größere Fähigkeit, Tüchtigkeit und Respektabilität des Älteren anerkannte. Aber gerade diese unbegrenzte, gleichgültige und kampflose Unterordnung reizte Thomas, denn Christian ging bei jeder Gelegenheit leichten Herzens so weit darin, daß es den Anschein gewann, als lege er überhaupt gar keinen Wert auf Überlegenheit, Tüchtigkeit, Respektabilität und Ernst.

Er schien es durchaus nicht zu bemerken, daß der Firmenchef ihm mehr und mehr mit stillem Unwillen entgegenkam... wozu derselbe Gründe hatte, denn leider begann Christians geschäftlicher Eifer bereits nach der ersten Woche, mehr noch jedoch nach der zweiten, sich erheblich zu verringern. Dies äußerte sich zuerst darin, daß die Vorbereitungen zur Arbeit, die anfangs wie eine künstlich und raffiniert verlängerte Vorfreude ausgesehen hatten: das Zeitunglesen, Frühstückszigaretten-Rauchen und Cognactrinken immer mehr Zeit in Anspruch nahmen und sich schließlich über den ganzen Vormittag erstreckten. Dann aber machte es sich ganz von selbst, daß Christian sich über den Zwang der Comptoirstunden hinwegzusetzen begann, daß er des Morgens immer später mit seiner Frühstückszigarette erschien, um Vorbereitungen zur Arbeit zu treffen, daß er mittags zum Essen in den »Klub« ging und zu spät, zuweilen erst abends, zuweilen auch gar nicht zurückkehrte...

Dieser Klub, dem vorwiegend unverheiratete Kaufleute angehörten, besaß im ersten Stock eines Weinrestaurants ein paar komfortable Lokalitäten, woselbst man seine Mahlzeiten nahm und sich zu zwanglosen und oft nicht ganz harmlosen Unterhaltungen zusammenfand: denn es gab eine Roulette. Auch einige ein wenig flatterhafte Familienväter, wie Konsul Kröger und selbstverständlicherweise Peter Döhlmann, waren Mitglieder, und der Polizeisenator Cremer war hier »der erste Mann an der Spritze«. So drückte Doktor Gieseke, Andreas Gieseke, Sohn des Branddirektors, sich aus, Christians alter Schulkamerad, der in der Stadt sich als Rechtsanwalt niedergelassen hatte, und dem sich, trotzdem er für einen ziemlich wüsten Suitier galt, der junge Buddenbrook alsbald in erneuerter Freundschaft anschloß.

Christian oder, wie er schlecht und recht meistens genannt wurde, Krischan, der aus früherer Zeit mit allen mehr oder weniger bekannt oder befreundet war – denn die meisten waren Schüler des seligen Marcellus Stengel –, ward hier mit offenen Armen empfangen, denn wenn auch weder Kaufleute noch Gelehrte seine Geistesfähigkeiten für groß hielten, so kannte man doch seine amüsante, gesellschaftliche Begabung. In der Tat gab er hier seine besten Vorstellungen, erzählte er hier seine besten Geschichten. Er machte am Klub-Klavier einen Virtuosen, er ahmte englische und transatlantische Schauspieler und Opernsänger nach, er gab in der harmlosesten und unterhaltendsten Art Weiberaffairen aus verschiedenen Gegenden zum besten – denn kein Zweifel: Christian Buddenbrook war ein »Suitier« –, er berichtete Abenteuer, die er auf Schiffen, auf Eisenbahnen, in St. Pauli, in Whitechapel, im Urwald erlebt hatte... Er erzählte bezwingend, hinreißend, in mühelosem Fluß, mit leicht klagender und schleppender Aussprache, burlesk und harmlos wie ein englischer Humorist. Er erzählte die Geschichte eines Hundes, der in einer Schachtel von Valparaiso nach San Franzisco geschickt worden und obendrein räudig war. Gott weiß, worin eigentlich die Pointe der Anekdote bestand; aber in seinem Munde war sie von ungeheurer Komik. Und wenn dann ringsumher sich niemand vor Lachen zu lassen wußte, so saß er selbst, mit seiner großen, gebogenen Nase, seinem dünnen, zu langen Halse und seinem rötlich-blonden, schon spärlichen Haar und ließ, einen unruhigen und unerklärlichen Ernst auf dem Gesichte, eins seiner mageren, nach außen gekrümmten Beine über das andere geschlagen, seine kleinen, runden, tief-liegenden Augen nachdenklich umherschweifen... Beinahe schien es, als lache man auf seine Kosten, als lache man über ihn... Aber daran dachte er nicht.

Zu Hause erzählte er mit besonderer Vorliebe von seinem Comptoir in Valparaiso, von der unmäßigen Temperatur, die dort geherrscht, und von einem jungen Londoner namens Johnny Thunderstorm, einem Bummelanten, einem unglaub-lichen Kerl, den er, »Gott verdamm' mich, niemals hatte arbei-ten sehen«, und der doch ein sehr gewandter Kaufmann gewe-sen sei... »Du lieber Gott!« sagte er. »Bei der Hitze! Na, der Chef kommt ins Comptoir... wir liegen, acht Mann, wie die Fliegen umher und rauchen Zigaretten, um wenigstens die Mos-kitos wegzujagen. Du lieber Gott! ›Nun?‹ sagt der Chef. ›Sie arbeiten nicht, meine Herren?!‹...›No, Sir!‹ sagt Johnny Thun-derstorm. ›Wie Sie sehen, Sir!‹ Und dabei blasen wir ihm alle unseren Zigarettenrauch ins Gesicht. Du lieber Gott!«

»Warum sagst du eigentlich fortwährend ›Du lieber Gott‹?« fragte Thomas gereizt. Aber das war es nicht, was ihn ärgerte. Sondern er fühlte, daß Christian diese Geschichte nur deshalb mit soviel Freude erzählte, weil sie ihm eine Gelegenheit bot, mit Spott und Verachtung von der Arbeit zu sprechen.

Dann ging ihre Mutter diskret zu etwas anderem über.

›Es gibt viele häßliche Dinge auf Erden‹, dachte die Konsulin Buddenbrook, geborene Kröger. ›Auch Brüder können sich hassen oder verachten; das kommt vor, so schauerlich es klingt. Aber man spricht nicht davon. Man vertuscht es. Man braucht nichts davon zu wissen.‹

4

Im Mai geschah es, daß Onkel Gotthold, Konsul Gotthold Buddenbrook, nun sechzigjährig, in einer traurigen Nacht von Herzkrämpfen befallen ward und in den Armen seiner Gattin, der geborenen Stüwing, eines schweren Todes starb.

Der Sohn der armen Madame Josephine, der, gegenüber seiner nachgeborenen und mächtigeren Geschwisterschaft von seiten Madame Antoninettens, im Leben zu kurz gekommen war, hatte sich längst mit seinem Geschicke beschieden und in den letzten Jahren, besonders nachdem ihm sein Neffe das Niederländische Konsulat überlassen, ganz ohne Rank üne aus seiner Blechdose Brustbonbons gegessen. Wer den alten Familienzwist in Form einer allgemeinen und unbestimmten Animosität hegte und bewahrte, das waren vielmehr seine Damen: seine gutmütige und beschränkte Gattin nicht sowohl wie die drei ältlichen Mädchen, die weder die Konsulin, noch Antonie, noch Thomas ohne ein kleines giftiges Flämmchen in den Augen anzublicken vermochten...

Donnerstags, an den überlieferungsgemäßen »Kindertagen«, um vier Uhr, fand man sich in dem großen Hause in der Mengstraße zusammen, um dort zu Mittag zu speisen und den Abend zuzubringen – manchmal erschienen auch Konsul Krögers oder Sesemi Weichbrodt mit ihrer ungelehrten Schwester –, und hier war es, wo die Damen Buddenbrook aus der Breiten Straße mit ungezwungener Vorliebe die Rede auf Tony's verflossene Ehe brachten, um Madame Grünlich zu einigen großen Worten zu veranlassen und sich dabei kurze, spitze Blicke zuzusenden... oder wo sie allgemeine Betrachtungen darüber anstellten, welche unwürdige Eitelkeit es doch sei, sich das Haar zu färben, und allzu anteilnehmende Erkundigungen über Jakob Kröger, den Neffen der Konsulin, einzogen. Sie gaben der armen, unschuldigen und geduldigen Klothilde, der einzigen, die sich in der Tat auch ihnen noch unterlegen fühlen mußte, einen Spott zu kosten, der durchaus nicht so harmlos war wie der, den das mittellose und hungrige Mädchen alltäglich von Tom oder Tony mit gedehnter und erstaunter Freundlichkeit entgegennahm. Sie mokierten sich über Clara's Strenge und Bigotterie, sie fanden schnell heraus, daß Christian mit Thomas sich nicht zum besten stand, und daß sie ihn überhaupt, Gott sei Dank, nicht zu achten brauchten, denn er war ein Hans Quast, ein lächerlicher Mensch. Was Thomas selbst betraf, an dem durchaus keine Schwäche erfindlich war und der ihnen seinerseits mit einem nachsichtigen Gleichmut entgegenkam, welcher andeutete: ›Ich verstehe euch, und ihr tut mir leid...‹, so behandelten sie ihn mit leicht vergifteter Hochachtung. Von der kleinen Erika aber, rosig und wohlgepflegt, wie sie war, mußte denn doch gesagt werden, daß sie in beunruhigender Weise im Wachstum zurückgeblieben sei. Worauf Pfiffi, indem sie sich schüttelte und Feuchtigkeit in die Mundwinkel bekam, zum Überfluß auf die erschreckende Ähnlichkeit des Kindes mit dem Betrüger Grünlich aufmerksam machte...

Nun umstanden sie weinend mit ihrer Mutter das Sterbebett des Vaters, und trotzdem es ihnen schien, als ob selbst dieser Tod noch von der Verwandtschaft in der Mengstraße verschuldet sei, ward doch ein Bote dorthin entsandt.

Mitten in der Nacht hallte die Haustür-Glocke über die große Diele, und da Christian spät nach Hause gekommen war und sich leidend fühlte, machte Thomas sich allein auf den Weg, in den Frühlingsregen hinaus.

Er kam nur zur rechten Zeit, um die letzten konvulsivischen Zuckungen des alten Herrn zu sehen, und dann stand er lange mit gefalteten Händen im Sterbezimmer und blickte auf diese kurze Gestalt, die sich unter den Umhüllungen abzeichnete, in dieses tote Gesicht mit den etwas weichlichen Zügen und den weißen Côtelettes...

›Du hast es nicht sehr gut gehabt, Onkel Gotthold‹, dachte er. ›Du hast es zu spät gelernt, Zugeständnisse zu machen, Rücksicht zu nehmen... Aber das ist nötig... Wenn ich wäre wie du, hätte ich vor Jahr und Tag bereits einen Laden geheiratet... Die dehors wahren! ... Wolltest du es überhaupt anders, als du es gehabt hast? Obgleich du trotzig warst und wohl glaubtest, dieser Trotz sei etwas Idealistisches, besaß dein Geist wenig Schwungkraft, wenig Phantasie, wenig von dem Idealismus, der jemanden befähigt, mit einem stillen Enthusiasmus, süßer, beglückender, befriedigender als eine heimliche Liebe, irgendein abstraktes Gut, einen alten Namen, ein Firmenschild zu hegen, zu pflegen, zu verteidigen, zu Ehren und Macht und Glanz zu bringen. Der Sinn für Poesie ging dir ab, obgleich du so tapfer warst, trotz dem Befehl deines Vaters zu lieben und zu heiraten. Du besaßest auch keinen Ehrgeiz, Onkel Gotthold. Freilich, der alte Name ist bloß ein Bürgername, und man pflegt ihn, indem man einer Getreidehandlung zum Flor verhilft, indem man seine eigene Person in einem kleinen Stück Welt geehrt, beliebt und mächtig macht... Dachtest du: Ich heirate die Stüwing, die ich liebe, und schere mich um keine praktischen Rücksichten, denn sie sind Kleinkram und Pfahlbürgertum?... Oh, auch wir sind gerade gereist und gebildet genug, um recht gut zu erkennen, daß die Grenzen, die unserem Ehrgeize gesteckt sind, von außen und oben gesehen nur eng und kläglich sind. Aber alles ist bloß ein Gleichnis auf Erden, Onkel Gotthold! Wußtest du nicht, daß man auch in einer kleinen Stadt ein großer Mann sein kann? Daß man ein Cäsar sein kann an einem mäßigen Handelsplatz an der Ostsee? Freilich, dazu gehört ein wenig Phantasie, ein wenig Idealismus... und den besaßest du nicht, was du auch von dir selbst gedacht haben magst.‹

Und Thomas Buddenbrook wandte sich ab. Er trat ans Fenster und blickte, die Hände auf dem Rücken, ein Lächeln auf seinem intelligenten Gesicht, zu der schwachbeleuchteten und in Regen gehüllten gotischen Fassade des Rathauses hinüber.

Wie es in der Natur der Dinge lag, gingen Amt und Titel des Königlich Niederländischen Konsulates, das Thomas sofort nach dem Tode seines Vaters hätte für sich in Anspruch nehmen können, zu Tony Grünlichs maßlosem Stolze jetzt an ihn über, und das gewölbte Schild mit Löwen, Wappen und Krone war nunmehr wieder an der Giebelfront in der Mengstraße unter dem »Dominus providebit« zu sehen.

Gleich nach Erledigung dieser Angelegenheit, im Juni bereits desselben Jahres, trat der junge Konsul eine Reise an, eine Geschäftsreise nach Amsterdam, von der er nicht wußte, wieviel Zeit sie in Anspruch nehmen werde.

5.

Todesfälle pflegen eine dem Himmlischen zugewandte Stimmung hervorzubringen, und niemand wunderte sich, aus dem Munde der Konsulin Buddenbrook nach dem Dahinscheiden ihres Gatten diese oder jene hochreligiöse Wendung zu vernehmen, die man früher nicht an ihr gewohnt gewesen war.

Bald jedoch zeigte es sich, daß dies nichts Vorübergehendes war, und rasch war in der Stadt die Tatsache bekannt, daß die Konsulin gewillt war, das Andenken des Verewigten in erster Linie dadurch zu ehren, daß sie, die schon in den letzten Jahren seines Lebens, und zwar seit sie alterte, mit seinen geistlichen Neigungen sympathisiert hatte, nun seine fromme Weltanschauung vollends zu der ihren machte.

Sie strebte danach, das weitläufige Haus mit dem Geiste des Heimgegangenen zu erfüllen, mit dem milden und christlichen Ernst, der eine vornehme Herzensheiterkeit nicht ausschloß. Die Morgen- und Abendandachten wurden in ausgedehnterem Umfange fortgesetzt. Die Familie versammelte sich im Eßsaale, während das Dienstpersonal in der Säulenhalle stand, und die Konsulin oder Clara verlasen aus der großen Familienbibel mit den ungeheuren Lettern einen Abschnitt, worauf man aus dem Gesangbuch ein paar Verse zum Harmonium sang, das die Konsulin spielte. Auch trat oft an die Stelle der Bibel eines der Predigt- und Erbauungsbücher mit schwarzem Einband und Goldschnitt, dieser Schatzkästchen, Psalter, Weihestunden, Morgenklänge und Pilgerstäbe, deren beständige Zärtlichkeit für das süße, wonnesame Jesulein ein wenig widerlich anmutete und von denen allzu viele im Hause vorhanden waren.

Christian erschien nicht oft zu den Andachten. Ein Einwand,

den Thomas bei Gelegenheit ganz vorsichtig und halb im Scherze gegen die Übungen erhoben hatte, war mit Milde und Würde zurückgewiesen worden. Was Madame Grünlich anging, so benahm sie sich leider nicht immer völlig korrekt dabei. Eines Morgens – es war gerade ein fremder Prediger bei Buddenbrooks zu Gast – war man genötigt, zu einer feierlichen, glaubensfesten und innigen Melodie die Worte zu singen:

> »Ich bin ein rechtes Rabenaas,
> Ein wahrer Sündenkrüppel,
> Der seine Sünden in sich fraß,
> Als wie der Rost den Zwippel.
> Ach Herr, so nimm mich Hund beim Ohr,
> Wirf mir den Gnadenknochen vor
> Und nimm mich Sündenlümmel
> In deinen Gnadenhimmel!«

... worauf Frau Grünlich vor innerlicher Zerknirschung das Buch von sich warf und den Saal verließ.

Die Konsulin selbst aber verlangte weit mehr noch von sich als von ihren Kindern. Sie richtete zum Beispiel eine Sonntagsschule ein. Am Sonntag-Vormittag klingelten lauter kleine Volksschul-Mädchen in der Mengstraße, und Stine Voß, die An der Mauer, und Mike Stuht, die in der Glockengießerstraße, und Fike Snut, die An der Trave oder in der Kleinen Gröpelgrube oder im Engelswisch zu Hause war, wanderten mit ihrem semmelblonden, mit Wasser gekämmten Haar über die große Diele in das helle Gartenzimmer, dort hinten, das als Comptoir seit längerer Zeit nicht mehr benutzt wurde, wo Sitzbänke aufgeschlagen waren, und wo die Konsulin Buddenbrook, geborene Kröger, mit ihrem Kleid aus schwerem schwarzen Atlas, ihrem weißen, vornehmen Gesicht und ihrer noch weißeren Spitzenhaube, ihnen an einem Tischchen, auf welchem ein Glas Zuckerwasser stand, gegenübersaß und sie eine Stunde lang katechisierte.

Auch begründete sie den »Jerusalemsabend«, und an diesem mußte außer Clara und Klothilde auch Tony sich wohl oder übel beteiligen. Einmal wöchentlich saßen an der langausgezogenen Tafel im Eßsaale beim Scheine von Lampen und Kerzen etwa zwanzig Damen, die in dem Alter standen, wo es an der Zeit ist, sich nach einem guten Platze im Himmel umzusehen, tranken Tee oder »Bischof«, aßen fein belegtes Butterbrot und Pudding, lasen sich geistliche Lieder und Abhandlungen vor und fertigten Handarbeiten an, die am Ende des Jahres in einem Basare verkauft wurden und deren Erlös zu Missionszwecken nach Jerusalem geschickt ward.

Der fromme Verein ward in der Hauptsache von Damen aus der Gesellschaftssphäre der Konsulin gebildet, und die Senatorin Langhals, die Konsulin Möllendorpf und die alte Konsulin Kistenmaker gehörten ihm an, während andere alte Damen, die weltlicher und profaner angelegt waren, wie Madame Köppen, sich über ihre Freundin Bethsy mokierten. Auch die Predigersgattinnen der Stadt sowie die verwitwete Konsulin Buddenbrook, geborene Stüwing, und Sesemi Weichbrodt nebst ihrer ungelehrten Schwester waren Mitglieder. Vor Jesu jedoch ist kein Rang und kein Unterschied, und so nahmen am Jerusalemsabend auch armseligere und seltsamere Gestalten teil, wie zum Beispiel ein kleines, runzeliges Geschöpf, reich an Gottgefälligkeit und Häkelmustern, das im Heiligen-Geist-Hospitale wohnte, Himmelsbürger hieß und die Letzte ihres Geschlechts war... »Die letzte Himmelsbürgern« nannte sie sich wehmütig, und dabei fuhr sie mit der Stricknadel unter ihre Haube, um sich zu krauen.

Weit bemerkenswerter aber waren zwei andere Mitglieder, ein Zwillingspaar, zwei sonderbare alte Mädchen, die mit Schäferhüten aus dem achtzehnten Jahrhundert und seit manchem Jahr schon verblichenen Kleidern Hand in Hand in der Stadt umhergingen und Gutes taten. Sie hießen Gerhardt und beteuerten, in gerader Linie von Paul Gerhardt abzustammen. Man sagte, daß sie durchaus nicht mittellos seien; aber sie lebten aufs jämmerlichste und gaben alles den Armen... »Liebe!« bemerkte die Konsulin Buddenbrook, die sich ihrer zuweilen ein bißchen schämte, »Gott sieht ins Herze, aber Ihre Kleider sind wenig adrett... Man muß auf sich halten...« Aber dann küßten sie ihre elegante Freundin, welche die Weltdame nicht verleugnen konnte, nur auf die Stirn... mit der ganzen nachsichtigen, liebevollen und mitleidigen Überlegenheit des Geringen über den Vornehmen, der das Heil sucht. Es waren keineswegs dumme Geschöpfe, und in ihren kleinen, häßlichen verschrumpften Papageiköpfen saßen blanke, sanft verschleierte braune Augen, die mit einem seltsamen Ausdruck von Milde und Wissen in die Welt schauten... Ihre Herzen waren voll von wunderbaren und geheimnisvollen Kenntnissen. Sie wußten, daß in unserer letzten Stunde all unsere zu Gott vorangegangenen Lieben in Sang und Seligkeit kommen, uns abzuholen. Sie sprachen das Wort »der Herr« mit der Leichtigkeit und Ursprünglichkeit von ersten Christen, die aus des Meisters eigenem Munde noch das »Über ein kleines, so werdet ihr mich sehen« vernommen haben. Sie besaßen die merkwürdigsten Theorieen über innere Lichter und Ahnungen, über Gedanken-Übertragung und -Wanderungen... denn Lea, die eine von ihnen, war taub und wußte gleichwohl fast immer, wovon die Rede war.

Da Lea Gerhardt taub war, war sie es gewöhnlich, die an den Jerusalemsabenden vorlas; auch fanden die Damen, daß sie schön und ergreifend läse. Sie nahm aus ihrem Beutel ein uraltes Buch, welches lächerlich und unverhältnismäßig viel höher als breit war und vorn, in Kupfer gestochen, das übermenschlich pausbäckige Bildnis ihres Ahnherrn enthielt, nahm es in beide Hände und las, damit sie selbst sich ein wenig hören konnte, mit fürchterlicher Stimme, die klang, wie wenn der Wind sich im Ofenrohr verfängt:

»Will Satan mich verschlingen...«

Nun! dachte Tony Grünlich. Welcher Satan möchte die wohl verschlingen! Aber sie sagte nichts, hielt sich ihrerseits an den Pudding und dachte darüber nach, ob sie wohl auch dermaleinst so häßlich sein werde wie die beiden Fräulein Gerhardt.

Sie war nicht glücklich, sie empfand Langeweile und ärgerte sich über die Pastoren und Missionäre, deren Besuche nach dem Tode des Konsuls sich vielleicht noch vermehrt hatten und die nach Tony's Meinung im Hause allzusehr das Regiment führten und allzuviel Geld bekamen. Der letztere Punkt ging Thomas an; aber er schwieg darüber, während seine Schwester hie und da etwas von Leuten vor sich hin murmelte, die der Witwen Häuser fressen und lange Gebete vorwenden.

Sie haßte diese schwarzen Herren aufs bitterlichste. Als gereifte Frau, die das Leben kennen gelernt hatte und kein dummes Ding mehr war, sah sie sich nicht in der Lage, an ihre unbedingte Heiligkeit zu glauben. »Mutter!« sagte sie; »o Gott, man soll seinem Nächsten nichts Übles nachsagen... gut, ich weiß es! Aber das eine muß ich denn doch aussprechen, und ich würde mich wundern, wenn das Leben dich das nicht gelehrt hätte, nämlich, daß nicht alle, die einen langen Rock tragen und ›Herr, Herr!‹ sagen, immer ganz makellos sind!«

Es blieb unaufgeklärt, wie Thomas sich zu solchen Wahrheiten verhielt, die seine Schwester mit ungeheurem Nachdruck vertrat. Christian aber hatte gar keine Meinung; er beschränkte sich darauf, die Herren mit krauser Nase zu beobachten, um hernach im Klub oder in der Familie ihre Kopie zu liefern...

Aber es ist wahr, daß Tony am meisten von den geistlichen Gästen zu leiden hatte. Eines Tages geschah es wahr und wahrhaftig, daß ein Missionar namens Jonathan, der sowohl in Syrien als auch in Arabien gewesen war, ein Mann mit großen, vorwurfsvollen Augen und betrübt herniederhängenden Wangen, vor sie hintrat und sie mit trauriger Strenge zur Entscheidung der Frage aufforderte, ob ihre gebrannten Stirnlocken sich eigentlich mit der wahren christlichen Demut vereinbaren ließen... Ach! er hatte nicht mit Tony Grünlichs spitzig sarkastischer Redegewandtheit gerechnet. Sie schwieg während einiger Augenblicke, und man sah, wie ihr Hirn arbeitete. Dann aber kam es: »*Darf ich Sie bitten, mein Herr Pastor, sich um Ihre eigenen Locken zu bekümmern?!*«... Und hinaus rauschte sie, indem sie die Schultern ein wenig emporzog, den Kopf zurückwarf und trotzdem das Kinn auf die Brust zu drücken suchte. – Und Pastor Jonathan besaß äußerst wenig Haupthaar, ja, sein Schädel war nackt zu nennen!

Einst aber wurde ihr ein noch größerer Triumph zuteil. Pastor Trieschke nämlich, Tränen-Trieschke aus Berlin, der diesen Beinamen führte, weil er allsonntäglich einmal inmitten seiner Predigt an geeigneter Stelle zu weinen begann... Tränen-Trieschke, der sich durch ein bleiches Gesicht, rote Augen und wahre Pferdekinnbacken auszeichnete und acht oder zehn Tage lang bei Buddenbrooks wechselweise mit der armen Klothilde um die Wette aß und Andachten abhielt, verliebte sich bei dieser Gelegenheit in Tony... nicht etwa in ihre unsterbliche Seele, o nein, sondern in ihre Oberlippe, ihr starkes Haar, ihre hübschen Augen und ihre blühende Gestalt! Und dieser Gottesmann, der zu Berlin ein Weib und viele Kinder besaß, entblödete sich nicht, durch den Bedienten Anton in Madame Grünlichs Schlafzimmer im zweiten Stock einen Brief niederlegen zu lassen, der aus Bibelextrakten und einer sonderbar anschmiegsamen Zärtlichkeit wirksam gemischt war... Sie fand ihn beim Zubettegehen, sie las ihn und ging festen Schrittes die Treppen hinunter ins Zwischengeschoß und ins Schlafzimmer der Konsulin, woselbst sie ihrer Mutter beim Kerzenscheine das Schreiben des Seelsorgers völlig ungeniert und mit lauter Stimme vortrug, so daß Tränen-Trieschke fortan in der Mengstraße unmöglich war.

»So sind sie alle!« sagte Madame Grünlich... »Ha! so sind sie alle! O Gott, ich war eine Gans früher, ein dummes Ding, Mama, aber das Leben hat mir das Vertrauen zu den Menschen genommen. Die meisten sind Filous... ja, das ist leider wahr. *Grünlich* – –!« Und der Name klang wie eine Fanfare, wie ein kleiner Trompetenstoß, den sie mit etwas erhobenen Schultern und emporgerichteten Augen in die Luft hinein ertönen ließ.

6.

Sievert Tiburtius war ein kleiner, schmaler Mann mit großem Kopfe und trug einen dünnen, aber langen blonden Backenbart, der geteilt war und dessen Enden er manchmal, der Bequemlichkeit halber, nach beiden Seiten hin über die Schultern legte. Seinen runden Schädel bedeckte eine Unzahl ganz kleiner, wolliger Ringellöckchen. Seine Ohrmuscheln waren groß, äußerst abstehend, an den Rändern weit nach innen zusammengerollt und oben so spitz wie die eines Fuchses. Seine Nase saß wie ein kleiner, platter Knopf in seinem Gesicht, seine Wangenknochen standen hervor, und seine grauen Augen, die gemeinhin eng zusammengekniffen ein wenig blöde umherblinzelten, konnten in gewissen Momenten sich in ungeahnter Weise erweitern, größer und größer werden, hervorquellen, beinahe herausspringen...

Dies war der Pastor Tiburtius, welcher aus Riga stammte, einige Jahre in Mitteldeutschland amtiert hatte und nun, auf der Reise nach seiner Heimat, wo eine Predigersstelle ihm zugefallen war, die Stadt berührte. Versehen mit der Empfehlung eines Amtsbruders, der ebenfalls einst in der Mengstraße Mockturtle-Suppe und Schinken mit Schalottensauce gegessen hatte, machte er der Konsulin seine Aufwartung, ward für die Dauer seines Aufenthaltes, der einige wenige Tage in Anspruch nehmen sollte, zu Gaste geladen und bewohnte das geräumige Fremdenzimmer im ersten Stockwerk am Korridor.

Aber er verweilte länger, als er erwartet hatte. Es vergingen acht Tage, und noch immer hatte er diese oder jene Sehenswürdigkeit, den Totentanz und das Apostel-Uhrwerk in der Marienkirche, das Rathaus, die »Schiffergesellschaft« oder die Sonne mit den beweglichen Augen im Dom nicht besucht. Es vergingen zehn Tage, und er sprach wiederholt von seiner Abreise; infolge des ersten Wörtchens jedoch, das ihn zum Bleiben aufforderte, verzog er aufs neue.

Er war ein besserer Mensch als die Herren Jonathan und Tränen-Trieschke. Er bekümmerte sich durchaus nicht um Frau Antoniens gebrannte Stirnlöckchen und schrieb ihr keinerlei Briefe. Desto aufmerksamer aber beschäftigte er sich mit Clara, ihrer jüngeren und ernsthafteren Schwester. In *ihrer* Gegenwart, wenn *sie* sprach, ging oder kam, konnte es geschehen, daß seine Augen sich in ungeahnter Weise erweiterten, größer und größer wurden, hervorquollen, fast heraussprangen... und beinahe den ganzen Tag hielt er sich bei ihr auf, indem er geistliche und weltliche Gespräche mit ihr pflog oder ihr vorlas... mit seiner hohen, sich überschlagenden Stimme und in der drollig hüpfenden Aussprache seiner baltischen Heimat.

Gleich am ersten Tage hatte er gesagt: »Erbarmen Sie sich, Frau Konsulin! welch einen Schatz und Gottessegen besitzen Sie an Ihrer Tochter Clara. Das ist wohl ein herrliches Kind!«

»Sie haben recht«, erwiderte die Konsulin. Aber er wiederholte es so oft, daß sie ihre hellen blauen Augen in diskreter Prüfung zu ihm hinschweifen ließ und ihn veranlaßte, ein wenig eingehender von seiner Herkunft, seinen Verhältnissen, seinen Aussichten zu erzählen. Es ergab sich, daß er aus einer Kaufmannsfamilie stammte, daß seine Mutter bei Gott sei, daß er Geschwister nicht besitze und daß sein alter Vater zu Riga als Privatier mit einem auskömmlichen Vermögen lebe, welches einstmals ihm selbst, dem Pastor Tiburtius, gehören werde; übrigens sichere sein Amt ihm ein hinreichendes Einkommen.

Was Clara Buddenbrook betraf, so stand sie nun im neunzehnten Jahre und war, mit ihrem dunklen, glattgescheitelten Haar, ihren strenge und dennoch träumerisch blickenden braunen Augen, ihrer leicht gebogenen Nase, ihrem ein wenig zu fest geschlossenen Munde und ihrer hohen, schlanken Gestalt, zu einer jungen Dame von herber und eigentümlicher Schönheit erwachsen. Im Hause hielt sie am festesten mit ihrer armen und ebenfalls frommen Cousine Klothilde zusammen, deren Vater kürzlich gestorben war und die mit dem Gedanken umging, sich demnächst einmal zu »etablieren«, das heißt, mit einigen Groschen und Möbeln, die sie ererbt, sich irgendwo in Pension zu geben... Von Thilda's gedehnter, geduldiger und hungriger Demut freilich kannte Clara nichts. Im Gegenteile eignete ihr im Verkehr mit den Dienstboten, ja auch mit ihren Geschwistern und ihrer Mutter ein etwas herrischer Ton, und ihre Altstimme schon, die sich nur mit Bestimmtheit zu senken, nie aber fragend zu heben verstand, trug einen befehlshaberischen Charakter und konnte oft eine kurze, harte, unduldsame und hochfahrende

Klangfarbe annehmen: an Tagen nämlich, wo Clara an Kopfschmerzen litt.

Sie hatte, bevor der Tod des Konsuls die Familie in Trauer hüllte, mit unnahbarer Würde die Gesellschaften im Elternhause und den Häusern von gleicher Rangstufe mitgemacht... Die Konsulin betrachtete sie, und sie konnte sich nicht verhehlen, daß es trotz der stattlichen Mitgift und Clara's häuslicher Tüchtigkeit schwerhalten werde, dies Kind zu verehelichen. Keinen der skeptischen, rotspontrinkenden und jovialen Kaufherren ihrer Umgebung, wohl aber einen Geistlichen konnte sie sich an der Seite des ernsten und gottesfürchtigen Mädchens vorstellen, und da dieser Gedanke die Konsulin freudig bewegte, so fanden des Pastors Tiburtius zarte Einleitungen von ihrer Seite ein maßvolles und freundliches Entgegenkommen.

Und wahrhaftig entwickelte sich die Angelegenheit mit großer Präzision. An einem warmen und wolkenlosen Juli-Nachmittag machte die Familie einen Spaziergang. Die Konsulin, Antonie, Christian, Clara, Thilda, Erika Grünlich mit Mamsell Jungmann und in ihrer Mitte Pastor Tiburtius zogen weit vors Burgtor hinaus, um bei einem ländlichen Wirte im Freien an Holztischen Erdbeeren, Sattenmilch oder Rote Grütze zu essen, und nach der Vesper-Mahlzeit erging man sich in dem großen Nutzgarten, der bis zum Flusse sich hinzog, im Schatten von allerlei Obstbäumen zwischen Johannis- und Stachelbeerbüschen, Spargel- und Kartoffelfeldern.

Sievert Tiburtius und Clara Buddenbrook blieben ein wenig zurück. Er, sehr viel kleiner als sie, den geteilten Backenbart über beiden Schultern, hatte den geschweiften schwarzen Strohhut von seinem großen Kopfe genommen und führte, indem er sich hie und da mit dem Tuche die Stirn trocknete, mit großen Augen ein langes und sanftes Gespräch mit ihr, in dessen Verlaufe sie beide einmal stehenblieben und Clara mit ernster und ruhiger Stimme ein Ja sprach.

Dann, nach der Rückkehr, als die Konsulin, ein wenig ermüdet und erhitzt, allein im Landschaftszimmer saß, setzte sich Pastor Tiburtius – draußen lag die nachdenkliche Stille des Sonntag-Nachmittags – zu ihr in den sommerlichen Abendglanz und begann auch mit ihr ein langes und sanftes Gespräch, an dessen Ende die Konsulin sagte:

»Genug, mein lieber Herr Pastor... Ihr Antrag entspricht meinen mütterlichen Wünschen, und Sie Ihrerseits haben nicht schlecht gewählt, dessen kann ich Sie versichern. Wer hätte gedacht, daß Ihr Eingang und Aufenthalt in unserem Hause so wunderbar gesegnet sein werde! ... Ich will heute mein letztes Wort nicht sprechen, denn es gehört sich, daß ich zuvor meinem Sohne, dem Konsul, schreibe, der sich augenblicklich, wie Sie wissen, im Auslande befindet. Sie reisen bei Leben und Gesundheit morgen nach Riga ab, um Ihr Amt anzutreten, und wir gedenken, uns für einige Wochen an die See zu begeben... Sie werden in Bälde Nachricht von mir empfangen, und der Herr gebe, daß wir uns glücklich wiedersehen.«

7.

»Amsterdam, d. 20. Juli 56.
Hotel ›Het Haasje‹
Meine liebe Mutter!

Soeben in den Besitz Deines inhaltreichen Schreibens gelangt, beeile ich mich, Dir auf das herzlichste für die Aufmerksamkeit zu danken, die darin liegt, daß Du in der bewußten Angelegenheit meine Zustimmung einziehst; ich erteile selbstverständlicher Weise nicht nur sie, sondern füge auch meine freudigsten Glückwünsche hinzu, vollauf überzeugt, daß Ihr, Du und Clara, eine gute Wahl werdet getroffen haben. Der schöne Name Tiburtius ist mir bekannt, und ich glaube bestimmt, daß Papa mit dem Alten in geschäftlicher Verbindung stand. Clara kommt jedenfalls in angenehme Verhältnisse, und die Position als Pastorin wird ihrem Temperamente zusagen.

Tiburtius ist also nach Riga abgereist und wird seine Braut im August noch einmal besuchen? Nun, es wird wahrhaftig munter zugehen alsdann bei uns in der Mengstraße – munterer noch, als

Ihr alle vorausseht, denn Ihr wißt nicht, aus welchen absonder-
lichen Gründen ich so überaus froh erstaunt über Mademoiselle
Clara's Verlobung bin, und um welches allerliebste Zusammentreffen es sich dabei handelt. Ja, meine ausgezeichnete Frau
Mama, wenn ich mich heute bequeme, meinen gravitätischen
Konsens zu Clara's irdischem Glücke von der Amstel zur Ostsee
zu senden, so geschieht es ganz einfach unter der Bedingung,
daß ich mit wendender Post aus Deiner Feder einen ebensolchen
Konsens in betreff einer ebensolchen Angelegenheit zurück-
empfange! Drei harte Gulden würde ich dafür geben, könnte ich
Dein Gesicht, besonders aber dasjenige unserer wackeren Tony
sehen, wenn Ihr diese Zeilen lest... Aber ich will zur Sache reden.

Mein kleines, reinliches Hotel ist mit hübscher Aussicht auf
den Kanal, inmitten der Stadt, unweit der Börse gelegen, und
die Geschäfte, denen zuliebe ich hierhergekommen (es handelte
sich um die Anknüpfung einer neuen, wertvollen Verbindung:
Du weißt, ich besorge dergleichen mit Vorliebe persönlich),
entwickelten sich vom ersten Tage an in erwünschter Weise.
Von meiner Lehrzeit her aber wohlbekannt in der Stadt, war ich,
obgleich viele Familien sich in den Seebädern befinden, auch gesellschaftlich sofort sehr lebhaft in Anspruch genommen. Ich
habe kleine Abendgesellschaften bei van Henkdoms und Moe-
lens mitgemacht, und schon am dritten Tage meines Hierseins
mußte ich mich in Gala werfen, um einem Diner bei meinem
ehemaligen Prinzipale Herrn van der Kellen beizuwohnen, das
er so außerhalb der Saison, ersichtlich mir zu Ehren, arrangierte.
Zu Tische aber führte ich... habt Ihr Lust zu raten? Fräulein
Arnoldsen, Gerda Arnoldsen, Tony's ehemalige Pensionsge-
nossin, deren Vater, der große Kaufmann, und beinahe noch
größere Geigenvirtuos, sowie seine verheiratete Tochter und ihr
Gatte ebenfalls zugegen waren.

Ich erinnere mich sehr wohl, daß Gerda – gestattet, daß ich
mich bereits des Vornamens bediene – schon als ganz junges
Mädchen, als sie noch bei Mademoiselle Weichbrodt am Mühlenbrink zur Schule ging, einen starken und nie ganz verlöschten

Eindruck auf mich gemacht hat. Jetzt aber sah ich sie wieder: größer, entwickelter, schöner, geistreicher... Erlaßt mir, da sie leicht ein wenig ungestüm ausfallen könnte, die Beschreibung ihrer Persönlichkeit, die Ihr bald von Angesicht zu Angesicht werdet schauen können!

Ihr könnt Euch denken, daß sich eine Menge von Ausgangspunkten zu einem guten Tischgespräche darboten; aber wir verließen schon nach der Suppe das Gebiet der alten Anekdoten und gingen zu ernsteren und fesselnderen Dingen über. In der Musik konnte ich ihr nicht Widerpart halten, denn wir bedauernswerten Buddenbrooks wissen allzuwenig davon; aber in der niederländischen Malerei war ich schon besser zu Hause, und in der Literatur verstanden wir uns durchaus.

Wahrlich, die Zeit verging im Fluge. Nach Tische ließ ich mich dem alten Herrn Arnoldsen präsentieren, der mir mit ausgesuchter Verbindlichkeit entgegenkam. Später, im Salon, trug er mehrere Konzert-Piècen vor, und auch Gerda produzierte sich. Sie sah prachtvoll dabei aus, und obgleich ich keine Ahnung vom Violinspiel habe, so weiß ich, daß sie auf ihrem Instrument (einer echten Stradivari) zu singen verstand, daß einem beinahe die Tränen in die Augen traten.

Am folgenden Tage machte ich Besuch bei Arnoldsens, Prins Hendrik-Kade. Ich wurde zunächst von einer alten Gesellschaftsdame empfangen, mit der ich mich französisch unterhalten mußte; dann aber kam Gerda hinzu, und wir plauderten wie tags zuvor wohl eine Stunde lang: nur daß wir uns diesmal noch mehr einander näherten, uns noch mehr bestrebten, einander zu verstehen und kennen zu lernen. Es war wieder von Dir, Mama, von Tony, von unserer guten, alten Stadt und meiner Tätigkeit daselbst die Rede...

Schon an diesem Tage stand mein Entschluß fest, welcher lautete: Diese oder keine, jetzt oder niemals! Ich traf mit ihr noch gelegentlich eines Gartenfestes bei meinem Freunde van Svindren zusammen, ich ward zu einer kleinen musikalischen Soirée bei Arnoldsens selbst gebeten, in deren Verlauf ich der jungen Dame gegenüber das Experiment einer halben und sondierenden Erklärung machte, die ermutigend beantwortet wurde... und nun ist es fünf Tage her, daß ich mich vormittags zu Herrn Arnoldsen begab, um mir die Erlaubnis zu erbitten, um die Hand seiner Tochter zu werben. Er empfing mich in seinem Privatcomptoir. ›Mein lieber Konsul‹, sagte er, ›Sie sind mir aufs höchste willkommen, so schwer es mir altem Witwer fallen würde, mich von meiner Tochter zu trennen! Aber sie? Sie hat bislang ihren Entschluß, niemals zu heiraten, mit Festigkeit aufrechterhalten. Haben Sie denn Chancen?‹ Und er war äußerst erstaunt, als ich ihm erwiderte, daß Fräulein Gerda mir in der Tat Veranlassung zu einiger Hoffnung gegeben habe.

Er hat ihr einige Tage zum Besinnen gelassen, und ich glaube, er hat ihr aus argem Egoismus sogar abgeraten. Aber es hilft nichts: ich bin der Auserwählte, und seit gestern nachmittag ist die Verlobung perfekt.

Nein, meine liebe Mama, ich bitte Dich jetzt nicht um Deinen schriftlichen Segen zu dieser Verbindung, denn schon übermorgen reise ich ab; aber ich nehme das Versprechen der Arnoldsens mit, daß sie uns, der Vater, Gerda und auch ihre verheiratete Schwester, im August besuchen werden, und dann wirst Du nicht umhinkönnen zuzugestehen, daß dies die Rechte für mich ist. Denn es liegt für Dich doch kein Einwand darin, daß Gerda nur drei Jahr jünger ist als ich? Du wirst wohl niemals angenommen haben, hoffe ich, daß ich irgendeinen Backfisch aus dem Kreise Möllendorpf-Langhals-Kistenmaker-Hagenström heimführen würde.

Und was die ›Partie‹ betrifft?... Ach, ich ängstige mich beinahe davor, daß Stephan Kistenmaker und Hermann Hagenström und Peter Döhlmann und Onkel Justus und die ganze Stadt mich pfiffig anblinzeln wird, wenn man von der Partie erfährt; denn mein zukünftiger Schwiegervater ist Millionär... Mein Gott, was läßt sich darüber sagen? Es gibt so viel Halbes in uns, das so oder so gedeutet werden kann. Ich verehre Gerda Arnoldsen mit Enthusiasmus, aber ich bin durchaus nicht gesonnen, tief genug in mich selbst hinabzusteigen, um zu ergründen, ob und inwiefern die hohe Mitgift, die man mir gleich bei der ersten Vorstellung ziemlich zynischer Weise ins Ohr flüsterte, zu diesem Enthusiasmus beigetragen hat. Ich liebe sie, aber es macht mein Glück und meinen Stolz desto größer, daß ich, indem sie mein eigen wird, gleichzeitig unserer Firma einen bedeutenden Kapitalzufluß erobere.

Ich schließe, liebe Mutter, diesen Brief, der in Anbetracht des Umstandes, daß wir uns in wenigen Tagen schon mündlich über mein Glück werden bereden können, schon allzu lang geworden ist. Ich wünsche Dir einen angenehmen und erholsamen Bade-Aufenthalt und bitte Dich, alle die Unsrigen auf das herzlichste von mir zu grüßen.

In treuer Liebe

Dein gehorsamer Sohn
T.«

8.

In der Tat, es gab dieses Jahr einen lebhaften und festlichen Hochsommer im Buddenbrookschen Hause.

Am Ende des Juli traf Thomas wieder in der Mengstraße ein und besuchte, gleich den übrigen Herren, die in der Stadt geschäftlich in Anspruch genommen waren, seine Familie einige Male am Meere, während Christian sich daselbst vollkommene Ferien gemacht hatte, denn er klagte über einen unbestimmten Schmerz im linken Bein, mit dem Doktor Grabow durchaus nichts anzufangen wußte, und über den Christian daher desto eingehender nachdachte...

»Es ist kein Schmerz... so kann man es nicht nennen«, erklärte er mühsam, indem er mit der Hand an dem Beine auf und nieder fuhr, seine große Nase krauste und die Augen wandern ließ. »Es ist eine Qual, eine fortwährende, leise, beunruhigende Qual im ganzen Bein... und an der linken Seite, an der Seite, wo das Herz sitzt... Sonderbar... ich finde es sonderbar! Was denkst du eigentlich darüber, Tom...«

»Ja, ja...« sagte Tom. »Du hast nun Ruhe und Seebäder...«

Und dann ging Christian an die See hinunter, um der Badege-
sellschaft Geschichten zu erzählen, daß der Strand von Lachen
widerhallte, oder in den Kursaal, um mit Peter Döhlmann, Onkel Justus, Doktor Gieseke und einigen Hamburger Suitiers
Roulette zu spielen.

Und Konsul Buddenbrook besuchte mit Tony, wie immer,
wenn man in Travemünde war, die alten Schwarzkopfs in der
Vorderreihe... »Good'n Dag ook, Ma'm' Grünlich!« sagte der
Lotsenkommandeur und redete vor Freude platt. »Na, weeten
S' woll noch? Dat's nu all bangig lang her, ößwer dat wier 'ne
verdammt nette Tied... Un uns Morten, de is nu all lang Dokter in Breslau, un hei hett ook all 'ne ganz staatsche Praxis, der
Bengel...« Dann lief Frau Schwarzkopf umher und machte
Kaffee, und sie vesperten in der grünen Veranda wie ehemals...
nur daß alle um volle zehn Jahre älter waren nunmehr, daß Morten und die kleine Meta, die den Ortsvorsteher von Haffkrug
geheiratet hatte, fern waren, daß der Kommandeur, schon ganz
weiß und ziemlich taub, im Ruhestand lebte, daß seine Frau in
ihrem Netze ebenfalls sehr graues Haar trug und Madame Grünlich keine Gans mehr war, sondern das Leben kennen gelernt
hatte, was sie aber nicht hinderte, eine Menge Scheibenhonig zu
essen, denn sie sagte: »Das ist reines Naturprodukt; da weiß man
doch, was man verschluckt!«

Zu Anfang des August jedoch kehrten Buddenbrooks wie die
meisten anderen Familien in die Stadt zurück, und dann kam der
große Augenblick, wo, fast gleichzeitig, Pastor Tiburtius von
Rußland und die Arnoldsens von Holland her zu längerem Besuche in der Mengstraße eintrafen.

Es war eine sehr schöne Szene, als der Konsul zum ersten Male
seine Braut ins Landschaftszimmer und zu seiner Mutter führte,
die ihr mit ausgebreiteten Armen, den Kopf zur Seite geneigt,
entgegenkam. Gerda, die mit freier und stolzer Anmut auf dem
hellen Teppich dahinschritt, war hoch und üppig gewachsen.
Mit ihrem schweren, dunkelroten Haar, ihren nahe beieinanderliegenden, braunen, von feinen bläulichen Schatten umlagerten
Augen, ihren breiten, schimmernden Zähnen, die sie lächelnd

zeigte, ihrer geraden, starken Nase und ihrem wundervoll edel geformten Munde war dieses siebenundzwanzigjährige Mädchen von einer eleganten, fremdartigen, fesselnden und rätselhaften Schönheit. Ihr Gesicht war mattweiß und ein wenig hochmütig; aber sie neigte es dennoch, als die Konsulin ihr Haupt mit sanfter Innigkeit zwischen beide Hände nahm und ihr die schneeige, makellose Stirne küßte ... »Ja, nun heiße ich dich willkommen in unserem Hause und unserer Familie, du liebe, schöne, gesegnete Tochter«, sagte sie. »Du wirst ihn glücklich machen ... sehe ich es nicht schon, wie glücklich du ihn machst?« Und sie zog mit dem rechten Arme Thomas herbei, um ihn ebenfalls zu küssen.

Niemals, höchstens vielleicht zu Großvaters Zeiten, war es heiterer und geselliger zugegangen in dem großen Hause, das mit Leichtigkeit die Gäste aufnahm. Nur Pastor Tiburtius hatte aus Bescheidenheit sich im Rückgebäude beim Billardsaale ein Zimmer erwählt; die übrigen, Herr Arnoldsen, ein beweglicher, witziger Mann am Ende der Fünfziger mit grauem Spitzbart und einem liebenswürdigen Elan in jeder Bewegung, seine ältere Tochter, eine leidend aussehende Dame, sein Schwiegersohn, ein eleganter Lebemann, der sich von Christian in der Stadt umher und in den Klub führen ließ, und Gerda verteilten sich in den überflüssigen Räumen zu ebener Erde, bei der Säulenhalle, im ersten Stock ...

Antonie Grünlich war froh, daß Sievert Tiburtius zur Zeit der einzige Geistliche im elterlichen Hause war ... sie war mehr als froh! Die Verlobung ihres verehrten Bruders, die Tatsache, daß ausgemacht ihre Freundin Gerda die Erwählte war, das Glänzende dieser Partie, die den Familiennamen und die Firma mit neuem Schimmer bestrahlte, die 300 000 Courantmark Mitgift, von der sie hatte munkeln hören, der Gedanke, was die Stadt, was die anderen Familien, was im besonderen Hagenströms dazu sagen würden ... das alles trug dazu bei, sie in einen Zustand beständiger Entzückung zu versetzen. Dreimal stündlich zum wenigsten umarmte sie ihre zukünftige Schwägerin mit Leidenschaft ...

»Oh, Gerda«, rief sie. »Ich liebe dich, weißt du, ich habe dich immer geliebt! Ich weiß ja, du kannst mich nicht leiden, du hast mich immer gehaßt, aber...«

»Aber ich bitte dich, Tony!« sagte Fräulein Arnoldsen. »Wie sollte ich wohl dazu gekommen sein, dich zu hassen? Darf ich fragen, was du mir eigentlich Greuliches angetan hast?«

Aus irgendwelchen Gründen jedoch, wahrscheinlich ganz allein aus übermäßiger Freude und bloßer Lust am Reden, beharrte Tony störrisch dabei, daß Gerda sie immer gehaßt habe, daß sie aber ihrerseits – und ihre Augen füllten sich mit Tränen – diesen Haß stets mit Liebe vergolten habe. Hierauf nahm sie Thomas beiseite und sagte zu ihm:

»Das hast du gut gemacht, Tom, o Gott, wie hast du das gut gemacht! Nein, daß *Vater* dies nicht mehr erlebt... es ist zum Heulen, weißt du! Ja, hiermit wird manches ausgewetzt... nicht zuletzt die Sache mit jener Persönlichkeit, deren Namen ich nicht gern in den Mund nehme...« Worauf es ihr einfiel, Gerda in ein leeres Zimmer zu ziehen und ihr ihre ganze Ehe mit Bendix Grünlich in fürchterlicher Ausführlichkeit zu erzählen. Auch plauderte sie lange Stunden mit ihr von der Pensionszeit, von ihren abendlichen Gesprächen damals, von Armgard von Schilling in Mecklenburg und Eva Ewers in München... Um Sievert Tiburtius und seine Verlobung mit Clara bekümmerte sie sich beinahe gar nicht; aber die beiden trachteten auch nicht danach. Sie saßen meist stille Hand in Hand und sprachen sanft und ernst von einer schönen Zukunft.

Da das Trauerjahr der Buddenbrooks noch nicht abgelaufen war, so wurden die beiden Verlobungen nur in der Familie gefeiert; Gerda Arnoldsen aber war dennoch rasch genug berühmt in der Stadt, ja, ihre Person bildete den hauptsächlichen Gesprächsstoff an der Börse, im Klub, im Stadttheater, in Gesellschaft...

»Tipptopp«, sagten die Suitiers und schnalzten mit der Zunge, denn das war der neueste hamburgische Ausdruck für etwas auserlesen Feines, handelte es sich nun um eine Rotweinmarke, um eine Zigarre, um ein Diner oder um geschäftliche »Bonität«. Aber unter den soliden, biederen und ehrenfesten Bürgern waren viele, die den Kopf schüttelten... »Sonderbar... diese Toiletten, dieses Haar, diese Haltung, dieses Gesicht... ein bißchen reichlich sonderbar.« Kaufmann Sörenson drückte es aus: »Sie hat ein bißchen was Gewisses...« und dabei wand er sich und machte ein krauses Gesicht, wie wenn ihm an der Börse eine faule Offerte gemacht wurde. Aber es war Konsul Buddenbrook... es sah ihm ähnlich. Ein bißchen prätentiös, dieser Thomas Buddenbrook, ein bißchen... anders: Anders auch als seine Vorfahren. Man wußte, besonders der Tuchhändler Benthien wußte es, daß er nicht nur seine sämtlichen feinen und neumodischen Kleidungsstücke – und er besaß deren ungewöhnlich viele: Pardessus, Röcke, Hüte, Westen, Beinkleider und Krawatten –, ja auch seine Wäsche aus Hamburg bezog. Man wußte sogar, daß er tagtäglich, manchmal sogar zweimal am Tage, das Hemd wechselte und sich das Taschentuch und den à la Napoléon III. ausgezogenen Schnurrbart parfümierte. Und das alles tat er nicht der Firma und der Respräsentation zuliebe – das Haus Johann Buddenbrook hatte das nicht nötig –, sondern aus einer persönlichen Neigung zum Superfeinen und Aristokratischen... wie sollte man das ausdrücken, Teufel noch mal! Und dann diese Zitate aus Heine und anderen Dichtern, die er manchmal bei den praktischsten Gelegenheiten, bei geschäftlichen oder städtischen Fragen in seine Rede einfließen ließ... Und nun diese Frau... Nein, auch an ihm selbst, an Konsul Buddenbrook war »ein bißchen was Gewisses« – – was selbstverständlich mit jederlei Respekt bemerkt werden sollte, denn die Familie war hoch achtbar, und die Firma war von höchster Bonität, und der Chef war ein gescheuter, liebenswürdiger Mann, der die Stadt liebte und ihr sicher noch erfolgreich dienen würde... Und es war ja auch eine höllisch feine Partie, man sprach von runden 100000 Talern Courant... Indessen... Und unter den Damen befanden sich manche, die Gerda Arnoldsen ganz einfach »albern« fanden; wobei daran zu erinnern ist, daß »albern« einen sehr harten Ausdruck der Verurteilung bedeutete.

Wer aber, seitdem er sie zum ersten Male auf der Straße erschaut, Thomas Buddenbrooks Braut mit einer ingrimmigen Begeisterung verehrte, das war der Makler Gosch. »Ha!« sagte er im Klub oder in der »Schiffergesellschaft«, indem er sein Punschglas emporhielt und sein Intrigantengesicht in greulicher Mimik verzerrte... »Welch ein Weib, meine Herren! Here und Aphrodite, Brünnhilde und Melusine in einer Person... Ha, das Leben ist doch schön!« fügte er unvermittelt hinzu; und keiner der Bürger, die um ihn her auf den schweren, geschnitzten Holzbänken des alten Schifferhauses unter den Segler-Modellen und großen Fischen, die von der Decke herabhingen, saßen und ihren Schoppen tranken, keiner verstand, welches Ereignis das Erscheinen Gerda Arnoldsens in dem bescheidenen und nach Außerordentlichem sehnsüchtigen Leben des Maklers Gosch bedeutete...

Nicht verpflichtet, wie gesagt, zu größeren Festlichkeiten, hatte die kleine Gesellschaft in der Mengstraße desto bessere Muße, vertraut miteinander zu werden. Sievert Tiburtius erzählte, Clara's Hand in der seinen, von seinen Eltern, seiner Jugend und seinen Zukunftsplänen; die Arnoldsens erzählten von ihrem Stammbaum, der in Dresden zu Hause war und von dem nur dieser eine Zweig in die Niederlande verpflanzt worden sei; und dann verlangte Madame Grünlich nach dem Schlüssel zum Sekretär im Landschaftszimmer und schleppte ernsthaft die Mappe mit den Familienpapieren herbei, in denen Thomas auch die neuesten Daten bereits vermerkt hatte. Sie kündete mit Wichtigkeit von der Geschichte der Buddenbrooks, von dem Gewandschneider zu Rostock an, der sich bereits so sehr gut gestanden, sie las die alte Festgedichte vor:

> »Tüchtigkeit und zücht'ge Schöne
> Sich vor unsrem Blick verband:
> Venus Anadyomene
> Und Vulcani fleiß'ge Hand...«

wobei sie Tom und Gerda anblinzelte und die Zunge an der Oberlippe spielen ließ; und aus Achtung vor der Historie überging sie keineswegs das Eingreifen in die Familiengeschichte von seiten einer Persönlichkeit, deren Namen sie eigentlich nicht gern in den Mund nahm...

Donnerstag um vier Uhr aber kamen die gewohnten Gäste: Justus Kröger kam mit seiner schwachen Gattin, mit der er sehr in Unfrieden lebte, weil sie selbst nach Amerika noch dem ungeratenen und enterbten Jakob Geld über Geld sandte... sie ersparte es ganz einfach vom Wirtschaftsgelde und aß mit ihrem Manne beinahe nichts als Buchweizengrütze, da war nichts zu machen. Es kamen die Damen Buddenbrook aus der Breiten Straße, die denn doch der Wahrheit die Ehre geben und feststellen mußten, daß Erika Grünlich wieder nicht zugenommen habe, daß sie ihrem Vater, dem Betrüger, noch ähnlicher geworden sei, und daß des Konsuls Braut eine *ziemlich* auffällige Frisur trage... Und auch Sesemi Weichbrodt kam, stellte sich auf die Zehenspitzen, küßte Gerda mit leise knallendem Geräusch auf die Stirn und sagte bewegt: »Sei glöcklich, du gutes Kend!«

Dann sprach bei Tische Herr Arnoldsen einen seiner witzigen und phantasievollen Toaste zu Ehren der Brautpaare, und hernach, während man den Kaffee nahm, spielte er die Geige wie ein Zigeuner, mit einer Wildheit, einer Leidenschaft, einer Fertigkeit... aber auch Gerda holte ihre Stradivari herbei, von der sie sich niemals trennte, und griff mit ihrer süßen Cantilene in seine Passagen ein, und sie spielten pompöse Duos, im Landschaftszimmer, beim Harmonium, an derselben Stelle, wo einstmals des Konsuls Großvater seine kleinen, sinnigen Melodieen auf der Flöte geblasen hatte.

»Erhaben!« sagte Tony, die weit zurückgebeugt in ihrem Lehnsessel saß... »O Gott, wie finde ich es erhaben!« Und ernst, langsam und gewichtig, mit aufwärts gerichteten Augen fuhr sie fort, ihre lebhaften und aufrichtigen Empfindungen auszudrücken... »Nein, wißt ihr, wie es im Leben so geht... nicht jedem wird ja immer eine solche Gabe zuteil! Mir hat der Himmel dergleichen versagt, wißt ihr, obgleich ich ihn in mancher Nacht darum angefleht... Ich bin eine Gans, ein dummes Ding... Ja, Gerda, laß dir sagen... ich bin die ältere und habe das Leben kennen gelernt... Du solltest täglich deinem Schöpfer auf den Knieen dafür danken, ein solch gottbegnadigtes Geschöpf zu sein...!«

»...Begna*detes*«, sagte Gerda und zeigte lachend ihre schönen, weißen, breiten Zähne.

Später aber rückten alle zusammen, um gemeinsam über die nächste Zukunft das Nötige zu beratschlagen und Weingelee dazu zu essen. Am Ende des Monats oder Anfang September, so ward beschlossen, würden Sievert Tiburtius sowohl wie Arnoldsens in die Heimat zurückkehren. Gleich nach der Weihnacht sollte Clara's Trauung in der Säulenhalle mit allem Aufwand gefeiert werden, während die Hochzeit in Amsterdam, der »bei Leben und Gesundheit« auch die Konsulin beizuwohnen gedachte, bis zum Beginn des nächsten Jahres verschoben werden mußte: damit eine Ruhepause vorherginge. Es half nichts, daß Thomas sich widersetzte. »Bitte!« sagte die Konsulin und legte die Hand auf seinen Arm... »Sievert hat das prévenir!«

Der Pastor und seine Braut verzichteten auf eine Hochzeitsreise. Gerda und Thomas aber wurden sich einig über eine Route durch Ober-Italien nach Florenz. Sie würden etwa zwei Monate abwesend sein; unterdessen aber sollte Antonie, zusammen mit dem Tapezierer Jakobs aus der Fischstraße, das hübsche kleine Haus in der Breiten Straße bereitmachen, das einem nach Hamburg verzogenen Junggesellen gehörte und dessen Ankauf der Konsul bereits betrieb. Oh, Tony würde das schon zur Zufriedenheit ausführen! »Ihr sollt es *vornehm* haben!« sagte sie; und davon waren alle überzeugt.

Christian aber ging mit seinen dünnen, gebogenen Beinen und seiner großen Nase in diesem Zimmer umher, in dem zwei Brautpaare sich an den Händen hielten, und in dem von nichts anderem als von Trauung, Aussteuer und Hochzeitsreisen die Rede war. Er empfand eine Qual, eine unbestimmte Qual in seinem linken Bein und sah alle aus seinen kleinen, runden, tiefliegenden Augen ernst, unruhig und nachdenklich an. Schließlich sagte er in der Aussprache Marcellus Stengels zu

seiner armen Cousine, die ältlich, still, dürr und selbst nach Tische noch hungrig inmitten der Glücklichen saß: »Na, Thilda,
nun heiraten wir auch bald; das heißt... jeder für sich!«

9.

Ungefähr sieben Monate später kehrte Konsul Buddenbrook
mit seiner Gattin aus Italien zurück. März-Schnee lag in der
Breiten Straße, als fünf Uhr nachmittags die Droschke an der
schlichten, mit Ölfarbe gestrichenen Fassade ihres Hauses vorfuhr. Ein paar Kinder und erwachsene Bürger blieben stehen,
um die Ankömmlinge aussteigen zu sehen. Frau Antonie Grünlich stand, stolz auf die Vorbereitungen, die sie getroffen, in der
Haustür, und hinter ihr hielten sich, gleichfalls zum Empfange
bereit, mit weißen Mützen, nackten Armen und dicken, gestreiften Röcken, die beiden Dienstmädchen, die sie ihrer
Schwägerin kundig erwählt hatte.

Eilfertig und erhitzt von Arbeit und Freude lief sie die flachen
Stufen hinunter und zog Gerda und Thomas, die in ihren Pelzen
den mit Koffern bepackten Wagen verließen, unter Umarmungen in den Hausflur hinein...

»Da seid ihr! Da seid ihr, ihr Glücklichen, die ihr so weit herumgekommen seid! Habt ihr das Haus gesehen: auf Säulen ruht
sein Dach?... Gerda, du bist noch schöner geworden, komm,
laß mich dich küssen... nein, auch auf den Mund... so! Guten
Tag, alter Thoms ja, du bekömmst auch einen Kuß. Marcus hat
gesagt, es sei hier alles sehr gut gegangen unterdessen. Mutter
erwartet euch in der Mengstraße; aber zuvor macht ihr es euch
bequem... Wollt ihr Tee haben? Ein Bad nehmen? Es ist alles
bereit. Ihr werdet euch nicht zu beklagen haben. Jakobs hat sich
angestrengt, und ich habe auch getan, was ich konnte...«

Sie gingen zusammen auf den Vorplatz, während die Mädchen mit dem Kutscher das Gepäck hereinschleppten. Tony
sagte: »Die Zimmer hier im Parterre werdet ihr vorläufig nicht
viel gebrauchen... vorläufig«, wiederholte sie und ließ die Zun-

genspitze an der Oberlippe spielen. »Dies hier ist hübsch« – und sie öffnete gleich rechts beim Windfang eine Tür. – »Da ist Efeu vor den Fenstern... einfache Holzmöbel... Eiche... Dort hinten, jenseits des Korridors, liegt ein anderes, größeres. Hier rechts sind Küche und Speisekammer... Aber wir wollen hinaufsteigen; oh, ich will euch alles zeigen!«

Sie stiegen auf dem breiten, dunkelroten Läufer die bequeme Treppe empor. Droben, hinter einer gläsernen Etagentür, war ein schmaler Korridor. Es lag das Speisezimmer daran, mit einem schweren runden Tisch, auf dem der Samowar kochte, und dunkelroten, damastartigen Tapeten, an denen geschnitzte Nußholzstühle mit Rohrsitzen und ein massives Büffet standen. Ein behagliches Wohnzimmer in grauem Tuche war da, nur durch Portieren getrennt von einem schmalen Salon mit grüngestreiften Rips-Fauteuils und einem Erker. Ein Viertel des ganzen Stockwerkes aber nahm ein Saal von drei Fenstern ein. Dann gingen sie ins Schlafzimmer hinüber.

Es lag zur rechten Hand am Korridor mit geblümten Gardinen und mächtigen Mahagoni-Betten. Tony aber ging zu der kleinen, durchbrochenen Pforte dort hinten, drückte die Klinke und legte den Zugang zu einer Wendeltreppe frei, deren Windungen ins Souterrain hinabführten: ins Badezimmer und die Mädchenkammern.

»Hier ist es hübsch. Hier will ich bleiben«, sagte Gerda und sank aufatmend in den Lehnsessel an einem der Betten.

Der Konsul beugte sich zu ihr und küßte ihr die Stirne. »Müde? Aber es ist wahr, ich habe auch Lust, mich ein bißchen zu säubern...«

»Und ich werde nach dem Teewasser sehen«, sagte Frau Grünlich; »ich erwarte euch im Eßzimmer...« Und sie ging dorthin.

Der Tee stand dampfend in Meißener Tassen bereit, als Thomas herüberkam. »Da bin ich«, sagte er, »Gerda möchte noch eine halbe Stunde ruhen. Sie hat Kopfschmerzen. Wir wollen nachher in die Mengstraße... Alles wohlauf, meine liebe Tony? Mutter, Erika, Christian?... Aber nun«, fuhr er mit seiner liebenswürdigsten Bewegung fort, »unseren herzlichsten Dank, auch Gerda's, für all deine Mühen, du Gute! Wie hübsch du das alles gemacht hast! Es fehlt nichts, als daß meine Frau ein paar Palmen für ihren Erker bekommt, und daß ich mich nach einigen brauchbaren Ölgemälden umsehe... Aber nun erzähle mal! Wie geht es dir, was hast du getrieben unterdessen!«

Er hatte seiner Schwester einen Stuhl zu sich herangezogen, trank langsam seinen Tee und aß ein Biskuit, während sie sprachen. »Ach, Tom«, antwortete sie. »Was soll ich treiben? Mein Leben liegt hinter mir...«

»Unsinn, Tony! Du mit deinem Leben... Aber wir langweilen uns wohl ziemlich stark?«

»Ja, Tom, ich langweile mich ganz ungemein. Manchmal heule ich vor Langerweile. Die Beschäftigung mit diesem Hause hat mir Freude gemacht, und du glaubst nicht, wie glücklich ich über eure Rückkehr bin... Aber ich bin nicht gern zu Hause, weißt du; Gott strafe mich, wenn das eine Sünde ist. Ich bin nun im Dreißigsten, aber das ist noch nicht das Alter, um mit der letzten Himmelsbürgern oder den Damen Gerhardt oder einem von Mutters Dunkelmännern, die der Witwen Häuser fressen, Busenfreundschaft zu schließen... Ich glaube nicht an sie, Tom, es sind Wölfe in Schafspelzen... Otterngezücht... Wir sind alle schwache Menschen mit sündigen Herzen, und wenn sie mitleidig auf mich armes Weltkind herabsehen wollen, so lache ich sie aus. Ich bin immer der Meinung gewesen, daß alle Menschen gleich sind, und daß es keiner Mittlerschaft bedarf zwischen uns und dem lieben Gott. Du kennst auch meine politischen Grundsätze. Ich will, daß der Bürger zum Staate...«

»Also du fühlst dich ein wenig vereinsamt, wie?« fragte Thomas, um sie wieder auf den Weg zu bringen. »Aber höre, du hast doch Erika?«

»Ja, Tom, und ich liebe das Kind von ganzem Herzen, obgleich eine gewisse Persönlichkeit behauptete, ich sei nicht kinderlieb... Aber, siehst du... ich bin offen zu dir, ich bin ein ehrliches Weib, ich rede, wie's mir ums Herz ist, und halte nichts vom Wortemachen...«

»Was sehr hübsch von dir ist, Tony.«

»Kurz, das Traurige ist, daß das Kind mich allzusehr an Grünlich erinnert... auch Buddenbrooks in der Breiten Straße sagen, daß es ihm so sehr ähnlich ist... Und dann, wenn ich es vor mir habe, muß ich beständig denken: Du bist eine alte Frau mit einer großen Tochter, und das Leben liegt hinter dir. Du hast einmal während einiger Jahre daringestanden, aber nun kannst du siebenzig und achtzig Jahre alt werden und wirst hier sitzen bleiben und Lea Gerhardt vorlesen hören. Der Gedanke ist mir so traurig, Tom, daß er mir hier in der Kehle sitzt und drückt. Denn ich empfinde noch so jugendlich, weißt du, und ich sehne mich danach, noch einmal ins Leben hinauszukommen... Und schließlich: nicht bloß im Hause, auch in der ganzen Stadt fühle ich mich nicht ganz wohl, denn du mußt nicht glauben, daß ich mit Blindheit geschlagen bin für die Verhältnisse, ich bin keine Gans mehr und habe meine Augen im Kopfe. Ich bin eine geschiedene Frau und bekomme es zu fühlen, das ist sehr klar. Du kannst mir glauben, Tom, daß es mir immer schwer auf dem Herzen liegt, unseren Namen, wenn auch ohne eigene Schuld, so befleckt zu haben. Du kannst tun, was du willst, du kannst Geld verdienen und der erste Mann in der Stadt werden, – die Leute werden immer noch sagen: ›Ja... seine Schwester ist übrigens eine geschiedene Frau.‹ Julchen Möllendorpf, geborene Hagenström, grüßt mich nicht... nun, sie ist eine Gans! Aber so geht es bei allen Familien... Und doch, ich *kann* die Hoffnung nicht aufgeben, Tom, daß alles noch wieder gutzumachen ist! Ich bin noch jung... Bin ich nicht noch ziemlich hübsch? Mama kann mir nicht mehr viel mitgeben, aber es ist immerhin ein annehmbares Stück Geld. Wenn ich mich wieder verheiratete? Offen gestanden, Tom, es ist mein lebhaftester Wunsch! Damit wäre alles in Ordnung, der Fleck wäre ausgelöscht... O Gott, wenn ich eine unseres Namens würdige Partie machen, mich wieder einrichten könnte –! Glaubst du, daß es so völlig ausgeschlossen ist?«

»Bewahre, Tony! Oh, keineswegs! Ich habe niemals aufgehört, damit zu rechnen. Aber vor allem scheint es mir nötig, daß du mal ein bißchen hinauskommst, dich ein wenig aufmunterst, Abwechslung hast...«

»Das ist es eben!« sagte sie eifrig. »Nun muß ich dir mal eine Geschichte erzählen.«

Sehr befriedigt von diesem Vorschlage lehnte sich Thomas zurück. Er war schon bei der zweiten Zigarette. Die Dämmerung begann vorzuschreiten.

»Also während eurer Abwesenheit hätte ich beinahe eine Stelle angenommen, eine Stelle als Gesellschafterin in Liverpool! Hättest du es empörend gefunden?... Aber immerhin etwas fragwürdig?... Ja, ja, es wäre wahrscheinlich unwürdig gewesen. Aber es war mein so dringender Wunsch, fortzukommen... Kurz, es hat sich zerschlagen. Ich schickte der Missis meine Photographie, und sie mußte auf meine Dienste verzichten, weil ich zu hübsch sei; es sei ein erwachsener Sohn im Hause. ›Sie sind zu hübsch‹, schrieb sie... ha, ich habe mich niemals so amüsiert!«

Die beiden lachten sehr herzlich.

»Aber nun habe ich etwas anderes in Aussicht genommen«, fuhr Tony fort. »Ich bin eingeladen worden; eingeladen nach München von Eva Ewers... ja, sie heißt übrigens nun Eva Niederpaur, und ihr Mann ist Brauereidirektor. Genug, sie hat mich gebeten, sie zu besuchen, und ich denke demnächst von der Aufforderung Gebrauch zu machen. Freilich, Erika könnte nicht mitgehen. Ich würde sie zu Sesemi Weichbrodt in Pension geben. Dort wäre sie ausgezeichnet aufgehoben. Hättest du etwas dagegen einzuwenden?«

»Gar nichts. Jedenfalls ist es nötig, daß du einmal wieder in neue Verhältnisse kommst.«

»Ja, das ist es!« sagte sie dankbar. »Aber nun du, Tom! Ich spreche beständig von mir, ich bin ein eigennütziges Weib! Nun erzähle du. O Gott, wie glücklich du sein mußt!«

»Ja, Tony!« sagte er nachdrücklich. Es entstand eine Pause. Er atmete den Rauch über den Tisch hinüber und fuhr fort:

»Zunächst bin ich sehr froh, verheiratet zu sein und einen eigenen Hausstand begründet zu haben. Du kennst mich: ich hätte schlecht zum Garçon getaugt. Alles Junggesellentum hat einen Beigeschmack von Isoliertheit und Bummelei, und ich besitze einigen Ehrgeiz, wie du weißt. Ich halte meine Carrière weder geschäftlich noch, sagen wir scherzeshalber: politisch für beendigt... aber das rechte Vertrauen der Welt gewinnt man erst, wenn man Hausherr und Familienvater ist. Dennoch hat es an einem Haare gehangen, Tony... Ich bin ein bißchen wählerisch. Ich habe es lange Zeit nicht für möglich gehalten, auf der Welt eine Passende zu finden. Aber Gerda's Anblick gab den Ausschlag. Ich sah sofort, daß sie die einzige sei, ausgemacht sie... obgleich ich weiß, daß viele Leute in der Stadt mir böse sind ob meines Geschmacks. Sie ist ein wundervolles Wesen, wie es deren sicher wenige gibt auf Erden. Freilich ist sie sehr anders als du, Tony. Du bist einfacher von Gemüt, du bist auch natürlicher... Meine Frau Schwester ist ganz einfach temperamentvoller«, fuhr er fort, indem er plötzlich zu einem leichteren Tone überging. »Daß übrigens auch Gerda Temperament besitzt, das beweist wahrhaftig ihr Geigenspiel; aber sie kann manchmal ein bißchen kalt sein... Kurz, es ist nicht der gewöhnliche Maßstab an sie zu legen. Sie ist eine Künstlernatur, ein eigenartiges, rätselhaftes, entzückendes Geschöpf.«

»Ja, ja«, sagte Tony. Sie hatte ihrem Bruder ernst und aufmerksam zugehört. Ohne an die Lampe zu denken, hatten sie den Abend hereinbrechen lassen.

Da öffnete sich die Korridortür, und von der Dämmerung umgeben stand vor den beiden, in einem faltig hinabfallenden Hauskleide aus schneeweißem Piqué, eine aufrechte Gestalt. Das schwere, dunkelrote Haar umrahmte das weiße Gesicht, und in den Winkeln der nahe beieinanderliegenden braunen Augen lagerten bläuliche Schatten.

Es war Gerda, die Mutter zukünftiger Buddenbrooks.

Sechster Teil

1.

Thomas Buddenbrook nahm das erste Frühstück in seinem
hübschen Speisezimmer fast immer allein, denn seine Gattin
pflegte sehr spät das Schlafzimmer zu verlassen, da sie während
des Vormittags oft einer Migräne und allgemeiner Mißstimmung unterworfen war. Der Konsul begab sich dann sofort in
die Mengstraße, wo die Comptoirs der Firma verblieben waren, nahm das zweite Frühstück im Zwischengeschoß gemeinsam mit seiner Mutter, Christian und Ida Jungmann und traf
mit Gerda erst wieder um vier Uhr beim Mittagessen zusammen.

Das geschäftliche Treiben bewahrte dem Erdgeschoß Leben
und Bewegung; die Stockwerke aber des großen Mengstraßen-
hauses lagen nun recht leer und vereinsamt da. Die kleine Erika
war von Mademoiselle Weichbrodt als interner Zögling aufgenommen worden, die arme Klothilde hatte sich mit ihren vier
oder fünf Möbeln bei der Witwe eines Gymnasiallehrers, einer
Doktorin Krauseminz, in wohlfeile Pension begeben, selbst der
Bediente Anton hatte das Haus verlassen, um zu den jungen
Herrschaften überzugehen, wo er nötiger war, und wenn Christian im Klub weilte, so saßen um vier Uhr die Konsulin und
Mamsell Jungmann an dem runden Tisch, in den kein einziges
Brett mehr eingelassen war und der sich in dem weiten Speise-
tempel mit seinen Götterbildern verlor, nun ganz allein beiein-
ander.

Mit dem Tode des Konsuls Johann Buddenbrook war das
gesellschaftliche Leben in der Mengstraße erloschen, und die
Konsulin sah, abgesehen von dem Besuche dieses oder jenes
Geistlichen, keine anderen Gäste mehr um sich als am Donnerstag die Glieder ihrer Familie. Ihr Sohn aber und seine Gattin

hatten bereits ihr erstes Diner hinter sich, ein Diner, bei dem im Speise- und Wohnzimmer gedeckt worden war, ein Diner mit Kochfrau, Lohndienern und Kistenmakerschen Weinen, eine Mittagsgesellschaft, die um fünf Uhr begonnen, und deren Gerüche und Geräusche um elf Uhr noch fortgeherrscht hatten, bei der alle Langhals', Hagenströms, Huneus', Kistenmakers, Oeverdiecks und Möllendorpfs zugegen gewesen waren, Kaufleute und Gelehrte, Ehepaare und Suitiers, die mit Whist und ein paar Ohren voll Musik geschlossen hatte, und von der man an der Börse noch acht Tage lang in den lobendsten Ausdrücken sprach. Wahrhaftig, es hatte sich gezeigt, daß die junge Frau Konsulin zu repräsentieren verstand... Der Konsul hatte an jenem Abend, allein geblieben mit ihr in den von hinabgebrannten Kerzen erleuchteten Räumen, zwischen den durcheinandergerückten Möbeln, in dem dichten, süßen und schweren Dunst von feinen Speisen, Parfüms, Weinen, Kaffee, Zigarren und den Blumen der Toiletten und Tafelaufsätze, ihre Hände gedrückt und gesagt:

»Sehr brav, Gerda! Wir haben uns nicht zu schämen brauchen. Dergleichen ist sehr wichtig... Ich habe gar keine Lust, mich viel mit Bällen abzugeben und die jungen Leute hier herumspringen zu lassen; dazu reicht auch der Raum nicht. Aber den gesetzten Leuten muß es schmecken bei uns. So ein Diner kostet ein wenig mehr... aber das ist nicht übel angelegt.«

»Du hast recht«, hatte sie geantwortet und die Spitzen geordnet, durch die ihre Brust wie Marmor hindurchschimmerte. »Auch ich ziehe durchaus die Diners den Bällen vor. Ein Diner wirkt so außerordentlich beruhigend... Ich hatte heute nachmittag musiziert und fühlte mich ein wenig merkwürdig... Jetzt ist mein Gehirn so tot, daß hier der Blitz einschlagen könnte, ohne daß ich bleich oder rot würde.«

Als um halb zwölf Uhr heute der Konsul sich neben seiner Mutter am Frühstückstische niederließ, las sie ihm folgenden Brief vor:

»München, d. 2. April 1857.
Am Marienplatz Nr. 5.

Meine liebe Mama,

ich bitte um Verzeihung, denn es ist eine Schande, daß ich noch nicht geschrieben habe, während ich doch schon acht Tage hier bin; ich bin zu sehr in Anspruch genommen worden von allem, was es hier zu sehen gibt – aber davon später. Nun frage ich erst einmal, ob es Euch Lieben, Dir und Tom und Gerda und Erika und Christian und Thilda und Ida und allen gut geht; das ist das wichtigste.

Ach, was habe ich in diesen Tagen nicht zu sehen bekommen! Da ist die Pinakothek und die Glyptothek und das Hofbräuhaus und das Hoftheater und die Kirchen und viele andere Dinge. Ich muß davon mündlich erzählen, sonst schreibe ich mich tot. Auch eine Wagenfahrt im Isartal haben wir schon gemacht, und für morgen ist ein Ausflug an den Würmsee in Aussicht genommen. Das geht immer so weiter; Eva ist sehr lieb zu mir, und Herr Niederpaur, der Brauereidirektor, ist ein gemütlicher Mann. Wir wohnen an einem sehr hübschen Platz inmitten der Stadt, mit einem Brunnen in der Mitte, wie bei uns auf dem Markt, und unser Haus steht ganz in der Nähe des Rathauses. Ich habe niemals ein solches Haus gesehen! Es ist von oben bis unten ganz kunterbunt bemalt, mit heiligen Georgs, die den Drachen töten, und alten bayerischen Fürsten in vollem Ornat und Wappen. Stellt Euch vor!

Ja, München gefällt mir ganz ausnehmend. Die Luft soll sehr nervenstärkend sein, und mit meinem Magen ist es im Augenblick ganz in Ordnung. Ich trinke mit großem Vergnügen sehr viel Bier, um so mehr, als das Wasser nicht ganz gesund ist; aber an das Essen kann ich mich noch nicht recht gewöhnen. Es gibt zuwenig Gemüse und zuviel Mehl, zum Beispiel in den Saucen, deren sich Gott erbarmen möge. Was ein ordentlicher Kalbsrücken ist, das ahnt man hier gar nicht, denn die Schlachter zerschneiden alles aufs jämmerlichste. Und mir fehlen sehr die Fische. Und dann ist es doch ein Wahnsinn, beständig Gurken- und Kartoffelsalat mit Bier durcheinander zu schlucken! Mein Magen gibt Töne von sich dabei.

Überhaupt muß man ja an mancherlei sich erst gewöhnen, könnt Ihr Euch denken, man befindet sich eben in einem fremden Lande. Da ist die ungewohnte Münze, da ist die Schwierigkeit, sich mit den einfachen Leuten, dem Dienstpersonal zu verständigen, denn ich spreche ihnen zu rasch und sie mir zu kauderwelsch – und dann ist da der Katholizismus; ich hasse ihn, wie Ihr wißt, ich halte gar nichts davon...«

Hier fing der Konsul an zu lachen, indem er, ein Stück Butterbrot mit geriebenem Kräuterkäse in der Hand, sich in das Sofa zurücklehnte.

»Ja, Tom, du lachst...« sagte seine Mutter und ließ ein paarmal den Mittelfinger ihrer Hand auf das Tischtuch fallen. »Aber mir gefällt es völlig an ihr, daß sie an dem Glauben ihrer Väter festhält und die unevangelischen Schnurrpfeifereien verabscheut. Ich weiß, daß du in Frankreich und Italien eine gewisse Sympathie für die päpstliche Kirche gefaßt hast, aber das ist nicht Religiosität bei dir, Tom, sondern etwas anderes, und ich verstehe auch, was; aber obgleich wir duldsam sein sollen, ist Spielerei und Liebhaberei in diesen Dingen in hohem Grade strafbar, und ich muß Gott bitten, daß er dir und deiner Gerda – denn ich weiß, sie gehört ebenfalls nicht gerade zu den Gefesteten – mit den Jahren den nötigen Ernst darin gibt. Diese Bemerkung wirst du deiner Mutter verzeihen.«

»Oben auf dem Brunnen«, las sie weiter, »den ich von meinem Fenster aus sehen kann, steht eine Maria, und manchmal wird er bekränzt, und dann knien dort Leute aus dem Volke mit Rosenkränzen und beten, was ja recht hübsch aussieht, aber es steht geschrieben: Gehe in dein Kämmerlein. Oft sieht man hier Mönche auf der Straße, und sie sehen recht ehrwürdig aus. Aber stelle Dir vor, Mama, gestern fuhr in der Theatinerstraße irgendein höherer Kirchenmann in seiner Kutsche an mir vorüber, vielleicht war es der Erzbischof, ein älterer Herr – genug, und dieser Herr wirft mir aus dem Fenster ein Paar Augen zu wie ein Gardelieutenant! Du weißt, Mutter, ich halte nicht so sehr große Stücke auf Deine Freunde, die Missionäre und Pastoren, aber Tränen-Trieschke ist sicherlich nichts gegen diesen Suitier von einem Kirchenfürsten...«

»Pfui!« schaltete die Konsulin bekümmert ein.

»Echt Tony!« sagte der Konsul.

»Wieso, Tom?«

»Na, sollte sie ihn nicht ein bißchen provoziert haben... zur Prüfung? Ich kenne doch Tony! Und jedenfalls hat dieses ›Paar Augen‹ sie köstlich amüsiert... was wohl die Absicht des alten Herrn gewesen ist.«

Hierauf ging die Konsulin nicht ein, sondern fuhr zu lesen fort: »Vorgestern hatten Niederpaurs Abendgesellschaft, was wunderhübsch war, obgleich ich der Unterhaltung nicht immer folgen konnte und den Ton manchmal ziemlich équivoque fand. Sogar ein Hofopernsänger war da, welcher Lieder sang, und ein junger Kunstmaler, der mich bat, mich von ihm porträtieren zu lassen, was ich aber ablehnte, weil ich es nicht für passend halte. Am besten habe ich mich mit einem Herrn *Permaneder* unterhalten – hättest Du jemals gedacht, daß jemand so heißen könnte? –, Hopfenhändler, ein netter, spaßhafter Mann in gesetzten Jahren und Junggeselle. Ich hatte ihn zu Tische und hielt mich an ihn, weil er der einzige Protestant in der Gesellschaft war, denn obgleich er ein guter Münchener Bürger ist, stammt seine Familie aus Nürnberg. Er versicherte, daß er unsere Firma dem Namen nach sehr wohl kenne, und Du kannst Dir denken, Tom, welche Freude mir der respektvolle Ton machte, in welchem er das sagte. Auch erkundigte er sich genau nach uns, wie viele Geschwister wir seien und dergleichen mehr. Auch nach Erika und sogar nach Grünlich fragte er. Er kommt manchmal zu Niederpaurs und wird wohl morgen mit uns zum Würmsee fahren.

Nun adieu, liebe Mama, ich kann nicht mehr schreiben. Bei Leben und Gesundheit, wie Du immer sagst, bleibe ich noch drei oder vier Wochen hier, und dann kann ich Euch mündlich von München erzählen, denn brieflich weiß ich nicht, womit ich anfangen soll. Aber es gefällt mir sehr gut, das kann ich sagen, nur müßte man sich eine Köchin auf anständige Saucen dressieren. Siehst Du, ich bin eine alte Frau, die das Leben hinter sich hat, und habe nichts mehr zu erwarten auf Erden, aber wenn zum Beispiel Erika später bei Leben und Gesundheit sich hierher verheiratete, so würde ich nichts dagegen haben, das muß ich sagen...«

Hier mußte der Konsul wieder aufhören zu essen und sich lachend in das Sofa zurücklegen.

»Sie ist unbezahlbar, Mutter! Wenn sie heucheln will, ist sie unvergleichlich! Ich schwärme für sie, weil sie einfach nicht imstande ist, sich zu verstellen, nicht über tausend Meilen weg...«

»Ja, Tom«, sagte die Konsulin; »sie ist ein gutes Kind, das alles Glück verdient.«

Dann las sie den Brief zu Ende...

2.

Am Ende des Aprils zog Frau Grünlich wieder im Elternhause ein, und obgleich nun abermals ein Stück Leben hinter ihr lag, obgleich das alte Dasein wieder begann, sie wieder den Andachten beiwohnen und am Jerusalemsabend Lea Gerhardt vorlesen hören mußte, befand sie sich ganz augenscheinlich in froher und hoffnungsvoller Stimmung.

Gleich als ihr Bruder, der Konsul, sie vom Bahnhofe abgeholt hatte – sie war von Büchen gekommen – und mit ihr durch das Holstentor in die Stadt gefahren war, hatte er nicht umhingekonnt, ihr das Kompliment zu machen, daß – nächst Klothilden – sie doch noch immer die Schönste in der Familie sei, worauf sie geantwortet hatte: »O Gott, Tom, ich hasse dich! Eine alte Frau in dieser Weise zu verhöhnen...«

Aber es hatte trotzdem seine Richtigkeit: Madame Grünlich konservierte sich aufs vorteilhafteste, und angesichts ihres starken, aschblonden Haares, das zu beiden Seiten des Scheitels gepolstert, über den kleinen Ohren zurückgestrichen und auf der Höhe des Kopfes mit einem breiten Schildkrotkamm zusammengefaßt war, – angesichts des weichen Ausdrucks, der ihren graublauen Augen blieb, ihrer hübschen Oberlippe, des feinen

Ovals und der zarten Farben ihres Gesichtes hätte man nicht auf dreißig, sondern auf dreiundzwanzig Jahre geraten. Sie trug höchst elegante herabhängende Ohrringe von Gold, die in etwas anderer Form schon ihre Großmutter getragen hatte. Eine lose sitzende Taille aus leichtem, dunklen Seidenstoff mit Atlasrevers und flachen Epaulettes von Spitzen gab ihrer Büste einen entzückenden Ausdruck von Weichheit...

Sie befand sich in bester Laune, wie gesagt, und erzählte donnerstags, wenn Konsul Buddenbrooks und die Damen Buddenbrook aus der Breiten Straße, Konsul Krögers, Klothilde und Sesemi Weichbrodt mit Erika zu Tische kamen, aufs anschaulichste von München, von dem Biere, den Dampfnudeln, dem Kunstmaler, der sie hatte porträtieren wollen, und den Hofequipagen, die ihr den größten Eindruck gemacht hatten. Sie erwähnte im Vorübergehen auch des Herrn Permaneder, und gesetzt den Fall, daß Pfiffi Buddenbrook eine oder die andere Bemerkung darüber fallen ließ, daß so eine Reise ja recht angenehm sei, daß jedoch irgendein praktischer Erfolg sich nicht scheine eingestellt zu haben, so überhörte Frau Grünlich das mit einer unsäglichen Würde, indem sie den Kopf zurücklegte und trotzdem das Kinn auf die Brust zu drücken suchte...

Übrigens eignete sie sich die Gewohnheit an, immer, wenn die Glocke der Windfangtür über die große Diele schallte, auf den Treppenabsatz zu eilen, um zu sehen, wer käme... Was mochte dies zu bedeuten haben? Das wußte wohl nur Ida Jungmann, Tony's Erzieherin und langjährige Vertraute, die hier und da etwas zu ihr sagte, wie »Tonychen, mein Kindchen, sollst sehen, er wird kommen! Er wird doch kein Duschak sein wollen...«

Die einzelnen Familienmitglieder wußten der heimgekehrten Antonie Dank für ihre Heiterkeit; die Stimmung im Hause bedurfte dringend der Aufmunterung, und zwar aus dem Grunde, weil das Verhältnis zwischen dem Firmenchef und seinem jüngeren Bruder sich im Verlaufe der Zeit nicht gebessert, sondern in trauriger Weise verschlimmert hatte. Ihre Mutter, die Konsulin, die diesen Gang der Dinge mit Kummer verfolgte, hatte genug zu tun, zwischen den beiden notdürftig zu vermitteln... Ihren Ermahnungen, das Comptoir mit größerer Regelmäßigkeit zu besuchen, war Christian mit zerstreutem Schweigen begegnet, und diejenigen seines Bruders selbst hatte er mit einer ernsten, unruhigen und nachdenklichen Beschämung ohne Widerspruch über sich ergehen lassen, um dann während weniger Tage der englischen Korrespondenz mit etwas mehr Eifer obzuliegen. Mehr und mehr aber entwickelte sich in dem Älteren eine gereizte Verachtung gegen den Jüngeren, die dadurch nicht beeinträchtigt wurde, daß Christian ihre gelegentlichen Äußerungen ohne Gegenwehr und mit nachdenklich umherwandernden Augen entgegennahm.

Thomas' angestrengte Tätigkeit, der Zustand seiner Nerven gestattete ihm nicht, mit Teilnahme oder Gelassenheit Christians eingehende Mitteilungen über seine wechselnden Krankheitserscheinungen anzuhören, und seiner Mutter oder Schwester gegenüber nannte er sie mit Unwillen »die albernen Ergebnisse einer widerwärtigen Selbstbeobachtung«.

Die Qual, die unbestimmte Qual in Christians linkem Beine, war seit einiger Zeit mehreren äußerlichen Mitteln gewichen; die Schluckbeschwerden aber kehrten noch oft bei Tische wieder, und neuerdings war eine zeitweilige Atemnot, ein asthmatisches Übel hinzugetreten, das Christian während längerer Wochen für Lungenschwindsucht hielt und dessen Wesen und Wirkungen er seiner Familie mit gekrauster Nase in ausführlichen Beschreibungen mitzuteilen bemüht war. Doktor Grabow wurde zu Rate gezogen. Er stellte fest, daß Herz und Lunge recht kräftig arbeiteten, daß aber der gelegentliche Atemmangel auf eine gewisse Trägheit gewisser Muskeln zurückzuführen sei, und verordnete zur Erleichterung der Respiration erstens den Gebrauch eines Fächers, zweitens ein grünliches Pulver, das man entzünden und dessen Rauch man einatmen mußte. Des Fächers bediente Christian sich auch im Comptoir, und auf einen Vorhalt des Chefs antwortete er, daß in Valparaiso jeder Comptoirist schon der Hitze wegen einen Fächer besessen habe: »Johnny

Thunderstorm... du lieber Gott!« Als er aber eines Tages, nachdem er längere Zeit ernst und unruhig auf seinem Sessel hin und her gerückt, auch sein Pulver im Comptoir aus der Tasche zog und einen so starken und übelriechenden Qualm entwickelte, daß mehrere Leute zu husten begannen und Herr Marcus sogar ganz blaß wurde... da gab es einen öffentlichen Eklat, einen Skandal, eine fürchterliche Auseinandersetzung, die zum sofortigen Bruch geführt haben würde, hätte nicht die Konsulin noch einmal alles vertuscht, mit Vernunft besprochen und zum Guten gewandt...

Es war nicht dies allein. Auch das Leben, das Christian außerhalb des Hauses, und zwar meistens gemeinsam mit dem Rechtsanwalt Doktor Gieseke, seinem Schulkameraden, führte, verfolgte der Konsul mit Widerwillen. Er war kein Mucker und Spielverderber. Er erinnerte sich wohl seiner eigenen Jugendsünden. Er wußte wohl, daß seine Vaterstadt, diese Hafen- und Handelsstadt, in der die geschäftlich hochachtbaren Bürger mit so unvergleichlich ehrenfester Miene das Trottoir mit ihren Spazierstöcken stießen, keineswegs die Heimstätte makelloser Moralität sei. Man entschädigte sich hier für seine auf dem Comptoirbock seßhaft verbrachten Tage nicht nur mit schweren Weinen und schweren Gerichten... Aber ein dicker Mantel von biederer Solidität bedeckte diese Entschädigungen, und wenn es Konsul Buddenbrooks erstes Gesetz war, »die dehors zu wahren«, so zeigte er sich in dieser Beziehung durchdrungen von der Weltanschauung seiner Mitbürger. Der Rechtsanwalt Gieseke gehörte zu den »Gelehrten«, die sich der Daseinsform der »Kaufleute« behaglich anpaßten, und zu den notorischen »Suitiers«, was ihm übrigens jedermann ansehen konnte. Aber wie die übrigen behäbigen Lebemänner verstand er es, die richtige Miene dazu zu machen, Ärgernis zu vermeiden und seinen politischen und beruflichen Grundsätzen den Ruf unanfechtbarer Solidität zu wahren. Seine Verlobung mit einem Fräulein Huneus war soeben publik geworden. Er erheiratete also einen Platz in der ersten Gesellschaft und eine bedeutende Mitgift. Er war mit stark unterstrichenem Interesse in städtischen Angelegenheiten tätig, und man sagte sich, daß er sein Augenmerk auf einen Sitz im Rathause und zuletzt wohl auf den Sessel des alten Bürgermeisters Doktor Oeverdieck gerichtet halte.

Christian Buddenbrook aber, sein Freund, derselbe, der einst entschlossenen Schrittes zu Mademoiselle Meyer-de la Grange gegangen war, ihr sein Blumenbouquet gegeben und zu ihr gesagt hatte: »Oh, Fräulein, wie schön haben Sie gespielt!« – Christian hatte sich infolge seines Charakters und seiner langen Wanderjahre zu einem Suitier von viel zu naiver und unbekümmerter Art entwickelt und war in Herzenssachen sowenig wie im übrigen geneigt, seinen Empfindungen Zwang anzutun, Diskretion zu üben, die Würde zu wahren. Über sein Verhältnis zu einer Statistin vom Sommertheater zum Beispiel amüsierte sich die ganze Stadt, und Frau Stuht aus der Glockengießerstraße, dieselbe, die in den ersten Kreisen verkehrte, erzählte es jeder Dame, die es hören wollte, daß »Krischan« wieder einmal mit der vom »Tivoli« auf offener, hellichter Straße gesehen worden sei.

Auch das nahm man nicht übel… Man war von einer zu biderben Skepsis, um ernstlich moralische Entrüstung an den Tag zu legen. Christian Buddenbrook und etwa Konsul Peter Döhlmann, den sein gänzlich daniederliegendes Geschäft veranlaßte, in ähnlich harmloser Weise zu Werke zu gehen, waren als Amüseurs beliebt und in Herrengesellschaft geradezu unentbehrlich. Aber sie waren eben nicht ernst zu nehmen; sie zählten in ernsthaften Angelegenheiten nicht mit; es war bezeichnend, daß in der ganzen Stadt, im Klub, an der Börse, am Hafen, nur ihre Vornamen genannt wurden: »Krischan« und »Peter«, und Übelwollenden, wie den Hagenströms, stand es frei, nicht über Krischans Geschichten und Späße, sondern über Krischan selbst zu lachen.

Er dachte daran nicht oder ging, seiner Art gemäß, nach einem Augenblick seltsam unruhigen Nachdenkens darüber hinweg. Sein Bruder, der Konsul, aber wußte es; er wußte, daß Christian den Widersachern der Familie einen Angriffspunkt bot, und... es waren der Angriffspunkte bereits zu viele. Die Verwandtschaft mit den Oeverdiecks war weitläufig und würde nach dem Tode des Bürgermeisters ganz wertlos sein. Die Krögers spielten gar keine Rolle mehr, lebten zurückgezogen und hatten arge Geschichten mit ihrem Sohne... Des seligen Onkel Gotthold Mißheirat blieb etwas Unangenehmes. ...Des Konsuls Schwester war eine geschiedene Frau, wenn man auch die Hoffnung auf ihre Wiedervermählung nicht fahrenzulassen brauchte, – und sein Bruder sollte ein lächerlicher Mensch sein, durch dessen Clownerien sich tätige Herren mit wohlwollendem oder höhnischem Lachen die Mußestunden ausfüllen ließen, der zu alledem Schulden machte und am Ende des Quartals, wenn er kein Geld mehr hatte, sich ganz offenkundig von Doktor Gieseke freihalten ließ... eine unmittelbare Blamage der Firma.

Die gehässige Verachtung, die Thomas auf seinem Bruder ruhen ließ und die dieser mit einer nachdenklichen Indifferenz ertrug, äußerte sich in all den feinen Kleinlichkeiten, wie sie nur zwischen Familienmitgliedern, die aufeinander angewiesen sind, zutage treten. Kam zum Beispiel das Gespräch auf die Geschichte der Buddenbrooks, so konnte Christian in die Stimmung geraten, die ihm allerdings nicht sehr gut zu Gesichte stand, mit Ernst, Liebe und Bewunderung von seiner Vaterstadt und seinen Vorfahren zu reden. Alsbald beendete der Konsul mit einer kalten Bemerkung das Gespräch. Er ertrug das nicht. Er verachtete seinen Bruder so sehr, daß er ihm nicht gestattete, dort zu lieben, wo er selbst liebte. Er hätte es viel lieber gehört, wenn Christian im Dialekte Marcellus Stengels davon gesprochen hätte. Er hatte ein Buch gelesen, irgendein historisches Werk, das starken Eindruck auf ihn gemacht und das er mit bewegten Worten rühmte. Christian, ein unselbständiger Kopf, der das Buch allein gar nicht ausfindig gemacht haben würde, aber eindrucksfähig und jeder Beeinflussung zugänglich, las es, in dieser Weise vorbereitet und empfänglich gemacht, nun gleichfalls, fand es ganz herrlich, gab seinen Empfindungen möglichst genauen Ausdruck... und fortan war das Buch für

Thomas erledigt. Er sprach mit Gleichgültigkeit und Kälte davon. Er tat, als habe er es kaum gelesen. Er überließ seinem Bruder, es allein zu bewundern...

3.

Konsul Buddenbrook kehrte aus der »Harmonie«, dem Lesezirkel für Herren, in dem er nach dem zweiten Frühstück eine Stunde verbracht hatte, in die Mengstraße zurück. Er durchschritt das Grundstück von hinten, kam rasch zur Seite des Gartens über den gepflasterten Gang, der, zwischen bewachsenen Mauern hinlaufend, den hinteren Hof mit dem vorderen verband, ging über die Diele und rief in die Küche hinein, ob sein Bruder zu Hause sei; man solle ihn benachrichtigen, wenn er käme. Dann schritt er durch das Comptoir, wo die Leute an den Pulten bei seinem Erscheinen sich tiefer über die Rechnungen beugten, in sein Privatbureau, legte Hut und Stock beiseite, zog den Arbeitsrock an und begab sich an seinen Fensterplatz, Herrn Marcus gegenüber. Zwei Falten standen zwischen seinen auffallend hellen Brauen. Das gelbe Mundstück einer aufgerauchten russischen Zigarette wanderte unruhig von einem Mundwinkel in den anderen. Die Bewegungen, mit denen er Papier und Schreibzeug zur Hand nahm, waren so kurz und schroff, daß Herr Marcus sich mit zwei Fingern bedächtig den Schnurrbart strich und einen ganz langsamen, prüfenden Blick zu seinem Sozius gleiten ließ, während die jungen Leute sich mit erhobenen Augenbrauen ansahen. Der Chef war in Zorn.

Nach Verlauf einer halben Stunde, während der man nichts als das Kratzen der Federn und das bedächtige Räuspern des Herrn Marcus vernommen hatte, blickte der Konsul über den grünen Fenstervorsatz hinweg und sah Christian die Straße daherkommen. Er rauchte. Er kam aus dem Klub, wo er gefrühstückt und ein kleines Jeu gemacht hatte. Er trug den Hut ein wenig schief in der Stirn und schwenkte seinen gelben Stock, der »von drüben« stammte und dessen Knopf die in Ebenholz geschnitzte Büste einer Nonne darstellte. Ersichtlich war er bei guter Gesundheit und bester Laune. Irgendeinen Song vor sich hin summend, kam er ins Comptoir, sagte »Morgen, meine Herren!«, wiewohl es ein heller Frühlings-Nachmittag war, und schritt auf seinen Platz zu, um »mal eben ein bißchen zu arbeiten«. Aber der Konsul erhob sich und im Vorübergehen sagte er, ohne ihn anzublicken:

»Ach... auf zwei Worte, mein Lieber.«

Christian folgte ihm. Sie gingen ziemlich rasch über die Diele. Thomas hatte die Hände auf den Rücken gelegt, und unwillkürlich tat Christian dasselbe, wobei er dem Bruder seine große Nase zuwandte, die oberhalb des englisch über den Mund hängenden rotblonden Schnurrbartes scharf, knochig und gebogen zwischen den hohlen Wangen hervortrat. Während sie über den Hof gingen, sagte Thomas:

»Du mußt mich mal ein paar Schritte durch den Garten begleiten, mein Freund.«

»Schön«, antwortete Christian. Und dann folgte wieder ein längeres Schweigen, während sie, links herum, auf dem äußeren Wege, an der Rokoko-Fassade des »Portals« vorbei, den Garten umschritten, der die ersten Knospen trieb. Schließlich sagte der Konsul nach einem schnellen Aufatmen mit lauter Stimme:

»Ich habe eben schweren Ärger gehabt, und zwar infolge deines Betragens.«

»Meines...«

»Ja. – Man hat mir in der ›Harmonie‹ von einer Bemerkung erzählt, die du gestern abend im Klub hast fallen lassen, und die so deplaciert, so über alle Begriffe taktlos war, daß ich keine Worte finde... Die Blamage hat nicht auf sich warten lassen. Es ist dir eine klägliche Abfertigung zuteil geworden. Hast du Lust, dich zu erinnern?«

»Ach... nun weiß ich, was du meinst. – Wer hat dir denn das erzählt?«

»Was tut das zur Sache. – Döhlmann. – Mit einer Stimme selbstverständlich, daß die Leute, die die Geschichte etwa noch nicht kannten, sich nun ebenfalls darüber freuen können...«

»Ja, Tom, ich muß dir sagen... Ich habe mich für Hagenström geschämt!«

»Du hast dich für... Aber das ist denn doch... Höre mal!« rief der Konsul, indem er beide Hände, die Innenflächen nach oben, vor sich ausstreckte und sie, mit seitwärts geneigtem Kopfe, erregt demonstrierend schüttelte. »Du sagst in einer Gesellschaft, die sowohl aus Kaufleuten als auch Gelehrten besteht, daß alle es hören können: Eigentlich und bei Lichte besehen, sei doch jeder Geschäftsmann ein Gauner... du, selbst ein Kaufmann, Angehöriger einer Firma, die aus allen Kräften nach absoluter Integrität, nach makelloser Solidität strebt...«

»Lieber Himmel, Thomas, ich machte Spaß!... Obgleich... eigentlich...« fügte Christian hinzu, indem er die Nase krauste und den Kopf ein wenig schräg nach vorne schob... In dieser Haltung machte er mehrere Schritte.

»Spaß! Spaß!« rief der Konsul. »Ich bilde mir ein, einen Spaß zu verstehen, aber du hast ja gesehen, wie der Spaß verstanden worden ist! ›*Ich* meinerseits halte meinen Beruf *sehr* hoch‹, hat Hermann Hagenström dir geantwortet... Und da saßest du nun, ein verbummelter Mensch, der von seinem eignen Beruf nichts hält...«

»Ja, Tom, ich bitte dich, was sagst du dazu! Ich versichere dich, die ganze Gemütlichkeit war plötzlich beim Teufel. Die Leute lachten, als ob sie mir recht gaben. Und da sitzt dieser Hagenström und sagt fürchterlich ernst: ›*Ich* meinerseits...‹ Der dumme Kerl. Ich habe mich wahrhaftig für ihn geschämt. Noch gestern abend im Bett habe ich lange darüber nachgedacht und hatte ein ganz sonderbares Gefühl dabei... Ich weiß nicht, ob du das kennst...«

»Schwatze nicht, ich bitte dich, schwatze nicht!« unterbrach ihn der Konsul. Er zitterte am ganzen Körper vor Unwillen. »Ich gebe ja zu... ich gebe dir ja zu, daß die Antwort vielleicht nicht der Stimmung entsprach, daß sie geschmacklos war. Aber man sucht sich eben die Leute aus, zu denen man dergleichen sagt... wenn es schon einmal durchaus gesagt werden muß... und setzt sich nicht in seiner Albernheit einer so schnöden Ab-

fertigung aus! Hagenström hat die Gelegenheit benutzt, uns...
ja, nicht nur dir, sondern *uns* eins zu versetzen, denn weißt du,
was sein ›Ich meinerseits‹ bedeutete? ›Solche Erkenntnisse verschaffen Sie sich wohl im Comptoir Ihres Bruders, Herr Buddenbrook?‹ *Das* bedeutet es, du Esel!«

»Na... Esel...« sagte Christian und machte ein verlegenes
und unruhiges Gesicht...

»Schließlich gehörst du nicht dir alleine an«, fuhr der Konsul
fort, »aber trotzdem soll es mir gleichgültig sein, wenn du dich
persönlich lächerlich machst... und womit machst du dich *nicht*
lächerlich!« rief er. Er war blaß, und die blauen Äderchen an
seinen schmalen Schläfen, von denen das Haar in zwei Einbuchtungen zurücktrat, waren deutlich zu sehen. Eine seiner hellen
Brauen hielt er emporgezogen, und selbst die steifen, lang ausgezogenen Spitzen seines Schnurrbartes hatten etwas Zorniges,
während er mit hinwerfenden Handbewegungen seine Worte
seitwärts vor Christians Füße hin auf den Kiesweg nieder-
sprach... »Du machst dich lächerlich mit deinen Liebschaften,
mit deinen Harlekiniaden, mit deinen Krankheiten, mit deinen
Mitteln dagegen...«

»Oh, Thomas«, sagte Christian, schüttelte ganz ernsthaft den
Kopf und hob in etwas ungeschickter Weise einen Zeigefinger
empor... »Was das betrifft, das kannst du nicht so ganz verstehen, siehst du... Die Sache ist die... Man muß sozusagen sein
Gewissen in Ordnung halten... Ich weiß nicht, ob du das
kennst... Grabow hat mir eine Salbe für die Halsmuskeln verordnet... gut! Gebrauche ich sie nicht, unterlasse ich es, sie zu
gebrauchen, so komme ich mir ganz verloren und hülflos vor,
bin unruhig und unsicher und ängstlich und in Unordnung und
kann nicht schlucken. Habe ich sie aber gebraucht, so fühle ich,
daß ich meine Pflicht getan habe und in Ordnung bin; dann habe
ich ein gutes Gewissen, bin still und zufrieden, und das Schluk-
ken geht herrlich. Die Salbe tut es, glaube ich, nicht, weißt du...
aber die Sache ist, daß so eine Vorstellung, versteh mich recht,
nur durch eine andere Vorstellung, eine Gegenvorstellung aufgehoben werden kann... Ich weiß nicht, ob du das kennst...«

»Ach ja –! Ach ja –!« rief der Konsul und hielt einen Augenblick seinen Kopf mit beiden Händen fest... »Tue es doch! Handele doch danach! Aber rede nicht darüber! Schwatze nicht darüber! Laß andere Leute mit deinen widerlichen Finessen in Ruhe! Auch mit dieser unanständigen Geschwätzigkeit machst du dich lächerlich vom Morgen bis zum Abend! Aber das sage ich dir, das wiederhole ich dir: Es soll mich kalt lassen, wie sehr du dich persönlich zum Narren machst; aber ich verbiete dir, hörst du mich wohl? ich *verbiete* es dir, die Firma in einer Weise zu kompromittieren, wie du es gestern abend getan hast!«

Hierauf antwortete Christian nicht, sondern fuhr langsam mit der Hand über sein schon spärliches rötlichblondes Haar und ließ, einen unruhigen Ernst auf dem Gesichte, seine Augen haltlos und abwesend umherschweifen. Ohne Zweifel beschäftigte er sich noch mit dem, was er zuletzt gesagt hatte. Es herrschte eine Pause. Thomas schritt in stiller Verzweiflung daher.

»Alle Kaufleute sind Schwindler, sagst du«, begann er von neuem... »Gut! bist du deines Berufes überdrüssig? Bereust du es, Kaufmann geworden zu sein? Du hast damals die Erlaubnis von Vater erwirkt...«

»Ja, Tom«, sagte Christian nachdenklich; »ich würde wahrhaftig lieber studieren! Auf der Universität, weißt du, das muß sehr nett sein... Man geht hin, wenn man Lust hat, ganz freiwillig, setzt sich und hört zu, wie im Theater...«

»Wie im Theater... Ach, ins Café chantant gehörst du als Possenreißer... Ich scherze nicht! Es ist meine vollkommen ernsthafte Überzeugung, daß das dein heimliches Ideal ist!« beteuerte der Konsul, und Christian widersprach dem durchaus nicht; er blickte gedankenvoll in der Luft umher.

»Und du erfrechst dich, eine solche Bemerkung von dir zu geben, du, der du keine Ahnung... nicht einmal eine Ahnung davon hast, was Arbeit ist, der du dein Leben ausfüllst, indem du dir mit Theater und Bummelei und Narreteien eine Reihe von Gefühlen und Empfindungen und Zuständen verschaffst, mit denen du dich beschäftigen, die du beobachten und pflegen, über die du in schamloser Weise schwatzen kannst...«

»Ja, Tom«, sagte Christian ein wenig betrübt und strich wieder mit der Hand über seinen Schädel. »Das ist wahr; das hast du ganz richtig ausgedrückt. Das ist der Unterschied zwischen uns, siehst du. Du siehst auch gern ein Theaterstück an und hast früher, unter uns gesagt, auch deine Techtelmechtel gehabt und lasest eine Zeitlang mal mit Vorliebe Romane und Gedichte und dergleichen... Aber du hast es immer so gut verstanden, das alles mit der ordentlichen Arbeit und dem Ernst des Lebens zu verbinden... Das geht mir ab, siehst du. Ich werde von dem anderen, von dem Kram, ganz und gar aufgebraucht, weißt du, und behalte für das Ordentliche gar nichts übrig... Ich weiß nicht, ob du mich verstehst...«

»Also, das siehst du ein!« rief Thomas, indem er stehenblieb und die Arme auf der Brust kreuzte. »Das gibst du ganz kleinlaut zu, und dennoch läßt du alles beim alten! Bist du denn ein Hund, Christian?! Man hat doch seinen Stolz, Herr Gott im Himmel! Man führt doch nicht ein Leben fort, das man selbst nicht einmal zu verteidigen wagt! Aber so bist du! *Das* ist dein Wesen! Wenn du eine Sache nur einsiehst und verstehst und sie beschreiben kannst... Nein, meine Geduld ist zu Ende, Christian!« Und der Konsul tat einen raschen Schritt rückwärts, wobei er mit dem Arme waagerecht eine heftige Bewegung machte... »Sie ist zu Ende, sage ich dir! Du beziehst deine Prokura, aber du kommst niemals ins Comptoir... das ist es nicht, was mich aufbringt. Gehe hin und verjökele dein Leben, wie du es bisher getan! Aber du kompromittierst uns, uns alle, wo du gehst und stehst! Du bist ein Auswuchs, eine ungesunde Stelle am Körper unserer Familie! Du bist vom Übel hier in dieser Stadt, und wenn dies Haus mein eigen wäre, so würde ich dich hinausweisen, da hinaus, zur Türe hinaus!« schrie er, indem er eine wilde und weite Bewegung über den Garten, den Hof, die große Diele hin vollführte... Er hielt nicht mehr an sich. Eine lange aufgespeicherte Menge von Wut entlud sich...

»Was fällt dir ein, Thomas!« sagte Christian. Er hatte einen Anfall von Entrüstung, was sich ziemlich sonderbar ausnahm. Er stand da in der Haltung, die oft Krummbeinigen eigen ist, ein wenig geknickt, ein wenig fragezeichenartig, Kopf, Bauch und Knie nach vorn geschoben, und seine runden tiefliegenden Augen, die er so groß wie möglich machte, hatten sich, wie bei seinem Vater, wenn er zornig war, mit roten Rändern umgeben, die bis zu den Wangenknochen liefen. »Wie sprichst du zu mir!« sagte er. »Was habe ich dir getan! Ich gehe schon von selbst, du brauchst mich nicht hinauszuwerfen. – *Pfui*!« fügte er mit aufrichtigem Vorwurf hinzu, und dieses Wort begleitete er mit einer kurzen, schnappenden Handbewegung nach vorn, als finge er eine Fliege.

Merkwürdigerweise entgegnete Thomas hierauf durchaus nicht noch heftiger, sondern senkte schweigend den Kopf und nahm dann langsam den Weg um den Garten wieder auf. Es schien ihn zu befriedigen, ihm geradezu wohlzutun, seinen Bruder endlich in Zorn gebracht... ihn endlich zu einer energischen Erwiderung, einem Protest vermocht zu haben.

»Du kannst mir glauben«, sagte er ruhig, indem er die Hände wieder auf dem Rücken zusammenlegte, »daß diese Unterredung mir aufrichtig leid tut, Christian, aber sie mußte einmal stattfinden. Solche Szenen innerhalb der Familie sind etwas Fürchterliches, aber aussprechen mußten wir uns einmal... und wir können ganz gelassen über die Dinge reden, mein Junge. Du gefällst dir nicht in deiner jetzigen Position, wie ich sehe, nicht wahr?...«

»Nein, Tom, das hast du richtig erkannt. Siehst du: zu Anfang war ich ja außerordentlich zufrieden... und ich habe es hier ja auch besser als in einem fremden Geschäft. Aber was mir fehlt, ist die Selbständigkeit, glaube ich... Ich habe dich immer beneidet, wenn ich dich sitzen sah und arbeiten, denn es ist eigentlich gar keine Arbeit für dich; du arbeitest nicht, weil du mußt, sondern als Herr und Chef, und läßt andere für dich arbeiten und machst deine Berechnungen und regierst und bist frei... Das ist ganz etwas anderes...«

»Gut, Christian; hättest du das nicht schon früher sagen können? Es steht dir doch frei, dich selbständig oder selbständiger zu machen. Du weißt, daß Vater dir so gut wie mir ein vorläufiges

Erbteil von fünfzigtausend Courantmark ausgesetzt hat, und daß ich selbstverständlicher Weise in jeder Sekunde bereit bin, dir diese Summe zu einer vernünftigen und soliden Verwertung auszuzahlen. Es gibt, in Hamburg, oder wo auch immer, sichere, aber beschränkte Geschäfte genug, die einen Kapitalzufluß gebrauchen können, und in denen du als Teilhaber eintreten könntest... Laß uns, jeder für sich, die Sache mal überlegen und gelegentlich auch mit Mutter darüber sprechen. Ich habe jetzt zu tun, und du könntest in diesen Tagen die englische Korrespondenz noch erledigen, bitte...«

»Wie denkst du zum Beispiel über H. C. F. Burmeester & Comp. in Hamburg?« fragte er noch auf der Diele... »Import und Export... Ich kenne den Mann. Ich bin überzeugt, daß er zugreifen würde...«

Das war Ende Mai des Jahres 57. Zu Beginn des Juni bereits reiste Christian über Büchen nach Hamburg ab... ein schwerer Verlust für den Klub, das Stadttheater, das »Tivoli« und die ganze freiere Geselligkeit der Stadt. Sämtliche »Suitiers«, darunter Doktor Gieseke und Peter Döhlmann, verabschiedeten ihn am Bahnhofe und überbrachten ihm Blumen und sogar Zigarren, wobei sie aus Leibeskräften lachten... in der Erinnerung ohne Zweifel an all die Geschichten, die Christian ihnen erzählt hatte. Zum Schlusse befestigte Rechtsanwalt Doktor Gieseke unter allgemeinem Hallo einen großen Cotillonorden aus Goldpapier an Christians Paletot. Dieser Orden stammte aus einem Hause in der Nähe des Hafens, einem Gasthause, das abends eine rote Laterne über der Haustür führte, einem Orte zwangloser Zusammenkunft, an dem es stets heiter herging... und war dem scheidenden Krischan Buddenbrook für hervorragende Verdienste verliehen worden.

4

Es klingelte am Windfang, und, ihrer neuen Gewohnheit gemäß, erschien Frau Grünlich auf dem Treppenabsatz, um über
das weißlackierte Geländer hinweg auf die Diele hinabzulugen.
Kaum aber war drunten geöffnet worden, als sie sich mit einem
jähen Ruck noch weiter hinabbeugte, dann zurückprallte, dann
mit der einen Hand ihr Taschentuch vor den Mund drückte, mit
der anderen ihre Röcke zusammenfaßte und in etwas gebückter
Haltung nach oben eilte... Auf der Treppe zur zweiten Etage
begegnete ihr Mamsell Jungmann, der sie mit ersterbender
Stimme etwas zuflüsterte, worauf Ida vor freudigem Schreck
etwas Polnisches antwortete, das klang wie:

»Meiboschekochhanne!«

– Zur selben Zeit saß die Konsulin Buddenbrook im Landschaftszimmer und häkelte mit zwei großen hölzernen Nadeln
einen Shawl, eine Decke oder etwas Ähnliches. Es war elf Uhr
vormittags.

Plötzlich kam das Folgmädchen durch die Säulenhalle, pochte
an die Glastür und überbrachte der Konsulin watschelnden
Schrittes eine Visitenkarte. Die Konsulin nahm die Karte, rückte
ihre Brille zurecht, denn sie trug bei der Handarbeit eine Brille,
und las. Dann blickte sie wieder zu dem roten Gesichte des Mädchens empor, las abermals und sah aufs neue das Mädchen an.
Schließlich sagte sie freundlich, aber bestimmt:

»Was soll dies, Liebe? Was bedeutet dies, du?«

Auf der Karte stand gedruckt: »X. Noppe & Comp.«
X. Noppe aber sowohl wie das &-Zeichen waren mit einem
Blaustift stark durchstrichen, so daß nur das »Comp.« übrig-
blieb.

»Je, Fru Kunsel«, sagte das Mädchen, »doar wier 'n Herr, öäwer hei red' nich dütsch un is ook goar tau snaksch...«

»Bitte den Herrn«, sagte die Konsulin, denn sie begriff nun,
daß es die »Comp.« sei, die Einlaß begehrte. Das Mädchen ging.
Gleich darauf öffnete es die Glastür aufs neue und ließ eine unter-
setzte Gestalt eintreten, die im schattigen Hintergrunde des

Zimmers einen Augenblick stehenblieb und etwas Langgezogenes verlauten ließ, das klang wie:

»Hab' die Ähre...«

»Guten Morgen!« sagte die Konsulin. »Wollen Sie nicht näher treten?« Dabei stützte sie sich leicht mit der Hand auf das Sofapolster und erhob sich ein wenig, denn sie wußte noch nicht, ob es angezeigt sei, sich ganz zu erheben...

»I bin so frei...« antwortete der Herr wiederum mit einer gemütlich singenden und gedehnten Betonung, indem er, höflich gebückt, zwei Schritte vorwärts tat, worauf er abermals stehenblieb und sich suchend umblickte: sei es nun nach einer Sitzgelegenheit oder nach einem Aufbewahrungsort für Hut und Stock, denn beides, auch den Stock, dessen klauenartig gebogene Hornkrücke gut und gern anderthalb Fuß maß, hatte er mit ins Zimmer gebracht.

Es war ein Mann von vierzig Jahren. Kurzgliedrig und beleibt, trug er einen weit offenstehenden Rock aus braunem Loden, eine helle und geblümte Weste, die in weicher Wölbung seinen Bauch bedeckte, und auf der eine goldene Uhrkette mit einem wahren Bouquet, einer ganzen Sammlung von Anhängseln aus Horn, Knochen, Silber und Korallen prangte, – ein Beinkleid ferner von unbestimmter graugrüner Farbe, welches zu kurz war und aus ungewöhnlich steifem Stoff gearbeitet schien, denn seine Ränder umstanden unten kreisförmig und faltenlos die Schäfte der kurzen und breiten Stiefel. – Der hellblonde, spärliche, fransenartig den Mund überhängende Schnurrbart gab dem kugelrunden Kopfe mit seiner gedrungenen Nase und seinem ziemlich dünnen und unfrisierten Haar etwas Seehundsartiges. Die »Fliege«, die der fremde Herr zwischen Kinn und Unterlippe trug, stand im Gegensatze zum Schnurrbart ein wenig borstig empor. Die Wangen waren außerordentlich dick, fett, aufgetrieben und gleichsam hinaufgeschoben zu den Augen, die sie zu zwei ganz schmalen, hellblauen Ritzen zusammenpreßten und in deren Winkeln sie Fältchen bildeten. Dies gab dem solcherart verquollenen Gesicht einen Mischausdruck von Ergrimmtheit und biederer, unbeholfener, rührender Gutmütigkeit. Unterhalb des kleinen Kinnes lief eine steile Linie in die schmale, weiße Halsbinde hinein... die Linie eines kropfartigen Halses, der keine Vatermörder geduldet haben würde. Untergesicht und Hals, Hinterkopf und Nacken, Wangen und Nase, alles ging ein wenig formlos und gepolstert ineinander über... Die ganze Gesichtshaut war infolge aller dieser Schwellungen über die Gebühr straff gespannt und zeigte an einzelnen Stellen, wie am Ansatz der Ohrläppchen und zu beiden Seiten der Nase, eine spröde Rötung... In der einen seiner kurzen, weißen und fetten Hände hielt der Herr seinen Stock, in der anderen ein grünes Tirolerhütchen, geschmückt mit einem Gemsbart.

Die Konsulin hatte die Brille abgenommen und stützte sich noch immer in halb stehender Haltung auf das Sofapolster.

»Wie kann ich Ihnen dienen«, sagte sie höflich, aber bestimmt.

Da legte der Herr mit einer entschlossenen Bewegung Hut und Stock auf den Deckel des Harmoniums, rieb sich dann befriedigt die frei gewordenen Hände, blickte die Konsulin treuherzig aus seinen hellen, verquollenen Äuglein an und sagte:

»I bitt' die gnädige Frau um Verzeihung von wegen dem Kartl; i hob kei onderes zur Hond k'habt. Mei Name ist Permaneder; Alois Permaneder aus München. Vielleicht hat die gnädige Frau schon von der Frau Tochter meinen Namen k'hert –«

Dies alles sagte er laut und mit ziemlich grober Betonung, in seinem knorrigen Dialekt voller plötzlicher Zusammenziehungen, aber mit einem vertraulichen Blinzeln seiner Augenritzen, welches andeutete: ›Wir verstehen uns schon...‹

Die Konsulin hatte sich nun völlig erhoben und trat mit seitwärts geneigtem Kopfe und ausgestreckten Händen auf ihn zu...

»Herr Permaneder! Sie sind es? Gewiß hat meine Tochter uns von Ihnen erzählt. Ich weiß, wie sehr Sie dazu beigetragen haben, ihr den Aufenthalt in München angenehm und unterhaltend zu machen... Und Sie sind in unsere Stadt verschlagen worden?«

»Geltn S', da schaun S'!« sagte Herr Permaneder, indem er sich bei der Konsulin in einem Lehnsessel niederließ, auf den sie mit vornehmer Bewegung gedeutet hatte, und begann, mit beiden Händen behaglich seine kurzen und runden Oberschenkel zu reiben...

»Wie beliebt?« fragte die Konsulin...

»Geltn S', da spitzen S'!« antwortete Herr Permaneder, indem er aufhörte, seine Kniee zu reiben.

»Nett!« sagte die Konsulin verständnislos und lehnte sich, die Hände im Schoß, mit erheuchelter Befriedigung zurück. Aber Herr Permaneder merkte das; er beugte sich vor, beschrieb, Gott weiß warum, mit der Hand Kreise in der Luft und sagte mit großer Kraftanstrengung:

»Da tun sich die gnädige Frau halt... wundern!«

»Ja, ja, mein lieber Herr Permaneder, das ist wahr!« erwiderte die Konsulin freudig, und nachdem dies erledigt war, trat eine Pause ein. Um aber diese Pause auszufüllen, sagte Herr Permaneder mit einem ächzenden Seufzer:

»Es ist halt a Kreiz!«

»Hm... wie beliebt?« fragte die Konsulin, indem sie ihre hellen Augen ein wenig beiseite gleiten ließ...

»A Kreiz is'!« wiederholte Herr Permaneder außerordentlich laut und grob.

»Nett«, sagte die Konsulin begütigend; und somit war auch dieser Punkt abgetan.

»Darf man fragen«, fuhr sie fort, »was Sie so weit hergeführt hat, lieber Herr? Es ist eine tüchtige Reise von München...«

»A G'schäfterl«, sagte Herr Permaneder, indem er seine kurze Hand in der Luft hin und her drehte, »a kloans G'schäfterl, gnädige Frau, mit der Brauerei zur Walkmühle!«

»Oh, richtig, Sie sind Hopfenhändler, mein lieber Herr Permaneder! Noppe & Comp., nicht wahr? Seien Sie überzeugt, ich habe von meinem Sohne, dem Konsul, hie und da viel Vorteilhaftes über Ihre Firma gehört«, sagte die Konsulin höflich. Aber Herr Permaneder wehrte ab:

»Is scho recht. Davon in koa Red'. Ah, naa, die Hauptsach' is halt, daß i allweil den Wunsch k'habt hob, der gnädigen Frau amol mei Aufwartung z' mochn und die Frau Grünlich wiederzusehn! Dös is Sach' gnua, um die Reis' net z' scheun!«

»Ich danke Ihnen«, sagte die Konsulin herzlich, indem sie ihm nochmals die Hand reichte, deren Fläche sie ganz weit herumwandte. »Aber nun soll man meine Tochter benachrichtigen!« fügte sie hinzu, stand auf und schritt auf den gestickten Klingelzug zu, der neben der Glastür hing.

»Ja, Himmi Sakrament, werd' i a Freid' ha'm!« rief Herr Permaneder und drehte sich mitsamt seinem Lehnsessel der Tür zu.

Die Konsulin befahl dem Mädchen:

»Bitte Madame Grünlich herunter, Liebe.«

Dann kehrte sie zum Sofa zurück, worauf auch Herr Permaneder seinen Sessel wieder herumdrehte.

»Werd' i a Freid' ha'm...« wiederholte er abwesend, indem er die Tapeten, das große Sèvres-Tintenfaß auf dem Sekretär und die Möbel betrachtete. Dann sagte er mehrere Male: »Is dös a Kreiz!... Es is halt a Kreiz!...« wobei er sich die Kniee rieb und ohne ersichtlichen Grund schwer seufzte. Dies füllte ungefähr die Zeit bis zu Frau Grünlichs Erscheinen aus.

Sie hatte entschieden ein wenig Toilette gemacht, eine helle Taille angelegt, ihre Frisur geordnet. Ihr Gesicht war frischer und hübscher denn je. Ihre Zungenspitze spielte verschmitzt in einem Mundwinkel...

Kaum war sie eingetreten, als Herr Permaneder emporsprang und ihr mit einer ungeheuren Begeisterung entgegenkam. Alles an ihm geriet in Bewegung. Er ergriff ihre beiden Hände, schüttelte sie und rief:

»Ja, die Frau Grünlich! Ja, grüß Eahna Gott! Ja, wie hat's denn derweil gegangen? was haben S' denn allweil g'macht, da heroben? Jessas, hab' i a narrische Freid'! Denken S' denn noch amol an d' Münchnerstadt und an unsre Berg'? O mei, ha'm wir a Gaudi k'habt, gelten S' ja?! Kruzi Türken nei! und da san mer wieder! Jetzt wer hätt' denn des glaubt...!«

Auch Tony ihrerseits begrüßte ihn mit großer Lebhaftigkeit, zog einen Stuhl herbei und begann, mit ihm von ihren Münche-

ner Wochen zu plaudern... Die Unterhaltung floß nun ohne
Hindernis dahin, und die Konsulin folgte ihr, indem sie Herrn
Permaneder nachsichtig und ermunternd zunickte, diese oder
jene seiner Redewendungen ins Schriftdeutsche übersetzte und
dann jedesmal, zufrieden, daß sie es verstanden, ins Sofa zurücklehnte.

Herr Permaneder mußte auch Frau Antonien nochmals den
Grund seines Hierseins erklären, aber er legte diesem »G'schäfterl« mit der Brauerei ersichtlich so wenig Bedeutung bei, daß es
den Anschein gewann, als habe er eigentlich gar nichts in der
Stadt zu suchen. Dagegen erkundigte er sich mit Interesse nach
der zweiten Tochter sowie nach den Söhnen der Konsulin und
bedauerte laut die Abwesenheit Clara's und Christians, da er
»allweil den Wunsch k'habt« habe, »die gonze Famili« kennen
zu lernen...

Über die Dauer seines Aufenthaltes in der Stadt äußerte er sich
überaus unbestimmt; als aber die Konsulin bemerkte: »Ich erwarte in jedem Augenblick meinen Sohn zum Frühstück, Herr
Permaneder; machen Sie uns das Vergnügen, ein Butterbrot mit
uns zu essen...?« – da nahm er diese Einladung, noch ehe sie
ausgesprochen war, mit einer Bereitwilligkeit an, als habe er
darauf gewartet.

Der Konsul kam. Er hatte das Frühstückszimmer leer gefunden und erschien im Comptoirrock, eilig, ein wenig abgespannt
und überhäuft, um zu einem flüchtigen Imbiß zu mahnen...
Aber kaum war er der fremden Erscheinung des Gastes mit seinen ungeheuren Uhrgehängen und seiner Lodenjacke sowie des
Gemsbartes auf dem Harmonium gewahr geworden, als er aufmerksam den Kopf erhob, und kaum war der Name genannt
worden, den er aus Frau Antoniens Munde oft gehört hatte, als
er einen raschen Blick zu seiner Schwester hinüberwarf und
Herrn Permaneder mit seiner gewinnendsten Liebenswürdigkeit begrüßte... Er nahm nicht erst Platz. Man ging sofort ins
Zwischengeschoß hinunter, wo Mamsell Jungmann den Tisch
gedeckt hatte und den Samowar summen ließ – einen echten
Samowar, ein Geschenk des Pastors Tiburtius und seiner Gattin.

»Ös tuats enk leicht!« sagte Herr Permaneder, als er sich niederließ und die Auswahl an kalter Küche auf dem Tische überblickte... Hie und da, in der Mehrzahl wenigstens, bediente er sich mit dem harmlosesten Gesichtsausdruck der zweiten Person bei der Anrede.

»Es ist nicht gerade Hofbräu, Herr Permaneder, aber immerhin genießbarer als unser einheimisches Gebräu.« Und der Konsul schenkte ihm von dem braun schäumenden Porter ein, den er selbst um diese Zeit zu trinken pflegte.

»I donk scheen, Herr Nachbohr!« sagte Herr Permaneder kauend und merkte nichts von dem entsetzten Blick, den Mansell Jungmann ihm zuwarf. Von dem Porter aber genoß er mit solcher Zurückhaltung, daß die Konsulin eine Bouteille Rotwein heraufkommen ließ, worauf er merklich munterer wurde und wieder mit Frau Grünlich zu plaudern begann. Er saß, des Bauches wegen, ziemlich weit vom Tische entfernt, hielt seine Beine weit voneinander entfernt und ließ meistens den einen seiner kurzen Arme mit der feisten, weißen Hand senkrecht an der Stuhllehne hinunterhängen, während er, den dicken Kopf mit dem Seehundsschnurrbart ein wenig zur Seite gelegt, mit dem Ausdruck einer verdrießlichen Behaglichkeit und einem treuherzigen Blinzeln seiner Augenritzen, Tony's Reden und Antworten anhörte.

Mit zierlichen Bewegungen zerlegte sie ihm Brätlinge, worin er gar keine Übung besaß, und hielt nicht mit dieser oder jener Betrachtung über das Leben zurück...

»O Gott, wie traurig ist es doch, Herr Permaneder, daß alles Gute und Schöne im Leben so schnell vorübergeht!« sagte sie mit Bezug auf ihren Münchener Aufenthalt, legte für einen Augenblick Messer und Gabel fort und sah ernst zur Decke empor. Übrigens machte sie dann und wann ebenso drollige wie talentlose Versuche, in bayerischer Mundart zu sprechen...

Während der Mahlzeit pochte es, und der Comptoirlehrling überbrachte ein Telegramm. Der Konsul las es, indem er die lange Spitze seines Schnurrbartes langsam durch die Finger gleiten ließ, und obgleich man sah, daß er angestrengt mit dem Inhalt der Depesche beschäftigt war, fragte er dabei im leichtesten Tone:

»Wie gehen die Geschäfte, Herr Permaneder? . . . «

»Es ist gut«, sagte er gleich darauf zu dem Lehrling, und der junge Mensch verschwand.

»O mei, Herr Nachbohr!« antwortete Herr Permaneder und wandte sich mit der Unbeholfenheit eines Mannes, der einen dicken und steifen Hals hat, nach des Konsuls Seite, um nun den anderen Arm an der Stuhllehne hinunterhängen zu lassen. »Do is nix'n z'red'n, dös is halt a Plog! Schaun S', München« – er sprach den Namen seiner Vaterstadt stets in einer Weise aus, daß man nur erraten konnte, was gemeint war –, »München is koane G'schäftsstadt . . . Da will an jeder sei' Ruh und sei' Maß . . . Und a Depeschen tuat man fei nöt lesen beim Essen, dös fei net. Jetzt da haben S' daheroben an onderen Schneid, Sakrament! . . . I donk scheen, i nehm' scho noch a Glaserl . . . Es ist a Kreiz! Mei' Kompagnon, der Noppe, hat allweil nach Nürnberg g'wollt, weil s' da die Börs' ham und an Unternehmungsgeist . . . aber i verloß mei München nöt . . . Dös fei nöt! – Es is halt a Kreiz! . . . Schaun S', da hamer dö damische Konkurrenz, dö damische . . . und der Export, dös is schon z'm Lochen . . . Sogar in Rußland werden s' nächstens anfangen, selber a Pflanzen z' bauen . . . «

Plötzlich aber warf er dem Konsul einen ungewöhnlich hurtigen Blick zu und sagte:

»Übrigens . . . i will nixen g'sagt ham, Herr Nachbohr! Dös is fei a nett's G'schäfterl! Mer machen a Geld mit der Aktien-Brauerei, wovon der Niederpaur Direktor is, wissen S'. Dös is a ganz a kloane G'sellschaft g'wesen, aber mer ham eahna an Kredit geben und a bares Göld . . . zu vier Prozent, auf Hypothek . . . damit s' eahnere Gebäud' ham vergrößern können . . . Und jetzt mochen s' an G'schäft, und mer ham an Umsatz und a Jahreseinnahm' – dös haut scho!« schloß Herr Permaneder, lehnte dankend Zigarette und Zigarre ab, zog, mit Verlaub, seine Pfeife mit langem Hornkopf aus der Tasche und ließ sich, von Qualm umhüllt, mit dem Konsul in ein geschäftliches Gespräch ein, welches sodann auf das politische Gebiet hinüberglitt und von Bayerns Verhältnis zu Preußen, vom Könige Max und dem Kaiser Napoléon handelte... ein Gespräch, das Herr Permaneder hie und da mit vollkommen unverständlichen Redewendungen würzte, und dessen Pausen er ohne erkennbare Beziehung mit Stoßseufzern ausfüllte, wie: »Is dös a Hetz!« oder: »Des san G'schichten!«...

Mamsell Jungmann vergaß vor Erstaunen, auch wenn sie einen Bissen im Munde hatte, beständig zu kauen, und blickte den Gast sprachlos aus ihren blanken, braunen Augen an, wobei sie, ihrer Gewohnheit nach, Messer und Gabel senkrecht auf dem Tische hielt und beides leicht hin und her bewegte. Solche Laute hatten diese Räume noch nicht vernommen, solcher Pfeifenrauch hatte sie noch nicht erfüllt, solche verdrossen behagliche Formlosigkeit des Benehmens war ihnen fremd... Die Konsulin verharrte, nachdem sie eine besorgte Erkundigung über die Anfechtungen eingezogen, denen eine so kleine evangelische Gemeinde unter lauter Papisten ausgesetzt sein mußte, in freundlicher Verständnislosigkeit, und Tony schien im Verlauf der Mahlzeit ein wenig nachdenklich und unruhig geworden zu sein. Der Konsul aber amüsierte sich ganz vortrefflich, bewog sogar seine Mutter, eine zweite Flasche Rotwein heraufkommen zu lassen, und lud Herrn Permaneder lebhaft zu einem Besuche in der Breiten Straße ein; seine Frau werde außerordentlich erfreut sein...

Volle drei Stunden nach seiner Ankunft begann der Hopfenhändler Anstalten zum Aufbruch zu treffen, klopfte seine Pfeife aus, leerte sein Glas, erklärte irgend etwas für ein »Kreiz« und erhob sich.

»I hob die Ähre, gnädige Frau ... Pfüat Ihna Gott, Frau Grünlich ... Pfüat Gott, Herr Buddenbrook...« Bei dieser Anrede zuckte Ida Jungmann sogar zusammen und verfärbte sich... »Guten Tag, Freilein...« Er sagte beim Fortgehen »Guten Tag«!...

Die Konsulin und ihr Sohn wechselten einen Blick... Herr Permaneder hatte die Absicht kundgegeben, nun in den bescheidenen Gasthof an der Trave zurückzukehren, woselbst er abgestiegen war...

»Die Münchener Freundin meiner Tochter und ihr Gatte«, sagte die alte Dame, indem sie noch einmal auf Herrn Permaneder zutrat, »sind fern, und wir werden wohl nicht sobald Gelegenheit haben, uns für ihre Gastfreundschaft erkenntlich zu erweisen. Aber wenn Sie, lieber Herr, uns die Freude machen würden, solange Sie in unserer Stadt sind, bei uns vorliebzunehmen... Sie würden uns herzlich willkommen sein...«

Sie hielt ihm die Hand hin, und siehe da: Herr Permaneder schlug ohne Bedenken ein; ebenso rasch und bereitwillig wie diejenige zum Frühstück nahm er auch diese Einladung an, küßte den beiden Damen die Hand, was ihm ziemlich merkwürdig zu Gesichte stand, holte Hut und Stock aus dem Landschaftszimmer, versprach nochmals, sogleich seinen Koffer herbeischaffen zu lassen und um vier Uhr nach Erledigung seiner Geschäfte wieder zur Stelle zu sein, und ließ sich vom Konsul die Treppe hinunterbegleiten. Am Windfang aber wendete er sich noch einmal um und sprach mit einem stillbegeisterten Kopfschütteln:

»Nix für ungut, Herr Nachbohr, Ihre Frau Schwester, dös is scho a liaber Kerl! Pfüat Ihna Gott!«... Und immer noch kopfschüttelnd verschwand er.

Der Konsul empfand das dringendste Bedürfnis, sich nochmals hinauf zu begeben und nach den Damen umzusehen. Ida Jungmann lief bereits mit Bettwäsche im Hause umher, um eine Stube am Korridor herzurichten.

Die Konsulin saß noch am Frühstückstisch, hielt ihre hellen Augen auf einen Fleck der Zimmerdecke gerichtet und trommelte mit ihren weißen Fingern leicht auf das Tischtuch. Tony saß am Fenster, hielt die Arme verschränkt und blickte weder rechts noch links, sondern mit würdiger und sogar strenger Miene geradeaus. Es herrschte Schweigen.

»Nun?« fragte Thomas, indem er in der Tür stehenblieb und der Dose mit der Troika eine Zigarette entnahm... Seine Schultern bewegten sich auf und ab vor Lachen.

»Ein angenehmer Mann«, erwiderte die Konsulin harmlos.

»Ganz meine Ansicht!« Dann machte der Konsul eine schnelle und überaus galante humoristische Wendung nach Tony's Seite, als befragte er ehrerbietigst auch sie um ihre Meinung. Sie schwieg. Sie blickte streng geradeaus.

»Aber mich dünkt, Tom, er sollte das Fluchen lassen«, fuhr die Konsulin ein wenig bekümmert fort. »Verstand ich ihn recht, so sprach er in einer Weise vom Sakramente und vom Kreuze...«

»Oh, das macht nichts, Mutter, dabei denkt er nichts Böses...«

»Und vielleicht ein wenig zu viel Nonchalance im Benehmen, Tom, wie?«

»Ja, lieber Gott, das ist süddeutsch!« sagte der Konsul, atmete langsam den Rauch in die Stube hinein, lächelte seiner Mutter zu und ließ verstohlen seine Augen auf Tony ruhen. Die Konsulin bemerkte das durchaus nicht.

»Du kommst heute mit Gerda zu Tische, nicht wahr, Tom? Tut mir die Liebe.«

»Gern, Mutter; mit dem größten Vergnügen. Ehrlich gesagt, ich verspreche mir viel Vergnügen mit diesem Hausbesuch. Du nicht auch? Das ist doch einmal etwas anderes als deine Geistlichen...«

»Jeder nach seiner Art, Tom.«

»Einverstanden! Ich gehe... Apropos!« sagte er, den Türgriff in der Hand. »Du hast entschiedenen Eindruck auf ihn gemacht, Tony! Nein, ganz ohne Zweifel! Weißt du, wie er dich eben da unten genannt hat? ›Ein lieber Kerl‹ – das sind seine Worte...«

Hier aber wandte Frau Grünlich sich um und sagte mit lauter Stimme:

»Gut, Tom, du erzählst mir dies... er wird es dir wohl nicht verboten haben, aber trotzdem weiß ich nicht, ob es passend ist, daß du es mir hinterbringst. Das aber weiß ich, und das möchte ich denn doch aussprechen, daß es in diesem Leben nicht darauf ankommt, wie etwas ausgesprochen und ausgedrückt wird, sondern wie es im Herzen gemeint und empfunden ist, und wenn du dich über Herrn Permaneders Ausdrucksweise mokierst... wenn du ihn etwa lächerlich findest...«

»Wen?! Aber Tony, ich denke gar nicht daran! Worüber ereiferst du dich...«

»Assez!« sagte die Konsulin und warf ihrem Sohne einen ernsten und bittenden Blick zu, welcher bedeutete: ›Schone sie!‹

»Na, nicht böse sein, Tony!« sagte er. »Ich habe dich nicht ärgern wollen. So, und nun gehe ich und gebe Ordre, daß jemand von den Speicherleuten den Koffer hierherbesorgt... Auf Wiedersehn!«

5.

Herr Permaneder zog in der Mengstraße ein, er speiste am folgenden Tage bei Thomas Buddenbrook und seiner Gattin und machte am dritten, einem Donnerstage, die Bekanntschaft Justus Krögers und seiner Frau, der Damen Buddenbrook aus der Breiten Straße, die ihn forchtbar komisch fanden – sie sagten »forchtbar«... –, Sesemi Weichbrodts, die ihn ziemlich streng behandelte, sowie diejenige der armen Klothilde und der kleinen Erika, welcher er eine Düte mit »Gutzeln«, das heißt: Bonbons, überreichte...

Er war von unverwüstlich gemütlicher Laune mit seinen verdrießlichen Stoßseufzern, die nichts bedeuteten und aus einem Überfluß mit Behaglichkeit hervorzugehen schienen, seiner Pfeife, seiner kuriosen Sprache, der unverdrossenen Seßhaftigkeit, mit der er lange nach den Mahlzeiten in bequemster Haltung an seinem Platze verharrte, rauchte, trank und plauschte, und obgleich er dem stillen Leben in dem alten Hause einen ganz neuen und fremden Ton hinzufügte, obgleich sein ganzes Wesen gleichsam etwas Stilwidriges in diese Räume brachte, störte er doch keine der herrschenden Gewohnheiten. Er wohnte treu den Morgen- und Abendandachten bei, erbat sich die Erlaubnis, einmal der Sonntagsschule der Konsulin zuzuhören, und erschien sogar am »Jerusalemsabend« auf einen Augenblick im Saale, um sich den Damen vorstellen zu lassen, worauf er sich freilich, als Lea Gerhardt vorzulesen begann, verstört zurückzog.

Seine Erscheinung war rasch bekannt in der Stadt, und in den großen Häusern sprach man mit Neugier von dem Buddenbrookschen Gaste aus Bayern; aber weder in den Familien noch an der Börse besaß er Verbindungen, und da die Jahreszeit vorgeschritten war, da man zum großen Teile sich anschickte, an die See zu gehen, nahm der Konsul Abstand von einer Einführung Herrn Permaneders in die Gesellschaft. Er selbst widmete sich dem Gaste lebhaft und angelegentlich. Trotz allen geschäftlichen und städtischen Pflichten nahm er sich Zeit, ihn in der Stadt umherzuführen, ihm alle mittelalterlichen Sehenswürdigkeiten, die Kirchen, die Tore, die Brunnen, den Markt, das Rathaus, die »Schiffergesellschaft«, zu zeigen, ihn in all und jeder Weise zu unterhalten, ihn immerhin auch an der Börse mit seinen nächsten Freunden bekannt zu machen... und als die Konsulin, seine Mutter, Gelegenheit nahm, ihm für seine Opferwilligkeit Dank zu sagen, bemerkte er trocken:

»Tja, Mutter, was tut man nicht alles...«

Dieses Wort ließ die Konsulin so unbeantwortet, daß sie nicht einmal lächelte, nicht einmal die Lider bewegte, sondern ihre hellen Augen still beiseite gleiten ließ und irgendeine Frage in anderer Beziehung tat...

Sie war von gleichmäßig herzlicher Freundlichkeit gegen Herrn Permaneder, was so unbedingt von ihrer Tochter nicht gesagt werden konnte. Zwei »Kindertagen« hatte der Hopfenhändler schon angewohnt – denn obgleich er bereits am dritten oder vierten Tage nach seiner Ankunft beiläufig zu erkennen gegeben hatte, daß sein Geschäft mit der hiesigen Brauerei erledigt sei, waren allgemach anderthalb Wochen seitdem verflossen – und an jedem dieser Donnerstagabende hatte Frau Grünlich mehrmals, wenn Herr Permaneder sprach und agierte, hurtige und scheue Blicke auf den Familienkreis, auf Onkel Justus, die Cousinen Buddenbrook oder Thomas geworfen, war errötet, hatte sich während längerer Minuten steif und stumm verhalten oder sogar das Zimmer verlassen...

Die grünen Stores in Frau Grünlichs Schlafzimmer im zweiten Stockwerk wurden sacht von dem lauen Atem einer klaren Juninacht bewegt, denn die beiden Fenster standen offen. Auf dem Nacht-Tischchen zur Seite des Himmelbettes brannten in einem Glase auf einer Ölschicht, die ihrerseits auf dem Wasser schwamm, mit dem das Glas zur Hälfte gefüllt war, mehrere kleine Dochte und gaben dem großen Zimmer mit seinen gradlinigen Armstühlen, deren Polster zum Schutze mit grauer Leinwand bezogen waren, ein stilles, ebenmäßiges und schwaches Licht. Frau Grünlich ruhte im Bette. Ihr hübscher Kopf war weich in die von breiten Spitzenborten umgebenen Kissen gesunken, und ihre Hände lagen gefaltet auf der Steppdecke. Aber ihre Augen, zu nachdenklich, um sich zu schließen, folgten langsam den Bewegungen eines großen Insektes mit langem Leibe, das standhaft mit Millionen lautloser Flügelschwingungen das helle Glas umkreiste... Neben dem Bett an der Wand, zwischen zwei alten Kupferstichen, Ansichten der Stadt aus dem Mittelalter, war eingerahmt der Spruch zu lesen: »Befiehl dem Herrn deine Wege...«, aber ist das ein Trost, wenn man um Mitternacht mit offenen Augen liegt und sich entschließen, sich entscheiden, ganz allein und ohne Rat mit Ja oder Nein über sein Leben und nicht nur darüber entscheiden soll?

Es war sehr still. Nur die Wanduhr tickte, und dann und wann erklang im Nebenzimmer, das von Tony's Schlafzimmer nur durch Portieren getrennt war, das Räuspern Mamsell Jungmanns. Dort war noch helles Licht. Die treue Preußin saß noch aufrecht am Ausziehtische unter der Hängelampe und stopfte Strümpfe für die kleine Erika, deren tiefe und friedliche Atemzüge man vernehmen konnte, denn Sesemi Weichbrodts Zöglinge hatten nun Sommerferien, und das Kind wohnte in der Mengstraße.

Frau Grünlich richtete sich mit einem Seufzer ein wenig empor und stützte den Kopf in die Hand.

»Ida?« fragte sie mit verhaltener Stimme, »sitzest du noch da und stopfst?«

»Ja, ja, Tonychen, mein Kindchen«, ließ sich Ida's Stimme

hören... »Schlaf nur, wirst morgen früh aufstehen müssen, wirst nicht ausgeschlafen haben.«

»Schon gut, Ida... Du weckst mich also morgen um sechs?«

»Halb sieben ist früh genug, mein Kindchen. Der Wagen ist auf acht bestellt. Schlaf nun weiter, daß du wirst hübsch frisch sein...«

»Ach, ich habe noch gar nicht geschlafen!«

»Ei, ei, Tonychen, das ist nicht recht; wirst doch in Schwartau nicht marode sein wollen? Trink sieben Schluck Wasser, leg dich rechts und zähl bis tausend...«

»Ach, Ida, bitte, komm doch noch ein bißchen herüber! Ich kann nicht schlafen, will ich dir sagen, ich muß so viel denken, daß der Kopf mir weh tut... sieh mal, ich glaube, ich habe Fieber, und dann ist es wieder der Magen; oder es ist Bleichsucht, denn die Adern an meinen Schläfen sind ganz geschwollen und pulsieren, daß es weh tut, so voll sind sie, was ja nicht ausschließt, daß trotzdem zu wenig Blut im Kopfe ist...«

Ein Stuhl ward gerückt, und Ida Jungmanns knochige, rüstige Gestalt in ihrem schlichten und unmodernen braunen Kleid erschien zwischen den Portieren.

»Ei, ei, Tonychen, Fieber? Laß mal fühlen, mein Kindchen ... Woll'n mal ein Kompreßchen machen...«

Und mit ihren ein wenig männlich langen und festen Schritten ging sie zur Kommode und holte ein Taschentuch, tauchte es in die Wasch-Schüssel, trat wieder ans Bett und legte es behutsam auf Tony's Stirn, worauf sie es noch ein paarmal mit beiden Händen glatt strich.

»Danke, Ida, das tut gut... Ach, setz dich noch ein bißchen zu mir, gute alte Ida, hier, auf den Bettrand. Sieh mal, ich muß beständig an morgen denken... Was soll ich bloß tun? Bei mir dreht sich alles im Kopfe herum.«

Ida hatte sich zu ihr gesetzt, hatte ihre Nadel und den über die Stopfkugel gezogenen Strumpf wieder zur Hand genommen, und während sie den glatten grauen Scheitel neigte und mit ihren unermüdlich blanken braunen Augen die Stiche verfolgte, sagte sie:

»Meinst du, daß er wird fragen, morgen?«

»Sicher, Ida! Da ist gar kein Zweifel. Die Gelegenheit wird er nicht verpassen. Wie war's mit Clara? Auch auf solcher Partie... Ich könnte es ja vermeiden, siehst du. Ich könnte mich ja zu den anderen halten und ihn nicht herankommen lassen... Aber damit ist es dann auch vorbei! Er reist übermorgen, das hat er gesagt, und er kann auch unmöglich länger bleiben, wenn morgen nichts daraus wird... Es *muß* sich morgen entscheiden... Aber was soll ich nur sagen, Ida, wenn er fragt?! Du bist noch nie verheiratet gewesen und kennst daher das Leben eigentlich nicht, aber du bist ein ehrliches Weib und hast deinen Verstand und bist zweiundvierzig Jahre alt. Kannst du mir nicht raten? Ich hab' es so nötig...«

Ida Jungmann ließ den Strumpf in den Schoß sinken.

»Ja, ja, Tonychen, hab' auch schon viel darüber nachjedacht. Aber was ich finde, das ist, daß da gar nichts mehr zu raten ist, mein Kindchen. Er kann gar nicht mehr weck« – Ida sagte »weck« –, »ohne mit dir und deiner Mama zu sprechen, und wenn du nicht wirst wollen, ja, da hätt'st ihn müssen früher weckschicken...«

»Da hast du recht, Ida; aber das konnte ich doch nicht, denn es soll ja schließlich doch sein! Ich muß nur immer denken: Noch kann ich zurück, noch ist es nicht zu spät! Und da liege ich nun und quäle mich...«

»Magst ihn leiden, Tonychen? Sag mal ehrlich!«

»Ja, Ida. Da müßte ich lügen, wenn ich das leugnen wollte. Er ist nicht schön, aber darauf kommt es nicht an, in diesem Leben, und er ist ein grundguter Mann und keiner Bosheit fähig, das glaube mir. Wenn ich an Grünlich denke... o Gott! er sagte beständig, daß er rege und findig sei, und bemäntelte in tückischer Weise seine Filouhaftigkeit... So ist Permaneder nicht, siehst du. Er ist, möchte ich sagen, zu bequem dazu, und nimmt das Leben zu gemütlich dazu, was übrigens andererseits auch wieder ein Vorwurf ist, denn Millionär wird er sicher nicht werden und neigt, glaube ich, ein bißchen dazu, sich gehenzulassen und so weiterzuwursteln, wie sie da unten sagen... Denn sie sind alle so dort unten, und das ist es, was ich sagen wollte, Ida, das ist die Sache. Nämlich in München, wo er unter seinesgleichen war, unter Leuten, die so sprachen und so waren wie er, da liebte ich ihn geradezu, so nett fand ich ihn, so treuherzig und behaglich. Und ich merkte auch gleich, daß es gegenseitig war – wozu vielleicht beitrug, daß er mich für eine reiche Frau hält, für reicher, fürchte ich, als ich bin, denn Mutter kann mir nicht mehr viel mitgeben, wie du weißt... Aber das wird ihm nichts ausmachen, bin ich überzeugt. So sehr viel Geld, das ist gar nicht nach seinem Sinn... Genug... was wollte ich sagen, Ida?«

»In München, Tonychen; aber hier?«

»Aber hier, Ida! Du merkst schon, was ich sagen will. Hier, wo er so ganz aus seiner eigentlichen Umgebung herausgerissen ist, wo alle anders sind, strenger und ehrgeiziger und würdiger, sozusagen... hier muß ich mich oft für ihn genieren, ja, ich gestehe es dir offen, Ida, ich bin ein ehrliches Weib, ich geniere mich für ihn, obgleich es vielleicht eine Schlechtigkeit von mir ist! Siehst du... mehrere Male ist es ganz einfach vorgekommen, daß er im Gespräche ›mir‹ statt ›mich‹ gesagt hat. Das tut man da unten, Ida, das kommt vor, das passiert den gebildetsten Menschen, wenn sie guter Laune sind, und tut keinem weh und kostet nichts und läuft so mit unter, und niemand wundert sich. Aber hier sieht Mutter ihn von der Seite an, und Tom zieht die Augenbraue hoch, und Onkel Justus gibt sich einen Ruck und prustet beinahe, wie die Krögers immer tun, und Pfiffi Buddenbrook wirft ihrer Mutter oder Friederike oder Henriette einen Blick zu, und dann schäme ich mich so sehr, daß ich am liebsten aus der Stube laufen möchte, und kann mir nicht denken, daß ich ihn heiraten könnte...«

»Ach wo, Tonychen! Sollst ja auch in München mit ihm leben.«

»Da hast du recht, Ida. Aber nun kommt die Verlobung, und die wird gefeiert, und nun bitte ich dich, wenn ich mich vor der Familie und vor Kistenmakers und Möllendorpfs und den anderen beständig schämen muß, weil er so wenig vornehm ist... ach, Grünlich war vornehmer, wofür er allerdings innerlich schwarz war, wie Herr Stengel seinerzeit immer gesagt haben soll... Ida, der Kopf dreht sich mir, bitte, tauch die Kompresse ein.«

»Schließlich soll es ja doch sein«, sagte sie wieder, indem sie aufatmend den kalten Umschlag entgegennahm, »denn die Hauptsache ist und bleibt, daß ich wieder unter die Haube komme und hier nicht länger als geschiedene Frau herumliege... Ach, Ida, ich muß so viel zurückdenken in diesen Tagen, an damals, als Grünlich zuerst erschien, und an die Auftritte, die er mir machte – skandalös, Ida! –, und dann Travemünde, Schwarzkopfs...« sagte sie langsam, und ihre Augen ruhten eine Weile träumerisch auf der gestopften Stelle von Erika's Strumpf... »und dann die Verlobung und Eimsbüttel, und unser Haus – es war vornehm, Ida; wenn ich an meine Schlafröcke denke... So werde ich es nicht wieder haben, mit Permaneder; das Leben macht einen immer bescheidener, weißt du – und Doktor Klaaßen, und das Kind, und Bankier Kesselmeyer... und dann das Ende – es war entsetzlich, du machst dir keinen Begriff, und wenn man so grauenhafte Erfahrungen gemacht hat im Leben... Aber Permaneder wird sich nicht auf schmutzige Sachen einlassen; – das ist das letzte, was ich ihm zutraue, und geschäftlich können wir uns gut auf ihn verlassen, denn ich glaube wirklich, daß er mit Noppe bei der Niederpaurschen Brauerei ziemlich viel verdient. Und wenn ich seine Frau bin, Ida, das sollst du sehen, dann will ich schon dafür sorgen, daß er ehrgeiziger wird und uns weiterbringt und sich anstrengt und mir und uns allen Ehre macht, denn *die* Verpflichtung übernimmt er schließlich, wenn er eine Buddenbrook heiratet!«

Sie faltete die Hände unterm Kopf und sah zur Decke hinauf.

»Ja, das ist nun gut und gern seine zehn Jahre her, seit ich Grünlich nahm... Zehn Jahre! Und nun bin ich wieder soweit und soll wieder jemandem mein Jawort erteilen. Weißt du, Ida, das Leben ist doch furchtbar ernst!... Aber der Unterschied ist, daß damals ein großes Wesen gemacht wurde und alle mich drängten und quälten, und daß sich jetzt alle ganz still verhalten und es als selbstverständlich nehmen, daß ich Ja sage; denn du mußt wissen, Ida, diese Verlobung mit Alois – ich sage schon Alois, denn es soll ja schließlich doch sein – ist gar nichts Festliches und Freudiges, und um mein Glück handelt es sich eigentlich gar nicht dabei, sondern indem ich diese zweite Ehe eingehe, mache ich nur in aller Ruhe und Selbstverständlichkeit meine erste Ehe wieder gut, denn das ist meine Pflicht unserem Namen gegenüber. So denkt Mutter, und so denkt Tom...«

»Ach wo, Tonychen! wenn ihn nicht wirst wollen, und wenn er dich nicht wird glücklich machen...«

»Ida, ich kenne das Leben und bin keine Gans mehr und habe meine Augen im Kopf. Mutter... das mag sein, die würde nicht geradezu darauf dringen, denn über fragwürdige Dinge geht sie hinweg und sagt Assez. Aber Tom, der will es. Lehre du mich Tom kennen! Weißt du, wie Tom denkt? Er denkt: ›Jeder! Jeder, der nicht absolut unwürdig ist. Denn es handelt sich diesmal nicht um eine glänzende Partie, sondern nur darum, daß die Scharte von damals durch eine zweite Ehe so ungefähr wieder ausgewetzt wird.‹ So denkt er. Und sobald Permaneder angekommen war, hat Tom in aller Stille geschäftliche Erkundigungen über ihn eingezogen, da sei überzeugt, und als die ziemlich günstig und sicher lauteten, da war es beschlossene Sache bei ihm... Tom ist ein Politiker und weiß, was er will. Wer hat Christian an die Luft gesetzt? ... Obgleich das ein hartes Wort ist, Ida, aber es verhält sich so. Und warum? Weil er die Firma und die Familie kompromittierte, und das tue ich in seinen Augen auch, Ida, nicht mit Taten und Worten, sondern mit meiner bloßen Existenz als geschiedene Frau. Das, will er, soll aufhören, und damit hat er recht, und ich liebe ihn darum bei Gott nicht weniger und hoffe auch, daß das auf Gegenseitigkeit beruht. Schließlich habe ich mich in all diesen Jahren immer danach gesehnt, wieder ins Leben hinauszutreten, denn ich langweile mich bei Mutter, Gott strafe mich, wenn das eine Sünde ist, aber ich bin kaum dreißig und fühle mich jung. Das ist verschieden verteilt im Leben, Ida; du hattest mit dreißig schon graues Haar, das liegt in eurer Familie, und dein Onkel Prahl, der am Schluckauf starb...«

Sie stellte noch mehrere Betrachtungen an in dieser Nacht, sagte hie und da noch einmal: »Schließlich soll es ja doch so sein«, und schlummerte dann fünf Stunden lang sanft und tief.

6.

Dunst lag über der Stadt, aber Herr Longuet, Mietkutschen-besitzer in der Johannisstraße, der um acht Uhr in eigener Person einen gedeckten, aber an allen Seiten offenen Gesellschafts-wagen in der Mengstraße vorfuhr, sagte: »In 'ner lütten Stund' is de Sünn durch«, und somit konnte man beruhigt sein.

Die Konsulin, Antonie, Herr Permaneder, Erika und Ida Jungmann hatten miteinander gefrühstückt und fanden sich nun einer nach dem anderen reisefertig auf der großen Diele ein, um Gerda und Tom zu erwarten. Frau Grünlich, in crèmefarbenem Kleide mit einer Atlaskrawatte unterm Kinn, sah trotz der ver-kürzten Nachtruhe ganz vortrefflich aus; Zagen und Fragen schienen in ihr ein Ende gefunden zu haben, denn ihre Miene, während sie im Gespräch mit dem Gaste langsam die Knöpfe ihrer leichten Handschuhe schloß, war ruhig, sicher, fast feier-lich... Sie hatte die Stimmung wiedergefunden, die ihr aus früheren Zeiten her wohlbekannt war. Das Gefühl ihrer Wich-tigkeit, der Bedeutsamkeit der Entscheidung, die ihr anheimge-stellt war, das Bewußtsein, daß abermals ein Tag gekommen sei, der es ihr zur Pflicht mache, mit ernstem Entschluß in die Ge-schichte ihrer Familie einzugreifen, erfüllte sie und machte ihr Herz höher schlagen. Diese Nacht hatte sie im Traume die Stelle in den Familienpapieren vor Augen gesehen, an der sie die Tatsa-che ihrer zweiten Verlobung zu vermerken gedachte... diese Tatsache, die jenen schwarzen Flecken, den die Blätter enthiel-ten, tilgte und bedeutungslos machte, und nun freute sie sich mit Spannung auf den Augenblick, wo Tom erscheinen und sie ihn mit ernsthaftem Nicken begrüßen würde...

Etwas verspätet, denn die junge Konsulin Buddenbrook war nicht gewohnt, so früh ihre Toilette zu beenden, traf der Konsul mit seiner Gattin ein. Er sah gut und munter aus in seinem hellbraunen, kleinkarierten Anzug, dessen breite Revers den Rand der Sommerweste sehen ließen, und seine Augen lächelten, als er Tony's unvergleichlich würdevolle Miene gewahrte. Aber Gerda, deren ein wenig morbide und rätselhafte Schönheit einen seltsamen Gegensatz zu der hübschen Gesundheit ihrer Schwägerin bildete, zeigte durchaus keine Sonntags- und Ausflugsstimmung. Wahrscheinlich hatte sie nicht ausgeschlafen. Das satte Lila, das die Grundfarbe ihrer Robe ausmachte und in höchst eigenartiger Weise mit dem Dunkelrot ihres schweren Haares zusammenklang, ließ ihren Teint noch weißer, noch matter erscheinen; tiefer und dunkler als sonst lagerten in den Winkeln ihrer nahe beieinanderliegenden braunen Augen bläuliche Schatten... Kalt bot sie ihrer Schwiegermutter die Stirn zum Kusse, reichte Herrn Permaneder mit ziemlich ironischem Ausdruck die Hand, und als Frau Grünlich bei ihrem Anblick die Hände zusammenschlug und mit lauter Stimme ausrief: »Gerda, o Gott, wie *schön* bist du wieder –!« antwortete sie lediglich mit einem ablehnenden Lächeln.

Sie hegte eine tiefe Abneigung gegen Unternehmungen wie die heutige: zumal im Sommer, und nun gar am Sonntag. Sie, deren Wohnräume meistens verhängt, im Dämmerlicht lagen, und die selten ausging, fürchtete die Sonne, den Staub, die festtäglich gekleideten Kleinbürger, den Geruch von Kaffee, Bier, Tabak... und über alles in der Welt verabscheute sie die Erhitzung, das Dérangement. »Mein lieber Freund«, hatte sie beiläufig zu Thomas gesagt, als die Ausfahrt nach Schwartau und dem »Riesebusch« verabredet worden war, damit der Münchener Gast auch ein wenig von der Umgebung der alten Stadt kennen lerne – »du weißt: wie Gott mich gemacht hat, bin ich auf Ruhe und Alltag angewiesen... In diesem Falle ist man für Anregung und Abwechslung nicht geschaffen. Nicht wahr, ihr dispensiert mich...«

Sie würde ihn nicht geheiratet haben, wenn sie nicht bei solchen Dingen im wesentlichen seiner Zustimmung sicher gewesen wäre.

»Ja, lieber Gott, du hast natürlich recht, Gerda. Daß man sich bei derartigen Sachen amüsiert, ist meistens bloß Einbildung... Aber man macht sie eben mit, weil man vor den anderen und sich selbst nicht gern als Sonderling erscheinen möchte. Diese Eitelkeit hegt jeder, du nicht?... Man gerät sonst leicht in einen Schein von Vereinsamung und Unglück und büßt an Achtung ein. Und dann noch eins, liebe Gerda... Wir alle haben Ursache, dem Herrn Permaneder ein bißchen den Hof zu machen. Ich zweifle nicht, daß du die Situation übersiehst. Es entwickelt sich da etwas, und es wäre schade, ganz einfach schade, käme es nicht zustande...«

»Ich sehe nicht ein, lieber Freund, inwiefern meine Gegenwart... aber gleichviel. Da du es wünschest, so sei es. Lassen wir dies Vergnügen über uns ergehen.«

»Ich werde dir aufrichtig verbunden sein.« –

– Man trat auf die Straße hinaus... Wahrhaftig, schon jetzt begann die Sonne durch den Morgendunst zu dringen; sonntäglich läuteten die Glocken von Sankt Marien, und Vogelgezwitscher erfüllte die Luft. Der Kutscher zog den Hut, und mit dem patriarchalischen Wohlwollen, das Thomas manchmal ein bißchen in Verlegenheit brachte, nickte die Konsulin ein überaus herzliches »Guten Morgen, lieber Mann!« zu ihm hinauf. »Also eingestiegen denn nun, ihr Lieben! Es wäre Zeit zur Frühpredigt, aber heut' wollen wir Gott in seiner freien Natur mit unseren Herzen loben, nicht wahr, Herr Permaneder?«

»Is scho recht, Frau Konsul.«

Und man kletterte nacheinander über die beiden Blechstufen durch das schmale Hintertürchen in den Wagen hinein, der zehn Personen gefaßt haben würde, und machte es sich auf den Polstern bequem, die – ohne Zweifel zu Ehren Herrn Permaneders – blau und weiß gestreift waren. Dann klinkte das Türchen ins Schloß, Herr Longuet schnalzte mit der Zunge und stieß unterschiedliche Ho- und Hü-Rufe aus, seine muskulösen Braunen zogen an, und das Gefährt rollte die Mengstraße hinunter, entlang der Trave, am Holstentore vorbei, und später nach rechts auf der Schwartauer Landstraße dahin...

Felder, Wiesen, Baumgruppen, Gehöfte... und man suchte in dem immer höheren, dünneren, blaueren Dunst nach den Lerchen, deren Stimmen man vernahm. Thomas, der Zigaretten rauchte, sah aufmerksam um sich, wenn man an Getreide vorüberkam, und zeigte Herrn Permaneder, wie es stand. Der Hopfenhändler war in einer wahrhaftig jugendlichen Laune, hatte seinen grünen Hut mit dem Gemsbart ein wenig schief gesetzt, balancierte seinen Stock mit dem ungeheuren Horngriff auf seiner weißen und breiten Handfläche, und sogar auf der Unterlippe, ein Kunststück, welchem, obgleich es beständig mißlang, besonders von seiten der kleinen Erika lauter Beifall zuteil ward, und wiederholte mehrere Male:

»Die Zugspitz' wird's halt net sein, aber a weng kraxeln wermer doch, und a Hetz wermer ham, a Gaudi, a sakrisches, gelten S', Frau Grünlich?!«

Dann begann er mit vielem Temperament von Bergpartieen mit Rucksack und Eispickel zu erzählen, wofür ihn die Konsulin mit mehreren bewundernden »Dausend!« belohnte, und bedauerte dann aus irgendeinem Gedankengange heraus mit bewegten Worten die Abwesenheit Christians, von dem er gehört habe, daß er gar so ein lustiger Herr sei.

»Unterschiedlich«, sagte der Konsul. »Aber bei solchen Gelegenheiten ist er unvergleichlich, das ist wahr. – Wir werden Krebse essen, Herr Permaneder!« rief er aufgeräumt. »Krebse und Ostseekrabben! Sie haben schon bei meiner Mutter ein paarmal davon gekostet, aber mein Freund Dieckmann, der Besitzer der Restauration ›Zum Riesebusch‹, führt sie stets in hervorragender Qualität. Und Pfeffernüsse, die berühmten Pfeffernüsse dieser Gegend! Oder ist ihr Ruf bis an die Isar noch nicht gedrungen? Nun, Sie werden sehen.«

Frau Grünlich ließ zwei- oder dreimal den Wagen halten, um am Chausseerande Mohn- und Kornblumen zu pflücken, und jedesmal beteuerte Herr Permaneder mit wahrer Wildheit, ihr dabei behülflich sein zu wollen; da er sich aber vor dem Ein- und Aussteigen ein wenig fürchtete, so unterließ er es dennoch.

Erika jubelte über jede Krähe, die aufflog, und Ida Jungmann, die wie immer beim sichersten Wetter einen langen, offenen Regenmantel nebst Regenschirm trug, stimmte als eine richtige Kinderpflegerin, die auf die kindlichen Stimmungen nicht nur äußerlich eingeht, sondern sie ebenso kindlich mitempfindet, mit ihrem ungenierten und etwas wiehernden Lachen ein, so daß Gerda, die sie nicht hatte in der Familie grau werden sehen, sie wiederholt einigermaßen kalt und erstaunt betrachtete...

Man war im Oldenburgischen. Buchenwaldungen kamen in Sicht, der Wagen fuhr durch den Ort, über das Marktplätzchen mit seinem Ziehbrunnen, gelangte wieder ins Freie, rollte über die Brücke, die über das Flüßchen Au führt, und hielt endlich vor dem einstöckigen Wirtshaus »Zum Riesebusch«. Dies war an der einen Seite eines flachen Platzes mit Grasflächen, sandigen Wegen und ländlichen Beeten gelegen, und jenseits dieses Platzes erhob sich, amphitheatralisch aufsteigend, der Wald. Die einzelnen Stufen waren durch rauh angelegte Treppen verbunden, zu denen man hochliegende Baumwurzeln und vorspringendes Gestein benutzt hatte, und auf den Etagen, zwischen den Bäumen, waren weiß gestrichene Tische, Bänke und Stühle aufgeschlagen.

Buddenbrooks waren keineswegs die ersten Gäste. Ein paar wohlgenährte Mägde und sogar ein Kellner in fettigem Frack marschierten eilfertig über den Platz und trugen kalte Küche, Limonaden, Milch und Bier zu den Tischen hinauf, an denen, wenn auch in weiteren Abständen, schon mehrere Familien mit Kindern Platz genommen hatten.

Herr Dieckmann, der Wirt, in gelbgesticktem Käppchen und Hemdärmeln, trat persönlich an den Schlag, um den Herrschaften beim Aussteigen behülflich zu sein, und während Longuet beiseite fuhr, um auszuspannen, sagte die Konsulin:

»Wir machen nun also zunächst einen Spaziergang, guter Mann, und möchten dann, nach einer Stunde oder anderthalb, ein Frühstück haben. Bitte, lassen Sie uns drüben servieren... aber nicht zu hoch; auf dem zweiten Absatz, dünkt mich...«

»Strengen Sie sich an, Dieckmann«, fügte der Konsul hinzu. »Wir haben einen verwöhnten Gast...«

Herr Permaneder protestierte. »I ka Spur! A Bier und a Kaas...«

Allein das verstand Herr Dieckmann nicht, sondern er begann mit großer Geläufigkeit:

»Allens, was da is, Herr Kunsel... Krebse, Krabben, diverse Wurst, diverse Käse, geräucherten Aal, geräucherten Lachs, geräucherten Stör...«

»Schön, Dieckmann, Sie werden das schon machen. Und dann geben sie uns – sechs Gläser Milch und ein Seidel Bier, wenn ich nicht irre, Herr Permaneder, wie?...«

»Einmal Bier, sechsmal Milch... Süße Milch, Buttermilch, dicke Milch, Sattenmilch, Herr Kunsel...«

»Halb und halb, Dieckmann; süße Milch und Buttermilch. In einer Stunde also.«

Und sie gingen über den Platz.

»Zunächst liegt es uns nun ob, die Quelle zu besuchen, Herr Permaneder«, sagte Thomas. »Die Quelle: das heißt die Quelle der Au, und die Au ist das kleine Flüßchen, daran Schwartau liegt und daran im grauen Mittelalter ursprünglich unsere Stadt gelegen war, bis sie niederbrannte – sie wird wohl nicht sehr durabel gewesen sein, wissen Sie – und an der Trave wieder aufgebaut wurde. Übrigens knüpfen sich schmerzliche Erinnerungen an den Namen des Flüßchens. Als Jungen fanden wir es witzig, uns einander in den Arm zu kneifen und zu fragen: ›Wie heißt der Fluß bei Schwartau?‹ Worauf man natürlich, weil's weh tat, wider Willen den Namen rief... Da!« unterbrach er sich plötzlich, zehn Schritte von dem Anstieg entfernt; »wir sind überholt worden. Möllendorpfs und Hagenströms.«

In der Tat, dort oben auf der dritten Etage der waldigen Terrasse saßen die hauptsächlichsten Mitglieder dieser beiden vorteilhaft liierten Familien an zwei zusammengerückten Tischen und speisten unter angeregten Gesprächen. Der alte Senator Möllendorpf präsidierte, ein blasser Herr mit weißen, dünnen, spitzen Côtelettes; er war zuckerkrank. Seine Gattin, geborene Langhals, hantierte mit ihrer langgestielten Lorgnette, und nach wie vor umstand das graue Haar unordentlich ihren Kopf. Ihr

Sohn war da, August, ein blonder junger Mann von wohlsituiertem Äußeren und Gatte Julchens, der geborenen Hagenström, welche, klein, lebhaft, mit großen, blanken, schwarzen Augen und beinahe ebenso großen Brillanten an den Ohrläppchen, zwischen ihren Brüdern Hermann und Moritz saß. Konsul Hermann Hagenström begann sehr stark zu werden, denn er lebte vortrefflich, und man sagte sich, daß er gleich morgens mit Gänseleberpastete beginne. Er trug einen rötlichblonden, kurzgehaltenen Vollbart, und seine Nase – die Nase seiner Mutter – lag auffallend platt auf der Oberlippe. Doktor Moritz, mit flacher Brust und gelblichem Teint, zeigte in lebhaftem Gespräch seine spitzigen, lückenhaften Zähne. Beide Brüder hatten ihre Damen bei sich, denn auch der Rechtsgelehrte war seit mehreren Jahren verheiratet, und zwar mit einem Fräulein Puttfarken aus Hamburg, einer Dame mit butterfarbenem Haar und übermäßig leidenschaftslosen, augenscheinlich anglisierenden, aber außerordentlich schönen und regelmäßigen Gesichtszügen, denn Doktor Hagenström hätte es mit seinem Rufe als Schöngeist nicht vereinbaren können, ein häßliches Mädchen zu ehelichen. Schließlich waren noch die kleine Tochter von Hermann Hagenström und der kleine Sohn von Moritz Hagenström zugegen, zwei weißgekleidete Kinder, die schon jetzt so gut wie miteinander verlobt waren, denn das Huneus-Hagenströmsche Vermögen sollte nicht verzettelt werden. – Alle aßen Rührei mit Schinken.

Man grüßte sich erst, als Buddenbrooks in geringer Entfernung an der Gesellschaft vorüberstiegen. Die Konsulin neigte ein wenig zerstreut und gleichsam verwundert den Kopf, Thomas lüftete den Hut, indem er die Lippen bewegte, als sagte er irgend etwas Verbindliches und Kühles, und Gerda verbeugte sich fremd und formell. Herr Permaneder aber, angeregt durch das Steigen, schwenkte unbefangen seinen grünen Hut und rief mit lauter und fröhlicher Stimme: »Wünsch' recht an guat'n Morg'n!« – Worauf die Senatorin Möllendorpf ihr Lorgnon zur Hand nahm... Tony ihrerseits zog ein wenig die Schultern empor, legte den Kopf zurück, suchte trotzdem das Kinn auf die

Brust zu drücken und grüßte gleichsam von einer unabsehbaren Höhe herab, wobei sie genau über Julchen Möllendorpfs breitrandigen und eleganten Hut hinwegblickte... In dieser Minute setzte sich ihr Entschluß endgültig und unerschütterlich in ihr fest...

»Gott sei Lob und tausend Dank, Tom, daß wir erst in einer Stunde frühstücken! Ich möchte mir von diesem Julchen nicht gern auf den Bissen sehen lassen, weißt du... Hast du beachtet, wie sie grüßte? Beinahe gar nicht. Dabei war meiner unmaßgeblichen Ansicht nach ihr Hut ganz unmäßig geschmacklos...«

»Na, was den Hut betrifft... Und mit dem Grüßen warst du wohl auch nicht viel entgegenkommender, meine Liebe. Übrigens ärgere dich nicht; das macht Falten.«

»Ärgern, Tom? Ach nein! Wenn diese Leute meinen, sie seien die ersten an der Spritze, so ist das zum Lachen und weiter nichts. Was ist für ein Unterschied zwischen diesem Julchen und mir, wenn ich fragen darf? Daß sie keinen Filou, sondern bloß einen ›Duschack‹ zum Manne bekommen hat, wie Ida sagen würde, und wenn sie einmal in meiner Lage wäre im Leben, so würde es sich ja erweisen, ob sie einen zweiten finden würde...«

»Was besagt, daß du deinerseits einen finden wirst?«

»Einen Duschack, Thomas?«

»Sehr viel besser als ein Filou.«

»Es braucht weder das eine noch das andere zu sein. Aber darüber spricht man nicht.«

»Richtig. Wir bleiben auch zurück. Herr Permaneder steigt mit Elan...«

Der schattige Waldweg wurde eben, und es dauerte gar nicht lange, bis sie die »Quelle« erreicht hatten, einen hübschen, romantischen Punkt mit einer hölzernen Brücke über einem kleinen Abgrund, zerklüfteten Abhängen und überhängenden Bäumen, deren Wurzeln bloßlagen. Sie schöpften mit einem silbernen, zusammenschiebbaren Becher, den die Konsulin mitgebracht hatte, aus dem kleinen, steinernen Bassin gleich unterhalb der Austrittsstelle und erquickten sich mit dem frischen, eisenhaltigen Wasser, wobei Herr Permaneder einen kleinen Anfall von Galanterie hatte, indem er darauf bestand, daß Frau Grünlich ihm den Trunk kredenzte. Er war voll Dankbarkeit, wiederholte mehrmals: »A, des is fei nett!« und plauderte umsichtig und aufmerksam sowohl mit der Konsulin und Thomas als mit Gerda und Tony und sogar mit der kleinen Erika... Selbst Gerda, die bislang unter fliegender Hitze gelitten und in einer Art von stummer und starrer Nervosität einhergegangen war, begann nun aufzuleben, und als man nach einem beschleunigten Rückwege wieder vor dem Wirtshause anlangte und sich auf der zweiten Stufe der Waldterrasse an einem überreichlich besetzten Tische niederließ, war sie es, die es in liebenswürdigen Wendungen bedauerte, daß Herrn Permaneders Abreise so nahe bevorstehe: jetzt, wo man einander ein wenig kennen gelernt, wo es zum Beispiel ganz leicht zu beobachten sei, daß auf beiden Seiten immer seltener Miß- und Nichtverständnisse des Dialektes wegen unterliefen... Sie könne die Behauptung vertreten, daß ihre Freundin und Schwägerin Tony zwei- oder dreimal mit Virtuosität »Pfüat Gott!« gesagt habe...

Herr Permaneder unterließ es, auf das Wort »Abreise« irgendeine bestätigende Antwort zu geben, sondern widmete sich vorderhand den Leckerbissen, von denen die Tafel strotzte, und die er jenseits der Donau nicht alle Tage bekam.

Sie verzehrten die guten Sachen mit Muße, wobei die kleine Erika sich beinahe am meisten über die Servietten aus Seidenpapier freute, die ihr unvergleichlich schöner schienen als die großen leinenen zu Hause, und von denen sie mit Erlaubnis des Kellners sogar einige zum Andenken in die Tasche steckte; und dann saß, während Herr Permaneder mehrere tiefschwarze Zigarren zum Biere und der Konsul seine Zigaretten rauchte, die Familie mit ihrem Gaste noch längere Zeit beisammen und plauderte; – bemerkenswert aber war, daß niemand mehr der Abreise des Herrn Permaneder gedachte und daß überhaupt die Zukunft völlig unberührt gelassen ward. Vielmehr tauschte man Erinnerungen aus, besprach die politischen Ereignisse der letzten Jahre, und Herr Permaneder berichtete, nachdem er über einige Achtundvierziger-Anekdoten, die die Konsulin ihrem verstorbenen

Gatten nacherzählte, sich vor Lachen geschüttelt hatte, von der Revolution in München und von Lola Montez, für welche Frau Grünlich sich unbändig interessierte. Dann aber, als allgemach die erste Stunde nach Mittag vorüber war, als Erika, ganz erhitzt und bepackt mit Gänseblumen, Wiesenschaumkraut und Gräsern, von einem Streifzug mit Ida zurückkehrte und die Pfeffernüsse in Erinnerung brachte, die noch einzukaufen seien, brach man zu einem Gang in den Ort hinunter auf... nicht bevor die Konsulin, deren Gäste heut' alle waren, mit einem gar nicht kleinen Goldstück die Rechnung beglichen hatte.

Vorm Gasthaus ward Ordre gegeben, daß in einer Stunde der Wagen bereitstehen solle, denn man wollte in der Stadt vor Tisch noch ein wenig ruhen können; und dann wanderten sie langsam, denn die Sonne brannte auf den Staub, den niedrigen Häusern des Fleckens zu.

Gleich nach der Au-Brücke ordnete sich ungezwungen und von selbst die Reihenfolge, die dann während des Weges innegehalten ward: Voran nämlich war Mamsell Jungmann, vermöge ihrer langen Schritte, neben der unermüdlich springenden und nach Kohlweißlingen jagenden Erika, dann folgten miteinander die Konsulin, Thomas und Gerda und zuletzt, in einigem Abstande sogar, Frau Grünlich mit Herrn Permaneder. Vorn war es laut, denn das kleine Mädchen jubelte, und Ida stimmte mit ihrem eigentümlich tiefen, gutmütigen Wiehern ein. In der Mitte schwiegen alle drei, denn Gerda war wegen des Staubes aufs neue in eine nervöse Verzagtheit verfallen, und die alte Konsulin sowohl wie ihr Sohn waren in Gedanken. Auch hinten war es still... aber nur scheinbar, denn Tony und der Gast aus Bayern unterhielten sich gedämpft und intim. – Wovon sprachen sie? Von Herrn Grünlich...

Herr Permaneder hatte die treffende Bemerkung gemacht, daß Erika »fei« ein gar zu liebes und hübsches Kind sei, daß sie aber trotzdem der Frau Mama fast gar nicht ähnlich sehe; worauf Tony geantwortet hatte:

»Sie ist ganz der Vater, und man kann sagen: nicht zu ihrem Schaden, denn äußerlich war Grünlich ein Gentleman – alles, was wahr ist! So hatte er goldfarbene Favoris; völlig originell; ich habe nie wieder dergleichen gesehen...«

Und dann erkundigte er sich, obgleich Tony ihm schon bei Niederpaurs in München die Geschichte ihrer Ehe ziemlich genau erzählt hatte, noch einmal genau nach allem und erfragte eingehend und mit einem ängstlich teilnehmenden Blinzeln alle Einzelheiten bei dem Bankerott...

»Er war ein böser Mensch, Herr Permaneder, sonst hätte Vater mich ihm nicht wieder weggenommen, das können Sie mir glauben. Nicht alle Menschen haben auf Erden immer ein gutes Herz, das hat das Leben mich gelehrt, wissen Sie, so jung wie ich für eine Person, die seit zehn Jahren Witwe oder etwas Ähnliches ist, noch bin. Er war böse, und Kesselmeyer, sein Bankier, der obendrein so albern war wie ein junger Hund, war noch böser. Aber das soll nicht heißen, daß ich mich selbst für einen Engel halte und aller Schuld bar erachte... mißverstehen Sie mich nicht! Grünlich vernachlässigte mich, und wenn er einmal bei mir saß, so las er die Zeitung, und er hinterging mich und ließ mich beständig in Eimsbüttel sitzen, weil ich in der Stadt von dem Morast hätte erfahren können, darin er steckte... Aber ich bin auch nur eine schwache Frau und habe meine Fehler und bin ganz sicher nicht immer richtig zu Werke gegangen. Zum Beispiel gab ich meinem Mann durch Leichtsinn und Verschwendungssucht und neue Schlafröcke Grund zu Sorge und Klage... Aber eins darf ich hinzufügen: ich habe eine Entschuldigung, und die besteht darin, daß ich ein Kind war, als ich heiratete, eine Gans war ich, ein dummes Ding. Glauben Sie zum Beispiel, daß ich ganz kurze Zeit vor meiner Verlobung auch nur gewußt hätte, daß vier Jahre früher die Bundesgesetze über die Universitäten und die Presse erneuert worden seien? Schöne Gesetze übrigens!... Ach, ja, es ist wahrhaftig so sehr traurig, daß man nur einmal lebt, Herr Permaneder, daß man das Leben nicht noch einmal anfangen kann; man würde so manches geschickter anfassen...«

Sie schwieg und blickte gespannt auf den Weg nieder; sie hatte ihm, nicht ohne Geschick, einen Anhaltspunkt gegeben, denn die Erwägung lag gar nicht fern, daß ein ganz neues Leben zu beginnen zwar unmöglich, der Wiederbeginn einer neuen, besseren Ehe aber doch nicht ausgeschlossen sei. Allein Herr Permaneder ließ die Gelegenheit vorübergehen und beschränkte sich darauf, mit heftigen Worten auf Herrn Grünlich zu schelten, wobei die Fliege über seinem kleinen, runden Kinn sich sträubte...

»Der fade Kerl, der z'widre! Den wann i dahier hätt', den Hund, den ausg'schamten, der wann net a Watschen dazwischen tät'...«

»Pfui, Herr Permaneder! Nein, damit müssen Sie aufhören. Wir sollen vergeben und vergessen, und die Rache ist mein, spricht der Herr... fragen Sie nur Mutter. Bewahre... ich weiß nicht, wo Grünlich sich aufhält und wie es ihm ergangen ist im Leben; aber ich wünsche ihm alles Gute, wenn er es auch vielleicht nicht verdient hat...«

Sie waren im Ort und standen vor dem kleinen Häuschen, in dem der Bäckerladen sich befand. Beinahe ohne es zu wissen, waren sie stehengeblieben, und ohne sich Rechenschaft davon zu geben, hatten sie mit ernsten und abwesenden Augen Erika, Ida, die Konsulin, Thomas und Gerda gebückt durch die lächerlich niedrige Ladentür verschwinden sehen: so vertieft waren sie in ihr Gespräch, obgleich sie bis jetzt nichts als überflüssige und alberne Dinge geredet hatten.

Neben ihnen war ein Zaun, und daran lief ein langes, schmales Beet entlang, auf dem ein paar Reseden wuchsen, und dessen lockere, schwarze Erde Frau Grünlich, geneigten und etwas erhitzten Hauptes, ungeheuer eifrig mit der Spitze ihres Sonnenschirms pflügte. Herr Permaneder, dessen grünes Hütchen mit dem Gemsbart in die Stirn geglitten war, stand dicht bei ihr und beteiligte sich hie und da vermittelst seines Spazierstockes an dem Umgraben des Beetes. Auch er ließ den Kopf hängen; aber seine kleinen, hellblauen, verquollenen Augen, die ganz blank geworden und sogar ein wenig gerötet waren, blickten von unten herauf mit einem Gemisch von Ergebenheit, Betrübtheit und Spannung zu ihr empor, und mit eben demselben Ausdruck überhing der ausgefranste Schnauzbart seinen Mund...

»Und da haben S' jetzt wohl«, sagte er, »a damische Furcht

vor der Eh' und wollen's nimmer noch amal versuchen, gelten S' nei, Frau Grünlich...?«

›Wie ungeschickt!‹ dachte sie. ›Das muß ich ja bestätigen?...‹ Sie antwortete: »Ja, lieber Herr Permaneder, ich bekenne Ihnen offen, daß es mir schwerfallen würde, noch einmal jemandem mein Jawort fürs Leben zu erteilen, denn ich bin belehrt worden, wissen Sie, was für ein furchtbar ernster Entschluß das ist... und dazu bedürfte es der festen Überzeugung, daß es sich um einen wirklich braven, einen edlen, einen herzensguten Mann handelt...«

Hierauf erlaubte er sich die Frage, ob sie ihn für einen solchen Mann halte, worauf sie antwortete:

»Ja, Herr Permaneder, dafür halte ich Sie.«

Und dann folgten noch ganz wenige leise und kurze Worte, in denen das Verlöbnis enthalten war und für Herrn Permaneder die Erlaubnis, sich zu Hause an die Konsulin und Thomas zu wenden...

Als die übrigen Mitglieder der Gesellschaft, bepackt mit mehreren großen Düten voll Pfeffernüssen, wieder im Freien erschienen, ließ der Konsul seine Augen diskret über die Köpfe der beiden hinwegschweifen, denn sie waren in starker Verlegenheit: Herr Permaneder ohne Versuch, das zu verbergen, Tony unter der Maske einer fast majestätischen Würde.

Man beeilte sich, den Wagen zu gewinnen, denn der Himmel hatte sich bedeckt und Tropfen fielen.

Wie Tony angenommen, hatte ihr Bruder bald nach Herrn Permaneders Erscheinen genaue Erkundigungen über seine Lebensstellung eingezogen, die als Resultat ergeben hatten, daß X. Noppe & Comp. eine etwas beschränkte, aber durchaus solide Firma sei, die im gemeinsamen Wirken mit der Aktienbrauerei, der Herr Niederpaur als Direktor vorstand, einen hübschen Gewinn erzielte, und daß, im Verein mit Tony's siebzehntausend Couranttalern, Herrn Permaneders Anteil für ein gut bürgerliches Zusammenleben ohne Luxus ausreichen würde. Die Konsulin war unterrichtet darüber, und in einem ausführlichen Gespräche zwischen ihr, Herrn Permaneder, Antonie und Thomas, welches gleich am Abend des Verlobungstages im Landschaftszimmer stattfand, wurden ohne Hindernis alle Fragen geregelt: auch in betreff der kleinen Erika, welche auf Tony's Wunsch und mit dem gerührten Einverständnis ihres Verlobten ebenfalls nach München übersiedeln sollte.

Zwei Tage später reiste der Hopfenhändler ab – »weil der Noppe sonst schimpfen tät'« –, aber schon im Monat Juli traf Frau Grünlich wiederum in seiner Vaterstadt mit ihm zusammen: gemeinsam mit Tom und Gerda, die sie für vier oder fünf Wochen nach Bad Kreuth begleitete, während die Konsulin mit Erika und der Jungmann an der Ostsee verblieb. Übrigens hatten die beiden Paare in München bereits Gelegenheit, das Haus zu besichtigen, das Herr Permaneder in der Kaufinger Straße – ganz in der Nähe also der Niederpaurs – anzukaufen im Begriffe war und dessen größten Teil er zu vermieten gedachte; ein ganz merkwürdiges, altes Haus, mit einer schmalen Treppe, die gleich hinter der Haustür schnurgerade und ohne Absatz und Biegung wie eine Himmelsleiter in den ersten Stock hinanführte, woselbst man erst nach beiden Seiten über den Korridor zurückschreitend zu den nach vorn gelegenen Zimmern gelangte...

Mitte August kehrte Tony nach Hause zurück, um sich während der nächsten Wochen der Sorge für ihre Aussteuer zu widmen. Vieles zwar war noch aus der Zeit ihrer ersten Ehe vorhanden, aber es mußte durch Neuankäufe ergänzt werden, und eines Tages langte aus Hamburg, woher manches bezogen ward, sogar ein Schlafrock an... nicht mit Sammet freilich, sondern diesmal nur mit Tuchschleifen garniert.

Zu vorgeschrittener Herbstzeit traf Herr Permaneder wieder in der Mengstraße ein; man wollte die Sache nicht länger verzögern...

Was die Hochzeitsfeierlichkeiten anging, so verliefen sie genau, wie Tony es erwartet und nicht anders gewünscht hatte: Es wurde nicht viel Aufhebens davon gemacht. »Lassen wir den Pomp«, sagte der Konsul; »du bist wieder verheiratet, und es ist ganz einfach, als hättest du niemals aufgehört, es zu sein.« Nur wenige Verlobungskarten waren versandt worden – daß aber Julchen Möllendorpf, geborene Hagenström, eine erhalten hatte, dafür hatte Madame Grünlich gesorgt –, von einer Hochzeitsreise ward abgesehen, weil Herr Permaneder »so a Hetz« verabscheute und Tony, vor kurzem vom Sommeraufenthalt zurückgekehrt, schon die Reise nach München zu weit fand, und die Trauung, die diesmal nicht die Säulenhalle, sondern die Marienkirche zum Schauplatze hatte, fand in engem Familienkreise statt. Tony trug mit Würde die Orangenblüten statt der Myrten, und Hauptpastor Kölling predigte mit etwas schwächerer Stimme als ehemals, aber noch immer in starken Ausdrücken über *Mäßigkeit*.

Christian kam von Hamburg, sehr elegant gekleidet und ein wenig angegriffen, aber lustig aussehend, erzählte, daß sein Geschäft mit Burmeester »tipptopp« sei, erklärte, daß Klothilde und er sich wohl erst »da oben« verheiraten würden – »das heißt: Jeder für sich! . . .« und kam viel zu spät zur Kirche, weil er dem Klub einen Besuch abgestattet hatte. – Onkel Justus war sehr gerührt und zeigte sich so kulant wie stets, indem er den Neuvermählten einen außerordentlich schönen, schwersilbernen Tafelaufsatz verehrte . . . Er und seine Frau hungerten zu Hause beinahe, denn die schwache Mutter bezahlte dem längst enterbten und verstoßenen Jakob, der sich, wie verlautete, augenblicklich in Paris aufhielt, nach wie vor von ihrem Wirtschaftsgelde die Schulden. – Die Damen Buddenbrook aus der Breiten Straße bemerkten: »Nun, hoffentlich hält es diesmal.« Wobei das Unangenehme der allgemeine Zweifel war, ob sie dies wirklich hofften . . . Sesemi Weichbrodt jedoch erhob sich auf die Zehenspitzen, küßte ihren Zögling, die nunmehrige Frau Permaneder, mit leicht knallendem Geräusch auf die Stirn und sagte mit ihren herzlichsten Vokalen:

»Sei glöcklich, du *gutes* Kend!«

7

Gleich morgens um acht Uhr, sobald er das Bett verlassen hatte, über die Wendeltreppe hinter der kleinen Pforte ins Souterrain hinabgestiegen war, ein Bad genommen und seinen Schlafrock wieder angelegt hatte, begann Konsul Buddenbrook sich mit öffentlichen Dingen zu beschäftigen. Dann nämlich erschien, mit seinen roten Händen und seinem intelligenten Gesicht, mit einem Topfe warmen Wassers, den er sich aus der Küche geholt, und den übrigen Utensilien, Herr Wenzel, Barbier und Mitglied der Bürgerschaft, in der Badestube, und während der Konsul sich, zurückgebeugten Hauptes, in einem großen Lehnstuhle niederließ und Herr Wenzel Schaum zu schlagen begann, entspann sich fast immer ein Gespräch, das, mit Nachtruhe und Witterung beginnend, alsbald zu Ereignissen in der großen Welt überging, sich hierauf mit intim städtischen Angelegenheiten beschäftigte und mit ganz eng geschäftlichen und familiären Gegenständen zu schließen pflegte... Dies alles zog die Prozedur sehr in die Länge, denn immer, wenn der Konsul sprach, mußte Herr Wenzel das Messer von seinem Gesicht entfernen.

»Wohl geruht, Herr Konsul?«

»Danke, Wenzel. Gutes Wetter heute?«

»Frost und ein bißchen Schneenebel, Herr Konsul. Vor der Jacobi-Kirche haben die Jungens schon wieder 'ne Schleisterbahn, zehn Meter lang, daß ich beinah' hingeschlagen wär', als ich vom Bürgermeister kam. Hol' sie der Düwel...«

»Schon Zeitungen gesehen?«

»Die ›Anzeigen‹ und die ›Hamburger Nachrichten‹, ja. Nichts als Orsini-Bomben... Schauderhaft. Auf dem Weg in die Oper... Eine nette Gesellschaft da drüben...«

»Na, es hat nichts zu bedeuten, denke ich. Mit dem Volke hat das nichts zu tun, und der Effekt ist nun bloß, daß die Polizei und der Druck auf die Presse und all das verdoppelt wird. Er ist auf seiner Hut... Ja, es ist eine ewige Unruhe, das muß wahr sein, denn er ist immer auf Unternehmungen angewiesen, um sich zu halten. Aber meinen Respekt hat er – ganz einerlei. Mit *den* Traditionen kann man wenigstens kein Duschack sein, wie Mamsell Jungmann sagt, und das mit der Bäckereikasse und den billigen Brotpreisen zum Beispiel hat mir wahrhaftig imponiert. Er tut ohne Zweifel eine Menge fürs Volk ...«

»Ja, das sagte Herr Kistenmaker vorhin auch schon.«

»Stephan? Wir sprachen gestern darüber.«

»Und mit Friedrich Wilhelm von Preußen, das steht schlimm, Herr Konsul, das wird nichts mehr. Man sagt schon, daß der Prinz endgültig Regent werden soll ...«

»Oh, darauf muß man gespannt sein. Er hat sich schon jetzt als ein liberaler Kopf gezeigt, dieser Wilhelm, und steht sicher der Konstitution nicht mit dem geheimen Ekel seines Bruders gegenüber ... Es ist doch am Ende nur der Gram, der ihn aufreibt, den armen Mann ... Was Neues aus Kopenhagen?«

»Gar nichts, Herr Konsul. Sie wollen nicht. Da hat der Bund gut erklären, daß die Gesamtverfassung für Holstein und Lauenburg rechtswidrig ist ... Sie sind da oben ganz einfach nicht dafür zu haben, sie aufzuheben ...«

»Ja, es ist ganz unerhört, Wenzel. Sie fordern den Bundestag ja zur Exekution heraus, und wenn er ein bißchen alerter wäre ... Ach ja, diese Dänen! Ich erinnere mich lebhaft, wie ich mich schon als ganz kleiner Junge beständig über einen Gesangvers ärgerte, der anfing: ›Gib mir, gib allen denen, die sich von Herzen sehnen ...‹, wobei ich ›denen‹ im Geiste immer mit ›ä‹ schrieb und nicht begriff, daß der Herrgott auch den Dänen irgend etwas geben sollte ...

Sehen Sie sich mit der spröden Stelle vor, Wenzel, Sie lachen ... Nun, und jetzt wieder mit unserer direkten Hamburger Eisenbahn! Das hat schon diplomatische Kämpfe gekostet und wird noch welche kosten, bis sie in Kopenhagen die Konzession geben ...«

»Ja, Herr Konsul, und das Dumme ist, daß die Altona-Kieler Eisenbahngesellschaft und genau besehen ganz Holstein dagegen ist; das sagte Bürgermeister Doktor Oeverdieck vorhin auch schon. Sie haben eine verfluchte Angst für den Aufschwung von Kiel ...«

»Versteht sich, Wenzel. Solche neue Verbindung zwischen Ost- und Nordsee... Und Sie sollen sehn, die Altona-Kieler wird nicht aufhören, zu intrigieren. Sie sind imstande, eine Konkurrenzbahn zu bauen: Ostholsteinisch, Neumünster-Neustadt, ja, das ist nicht ausgeschlossen. Aber wir dürfen uns nicht einschüchtern lassen, und direkte Fahrt nach Hamburg müssen wir haben.«

»Herr Konsul nehmen sich der Sache warm an.«

»Tja... soweit das in meinen Kräften steht, und soweit mein bißchen Einfluß reicht... Ich interessiere mich für unsere Eisenbahnpolitik, und das ist Tradition bei uns, denn mein Vater hat schon seit 51 dem Vorstand der Büchener Bahn angehört, und daran liegt es denn auch wohl, daß ich mit meinen zweiunddreißig Jahren hineingewählt bin; meine Verdienste sind ja noch nicht beträchtlich...«

»Oh, Herr Konsul; nach Herrn Konsuls Rede damals in der Bürgerschaft...«

»Ja, damit habe ich wohl etwas Eindruck gemacht, und der gute Wille ist jedenfalls vorhanden. Ich kann nur dankbar sein, wissen Sie, daß mein Vater, Großvater und Urgroßvater mir die Wege geebnet haben, und daß viel von dem Vertrauen und dem Ansehen, das sie sich in der Stadt erworben haben, ohne weiteres auf mich übertragen wird, denn sonst könnte ich mich gar nicht so regen... Was hat zum Beispiel nach 48 und zu Anfang dieses Jahrzehnts mein Vater nicht alles für die Reformation unseres Postwesens getan! Denken Sie mal, Wenzel, wie er in der Bürgerschaft gemahnt hat, die Hamburger Diligencen mit der Post zu vereinigen, und wie er anno 50 beim Senate, der damals ganz unverantwortlich langsam war, mit immer neuen Anträgen zum Anschluß an den deutsch-österreichischen Postverein getrieben hat... Wenn wir jetzt einen niedrigen Portosatz für Briefe haben und die Kreuzbandsendungen und die Freimarken und Briefkasten und die telegraphischen Verbindungen mit Berlin und Travemünde, er ist nicht der Letzte, dem wir dafür zu danken haben, und wenn er und ein paar andere Leute den Senat nicht immer wieder gedrängt hätten, so wären wir wohl ewig hinter der dänischen und der Thurn- und Taxisschen Post zurückgeblieben. Nun, und wenn ich jetzt in solchen Sachen meine Meinung sage, so hört man darauf...«

»Das weiß Gott, Herr Konsul, da sagen Herr Konsul ein wahres Wort. Und was die Hamburger Bahn betrifft: Das ist keine drei Tage her, daß Bürgermeister Doktor Oeverdieck zu mir gesagt hat: ›Wenn wir erst soweit sind, daß wir in Hamburg ein geeignetes Terrain für den Bahnhof ankaufen können, dann schicken wir Konsul Buddenbrook mit; Konsul Buddenbrook ist bei solchen Verhandlungen besser zu gebrauchen als mancher Jurist‹... Das waren seine Worte...«

»Na, das ist mir sehr schmeichelhaft, Wenzel. Aber geben Sie da überm Kinn noch ein bißchen Schaum; das muß da noch sauberer werden.

Ja, kurz und gut, wir müssen uns regen! Nichts gegen Oeverdieck, aber er ist eben bei Jahren, und wenn ich Bürgermeister wäre, so ginge alles ein wenig schneller, meine ich. Ich kann nicht sagen, welche Genugtuung ich empfinde, daß nun die Arbeiten für die Gasbeleuchtung begonnen haben und endlich die fatalen Öllampen mit ihren Ketten verschwinden; ich darf mir gestehen, daß ich auch nicht ganz unbeteiligt an diesem Erfolge bin... Ach, was gibt es nicht alles zu tun! Denn, Wenzel, die Zeiten ändern sich, und wir haben eine Menge von Verpflichtungen gegen die neue Zeit. Wenn ich an meine erste Jugend denke... Sie wissen besser als ich, wie es damals bei uns aussah. Die Straßen ohne Trottoirs und zwischen den Pflastersteinen fußhoher Graswuchs und die Häuser mit Vorbauten und Beischlägen und Bänken... Und unsere Bauten aus dem Mittelalter waren durch Anbauten verhäßlicht und bröckelten nur so herunter, denn die einzelnen Leute hatten wohl Geld, und niemand hungerte; aber der Staat hatte gar nichts, und alles wurstelte so weiter, wie mein Schwager Permaneder sagt, und an Reparaturen war nicht zu denken. Das waren ganz behäbige und glückliche Generationen damals, und der Intimus meines Großvaters, wissen Sie, der gute Jean Jacques Hoffstede, spazierte umher und übersetzte kleine unanständige Gedichte aus dem Französischen... aber beständig so weiter konnte es nicht gehen; es hat sich vieles geändert und wird sich noch immer mehr ändern müssen... Wir haben nicht mehr siebenunddreißigtausend Einwohner, sondern schon über fünfzig, wie Sie wissen, und der Charakter der Stadt ändert sich. Da haben wir Neubauten, und die Vorstädte, die sich ausdehnen, und gute Straßen und können die Denkmäler aus unserer großen Zeit restaurieren. Aber das ist am Ende bloß äußerlich. Das meiste vom Wichtigsten steht noch aus, mein lieber Wenzel; und nun bin ich wieder bei dem ceterum censeo meines seligen Vaters angelangt: der Zollverein, Wenzel, wir müssen in den Zollverein, das sollte gar keine Frage mehr sein, und Sie müssen mir alle helfen, wenn ich dafür kämpfe... Als Kaufmann, glauben Sie mir, weiß ich da besser Bescheid als unsere Diplomaten, und die Angst, an Selbständigkeit und Freiheit einzubüßen, ist lächerlich in diesem Falle. Das Inland, die Mecklenburg und Schleswig-Holstein, würde sich uns erschließen, und das ist um so wünschenswerter, als wir den Verkehr mit dem Norden nicht mehr so vollständig beherrschen wie früher... genug... bitte, das Handtuch, Wenzel«, schloß der Konsul, und wenn dann noch über den augenblicklichen Kurs des Roggens ein Wort gesagt worden war, der auf fünfundfünfzig Taler stehe und noch immer verflucht zum Fallen inkliniere, wenn vielleicht noch eine Bemerkung über irgendein Familienereignis in der Stadt gefallen war, so verschwand Herr Wenzel durch das Souterrain, um auf der Straße sein blankes Schaumgefäß aufs Pflaster zu entleeren, und der Konsul stieg über die Wendeltreppe ins Schlafzimmer hinauf, wo er Gerda, die unterdessen erwacht war, auf die Stirn küßte und sich ankleidete.

Diese kleinen Morgengespräche mit dem aufgeweckten Barbier bildeten die Einleitung zu den lebhaftesten und tätigsten Tagen, über und über ausgefüllt mit Denken, Reden, Handeln, Schreiben, Berechnen. Hin- und Widergehen... Dank seinen Reisen, seinen Kenntnissen, seinen Interessen war Thomas Buddenbrook in seiner Umgebung der am wenigsten bürgerlich beschränkte Kopf, und sicherlich war er der erste, die Enge und

Kleinheit der Verhältnisse zu empfinden, in denen er sich bewegte. Aber draußen in seinem weiteren Vaterlande war auf den Aufschwung des öffentlichen Lebens, den die Revolutionsjahre gebracht hatten, eine Periode der Erschlaffung, des Stillstandes und der Umkehr gefolgt, zu öde, um einen lebendigen Sinn zu beschäftigen, und so besaß er denn Geist genug, um den Spruch von der bloß symbolischen Bedeutung alles menschlichen Tuns zu seiner Lieblingswahrheit zu machen und alles, was an Wollen, Können, Enthusiasmus und aktivem Schwung sein eigen war, in den Dienst des kleinen Gemeinwesens zu stellen, in dessen Bezirk sein Name zu den Ersten gehörte – sowie in den Dienst dieses Namens und des Firmenschildes, das er ererbt... Geist genug, seinen Ehrgeiz, es im Kleinen zu Größe und Macht zu bringen, gleichzeitig zu belächeln und ernst zu nehmen.

Kaum hatte er, von Anton bedient, im Speisezimmer das Frühstück genommen, so machte er Straßentoilette und begab sich in sein Comptoir an der Mengstraße. Er verweilte dort nicht viel länger als eine Stunde. Er schrieb zwei oder drei dringende Briefe und Telegramme, erteilte diese oder jene Weisung, gab gleichsam dem großen Triebrade des Geschäftes einen kleinen Stoß und überließ dann die Überwachung des Fortganges dem bedächtigen Seitenblick des Herrn Marcus.

Er zeigte sich und sprach in Sitzungen und Versammlungen, verweilte an der Börse unter den gotischen Arkaden am Marktplatz, tat Inspektionsgänge an den Hafen, in die Speicher, verhandelte als Reeder mit Kapitänen... und es folgten, unterbrochen nur durch ein flüchtiges Frühstück mit der alten Konsulin und das Mittagessen mit Gerda, nach welchem er eine halbe Stunde auf dem Diwan mit einer Zigarre und der Zeitung verbrachte, bis in den Abend hinein eine Menge von Arbeiten: handelte es sich nun um sein eigenes Geschäft oder um Zoll, Steuer, Bau, Eisenbahn, Post, Armenpflege; auch in Gebiete, die ihm eigentlich fernlagen und in der Regel den »Gelehrten« zustanden, verschaffte er sich Einsicht, und besonders in Finanzangelegenheiten bewies er rasch eine glänzende Begabung...

Er hütete sich, das gesellige Leben zu vernachlässigen. Zwar ließ in dieser Beziehung seine Pünktlichkeit zu wünschen übrig, und beständig erst in der letzte Sekunde, wenn seine Gattin, in großer Toilette, und der Wagen unten schon eine halbe Stunde gewartet hatten, erschien er mit einem »Pardon, Gerda; Geschäfte...« um sich hastig in den Frack zu werfen. Aber an Ort und Stelle, bei Diners, Bällen und Abendgesellschaften verstand er es doch, ein lebhaftes Interesse an den Tag zu legen, sich als liebenswürdigen Causeur zu zeigen... und er und seine Gattin standen den anderen reichen Häusern an Repräsentation nicht nach; seine Küche, sein Keller galten für »tipptopp«, er war als verbindlicher, aufmerksamer und umsichtiger Gastgeber geschätzt, und der Witz seiner Toaste erhob sich über das Durchschnittsniveau. Stille Abende aber verbrachte er in Gerda's Gesellschaft, indem er rauchend ihrem Geigenspiel lauschte oder ein Buch mit ihr las, deutsche, französische und russische Erzählungen, die sie auswählte...

So arbeitete er und zwang den Erfolg, denn sein Ansehen wuchs in der Stadt, und trotz der Kapitalsentziehungen durch Christians Etablierung und Tony's zweite Heirat hatte die Firma vortreffliche Jahre. Bei alledem aber gab es manches, was für Stunden seinen Mut lähmte, die Elastizität seines Geistes beeinträchtigte, seine Stimmung trübte.

Da war Christian in Hamburg, dessen Sozius, Herr Burmeester, im Frühling dieses Jahres 58 ganz plötzlich einem Schlaganfalle erlag. Seine Erben entzogen der Firma das Kapital des Verstorbenen, und der Konsul widerriet es seinem Bruder dringend, sie mit seinen eigenen Mitteln fortzuführen, denn er wisse wohl, wie schwer es sei, ein größer zugeschnittenes Geschäft mit plötzlich stark vermindertem Kapital zu halten. Aber Christian drang auf die Fortdauer seiner Selbständigkeit, er übernahm Aktiva und Passiva von H. C. F. Burmeester & Comp.... und Unannehmlichkeiten standen zu befürchten.

Da war ferner des Konsuls Schwester Clara in Riga... Daß ihre Ehe mit dem Pastor Tiburtius ohne Kindersegen geblieben war, mochte hingehen, denn Clara Buddenbrook hatte sich niemals Kinder gewünscht und besaß ohne Zweifel höchst wenig mütterliches Talent. Aber ihre Gesundheit ließ, ihren und ihres Mannes Briefen zufolge, allzuviel zu wünschen übrig, und die Gehirnschmerzen, an denen sie schon als junges Mädchen gelitten, traten, so hieß es, neuerdings periodisch in fast unerträglichem Grade auf.

Das war beunruhigend. Eine dritte Sorge aber bestand darin, daß auch hier, an Ort und Stelle selbst, für das Fortleben des Familiennamens noch immer keine Sicherheit gegeben war. Gerda behandelte diese Frage mit einem souveränen Gleichmut, der einer degoutierten Ablehnung äußerst nahe kam. Thomas verschwieg seinen Kummer. Die alte Konsulin aber nahm die Sache in die Hand und zog Grabow beiseite. »Doktor, unter uns, da muß endlich etwas geschehen, nicht wahr? Ein bißchen Bergluft in Kreuth und ein bißchen Seeluft in Glücksburg oder Travemünde scheint da nicht anzuschlagen. Was meinen Sie...« Und Grabow, weil sein angenehmes Rezept: »Strenge Diät; ein wenig Taube, ein wenig Franzbrot« in diesem Falle doch wieder einmal nicht energisch genug eingegriffen haben würde, verordnete Pyrmont und Schlangenbad...

Das waren drei Bedenken. Und Tony? – Arme Tony!

8.

Sie schrieb:

»Und wenn ich ›Frikadellen‹ sage, so begreift sie es nicht, denn es heißt hier ›Pflanzerln‹; und wenn sie ›Karfiol‹ sagt, so findet sich wohl nicht so leicht ein Christenmensch, der darauf verfällt, daß sie Blumenkohl meint; und wenn ich sage: ›Bratkartoffeln‹, so schreit sie so lange ›Wahs!‹ bis ich ›Geröhste Kartoffeln‹ sage, denn so heißt es hier, und mit ›Wahs‹ meint sie: ›Wie beliebt‹. Und das ist nun schon die zweite, denn die erste Person, welche Kathi hieß, habe ich mir erlaubt, aus dem Hause zu schicken, weil sie immer gleich grob wurde; oder wenigstens schien es mir so, denn ich kann mich auch geirrt haben, wie ich nachträglich einsehe, denn man weiß hier nicht recht, ob die Leute eigentlich grob oder freundlich reden. Diese jetzige, welche Babette heißt, was Bábett auszusprechen ist, hat übrigens ein recht angenehmes extérieur und schon etwas ganz Südliches, wie es hier manche gibt, mit schwarzem Haar und schwarzen Augen und Zähnen, um die man sie beneiden könnte. Auch ist sie willig und bereitet unter meiner Anleitung manches von unseren heimatlichen Gerichten, so gestern zum Beispiel Sauerampfer mit Korinthen, aber davon habe ich großen Kummer gehabt, denn Permaneder nahm mir dies Gemüse so übel (obgleich er die Korinthen mit der Gabel herauspickte), daß er den ganzen Nachmittag nicht mit mir sprach, sondern nur murrte, und kann ich sagen, Mutter, daß das Leben nicht immer leicht ist.«

Allein, es waren nicht nur die »Pflanzerln« und der Sauerampfer, die ihr das Leben verbitterten... Gleich in den Flitterwochen hatte ein Schlag sie getroffen, ein Unvorhergesehenes, Ungeahntes, Unfaßliches war über sie hereingebrochen, ein Ereignis, das ihr alle Freudigkeit genommen hatte und das sie nicht zu verwinden vermochte. Dieses Ereignis war folgendes.

Erst als das Ehepaar Permaneder bereits einige Wochen in München lebte, hatte Konsul Buddenbrook die testamentarisch fixierte Mitgift seiner Schwester, das heißt einundfünfzigtausend Mark Courant, flüssig machen können, und diese Summe war hierauf, in Gulden umgesetzt, vollkommen richtig in Herrn Permaneders Hände gelangt. Herr Permaneder hatte sie sicher und nicht ungünstig deponiert. Was er aber dann, ohne Zögern und Erröten, seiner Gattin gesagt hatte, war dies:

»Tonerl« – er nannte sie Tonerl – »Tonerl, mir war's gnua. Mehr brauchen mer nimmer. I hab' mi allweil g'schunden, und jetzt will i mei Ruh, Himmi Sakrament. Mer vermieten's Parterre und die zwoate Etasch, und dahier hamer a guate Wohnung und können a Schweinshaxen essen und brauchen uns net allweil gar so nobi z'sammrichten und aufdrahn... und am Abend hab' i's Hofbräuhaus. I bin ka Protzen net und mag net allweil a Göld z'sammscharrn; i mag mei G'müatlichkeit! Von morgen ab mach' i Schluß und werd' Privatier!«

»Permaneder!« hatte sie ausgerufen, und zwar zum ersten

Male mit dem ganz besonderen Kehllaut, mit dem sie Herrn Grünlichs Namen zu nennen pflegte. Er aber hatte nur geantwortet: »A geh, sei stad!«, und dann hatte ein Streit sich entsponnen, wie er, so früh, so ernst und heftig, das Glück einer Ehe für alle Zeit erschüttern muß... Er war Sieger geblieben. Ihr leidenschaftlichster Widerstand war an seinem Drang nach »G'müatlichkeit« gescheitert, das Ende war gewesen, daß Herr Permaneder sein in dem Hopfengeschäft steckendes Kapital liquidiert hatte, so daß nun Herr Noppe seinerseits das »Comp.« auf seiner Karte blau durchstreichen konnte... und wie die Mehrzahl seiner Freunde, mit denen er abends am Stammtische im Hofbräuhause Karten spielte und seine regelmäßigen drei Liter trank, beschränkte Tony's Gatte nun seine Tätigkeit aufs Mietesteigern als Hausbesitzer und ein bescheidenes und friedliches Couponschneiden.

Der Konsulin war dies ganz einfach mitgeteilt worden. In den Briefen aber, die Frau Permaneder darüber an ihren Bruder geschrieben hatte, war der Schmerz zu erkennen gewesen, den sie empfand... Arme Tony! ihre schlimmsten Befürchtungen waren weitaus übertroffen worden. Sie hatte zuvor gewußt, daß Herr Permaneder nichts von der »Regsamkeit« besaß, von der ihr erster Gatte zu viel an den Tag gelegt hatte; daß er aber so gänzlich die Erwartungen zuschanden machen werde, die sie noch am Vorabend ihrer Verlobung gegen Mamsell Jungmann ausgesprochen hatte, daß er so völlig die Verpflichtungen verkennen werde, die er übernahm, indem er eine Buddenbrook ehelichte, das hatte sie nicht geahnt...

Es mußte verwunden werden, und ihre Familie zu Hause ersah aus ihren Briefen, wie sie resignierte. Ziemlich einförmig lebte sie mit ihrem Manne und Erika, welche die Schule besuchte, dahin, besorgte ihren Hausstand, verkehrte freundschaftlich mit den Leuten, die für das Parterre und den zweiten Stock sich als Mieter gefunden hatten, sowie mit der Familie Niederpaur am Marienplatz und berichtete dann und wann von Hoftheaterbesuchen, die sie mit ihrer Freundin Eva vornahm, denn Herr Permaneder liebte dergleichen nicht, und es erwies sich, daß er, der in seinem »liaben« München mehr als vierzig Jahre alt geworden war, noch niemals das Innere der Pinakothek erblickt hatte.

Die Tage gingen... Die rechte Freude aber an ihrem neuen Leben war für Tony dahin, seit Herr Permaneder sich sofort nach dem Empfang ihrer Mitgift zur Ruhe gesetzt hatte. Die Hoffnung fehlte. Niemals würde sie einen Erfolg, einen Aufschwung nach Hause berichten können. So wie es jetzt war, sorglos, aber beschränkt und so herzlich wenig »vornehm«, so sollte es unabänderlich bleiben bis an ihr Lebensende. Das lastete auf ihr. Und aus ihren Briefen ging ganz deutlich hervor, daß gerade diese nicht sehr gehobene Stimmung ihr die Eingewöhnung in die süddeutschen Verhältnisse erschwerte. Es ging ja im einzelnen. Sie lernte es, sich mit den Dienstmädchen und Lieferanten zu verständigen, »Pflanzerln« statt »Frikadellen« zu sagen und ihrem Manne keine Fruchtsuppe mehr vorzusetzen, nachdem er dergleichen als »a G'schlamp, a z'widres« bezeichnet hatte. Aber im großen und ganzen blieb sie stets eine Fremde in ihrer neuen Heimat, denn die Empfindung, daß, eine geborene Buddenbrook zu sein, hier unten durchaus nichts Bemerkenswertes war, bedeutete eine beständige, eine unaufhörliche Demütigung für sie, und wenn sie brieflich erzählte, irgendein Maurersmann habe sie, in der einen Hand einen Maßkrug und in der anderen eine Radi am Schwanze, auf der Straße angeredet und gesagt: »I bitt', wia spät is', Frau Nachbohrin?«, so war trotz aller Schmerzhaftigkeit ein sehr starker Unterton von Entrüstung fühlbar, und man konnte überzeugt sein, daß sie den Kopf zurückgelegt und den Mann weder einer Antwort noch eines Blickes gewürdigt hatte... Übrigens war es nicht diese Formlosigkeit und dieser geringe Sinn für Distanz allein, was ihr fremd und unsympathisch blieb: Sie drang nicht tief in das Münchener Leben und Treiben ein, aber es umgab sie doch die Münchener Luft, die Luft einer großen Stadt, voller Künstler und Bürger, die nichts taten, eine ein wenig demoralisierte Luft, die mit Humor einzuatmen ihre Stimmung ihr oft verwehrte.

Die Tage gingen... Dann aber schien doch ein Glück kommen zu wollen, und zwar dasjenige, welches man in der »Breiten Straße« und der »Mengstraße« vergeblich ersehnte, denn nicht lange nach dem Neujahrstage 1859 ward die Hoffnung zur Gewißheit, daß Tony zum zweiten Male Mutter werden sollte.

Die Freude zitterte nun gleichsam in ihren Briefen, die so voll von übermütigen, kindlichen und gewichtigen Redewendungen waren, wie lange nicht mehr. Die Konsulin, welche, abgesehen von ihren Sommerfahrten, die sich übrigens mehr und mehr auf den Ostseestrand beschränkten, das Reisen nicht mehr liebte, bedauerte, ihrer Tochter in dieser Zeit fernbleiben zu müssen, und versicherte sie nur schriftlich des göttlichen Beistandes; Tom aber sowohl wie Gerda meldeten sich zur Taufe an, und Tony's Kopf war erfüllt von Plänen in betreff eines *vornehmen* Empfanges... Arme Tony! Dieser Empfang sollte sich unendlich traurig gestalten, und diese Taufe, die ihr als ein entzückendes Fest mit Blumen, Konfekt und Schokolade vor Augen geschwebt hatte, sollte überhaupt nicht stattfinden, – denn das Kind, ein kleines Mädchen, sollte nur ins Leben treten, um nach einer armen Viertelstunde, während welcher der Arzt sich vergeblich bemühte, den unfähigen kleinen Organismus in Gang zu halten, dem Dasein schon nicht mehr anzugehören...

Konsul Buddenbrook und seine Gattin fanden, als sie in München eintrafen, Tony selbst nicht außer Gefahr. Weit schwerer als das erstemal lag sie danieder, und während mehrerer Tage verweigerte ihr Magen, an dessen nervöser Schwäche sie schon vorher hie und da gelitten hatte, die Annahme fast jeder Nahrung. Indessen, sie genas, und die Buddenbrooks konnten in dieser Beziehung beruhigt abreisen, – wenn auch andererseits nicht ohne Nachdenklichkeit, denn es hatte sich ihnen allzu deutlich gezeigt, und besonders der Beobachtung des Konsuls war es nicht entgangen, daß nicht einmal das gemeinsame Leid imstande gewesen war, die beiden Gatten einander erheblich zu nähern.

Nichts gegen Herrn Permaneders gutes Herz... Er war aufrichtig erschüttert gewesen, dicke Tränen waren angesichts seines leblosen Kindes aus den verquollenen Äuglein über die zu aufgetriebenen Wangen in den ausgefransten Schnauzbart geflossen, und er hatte mehrere Male mit schwerem Seufzen hervorgebracht: »Es is halt a Kreiz! A Kreiz is'! O mei!« Aber seine »G'müatlichkeit« hatte nach Tony's Begriffen nicht lange genug darunter gelitten, seine Abendstunden im Hofbräuhaus hatten ihn bald darüber hinweggebracht, und mit dem bequemen, gutmütigen, ein bißchen mürrischen und ein bißchen stumpfsinnigen Fatalismus, der in seinem »Es is halt a Kreiz!« enthalten war, »wurstelte« er fort.

Tony's Briefe aber verloren von nun an nicht mehr den Ton von Hoffnungslosigkeit und selbst von Anklage... »Ach, Mutter«, schrieb sie, »was kommt auch alles auf mich herab! Erst Grünlich und der Bankerott und dann Permaneder als Privatier und dann das tote Kind. Womit habe ich soviel Unglück verdient!«

Der Konsul, zu Hause, wenn er solche Äußerungen las, konnte sich eines Lächelns nicht erwehren, denn trotz allen Schmerzes, der in den Zeilen steckte, verspürte er einen Unterton von beinahe drolligem Stolz, und er wußte, daß Tony Buddenbrook als Madame Grünlich sowohl wie als Madame Permaneder immer ein Kind blieb, daß sie alle ihre sehr erwachsenen Erlebnisse fast ungläubig, dann aber mit kindlichem Ernst, kindlicher Wichtigkeit und – vor allem – kindlicher Widerstandsfähigkeit erlebte.

Sie begriff nicht, womit sie Leid verdient habe; denn obgleich sie sich über die große Frömmigkeit ihrer Mutter mokierte, war sie selbst so voll davon, daß sie an Verdienst und Gerechtigkeit auf Erden inbrünstig glaubte... Arme Tony! Der Tod ihres zweiten Kindes war weder der letzte noch der härteste Schlag, der sie treffen sollte...

Als das Jahr 1859 sich zu Ende neigte, geschah etwas Fürchterliches...

9

Es war ein Tag gegen Ende des November, ein kalter Herbsttag mit dunstigem Himmel, der beinahe schon Schnee versprach, und wallendem Nebel, den hie und da die Sonne durchdrang, einer von den Tagen, an denen in der Hafenstadt der scharfe Nord-Ost mit einem tückischen Pfeifen um die massigen Ecken der Kirchen sauste und eine Lungenentzündung wohlfeil zu haben war.

Als gegen Mittag Konsul Thomas Buddenbrook ins »Frühstückszimmer« trat, fand er seine Mutter, die Brille auf der Nase, am Tische über ein Papier gebeugt.

»Tom«, sagte sie, indem sie ihn anblickte und das Papier mit beiden Händen beiseite hielt, als zögere sie, es ihm zu zeigen... »Erschrick nicht... Etwas Unangenehmes... Ich begreife nicht... Es ist aus Berlin... Es muß etwas geschehen sein...«

»Bitte!« sagte er kurz. Er verfärbte sich, und einen Augenblick traten die Muskeln an seinen Schläfen hervor, denn er biß die Zähne zusammen. Er streckte mit einer äußerst entschiedenen Bewegung die Hand aus, als wollte er sagen: ›Nur schnell, bitte, das Unangenehme, nur keine Vorbereitungen!‹

Stehend las er die Zeilen auf dem Papier, indem er eine seiner hellen Brauen emporzog und langsam die lange Spitze seines Schnurrbartes durch die Finger zog. Es war ein Telegramm und lautete:

»Erschreckt nicht. Komme umgehend mit Erika. Alles ist zu Ende. Eure unglückliche Antonie.«

»Umgehend... umgehend«, sagte er gereizt und sah die Konsulin mit schnellem Kopfschütteln an. »Was heißt umgehend...«

»Das ist nur so eine Redensart, Tom, das hat nichts zu bedeuten. Sie meint: ›Sogleich‹, oder etwas ähnliches...«

»Und aus Berlin? Was tut sie in Berlin? Wie kommt sie nach Berlin?«

»Ich weiß es nicht, Tom, ich begreife es noch nicht; die Depesche ist vor zehn Minuten gekommen. Aber es muß etwas geschehen sein, und wir müssen abwarten, was es ist. Gott wird geben, daß alles sich zum Guten wendet. Setze dich, mein Sohn, und iß.«

Er nahm Platz und schenkte sich mechanisch Porter in das dicke, hohe Glas.

»Alles ist zu Ende«, wiederholte er. »Und dann ›Antonie‹. – Kindereien...«

Dann aß und trank er schweigend.

Nach einer Weile wagte die Konsulin zu bemerken:

»Sollte es etwas mit Permaneder sein, Tom?«

Er zuckte nur die Achseln, ohne aufzusehen.

Beim Weggehen, den Türgriff in der Hand, sagte er:

»Ja, Mutter, wir müssen sie erwarten. Da sie dir vermutlich nicht spät in der Nacht ins Haus fallen will, wird es wohl morgen im Laufe des Tages sein. Daß man mich benachrichtigt, bitte...«

Die Konsulin wartete von Stunde zu Stunde. Sie ruhte höchst ungenügend in der Nacht, klingelte nach Ida Jungmann, die jetzt neben ihr im hintersten Zimmer des Zwischengeschosses schlief, ließ sich Zuckerwasser bereiten und saß sogar während längerer Zeit mit einer Handarbeit aufrecht im Bett. Auch der nächste Vormittag verstrich in ängstlicher Spannung. Beim zweiten Frühstück erklärte der Konsul, daß Tony, wenn sie käme, nur drei Uhr dreiunddreißig Minuten nachmittags von Büchen eintreffen könne. Um diese Zeit saß die Konsulin im »Landschaftszimmer« am Fenster und versuchte, in einem Buche zu lesen, auf dessen schwarzem Lederdeckel ein in Gold gepreßter Palmzweig zu sehen war.

Es war ein Tag wie gestern: Kälte, Dunst und Wind; hinter dem blanken Schmiedeeisen-Gitter knisterte der Ofen. Die alte Dame erbebte und blickte hinaus, sobald Wagenräder vernehmbar wurden. Und dann, um vier Uhr, als sie eben nicht achtgegeben und beinahe ihrer Tochter vergessen hatte, entstand eine Bewegung unten im Hause... Sie wandte hastig den Oberkörper zum Fenster, sie wischte mit dem Spitzentuch den tropfenden Beschlag von der Scheibe: in der Tat, eine Droschke hielt drunten, und schon kam man die Treppe herauf!

Sie erfaßte mit den Händen die Armlehnen des Stuhles, um aufzustehen; aber sie besann sich eines Besseren, ließ sich wieder zurücksinken und drehte nur mit beinahe abwehrendem Ausdruck den Kopf ihrer Tochter entgegen, die, während Erika Grünlich an Ida Jungmanns Hand bei der Glastür stehenblieb, mit schnellen und fast stürzenden Schritten durch das Zimmer kam.

Frau Permaneder trug einen pelzbesetzten Überwurf und einen länglichen Filzhut mit Schleier. Sie sah sehr bleich und angegriffen aus, ihre Augen waren gerötet, und ihre Oberlippe bebte wie früher, wenn Tony als Kind geweint hatte. Sie erhob die Arme, ließ sie wieder sinken und glitt alsdann bei ihrer Mutter auf die Kniee nieder, indem sie das Gesicht in den Kleiderfalten der alten Dame verbarg und bitterlich aufschluchzte. Dies alles machte den Eindruck, als sei sie in dieser Weise geraden Weges von München in einem Atem dahergestürmt – und da lag sie nun, am Ziele ihrer Flucht, erschöpft und gerettet. Die Konsulin schwieg einen Augenblick.

»Tony!« sagte sie dann mit zärtlichem Vorwurf, zog vorsichtig die große Nadel hervor, die Frau Permaneders Hut an ihrer Frisur befestigte, legte den Hut auf die Fensterbank und streichelte liebevoll und beruhigend mit beiden Händen das starke, aschblonde Haar ihrer Tochter...

»Was ist, mein Kind... Was ist geschehen?«

Aber man mußte sich mit Geduld waffnen, denn es dauerte noch ziemlich lange, bis dieser Frage eine Antwort zuteil wurde.

»Mutter«, brachte Frau Permaneder hervor... »Mama!« Allein dabei blieb es.

Die Konsulin erhob den Kopf nach der Glastür, und während sie mit einem Arm ihre Tochter umfing, streckte sie die freie Hand ihrer Enkelin entgegen, die dort, einen Zeigefinger am Munde, verlegen stand.

»Komm, Kind; komm her und sage guten Tag. Du bist groß geworden und siehst frisch und wohl aus, wofür wir Gott danken wollen. Wie alt bist du nun, Erika?«

»Dreizehn, Großmama...«

»Dausend! Eine Dame...«

Und über Tony's Kopf hinweg küßte sie das kleine Mädchen, worauf sie fortfuhr:

»Geh nun mit Ida hinauf, mein Kind, wir werden bald essen. Aber jetzt hat Mama mit mir zu reden, weißt du.«

Sie blieben allein.

»Nun, meine liebe Tony? Willst du nicht aufhören zu weinen? Wenn Gott uns eine Prüfung schickt, so sollen wir sie mit Fassung ertragen. Nimm dein Kreuz auf dich, heißt es... Aber hast du vielleicht den Wunsch, ebenfalls erst hinaufzugehen, ein wenig zu ruhen und dich zu erfrischen und dann zu mir herunterzukommen? Unsere gute Jungmann hat dein Zimmer vorbereitet... Ich danke dir für dein Telegramm. Es hat uns recht sehr erschreckt...« Sie unterbrach sich, denn Laute drangen bebend und gedämpft aus ihren Kleiderfalten hervor:

»Er ist ein verworfener Mensch... ein verworfener Mensch ist er... ein verworfener...«

Über dieses starke Wort kam Frau Permaneder nicht hinweg. Es schien sie völlig zu beherrschen. Sie preßte ihr Gesicht dabei fester in den Schoß der Konsulin und machte neben dem Stuhle sogar eine Faust.

»Solltest du etwa deinen Mann damit meinen, mein Kind?« fragte die alte Dame nach einer Pause. »Ich sollte nicht auf diesen Gedanken kommen, ich weiß es; aber es bleibt mir nichts anderes zu denken übrig, Tony. Hat Permaneder dir Leid zugefügt? Hast du dich über ihn zu beklagen?«

»Bábett...!« stieß Frau Permaneder hervor... »Bábett...!«

»Babette?« wiederholte die Konsulin fragend... Dann lehnte sie sich zurück und ließ ihre hellen Augen durchs Fenster schweifen. Sie wußte nun, um was es sich handelte. Eine Pause trat ein, die dann und wann von Tony's allmählich seltener werdendem Schuchzen unterbrochen ward.

»Tony«, sagte die Konsulin nach einer Weile, »ich sehe nun, daß dir in der Tat ein Kummer zugefügt worden ist... daß dir Grund zur Klage gegeben wurde... Aber war es nötig, diese

Klage so stürmisch zu äußern? War diese Reise von München hierher notwendig, zusammen mit Erika, so daß es für weniger verständige Leute als ich und du beinahe den Anschein haben könnte, als wolltest du niemals zu deinem Manne zurückkehren...?«

»Das will ich auch nicht! ... Nie...!« rief Frau Permaneder, indem sie mit einem Ruck den Kopf erhob, ihrer Mutter aus weinenden Augen ganz wild ins Gesicht blickte und dann ebenso plötzlich ihr Antlitz wieder in den Kleiderfalten verbarg. Die Konsulin überhörte diesen Ausruf.

»— Nun aber«, setzte sie mit erhöhter Stimme ein und wandte langsam ihren Kopf von einer Seite zur anderen... »nun aber, da du hier bist, ist es gut so. Denn nun wirst du dein Herz erleichtern können und wirst mir alles erzählen, und dann wollen wir sehen, wie mit Liebe, Nachsicht und Bedacht der Schaden zu korrigieren ist.«

»Nie!« sagte Tony noch einmal. »Nie!« Aber dann erzählte sie, und obgleich man nicht jedes Wort verstand, denn sie sprach in den faltigen Tuchrock der Konsulin hinein und ihr Bericht war explosiv und von Ausrufen der äußersten Entrüstung zerrissen, so ward doch klar, daß ganz einfach folgender Sachverhalt bestand.

Um die Mitternacht zwischen dem vierundzwanzigsten und fünfundzwanzigsten des laufenden Monates war Madame Permaneder, die während des Tages an Störungen der Magennerven gelitten und sehr spät Ruhe gefunden hatte, aus einem leichten Schlummer geweckt worden. Ein anhaltendes Geräusch dort vorn an der Treppe war schuld daran gewesen, ein schlecht unterdrückter, geheimnisvoller Lärm, in dem man das Knarren der Stufen, ein hustendes Gekicher, gepreßte Worte der Abwehr und ganz sonderbare knurrende und ächzende Laute unterschied... Nicht einen Augenblick konnte man über das Wesen dieses Geräusches im Zweifel sein. Frau Permaneder hatte nicht sobald, mit noch schlaftrunknen Sinnen, etwas davon aufgefangen, als sie es auch schon begriffen, als sie auch schon das Blut hatte aus ihren Wangen weichen fühlen und zum

374

Herzen strömen, das sich zusammengezogen und mit schweren, beklemmenden Schlägen fortgearbeitet hatte. Während einer langen, grausamen Minute hatte sie wie betäubt, wie gelähmt in den Kissen gelegen; dann aber, als dieses schamlose Geräusch nicht verstummte, hatte sie mit bebenden Händen Licht gemacht, hatte voll Verzweiflung, Grimm und Abscheu das Bett verlassen, hatte die Tür aufgerissen und war in Pantoffeln, das Licht in der Hand, nach vorn bis in die Nähe der Treppe geeilt: jener schnurgeraden »Himmelsleiter«, die von der Haustür direkt in das oberste Stockwerk heraufführte. Und dort, auf den oberen Stufen eben dieser Himmelsleiter, hatte sich ihr das Bild in voller Körperlichkeit dargeboten, das sie drinnen im Schlafzimmer, beim Lauschen auf das unzweideutige Geräusch, mit Augen, die das Entsetzen erweiterte, schon im Geiste hatte erblicken müssen... Es war eine Balgerei gewesen, ein unerlaubter und unsittlicher Ringkampf zwischen der Köchin Babette und Herrn Permaneder. Das Mädchen, ein Schlüsselbund und ebenfalls eine Kerze in der Hand, denn sie mußte so spät noch irgendwo im Hause beschäftigt gewesen sein, hatte sich hin und her gewunden und den Hausherrn abzuwehren gestrebt, der seinerseits, den Hut auf dem Hinterkopfe, sie umschlungen gehalten und beständig versucht hatte, seinen Seehundsschnauzbart in ihr Gesicht zu drücken, was ihm hie und da auch gelungen war... Bei Antoniens Erscheinen hatte Babette etwas wie »Jessas, Maria und Joseph!« hervorgestoßen, »Jessas, Maria und Joseph!« hatte Herr Permaneder wiederholt, hatte sie fahrenlassen – und während das Mädchen im selben Augenblick auf geschickte Weise spurlos verschwunden gewesen war, hatte er mit hängenden Armen, hängendem Kopfe und hängendem Schnauzbart vor seiner Gattin gestanden und irgend etwas ausgemacht Unsinniges wie: »Is dös a Hetz!... Es is halt a Kreiz!« gestammelt... Sie war nicht mehr dagewesen, als er die Augen aufzuschlagen gewagt hatte; drinnen im Schlafzimmer hatte er sie gefunden: in halb sitzender, halb liegender Haltung, auf dem Bette, wie sie unter verzweifeltem Schluchzen immer wieder das Wort »Schande« wiederholt hatte. Er war, in schlaffer Haltung an der Tür gelehnt, stehengeblieben, hatte eine ruckartige Schulterbewegung nach vorn gemacht, als erteilte er ihr einen aufmunternden Rippenstoß, und hatte gesagt: »Sei stad! A geh, sei stad, Tonerl! Schau, der Ramsauer Franzl hat halt sei Namenstag g'feiert heit abend... Wir san alle a weng schwar...« Aber der stark alkoholische Geruch, den er im Zimmer verbreitet, hatte ihre Exaltation zum Gipfel gebracht. Sie hatte nicht mehr geschluchzt, sie war nicht länger hinfällig und schwach gewesen, ihr Temperament hatte sie emporgerissen, und mit der Maßlosigkeit der Verzweiflung hatte sie ihm laut ihren ganzen Ekel, ihren ganzen Abscheu, ihre fundamentale Verachtung seines ganzen Seins und Wesens ins Gesicht geschleudert... Herr Permaneder war nicht still geblieben. Sein Kopf war heiß gewesen, denn er hatte seinem Freunde Ramsauer zu Ehren nicht nur viele »Maß«, sondern auch »Schampaninger« getrunken; er hatte geantwortet, wild geantwortet, ein Streit hatte sich entsponnen, weit schrecklicher als derjenige bei Herrn Permaneders Rückzug in den Ruhestand, Frau Antonie hatte ihre Kleider zusammengerafft, um sich ins Wohnzimmer zurückzuziehen... Da aber war, zum Schlusse, ein Wort ihr nachgeklungen, ein Wort seinerseits, ein Wort, das sie nicht wiederholen würde, das über ihre Lippen niemals kommen würde, ein Wort... ein Wort...

Dies alles war der hauptsächlichste Inhalt der Geständnisse, die Madame Permaneder in die Kleiderfalten ihrer Mutter hinein verlauten ließ. Über das »Wort« aber, dieses »Wort«, das sie in jener fürchterlichen Nacht bis in ihr Innerstes hinein hatte erstarren lassen, kam sie nicht hinweg, sie wiederholte es nicht, oh, bei Gott, sie wiederholte es nicht, beteuerte sie, obgleich die Konsulin durchaus nicht in sie drang, sondern nur, kaum merklich, langsam und nachdenklich mit dem Kopfe nickte, während sie auf Tony's schönes, aschblondes Haar herniedersah.

»Ja, ja«, sagte sie, »da habe ich traurige Dinge hören müssen, Tony. Und ich verstehe alles ganz gut, meine arme kleine Dirn, denn ich bin nicht bloß deine Mama, sondern auch eine Frau wie du... Ich sehe nun, wie sehr berechtigt dein Schmerz ist, wie völlig dein Mann während eines Augenblickes der Schwäche vergessen hat, was er dir schuldet...«

»Während eines Augenblickes?!« rief Tony. Sie sprang auf. Sie trat zwei Schritte zurück und trocknete fieberhaft ihre Augen. »Während eines Augenblickes, Mama?! ... Was er mir und unserem Namen schuldig ist, das hat er vergessen... das hat er nicht gewußt von Anfang an! Ein Mann, der sich mit der Mitgift seiner Frau ganz einfach zur Ruhe setzt! Ein Mann ohne Ehrgeiz, ohne Streben, ohne Ziele! Ein Mann, der statt des Blutes einen dickflüssigen Malz- und Hopfenbrei in den Adern hat... ja, davon bin ich überzeugt! ... der sich dann noch zu solchen Niedrigkeiten herbeiläßt, wie dies mit der Bábett, und, wenn man ihm seine Nichtswürdigkeit vorhält, mit einem Worte antwortet... einem Worte...«

Sie war wieder bei dem Worte angelangt, diesem Worte, das sie nicht wiederholte. Plötzlich aber tat sie einen Schritt vorwärts und sagte mit unvermittelt ruhiger und sanft interessierter Stimme:

»Wie allerliebst. Woher ist das, Mama?«

Sie wies mit dem Kinn auf einen kleinen Behälter, einen rohrgeflochtenen Korb, einen zierlich kleinen Ständer, mit Atlasschleifen geschmückt, in dem die Konsulin seit einiger Zeit ihre Handarbeit zu bewahren pflegte.

»Ich habe ihn mir zugelegt«, antwortete die alte Dame; »ich hatte ihn nötig.«

»Vornehm!...« sagte Tony, indem sie das Gestell mit seitwärts geneigtem Kopfe betrachtete. Auch die Konsulin ließ ihre Augen auf dem Gegenstande ruhen, aber ohne ihn zu sehen, in tiefen Gedanken.

»Nun, meine liebe Tony«, sagte sie endlich, indem sie ihrer Tochter noch einmal die Hände entgegenstreckte, »wie die Dinge auch liegen mögen: Du bist da, und so sei mir denn aufs herzlichste willkommen, mein Kind. Mit ruhigerem Gemüte wird sich alles besprechen lassen... Lege ab, in deinem Zimmer, mach es dir bequem... Ida?!« rief sie mit erhobener Stimme in

377

den Eßsaal hinein. »Daß Couverts aufgelegt werden für Madame Permaneder und Erika, Liebe!«

10

Tony hatte sich gleich nach Tische in ihr Schlafzimmer zurückgezogen, denn während des Essens war ihr durch die Konsulin die Vermutung bestätigt worden, daß Thomas um ihre Ankunft wisse... und sie schien auf das Zusammentreffen mit ihm nicht sonderlich begierig zu sein.

Um sechs Uhr nachmittags kam der Konsul herauf. Er begab sich ins Landschaftszimmer, woselbst er eine lange Unterredung mit seiner Mutter hatte.

»Und wie ist sie?« fragte er. »Wie benimmt sie sich?«

»Ach, Tom, ich fürchte, sie ist unversöhnlich... Mein Gott, sie ist so sehr gereizt... Und dann dieses Wort... wenn ich nur das Wort wüßte, das er gesagt hat...«

»Ich gehe zu ihr.«

»Tu das, Tom. Aber klopfe leise, daß sie nicht erschrickt, und bleibe ruhig, hörst du? Ihre Nerven sind in Unordnung... Sie hat fast nichts gegessen... Es ist ihr Magen, weißt du... Sprich mit Ruhe zu ihr.«

Rasch, mit gewohnheitsmäßiger Eile immer eine Stufe überspringend, stieg er die Treppe zur zweiten Etage empor, indem er sinnend an seinem Schnurrbart drehte. Aber schon während er pochte, hellte sein Gesicht sich auf, denn er war entschlossen, die Angelegenheit so lange wie nur möglich mit Humor zu behandeln.

Er öffnete auf ein leidend klingendes »Herein« und fand Frau Permaneder vollständig angekleidet auf dem Bette liegend, dessen Vorhänge zurückgeschlagen waren, das Plumeau hinter dem Rücken, ein Fläschchen mit Magentropfen neben sich auf dem Nachttischchen. Sie wandte sich ein wenig, stützte den Kopf auf die Hand und sah ihm mit einem schmollenden Lächeln entgegen. Er verbeugte sich sehr tief, indem er mit ausgebreiteten Händen eine feierliche Geste beschrieb.

»Gnädige Frau...! Was verschafft uns die Ehre, diese Haupt- und Residenzstädterin...«

»Gib mir einen Kuß, Tom«, sagte sie und richtete sich auf, um ihm ihre Wange darzubieten und sich dann wieder zurücksinken zu lassen. »Guten Tag, mein guter Junge! Du bist ganz unverändert, wie ich sehe, seit euren Münchener Tagen!«

»Na, darüber kannst du hier bei geschlossenen Rouleaux wohl kein Urteil haben, meine Teure. Und jedenfalls hättest du mir das Kompliment nicht vor der Nase wegnehmen dürfen, denn es gebührt natürlich dir...«

Er hatte, während er ihre Hand in der seinen hielt, einen Stuhl herbeigezogen und sich zu ihr gesetzt.

»Wie schon so oft ausgesprochen: du und Klothilde...«

»Pfui, Tom!... Wie geht es Thilda?«

»Gut, versteht sich! Madame Krauseminz sorgt für sie und daß sie nicht hungert. Was aber nicht hindert, daß Thilda hier donnerstags ganz ausnehmend schlingt, als wäre es für die nächste Woche im voraus...«

Sie lachte so herzlich wie seit langer Zeit nicht mehr, brach dann aber mit einem Seufzer ab und fragte:

»Und was machen die Geschäfte?«

»Tja... man schlägt sich durch. Man muß zufrieden sein...«

»Oh, Gott sei Dank, daß *hier* wenigstens alles steht, wie es stehen soll! Ach, ich bin gar nicht aufgelegt, vergnügt zu schwatzen...«

»Schade. Den Humor soll man sich, quand même, bewahren.«

»Nein, damit ist es aus, Tom. – Du weißt alles?«

»Du weißt alles...!« wiederholte er, ließ ihre Hand fahren und setzte mit einem Ruck seinen Stuhl ein Stück rückwärts. »Heiliger Gott, wie das klingt! ›Alles‹! Was liegt alles in diesem ›alles‹ begraben! ›Ich senkt' auch meine Liebe und meinen Schmerz hinein‹, wie? Nein, höre mal...«

Sie schwieg. Sie streifte ihn mit einem tief erstaunten und tief gekränkten Blick.

»Ja, dies Gesicht habe ich erwartet«, sagte er, »denn ohne dieses Gesicht wärest du ja nicht hier. Aber erlaube mir, meine gute Tony, daß ich die Sache um ebensoviel zu leicht nehme, als du sie zu schwer nimmst, und du wirst sehen, daß wir uns vorteilhaft ergänzen . . . «

»Zu schwer, Thomas, zu schwer . . . ?«

»Ja; Herrgott, spielen wir doch nicht Tragödie! Reden wir ein bißchen bescheiden und nicht mit ›Alles ist zu Ende‹ und ›Eure unglückliche Antonie‹! Versteh mich recht, Tony; du weißt gut, daß ich der Erste bin, der sich so sehr herzlich über dein Kommen freut. Ich habe schon lange gewünscht, du möchtest einmal zu Besuch kommen, ohne deinen Mann, daß wir wieder einmal so ganz en famille beieinandersitzen könnten. Aber, daß du *jetzt* kommst, und *so* kommst, pardon, das ist eine Dummheit, mein Kind! . . . Ja . . . laß mich zu Ende sprechen! – Permaneder hat sich reichlich mangelhaft betragen, das muß wahr sein, und das werde auch ich ihm zu verstehen geben, sei überzeugt . . . «

»*Wie* er sich betragen hat, Thomas«, unterbrach sie ihn, indem sie sich aufrichtete und eine Hand auf ihre Brust legte, »das habe ich ihm schon zu verstehen gegeben und nicht nur ›zu verstehen gegeben‹, will ich dir sagen. Weitere Auseinandersetzungen mit dem Manne halte ich, meinem Taktgefühle nach, für vollkommen unangebracht!« Damit ließ sie sich wieder zurückfallen und blickte streng und unbewegt zur Decke empor.

Er neigte sich, wie unter dem Gewichte ihrer Worte, und dabei blickte er lächelnd auf seine Knie nieder.

»Na, so werde ich ihm denn also *keinen* groben Brief schreiben: ganz wie du befiehlst. Zuletzt ist es ja deine Angelegenheit, und es genügt durchaus, daß du selbst ihm den Kopf zurechtsetztest; als seine Frau bist du berufen dazu. Bei Lichte besehen, sind ihm ja übrigens die mildernden Umstände nicht abzusprechen. Ein Freund hat Namenstag gefeiert, er kommt in festlicher Stimmung, in etwas zu guter Laune nach Hause und läßt sich einen kleinen Übergriff, einen kleinen unziemlichen Seitensprung zuschulden kommen . . . «

»Thomas«, sagte sie, »ich verstehe dich nicht. Ich verstehe nicht den Ton, in dem du redest! Du . . . Ein Mann von deinen

Grundsätzen... Aber du hast ihn nicht gesehen! Wie er sie anfaßte in seiner Betrunkenheit, wie er aussah...«

»Komisch genug, wie ich mir denken kann. Aber das ist es ja, Tony: du nimmst die Sache nicht komisch genug, und daran ist natürlich dein Magen schuld. Du hast deinen Mann auf einer Schwäche ertappt, du hast ihn ein wenig lächerlich gesehen... aber das sollte dich nicht so fürchterlich empören, sondern dich eher ein bißchen amüsieren und ihn dir menschlich noch näher bringen... Ich will dir eines sagen: du konntest sein Betragen natürlich nicht ohne weiteres mit Lächeln und Stillschweigen billigen, bewahre. Du bist abgereist: das war eine Demonstration, etwas lebhaft vielleicht, vielleicht eine zu strenge Strafe – denn wie betrübt er in diesem Augenblicke dasitzt, das möchte ich nicht sehen –, aber immerhin gerecht. Meine Bitte geht nur dahin, du möchtest die Dinge etwas weniger entrüstet und ein wenig mehr vom politischen Standpunkte aus betrachten... wir reden ja unter uns. Ich muß dir einmal andeuten, daß es doch in einer Ehe keineswegs gleichgültig ist, auf welcher Seite sich das... moralische Übergewicht befindet... versteh mich Tony! Dein Mann hat sich eine Blöße gegeben, darüber besteht kein Zweifel. Er hat sich kompromittiert, sich ein bißchen lächerlich gemacht... lächerlich gerade darum, weil sein Vergehen so harmlos, so wenig ernsthaft zu nehmen ist... Kurz, seine Würde ist nicht mehr unantastbar, eine gewisse Überlegenheit ist jetzt entschieden auf deiner Seite, und gesetzt, daß du sie geschickt zu nutzen verstehst, so ist dein Glück gewiß. Wenn du nun in... sagen wir vierzehn Tagen – ja, bitte, so lange muß ich dich *mindestens* für uns in Anspruch nehmen! – in vierzehn Tagen nach München zurückkehrst, so wirst du sehen...«

»Ich werde nicht nach München zurückkehren, Thomas.«

»Wie beliebt?« fragte er, indem er sein Gesicht verzog, eine Hand ans Ohr legte und sich vorwärtsbeugte...

Sie lag auf dem Rücken, den Hinterkopf fest in die Kissen gedrückt, so daß das Kinn mit einer gewissen Strenge vorgeschoben schien. »*Niemals*«, sagte sie; worauf sie lang und geräuschvoll ausatmete und sich räusperte: langsam und ausdrücklich – ein trocknes Räuspern, das anfing, bei ihr zur nervösen Gewohnheit zu werden, und wahrscheinlich mit ihrem Magenleiden zusammenhing. – Eine Pause trat ein.

»Tony«, sagte er plötzlich, indem er aufstand und seine Hand fest auf die Lehne des Empire-Stuhles niedersinken ließ, »du machst mir keinen Skandal!...«

Ein Seitenblick belehrte sie, daß er bleich war, und daß die Muskeln an seinen Schläfen arbeiteten. Ihre Lage war nicht länger haltbar. Auch sie geriet in Bewegung, und um die Furcht zu verbergen, die sie vor ihm empfand, ward sie laut und zornig. Sie schnellte empor, sie ließ die Füße vom Bette hinuntergleiten, und mit hitzigen Wangen, zusammengezogenen Brauen und raschen Kopf- und Handbewegungen fing sie an:

»Skandal, Thomas...?! Du magst mir befehlen, keinen Skandal zu machen, wenn man mich mit Schande bedeckt, mir ganz einfach ins Gesicht speit?! Ist das eines Bruders würdig?...Ja, diese Frage mußt du mir gefälligst erlauben! Rücksicht und Takt sind gute Sachen, bewahre! Aber es gibt eine Grenze im Leben, Tom – und ich kenne das Leben, so gut wie du –, wo die Angst vor dem Skandale anfängt, Feigheit zu heißen, ja! Und ich wundere mich, daß ich dir das sagen muß, die ich bloß eine Gans und ein dummes Ding bin... Ja, das bin ich und verstehe es gut, wenn Permaneder mich nie geliebt hat, denn ich bin alt und ein häßliches Weib, das mag sein, und Bábett ist sicherlich hübscher. Aber das enthob ihn nicht der Rücksicht, die er meiner Herkunft und meiner Erziehung und meinem Empfinden schuldete! Du hast nicht gesehen, Tom, in welcher Weise er diese Rücksicht vergaß, und wer es nicht gesehen hat, der weiß gar nichts, denn erzählen läßt es sich nicht, wie widerlich er war in seinem Zustande... Und du hast das Wort nicht gehört, das er mir, mir, deiner Schwester, nachgerufen hat, als ich meine Sachen nahm und das Zimmer verließ, um im Wohnzimmer auf dem Sofa zu schlafen... Ja! da habe ich hinter mir aus seinem Munde ein Wort anhören müssen... ein Wort... ein Wort!...Kurz, Thomas, dies Wort war es ganz eigentlich, daß du es weißt, was mich veranlaßt, *gezwungen* hat, während der ganzen Nacht zu packen und in aller Frühe Erika zu wecken und davonzugehen, denn bei einem Manne, in dessen Nähe ich solcher Worte gewärtig sein muß, konnte ich nicht bleiben, und zu einem solchen Manne werde ich, wie gesagt, niemals zurückkehren... oder ich müßte verkommen und könnte mich nicht mehr achten und hätte keinen Halt mehr im Leben!«

»Willst du nun die Güte haben, mir dieses gottverdammte Wort mitzuteilen, ja oder nein?«

»Niemals, Thomas! Niemals werde ich es mit meinen Lippen wiederholen! Ich weiß, was ich mir und dir und diesen Räumen schuldig bin...«

»Dann ist nicht mit dir zu reden!«

»Das mag sein; und ich wollte, wir redeten auch gar nicht mehr darüber...«

»Was willst du tun? Willst du dich scheiden lassen?«

»Das will ich, Tom. Das ist mein fester Entschluß. Das ist die Handlungsweise, die ich mir selbst und meinem Kinde und euch allen schuldig bin.«

»Na, das ist also Unsinn«, sagte er gelassen, drehte sich auf dem Absatze um und ging von ihr fort, als ob damit überhaupt das Ganze erledigt sei. »Zum Scheidenlassen gehören zwei, mein Kind; und daß Permaneder sich so ohne weiteres mit Vergnügen dazu bereit finden wird, der Gedanke ist doch wohl bloß belustigend...«

»Oh, das laß meine Sorge sein«, sagte sie, ohne sich einschüchtern zu lassen. »Du meinst, daß er sich widersetzen wird, und zwar wegen meiner siebzehntausend Taler Courant; aber Grünlich hat auch nicht gewollt, und man hat ihn gezwungen, da gibt es Mittel, und ich gehe zu Doktor Gieseke; das ist Christians Freund, und der wird mir beistehen... Gewiß, es war etwas anderes damals, ich weiß, was du sagen willst. Damals war es ›Unfähigkeit des Mannes, seine Familie zu ernähren‹, ja! Du siehst übrigens, daß ich sehr wohl Bescheid weiß in diesen Dingen, während du wahrhaftig tust, als wäre es das erstemal im Leben, daß ich mich scheiden lasse!... Aber das ist ganz gleich, Tom. Vielleicht geht es nicht an und ist unmöglich – das mag sein; du kannst gern recht haben. Aber das ändert nichts. Das ändert nichts an meinen Entschlüssen. Dann mag er die Groschen behalten – es gibt höhere Dinge im Leben! Aber mich sieht er niemals wieder.«

Und darauf räusperte sie sich. Sie hatte das Bett verlassen, hatte sich in dem Armsessel niedergelassen, einen Ellenbogen auf die Seitenlehne gestemmt und das Kinn so fest in die Hand vergraben, daß vier gekrümmte Finger die Unterlippe gepackt hielten. So, den Oberkörper seitwärts gewandt, blickte sie mit erregten und geröteten Augen starr durchs Fenster hinaus.

Der Konsul schritt im Zimmer auf und ab, seufzte, schüttelte den Kopf und zuckte die Achseln. Schließlich blieb er mit gerungenen Händen vor ihr sehen.

»Du bist ja ein Kindskopf, Tony!« sagte er verzagt und flehend. »Jedes Wort, das du sprichst, ist ja eine Kinderei! Willst du dich nun nicht, wenn ich dich bitte, dazu bequemen, die Dinge während eines einzigen Augenblickes wie ein Erwachsener anzusehen?! Merkst du denn nicht, daß du dich benimmst, als hättest du etwas Ernstes und Schweres erlebt, als hätte dein Mann dich grausam betrogen, dich vor aller Welt mit Schmach überhäuft!? Aber so bedenke doch nur, daß ja nichts geschehen ist! Daß von diesem albernen Vorkommnis auf eurer Himmelsleiter in der Kaufinger Straße ja keines Menschen Seele etwas weiß! Daß du deiner und unserer Würde durchaus keinen Abbruch tust, wenn du in aller Ruhe und höchstens mit einer etwas mokanten Miene zu Permaneder zurückkehrst... im Gegenteil! daß du unserer Würde erst schadest, indem du das *nicht* tust, denn erst dadurch machst du etwas aus dieser Bagatelle, erst dadurch erregst du Skandal...«

Sie ließ rasch ihr Kinn los und sah ihm ins Gesicht.

»Jetzt sei still, Thomas! Jetzt bin ich an der Reihe! Jetzt höre zu! Wie? ist nur das Schande und Skandal im Leben, was laut wird und unter die Leute kommt? Ach nein! Der heimliche Skandal, der im stillen an einem zehrt und die Selbstachtung wegfrißt, der ist viel schlimmer! Sind wir Buddenbrooks Leute, die nach außen hin ›tipptopp‹ sein wollen, wie ihr hier immer sagt, und zwischen unseren vier Wänden dafür Demütigungen hinunterwürgen? Tom, ich muß mich wundern über dich! Stelle dir Vater vor, wie er sich heute verhalten würde, und dann urteile in seinem Sinne! Nein, Sauberkeit und Offenheit muß herrschen... Du kannst täglich aller Welt deine Bücher zeigen und sagen: Da... Anders darf es mit keinem von uns sein. Ich weiß, wie Gott mich gemacht hat. Ich fürchte mich gar nicht! Laß Julchen Möllendorpf nur an mir vorübergehen und mich nicht grüßen! Und laß Pfiffi Buddenbrook nur donnerstags hier sitzen und sich vor Schadenfreude schütteln und sagen: ›Nun, das ist ja leider schon das zweitemal, aber es hat *natürlich* beide Male an den Männern gelegen!‹ Ich bin so unsäglich erhaben darüber, Thomas! Ich weiß, daß ich getan habe, was ich für gut hielt. Aber aus Angst vor Julchen Möllendorpf und Pfiffi Buddenbrook Beleidigungen hinunterzuschlucken und mich in einem ungebildeten Bierdialekt beschimpfen zu lassen... aus Angst vor ihnen bei einem Manne, in einer Stadt auszuhalten, wo ich mich an solche Worte, an solche Szenen, wie die auf der Himmelsleiter, gewöhnen müßte, wo ich mich und meine Herkunft und meine Erziehung und alles in mir ganz und gar verleugnen lernen müßte, nur um glücklich und zufrieden zu erscheinen – das nenne *ich* unwürdig, das nenne *ich* skandalös, will ich dir sagen...!«

Sie brach ab, warf das Kinn wieder in die Hand und starrte erregt auf die Fensterscheiben. Er stand vor ihr, auf ein Bein gestützt, die Hände in den Hosentaschen, und ließ seine Augen auf ihr ruhen, ohne sie zu sehen, in Gedanken, und indem er langsam den Kopf hin und her bewegte.

»Tony«, sagte er, »du machst mir nichts weis. Ich habe es schon vorher gewußt, aber in deinen letzten Worten hast du dich verraten. Es ist gar nicht der Mann. Es ist die Stadt. Es ist gar nicht diese Albernheit auf der Himmelsleiter. Es ist das Ganze überhaupt. Du hast dich nicht akklimatisieren können. Sei aufrichtig.«

»Da hast du recht, Thomas!« rief sie. Sie sprang sogar empor dabei und wies ihm mit ausgestreckter Hand gerade ins Gesicht hinein. Ihr Gesicht war rot. Sie blieb in einer kriegerischen Haltung stehen, mit der einen Hand den Stuhl erfaßt, gestikulierte mit der anderen und hielt eine Rede, eine leidenschaftlich bewegte Rede, die unaufhaltsam hervorsprudelte. Der Konsul betrachtete sie tief erstaunt, Kaum, daß sie sich Zeit ließ, Atem zu schöpfen, so brausten und brodelten schon wieder neue Worte hervor. Ja, sie fand Worte, sie drückte alles aus, was sich während dieser Jahre an Widerwillen in ihr gesammelt hatte: ein bißchen ungeordnet und verworren, aber sie drückte es aus. Es war eine Explosion, ein Ausbruch voll verzweifelter Ehrlichkeit... Hier entlud sich etwas, gegen das es keine Widerrede gab, etwas Elementares, worüber nicht mehr zu streiten war...

»Da hast du recht, Thomas! Das sage du nur noch einmal! Ha, ich bemerke dir ausdrücklich, daß ich kein dummes Ding mehr bin und weiß, was ich vom Leben zu halten habe. Ich erstarre nicht mehr, wenn ich erfahre, daß es nicht immer ganz säuberlich zugeht darin. Ich habe Leute wie Tränen-Trieschke gekannt und bin mit Grünlich verheiratet gewesen und kenne unsere Suitiers hier in der Stadt. Ich bin keine Unschuld vom Lande, will ich dir sagen, und die Sache mit Bábett, an und für sich und aus dem Zusammenhang genommen, hätte mich nicht auf und davon gejagt, das glaube mir! Sondern die Sache ist die, Thomas, daß es das Maß voll gemacht hat... und dazu gehörte nicht viel, denn es war eigentlich schon voll... schon lange voll... schon lange voll! Ein Nichts hätte es überfließen lassen, und nun gar dies! Nun gar die Erkenntnis, daß ich mich nicht einmal in diesem Punkte auf Permaneder verlassen konnte! Das hat allem die Krone aufgesetzt! Das hat dem Faß den Boden ausgeschlagen! Das hat meinen Entschluß, von München auf und davon zu gehen, mit einem Schlage zur Reife gebracht, und der war lange, lange im Reifen begriffen gewesen, Tom, denn ich kann dort unten nicht leben, bei Gott und seinen heiligen Heerscharen, ich kann es nicht! *Wie* unglücklich ich gewesen bin, du weißt es nicht, Thomas, denn auch als du zu Besuch kamst, habe ich nichts merken lassen, nein, denn ich bin eine Frau von Takt, die andere nicht mit Klagen belästigt und ihr Herz nicht an jedem

Wochentage auf der Zunge trägt, und habe immer zur Verschlossenheit geneigt. Aber ich habe gelitten, Tom, gelitten mit allem, was in mir ist, und sozusagen mit meiner ganzen Persönlichkeit. Wie eine Pflanze, um mich dieses Bildes zu bedienen, wie eine Blume, die in fremdes Erdreich verpflanzt worden... obgleich du den Vergleich wohl unpassend findest, denn ich bin ein häßliches Weib... aber in fremderes Erdreich konnte ich nicht kommen, und lieber ginge ich in die Türkei! Oh, wir sollten niemals fortgehen, wir hier oben! Wir sollten an unserer Seebucht bleiben und uns redlich nähren... Ihr habt euch zuweilen über meine Vorliebe für den Adel mokiert... ja, ich hab in diesen Jahren oft an einige Worte gedacht, die mir vor längerer Zeit einmal jemand gesagt hat, ein gescheiter Mensch. ›Sie haben Sympathie für die Adligen...‹ sagte er, ›soll ich Ihnen sagen, warum? Weil Sie selbst eine Adlige sind! Ihr Vater ist ein großer Herr, und Sie sind eine Prinzeß. Ein Abgrund trennt Sie von uns anderen, die wir nicht zu Ihrem Kreise von herrschenden Familien gehören...‹ Ja, Tom, wir fühlen uns als Adel und fühlen einen Abstand, und wir sollten nirgend zu leben versuchen, wo man nichts von uns weiß und uns nicht einzuschätzen versteht, denn wir werden nichts als Demütigungen davon haben, und man wird uns lächerlich hochmütig finden. Ja, – alle haben mich lächerlich hochmütig gefunden. Man hat es mir nicht gesagt, aber gefühlt habe ich es zu jeder Stunde, und auch darunter habe ich gelitten. Ha! In einem Lande, wo man Torte mit dem Messer ißt, und wo die Prinzen Mir und Mich verwechseln, und wo es als eine verliebte Handlungsweise auffällt, wenn ein Herr einer Dame den Fächer aufhebt, in einem solchen Lande ist es leicht, hochmütig zu scheinen, Tom! Akklimatisieren? Nein, bei Leuten ohne Würde, Moral, Ehrgeiz, Vornehmheit und Strenge, bei unsoignierten, unhöflichen und saloppen Leuten, bei Leuten, die zu gleicher Zeit träge und leichtsinnig, dickblütig und oberflächlich sind... bei solchen Leuten kann ich mich nicht akklimatisieren und würde es niemals können, so wahr ich deine Schwester bin! Eva Ewers hat es gekonnt... gut! Aber eine Ewers ist noch keine Buddenbrook, und dann hat sie ihren

Mann, der zu etwas nütze ist im Leben. Wie aber habe ich es gehabt? Denke nach, Thomas, fang von vorne an und erinnere dich! Ich bin von hier, aus diesem Hause, wo es etwas gilt, wo man sich regt und Ziele hat, dorthin gekommen, zu Permaneder, der sich mit meiner Mitgift zur Ruhe gesetzt hat... ha, es war echt, es war wahrhaftig kennzeichnend, aber das war auch das einzig Erfreuliche daran. Was weiter? Ein Kind soll kommen! Wie habe ich mich gefreut! Es hätte mir alles entgolten! Was geschieht? Es stirbt. Es ist tot. Das war nicht Permaneders Schuld, behüte, nein. Er hatte getan, was er konnte, und ist sogar zwei bis drei Tage nicht ins Wirtshaus gegangen, bewahre! Aber es gehört doch dazu, Thomas. Es machte mich nicht glücklicher, kannst du dir denken. Ich habe ausgehalten und nicht gemurrt. Ich bin allein und unverstanden und als hochmütig verschrieen umhergegangen und habe mir gesagt: Du hast ihm dein Jawort fürs Leben erteilt. Er ist ein bißchen plump und träge und hat deine Hoffnungen getäuscht; aber er meinte es gut, und sein Herz ist rein. Und dann habe ich dies erleben müssen und ihn in diesem widerlichen Augenblick gesehen. Dann habe ich erfahren: so gut versteht er mich, und um so viel besser weiß er mich zu respektieren als die anderen, daß er mir ein Wort nachruft, ein Wort, das keiner deiner Speicherarbeiter einem Hunde zuwerfen würde! Und da habe ich gesehen, daß nichts mich hielt, und daß es eine Schande gewesen wäre, zu bleiben. Und als ich hier vom Bahnhof die Holstenstraße herauffuhr, ging der Träger Nielsen vorüber und nahm tief seinen Zylinder ab, und ich habe wiedergegrüßt: durchaus nicht hochmütig, sondern wie Vater die Leute grüßte... so... mit der Hand. Und jetzt bin ich hier. Und du kannst zwei Dutzend Arbeitspferde anspannen, Tom: nach München bekömmst du mich nicht wieder. Und morgen gehe ich zu Gieseke! –«

Dies war die Rede, die Tony hielt, worauf sie sich ziemlich erschöpft in den Stuhl zurücksinken ließ, das Kinn in die Hand vergrub und auf die Fensterscheiben starrte.

Ganz erschrocken, benommen, beinahe erschüttert stand der Konsul vor ihr und schwieg. Dann atmete er auf, erhob die

Arme bis zur Höhe der Schultern und ließ sie auf die Oberschenkel hinabfallen.

»Ja, da ist nichts zu machen!« sagte er leise, drehte sich still auf dem Absatz um und ging zur Tür.

Sie sah ihm mit demselben Ausdruck nach, mit dem sie ihn empfangen hatte: leidend und schmollend.

»Tom?« fragte sie. »Bist du mir böse?«

Er hielt den ovalen Türgriff in der einen und machte eine müde Bewegung der Abwehr mit der anderen Hand. »Ach nein. Keineswegs.«

Sie streckte die Hand nach ihm aus und legte den Kopf auf die Schulter.

»Komm her, Tom... Deine Schwester hat es nicht sehr gut im Leben. Alles kommt auf sie herab... Und sie hat in diesem Augenblick wohl niemanden, der zu ihr steht...«

Er kehrte zurück und nahm ihre Hand: von der Seite, einigermaßen gleichgültig und matt, ohne sie anzusehen.

Plötzlich begann ihre Oberlippe zu zittern...

»Du mußt nun allein arbeiten«, sagte sie. »Mit Christian, das ist wohl nichts Rechtes, und ich bin nun fertig... ich habe abgewirtschaftet... ich kann nichts mehr ausrichten... ja, ihr müßt mir nun schon das Gnadenbrot geben, mir unnützem Weibe. Ich hätte nicht gedacht, daß es mir so gänzlich mißlingen würde, dir ein wenig zur Seite zu stehen, Tom! Nun mußt du ganz allein zusehen, daß wir Buddenbrooks den Platz behaupten... Und Gott sei mit dir.«

Es rollten zwei Tränen, große, helle Kindertränen über ihre Wangen hinunter, deren Haut anfing, kleine Unebenheiten zu zeigen.

11.

Tony ging nicht müßig, sie nahm ihre Sache in die Hand. In der Hoffnung, sie möchte sich beruhigen, besänftigen, anderen Sinnes werden, hatte der Konsul vorläufig nur eines von ihr verlangt: sich still zu verhalten und, so wie auch Erika, das Haus nicht zu verlassen. Alles konnte sich zum besten wenden... Fürs erste sollte nichts in der Stadt bekannt werden. Der Familientag, am Donnerstag, ward abgesagt.

Aber schon am ersten Tage nach Frau Permaneders Ankunft ward Rechtsanwalt Doktor Gieseke durch ein Schreiben von ihrer Hand in die Mengstraße entboten. Sie empfing ihn allein, in dem Mittelzimmer am Korridor der ersten Etage, wo geheizt worden war und wo sie zu irgendeinem Behufe auf einem schweren Tische ein Tintenfaß, Schreibzeug und eine Menge weißen Papiers in Folioformat, das von unten aus dem Comptoir stammte, geordnet hatte. Man nahm in zwei Lehnstühlen Platz...

»Herr Doktor!« sagte sie, indem sie die Arme kreuzte, den Kopf zurücklegte, und zur Decke emporblickte. »Sie sind ein Mann, der das Leben kennt, sowohl als Mensch wie von Berufs wegen; ich darf offen zu Ihnen sprechen!« Und dann eröffnete sie ihm, wie sich mit Bábett und im Schlafzimmer alles begeben habe, worauf Doktor Gieseke bedauerte, ihr erklären zu müssen, daß weder der betrübende Vorfall auf der Treppe, noch die gewisse ihr zuteil gewordene Beschimpfung über die des nähern sich zu äußern sie sich weigere, einen hinlänglichen Scheidungsgrund darstelle.

»Gut«, sagte sie. »Ich danke Ihnen.«

Dann ließ sie sich eine Übersicht der zu Recht bestehenden Scheidungsgründe liefern und nahm daranschließend mit offenem Kopf und eindringlichem Interesse einen längeren dotalrechtlichen Vortrag entgegen, worauf sie den Doktor Gieseke vorläufig mit ernster Freundlichkeit entließ.

Sie begab sich ins Erdgeschoß hinab und nötigte den Konsul in sein Privatcomptoir.

»Thomas«, sagte sie, »ich bitte dich, dem Manne nun unverzüglich zu schreiben... ich nenne nicht gern seinen Namen. Was mein Geld betrifft, so bin ich aufs genaueste unterrichtet. Er soll sich erklären. So oder so, mich sieht er nicht wieder. Willigt er in die rechtskräftige Scheidung, gut, so betreiben wir Rechnungslegung sowie Erstattung meiner dos. Weigert er sich, so brauchen wir ebenfalls nicht zu verzagen, denn du mußt wissen, Tom, daß Permaneders Recht an meiner dos nach seiner juristischen Gestalt allerdings Eigentum ist – gewiß, das ist zugegeben! –, daß ich aber materiell immerhin auch meine Befugnisse habe, Gott sei Dank...«

Der Konsul ging, die Hände auf dem Rücken, umher und bewegte nervös die Schultern, denn das Gesicht, mit dem sie das Wort »dos« hervorbrachte, war gar zu unsäglich stolz.

Er hatte keine Zeit. Er war bei Gott überhäuft. Sie sollte sich gedulden und sich gefälligst noch fünfzigmal besinnen! Ihm stand jetzt zunächst, und zwar morgenden Tages, eine Fahrt nach Hamburg bevor: zu einer Konferenz, einer leidigen Unterredung mit Christian. Christian hatte geschrieben, um Unterstützung, um Aushilfe geschrieben, welche die Konsulin seinem dereinstigen Erbe entnehmen mußte. Um seine Geschäfte stand es jammervoll, und obgleich er beständig einer Reihe von Beschwerden unterlag, schien er sich im Restaurant, im Zirkus, im Theater doch königlich zu amüsieren und, den Schulden nach zu urteilen, die jetzt zutage kamen und die er auf seinen gut klingenden Namen hin hatte machen können, weit über seine Verhältnisse zu leben. Man wußte in der Mengstraße, wußte es im »Klub« und in der ganzen Stadt, wer vor allem schuld daran war. Es war eine weibliche Person, eine alleinstehende Dame, die Aline Puvogel hieß und zwei hübsche Kinder besaß. Von den Hamburger Kaufherren stand nicht Christian Buddenbrook allein zu ihr in engen und kostspieligen Beziehungen...

Kurz, es gab außer Tony's Scheidungswünschen der widerwärtigen Dinge noch mehr, und die Fahrt nach Hamburg war dringlich. Übrigens war es wahrscheinlich, daß Permaneder seinerseits zunächst selbst von sich hören lassen würde...

Der Konsul reiste, und er kehrte in zorniger und trüber Stimmung zurück. Da aber aus München noch immer keine Nachricht gekommen war, so sah er sich genötigt, den ersten Schritt zu tun. Er schrieb; schrieb kühl, sachlich und ein wenig von oben herab: Unleugbar sei Antonie im Zusammenleben mit

Permaneder schweren Enttäuschungen ausgesetzt gewesen...
auch abgesehen von Einzelheiten habe sie im großen ganzen das
erhoffte Glück in dieser Ehe nicht finden können... ihr Wunsch,
das Bündnis gelöst zu sehen, müsse dem billig Denkenden berechtigt erscheinen... leider scheine ihr Entschluß, nicht nach
München zurückzukehren, unerschütterlich festzustehen...
Und es folgte die Frage, wie Permaneder sich diesen Tatsachen
gegenüber verhalte...

Tage der Spannung!... Dann antwortete Herr Permaneder.

Er antwortete, wie niemand, wie weder Doktor Gieseke,
noch die Konsulin, noch Thomas, noch selbst Antonie es erwartet hatte. Er willigte mit schlichten Worten in die Scheidung.

Er schrieb, daß er das Vorgefallene herzlich bedaure, daß er
aber Antoniens Wünsche respektiere, denn er sehe ein: sie und er
paßten »doch halt nimmer so recht zueinand'«. Wenn er ihr
schwere Jahre bereitet habe, so möge sie versuchen, sie zu vergessen und ihm zu verzeihen... Da er sie und Erika wohl nicht
wiedersehen werde, so wünsche er ihr und dem Kinde für
immer alles erdenkliche Glück... Alois Permaneder. – Ausdrücklich erbot er sich in einer Nachschrift zur sofortigen Resti-
tuierung der Mitgift. Er für sein Teil könne mit dem Seinen
sorglos leben. Er brauchte keine Frist, denn Geschäfte seien
nicht abzuwickeln, das Haus sei seine Sache, und die Summe sei
sofort liquid. –

Tony war fast ein wenig beschämt und fühlte sich zum ersten
Male geneigt, Herrn Permaneders geringe Leidenschaft in Geld-
angelegenheiten lobenswert zu finden.

Nun trat Doktor Gieseke aufs neue in Funktion, er setzte sich
mit dem Gatten in betreff des Scheidungsgrundes in Verbindung, »beiderseitige unüberwindliche Abneigung« ward festgesetzt, und der Prozeß begann – Tony's zweiter Scheidungsprozeß, dessen Phasen sie mit Ernst, Sachkenntnis und ungeheurem
Eifer verfolgte. Sie sprach davon, wo sie ging und stand, so daß
der Konsul mehrere Male ärgerlich wurde. Sie war fürs erste
nicht imstande, seinen Kummer zu teilen. Sie war in Anspruch
genommen von Wörtern wie »Früchte«, »Erträgnisse«, »Ak-

zessionen«, »Dotalsachen«, »Tangibilien«, die sie, den Kopf zurückgelegt und die Schultern ein wenig emporgezogen, mit würdevoller Geläufigkeit beständig hervorbrachte. Den tiefsten Eindruck von Doktor Gieseke's Auseinandersetzungen hatte ihr ein Paragraph gemacht, der von einem etwaigen im Dotalgrundstück gefundenen »Schatze« handelte, welcher als Bestandteil des Dotalvermögens anzusehen und nach Beendigung der Ehe herauszugeben sei. Von diesem Schatze, der gar nicht vorhanden war, erzählte sie aller Welt: Ida Jungmann, Onkel Justus, der armen Klothilde, den Damen Buddenbrook in der Breiten Straße, die übrigens, als ihnen die Ereignisse bekanntgeworden waren, die Hände im Schoße zusammengeschlagen und sich angeblickt hatten: starr vor Erstaunen, daß ihnen auch diese Genugtuung noch zuteil wurde... Therese Weichbrodt, deren Unterricht Erika Grünlich nun wieder genoß, und sogar der guten Madame Kethelsen, die aus mehr als einem Grunde nicht das geringste davon begriff...

Dann kam der Tag, an dem die Scheidung rechtskräftig und endgültig ausgesprochen wurde, an dem Tony die letzte notwendige Formalität erledigte, indem sie sich von Thomas die Familienpapiere erbat und eigenhändig das neue Faktum verzeichnete... und nun galt es, sich an die Sachlage zu gewöhnen.

Sie tat es mit Tapferkeit. Sie überhörte mit unberührbarer Würde die wunderbar hämischen kleinen Pointen der Damen Buddenbrook, sie übersah auf der Straße mit unaussprechlicher Kälte die Köpfe der Hagenströms und Möllendorpfs, die ihr begegneten, und sie verzichtete gänzlich auf das gesellschaftliche Leben, das ja übrigens seit Jahren nicht mehr in ihrem elterlichen Hause, sondern in dem ihres Bruders sich abspielte. Sie hatte ihre nächsten Angehörigen: die Konsulin, Thomas, Gerda; sie hatte Ida Jungmann, Sesemi Weichbrodt, ihre mütterliche Freundin, Erika, auf deren *vornehme* Erziehung sie Sorgfalt verwandte und in deren Zukunft sie vielleicht letzte heimliche Hoffnungen setzte... So lebte sie, und so entschwand die Zeit.

Später, auf irgendeine niemals aufgeklärte Weise, ist einzelnen Familienmitgliedern das »Wort« bekanntgeworden, dieses desperate Wort, das in jener Nacht Herr Permaneder sich hatte entschlüpfen lassen. Was hatte er gesagt? – »Geh zum Deifi, *Saulud'r dreckats!*«

So schloß Tony Buddenbrooks zweite Ehe.

Siebenter Teil

1.

Taufe! ... Taufe in der Breiten Straße!

Alles ist vorhanden, was Madame Permaneder in Tagen der
Hoffnung träumend vor Augen sah, alles: Denn im Eßzimmer
am Tische – behutsam und ohne Geklapper, das drüben im Saale
die Feier stören würde – füllt das Folgmädchen Schlagsahne in
viele Tassen mit kochend heißer Schokolade, die dicht gedrängt
auf einem ungeheuren runden Teebrett mit vergoldeten, mu-
schelförmigen Griffen beieinanderstehen... während der Diener Anton einen ragenden Baumkuchen in Stücke schneidet und
Mamsell Jungmann Konfekt und frische Blumen in silbernen
Dessertschüsseln ordnet, wobei sie prüfend den Kopf auf die
Schulter legt und die beiden kleinen Finger weit von den übrigen
entfernthält...

Nicht lange, und alle diese Herrlichkeiten werden, wenn die
Herrschaften sich's im Wohnzimmer und Salon bequem gemacht haben, umhergereicht werden, und hoffentlich werden
sie ausreichen, denn es ist die Familie im weiteren Sinne versammelt, wenn auch nicht gradezu im weitesten, denn durch die
Oeverdiecks ist man auch mit den Kistenmakers ein wenig verwandt, durch diese mit den Möllendorpfs und so fort. Es wäre
unmöglich, eine Grenze zu ziehen!... Die Oeverdiecks aber sind
vertreten, und zwar durch das Haupt, den mehr als achtzigjähri-
gen Doktor Kaspar Oeverdieck, regierender Bürgermeister.

Er ist zu Wagen gekommen und, gestützt auf seinen Krückstock und den Arm Thomas Buddenbrooks, die Treppe hinauf-
gestiegen. Seine Anwesenheit erhöht die Würde der Feier...
und ohne Zweifel: Diese Feier ist aller Würde würdig!

Denn dort im Saale, vor einem als Altar verkleideten, mit
Blumen geschmückten Tischchen, hinter dem, in schwarzem

Ornat und schneeweißer, gestärkter, mühlsteinartiger Halskrause, ein junger Geistlicher spricht, hält eine reich in Rot und
Gold gekleidete, große, stämmige, sorgfältig genährte Person
ein kleines, unter Spitzen und Atlasschleifen verschwindendes
Etwas auf ihren schwellenden Armen... ein Erbe! Ein Stamm-
halter! Ein Buddenbrook! Begreift man, was das bedeutet?

Begreift man das stille Entzücken, mit dem die Kunde, als das
erste, leise, ahnende Wort gefallen, von der Breiten in die Mengstraße getragen worden? Den stummen Enthusiasmus, mit dem
Frau Permaneder bei dieser Nachricht ihre Mutter, ihren Bruder
und – behutsamer – ihre Schwägerin umarmt hat? Und nun, da
der Frühling gekommen, der Frühling des Jahres 61, nun ist er
da und empfängt das Sakrament der heiligen Taufe, er, auf dem
längst so viele Hoffnungen ruhen, von dem längst so viel gesprochen, der seit langen Jahren erwartet, ersehnt worden, den
man von Gott erbeten und um den man Doktor Grabow gequält
hat... er ist da und sieht ganz unscheinbar aus.

Die kleinen Hände spielen mit den Goldlitzen an der Taille der
Amme, und der Kopf, der mit einem hellblau garnierten Spit-
zenhäubchen bedeckt ist, liegt, ein wenig seitwärts und unacht-
sam vom Pastor abgewandt, auf dem Kissen, so daß die Augen
mit einem beinahe altklug prüfenden Blinzeln in den Saal hinein
und auf die Verwandten blicken. In diesen Augen, deren obere
Lider sehr lange Wimpern haben, ist das Hellblau der väterlichen
und das Braun der mütterlichen Iris zu einem lichten, unbestimmten, nach der Beleuchtung wechselnden Goldbraun geworden; die Winkel aber zu beiden Seiten der Nasenwurzel sind
tief und liegen in bläulichen Schatten. Das gibt diesem Gesichtchen, das noch kaum eines ist, etwas vorzeitig Charakteristi-
sches und kleidet ein vier Wochen altes nicht zum besten; aber
Gott wird geben, daß es nichts Ungünstiges bedeutet, denn auch
bei der Mutter, die doch wohlauf ist, verhält es sich so... und
gleichviel: er lebt, und daß es ein Knabe ist, das war vor vier
Wochen die eigentliche Freude.

Er lebt, und es könnte anders sein. Der Konsul wird niemals
den Händedruck vergessen, mit dem der gute Doktor Grabow,

als er vor vier Wochen Mutter und Kind verlassen konnte, zu ihm gesagt hat: »Seien Sie dankbar, lieber Freund, es hätte nicht viel gefehlt...« Der Konsul hat nicht zu fragen gewagt, woran nicht viel gefehlt hätte. Er weist den Gedanken, daß es mit diesem lange vergebens ersehnten, winzigen Geschöpfe, das so sonderbar lautlos zur Welt kam, beinahe gegangen wäre wie mit Antoniens zweitem Töchterchen, mit Entsetzen von sich... Aber er weiß, daß es für Mutter und Kind eine verzweifelte Stunde gewesen ist, vor vier Wochen, und er beugt sich glücklich und zärtlich zu Gerda nieder, welche, die Lackschuhe auf einem Sammetkissen gekreuzt, vor ihm und neben der alten Konsulin in einem Armsessel lehnt.

Wie bleich sie noch ist! Und wie fremdartig schön in ihrer Blässe, mit ihrem schweren, dunkelroten Haar und ihren rätselhaften Augen, die mit einer gewissen verschleierten Mokerie auf dem Prediger ruhen. Es ist Herr Andreas Pringsheim, pastor marianus, der nach des alten Kölling plötzlichem Tode in jungen Jahren schon zum Hauptpastor aufgerückt ist. Er hält die Hände inbrünstig, dicht unter dem erhobenen Kinn gefaltet. Er hat blondes, kurzgelocktes Haar und ein knochiges, glattrasiertes Gesicht, dessen Mimik zwischen fanatischem Ernst und heller Verklärung wechselt und ein wenig theatralisch erscheint. Er stammt aus Franken, woselbst er während einiger Jahre inmitten von lauter Katholiken eine kleine lutherische Gemeinde gehütet hat, und sein Dialekt ist unter dem Streben nach reiner und pathetischer Aussprache zu einer völlig eigenartigen Redeweise, mit langen und dunklen oder jäh akzentuierten Vokalen und einem an den Zähnen rollenden r geworden...

Er lobt Gott mit leiser, schwellender oder starker Stimme, und die Familie hört ihm zu: Frau Permaneder, gehüllt in würdevollen Ernst, der ihr Entzücken und ihren Stolz verbirgt; Erika Grünlich, nun schon fast fünfzehnjährig, ein kräftiges, junges Mädchen, mit aufgestecktem Zopf und dem rosigen Teint ihres Vaters, und Christian, der heute morgen von Hamburg eingetroffen ist und seine tiefliegenden Augen von einer zur anderen Seite schweifen läßt... Pastor Tiburtius und seine Gattin haben

397

die Reise von Riga nicht gescheut, um bei der Feier zugegen sein zu können: Sievert Tiburtius, der die Enden seines langen, dünnen Backenbartes über beide Schultern gelegt hat, und dessen kleine, graue Augen sich hie und da in ungeahnter Weise erweitern, größer und größer werden, hervorquellen, beinahe herausspringen... und Clara, die dunkel, ernst und streng dareinblickt und manchmal eine Hand zum Kopfe führt, denn dort schmerzt es... Übrigens haben sie den Buddenbrooks ein prachtvolles Geschenk mitgebracht: einen mächtigen, aufrechten, ausgestopften, braunen Bären mit offenem Rachen, den ein Verwandter des Pastors irgendwo im inneren Rußland geschossen, und der jetzt, eine Visitkartenschale zwischen den Tatzen, drunten auf dem Vorplatz steht.

Krögers haben ihren Jürgen zu Besuch, den Postbeamten aus Rostock: ein einfach gekleideter, stiller Mensch. Wo Jakob sich aufhält, weiß niemand außer seiner Mutter, der geborenen Oeverdieck, der schwachen Frau, die heimlich Silberzeug verkauft, um dem Enterbten Geld zu senden... Auch die Damen Buddenbrook sind anwesend, und sie sind tief erfreut über das glückliche Familienereignis, was aber Pfiffi nicht gehindert hat, zu bemerken, das Kind sehe ziemlich ungesund aus; und das haben die Konsulin, geborene Stüwing, sowohl wie Friederike und Henriette leider bestätigen müssen. Die arme Klothilde jedoch, grau, hager, geduldig und hungrig, ist bewegt von Pastor Pringsheims Worten und der Hoffnung auf Baumkuchen mit Schokolade... Von nicht zur Familie gehörigen Personen sind Herr Friedrich Wilhelm Marcus und Sesemi Weichbrodt zugegen.

Nun wendet der Pastor sich an die Paten und spricht ihnen von ihrer Pflicht. Justus Kröger ist der eine... Konsul Buddenbrook hat sich anfangs geweigert, ihn zu bitten. »Fordern wir den alten Mann nicht zu Torheiten heraus!« sagte er. »Täglich hat er die furchtbarsten Szenen mit seiner Frau wegen des Sohnes, und sein bißchen Vermögen verfällt, und er fängt wahrhaftig vor Kummer schon an, ein bißchen salopp in seinem Äußern zu werden! Aber was meint ihr? Bitten wir ihn zu Gevatter, so schenkt er dem Kinde ein ganzes Service aus schwerem Golde und nimmt keinen Dank dafür!« Onkel Justus indessen ist, als er von einem anderen Paten hörte – Stephan Kistenmaker, des Konsuls Freund, wurde genannt –, in so hohem Grade pikiert gewesen, daß man ihn dennoch herangezogen hat; und der goldene Becher, den er gespendet, ist zu Thomas Buddenbrooks Befriedigung nicht übertrieben schwer.

Und der zweite Pate? Es ist dieser schneeweiße, würdige, alte Herr, der hier mit seiner hohen Halsbinde und seinem weichen, schwarzen Tuchrock, aus dessen hinterer Tasche stets der Zipfel eines roten Schnupftuches hervorhängt, sich in dem bequemsten Lehnstuhl über seinen Krückstock beugt: Bürgermeister Doktor Oeverdieck. Es ist ein Ereignis, ein Sieg! Manche Leute begreifen nicht, wie es zugegangen ist. Guter Gott, es ist doch kaum eine Verwandtschaft! Die Buddenbrooks haben den Alten an den Haaren herbeigezogen... Und in der Tat: es ist ein Streich, eine kleine Intrige, die der Konsul zusammen mit Madame Permaneder eingefädelt hat. Eigentlich, in der ersten Freude, als Mutter und Kind in Sicherheit waren, ist es bloß ein Scherz gewesen. »Ein Junge, Tony! – Der soll den Bürgermeister zum Gevatter haben!« hat der Konsul gerufen; aber sie hat es aufgegriffen und ist mit Ernst darauf eingegangen, worauf auch er sich die Sache wohl überlegt und dann in einen Versuch gewilligt hat. So haben sie sich hinter Onkel Justus gesteckt, der seine Frau zu ihrer Schwägerin, der Gattin des Holzhändlers Oeverdieck, geschickt hat, die ihrerseits ihren greisen Schwiegervater ein wenig hat präparieren müssen. Dann hat ein ehrerbietiger Besuch Thomas Buddenbrooks bei dem Staatsoberhaupte das Seine getan...

Und nun sprengt, während die Amme die Haube des Kindes lüftet, der Pastor vorsichtig zwei oder drei Tropfen aus der silbernen, innen vergoldeten Schale, die vor ihm steht, auf das spärliche Haar des kleinen Buddenbrook und nennt langsam und nachdrücklich die Namen, auf die er ihn tauft: – *Justus, Johann, Kaspar*. Dann folgt ein kurzes Gebet, und die Verwandten gehen vorbei, um dem stillen und gleichmütigen Wesen einen glückwünschenden Kuß auf die Stirn zu drücken... Therese Weichbrodt kommt zuletzt, und die Amme muß ihr das Kind ein wenig hinunterreichen; dafür aber gibt Sesemi ihm *zwei* Küsse, die leise knallen und zwischen denen sie sagt:

»Du gutes Kend!«

Drei Minuten später hat man sich im Salon und im Wohnzimmer gruppiert, und die Süßigkeiten machen die Runde. Auch Pastor Pringsheim, in seinem langen Ornat, unter dem die breiten, blankgewichsten Stiefel hervorsehen, und seiner Halskrause, sitzt da, nippt die kühle Schlagsahne von seiner heißen Schokolade und plaudert mit verklärtem Gesicht in einer ganz leichten Art, die im Gegensatze zu seiner Rede von besonderer Wirksamkeit ist. In jeder seiner Bewegungen liegt ausgedrückt: Seht, ich kann auch den Priester ablegen und ein ganz harmlos fröhliches Weltkind sein! Er ist ein gewandter, anschmiegsamer Mann. Er spricht mit der alten Konsulin ein wenig salbungsvoll, mit Thomas und Gerda weltmännisch und mit glatten Gebärden, mit Frau Permaneder im Tone einer herzlichen, schalkhaften Heiterkeit... Hie und da, wenn er sich besinnt, kreuzt er die Hände im Schoß, legt den Kopf zurück, verfinstert die Brauen und macht ein langes Gesicht. Beim Lachen zieht er die Luft stoßweise und zischend durch die geschlossenen Zähne ein.

Plötzlich entsteht draußen auf dem Korridor Bewegung, man hört die Dienstboten lachen, und in der Tür erscheint ein sonderbarer Gratulant. Es ist Grobleben: Grobleben, an dessen magerer Nase zu jeder Jahreszeit beständig ein länglicher Tropfen hängt, ohne jemals hinunterzufallen. Grobleben ist ein Speicherarbeiter des Konsuls, und sein Brotherr hat ihm einen Nebenverdienst als Stiefelwichser angewiesen. Frühmorgens erscheint er in der Breiten Straße, nimmt das vor die Tür gestellte Schuhwerk und reinigt es unten auf der Diele. Bei Familienfestlichkeiten aber stellt er sich feiertäglich gekleidet ein, bringt Blumen und hält, während der Tropfen an seiner Nase balanciert, mit weinerlicher und salbungsvoller Stimme eine Ansprache, worauf er ein Geldgeschenk entgegennimmt. Aber er tut es nicht *darum*!

Er hat einen schwarzen Rock angezogen – es ist ein abgelegter des Konsuls –, trägt aber Schmierstiefel mit Schäften und einen blauwollenen Shawl um den Hals. In der Hand, einer dürren, roten Hand, hält er ein großes Bouquet von blassen, ein wenig zu weit erblühten Rosen, die sich zum Teil langsam auf den Teppich entblättern. Seine kleinen, entzündeten Augen blinzeln umher, scheinbar ohne etwas zu sehen... Er bleibt in der Tür stehen, hält den Strauß vor sich hin und beginnt sofort zu reden, während die alte Konsulin ihm nach jedem Worte ermunternd zunickt und kleine, erleichternde Einwürfe macht, der Konsul ihn betrachtet, indem er eine seiner hellen Brauen emporzieht, und einige Familienmitglieder, wie zum Beispiel Frau Permaneder, den Mund mit dem Taschentuch bedecken.

»Ick bün man 'n armen Mann, mine Herrschaften, öäwer ick hew 'n empfindend Hart, un dat Glück un de Freud von min Herrn, Kunsel Buddenbrook, welcher ümmer gaut tau mi west is, dat geiht mi nah, und so bün ick kamen, um den Herrn Kunsel un die Fru Kunselin un die ganze hochverehrte Fomili ut vollem Harten tau gratuleern, un dat dat Kind gedeihen mög', denn dat verdeinen sei vor Gott un den Minschen, und so 'n Herr, as Kunsel Buddenbrook, giwt dat nich veele, dat is 'n edeln Herrn, un uns Herrgott wird ihn dat allens lohnen...«

»So, Grobleben! Dat hewn Sei schön segt! Veelen Dank ook, Grobleben! Wat wolln Sei denn mit de Rosen?«

Aber Grobleben ist noch nicht zu Ende, er strengt seine weinerliche Stimme an und übertönt die des Konsuls.

»...uns Herrgott wird ihn dat allens lohnen, segg ick, ihn un de ganze hochverehrte Fomili, wenn dat so wid is, un wenn wi vor sinen Staul stahn, denn eenmal müssen all in de Gruw fahrn, arm un riek, dat is sin heiliger Will' un Ratschluß, un eener krigt 'nen finen polierten Sarg ut düern Holz, un de andere krigt 'ne oll Kist', öäwer tau Moder müssen wi alle warn, wi müssen all tau Moder warn, tau Moder... tau Moder...!«

»Nee, Grobleben! Wi hebb'm 'ne Tauf' hüt, un Sei mit Eern Moder!...«

»Un düs wärn einige Blumen«, schließt Grobleben.

»Dank Ihnen, Grobleben! Dat is öäwer tau veel! Wat hebb'm

Sei sik dat kosten laten, Minsch! Un so 'ne Red' hew ick all lang nich hürt! ... Na, hier! Maken Sei sik 'nen vergneugten Dag!« Und der Konsul legt ihm die Hand auf die Schulter, indem er ihm einen Taler gibt.

»Da, guter Mann!« sagt die Konsulin. »Haben Sie auch Ihren Heiland lieb?«

»Den heww ick von Harten leiw, Fru Kunselin, dat is so woahr...!« Und Grobleben nimmt auch von ihr einen Taler in Empfang, und dann einen dritten von Madame Permaneder, worauf er sich unter Kratzfüßen zurückzieht und die Rosen, soweit sie noch nicht auf dem Teppich liegen, in Gedanken wieder mitnimmt...

... Nun ist der Bürgermeister aufgebrochen – der Konsul hat ihn hinunter zum Wagen geleitet –, und das ist das Zeichen zum Abschiede auch für die übrigen Gäste, denn Gerda Buddenbrook bedarf der Schonung. Es wird still in den Zimmern. Die alte Konsulin mit Tony, Erika und Mamsell Jungmann sind die letzten.

»Ja, Ida«, sagt der Konsul, »ich habe mir gedacht – und meine Mutter ist einverstanden –, Sie haben uns alle einmal gepflegt, und wenn der kleine Johann ein bißchen größer ist... jetzt hat er noch die Amme, und nach ihr wird wohl eine Kinderfrau nötig sein, aber haben Sie Lust, dann zu uns überzusiedeln?«

»Ja, ja, Herr Konsul, und wenn's Ihrer Frau Gemahlin wird recht sein...«

Auch Gerda ist zufrieden mit diesem Plan, und so wird der Vorschlag schon jetzt zum Beschluß.

Beim Weggehen aber, schon in der Tür, wendet Frau Permaneder sich noch einmal um. Sie kehrt zu ihrem Bruder zurück, küßt ihn auf beide Wangen und sagt:

»Das ist ein schöner Tag, Tom, ich bin so glücklich, wie seit manchem Jahr nicht mehr! Wir Buddenbrooks pfeifen noch nicht aus dem letzten Loch, Gott sei Dank, wer das glaubt, der irrt im höchsten Grade! Jetzt, wo der kleine Johann da ist – es ist so schön, daß wir ihn wieder Johann genannt haben –, jetzt ist mir, als ob noch einmal eine ganz neue Zeit kommen muß!«

2

Christian Buddenbrook, Inhaber der Firma H. C. F. Burmeester & Comp. zu Hamburg, seinen modischen grauen Hut und seinen gelben Stock mit der Nonnenbüste in der Hand, kam in das Wohnzimmer seines Bruders, der mit Gerda lesend beisammensaß. Es war halb zehn Uhr am Abend des Tauftages.

»Guten Abend«, sagte Christian. »Ach, Thomas, ich muß dich mal dringend sprechen... Entschuldige, Gerda... Es eilt, Thomas.«

Sie gingen in das dunkle Speisezimmer hinüber, woselbst der Konsul eine der Gaslampen an der Wand entzündete und seinen Bruder betrachtete. Ihm ahnte nichts Gutes. Er hatte, abgesehen von der ersten Begrüßung, noch nicht Gelegenheit gehabt, mit Christian zu sprechen; aber er hatte ihn heute während der Feierlichkeit aufmerksam beobachtet und gesehen, daß er ungewöhnlich ernst und unruhig gewesen war, ja, daß er im Verlaufe von Pastor Pringsheims Rede einmal sogar aus irgendwelchen Gründen den Saal für mehrere Minuten verlassen hatte... Thomas hatte ihm keine Zeile mehr geschrieben seit jenem Tage in Hamburg, an dem Christian zehntausend Mark Courant von seinem Erbe im voraus aus seinen Händen zur Deckung von Schulden empfangen. »Fahre nur so fort!« hatte der Konsul gesagt. »Dann werden deine Groschen rasch vertan sein. Was mich betrifft, ich hoffe, daß du künftig recht wenig meine Wege kreuzen wirst. Du hast meine Freundschaft während all der Jahre auf zu harte Proben gestellt...« Warum kam er jetzt? Etwas Dringendes mußte ihn treiben...

»Nun?« fragte der Konsul.

»Ich kann es nun nicht mehr«, antwortete Christian, indem er sich, Hut und Stock zwischen den mageren Knieen, seitwärts auf einen der hochlehnigen Stühle niederließ, die den Eßtisch umstanden.

»Darf ich fragen, was du nun nicht mehr kannst, und was dich zu mir führt?« sagte der Konsul, der stehen blieb.

»Ich kann es nun nicht mehr«, wiederholte Christian, drehte

mit fürchterlich unruhigem Ernst seinen Kopf hin und her und ließ seine kleinen, runden, tiefliegenden Augen schweifen. Er zählte jetzt dreiunddreißig Jahre, aber er sah weit älter aus. Sein rötlichblondes Haar war so stark gelichtet, daß fast schon die ganze Schädeldecke freilag. Über den tief eingefallenen Wangen traten die Knochen scharf hervor; dazwischen aber buckelte sich, nackt, fleischlos, hager, in ungeheurer Wölbung seine große Nase...

»Wenn es nur dies wäre«, fuhr er fort, indem er mit der Hand an seiner linken Seite hinunterstrich, ohne seinen Körper zu berühren... »Es ist kein Schmerz, es ist eine Qual, weißt du, eine beständige, unbestimmte Qual. Doktor Drögemüller in Hamburg hat mir gesagt, daß an dieser Seite alle Nerven zu kurz sind... Stelle dir vor, an der ganzen linken Seite sind alle Nerven zu kurz bei mir! Es ist so sonderbar... manchmal ist mir, als ob hier an der Seite irgendein Krampf oder eine Lähmung stattfinden müßte, eine Lähmung für immer... Du hast keine Vorstellung... Keinen Abend schlafe ich ordentlich ein. Ich fahre auf, weil plötzlich mein Herz nicht mehr klopft und ich einen ganz entsetzlichen Schreck bekomme... Das geschieht nicht einmal, sondern zehnmal, bevor ich einschlafe. Ich weiß nicht, ob du es kennst... ich will es dir ganz genau beschreiben... Es ist...«

»Laß nur«, sagte der Konsul kalt. »Ich nehme nicht an, daß du hierhergekommen bist, um mir dies zu erzählen?«

»Nein, Thomas, wenn es nur *das* wäre; aber *das* ist es nicht allein! Es ist mit dem Geschäft... Ich kann es nun nicht mehr.«

»Du bist wieder in Unordnung?« Der Konsul fuhr nicht einmal auf, er wurde nicht mehr laut. Er fragte es ganz ruhig, während er seinen Bruder von der Seite mit einer müden Kälte ansah.

»Nein, Thomas. Und um die Wahrheit zu sagen – es ist ja nun doch gleich – ich bin niemals recht in Ordnung gekommen, auch durch die zehntausend damals nicht, wie du selbst weißt... Die waren eigentlich nur, damit ich nicht gleich zuzumachen brauchte. Die Sache ist die... Ich habe gleich darauf noch Verluste gehabt, in Kaffee... und bei dem Bankerott in Antwerpen... Das ist wahr. Aber dann habe ich eigentlich gar nichts mehr getan und mich still verhalten. Aber man muß doch leben... und nun sind da Wechsel und andere Schulden... fünftausend Taler... Ach, du weißt nicht, wie sehr ich herunter bin! Und zu allem diese Qual...«

»Also, du hast dich still verhalten!« schrie der Konsul außer sich. In diesem Augenblick verlor er dennoch die Fassung. »Du hast die Karre im Dreck gelassen und dich anderweitig unterhalten! Meinst du, daß ich nicht vor Augen sehe, wie du gelebt hast, im Theater und im Zirkus und in Klubs und mit minderwertigen Frauenzimmern...«

»Du meinst Aline... Ja, für diese Dinge hast du wenig Sinn, Thomas, und es ist vielleicht mein Unglück, daß ich zu viel Sinn dafür habe; denn darin hast du recht, daß es mich zu viel gekostet hat und noch immer ziemlich viel kosten wird, denn ich will dir eines sagen... wir sind hier unter uns Brüdern... Das dritte Kind, das kleine Mädchen, das seit einem halben Jahre da ist... es ist von mir.«

»Esel.«

»Sage das nicht, Thomas. Du mußt gerecht sein, auch im Zorne, gegen sie und gegen... warum sollte es nicht von mir sein. Was aber Aline betrifft, so ist sie durchaus nicht minderwertig; so etwas darfst du nicht sagen. Es ist ihr keineswegs gleichgültig, mit wem sie lebt, und sie hat meinetwegen mit Konsul Holm gebrochen, der viel mehr Geld hat als ich, so gut ist sie gesinnt... Nein, du hast keinen Begriff, Thomas, was für ein prachtvolles Geschöpf das ist! Sie ist so gesund... so *gesund*...!« wiederholte Christian, indem er eine Hand, ihren Rücken nach außen, mit gekrümmten Fingern vors Gesicht hielt, ähnlich wie er zu tun pflegte, wenn er von »That's Maria« und dem »Laster« in London erzählte. »Du solltest nur ihre Zähne sehen, wenn sie lacht! Ich habe solche Zähne auf der ganzen Welt noch nicht gefunden, in Valparaiso nicht und in London nicht... Ich werde nie den Abend vergessen, als ich sie kennen lernte... bei Uhlich in der Austernstube... Sie hielt es damals mit Konsul Holm; aber ich erzählte ein bißchen und war ein bißchen nett mit ihr... Und als ich sie dann nachher bekam... tja, Thomas! Das ist ein ganz anderes Gefühl, als wenn man ein gutes Geschäft macht... Aber du hörst nicht gern von solchen Dingen, ich sehe es dir auch jetzt wieder an, und es ist nun ja auch zu Ende. Ich werde ihr nun Adieu sagen, obgleich ich ja, wegen des Kindes, mit ihr in Verbindung bleiben werde... Ich will in Hamburg alles bezahlen, was ich schuldig bin, verstehst du, und dann zumachen. Ich kann es nun nicht mehr. Mit Mutter habe ich gesprochen, und sie will mir auch die fünftausend Taler im voraus geben, damit ich Ordnung machen kann, und damit wirst du einverstanden sein, denn es ist doch besser, man sagt ganz einfach: Christian Buddenbrook liquidiert und geht ins Ausland... als wenn ich Bankerott mache, darin wirst du mir recht geben. Ich will nämlich wieder nach London gehen, Thomas, in London eine Stelle annehmen. Die Selbständigkeit ist so gar nichts für mich, das merke ich mehr und mehr. Diese Verantwortlichkeit... Als Angestellter geht man abends sorglos nach Hause... Und in London bin ich gern gewesen... Hast du etwas dagegen?«

Der Konsul hatte während dieser ganzen Auseinandersetzung seinem Bruder den Rücken zugewandt und, die Hände in den Hosentaschen, mit einem Fuße Figuren auf dem Boden beschrieben.

»Schön, gehe also nach London«, sagte er ganz einfach. Und ohne sich auch nur halbwegs noch einmal nach Christian umzuwenden, ließ er ihn hinter sich und schritt zum Wohnzimmer zurück.

Aber Christian folgte ihm. Er ging auf Gerda zu, die dort allein bei der Lektüre saß, und gab ihr die Hand.

»Gute Nacht, Gerda. Ja, Gerda, ich gehe nun also demnächst wieder nach London. Merkwürdig, wie man umhergeworfen wird. Nun wieder so ins Ungewisse, weißt du, in solche große Stadt, wo es bei jedem dritten Schritt ein Abenteuer gibt und man so viel erleben kann. Sonderbar... kennst du das Gefühl? Es sitzt hier, ungefähr im Magen... ganz sonderbar...«

3

James Möllendorpf, der älteste kaufmännische Senator, starb auf groteske und schauerliche Weise. Diesem diabetischen Greise waren die Selbsterhaltungsinstinkte so sehr abhanden gekommen, daß er in den letzten Jahren seines Lebens mehr und mehr einer Leidenschaft für Kuchen und Torten unterlegen war. Doktor Grabow, der auch bei Möllendorpfs Hausarzt war, hatte mit aller Energie, deren er fähig war, protestiert, und die besorgte Familie hatte ihrem Oberhaupte das süße Gebäck mit sanfter Gewalt entzogen. Was aber hatte der Senator getan? Geistig gebrochen, wie er war, hatte er sich irgendwo in einer unstandesgemäßen Straße, in der Kleinen Gröpelgrube, An der Mauer oder im Engelswisch ein Zimmer gemietet, eine Kammer, ein wahres Loch, wohin er sich heimlich geschlichen hatte, um Torte zu essen... und dort fand man auch den Entseelten, den Mund noch voll halb zerkauten Kuchens, dessen Reste seinen Rock befleckten und auf dem ärmlichen Tische umherlagen. Ein tödlicher Schlaganfall war der langsamen Auszehrung zuvorgekommen.

Die widerlichen Einzelheiten dieses Todesfalles wurden von der Familie nach Möglichkeit geheimgehalten; aber sie verbreiteten sich rasch in der Stadt und bildeten den Gesprächsstoff an der Börse, im »Klub«, in der »Harmonie«, in den Comptoirs, in der Bürgerschaft und auf den Bällen, Diners und Abendgesellschaften, denn das Ereignis fiel in den Februar – den Februar des Jahres 62 –, und das gesellschaftliche Leben war noch in vollem Gange. Selbst die Freundinnen der Konsulin Buddenbrook erzählten sich am »Jerusalemsabend« von Senator Möllendorpfs Tode, wenn Lea Gerhardt im Vorlesen eine Pause machte, selbst die kleinen Sonntagsschülerinnen flüsterten davon, wenn sie ehrfürchtig über die große Buddenbrooksche Diele gingen, und Herr Stuht in der Glockengießerstraße hatte mit seiner Frau, die in den ersten Kreisen verkehrte, eine ausführliche Unterredung darüber.

Allein das Interesse konnte nicht lange auf das Zurückliegende gerichtet bleiben. Gleich mit dem ersten Gerücht von dem Ableben dieses alten Ratsherrn war die eine große Frage aufgetaucht... als aber die Erde ihn deckte, war es diese Frage allein, die alle Gemüter beherrschte: Wer ist der Nachfolger?

Welche Spannung und welche unterirdische Geschäftigkeit! Der Fremde, der gekommen ist, die mittelalterlichen Sehenswürdigkeiten und die anmutige Umgebung der Stadt in Augenschein zu nehmen, merkt nichts davon; aber welch Treiben unter der Oberfläche! Welche Agitation! Ehrenfeste, gesunde, von keiner Skepsis angekränkelte Meinungen platzen aufeinander, poltern vor Überzeugung, prüfen einander und verständigen sich langsam, langsam. Die Leidenschaften sind aufgeregt. Ehrgeiz und Eitelkeit wühlen im stillen. Eingesargte Hoffnungen regen sich, stehen auf und werden enttäuscht. Der alte Kaufmann Kurz in der Beckergrube, der bei jeder Wahl drei oder vier Stimmen erhält, wird wiederum am Wahltage bebend in seiner Wohnung sitzen und des Rufes harren; aber er wird auch diesmal nicht gewählt werden, er wird fortfahren, mit einer Miene voll Biedersinn und Selbstzufriedenheit, das Trottoir mit seinem Spazierstock zu stoßen, und er wird sich mit diesem heimlichen Grame ins Grab legen, nicht Senator geworden zu sein...

Als James Möllendorpfs Tod am Donnerstage beim Buddenbrookschen Familien-Mittagessen besprochen worden war, hatte Frau Permaneder nach einigen Ausdrücken des Bedauerns begonnen, ihre Zungenspitze an der Oberlippe spielen zu lassen und verschlagen zu ihrem Bruder hinüberzublicken, was die Damen Buddenbrook veranlaßt hatte, unbeschreiblich spitzige Blicke zu tauschen und dann sämtlich, wie auf Kommando, während einer Sekunde Augen und Lippen ganz fest zu schließen. Der Konsul hatte einen Moment das listige Lächeln seiner Schwester erwidert und dann dem Gespräche eine andere Richtung gegeben. Er wußte, daß man in der Stadt den Gedanken aussprach, den Tony glückselig in sich bewegte...

Namen wurden genannt und verworfen. Andere tauchten auf und wurden gesichtet. Henning Kurz in der Beckergrube war zu alt. Eine frische Kraft war endlich vonnöten. Konsul Huneus, der Holzhändler, dessen Millionen übrigens nicht leicht ins Gewicht gefallen wären, war verfassungsmäßig ausgeschlossen, weil sein Bruder dem Senate angehörte. Konsul Eduard Kistenmaker, der Weinhändler, und Konsul Hermann Hagenström behaupteten sich auf der Liste. Von Anfang an aber klang beständig dieser Name mit: Thomas Buddenbrook. Und je mehr der Wahltag sich näherte, desto klarer ward es, daß er zusammen mit Hermann Hagenström die meisten Chancen besaß.

Kein Zweifel, Hermann Hagenström hatte Anhänger und Bewunderer. Sein Eifer in öffentlichen Angelegenheiten, die frappierende Schnelligkeit, mit der die Firma Strunck & Hagenström emporgeblüht war und sich entfaltet hatte, des Konsuls luxuriöse Lebensführung, das Haus, das er führte, und die Gänseleberpastete, die er frühstückte, verfehlten nicht, ihren Eindruck zu machen. Dieser große, ein wenig zu fette Mann mit seinem rötlichen, kurzgehaltenen Vollbart und seiner ein wenig zu platt auf der Oberlippe liegenden Nase, dieser Mann, dessen Großvater noch niemand und er selbst nicht gekannt hatte, dessen Vater infolge seiner reichen, aber zweifelhaften Heirat gesellschaftlich noch beinahe unmöglich gewesen war, und der dennoch, verschwägert sowohl mit den Huneus' als mit den Möllendorpfs, seinen Namen denjenigen der fünf oder sechs herrschenden Familien angereiht und gleichgestellt hatte, war unleugbar eine merkwürdige und respektable Erscheinung in der Stadt. Das Neuartige und damit Reizvolle seiner Persönlichkeit, das, was ihn auszeichnete und ihm in den Augen vieler eine führende Stellung gab, war der liberale und tolerante Grundzug seines Wesens. Die legere und großzügige Art, mit der er Geld verdiente und verausgabte, war etwas anderes als die zähe, geduldige und von streng überlieferten Prinzipien geleitete Arbeit seiner kaufmännischen Mitbürger. Dieser Mann stand frei von den hemmenden Fesseln der Tradition und der Pietät auf seinen eigenen Füßen, und alles Altmodische war ihm fremd. Er bewohnte keines der alten, mit unsinniger Raumverschwendung gebauten Patrizierhäuser, um deren ungeheure Steindielen sich weißlackierte Galerien zogen. Sein Haus in der Sandstraße – der südlichen Verlängerung der Breiten Straße –, mit schlichter Ölfassade, praktisch ausgebeuteten Raumverhältnissen und reicher, eleganter, bequemer Einrichtung, war neu und jedes steifen Stiles bar. Übrigens hatte er in dieses Haus noch vor kurzem, gelegentlich einer seiner größeren Abendgesellschaften, eine ans Stadttheater engagierte Sängerin geladen, hatte sie nach Tische vor seinen Gästen, unter denen sich auch sein kunstliebender und schöngeistiger Bruder, der Rechtsgelehrte, befand, singen lassen, und die Dame aufs glänzendste honoriert. Er war nicht der Mann, in der Bürgerschaft die Bewilligung größerer Geldsummen zur Restaurierung und Erhaltung der mittelalterlichen Denkmäler zu befürworten. Daß er aber der erste, absolut in der ganzen Stadt der erste gewesen war, der seine Wohnräume und seine Comptoirs mit Gas beleuchtet hatte, war Tatsache. Gewiß, wenn Konsul Hagenström irgendeiner Tradition lebte, so war es die von seinem Vater, dem alten Hinrich Hagenström, übernommene unbeschränkte, fortgeschrittene, duldsame und vorurteilsfreie Denkungsart, und hierauf gründete sich die Bewunderung, die er genoß.

Das Prestige Thomas Buddenbrooks war anderer Art. Er war nicht nur er selbst; man ehrte in ihm noch die unvergessenen Persönlichkeiten seines Vaters, Großvaters und Urgroßvaters, und abgesehen von seinen eigenen geschäftlichen und öffentlichen Erfolgen war er der Träger eines hundertjährigen Bürgerruhmes. Die leichte, geschmackvolle und bezwingend liebenswürdige Art freilich, in der er ihn repräsentierte und verwertete, war wohl das Wichtigste; und was ihn auszeichnete, war ein selbst unter seinen gelehrten Mitbürgern ganz ungewöhnlicher Grad formaler Bildung, der, wo er sich äußerte, ebensoviel Befremdung wie Respekt erregte...

Donnerstags, bei Buddenbrooks, war von der bevorstehenden Wahl in Gegenwart des Konsuls meist nur in Form von kurzen und fast gleichgültigen Bemerkungen die Rede, bei denen die alte Konsulin diskret ihre hellen Augen beiseite schweifen ließ. Hie und da aber konnte Frau Permaneder sich trotzdem nicht entbrechen, ein wenig mit ihrer erstaunlichen Kenntnis der

Staatsverfassung zu prunken, deren Satzungen sie, soweit sie die Wahl eines Senatsmitgliedes betrafen, ebenso eingehend studiert hatte wie vor Jahr und Tag die Scheidungsparagraphen. Sie sprach dann von Wahlkammern, Wahlbürgern und Stimmzetteln, erwog alle denkbaren Eventualitäten, zitierte wörtlich und ohne Anstoß den feierlichen Eid, der von den Wählern zu leisten ist, erzählte von der »freimütigen Besprechung«, die verfassungsmäßig von den einzelnen Wahlkammern über alle diejenigen vorgenommen wird, deren Namen auf der Kandidatenliste stehen, und gab dem lebhaften Wunsche Ausdruck, an der »freimütigen Besprechung« der Persönlichkeit Hermann Hagenströms teilnehmen zu dürfen. Einen Augenblick später beugte sie sich vor und begann, die Pflaumenkerne auf dem Kompotteller ihres Bruders zu zählen: »Edelmann – Bedelmann – Doktor – Pastor – – Ratsherr!« sagte sie und schnellte mit ihrer Messerspitze den fehlenden Kern auf den kleinen Teller hinüber... Nach Tische aber, unfähig, an sich zu halten, zog sie den Konsul am Arme beiseite, in eine Fensternische.

»O Gott, Tom! wenn du es wirst... wenn unser Wappen in die Kriegsstube im Rathause kommt... ich sterbe vor Freude! ich falle um und bin tot, du sollst sehen!«

»So, liebe Tony! Nun etwas mehr Haltung und Würde, wenn ich dich bitten darf! Das pflegt dir doch sonst nicht abzugehen? Gehe ich umher wie Henning Kurz? Wir sind auch ohne ›Senator‹ was... Und du wirst hoffentlich am Leben bleiben, im einen wie im anderen Falle. «

Und die Agitation, die Beratungen, die Kämpfe der Meinungen nahmen ihren Fortgang. Konsul Peter Döhlmann, der Suitier, mit seinem gänzlich verkommenen Geschäft, das nur noch dem Namen nach existierte, und seiner siebenundzwanzigjährigen Tochter, deren Erbe er verfrühstückte, beteiligte sich daran, indem er bei einem Diner, das Thomas Buddenbrook gab, und bei einem ebensolchen, das Hermann Hagenström veranstaltete, jedesmal den betreffenden Wirt mit schallender und lärmender Stimme »Herr Senator« nannte. Siegismund Gosch aber, der alte Makler Gosch, ging umher wie ein brüllender Löwe und machte sich anheischig, ohne Umschweife jeden zu erdrosseln, der nicht gewillt sei, für Konsul Buddenbrook zu stimmen.

»Konsul Buddenbrook, meine Herren... ha! welch ein Mann! Ich habe an der Seite seines Vaters gestanden, als er anno achtundvierzig mit einem Worte die Wut des entfesselten Pöbels zähmte... Gäbe es eine Gerechtigkeit auf Erden, so hätte schon sein Vater, schon der Vater seines Vaters dem Senate angehören müssen...«

Im Grunde jedoch war es nicht sowohl Konsul Buddenbrook selbst, dessen Persönlichkeit das Innere des Herrn Gosch in Flammen setzte, als vielmehr die junge Frau Konsul, geborene Arnoldsen. Nicht als ob der Makler jemals ein Wort mit ihr gewechselt hätte. Er gehörte nicht zu dem Kreise der reichen Kaufleute, speiste nicht an ihren Tafeln und tauschte nicht Visiten mit ihnen. Aber, wie schon erwähnt, Gerda Buddenbrook war nicht so bald in der Stadt erschienen, als der immer sehnsüchtig nach Außerordentlichem schweifende Blick des finsteren Maklers sie auch schon erspäht hatte. Mit sicherem Instinkte hatte er alsbald erkannt, daß diese Erscheinung geeignet sei, seinem unbefriedigten Dasein ein wenig mehr Inhalt zu verleihen, und mit Leib und Seele hatte er sich ihr, die ihn kaum dem Namen nach kannte, als Sklave ergeben. Seitdem umkreiste er in Gedanken diese nervöse und aufs äußerste reservierte Dame, der niemand ihn vorstellte, wie der Tiger den Bändiger: mit demselben verbissenen Mienenspiel, derselben tückisch-demütigen Haltung, in der er auf der Straße, ohne daß sie das erwartet hätte, seinen Jesuitenhut vor ihr zog... Diese Welt der Mittelmäßigkeit bot ihm keine Möglichkeit, für diese Frau eine Tat von gräßlicher Ruchlosigkeit zu begehen, welche er, bucklig, düster und kalt in seinen Mantel gehüllt, mit teuflischem Gleichmut verantwortet haben würde! Ihre langweiligen Gewohnheiten gestatteten ihm nicht, diese Frau durch Mord, Verbrechen und blutige Listen auf einen Kaiserthron zu erhöhen. Nichts ließ sie ihm übrig, als im Rathause für die Wahl ihres ingrimmig verehrten Gatten zu stimmen und ihr, vielleicht, dereinst, die Übersetzung von Lope de Vega's sämtlichen Dramen zu widmen.

4

Jede im Senate erledigte Stelle muß binnen vier Wochen wieder
besetzt werden; so will es die Verfassung. Drei Wochen sind seit
James Möllendorpfs Hintritt verflossen, und nun ist der Wahltag
herangekommen, ein Tauwettertag am Ende des Februar.

In der Breiten Straße, vor dem Rathause mit seiner durchbrochenen Glasurziegel-Fassade, seinen spitzen Türmen und
Türmchen, die gegen den grauweißlichen Himmel stehen, seinem auf vorgeschobenen Säulen ruhenden gedeckten Treppen-
aufgang, seinen spitzen Arkaden, die den Durchblick auf den
Marktplatz und seinen Brunnen gewähren... vorm Rathause
drängen sich mittags um ein Uhr die Leute. Sie stehen unent-
wegt in dem schmutzig-wässerigen Schnee der Straße, der unter
ihren Füßen vollends zergeht, sehen sich an, sehen wieder grade-
aus und recken die Hälse. Denn dort, hinter jenem Portale, im
Ratssaale, mit seinen vierzehn im Halbkreise stehenden Armses-
seln, erwartet noch zu dieser Stunde die aus Mitgliedern des Senates und der Bürgerschaft bestehende Wahlversammlung die
Vorschläge der Wahlkammern...

Die Sache hat sich in die Länge gezogen. Es scheint, daß die
Debatten in den Kammern sich nicht beruhigen wollen, daß der
Kampf hart ist, und daß, bis jetzt, der Versammlung im Ratssaale keineswegs ein und dieselbe Person vorgeschlagen wurde,
denn sie würde vom Bürgermeister sofort als gewählt erklärt
werden... Sonderbar! Niemand begreift, woher sie kommen,
wo und wie sie entstehen, aber Gerüchte dringen aus dem Portale auf die Straße heraus und verbreiten sich. Steht dort drinnen
Herr Kaspersen, der ältere der beiden Ratsdiener, der sich selbst
nie anders als »Staatsbeamter« nennt, und dirigiert, was er erfährt, mit geschlossenen Zähnen und abgewandten Augen
durch einen Mundwinkel nach draußen? Jetzt heißt es, daß die
Vorschläge im Sitzungssaale eingelaufen sind, und daß von jeder
der drei Kammern ein anderer vorgeschlagen wurde: Hagenström, Buddenbrook, Kistenmaker! Gott gebe, daß nun wenigstens die allgemeine Wahl durch geheime Abstimmung mittelst

Stimmzettel eine unbedingte Stimmenmehrheit ergibt! Wer nicht warme Überschuhe trägt, fängt an, die Beine zu heben und zu stampfen, denn die Füße schmerzen vor Kälte.

Es sind Leute aus allen Volksklassen, die hier stehen und warten. Man sieht Seeleute mit bloßem, tätowiertem Halse, die Hände in den weiten, niedrigen Hosentaschen, Kornträger mit ihren Blusen und Kniehosen aus schwarzem Glanzleinen und ihrem unvergleichlich biederen Gesichtsausdruck; Fuhrleute, die von ihren zuhauf geschichteten Getreidesäcken geklettert sind, um, die Peitsche in der Hand, des Wahlergebnisses zu harren; Dienstmädchen mit Halstuch, Schürze und dickem, gestreiftem Rock, die kleine, weiße Mütze auf dem Hinterkopf und den großen Henkelkorb am nackten Arme; Fisch- und Gemüsefrauen mit ihren Strohschuten; sogar ein paar hübsche Gärtnermädchen mit holländischen Hauben, kurzen Röcken und langen, faltigen weißen Ärmeln, die aus dem buntgestickten Mieder hervorquellen... Dazwischen Bürger, Ladenbesitzer aus der Nähe, die ohne Hut herausgetreten sind und ihre Meinungen tauschen, junge, gutgekleidete Kaufleute, Söhne, die im Comptoir ihres Vaters oder eines seiner Freunde ihre drei- oder vierjährige Lehrzeit erledigen, Schuljungen mit Ränzeln und Bücherpaketen...

Hinter zwei tabakkauenden Arbeitsleuten mit harten Schifferbärten steht eine Dame, die in großer Erregung den Kopf hin und her wendet, um zwischen den Schultern der beiden vierschrötigen Kerle hindurch auf das Rathaus sehen zu können. Sie trägt eine Art von langem, mit braunem Pelz besetzten Abendmantel, den sie von innen mit beiden Händen zusammenhält, und ihr Gesicht ist gänzlich von einem dichten, braunen Schleier verhüllt. Ihre Gummischuhe trippeln rastlos in dem Schneewasser umher...

»Bi Gott, hei ward dat wedder nich, din Herr Kurz«, sagt der eine Arbeitsmann zum andern.

»Nee, du Dösbartel, dat brukst mi nich mehr tau vertellen. Sei stimmen nu je all öwer Hagenström, Kistenmaker und Buddenbrook af.«

»Je, un nu is dat de Frag', wekker von de dree die annern öwer is.«

»Je, dat seg du man noch mal.«

»Weitst wat? Ich glöw, sei wählen Hagenström.«

»Je, du Klaukscheeter... Red' du un de Düwel.«

Dann speit er seinen Tabak vor sich nieder, denn das Gedränge erlaubt ihm nicht, ihn im Bogen von sich zu geben, zieht mit beiden Händen die Hose höher unter den Leibriemen hinauf und fährt fort: »Hagenström, dat's so'n Freßsack, un krigt nich mal Luft durch die Näs, so fett is hei all... Nee, wo min Herr Kurz dat nu wedder nich warden daut, nu bün ick vör Buddenbrook. Dat's 'n fixen Kierl...«

»Je, dat segst du wull; öäwer Hagenström is all veel rieker...«

»Doar kömmp es nich up an. Dat steiht nich in Frag'.«

»Un denn is Buddenbrook ook ümmer so höllschen fien mit sin Manschetten un sin sieden Krawatt un sin pielen Snurr-boart... Hest em gehen seihn? Hei huppt ümmer so'n beeten as 'n Vagel...«

»Je, du Dömelklaas, doarvon is nich de Red'.«

»Hei het je woll 'ne Swester, die von twee Männern wedder affkamen is?«

... Die Dame im Abendmantel erbebt...

»Je, dat's so 'n Saak. Öäwer doar weiten wi nix von, un denn kann der Kunsel doar ook nix för.«

›Nein, nicht wahr?!‹ denkt die Dame im Schleier, indem sie ihre Hände unterm Mantel zusammenpreßt... ›Nicht wahr? Oh, Gott sei Dank!‹

»Un denn«, fügt der Mann hinzu, der zu Buddenbrook hält, »un denn hat ook Bürgermeester Oeverdieck Gevadder bi sinen Söhn standen; dat will wat bedüden, will 'k di man vertellen...«

›Nicht wahr?‹ denkt die Dame. ›Ja, Gott sei Dank, es hat ge-wirkt!‹... Sie zuckt zusammen. Ein neues Gerücht ist herausge-drungen, läuft im Zickzack nach hinten und gelangt zu ihr. Die allgemeine Wahl hat keine Entscheidung gebracht. Eduard Ki-stenmaker, der die wenigsten Stimmen erhalten, ist ausrangiert worden. Der Kampf zwischen Hagenström und Buddenbrook dauert fort. Ein Bürger bemerkt mit gewichtiger Miene, daß, wenn sich Stimmengleichheit ergibt, es nötig sein wird, fünf »Obmänner« zu erwählen, die nach Stimmenmehrheit zu entscheiden haben...

Plötzlich ruft ganz vorn am Portal eine Stimme:

»Heine Seehas is wählt!«

Und dabei ist Seehase ein immer und ewig betrunkener Mensch, der Dampfbrot auf einem Handwagen herumfährt! Alles lacht und stellt sich auf die Zehenspitzen, um sich den Witzbold anzusehen. Auch die Dame im Schleier wird von einem nervösen Lachen ergriffen, das einen Augenblick ihre Schultern erschüttert. Dann jedoch, mit einer Bewegung, die ausdrückt: ›Ist dies die Stunde, Späße zu machen?‹... nimmt sie sich ungeduldig zusammen und lugt wieder leidenschaftlich zwischen den beiden Arbeitsmännern hindurch zum Rathaus hinüber. Aber in demselben Augenblick läßt sie die Hände sinken, daß ihr Abendmantel sich vorne öffnet, und steht da, mit hinabgefallenen Schultern, erschlafft, vernichtet...

Hagenström! – Die Nachricht ist da, niemand weiß woher. Sie ist da, wie aus dem Erdboden hervorgekommen oder vom Himmel gefallen, und ist überall zugleich. Es gibt keinen Widerspruch. Es ist entschieden. Hagenström! – Ja, ja, er ist es nun also. Da ist nichts mehr zu erwarten. Die Dame im Schleier hätte es vorher wissen können. So geht es immer im Leben. Man kann nun ganz einfach nach Hause gehen. Sie fühlt, wie das Weinen in ihr aufsteigt...

Und kaum hat dieser Zustand eine Sekunde lang gedauert, als ein plötzlicher Stoß, eine ruckartige Bewegung durch die ganze Menschenansammlung geht, ein Schub, der sich von vorn nach hinten fortsetzt und die Vorderen gegen ihre Hintermänner lehnt, während zu gleicher Zeit dort hinten im Portale etwas Hellrotes aufblitzt... Die roten Röcke der beiden Ratsdiener, Kaspersen und Uhlefeldt, welche in Gala, mit Dreispitz, weißen Reithosen, gelben Stulpen und Galanteriedegen, Seite an Seite erscheinen und durch die zurückweichende Menge hindurch ihren Weg gehen.

Sie gehen wie das Schicksal: ernst, stumm, verschlossen, ohne nach rechts oder links zu sehen, mit gesenkten Augen... und schlagen mit unerbittlicher Entschiedenheit die Richtung ein, die ihnen das Ergebnis der Wahl, von dem sie unterrichtet sind, gewiesen hat. Und es ist *nicht* die Richtung der Sandstraße, sondern sie gehen nach rechts die Breite Straße hinunter!

Die Dame im Schleier traut ihren Augen nicht. Aber rings um sie her sieht man es gleich ihr. Die Leute schieben sich in ebenderselben Richtung den Ratsdienern nach, sie sagen einander: »Nee, nee, Buddenbrook! nich Hagenström!« ...und schon kommen in angeregten Gesprächen allerlei Herren aus dem Portale, biegen um und gehen geschwinden Schrittes die Breite Straße hinunter, um die ersten bei der Gratulation zu sein.

Da nimmt die Dame ihren Abendmantel zusammen und läuft davon. Sie läuft, wie eine Dame sonst eigentlich nicht läuft. Ihr Schleier verschiebt sich und läßt ihr erhitztes Gesicht sehen; aber das ist gleichgültig. Und obgleich einer ihrer pelzbesetzten Überschuhe in dem wässerigen Schnee beständig ausschlappt und sie in der boshaftesten Weise behindert, überholt sie alle Welt. Sie erreicht zuerst das Eckhaus an der Beckergrube, sie schellt am Windfang Feuer und Mordio, sie ruft dem öffnenden Mädchen zu: »Sie kommen, Kathrin, sie kommen!« sie nimmt die Treppe, stürmt droben ins Wohnzimmer, woselbst ihr Bruder, der wahrhaftig ein bißchen bleich ist, die Zeitung beiseite legt und ihr eine etwas abwehrende Handbewegung entgegen macht... sie umarmt ihn und wiederholt:

»Sie kommen, Tom, sie kommen! Du bist es, und Hermann Hagenström ist durchgefallen!«

Das war ein Freitag. Schon am folgenden Tage stand Senator Buddenbrook im Ratssaale vor dem Stuhle des verstorbenen James Möllendorpf, und in Gegenwart der versammelten Väter sowie des Bürgerausschusses leistete er diesen Eid:

»Ich will meinem Amte gewissenhaft vorstehen, das Wohl des Staates nach allen meinen Kräften erstreben, die Verfassung desselben getreu befolgen, das öffentliche Gut redlich verwalten und bei meiner Amtseinführung, namentlich auch bei allen Wahlen, weder auf eigenen Vorteil noch auf Verwandtschaft oder Freundschaft Rücksicht nehmen. Ich will die Gesetze des Staates handhaben und Gerechtigkeit üben gegen jeden, er sei reich oder arm. Ich will auch verschwiegen sein in allem, was Verschwiegenheit erfordert, besonders aber will ich geheimhalten, was geheimzuhalten mir geboten wird. So wahr mir Gott helfe!«

5.

Unsere Wünsche und Unternehmungen gehen aus gewissen Bedürfnissen unserer Nerven hervor, die mit Worten schwer zu bestimmen sind. Das, was man Thomas Buddenbrooks »Eitelkeit« nannte, die Sorgfalt, die er seinem Äußeren zuwandte, der Luxus, den er mit seiner Toilette trieb, war in Wirklichkeit etwas gründlich anderes. Es war ursprünglich um nichts mehr, als das Bestreben eines Menschen der Aktion, sich vom Kopf bis zur Zehe stets jener Korrektheit und Intaktheit bewußt zu sein, die Haltung gibt. Die Anforderungen aber wuchsen, die er selbst und die Leute an seine Begabung und seine Kräfte stellten. Er war mit privaten und öffentlichen Pflichten überhäuft. Bei der »Ratssetzung«, der Verteilung der Ämter an die Mitglieder des Senates, war ihm als Hauptressort das Steuerwesen zugefallen. Aber auch Eisenbahn-, Zoll- und andere staatliche Geschäfte nahmen ihn in Anspruch, und in tausend Sitzungen von Verwaltungs- und Aufsichtsräten, in denen ihm seit seiner Wahl das Präsidium zufiel, bedurfte es seiner ganzen Umsicht, Liebenswürdigkeit und Elastizität, um beständig die Empfindlichkeit weit bejahrterer Leute zu berücksichtigen, sich scheinbar ihrer älteren Erfahrung unterzuordnen und dennoch die Macht in Händen zu behalten. Wenn das Merkwürdige zu beobachten war, daß gleichzeitig seine »Eitelkeit«, das heißt dieses Bedürfnis, sich körperlich zu erquicken, zu erneuern, mehrere Male am Tag die Kleidung zu wechseln, sich wiederherzustellen und morgenfrisch zu machen, in auffälliger Weise zunahm, so bedeutete das, obgleich Thomas Buddenbrook kaum siebenunddreißig Jahre zählte, ganz einfach ein Nachlassen seiner Spannung, eine raschere Abnützbarkeit...

Bat der gute Doktor Grabow ihn, sich ein wenig mehr Ruhe zu gönnen, so antwortete er: »Oh, mein lieber Doktor! So weit bin ich noch nicht.« Er wollte damit sagen, daß er noch unabsehbar viel an sich zu arbeiten habe, bevor er, dermaleinst vielleicht, sich einen Zustand erobert haben würde, den er, fertig und am Ziele, nun in Behagen würde genießen können. In Wahrheit glaubte er kaum an diesen Zustand. Es trieb ihn vorwärts und ließ ihm keinen Frieden. Auch wenn er scheinbar ruhte, nach Tisch vielleicht, mit den Zeitungen, arbeiteten, während er mit einer gewissen langsamen Leidenschaftlichkeit die ausgezogene Spitze seines Schnurrbartes drehte und an seinen blassen Schläfen die Adern sichtbar wurden, tausend Pläne in seinem Kopf durcheinander. Und sein Ernst war gleich heftig beim Ersinnen eines geschäftlichen Manövers oder einer öffentlichen Rede, wie bei dem Vorhaben, nun endlich einmal kurzerhand seinen gesamten Vorrat an Leibwäsche zu erneuern, um wenigstens in dieser Beziehung für einige Zeit fertig und in Ordnung zu sein!

Wenn solche Anschaffungen und Restaurierungen ihm vorübergehend eine gewisse Befriedigung und Beruhigung gewährten, so mochte er die Ausgaben dafür sich skrupellos gestatten, denn seine Geschäfte gingen in diesen Jahren so ausgezeichnet wie ehemals nur zur Zeit seines Großvaters. Der Name der Firma gewann nicht nur in der Stadt, sondern auch draußen an Klang, und innerhalb des Gemeinwesens wuchs noch immer sein Ansehen. Jedermann anerkannte mit Neid oder freudiger Teilnahme seine Tüchtigkeit und Geschicklichkeit, während er selbst vergeblich danach rang, mit Behagen in Reihe und Ordnung zu schaffen, weil er hinter seiner planenden Phantasie sich beständig zum Verzweifeln im Rückstande fühlte.

So war es nicht Übermut, daß Senator Buddenbrook im Sommer dieses Jahres 63 umherging und über dem Plane sann, sich ein großes, neues Haus zu bauen. Wer glücklich ist, bleibt am Platze. Seine Rastlosigkeit trieb ihn dazu, und seine Mitbürger hätten dies Unternehmen seiner »Eitelkeit« zurechnen können, denn es gehörte dazu. Ein neues Haus, eine radikale Veränderung des äußeren Lebens, Aufräumen, Umzug, Neuinstallierung mit Ausscheidung alles Alten und Überflüssigen, des ganzen Niederschlages vergangener Jahre: diese Vorstellungen gaben ihm ein Gefühl von Sauberkeit, Neuheit, Erfrischung, Unberührtheit, Stärkung... und er mußte alles dessen wohl bedürftig sein, denn er griff mit Eifer danach und hatte sein Augenmerk schon auf eine bestimmte Stelle gerichtet.

Es war ein ziemlich umfangreiches Grundstück in der unteren Fischergrube. Ein altersgraues, schlecht unterhaltenes Haus stand dort zum Verkaufe, dessen Besitzerin, eine steinalte Jungfer, die es als ein Überbleibsel einer vergessenen Familie ganz allein bewohnt hatte, kürzlich gestorben war. An diesem Platze wollte der Senator sein Haus erstehen lassen, und auf seinen Gängen zum Hafen passierte er ihn oft mit prüfenden Blicken. Die Nachbarschaft war sympathisch: gute Bürgerhäuser mit Giebeln; am bescheidensten unter ihnen erschien das vis-à-vis: ein schmales Ding mit einem kleinen Blumenladen im Erdgeschoß.

Er beschäftigte sich angestrengt mit diesem Unternehmen. Er machte einen ungefähren Überschlag der Kosten, und obgleich die Summe, die er vorläufig festsetzte, nicht gering war, fand er, daß er sie ohne Überanstrengung zu leisten vermochte. Dennoch erblaßte er bei dem Gedanken, daß das Ganze vielleicht ein unnützer Streich sein könne, und gestand sich, daß sein jetziges Haus für ihn, seine Frau, sein Kind und die Dienerschaft ja eigentlich Raum in Fülle hatte. Aber seine halbbewußten Bedürfnisse waren stärker, und in dem Wunsche, von außen her in seinem Vorhaben bekräftigt und berechtigt zu werden, eröffnete er sich zunächst seiner Schwester.

»Kurz, Tony, was hältst du von der Sache! Die Wendeltreppe zum Badezimmer ist ja ganz spaßhaft, aber im Grunde ist das Ganze doch bloß eine Schachtel. Es ist so wenig repräsentabel, wie? Und jetzt, wo du es richtig dahin gebracht hast, daß ich Senator geworden bin... Mit einem Worte: Bin ich's mir schuldig...?«

Ach, mein Gott, was war er sich in Madame Permaneders Augen nicht schuldig! Sie war voll ernster Begeisterung. Sie kreuzte die Arme auf der Brust und ging mit etwas erhobenen Schultern und zurückgelegtem Kopfe im Zimmer umher.

»Da hast du recht, Tom! O Gott, wie recht du hast! Da gibt es gar keinen Einwand, denn wer zum Überfluß eine Arnoldsen mit hunderttausend Talern hat... Übrigens ich bin stolz, daß du mich zuerst ins Vertrauen ziehst, das ist schön von dir!... Und *wenn* schon, Tom, dann auch *vornehm,* das sage ich dir...!«

»Nun ja, der Meinung bin ich auch. Ich will etwas daranwenden. Voigt soll es machen, und ich freue mich schon darauf, den Riß mit dir zu besehen. Voigt hat viel Geschmack...«

Die zweite Zustimmung, die Thomas sich einholte, war diejenige Gerda's. Sie lobte den Plan durchaus. Das Getümmel des Umzuges würde nichts Angenehmes sein, aber die Aussicht auf ein großes Musikzimmer mit guter Akustik stimmte sie glücklich. Und was die alte Konsulin betraf, so war sie sofort bereit, den Bau als logische Folge der übrigen Glücksfälle zu betrachten, die sie mit Genugtuung und Dank gegen Gott erlebte. Seit der Geburt des Erben und des Konsuls Wahl in den Rat äußerte sich ihr Mutterstolz noch unverhohlener als früher; sie hatte eine Art, »mein Sohn, der Senator« zu sagen, die die Damen Buddenbrook aus der Breiten Straße aufs höchste irritierte.

Die alternden Mädchen fanden wahrhaftig allzu wenig Ablenkung von dem Anblick des eklatanten Aufschwunges, den Thomas' äußeres Leben nahm. Am Donnerstag die arme Klothilde zu verhöhnen, bereitete wenig Genugtuung, und über Christian, der durch Vermittlung Mr. Richardsons, seines ehemaligen Prinzipals, in London eine Stellung gefunden und von dort aus ganz kürzlich den aberwitzigen Wunsch herübertelegraphiert hatte, Fräulein Puvogel als Gattin zu sich zu nehmen, worauf er allerdings von der Konsulin aufs strengste zurückgewiesen war... über Christian, der ganz einfach zur Rangordnung Jakob Krögers gehörte, waren die Akten geschlossen. So entschädigte man sich ein wenig an den kleinen Schwächen der Konsulin und Frau Permaneders, indem man zum Beispiel das

Gespräch auf Haartrachten brachte; denn die Konsulin war imstande, mit der sanftesten Miene zu sagen, sie trage »ihr« Haar
schlicht... während doch alle von Gott mit Verstand begabten
Menschen, vor allen aber die Damen Buddenbrook sich sagen
mußten, daß der unveränderlich rötlichblonde Scheitel unter der
Haube der alten Dame längst nicht mehr »ihr« Haar genannt
werden könne. Noch lohnender aber war es, Cousine Tony zu
veranlassen, sich ein wenig über die Personen zu äußern, die ihr
bisheriges Leben in hassenswerter Weise beeinflußt hatten. Tränen-Trieschke! Grünlich! Permaneder! Hagenströms!... Diese
Namen, die Tony, wenn sie gereizt ward, wie ebensoviele kleine
Trompetenstöße des Abscheus mit etwas emporgezogenen
Schultern in die Luft hinein verlauten ließ, klangen den Töch-
tern Onkel Gottholds recht angenehm in die Ohren.

Übrigens verhehlten sie sich nicht – und übernahmen keines-
wegs die Verantwortung, es zu verschweigen –, daß der kleine
Johann zum Erschrecken langsam gehen und sprechen lerne...
Sie waren im Rechte damit, und es ist zuzugeben, daß Hanno –
dies war der Rufname, den Frau Senator Buddenbrook für ihren
Sohn eingeführt hatte – zu einer Zeit, als er alle Mitglieder seiner
Familie mit ziemlicher Korrektheit zu nennen vermochte, noch
immer außerstande war, die Namen Friederike, Henriette und
Pfiffi in verständlicher Weise zu bilden. Was das Gehen betraf, so
war ihm jetzt, im Alter von fünf Vierteljahren, noch kein selbständiger Schritt gelungen, und es war um diese Zeit, daß die
Damen Buddenbrook mit hoffnungslosem Kopfschütteln er-
klärten, dieses Kind werde stumm und lahm bleiben für sein
ganzes Leben.

Sie durften später diese traurige Prophezeiung als Irrtum erkennen; aber niemand leugnete, daß Hanno in seiner Entwicklung ein wenig zurückstand. Er hatte gleich in der frühesten Zeit
seines Lebens schwere Kämpfe zu bestehen gehabt und seine
Umgebung in beständiger Furcht gehalten. Als ein stilles und
wenig kräftiges Kind war er zu Welt gekommen, und bald nach
der Taufe hatte ein nur drei Tage dauernder Anfall von Brech-
durchfall beinahe genügt, sein mit Mühe in Gang gebrachtes

kleines Herz endgültig stillstehen zu lassen. Er blieb am Leben, und der gute Doktor Grabow traf nun, mit der sorgfältigsten Ernährung und Pflege, Vorkehrungen gegen die drohenden Krisen des Zahnens. Kaum aber wollte die erste weiße Spitze den Kiefer durchbrechen, als auch schon die Krämpfe sich einstellten, um sich dann stärker und einige Male in Entsetzen erregender Weise zu wiederholen. Wieder kam es dahin, daß der alte Arzt den Eltern nur noch wortlos die Hände drückte... Das Kind lag in tiefster Erschöpfung, und der stiere Seitenblick der tief umschatteten Augen deutete auf eine Gehirnaffektion. Das Ende schien fast wünschenswert.

Dennoch gelangte Hanno wieder zu einigen Kräften, sein Blick begann die Dinge zu fassen, und wenn auch die überstandenen Strapazen seine Fortschritte im Sprechen und Gehen verlangsamten, so gab es nun doch keine unmittelbare Gefahr mehr zu fürchten.

Hanno war schlankgliedrig und ziemlich lang für sein Alter. Sein hellbraunes, sehr weiches Haar begann in dieser Zeit ungmein schnell zu wachsen und fiel bald, kaum merklich gewellt, auf die Schultern seines faltigen, schürzenartigen Kleidchens nieder. Schon begannen die Familienähnlichkeiten sich vollkommen erkennbar bei ihm auszuprägen. Von Anbeginn besaß er ganz ausgesprochen die Hände der Buddenbrooks: breit, ein wenig zu kurz, aber fein gegliedert; und seine Nase war genau die seines Vaters und Urgroßvaters, wenn auch die Flügel noch zarter bleiben zu wollen schienen. Das ganze längliche und schmale Untergesicht jedoch gehörte weder den Buddenbrooks noch den Krögers, sondern der mütterlichen Familie – wie auch vor allem sein Mund, der frühzeitig – schon jetzt – dazu neigte, sich in zugleich wehmütiger und ängstlicher Weise verschlossen zu halten... mit diesem Ausdruck, dem später der Blick seiner eigenartig goldbraunen Augen mit den bläulichen Schatten sich immer mehr anpaßte...

Unter den Blicken voll verhaltener Zärtlichkeit, die sein Vater ihm schenkte, unter der Sorgfalt, mit der seine Mutter seine Kleidung und Pflege überwachte, angebetet von seiner Tante

Antonie, mit Reitern und Kreiseln beschenkt von der Konsulin und Onkel Justus – begann er zu leben, und wenn sein hübscher kleiner Wagen auf der Straße erschien, blickten die Leute ihm mit Interesse und Erwartung nach. Was aber die würdige Kinderfrau Madame Decho betraf, die zunächst noch den Dienst versah, so war es beschlossene Sache, daß in das neue Haus nicht mehr sie, sondern an ihrer Statt Ida Jungmann einziehen sollte, während die Konsulin sich nach anderer Hilfe umsehen würde...

Senator Buddenbrook verwirklichte seine Pläne. Der Ankauf des Grundstückes in der Fischergrube machte keinerlei Schwierigkeiten, und das Haus in der Breiten Straße, zu dessen Übernahme der Makler Gosch sich sofort mit Ingrimm bereit erklärt hatte, brachte Herr Stephan Kistenmaker, dessen Familie wuchs und der mit seinem Bruder in Rotspon gutes Geld verdiente, unmittelbar käuflich an sich. Herr Voigt übernahm den Bau, und bald schon konnte man donnerstags im Familienkreise seinen sauberen Riß entrollen und die Fassade im voraus schauen: ein prächtiger Rohbau mit Sandstein-Karyatiden, die den Erker trugen, und einem flachen Dache, über welches Klothilde gedehnt und freundlich bemerkte, daß man nachmittags Kaffee darauf trinken könne... Selbst in betreff der Parterre-Räumlichkeiten des Mengstraßenhauses, die nun leer stehen würden, denn auch seine Comptoirs gedachte der Senator in die Fischergrube zu verlegen, ordnete sich rasch alles zum besten, denn es erwies sich, daß die städtische Feuer-Versicherungsgesellschaft gewillt war, die Stuben mietweise als Bureaux zu übernehmen.

Der Herbst kam, graues Gemäuer stürzte zu Schutt zusammen, und über geräumigen Kellern erwuchs, während der Winter hereinbrach und wieder an Kraft verlor, Thomas Buddenbrooks neues Haus. Kein Gesprächsstoff in der Stadt, der anziehender gewesen wäre! Es wurde tipptopp, es wurde das schönste Wohnhaus weit und breit! Gab es etwa in Hamburg schönere?... Mußte aber auch verzweifelt teuer sein, und der alte Konsul hätte solche Sprünge sicherlich nicht gemacht... Die Nachbarn, die Bürgersleute in den Giebelhäusern, lagen in den Fenstern, sahen den Arbeiten der Männer auf den Gerüsten zu, freuten sich, wie der Bau emporstieg, und suchten den Zeitpunkt des Richtfestes zu bestimmen.

Es kam heran und ward mit allen Umständlichkeiten begangen. Droben auf dem flachen Dache hielt ein alter Maurerpolier eine Rede, an deren Ende er eine Champagnerflasche über seine Schulter schleuderte, während zwischen den Fahnen die großmächtige Richtkrone aus Rosen, grünem Laub und bunten Bändern schwerfällig im Winde schwankte. Dann aber ward in einem nahen Wirtshause den sämtlichen Arbeitern an langen Tischen ein Festmahl mit Bier, belegtem Butterbrot und Zigarren gegeben, und mit seiner Gattin und seinem kleinen Sohne, den Madame Decho auf dem Arme trug, schritt Senator Buddenbrook in dem niedrigen Raume zwischen den Reihen der Tafelnden hindurch und nahm dankend die Hochrufe entgegen, die man ihm darbrachte.

Draußen ward Hanno wieder in seinen Wagen gesetzt, und Thomas überschritt mit Gerda den Fahrdamm, um noch einen Blick an der roten Fassade mit den weißen Karyatiden hinaufgleiten zu lassen. Drüben, vor dem kleinen Blumenladen mit der schmalen Tür und dem dürftigen Schaufensterchen, in welchem ein paar Töpfe mit Zwiebelgewächsen nebeneinander auf einer grünen Glasscheibe paradierten, stand Iwersen, der Besitzer des Geschäftes, ein blonder, riesenstarker Mann, in wollener Jacke, neben seiner Frau, die weit schmächtiger war und einen dunklen, südlichen Gesichtstypus zeigte. Sie hielt einen vier- oder fünfjährigen Jungen an der einen Hand, schob mit der andern ein Wägelchen, in dem ein kleineres Kind schlummerte, langsam hin und her und befand sich ersichtlich in guter Hoffnung.

Iwersen verbeugte sich ebenso tief wie ungeschickt, während seine Frau, die nicht aufhörte, das Kinderwägelchen hin und her zu rollen, aus ihren schwarzen, länglich geschnittenen Augen ruhig und aufmerksam die Senatorin betrachtete, die am Arme ihres Gatten auf sie zukam.

Thomas blieb stehen und wies mit dem Stock nach der Richtkrone hinauf.

»Das haben Sie schön gemacht, Iwersen!«

»Kömmt nich mir zu, Herr Senator, Dat's min Fru eer Saak.«

»Ah!« sagte der Senator kurz, wobei er mit einem kleinen Ruck den Kopf erhob und eine Sekunde lang hell, fest und freundlich in das Gesicht Frau Iwersens blickte. Und ohne ein Wort hinzuzufügen, verabschiedete er sich mit einer verbindlichen Handbewegung.

6.

Eines Sonntags, zu Beginn des Juli – Senator Buddenbrook hatte seit etwa vier Wochen sein neues Haus bezogen – erschien Frau Permaneder noch gegen Abend bei ihrem Bruder. Sie überschritt den kühlen, steinernen Flur, der mit Reliefs nach Thorwaldsen geschmückt war und von dem zur Rechten eine Tür in die Comptoirs führte, schellte an der Windfangtür, die von der Küche aus durch den Druck auf einen Gummiball geöffnet werden konnte, und erfuhr auf dem geräumigen Vorplatz, wo, am Fuße der Haupttreppe, der Bär, das Geschenk der Tiburtius', stand, von Anton, dem Bedienten, daß der Senator noch bei der Arbeit sei.

»Schön«, sagte sie, »danke, Anton; ich gehe zu ihm.«

Aber sie schritt zuvor noch am Comptoireingang vorbei, ein wenig nach rechts, dorthin, wo über ihr das kolossale Treppenhaus sich auftat, dieses Treppenhaus, das im ersten Stockwerk von der Fortsetzung des gußeisernen Treppengeländers gebildet ward, in der Höhe der zweiten Etage aber zu einer weiten Säulengalerie in Weiß und Gold wurde, während von der schwindelnden Höhe des »Einfallenden Lichtes« ein mächtiger, goldblanker Lustre herniederschwebte... »Vornehm!« sagte Frau Permaneder leise und befriedigt, indem sie in diese offene und helle Pracht hineinblickte, die ihr ganz einfach die Macht, den Glanz und Triumph der Buddenbrooks bedeutete. Dann aber fiel ihr ein, daß sie in einer betrübenden Angelegenheit hierhergekommen sei, und sie wandte sich langsam dem Comptoireingang zu.

Thomas war ganz allein dort drinnen; er saß an seinem Fensterplatz und schrieb einen Brief. Er blickte auf, indem er eine seiner hellen Brauen emporzog, und streckte seiner Schwester die Hand entgegen.

»'n Abend, Tony. Was bringst du Gutes?«

»Ach, nicht viel Gutes, Tom!... Nein, das Treppenhaus ist gar zu herrlich!... Übrigens sitzest du hier im Halbdunkeln und schreibst.«

»Ja... ein eiliger Brief. – Also nichts Gutes? Jedenfalls wollen wir ein bißchen im Garten herumgehen dabei; das ist angenehmer. Komm.«

Ein Geigenadagio ertönte tremolierend aus der ersten Etage herab, während sie über die Diele gingen.

»Horch!« sagte Frau Permaneder und blieb einen Augenblick stehen... »Gerda spielt. Wie himmlisch! O gott, dieses Weib... sie ist eine Fee! Wie geht es Hanno, Tom?«

»Er wird gerade mit der Jungmann zu Abend essen. Schlimm, daß es mit seinem Gehen noch immer nicht so recht vorwärts will...«

»Das wird schon kommen, Tom, wird schon kommen! Wie seid ihr mit Ida zufrieden?«

»Oh, wie sollten wir nicht zufrieden sein...«

Sie passierten den rückwärts gelegenen steinernen Flur, indem sie die Küche zur Rechten ließen, und traten durch eine Glastür über zwei Stufen in den zierlichen und duftenden Blumengarten hinaus.

»Nun?« fragte der Senator.

Es war warm und still. Die Düfte der reinlich abgezirkelten Beete lagen in der Abendluft, und der von hohen, lilafarbenen Iris umstandene Springbrunnen sandte seinen Strahl mit friedlichem Plätschern dem dunklen Himmel entgegen, an dem die ersten Sterne zu erglimmen begannen. Im Hintergrunde führte eine kleine, von zwei niedrigen Obelisken flankierte Freitreppe zu einem erhöhten Kiesplatze empor, auf welchem ein offener, hölzerner Pavillon stand, der mit seiner herabgelassenen Markise einige Gartenstühle beschirmte. Zur Linken ward das

Grundstück durch eine Mauer vom Nachbargarten abgegrenzt; rechts aber war die Seitenwand des Nebenhauses in ihrer ganzen Höhe mit einem hölzernen Gerüst verkleidet, das bestimmt war, mit der Zeit von Schlinggewächsen bedeckt zu werden. Es gab zu den Seiten der Freitreppe und des Pavillonplatzes ein paar Johannis- und Stachelbeersträucher; aber nur *ein* großer Baum war da, ein knorriger Walnußbaum, der links an der Mauer stand.

»Die Sache ist die«, antwortete Frau Permaneder zögernd, während die Geschwister auf dem Kieswege langsam den vorderen Platz zu umschreiben begannen... »Tiburtius schreibt...«

»Clara?!« fragte Thomas... »Bitte, kurz und ohne Umstände!«

»Ja, Tom, sie liegt, es steht schlimm mit ihr, und der Doktor fürchtet, daß es Tuberkeln sind... Gehirn-Tuberkulose... so schwer es mir fällt, es auszusprechen. Sieh her: dies ist der Brief, den ihr Mann mir schreibt. Diese Einlage, die an Mutter adressiert ist, und in der, sagt er, dasselbe steht, sollen wir ihr geben, nachdem wir sie ein bißchen vorbereitet haben. Und dann ist hier noch diese zweite Einlage: auch an Mutter und von Clara selbst, sehr unsicher mit Bleistift geschrieben. Und Tiburtius erzählt, daß sie selbst dabei gesagt hat, es seien ihre letzten Zeilen, denn es sei das Traurige, daß sie sich gar keine Mühe gäbe, zu leben. Sie hat sich ja immer nach dem Himmel gesehnt...« schloß Frau Permaneder und trocknete ihre Augen.

Der Senator ging schweigend, die Hände auf dem Rücken und mit tief gesenktem Kopfe neben ihr.

»Du bist so still, Tom... Und du hast recht; was soll man sagen? Und dies grade jetzt, wo auch Christian krank in Hamburg liegt...«

Denn so verhielt es sich. Christians »Qual« in der linken Seite war in letzter Zeit zu London so stark geworden, hatte sich in so reelle Schmerzen verwandelt, daß er alle seine kleineren Beschwerden darüber vergessen hatte. Er hatte sich nicht mehr zu helfen gewußt, hatte seiner Mutter geschrieben, er müsse nach Hause kommen, um sich von ihr pflegen zu lassen, hatte seinen

Platz in London fahrenlassen und war abgereist. Kaum aber in Hamburg angelangt, hatte er zu Bette gehen müssen, der Arzt hatte Gelenkrheumatismus festgestellt und Christian aus dem Hotel ins Krankenhaus schaffen lassen, da eine Weiterreise fürs erste unmöglich sei. Da lag er nun und diktierte seinem Wärter höchst trübselige Briefe...

»Ja«, antwortete der Senator leise; »es scheint, daß eins zum andern kommen soll.«

Sie legte einen Augenblick den Arm um seine Schultern.

»Aber du mußt nicht verzagt sein, Tom! Dazu hast du noch lange kein Recht! Du hast guten Mut nötig...«

»Ja, bei Gott, den hätte ich nötig!«

»Wieso, Tom?... Sage mal: Warum warst du eigentlich vorgestern, Donnerstag, den ganzen Nachmittag so schweigsam, wenn ich das wissen darf?«

»Ach... Geschäfte, mein Kind. Ich habe eine nicht ganz kleine Partie Roggen nicht sehr vorteilhaft... na, kurz und gut: eine große Partie sehr unvorteilhaft verkaufen müssen...«

»Oh, das kommt vor, Tom! Das passiert heute, und morgen bringst du's wieder ein. Sich dadurch gleich die Stimmung verderben zu lassen...«

»Falsch, Tony«, sagte er und schüttelte den Kopf. »Meine Stimmung ist nicht unter Null, weil ich Mißerfolg habe. *Umgekehrt*. Das ist mein Glaube, und darum trifft es auch zu.«

»Aber, was ist es denn mit deiner Stimmung?!« fragte sie erschreckt und erstaunt. »Man sollte annehmen... du solltest fröhlich sein, Tom! Clara ist am Leben... alles wird gut gehen mit Gottes Hilfe! Und im übrigen? Hier gehen wir in deinem Garten umher, und alles duftet nur so. Dort liegt dein Haus, ein Traum von einem Haus; Hermann Hagenström bewohnt eine Kate im Vergleiche damit! Das alles hast du zuwege gebracht...«

»Ja, es ist fast zu schön, Tony. Ich will sagen: es ist noch zu neu. Es verstört mich noch ein wenig, und daher mag die üble Stimmung kommen, die mir zusetzt und mir in allen Dingen schadet. Ich habe mich sehr auf dies alles gefreut, aber diese Vorfreude war, wie ja immer, das Beste, denn das Gute kommt immer zu spät, immer wird es zu spät fertig, wenn man sich nicht mehr recht darüber freuen kann...«

»Nicht mehr freuen, Tom! Jung, wie du bist!«

»Man ist so jung oder alt, wie man sich *fühlt*. – Und *wenn* es kommt, das Gute und Erwünschte, schwerfällig und verspätet, so kommt es, behaftet mit allem kleinlichen, störenden, ärgerlichen Beiwerk, allem Staube der Wirklichkeit, mit dem man in der Phantasie nicht gerechnet hat, und der einen reizt... reizt...«

»Ja, ja... Aber so jung oder alt, wie man sich *fühlt*, Tom –?«

»Ja, Tony. Es mag vorübergehen... eine Verstimmung – gewiß. Aber ich fühle mich in dieser Zeit älter, als ich bin. Ich habe geschäftliche Sorgen, und im Aufsichtsrat der Büchener Eisenbahn hat mich Konsul Hagenström gestern ganz einfach zu Boden geredet, widerlegt, beinahe dem allgemeinen Lächeln ausgesetzt... Mir ist, als ob mir dergleichen früher nicht hätte geschehen können. Mir ist, als ob mir etwas zu entschlüpfen begönne, als ob ich dieses Unbestimmte nicht mehr so fest in Händen hielte wie ehemals... Was ist der Erfolg? Eine geheime, unbeschreibliche Kraft, Umsichtigkeit, Bereitschaft... das Bewußtsein, einen Druck auf die Bewegungen des Lebens um mich her durch mein bloßes Vorhandensein auszuüben... Der Glaube an die Gefügigkeit des Lebens zu meinen Gunsten... Glück und Erfolg sind in uns. Wir müssen sie halten: fest, tief. Sowie hier drinnen etwas nachzulassen beginnt, sich abzuspannen, müde zu werden, alsbald wird alles frei um uns her, widerstrebt, rebelliert, entzieht sich unserem Einfluß... Dann kommt eines zum andern, Schlappe folgt auf Schlappe, und man ist fertig. Ich habe in den letzten Tagen oft an ein türkisches Sprichwort gedacht, das ich irgendwo las: ›Wenn das Haus fertig ist, so kommt der Tod.‹ Nun, es braucht noch nicht gerade der Tod zu sein. Aber der Rückgang... der Abstieg... der Anfang vom Ende... Siehst du, Tony«, fuhr er fort, indem er den Arm unter den seiner Schwester schob, und seine Stimme wurde noch leiser: »Als wir Hanno tauften, erinnerst du dich? Da sagtest du zu mir: ›Mir ist, als ob jetzt noch eine

430

ganz neue Zeit beginnen müsse!‹ Ich höre es noch ganz deutlich, und es schien dann, als solltest du recht bekommen, denn es kam die Senatswahl, und ich hatte Glück, und hier wuchs das Haus aus dem Erdboden. Aber ›Senator‹ und Haus sind Äußerlichkeiten, und ich weiß etwas, woran du noch nicht gedacht hast, ich weiß es aus Leben und Geschichte. Ich weiß, daß oft die äußeren, sichtbarlichen und greifbaren Zeichen und Symbole des Glückes und Aufstieges erst erscheinen, wenn in Wahrheit alles schon wieder abwärts geht. Diese äußeren Zeichen brauchen Zeit, anzukommen, wie das Licht eines solchen Sternes dort oben, von dem wir nicht wissen, ob er nicht schon im Erlöschen begriffen, nicht schon erloschen ist, wenn er am hellsten strahlt...«

Er verstummte, und sie gingen eine Weile schweigend, während der Springbrunnen in der Stille plätscherte und es in der Krone des Walnußbaumes flüsterte. Dann atmete Frau Permaneder so mühsam auf, daß es wie Schluchzen klang.

»Wie traurig du sprichst, Tom! So traurig wie noch nie! Aber es ist gut, daß du dich ausgesprochen hast, und nun wird es dir leichter werden, dir alles das aus dem Sinn zu schlagen.«

»Ja, Tony, das muß ich, so gut es geht, versuchen. Und nun gib mir die beiden Einlagen von Clara und dem Pastor. Es wird dir recht sein, wenn ich dir die Sache abnehme und morgen vormittag selbst mit Mutter spreche. Die gute Mutter! Aber wenn es Tuberkeln sind, so muß man sich ergeben.«

7.

»Und du fragst mich nicht?! Du gehst über mich hinweg?!«

»Ich habe gehandelt, wie ich handeln mußte!«

»Du hast über alle Grenzen verwirrt und vernunftlos gehandelt!«

»Vernunft ist nicht das Höchste auf Erden!«

»Oh, keine Phrasen!... Es handelt sich um die einfachste Gerechtigkeit, die du in empörender Weise außer acht gelassen hast!«

»Ich bemerke dir, mein Sohn, daß du deinerseits in deinem Tone die Ehrfurcht außer acht läßt, die du mir schuldest!«

»Und ich entgegne dir, meine liebe Mutter, daß ich diese Ehrfurcht noch niemals vergessen habe, daß aber meine Eigenschaft als Sohn zu Null wird, sobald ich dir in Sachen der Firma und der Familie als männliches Oberhaupt und an der Stelle meines Vaters gegenüberstehe!«...

»Ich will nun, daß du schweigst, Thomas!«

»O nein! ich werde nicht schweigen, bis du deine maßlose Torheit und Schwäche erkennst!«

»Ich disponiere über mein Vermögen, wie es mir beliebt!«

»Billigkeit und Vernunft setzen deinem Belieben Schranken!«

»Nie hätte ich gedacht, daß du mich so zu kränken vermöchtest!«

»Nie hätte ich gedacht, daß du mir so rücksichtslos ins Gesicht zu schlagen vermöchtest...!«

»Tom!... Aber Tom!« ließ sich Frau Permaneders verängstigte Stimme vernehmen. Sie saß, die Hände ringend, am Fenster des Landschaftszimmers, während ihr Bruder mit furchtbar erregten Schritten den Raum durchmaß und die Konsulin, aufgelöst in Zorn und Schmerz, auf dem Sofa saß, indem sie sich mit einer Hand auf das Polster stützte und die andere bei einem heftigen Wort auf die Tischplatte niederfallen ließ. Alle drei trugen Trauer um Clara, die nicht mehr auf Erden weilte, und alle waren bleich und außer sich...

Was ging vor? Etwas Entsetzliches, Grauenerregendes, etwas, was den Beteiligten selbst als monströs und unglaublich erschien: Ein Streit, eine erbitterte Auseinandersetzung zwischen Mutter und Sohn!

Es war im August, an einem schwülen Nachmittage. Zehn Tage schon, nachdem der Senator seiner Mutter mit aller Vorsicht die beiden Briefe von Sievert und Clara Tiburtius überreicht hatte, war ihm die schwere Aufgabe geworden, die alte Dame mit der Todesnachricht zu treffen. Dann war er zum Begräbnis nach Riga gereist, war zusammen mit seinem Schwager Tiburtius zurückgekehrt, der einige Tage bei der Familie seiner entschlafenen Gattin verbracht und auch Christian im Hamburger Krankenhause besucht hatte... und jetzt, da der Pastor seit zwei Tagen sich wieder in seiner Heimat befand, hatte die Konsulin ihrem Sohne mit ersichtlichem Zögern diese Eröffnung gemacht...

»Hundert-sieben-und-zwanzig-tausend-fünf-hundert Courantmark!« rief er und schüttelte die gefalteten Hände vor seinem Gesicht. »Sei's um die Mitgift! Hätte er doch die Achtzigtausend behalten mögen, obgleich kein Kind vorhanden ist! Aber das Erbe! Clara's Erbe ihm zuzusprechen! Und du fragst mich nicht! Du gehst über mich hinweg!...«

»Thomas, um Christi willen, laß mir Gerechtigkeit widerfahren! Konnte ich denn anders? Konnte ich es denn?!... Sie, die nun bei Gott und all dem entrückt ist, sie schreibt mir von ihrem Sterbebette aus... mit Bleistift... mit zitternder Hand... ›Mutter‹, schreibt sie, ›wir werden uns hier unten niemals wiedersehen, und dies sind, das fühle ich so deutlich, meine letzten Zeilen... Mit meinem letzten Bewußtsein schreibe ich sie, das meinem Manne gilt... Gott hat uns nicht mit Kindern gesegnet; aber was *mein* gewesen wäre, wenn ich Dich überlebt hätte, laß es, wenn Du mir dereinst *dorthin* nachfolgst – laß es *ihm* zufallen, damit er es zu seinen Lebzeiten genieße! Mutter, es ist meine letzte Bitte... die Bitte einer Sterbenden... Du wirst sie mir nicht abschlagen...‹ Nein, Thomas! ich habe sie ihr nicht abgeschlagen; ich konnte es nicht! Ich habe ihr depeschiert, und sie ist in Frieden hinübergegangen...« Die Konsulin weinte heftig.

»Und man gönnt mir nicht eine Silbe! Man verheimlicht mir alles! Man geht über mich hinweg!« wiederholte der Senator.

»Ja, ich *habe* geschwiegen, Thomas; denn ich fühlte, daß ich die letzte Bitte meines sterbenden Kindes erfüllen *mußte*... und ich weiß, daß du versucht hättest, es mir zu verbieten!«

»Ja! bei Gott! Das hätte ich!«

»Und du hättest das Recht nicht dazu gehabt, denn drei meiner Kinder sind einig mit mir!«

»Oh, mich dünkt, meine Meinung wiegt die zweier Damen und eines maroden Narren auf...«

»Du sprichst so lieblos von deinen Geschwistern wie hart zu mir!«

»Clara war eine fromme, aber unwissende Frau, Mutter! Und Tony ist ein Kind, – das übrigens bis zur Stunde ebenfalls nichts gewußt hat, denn es hätte ja zur Unzeit geplaudert, nicht wahr? Und Christian?... Ja, er hat sich Christians Einwilligung verschafft, dieser Tiburtius... Wer hätte dergleichen von ihm erwartet?! Weißt du noch nicht, begreifst du noch nicht, was er ist, dieser ingeniöse Pastor? Ein Wicht ist er! Ein Erbschleicher...!«

»Schwiegersöhne sind immer Filous«, sagte Frau Permaneder mit dumpfer Stimme.

»Ein Erbschleicher! Was tut er? Er fährt nach Hamburg, er setzt sich an Christians Bett und redet auf ihn ein. ›Ja!‹ sagt Christian. ›Ja, Tiburtius. Gott befohlen. Haben Sie einen Begriff von der Qual in meiner linken Seite?...‹ Oh, Dummheit und Schlechtigkeit sind gegen mich verschworen –!« Und der Senator – außer sich, an das Schmiedeeisengitter der Ofennische gelehnt – drückte seine beiden verschlungenen Hände gegen die Stirn.

Dieser Paroxysmus von Entrüstung entsprach nicht den Umständen! Nein, es waren nicht diese einhundertsiebenundzwanzigtausendfünfhundert Courantmark, die ihn in einen Zustand versetzten, wie ihn noch niemals irgend jemand an ihm beobachtet hatte! Es war vielmehr dies, daß in seinem vorher schon gereizten Empfinden sich auch dieser Fall noch der Kette von Niederlagen und Demütigungen anreihte, die er während der letzten Monate im Geschäft und in der Stadt hatte erfahren müssen... Nichts fügte sich mehr! Nichts ging mehr nach seinem Willen! War es soweit gekommen, daß man im Hause seiner Väter in den wichtigsten Angelegenheiten »über ihn hinwegging«...? Daß ein Rigaer Pastor ihn rücklings übertölpelte?... Er hätte es verhindern können, aber sein Einfluß war gar nicht erprobt worden! Die Ereignisse waren ohne ihn ihren Gang gegangen! Aber ihm schien, daß das früher nicht hätte geschehen können, daß es früher nicht *gewagt* haben würde zu geschehen!

Es war eine neue Erschütterung des eigenen Glaubens an sein Glück, seine Macht, seine Zukunft... Und es war nichts als seine innere Schwäche und Verzweiflung, die vor Mutter und Schwester während dieses Auftrittes hervorbrach.

Frau Permaneder stand auf und umarmte ihn.

»Tom«, sagte sie, »beruhige dich doch! Komm doch zu dir! Ist es so schlimm? Du machst dich ja krank! Tiburtius braucht ja nicht gar so lange zu leben... und nach seinem Tode fällt ja das Erbteil an uns zurück! Und es soll ja auch geändert werden, wenn du willst! Kann es nicht geändert werden, Mama?«

Die Konsulin antwortete nur mit Schluchzen.

»Nein... ach nein!« sagte der Senator, indem er sich zusammenraffte und mit der Hand eine schwach ablehnende Geste beschrieb. »Es ist, wie es ist. Meint ihr, ich werde in die Gerichte laufen und gegen meine Mutter prozessieren, um dem internen Skandal einen öffentlichen hinzuzufügen? Es gehe, wie es will...« schloß er und ging mit erschlafften Bewegungen zur Glastür, wo er noch einmal stehenblieb.

»Nur glaubt nicht, daß es zum besten mit uns steht«, sagte er gedämpft. »Tony hat achtzigtausend Courantmark verloren... und Christian hat außer seiner Mitgift von fünfzigtausend, die er vertan, schon an die dreißigtausend Vorschuß verbraucht... die sich vermehren werden, da er ohne Verdienst ist und eine Kur in Oeynhausen gebrauchen wird... Nun fällt nicht nur Clara's Mitgift für immer, sondern dereinst auch ihr ganzer Vermögensanteil für unbestimmte Zeit aus der Familie hinaus... Und die Geschäfte gehen schlecht, sie gehen zum Verzweifeln, genau seit der Zeit, daß ich mehr als hunderttausend an mein Haus gewandt habe... Nein, es steht nicht gut um eine Familie, in der Veranlassung gegeben wird zu Auftritten, wie dieser hier. Glaubt mir – glaubt mir das eine: Wäre Vater am Leben, wäre er hier bei uns zugegen: er würde die Hände falten und uns alle der Gnade Gottes empfehlen.«

8

Krieg und Kriegsgeschrei, Einquartierung und Geschäftigkeit! Preußische Offiziere bewegen sich in der parkettierten Zimmerflucht der Bel-Etage von Senator Buddenbrooks neuem Hause, küssen der Hausdame die Hände und werden von Christian, der von Oeynhausen zurückgekehrt ist, in den Klub eingeführt, während im Mengstraßen-Hause Mamsell Severin, Riekchen Severin, der Konsulin neue Jungfer, zusammen mit den Mädchen eine Menge Matratzen in das »Portal«, das alte Gartenhaus, schleppt, das voll von Soldaten ist.

Gewimmel, Verstörung und Spannung überall! Die Mannschaften ziehen zum Tore hinaus, neue rücken ein, überfluten die Stadt, essen, schlafen, erfüllen die Ohren der Bürger mit Trommelwirbeln, Trompetensignalen und Kommandorufen und marschieren wieder ab. Königliche Prinzen werden begrüßt; Durchmarsch folgt auf Durchmarsch. Dann Stille und Erwartung.

Im Spätherbst und Winter kehren die Truppen siegreich zurück, werden wiederum einquartiert und ziehen unter den Hochrufen der aufatmenden Bürger nach Hause. – Friede. Der kurze, ereignisschwangere Friede von 65.

Und zwischen zwei Kriegen, unberührt und ruhevoll in den Falten seines Schürzenkleidchens und dem Gelock seines weichen Haares, spielt der kleine Johann im Garten am Springbrunnen oder auf dem »Altan«, der eigens für ihn durch eine kleine Säulenestrade vom Vorplatz der zweiten Etage abgetrennt ist, die Spiele seiner viereinhalb Jahre... Diese Spiele, deren Tiefsinn und Reiz kein Erwachsener mehr zu verstehen vermag, und zu denen nichts weiter nötig ist als drei Kieselsteine oder ein Stück Holz, das vielleicht eine Löwenzahnblüte als Helm trägt: vor allem aber die reine, starke, inbrünstige, keusche, noch unverstörte und uneingeschüchterte Phantasie jenes glückseligen Alters, wo das Leben sich noch scheut, uns anzutasten, wo noch weder Pflicht noch Schuld Hand an uns zu legen wagt, wo wir sehen, hören, lachen, staunen und träumen dürfen, ohne daß noch die Welt Dienste von uns verlangt... wo die Ungeduld derer, die wir doch lieben möchten, uns noch nicht nach Anzeichen und ersten Beweisen quält, daß wir diese Dienste mit Tüchtigkeit werden leisten können... Ach, nicht lange mehr, und mit plumper Übermacht wird alles über uns herfallen, um uns zu vergewaltigen, zu exerzieren, zu strecken, zu kürzen, zu verderben...

Große Dinge geschahen, während Hanno spielte. Der Krieg entbrannte, der Sieg schwankte und entschied sich, und Hanno Buddenbrooks Vaterstadt, die klug zu Preußen gestanden hatte, blickte nicht ohne Genugtuung auf das reiche Frankfurt, das seinen Glauben an Österreich bezahlen mußte, indem es aufhörte, eine Freie Stadt zu sein.

Bei dem Fallissement einer Frankfurter Großfirma aber, im Juli, unmittelbar vor Eintritt des Waffenstillstandes, verlor das Haus Johann Buddenbrook mit einem Schlage die runde Summe von zwanzigtausend Talern Courant.

Achter Teil

*(Meinem Bruder Heinrich, dem Menschen und dem Schriftsteller,
zu Ehren.)*

1.

Wenn Herr Hugo Weinschenk, seit einiger Zeit Direktor im
Dienste der städtischen Feuerversicherungsgesellschaft, mit seinem geschlossenen Leibrock, seinem schmalen, schwarzen, auf
männliche und ernste Art in die Mundwinkel hineingewachsenen Schnurrbart und seiner etwas hängenden Unterlippe, wiegenden und selbstbewußten Schrittes über die große Diele
schritt, um sich von den vorderen Bureaux in die hinteren zu
begeben, wobei er seine beiden Fäuste vor sich hertrug und die
Ellenbogen in legerer Weise an den Seiten bewegte, bot er das
Bild eines tätigen, wohlsituierten und imponierenden Mannes.

Andererseits war Erika Grünlich, nun zwanzigjährig: ein großes, erblühtes Mädchen, frischfarbig und hübsch vor Gesundheit und Kraft. Führte der Zufall sie die Treppe hinab oder an das
obere Geländer, wenn eben Herr Weinschenk des Weges kam –
und der Zufall tat dies nicht selten –, so nahm der Direktor den
Zylinder von seinem kurzen, schwarzen Haupthaar, das an den
Schläfen schon zu ergrauen begann, wiegte sich stärker in der
Taille seines Gehrockes und begrüßte das junge Mädchen mit
einem erstaunten und bewundernden Blick seiner kühn umherschweifenden, braunen Augen... worauf Erika davonlief, sich
irgendwo auf eine Fensterbank setzte und vor Ratlosigkeit und
Verwirrung eine Stunde lag weinte.

Fräulein Grünlich war unter Therese Weichbrodts Obhut in
Züchten herangewachsen, und ihre Gedanken gingen nicht
weit. Sie weinte über Herrn Weinschenks Zylinder, die Art, mit
der er bei ihrem Anblick seine Brauen emporzucken und wieder
fallen ließ, seine höchst königliche Haltung und seine balancie-

renden Fäuste. Ihre Mutter inzwischen, Frau Permaneder, sah weiter.

Die Zukunft ihrer Tochter bekümmerte sie seit Jahren, denn Erika war, verglichen mit anderen heiratsfähigen Mädchen, ja im Nachteile. Frau Permaneder verkehrte nicht nur nicht in der Gesellschaft, sie lebte in Feindschaft mit ihr. Die Annahme, daß man sie in den ersten Kreisen auf Grund ihrer zweimaligen Scheidung als minderwertig betrachte, war ihr ein wenig zur fixen Idee geworden, und sie sah Verachtung und Gehässigkeit da, wo wahrscheinlich oft nichts als Gleichgültigkeit vorhanden war. Wahrscheinlich zum Beispiel würde Konsul Hermann Hagenström, dieser freisinnige und loyale Kopf, den der Reichtum heiter und wohlwollend machte, sie auf der Straße gegrüßt haben, wenn der Blick, mit dem sie zurückgeworfenen Hauptes an seinem Gesichte vorbeisah, diesem »Gänseleberpastetengesicht«, das sie, mit einem ihrer starken Worte, »haßte wie die Pest«, es ihm nicht aufs strengste verboten hätte. So kam es, daß auch Erika der Sphäre ihres Onkels, des Senators, durchaus fernstand, daß sie keine Bälle besuchte und Herrenbekanntschaften zu machen sich ihr wenig Gelegenheit bot.

Dennoch war es, besonders seit sie selbst, wie sie sagte, »abgewirtschaftet« hatte, Frau Antoniens heißester Wunsch, daß ihre Tochter die Hoffnungen erfüllen möge, die ihr, der Mutter, fehlgeschlagen, und eine Heirat machen, welche, vorteilhaft und glücklich, der Familie zur Ehre gereichen und die Schicksale der Mutter vergessen lassen würde. In erster Linie ihrem älteren Bruder gegenüber, der in letzter Zeit so geringe Hoffnungsfreudigkeit an den Tag legte, sehnte Tony sich nach einem Beweise, daß das Glück der Familie noch nicht erschöpft, daß sie keineswegs schon am Ende angelangt sei... Ihre zweite Mitgift, die siebzehntausend Taler, die Herr Permaneder mit so viel Kulanz wieder herausgegeben hatte, lagen für Erika bereit, und kaum hatte Frau Antonie, scharfäugig und erfahren, die zarte Verbindung bemerkt, die sich zwischen ihrer Tochter und dem Direktor angesponnen hatte, als sie schon den Himmel mit Gebeten anzugehen begann, Herr Weinschenk möge Visite machen.

Er tat es. Er erschien in der ersten Etage, ward von den drei Damen, Großmutter, Tochter und Enkelin, empfangen, plauderte zehn Minuten lang und versprach, nachmittags um die Kaffeezeit einmal zu zwangloser Unterhaltung wiederzukommen.

Auch das geschah, und man lernte einander kennen. Der Direktor war aus Schlesien gebürtig, woselbst sein alter Vater noch lebte; seine Familie indes schien nicht in Betracht zu kommen und Hugo Weinschenk vielmehr ein Selfmademan zu sein. Er besaß das nicht angeborene, nicht ganz sichere, etwas übertriebene und etwas mißtrauische Selbstbewußtsein eines solchen, seine Formen waren nicht eben vollkommen und seine Konversation von Herzen ungewandt. Übrigens zeigte sein etwas kleinbürgerlich geschnittener Gehrock einige blanke Stellen, seine Manschetten mit den großen Jettknöpfen waren nicht ganz frisch und sauber, und am Mittelfinger der linken Hand war infolge irgendeines Unglücksfalles der Nagel völlig verdorrt und kohlschwarz... ein ziemlich unerfreulicher Anblick, der aber nicht hinderte, daß Hugo Weinschenk ein hochachtungswerter, fleißiger, energischer Mensch mit zwölftausend Courantmark jährlicher Einkünfte und in Erika Grünlichs Augen sogar ein schöner Mann war.

Frau Permaneder hatte rasch die Lage überblickt und abgeschätzt. Sie sprach sich gegen die Konsulin und den Senator offen darüber aus. Es war klar, daß die Interessen sich entgegenkamen und sich ergänzten. Direktor Weinschenk war, wie Erika, ohne jegliche gesellschaftliche Verbindung; die beiden waren geradezu aufeinander angewiesen und von Gott ersichtlich füreinander bestimmt. Wollte der Direktor, der sich den Vierzig näherte und dessen Haupthaar sich zu melieren begann, einen Hausstand gründen, was seiner Stellung zukam und seinen Verhältnissen entsprach, so eröffnete ihm die Verbindung mit Erika Grünlich den Eintritt in eine der ersten Familien der Stadt und war geeignet, ihn in seinem Berufe zu fördern, in seiner Position zu befestigen. Was aber Erika's Wohlfahrt betraf, so durfte Frau Permaneder sich sagen, daß wenigstens ihre eigenen Schicksale in diesem Falle ausgeschlossen seien. Mit Herrn Permaneder wies Hugo Weinschenk nicht die geringste Ähnlichkeit auf, und von Bendix Grünlich unterschied er sich durch seine Eigenschaft als solid situierter Beamter mit festem Gehalt, die eine weitere Karriere nicht ausschloß.

Mit einem Worte: es war auf beiden Seiten viel guter Wille vorhanden, die Nachmittagsbesuche Direktor Weinschenks wiederholten sich in rascher Folge, und im Januar – dem Januar des Jahres 1867 – gestattete er sich, mit einigen kurzen, männlichen und geraden Worten um Erika Grünlichs Hand zu bitten.

Von nun an gehörte er zur Familie, begann an den »Kindertagen« teilzunehmen und ward von den Angehörigen seiner Braut mit Zuvorkommenheit aufgenommen. Ohne Zweifel empfand er sofort, daß er unter ihnen nicht recht am Platze war; aber er verkleidete dies Gefühl mit einer desto kühneren Haltung, und die Konsulin, Onkel Justus, Senator Buddenbrook – wenn auch nicht gerade die Damen Buddenbrook aus der Breiten Straße – waren gegenüber diesem tüchtigen Bureaumenschen, diesem gesellschaftlich unerfahrenen Manne der harten Arbeit zu taktvoller Nachsicht bereit.

Sie war vonnöten; denn immer wieder galt es, mit einem belebenden und ablenkenden Worte eine Stille zu verscheuchen, die sich an der Familientafel im Eßsaale, wenn etwa der Direktor sich in allzu neckischer Art mit Erika's Wangen und Armen beschäftigte, wenn er sich gesprächsweise erkundigte, ob Orange-Marmelade eine Mehlspeise sei – »Mehlschpeis« sagte er mit kecker Betonung –, oder wenn er der Meinung Ausdruck gab, ›Romeo und Julia‹ sei ein Stück von Schiller... Dinge, die er unter sorglosem Händereiben, den Oberkörper schräg gegen die Stuhllehne zurückgeworfen, mit vieler Frische und Festigkeit hervorbrachte.

Am besten verständigte er sich mit dem Senator, der über Politik und Geschäftliches hin eine Unterhaltung mit ihm sicher zu steuern wußte, ohne daß ein Unglück geschah. Vollkommen verzweifelt aber gestaltete sich sein Verhältnis zu Gerda Buddenbrook. Die Persönlichkeit dieser Dame befremdete ihn in solchem Grade, daß er außerstande war, einen auch nur für zwei Minuten ausreichenden Gesprächsstoff für sie zu finden. Da er wußte, daß sie die Violine spielte, und diese Tatsache starken Eindruck auf ihn gemacht hatte, so beschränkte er sich darauf, bei jedem Zusammentreffen am Donnerstag aufs neue die scherzhafte Frage an sie zu richten: »Wie geht's der Geige?« – Nach dem dritten Male aber bereits enthielt die Senatorin sich jeder Antwort hierauf.

Christian seinerseits pflegte seinen neuen Verwandten mit ge-krauster Nase zu beobachten und am nächsten Tage sein Benehmen und seine Sprechweise eingehend nachzuahmen. Der zweite Sohn des seligen Konsuls Johann Buddenbrook war in Oeynhausen von seinem Gelenkrheumatismus genesen; aber eine gewisse Steifheit der Glieder dauerte noch fort, und die periodische »Qual« in seiner linken Seite – dort, wo »alle Nerven zu kurz« waren – sowie die sonstigen Störungen, denen er sich ausgesetzt fühlte: Atmungs- und Schluckbeschwerden, Un-regelmäßigkeiten des Herzens und Neigung zu Lähmungser-scheinungen oder Furcht davor – waren keineswegs aus der Welt geschafft. Auch war sein Äußeres kaum dasjenige eines Mannes, der erst am Ende der Dreißiger steht. Sein Schädel war vollstän-dig entblößt; nur am Hinterkopf und an den Schläfen stand noch ein wenig seines dünnen, rötlichen Haares, und seine kleinen, runden Augen, die mit unruhigem Ernste umherschweiften, la-gen tiefer als jemals in ihren Höhlen. Gewaltiger aber auch und knochiger als jemals sprang seine große, gehöckerte Nase zwi-schen den hageren und fahlen Wangen hervor, über dem dich-ten, rotblonden Schnurrbart, der den Mund überhing... Und die Hose aus durablem und elegantem englischen Stoff um-schlotterte seine dürren, gekrümmten Beine.

Seit seiner Heimkehr bewohnte er wie ehemals ein Zimmer am Korridor der ersten Etage im Hause seiner Mutter, hielt sich jedoch mehr im »Klub« als in der Mengstraße auf, denn dort wurde ihm das Leben nicht sehr angenehm gemacht. Riekchen Severin nämlich, Ida Jungmanns Nachfolgerin, die nun die Dienstboten der Konsulin regierte und den Hausstand führte, ein untersetztes, siebenundzwanzigjähriges Geschöpf vom Lande, mit roten, gesprungenen Wangen und aufgeworfenen Lippen, hatte mit bäuerlichem Sinn für Tatsachen erkannt, daß auf diesen beschäftigungslosen Geschichtenerzähler, der abwechselnd albern und elend war, und über den die Respektsperson, der Senator, mit erhobener Augenbraue hinwegsah, nicht viel Rücksicht zu nehmen sei, und sie vernachlässigte ganz einfach seine Bedürfnisse. »Je, Herr Buddenbrook!« sagte sie. »Ich hab' nu keine Zeit für Ihnen!« Worauf Christian sie mit krauser Nase anblickte, als wollte er sagen: ›Schämst du dich gar nicht?...‹ und mit steifen Gelenken seines Weges ging.

»Meinst du, ich habe immer eine Kerze?« sagte er zu Tony... »Selten! Meistens muß ich mit einem Streichholz zu Bette gehen...« Oder er erklärte auch – denn das Taschengeld, das seine Mutter ihm noch bewilligen konnte, war gering –: »Schlechte Zeiten!... Ja, das war früher alles anders! Was meinst du wohl? ...ich muß mir jetzt oft fünf Schillinge für Zahnpulver leihen!«

»Christian!« rief Frau Permaneder. »Wie unwürdig! Mit einem Streichholz! Fünf Schillinge! Sprich doch wenigstens nicht davon!« Sie war entrüstet, empört, in ihren heiligsten Gefühlen beleidigt; allein das änderte nichts...

Die fünf Schillinge für Zahnpulver entlieh Christian von seinem alten Freunde Andreas Gieseke, Doktor beider Rechte. Er hatte Glück mit dieser Freundschaft, und sie ehrte ihn; denn der Rechtsanwalt Gieseke, dieser Suitier, der die Würde zu wahren wußte, war im vergangenen Winter, als der alte Kaspar Oeverdieck sanft entschlummert war und Doktor Langhals an seine Stelle gerückt war, zum Senator erwählt worden. Seinen Lebenswandel aber beeinflußte das nicht. Man wußte, daß ihm, der seit seiner Verheiratung mit einem Fräulein Huneus inmitten der Stadt ein geräumiges Haus besaß, auch in der Vorstadt Sankt Gertrud jene kleine, grünbewachsene und behaglich ausgestattete Villa gehörte, die von einer noch jungen und außerordentlich hübschen Dame unbestimmter Herkunft ganz allein bewohnt ward. Über der Haustür prangte in zierlich vergoldeten Buchstaben das Wort »*Quisisana*«, und in der ganzen Stadt war das friedliche Häuschen bekannt unter diesem Namen, den man übrigens mit sehr weichen S- und sehr getrübten A-Lauten sprach. Christian Buddenbrook aber, als bester Freund des Senators Gieseke, hatte sich Zutritt verschafft in Quisisana, und er hatte dort auf die nämliche Art reüssiert wie zu Hamburg bei Aline Puvogel und bei ähnlichen Gelegenheiten in London, in Valparaiso und an so vielen anderen Punkten der Erde. Er hatte »ein bißchen erzählt«, er war »ein bißchen nett« gewesen, und er verkehrte nun in dem grünen Häuschen mit der gleichen Regelmäßigkeit wie Senator Gieseke selbst. Ob dies mit dem Wissen und Einverständnis des letzteren geschah, das steht dahin; sicher aber ist, daß Christian Buddenbrook in Quisisana ganz kostenlos dieselbe freundliche Zerstreuung fand, die Senator Gieseke mit dem schweren Gelde seiner Gattin bezahlen mußte.

Kurze Zeit nach der Verlobung Hugo Weinschenks mit Erika Grünlich machte der Direktor seinem Schwager einen Vorschlag, in das Versicherungsburau einzutreten, und in der Tat arbeitete Christian vierzehn Tage lang im Dienste der Brandkasse. Leider jedoch zeigte sich dann, daß nicht allein die Qual in seiner linken Seite, sondern auch seine übrigen, schwer bestimmbaren Übel sich hierdurch verstärkten, daß übrigens der Direktor ein überaus heftiger Vorgesetzter war, der gelegentlich eines Mißgriffes keinen Anstand genommen hatte, seinen Schwager einen »Seehund« zu nennen... und Christian war genötigt, diesen Posten wieder zu verlassen.

Was aber Madame Permaneder anging, so war sie glücklich, so äußerte ihre lichte Gemütsstimmung sich in Aperçus, wie diesem, daß das irdische Leben doch hin und wieder auch seine guten Seiten habe. Wahrhaftig, sie erblühte aufs neue in diesen Wochen, die, mit ihrer belebenden Geschäftigkeit, ihren vielfältigen Plänen, ihren Wohnungssorgen und ihrem Ausstattungsfieber, sie allzu deutlich an die Zeit ihres eignen ersten Verlöbnisses gemahnten, als daß sie sie nicht verjüngt und mit grenzenloser Hoffnungsfreudigkeit erfüllt hätten. Viel von dem graziösen Übermut ihrer Mädchentage kehrte in ihre Mienen und ihre Bewegungen zurück, ja, die Stimmung eines ganzen Jerusalemsabends entweihte sie durch eine so ausgelassene Fröhlichkeit, daß selbst Lea Gerhardt das Buch ihres Vorfahren sinken ließ und mit den großen, unwissenden und mißtrauischen Augen der Tauben im Saale umherblickte...

Erika sollte sich von ihrer Mutter nicht trennen. Mit dem Einverständnis des Direktors, ja, auf seinen Wunsch hin, war beschlossen worden, daß Frau Antonie – wenigstens vorderhand – bei den Weinschenks wohnen, daß sie der unerfahrenen Erika im Haushalte zur Seite stehen sollte... und dies grade war es, was in ihr die köstliche Empfindung hervorrief, als hätte niemals ein Bendix Grünlich, niemals ein Alois Permaneder gelebt, als zergingen alle Mißerfolge, Enttäuschungen und Leiden ihres Lebens zu nichts, und als dürfe sie mit frischen Hoffnungen nun noch einmal von vorne beginnen. Zwar ermahnte sie Erika zur Dankbarkeit gegen Gott, der ihr den einzig geliebten Mann beschere, während sie selbst, die Mutter, ihre erste und herzliche Neigung mit Pflicht und Vernunft habe ertöten müssen; zwar war es Erika's Name, den sie zusammen mit dem des Direktors mit vor Freude unsicherer Hand in die Familienpapiere schrieb... aber sie, sie selbst, Tony Buddenbrook, war die eigentliche Braut. Sie war es, die noch einmal mit kundiger Hand Portieren und Teppiche prüfen, noch einmal Möbel- und Ausstattungsmagazine durchstöbern, noch einmal eine *vornehme* Wohnung besichtigen und mieten durfte! Sie war es, die noch einmal das fromme und weitläufige Elternhaus verlassen und aufhören sollte, bloß eine geschiedene Frau zu sein; der noch einmal die Möglichkeit sich auftat, ihr Haupt zu erheben und ein neues Leben zu beginnen, geeignet, die allgemeine Aufmerksamkeit zu erwecken und das Ansehen der Familie zu fördern... Ja, war es ein Traum? Schlafröcke erschienen auf der Bildfläche! Zwei Schlafröcke für sie und Erika, aus weichem, gewirktem Stoff, mit breiten Schleppen und dichten Reihen von Sammetschleifen, vom Halsverschluß bis zum Saume hinunter!

Die Wochen aber verstrichen, und Erika Grünlichs Brautzeit neigte sich ihrem Ende entgegen. Das junge Paar hatte in einigen wenigen Häusern Besuche gemacht, denn der Direktor, ernster und in geselligen Dingen unerfahrener Arbeitsmensch, wie er war, gedachte seine Mußestunden der intimen Häuslichkeit zu widmen... ein Verlobungsdiner hatte Thomas, Gerda, das Brautpaar, Friederike, Henriette und Pfiffi Buddenbrook mit der nächsten Freundschaft des Senators in dem großen Saale des Fischergrubenhauses vereint, wobei es wiederum befremdete, daß der Direktor nicht aufhörte, Erika's dekolletierten Hals zu klopfen... und die Hochzeit nahte heran.

Die Säulenhalle war, wie einst, als Frau Grünlich die Myrten trug, der Schauplatz der Trauung. Frau Stuht aus der Glockengießerstraße, dieselbe, die in den ersten Kreisen verkehrte, war der Braut beim Falten-Arrangement ihres weißen Atlaskleides und beim Anlegen des grünen Schmuckes behilflich gewesen, Senator Buddenbrook war erster und Christians Freund, Senator Gieseke, zweiter Brautführer, zwei ehemalige Pensionsfreundinnen Erika's fungierten als Brautjungfern, Direktor Hugo Weinschenk sah stattlich und männlich aus und trat, auf dem Wege zum improvisierten Altar, nur *ein*mal auf Erika's herabwallenden Schleier, Pastor Pringsheim, die Hände unterm Kinn gefaltet, zelebrierte mit aller verklärten Feierlichkeit, die ihm eigen, und alles verlief nach Brauch und Würde. Als die Ringe gewechselt wurden, und das tiefe und das helle »Ja« – beide ein wenig heiser – in der Stille erklangen, brach Frau Permaneder, überwältigt von Vergangenheit, Gegenwart und Zukunft, in lautes Weinen aus – es war noch immer ihr unbedenkliches und unverhohlenes Kinderweinen –, während die Damen Buddenbrook, von denen Pfiffi zur Feier des Tages eine goldene Kette an ihrem Pincenez trug, wie immer bei solchen Gelegenheiten ein wenig säuerlich dareinlächelten... Mademoiselle Weichbrodt jedoch, Therese Weichbrodt, die in den letzten Jahren noch sehr viel kleiner geworden war als früher, Sesemi, die ovale Brosche mit dem Porträt ihrer Mutter an ihrem dünnen Hälschen, sprach mit jener übergroßen Festigkeit, welche eine tiefe innere Rührung verbergen soll: »Sei glöcklich, du *gutes* Kend!«

Dann folgte, im Kreise der weißen Götterfiguren, welche in

unveränderlich gelassenen Stellungen aus der blauen Tapete hervortraten, ein ebenso solennes wie solides Festmahl, gegen dessen Ende die Neuvermählten verschwanden, um ihre Reise durch einige Großstädte anzutreten... Das war um die Mitte des April; und während der folgenden vierzehn Tage vollbrachte Frau Permaneder, unterstützt von Tapezierer Jakobs, eines ihrer Meisterstücke: die vornehme Herrichtung jener geräumigen ersten Etage, die in einem Hause der mittleren Bekkergrube gemietet worden war, und deren mit Blumen reichlich geputzte Räume dann das heimkehrende Paar umfingen.

Und es begann Tony Buddenbrooks dritte Ehe.

Ja, diese Bezeichnung war zutreffend, und der Senator selbst hatte eines Donnerstags, als Weinschenks nicht zugegen waren, die Sache bei diesem Namen genannt, was Frau Permaneder sich mit Behagen hatte gefallen lassen. In der Tat, alle Sorgen des Hausstandes fielen auf sie, aber auch Freude und Stolz nahm sie für sich in Anspruch, und eines Tages, als sie unversehens mit der Konsulin Julchen Möllendorpf, geborener Hagenström, auf der Straße zusammentraf, blickte sie ihr mit einem so triumphierenden und herausfordernden Ausdruck ins Gesicht, daß Frau Möllendorpf sich dazu verstand, zuerst zu grüßen... Stolz und Freude wurden in ihrer Miene und Haltung zur ernsten Feierlichkeit, wenn sie die Verwandten, die kamen, das neue Heim zu besichtigen, darin umherführte, während Erika Weinschenk selbst fast ebenfalls wie ein bewundernder Gast dabei erschien.

Die Schleppe ihres Schlafrockes hinter sich herziehend, die Schultern ein wenig emporgezogen, den Kopf zurückgelehnt und am Arme den mit Atlasschleifen besetzten Schlüsselkorb – sie schwärmte für Atlasschleifen –, zeigte Frau Antonie den Besuchern die Möbel, die Portieren, das durchsichtige Porzellan, das blitzende Silberzeug, die großen Ölgemälde, die der Direktor angeschafft hatte: lauter Stilleben von Eßwaren und unbekleidete Frauengestalten, denn dies war Hugo Weinschenks Geschmack – und ihre Bewegungen schienen zu sagen: ›Seht, dahin habe ich es noch einmal gebracht im Leben. Es ist fast so vornehm wie bei Grünlich und sicherlich vornehmer als bei Permaneder!‹

Die alte Konsulin kam, in grau und schwarz gestreifter Seide, einen diskreten Patschuliduft um sich verbreitend, ließ ihre hellen Augen geruhig über alles hingleiten und legte, ohne laute Bewunderung zu äußern, eine anerkennende Befriedigung an den Tag. Der Senator kam mit Frau und Kind, amüsierte sich mit Gerda über Tony's glückselige Überheblichkeit und verhinderte mit Mühe, daß sie ihren angebeteten kleinen Hanno mit Korinthenbrot und Portwein erstickte... Es kamen die Damen Buddenbrook, welche einstimmig bemerkten, alles sei so schön, daß sie, ihrerseits, bescheidene Mädchen wie sie seien, nicht darin wohnen möchten... Die arme Klothilde kam, grau, geduldig und hager, ließ sich auslachen und trank vier Tassen Kaffee, worauf sie auch alles übrige in gedehnten und freundlichen Worten belobte... Dann und wann, wenn im »Klub« niemand anwesend gewesen war, erschien auch Christian, nahm ein Gläschen Benediktiner, erzählte, daß er jetzt willens sei, die Agentur für eine Champagner- und Cognacfirma zu übernehmen – darauf verstehe er sich, und es sei eine leichte, angenehme Arbeit, man sei sein eigner Herr, schreibe sich hie und da ein bißchen in sein Notizbuch und habe im Handumdrehen dreißig Taler verdient –, lieh sich hierauf vierzig Schillinge von Frau Permaneder, um der ersten Liebhaberin vom Stadttheater ein Bouquet überreichen zu können, kam, Gott weiß, infolge welcher Ideenverbindung, auf »Maria« und das »Laster« in London zu sprechen, verfiel in die Geschichte des räudigen Hundes, der in einer Schachtel von Valparaiso nach San Franzisco gereist war, und erzählte nun, da er im Zuge war, mit einer solchen Fülle, Schwunghaftigkeit und Komik, daß er einen Saal voll Menschen hätte unterhalten können.

Er geriet in Begeisterung, er redete in Zungen. Er sprach Englisch, Spanisch, Plattdeutsch und Hamburgisch, er schilderte chilenische Messerabenteuer und Diebsaffären aus Whitechapel, verfiel darauf, einen Blick in seinen Vorrat von Couplets tun zu lassen, und sang oder sprach mit mustergültigem Mienenspiel und einem pittoresken Talent in den Handbewegungen:

»Ick güng so ganz pomad'
So up de Esplanad',
Da güng so 'n lüttje Deern
So vor mi up;
Die hatt' so 'n feinen Pli
Mit so 'n französ'schen cu
Und 'n groten Deller achter up'm Kopp...
Ick seg: ›Mein liebes Kind,
Weil Sie so nüdlich sind,
Erlauben Sie mir Ihren Arm vielleicht?‹
Sie dreit sick um so recht
Und – kiekt – mi an – und segt: – –
›Ga man na Hus, min Jung, und si vergneugt!‹«

Und kaum war er hiermit fertig, als er zu Berichten aus dem
Zirkus Renz überging und die ganze Entree eines englischen
Sprech-Clowns in einer Art wiederzugeben begann, daß man
sich einbilden konnte, vor der Manege zu sitzen. Man vernahm
das übliche Geschrei schon hinter der Gardine, das »Machen Sie
mich die Türe auf!«, die Streitigkeiten mit dem Stallmeister und
dann, in breitem und jammerndem Englisch-Deutsch, eine
Reihe von Erzählungen. Es war die Geschichte von dem Manne,
der im Schlafe eine Maus verschluckt und sich deshalb zum Tier-
arzt begibt, welcher ihm seinerseits rät, nunmehr auch die Katze
zu verschlucken... Die Geschichte von »Meiner Großmutter,
frisch und gesund, wie die Frau war«, in welcher eben dieser
Großmutter auf dem Wege zum Bahnhofe tausend Abenteuer
begegnen und ihr schließlich, frisch und gesund, wie die Frau
war, der Zug vor der Nase davonfährt... worauf Christian die
Pointe mit einem triumphierenden »Musik, Herr Kapellmeister!« abbrach und selbst, wie erwachend, ganz erstaunt schien,
daß die Musik nicht einsetzte...

Und dann, ganz plötzlich, verstummte er, veränderte sich
sein Gesicht, erschlafften seine Bewegungen. Seine kleinen,
runden, tiefliegenden Augen begannen mit unruhigem Ernst
nach allen Richtungen zu wandern, er strich mit der Hand an

449

seiner linken Seite hinunter, es war, als horche er in sein Inneres hinein, woselbst Seltsames geschah... Er trank noch ein Gläschen Likör, ward noch einmal ein wenig aufgeräumter, versuchte noch eine Geschichte zu erzählen und brach dann in ziemlich deprimierter Stimmung auf.

Frau Permaneder, die in dieser Zeit ausnehmend lachlustig war und sich köstlich amüsiert hatte, begleitete ihren Bruder in ausgelassener Laune zur Treppe. »Adieu, Herr Agent!« sagte sie. »Minnesänger! Mädchenfänger! Altes Schaf! Komm bald mal wieder!« Und sie lachte aus vollem Halse hinter ihm drein und kehrte in ihre Wohnung zurück.

Aber Christian Buddenbrook focht das nicht an; er überhörte es, denn er war in Gedanken. ›Na‹, dachte er, ›nun will ich mal ein bißchen nach Quisisana gehen.‹ Und den Hut etwas schief auf dem Kopf, gestützt auf seinen Stock mit der Nonnenbüste, langsam, steif und ein wenig lahmend ging er die Treppe hinab.

2.

Es war im Frühling des Jahres 68, als Frau Permaneder eines Abends gegen zehn Uhr sich in der ersten Etage des Fischergrubenhauses einstellte. Senator Buddenbrook saß allein im Wohnzimmer, das mit olivenfarbenen Ripsmöbeln ausgestattet war, an dem runden Mitteltische im Lichte der großen Gaslampe, die vom Plafond herabhing. Er hatte die ›Berliner Börsen-Zeitung‹ vor sich ausgebreitet und las, leicht über den Tisch gebeugt, seine Zigarette zwischen Zeige- und Mittelfinger der Linken und auf der Nase ein goldenes Pincenez, dessen er sich seit einiger Zeit bei der Arbeit bedienen mußte. Er hörte die Schritte seiner Schwester durch das Eßzimmer kommen, nahm das Glas von den Augen und blickte gespannt in das Dunkel hinein, bis Tony zwischen den Portieren und im Lichtbereich auftauchte.

»Oh, du bist es. Guten Abend. Schon zurück von Pöppenrade? Wie geht es deinen Freunden?«

»Guten Abend, Tom! Danke, Armgard ist wohlauf... Du bist hier ganz einsam?«

»Ja, du kommst mir sehr erwünscht. Ich habe heute abend so allein essen müssen wie der Papst; denn Fräulein Jungmann kommt als Gesellschaft nicht recht in Betracht, weil sie jeden Augenblick aufspringt und hinaufläuft, um nach Hanno zu sehen... Gerda ist im Kasino. Tamayo geigt dort. Christian hat sie abgeholt...«

»Dausend! um wie Mutter zu reden. – Ja, ich habe in letzter Zeit bemerkt, Tom, daß Gerda und Christian sich gut vertragen.«

»Ich auch. Seit er dauernd hier ist, fängt sie an, Geschmack an ihm zu gewinnen. Sie hört auch ganz aufmerksam zu, wenn er seine Leiden beschreibt... Mein Gott, er amüsiert sie. Neulich sagte sie zu mir: ›Er ist kein Bürger, Thomas! Er ist noch weniger ein Bürger als du!‹...«

»Bürger... Bürger, Tom?! Ha, mir scheint, daß es auf Gottes weiter Welt keinen besseren Bürger als du...«

»Nun ja; nicht grade so zu verstehen!... Leg ein bißchen ab, mein Kind. Dein Aussehen ist süperb. Die Landluft hat dir gutgetan?«

»Vortrefflich!« sagte sie, indem sie ihre Mantille und den Kapotthut mit lilaseidenen Bändern beiseite legte und sich in majestätischer Haltung auf einem der Fauteuils am Tische niederließ... »Magen und Nachtruhe, alles hat sich gebessert in dieser kurzen Zeit. Diese kuhwarme Milch und diese Würste und Schinken... man gedeiht wie das Vieh und das Korn. Und dieser frische Honig, Tom, ich habe ihn immer für eines der besten Nahrungsmittel gehalten. Das ist reines Naturprodukt! Da weiß man doch, was man verschluckt! Ja, es war wahrhaftig liebenswürdig von Armgard, daß sie sich unserer alten Pensionsfreundschaft erinnerte und mich einlud. Und Herr von Maiboom war gleichfalls von einer Zuvorkommenheit... Sie baten mich so inständig, doch noch ein paar Wochen zu bleiben, aber du weißt: Erika behilft sich nur schwer ohne mich, und besonders jetzt, da die kleine Elisabeth auf der Welt ist...«

»A propos, wie geht es dem Kinde?«

»Danke, Tom, es macht sich; es ist gottlob recht gut bei Schick für seine vier Monate, obgleich Friederike, Henriette und Pfiffi es nicht für lebensfähig hielten...«

»Und Weinschenk? Wie fühlt er sich als Vater? Ich sehe ihn ja eigentlich nur donnerstags...«

»Oh, der ist unverändert! Siehst du: er ist ein so braver und fleißiger Mann, und in gewisser Weise ja auch das Muster eines Ehegatten, denn er verachtet die Wirtshäuser, kommt vom Bureau graden Weges nach Hause und verbringt seine Freistunden bei uns. Aber nun ist die Sache die, Tom, – unter uns können wir ja offen darüber reden –: Er verlangt von Erika, daß sie beständig heiter ist, beständig spricht und scherzt, denn wenn er abgearbeitet und verstimmt nach Hause kommt, sagt er, dann will er, daß seine Frau ihn in leichter und fröhlicher Weise unterhält, ihn amüsiert und aufheitert; dazu, sagt er, sei die Frau auf der Welt...«

»Dummkopf!« murmelte der Senator.

»Wie?... Nun, das Schlimme ist, daß Erika ein wenig zur Melancholie neigt, Tom, sie muß es von mir haben. Sie ist hier und da ernst und schweigsam und gedankenvoll, und dann schilt er sie und braust auf, in Worten, die, ehrlich gesagt, nicht immer ganz zartfühlend sind. Man merkt es eben allzu häufig, daß er eigentlich kein Mann von Familie ist und das, was man eine vornehme Erziehung nennt, leider nicht genossen hat. Ja, ich gestehe dir offen: noch ein paar Tage vor meiner Abreise nach Pöppenrade ist es vorgekommen, daß er den Deckel der Suppenterrine am Boden zerschlagen hat, weil die Suppe versalzen war...«

»Allerliebst!«

»Nein, im Gegenteil. Aber wir wollen ihn deshalb nicht verurteilen. Mein Gott, wir sind alle mit Mängeln behaftet, und ein so tüchtiger, gediegener und arbeitsamer Mann... behüte... Nein, Tom, eine rauhe Außenseite und ein guter Kern, das ist noch nicht das Schlimmste im irdischen Leben. Ich komme soeben aus Verhältnissen, will ich dir sagen, die trauriger sind.

Armgard hat, wenn sie mit mir allein war, bitterlich geweint...«

»Was du sagst! – Herr von Maiboom?...«

»Ja, Tom; und darauf wollte ich hinaus. Wir sitzen hier und plaudern, aber in Wirklichkeit bin ich heute abend in einer sehr ernsten und wichtigen Angelegenheit gekommen.«

»Nun? Was ist es denn mit Herrn von Maiboom?«

»Ralf von Maiboom ist ein liebenswürdiger Mann, Thomas, aber er ist ein Junker Leichtfuß, ein Daus. Er spielt in Rostock, er spielt in Warnemünde, und seine Schulden sind wie Sand am Meer. Man sollte es nicht glauben, wenn man ein paar Wochen auf Pöppenrade lebt! Das Herrenhaus ist vornehm, und alles ringsumher gedeiht, und an Milch und Wurst und Schinken ist kein Mangel. Man hat auf so einem Gute manchmal gar keinen Maßstab für die tatsächlichen Verhältnisse... Kurz, sie sind in Wahrheit aufs jämmerlichste zerrüttet, Tom, was Armgard mir unter herzbrechendem Schluchzen gestanden hat.«

»Traurig, traurig.«

»Das sage du nur noch einmal. Aber die Sache ist nun diese, daß, wie sich mir herausgestellt hat, die Leute mich nicht aus ganz uneigennützigem Antriebe zu sich eingeladen haben.«

»Wieso?«

»Das will ich dir sagen, Tom. Herr von Maiboom braucht Geld, er braucht sofort eine größere Summe, und da er die alte Freundschaft kannte, die zwischen seiner Frau und mir besteht, und wußte, daß ich deine Schwester bin, so hat er in seiner Bedrängnis sich hinter seine Frau gesteckt, die ihrerseits sich hinter mich gesteckt hat... verstehst du?«

Der Senator bewegte die Fingerspitzen seiner Rechten auf seinem Scheitel hin und her und verzog ein wenig das Gesicht.

»Ich glaube, ja«, sagte er. »Deine ernste und wichtige Angelegenheit scheint mir auf einen Vorschuß auf die Pöppenrader Ernte hinauszulaufen, wenn ich nicht irre? Aber da habt ihr euch, du und deine Freunde, nicht an den richtigen Mann gewandt, wie mich dünkt. Erstens nämlich habe ich noch niemals ein Geschäft mit Herrn von Maiboom gemacht, und dies wäre

453

denn doch wohl eine ziemlich sonderbare Anknüpfung von Beziehungen. Zweitens haben wir, Urgroßvater, Großvater, Vater und ich, wohl hie und da den Landleuten Vorschüsse gezahlt, wenn anders sie durch ihre Persönlichkeit und sonstigen Verhältnisse eine gewisse Sicherheit boten... Wie du selbst mir aber vor zwei Minuten Herrn von Maibooms Persönlichkeit und Verhältnisse charakterisiert hast, kann doch von solcher Sicherheit hier kaum die Rede sein...«

»Du bist im Irrtum, Tom. Ich habe dich ausreden lassen, aber du bist im Irrtum. Es kann sich hier nicht um irgendeinen Vorschuß handeln. Maiboom braucht fünfunddreißigtausend Courantmark...«

»Donnerwetter!«

»Fünfunddreißigtausend Courantmark, die binnen knapper zwei Wochen fällig sind. Das Messer steht ihm an der Kehle, und, um deutlich zu sein: er muß zusehen, schon jetzt, sofort, zu verkaufen.«

»Auf dem Halm? Oh, o der arme Kerl!« Und der Senator, der mit dem Pincenez auf der Tischdecke spielte, schüttelte den Kopf. »Aber das scheint mir für unsere Verhältnisse ein ziemlich ungewöhnlicher Fall zu sein«, sagte er. »Ich habe von solchen Geschäften hauptsächlich aus Hessen gehört, wo ein nicht kleiner Teil der Landleute in den Händen von Juden ist... Wer weiß, in das Netz welches Halsabschneiders der arme Herr von Maiboom gerät...«

»Juden? Halsabschneider?« rief Frau Permaneder überaus verwundert... »Aber es ist von *dir* die Rede, Tom, von *dir*!«

Plötzlich warf Thomas Buddenbrook das Pincenez vor sich hin auf den Tisch, so daß es ein Stück auf der Zeitung entlangglitt, und wandte mit einem Ruck den ganzen Oberkörper seiner Schwester zu.

»Von – mir?« fragte er mit den Lippen, ohne einen Ton von sich zu geben; und dann setzte er laut hinzu: »Geh schlafen, Tony! Du bist ja übermüde.«

»Ja, Tom, so sagte Ida Jungmann abends zu uns, wenn wir grade anfingen, vergnügt zu werden. Aber ich versichere dich, daß ich niemals wacher und munterer gewesen bin als jetzt, wo ich bei Nacht und Nebel zu dir komme, um dir Armgards – also, indirekt, Ralf von Maibooms Vorschlag zu machen...«

»Nun, ich halte diesen Vorschlag deiner Naivetät und der Ratlosigkeit der Maibooms zugute.«

»Ratlosigkeit? Naivetät? Ich verstehe dich nicht, Thomas, ich bin leider weit entfernt davon! Dir wird Gelegenheit geboten, eine gute Tat zu tun und gleichzeitig das beste Geschäft deines Lebens zu machen...«

»Ach was, meine Liebe, du redest lauter Unsinn!« rief der Senator und warf sich sehr ungeduldig zurück. »Verzeih, aber du kannst einen mit deiner Unschuld in Harnisch jagen! Du begreifst also nicht, daß du mir zu etwas höchst Unwürdigem, zu unreinlichen Manipulationen rätst? Ich soll im trüben fischen? Einen Menschen brutal ausbeuten? Die Bedrängnis dieses Gutsbesitzers benützen, um den Wehrlosen übers Ohr zu hauen? Ihn zwingen, mir die Ernte eines Jahres gegen den halben Preis abzutreten, damit ich einen Wucherprofit einstreichen kann?«

»Ach, so siehst du die Sache an«, sagte Frau Permaneder eingeschüchtert und nachdenklich. Und wieder lebhaft fuhr sie fort: »Aber es ist nicht nötig, durchaus nicht nötig, Tom, es von dieser Seite zu nehmen! Ihn zwingen? Aber er kommt ja zu dir. Er benötigt das Geld, und er möchte die Sache auf dem Wege der Freundschaft erledigen; unterderhand, in aller Stille. Darum hat er die Verbindung mit uns aufgespürt, und darum bin ich eingeladen worden!«

»Kurz, er täuscht sich über mich und den Charakter meiner Firma. Ich habe meine Überlieferungen. Ein solches Geschäft ist von uns in hundert Jahren nicht gemacht worden, und ich bin nicht gesonnen, mit derartigen Manövern den Anfang zu machen.«

»Gewiß, du hast deine Überlieferungen, Tom; und jederlei Achtung davor! Sicherlich, Vater hätte sich hierauf nicht eingelassen; bewahre; wer behauptet das?... Aber so dumm ich bin, das weiß ich, daß du ein ganz anderer Mensch bist als Vater, und daß, als du die Geschäfte übernahmst, du einen ganz anderen

Wind wehen ließest als er, und daß du unterdessen manches getan hast, was er nicht getan haben würde. Dafür bist du jung und ein unternehmender Kopf. Aber ich fürchte immer, du hast dich in letzter Zeit durch ein und das andere Mißgeschick einschüchtern lassen... und wenn du jetzt nicht mehr mit so gutem Erfolge arbeitest wie früher, so liegt das daran, daß du dir aus lauter Vorsicht und ängstlicher Gewissenhaftigkeit die Gelegenheit zu guten Coups entschlüpfen läßt...«

»Ach, ich bitte dich, liebes Kind, du reizest mich!« sagte der Senator mit scharfer Stimme und wandte sich hin und her. »Sprechen wir doch von etwas anderem!«

»Ja, du bist gereizt, Thomas, ich sehe es wohl. Du warst es von Anfang an, und grade darum habe ich weitergeredet, um dir zu beweisen, daß du dich zu Unrecht beleidigt fühlst. Wenn ich mich aber frage, warum du gereizt bist, so kann ich mir nur sagen, daß du im Grunde doch nicht so ganz abgeneigt bist, dich mit der Sache zu beschäftigen. Denn ein so dummes Weib ich bin, das weiß ich aus mir selbst und von anderen Leuten, daß man im Leben über einen Vorschlag nur dann erregt und böse wird, wenn man sich in seinem Widerstande nicht ganz sicher fühlt und innerlich sehr versucht ist, darauf einzugehen.«

»Sehr fein«, sagte der Senator, zerbiß das Mundstück seiner Zigarette und schwieg.

»Fein? Ha, nein, das ist die einfachste Erfahrung, die das Leben mich gelehrt hat. Aber laß es gut sein, Tom. Ich will nicht in dich dringen. Kann ich dich zu einer solchen Sache überreden? Nein, dazu fehlen mir die Kenntnisse. Ich bin bloß ein dummes Ding... Schade... Nun, gleichviel. Es hat mich sehr interessiert. Ich war einerseits erschrocken und betrübt für Maibooms, andererseits aber froh für dich. Ich habe mir gedacht: Tom geht seit einiger Zeit ein bißchen freudelos umher. Früher klagte er, und jetzt klagt er schon nicht einmal mehr. Er hat hie und da Geld verloren, die Zeiten sind schlecht, und das grade jetzt, da *meine* Lage sich eben wieder durch Gottes Güte verbessert hat und ich mich glücklich fühle. Und dann habe ich mir gedacht: Dies ist etwas für ihn, ein Coup, ein guter Fang. Damit kann er manche Scharte auswetzen und den Leuten zeigen, daß bis heute die Firma Johann Buddenbrook noch nicht gänzlich vom Glücke verlassen ist. Und wenn du darauf eingegangen wärest, so wäre ich sehr stolz gewesen, die Sache vermittelt zu haben, denn du weißt, daß es immer mein Traum und meine Sehnsucht gewesen ist, unserem Namen dienstlich zu sein... Genug... nun ist also die Frage wohl erledigt. – Was mich aber ärgert, das ist der Gedanke, daß Maiboom ja dennoch und in jedem Falle auf dem Halm verkaufen muß, Tom, und wenn er hier in der Stadt sich umsieht, so wird er schon Käufer finden... er wird schon einen finden... und das wird Hermann Hagenström sein, ha, das Filou...«

»Oh, ja, man darf zweifeln, ob er die Sache von der Hand weisen würde«, sagte der Senator mit Bitterkeit; und Frau Permaneder antwortete dreimal hintereinander:

»Siehst du wohl, siehst du wohl, siehst du wohl?!«

Plötzlich begann Thomas Buddenbrook den Kopf zu schütteln und ärgerlich zu lachen.

»Es ist albern... Wir sprechen hier mit einem großen Aufwand von Ernst – wenigstens deinerseits – über etwas ganz Unbestimmtes, vollständig in der Luft Stehendes! Meines Wissens habe ich doch noch nicht einmal gefragt, um was es sich eigentlich handelt, was Herr von Maiboom eigentlich zu verkaufen hat... Ich kenne ja Pöppenrade gar nicht...«

»Oh, du hättest natürlich hinfahren müssen!« sagte sie eifrig. »Es ist ein Katzensprung bis Rostock, und von dort aus ist es gar nichts mehr! Was er zu verkaufen hat? Pöppenrade ist ein großes Gut. Ich weiß positiv, daß es mehr als tausend Sack Weizen bringt... Aber mir ist nichts Genaueres bekannt. Wie es mit Roggen, Hafer und Gerste bestellt? Sind es fünfhundert Sack von jedem? Mehr oder weniger? Ich weiß es nicht. Es steht alles herrlich, das kann ich sagen. Aber ich kann dir nicht mit Zahlen dienen, Tom, ich bin eine Gans. Du müßtest natürlich hinfahren...«

Eine Pause entstand.

»Nun, es ist nicht der Mühe Wert, zwei Worte darüber zu

verlieren«, sagte der Senator kurz und fest, ergriff sein Pincenez, schob es in die Westentasche, knöpfte seinen Rock zu, erhob sich und fing an, mit raschen, starken und freien Bewegungen, die jedes Zeichen von Nachdenklichkeit geflissentlich ausschlossen, im Zimmer hin und her zu gehen.

Dann blieb er am Tische stehen, und während er sich ein wenig darüberhin seiner Schwester entgegenbeugte und mit der Spitze des gekrümmten Zeigefingers leicht auf die Platte schlug, sagte er:

»Ich werde dir mal eine Geschichte erzählen, meine liebe Tony, die dir zeigen soll, wie ich mich zu dieser Sache verhalte. Ich kenne dein faible für den Adel im allgemeinen und die mecklenburgische Noblesse im besonderen, und darum bitte ich dich um Geduld, wenn in meiner Geschichte einer dieser Herren einen Denkzettel erhält... Du weißt, unter ihnen ist dieser und jener, der den Kaufleuten, obgleich sie ihm doch so nötig sind wie er ihnen, nicht allzuviel Hochachtung entgegenbringt, die – bis zu einem gewissen Grade anzuerkennende – Überlegenheit des Produzenten über den Zwischenhändler im geschäftlichen Verkehre allzusehr betont und, kurz, den Kaufmann mit nicht sehr anderen Augen ansieht als den hausierenden Juden, dem man, mit dem Bewußtsein, übervorteilt zu werden, getragene Kleider überläßt. Ich schmeichle mir, im allgemeinen den Eindruck eines moralisch minderwertigen Ausbeuters auf die Herren nicht gemacht zu haben, und habe unter ihnen weit zähere Händler angetroffen, als ich bin. Bei einem aber bedurfte es erst des folgenden kleinen Gewaltstreichs, um mich ihm gesellschaftlich ein wenig näher zu bringen... Es war der Herr von Groß-Poggendorf, von dem du gewiß gehört hast, und mit dem ich vor Jahr und Tag vielfach zu tun hatte: Graf Strelitz, ein höchst feudaler Mann mit einem viereckigen Glas im Auge... ich begriff niemals, daß er sich nicht schnitt... lackierten Stulpstiefeln und einer Reitpeitsche mit goldenem Griff. Er hatte die Gewohnheit, mit halb geöffnetem Munde und halb geschlossenen Augen von einer unbegreiflichen Höhe auf mich herabzublicken... Mein erster Besuch bei ihm war bedeutsam. Nach einer einleitenden Korrespondenz fuhr ich zu ihm und trat, vom Bedienten gemeldet, ins Arbeitszimmer. Graf Strelitz saß am Schreibtisch. Er erwidert meine Verbeugung, indem er sich halbwegs vom Sessel erhebt, schreibt die letzte Zeile eines Briefes, wendet sich dann zu mir, indem er über mich hinwegsieht, und beginnt die Unterhandlungen über seine Ware. Ich lehne am Sofatische, kreuze Arme und Beine und bin amüsiert. Ich stehe fünf Minuten lang im Gespräche. Nach weiteren fünf Minuten setze ich mich auf den Tisch und lasse ein Bein in der Luft schaukeln. Unsere Verhandlungen nehmen ihren Fortgang, und nach Verlauf einer Viertelstunde sagt er mit einer wirklich gnädigen Handbewegung leichthin: ›Wollen Sie nicht übrigens einen Stuhl nehmen?‹ – ›Wie?‹ sage ich... ›Oh, nicht nötig! Ich sitze längst.‹«

»Sagtest du? Sagtest du es?« rief Frau Permaneder entzückt... Sofort hatte sie alles Vorhergehende beinahe vergessen und lebte vollständig in dieser Anekdote. »Du saßest längst! Es ist ausgezeichnet!...«

»Nun ja; und ich versichere dich, daß der Graf von diesem Augenblick an sein Benehmen durchaus änderte, daß er mir die Hand reichte, wenn ich kam, mich zum Sitzen nötigte... und daß wir in der Folge geradezu befreundet geworden sind. Warum aber erzähle ich dir das? Um dich zu fragen: Würde ich wohl das Herz, das Recht, die innere Sicherheit haben, auch Herrn von Maiboom in dieser Weise zu belehren, wenn er, mit mir über den Pauschalpreis für seine Ernte verhandelnd, vergessen sollte, mir – einen Stuhl anzubieten...?«

Frau Permaneder schwieg. »Gut«, sagte sie dann und stand auf. »Du sollst recht haben, Tom, und wie ich schon sagte, ich will nicht in dich dringen. Du mußt wissen, was du zu tun und was du zu lassen hast, und damit Punktum. Wenn du mir nur glaubst, daß ich in guter Absicht gesprochen habe... Abgemacht! Gute Nacht, Tom!... Oder nein, warte. Ich muß zuvor deinem Hanno einen Kuß geben und die gute Ida begrüßen... Ich gucke dann hier noch einmal herein...«

Und damit ging sie.

459

Sie stieg die Treppe zur zweiten Etage hinan, ließ den »Altan« zur Rechten liegen, ging an dem weißgoldenen Geländer der Galerie entlang und durchschritt ein Vorzimmer, dessen Tür zum Korridor offenstand und von dem ein zweiter Ausgang linkerseits in das Ankleidezimmer des Senators führte. Dann drückte sie vorsichtig auf den Griff der geradeaus gelegenen Tür und trat ein.

Es war eine außerordentlich geräumige Stube, deren Fenster mit faltigen, großgeblümten Vorhängen verhüllt waren. Die Wände waren ein wenig kahl. Abgesehen von einem sehr großen schwarzgerahmten Stich, der über Fräulein Jungmanns Bett hing und Giacomo Meyerbeer, umgeben von den Gestalten seiner Opern, darstellte, gab es nur noch eine Anzahl von englischen Buntdrucken, die Kinder mit gelbem Haar und roten Babykleidern darstellten und mit Stecknadeln an der hellen Tapete befestigt waren. Ida Jungmann saß in der Mitte des Zimmes an dem großen Ausziehtisch und stopfte Hanno's Strümpfchen. Die treue Preußin stand nun am Anfang der Fünfziger, aber obgleich sie sehr früh begonnen hatte, zu ergrauen, war ihr glatter Scheitel doch noch immer nicht weiß geworden, sondern in einem bestimmten Zustande der Melierung verblieben, und ihre aufrechte Gestalt war so starkknochig und rüstig, ihre braunen Augen waren so frisch, klar und unermüdlich wie vor zwanzig Jahren.

»Guten Abend, Ida, du gute Seele!« sagte Frau Permaneder gedämpft, aber fröhlich, denn die kleine Erzählung ihres Bruders hatte sie in die beste Stimmung versetzt. »Wie geht es dir, du altes Möbel?«

»Ei, ei, Tonychen; Möbel, mein Kindchen? So spät noch hier?«

»Ja, ich war bei meinem Bruder... in Geschäften, die keinen Aufschub duldeten... Leider hat sich die Sache zerschlagen... Schläft er?« fragte sie und wies mit dem Kinn nach dem kleinen Bette, welches an der linken Seitenwand stand, das grünverhüllte Kopfende hart an der hohen Tür, die zum Schlafzimmer Senator Buddenbrooks und seiner Gattin führte...

»Pst«, sagte Ida; »ja, er schläft.« Und Frau Permaneder trat auf den Zehenspitzen an das Bettchen, lüftete vorsichtig die Gardinen und lugte gebückt in das Gesicht ihres schlafenden Neffen.

Der kleine Johann Buddenbrook lag auf dem Rücken, hatte aber sein von dem langen, hellbraunen Haar umrahmtes Gesichtchen dem Zimmer zugewandt und atmete mit einem leichten Geräusch in das Kopfkissen hinein. Von seinen Händen, deren Finger kaum aus den viel zu langen und weiten Ärmeln seines Nachthemdes hervorsahen, lag die eine auf seiner Brust, die andere neben ihm auf der Steppdecke, und dann und wann zuckten die gekrümmten Finger leise. Auch an den halb geöffneten Lippen war eine schwache Bewegung bemerkbar, als versuchten sie, Worte zu bilden. Von Zeit zu Zeit ging, von unten nach oben, etwas Schmerzliches über dieses ganze Gesichtchen, das, mit einem Erzittern des Kinnes beginnend, sich über die Mundpartie fortpflanzte, die zarten Nüstern vibrieren ließ und die Muskeln der schmalen Stirn in Bewegung versetzte... Die langen Wimpern vermochten nicht die bläulichen Schatten zu verdecken, die in den Augenwinkeln lagerten.

»Er träumt«, sagte Frau Permaneder gerührt. Dann beugte sie sich über das Kind, küßte behutsam seine schlafwarme Wange, ordnete mit Sorgfalt die Gardine und trat wieder an den Tisch, wo Ida, im gelben Schein der Lampe, einen neuen Strumpf über die Stopfkugel zog, das Loch prüfte und es zu schließen begann.

»Du stopfst, Ida. Merkwürdig, ich kenne dich eigentlich gar nicht anders!«

»Ja, ja, Tonychen... Was das Jungchen alles zerreißt, seit er zur Schule geht!«

»Aber er ist doch ein so stilles und sanftes Kind?«

»Ja, ja... Aber doch.«

»Geht er denn gern zur Schule?«

»Nein, nein, Tonychen! Hätt’ lieber noch bei mir weiterlernen wollen. Und ich hätt’s auch gewünscht, mein Kindchen, denn die Herren kennen ihn ja nicht so von klein auf wie ich und wissen es nicht so, wie man ihn nehmen muß beim Lernen... Das Aufmerken wird ihm oft schwer, und er wird rasch müde...«

»Der Arme! hat er schon Schläge bekommen?«

»Aber nein! Mei boje kochhanne... sie werden doch nicht so hartherz'g sein wollen! Wenn das Jungchen sie ansieht...«

»Wie war's denn eigentlich, als er zum ersten Male hinging? Hat er geweint?«

»Ja, das hat er. Er weint so leicht... Nicht laut, aber so in sich hinein... Und dann hat er deinen Herrn Bruder am Rock festhalten wollen und immer wieder gebeten, er möchte dableiben...«

»So, hat mein Bruder ihn hingebracht?... Ja, das ist ein schwerer Moment, Ida, glaube mir. Ha, ich weiß es wie gestern! Ich heulte... ich versichere dich, ich heulte wie ein Kettenhund, es wurde mir entsetzlich schwer. Und warum? Weil ich es zu Hause so gut gehabt hatte, grade wie Hanno. Die Kinder aus vornehmen Häusern weinten alle, das ist mir sofort aufgefallen, während die anderen sich gar nichts daraus machten und uns anglotzten und grinsten... Gott! was ist ihm, Ida –?!«

Sie vollendete ihre Handbewegung nicht und wandte sich erschrocken nach dem Bettchen um, von wo ein Schrei ihr Plaudern unterbrochen hatte, ein Angstschrei, der sich im nächsten Augenblick mit noch gequälterem, noch entsetzterem Ausdruck wiederholte und dann drei-, vier-, fünfmal rasch nacheinander erklang... »Oh! oh! oh!«, ein vor Grauen überlauter, entrüsteter und verzweifelter Protest, der sich gegen etwas Abscheuliches richten mußte, was sich zeigte oder geschah... Im nächsten Augenblick stand der kleine Johann aufrecht im Bette, und während er unverständliche Worte stammelte, blickten seine weitgeöffneten, so eigenartig goldbraunen Augen, ohne etwas von der Wirklichkeit wahrzunehmen, starr in eine gänzlich andere Welt hinein...

»Nichts«, sagte Ida. »Der pavor. Ach, das ist manchmal noch viel ärger.« Und in aller Ruhe legte sie die Arbeit beiseite, ging mit ihren langen, schweren Schritten auf Hanno zu und legte ihn, während sie mit tiefer, beruhigender Stimme, zu ihm sprach, wieder unter die Decke.

»Ja, so, der pavor...« wiederholte Frau Permaneder. »Wacht er nun?«

Aber Hanno wachte keineswegs, obgleich seine Augen weit und starr blieben und seine Lippen fortfuhren, sich zu bewegen...

»Wie? So... so... Nun hören wir auf zu plappern... *Was* sagst du?« fragte Ida; und auch Frau Permaneder trat näher, um auf dies unruhige Murmeln und Stammeln zu horchen.

»Will ich... in mein... Gärtlein gehn...« sagte Hanno mit schwer Zunge, »will mein' Zwiebeln gießen...«

»Er sagt seine Gedichte her«, erklärte Ida Jungmann mit Kopfschütteln. »So, so! Genug, schlaf nun, mein Jungchen!...«

»Steht ein... bucklicht Männlein da..., fängt als an zu niesen...« sagte Hanno und seufzte dann. Plötzlich aber veränderte sich sein Gesichtsausdruck, seine Augen schlossen sich halb, er bewegte den Kopf auf dem Kissen hin und her, und mit leiser, schmerzlicher Stimme fuhr er fort:

> »Der Mond, der scheint,
> Das Kindlein weint,
> Die Glock' schlägt zwölf,
> Daß Gott doch allen Kranken helf!...«

Bei diesen Worten aber schluchzte er tief auf, Tränen traten hinter seinen Wimpern hervor, liefen langsam über seine Wangen... und hiervon erwachte er. Er umarmte Ida, sah sich mit nassen Augen um, murmelte befriedigt etwas von »Tante Tony«, schob sich ein wenig zurecht und schlief dann ruhig weiter.

»Sonderbar!« sagte Frau Permaneder, als Ida sich wieder an den Tisch setzte. »Was für Gedichte waren das, Ida?«

»Sie stehen in seinem Lesebuch«, antwortete Fräulein Jungmann, »und darunter ist gedruckt: ›Des Knaben Wunderhorn.‹ Sie sind kurios... Er hat sie in diesen Tagen lernen müssen, und über das mit dem Männlein hat er viel gesprochen. Kennst du es?... Recht graulich ist es. Dies bucklige Männlein steht überall, zerbricht den Kochtopf, ißt das Mus, stiehlt das Holz, läßt das Spinnrad nicht gehen, lacht einen aus... und dann, zum Schlusse, bittet es auch noch, man möge es in sein Gebet einschließen! Ja, das hat es dem Jungchen nun angetan. Er hat tagein – tagaus darüber nachgedacht. Weißt du, was er sagte? Zwei-, dreimal hat er gesagt: ›Nicht wahr, Ida, es tut es nicht aus Schlechtigkeit, nicht aus Schlechtigkeit!... Es tut es aus Traurigkeit und ist dann noch trauriger darüber... Wenn man betet, so braucht es das alles nicht mehr zu tun.‹ Und heute abend noch, als seine Mama ihm gute Nacht sagte, bevor sie ins Konzert ging, hat er sie gefragt, ob er auch für das bucklige Männlein beten solle...«

»Und hat es auch getan?«

»Nicht laut, aber wahrscheinlich im stillen... Aber über das andere Gedicht, das ›Ammenuhr‹ heißt, hat er gar nicht gesprochen, sondern nur geweint. Er gerät so leicht ins Weinen, das Jungchen, und kann dann lange nicht aufhören...«

»Aber, was ist denn so traurig darin?«

»Weiß ich... Über den Anfang, die Stelle, bei der er sogar eben im Schlafe schluchzte, kam er beim Aufsagen nie hinweg... und auch nachher über den Fuhrmann, der sich schon um drei von der Streu erhebt, hat er geweint...«

Frau Permaneder lachte gerührt und machte dann ein ernstes Gesicht.

»Aber ich will dir sagen, Ida, es ist nicht gut, ich halte es nicht für gut, daß ihm alles so nahegeht. Der Fuhrmann steht um drei Uhr auf – nun, mein lieber Gott, dafür ist er ein Fuhrmann! Das Kind – soviel weiß ich schon – neigt dazu, alle Dinge mit zu eindringlichen Augen anzusehen und sich alles zu sehr zu Herzen zu nehmen... Das muß an ihm zehren, glaube mir. Man sollte einmal ernstlich mit Grabow sprechen... Aber das ist es eben«, fuhr sie fort, indem sie die Arme verschränkte, den Kopf zur Seite neigte und mißmutig mit der Fußspitze auf dem Boden trommelte; »Grabow wird alt, und, abgesehen davon: So herzensgut er ist, ein Biedermann, ein wirklich braver Mensch... was seine Eigenschaften als Arzt betrifft, so halte ich nicht grade große Stücke auf ihn, Ida, Gott verzeihe mir, wenn ich mich in ihm täusche. So zum Beispiel mit Hanno's Unruhe, seinem Auffahren bei Nacht, seinen Angstanfällen im Traume... Grabow weiß es, und alles, was er tut, ist, daß er uns sagt, was es ist, uns einen lateinischen Namen nennt: pavor nocturnus... ja, lieber Gott, das ist sehr belehrend... Nein, er ist ein lieber Mann, ein guter Hausfreund, alles; aber ein Licht ist er nicht. Ein bedeutender Mensch sieht anders aus und zeigt schon in der Jugend, daß etwas an ihm ist. Grabow hat die Zeit von Achtundvierzig miterlebt; er war ein junger Mann damals. Aber meinst du, daß er sich jemals erregt hat – über die Freiheit und die Gerechtigkeit und den Umsturz von Privilegien und Willkür? Er ist ein Gelehrter, aber ich bin überzeugt, daß die unerhörten Bundesgesetze von damals über die Universitäten und die Presse ihn vollständig kalt gelassen haben. Er hat sich niemals ein wenig wild gebärdet, niemals ein wenig über die Schnur gehauen... Er hat immer sein langes, mildes Gesicht gehabt, und nun verordnet er Taube und Franzbrot und, wenn der Fall ernst ist, einen Eßlöffel Altheesaft... Gute Nacht, Ida... Ach nein, ich glaube, da gibt es ganz andere Ärzte!... Schade, daß ich Gerda nicht mehr sehe... Ja, danke, es ist noch Licht auf dem Korridor... Gute Nacht. «

Als Frau Permaneder im Vorübergehen die Tür zum Eßzimmer öffnete, um, ins Wohnzimmer hinein, auch ihrem Bruder gute Nacht zuzurufen, sah sie, daß in der ganzen Flucht Licht war und daß Thomas, die Hände auf dem Rücken, darin hin und wider ging.

4.

Allein geblieben, hatte der Senator seinen Platz am Tische wieder eingenommen, sein Pincenez hervorgezogen und in der Lektüre seiner Zeitung fortfahren wollen. Aber nach zwei Minuten schon hatten seine Augen sich von dem bedruckten Papier erhoben, und ohne die Haltung seines Körpers zu verändern, hatte er lange Zeit geradeaus, zwischen den Portieren hindurch, unverwandt in das Dunkel des Salons geblickt.

Wie bis zur Unkenntlichkeit verändert sein Gesicht sich ausnahm, wenn er sich allein befand! Die Muskeln des Mundes und der Wangen, sonst diszipliniert und zum Gehorsam gezwungen, im Dienste einer unaufhörlichen Willensanstrengung, spannten sich ab, erschlafften; wie eine Maske fiel die längst nur noch künstlich festgehaltene Miene der Wachheit, Umsicht, Liebenswürdigkeit und Energie von diesem Gesichte ab, um es in dem Zustande einer gequälten Müdigkeit zurückzulassen; die Augen, mit trübem und stumpfem Ausdruck auf einen Gegenstand gerichtet, ohne ihn zu umfassen, röteten sich, begannen zu tränen – und ohne Mut zu dem Versuche, auch sich selbst noch zu täuschen, vermochte er von allen Gedanken, die schwer, wirr und ruhelos seinen Kopf erfüllten, nur den einen, verzweifelten festzuhalten, daß Thomas Buddenbrook mit zweiundvierzig Jahren ein ermatteter Mann war.

Er strich langsam und tief aufatmend mit der Hand über Stirn und Augen, entzündete mechanisch eine neue Zigarette, obgleich er wußte, daß es ihm schadete, und fuhr fort, durch den Rauch ins Dunkel zu blicken... Welch ein Gegensatz zwischen der leidenden Schlaffheit seiner Züge und der eleganten, beinahe martialischen Toilette, die diesem Kopfe gewidmet war – dem parfümierten, lang ausgezogenen Schnurrbart, der peinlich rasierten Glätte von Kinn und Wangen, der sorgfältigen Frisur des Haupthaares, dessen beginnende Lichtung am Wirbel nach Möglichkeit verdeckt war, das, in zwei länglichen Einbuchtungen von den zarten Schläfen zurücktretend, einen schmalen Scheitel bildete und über den Ohren nicht mehr lang und gekraust, wie einst, sondern sehr kurz gehalten war, damit man nicht sähe, daß es an dieser Stelle ergraute... Er selbst empfand ihn, diesen Gegensatz, und er wußte wohl, daß niemandem draußen in der Stadt der Widerstreit entgehen konnte, der zwischen seiner beweglichen, elastischen Aktivität und der matten Blässe seines Gesichtes bestand.

Nicht, daß er in geringerem Maße als ehemals dort draußen eine wichtige und unentbehrliche Persönlichkeit gewesen wäre. Die Freunde wiederholten es, und die Neider konnten es nicht leugnen, daß Bürgermeister Doktor Langhals mit weit vernehmbarer Stimme den Ausspruch seines Vorgängers Oeverdieck bestätigt hatte: Senator Buddenbrook sei des Bürgermeisters rechte Hand. Daß aber die Firma Johann Buddenbrook nicht mehr das war, was sie vorzeiten gewesen, das schien eine so gassenläufige Wahrheit, daß Herr Stuht in der Glockengießerstraße es seiner Frau erzählen konnte, wenn sie mittags zusammen ihre Specksuppe verzehrten... und Thomas Buddenbrook stöhnte darüber.

Gleichwohl war er selbst es, der zur Entstehung dieser Anschauungsweise am meisten beigetragen hatte. Er war ein reicher Mann, und keiner der Verluste, die er erlitten, auch den schweren des Jahres 66 nicht ausgenommen, hatte die Existenz der Firma ernstlich in Frage stellen können. Aber obgleich er, wie selbstverständlich, fortfuhr, in angemessener Weise zu repräsentieren und seinen Diners die Anzahl von Gängen zu geben, die seine Gäste von ihnen erwarteten, hatte doch die Vorstellung, sein Glück und sein Erfolg sei dahin, diese Vorstellung, die mehr eine innere Wahrheit war, als daß sie auf äußere Tatsachen gegründet gewesen wäre, ihn in einen Zustand so argwöhnischer Verzagtheit versetzt, daß er, wie niemals zuvor, das Geld an sich zu halten und in seinem Privatleben in fast kleinlicher Weise zu sparen begann. Hundertmal hatte er den kostspieligen Bau seines neuen Hauses verwünscht, das ihm, so empfand er, nichts als Unheil gebracht hatte. Die Sommerreisen wurden eingestellt, und der kleine Stadtgarten mußte den Aufenthalt am Strande oder im Gebirge ersetzen. Die Mahlzeiten, die er gemeinsam mit seiner Gattin und dem kleinen Hanno einnahm, waren auf sein wiederholtes und strenges Geheiß von einer Einfachheit, die im Gegensatze zu dem weiten, parkettierten Speisezimmer mit seinem hohen und luxuriösen Plafond und seinen prachtvollen Eichen-Möbeln komisch wirkte. Während längerer Zeit war Dessert nur für den Sonntag gestattet... Die Eleganz seines Äußeren blieb dieselbe; aber Anton, der langjährige Bediente, wußte doch in der Küche zu erzählen, daß der Senator jetzt nur noch jeden zweiten Tag das weiße Hemd wechsele, da die Wäsche das feine Linnen allzusehr ruiniere... Er wußte noch mehr. Er wußte auch, daß er entlassen werden sollte. Gerda protestierte. Drei Dienstboten seien zur Instandhaltung eines so großen Hauses kaum genug. Es half nichts: mit einem angemessenen Geldgeschenk ward Anton, der so lange den Bock eingenommen hatte, wenn Thomas Buddenbrook in den Senat fuhr, verabschiedet.

Solchen Maßregeln entsprach das freudlose Tempo, das der Geschäftsgang angenommen hatte. Nichts war mehr zu verspüren von dem neuen und frischen Geiste, mit dem der junge Thomas Buddenbrook einst den Betrieb belebt hatte, – und sein Sozius, Herr Friedrich Wilhelm Marcus, welcher, nur mit geringem Kapitale beteiligt, in keinem Falle bedeutenden Einfluß besessen hätte, war von Natur und Temperament jeder Initiative bar.

Im Laufe der Jahre hatte seine Pedanterie zugenommen und war zur vollständigen Wunderlichkeit geworden. Er brauchte eine Viertelstunde, um sich, unter Schnurrbartstreichen, Räuspern und bedächtigen Seitenblicken, eine Zigarre anzuschneiden und die Spitze in seinen Geldbeutel zu versenken. Des Abends, wenn die Gaslampen jeden Winkel des Comptoirs taghell erleuchteten, unterließ er es niemals, noch eine brennende Stearinkerze auf sein Pult zu stellen. Nach jeder halben Stunde erhob er sich, um sich zur Wasserleitung zu begeben und seinen Kopf zu begießen. Eines Vormittags lag unordentlicherweise ein leerer Getreidesack unter seinem Pult, den er für eine Katze hielt und zum Gaudium des gesamten Personals unter lauten Verwünschungen zu verjagen suchte... Nein, er war nicht der Mann, der jetzigen Mattigkeit seines Kompagnons zum Trotz, fördernd in die Geschäfte einzugreifen, und oft erfaßte den Senator, wie jetzt, während er matten Blickes in die Finsternis des Salons hinüberstarrte, die Scham und eine verzweifelte Ungeduld, wenn er sich den unbeträchtlichen Kleinbetrieb, das pfennigweise Geschäftemachen vergegenwärtigte, zu dem sich in letzter Zeit die Firma Johann Buddenbrook erniedrigt hatte.

Aber, war es nicht gut so? Auch das Unglück, dachte er, hat seine Zeit. War es nicht weise, sich still zu verhalten, während es in uns herrscht, sich nicht zu rühren, abzuwarten und in Ruhe innere Kräfte zu sammeln? Warum mußte man jetzt mit diesem Vorschlag an ihn herantreten, ihn aus seiner klugen Resignation vor der Zeit aufstören und ihn mit Zweifeln und Bedenken erfüllen! War die Zeit gekommen? War dies ein Fingerzeig? Sollte er ermuntert werden, aufzustehen und einen Schlag zu führen? Mit aller Entschiedenheit, die er seiner Stimme zu geben vermocht, hatte er das Ansinnen zurückgewiesen; aber war, seit Tony aufgebrochen, wirklich das Ganze erledigt? Es schien nicht, denn er saß hier und grübelte. »Man begegnet einem Vorschlage nur dann mit Erregtheit, wenn man sich in seinem Widerstande nicht sicher fühlt«... Eine verteufelt schlaue Person, diese kleine Tony!

Was hatte er ihr entgegengehalten? Er hatte es sehr gut und eindringlich gesagt, wie er sich erinnerte. »Unreinliche Manipulation... Im trüben fischen... Brutale Ausbeutung... einen Wehrlosen übers Ohr hauen... Wucherprofit...«, ausgezeichnet! Allein es fragte sich, ob dies die Gelegenheit war, so laute Worte ins Gefecht zu führen. Konsul Hermann Hagenström würde sie nicht gesucht und würde sie nicht gefunden haben. War Thomas Buddenbrook ein Geschäftsmann, ein Mann der unbefangenen Tat oder ein skrupulöser Nachdenker?

Oh ja, das war die Frage; das war von jeher, solange er denken konnte, seine Frage gewesen! Das Leben war hart, und das Geschäftsleben war in seinem rücksichtslosen und unsentimentalen Verlaufe ein Abbild des großen und ganzen Lebens. Stand Thomas Buddenbrook mit beiden Beinen fest wie seine Väter in diesem harten und praktischen Leben? Oft genug, von jeher, hatte er Ursache gehabt, daran zu zweifeln! Oft genug, von Jugend an, hatte er diesem Leben gegenüber sein Fühlen korrigieren müssen... Härte zufügen, Härte erleiden und es nicht als Härte, sondern als etwas Selbstverständliches *empfinden* – würde er das niemals vollständig erlernen?

Er erinnerte sich des Eindruckes, den die Katastrophe des Jahres 66 auf ihn hervorgebracht hatte, und er rief sich die unaussprechlich schmerzlichen Empfindungen zurück, die ihn damals überwältigt hatten. Er hatte eine große Summe Geldes verloren... ach, nicht das war das Unerträglichste gewesen! Aber er hatte zum ersten Male in vollem Umfange und am eigenen Leibe die grausame Brutalität des Geschäftslebens verspüren müssen, in dem alle guten, sanften und liebenswürdigen Empfindungen sich vor dem einen rohen, nackten und herrischen Instinkt der Selbsterhaltung verkriechen, und in dem ein erlittenes Unglück bei den Freunden, den besten Freunden, nicht Teilnahme, nicht Mitgefühl, sondern... »Mißtrauen«, kaltes, ablehnendes Mißtrauen hervorruft. Hatte er das nicht gewußt? War er berufen, sich darüber zu verwundern? Wie sehr hatte er sich später in besseren und stärkeren Stunden darüber geschämt, daß er in den schlaflosen Nächten von damals sich empört, voll Ekel und unheilbar verletzt gegen die häßliche und schamlose Härte des Lebens aufgelehnt hatte!

Wie albern das gewesen war! Wie lächerlich jedesmal diese Regungen gewesen waren, wenn er sie empfunden hatte! Wie war es überhaupt möglich, daß sie in ihm entstanden? Denn nochmals gefragt: War er ein praktischer Mensch oder ein zärtlicher Träumer?

Ach, diese Frage hatte er sich schon tausendmal gestellt, und er hatte sie, in starken und zuversichtlichen Stunden, bald so und – in müden – bald so beantwortet. Aber er war zu scharfsinnig und ehrlich, als daß er sich nicht schließlich die Wahrheit hätte gestehen müssen, daß er ein Gemisch von beidem sei.

Zeit seines Lebens hatte er sich den Leuten als tätiger Mann präsentiert; aber soweit er mit Recht dafür galt – war er es nicht, mit seinem gern zitierten Goethe'schen Wahl- und Wahrspruch – aus bewußter Überlegung gewesen? Er hatte ehemals Erfolge zu verzeichnen gehabt... aber waren sie nicht nur aus dem Enthusiasmus, der Schwungkraft hervorgegangen, die er der Reflexion verdankte? Und da er nun daniederlag, da seine Kräfte – wenn auch, Gott gebe es, nicht für immer – erschöpft schienen:

war es nicht die notwendige Folge dieses unhaltbaren Zustandes, dieses unnatürlichen und aufreibenden Widerstreites in seinem Innern?... Ob sein Vater, sein Großvater, sein Urgroßvater die Pöppenrader Ernte auf dem Halme gekauft haben würden? Gleichviel!... Gleichviel!... Aber daß sie praktische Menschen gewesen, daß sie es voller, ganzer, stärker, unbefangener, natürlicher gewesen waren als er, das war es, was feststand!...

Eine große Unruhe ergriff ihn, ein Bedürfnis nach Bewegung, Raum und Licht. Er schob seinen Stuhl zurück, ging hinüber in den Salon und entzündete mehrere Gasflammen des Lustre über dem Mitteltische. Er blieb stehen, drehte langsam und krampfhaft an der langen Spitze seines Schnurrbartes und blickte, ohne etwas zu sehen, in diesem luxuriösen Gemache umher. Es nahm zusammen mit dem Wohnzimmer die ganze Frontbreite des Hauses ein, war mit hellen, geschweiften Möbeln ausgestattet und trug, mit seinem großen Konzertflügel, auf dem Gerda's Geigenkasten stand, seiner mit Notenbüchern beladenen Etagere daneben, dem geschnitzten Stehpult und den Basreliefs von musizierenden Amoretten über den Türen, den Charakter eines Musikzimmers. Der Erker war mit Palmen angefüllt.

Senator Buddenbrook stand zwei oder drei Minuten, ohne sich zu bewegen. Dann raffte er sich auf, ging ins Wohnzimmer zurück, trat ins Speisezimmer und erleuchtete auch dies. Er machte sich am Büffet zu schaffen, trank, um sein Herz zu beruhigen, oder um überhaupt etwas zu tun, ein Glas Wasser und ging dann rasch, die Hände auf dem Rücken, weiter in die Tiefe des Hauses hinein. Das »Rauchzimmer« war dunkel möbliert und mit Holz getäfelt. Er öffnete mechanisch den Zigarrenschrank, verschloß ihn sofort wieder und erhob, am Spieltische, den Deckel einer kleinen eichenen Truhe, die Kartenspiele, Notizblocks und ähnliche Dinge enthielt. Er ließ eine Anzahl knöcherner Anlege-Marken klappernd durch seine Hand gleiten, warf den Deckel zu und wandte sich abermals zum Gehen.

Ein kleines Kabinett mit einem buntfarbigen Fensterchen grenzte an das Rauchzimmer. Es war leer bis auf einige ganz leichte »Servanten«, die ineinander geschoben waren und auf denen ein Likörkasten stand. Von hier aus aber betrat man den Saal, welcher, mit seiner ungeheuren Parkettfläche und seinen vier hohen, weinrot verhangenen Fenstern, die auf den Garten hinausblickten, wiederum die ganze Breite des Hauses in Anspruch nahm. Er war ausgestattet mit einem Paar schwerer, niedriger Sofas von dem Rot der Portieren und einer Anzahl von Stühlen, die hochlehnig und ernst an den Wänden standen. Ein Kamin war dort, hinter dessen Gitter falsche Kohlen lagen und mit ihren Streifen von rotgoldenem Glanzpapier zu glühen schienen. Auf der Marmorplatte, vor dem Spiegel, ragten zwei mächtige chinesische Vasen...

Nun lag die ganze Zimmerflucht im Lichte einzelner Gasflammen, wie nach einem Feste, wenn der letzte Gast soeben davongefahren. Der Senator durchmaß den Saal einmal der Länge nach, blieb dann an dem Fenster stehen, das dem Kabinett gegenüber lag, und blickte in den Garten hinaus.

Der Mond stand hoch und klein zwischen flockigen Wolken, und der Springbrunnen ließ seinen Strahl in der Stille unter den überhängenden Zweigen des Walnußbaumes plätschern. Thomas sah hinüber auf den Pavillon, der das Ganze abschloß, auf die kleine, weiß glänzende Terrasse mit den beiden Obelisken, auf die regelmäßigen Kieswege, die frisch umgegrabenen, abgezirkelten Beete und Rasenplätze... aber diese ganze zierliche und ungestörte Symmetrie, weit entfernt, ihn zu beruhigen, verletzte und reizte ihn. Er erfaßte mit der Hand die Klinke des Fensters, legte seine Stirn darauf und ließ seine Gedanken ihren qualvollen Gang wieder antreten.

Wo wollte es mit ihm hinaus? Er erinnerte sich einer Bemerkung, die er vorhin seiner Schwester gegenüber hatte fallen lassen und über die er selbst sich, sobald sie ausgesprochen, als über etwas höchst Überflüssiges geärgert hatte. Er hatte vom Grafen Strelitz gesprochen, vom Landadel, und hatte bei dieser Gelegenheit klar und deutlich die Meinung ausgedrückt, daß eine soziale Überlegenheit des Produzenten über den Zwischenhändler anzuerkennen sei. War das zutreffend? Ach, mein Gott, es war so unsäglich gleichgültig, ob es zutreffend war! Aber war *er* berufen, diesen Gedanken auszusprechen, ihn in Erwägung zu ziehen, überhaupt darauf zu verfallen? War er imstande, sich seinen Vater, seinen Großvater, irgendeinen seiner Mitbürger vorzustellen, wie er diesem Gedanken nachhing und ihm Ausdruck verlieh? Ein Mann, der fest und zweifellos in seinem Berufe steht, kennt nur diesen, weiß nur von diesem, schätzt nur diesen...

Plötzlich fühlte er, wie das Blut ihm heiß zu Kopfe stieg, wie er errötete bei einer zweiten Erinnerung, die weiter zurücklag. Er sah sich mit seinem Bruder Christian im Garten des Mengstraßen-Hauses umhergehen, begriffen in einem Streite, einer dieser so tief bedauernswerten erregten Auseinandersetzungen... Christian hatte, in seiner indiskreten und kompromittierenden Art, vor vielen Ohren eine liederliche Äußerung getan, über welche er ihn, wütend, empört, aufs äußerste gereizt, zur Rede gestellt hatte. Eigentlich, hatte Christian gesagt, eigentlich und im Grunde sei doch jeder Geschäftsmann ein Betrüger... Wie? war diese insipide und nichtswürdige Redensart ihrem Wesen nach so weit entfernt von derjenigen, die er selbst sich soeben noch seiner Schwester gegenüber gestattet hatte? Er hatte sich darüber entrüstet, hatte wutentbrannt dagegen protestiert... Aber wie hatte diese schlaue, kleine Tony gesagt? Wer sich ereifert...

»Nein!« sagte der Senator plötzlich mit lauter Stimme, erhob mit einem Ruck den Kopf, ließ den Fenstergriff fahren, stieß sich förmlich davon zurück und sagte ebenso laut: »Dies ist zu Ende!« Dann räusperte er sich, um über die unangenehme Empfindung hinwegzukommen, die seine eigene, einsame Stimme ihm verursachte, wandte sich und begann, schnell, gesenkten Kopfes, die Hände auf dem Rücken, hin und her durch alle Zimmer zu gehen.

»Dies ist zu Ende!« wiederholte er. »Es muß ein Ende gemacht werden! Ich verbummele, ich versumpfe, ich werde alberner als Christian!« Oh, es war unendlich dankenswert, daß er sich nicht in Unwissenheit darüber befand, wie es mit ihm stand!

Nun war es in seine Hand gegeben, sich zu korrigieren! Mit Gewalt!... Laß sehen... laß sehen... was war es für ein Angebot, das ihm da gemacht worden war? Die Ernte... Die Pöppenrader Ernte auf dem Halm? »Ich werde es tun!« sagte er mit leidenschaftlichem Flüstern und schüttelte sogar eine Hand mit ausgestrecktem Zeigefinger. »Ich werde es tun!«

Es war ja wohl das, was man einen Coup nennt? Eine Gelegenheit, ein Kapital von, sagen wir einmal, vierzigtausend Courantmark ganz einfach – und ein wenig übertrieben ausgedrückt – zu verdoppeln?... Ja, es war ein Fingerzeig, ein Wink, sich zu erheben! Es handelte sich um einen Anfang, einen ersten Streich, und das Risiko, das damit verbunden war, ergab nur eine Widerlegung mehr aller moralischen Skrupeln. Gelang es, dann war er wiederhergestellt, dann würde er wieder wagen, dann würde er das Glück und die Macht wieder mit diesen inneren elastischen Klammern halten...

Nein, den Herren Strunck & Hagenström würde dieser Fang leider entgehen! Es gab am Orte eine Firma, die in diesem Falle infolge von persönlichen Verbindungen denn doch die Vorhand hatte!... In der Tat, das Persönliche war hier das Entscheidende. Es war kein gewöhnliches Geschäft, das man kühl und in den üblichen Formen erledigt. Es trug vielmehr, wie es durch Tony's Vermittlung eingeleitet worden, halbwegs den Charakter einer Privatangelegenheit, die mit Diskretion und Verbindlichkeit zu behandeln war. Ach nein, Hermann Hagenström wäre wohl kaum der Mann dafür gewesen!... Thomas benutzte als Kaufmann die Konjunktur, und auch beim Verkaufe, nachher, würde er sie bei Gott zu benutzen wissen! Andererseits aber erwies er dem bedrängten Gutsherrn einen Dienst, zu dem er, durch die Freundschaft Tony's mit Frau von Maiboom, ganz allein berufen war. Schreiben also... heute abend noch schreiben – nicht auf dem Geschäftspapier mit Firmendruck, sondern auf einem Privatbriefbogen, auf dem nur »Senator Buddenbrook« gedruckt stand – in rücksichtsvollster Weise schreiben und fragen, ob ein Besuch in den nächsten Tagen genehm sei. Eine heikle Sache immerhin. Ein etwas glatter Grund und Boden, auf dem man sich mit einiger Grazie bewegen mußte... Desto mehr etwas für ihn!

Und seine Schritte wurden noch geschwinder, sein Atem tiefer. Er setzte sich einen Augenblick, sprang auf und wanderte aufs neue durch alle Zimmer. Er durchdachte das Ganze noch einmal, er dachte an Herrn Marcus, an Hermann Hagenström, Christian und Tony, sah die gelbreife Ernte von Pöppenrade im Winde schwanken, phantasierte von dem allgemeinen Aufschwung der Firma, der diesem Coup folgen würde, verwarf zornig alle Bedenken, schüttelte seine Hand und sagte: »Ich werde es tun!«

Frau Permaneder öffnete die Tür zum Speisezimmer und rief: »Gute Nacht!« Er antwortete, ohne es zu wissen. Gerda, von der sich Christian an der Haustür verabschiedet hatte, trat ein, und in ihren seltsamen, nahe beieinanderliegenden braunen Augen lag der rätselhafte Schimmer, den die Musik ihnen zu geben pflegt. Der Senator blieb mechanisch vor ihr stehen, fragte mechanisch nach dem spanischen Virtuosen und dem Verlaufe seines Konzertes und versicherte dann, sogleich sich ebenfalls zur Ruhe begeben zu wollen.

Aber er ging nicht zur Ruhe, sondern nahm seine Wanderung wieder auf. Er dachte an die Säcke mit Weizen, Roggen, Hafer und Gerste, welche die Böden des »Löwen«, des »Walfisches«, der »Eiche« und der »Linde« füllen sollten, sann über dem Preise, dem – oh, durchaus nicht unanständigen Preise, den er zu bieten beabsichtigte, stieg um Mitternacht leise ins Comptoir hinunter und schrieb bei Herrn Marcus' Stearinkerze in einem Zuge einen Brief an Herrn von Maiboom auf Pöppenrade, einen Brief, der, als er ihn mit fieberheißem und schwerem Kopfe durchlas, ihm als der beste und taktvollste seines Lebens erschien.

Das war in der Nacht vor dem 27. Mai. Am nächsten Tage eröffnete er seiner Schwester in leichter und humoristischer Weise, daß er die Sache nun von allen Seiten betrachtet habe, und daß er Herrn von Maiboom nicht einfach einen Korb geben und an den nächsten Beutelschneider verweisen könne. Am 30. des

Monats unternahm er eine Reise nach Rostock und fuhr von dort mit einem Mietswagen über Land.

Seine Laune war vortrefflich in den nächsten Tagen, sein Gang elastisch und frei, sein Mienenspiel verbindlich. Er neckte Klothilde, lachte herzlich über Christian, scherzte mit Tony, spielte am Sonntag eine ganze Stunde lang mit Hanno auf dem »Altan« in der zweiten Etage, indem er seinem Sohne half, winzige Getreidesäcke an einem kleinen, ziegelroten Speicher hinaufzuwinden, und dabei die hohlen und gedehnten Rufe der Arbeiter nachahmte... und hielt in der Bürgerschaftssitzung vom 3. Juni über den langweiligsten Gegenstand von der Welt, über irgendeine Steuerfrage, eine so ausgezeichnete und witzige Rede, daß er in allen Stücken Recht bekam und Konsul Hagenström, der ihm opponiert hatte, der allgemeinen Heiterkeit anheimfiel.

5.

War es Unachtsamkeit oder Absicht von des Senators Seite – es fehlte nicht viel, so wäre er über eine Tatsache hinweggegangen, die nun durch Frau Permaneder, welche sich am treuesten und hingebendsten mit den Familienpapieren beschäftigte, aller Welt verkündet ward: die Tatsache, daß in den Dokumenten der 7. July des Jahres 1768 als Gründungstag der Firma angenommen war, und daß die hundertste Wiederkehr dieses Tages bevorstand.

Fast schien es, daß Thomas sich unangenehm berührt fühlte, als Tony ihn mit bewegter Stimme darauf aufmerksam machte. Der Aufschwung seiner Laune war nicht von Dauer gewesen. Allzubald war er wieder still geworden, stiller vielleicht als vorher. Mitten in der Arbeit konnte er das Comptoir verlassen, um, von Unruhe erfaßt, einsam im Garten umherzugehen, dann und wann wie gehemmt und aufgehalten stehenzubleiben, und seufzend die Augen mit der Hand zu bedecken. Er sagte nichts, er sprach sich nicht aus... Gegen wen auch? Herr Marcus war – ein erstaunlicher Anblick – zum ersten Male in seinem Leben

476

heftig geworden, als sein Kompagnon ihm kurzerhand von dem Geschäfte mit Pöppenrade Mitteilung gemacht hatte, und hatte jede Verantwortung und jede Beteiligung abgelehnt. Seiner Schwester, Frau Permaneder, aber verriet sich Thomas an einem Donnerstag-Abend auf der Straße, als sie sich mit einer Anspielung auf die Ernte von ihm verabschiedete, durch einen einzigen kurzen Händedruck, dem er hastig und leise die Worte hinzufügte: »Ach, Tony, ich wollte, ich hätte schon wieder verkauft!« Dann wandte er sich, jäh abbrechend, zum Gehen und ließ Frau Antonie verdutzt und ergriffen zurück... Dieser plötzliche Händedruck hatte etwas von ausbrechender Verzweiflung, dieses geflüsterte Wort so viel von lange verhaltener Angst gehabt... Als aber Tony bei der nächsten Gelegenheit versucht hatte, auf die Sache zurückzukommen, hatte er sich in desto ablehnenderes Schweigen gehüllt, voll Scham über die Schwäche, mit der er sich einen Augenblick hatte gehenlassen, voll Erbitterung über seine Untauglichkeit, dies Unternehmen vor sich selbst zu verantworten...

Nun sagte er schwerfällig und verdrießlich:

»Ach, meine Liebe, ich wollte, wir könnten das ganz einfach ignorieren!«

»Ignorieren, Tom? Unmöglich! Undenkbar! Meinst du, du könntest diese Tatsache unterschlagen? Meinst du, die ganze Stadt könnte die Bedeutung dieses Tages vergessen?«

»Ich sage nicht, daß es möglich ist; ich sage, daß es mir lieber wäre, wir könnten den Tag mit Stillschweigen begehen. Die Vergangenheit zu feiern, ist hübsch, wenn man, was Gegenwart und Zukunft betrifft, guter Dinge ist... Sich seiner Väter zu erinnern ist angenehm, wenn man sich einig mit ihnen weiß und sich bewußt ist, immer in ihrem Sinne gehandelt zu haben. ... Käme das Jubiläum zu gelegenerer Zeit... Kurz, ich bin wenig aufgelegt, Feste zu feiern.«

»Du mußt so nicht reden, Tom. Du meinst es auch nicht so und weißt wohl, daß es eine Schande, eine Schande wäre, das hundertjährige Jubiläum der Firma Johann Buddenbrook sangund klanglos vorübergehen zu lassen! Du bist jetzt nur ein biß-

chen nervös, und ich weiß auch warum... obgleich eigentlich
gar keine Ursache dafür vorhanden ist... Aber wenn der Tag da
ist, dann wirst du so freudig bewegt sein wie wir alle...«

Sie hatte recht, der Tag war nicht mit Stillschweigen zu übergehen. Nicht lange, so tauchte in den ›Anzeigen‹ eine vorberei-
tende Notiz auf, die eine ausführliche Rekapitulation der Geschichte des altangesehenen Handelshauses für den Festtag selbst
in Aussicht stellte – und es hätte ihrer kaum bedurft, um die
wohllöbliche Kaufmannschaft aufmerksam zu machen. Was
aber die Familie betraf, so war Justus Kröger der erste, der am
Donnerstag das Bevorstehende zur Sprache brachte, und Frau
Permaneder sorgte dafür, daß, war das Dessert abgetragen, die
ehrwürdige Ledermappe mit den Familiendokumenten feierlich
aufgelegt ward, und daß man als Vorfeier sich mit den Daten,
die aus dem Leben des seligen Johann Buddenbrook, Hanno's
Ur-Ur-Großvater, des Gründers der Firma, bekannt waren,
eingehend beschäftigte. Wann er die Frieseln und wann die echten Blattern gehabt, wann er vom dritten Boden auf die Darre
gestürzt und wann in ein hitzig Fieber mit Raserey verfallen,
verlas sie mit einem religiösen Ernste. Sie konnte sich nicht genug tun, sie griff zurück bis ins sechzehnte Jahrhundert zu dem
ältesten Buddenbrook, der bekannt, zu dem, der zu Grabau
Ratsherr gewesen, und zu dem Gewandschneider in Rostock,
der sich »sehr gut gestanden« – was unterstrichen war – und so
außerordentlich viele lebendige und tote Kinder gehabt... »Was
für ein prächtiger Mensch!« rief sie aus und machte sich daran,
alte vergilbte und eingerissene Briefe und Festpoeme vorzutra-
gen...

Herr Wenzel war, wie sich versteht, am Morgen des 7. Juli der
erste Gratulant.

»Ja, Herr Senator, hundert Jahr!« sagte er und ließ Messer und
Streichriemen behende in seinen roten Händen spielen... »Und
ungefähr die Hälfte davon, das darf ich woll sagen, hab' ich in
der werten Familie rasiert, und da erlebt man manches mit,
wenn man immer der erste ist, der den Chef zu sprechen

kriegt... Der selige Herr Konsul war auch immer des Morgens am gesprächigsten, und dann fragte er mich woll: ›Wenzel‹, fragt' er, ›was halten Sie von dem Roggen? Soll ich verkaufen, oder meinen Sie, daß er noch steigt?‹...«

»Ja, Wenzel, ich kann mir das Ganze auch ohne Sie nicht denken, ihr Beruf, wie ich Ihnen schon manchmal sagte, hat wirklich sehr viel Reizvolles. Wenn Sie morgens mit Ihrer Tour fertig sind, dann sind Sie klüger als alle, denn dann haben Sie die Chefs von ungefähr allen großen Häusern unter dem Messer gehabt und kennen die Laune von jedem einzelnen, und darum kann Sie jeder einzelne beneiden, denn das ist sehr interessant.«

»Da is was Wahres dran, Herr Senator. Was aber Herrn Senater seine eigne Laune betrifft, wenn ich so sagen darf... Herr Senator sind heut' morgen wieder ein bißchen blaß?«

»So? Ja, ich habe Kopfschmerzen, und die werden nach menschlicher Voraussicht nicht so schnell vorübergehen, denn ich glaube, man wird mich heute etwas in Anspruch nehmen.«

»Glaub' ich auch, Herr Senator. Die Teilnahme ist groß, die Teilnahme ist sehr groß. Sehen Herr Senator nachher man gleich mal aus dem Fenster. Eine Menge Fahnen! Und unten vor der Fischergrube liegen der ›Wullenwever‹ und die ›Friederike Oeverdieck‹ mit allen Wimpeln...«

»Na, machen sie also schnell, Wenzel, ich habe keine Zeit zu verlieren.« –

Der Senator nahm heute nicht erst die Comptoirjacke, sondern zog zu seinem hellen Beinkleid sofort einen schwarzen, offenen Rock an, der die weiße Piqué-Weste sehen ließ. Besuche waren für den Vormittag zu erwarten. Er warf einen letzten Blick in den Toilette-Spiegel, ließ noch einmal die langen Spitzen des Schnurrbartes durch die Brennschere gleiten und wandte sich mit einem kurzen Seufzer zum Gehen. Der Tanz begann... Wäre erst dieser Tag vorüber! Würde er einen Augenblick allein sein, einen Augenblick seine Gesichtsmuskeln abspannen können? Empfänge während des ganzen Tages, bei denen es galt, den Gratulationen von hundert Menschen mit Takt und Würde zu begegnen, nach allen Seiten mit Umsicht und sicherer Nuancierung passende Worte zu finden, ehrerbietige, ernste, freundliche, ironische, scherzhafte, nachsichtige, herzliche... und vom Nachmittag bis in die Nacht hinein ein Herrendiner im Ratsweinkeller...

Es war nicht wahr, daß er Kopfschmerzen hatte. Er war nur müde und fühlte wieder, kaum daß der erste Morgenfriede der Nerven vorbei, diesen unbestimmten Gram auf sich lasten... Warum hatte er gelogen? War es nicht beständig, als hätte er seinem Übelbefinden gegenüber ein schlechtes Gewissen? Warum? Warum?... Aber es war jetzt keine Zeit, darüber nachzudenken.

Als er ins Eßzimmer trat, kam Gerda ihm lebhaft entgegen. Auch sie war schon in Empfangstoilette. Sie trug einen glatten Rock aus schottischem Stoff, eine weiße Bluse und ein dünnes, seidenes Zuavenjäckchen darüber, von der dunkelroten Farbe ihres schweren Haares. Sie zeigte lächelnd ihre breiten, ebenmäßigen Zähne, die noch weißer waren als ihr schönes Gesicht, und auch ihre Augen, diese nahe beisammenliegenden, rätselhaften, braunen Augen mit den bläulichen Schatten, lächelten heute.

»Ich bin schon stundenlang auf den Füßen; woraus du schließen kannst, wie enthusiastisch meine Glückwünsche sind.«

»Sieh da! Die hundert Jahre machen Eindruck auf dich?«

»Den allertiefsten!... Aber es ist auch möglich, daß es nur das Festliche überhaupt ist... Was für ein Tag!... Dies da, zum Beispiel«, und sie wies auf den Frühstückstisch, der mit Blumen aus dem Garten bekränzt war, »ist Fräulein Jungmanns Werk... Übrigens irrst du, wenn du denkst, du könntest jetzt Tee trinken. Im Salon erwarten dich schon die wichtigsten Mitglieder der Familie, und zwar mit einer Festgabe, an der ich ebenfalls nicht ganz unbeteiligt bin... Höre, Thomas, dies ist natürlich nur der Anfang des Reigens von Visiten, der sich entwickeln wird. Zu Anfang will ich aushalten, aber gegen Mittag ziehe ich mich zurück, das sage ich dir. Der Himmel ist, obgleich das Barometer ein wenig gefallen ist, noch immer von einem unverschämten Blau – was zwar zu den Flaggen... denn die ganze Stadt ist beflaggt... sehr gut aussieht – aber es wird eine fürchterliche Hitze geben... Komm jetzt hinüber. Dein Frühstück muß warten. Du hättest früher aufstehen sollen. Nun mußt du die erste Rührung auf deinen leeren Magen wirken lassen...«

Die Konsulin, Christian, Klothilde, Ida Jungmann, Frau Permaneder und Hanno befanden sich im Salon, und die beiden letzteren hielten, nicht ohne Anstrengung, die Festgabe der Familie, eine große Gedenktafel, aufrecht... Die Konsulin umarmte ihren Ältesten in tiefer Bewegung.

»Mein lieber Sohn, das ist ein schöner Tag... ein schöner Tag...« wiederholte sie. »Wir dürfen niemals aufhören, Gott in unseren Herzen zu preisen für alle Gnade... für alle Gnade...« Sie weinte.

Den Senator befiel eine Schwäche in dieser Umarmung. Es war, als ob in seinem Inneren sich etwas löste und ihn verließ. Seine Lippen bebten. Ein hinfälliges Bedürfnis erfüllte ihn, in den Armen seiner Mutter, an ihrer Brust, in dem zarten Parfüm, das von der weichen Seide ihres Kleides ausging, mit geschlossenen Augen zu verharren, nichts mehr sehen und nichts mehr sagen zu müssen... Er küßte sie und richtete sich auf, um seinem Bruder die Hand zu reichen, der sie mit der halb zerstreuten und halb verlegenen Miene drückte, die ihm bei Feierlichkeiten eigen war. Klothilde sagte etwas Gedehntes und Freundliches. Was Fräulein Jungmann betraf, so beschränkte sie sich darauf, sich sehr tief zu verbeugen, wobei ihre Hand mit der silbernen Uhrkette spielte, die an ihrem flachen Busen hing...

»Komm her, Tom«, sagte Frau Permaneder mit wankender Stimme; »wir können es nun nicht mehr halten, Hanno und ich.« Sie trug die Tafel beinahe allein, da Hanno's Arme nicht viel vermochten, und bot in ihrer begeisterten Überanstrengung das Bild einer verzückten Märtyrerin. Ihre Augen waren feucht, ihre Wangen hochgerötet, und ihre Zungenspitze spielte mit einem halb verzweifelten, halb spitzbübischen Ausdruck an der Oberlippe...

»Ja, nun zu euch!« sagte der Senator. »Was ist denn das? Kommt, laßt los, wir wollen sie anlehnen.« Er stellte die Tafel neben dem Flügel aufrecht gegen die Wand und blieb, umgeben von den Seinen, davor stehen.

Der schwere, geschnitzte Nußholzrahmen umspannte einen Karton, welcher unter Glas die Porträts der vier Inhaber der Firma Johann Buddenbrook zeigte; Name und Jahreszahlen standen in Golddruck unter jedem. Da war, nach einem alten Ölgemälde angefertigt, das Bild Johann Buddenbrooks, des Gründers, ein langer und ernster alter Herr, der mit festgeschlossenen Lippen streng und willensfest über sein Jabot hinwegblickte; da war das breite und joviale Angesicht Johann Buddenbrooks, Jean Jacques Hoffstede's Freund; da hielt, mit seinem in die Vatermörder geschobenen Kinn, seinem breiten und faltigen Munde und seiner großen, stark gebogenen Nase, der Konsul Johann Buddenbrook die geistvollen, von religiöser Schwärmerei sprechenden Augen auf den Beschauer gerichtet; und endlich war da Thomas Buddenbrook selbst, in etwas jüngeren Jahren... Eine stilisierte, goldene Kornähre zog sich zwischen den Bildern hin, unter denen, ebenfalls in Golddruck, die Zahlen 1768 und 1868 bedeutsam nebeneinander prangten. Zu Häupten des Ganzen aber war in hohen gotischen Lettern und in der Schreibart dessen, der ihn seinen Nachfahren überliefert, der Spruch zu lesen: »Mein Sohn, sey mit Lust bei den Geschäften am Tage, aber mache nur solche, daß wir bey Nacht ruhig schlafen können.«

Die Hände auf dem Rücken, betrachtete der Senator die Tafel längere Zeit.

»Ja, ja«, sagte er plötzlich mit ziemlich spöttischem Akzent, »eine ungestörte Nachtruhe ist eine gute Sache...« Dann, ernst, wenn auch ein wenig flüchtig, sagte er, an alle Anwesenden gewandt:

»Ich dank' euch herzlich, meine Lieben! Das ist ein sehr schönes und sinniges Geschenk!... Was meint ihr – wohin hängen wir es? Ins Privatcomptoir?«

»Ja, Tom, über deinen Schreibtisch im Privatcomptoir!« antwortete Frau Permaneder und umarmte ihren Bruder; dann zog sie ihn in den Erker und wies hinaus.

Unter dem tiefblauen Sommerhimmel flatterten die zweifarbigen Flaggen von allen Häusern – die ganze Fischergrube hinunter, von der Breiten Straße bis zum Hafen, woselbst der »Wullenwever« und die »Friederike Oeverdieck« ihrem Reeder zu Ehren unter vollem Wimpelschmuck lagen.

»So ist die ganze Stadt!« sagte Frau Permaneder, und ihre Stimme bebte... »Ich bin schon spazierengegangen, Tom. Auch Hagenströms haben geflaggt! Ha, sie können nicht anders... Ich würde ihnen die Fenster einwerfen...«

Er lächelte, und sie zog ihn ins Zimmer zurück an den Tisch.

»Und hier sind Telegramme, Tom... nur die ersten, persönlichen natürlich, von der auswärtigen Familie. Die von den Geschäftsfreunden gehen ans Comptoir...«

Sie öffnete ein paar Depeschen: von den Hamburgern, von den Frankfurtern, von Herrn Arnoldsen und seinen Angehörigen in Amsterdam, von Jürgen Kröger in Wismar... Plötzlich errötete Frau Permaneder tief.

»Er ist in seiner Art ein guter Mensch«, sagte sie und schob ihrem Bruder ein Telegramm zu, das sie erbrochen. Es war gezeichnet: »*Permaneder.*«

»Aber die Zeit vergeht«, sagte der Senator und ließ den Deckel seiner Taschenuhr springen. »Ich möchte Tee trinken. Wollt ihr mir Gesellschaft leisten? Das Haus wird nachher wie ein Taubenschlag...«

Seine Gattin, der Ida Jungmann ein Zeichen gegeben hatte, hielt ihn zurück.

»Einen Augenblick, Thomas... Du weißt, Hanno muß gleich in die Privatstunde... Er möchte dir ein Gedicht hersagen... Komm her, Hanno. Und nun, als ob niemand da wäre. Keine Aufregung!«

Der kleine Johann mußte auch während der Ferien – denn im Juli waren Sommerferien – Privatunterricht im Rechnen nehmen, um in diesem Fache mit seiner Klasse Schritt halten zu können. Irgendwo in der Vorstadt Sankt Gertrud, in einer heißen Stube, in der es nicht zum besten roch, erwartete ihn ein Mann mit rotem Bart und unreinlichen Fingernägeln, um mit ihm dies verzweifelte Einmaleins zu exerzieren. Zuvor aber galt es, dem Papa das Gedicht aufzusagen, das Gedicht, das er mit Ida auf dem Altan in der zweiten Etage sorgfältig erlernt...

Er lehnte am Flügel, in seinem Kopenhagener Matrosenanzug mit dem breiten Leinwandkragen, dem weißen Halseinsatz und dem dicken Schifferknoten, der unter dem Kragen hervorquoll, die zarten Beine gekreuzt, Kopf und Oberkörper ein wenig abgewandt, in einer Haltung voll scheuer und unbewußter Grazie. Vor zwei oder drei Wochen war sein langes Haar ihm abgeschnitten worden, weil in der Schule nicht nur seine Kameraden, sondern auch seine Lehrer sich darüber lustig gemacht hatten. Aber auf dem Kopfe war es noch stark und weich gelockt und wuchs tief in die Schläfen und in die zarte Stirn hinein. Er hielt seine Lider gesenkt, daß die langen, braunen Wimpern auf die bläuliche Umschattung seiner Augen fielen, und seine geschlossenen Lippen waren ein wenig verzerrt.

Er wußte wohl, was geschehen würde. Er würde weinen müssen, vor Weinen dies Gedicht nicht beenden können, bei dem sich einem das Herz zusammenzog, wie wenn am Sonntag in der Marienkirche Herr Pfühl, der Organist, die Orgel auf eine gewisse, durchdringend feierliche Weise spielte... weinen, wie es immer geschah, wenn man von ihm verlangte, daß er sich produziere, ihn examinierte, ihn auf seine Fähigkeit und Geistesgegenwart prüfte, wie Papa das liebte. Hätte nur Mama lieber nichts von Aufregung gesagt! Es sollte eine Ermutigung sein, aber sie war verfehlt, das fühlte er. Da standen sie und sahen ihn an. Sie fürchteten und erwarteten, daß er weinen werde... war es da möglich, *nicht* zu weinen? Er hob die Wimpern und suchte die Augen Ida's, die mit ihrer Uhrkette spielte und ihm in ihrer säuerlich-biderben Art mit dem Kopfe zunickte. Ein übergroßes Bedürfnis befiel ihn, sich an sie zu schmiegen, sich von ihr fortbringen zu lassen und nichts zu hören als ihre tiefe, beruhigende Stimme, die da sagte: ›Sei still, Hannochen, mein Jungchen, brauchst nichts hersagen...‹

»Nun, mein Sohn, laß hören«, sagte der Senator kurz. Er hatte sich in einen Lehnsessel am Tische niedergelassen und wartete. Er lächelte durchaus nicht – heute so wenig wie sonst bei ähnlichen Gelegenheiten. Ernst, die eine Braue emporgezogen, maß er die Gestalt des kleinen Johann mit prüfendem, ja sogar kaltem Blick.

Hanno richtete sich auf. Er strich mit der Hand über das glattpolierte Holz des Flügels, ließ einen scheuen Rundblick über die Anwesenden hingleiten, und ein wenig ermutigt durch die Milde, die ihm aus den Augen Großmamas und Tante Tony's entgegenleuchtete, sagte er mit leiser, ein wenig harter Stimme:

»›Schäfers Sonntagslied‹... Von Uhland.«

»Oh, mein Lieber, das ist nichts!« rief der Senator. »Man hängt dort nicht am Klavier und faltet die Hände auf dem Bauche... Frei stehen! Frei sprechen! Das ist das erste. Hier stelle dich mal zwischen die Portieren! Und nun den Kopf hoch... und die Arme ruhig hängen lassen...«

Hanno stellte sich auf die Schwelle zum Wohnzimmer und ließ die Arme hängen. Gehorsam erhob er den Kopf, aber die Wimpern hielt er so tief gesenkt, daß nichts von seinen Augen zu sehen war. Wahrscheinlich schwammen schon Tränen darin.

»Das ist der Tag des Herrn«, sagte er ganz leise, und desto stärker klang die Stimme seines Vaters, der ihn unterbrach:

»Einen Vortrag beginnt man mit einer Verbeugung, mein Sohn! Und dann viel lauter. Noch einmal, bitte! ›Schäfers Sonntagslied‹...«

Das war grausam, und der Senator wußte wohl, daß er dem Kinde damit den letzten Rest von Haltung und Widerstandskraft raubte. Aber der Junge sollte ihn sich nicht rauben lassen! Er sollte sich nicht beirren lassen! Er sollte Festigkeit und Männlichkeit gewinnen... »›Schäfers Sonntagslied‹...!« wiederholte er unerbittlich und aufmunternd...

Aber mit Hanno war es zu Ende. Sein Kopf hing tief auf der Brust, und seine kleine Rechte, die blaß und mit bläulichen Pulsadern aus dem unten ganz engen, dunkelblauen, mit einem Anker bestickten Matrosenärmel hervorsah, zerrte krampfhaft an dem Brokatstoff der Portiere. »Ich bin allein auf weiter Flur«, sagte er noch, und dann war es endgültig aus. Die Stimmung des

Verses ging mit ihm durch. Ein übergewaltiges Mitleid mit sich selbst machte, daß die Stimme ihm ganz und gar versagte, und daß die Tränen unwiderstehlich unter den Lidern hervorquollen. Eine Sehnsucht nach gewissen Nächten überkam ihn plötzlich, in denen er, ein wenig krank, mit Halsschmerzen und leichtem Fieber im Bette lag und Ida kam, um ihm zu trinken zu geben und liebevoll eine frische Kompresse auf seine Stirn zu legen ... Er beugte sich seitwärts, legte den Kopf auf die Hand, mit der er sich an der Portiere hielt, und schluchzte.

»Nun, das ist kein Vergnügen!« sagte der Senator hart und gereizt und stand auf. »Worüber weinst du? Weinen könnte man darüber, daß du selbst an einem Tage wie heute nicht genug Energie aufbringen kannst, um mir eine Freude zu machen. Bist du denn ein kleines Mädchen? Was soll aus dir werden, wenn du so fortfährst? Gedenkst du dich später immer in Tränen zu baden, wenn du zu den Leuten sprechen sollst? ... «

Nie, dachte Hanno verzweifelt, nie werde ich zu den Leuten sprechen!

»Überlege dir die Sache bis heute nachmittag«, schloß der Senator; und während Ida Jungmann bei ihrem Pflegling kniete, ihm die Augen trocknete und halb vorwurfsvoll, halb zärtlich tröstend auf ihn einsprach, ging er ins Eßzimmer hinüber.

Während er eilig frühstückte, verabschiedeten sich die Konsulin, Tony, Klothilde und Christian von ihm. Sie sollten heute zusammen mit den Krögers, den Weinschenks und den Damen Buddenbrook hier bei Gerda zu Mittag speisen, indes der Senator wohl oder übel bei dem Diner im Ratskeller zugegen sein mußte, aber nicht so lange dort zu bleiben gedachte, als daß er nicht hoffte, die Familie abends noch in seinem Hause vorzufinden.

Er trank, an dem bekränzten Tische, den heißen Tee aus der Untertasse, aß hastig ein Ei und tat auf der Treppe ein paar Züge aus der Zigarette. Grobleben, seinen wollenen Shawl auch zu dieser Sommerzeit um den Hals, einen Stiefel über den linken Unterarm gezogen, die Wichsbürste in der Rechten und einen länglichen Tropfen an der Nase, kam vom Gartenflur auf die vordere Diele und trat seinem Herrn am Fuße der Haupttreppe entgegen, wo jetzt der aufrechte Braunbär mit seiner Visitkartenschale seinen Platz hatte...

»Je, Herr Senater, hunnert Jahr'... un de ein is arm, und de anner is riek...«

»Schön, Grobleben, is all gaut!« Und der Senator ließ ein Geldstück in die Hand mit der Wichsbürste gleiten, worauf er über die Diele und durch das Empfangscomptoir schritt, das ihr zunächst lag. Im Hauptcomptoir kam der Kassier, ein langer Mann mit treuen Augen, ihm entgegen, um ihm in sorgfältigen Redewendungen die Glückwünsche des gesamten Personals zu übermitteln. Der Senator dankte in zwei Worten und ging an seinen Platz am Fenster. Aber kaum hatte er begonnen, einen Blick in die bereitliegenden Zeitungen zu tun und die Post zu öffnen, als an die Tür gepocht wurde, die zum vorderen Flur führte, und Gratulanten erschienen.

Es war eine Abordnung der Speicher-Arbeiterschaft, sechs Männer, die breitbeinig und schwer wie Bären hereinkamen, mit ungeheurer Biederkeit ihre Mundwinkel nach unten zogen und ihre Mützen in den Händen drehten. Ihr Wortführer spie den braunen Saft seines Kautabaks in die Stube, zog seine Hose empor und redete mit wildbewegter Stimme von »hunnert Jahren« und »noch veelen hunnert Jahren«... Der Senator stellte ihnen eine beträchtliche Lohnerhöhung für diese Woche in Aussicht und entließ sie.

Steuerbeamte kamen, um im Namen des Ressorts ihren Chef zu beglückwünschen. Als sie gingen, trafen sie in der Tür mit einer Anzahl Matrosen zusammen, welche, unter der Führung zweier Steuermänner, von den beiden zur Reederei gehörigen Schiffen »Wullenwever« und »Friederike Oeverdieck« gesandt waren, die augenblicklich im Hafen lagen. Und es kam eine Deputation der Kornträger in schwarzen Blusen, Kniehosen und Zylindern. Dazwischen meldeten sich einzelne Bürger. Schneidermeister Stuht aus der Glockengießerstraße erschien, einen schwarzen Rock über dem wollenen Hemd. Dieser oder jener Nachbar, Blumenhändler Iwersen gratulierte. Ein alter Briefträger, mit weißem Bart, Ringen in den Ohren und Triefaugen, ein origineller Kauz, den der Senator an guten Tagen auf der Straße anzureden und »Herr Oberpostmeister« zu nennen pflegte, rief schon in der Tür: »Es is nich *da*rum, Herr Senator, ick komm nich *da*rum! Ick weet wull, de Lüd vertellen sick dat all, dat hier hüt jeder wat schenkt kriegt… öäwer dat is nich *da*rum…!« Dennoch nahm er dankbar sein Geldstück entgegen… Das fand kein Ende. Als es halb elf Uhr war, meldete das Folgmädchen, daß die Senatorin im Salon die ersten Gäste empfange.

Thomas Buddenbrook verließ das Comptoir und eilte die Haupttreppe hinan. Droben am Eingang zum Salon verweilte er eine halbe Minute vorm Spiegel, ordnete seine Krawatte und sog einen Augenblick den Eau-de-Cologne-Duft seines Taschentuches ein. Er war bleich, obgleich sein Körper sich in Transpiration befand; seine Hände und Füße aber waren kalt. Die Empfänge im Comptoir hatten ihn beinahe schon abgenutzt… Er atmete auf und trat ein, um in dem von Sonnenlicht erfüllten Gemach den Konsul Huneus, Holzgroßhändler und fünffacher Millionär, seine Gemahlin, ihre Tochter und deren Gatten, Herrn Senator Doktor Gieseke, zu begrüßen. Die Herrschaften waren zusammen von Travemünde hereingekommen, woselbst sie, wie mehrere der Ersten Familien, die nur dem Buddenbrookschen Geschäftsjubiläum zu Ehren ihre Badekur unterbrachen, den Juli verbrachten.

Man saß nicht drei Minuten auf den hellen, geschweiften Fauteuils beieinander, als Konsul Oeverdieck, Sohn des verstorbenen Bürgermeisters, mit seiner Gattin, der geborenen Kistenmaker, eintraf; und als Konsul Huneus sich verabschiedete, begegnete er seinem Bruder, der eine Million weniger besaß, aber dafür Senator war.

Nun war der Reigen eröffnet. Die große, weiße Tür mit dem Relief von musizierenden Amoretten darüber blieb kaum einen Augenblick geschlossen und gewährte beständig den Ausblick auf das vom einfallenden Licht durchflutete Treppenhaus sowie auf die Haupttreppe selbst, auf der sich unaufhörlich die Gäste herauf- und hinunterbewegten. Da aber der Salon geräumig war und die Gruppen, die sich bildeten, von Gesprächen zusammengehalten wurden, so waren die Kommenden weit zahlreicher als die Gehenden, und bald beschränkte man sich nicht mehr auf das Zimmer, sondern überhob das Dienstmädchen des Öffnens und Schließens der Tür, ließ sie offen und stand auch auf dem parkettierten Korridor beisammen. Schwirrendes und dröhnendes Gespräch von Damen- und Männerstimmen, Händeschütteln, Verbeugungen, Scherzworte und lautes, behagliches Lachen, das sich zwischen den Säulen des Treppenhauses emporschwingt und von der Decke, der großen Glasscheibe des »Einfallenden Lichtes« widerhallt. Senator Buddenbrook nimmt bald zu Häupten der Treppe, bald drinnen an der Schwelle des Erkers ernst und formell gemurmelte oder kordial hervorgestoßene Glückwünsche entgegen. Bürgermeister Doktor Langhals, ein vornehm untersetzter Herr, der sein rasiertes Kinn in der weißen Binde birgt, mit kurzen, grauen Côtelettes und müdem Diplomatenblick, wird mit allgemeiner Ehrerbietung empfangen. Der Weinhändler Konsul Eduard Kistenmaker nebst seiner Gattin, der geborenen Möllendorpf, sowie sein Bruder und Teilhaber Stephan, Senator Buddenbrooks treuester Anhänger und Freund, mit seiner Frau, einer außerordentlich gesunden Gutsbesitzerstochter, sind eingetroffen. Die verwitwete Senatorin Möllendorpf thront im Salon inmitten des Sofas, während ihre Kinder, Herr Konsul August Möllendorpf mit seiner Gemahlin Julchen, geborener Hagenström, soeben anlangen, ihre Gratulation erledigen und sich grüßend durch die Versammlung bewegen. Konsul Hermann Hagenström hat für seinen schweren Körper eine Stütze am Treppengeländer gefunden und plaudert, während seine platt auf der Oberlippe liegende Nase ein wenig mühsam in den rötlichen Bart hineinatmet, mit Herrn Senator Doktor Cremer, dem Polizeichef, dessen braun-grau melierter Backenbart sein mit einer gewissen milden Schlauheit lächelndes Gesicht umrahmt. Staatsanwalt Doktor Moritz Hagenström, dessen schöne Gattin, die geborene Puttfarken aus Hamburg, ebenfalls anwesend ist, zeigt irgendwo lächelnd seine spitzigen, lückenhaften Zähne. Einen Augenblick sieht man, wie der alte Doktor Grabow Senator Buddenbrooks Rechte zwischen seinen beiden Händen hält, um gleich darauf vom Baumeister Voigt verdrängt zu werden. Pastor Pringsheim, in bürgerlicher Kleidung und nur durch die Länge seines Gehrockes seine Würde andeutend, kommt mit ausgebreiteten Armen und gänzlich verklärtem Angesicht die Treppe herauf. Auch Friedrich Wilhelm Marcus ist zugegen. Diejenigen Herren, die irgendeine Körperschaft, den Senat, die Bürgerschaft, die Handelskammer repräsentieren, sind im Frack erschienen. – Halb zwölf Uhr. Die Hitze ist sehr stark geworden. Die Dame des Hauses hat sich vor einer Viertelstunde zurückgezogen...

Plötzlich wird drunten am Windfang ein stampfendes und schlürfendes Geräusch laut, wie wenn viele Leute auf einmal die Diele beträten, und gleichzeitig klingt eine lärmende und schallende Stimme auf, die das ganze Haus erfüllt... Alles drängt zum Geländer; man staut sich auf dem ganzen Korridor, vor den Türen zum Salon, zum Eßzimmer und Rauchzimmer, und lugt hinunter. Dort unten ordnet sich eine Schar von fünfzehn oder zwanzig Männern mit Musik-Instrumenten, kommandiert von einem Herrn mit brauner Perücke, grauem Schifferbart und einem künstlichen Gebiß von breiten gelben Zähnen, das er laut redend zeigt... Was geschieht? Konsul Peter Döhlmann hält mit der Kapelle vom Stadttheater seinen Einzug! Schon steigt er selbst im Triumphe die Treppe herauf, ein Paket mit Programmen in der Hand schwingend!

Und nun beginnt in dieser unmöglichen und maßlosen Akustik, in der die Töne zusammenfließen, die Akkorde einander verschlingen und sinnlos machen und in der das überlaut knarrende Grunzen der großen Baßtrompete, in welche ein dicker Mann mit verzweifeltem Gesichtsausdruck stößt, alles übrige dominiert, das Ständchen, das man dem Hause Buddenbrook zu seinem Jubiläum bringt – es beginnt mit dem Chorale »Nun danket alle Gott«, dem alsbald eine Paraphrase über Offenbachs ›Schöne Helena‹ folgt, worauf zunächst ein Potpourri von Volksliedern erklingen wird... Es ist ein ziemlich umfangreiches Programm.

Ein hübscher Einfall von Döhlmann! Man beglückwünscht den Konsul, und niemand ist nun geneigt, aufzubrechen, bevor das Konzert zu Ende. Man steht und sitzt im Salon und auf dem Korridor, hört zu und plaudert...

Thomas Buddenbrook hielt sich, zusammen mit Stephan Kistenmaker, Senator Doktor Gieseke und Baumeister Voigt, jenseits der Haupttreppe auf, bei der äußeren Tür zum Rauchzimmer und unweit des Aufganges zur zweiten Etage. Er stand an die Wand gelehnt, warf hier und da ein Wort in das Gespräch seiner Gruppe und blickte im übrigen schweigsam über das Geländer hinweg ins Leere. Die Hitze hatte noch zugenommen, sie war noch drückender geworden; aber Regen war nun nicht mehr ausgeschlossen, denn den Schatten nach zu urteilen, die über das »Einfallende Licht« hinwegzogen, waren Wolken am Himmel. Ja, diese Schatten waren so häufig und folgten einander so schnell, daß die beständig wechselnde, zuckende Beleuchtung des Treppenhauses schließlich die Augen schmerzen machte. Jeden Augenblick erlosch der Glanz des vergoldeten Stucks, des Messing-Kronleuchters und der Blechinstrumente dort unten, um gleich darauf wieder aufzublitzen... Nur einmal verweilte der Schatten ein wenig länger als gewöhnlich, und unterdessen hörte man mit leicht prasselndem Geräusch und in längeren Pausen fünf-, sechs- oder siebenmal etwas Hartes auf die Scheibe des »Einfallenden Lichtes« niederprallen: ein paar Hagelkörner ohne Zweifel. Dann erfüllte wieder Sonnenlicht das Haus von oben bis unten.

Es gibt einen Zustand der Depression, in dem alles, was uns unter normalen Umständen ärgert und eine gesunde Reaktion unseres Unwillens hervorruft, uns mit einem matten, dumpfen und schweigsamen Grame niederdrückt... So grämte Thomas sich über das Benehmen des kleinen Johann, so grämte er sich über die Empfindungen, die diese ganze Feierlichkeit in ihm bewirkte, und noch mehr über diejenigen, deren er sich beim besten Willen unfähig fühlte. Mehrere Male versuchte er sich aufzuraffen, seinen Blick zu erhellen und sich zu sagen, daß dies ein schöner Tag sei, der ihn notwendig mit gehobener und freudiger

Stimmung erfüllen müsse. Aber obgleich der Lärm der Instrumente, das Stimmengewirr und der Anblick der vielen Menschen seine Nerven erschütterten und zusammen mit der Erinnerung an die Vergangenheit, an seinen Vater, oftmals eine schwache Rührung in ihm aufsteigen ließen, so überwog doch der Eindruck des Lächerlichen und Peinlichen, das für ihn dem Ganzen anhaftete, dieser minderwertigen, akustisch verzerrten Musik, dieser banalen, von Kursen und Diners schwatzenden Versammlung... und dieses Gemisch von Rührung und Widerwillen gerade versetzte ihn in eine matte Verzweiflung...

Um zwölfeinviertel Uhr, als das Programm des Stadttheater-Orchesters anfing, seinem Ende entgegenzugehen, trat ein Zwischenfall ein, der die herrschende Festlichkeit in keiner Weise berührte oder unterbrach, der aber, seinem geschäftlichen Charakter zufolge, den Hausherrn nötigte, seine Gäste für kurze Minuten zu verlassen. Die Haupttreppe herauf nämlich kam, als die Musik eben pausierte, in völliger Verwirrung ob der vielen Herrschaften, der jüngste Lehrling des Comptoirs, ein kleiner, stark verwachsener Mensch, der seinen schamroten Kopf noch tiefer als nötig zwischen den Schultern trug, den einen seiner unnatürlich langen, dünnen Arme in übertriebener Weise hin und her schlenkerte, um sich das Ansehen zuversichtlicher Lässigkeit zu geben, und mit dem anderen ein gefaltetes Papier vor sich her trug, ein Telegramm. Im Heraufsteigen suchte er mit scheu umherspringenden Blicken nach seinem Chef, und als er ihn dort drüben entdeckt hatte, wand er sich mit hastig gemurmelten Entschuldigungen durch die Menge der Gäste, die ihm den Weg versperrte.

Seine Verschämtheit war ganz überflüssig, denn niemand achtete seiner. Ohne ihn anzusehen, und indem man fortfuhr, zu plaudern, machte man ihm mit einer kleinen Bewegung Platz und bemerkte kaum mit einem flüchtigen Blick, daß er dem Senator Buddenbrook das Telegramm mit einem Bückling überreichte, und daß dieser hierauf von Kistenmaker, Gieseke und Voigt weg mit ihm beiseite trat, um zu lesen. Auch heute, da doch die weitaus meisten Drahtnachrichten in bloßen Glückwünschen bestanden, mußte während der Geschäftszeit jede Depesche sofort und unter allen Umständen überbracht werden.

Beim Aufgang zur zweiten Etage bildete der Korridor ein Knie, um sich nun in der Richtung der Saal-Länge bis zur Gesindetreppe hinzuziehen, bei der sich ein Nebeneingang zum Saale befand. Der Treppe zum zweiten Stockwerk gegenüber war die Öffnung zum Schacht der Winde, mit der die Speisen aus der Küche heraufbefördert wurden, und dabei stand, an der Wand, ein größerer Tisch, an welchem das Folgmädchen Silberzeug zu putzen pflegte. Hier blieb der Senator stehen, indem er dem buckligen Lehrling den Rücken zuwandte, und erbrach die Depesche.

Plötzlich erweiterten sich seine Augen so sehr, daß jeder, der es gesehen hätte, entsetzt zurückgefahren wäre, und mit einem einzigen, kurzen, krampfhaften Ruck zog er die Luft so heftig ein, daß sie im Nu seine Kehle austrocknete und ihn husten machte.

Er vermochte zu sagen: »Es ist gut.« Aber das Stimmengeräusch hinter ihm machte ihn unverständlich. »Es ist gut«, wiederholte er; aber nur die beiden ersten Wörter hatten Ton; das letzte war ein Flüstern.

Da der Senator sich nicht bewegte, sich nicht umwandte, nicht einmal andeutungsweise eine Bewegung rückwärts machte, so wiegte der bucklige Lehrling sich noch einen Augenblick unsicher und zögernd von einem Fuß auf den andern. Dann vollführte er abermals seinen bizarren Bückling und begab sich die Gesindetreppe hinunter.

Senator Buddenbrook blieb an dem Tische stehen. Seine Hände, in denen er die entfaltete Depesche hielt, hingen schlaff vor ihm nieder, und während er noch immer mit halboffenem Munde kurz, mühsam und schnell atmete, wobei sein Oberkörper sich arbeitend vor- und rückwärts bewegte, schüttelte er, verständnislos und wie vom Schlage gerührt, unaufhörlich seinen Kopf hin und her. »Das bißchen Hagel... das bißchen Hagel...« wiederholte er sinnlos. Dann aber ward sein Atem tiefer und ruhiger, die Bewegung seines Körpers langsamer; seine halbgeschlossenen Augen verschleierten sich mit einem müden und fast gebrochenen Ausdruck, und mit schwerem Kopfnicken wandte er sich zur Seite.

Er öffnete die Tür zum Saale und trat ein. Langsam, gesenkten Hauptes, schritt er über die spiegelnde Fußbodenfläche des weiten Raumes und ließ sich ganz hinten am Fenster auf einem der dunkelroten Ecksofas nieder. Es war still und kühl hier. Man vernahm das Plätschern des Springbrunnens im Garten, eine Fliege stieß summend gegen die Fensterscheibe, und nur ein gedämpftes Geräusch drang vom Vorplatze zu ihm.

Er legte ermattet den Kopf auf das Polster und schloß die Augen. »Es ist gut so, es ist gut so«, murmelte er halblaut; und dann, ausatmend, befriedigt, befreit, wiederholte er noch einmal: »Es ist ganz gut so!«

Mit gelösten Gliedern und friedevollem Gesichtsausdruck ruhte er fünf Minuten lang. Dann richtete er sich auf, faltete das Telegramm zusammen, schob es in die Brusttasche seines Rokkes und stand auf, um zu seinen Gästen zu gehen.

Aber in demselben Augenblick sank er mit einem Ächzen des Ekels auf das Polster zurück. Die Musik... die Musik setzte wieder ein, mit einem albernen Lärm, der einen Galopp bedeuten sollte und in welchem Pauke und Becken einen Rhythmus markierten, den die übrigen voreilig und verspätet ineinanderhallenden Schallmassen nicht innehielten, einem aufdringlichen und in seiner naiven Unbefangenheit unerträglich aufreizenden Tohuwabohu von Knarren, Schmettern und Quinquilieren, zerrissen von den aberwitzigen Pfiffen der Pikkolo-Flöte. –

6.

»Oh Bach! Sebastian Bach, verehrteste Frau!« rief Herr Edmund Pfühl, Organist von Sankt Marien, der in großer Bewegung den Salon durchschritt, während Gerda, lächelnd den Kopf in die Hand gestützt, am Flügel saß und Hanno, lauschend in einem

Sessel, eins seiner Kniee mit beiden Händen umspannte.... »Gewiß ... wie Sie sagen ... er ist es, durch den das Harmonische über das Kontrapunktische den Sieg davongetragen hat... er hat die moderne Harmonik erzeugt, gewiß! Aber wodurch? Muß ich Ihnen sagen, wodurch? Durch die vorwärtsschreitende Entwicklung des kontrapunktischen Stiles – Sie wissen es so gut wie ich! Was also ist das treibende Prinzip dieser Entwicklung gewesen? Die Harmonik? Oh nein! Keineswegs! Sondern die Kontrapunktik, verehrteste Frau! Die Kontrapunktik!... Wozu, frage ich Sie, hätten wohl die absoluten Experimente der Harmonik geführt? Ich warne... so lange meine Zunge mir gehorcht, warne ich vor den bloßen Experimenten der Harmonik!...«

Sein Eifer war groß bei solchen Gesprächen, und er ließ ihm freien Lauf, denn er fühlte sich zu Hause in diesem Salon. Jeden Mittwoch, am Nachmittage, erschien seine große, vierschrötige und ein wenig hochschulterige Gestalt, in einem kaffeebraunen Leibrock, dessen Schöße die Kniekehlen bedeckten, auf der Schwelle, und in Erwartung seiner Partnerin öffnete er liebevoll den Bechstein-Flügel, ordnete die Violin-Stimmen auf dem geschnitzten Stehpult und präludierte dann einen Augenblick leicht und kunstvoll, indem er seinen Kopf wohlgefällig von einer Schulter auf die andere sinken ließ.

Ein erstaunlicher Haarwuchs, eine verwirrende Menge von kleinen, festen, fuchsbraun und grau melierten Löckchen ließ diesen Kopf ungewöhnlich dick und schwer erscheinen, obgleich er frei auf dem langen, mit einem sehr großen Kehlkopfknoten versehenen Halse thronte, der aus dem Klappkragen hervorragte. Der unfrisierte, gebauschte Schnurrbart, von der Farbe des Haupthaares, trat weiter aus dem Gesichte hervor als die kleine, gedrungene Nase... Unter seinen runden Augen, die braun und blank waren, und deren Blick beim Musizieren die Dinge träumerisch zu durchschauen und jenseits ihrer Erscheinung zu ruhen schien, war die Haut ein wenig beutelartig geschwollen... Dies Gesicht war nicht bedeutend, es trug zum mindesten nicht den Stempel einer starken und wachen Intelligenz. Seine Lider waren meist halb gesenkt, und oft hing sein rasiertes Kinn, ohne daß sich doch die Unterlippe von der oberen trennte, schlaff und willenlos abwärts, was dem Munde einen weichen, innig verschlossenen, stupiden und hingebenden Ausdruck verlieh, wie ihn derjenige eines süß Schlummernden zeigt...

Übrigens kontrastierte mit dieser Weichheit seines äußeren Wesens ganz seltsam die Strenge und Würde seines Charakters. Edmund Pfühl war ein weithin hochgeschätzter Organist, und der Ruf seiner kontrapunktischen Gelehrsamkeit hatte sich nicht innerhalb der Mauern seiner Vaterstadt gehalten. Das kleine Buch über die Kirchentonarten, das er hatte drucken lassen, wurde an zwei oder drei Konservatorien zum Privatstudium empfohlen, und seine Fugen und Choralbearbeitungen wurden hie und da gespielt, wo zu Gottes Ehre eine Orgel erklang. Diese Kompositionen, sowie auch die Phantasien, die er sonntags in der Marienkirche zum besten gab, waren unangreifbar, makellos, erfüllt von der unerbittlichen, imposanten, moralisch-logischen Würde des strengen Satzes. Ihr Wesen war fremd aller irdischen Schönheit, und was sie ausdrückten, berührte keines Laien rein menschliches Empfinden. Es sprach aus ihnen, es triumphierte sieghaft in ihnen die zur asketischen Religion gewordene Technik, das zum Selbstzweck, zur absoluten Heiligkeit erhobene Können. Edmund Pfühl dachte gering von aller Wohlgefälligkeit und sprach ohne Liebe von der schönen Melodie, das ist wahr. Aber so rätselhaft es sein mag: dennoch war er kein trockener Mensch und kein verknöcherter Gesell. »Palestrina!« sagte er mit einer kategorischen und furchteinflößenden Miene. Aber gleich darauf, während er am Instrumente eine Reihe von archaistischen Kunststücken ertönen ließ, war sein Gesicht eitel Weichheit, Entrücktheit und Schwärmerei, und als sähe er die letzte Notwendigkeit alles Geschehens unmittelbar an der Arbeit, ruhte sein Blick in einer heiligen Ferne... dieser Musikantenblick, der vag und leer erscheint, weil er in dem Reiche einer tieferen, reineren, schlackenloseren und unbedingteren Logik weilt, als dem unserer sprachlichen Begriffe und Gedanken.

Seine Hände waren groß, weich, scheinbar knochenlos und mit Sommersprossen bedeckt – und weich und hohl, gleichsam als stäke ein Bissen in seiner Speiseröhre, war die Stimme, mit welcher er Gerda Buddenbrook begrüßte, wenn sie die Portieren zurückschlug und vom Wohnzimmer aus eintrat: »Ihr Diener, gnädige Frau!«

Während er sich ein wenig von dem Sessel erhob und mit gesenktem Kopfe ehrerbietig die Hand entgegennahm, die sie ihm reichte, ließ er mit der Linken schon fest und klar die Quinten erklingen, worauf Gerda die Stradivari ergriff und rasch, mit sicherem Gehör die Saiten stimmte.

»Das g-Moll-Konzert von Bach, Herr Pfühl. Mich dünkt, das ganze Adagio ging noch ziemlich mangelhaft...«

Und der Organist intonierte. Kaum aber waren die ersten Akkorde einander gefolgt, so pflegte es zu geschehen, daß langsam, ganz vorsichtig die Tür zum Korridor geöffnet ward und mit lautloser Behutsamkeit der kleine Johann über den Teppich zu einem Lehnsessel schlich. Dort ließ er sich nieder, umfaßte sein Knie mit beiden Händen, verhielt sich still und lauschte: auf die Klänge sowohl wie auf das, was gesprochen wurde.

»Nun, Hanno, ein bißchen Musik naschen?« fragte Gerda in einer Pause und ließ ihre nahe beieinanderliegenden, umschatteten Augen, in denen das Spiel einen feuchten Glanz entzündet hatte, zu ihm hinübergleiten...

Dann stand er auf und reichte mit einer stummen Verbeugung Herrn Pfühl die Hand, der sacht und liebevoll über Hanno's hellbraunes Haar strich, das sich so weich und graziös um Stirn und Schläfen schmiegte.

»Horche du nur, mein Sohn!« sagte er mit mildem Nachdruck, und das Kind betrachtete ein wenig scheu des Organisten großen, beim Sprechen in die Höhe wandernden Kehlkopfapfel, worauf es sich leise und schnell an seinen Platz zurückbegab, als könne es die Fortsetzung des Spieles und der Gespräche kaum erwarten.

Ein Satz Haydn, einige Seiten Mozart, eine Sonate von Beethoven wurden durchgeführt. Dann jedoch, während Gerda, die

Geige unterm Arm, neue Noten herbeisuchte, geschah das Überraschende, daß Herr Pfühl, Edmund Pfühl, Organist in Sankt Marien, mit seinem freien Zwischenspiel allgemach in einen sehr seltsamen Stil hinüberglitt, wobei in seinem fernen Blick eine Art verschämten Glückes erglänzte... Unter seinen Fingern hub ein Schwellen und Blühen, ein Weben und Singen an, aus welchem sich, leise zuerst und wieder verwehend, dann immer klarer und markiger, in kunstvoller Kontrapunktik ein altväterisch grandioses, wunderlich pomphaftes Marschmotiv hervorhob... Eine Steigerung, eine Verschlingung, ein Übergang... Und mit der Auflösung setzte im fortissimo die Violine ein. Das ›Meistersinger‹-Vorspiel zog vorüber.

Gerda Buddenbrook war eine leidenschaftliche Verehrerin der neuen Musik. Was aber Herrn Pfühl betraf, so war sie bei ihm auf einen so wild empörten Widerstand gestoßen, daß sie anfangs daran gezweifelt hatte, ihn für sich zu gewinnen.

Am Tage, da sie ihm zum ersten Male Klavierauszüge aus ›Tristan und Isolde‹ aufs Pult gelegt und ihn gebeten hatte, ihr vorzuspielen, war er nach fünfundzwanzig Takten aufgesprungen und mit allen Anzeichen des äußersten Ekels zwischen Erker und Flügel hin und wider geeilt.

»Ich spiele dies nicht, gnädige Frau, ich bin Ihr ergebenster Diener, aber ich spiele dies nicht! Das ist keine Musik... glauben Sie mir doch... ich habe mir immer eingebildet, ein wenig von Musik zu verstehen! Dies ist das Chaos! Dies ist Demagogie, Blasphemie und Wahnwitz! Dies ist ein parfümierter Qualm, in dem es blitzt! Dies ist das Ende aller Moral in der Kunst! Ich spiele es nicht!« Und mit diesen Worten hatte er sich wieder auf den Sessel geworfen und, während sein Kehlkopf auf und nieder wanderte, unter Schlucken und hohlem Husten weitere fünfundzwanzig Takte hervorgebracht, um dann das Klavier zu schließen und zu rufen:

»Pfui! Nein, Herr, du mein Gott, dies geht zu weit! Verzeihen Sie mir, verehrteste Frau, ich rede offen... Sie honorieren mich, Sie bezahlen mich seit Jahr und Tag für meine Dienste... und ich bin ein Mann in bescheidener Lebenslage. Aber ich lege mein

Amt nieder, ich verzichte darauf, wenn Sie mich zu diesen Ruch-losigkeiten zwingen…! Und das Kind, dort sitzt das Kind auf seinem Stuhle! Es ist leise hereingekommen, um Musik zu hö-ren! Wollen sie seinen Geist denn ganz und gar vergiften?«…

Aber so fürchterlich er sich gebärdete, – langsam und Schritt für Schritt, durch Gewöhnung und Zureden, zog sie ihn zu sich herüber.

»Pfühl«, sagte sie, »seien Sie billig und nehmen Sie die Sache mit Ruhe. Seine ungewohnte Art im Gebrauch der Harmonieen verwirrt Sie… Sie finden, im Vergleich damit, Beethoven rein, klar und natürlich. Aber bedenken Sie, wie Beethoven seine nach alter Weise gebildeten Zeitgenossen aus der Fassung ge-bracht hat… und Bach selbst, mein Gott, man warf ihm Mangel an Wohlklang und Klarheit vor!… Sie sprechen von Moral… aber was verstehen Sie unter Moral in der Kunst? Wenn ich nicht irre, ist sie der Gegensatz zu allem Hedonismus? Nun gut, den haben Sie hier. So gut wie bei Bach. Großartiger, bewußter, ver-tiefter als bei Bach. Glauben Sie mir, Pfühl, diese Musik ist Ih-rem innersten Wesen weniger fremd, als Sie annehmen!«

»Gaukelei und Sophismen – um Vergebung«, murrte Herr Pfühl. Aber sie behielt recht: Diese Musik war ihm im Grunde weniger fremd, als er anfangs glaubte. Zwar mit dem ›Tristan‹ söhnte er sich niemals vollständig aus, obgleich er Gerda's Bitte, den »Liebestod« für Violine und Pianoforte zu setzen, schließ-lich mit vielem Geschick erfüllte. Gewisse Partien der ›Meister-singer‹ waren es, für die er zuerst ein oder das andere Wort der Anerkennung fand… und nun begann unwiderstehlich erstar-kend die Liebe zu dieser Kunst sich in ihm zu regen. Er gestand sie nicht, er erschrak fast darüber und verleugnete sie mit Mur-ren. Aber seine Partnerin brauchte nun nicht mehr in ihn zu dringen, damit er, hatten die alten Meister ihr Recht erhalten, seine Griffe komplizere und, mit jenem Ausdrucke eines ver-schämten und fast ärgerlichen Glückes im Blick, in das Leben und Weben der Leitmotive hinüberführe. Nach dem Spiele aber entspann sich vielleicht eine Auseinandersetzung über die Bezie-hungen dieses Kunststiles zu dem des strengen Satzes, und eines

Tages erklärte Herr Pfühl, er sähe sich, obgleich das Thema ihn persönlich ja nicht berühre, nun doch verpflichtet, seinem Buche über den Kirchenstil einen Anhang »über die Anwendung der alten Tonarten in Richard Wagners Kirchen- und Volksmusik« hinzuzufügen.

Hanno saß ganz still, die kleinen Hände um sein Knie gefaltet und, wie er zu tun pflegte, die Zunge an einem Backenzahn scheuernd, wodurch sein Mund ein wenig verzogen wurde. Mit großen, unverwandten Augen beobachtete er seine Mutter und Herrn Pfühl. Er lauschte auf ihr Spiel und auf ihre Gespräche, und so geschah es, daß, nach den ersten Schritten, die er auf seinem Lebenswege getan, er der Musik als einer außerordentlich ernsten, wichtigen und tiefsinnigen Sache gewahr wurde. Kaum hie und da verstand er ein Wort von dem, was gesprochen wurde, und was erklang, ging meist weit über sein kindliches Verständnis hinaus. Wenn er dennoch immer wiederkam und, ohne sich zu langweilen, Stunde für Stunde reglos an seinem Platze ausharrte, so waren es Glaube, Liebe und Ehrfurcht, die ihn dazu vermochten.

Er war erst sieben Jahre alt, als er mit Versuchen begann, gewisse Klangverbindungen, die Eindruck auf ihn gemacht, auf eigene Hand am Flügel zu wiederholen. Seine Mutter sah ihm lächelnd zu, verbesserte seine mit stummem Eifer zusammengesuchten Griffe und unterwies ihn darin, warum gerade dieser Ton nicht fehlen dürfe, damit sich aus diesem Akkord der andere ergäbe. Und sein Gehör bestätigte ihm, was sie ihm sagte.

Nachdem Gerda Buddenbrook ihn ein wenig hatte gewähren lassen, beschloß sie, daß er Klavierunterricht bekommen sollte.

»Ich glaube, er inkliniert nicht zum Solistentum«, sagte sie zu Herrn Pfühl, »und ich bin eigentlich froh darüber, denn es hat seine Schattenseiten. Ich rede nicht über die Abhängigkeit des Solisten von der Begleitung, obgleich sie unter Umständen sehr empfindlich werden kann, und wenn ich Sie nicht hätte... Aber dann besteht immer die Gefahr, daß man in mehr oder minder vollendetes Virtuosentum gerät... Sehen Sie, ich weiß ein Lied davon zu singen. Ich bekenne Ihnen offen, ich bin der Ansicht, daß für den Solisten eigentlich die Musik erst mit einem sehr hohen Grade von Können beginnt. Die angestrengte Konzentration auf die Oberstimme, ihre Phrasierung von Tonbildung, wobei die Polyphonie nur als etwas sehr Vages und Allgemeines zum Bewußtsein kommt, kann bei mittelmäßig Begabten ganz leicht eine Verkümmerung des harmonischen Sinnes und des Gedächtnisses für Harmonieen zur Folge haben, die später schwer zu korrigieren ist. Ich liebe meine Geige und habe es ziemlich weit mit ihr gebracht, aber eigentlich steht das Klavier mir höher... Ich sage nur dies: Die Vertrautheit mit dem Klavier, als mit einem Mittel, die vielfältigsten und reichsten Tongebilde zu resümieren, einem unübertrefflichen Mittel zur musikalischen Reproduktion, bedeutet für mich ein intimeres, klareres und umfassenderes Verhältnis zur Musik... Hören Sie, Pfühl, ich möchte sie gleich selbst für ihn in Anspruch nehmen, seien Sie so gut! Ich weiß wohl, es gibt hier in der Stadt noch zwei oder drei Leute – ich glaube, weiblichen Geschlechts –, die Unterricht geben; aber das sind eben Klavierlehrerinnen... Sie verstehen mich... Es kommt so wenig darauf an, auf ein Instrument dressiert zu werden, sondern vielmehr darauf, ein wenig von Musik zu verstehen, nicht wahr?... Auf Sie verlasse ich mich. Sie nehmen die Sache ernster. Und Sie sollen sehen, Sie werden ganz guten Erfolg mit ihm haben. Er hat die Buddenbrookschen Hände... Die Buddenbrooks können alle Nonen und Dezimen greifen. – Aber sie haben noch niemals Gewicht darauf gelegt«, schloß sie lachend, und Herr Pfühl erklärte sich bereit, den Unterricht zu übernehmen.

Von nun an kam er auch am Montag-Nachmittag, um sich, während Gerda im Wohnzimmer saß, mit dem kleinen Johann zu beschäftigen. Er ging in nicht gewöhnlicher Art dabei vor, denn er fühlte, daß er dem stummen und leidenschaftlichen Eifer des Kindes mehr schuldig war, als es ein bißchen auf dem Klavier spielen zu lehren. Kaum war das Erste und Elementarste überwunden, als er schon anfing, in leicht faßlicher Form zu theoretisieren und seinen Schüler die Grundlagen der Harmonielehre sehen zu lassen. Und Hanno verstand; denn man bestätigte ihm nur, was er eigentlich von jeher schon gewußt hatte.

Soweit wie nur immer möglich trug Herr Pfühl dem sehnsüchtigen Vorwärtsdrängen des Kindes Rechnung. Mit liebevoller Sorgfalt war er darauf bedacht, die Bleigewichte zu erleichtern, mit denen die Materie die Füße der Phantasie und des eifernden Talentes beschwert. Er verlangte nicht allzu streng eine große Fingerfertigkeit beim Üben der Tonleitern, oder sie war ihm doch nicht der Zweck dieser Übungen. Was er bezweckte und schnell erreichte, war vielmehr eine klare, umfassende und eindringliche Übersicht über alle Tonarten, eine innere und überblickende Vertrautheit mit ihren Verwandtschaften und Verbindungen, aus welcher nach gar nicht langer Zeit sich jener rasche Blick für viele Kombinationsmöglichkeiten, jenes intuitive Herrschaftsgefühl über die Klaviatur ergab, das zur Phantasie und Improvisation verführt... Mit einer rührenden Feinfühligkeit würdigte er die geistigen Bedürfnisse dieses kleinen, vom Hören verwöhnten Schülers, die auf einen ernsten Stil gerichtet waren. Er ernüchterte die Tiefe und Feierlichkeit seiner Stimmung nicht mit dem Üben banaler Liedchen. Er ließ ihn Choräle spielen und ließ keinen Akkord sich aus dem anderen ergeben, ohne auf die Gesetzmäßigkeit dieses Ergebnisses hinzuweisen.

Bei ihrer Stickerei oder ihrem Buche verfolgte Gerda jenseits der Portieren den Gang des Unterichtes.

»Sie übertreffen alle meine Erwartungen«, sagte sie gelegentlich zu Herrn Pfühl. »Aber gehen Sie nicht zu weit? Gehen Sie nicht zu außerordentlich vor? Ihre Methode ist, wie mir scheint, eminent schöpferisch... Manchmal fängt er wahrhaftig schon mit Versuchen an, zu phantasieren. Aber wenn er Ihre Methode nicht verdient, wenn er nicht begabt genug dafür ist, so lernt er gar nichts...«

»Er verdient sie«, sagte Herr Pfühl und nickte. »Manchmal betrachte ich seine Augen... es liegt so vieles darin, aber seinen Mund hält er verschlossen. Später einmal im Leben, das vielleicht seinen Mund immer fester verschließen wird, muß er eine Möglichkeit haben, zu reden...«

Sie sah ihn an, diesen vierschrötigen Musikanten mit seiner Fuchsperücke, seinen Beuteln unter den Augen, seinem gebauschten Schnurrbart und seinem großen Kehlkopf – und dann reichte sie ihm die Hand und sagte:

»Haben Sie Dank, Pfühl. Sie meinen es gut, und wir können noch gar nicht wissen, wieviel Sie an ihm tun.« –

Und Hanno's Dankbarkeit für diesen Lehrer, seine Hingabe an seine Führerschaft war ohnegleichen. Er, der trotz aller Nachhilfestunden in der Schule dumpf und ohne Hoffnung auf Verständnis über seiner Rechentafel brütete, er begriff am Flügel alles, was Herr Pfühl ihm sagte, er begriff es und eignete es sich an, wie man nur das sich aneignen kann, was einem schon von jeher gehört hat. Edmund Pfühl aber, in seinem braunen Schoßrock, erschien ihm wie ein großer Engel, der ihn jeden Montag-Nachmittag in die Arme nahm, um ihn aus aller alltäglichen Misere in das klingende Reich eines milden, süßen und trostreichen Ernstes zu entführen...

Manchmal fand der Unterricht in Herrn Pfühls Hause statt, einem geräumigen alten Giebelhause mit vielen kühlen Gängen und Winkeln, das der Organist ganz allein mit einer alten Wirtschafterin bewohnte. Manchmal auch, am Sonntag, durfte der kleine Buddenbrook dem Gottesdienst in der Marienkirche droben an der Orgel beiwohnen, und das war etwas anderes, als unten mit den anderen Leuten im Schiff zu sitzen. Hoch über der Gemeinde, hoch noch über Pastor Pringsheim auf seiner Kanzel saßen die beiden inmitten des Brausens der gewaltigen Klangmassen, die sie gemeinsam entfesselten und beherrschten, denn mit glückseligem Eifer und Stolz durfte Hanno seinem Lehrer manchmal beim Handhaben der Register behilflich sein. Wenn aber das Nachspiel zum Chorgesang zu Ende war, wenn Herr Pfühl langsam alle Finger von den Tasten gelöst hatte und nur den Grund- und Baßton noch leise und feierlich hatte verhallen lassen – wenn dann nach einer stimmungsvollen Kunstpause unter dem Schalldeckel der Kanzel Pastor Pringsheims modulierende Stimme hervorzudringen begann, so geschah es gar nicht selten, daß Herr Pfühl ganz einfach sich über die Predigt zu mokieren, über Pastor Pringsheims stilisiertes Fränkisch, seine langen, dunklen oder scharf akzentuierten Vokale, seine Seufzer und den jähen Wechsel zwischen Finsternis und Verklärung auf seinem Angesicht zu lachen anfing. Dann lachte auch Hanno, leise und tief belustigt, denn ohne sich anzusehen und ohne es sich zu sagen, waren die beiden dort oben der Ansicht, daß diese Predigt ein ziemlich albernes Geschwätz und der eigentliche Gottesdienst vielmehr das sei, was der Pastor und seine Gemeinde wohl nur für eine Beigabe zur Erhöhung der Andacht hielten: nämlich die Musik.

Ja, das geringe Verständnis, das er unten im Schiff, unter diesen Senatoren, Konsuln und Bürgern und ihren Familien, für seine Leistungen vorhanden wußte, war Herrn Pfühls beständige Kümmernis, und eben darum hatte er gern seinen kleinen Schüler bei sich, den er wenigstens leise darauf aufmerksam machen konnte, daß das, was er soeben gespielt, etwas außerordentlich Schwieriges gewesen sei. Er erging sich in den sonderbarsten technischen Unternehmungen. Er hatte eine »rückgängige Imitation« angefertigt, eine Melodie komponiert, welche vorwärts und rückwärts gelesen gleich war, und hierauf eine ganz »krebsgängig« zu spielende Fuge gegründet. Als er fertig war, legte er mit trübem Gesichtsausdruck die Hände in den Schoß. »Es merkt es niemand«, sagte er mit hoffnungslosem Kopfschütteln. Und dann flüsterte er, während Pastor Pringsheim predigte:

»Das war eine krebsgängige Imitation, Johann. Du weißt noch nicht, was das ist... es ist die Nachahmung eines Themas von hinten nach vorn, von der letzten Note zur ersten... etwas ziemlich Schwieriges. Später wirst du erfahren, was die Nachahmung im strengen Satze bedeutet... Mit dem Krebsgang werde ich dich niemals quälen, dich nicht dazu zwingen... Man braucht ihn nicht zu können. Aber glaube nie denen, die dergleichen als Spielerei ohne musikalischen Wert bezeichnen. Du findest den Krebsgang bei den großen Komponisten aller Zeiten. Nur die Lauen und Mittelmäßigen verwerfen solche Übungen aus Hochmut. *Demut* ziemt sich; das merke dir, Johann.« –

– Am 15. April 1869, seinem achten Geburtstage, spielte Hanno der versammelten Familie zusammen mit seiner Mutter eine kleine, eigene Phantasie vor, ein einfaches Motiv, das er ausfindig gemacht, merkwürdig gefunden und ein wenig ausgebaut hatte. Natürlich hatte Herr Pfühl, dem er es anvertraut, mancherlei daran auszusetzen gehabt.

»Was ist das für ein theatralischer Schluß, Johann! Das paßt ja gar nicht zum übrigen? Zu Anfang ist alles ganz ordentlich, aber wie verfällst du hier plötzlich aus H-Dur in den Quart-Sext-Akkord der vierten Stufe mit erniedrigter Terz, möchte ich wissen? Das sind Possen. Und du tremolierst ihn auch noch. Das hast du irgendwo aufgeschnappt... Woher stammt es? ich weiß es schon. Du hast zu gut zugehört, wenn ich deiner Frau Mama gewisse Sachen vorspielen mußte... Ändere den Schluß, Kind, dann ist es ein ganz sauberes kleines Ding.«

Aber gerade auf diesen Moll-Akkord und diesen Schluß legte Hanno das allergrößte Gewicht, und seine Mutter amüsierte sich so sehr darüber, daß es dabei blieb. Sie nahm die Geige, spielte die Oberstimme mit und variierte dann, während Hanno den Satz ganz einfach wiederholte, den Diskant bis zum Schluß in Läufen von Zweiunddreißigsteln. Das klang ganz großartig, Hanno küßte sie vor Glück, und so trugen sie es am 15. April der Familie vor.

Die Konsulin, Frau Permaneder, Christian, Klothilde, Herr und Frau Konsul Kröger, Herr und Frau Direktor Weinschenk sowie die Damen Buddenbrook aus der Breiten Straße und Fräulein Weichbrodt hatten zur Feier von Hanno's Geburtstag um vier Uhr beim Senator und seiner Frau zu Mittag gegessen; nun saßen sie im Salon und blickten lauschend auf das Kind, das in seinem Matrosenanzug am Flügel saß, und auf die fremdartige und elegante Erscheinung Gerda's, die zuerst auf der g-Saite eine prachtvolle Kantilene entwickelte und dann, mit unfehlbarer Virtuosität, eine Flut von perlenden und schäumenden Kadenzen entfesselte. Der Silberdraht am Griff ihres Bogens blitzte im Licht der Gasflammen.

Hanno, bleich vor Erregung, hatte bei Tische fast nichts essen können; aber jetzt war die Hingebung an sein Werk, das, ach, nach zwei Minuten schon wieder zu Ende sein sollte, so groß in ihm, daß er in vollständiger Entrücktheit alles um sich her vergessen hatte. Dies kleine melodische Gebilde war mehr harmonischer als rhythmischer Natur, und ganz seltsam mutete der Gegensatz an, der zwischen den primitiven, fundamentalen und kindlichen musikalischen Mitteln und der gewichtigen, leidenschaftlichen und fast raffinierten Art bestand, in welcher diese Mittel betont und zur Geltung gebracht wurden. Mit einer schrägen und ziehenden Bewegung des Kopfes nach vorn hob Hanno bedeutsam jeden Übergangston hervor, und, ganz vorn auf dem Sessel sitzend, suchte er durch Pedal und Verschiebung jedem neuen Akkord einen empfindlichen Wert zu verleihen. In der Tat, wenn der kleine Hanno einen Effekt erzielte – und beschränkte sich derselbe auch ganz allein auf ihn selbst –, so war der Effekt weniger empfindsamer als empfindlicher Natur. Irgendein ganz einfacher harmonischer Kunstgriff ward durch gewichtige und verzögernde Akzentuierung zu einer geheimnisvollen und preziösen Bedeutung erhoben. Irgendeinem Akkord, einer neuen Harmonie, einem Einsatz wurde, während Hanno die Augenbrauen emporzog und mit dem Oberkörper eine hebende, schwebende Bewegung vollführte, durch eine plötzlich eintretende, matt hallende Klanggebung eine nervös überraschende Wirkungsfähigkeit zuteil. ... Und nun kam der Schluß, Hanno's geliebter Schluß, der an primitiver Gehobenheit dem Ganzen die Krone aufsetzte. Leise und glockenrein umperlt und umflossen von den Läufen der Violine, tremolierte pianissimo der e-Moll-Akkord... Er wuchs, er nahm zu, er schwoll langsam, langsam an, im forte zog Hanno das dissonierende, zur Grundtonart leitende cis herzu, und während die Stradivari wogend und klingend auch dieses cis umrauschte, steigerte er die Dissonanz mit aller seiner Kraft bis zum fortissimo. Er verweigerte sich die Auflösung, er enthielt sie sich und den Hörern vor. Was würde sie sein, diese Auflösung, dieses entzückende und befreite Hineinsinken in H-Dur? Ein Glück ohnegleichen, eine Genugtuung von überschwenglicher Süßigkeit. Der Friede! Die Seligkeit! Das Himmelreich!... Noch nicht... noch nicht! Noch einen Augenblick des Aufschubs, der Verzögerung, der Spannung, die unerträglich werden mußte, damit die Befriedigung desto köstlicher sei... Noch ein letztes, allerletztes Auskosten dieser drängenden und treibenden Sehnsucht, dieser Begierde des ganzen Wesens, dieser äußersten und krampfhaften Anspannung des Willens, der sich dennoch die Erfüllung und Erlösung noch verweigerte, weil er wußte: Das Glück ist nur ein Augenblick... Hanno's Oberkörper reckte sich langsam empor, seine Augen wurden ganz groß, seine geschlossenen Lippen zitterten, mit einem stoßweisen Beben zog er die Luft durch die Nase ein... und dann war die Wonne nicht mehr zurückzuhalten. Sie kam, kam über ihn, und er wehrte ihr nicht länger. Seine Muskeln spannten sich ab, ermattet und überwältigt sank sein Kopf auf die Schulter nieder, seine Augen schlossen sich, und ein wehmütiges, fast schmerzliches Lächeln unaussprechlicher Beseligung umspielte seinen Mund, während, mit Verschiebung und Pedal, umflüstert, umwoben, umrauscht und umwogt von den Läufen der Violine, sein Tremolo, dem er nun Baßläufe gesellte, nach H-Dur hinüberglitt, sich ganz rasch zum fortissimo steigerte und dann mit einem kurzen, nachhallosen Aufbrausen abbrach. –

Es war unmöglich, daß die Wirkung, die dieses Spiel auf Hanno selbst ausübte, sich auch auf die Zuhörer erstreckte. Frau Permaneder zum Beispiel hatte von dem ganzen Aufwand nicht das allermindeste verstanden. Wohl aber hatte sie des Kindes Lächeln gesehen, die Bewegung seines Oberkörpers, das selige Zur-Seite-Sinken seines kleinen, zärtlich geliebten Kopfes... und dieser Anblick hatte sie in den Tiefen ihrer leicht gerührten Gutmütigkeit ergriffen.

»Wie spielt der Junge! Wie spielt das Kind!« rief sie aus, indem sie beinahe weinend auf ihn zueilte und ihn in die Arme schloß... »Gerda, Tom, er wird ein Mozart, ein Meyerbeer, ein...« und in Ermangelung eines dritten Namens von ähnlicher Bedeutung, der ihr nicht sogleich einfiel, beschränkte sie sich darauf, ihren Neffen, der, die Hände im Schoße, noch ganz

ermattet und mit abwesenden Augen dasaß, mit Küssen zu bedecken.

»Genug, Tony, genug!« sagte der Senator leise. »Ich bitte
dich, was setzest du ihm in den Kopf...«

7.

Thomas Buddenbrook war in seinem Herzen nicht einverstanden mit dem Wesen und der Entwicklung des kleinen Johann.

Er hatte einst, allem Kopfschütteln schnell verblüffter Philister zum Trotz, Gerda Arnoldsen heimgeführt, weil er sich stark
und frei genug gefühlt hatte, unbeschadet seiner bürgerlichen
Tüchtigkeit einen distinguierteren Geschmack an den Tag zu legen als den allgemein üblichen. Aber sollte nun das Kind, dieser
lange vergebens ersehnte Erbe, der doch äußerlich und körperlich manche Abzeichen seiner väterlichen Familie trug, so ganz
und gar dieser Mutter gehören? Sollte er, von dem er erhofft
hatte, daß er einst mit glücklicherer und unbefangenerer Hand
die Arbeit seines Lebens fortführen werde, der ganzen Umgebung, in der er zu leben und zu wirken berufen, ja seinem Vater
selbst, innerlich und von Natur aus fremd und befremdend gegenüberstehen?

Gerda's Geigenspiel hatte für Thomas bislang, übereinstim-
mend mit ihren seltsamen Augen, die er liebte, zu ihrem schweren, dunkelroten Haar und ihrer ganzen außerordentlichen Erscheinung, eine reizvolle Beigabe mehr zu ihrem eigenartigen
Wesen bedeutet; jetzt aber, da er sehen mußte, wie die Leidenschaft der Musik, die ihm fremd war, so früh schon, so von
Anbeginn und von Grund aus sich auch seines Sohnes bemächtigte, wurde sie ihm zu einer feindlichen Macht, die sich zwischen ihn und das Kind stellte, aus dem seine Hoffnungen doch
einen echten Buddenbrook, einen starken und praktisch gesinn-
ten Mann mit kräftigen Trieben nach außen, nach Macht und
Eroberung machen wollten. Und in der reizbaren Verfassung,
in der er sich befand, schien es ihm, als drohe diese feindselige

Macht, ihn zu einem Fremden in seinem eigenen Hause zu machen.

Er war nicht imstande, sich der Musik, wie Gerda und ihr Freund, dieser Herr Pfühl, sie betrieben, zu nähern, und Gerda, exklusiv und unduldsam in Dingen der Kunst, erschwerte ihm noch diese Annäherung in wirklich grausamer Weise.

Nie hatte er geglaubt, daß das Wesen der Musik seiner Familie so gänzlich fremd sei, wie es jetzt den Anschein gewann. Sein Großvater hatte gern ein wenig die Flöte geblasen, und er selbst hatte mit Wohlgefallen auf hübsche Melodien, die entweder eine leichte Grazie oder einige beschauliche Wehmut oder eine munter stimmende Schwunghaftigkeit an den Tag legten, gelauscht. Gab er aber seinem Geschmack an irgendeinem derartigen Gebilde Ausdruck, so konnte er gewärtig sein, daß Gerda die Achseln zuckte und mit einem mitleidigen Lächeln sagte: »Wie ist es möglich, mein Freund! Ein Ding so ganz ohne musikalischen Wert...«

Er haßte diesen »musikalischen Wert«, dieses Wort, mit dem sich für ihn kein anderer Begriff verband als der eines kalten Hochmutes. Es trieb ihn, sich, während Hanno dabeisaß, dagegen zu erheben. Mehr als einmal geschah es, daß er bei solchen Gelegenheiten aufbegehrte und ausrief:

»Ach, Liebste, das Trumpfen auf diesen ›musikalischen Wert‹ scheint mir eine ziemlich dünkelhafte und geschmacklose Sache zu sein!«

Und sie erwiderte ihm:

»Thomas, ein für allemal, von der Musik als Kunst wirst du niemals etwas verstehen, und so intelligent du bist, wirst du niemals einsehen, daß sie mehr ist als ein kleiner Nachtischspaß und Ohrenschmaus. In der Musik geht dir der Sinn für das Banale ab, der dir doch sonst nicht fehlt... und er ist das Kriterium des Verständnisses in der Kunst. Wie fremd dir die Musik ist, kannst du schon daraus ersehen, daß dein musikalischer Geschmack deinen übrigen Bedürfnissen und Anschauungen ja eigentlich gar nicht entspricht. Was freut dich in der Musik? Der Geist eines gewissen faden Optimismus, den du, wäre er in einem Buche eingeschlossen, empört oder ärgerlich belustigt in die Ecke werfen würdest. Schnelle Erfüllung jedes kaum erregten Wunsches... Prompte, freundliche Befriedigung des kaum ein wenig aufgestachelten Willens... Geht es in der Welt etwa zu wie in einer hübschen Melodie?... Das ist läppischer Idealismus...«

Er verstand sie, er verstand, was sie sagte. Aber er vermochte ihr mit dem Gefühl nicht zu folgen und nicht zu begreifen, warum Melodien, die ihn ermunterten oder rührten, null und nichtig sein – und Musikstücke, die ihn herb und verworren anmuteten, den höchsten musikalischen Wert besitzen sollten. Er stand vor einem Tempel, von dessen Schwelle Gerda ihn mit unnachsichtiger Gebärde verwies... und kummervoll sah er, wie sie mit dem Kinde darin verschwand.

Er ließ nichts merken von der Sorge, mit der er die Entfremdung beobachtete, die zwischen ihm und seinem kleinen Sohne zuzunehmen schien, und der Anschein, als bewürbe er sich um des Kindes Gunst, wäre ihm furchtbar gewesen. Er hatte ja während des Tages nur wenig Muße, mit dem Kleinen zusammenzutreffen; gelegentlich der Mahlzeiten aber behandelte er ihn mit einer freundschaftlichen Kordialität, die einen Anflug von ermunternder Härte besaß. »Nun, Kamerad«, sagte er, indem er ihn ein paarmal auf den Hinterkopf klopfte und sich, seiner Frau gegenüber, neben ihn an den Speisetisch setzte... »Wie geht's! Was haben wir getrieben! Gelernt?... Und Klavier gespielt? Das ist recht! Aber nicht zu viel, sonst haben wir keine Lust mehr zum übrigen und bleiben Ostern sitzen!« Kein Muskel in seinem Gesicht verriet dabei die besorgte Spannung, mit der er erwartete, wie Hanno seine Begrüßung aufnehmen, wie sie erwidern werde; nichts verriet etwas von dem schmerzlichen Sichzusammenziehen seines Inneren, wenn das Kind einfach einen scheuen Blick aus seinen goldbraunen, umschatteten Augen zu ihm hingleiten ließ, der nicht einmal sein Gesicht erreichte, – und sich stumm über seinen Teller beugte.

Ungeheuerlich wäre es gewesen, sich über diese kindische Unbeholfenheit zu bekümmern. Während des Beisammenseins, in den Pausen etwa, beim Wechseln des Geschirrs, war es seine

Pflicht, sich ein wenig mit dem Jungen zu beschäftigen, ihn ein bißchen zu prüfen, seinen praktischen Sinn für Tatsachen herauszufordern... Wieviel Einwohner besaß die Stadt? Welche Straßen führten von der Trave zur oberen Stadt hinauf? Wie hießen die zum Geschäft gehörigen Speicher? Frisch und schlagfertig hergesagt! – Aber Hanno schwieg. Nicht aus Trotz gegen seinen Vater, nicht um ihm wehe zu tun. Aber die Einwohner, die Straßen und selbst die Speicher, die ihm unter gewöhnlichen Umständen unendlich gleichgültig waren, flößten ihm, zum Gegenstand eines Examens erhoben, einen verzweifelten Widerwillen ein. Er mochte vorher ganz munter gewesen sein, mochte sogar mit seinem Vater geplaudert haben – sowie das Gespräch auch nur annähernd den Charakter einer kleinen Prüfung annahm, sank seine Stimmung unter Null, brach seine Widerstandskraft vollständig zusammen. Seine Augen verschleierten sich, sein Mund nahm einen verzagten Ausdruck an, und was ihn beherrschte, war ein großes, schmerzliches Bedauern über die Unvorsichtigkeit, mit welcher Papa, der doch wissen mußte, daß solche Versuche zu nichts Gutem führten, nun sich selbst und allen die Mahlzeit verdorben habe. Mit Augen, die in Tränen schwammen, sah er auf seinen Teller nieder. Ida stieß ihn an und flüsterte ihm zu... die Straßen, die Speicher. Aber ach, das war ja unnütz, ganz unnütz! Sie mißverstand ihn. Er wußte ja die Namen, zum Teile wenigstens, ganz gut, und so leicht wäre es gewesen, Papas Wünsche bis zu einem gewissen Grade wenigstens entgegenzukommen, wenn es eben möglich gewesen wäre, wenn ihn nicht eben etwas unüberwindlich Trauriges daran gehindert hätte... Ein strenges Wort, ein Klopfen mit der Gabel auf den Messerblock von seiten seines Vaters schreckte ihn auf. Er warf einen Blick auf seine Mutter und Ida und versuchte zu sprechen; aber schon die ersten Silben wurden von Schluchzen erstickt; es ging nicht. »Genug!« rief der Senator zornig. »Schweig! Ich will gar nichts mehr hören! Du brauchst nichts herzusagen! Du darfst stumm und dumm vor dich hinbrüten, dein Lebtag!« Und in schweigsamer Mißstimmung ward die Mahlzeit zu Ende geführt.

Diese träumerische Schwäche aber, dieses Weinen, dieser vollständige Mangel an Frische und Energie war der Punkt, an dem der Senator einsetzte, wenn er gegen Hanno's leidenschaftliche Beschäftigung mit der Musik Bedenken erhob.

Hanno's Gesundheit war immer zart gewesen. Besonders seine Zähne hatten von jeher die Ursache von mancherlei schmerzhaften Störungen und Beschwerden ausgemacht. Das Hervorbrechen der Milchzähne mit seiner Gefolgschaft von Fieber und Krämpfen hatte ihn beinah das Leben gekostet, und dann hatte sein Zahnfleisch stets zur Entzündung und zur Bildung von Geschwüren geneigt, die Mamsell Jungmann, wenn sie reif waren, mit einer Stecknadel zu öffnen pflegte. Jetzt, zur Zeit des Zahnwechsels, waren die Leiden noch größer. Schmerzen kamen, die fast über Hanno's Kräfte gingen, und schlaflos, unter leisem Stöhnen und Weinen in einem matten Fieber, das keine andere Ursache als eben den Schmerz hatte, verbrachte er ganze Nächte. Die Zähne, die äußerlich so schön und weiß wie die seiner Mutter, dabei aber außerordentlich weich und verletzlich waren, wuchsen falsch, sie bedrängten einander, und damit allen diesen Übelständen gesteuert würde, mußte der kleine Johann einen furchtbaren Menschen in sein junges Leben eintreten sehen: Herrn Brecht, den Zahnarzt Brecht in der Mühlenstraße...

Schon der Name dieses Mannes gemahnte gräßlich an jenes Geräusch, das im Kiefer entsteht, wenn mit Ziehen, Drehen und Heben die Wurzeln eines Zahnes herausgebrochen werden, und ließ Hanno's Herz sich in der Angst zusammenziehen, die er erlitt, wenn er, gegenüber der treuen Ida Jungmann, im Wartezimmer des Herrn Brecht in einem Lehnstuhl kauerte und, während er die scharf riechende Luft dieser Räumlichkeiten atmete, illustrierte Journale besah, bis der Zahnarzt mit seinem ebenso höflichen wie grauenerregenden »Bitte« in der Tür des Operationszimmers erschien...

Eine Anziehungskraft, einen seltsamen Reiz besaß dieses Wartezimmer, und das war ein stattlicher bunter Papagei mit giftigen kleinen Augen, der in einem Winkel inmitten eines

Messing-Bauers saß und aus unbekannten Gründen Josephus hieß. Mit der Stimme eines wütenden alten Weibes pflegte er zu sagen: »Nehmen Sie Platz... Einen Momang...« und obgleich dies unter den obwaltenden Umständen wie ein abscheulicher Hohn klang, war Hanno Buddenbrook ihm mit einem Gemisch von Liebe und Grauen zugetan. Ein Papagei... ein großer, bunter Vogel, welcher Josephus hieß und reden konnte! War er nicht wie entwischt aus einem Zauberwalde, aus einem der Grimmschen Märchen, die Ida zu Hause vorlas?... Auch das »Bitte«, mit dem Herr Brecht die Tür öffnete, wiederholte Josephus aufs eindringlichste, und so geschah es, daß man seltsamer Weise lachend das Operationszimmer betrat und sich auf den großen, unheimlich konstruierten Stuhl am Fenster setzte, neben dem die Tretmaschine stand.

Was Herrn Brecht persönlich betraf, so sah er ganz ähnlich aus wie Josephus, denn ebenso hart und krumm bog seine Nase sich auf den schwarz und grau melierten Schnurrbart hinab wie der Schnabel des Papageis. Das Schlimme aber, das eigentlich Entsetzliche an ihm bestand darin, daß er nervös und selbst den Qualen nicht gewachsen war, die zuzufügen sein Amt ihn zwang. »Wir müssen zur Extraktion schreiten, Fräulein«, sagte er zu Ida Jungmann und erblich. Dann, wenn Hanno in einem matten, kalten Schweiße und mit übergroßen Augen, unfähig, zu protestieren, unfähig, davonzulaufen, in einem Seelenzustand, der sich absolut durch nichts von dem eines hinzurichtenden Delinquenten unterschied, Herrn Brecht, die Zange im Ärmel, auf sich zukommen sah, so konnte er bemerken, daß auf der kahlen Stirn des Zahnarztes kleine Schweißtropfen perlten und daß sein Mund ebenfalls vor Angst verzogen war... Und wenn der abscheuliche Vorgang vorüber, wenn Hanno, bleich, zitternd, mit tränenden Augen und entstelltem Gesicht, sein Blut in die blaue Schale zu seiner Seite spie, so mußte Herr Brecht einen Augenblick irgendwo Platz nehmen, sich die Stirn trocknen und ein wenig Wasser trinken...

Man versicherte den kleinen Johann, daß dieser Mann ihm viel Gutes tue und ihn vor vielen noch größeren Schmerzen be-

wahre; aber wenn Hanno die Pein, die Herr Brecht ihm zugefügt, mit dem positiven und fühlbaren Vorteil verglich, den er
ihm verdankte, so überwog die erstere zu sehr, als daß er nicht
alle diese Besuche in der Mühlenstraße zu den schlimmsten
aller unnützen Qualen hätte rechnen müssen. Im Hinblick auf
die Weisheitszähne, die dermaleinst kommen würden, mußten
vier Backenzähne, die soeben weiß, schön und noch vollkommen gesund herangewachsen waren, entfernt werden, und das
nahm, da man das Kind nicht überanstrengen wollte, vier Wochen in Anspruch. Was für eine Zeit! Diese langgezogene Marter, in der schon die Angst vor dem Bevorstehenden wieder einsetzte, wenn noch die Erschöpfung nach dem Überstandenen
herrschte, ging zu weit. Als der letzte Zahn gezogen war, lag
Hanno acht Tage lang krank, und zwar aus reiner Ermattung.

Übrigens beeinflußten diese Zahnbeschwerden nicht nur
seine Gemütsstimmung, sondern auch die Funktionen einzelner
Organe. Die Behinderungen beim Kauen hatten immer wieder
Verdauungsstörungen, ja auch Anfälle von gastrischem Fieber
zur Folge, und diese Magenverstimmungen standen im Zusammenhange mit vorübergehenden Anfällen von verstärktem oder
geschwächtem unregelmäßigem Herzschlag und Schwindelge-
fühlen. Bei alldem bestand unvermindert, ja verstärkt, das seltsame Leiden fort, das Doktor Grabow »pavor nocturnus«
nannte. Kaum eine Nacht verging, ohne daß der kleine Johann
ein- oder zweimal emporfuhr und händeringend, mit allen Anzeichen der unerträglichsten Angst nach Hilfe oder Erbarmen
rief, als stände er in Flammen, als wollte man ihn erwürgen, als
geschähe etwas unsäglich Grauenhaftes... Am Morgen wußte
er nichts mehr von allem. – Doktor Grabow suchte dieses
Leiden mit einem abendlichen Trunk von Heidelbeersaft zu behandeln; allein das half ganz und gar nichts.

Die Hemmungen, denen Hanno's Körper unterworfen war,
die Schmerzen, die er erlitt, verfehlten nicht, in ihm jenes ernsthafte Gefühl vorzeitiger Erfahrenheit hervorzurufen, das man
Altklugheit nennt, und wenn es auch, gleichsam als würde es
von einer überwiegenden Begabung mit gutem Geschmacke

niedergehalten, nicht oft und durchaus nicht aufdringlich zutage trat, so äußerte es sich doch hie und da in Form einer wehmütigen Überlegenheit... »Wie geht es dir, Hanno?« fragte jemand von seinen Verwandten, seine Großmutter, die Damen Buddenbrook aus der Breiten Straße... und ein kleines, resigniertes Emporziehen des Mundes, ein Zucken seiner vom blauen Matrosenkragen bedeckten Achseln war die ganze Antwort.

»Gehst du gern zu Schule?«

»Nein«, antwortete Hanno ruhig und mit einer Offenheit, welche angesichts ernsterer Dinge es nicht der Mühe wert erachtet, in solchen Angelegenheiten zu lügen.

»Nicht? Oh! Man muß aber doch lernen: Schreiben, Rechnen, Lesen...«

»Und so weiter«, sagte der kleine Johann.

Nein, er ging nicht gern in die Alte Schule, diese ehemalige Klosterschule mit Kreuzgängen und gotisch gewölbten Klassenzimmern. Fehlen wegen Unwohlseins und gänzliche Unaufmerksamkeit, wenn seine Gedanken bei irgendeiner harmonischen Verbindung oder den noch unenträtselten Wundern eines Musikstückes weilten, das er von seiner Mutter und Herrn Pfühl gehört, förderten ihn nicht eben in den Wissenschaften, und die Hilfslehrer und Seminaristen, die ihn in diesen unteren Klassen unterrichteten und deren gesellschaftliche Unterlegenheit, geistige Gedrücktheit und körperliche Ungepflegtheit er empfand, flößten ihm neben der Furcht vor Strafe eine heimliche Mißachtung ein. Herr Tietge, der Rechenlehrer, ein kleiner Greis in fettigem schwarzem Rock, der schon zur Zeit des verstorbenen Marcellus Stengel im Dienste der Anstalt gewirkt hatte, und der auf eine unmögliche Weise in sich hineinschielte, was er durch Brillengläser, rund und dick wie Schiffsluken, zu korrigieren suchte, – Herr Tietge gemahnte den kleinen Johann in jeder Stunde, wie fleißig und scharfsinnig sein Vater stets beim Rechnen gewesen sei... Beständig nötigten Herrn Tietge starke Hustenanfälle, den Boden des Katheders mit seinem Auswurf zu bedecken.

Hanno's Verhältnis zu seinen kleinen Kameraden war im allgemeinen ganz fremder und äußerlicher Natur; nur mit einem von ihnen verknüpfte ihn, und zwar seit den ersten Schultagen, ein festes Band, und das war ein Kind von vornehmer Herkunft, aber gänzlich verwahrlostem Äußeren, ein Graf Mölln mit dem Vornamen Kai.

Es war ein Junge von Hanno's Statur, aber nicht wie dieser mit einem dänischen Matrosenhabit, sondern mit einem ärmlichen Anzug von unbestimmter Farbe bekleidet, an dem hie und da ein Knopf fehlte und der am Gesäß einen großen Flicken zeigte. Seine Hände, die aus den zu kurzen Ärmeln hervorsahen, erschienen imprägniert mit Staub und Erde und von unveränderlich hellgrauer Farbe, aber sie waren schmal und außerordentlich fein gebildet, mit langen Fingern und langen, spitz zulaufenden Nägeln. Und diesen Händen entsprach der Kopf, welcher, vernachlässigt, ungekämmt und nicht sehr reinlich, von Natur mit allen Merkmalen einer reinen und edlen Rasse ausgestattet war. Das flüchtig in der Mitte gescheitelte, rötlichgelbe Haar war von einer alabasterweißen Stirn zurückgestrichen, unter welcher, tief und scharf zugleich, hellblaue Augen blitzten. Die Wangenknochen traten ein wenig hervor, und die Nase, mit zarten Nüstern und schmalem, ganz leicht gebogenem Rücken, war, wie der Mund mit etwas geschürzter Oberlippe, schon jetzt von charakteristischem Gepräge.

Hanno Buddenbrook hatte den kleinen Grafen schon vor Beginn der Schulzeit zwei- oder dreimal ganz flüchtig zu sehen bekommen, und zwar auf Spaziergängen, die er mit Ida gen Norden durchs Burgtor hinaus gemacht. Dort nämlich, weit draußen, unfern des ersten Dorfes, war irgendwo ein kleines Gehöft, ein winziges, fast wertloses Anwesen, das überhaupt keinen Namen hatte. Man gewann, blickte man hin, den Eindruck eines Misthaufens, einer Anzahl Hühner, einer Hundehütte und eines armseligen, katenartigen Gebäudes mit tief hinunterreichendem, rotem Dache. Dies war das Herrenhaus, und dort wohnte Kais Vater, Eberhard Graf Mölln.

Er war ein Sonderling, den selten jemand zu sehen bekam, und der, beschäftigt mit Hühner-, Hunde- und Gemüsezucht, abgeschieden von aller Welt auf seinem kleinen Gehöfte hauste:

ein großer Mann mit Stulpenstiefeln, einer grünen Friesjoppe, kahlem Kopfe, einem ungeheuren ergrauten Rübezahl-Barte, einer Reitpeitsche in der Hand, obgleich er durchaus kein Pferd besaß, und einem unter der buschigen Braue ins Auge geklemmten Monocle. Es gab, außer ihm und seinem Sohne, weit und breit keinen Grafen Mölln mehr im Lande. Die einzelnen Zweige der ehemals reichen, mächtigen und stolzen Familie waren nach und nach verdorrt, abgestorben und vermodert, und nur eine Tante des kleinen Kai, mit der sein Vater aber nicht in Korrespondenz stand, war noch am Leben. Sie veröffentlichte unter einem abenteuerlichen Pseudonym Romane in Familienblättern. – Was den Grafen Eberhard betraf, so erinnerte man sich, daß er, um sich vor allen Störungen durch Anfragen, Angebote und Bettelei zu schützen, während längerer Zeit, nachdem er das Anwesen vorm Burgtore bezogen, ein Schild an seiner niedrigen Haustür geführt hatte, auf dem zu lesen gewesen: »Hier wohnt Graf Mölln ganz allein, braucht nichts, kauft nichts und hat nichts zu verschenken.« Als das Schild seine Wirkung getan und niemand ihn mehr belästigte, hatte er es wieder entfernt.

Mutterlos – denn die Gräfin war an seiner Geburt gestorben, und irgendein ältliches Frauenzimmer führte das Hauswesen – war der kleine Kai hier wild wie ein Tier unter den Hühnern und Hunden herangewachsen, und hier hatte – von fern und mit großer Scheu – Hanno Buddenbrook ihn gesehen, wie er gleich einem Kaninchen im Kohle umhersprang, sich mit jungen Hunden balgte und mit seinen Purzelbäumen die Hühner erschreckte.

In der Schulstube hatte er ihn wiedergefunden, und seine Scheu vor dem verwilderten Aussehen des kleinen Grafen hatte wohl anfangs fortbestanden. Aber nicht lange, so hatte ein sicherer Instinkt ihn die unsoignierte Hülle durchschauen lassen, hatte ihn auf diese weiße Stirn, diesen schmalen Mund, diese länglich geschnittenen, hellblauen Augen achten lassen, die mit einer Art zorniger Befremdung dareingeblickt hatten, und eine große Sympathie für diesen Kameraden unter allen übrigen hatte ihn ganz erfüllt. Dennoch war er viel zu zurückhaltend, als daß er den Mut gefunden hätte, die Freundschaft einzuleiten, und ohne die rücksichtslose Initiative des kleinen Kai wären die beiden einander wohl fremd geblieben. Ja, das leidenschaftliche Tempo, mit dem Kai sich ihm genähert, hatte den kleinen Johann anfangs sogar erschreckt. Dieser kleine, verwahrloste Gesell hatte mit einem Feuer, einer stürmisch aggressiven Männlichkeit um die Gunst des stillen, elegant gekleideten Hanno geworben, der gar nicht zu widerstehen gewesen war. Zwar konnte er ihm beim Unterricht nicht behilflich sein, denn seinem ungezähmten und frei umherschweifenden Sinn war das Einmaleins etwas ebenso Abscheuliches wie dem träumerisch abwesenden des kleinen Buddenbrook; aber er hatte ihn mit allem beschenkt, was sein gewesen war, mit Glaskugeln, Holzkreiseln und sogar mit einer kleinen, verbogenen Blechpistole, obgleich sie das Beste war, was er besaß... Hand in Hand mit ihm, in den Pausen, hatte er ihm von seinem Heim, von den jungen Hunden und Hühnern erzählt und hatte ihn mittags, obgleich stets Ida Jungmann, ein Päckchen belegten Butterbrotes in der Hand, ihren Pflegling vor der Schultür zum Spazierengehen erwartete, so weit wie möglich begleitet. Bei dieser Gelegenheit hatte er erfahren, daß der kleine Buddenbrook zu Hause Hanno genannt wurde, und sofort hatte er sich dieses Kosenamens bemächtigt, um seinen Freund nun nie mehr anders zu nennen.

Eines Tages hatte er verlangt, daß Hanno, statt nach dem Mühlenwall, mit ihm nach seines Vaters Besitz spazierengehe, um neugeborene Meerschweinchen zu besehen, und Fräulein Jungmann hatte endlich den Bitten der beiden nachgegeben. Sie waren nach dem gräflichen Anwesen hinausgewandert, hatten den Misthaufen, das Gemüse, die Hunde, Hühner und Meerschweinchen in Augenschein genommen und waren schließlich auch in das Haus eingetreten, woselbst in einem niedrigen, langgestreckten Raume zu ebener Erde Graf Eberhard, ein Bild trotziger Vereinsamung, lesend an einem schweren Bauerntisch gesessen und unwirsch nach dem Begehren gefragt hatte...

Ida Jungmann war nicht zu bewegen gewesen, diesen Besuch zu wiederholen; vielmehr hatte sie darauf bestanden, daß, wollten die beiden beieinander sein, Kai lieber Hanno besuchen sollte, und so hatte der kleine Graf denn zum ersten Male mit aufrichtiger Bewunderung, aber doch ohne Scheu das prachtvolle Vaterhaus seines Freundes betreten. Von da an hatte er oft und öfter sich eingestellt, und nun konnte nur im Winter hoch liegender Schnee ihn hindern, den weiten Weg am Nachmittage noch einmal zurückzulegen, um ein paar Stunden bei Hanno Buddenbrook zu verbringen.

Man saß in dem großen Kinderzimmer im zweiten Stockwerk zusammen und erledigte seine Schularbeiten. Es gab da lange Rechenaufgaben zu lösen, die, nachdem man beide Seiten der Schiefertafel mit Additionen, Subtraktionen, Multiplikationen und Divisionen bedeckt hatte, am Ende und als Resultat ganz einfach Null ergeben mußten – wo nicht, so steckte irgendwo ein Fehler, der gesucht, gesucht werden mußte, bis man das kleine bösartige Tier gefunden hatte und vertilgen konnte; und hoffentlich steckte er nicht zu hoch, weil sonst beinahe das Ganze noch einmal geschrieben werden mußte. Ferner galt es, sich mit deutscher Grammatik zu beschäftigen, die Kunst der Komparation zu erlernen und ganz reinlich und gradlinig Betrachtungen untereinanderzuschreiben, wie zum Beispiel: »Horn ist durchsichtig, Glas ist durchsichtiger, Luft ist am durchsichtigsten.« Worauf man sein Diktatheft zur Hand nahm, um Sätze zu studieren wie diesen: »Unsere Hedwig ist zwar sehr willig, aber den Kehricht auf dem Estrich fegt sie niemals ordentlich zusammen.« Bei dieser Übung voller Versuchungen und Fußangeln hatte die Absicht bestanden, daß man Hedwig, willig und fegt mit einem ch, Estrich mit g und Kehricht womöglich ebenfalls mit einem g schreiben sollte, und das hatte man denn auch gründlich besorgt, weshalb nun die Korrektur vorgenommen werden mußte. War aber alles fertig, so packte man ein und setzte sich auf das Fensterbrett, um Ida vorlesen zu hören.

Die gute Seele las vom Katerlieschen, von Dem, der auszog,

das Fürchten zu lernen, von Rumpelstilzchen, Rapunzel und Froschkönig – mit tiefer, geduldiger Stimme und halb geschlossenen Augen, denn sie sagte die Märchen, die sie in ihrem Leben schon allzuoft gelesen, beinahe ganz aus dem Kopfe her, und dabei schlug sie mechanisch die Blätter mit dem benetzten Zeigefinger um.

Bei dieser Unterhaltung aber geschah das Merkwürdige, daß in dem kleinen Kai sich das Bedürfnis zu regen und auszubilden begann, es dem Buche gleichzutun und selbst etwas zu erzählen, und das war um so erwünschter, als man die gedruckten Märchen allmählich alle kannte und auch Ida sich dann und wann ein wenig ausruhen mußte. Kais Geschichten waren anfangs kurz und einfach, wurden dann aber kühner und komplizierter und gewannen an Interesse dadurch, daß sie nicht gänzlich in der Luft standen, sondern von der Wirklichkeit ausgingen und diese in ein seltsames und geheimnisvolles Licht rückten... Besonders gern vernahm Hanno die Erzählung von einem bösen, aber außerordentlich mächtigen Zauberer, der einen schönen und hochbegabten Prinzen mit Namen Josephus in der Gestalt eines bunten Vogels bei sich gefangenhalte und alle Menschen mit seinen tückischen Künsten quäle. Schon aber wachse in der Ferne der Auserwählte heran, welcher dereinst an der Spitze einer unwiderstehlichen Armee von Hunden, Hühnern und Meerschweinchen gegen den Zauberer furchtlos zu Felde ziehen und den Prinzen sowie die ganze Welt, besonders aber Hanno Buddenbrook vermittelst eines Schwertstreiches von ihm erlösen werde. Dann werde, befreit und entzaubert, Josephus in sein Reich zurückkehren, König werden und Hanno sowohl wie Kai zu sehr hohen Würden emporsteigen lassen...

Senator Buddenbrook, der hie und da, wenn er das Kinderzimmer passierte, die Freunde beisammen sah, hatte gegen diesen Verkehr nichts einzuwenden, denn es war leicht zu beobachten, daß die beiden einander vorteilhaft beeinflußten. Hanno wirkte besänftigend, zähmend und geradezu veredelnd auf Kai, der ihn zärtlich liebte, die Weiße seiner Hände bewunderte und sich ihm zuliebe die seinen von Fräulein Jungmann mit Bürste und Seife behandeln ließ. Und wenn Hanno seinerseits ein wenig Frische und Wildheit von dem kleinen Grafen empfing, so war das mit Freude zu begrüßen, denn Senator Buddenbrook verhehlte sich nicht, daß die beständige weibliche Obhut, unter welcher der Junge stand, nicht eben geeignet war, die Eigenschaften der Männlichkeit in ihm anzureizen und zu entwickeln.

Die Treue und Hingebung der guten Ida Jungmann, die nun schon länger als drei Jahrzehnte den Buddenbrooks diente, war ja mit Gold nicht zu bezahlen. Sie hatte die vorhergehende Generation mit Aufopferung gehegt und gepflegt: Hanno aber trug sie auf Händen, sie hüllte ihn gänzlich in Zärtlichkeit und Sorgfalt ein, sie liebte ihn abgöttisch und ging in ihrem naiven und unerschütterlichen Glauben an seine absolut bevorzugte und bevorrechtigte Stellung in der Welt oftmals bis zum Absurden. Sie war, galt es, für ihn zu handeln, von erstaunlicher und manchmal peinlicher Unverfrorenheit. Gelegentlich eines Einkaufs beim Konditor zum Beispiel unterließ sie es niemals, sehr ungeniert in die ausgestellten Schalen hineinzugreifen, um ihm diese oder jene Süßigkeit zuzustecken, ohne dafür zu bezahlen – denn konnte der Mann sich nicht nur geehrt fühlen? Und vor einem umlagerten Schaufenster war sie sofort bei der Hand, die Leute in ihrem westpreußischen Dialekt freundlich, aber entschieden um Platz für ihren Schützling zu ersuchen. Ja, er war in ihren Augen etwas so ganz Besonderes, daß sie kaum je ein anderes Kind würdig gehalten hatte, mit ihm in Berührung zu kommen. Was den kleinen Kai betraf, so war die beiderseitige Zuneigung stärker gewesen als ihr Mißtrauen; auch hatte der Name sie ein wenig bestochen. Gesellten sich aber auf dem Mühlenwall, wenn sie sich mit Hanno auf einer Bank niedergelassen hatte, andere Kinder mit ihrer Begleitung zu ihnen, so erhob Fräulein Jungmann sich beinahe sogleich und ging unter irgendeinem Vorwande von Verspätung oder Zugwind von dannen. Die Erklärungen, die sie dem kleinen Johann dafür zuteil werden ließ, waren geeignet, in ihm die Vorstellung zu erwecken, als seien alle seiner Altersgenossen mit Skrofeln und »Bösen Säften« schwer behaftet, – nur er nicht. Und das trug nicht gerade dazu bei, seine sowieso schon mangelnde Zutraulichkeit und Unbefangenheit zu stärken.

Senator Buddenbrook wußte von solchen Einzelheiten nicht; aber er sah, daß die Entwicklung seines Sohnes von Natur und infolge äußerer Einflüsse vorläufig keineswegs die Richtung einschlug, die er ihr zu geben wünschte. Hätte er seine Erziehung in die Hand nehmen, täglich und stündlich auf seinen Geist wirken können! Aber die Zeit fehlte ihm dazu, und mit Schmerz mußte er sehen, wie gelegentliche Versuche dazu kläglich mißlangen und das Verhältnis zwischen Vater und Kind nur kälter und fremder machten. Ein Bild schwebte ihm vor, nach dem er seinen Sohn zu modeln sich sehnte: das Bild von Hanno's Urgroßvater, wie er selbst ihn als Knabe gekannt – ein heller Kopf, jovial, einfach, humoristisch und stark... Konnte er so nicht werden? War das unmöglich? Und warum?... Hätte er wenigstens die Musik unterdrücken und verbannen können, die den Jungen dem praktischen Leben entfremdete, seiner körperlichen Gesundheit sicherlich nicht nützlich war und seine Geisteskräfte absorbierte! Grenzte sein träumerisches Wesen nicht manchmal geradezu an Unzurechnungsfähigkeit?

Eines Nachmittags war Hanno drei Viertelstunden vorm Essen, das um vier Uhr stattfand, allein in die erste Etage hinabgestiegen. Er hatte eine Zeitlang am Flügel geübt und hielt sich nun müßig im Wohnzimmer auf. Halb liegend saß er auf der Chaiselongue, nestelte an dem Schifferknoten auf seiner Brust, und indem seine Augen, ohne etwas zu suchen, seitwärts glitten, gewahrte er auf dem zierlichen Nußholzschreibtisch seiner Mutter eine offene Ledermappe – die Mappe mit den Familienpapieren. Er stützte den Ellenbogen auf das Rückenpolster und das Kinn in die Hand und betrachtete die Sachen ein Weilchen aus der Ferne. Ohne Zweifel hatte Papa sich heute nach dem zweiten Frühstück damit beschäftigt und sie zu weiterem Gebrauche liegen lassen. Einiges stak in der Mappe, lose Blätter, die draußen lagen, waren vorläufig mit einem metallenen Lineal beschwert, das große Schreibheft mit goldnem Schnitt und verschiedenartigem Papier lag offen da.

Hanno glitt nachlässig von der Ottomane hinunter und ging zum Schreibtisch. Das Buch war an jener Stelle aufgeschlagen, wo in den Handschriften mehrerer seiner Vorfahren und zuletzt in der seines Vaters, der ganze Stammbaum der Buddenbrooks mit Klammern und Rubriken in übersichtlichen Daten geordnet war. Mit einem Bein auf dem Schreibsessel kniend, das weichgewellte hellbraune Haar in die flache Hand gestützt, musterte Hanno das Manuskript ein wenig von der Seite, mit dem mattkritischen und ein bißchen verächtlichen Ernste einer vollkommenen Gleichgültigkeit, und ließ seine freie Hand mit Mamas Federhalter spielen, der halb aus Gold und halb aus Ebenholz bestand. Seine Augen wanderten über all diese männlichen und weiblichen Namen hin, die hier unter- und nebeneinander standen, zum Teile in altmodisch verschnörkelter Schrift mit weit ausladenden Schleifen, in gelblich verblaßter oder stark aufgetragener schwarzer Tinte, an der Reste von Goldstreusand klebten... Er las auch, ganz zuletzt, in Papas winziger, geschwind über das Papier eilender Schrift, unter denen seiner Eltern, seinen eigenen Namen – Justus, *Johann,* Kaspar, geb. d. 15. April 1861 –, was ihm einigen Spaß machte, richtete sich dann ein wenig auf, nahm mit nachlässigen Bewegungen Lineal und Feder zur Hand, legte das Lineal unter seinen Namen, ließ seine Augen noch einmal über das ganze genealogische Gewimmel hingleiten: und hierauf, mit stiller Miene und gedankenloser Sorgfalt, mechanisch und verträumt, zog er mit der Goldfeder einen schönen, sauberen Doppelstrich quer über das ganze Blatt hinüber, die obere Linie ein wenig stärker als die untere, so, wie er jede Seite seines Rechenheftes verzieren mußte... Dann legte er einen Augenblick prüfend den Kopf auf die Seite und wandte sich ab.

Nach dem Tische rief der Senator ihn zu sich und herrschte ihn mit zusammengezogenen Brauen an.

»Was ist das. Woher kommt das. Hast du das getan?«

Er mußte sich einen Augenblick besinnen, ob er es getan habe, und dann sagte er schüchtern und ängstlich: »Ja.«

»Was heißt das! Was ficht dich an! Antworte! Wie kommst du

zu dem Unfug!« rief der Senator, indem er mit dem leicht zu-
sammengerollten Heft auf Hanno's Wange schlug.

Und der kleine Johann, zurückweichend, stammelte, indem
er mit der Hand nach seiner Wange fuhr:

»Ich glaubte... ich glaubte... es käme nichts mehr...«

8.

Donnerstags, wenn die Familie, umgeben von den ruhevoll lä-
chelnden Götterstatuen der Tapete, beim Essen saß, gab es seit
kurzem einen neuen, sehr ernsten Gesprächsgegenstand, der auf
den Gesichtern der Damen Buddenbrook aus der Breiten Straße
den Ausdruck kalter Zurückhaltung, in den Mienen und Gesten
Frau Permaneders aber eine außerordentliche Erregung hervorrief. Sie sprach, zurückgelegten Hauptes und indem sie beide
Arme zugleich vorwärts oder nach oben streckte, mit Zorn, mit
Entrüstung, mit aufrichtiger, tiefgefühlter Empörung. Sie ging
von dem besonderen Falle, um den es sich handelte, zum Allgemeinen über, sprach über schlechte Menschen überhaupt und
ließ, unterbrochen von dem trockenen nervösen Räuspern, das
mit ihrer Magenschwäche zusammenhing, mit einer gewissen
Kehlkopf-Stimme, die ihr eigen war, wenn sie zürnte, kleine
Trompetenstöße des Abscheus ertönen, die etwa klangen wie
»Tränen-Trieschke –!« »Grünlich –!« »Permaneder –!«... Das
Sonderbare aber war der neue Ruf, der hinzugekommen war,
und den sie mit unbeschreiblicher Verachtung und Gehässigkeit
hervorbrachte. Er lautete: *»Der Staatsanwalt –!«*

Wenn dann Direktor Hugo Weinschenk, verspätet wie immer, denn er war mit Geschäften überhäuft, den Saal betrat und,
mit balancierenden Fäusten sich ungewöhnlich lebhaft in der
Taille seines Gehrockes wiegend, zu seinem Platze schritt, wobei seine Unterlippe unter dem schmalen Schnurrbart mit kek-
kem Ausdruck hinabhing, so verstummte das Gespräch, so lagerte sich eine peinliche, schwüle Stille über der Tafel, bis der
Senator allen aus der Verlegenheit half, indem er ganz leichthin

und als handle es sich um irgendein Geschäft, sich bei dem Direktor nach dem Stande der Angelegenheit erkundigte. Und Hugo Weinschenk antwortete, die Sachen ständen sehr gut, sie ständen, wie das nicht anders möglich sei, vortrefflich... worauf er leicht und fröhlich von etwas anderem sprach. Er war viel aufgeräumter als früher, ließ seine Augen mit einer gewissen wilden Unbefangenheit umherschweifen und fragte viele Male, ohne Antwort zu erhalten, nach dem Befinden von Gerda Buddenbrooks Geige. Überhaupt plauderte er viel und munter, und unangenehm war nur der Umstand, daß er in seinem Freimut nicht immer genügend nach seinen Worten sah und vor übermäßig guter Laune hie und da Geschichten vorbrachte, die nicht ganz am Platze waren. Eine Anekdote zum Beispiel, die er erzählte, handelte von einer Amme, welche die Gesundheit des ihr anvertrauten Kindes dadurch beeinträchtigt hatte, daß sie an Blähungen litt; in einer Weise, die er ohne Zweifel für humoristisch hielt, ahmte er den Hausarzt nach, der gerufen hatte: »Wer stinkt hier so! Wer ist es, der hier so stinkt!«, und spät oder nie bemerkte er, daß seine Gattin heftig errötet war, daß die Konsulin, Thomas und Gerda unbewegt dasaßen, die Damen Buddenbrook durchbohrende Blicke tauschten, selbst Riekchen Severin am unteren Tischende beleidigt dareinblickte und höchstens der alte Konsul Kröger leise pruschte...

Was war es mit dem Direktor Weinschenk? Dieser ernste, tätige und kernhafte Mann, dieser Mann, der, abhold aller Geselligkeit und von rauher Außenseite, mit zäher Pflichttreue nur seiner Arbeit zugetan war, – dieser Mann sollte nicht *ein*mal, nein, wiederholt sich eines schweren Fehltrittes schuldig gemacht haben, ja, er war angeklagt, gerichtlich angeklagt, mehrere Male ein geschäftliches Manöver ausgeführt zu haben, das nicht fragwürdig, sondern unreinlich und verbrecherisch zu nennen war, und ein Prozeß, dessen Ausgang nicht abzusehen, war gegen ihn im Gange! – Was wurde ihm zur Last gelegt? – Brände hatten an verschiedenen Orten stattgefunden, größere Feuersbrünste, die die Gesellschaft, welche den damit Betroffenen kontraktlich verbunden gewesen, große Summen gekostet haben würden. Direktor Weinschenk aber sollte, erst nachdem er durch seine Agenten rasche vertrauliche Mitteilung von den Unglücksfällen empfangen, also bewußt betrügerischer Weise, die Rückversicherungen bei einer anderen Gesellschaft vorgenommen und dieser so den Schaden zugeschoben haben. Nun lag die Sache in den Händen des Staatsanwaltes, des Staatsanwaltes Doktor Moritz Hagenström...

»Thomas«, sagte die Konsulin unter vier Augen zu ihrem Sohne, »ich bitte dich... ich verstehe nichts. Was soll ich von der Sache halten!«

Und er antwortete: »Ja, meine liebe Mutter... Was läßt sich da sagen! Daß alles ganz in Ordnung ist, muß man leider bezweifeln. Aber daß Weinschenk in dem Umfange schuldig ist, wie gewisse Leute es wollen, halte ich ebenfalls für unwahrscheinlich. Es gibt im Geschäftsleben modereneren Stiles etwas, was man Usance nennt... Eine Usance, verstehst du, das ist ein Manöver, das nicht ganz einwandfrei ist, sich nicht ganz mit dem geschriebenen Gesetz verträgt und für den Laienverstand schon unredlich aussieht, das aber dennoch nach stillschweigender Übereinkunft in der Geschäftswelt gang und gäbe ist. Die Grenzlinie zwischen Usance und Schlimmerem ist sehr schwer zu ziehen... Einerlei... Wenn Weinschenk sich vergangen hat, so hat er es höchstwahrscheinlich nicht ärger getrieben als viele seiner Kollegen, die ungestraft davongekommen sind. Aber... für einen günstigen Ausgang des Prozesses stehe ich deshalb durchaus nicht. Vielleicht würde er in einer großen Stadt freigesprochen werden; aber hier, wo alles auf Cliquenwesen und persönliche Motive hinausläuft... Das hätte er bei der Wahl seines Verteidigers besser bedenken sollen. Wir haben hier in der Stadt keinen hervorragenden Anwalt, keinen eminenten Kopf mit überlegenem und überzeugendem Rednertalent, der mit allen Hunden gehetzt und in den bedenklichsten Sachen versiert wäre. Dafür aber hängen unsere Herren Juristen untereinander zusammen, sie sind einander verbunden durch gemeinsame Interessen, durch Mittagessen, womöglich durch Verwandtschaft, und haben aufeinander Rücksicht zu nehmen. Meiner

Ansicht nach wäre es klug gewesen, wenn Weinschenk einen hier ansässigen Advokaten genommen hätte. Aber was hat er getan? Er hat es für nötig befunden – ich sage für nötig befunden, und das gibt zuletzt über sein gutes Gewissen zu denken –, sich einen Verteidiger aus Berlin zu verschreiben, den Doktor Breslauer, einen rechten Teufelsbraten, einen geriebenen Redner, einen raffinierten Rechtsvirtuosen, dem der Ruhm vorangeht, soundsovielen betrügerischen Bankerottiers am Zuchthaus vorbeigeholfen zu haben. Der wird nun ohne Zweifel die Sache gegen ein sehr großes Honorar mit ebenso großer Schlauheit führen... Aber ob das von Nutzen sein wird? Ich sehe es kommen, daß unsere wackeren Rechtsgelehrten sich mit Händen und Füßen dagegen sträuben werden, sich von dem fremden Herrn imponieren zu lassen, und daß der Gerichtshof für Doktor Hagenströms Plaidoyer ein sehr viel willigeres Ohr haben wird... Und die Zeugen? Was sein eigenes Geschäftspersonal betrifft, so glaube ich nicht, daß es ihm besonders liebevoll zur Seite stehen wird. Das, was wir Wohlwollenden – und, ich glaube, auch er selbst – seine rauhe Außenseite nennen, hat ihm nicht viele Freunde gemacht... Kurz, Mutter, mir ahnt Arges. Es wäre ja schlimm für Erika, wenn es ein Unglück gäbe, aber am wehesten sollte es mir um Tony tun. Siehst du, sie hat ja recht, wenn sie sagt, daß Hagenström die Sache mit Genugtuung in die Hand genommen hat. Sie geht uns alle an, und ein schmählicher Ausgang würde uns insgesamt betreffen, denn Weinschenk gehört einmal zur Familie und sitzt an unserem Tische. Was mich angeht, ich komme darüber hinweg. Ich weiß, wie ich mich zu benehmen habe. Ich muß in der Öffentlichkeit der Sache ganz fremd gegenüberstehen, darf nicht die Verhandlungen besuchen – obgleich Breslauer mich interessieren würde – und darf mich, schon um mich vor dem Vorwurf irgendwelcher Beeinflussungsgelüste zu wahren, überhaupt um nichts bekümmern. Aber Tony? Ich mag nicht ausdenken, wie traurig eine Verurteilung für sie wäre. Man muß hören, wie aus ihren lauten Protesten gegen Verleumdung und neidische Intrigen die Angst herausklingt... die Angst, nach allem Malheur, das sie erduldet, auch dieser letzten, ehrenvollen Position, des würdigen Hausstandes ihrer Tochter noch verlustig zu gehen. Ach, paß auf, sie wird immer lauter Weinschenks Unschuld beteuern, je mehr sie zu Zweifeln daran gedrängt werden wird... Aber er kann ja auch unschuldig sein, gewiß, ganz unschuldig sein... Wir müssen es abwarten, Mutter, und ihn und Tony und Erika taktvoll behandeln. Aber mir ahnt nichts Gutes...«

Unter solchen Umständen kam diesmal das Weihnachtsfest heran, und der kleine Johann verfolgte mit Hülfe des Abreißkalenders, den Ida ihm angefertigt, und auf dessen letztem Blatte ein Tannenbaum gezeichnet war, pochenden Herzens das Nahen der unvergleichlichen Zeit.

Die Vorzeichen mehrten sich... Schon seit dem ersten Advent hing in Großmamas Eßsaal ein lebensgroßes, buntes Bild des Knecht Ruprecht an der Wand. Eines Morgens fand Hanno seine Bettdecke, die Bettvorlage und seine Kleider mit knisterndem Flittergold bestreut. Dann, wenige Tage später, nachmittags im Wohnzimmer, als Papa mit der Zeitung auf der Chaiselongue lag und Hanno gerade in Geroks ›Palmblättern‹ das Gedicht von der Hexe zu Endor las, wurde wie alljährlich und doch auch diesmal ganz überraschenderweise ein »alter Mann« gemeldet, welcher »nach dem Kleinen frage«. Er wurde hereingebeten, dieser alte Mann, und kam schlürfenden Schrittes, in einem langen Pelze, dessen rauhe Seite nach außen gekehrt und der mit Flittergold und Schneeflocken besetzt war, ebensolcher Mütze, schwarzen Zügen im Gesicht und einem ungeheuren weißen Barte, der wie die übernatürlich dicken Augenbrauen mit glitzernder Lametta durchsetzt war. Er erklärte, wie jedes Jahr, mit eherner Stimme, daß *dieser* Sack – auf seiner linken Schulter – für gute Kinder, welche beten könnten, Äpfel und goldene Nüsse enthalte, daß aber andererseits *diese* Rute – auf seiner rechten Schulter – für die bösen Kinder bestimmt sei... Es war Knecht Ruprecht. Das heißt, natürlich nicht so ganz und vollkommen der echte und im Grunde vielleicht bloß Barbier Wenzel in Papas gewendetem Pelz; aber soweit ein Knecht Ruprecht überhaupt möglich, war er *dies,* und Hanno sagte auch dieses Jahr wieder, aufrichtig erschüttert und nur ein- oder zweimal von einem nervösen und halb unbewußten Aufschluchzen unterbrochen, sein Vaterunser her, worauf er einen Griff in den Sack für die guten Kinder tun durfte, den der alte Mann dann überhaupt wieder mit sich zu nehmen vergaß...

Es setzten die Ferien ein, und der Augenblick ging ziemlich glücklich vorüber, da Papa das Zeugnis las, das auch in der Weihnachtszeit notwendig ausgestellt werden mußte... Schon war der große Saal geheimnisvoll verschlossen, schon waren Marzipan und Braune Kuchen auf den Tisch gekommen, schon war es Weihnacht draußen in der Stadt. Schnee fiel, es kam Frost, und in der scharfen, klaren Luft erklangen durch die Straßen die geläufigen oder wehmütigen Melodien der italienischen Drehorgelmänner, die mit ihren Sammetjacken und schwarzen Schnurrbärten zum Feste herbeigekommen waren. In den Schaufenstern prangten die Weihnachtsausstellungen. Um den hohen gotischen Brunnen auf dem Marktplatze waren die bunten Belustigungen des Weihnachtsmarktes aufgeschlagen. Und wo man ging, atmete man mit dem Duft der zum Kauf gebotenen Tannenbäume das Aroma des Festes ein.

Dann endlich kam der Abend des 23. Dezembers heran und mit ihm die Bescherung im Saale zu Haus, in der Fischergrube, eine Bescherung im engsten Kreise, die nur ein Anfang, eine Eröffnung, ein Vorspiel war, denn den Heiligen Abend hielt die Konsulin fest in Besitz, und zwar für die ganze Familie, so daß am Spätnachmittage des 24. die gesamte Donnerstag-Tafelrunde, und dazu noch Jürgen Kröger aus Wismar sowie Therese Weichbrodt mit Madame Kethelsen, im Landschaftszimmer zusammentrat.

In schwerer, grau und schwarz gestreifter Seide, mit geröteten Wangen und erhitzten Augen, in einem zarten Duft von Patschuli, empfing die alte Dame die nach und nach eintretenden Gäste, und bei den wortlosen Umarmungen klirrten ihre goldenen Armbänder leise. Sie war in unaussprechlicher stummer und zitternder Erregung an diesem Abend. »Mein Gott, du fieberst ja, Mutter!« sagte der Senator, als er mit Gerda und Hanno eintraf... »Alles kann doch ganz gemütlich vonstatten gehen.« Aber sie flüsterte, indem sie alle drei küßte: »Zu Jesu Ehren... Und dann mein lieber seliger Jean...«

In der Tat, das weihevolle Programm, das der verstorbene Konsul für die Feierlichkeit festgesetzt hatte, mußte aufrecht-erhalten werden, und das Gefühl ihrer Verantwortung für den würdigen Verlauf des Abends, der von der Stimmung einer tie-fen, ernsten und inbrünstigen Fröhlichkeit erfüllt sein mußte, trieb sie rastlos hin und her – von der Säulenhalle, wo schon die Marien-Chorknaben sich versammelten, in den Eßsaal, wo Riekchen Severin letzte Hand an den Baum und die Geschenk-tafel legte, hinaus auf den Korridor, wo scheu und verlegen einige fremde alte Leutchen umherstanden, Hausarme, die ebenfalls an der Bescherung teilnehmen sollten, und wieder ins Landschaftszimmer, wo sie mit einem stummen Seitenblick je-des überflüssige Wort und Geräusch strafte. Es war so still, daß man die Klänge einer entfernten Drehorgel vernahm, die zart und klar wie die einer Spieluhr aus irgendeiner beschneiten Straße den Weg hierher fanden. Denn obgleich nun an zwanzig Menschen im Zimmer saßen und standen, war die Ruhe größer als in einer Kirche, und die Stimmung gemahnte, wie der Sena-tor ganz vorsichtig seinem Onkel Justus zuflüsterte, ein wenig an die eines Leichenbegängnisses.

Übrigens war kaum Gefahr vorhanden, diese Stimmung möchte durch einen Laut jugendlichen Übermutes zerrissen werden. Ein Blick hätte genügt, zu bemerken, daß fast alle Glie-der der hier versammelten Familie in einem Alter standen, in welchem die Lebensäußerungen längst gesetzte Formen ange-nommen haben. Senator Thomas Buddenbrook, dessen Blässe den wachen, energischen und sogar humoristischen Ausdruck seines Gesichtes Lügen strafte; Gerda, seine Gattin, welche, un-beweglich in einen Sessel zurückgelehnt und das schöne weiße Gesicht nach oben gewandt, ihre nahe beieinanderliegenden, bläulich umschatteten, seltsam schimmernden Augen von den flimmernden Glasprismen des Kronleuchters bannen ließ; seine

Schwester, Frau Permaneder; Jürgen Kröger, sein Cousin, der stille, schlicht gekleidete Beamte; seine Cousinen Friederike, Henriette und Pfiffi, von denen die beiden ersteren noch magerer und länger geworden waren und die letztere noch kleiner und beleibter erschien als früher, denen aber ein stereotyper Gesichtsausdruck durchaus gemeinsam war, ein spitziges und übelwollendes Lächeln, das gegen alle Personen und Dinge mit einer allgemeinen medisanten Skepsis gerichtet war, als sagten sie beständig: ›Wirklich? Das möchten wir denn doch fürs erste noch bezweifeln‹...; schließlich die arme, aschgraue Klothilde, deren Gedanken wohl direkt auf das Abendessen gerichtet waren: – sie alle hatten die Vierzig überschritten, während die Hausherrin mit ihrem Bruder Justus und seiner Frau gleich der kleinen Therese Weichbrodt schon ziemlich weit über die Sechzig hinaus war und die alte Konsulin Buddenbrook, geborene Stüwing, sowie die gänzlich taube Madame Kethelsen sich schon in den Siebzigern befanden.

In der Blüte ihrer Jugend stand eigentlich nur Erika Weinschenk; aber wenn ihre hellblauen Augen – die Augen Herrn Grünlichs – zu ihrem Manne, dem Direktor, hinüberglitten, dessen geschorener, an den Schläfen ergrauter Kopf mit dem schmalen, in die Mundwinkel hineingewachsenen Schnurrbart sich dort neben dem Sofa von der idyllischen Tapetenlandschaft abhob, so konnte man bemerken, daß ihr voller Busen sich in lautlosem, aber schwerem Atemzuge hob... Ängstliche und wirre Gedanken an Usancen, Buchführung, Zeugen, Staatsanwalt, Verteidiger und Richter mochten sie bedrängen, ja, es war wohl keiner im Zimmer, dem diese unweihnachtlichen Gedanken nicht im Sinne gelegen hätten. Der angeklagte Zustand von Frau Permaneders Schwiegersohn, das Bewußtsein der gesamten Familie von der Gegenwart eines Mitgliedes, das eines Verbrechens gegen die Gesetze, die bürgerliche Ordnung und die geschäftliche Ehrenhaftigkeit geziehen und vielleicht der Schande und dem Gefängnis verfallen war, gab der Versammlung ein vollständig fremdes, ungeheuerliches Gepräge. Ein Weihnachtsabend der Familie Buddenbrook mit einem Angeklagten in ihrer Mitte! Frau Permaneder lehnte sich mit strengerer Majestät in ihren Sessel zurück, das Lächeln der Damen Buddenbrook aus der Breiten Straße ward um noch eine Nuance spitziger...

Und die Kinder? Der ein wenig spärliche Nachwuchs? War auch er für das leis Schauerliche dieses so ganz neuen und ungekannten Umstandes empfänglich? Was die kleine Elisabeth betraf, so war es unmöglich, über ihren Gemütszustand zu urteilen. In einem Kleidchen, an dessen reichlicher Garnitur mit Atlasschleifen man Frau Permaneders Geschmack erkannte, saß das Kind auf dem Arm seiner Bonne, hielt seine Daumen in die winzigen Fäuste geklemmt, sog an seiner Zunge, blickte mit etwas hervortretenden Augen starr vor sich hin und ließ dann und wann einen kurzen, knarrenden Laut vernehmen, worauf das Mädchen es ein wenig schaukeln ließ. Hanno aber saß still auf seinem Schemel zu den Füßen seiner Mutter und blickte gerade wie sie zu einem Prisma des Kronleuchters empor...

Christian fehlte! Wo war Christian? Erst jetzt im letzten Augenblick bemerkte man, daß er noch nicht anwesend sei. Die Bewegungen der Konsulin, die eigentümliche Manipulation, mit der sie vom Mundwinkel zur Frisur hinaufzustreichen pflegte, als brächte sie ein hinabgefallenes Haar an seine Stelle zurück, wurden noch fieberhafter... Sie instruierte eilig Mamsell Severin, und die Jungfer begab sich an den Chorknaben vorbei durch die Säulenhalle, zwischen den Hausarmen hin über den Korridor und pochte an Herrn Buddenbrooks Tür.

Gleich darauf erschien Christian. Er kam mit seinen mageren, krummen Beinen, die seit dem Gelenkrheumatismus etwas lahmten, ganz gemächlich ins Landschaftszimmer, indem er sich mit der Hand die kahle Stirne rieb.

»Donnerwetter, Kinder«, sagte er, »das hätte ich beinahe vergessen!«

»Du hättest es...« wiederholte seine Mutter und erstarrte...

»Ja, beinah vergessen, daß heut' Weihnacht ist... Ich saß und las... in einem Buch, einem Reisebuch über Südamerika... Du lieber Gott, ich habe schon andere Weihnachten gehabt...«

fügte er hinzu und war soeben im Begriff, mit der Erzählung von einem Heiligen Abend anzufangen, den er zu London in einem Tingel-Tangel fünfter Ordnung verlebt, als plötzlich die im Zimmer herrschende Kirchenstille auf ihn zu wirken begann, so daß er mit krausgezogener Nase und auf den Zehenspitzen zu seinem Platze ging.

»Tochter Zion, freue dich!« sangen die Chorknaben, und sie, die eben noch da draußen so hörbare Allotria getrieben, daß der Senator sich einen Augenblick an die Tür hatte stellen müssen, um ihnen Respekt einzuflößen, – sie sangen nun ganz wunderschön. Diese hellen Stimmen, die sich, getragen von den tieferen Organen, rein, jubelnd und lobpreisend aufschwangen, zogen aller Herzen mit sich empor, ließen das Lächeln der alten Jungfern milder werden und machten, daß die alten Leute in sich hineinsahen und ihr Leben überdachten, während die, welche mitten im Leben standen, ein Weilchen ihrer Sorgen vergaßen.

Hanno ließ sein Knie los, das er bislang umschlungen gehalten hatte. Er sah ganz blaß aus, spielte mit den Fransen seines Schemels und scheuerte seine Zunge an einem Zahn, mit halbgeöffnetem Munde und einem Gesichtsausdruck, als fröre ihn. Dann und wann empfand er das Bedürfnis, tief aufzuatmen, denn jetzt, da der Gesang, dieser glockenreine A-cappella-Gesang die Luft erfüllte, zog sein Herz sich in einem fast schmerzhaften Glück zusammen. Weihnachten... Durch die Spalten der hohen, weißlackierten, noch fest geschlossenen Flügeltür drang der Tannenduft und erweckte mit seiner süßen Würze die Vorstellung der Wunder dort drinnen im Saale, die man jedes Jahr aufs neue mit pochenden Pulsen als eine unfaßbare, unirdische Pracht erharrte... Was würde dort drinnen für ihn sein? Das, was er sich gewünscht hatte, natürlich, denn das bekam man ohne Frage, gesetzt, daß es einem nicht als eine Unmöglichkeit zuvor schon ausgeredet worden war. Das Theater würde ihm gleich in die Augen springen und ihm den Weg zu seinem Platz weisen müssen, das ersehnte Puppentheater, das dem Wunschzettel für Großmama stark unterstrichen zu Häupten gestanden hatte und das seit dem ›Fidelio‹ beinahe sein einziger Gedanke gewesen war.

Ja, als Entschädigung und Belohnung für einen Besuch bei Herrn Brecht hatte Hanno kürzlich zum ersten Male das Theater besucht, das Stadt-Theater, wo er im ersten Range an der Seite seiner Mutter atemlos den Klängen und Vorgängen des ›Fidelio‹ hatte folgen dürfen. Seitdem träumte er nichts als Opernszenen, und eine Leidenschaft für die Bühne erfüllte ihn, die ihn kaum schlafen ließ. Mit unaussprechlichem Neide betrachtete er auf der Straße die Leute, die, wie ja auch sein Onkel Christian, als Theater-Habitués bekannt waren, Konsul Döhlmann, Makler Gosch... War das Glück ertragbar, wie sie fast jeden Abend dort anwesend sein dürfen? Könnte er nur einmal in der Woche vor Beginn der Aufführung einen Blick in den Saal tun, das Stimmen der Instrumente hören und ein wenig den geschlossenen Vorhang ansehen! Denn er liebte alles im Theater: den Gasgeruch, die Sitze, die Musiker, den Vorhang...

Wird sein Puppentheater groß sein? Groß und breit? Wie wird der Vorhang aussehen? Man muß baldmöglichst ein kleines Loch hineinschneiden, denn auch im Vorhang des Stadt-Theaters war ein Guckloch... Ob Großmama oder Mamsell Severin – denn Großmama konnte nicht alles besorgen – die nötigen Dekorationen zum ›Fidelio‹ gefunden hatte? Gleich morgen wird er sich irgendwo einschließen und ganz allein eine Vorstellung geben... Und schon ließ er seine Figuren im Geiste singen; denn die Musik hatte sich ihm mit dem Theater sofort aufs engste verbunden...

»Jauchze laut, Jerusalem!« schlossen die Chorknaben, und die Stimmen, die fugenartig nebeneinander hergegangen waren, fanden sich in der letzten Silbe friedlich und freudig zusammen. Der klare Akkord verhallte, und tiefe Stille legte sich über Säulenhalle und Landschaftszimmer. Die Mitglieder der Familie blickten unter dem Drucke der Pause vor sich nieder; nur Direktor Weinschenks Augen schweiften keck und unbefangen umher, und Frau Permaneder ließ ihr trocknes Räuspern vernehmen, das ununterdrückbar war. Die Konsulin aber schritt langsam zum Tische und setzte sich inmitten ihrer Angehörigen auf das Sofa, das nun nicht mehr wie in alter Zeit unabhängig und abgesondert vom Tische dastand. Sie rückte die Lampe zurecht und zog die große Bibel heran, deren altersbleiche Goldschnittfläche ungeheuerlich breit war. Dann schob sie die Brille auf die Nase, öffnete die beiden ledernen Spangen, mit denen das kolossale Buch geschlossen war, schlug dort auf, wo das Zeichen lag, daß das dicke, rauhe, gelbliche Papier mit dem übergroßen Druck zum Vorschein kam, nahm einen Schluck Zuckerwasser und begann, das Weihnachtskapitel zu lesen.

Sie las die altvertrauten Worte langsam und mit einfacher, zu Herzen gehender Betonung, mit einer Stimme, die sich klar, bewegt und heiter von der andächtigen Stille abhob. »Und den Menschen ein Wohlgefallen!« sagte sie. Kaum aber schwieg sie, so erklang in der Säulenhalle dreistimmig das »Stille Nacht, heilige Nacht«, in das die Familie im Landschaftszimmer einstimmte. Man ging ein wenig vorsichtig zu Werke dabei, denn die meisten der Anwesenden waren unmusikalisch, und hie und da vernahm man in dem Ensemble einen tiefen und ganz ungehörigen Ton... Aber das beeinträchtigte nicht die Wirkung dieses Liedes... Frau Permaneder sang es mit bebenden Lippen, denn am süßesten und schmerzlichsten rührt es an dessen Herz, der ein bewegtes Leben hinter sich hat und im kurzen Frieden der Feierstunde Rückblick hält... Madame Kethelsen weinte still und bitterlich, obgleich sie von allem fast nichts vernahm.

Und dann erhob sich die Konsulin. Sie ergriff die Hand ihres Enkels Johann und die ihrer Urenkelin Elisabeth und schritt durch das Zimmer. Die alten Herrschaften schlossen sich an, die jüngeren folgten, in der Säulenhalle gesellten sich die Dienstboten und die Hausarmen hinzu, und während alles einmütig »O Tannenbaum« anstimmte und Onkel Christian vorn die Kinder zum Lachen brachte, indem er beim Marschieren die Beine hob wie ein Hampelmann und alberner Weise »O Tantebaum« sang, zog man mit geblendeten Augen und einem Lächeln auf dem Gesicht durch die weitgeöffnete hohe Flügeltür direkt in den Himmel hinein.

Der ganze Saal, erfüllt von dem Dufte angesengter Tannenzweige, leuchtete und glitzerte von unzähligen kleinen Flammen, und das Himmelblau der Tapete mit ihren weißen Götterstatuen ließ den großen Raum noch heller erscheinen. Die Flämmchen der Kerzen, die dort zwischen den dunkelrot verhängten Fenstern den gewaltigen Tannenbaum bedeckten, welcher, geschmückt mit Silberflittern und großen, weißen Lilien, einen schimmernden Engel an seiner Spitze und ein plastisches Krippen-Arrangement zu seinen Füßen, fast bis zur Decke emporragte, flimmerten in der allgemeinen Lichtflut wie ferne Sterne. Denn auf der weißgedeckten Tafel, die sich lang und breit, mit den Geschenken beladen, von den Fenstern fast bis zur Türe zog, setzte sich eine Reihe kleinerer, mit Konfekt behängter Bäume fort, die ebenfalls von brennenden Wachslichtchen erstrahlten. Und es brannten die Gasarme, die aus den Wänden hervorkamen, und es brannten die dicken Kerzen auf den vergoldeten Kandelabern in allen vier Winkeln. Große Gegenstände, Geschenke, die auf der Tafel nicht Platz hatten, standen nebeneinander auf dem Fußboden. Kleinere Tische, ebenfalls weiß gedeckt, mit Gaben belegt und mit brennenden Bäumchen geschmückt, befanden sich zu den Seiten der beiden Türen: Das waren die Bescherungen der Dienstboten und der Hausarmen.

Singend, geblendet und dem altvertrauten Raume ganz entfremdet umschritt man einmal den Saal, defilierte an der Krippe vorbei, in der ein wächsernes Jesuskind das Kreuzeszeichen zu machen schien, und blieb dann, nachdem man Blick für die einzelnen Gegenstände bekommen hatte, verstummend an seinem Platze stehen.

Hanno war vollständig verwirrt. Bald nach dem Eintritt hatten seine fieberhaft suchenden Augen das Theater erblickt... ein Theater, das, wie es dort oben auf dem Tische prangte, von so extremer Größe und Breite erschien, wie er es sich vorzustellen niemals erkühnt hatte. Aber sein Platz hatte gewechselt, er befand sich an einer der vorjährigen entgegensetzten Stelle, und dies bewirkte, daß Hanno in seiner Verblüffung ernstlich daran zweifelte, ob dies fabelhafte Theater für ihn bestimmt sei. Hinzu kam, daß zu den Füßen der Bühne, auf dem Boden, etwas Großes, Fremdes aufgestellt war, etwas, was nicht auf seinem Wunschzettel gestanden hatte, ein Möbel, ein kommodenartiger Gegenstand... war er für ihn?

»Komm her, Kind, und sieh dir dies an«, sagte die Konsulin und öffnete den Deckel. »Ich weiß, du spielst gern Choräle... Herr Pfühl wird dir die nötigen Anweisungen geben... Man muß immer treten... manchmal schwächer und manchmal stärker... und dann die Hände nicht aufheben, sondern immer nur so peu à peu die Finger wechseln...«

Es war ein Harmonium, ein kleines, hübsches Harmonium, braun poliert, mit Metallgriffen an beiden Seiten, bunten Tretbälgen und einem zierlichen Drehsessel. Hanno griff einen Akkord... ein sanfter Orgelklang löste sich los und ließ die Umstehenden von ihren Geschenken aufblicken... Hanno umarmte seine Großmutter, die ihn zärtlich an sich preßte und ihn dann verließ, um die Danksagungen der anderen entgegenzunehmen.

Er wandte sich dem Theater zu. Das Harmonium war ein überwältigender Traum, aber er hatte doch fürs erste noch keine Zeit, sich näher damit zu beschäftigen. Es war der Überfluß des Glückes, in dem man, undankbar gegen das einzelne, alles nur flüchtig berührt, um erst einmal das Ganze übersehen zu lernen... Oh, ein Souffleurkasten war da, ein muschelförmiger Souffleurkasten, hinter dem breit und majestätisch in Rot und Gold der Vorhang emporrollte. Auf der Bühne war die Dekoration des letzten ›Fidelio‹-Aktes aufgestellt. Die armen Gefangenen falteten die Hände. Don Pizarro, mit gewaltig gepufften Ärmeln, verharrte irgendwo in fürchterlicher Attitüde. Und von hinten nahte im Geschwindschritt und ganz in schwarzem Sammet der Minister, um alles zum besten zu kehren. Es war wie im Stadt-Theater und beinahe noch schöner. In Hanno's Ohren widerhallte der Jubelchor, das Finale, und er setzte sich vor das Harmonium, um ein Stückchen daraus, das er behalten, zum Erklingen zu bringen... Aber er stand wieder auf, um das Buch zur Hand zu nehmen, das erwünschte Buch der griechischen Mythologie, das ganz rot gebunden war und eine goldene Pallas

Athene auf dem Deckel trug. Er aß von seinem Teller mit Konfekt, Marzipan und Braunen Kuchen, musterte die kleineren Dinge, die Schreibutensilien und Schulhefte, und vergaß einen Augenblick alles übrige über einem Federhalter, an dem sich irgendwo ein winziges Glaskörnchen befand, das man nur vors Auge zu halten brauchte, um wie durch Zauberspiel eine weite Schweizerlandschaft vor sich zu sehen...

Jetzt gingen Mamsell Severin und das Folgmädchen mit Tee und Biskuits umher, und während Hanno eintauchte, fand er ein wenig Muße, von seinem Platze aufzusehen. Man stand an der Tafel oder ging daran hin und her, plauderte und lachte, indem man einander die Geschenke zeigte und die des anderen bewunderte. Es gab da Gegenstände aus allen Stoffen: aus Porzellan, aus Nickel, aus Silber, aus Gold, aus Holz, Seide und Tuch. Große, mit Mandeln und Sukkade symmetrisch besetzte Braune Kuchen lagen abwechselnd mit massiven Marzipanbroten, die innen naß waren vor Frische, in langer Reihe auf dem Tische. Diejenigen Geschenke, die Frau Permaneder angefertigt oder dekoriert hatte, ein Arbeitsbeutel, ein Untersatz für Blattpflanzen, ein Fußkissen, waren mit großen Atlasschleifen geziert.

Dann und wann besuchte man den kleinen Johann, legte den Arm um seinen Matrosenkragen und nahm seine Geschenke mit der ironisch übertriebenen Bewunderung in Augenschein, mit der man die Herrlichkeiten der Kinder zu bestaunen pflegt. Nur Onkel Christian wußte nichts von diesem Erwachsenen-Hochmut, und seine Freude an dem Puppentheater, als er, einen Brillantring am Finger, den er von seiner Mutter beschert bekommen hatte, an Hanno's Platz vorüberschlenderte, unterschied sich gar nicht von der seines Neffen.

»Donnerwetter, das ist drollig!« sagte er, indem er den Vorhang auf- und niederzog und einen Schritt zurücktrat, um das szenische Bild zu betrachten. »Hast du dir das gewünscht? – So, das hast du dir also gewünscht«, sagte er plötzlich, nachdem er eine Weile mit sonderbarem Ernst und voll unruhiger Gedanken seine Augen hatte wandern lassen. »Warum? Wie kommst du auf den Gedanken? Bist du schon mal im Theater gewesen?

... Im ›Fidelio‹? Ja, das wird gut gegeben... Und nun willst du das nachmachen, wie? nachahmen, selbst Opern aufführen?... Hat es solchen Eindruck auf dich gemacht?... Hör mal, Kind, laß dir raten, hänge deine Gedanken nur nicht zu sehr an solche Sachen... Theater... und sowas... Das taugt nichts, glaube deinem Onkel. Ich habe mich auch immer viel zu sehr für diese Dinge interessiert, und darum ist auch nicht viel aus mir geworden. Ich habe große Fehler begangen, mußt du wissen...«

Er hielt das seinem Neffen ernst und eindringlich vor, während Hanno neugierig zu ihm aufsah. Dann jedoch, nach einer Pause, während welcher in Betrachtung des Theaters sein knochiges und verfallenes Gesicht sich aufhellte, ließ er plötzlich eine Figur sich auf der Bühne vorwärts bewegen und sang mit hohl krächzender und tremolierender Stimme: »Ha, welch gräßliches Verbrechen!« worauf er den Sessel des Harmoniums vor das Theater schob, sich setzte und eine Oper aufzuführen begann, indem er, singend und gestikulierend, abwechselnd die Bewegungen des Kapellmeisters und der agierenden Person vollführte. Hinter seinem Rücken versammelten sich mehrere Familienmitglieder, lachten, schüttelten den Kopf und amüsierten sich. Hanno sah ihm mit aufrichtigem Vergnügen zu. Nach einer Weile aber, ganz überraschend, brach Christian ab. Er verstummte, ein unruhiger Ernst überflog sein Gesicht, er strich mit der Hand über seinen Schädel und an seiner linken Seite hinab und wandte sich dann mit krauser Nase und sorgenvoller Miene zum Publikum.

»Ja, seht ihr, nun ist es wieder aus«, sagte er; »nun kommt wieder die Strafe. Es rächt sich immer gleich, wenn ich mir mal einen Spaß erlaube. Es ist kein Scherz, wißt ihr, es ist eine Qual... eine unbestimmte Qual, weil hier alle Nerven zu kurz sind. Sie sind ganz einfach alle zu kurz...«

Aber die Verwandten nahmen diese Klagen ebensowenig ernst wie seine Späße und antworteten kaum. Sie zerstreuten sich gleichgültig, und so saß denn Christian noch eine Zeitlang stumm vor dem Theater, betrachtete es mit schnellem und gedankenvollem Blinzeln und erhob sich dann.

»Na, Kind, amüsiere dich damit«, sagte er, indem er über Hanno's Haar strich. »Aber nicht zuviel... und vergiß deine ernsten Arbeiten nicht darüber, hörst du? Ich habe viele Fehler gemacht... Jetzt will ich aber in den Klub... Ich gehe ein bißchen in den Klub!« rief er den Erwachsenen zu. »Da feiern sie auch Weihnachten heut'. Auf Wiedersehn.« Und mit steifen, krummen Beinen ging er durch die Säulenhalle von dannen.

Alle hatten heute früher als sonst zu Mittag gegessen und sich daher mit Tee und Biskuits ausgiebig bedient. Aber man war kaum damit fertig, als große Kristallschüsseln mit einem gelben, körnigen Brei zum Imbiß herumgereicht wurden. Es war Mandel-Crème, ein Gemisch aus Eiern, geriebenen Mandeln und Rosenwasser, das ganz wundervoll schmeckte, das aber, nahm man ein Löffelchen zuviel, die furchtbarsten Magenbeschwerden verursachte. Dennoch, und obgleich die Konsulin bat, für das Abendbrot »ein kleines Loch offenzulassen«, tat man sich keinen Zwang an. Was Klothilde betraf, so vollführte sie Wunderdinge. Still und dankbar löffelte sie die Mandel-Crème, als wäre es Buchweizengrütze. Zur Erfrischung gab es auch Weingelee in Gläsern, wozu englischer Plumcake gegessen wurde. Nach und nach zog man sich ins Landschaftszimmer hinüber und gruppierte sich mit den Tellern um den Tisch.

Hanno blieb allein im Saale zurück, denn die kleine Elisabeth Weinschenk war nach Hause gebracht worden, während er dieses Jahr zum ersten Male zum Abendessen in der Mengstraße bleiben durfte, die Dienstmädchen und die Hausarmen hatten sich mit ihren Geschenken zurückgezogen, und Ida Jungmann plauderte in der Säulenhalle mit Riekchen Severin, obgleich sie, als Erzieherin, der Jungfer gegenüber gewöhnlich eine strenge gesellschaftliche Distanz innehielt. Die Lichter des großen Baumes waren herabgebrannt und ausgelöscht, so daß die Krippe nun im Dunkel lag; aber einzelne Kerzen an den kleinen Bäumen auf der Tafel brannten noch, und hie und da geriet ein Zweig in den Bereich eines Flämmchens, sengte knisternd an und verstärkte den Duft, der im Saale herrschte. Jeder Lufthauch, der die Bäume berührte, ließ die Stücke Flittergoldes, die daran befestig waren, mit einem zart metallischen Geräusch erschauern. Es war nun wieder still genug, die leisen Drehorgelklänge zu vernehmen, die von einer fernen Straße durch den kalten Abend daherkamen.

Hanno genoß die weihnachtlichen Düfte und Laute mit Hingebung. Er las, den Kopf in die Hand gestützt, in seinem Mythologiebuch, aß mechanisch und weil es zur Sache gehörte, Konfekt, Marzipan, Mandel-Crème und Plumcake, und die ängstliche Beklommenheit, die ein überfüllter Magen verursacht, vermischte sich mit der süßen Erregung des Abends zu einer wehmütigen Glückseligkeit. Er las von den Kämpfen, die Zeus zu bestehen hatte, um zur Herrschaft zu gelangen, und horchte dann und wann einen Augenblick ins Wohnzimmer hinüber, wo man Tante Klothildens Zukunft eingehend besprach.

Klothilde war weitaus die Glücklichste von allen an diesem Abend und nahm die Gratulationen und Neckereien, die ihr von allen Seiten zuteil wurden, mit einem Lächeln entgegen, das ihr aschgraues Gesicht verklärte; ihre Stimme brach sich beim Sprechen vor freudiger Bewegung. – Sie war in das »Johanniskloster« aufgenommen worden. Der Senator hatte ihr die Aufnahme unterderhand im Verwaltungsrat erwirkt, obgleich gewisse Herren heimlich über Nepotismus gemurrt hatten. Man unterhielt sich über diese dankenswerte Institution, die den adeligen Damenklöstern in Mecklenburg, Dobbertin und Ribnitz entsprach und die würdige Altersversorgung mittelloser Mädchen aus verdienter und alteingesessener Familie bezweckte. Der armen Klothilde war nun zu einer kleinen, aber sicheren Rente verholfen, die sich mit den Jahren steigern würde, und, für ihr Alter, wenn sie in die höchste Klasse aufgerückt sein würde, sogar zu einer friedlichen und reinlichen Wohnung im Kloster selbst...

Der kleine Johann verweilte ein wenig bei den Erwachsenen, aber er kehrte bald in den Saal zurück, der nun, da er weniger licht erstrahlte und mit seiner Herrlichkeit keine so verblüffte Scheu mehr hervorrief wie anfangs, einen Reiz von neuer Art ausübte. Es war ein ganz seltsames Vergnügen, wie auf einer halbdunklen Bühne nach Schluß der Vorstellung darin umherzustreifen und ein wenig hinter die Kulissen zu sehen: die Lilien des großen Tannenbaumes mit ihren goldnen Staubfäden aus der Nähe zu betrachten, die Tier- und Menschenfiguren des Krippenaufbaus in die Hand zu nehmen, die Kerze ausfindig zu machen, die den transparenten Stern über Bethlehems Stall hatte leuchten lassen, und das lang herabhängende Tafeltuch zu lüften, um der Menge von Kartons und Packpapieren gewahr zu werden, die unter dem Tisch aufgestapelt waren.

Auch gestaltete sich die Unterhaltung im Landschaftszimmer immer weniger anziehend. Mit unentrinnbarer Notwendigkeit war allmählich die eine, unheimliche Angelegenheit Gegenstand des Gespräches geworden, über die man bislang dem festlichen Abend zu Ehren geschwiegen, die aber fast keinen Augenblick aufgehört hatte, alle Gemüter zu beschäftigen: Direktor Weinschenks Prozeß. Hugo Weinschenk selbst hielt Vortrag darüber, mit einer gewissen wilden Munterkeit in Miene und Bewegungen. Er berichtete über Einzelheiten der nun durch das Fest unterbrochenen Zeugenvernehmung, tadelte lebhaft die allzu bemerkbare Voreingenommenheit des Präsidenten Doktor Philander und kritisierte mit souveränem Spott den höhnischen Ton, den der Staatsanwalt Doktor Hagenström gegen ihn und die Entlastungszeugen anzuwenden für passend erachte. Übrigens habe Breslauer verschiedene belastende Aussagen sehr witzig entkräftet und ihm aufs bestimmteste versichert, daß an eine Verurteilung vorläufig gar nicht zu denken sei. – Der Senator warf hie und da aus Höflichkeit eine Frage ein, und Frau Permaneder, die mit emporgezogenen Schultern auf dem Sofa saß, murmelte manchmal einen furchtbaren Fluch gegen Moritz Hagenström. Die übrigen aber schwiegen. Sie schwiegen so tief, daß auch der Direktor allmählich verstummte; und während drüben im Saale dem kleinen Hanno die Zeit schnell wie im Himmelreiche verging, lagerte im Landschaftszimmer eine schwere, beklommene, ängstliche Stille, die noch fortherrschte, als um halb neun Uhr Christian aus dem Klub von der Weihnachtsfeier der Junggesellen und Suitiers zurückkehrte.

Ein erkalteter Zigarrenstummel stak zwischen seinen Lippen, und seine hageren Wangen waren gerötet. Er kam durch den Saal und sagte, als er ins Landschaftszimmer trat:

»Kinder, der Saal ist doch wunderhübsch! Weinschenk, wir hätten heute eigentlich Breslauer mitbringen sollen; so was hat er sicher noch gar nicht gesehen.«

Ein stiller, strafender Seitenblick traf ihn aus den Augen der Konsulin. Er erwiderte ihn mit unbefangener und verständnislos fragender Miene. – Um neun Uhr ging man zu Tische.

Wie alljährlich an diesem Abend war in der Säulenhalle gedeckt worden. Die Konsulin sprach mit herzlichem Ausdruck das hergebrachte Tischgebet:

> »Komm, Herr Jesus, sei unser Gast
> Und segne, was du uns bescheret hast«,

woran sie, wie an diesem Abend ebenfalls üblich, eine kleine, mahnende Ansprache schloß, die hauptsächlich aufforderte, aller derer zu gedenken, die es an diesem Heiligen Abend nicht so gut hätten wie die Familie Buddenbrook... Und als dies erledigt war, setzte man sich mit gutem Gewissen zu einer nachhaltigen Mahlzeit nieder, die alsbald mit Karpfen in aufgelöster Butter und mit altem Rheinwein ihren Anfang nahm.

Der Senator schob ein paar Schuppen des Fisches in sein Portemonnaie, damit während des ganzen Jahres das Geld nicht darin ausgehe; Christian aber bemerkte trübe, das helfe ja doch nichts, und Konsul Kröger entschlug sich solcher Vorsichtsmaßregeln, da er ja keine Kursschwankungen mehr zu fürchten habe und mit seinen anderthalb Schillingen längst im Hafen sei. Der alte Herr saß möglichst weit entfernt von seiner Frau, mit der er seit Jahr und Tag beinahe kein Wort mehr sprach, weil sie nicht aufhörte, dem enterbten Jakob, der in London, Paris oder Amerika – nur sie wußte das bestimmt – sein entwurzeltes Abteurerleben führte, heimlich Geld zufließen zu lassen. Er runzelte finster die Stirn, als beim zweiten Gange sich das Gespräch den abwesenden Familienmitgliedern zuwandte und als er sah, wie die schwache Mutter sich die Augen trocknete. Man erwähnte die in Frankfurt und die in Hamburg, man gedachte auch ohne Übelwollen des Pastors Tiburtius in Riga, und der Senator stieß in aller Stille mit seiner Schwester Tony auf die Gesundheit der Herren Grünlich und Permaneder an, die in gewissem Sinne doch auch dazugehörten...

Der Puter, gefüllt mit einem Brei von Maronen, Rosinen und Äpfeln, fand das allgemeine Lob. Vergleiche mit denen früherer Jahre wurden angestellt, und es ergab sich, daß dieser seit langer Zeit der größte war. Es gab gebratene Kartoffeln, zweierlei Gemüse und zweierlei Kompott dazu, und die kreisenden Schüsseln enthielten Portionen, als ob es sich bei jeder einzelnen von ihnen nicht um eine Beigabe und Zutat, sondern um das Hauptgericht handelte, an dem alle sich sättigen sollten. Es wurde alter Rotwein von der Firma Möllendorpf getrunken.

Der kleine Johann saß zwischen seinen Eltern und verstaute mit Mühe ein weißes Stück Brustfleisch nebst Farce in seinem Magen. Er konnte nicht mehr soviel essen wie Tante Thilda, sondern fühlte sich müde und nicht sehr wohl; er war nur stolz darauf, daß er mit den Erwachsenen tafeln durfte, daß auch auf *seiner* kunstvoll gefalteten Serviette eins von diesen köstlichen, mit Mohn bestreuten Milchbrötchen gelegen hatte, daß auch vor *ihm* drei Weingläser standen, während er sonst aus dem kleinen, goldenen Becher, dem Patengeschenk Onkel Krögers, zu trinken pflegte... Aber als dann, während Onkel Justus einen ölgelben, griechischen Wein in die kleinsten Gläser zu schenken begann, die Eisbaisers erschienen – rote, weiße und braune –, wurde auch sein Appetit wieder rege. Er verzehrte, obgleich es ihm fast unerträglich weh an den Zähnen tat, ein rotes, dann die Hälfte eines weißen, mußte schließlich doch auch von den braunen, mit Schokolade-Eis gefüllten, ein Stück probieren, knusperte Waffeln dazu, nippte an dem süßen Wein und hörte auf Onkel Christian, der ins Reden gekommen war.

Er erzählte von der Weihnachtsfeier im Klub, die sehr fidel gewesen sei. »Du lieber Gott!« sagte er in jenem Tone, in dem er von Johnny Thunderstorm zu sprechen pflegte. »Die Kerls tranken Schwedischen Punsch wie Wasser!«

»Pfui«, bemerkte die Konsulin kurz und schlug die Augen nieder.

Aber er beachtete das nicht. Seine Augen begannen zu wandern, und Gedanken und Erinnerungen waren so lebendig in ihm, daß sie wie Schatten über sein hageres Gesicht huschten.

»Weiß jemand von euch«, fragte er, »wie es ist, wenn man zuviel Schwedischen Punsch getrunken hat? Ich meine nicht die Betrunkenheit, sondern das, was am nächsten Tag kommt, die Folgen... sie sind sonderbar und widerlich... ja, sonderbar und widerlich zu gleicher Zeit.«

»Grund genug, sie genau zu beschreiben«, sagte der Senator.

»Assez, Christian, dies interessiert uns durchaus nicht«, sagte die Konsulin.

Aber er überhörte es. Es war seine Eigentümlichkeit, daß in solchen Augenblicken keine Einrede zu ihm drang. Er schwieg eine Weile, und dann plötzlich schien das, was ihn bewegte, zur Mitteilung reif zu sein.

»Du gehst umher und fühlst dich übel«, sagte er und wandte sich mit krauser Nase an seinen Bruder. »Kopfschmerzen und unordentliche Eingeweide... nun ja, das gibt es auch bei anderen Gelegenheiten. Aber du fühlst dich *schmutzig*« – und Christian rieb mit gänzlich verzerrtem Gesicht seine Hände –, »du fühlst dich schmutzig und ungewaschen am ganzen Körper. Du wäschst deine Hände, aber es nützt nichts, sie fühlen sich feucht und unsauber an, und deine Nägel haben etwas Fettiges... Du badest dich, aber es hilft nichts, dein ganzer Körper scheint dir klebrig und unrein. Dein ganzer Körper ärgert dich, reizt dich, du bist dir selbst zum Ekel... Kennst du es, Thomas, kennst du es?«

»Ja, ja!« sagte der Senator mit abwehrender Handbewegung. Aber mit der seltsamen Taktlosigkeit, die mit den Jahren immer mehr an Christian hervortrat und ihn nicht daran denken ließ, daß diese Auseinandersetzung von der ganzen Tafelrunde peinlich empfunden wurde, daß sie in dieser Umgebung und an diesem Abend nicht am Platze war, fuhr er fort, den üblen Zustand nach übermäßigem Genuß von Schwedischem Punsch zu schildern, bis er glaubte, ihn erschöpfend charakterisiert zu haben, und allmählich verstummte.

Bevor man zu Butter und Käse überging, ergriff die Konsulin noch einmal das Wort zu einer kleinen Ansprache an die Ihrigen. Wenn auch nicht alles, sagte sie, im Laufe der Jahre sich so gestaltet habe, wie man es kurzsichtig und unweise erwünscht habe, so bleibe doch immer noch übergenug des sichtbarlichen Segens übrig, um die Herzen mit Dank zu erfüllen. Gerade der Wechsel von Glück und strenger Heimsuchung zeige, daß Gott seine Hand niemals von der Familie gezogen, sondern daß er ihre Geschicke nach tiefen und weisen Absichten gelenkt habe und lenke, die ungeduldig ergründen zu wollen man sich nicht erkühnen dürfe. Und nun wolle man, mit hoffendem Herzen, einträchtig anstoßen auf das Wohl der Familie, auf ihre Zukunft, jene Zukunft, die dasein werde, wenn die Alten und Älteren unter den Anwesenden längst in kühler Erde ruhen würden... auf die Kinder, denen das heutige Fest ja recht eigentlich gehöre...

Und da Direktor Weinschenks Töchterchen nicht mehr anwesend war, mußte der kleine Johann, während die Großen auch untereinander sich zutranken, allein einen Umzug um die Tafel halten, um mit allen, von der Großmutter bis zu Mamsell Severin hinab, anzustoßen. Als er zu seinem Vater kam, hob der Senator, indem er sein Glas dem des Kindes näherte, sanft Hanno's Kinn empor, um ihm in die Augen zu sehen... Er fand nicht seinen Blick; denn Hanno's lange, goldbraune Wimpern hatten sich tief, tief, bis auf die zart bläuliche Umschattung seiner Augen gesenkt.

Therese Weichbrodt aber ergriff seinen Kopf mit beiden Händen, küßte ihn mit leise knallendem Geräusch auf jede Wange und sagte mit einer Betonung, so herzlich, daß Gott ihr nicht widerstehen konnte:

»Sei glöcklich, du gutes Kend!«

– Eine Stunde später lag Hanno in seinem Bett, das jetzt in dem Vorzimmer stand, welches man vom Korridor der zweiten Etage aus betrat, und an das zur Linken das Ankleidekabinett des Senators stieß. Er lag auf dem Rücken, aus Rücksicht auf seinen

Magen, der sich mit all dem, was er im Laufe des Abends hatte in Empfang nehmen müssen, noch keineswegs ausgesöhnt hatte, und sah mit erregten Augen der guten Ida entgegen, die, schon in der Nachtjacke, aus ihrem Zimmer kam und mit einem Wasserglase vor sich in der Luft umrührende Kreisbewegungen beschrieb. Er trank das kohlensaure Natron rasch aus, schnitt eine Grimasse und ließ sich wieder zurückfallen.

»Ich glaube, nun muß ich mich erst recht übergeben, Ida.«

»Ach wo, Hannochen. Nur still auf dem Rücken liegen... Aber siehst du wohl? Wer hat dir mehrmals zugewinkt? Und wer nicht folgen wollt', war das Jungchen...«

»Ja, ja, vielleicht geht es auch gut... Wann kommen die Sachen, Ida?«

»Morgen früh, mein Jungchen.«

»Daß sie hier hereingesetzt werden! Daß ich sie gleich habe!«

»Schon gut, Hannochen, aber erst mal ausschlafen.« Und sie küßte ihn, löschte das Licht und ging.

Er war allein, und während er still liegend sich der segenvollen Wirkung des Natrons überließ, entzündete sich vor seinen geschlossenen Augen der Glanz des Bescherungssaales aufs neue. Er sah sein Theater, sein Harmonium, sein Mythologie-Buch und hörte irgendwo in der Ferne das »Jauchze laut, Jerusalem« der Chorknaben. Alles flimmerte. Ein mattes Fieber summte in seinem Kopfe, und sein Herz, das von dem revoltierenden Magen ein wenig beengt und beängstigt wurde, schlug langsam, stark und unregelmäßig. In einem Zustand von Unwohlsein, Erregtheit, Beklommenheit, Müdigkeit und Glück lag er lange und konnte nicht schlafen.

Morgen kam der dritte Weihnachtsabend an die Reihe, die Bescherung bei Therese Weichbrodt, und er freute sich darauf als auf ein kleines burleskes Spiel. Therese Weichbrodt hatte im vorigen Jahre ihr Pensionat gänzlich aufgegeben, so daß nun Madame Kethelsen das Stockwerk und sie selbst das Erdgeschoß des kleinen Hauses am Mühlenbrink allein bewohnte. Die Beschwerden nämlich, die ihr mißglückter und gebrechlicher kleiner Körper ihr verursachte, hatten mit den Jahren zugenommen, und in aller

547

Sanftmut und christlichen Bereitwilligkeit nahm Sesemi Weichbrodt an, daß ihre Abberufung nahe bevorstehe. Daher hielt sie auch seit mehreren Jahren schon jedes Weihnachtsfest für ihr letztes und suchte der Feier, die sie in ihren kleinen, fürchterlich überheizten Stuben veranstaltete, so viel Glanz zu verleihen, wie in ihren schwachen Kräften stand. Da sie nicht viel zu kaufen vermochte, so verschenkte sie jedes Jahr einen neuen Teil ihrer bescheidenen Habseligkeiten und baute unter dem Baume auf, was sie nur entbehren konnte: Nippsachen, Briefbeschwerer, Nadelkissen, Glasvasen und Bruchstücke ihrer Bibliothek, alte Bücher in drolligen Formaten und Einbänden, das ›Geheime Tagebuch von einem Beobachter Seiner Selbst‹, Hebels ›Alemannische Gedichte‹, Krummachers ›Parabeln‹... Hanno besaß schon von ihr eine Ausgabe der ›Pensées de Blaise Pascal‹, die so winzig war, daß man nicht ohne Vergrößerungsglas darin lesen konnte.

»Bischof« gab es in unüberwindlichen Mengen, und die mit Ingwer bereiteten Braunen Kuchen Sesemi's waren ungeheuer schmackhaft. Niemals aber, dank der bebenden Hingabe, mit der Fräulein Weichbrodt jedesmal ihr letztes Weihnachtsfest beging,– niemals verfloß dieser Abend, ohne daß eine Überraschung, ein Malheur, irgendeine kleine Katastrophe sich ereignet hätte, die die Gäste zum Lachen brachte und die stumme Leidenschaftlichkeit der Wirtin noch erhöhte. Eine Kanne mit »Bischof« stürzte und überschwemmte alles mit der roten, süßen, würzigen Flüssigkeit... Oder es fiel der geputzte Baum von seinen hölzernen Füßen, genau in dem Augenblick, wenn man feierlich das Bescherungszimmer betrat... Im Einschlafen sah Hanno den Unglücksfall des vorigen Jahres vor Augen: Es war unmittelbar vor der Bescherung. Therese Weichbrodt hatte mit soviel Nachdruck, daß alle Vokale ihre Plätze gewechselt hatten, das Weihnachtskapitel verlesen und trat nun von ihren Gästen zurück zur Tür, um von hier aus eine kleine Ansprache zu halten. Sie stand auf der Schwelle, bucklig, winzig, die alten Hände vor ihrer Kinderbrust zusammengelegt; die grünseidnen Bänder ihrer Haube fielen auf ihre zerbrechlichen Schultern, und zu ihren Häupten, über der Tür, ließ ein mit Tannenzweigen umkränztes Transparent die Worte leuchten »Ehre sei Gott in der Höhe!« Und Sesemi sprach von Gottes Güte, sie erwähnte, daß dies ihr letztes Weihnachtsfest sei, und schloß damit, daß sie alle mit des Apostels Worten zur Fröhlichkeit aufforderte, wobei sie von oben bis unten erzitterte, so sehr nahm ihr ganzer kleiner Körper Anteil an dieser Mahnung. »Freuet euch!« sagte sie, indem sie den Kopf auf die Seite legte und ihn heftig schüttelte. »Und abermal sage ich: Freuet euch!« In diesem Augenblick aber ging über ihr mit einem puffenden, fauchenden und knisternden Geräusch das ganze Transparent in Flammen auf, so daß Mademoiselle Weichbrodt mit einem kleinen Schreckenslaut und einem Sprunge von ungeahnter und pittoresker Behendigkeit sich dem Funkenregen entziehen mußte, der auf sie herniederging...

Hanno erinnerte sich dieses Sprunges, den das alte Mädchen vollführt hatte, und während mehrerer Minuten lachte er ganz ergriffen, irritiert und nervös belustigt, leise und unterdrückt in sein Kissen hinein.

9.

Frau Permaneder ging die Breite Straße entlang, sie ging in großer Eile. Etwas Aufgelöstes lag in ihrer Haltung, und nur flüchtig war mit Schultern und Haupt die majestätische Würde angedeutet, die sonst auf der Straße ihre Gestalt umgab. Bedrängt, gehetzt und in höchster Eile, hatte sie gleichsam nur ein wenig davon zusammengerafft, wie ein geschlagener König den Rest seiner Truppen an sich zieht, um sich mit ihm in die Arme der Flucht zu werfen...

Ach, sie sah nicht gut aus! Ihre Oberlippe, diese etwas hervorstehende und gewölbte Oberlippe, die ehemals dazu beigetragen hatte, ihr Gesicht so hübsch zu machen, bebte jetzt, ihre Augen waren angstvoll vergrößert und blickten mit einem exaltierten Zwinkern, gleichsam vorwärts hastend, geradeaus... ihre Frisur kam sichtlich zerzaust unter dem Kapotthut hervor, und ihr

Antlitz zeigte jene mattgelbliche Färbung, die es annahm, wenn der Zustand ihres Magens sich verschlechterte.

Ja, es stand schlecht um ihren Magen in dieser Zeit; an den Donnerstagen konnte die gesamte Familie die Verschlimmerung beobachten. Wie man die Klippe zu vermeiden suchte – das Gespräch strandete an dem Prozeß Hugo Weinschenks, Frau Permaneder selbst führte es unwiderstehlich darauf zu; und dann begann sie zu fragen, Gott und alle Welt furchtbar erregt um Antwort anzugehen, wie es möglich sei, daß Staatsanwalt Moritz Hagenström nachts ruhig schlafen könne! Sie begriff es nicht, sie würde es niemals fassen... und dabei wuchs ihre Aufregung bei jedem Worte. »Ich danke, ich esse nichts«, sagte sie und schob alles von sich, indem sie die Schultern erhob, den Kopf zurücklegte und sich einsam auf die Höhe ihrer Entrüstung zurückzog, um nichts als Bier zu sich zu nehmen, kaltes, bayerisches Bier, das sie seit der Zeit ihrer Münchener Ehe zu trinken gewöhnt war, in ihren leeren Magen hinabzugießen, dessen Nerven in Aufruhr waren, und der sich bitter rächte. Denn gegen Ende der Mahlzeit mußte sie sich erheben, in den Garten oder den Hof hinuntergehen und dort, gestützt auf Ida Jungmann oder Riekchen Severin, die fürchterlichsten Übelkeiten erdulden. Ihr Magen entledigte sich seines Inhaltes und fuhr dann fort, sich qualvoll zusammenzuziehen, um in diesem Krampfzustande minutenlang zu verharren; unfähig, noch etwas von sich zu geben, würgte und litt sie so lange Zeit...

Es war etwa drei Uhr nachmittags, ein windiger, regnerischer Januartag. Als Frau Permaneder zur Ecke der Fischergrube gelangt war, bog sie ein und eilte die abschüssige Straße hinunter und in das Haus ihres Bruders. Nach hastigem Klopfen trat sie vom Flur aus in das Comptoir, ließ ihren Blick über die Pulte hin zu dem Fensterplatz des Senators fliegen und machte eine so bittende Kopfbewegung, daß Thomas Buddenbrook unverzüglich die Feder beiseite legte und ihr entgegenging.

»Nun?« fragte er, indem er eine Braue emporzog...

»Einen Augenblick, Thomas... etwas Dringendes... es duldet keinen Aufschub...«

Er öffnete ihr die gepolsterte Tür zu seinem Privat-Bureau, zog sie hinter sich zu, als sie beide eingetreten waren, und sah seine Schwester fragend an.

»Tom«, sagte sie mit wankender Stimme und rang die Hände in ihrem Pelzmuff, »du mußt es hergeben... vorläufig auslegen... du mußt sie, bitte, stellen, die Kaution... Wir haben sie nicht... Woher sollten wir jetzt fünfundzwanzigtausend Courantmark nehmen?... Du wirst sie voll und ganz zurückbekommen... ach, wohl nur zu bald... du verstehst... es ist eingetreten, daß... kurz, der Prozeß ist auf dem Punkte, daß Hagenström sofortige Verhaftung oder eine Kaution von fünfundzwanzigtausend Courantmark beantragt hat. Und Weinschenk gibt dir sein Ehrenwort, an Ort und Stelle zu bleiben...«

»Ist es wirklich so weit gekommen«, sagte der Senator kopfschüttelnd.

»Ja, dahin haben sie es gebracht, die Schurken, die Elenden...!« Und mit einem Aufschluchzen ohnmächtigen Zornes sank Frau Permaneder in den mit Wachstuch überzogenen Sessel, der neben ihr stand. »Und sie werden es noch weiter bringen, Tom, sie werden es bis ans Ende führen...«

»Tony«, sagte er und setzte sich schräg vor den Mahagonischreibtisch, schlug ein Bein über das andere und stützte den Kopf in die Hand... »Sprich aufrichtig, glaubst du noch an seine Unschuld?«

Sie schluchzte ein paarmal und antwortete dann leise und verzweifelt:

»Ach nein, Tom... Wie könnte ich das wohl? Gerade ich, die soviel Böses erleben mußte? Ich habe es von Anfang an nicht recht gekonnt, obgleich ich mich so ehrlich bemüht habe. Das Leben, weißt du, macht es einem so furchtbar schwer, an die Unschuld irgendeines Menschen zu glauben... Ach nein, mich haben schon seit langem Zweifel an seinem guten Gewissen gequält, und Erika selbst... sie ist irre an ihm geworden... sie hat es mir mit Weinen gestanden... irre an ihm geworden durch sein Betragen zu Hause. Wir haben natürlich geschwiegen... Seine Außenseite wurde immer rauher... und dabei verlangte er immer strenger, daß Erika heiter sein und seine Sorgen zerstreuen sollte, und zerschlug Geschirr, wenn sie ernst war. Du weißt nicht, wie es war, wenn er sich spät abends noch stundenlang mit seinen Akten einschloß... und wenn man klopfte, so hörte man, wie er aufsprang und rief: ›Wer ist da! Was ist da!‹...«

Sie schwiegen.

»Aber möge er doch schuldig sein! Möge er sich doch vergangen haben!« begann Frau Permaneder aufs neue, und hierbei schwoll ihre Stimme an. »Er hat nicht für seine Tasche gearbeitet, sondern für die der Gesellschaft; und dann... Herr du mein Gott, es gibt doch Rücksichten zu beobachten in diesem Leben, Tom! Er hat nun einmal in unsere Familie hineingeheiratet... er gehört nun einmal zu uns... Man kann einen von uns doch nicht ins Gefängnis sperren, grundgütiger Himmel!...«

Er zuckte die Achseln.

»Du zuckst die Achseln, Tom... Du bist also willens, es zu dulden, es hinzunehmen, daß dieses Geschmeiß sich erfrecht, der Sache die Krone aufzusetzen? Man muß doch irgend etwas tun! Er darf doch nicht verurteilt werden!... Du bist doch des Bürgermeisters rechte Hand... mein Gott, kann der Senat ihn denn nicht sofort begnadigen?... Ich will dir sagen... eben, bevor ich zu dir kam, war ich im Begriffe, zu Cremer zu gehen und ihn auf alle Weise anzuflehen, er möge intervenieren, möge in die Sache eingreifen... Er ist Polizeichef...«

»Oh, Kind, was für Torheiten.«

»Torheiten, Tom? – Und Erika? Und das Kind?« sagte sie und hob ihm flehend den Muff entgegen, in dem ihre beiden Hände steckten. Dann schwieg sie einen Augenblick und ließ die Arme sinken; ihr Mund verbreitete sich, ihr Kinn, das sich kraus zusammenzog, geriet in zitternde Bewegung, und während unter ihren gesenkten Lidern zwei große Tränen hervorquollen, fügte sie ganz leise hinzu:

»Und ich...?«

»Oh, Tony, Courage!« sagte der Senator, und gerührt und ergriffen von ihrer Hülflosigkeit rückte er ihr nahe, um ihr tröstend das Haar zurückzustreichen. »Noch ist nicht aller Tage Abend. Noch ist er ja nicht verurteilt. Es kann ja alles gut gehen. Jetzt stelle ich erst einmal die Kaution, ich sage natürlich nicht nein dazu. Und dann ist Breslauer ja ein schlauer Mensch...«

Sie schüttelte weinend den Kopf.

»Nein, Tom, es wird nicht gut gehen, ich glaube nicht daran. Sie werden ihn verurteilen und einstecken, und dann kommt eine schwere Zeit für Erika und das Kind und mich. Ihre Mitgift ist nicht mehr da, sie steckt in der Ausstattung, in den Möbeln und den Bildern... und beim Verkaufe bekommt man kaum ein Viertel heraus... Und das Gehalt haben wir immer verbraucht... Weinschenk hat nichts zurückgelegt. Wir werden wieder zu Mutter ziehen, wenn sie es erlaubt, bis er wieder auf freiem Fuße ist... und dann wird es beinahe noch schlimmer, denn wohin dann mit ihm und uns?... Wir können einfach auf den Steinen sitzen«, sagte sie schluchzend.

»Auf den Steinen?«

»Nun ja, das ist eine Redewendung... eine bildliche... Ach nein, es wird nicht gut gehen. Auf mich ist zu vieles herabgekommen... ich weiß nicht, womit ich es verdient habe... aber ich kann nicht mehr hoffen. Nun wird es Erika ergehen, wie es mir mit Grünlich und Permaneder ergangen ist... Aber jetzt kannst du es sehen, jetzt kannst du es aus nächster Nähe beurteilen, wie es ist, wie es kommt, wie es über einen hereinbricht! Kann man nun etwas dafür? Tom, ich bitte dich, kann man nun etwas dafür!« wiederholte sie und nickte ihm trostlos fragend, mit großen, tränenvollen Augen zu. »Alles ist fehlgeschlagen und hat sich zum Unglück gewandt, was ich unternommen habe... Und ich habe so gute Absichten gehabt, Gott weiß es!... Ich habe immer so innig gewünscht, es zu etwas zu bringen im Leben und ein bißchen Ehre einzulegen... Nun bricht auch dies zusammen. So muß es enden... Das Letzte...«

Und an seinen Arm gelehnt, den er besänftigend um sie gelegt hatte, weinte sie über ihr verfehltes Leben, in dem nun die letzten Hoffnungen erloschen waren.

Eine Woche später ward Direktor Hugo Weinschenk zu einer Gefängnisstrafe von drei Jahren und einem halben verurteilt und sofort in Haft genommen.

Der Andrang zu der Sitzung, welche die Plaidoyers gebracht hatte, war sehr groß gewesen, und Rechtsanwalt Doktor Breslauer aus Berlin hatte geredet, wie man niemals einen Menschen hatte reden hören. Der Makler Siegismund Gosch ging wochenlang zischend vor Begeisterung über diese Ironie, dieses Pathos, diese Rührung umher, und Christian Buddenbrook, der ebenfalls zugegen gewesen war, stellte sich im Klub hinter einen Tisch, legte ein Paket Zeitungen als Akten vor sich hin und lieferte eine vollendete Kopie des Verteidigers. Übrigens erklärte er zu Hause, die Jurisprudenz sei der schönste Beruf, ja, das wäre ein Beruf für ihn gewesen... Selbst Staatsanwalt Doktor Hagenström, der ja ein Schöngeist war, tat private Äußerungen, die dahin gingen, daß Breslauers Rede ihm einen wirklichen Genuß bereitet habe. Aber das Talent des berühmten Advokaten hatte nicht gehindert, daß die Juristen der Stadt ihm auf die Schulter geklopft und ihm in aller Bonhomie mitgeteilt hatten, sie ließen sich nichts weismachen...

Dann, nachdem die Verkäufe, die nach des Direktors Verschwinden notwendig wurden, beendet waren, begann man in der Stadt Hugo Weinschenk zu vergessen. Aber die Damen Buddenbrook aus der Breiten Straße bekannten nun donnerstags an der Familientafel: sofort, beim ersten Anblicke dieses Mannes hätten sie es ihm an den Augen angesehen, daß mit ihm nicht alles in Ordnung sei, daß sein Charakter voller Makel sein müsse, und daß es kein gutes Ende mit ihm nehmen werde. Rücksichten, die nicht lieber außer acht gelassen zu haben sie jetzt bedauerten, hätten sie veranlaßt, über diese traurige Erkenntnis Stillschweigen zu beobachten.

Neunter Teil

(Paul Ehrenberg, dem tapferen Maler, zur Erinnerung an unsere Münchener musikalisch-literarischen Abende.)

1.

Hinter den beiden Herren, dem alten Doktor Grabow und dem jungen Doktor Langhals, einem Angehörigen der Familie Langhals, der etwa seit einem Jahre in der Stadt praktizierte, trat Senator Buddenbrook aus dem Schlafzimmer der Konsulin in das Frühstückszimmer und schloß die Tür.

»Darf ich Sie bitten, meine Herren... auf einen Augenblick«, sagte er und führte sie die Treppe hinauf, über den Korridor und durch die Säulenhalle ins Landschaftszimmer, wo des feuchten und kalten Herbstwetters wegen schon geheizt war. »Meine Spannung wird Ihnen begreiflich sein... nehmen Sie Platz! Beruhigen Sie mich, wenn es irgend möglich ist!«

»Potztausend, mein lieber Senator!« antwortete Doktor Grabow, der sich, das Kinn in der Halsbinde, bequem zurückgelehnt hatte und die Hutkrempe mit beiden Händen gegen seinen Magen gestemmt hielt, während Doktor Langhals, ein untersetzter, brünetter Herr mit spitzgeschnittenem Bart, aufrecht stehendem Haar, schönen Augen und einem eitlen Gesichtsausdruck, seinen Zylinder neben sich auf den Teppich gestellt hatte und seine außerordentlich kleinen, schwarzbehaarten Hände betrachtete... »Für irgendwelche ernstliche Beunruhigung ist natürlich fürs erste platterdings keine Ursache vorhanden; ich bitte Sie... eine Patientin von der verhältnismäßigen Widerstandskraft unserer verehrten Frau Konsulin... Meiner Treu, als gedienter Ratgeber kenne ich diese Widerstandskraft. Für ihre Jahre wirklich erstaunlich... was ich Ihnen sage...«

»Ja, eben, in ihren Jahren...« sagte der Senator unruhig und drehte an der langen Spitze seines Schnurrbartes.

»Ich sage natürlich nicht, daß Ihre liebe Frau Mutter wird morgen wieder spazieren gehen können«, fuhr Doktor Grabow sanftmütig fort. »Diesen Eindruck wird die Patientin nicht auf Sie gemacht haben, lieber Senator. Es ist ja nicht zu leugnen, daß der Katarrh seit vierundzwanzig Stunden eine ärgerliche Wendung genommen hat. Der Schüttelfrost gestern abend gefiel mir nicht recht, und heute gibt es da nun wahrhaftig ein bißchen Seitenstechen und Kurzluftigkeit. Etwas Fieber ist auch vorhanden – oh, unbedeutend, aber es ist Fieber. Kurz, lieber Senator, man muß sich wohl mit der vertrackten Tatsache abfinden, daß die Lunge ein bißchen affiziert ist...«

»Lungenentzündung also?« fragte der Senator und blickte von einem Arzte zum andern...

»Ja, – Pneumonia«, sagte Doktor Langhals mit ernster und korrekter Verbeugung.

»Allerdings, eine kleine, rechtsseitige Lungenentzündung«, antwortete der Hausarzt, »die wir sehr sorgfältig zu lokalisieren trachten müssen...«

»Danach ist immerhin Grund zu ernster Besorgnis vorhanden?« Der Senator saß ganz still und sah dem Sprechenden unverwandt ins Gesicht.

»Besorgnis? Oh... wir müssen, wie gesagt, darum besorgt sein, die Erkrankung einzuschränken, den Husten zu mildern, dem Fieber zu Leibe zu gehen... nun, das Chinin wird seine Schuldigkeit tun... Und dann noch eins, lieber Senator... Keine Schreckhaftigkeit den einzelnen Symptomen gegenüber, nicht wahr? Sollte sich die Atemnot ein wenig verstärken, sollte in der Nacht vielleicht etwas Delirium stattfinden, oder morgen ein bißchen Auswurf sich einstellen... wissen Sie, so ein rotbräunlicher Auswurf, wenn auch Blut dabei ist... Das ist alles durchaus logisch, durchaus zur Sache gehörig, durchaus normal. Bereiten Sie, bitte, auch unsere liebe, verehrte Madame Permaneder darauf vor, die ja die Pflege mit soviel Hingebung leitet... A propos, wie geht es ihr? Ich habe ganz und gar zu fragen vergessen, wie es in den letzten Tagen mit ihrem Magen gewesen ist...«

»Wie gewöhnlich. Ich weiß nichts Neues. Die Sorge um ihr Befinden tritt ja jetzt naturgemäß etwas zurück...«

»Versteht sich. Übrigens... mir kommt dabei ein Gedanke. Ihre Frau Schwester hat Ruhe nötig, besonders in der Nacht, und Mamsell Severin allein dürfte doch wohl nicht ausreichen... wie wäre es mit einer Pflegerin, lieber Senator? Wir haben da unsere guten katholischen Grauen Schwestern, für die Sie immer so wohlwollend eintreten... Die Schwester Oberin wird sich freuen, Ihnen dienen zu können.«

»Sie halten das also für nötig?«

»Ich bringe es in Vorschlag. Es ist so angenehm... Die Schwestern sind unschätzbar. Sie wirken mit ihrer Erfahrenheit und Besonnenheit so beruhigend auf die Kranken... gerade bei diesen Krankheiten, die, wie gesagt, mit einer Reihe von etwas unheimlichen Symptomen verbunden sind... Also, um es zu wiederholen: ruhig Blut, nicht wahr, mein lieber Senator? Übrigens werden wir ja sehen... wir werden ja sehen... Wir sprechen ja heute abend noch einmal vor...«

»Zuversichtlich«, sagte Doktor Langhals, nahm seinen Zylinder und erhob sich gleichzeitig mit seinem älteren Kollegen. Aber der Senator blieb noch sitzen, er war noch nicht fertig, hatte noch eine Frage im Sinne, wollte noch eine Probe machen...

»Meine Herren«, sagte er, »ein Wort noch... Mein Bruder Christian ist nervös, kurz, verträgt nicht viel... Raten Sie mir, ihm von der Erkrankung Mitteilung zu machen? Ihm vielleicht... die Rückkehr nahezulegen –?«

»Ihr Bruder Christian ist nicht in der Stadt?«

»Nein, in Hamburg. Vorübergehend. In Geschäften, soviel ich weiß...«

Doktor Grabow warf seinem Kollegen einen Blick zu; dann schüttelte er dem Senator lachend die Hand und sagte:

»Also lassen wir ihn ruhig bei seinen Geschäften! Warum ihn unnütz erschrecken? Sollte irgendeine Wendung in dem Befinden eintreten, die seine Anwesenheit wünschenswert macht, sagen wir: um die Patientin zu beruhigen, ihre Stimmung zu heben... nun, so wird ja immer noch Zeit sein... immer noch Zeit...«

Während die Herren über Säulenhalle und Korridor zurückgingen und auf dem Treppenabsatz ein Weilchen stehenblieben, sprachen sie über andere Dinge, über Politik, über die Erschütterungen und Umwälzungen des kaum beendeten Krieges...

»Nun, jetzt kommen gute Zeiten, wie, Herr Senator? Geld im Lande... Und frische Stimmung weit und breit...«

Und der Senator stimmte dem halb und halb bei. Er bestätigte, daß der Ausbruch des Krieges den Verkehr in Getreide von Rußland zu großem Aufschwung gebracht habe, und erwähnte der großen Dimensionen, die damals Hafer-Import zum Zwecke der Armee-Lieferung angenommen habe. Aber der Profit habe sich sehr ungleich verteilt...

Die Ärzte gingen, und Senator Buddenbrook wandte sich, um noch einmal in das Krankenzimmer zurückzukehren. Er überlegte, was Grabow gesagt hatte... Es hatte soviel Hinterhältiges darin gelegen... Man hatte gefühlt, wie er sich vor einer entschiedenen Äußerung hütete. Das einzige klare Wort war »Lungenentzündung« gewesen, und dieses Wort wurde nicht tröstlicher dadurch, daß Doktor Langhals es in die Sprache der Wissenschaft übersetzt hatte. Lungenentzündung in den Jahren der Konsulin... Schon, daß es zwei Ärzte waren, die kamen und gingen, gab der Sache einen beunruhigenden Aspekt. Grabow hatte das ganz leichthin und fast unmerklich arrangiert. Er gedenke, sich über kurz oder lang zur Ruhe zu setzen, hatte er gesagt, und da der junge Langhals berufen sei, seine Praxis zu übernehmen, so mache er – Grabow – sich ein Vergnügen daraus, ihn hie und da schon jetzt heranzuziehen und einzuführen...

Als der Senator in das halbdunkle Schlafzimmer trat, war seine Miene munter und seine Haltung energisch. Er war so gewöhnt daran, Sorge und Müdigkeit unter einem Ausdruck von überlegener Sicherheit zu verbergen, daß beim Öffnen der Tür diese Maske beinahe von selbst infolge eines ganz kurzen Willensaktes über sein Gesicht geglitten war.

Frau Permaneder saß an dem Himmelbett, dessen Vorhänge zurückgeschlagen waren, und hielt die Hand ihrer Mutter, die, von Kissen gestützt, den Kopf dem Eintretenden zuwandte und ihm mit ihren hellblauen Augen forschend ins Gesicht sah. Es war ein Blick voll beherrschter Ruhe und von angespannter, unausweichlicher Eindringlichkeit, der, da er ein wenig von der Seite kam, beinahe etwas Lauerndes hatte. Abgesehen von der Blässe der Haut, die auf den Wangen ein paar Flecke von fieberiger Röte hervortreten ließ, zeigte dies Gesicht durchaus keine Mattigkeit und Schwäche. Die alte Dame war sehr aufmerksam bei der Sache, aufmerksamer noch als ihre Umgebung, denn am Ende war sie die zunächst Beteiligte. Sie mißtraute dieser Krankheit und war ganz und gar nicht gewillt, sich aufs Ohr zu legen und den Dingen nachgiebig ihren Lauf zu lassen...

»Was haben sie gesagt, Thomas?« fragte sie mit so bestimmter und lebhafter Stimme, daß sich sofort ein heftiger Husten einstellte, den sie mit geschlossenen Lippen zurückzuhalten suchte, der aber hervorbrach und sie zwang, die Hand gegen ihre rechte Seite zu pressen.

»Sie haben gesagt«, antwortete der Senator, als der Anfall vorüber war, und streichelte ihre Hand..., »sie haben gesagt, daß unsere gute Mutter in ein paar Tagen wieder auf den Füßen sein wird. Daß du das noch nicht kannst, weißt du, das liegt daran, daß dieser dumme Husten natürlich die Lunge ein bißchen angegriffen hat... es ist nicht gerade Lungenentzündung«, sagte er, da er sah, daß ihr Blick noch eindringlicher wurde..., »obgleich ja auch das noch nicht das Ende aller Dinge wäre, ach, da gibt es Schlimmeres! Kurz, die Lunge ist etwas gereizt, sagen die beiden, und damit mögen sie wohl recht haben... Wo ist denn die Severin?«

»Zur Apotheke«, sagte Frau Permaneder.

»Seht ihr, die ist schon wieder in der Apotheke, und du, Tony, siehst aus, als wolltest du jeden Augenblick einschlafen. Nein, das geht nicht länger. Wenn es auch nur für ein paar Tage ist... wir müssen eine Pflegerin hier haben, meint ihr nicht auch? Wartet, ich lasse jetzt gleich bei meiner Grauen-Schwester-Oberin anfragen, ob eine disponibel ist...«

»Thomas«, sagte die Konsulin jetzt mit behutsamer Stimme, um den Hustenreiz nicht wieder zu entfesseln, »glaube mir, du erregst Anstoß mit deiner beständigen Protektion der Katholischen gegenüber den Schwarzen Protestantischen. Du hast den einen direkte Vorteile verschafft und tust nichts für die anderen. Ich versichere dich, Pastor Pringsheim hat sich neulich mit deutlichen Worten bei mir darüber beklagt...«

»Ja, das nützt ihm gar nichts. Ich bin überzeugt, daß die Grauen Schwestern treuer, hingebender, aufopferungsfähiger sind als die Schwarzen. Diese Protestantinnen, das ist nicht das Wahre. Das will sich alles bei erster Gelegenheit verheiraten... Kurzum, sie sind irdisch, egoistisch, ordinär... Die Grauen sind degagierter, ja, ganz sicher, sie stehen dem Himmel näher. Und gerade weil sie mir Dank schulden, sind sie vorzuziehen. Was ist Schwester Leandra uns nicht gewesen, als Hanno Zahnkrämpfe hatte! Ich will nur hoffen, daß sie frei ist...«

Und Schwester Leandra kam. Sie legte still ihre kleine Handtasche, ihren Umhang und die graue Haube ab, die sie über der weißen trug, und ging, während der Rosenkranz, der an ihrem Gürtel hing, leise klapperte, mit sanften und freundlichen Worten und Bewegungen an ihre Arbeit. Sie pflegte die verwöhnte und nicht immer geduldige Kranke Tag und Nacht und zog sich dann stumm und fast beschämt über die menschliche Schwäche, der sie unterlag, zurück, um sich von einer anderen Schwester ablösen zu lassen, zu Hause ein wenig zu schlafen und dann zurückzukehren.

Denn die Konsulin verlangte beständigen Dienst an ihrem Bette. Je mehr sich ihr Zustand verschlimmerte, desto mehr wandte sich ihr ganzes Denken, ihr ganzes Interesse ihrer Krankheit zu, die sie mit Furcht und einem offenkundigen, naiven Haß beobachtete. Sie, die ehemalige Weltdame, mit ihrer stillen, natürlichen und dauerhaften Liebe zum Wohlleben und zum Leben überhaupt, hatte ihre letzten Jahre mit Frömmigkeit und Wohltätigkeit erfüllt... warum? Vielleicht nicht nur aus

Pietät gegen ihren verstorbenen Gatten, sondern auch aus dem unbewußten Triebe, den Himmel mit ihrer starken Vitalität zu versöhnen und ihn zu veranlassen, ihr dereinst, trotz ihrer zähen Anhänglichkeit an das Leben, einen sanften Tod zu vergönnen? Aber sie konnte nicht sanft sterben. Manches schmerzlichen Erlebnisses ungeachtet war ihre Gestalt vollständig ungebeugt und ihr Auge klar geblieben. Sie liebte es, gute Mahlzeiten zu halten, sich vornehm und reich zu kleiden, das Unerfreuliche, was um sie her bestand oder geschah, zu übersehen, zu vertuschen und wohlgefällig an dem hohen Ansehen teilzunehmen, das ihr ältester Sohn sich weit und breit verschafft hatte. Diese Krankheit, diese Lungenentzündung war in ihrem aufrechten Körper eingebrochen, ohne daß irgendwelche seelische Vorarbeit ihr das Zerstörungswerk erleichtert hätte... jene Minierarbeit des Leidens, die uns langsam und unter Schmerzen dem Leben selbst oder doch den Bedingungen entfremdet, unter denen wir es empfangen haben, und in uns die süße Sehnsucht nach einem Ende, nach anderen Bedingungen oder nach dem Frieden erweckt... Nein, die alte Konsulin fühlte wohl, daß sie trotz der christlichen Lebensführung ihrer letzten Jahre nicht eigentlich bereit war, zu sterben, und der unbestimmte Gedanke, daß, sollte dies ihre letzte Krankheit sein, diese Krankheit ganz selbständig, in letzter Stunde und in gräßlicher Eile, mit Körperqualen ihren Widerstand zerbrechen und die Selbstaufgabe herbeiführen müsse, erfüllte sie mit Angst.

Sie betete viel; aber fast mehr noch überwachte sie, sooft sie bei Besinnung war, ihren Zustand, fühlte selbst ihren Puls, maß ihr Fieber, bekämpfte ihren Husten... Der Puls aber ging schlecht, das Fieber stieg desto höher, nachdem es ein wenig gefallen war, und warf sie aus Schüttelfrösten in hitzige Delirien, der Husten, der mit inneren Schmerzen verbunden war und blutigen Auswurf zutage förderte, nahm zu, und Atemnot ängstigte sie. Das alles aber kam daher, daß jetzt nicht mehr nur ein Lappen der rechten Lunge, sondern die ganze rechte Lunge in Mitleidenschaft gezogen war, ja, daß, wenn nicht alles täuschte, auch schon an der linken Seite Spuren des Vorganges bemerkbar waren, den Doktor Langhals, indem er seine Fingernägel besah, »Hepatisation« nannte, und über den Doktor Grabow sich lieber gar nicht weiter ausließ... Das Fieber zehrte unablässig. Der Magen begann zu versagen. Unaufhaltsam, mit zäher Langsamkeit, schritt der Kräfteverfall vorwärts.

Sie verfolgte ihn, nahm, wenn sie irgend dazu imstande war, eifrig die konzentrierte Nahrung, die man ihr bot, hielt sorglicher noch als ihre Pflegerinnen die Stunden des Medizinierens inne und war von alldem so in Anspruch genommen, daß sie beinahe nur noch mit den Ärzten sprach und wenigstens nur im Gespräche mit ihnen aufrichtiges Interesse an den Tag legte. Besuche, die anfänglich vorgelassen wurden, Freundinnen, Mitglieder des »Jerusalemsabends«, alte Damen aus der Gesellschaft und Pastorsgattinnen, empfing sie apathisch oder mit zerstreuter Herzlichkeit und entließ sie rasch. Ihre Angehörigen empfanden peinlich die Gleichgültigkeit, mit der die alte Dame ihnen begegnete; sie nahm sich wie eine Art Geringschätzung aus, die besagte: ›Ihr könnt mir ja doch nicht helfen.‹ Selbst dem kleinen Hanno, der in einer erträglichen Stunde eingelassen wurde, strich sie nur flüchtig über die Wange und wandte sich dann ab. Es war, als wollte sie sagen: ›Kinder, ihr seid alle liebe Leute, aber ich – ich muß vielleicht sterben!‹ Die beiden Ärzte dagegen empfing sie mit lebhafter und interessierter Wärme, um eingehend mit ihnen zu konferieren...

Eines Tages erschienen die alten Damen Gerhardt, die Nachkommen Paul Gerhardts. Sie kamen mit ihren Mantillen, ihren tellerartigen Hüten und ihren Provianttaschen von Armenbesuchen, und man konnte ihnen nicht verwehren, ihre kranke Freundin zu sehen. Man ließ sie allein mit ihr, und Gott allein weiß, was sie zu ihr sprachen, während sie an ihrem Bette saßen. Als sie aber gingen, waren ihre Augen und Gesichtszüge noch klarer, noch milder und selig verschlossener als vorher, und drinnen lag die Konsulin mit ebensolchen Augen und ebensolchem Gesichtsausdruck, lag ganz still, ganz friedlich, friedlicher als jemals, ihr Atem ging selten und sanft, und sie fiel ersichtlich von Schwäche zu Schwäche. Frau Permaneder, die den Damen

Gerhardt ein starkes Wort nachmurmelte, schickte sofort zu den Ärzten, und kaum erschienen die beiden Herren im Rahmen der Tür, als eine vollständige, eine verblüffende Veränderung mit der Konsulin vor sich ging. Sie erwachte, sie geriet in Bewegung, sie richtete sich beinahe auf. Der Anblick dieser Männer, dieser beiden notdürftig unterrichteten Mediziner gab sie mit einem Schlage der Erde wieder. Sie streckte ihnen die Hände entgegen, beide Hände, und fing an:

»Seien Sie mir willkommen, meine Herren! Die Sachen stehen nun so, daß heute im Lauf des Tages...«

Aber es war längst der Tag gekommen, da die doppelseitige Lungenentzündung nicht mehr wegzuleugnen gewesen war.

»Ja, mein lieber Herr Senator«, hatte Doktor Grabow gesagt und Thomas Buddenbrooks Hände genommen... »Wir haben es nicht verhindern können, es ist nun doppelseitig, und das ist immer bedenklich, wie Sie so gut wissen wie ich, ich mache Ihnen kein X für ein U... Es ist, ob der Patient nun zwanzig oder siebenzig Jahre alt ist, in jedem Falle eine Sache, die man ernst nehmen muß, und wenn Sie mich daher heute noch einmal fragten, ob Sie Ihrem Herrn Bruder Christian schreiben, ihm vielleicht ein kleines Telegramm schicken sollten, so würde ich nicht abraten, ich würde mich besinnen, Sie davon abzuhalten... Wie geht es ihm übrigens? Ein spaßhafter Mann; ich habe ihn immer herzlich gern gehabt... Um Gottes willen, ziehen Sie keine übertriebenen Folgerungen aus meinen Worten, lieber Senator! Nicht als ob nun eine unmittelbare Gefahr vorläge... ach was, ich bin töricht, das Wort in den Mund zu nehmen! Aber unter diesen Verhältnissen, wissen Sie, muß man immer aus der Ferne mit unvorhersehbaren Zufälligkeiten rechnen... Mit Ihrer verehrten Frau Mutter als Patientin sind wir ja ganz außerordentlich zufrieden. Sie hilft uns wacker, sie läßt uns nicht im Stich... nein, ohne Kompliment, als Patientin ist sie unübertrefflich! Und darum hoffen, mein lieber Herr Senator, hoffen! Lassen Sie uns immer das Beste hoffen!«

Aber es kommt ein Augenblick, von dem an die Hoffnung der Angehörigen etwas Künstliches und Unaufrichtiges ist. Schon hat sich eine Veränderung mit dem Kranken vollzogen, und etwas der Person Fremdes, die er im Leben darstellte, ist in seinem Benehmen. Gewisse, seltsame Worte kommen aus seinem Munde, auf die wir nicht zu antworten verstehen, und die ihm gleichsam den Rückweg abschneiden und ihn dem Tode verpflichten. Und wäre er uns der Liebste, wir können nach alldem nicht mehr wollen, daß er aufstehe und wandle. Würde er es dennoch tun, so würde er Grauen um sich verbreiten wie einer, der dem Sarge entstiegen ...

Gräßliche Merkmale der beginnenden Auflösung zeigten sich, während die Organe, von einem zähen Willen in Gang gehalten, noch arbeiteten. Da, seit die Konsulin sich mit einem Katarrh hatte zu Bette legen müssen, Wochen vergangen waren, so hatten sich durch das Liegen an ihrem Körper mehrere Wunden gebildet, die sich nicht mehr schlossen und in einen fürchterlichen Zustand übergingen. Sie schlief nicht mehr; erstens, weil Schmerz, Husten und Atemnot sie daran hinderten, dann aber, weil sie selbst sich gegen den Schlaf auflehnte und sich an das Wachsein klammerte. Nur für Minuten ging ihr Bewußtsein im Fieber unter; aber auch bei bewußten Sinnen sprach sie laut mit Personen, die längst gestorben waren. Eines Nachmittags in der Dämmerung sagte sie plötzlich mit lauter, etwas ängstlicher, aber inbrünstiger Stimme: »Ja, mein lieber Jean, ich komme!« Und die Unmittelbarkeit dieser Antwort war so täuschend, daß man nachträglich die Stimme des verstorbenen Konsuls zu hören glaubte, der sie gerufen hatte.

Christian traf ein; er kam von Hamburg, woselbst er, wie er sagte, Geschäfte gehabt hatte, und verweilte übrigens nur kurze Zeit im Krankenzimmer; dann verließ er es, indem er sich über die Stirn strich, die Augen wandern ließ und sagte: »Das ist ja furchtbar ... Das ist ja furchtbar ... Ich kann es nun nicht mehr.«

Auch Pastor Pringsheim erschien, streifte Schwester Leandra mit einem kalten Blick und betete mit modulierender Stimme am Bette der Konsulin.

Und dann kam die kurze Besserung, das Aufflackern, ein Nachlassen des Fiebers, eine täuschende Rückkehr der Kräfte,

ein Stillewerden der Schmerzen, ein paar klare und hoffnungs-
volle Äußerungen, die den Umstehenden Tränen der Freude in
die Augen trieben...

»Kinder, wir behalten sie, ihr sollt sehen, wir behalten sie
trotz alledem!« sagte Thomas Buddenbrook. »Wir haben sie
Weihnachten bei uns und erlauben nicht, daß sie sich dabei auf-
regt wie sonst...«

Aber schon in der nächstfolgenden Nacht, kurze Zeit nach-
dem Gerda und ihr Gatte zu Bette gegangen waren, wurden sie
von seiten Frau Permaneders in die Mengstraße berufen, da die
Kranke mit dem Tode kämpfe. Der Wind fuhr in den kalten
Regen, der herniederging, und trieb ihn prasselnd gegen die
Fensterscheiben.

Als der Senator und seine Frau das Zimmer betraten, das von
den Kerzen zweier Armleuchter erhellt war, die auf dem Tische
brannten, waren die beiden Ärzte schon zugegen. Auch Christian war aus seinem Zimmer heruntergeholt worden und saß
irgendwo, indem er dem Himmelbette den Rücken zuwandte
und die Stirn, tief gebückt, in beide Hände stützte. Man erwartete den Bruder der Kranken, Konsul Justus Kröger, nach dem
ebenfalls geschickt worden war. Frau Permaneder und Erika
Weinschenk hielten sich leise schluchzend am Fußende des Bettes. Schwester Leandra und Mamsell Severin hatten nichts mehr
zu tun und blickten betrübt in das Gesicht der Sterbenden.

Die Konsulin lag, von mehreren Kissen gestützt, auf dem
Rücken, und ihre beiden Hände, diese schönen, mattblau geäderten Hände, die nun so mager, so ganz abgezehrt waren, strei-
chelten hastig und unaufhörlich, mit zitternder Eilfertigkeit die
Steppdecke. Ihr Kopf, mit einer weißen Nachthaube bedeckt,
wandte sich ohne Unterlaß, mit entsetzenerregender Taktmä-
ßigkeit, von einer Seite zur anderen. Ihr Mund, dessen Lippen
einwärts gezogen zu sein schienen, öffnete und schloß sich
schnappend bei jedem qualvollen Atmungsversuch, und ihre
eingesunkenen Augen irrten hülfesuchend umher, um hie und
da mit einem erschütternden Ausdruck von Neid auf einer der
anwesenden Personen haftenzubleiben, die angekleidet waren

und atmen konnten, denen das Leben gehörte und die nichts weiter zu tun vermochten, als das Liebesopfer zu bringen, das darin bestand, den Blick auf dieses Bild gerichtet zu halten. Und die Nacht rückte vor, ohne daß eine Veränderung eingetreten wäre.

»Wie lange kann es noch dauern?« fragte Thomas Buddenbrook leise und zog den alten Doktor Grabow in den Hintergrund des Zimmers, während Doktor Langhals gerade irgendeine Injektion an der Kranken vornahm. Auch Frau Permaneder, das Taschentuch am Munde, trat herzu.

»Ganz unbestimmt, lieber Herr Senator«, antwortete Doktor Grabow. »Ihre Frau Mutter kann in fünf Minuten erlöst sein, und sie kann noch Stunden lang leben... ich kann Ihnen nichts sagen. Es handelt sich um das, was man Stickfluß nennt... ein Ödem...«

»Ich weiß es«, sagte Frau Permaneder und nickte in ihr Taschentuch, während die Tränen über ihre Wangen rannen. »Es kommt bei Lungenentzündungen oft vor... Es hat sich dann so eine wässerige Flüssigkeit in den Lungenbläschen angesammelt, und wenn es schlimm wird, so kann man nicht mehr atmen... Ja, ich weiß es...«

Die Hände vor sich gefaltet, blickte der Senator zum Himmelbette hinüber.

»Wie furchtbar sie leiden muß!« flüsterte er.

»Nein!« sagte Doktor Grabow ebenso leise, aber mit ungeheurer Autorität und legte sein langes, mildes Gesicht in entschiedene Falten... »Das täuscht, glauben Sie mir, liebster Freund, das täuscht! Das Bewußtsein ist sehr getrübt... Es sind allergrößten Teiles Reflexbewegungen, was Sie da sehen... Glauben Sie mir...«

Und Thomas antwortete: »Gott gebe es!« – Aber jedes Kind hätte es an den Augen der Konsulin sehen können, daß sie ganz und gar bei Bewußtsein war und alles empfand...

Man nahm seine Plätze wieder ein... Auch Konsul Kröger war eingetroffen und saß, über die Krücke seines Stockes gebeugt, mit geröteten Augen am Bette.

Die Bewegungen der Kranken hatten zugenommen. Eine schreckliche Unruhe, eine unsägliche Angst und Not, ein unentrinnbares Verlassenheits- und Hülflosigkeitsgefühl ohne Grenzen mußte diesen dem Tode ausgelieferten Körper vom Scheitel bis zur Sohle erfüllen. Ihre Augen, diese armen, flehenden, wehklagenden und suchenden Augen schlossen sich bei den röchelnden Drehungen des Kopfes manchmal mit brechendem Ausdruck oder erweiterten sich so sehr, daß die kleinen Adern des Augapfels blutrot hervortraten. Und keine Ohnmacht kam!

Kurz nach drei Uhr sah man, wie Christian aufstand. »Ich kann es nun nicht mehr«, sagte er und ging, indem er sich auf die Möbelstücke stützte, die an seinem Wege standen, lahmend zur Tür hinaus. – Übrigens waren Erika Weinschenk sowohl wie Mamsell Severin, eingelullt wahrscheinlich von den einförmigen Schmerzenslauten, auf ihren Stühlen eingeschlafen und blühten rosig im Schlummer.

Um vier Uhr ward es schlimmer und schlimmer. Man stützte die Kranke und trocknete ihr den Schweiß von der Stirn. Die Atmung drohte gänzlich zu versagen, und die Ängste nahmen zu. »Etwas zu schlafen…!« brachte sie hervor. »Ein Mittel…!« Aber man war weit entfernt davon, ihr etwas zu schlafen zu geben.

Plötzlich begann sie wieder zu antworten, auf etwas, was die anderen nicht hörten, wie sie es schon einmal getan hatte. »Ja, Jean, nicht lange mehr!«… Und gleich darauf: »Ja, liebe Clara, ich komme!…«

Und dann begann der Kampf aufs neue… War es noch ein Kampf mit dem Tode? Nein, sie rang jetzt mit dem Leben um den Tod. »Ich will gerne…« keuchte sie…, »ich kann nicht… Was zu schlafen!… Meine Herren, aus Barmherzigkeit! was zu schlafen…!«

Dieses »aus Barmherzigkeit« machte, daß Frau Permaneder laut aufweinte und Thomas leise stöhnte, indem er einen Augenblick seinen Kopf mit den Händen erfaßte. Aber die Ärzte kannten ihre Pflicht. Es galt unter allen Umständen, dieses Leben den Angehörigen so lange wie nur irgend möglich zu erhalten, während ein Betäubungsmittel sofort ein widerstandsloses Aufgeben des Geistes bewirkt haben würde. Ärzte waren nicht auf der Welt, den Tod herbeizuführen, sondern das Leben um jeden Preis zu konservieren. Dafür sprachen außerdem gewisse religiöse und moralische Gründe, von denen sie auf der Universität sehr wohl gehört hatten, wenn sie ihnen im Augenblick auch nicht gegenwärtig waren... Sie stärkten im Gegenteil mit verschiedenen Mitteln das Herz und brachten durch Brechreiz mehrere Male eine momentane Erleichterung hervor.

Um fünf Uhr konnte der Kampf nicht mehr furchtbarer werden. Die Konsulin, im Kampfe aufgerichtet und mit weit geöffneten Augen, stieß mit den Armen um sich, als griffe sie nach einem Haltepunkt oder nach Händen, die sich ihr entgegenstreckten, und antwortete nun unaufhörlich in die Luft hinein nach allen Seiten auf Rufe, die nur sie vernahm, und die immer zahlreicher und dringlicher zu werden schienen. Es war, als ob nicht nur ihr verstorbener Gatte und ihre Tochter, sondern auch ihre Eltern, Schwiegereltern und mehrere andere, ihr im Tode vorangegangene Anverwandte irgendwo anwesend waren, und sie nannte Vornamen, von denen niemand im Zimmer sofort hätte sagen können, welche Verstorbenen damit gemeint seien. »Ja!« rief sie und wandte sich nach verschiedenen Richtungen... »Jetzt komme ich... Sofort... Diesen Augenblick noch... So... Ich kann nicht... Ein Mittel, meine Herren...«

Um halb sechs trat ein Augenblick der Ruhe ein. Und dann, ganz plötzlich, ging über ihre gealterten und vom Leiden zerrissenen Züge ein Zucken, eine jähe, entsetzte Freude, eine tiefe, schauernde, furchtsame Zärtlichkeit, blitzschnell breitete sie die Arme aus, und mit einer so stoßartigen und unvermittelten Schnelligkeit, daß man fühlte: zwischen dem, was sie gehört, und ihrer Antwort lag nicht ein Augenblick – rief sie laut mit dem Ausdruck des unbedingtesten Gehorsams und einer grenzenlosen, angst- und liebevollen Gefügigkeit und Hingebung: »Hier bin ich!«... und verschied.

Alle waren zusammengeschrocken. Was war das gewesen? Wer hatte gerufen, daß sie sofort gefolgt war?

Jemand zog den Fenstervorhang zurück und löschte die Kerzen, während Doktor Grabow mit mildem Gesicht der Toten die Augen schloß.

Alle fröstelten in dem fahlen Herbstmorgen, der nun das Zimmer erfüllte. Schwester Leandra verkleidete den Toilettenspiegel mit einem Tuche.

2.

Durch die offene Tür sah man im Sterbezimmer Frau Permaneder im Gebete liegen. Sie befand sich allein und kniete, ihre Trauergewänder um sich her auf dem Boden ausgebreitet, in der Nähe des Bettes, an einem Stuhle, indem sie die fest gefalteten Hände auf dem Sitze ruhen ließ und gebeugten Hauptes murmelte... Sie hörte sehr wohl, daß ihr Bruder und ihre Schwägerin das Frühstückszimmer betraten, in dessen Mitte sie unwillkürlich stehenblieben, um das Ende der Andacht zu erwarten; aber sie beeilte sich deswegen nicht sonderlich, ließ zum Schlusse ihr trockenes Räuspern ertönen, nahm mit langsamer Feierlichkeit ihr Kleid zusammen, erhob sich und ging ihren Verwandten ohne eine Spur von Verwirrung in vollkommen würdiger Haltung entgegen.

»Thomas«, sagte sie nicht ohne Härte, »was die Severin betrifft, so scheint es mir, daß die selige Mutter eine Natter an ihrem Busen genährt hat.«

»Wieso?«

»Ich bin voll Ärger über sie. Man könnte die Fassung verlieren und sich vergessen... Hat dies Weib ein Recht, einem den Schmerz dieser Tage in so ordinärer Weise zu vergällen?«

»Aber was ist es denn?«

»Erstens einmal ist sie von einer empörenden Habsucht. Sie geht an den Schrank, nimmt Mutters seidene Kleider heraus, packt sie über den Arm und will sich zurückziehen. ›Riekchen‹, sage ich, ›wohin damit?‹ – ›Das hat Frau Konsul mir versprochen!‹ – ›Liebe Severin!‹ sage ich und gebe ihr in aller Zurückhaltung das Voreilige ihrer Handlungsweise zu bedenken. Meinst du, daß es etwas nützt? Sie nimmt nicht nur die seidenen Kleider, sie nimmt auch noch ein Paket Wäsche und geht. Ich kann mich doch nicht mit ihr prügeln, nicht wahr?... Und nicht sie allein... auch die Mädchen... Waschkörbe voller Kleider und Leinenzeug werden aus dem Hause geschafft... Das Personal teilt sich unter meinen Augen in die Sachen, denn die Severin hat die Schlüssel zu den Schränken. ›Fräulein Severin!‹ sage ich, ›ich wünsche die Schlüssel.‹ Was antwortet sie mir? Sie erklärt mir mit deutlichen und gewöhnlichen Worten, ich hätte ihr nichts zu sagen, sie stände nicht bei mir in Dienst, ich hätte sie nicht engagiert, sie werde die Schlüssel behalten, bis sie gehe!«

»Hast du die Schlüssel zum Silberzeug? – Gut. Laß dem übrigen seinen Lauf. Dergleichen ist unvermeidlich, wenn ein Haushalt aufgelöst wird, in dem zuletzt sowieso schon ein bißchen lax regiert wurde. Ich will jetzt keinen Lärm machen. Das Weißzeug ist alt und defekt... Übrigens werden wir ja sehen, was noch da ist. Hast du die Verzeichnisse? Auf dem Tische? Gut. Wir werden ja gleich sehen.«

Und sie traten in das Schlafzimmer, um ein Weilchen still nebeneinander an dem Bette stehen zu bleiben, nachdem Frau Antonie das weiße Tuch vom Gesicht der Toten genommen hatte. Die Konsulin war schon in dem seidenen Gewand, in welchem sie heute nachmittag im Saale droben aufgebahrt werden sollte; es war achtundzwanzig Stunden nach ihrem letzten Atemzuge. Mund und Wangen waren, da die künstlichen Zähne fehlten, greisenhaft eingefallen, und das Kinn schob sich schroff und eckig aufwärts. Alle drei bemühten sich schmerzlich, während sie auf diese unerbittlich tief und fest geschlossenen Augenlider blickten, in diesem Antlitz das ihrer Mutter wiederzuerkennen. Aber unter der Haube, die die alte Dame sonntags getragen, saß wie im Leben das rötlichbraune, glattgescheitelte Toupet, über das die Damen Buddenbrook aus der Breiten Straße sich so oft lustig gemacht hatten... Blumen lagen verstreut auf der Steppdecke.

»Es sind schon die prachtvollsten Kränze gekommen«, sagte Frau Permaneder leise. »Von allen Familien... ach, einfach von aller Welt! Ich habe alles auf den Korridor hinaufschaffen lassen; ihr müßt es euch später ansehen, Gerda und Tom. Es ist traurig-schön. Atlasschleifen von dieser Größe...«

»Wie weit ist es mit dem Saal?« fragte der Senator.

»Bald fertig, Tom. Fast bereit. Tapezierer Jakobs hat sich alle Mühe gegeben. Auch der...« und sie schluckte einen Augenblick..., »auch der Sarg ist vorhin gekommen. Aber ihr müßt nun ablegen, ihr Lieben«, fuhr sie fort und zog behutsam das weiße Tuch an seinen Platz zurück. »Hier ist es kalt, aber im Frühstückszimmer ist ein bißchen geheizt... Laß dir helfen, Gerda; mit einem so prachtvollen Umhang muß man vorsichtig umgehen... Darf ich dir einen Kuß geben? Du weißt, ich liebe dich, wenn du mich auch immer verabscheut hast... Nein, ich verderbe dir nicht die Frisur, wenn ich dir den Hut abnehme... Dein schönes Haar! Solches Haar hat Mutter auch in ihrer Jugend gehabt. Sie war ja niemals so herrlich wie du, aber es hat doch eine Zeit gegeben, und ich war schon auf der Welt, wo sie eine wirklich schöne Erscheinung gewesen ist. Und nun... Ist es nicht wahr, was euer Grobleben immer sagt: Wir müssen alle zu Moder werden –? Ein so einfacher Mann er ist... Ja, Tom, das sind die hauptsächlichsten Verzeichnisse.«

Sie waren ins Nebenzimmer zurückgekehrt und setzten sich an den runden Tisch, während der Senator die Papiere zur Hand nahm, auf welchen die Gegenstände verzeichnet standen, die unter die nächsten Erben verteilt werden sollten... Frau Permaneder ließ das Gesicht ihres Bruders nicht aus den Augen, sie beobachtete es mit erregtem und gespanntem Ausdruck. Es gab etwas, eine schwere, unabwendbare Frage, auf die ihr ganzes Denken ängstlich gerichtet war und die in der nächsten Stunde zur Sprache kommen mußte...

»Ich denke«, fing der Senator an, »wir halten den üblichen Grundsatz fest, daß Geschenke zurückgehen, so daß also...«

Seine Frau unterbrach ihn.

»Verzeih, Thomas, mir scheint... Christian... wo ist er denn?«

»Ja, mein Gott, Christian!« rief Frau Permaneder. »Wir vergessen ihn ja!«

»Richtig«, sagte der Senator und ließ die Papiere sinken. »Wird er denn nicht gerufen?«

Und Frau Permaneder ging zum Glockenzug. Aber in demselben Augenblick öffnete schon Christian selbst die Tür und trat ein. Er kam ziemlich rasch ins Zimmer, schloß die Tür nicht ganz geräuschlos und blieb mit zusammengezogenen Brauen stehen, indem er seine kleinen, runden, tiefliegenden Augen, ohne jemanden anzublicken, von einer Seite zur anderen wandern ließ und seinen Mund unter dem buschigen, rötlichen Schnurrbart in unruhiger Bewegung öffnete und schloß... Er schien sich in einer Art trotziger und gereizter Stimmung zu befinden.

»Ich höre, daß ihr da seid«, sagte er kurz. »Wenn über die Sachen gesprochen werden soll, so muß ich doch benachrichtigt werden.«

»Wir waren im Begriffe«, antwortete der Senator gleichgültig. »Nimm nur Platz.«

Dabei aber blieben seine Augen auf den weißen Knöpfen haften, mit denen Christians Hemd geschlossen war. Er selbst war in tadelloser Trauerkleidung, und auf seinem Hemdeinsatz, welcher, am Kragen von der breiten, schwarzen Schleife abgeschlossen, blendend weiß aus der Umrahmung des schwarzen Tuchrockes hervortrat, saßen statt der goldenen, die er zu tragen pflegte, schwarze Knöpfe. Christian bemerkte den Blick, denn während er einen Stuhl herbeizog und sich setzte, berührte er mit der Hand seine Brust und sagte:

»Ich weiß, daß ich weiße Knöpfe trage. Ich bin noch nicht dazu gekommen, mir schwarze zu kaufen, oder vielmehr, ich habe es unterlassen. Ich habe mir in den letzten Jahren oft fünf Schillinge für Zahnpulver leihen und mit einem Streichholz zu Bette gehen müssen... ich weiß nicht, ob ich so ausschließlich schuld daran bin. Übrigens sind schwarze Knöpfe in der Welt ja nicht die Hauptsache. Ich liebe die Äußerlichkeiten nicht. Ich habe nie Wert darauf gelegt.«

Gerda betrachtete ihn, während er sprach, und lachte nun leise. Der Senator bemerkte:

»Die letzte Behauptung kannst du wohl auf die Dauer nicht vertreten, mein Lieber.«

»So? Vielleicht weißt du es besser, Thomas. Ich sage nur dies, daß ich auf solche Sachen kein Gewicht lege. Ich habe zu viel von der Welt gesehen, habe unter zu verschiedenen Menschen mit zu verschiedenen Sitten gelebt, als daß ich... Übrigens bin ich ein erwachsener Mensch«, sagte er plötzlich laut, »ich bin dreiundvierzig Jahre alt, ich bin mein eigener Herr und darf jedem verwehren, sich in meine Angelegenheiten zu mischen.«

»Mir scheint, du hast etwas auf dem Herzen, mein Freund«, sagte der Senator erstaunt. »Was die Knöpfe betrifft, so habe ich ja, wenn mich nicht alles täuscht, noch kein Wort darüber verloren. Regle deine Trauertoilette ganz nach Geschmack; nur glaube nicht, daß du mit deiner billigen Vorurteilslosigkeit Eindruck auf mich machst...«

»Ich will gar keinen Eindruck auf dich machen...«

»Tom... Christian...« sagte Frau Permaneder. »Wir wollen doch keinen gereizten Ton anschlagen... heute... und hier, wo nebenan... Fahr fort, Thomas. Geschenke gehen also zurück? Das ist nicht mehr als billig.«

Und Thomas fuhr fort. Er fing mit den größeren Gegenständen an und schrieb sich diejenigen zu, die er für sein Haus gebrauchen konnte: die Kandelaber des Eßsaales, die große geschnitzte Truhe, die auf der Diele stand. Frau Permaneder war mit außerordentlichem Eifer bei der Sache und hatte, sobald der künftige Besitzer irgendeines Dinges nur ein wenig zweifelhaft war, eine unvergleichliche Art, zu sagen: »Nun, ich bin bereit, es zu übernehmen...«, mit einer Miene, als verpflichte sie sich mit ihrer Opferwilligkeit die ganze Welt zu Danke. Sie erhielt für sich, ihre Tochter und ihre Enkelin weitaus den größten Teil des Ameublements.

Christian hatte einige Möbelstücke, eine Empire-Stutzuhr und sogar das Harmonium bekommen, und er zeigte sich zufrieden damit. Als aber die Verteilung sich dem Silber- und Weißzeug sowie dem verschiedenen Speise-Service zuwandte, begann er zu dem Erstaunen aller einen Eifer merken zu lassen, der sich fast wie Habsucht ausnahm.

»Und ich? Und ich?« fragte er... »Ich bitte doch, mich nicht ganz und gar zu vergessen...«

»Wer vergißt dich denn? Ich habe dir ja... sieh doch her, ich habe dir ja schon ein ganzes Tee-Service mit silbernem Tablett zugeschrieben. Für das Sonntags-Service mit der Vergoldung haben doch wohl nur wir Verwendung, und...«

»Das alltägliche mit Zwiebelmuster bin ich bereit zu übernehmen«, sagte Frau Permaneder.

»Und ich?!« rief Christian mit jener Entrüstung, die ihn zuweilen befallen konnte, seine Wangen noch hagerer erscheinen ließ und ihm so seltsam zu Gesichte stand... »Ich möchte doch an dem Eßgeschirr beteiligt werden! Wieviele Löffeln und Gabeln bekomme ich denn? Ich sehe, ich bekomme beinahe nichts!...«

»Aber Bester, was willst du denn mit den Sachen anfangen! Du wirst ja gar keine Verwendung dafür haben! Ich begreife nicht... Es ist doch besser, solche Dinge bleiben im Familiengebrauch...«

»Und wenn es auch nur als Andenken an Mutter wäre«, sagte Christian trotzig.

»Lieber Freund«, erwiderte der Senator ziemlich ungeduldig..., »ich bin nicht aufgelegt, zu scherzen... aber deinen Worten nach zu urteilen, scheint es, als wolltest du dir als Andenken an Mutter eine Suppenterrine auf die Kommode stellen? Ich bitte, doch nicht anzunehmen, daß wir dich übervorteilen wollen. Was du an Effekten weniger erhältst, wird dir natürlich demnächst in anderer Form ersetzt werden. Es ist mit dem Weißzeug ebenso...«

»Ich wünsche kein Geld, ich wünsche Wäsche und Eßgeschirr.«

»Aber wozu denn, um alles in der Welt?«

Jetzt aber gab Christian eine Antwort, die bewirkte, daß Gerda Buddenbrook sich ihm eilig zuwandte und ihn mit einem rätselhaften Ausdruck in ihren Augen musterte, der Senator rasch das Pincenez von der Nase nahm und ihm starr ins Gesicht blickte, und Frau Permaneder sogar die Hände faltete. Er sagte nämlich:

»Na, mit einem Worte, ich denke, mich über kurz oder lang zu verheiraten.«

Er tat diesen Ausspruch ziemlich leise und schnell, mit einer kurzen Handbewegung, als würfe er seinem Bruder über den Tisch hin etwas zu, worauf er sich zurücklehnte und mit einer mürrischen, gleichsam beleidigten und merkwürdig zerstreuten Miene seine Augen haltlos umherschweifen ließ. Eine längere Pause trat ein. Endlich sagte der Senator:

»Man muß gestehen, Christian, diese Pläne kommen etwas spät... gesetzt natürlich, daß es reelle und ausführbare Pläne sind, nicht von der Art derer, die du aus Unüberlegtheit früher schon einmal der seligen Mutter vorgelegt hast...«

»Meine Absichten sind dieselben geblieben«, sagte Christian, immer ohne jemanden anzusehen und immer mit dem gleichen Gesichtsausdruck.

»Das ist doch wohl unmöglich. Du hättest Mutters Tod abgewartet, um...«

»Ich habe diese Rücksicht genommen, ja. Du scheinst der Ansicht zuzuneigen, Thomas, daß du allein alles Takt- und Feingefühl der Welt in Pacht hast...«

»Ich weiß nicht, was dich zu dieser Redensart berechtigt. Übrigens muß ich den Umfang deiner Rücksichtnahme bewundern. Am Tage nach Mutters Tod machst du Miene, den Ungehorsam gegen sie zu proklamieren...«

»Weil das Gespräch darauf kam. Und dann ist die Hauptsache die, daß Mutter sich über meinen Schritt nicht mehr alterieren kann. Das kann sie heute sowenig wie in einem Jahre... Herr Gott, Thomas, Mutter hatte doch nicht unbedingt recht, sondern nur von ihrem Standpunkt aus, auf den ich Rücksicht genommen habe, solange sie lebte. Sie war eine alte Frau, eine Frau aus einer anderen Zeit, mit einer anderen Anschauungsweise...«

»Nun, so bemerke ich dir, daß diese Anschauungsweise in dem Punkte, der hier in Frage kommt, durchaus auch die meine ist.«

»Darum kann ich mich nicht kümmern.«

»Du *wirst* dich darum kümmern, mein Freund.«

Christian sah ihn an.

»Nein –!« rief er. »Ich kann es nicht! Wenn ich dir sage, daß ich es nicht kann?!... Ich muß wissen, was ich zu tun habe. Ich bin ein erwachsener Mensch...«

»Ach, das mit dem ›erwachsenen Menschen‹ ist etwas sehr Äußerliches bei dir! Du weißt durchaus nicht, was du zu tun hast...«

»Doch!... Ich handle erstens als Ehrenmann... Du bedenkst ja nicht, wie die Sache liegt, Thomas! Hier sitzen Tony und Gerda... wir können nicht ausführlich darüber reden. Aber ich habe dir doch gesagt, daß ich Verpflichtungen habe! Das letzte Kind, die kleine Gisela...«

»Ich weiß von keiner kleinen Gisela und will von keiner wissen! Ich bin überzeugt, daß man dich belügt. Jedenfalls aber hast du einer Person gegenüber wie der, die du im Sinne hast, keine andere Verpflichtung als die gesetzliche, die du wie bisher weiter erfüllen magst...«

»Person, Thomas? Person? – Du täuschst dich über sie! Aline...«

»Schweig!« rief Senator Buddenbrook mit Donnerstimme. Die beiden Brüder starrten einander jetzt über den Tisch hinweg ins Gesicht, Thomas blaß und zitternd vor Zorn, Christian, indem er seine kleinen, runden, tiefliegenden Augen, deren Lider sich plötzlich entzündet hatten, gewaltsam aufriß und auch seinen Mund in Entrüstung geöffnet hielt, so daß seine hageren Wangen ganz ausgehöhlt erschienen. Ein Stückchen unter den Augen zeigten sich ein paar rote Flecken... Gerda blickte mit ziemlich spöttischer Miene von einem zum anderen, und Tony rang die Hände und sagte flehend:

»Aber Tom... Aber Christian... Und Mutter liegt nebenan!«

»Du bist so sehr jeden Schamgefühles bar«, fuhr der Senator fort, »daß du es über dich gewinnst... nein, daß es dich gar keine Überwindung kostet, an dieser Stelle und unter diesen Umständen diesen Namen zu nennen! Dein Mangel an Takt ist abnorm, er ist krankhaft...«

»Ich begreife nicht, warum ich Aline's Namen nicht nennen soll!« Christian war so außerordentlich erregt, daß Gerda ihn mit wachsender Aufmerksamkeit betrachtete. »Ich nenne ihn gerade, wie du hörst, Thomas, ich gedenke, sie zu heiraten, – denn ich sehne mich nach einem Heim, nach Ruhe und Frieden, – und ich verbitte mir, hörst du, das ist das Wort, das ich gebrauche, ich *verbitte* mir jede Einmischung von deiner Seite! Ich bin frei, ich bin mein eigener Herr...«

»Ein Narr bist du! Der Tag der Testamentseröffnung wird dich lehren, wie weit du dein eigener Herr bist! Es ist dafür gesorgt, verstehst du mich, daß du nicht Mutters Erbe verlotterst, wie du bereits dreißigtausend Courantmark im voraus verlottert hast. Ich werde den Rest deines Vermögens verwalten, und du wirst nie mehr als ein Monatsgeld in die Hände bekommen, das schwöre ich dir...«

»Nun, du selbst wirst wohl am besten wissen, wer Mutter zu dieser Maßregel veranlaßt hat. Aber wundern muß ich mich doch, daß Mutter mit dem Amte nicht jemanden betraut hat, der mir nähersteht und mir brüderlicher zugetan ist als du...« Christian war nun ganz und gar außer sich; er fing an, Dinge zu sagen, wie er sie noch niemals hatte laut werden lassen. Er hatte sich über den Tisch gebeugt, pochte unaufhörlich mit der Spitze des gekrümmten Zeigefingers auf die Platte und starrte mit gesträubtem Schnurrbart und geröteten Augen zu seinem Bruder empor, der seinerseits aufrecht, bleich und mit halb gesenkten Lidern auf ihn hinabblickte.

»Dein Herz ist so voll von Kälte und Übelwollen und Mißachtung gegen mich«, fuhr Christian fort, und seine Stimme war zugleich hohl und krächzend... »Solange ich denken kann, hast du eine solche Kälte auf mich ausströmen lassen, daß mich in deiner Gegenwart beständig gefroren hat... ja, das mag ein sonderbarer Ausdruck sein, aber wenn ich es doch so empfinde?... Du weisest mich ab... Du weisest mich ab, wenn du mich nur ansiehst, und auch das tust du beinahe nie. Und was gibt dir das Recht dazu? Du bist doch auch ein Mensch und hast deine Schwächen! Du bist unseren Eltern immer der bessere Sohn gewesen, aber wenn du ihnen wirklich so viel näherstehst als ich, so solltest du dir doch auch ein wenig von ihrer christlichen Denkungsart aneignen, und wenn dir schon alle geschwisterliche Liebe fremd ist, so sollte man doch eine Spur von christlicher Liebe von dir erwarten dürfen. Aber du bist so lieblos, daß du mich nicht einmal besucht... nicht ein einziges Mal im Krankenhause besucht hast, als ich in Hamburg mit Gelenkrheumatismus daniederlag...«

»Ich habe Ernsteres zu bedenken als deine Krankheiten. Übrigens ist meine eigene Gesundheit...«

»Nein, Thomas, deine Gesundheit ist prächtig! Du säßest hier nicht als der, der du bist, wenn sie nicht im Verhältnis zu meiner ganz ausgezeichnet wäre...«

»Ich bin vielleicht kränker als du.«

»Du wärest... Nein, das ist stark! Tony! Gerda! Er sagt, er sei kränker als ich! Was! Hast *du* vielleicht in Hamburg mit Gelenkrheumatismus auf dem Tode gelegen?! Hast *du* nach jeder kleinsten Unregelmäßigkeit eine Qual in deinem Körper auszuhalten, die ganz unbeschreiblich ist?! Sind vielleicht an *deiner* linken Seite alle Nerven zu kurz?! Autoritäten haben mich versichert, daß es bei mir der Fall ist! Passieren *dir* vielleicht solche Dinge, daß, wenn du in der Dämmerung in dein Zimmer kommst, du auf deinem Sofa einen Mann sitzen siehst, der dir zunickt und dabei überhaupt gar nicht vorhanden ist?!...«

»Christian!« stieß Frau Permaneder entsetzt hervor. »Was sprichst du!... Mein Gott, worüber streitet ihr euch eigentlich? Ihr tut, als sei es eine Ehre, der Kränkere zu sein! Wenn es *darauf* ankäme, so hätten leider Gerda und ich auch noch ein Wörtchen mitzureden!... Und Mutter liegt nebenan...!«

»Und du begreifst nicht, Mensch«, rief Thomas Buddenbrook leidenschaftlich, »daß alle diese Widrigkeiten Folgen und

Ausgeburten deiner Laster sind, deines Nichtstuns, deiner Selbstbeobachtung?! Arbeite! Höre auf, deine Zustände zu hegen und zu pflegen und darüber zu reden!... Wenn du verrückt wirst – und ich sage dir ausdrücklich, daß das nicht unmöglich ist –, ich werde nicht imstande sein, eine Träne darüber zu vergießen, denn es wird deine Schuld sein, deine allein...«

»Nein, du wirst auch keine Träne vergießen, wenn ich sterbe.«

»Du stirbst ja nicht«, sagte der Senator verächtlich.

»Ich sterbe nicht? Gut, ich sterbe also nicht! Wir werden ja sehen, wer von uns beiden früher stirbt!... Arbeite! Wenn ich aber nicht kann? Wenn ich es nun aber auf die Dauer nicht kann, Herr Gott im Himmel?! Ich kann nicht lange Zeit dasselbe tun, ich werde elend davon! Wenn du es gekonnt hast und kannst, so freue dich doch, aber sitze nicht zu Gericht, denn ein Verdienst ist nicht dabei... Gott gibt dem einen Kraft und dem anderen nicht... Aber so bist du, Thomas«, fuhr er fort, indem er sich mit immer verzerrterem Gesicht über den Tisch beugte und immer heftiger auf die Platte pochte... »Du bist selbstgerecht... ach, warte nur, das ist es nicht, was ich sagen wollte und was ich gegen dich vorzubringen habe... Aber ich weiß nicht, wo ich anfangen soll, und das, was ich werde sagen können, ist nur der tausendste... ach, es ist nur der millionste Teil von dem, was ich gegen dich auf dem Herzen habe! Du hast dir einen Platz im Leben erobert, eine geehrte Stellung, und da stehst du nun und weisest kalt und mit Bewußtsein alles zurück, was dich einen Augenblick beirren und dein Gleichgewicht stören könnte, denn das Gleichgewicht, das ist dir das Wichtigste. Aber es ist nicht das Wichtigste, Thomas, es ist vor Gott nicht die Hauptsache! Du bist ein Egoist, ja, das bist du! Ich liebe dich noch, wenn du schiltst und auftrittst und einen niederdonnerst. Aber am schlimmsten ist dein Schweigen, am schlimmsten ist es, wenn du auf etwas, was man gesagt hat, plötzlich verstummst und dich zurückziehst und jede Verantwortung ablehnst, vornehm und intakt, und den anderen hülflos seiner Beschämung überläßt... Du bist so ohne Mitleid und Liebe und Demut... Ach!«

rief er plötzlich, indem er beide Hände hinter seinen Kopf bewegte und sie dann weit vorwärts stieß, als wehrte er die ganze Welt von sich ab... »Wie satt ich das alles habe, dies Taktgefühl und Feingefühl und Gleichgewicht, diese Haltung und Würde... wie sterbenssatt!...« Und dieser letzte Ruf war in einem solchen Grade echt, er kam so sehr von Herzen und brach mit einem solchen Nachdruck von Widerwillen und Überdruß hervor, daß er tatsächlich etwas Niederschmetterndes hatte, ja, daß Thomas ein wenig zusammensank und eine Weile wortlos und mit müder Miene vor sich niederblickte.

»Ich bin geworden, wie ich bin«, sagte er endlich, und seine Stimme klang bewegt, »weil ich nicht werden wollte wie du. Wenn ich dich innerlich gemieden habe, so geschah es, weil ich mich vor dir hüten muß, weil dein Sein und Wesen eine Gefahr für mich ist... ich spreche die Wahrheit.«

Er schwieg einen Augenblick und fuhr dann in kürzerem und befestigtem Tone fort:

»Übrigens haben wir uns weit von unserem Gegenstande entfernt. Du hast mir eine Rede über meinen Charakter gehalten... eine etwas verworrene Rede, die vielleicht einen Kern von Wahrheit enthielt. Aber es handelt sich jetzt nicht um mich, sondern um dich. Du trägst dich mit Heiratsgedanken, und ich möchte dich möglichst gründlich davon überzeugen, daß die Ausführung in der Weise, wie du sie planst, unmöglich ist. Erstens werden die Zinsen, die ich dir werde auszahlen können, von keiner sehr ermutigenden Höhe sein...«

»Aline hat manches zurückgelegt.«

Der Senator schluckte hinunter und bezwang sich.

»Hm... zurückgelegt. Du gedenkst also Mutters Erbe mit den Ersparnissen dieser Dame zu vermischen...«

»Ja. Ich sehne mich nach einem Heim und nach jemandem, der Mitleid mit mir hat, wenn ich krank bin. Übrigens passen wir ganz gut zusammen. Wir sind beide ein bißchen verfahren...«

»Du gedenkst ferner, die vorhandenen Kinder zu adoptieren, beziehungsweise zu... legitimieren?«

»Jawohl.«

»So daß also dein Vermögen nach deinem Tode an jene Leute überginge?« – Als der Senator dies sagte, legte Frau Permaneder ihre Hand auf seinen Arm und flüsterte beschwörend: »Thomas!... Mutter liegt nebenan!...«

»Ja«, antwortete Christian, »das gehört sich doch so.«

»Nun, du wirst das alles *nicht* tun!« rief der Senator und sprang auf. Auch Christian erhob sich, trat hinter seinen Stuhl, erfaßte ihn mit einer Hand, drückte das Kinn auf die Brust und sah seinen Bruder halb scheu und halb entrüstet an.

»Du wirst es nicht tun...« wiederholte Thomas Buddenbrook beinahe sinnlos vor Zorn, blaß, bebend und mit zuckenden Bewegungen. »Solange ich über der Erde bin, geschieht dies nicht... ich schwöre es dir!... Hüte dich... nimm dich in acht...! Es ist genug Geld durch Unglück, Torheit und Niedertracht verlorengegangen, als daß du dich unterstehen dürftest, ein Viertel von Mutters Vermögen diesem Frauenzimmer und ihren Bastarden in den Schoß zu werfen!... Und das, nachdem schon ein anderes Viertel von Tiburtius erschlichen worden!... Du hast der Familie genug der Blâme zugefügt, Mensch, als daß es noch nötig wäre, uns mit einer Kurtisane zu verschwägern und ihren Kindern unseren Namen zu geben. Ich verbiete es dir, hörst du? ich verbiete es dir!« rief er mit einer Stimme, daß das Zimmer erdröhnte und Frau Permaneder sich weinend in einen Winkel des Sofas drückte. »Und wage es nicht, gegen dies Verbot zu handeln, das rate ich dir! Ich habe dich bis jetzt bloß verachtet, ich habe über dich hinweggesehen... aber forderst du mich heraus, läßt du es zum Äußersten kommen, so werden wir sehen, wer den kürzeren zieht! Ich sage dir, hüte dich! Ich kenne keine Rücksicht mehr! Ich lasse dich für kindisch erklären, ich lasse dich einsperren, ich mache dich zunichte! Verstehst du mich?!...«

»Und ich sage dir...« fing Christian an... Und nun ging das Ganze in einen Wortstreit über, einen abgerissenen, nichtigen, beklagenswerten Wortstreit ohne ein eigentliches Thema, ohne einen anderen Zweck als den, zu beleidigen, einander mit Worten bis aufs Blut zu verwunden. Christian kam auf den Charakter seines Bruders zurück und suchte aus alter Vergangenheit einzelne Züge, peinliche Anekdoten hervor, die Thomas' Egoismus belegen sollten und die Christian nicht hatte vergessen können, sondern mit sich umhergetragen und mit Bitterkeit durchtränkt hatte. Und der Senator antwortete ihm in übertriebenen Worten der Verachtung und der Drohung, die er zehn Minuten später bereute. Gerda hatte das Haupt leicht in die Hand gestützt und beobachtete die beiden mit verschleierten Augen und einem nicht bestimmbaren Gesichtsausdruck. Frau Permaneder wiederholte beständig in Verzweiflung:

»Und Mutter liegt nebenan... Und Mutter liegt nebenan...«

Christian, der sich schon während der letzten Repliken im Zimmer hin und her bewegt hatte, räumte endlich den Kampfplatz.

»Es ist gut! Wir werden ja sehen!« rief er, und mit verwildertem Schnurrbart und roten Augen, den Rock offen, das Taschentuch in der herabhängenden Hand, hitzig und exaltiert, ging er zur Tür und ließ sie hinter sich ins Schloß fallen.

In der plötzlichen Stille stand der Senator noch einen Augenblick aufrecht und sah dorthin, wo sein Bruder verschwunden war. Dann setzte er sich schweigend, nahm mit kurzen Bewegungen die Papiere wieder zur Hand und erledigte mit trockenen Worten, was noch zu erledigen war, worauf er sich zurücklehnte, die Spitzen seines Bartes durch die Finger gleiten ließ und in Gedanken versank.

Frau Permaneders Herz pochte so voller Angst! Die Frage, die große Frage war nun nicht länger hinauszuschieben; sie mußte zur Sprache kommen, er mußte sie beantworten... aber ach, war er jetzt in der Stimmung, Pietät und Milde walten zu lassen?

»Und... Tom –«, fing sie an, indem sie zuerst in ihren Schoß blickte und dann einen zagen Versuch machte, in seiner Miene zu lesen... »Die Meubles... Du hast natürlich schon alles in Erwägung gezogen... Die Sachen, die uns gehören, ich meine

Erika, der Kleinen und mir... sie bleiben hier... mit uns... kurz... das Haus, wie ist es damit?« fragte sie und rang heimlich die Hände.

Der Senator antwortete nicht sogleich, sondern fuhr eine Weile fort, den Schnurrbart zu drehen und mit trüber Nachdenklichkeit in sich hineinzublicken. Dann atmete er auf und richtete sich empor.

»Das Haus?« sagte er... »Es gehört natürlich uns allen, dir, Christian und mir... und komischer Weise auch dem Pastor Tiburtius, denn der Anteil gehört zu Clara's Erbe. Ich allein habe nichts darüber zu entscheiden, sondern bedarf eurer Zustimmung. Aber das gegebene ist selbstverständlich, so bald als möglich zu verkaufen«, schloß er achselzuckend. Dennoch ging etwas dabei über sein Gesicht, als erschräke er über seine eigenen Worte.

Frau Permaneders Kopf sank tief herab; ihre Hände hörten auf, einander zu pressen, und erschlafften plötzlich in allen Gliedern.

»Unserer Zustimmung!« wiederholte sie nach einer Pause, traurig und sogar mit einiger Bitterkeit. »Lieber Gott, du weißt gut, Tom, daß du tun wirst, was du für richtig hältst, und daß wir anderen dir unsere Zustimmung nicht lange versagen können!... Aber wenn wir ein Wort einlegen... dich bitten dürfen«, fuhr sie beinahe tonlos fort, und ihre Oberlippe begann zu beben... »Das Haus! Mutters Haus! Unser Elternhaus! In dem wir so glücklich gewesen sind! Wir sollen es verkaufen...!«

Der Senator zuckte wieder die Achseln.

»Du wirst mir glauben, Kind, daß alles, was du mir vorhalten kannst, mich ohnehin so sehr bewegt wie dich... Aber Gegengründe sind das nicht, sondern Sentiments. Was zu tun ist, steht fest. Da haben wir dies große Grundstück... was sollen wir jetzt damit beginnen? Seit langen Jahren, schon seit Vaters Tode, verfällt das ganze Rückgebäude. Im Billardsaal lebt eine freie Katzenfamilie, und tritt man näher, so läuft man Gefahr, durch den Fußboden zu brechen... Ja, hätte ich nicht mein Haus in der Fischergrube! Aber ich habe es, und wohin damit? Soll ich vielleicht lieber *das* verkaufen? Urteile doch selbst... an wen? Ich würde ungefähr die Hälfte des Geldes verlieren, das ich hineingesteckt. Ach Tony, wir haben Grundstücke genug, wir haben viel zuviel davon! Die Speicher und zwei große Häuser! Der Wert der Grundstücke steht ja kaum noch in einem Verhältnis zu dem beweglichen Kapital! Nein, verkaufen, verkaufen!...«

Aber Frau Permaneder hörte nicht. Niedergebeugt und in sich gekehrt saß sie da und blickte mit feuchten Augen ins Leere.

»Unser Haus!« murmelte sie... »Ich weiß noch, wie wir es einweihten... Wir waren nicht größer als *so* damals. Die ganze Familie war da. Und Onkel Hoffstede trug ein Gedicht vor... Es liegt in der Mappe... Ich weiß es auswendig... Venus Anadyomene... Das Landschaftszimmer! Der Eßsaal! Fremde Leute...!«

»Ja, Tony, so werden damals die auch gedacht haben, die das Haus verlassen mußten, als Großvater es kaufte. Sie hatten ihr Geld verloren und mußten davonziehen und sind gestorben und verdorben. Alles hat seine Zeit. Freuen wir uns und danken wir Gott, daß es mit uns noch nicht so weit ist, wie es damals mit Ratenkamps war, und daß wir noch unter günstigeren Umständen von hier Abschied nehmen als sie...«

Schluchzen, ein langsames, schmerzliches Aufschluchzen unterbrach ihn. Frau Permaneders Hingebung an ihren Kummer war so groß, daß sie nicht einmal daran dachte, die Tränen zu trocknen, die über ihre Wangen rannen. Sie saß vornübergebeugt und zusammengesunken, und ein warmer Tropfen fiel auf ihre matt im Schoße ruhenden Hände hinab, ohne daß sie dessen achtete.

»Tom«, sagte sie und gewann ihrer Stimme, die die Tränen zu ersticken drohten, eine leise, rührende Festigkeit ab. »Du weißt nicht, wie mir zumute ist in dieser Stunde, du weißt es nicht. Es ist deiner Schwester nicht gut ergangen im Leben, es hat ihr übel mitgespielt. Alles ist auf mich herabgekommen, was sich nur ausdenken ließ... ich weiß nicht, womit ich es verdient habe. Aber ich habe alles hingenommen, ohne zu verzagen, Tom, das mit Grünlich und das mit Permaneder und das mit Weinschenk.

Denn immer, wenn Gott mein Leben wieder in Stücke gehen ließ, so war ich doch nicht ganz verloren. Ich wußte einen Ort, einen sicheren Hafen, sozusagen, wo ich zu Hause und geborgen war, wohin ich mich flüchten konnte, vor allem Ungemach des Lebens... Auch jetzt noch, als doch alles zu Ende war, und als sie Weinschenk ins Gefängnis fuhren... ›Mutter‹, sagte ich, ›dürfen wir zu dir ziehen?‹ ›Ja, Kinder kommt‹... Als wir klein waren und ›Kriegen‹ spielten, Tom, da gab es immer ein ›Mal‹, ein abgegrenztes Fleckchen, wohin man laufen konnte, wenn man in Not und Bedrängnis war, und wo man nicht abgeschlagen werden durfte, sondern in Frieden ausruhen konnte. Mutters Haus, dies Haus hier war mein ›Mal‹ im Leben, Tom... Und nun... und nun... verkaufen...«

Sie lehnte sich zurück, verbarg ihr Gesicht im Schnupftuch und weinte bitterlich.

Er zog eine ihrer Hände herunter und nahm sie in die seinen.

»Ich weiß es ja, liebe Tony, ich weiß es ja alles! Aber wollen wir nun nicht ein wenig vernünftig sein? Die gute Mutter ist dahin... wir rufen sie nicht zurück. Was nun? Es ist unsinnig geworden, dies Haus als totes Kapital zu behalten... ich muß das wissen, nicht wahr. Sollen wir eine Mietskaserne daraus machen?... Der Gedanke ist dir schwer, daß fremde Leute hier wohnen sollen; aber da ist es doch besser, du siehst es nicht mit an, sondern nimmst dir und den Deinen ein kleines, hübsches Haus oder eine Etage irgendwo vorm Tore zum Beispiel... Oder wäre es dir lieber, hier mit einer Anzahl von Mietsparteien zusammen zu hausen?... Und deine Familie hast du doch immer noch, Gerda und mich und Buddenbrooks in der Breiten Straße und Krögers und auch Mademoiselle Weichbrodt... ohne von Klothilde zu reden, von der ich nicht weiß, ob ihr der Umgang mit uns genehm ist; seit sie Klosterdame geworden, ist sie ein wenig exklusiv...«

Sie stieß einen Seufzer aus, der halb ein Lachen war, wandte sich ab und drückte das Taschentuch fester gegen die Augen, schmollend wie ein Kind, das man mit einem Spaß seinem Leide abwendig zu machen sucht. Dann aber enthüllte sie mit Entschlossenheit ihr Gesicht und setzte sich zurecht, indem sie, wie immer, wenn es galt, Charakter und Würde zu zeigen, den Kopf zurücklegte und dennoch versuchte, das Kinn auf die Brust zu drücken.

»Ja, Tom«, sagte sie, und ihre verweinten Augen zwinkerten mit ernstem und gefaßtem Ausdruck zum Fenster hinüber, »ich will auch verständig sein... ich bin es schon. Du mußt verzeihen... und du auch, Gerda... daß ich geweint habe. Das kann einen ankommen... es ist eine Schwäche. Aber es ist nur äußerlich, glaubt mir. Ihr wißt sehr wohl, daß ich im Grunde eine vom Leben gestählte Frau bin... Ja, Tom, das mit dem toten Kapital leuchtet mir ein, soviel Verstand habe ich. Ich kann nur wiederholen, daß du tun mußt, was du für richtig hältst. Du mußt für uns denken und handeln, denn Gerda und ich sind Weiber, und Christian... nun, Gott sei mit ihm!... Wir können dir nicht Widerpart halten, denn was wir vorbringen können, sind keine Gegengründe, sondern Sentiments, das liegt auf der Hand. An wen wirst du es wohl verkaufen, Tom? Meinst du, daß es bald vonstatten gehen wird?«

»Ja, Kind, wenn ich das wüßte... Immerhin... ich habe schon heute morgen ein paar Worte mit Gosch, dem alten Makler Gosch, gewechselt; er schien nicht abgeneigt, die Sache in die Hand zu nehmen...«

»Das wäre gut, ja, das wäre sehr gut. Siegismund Gosch hat natürlich seine Schwächen... Das mit seinen Übersetzungen aus dem Spanischen, wovon man erzählt – ich kann nicht wissen, wie der Dichter heißt –, ist etwas sonderbar, das mußt du zugeben, Tom. Aber er war schon ein Freund von Vater und ist ein grundehrlicher Mann. Und dann hat er Herz, dafür ist er bekannt. Er wird begreifen, daß es sich hier nicht um irgendeinen Kauf handelt, um irgendein beliebiges Haus... Was denkst du, Tom, was wirst du verlangen? Hunderttausend Courantmark sind doch das wenigste, wie?...«

»Hunderttausend Courantmark sind doch das wenigste, Tom!« sagte sie noch, die Tür in der Hand, als ihr Bruder und seine Frau schon die Treppe hinunterstiegen. Dann, allein geblieben, stand sie inmitten des Zimmers still, und die hinabhängenden Hände vor sich gefaltet, derart, daß die Flächen nach unten gewandt waren, blickte sie mit großen, ratlosen Augen rund um sich her. Ihr mit einem Häubchen aus schwarzen Spitzen geschmückter Kopf, den sie unaufhörlich leise schüttelte, sank, von Gedanken beschwert, langsam tiefer und tiefer auf eine Schulter hinab.

3.

Der kleine Johann war gehalten, sich von der sterblichen Hülle seiner Großmutter zu verabschieden; sein Vater ordnete dies an, und er ließ keinen Laut des Widerspruches vernehmen, obgleich er sich fürchtete. Am Tage nach dem schweren Todeskampfe der Konsulin hatte der Senator, bei Tische und, wie es schien, geflissentlich in Gegenwart seines Sohnes, gegen seine Gattin mit ein paar harten Worten das Betragen Onkel Christians verurteilt, der, als es der Kranken am schlimmsten ging, davongeschlichen und zu Bette gegangen war. »Das sind die Nerven, Thomas«, hatte Gerda geantwortet; aber mit einem Blick auf Hanno, der dem Kinde keineswegs entgangen war, hatte er ihr in fast strengem Tone zurückgegeben, daß hier kein Wort der Entschuldigung am Platze sei. Die selige Mutter habe so sehr gelitten, daß man sich hätte schämen müssen, allzu schmerzlos dabeizusitzen, und sich nicht feige dem bißchen Leiden entziehen, das der Anblick ihrer Kämpfe in einem hervorgerufen hätte. Hieraus hatte Hanno geschlossen, daß er es nicht wagen dürfe, gegen den Besuch am offenen Sarge etwas einzuwenden.

Wie beim weihnachtlichen Einzuge war ihm der große Raum entfremdet, als er ihn am Tage vorm Begräbnisse zwischen Vater und Mutter von der Säulenhalle aus betrat. Geradeaus, weiß leuchtend gegen das dunkle Grün großer Topfgewächse, die, mit hohen, silbernen Armleuchtern abwechselnd, einen Halbkreis bildeten, stand auf schwarzem Postamente die Kopie von Thorwaldsens Segnendem Christus, die draußen auf dem Korridor ihren Platz gehabt hatte. Überall an den Wänden bewegte sich im Luftzuge schwarzer Flor und verhüllte das Himmelblau der Tapete sowohl wie das Lächeln der weißen Götterstatuen, die zugeschaut hatten, wenn man in diesem Saale wohlgemut tafelte. Und umgeben von seinen ganz in Schwarz gekleideten Anverwandten, den breiten Trauerflor um den Ärmel seines Matrosenanzuges, den Sinn umnebelt von den Düften, welche den Mengen von Blumengebinden und Kränzen entströmten, und mit denen sich, ganz leise und nur bei diesem oder jenem Atemzug bemerkbar, ein anderer, fremder und doch auf seltsame Art vertrauter Duft vermengte, stand der kleine Johann zur Seite der Bahre und blickte auf die regungslose Gestalt, die vor ihm zwischen weißem Atlas streng und feierlich ausgestreckt lag...

Dies war nicht Großmama. Es war ihre Gesellschaftshaube mit den weißseidenen Bändern und ihr rotbrauner Scheitel darunter. Aber diese spitze Nase, diese nach innen gezogenen Lippen, dieses hervorgeschobene Kinn, diese gelben, durchsichtigen, gefalteten Hände, denen man Kälte und Steifheit ansah, gehörten nicht ihr. Dies war eine fremde, wächserne Puppe, die in dieser Weise aufzubauen und zu feiern etwas Grauenhaftes hatte. Und er blickte zum Landschaftszimmer hinüber, als müßte dort im nächsten Augenblick die wirkliche Großmama erscheinen... Aber sie kam nicht. Sie war tot. Der Tod hatte sie für immer mit dieser wächsernen Figur vertauscht, die ihre Lider und Lippen so unerbittlich, so unnahbar fest geschlossen hielt...

Er stand, auf dem linken Beine ruhend, das rechte Knie so gebogen, daß der Fuß leicht auf der Spitze balancierte, und hielt mit einer Hand den Schifferknoten auf seiner Brust umfaßt, während die andere schlaff hinabhing. Sein Kopf mit dem lockig in die Schläfen fallenden hellbraunen Haar war zur Seite geneigt, und unter zusammengezogenen Brauen blickten seine goldbraunen, von bläulichen Schatten umlagerten Augen blinzelnd, mit einem abgestoßenen und grüblerischen Ausdruck in das Antlitz der Leiche. Er atmete langsam und zögernd, denn bei jedem Atemzuge erwartete er den Duft, jenen fremden und doch so seltsam vertrauten Duft, den die Wolken von Blumengerüchen nicht immer zu übertäuben vermochten. Und wenn er kam, wenn er ihn verspürte, so zogen sich seine Brauen fester zusammen, und seine Lippen gerieten einen Augenblick in zitternde Bewegung... Schließlich seufzte er; aber es klang so sehr wie ein tränenloses Schluchzen, daß Frau Permaneder sich zu ihm niederbeugte, ihn küßte und ihn fortführte.

Und nachdem der Senator und seine Frau, zusammen mit Frau Permaneder und Erika Weinschenk, während langer Stunden im Landschaftszimmer die Kondolationen der Stadt entgegengenommen hatten, ward Elisabeth Buddenbrook, geborene Kröger, zur Erde bestattet. Auswärtige Verwandte waren aus Frankfurt und Hamburg dazu eingetroffen und hatten zum letzten Male gastliche Aufnahme im Mengstraßenhause gefunden. Und die Menge der Leidtragenden füllte Saal und Landschaftszimmer, Säulenhalle und Korridor, als bei brennenden Kerzen, in aufrechter Majestät zu Häupten des Sarges, das rasierte Antlitz, dessen Ausdruck zwischen düsterem Fanatismus und milder Verklärung wechselte, über der breiten, gefalteten Halskrause gen Himmel gewandt und die Hände dicht unterm Kinn gefaltet, Pastor Pringsheim von Sankt Marien die Trauerrede hielt.

Er lobpries in schwellenden und verhallenden Lauten die Eigenschaften der Dahingeschiedenen, ihre Vornehmheit und Demut, ihre Heiterkeit und Frömmigkeit, ihre Wohltätigkeit und Milde. Er erwähnte des »Jerusalemsabends« und der »Sonntagsschule«, er ließ das ganze lange, reiche und glückselige Erdenleben der Verewigten noch einmal im Glanz seiner Dialektik erstrahlen... und da das Wort »Ende« ein Beiwort haben muß, so sprach er zuletzt von ihrem sanften Ende.

Frau Permaneder wußte wohl, was sie in dieser Stunde sich selbst und der ganzen Versammlung an Würde und repräsentativer Haltung schuldete. Sie hatte, zusammen mit ihrer Tochter Erika und ihrer Enkelin Elisabeth, die sichtbarsten Ehrenplätze dicht beim Pastor, neben dem Kopfende des mit Kränzen bedeckten Sarges, in Besitz genommen, während Thomas, Gerda,

Christian, Klothilde und der kleine Johann sowie der alte Konsul Kröger, der auf einem Stuhle saß, gleich den Verwandten zweiten Grades es sich gefallen ließen, der Feier an minder ausgezeichneten Plätzen beizuwohnen. Hochaufgerichtet, mit ein wenig emporgezogenen Schultern, das schwarzgeränderte Batisttuch zwischen den zusammengelegten Händen, stand sie da, und ihr Stolz über die erste Rolle, die ihr bei dieser Feierlichkeit zufiel, war so groß, daß er manchmal den Schmerz vollständig zurückdrängte und in Vergessenheit geraten ließ. Ihre Augen, die sie in dem Bewußtsein, den beobachtenden Blicken der ganzen Stadt ausgesetzt zu sein, meistens gesenkt hielt, konnten es sich hie und da nicht versagen, über die Menge hinzuschweifen, in der sie auch Julchen Möllendorpf, geborene Hagenström, und ihren Gatten gewahrte... Ja, sie hatten alle kommen müssen, die Möllendorpfs, Kistenmakers, Langhals' und Oeverdiecks! Bevor Tony Buddenbrook ihr Elternhaus räumte, hatten sie sich noch einmal hier zusammenscharen müssen, um, trotz Grünlich, trotz Permaneder und trotz Hugo Weinschenk, ihre mittrauernde Ehrerbietung zu erweisen...!

Und Pastor Pringsheim bohrte mit seiner Trauerrede in der Wunde herum, die der Tod geschlagen hatte, er führte mit Berechnung einem jeden vor Augen, was er verloren, er verstand es, Tränen auch dort hervorzupressen, wo von selbst keine geflossen wären, und dafür waren die Gerührten ihm dankbar. Als er den »Jerusalemsabend« zur Sprache brachte, begannen die alten Freundinnen der Verstorbenen zu schluchzen, mit Ausnahme von Madame Kethelsen, die nichts vernahm und mit der verschlossenen Miene der Tauben geradeaus blickte, und der Schwestern Gerhardt, der Nachkommen Paul Gerhardts, die Hand in Hand mit klaren Augen in einem Winkel standen; denn sie waren fröhlich über den Tod ihrer Freundin und beneideten sie nur deshalb nicht, weil Neid und Mißgunst ihren Herzen fremd war.

Was Mademoiselle Weichbrodt betraf, so putzte sie unaufhörlich ihre Nase mit einem kurzen und energischen Akzent. Aber die Damen Buddenbrook aus der Breiten Straße weinten nicht;

dies war nicht ihre Gewohnheit. Ihre Mienen, weniger spitz immerhin als gewöhnlich, drückten eine milde Genugtuung über die unparteiische Gerechtigkeit des Todes aus...

Dann, als Pastor Pringsheims letztes Amen verklungen, kamen mit ihren schwarzen Dreispitzen, leise und dennoch so schnell, daß die schwarzen Mäntel hinter ihnen sich bauschten, die vier Träger herein und legten Hand an den Sarg. Es waren vier Lakaiengesichter, die jedermann kannte, Lohndiener, die bei jedem Diner in den ersten Kreisen die schweren Schüsseln reichten und auf den Korridoren Möllendorpfschen Rotwein aus den Karaffen tranken. Aber auch bei jedem Begräbnis erster und zweiter Klasse waren sie unentbehrlich, und ihre Gewandtheit bei dieser Arbeit war groß. Sie wußten wohl, daß dieser Augenblick, da der Sarg, aus der Mitte der Verbliebenen heraus, von Fremden ergriffen und für immer davongeschleppt wird, durch Takt und Behendigkeit überwunden werden muß. Mit zwei oder drei hurtigen, geräuschlosen und kräftigen Bewegungen hatten sie die Last von der Bahre auf ihre Schultern gehoben, und kaum, daß jemand Zeit hatte, sich das Schreckliche des Augenblickes klarzumachen, so schwankte der blumenbedeckte Schrein schon ohne Verzögerung und dennoch gemessenen Tempos davon und verschwand durch die Säulenhalle.

Die Damen drängten sich behutsam zum Händedruck um Frau Permaneder und ihre Tochter, wobei sie mit niedergeschlagenen Augen nicht mehr und nicht weniger murmelten, als was bei dieser Gelegenheit gemurmelt werden mußte, während die Herren sich anschickten, zu den Wagen hinunterzusteigen...

Und es kam, in langem, schwarzem Zuge, die lange, langsame Fahrt durch die grauen und feuchten Straßen, durchs Burgtor hinaus, die entblätterte, im kalten Sprühregen schauernde Allee entlang bis zum Friedhof, woselbst man, während hinter einem halbkahlen Gesträuch ein Trauermarsch erklang, zu Fuß dem Sarge über die aufgeweichten Wege folgte, bis dorthin, wo am Rande des Gehölzes das Buddenbrooksche Erbbegräbnis seine von dem großen Sandstein-Kreuz gekrönte gotische Namensplatte emporragen ließ... Der steinerne Deckel des

Grabes, mit dem plastisch gearbeiteten Familienwappen geziert, lag neben der schwarzen, von feuchtem Grün umrahmten Gruft.

Der Platz war dort unten dem neuen Ankömmling bereitet. Unter der Aufsicht des Senators war dort in den letzten Tagen ein wenig geräumt und Überreste alter Buddenbrooks waren beiseite geschafft worden. Nun schwebte, während die Musik verklang, der Sarg an den Stricken der Träger über der ausgemauerten Tiefe; mit einem leisen Gepolter glitt er hinab, und Pastor Pringsheim, welcher Pulswärmer angezogen hatte, begann aufs neue zu sprechen. Seine geschulte Stimme klang klar, beweglich und fromm über das offene Grab und die gebeugten oder wehmütig zur Seite gelegten Köpfe der anwesenden Herren hin in die kühle und stille Herbstluft hinein. Schließlich beugte er sich über die Gruft, redete die Tote mit ihrem vollständigen Namen an und segnete sie mit dem Zeichen des Kreuzes. Als er verstummte und alle Herren mit ihren schwarz bekleideten Händen den Zylinder vor das Gesicht hielten, um still zu beten, kam ein wenig Sonne hervor. Es regnete nicht mehr, und in das Geräusch der Tropfen, die vereinzelt von Bäumen und Sträuchern fielen, klang hie und da ein kurzes, feines und fragendes Vogelzwitschern hinein.

Und dann machte sich ein jeder daran, den Söhnen und dem Bruder der Toten noch einmal die Hand zu drücken.

Thomas Buddenbrook, den dicken und dunklen Stoff seines Überziehers mit feinen, silbernen Regentropfen betaut, stand zwischen seinem Bruder Christian und seinem Onkel Justus bei diesem Defilee. Er begann in letzter Zeit ein wenig stark zu werden – das einzige Anzeichen des Alterns an seinem sorgfältig gepflegten Äußeren. Seine Wangen, über die der spitz ausgezogene Schnurrbart hinausragte, rundeten sich; aber sie waren weißlich, bleich, ohne Blut und Leben. Seine leicht geröteten Augen blickten jedem Herrn, dessen Hand er während eines Augenblicks in der seinen hielt, mit einer matten Höflichkeit ins Gesicht.

Acht Tage später saß in Senator Buddenbrooks Privatcomptoir, auf dem Ledersessel zur Seite des Schreibtisches, ein kleiner, glattrasierter Greis mit tief in Stirn und Schläfen gestrichenem, schlohweißem Haar. In gebückter Haltung stützte er sich mit beiden Händen auf die weiße Krücke seines Stockes, ließ das spitz hervorspringende Kinn auf den Händen ruhen und hielt mit bösartig zusammengepreßten Lippen und abwärts gezogenen Mundwinkeln von unten herauf einen so abscheulichen und durchdringend tückischen Blick auf den Senator gerichtet, daß es unbegreiflich erschien, warum dieser die Gemeinschaft mit einem solchen Menschen nicht lieber mied. Aber Thomas Buddenbrook saß ohne merkliche Unruhe zurückgelehnt und sprach zu dieser hämischen und dämonischen Erscheinung wie zu einem harmlosen Bürger... Zwischen dem Chef der Firma Johann Buddenbrook und dem Makler Siegismund Gosch ward über die Kaufsumme für das alte Haus in der Mengstraße beratschlagt.

Das nahm eine lange Zeit in Anspruch, denn das Angebot von achtundzwanzigtausend Talern Courant, das Herr Gosch gemacht hatte, schien dem Senator zu niedrig, während der Makler sich zur Hölle verschwur, wenn dieser Summe auch nur einen Silbergroschen hinzuzufügen nicht eine Tat des Wahnwitzes wäre. Thomas Buddenbrook sprach von der zentralen Lage und dem ungewöhnlichen Umfange des Grundstückes, aber Herr Gosch hielt mit zischender, gepreßter und verbissener Stimme, verzerrten Lippen und grauenerregenden Gesten einen Vortrag über das erdrückende Risiko, das er übernähme, eine Explikation, die in ihrer lebensvollen Eindringlichkeit beinahe ein Gedicht zu nennen war... Ha! Wann, an wen, für wieviel er dieses Haus wohl wieder würde absetzen können? Wie oft im Rollen der Jahrhunderte denn eine Nachfrage nach einem solchen Grundstück laut würde? Ob sein hochverehrter Freund und Gönner ihm etwa versprechen könne, daß morgen mit dem Zuge von Büchen ein Nabob aus Indien eintreffen werde, um sich im Buddenbrookschen Hause einzurichten? Er – Siegismund Gosch – werde damit sitzenbleiben... damit sitzenbleiben werde er, und dann sei er ein geschlagener, ein endgültig vernichteter Mensch, der nicht mehr die Zeit haben werde, sich zu erheben, denn seine Uhr sei abgelaufen, sein Grab sei geschaufelt, geschaufelt sei es... Und da diese Wendung ihn fesselte, so fügte er noch etwas von schlotternden Lemuren und dumpf auf den Sargdeckel fallenden Erdschollen hinzu.

Dennoch gab der Senator sich nicht zufrieden. Er sprach über die vortreffliche Teilbarkeit des Grundstückes, betonte die Verantwortung, die er seinen Geschwistern gegenüber trage, und beharrte bei dem Preise von dreißigtausend Talern Courant, um dann aufs neue mit einem Gemisch von Nervosität und Wohlgefallen eine wohlpointierte Entgegnung des Herrn Gosch anzuhören. Das dauerte wohl zwei Stunden lang, in deren Verlaufe Herr Gosch Gelegenheit hatte, alle Register seiner Charakterkunst zu ziehen. Er spielte gleichsam ein doppeltes Spiel, er spielte einen heuchelnden Bösewicht. »Schlagen Sie ein, Herr Senator, mein jugendlicher Gönner... Vierundachtzigtausend Courantmark... es ist das Angebot eines alten, ehrlichen Mannes!« sagte er mit süßer Stimme, indem er den Kopf auf die Seite legte, sein von Grimassen verwüstetes Gesicht zu einem Lächeln der treuherzigen Einfalt verzog und seine Hand, eine große, weiße Hand, mit langen und zitternden Fingern, von sich streckte. Aber das war Lüge und Verräterei! Ein Kind hätte diese heuchlerische Maske durchschauen müssen, unter welcher die tiefinnere Schurkenhaftigkeit dieses Menschen gräßlich hervorgrinste...

Endlich erklärte Thomas Buddenbrook, daß er sich eine Bedenkzeit erbitten und jedenfalls mit seinen Geschwistern Rücksprache nehmen müsse, bevor er die achtundzwanzigtausend Taler akzeptiere, was wohl kaum jemals geschehen könne. Er brachte vorderhand das Gespräch auf ein neutrales Gebiet, erkundigte sich nach den geschäftlichen Erfolgen des Herrn Gosch, nach seinen persönlichen Wohlergehen...

Herrn Gosch ging es schlecht; mit einer schönen und großen

Armbewegung wies er die Annahme zurück, er könne zu den Glücklichen gehören. Das beschwerliche Greisenalter nahte heran, es war da, wie gesagt, seine Grube war geschaufelt. Er konnte abends kaum noch sein Glas Grog zum Munde führen, ohne die Hälfte zu verschütten, so machte der Teufel seinen Arm zittern. Da nützte kein Fluchen... Der Wille triumphierte nicht mehr... Immerhin! Er hatte ein Leben hinter sich, ein nicht ganz armes Leben. Mit wachen Augen hatte er in die Welt gesehen. Revolutionen und Kriege waren vorübergebraust, und ihre Wogen waren auch durch sein Herz gegangen... sozusagen. Ha, verdammt, das waren andere Zeiten gewesen, als er während jener historischen Bürgerschaftssitzung an der Seite von des Senators Vater, neben Konsul Johann Buddenbrook dem Ansturm des wütenden Pöbels getrotzt hatte! Der schrecklichste der Schrecken... Nein, sein Leben war nicht arm gewesen, auch innerlich nicht so ganz. Verdammt, er hatte Kräfte verspürt, und wie die Kraft, so das Ideal – sagt Feuerbach. Und auch jetzt noch, auch jetzt... seine Seele war nicht verarmt, sein Herz war jung geblieben, es hatte nie aufgehört, würde nie aufhören, grandioser Erlebnisse fähig zu sein, seine Ideale warm und treu zu umschließen... Es würde sie mit ins Grab nehmen, gewiß! Aber waren Ideale dazu da, erreicht und verwirklicht zu werden? Keineswegs! Die Sterne, die begehrt man nicht, aber die Hoffnung... oh, die Hoffnung, nicht die Erfüllung, die Hoffnung war das Beste im Leben. L'espérance toute trompeuse qu'elle est, sert au moins à nous mener à la fin de la vie par un chemin agréable. Das hatte La Rochefoucauld gesagt, und es war schön, nicht wahr?... Ja, sein hochverehrter Freund und Gönner brauchte dergleichen nicht zu wissen! Wen die Wogen des realen Lebens hoch auf ihre Schultern genommen hatten, daß das Glück seine Stirn umspielte, der brauchte solche Dinge nicht im Kopfe zu haben. Aber wer einsam tief unten im Dunkel träumte, der hatte dergleichen nötig!...

»Sie sind glücklich«, sagte er plötzlich, indem er eine Hand auf des Senators Knie legte und mit schwimmendem Blick zu ihm emporsah. »...Oh doch! Versündigen Sie sich nicht, indem

Sie das leugnen! Sie sind glücklich! Sie halten das Glück in den Armen! Sie sind ausgezogen und haben es sich mit starkem Arm erobert... mit starker Hand!« verbesserte er sich, weil er die zu schnelle Wiederholung des Wortes »Arm« nicht ertragen konnte. Dann verstummte er, und ohne ein Wort von des Senators abwehrender und resignierter Antwort zu vernehmen, fuhr er fort, ihm mit einer dunklen Träumerei ins Gesicht zu blicken. Plötzlich richtete er sich auf.

»Aber wir plaudern«, sagte er, »und doch sind wir in Geschäften zusammengekommen. Die Zeit ist kostbar – verlieren wir sie nicht mit Bedenken! Hören Sie mich an... Weil *Sie* es sind... verstehen Sie mich? Weil...« Es sah aus, als wollte Herr Gosch aufs neue in ein schönes Sinnen versinken, aber er raffte sich auf und rief mit einer weiten, schwungvollen und enthusiastischen Geste:

»Neunundzwanzigtausend Taler... Siebenundachtzigtausend Mark Courant für das Haus Ihrer Mutter! Topp?...«
Und Senator Buddenbrook schlug ein.

Frau Permaneder fand, wie zu erwarten stand, den Kaufpreis zum Lachen gering. Würde jemand, in Anbetracht der Erinnerungen, die sich für sie daran knüpften, eine Million für das Haus auf den Tisch gezählt haben, sie hätte dies als eine anständige Handlungsweise empfunden – weiter nichts. Indessen gewöhnte sie sich rasch an die Zahl, die ihr Bruder ihr genannt hatte, besonders, da ihr Denken und Trachten von Zukunftsplänen in Anspruch genommen war.

Sie freute sich von Herzen über die vielen guten Möbel, die ihr zugefallen waren, und obgleich fürs erste niemand daran dachte, sie aus ihrem Elternhause zu verjagen, betrieb sie das Auffinden und Mieten einer neuen Wohnung für sich und die Ihren mit vielem Eifer. Der Abschied würde schwer sein... gewiß, der Gedanke daran trieb ihr die Tränen in die Augen. Aber andererseits hatte die Aussicht auf Neuerung und Veränderung doch ihren Reiz... War es nicht fast wie eine neue, eine vierte Etablierung? Wieder besichtigte sie Wohnräume, wieder nahm sie

Rücksprache mit dem Tapezierer Jakobs, wieder unterhandelte sie in den Läden über Portieren und Läuferstoffe... Ihr Herz pochte, wahrhaftig, das Herz dieser alten, vom Leben gestählten Frau schlug höher!

So vergingen Wochen, vier, fünf und sechs Wochen. Der erste Schnee kam, der Winter war da, die Öfen prasselten, und Buddenbrooks überlegten traurig, wie diesmal das Weihnachtsfest vergehen werde... Da plötzlich geschah etwas, etwas Dramatisches, etwas über alle Maßen Überraschendes; der Lauf der Dinge nahm eine Wendung, die das allgemeinste Interesse verdiente und auch erhielt; ein Ereignis trat ein... es *schlug* ein, es machte, daß Frau Permaneder inmitten ihrer Geschäfte stillestand und erstarrte!

»Thomas«, sagte sie, »bin ich verrückt? Phantasiert vielleicht Gosch? Es kann nicht möglich sein? Es ist zu *absurd,* zu undenkbar, zu...« Sie verstummte und hielt ihre Schläfen mit beiden Händen erfaßt. Aber der Senator zuckte die Achseln.

»Liebes Kind, noch ist nichts entschieden; aber der Gedanke, die Möglichkeit ist aufgetaucht, und bei einiger ruhigen Überlegung wirst du finden, daß an der Sache gar nichts Undenkbares ist. Ein bißchen frappierend ist es, gewiß. Ich trat auch einen Schritt zurück, als Gosch es mir sagte. Aber undenkbar? Was steht denn im Wege?...«

»Ich überlebe es nicht«, sagte sie, setzte sich in einen Stuhl und blieb regungslos.

Was ging vor? – Schon hatte sich ein Käufer für das Haus gefunden oder doch eine Person, die Interesse für den Fall an den Tag legte und bereits dem Wunsche Ausdruck gegeben hatte, das feilstehende Besitztum behufs weiterer Unterhandlungen einmal gründlich in Augenschein zu nehmen. Und diese Person war Herr Hermann Hagenström, Großhändler und Königlich Portugiesischer Konsul.

Als das erste Gerücht Frau Permaneder erreicht hatte, war sie gelähmt gewesen, verblüfft, vor den Kopf geschlagen, ungläubig, unfähig, den Gedanken in seiner Tiefe zu erfassen. Nun aber, da die Frage mehr und mehr an Form und Gestalt gewann, da der Besuch Konsul Hagenströms in der Mengstraße ganz einfach schon vor der Türe stand, nun raffte sie sich zusammen, und es kam Leben in sie. Sie protestierte nicht, sie bäumte sich auf. Sie fand Worte, glühende und scharfschneidige Worte, und sie schwang sie wie Brandfackeln und Kriegsbeile.

»Dies geschieht nicht, Thomas! Solange ich lebe, geschieht dies nicht! Wenn man seinen Hund verkauft, so sieht man danach, was für einen Herrn er bekommt. Und Mutters Haus! Unser Haus! Das Landschaftszimmer!...«

»Aber ich frage dich ja, was denn eigentlich im Wege steht?«

»Was im Wege steht? Grundgütiger Gott, was im Wege steht! Berge sollten ihm im Wege stehen, diesem dicken Menschen, Thomas! Berge! Aber er sieht sie nicht! Er kümmert sich nicht darum! Er hat kein Gefühl dafür! Ist er denn ein Vieh?... Seit Urzeiten sind Hagenströms unsere Widersacher... Der alte Hinrich hat Großvater und Vater schikaniert, und wenn Hermann dir noch nichts Ernstliches hat antun können, wenn er dir noch keinen Knüppel zwischen die Beine geworfen hat, so geschah es, weil sich ihm noch keine Gelegenheit dazu bot... Als wir Kinder waren, habe ich ihn auf offener Straße geohrfeigt, wozu ich meine Gründe hatte, und seine holdselige Schwester Julchen hat mich dafür beinahe zuschanden gekratzt. Das sind Kindereien... gut! Aber sie haben voll Hohn und Freude zugesehen, wenn wir Unglück hatten, und meistens war ich diejenige, die ihnen dies Vergnügen verschaffte... Gott hat es so gewollt... Aber inwiefern der Konsul dir geschäftlich geschadet und mit welcher Unverschämtheit er dich überflügelt hat, das mußt du selbst am besten wissen, Tom, darüber kann ich dich nicht belehren. Und als zu guter Letzt noch Erika eine gute Heirat machte, da hat es sie gewurmt, so lange, bis sie es fertig gebracht hatten, den Direktor aus der Welt zu schaffen und einzusperren, durch die Hand ihres Bruders, dieses Katers, dieses Satans von Staatsanwalt... Und nun wollen sie sich erfrechen... sie entblöden sich nicht...«

»Höre, Tony, erstens haben wir in der Sache ja ernstlich gar nicht mehr mitzureden, denn wir haben mit Gosch abgeschlossen, und es ist nun an ihm, das Geschäft zu machen, mit wem er will. Ich gebe dir ja zu, daß eine gewisse Ironie des Schicksals darin läge...«

»Ironie des Schicksals? Ja, Tom, das ist nun *deine* Art, dich auszudrücken! Ich aber nenne es eine Schmach, einen Faustschlag mitten ins Gesicht, und das wäre es!... Bedenkst du denn nicht, was es bedeutet? So bedenke doch, was es bedeuten würde, Thomas! Es würde bedeuten: Buddenbrooks sind fertig, sie sind endgültig abgetan, sie ziehen ab, und Hagenströms rücken mit Kling und Klang an ihre Stelle... Nie, Thomas, niemals wirke ich mit bei diesem Schauspiele! Niemals biete ich die Hand zu dieser Niederträchtigkeit! Mag er nur kommen, laß ihn nur sich unterstehen, hierherzukommen, um das Haus zu besichtigen. Ich empfange ihn nicht, das glaube mir! Ich setze mich mit meiner Tochter und meiner Enkelin in ein Zimmer und drehe den Schlüssel um und verwehre ihm den Eintritt, das tue ich...«

»Du wirst das machen, wie du es für klug hältst, meine Liebe, und vorher überlegen, ob es nicht ratsam sein wird, den gesellschaftlichen Anstand aufmerksam zu wahren. Vermutlich glaubst du, daß Konsul Hagenström sich durch dein Benehmen tief getroffen fühlen würde? Nein, weit gefehlt, mein Kind. Er würde sich weder erfreuen noch erbosen darüber, sondern er würde erstaunt sein, kühl und gleichgültig erstaunt... Die Sache ist die, daß du bei ihm dieselben Gefühle gegen dich und uns voraussetzest, die du gegen ihn hegst. Irrtum, Tony! Er haßt dich ja gar nicht. Warum sollte er dich hassen? Er haßt keinen Menschen. Er sitzt in Erfolg und Glück und ist voll Heiterkeit und Wohlwollen, glaube mir das eine. Ich habe dir schon mehr als zehnmal versichert, daß er dich auf der Straße in der liebenswürdigsten Weise grüßen würde, wenn du dich überwinden könntest, einmal nicht gar zu kriegerisch und hochmütig in die Luft zu blicken. Er wundert sich darüber, zwei Minuten lang empfindet er ein ruhevolles und etwas mokantes Erstaunen, unfähig, einen Mann, dem niemand etwas anhaben kann, aus dem Gleichgewicht zu bringen... Was wirfst du ihm vor? Wenn er mich geschäftlich weit überflügelt hat und mir hie und da mit Erfolg in öffentlichen Angelegenheiten entgegentritt – schön und gut, so muß er denn wohl ein tüchtigerer Kaufmann und ein besserer Politiker sein als ich... Durchaus kein Grund, so sonderbar wütend zu lachen, wie du da tust! Um aber auf das Haus zurückzukommen, so hat ja das alte längst kaum noch eine tatsächliche Bedeutung für die Familie, sondern die ist allmählich ganz auf das meine übergegangen... ich sage das, um dich für jeden Fall zu trösten. Andererseits ist es ja klar, wodurch Konsul Hagenström auf Kaufgedanken gebracht worden ist. Die Leute sind emporgekommen, ihre Familie wächst, sie sind mit Möllendorpfs verschwägert und an Geld und Ansehen den Ersten gleich. Aber es fehlt ihnen etwas, etwas Äußerliches, worauf sie bislang mit Überlegenheit und Vorurteilslosigkeit verzichtet haben... Die historische Weihe, sozusagen, das Legitime... Sie scheinen jetzt Appetit danach bekommen zu haben, und sie verschaffen sich etwas davon, indem sie ein Haus beziehen wie dieses hier... Paß auf, der Konsul wird hier alles möglichst konservieren, er wird nichts umbauen, er wird auch das ›Dominus providebit‹ über der Haustür stehen lassen, obgleich man billig sein und ihm zugestehen muß, daß nicht der Herr, sondern er ganz allein der Firma Strunck & Hagenström zu einem so erfreulichen Aufschwung verholfen hat...«

»Bravo, Tom! Ach, wie das wohltut, einmal von dir eine Bosheit über ihn zu hören! Das ist ja eigentlich alles, was ich will! Mein Gott, hätte ich deinen Kopf, wie wollte ich ihm zusetzen! Aber da stehst du nun...«

»Du siehst ja, daß mein Kopf mir tatsächlich wenig nützt.«

»Aber da stehst du nun, sage ich, und sprichst über die Sache mit dieser unfaßlichen Gelassenheit und erklärst mir Hagenströms Handlungsweise... Ach, rede wie du willst, du hast ein Herz im Leibe so gut wie ich, und ich glaube einfach nicht, daß es dich innerlich so ruhig läßt, wie du tust! Du antwortest mir auf meine Klagen... vielleicht willst du dich selbst nur trösten...«

»Jetzt wirst du vorlaut, Tony. Wie ich ›tue‹, das gilt – bitte ich mir aus! Alles übrige geht niemanden etwas an.«

»Sage nur das eine, Tom, ich flehe dich an: Wäre es nicht ein Fiebertraum?«

»Vollkommen.«

»Ein Alpdrücken?«

»Warum nicht.«

»Eine Katzenkomödie zum Heulen?«

»Genug! Genug!« –

– Und Konsul Hagenström erschien in der Mengstraße, er erschien zusammen mit Herrn Gosch, der, seinen Jesuitenhut in der Hand, gebückt und verräterisch um sich blickend, an dem Folgmädchen vorbei, das die Karten überbracht hatte und die Glastür offenhielt, hinter dem Konsul ins Landschaftszimmer trat...

Hermann Hagenström, in einem fußlangen, dicken und schweren Pelze, der vorne offenstand und einen grüngelben, faserigen und durablen englischen Winteranzug sehen ließ, war eine großstädtische Figur, ein imposanter Börsentypus. Er war so außerordentlich fett, daß nicht nur sein Kinn, sondern sein ganzes Untergesicht doppelt war, was der kurzgehaltene, blonde Vollbart nicht verhüllte, ja, daß die geschorene Haut seiner Schädeldecke bei gewissen Bewegungen der Stirn und der Augenbrauen dicke Falten warf. Seine Nase lag platter als jemals auf der Oberlippe und atmete mühsam in den Schnurrbart hinein; dann und wann aber mußte der Mund ihr zu Hülfe kommen, indem er sich zu einem ergiebigen Atemzuge öffnete. Und das war noch immer mit einem gelinde schmatzenden Geräusch verbunden, hervorgerufen durch ein allmähliches Loslösen der Zunge vom Oberkiefer und vom Schlunde.

Frau Permaneder verfärbte sich, als sie dieses altbekannte Geräusch vernahm. Eine Vision von Zitronensemmeln mit Trüffelwurst und von Straßburger Gänseleberpastete suchte sie heim dabei und hätte beinahe für einen Augenblick die steinerne Würde ihrer Haltung erschüttert... Das Trauerhäubchen auf dem glattgescheitelten Haar, in einem vortrefflich sitzenden schwarzen Kleid, dessen Rock mit Volants bis oben hinauf besetzt war, saß sie mit gekreuzten Armen und etwas emporgezogenen Schultern auf dem Sofa und richtete noch beim Eintritt der beiden Herren eine gleichgültige und ruhevolle Bemerkung an ihren Bruder, den Senator, der es nicht hätte verantworten können, sie in dieser Stunde im Stiche zu lassen... Sie blieb auch noch sitzen, während der Senator, der den Gästen bis zur Mitte des Zimmers entgegengeschritten war, eine herzliche Begrüßung mit dem Makler Gosch und eine korrekt höfliche mit dem Konsul tauschte, erhob sich dann auch ihrerseits, vollführte eine gemessene Verbeugung vor beiden zugleich und beteiligte sich dann ohne jedweden Übereifer mit Wort und Hand an den Aufforderungen ihres Bruders, gefälligst Platz zu nehmen. Übrigens hielt sie hierbei vor unberührter Gleichgültigkeit ihre Augen beinahe ganz geschlossen.

Während man sich setzte und im Verlaufe der ersten darauf folgenden Minuten sprachen abwechselnd der Konsul und der Makler. Herr Gosch bat mit abstoßend falscher Demut, hinter der allen sichtbar die Tücke lauerte, gütigst die Störung zu entschuldigen, doch hege Herr Konsul Hagenström den Wunsch, einen Rundgang durch die Räumlichkeiten des Hauses zu tun, da er eventuell als Käufer darauf reflektiere... Und dann wiederholte der Konsul mit einer Stimme, die Frau Permaneder wiederum an belegte Zitronensemmeln gemahnte, dasselbe noch einmal in anderen Worten. Ja, in der Tat, der Gedanke sei ihm gekommen, und er sei schnell zum Wunsche geworden, den er sich und den Seinen erfüllen zu können hoffe, gesetzt, daß nicht Herr Gosch ein gar zu gutes Geschäft dabei zu machen beabsichtige, ha, ha!... nun, er zweifle nicht, daß sich die Angelegenheit zur allseitigen Zufriedenheit werde ordnen lassen.

Sein Gehaben war frei, sorglos, behaglich und weltmännisch, was seinen Eindruck auf Frau Permaneder nicht verfehlte, besonders da er aus Courtoisie sich mit seinen Worten fast immer an sie wandte. Er ließ sich sogar darauf ein, seinen Wunsch in beinahe entschuldigendem Ton ausführlich zu begründen. »Raum! Mehr Raum!« sagte er. »Mein Haus in der Sandstraße... Sie glauben es nicht, gnädige Frau, und Sie, Herr Senator... es wird uns effektiv zu eng, wir können uns manchmal nicht mehr darin rühren. Ich rede nicht einmal von Gesellschaft... bewahre. Es ist effektiv nur die Familie nötig, Huneus', Möllendorpfs, die Angehörigen meines Bruders Moritz... und wir befinden uns effektiv wie die Heringe. Also warum – nicht wahr?«

Er sprach in dem Tone einer leichten Entrüstung, mit einem Ausdruck und mit Handbewegungen, welche besagten: ›Sie werden das einsehen... ich brauche mir das nicht gefallen zu lassen... ich wäre ja dumm... da es doch, Gott sei Dank, am Nötigsten nicht fehlt, der Sache abzuhelfen...‹

»Nun habe ich warten wollen«, fuhr er fort, »ich habe warten wollen, bis Zerline und Bob ein Haus gebrauchen würden, um ihnen erst dann das meine abzutreten und mich nach etwas Größerem umzutun; aber... Sie wissen«, unterbrach er sich, »daß meine Tochter Zerline und Bob, der Älteste meines Bruders, des Staatsanwaltes, seit langen Jahren verlobt sind... Die Hochzeit soll nun nicht allzu lange mehr hinausgeschoben werden. Zwei Jahre höchstens noch... Sie sind jung – desto besser! Aber kurz und gut, warum soll ich auf sie warten und mir die günstige Gelegenheit entgehen lassen, die sich mir augenblicklich bietet? Es läge effektiv kein vernünftiger Sinn darin...«

Zustimmung herrschte im Zimmer, und die Unterhaltung blieb ein wenig bei dieser Familienangelegenheit, dieser bevorstehenden Verehelichung stehen; denn da vorteilhafte Heiraten zwischen Geschwisterkindern in der Stadt nichts Ungewöhnliches waren, so nahm niemand Anstoß daran. Man erkundigte sich nach den Plänen der jungen Herrschaften, Pläne, die sogar schon die Hochzeitsreise betrafen... Sie gedachten an die Riviera zu gehen, nach Nizza und so weiter. Sie hatten Lust dazu – und warum also nicht, nicht wahr?... Auch der jüngeren Kinder wurde erwähnt, und der Konsul sprach mit Behagen und Wohlgefallen von ihnen, leichthin und mit Achselzucken. Er selbst besaß fünf Kinder und sein Bruder Moritz deren vier: Söhne und Töchter... ja, danke sehr, sie waren alle wohlauf. Warum sollten sie übrigens nicht wohlauf sein – nicht wahr? Kurzum, es ging ihnen gut. Und dann kam er wieder auf das

Anwachsen der Familie und die Enge in seinem Hause zu sprechen... »Ja, dies hier ist etwas anderes!« sagte er. »Das habe ich schon auf dem Wege hier herauf sehen können – das Haus ist eine Perle, eine Perle ohne Frage, gesetzt, daß der Vergleich bei diesen Dimensionen haltbar ist, ha! ha!... Schon die Tapeten hier... ich gestehe Ihnen, gnädige Frau, ich bewundere, während ich spreche, beständig die Tapeten. Ein charmantes Zimmer effektiv! Wenn ich denke... hier haben Sie bislang Ihr Leben verbringen dürfen...«

»Mit einigen Unterbrechungen – ja«, sprach Frau Permaneder mit jener besonderen Kehlkopfstimme, die ihr manchmal zu Gebote stand.

»Unterbrechungen – ja«, wiederholte der Konsul mit zuvorkommendem Lächeln. Dann warf er einen Blick auf Senator Buddenbrook und Herrn Gosch, und da die beiden Herren im Gespräche begriffen waren, rückte er seinen Sessel näher zu Frau Permaneders Sofasitz heran und beugte sich zu ihr, so daß nun das schwere Pusten seiner Nase dicht unter der ihren ertönte. Zu höflich, sich abzuwenden und sich seinem Atem zu entziehen, saß sie steif und möglichst hoch aufgerichtet und blickte mit gesenkten Lidern auf ihn nieder. Aber er bemerkte durchaus nicht das Gezwungene und Unangenehme ihrer Lage.

»Wie ist es, gnädige Frau«, sagte er... »Mir scheint, wir haben früher schon einmal Geschäfte miteinander gemacht? Damals handelte es sich freilich nur... um was noch gleich? Leckereien, Zuckerwerk, wie?... Und jetzt um ein ganzes Haus...«

»Ich erinnere mich nicht«, sagte Frau Permaneder und steifte ihren Hals noch mehr, denn sein Gesicht war ihr unanständig und unerträglich nahe...

»Sie erinnern sich nicht?«

»Nein, ich weiß ehrlich gesagt, nichts von Zuckerwerk. Mir schwebt etwas vor von Zitronensemmeln mit fetter Wurst belegt... einem recht widerlichen Frühstücksbrot... Ich weiß nicht, ob es mir oder Ihnen gehörte... Wir waren Kinder damals... Aber das mit dem Hause heute ist ja ganz und gar Sache des Herrn Gosch...«

Sie warf ihrem Bruder einen raschen, dankbaren Blick zu, denn er hatte ihre Not gesehen und kam ihr zur Hülfe, indem er sich die Frage erlaubte, ob es den Herren genehm sei, vorerst einmal den Gang durchs Haus zu unternehmen. Man war bereit dazu, man verabschiedete sich vorläufig von Frau Permaneder, denn man hoffte, später noch einmal das Vergnügen zu haben... und dann führte der Senator die beiden Gäste durch den Eßsaal hinaus.

Er führte sie treppauf, treppab und zeigte ihnen die Zimmer der zweiten Etage sowie diejenigen, die am Korridor des ersten Stockwerks gelegen waren, und die Parterre-Räumlichkeiten, ja selbst Küche und Keller. Was die Bureaux betraf, so nahm man Abstand davon, einzutreten, da der Rundgang in die Arbeitszeit der Versicherungs-Beamtenschaft fiel. Ein paar Bemerkungen über den neuen Direktor wurden gewechselt, den Konsul Hagenström zweimal hintereinander für einen grundehrlichen Mann erklärte, worauf der Senator verstummte.

Sie gingen dann durch den kahlen, in halbgeschmolzenem Schnee liegenden Garten, taten einen Blick in das »Portal« und kehrten auf den vorderen Hof zurück, dorthin, wo die Waschküche lag, um sich von hier aus den schmalen, gepflasterten Gang zwischen den Mauern entlang über den hinteren Hof, wo der Eichbaum stand, nach dem Rückgebäude zu begeben. Hier gab es nichts als vernachlässigte Altersschwäche. Zwischen den Pflastersteinen des Hofes wucherte Gras und Moos, die Treppen des Hauses waren in vollem Verfall, und die freie Katzenfamilie im Billardsaale konnte man nur flüchtig beunruhigen, indem man die Tür öffnete, ohne einzutreten, denn der Fußboden war hier nicht sicher.

Konsul Hagenström war schweigsam und ersichtlich mit Erwägungen und Plänen beschäftigt. »Nun ja –«, sagte er beständig, gleichgültig abwehrend, und deutete damit an, daß, sollte er hier Herr werden, dies alles natürlich nicht so bleiben könne. Mit der gleichen Miene stand er auch ein Weilchen auf dem harten Lehmboden zu ebener Erde und blickte zu den öden Speicherböden empor. »Nun ja –«, wiederholte er, setzte das dicke und schadhafte Windetau, das hier, mit seinem verrosteten Eisenhaken am Ende, während langer Jahre regungslos inmitten des Raumes gehangen hatte, ein wenig in Pendelbewegung und wandte sich dann auf dem Absatze um.

»Ja, nehmen Sie besten Dank für Ihre Bemühungen, Herr Senator; wir sind wohl zu Ende«, sagte er, und dann blieb er beinahe stumm, auf dem rasch zurückgelegten Wege zum Vordergebäude sowie auch später, als die beiden Gäste sich im Landschaftszimmer, ohne noch einmal Platz zu nehmen, bei Frau Permaneder empfohlen hatten und Thomas Buddenbrook sie die Treppe hinunter und über die Diele geleitete. Kaum aber war die Verabschiedung erledigt, und kaum wandte sich Konsul Hagenström, auf die Straße hinaustretend, seinem Begleiter, dem Makler, zu, als zu bemerken war, daß ein überaus lebhaftes Gespräch zwischen den beiden begann...

Der Senator kehrte ins Landschaftszimmer zurück, woselbst Frau Permaneder, ohne sich anzulehnen und mit strenger Miene, an ihrem Fensterplatze saß, mit zwei großen Holznadeln an einem schwarzwollenen Röckchen für ihre Enkelin, die kleine Elisabeth, strickte und hie und da einen Blick seitwärts in den »Spion« warf. Thomas ging eine Weile, die Hände in den Hosentaschen, schweigend auf und nieder.

»Ja, ich habe ihn nun dem Makler überlassen«, sagte er dann; »man muß abwarten, was daraus wird. Ich denke, er wird das Ganze kaufen, hier vorne wohnen und das hintere Terrain anderweitig verwerten...«

Sie sah ihn nicht an, sie veränderte auch nicht die aufrechte Haltung ihres Oberkörpers und hörte nicht auf, zu stricken; im Gegenteile, die Schnelligkeit, mit der die Nadeln sich in ihren Händen umeinanderbewegten, nahm merklich zu.

»Oh gewiß, er wird es kaufen, er wird das Ganze kaufen«, sagte sie, und es war die Kehlkopfstimme, deren sie sich bediente. »Warum sollte er es nicht kaufen, nicht wahr? Es läge effektiv kein vernünftiger Sinn darin.«

Und mit emporgezogenen Brauen blickte sie durch das Pincenez, das sie jetzt bei Handarbeiten gebrauchen mußte, aber durchaus nicht richtig aufzusetzen verstand, steif und fest auf ihre Nadeln, die mit verwirrender Geschwindigkeit und leisem Geklapper umeinanderwirbelten.

Weihnachten kam, das erste Weihnachtsfest ohne die Konsulin. Der Abend des 24. Dezembers wurde im Hause des Senators begangen, ohne die Damen Buddenbrook aus der Breiten Straße und ohne die alten Krögers; denn wie es nun mit den regelmäßigen »Kindertagen« ein Ende hatte, so war Thomas Buddenbrook auch nicht geneigt, alle Teilnehmer an den Weihnachtsabenden der Konsulin nun seinerseits zu versammeln und zu beschenken. Nur Frau Permaneder mit Erika Weinschenk und der kleinen Elisabeth, Christian, Klothilde, die Klosterdame, und Mademoiselle Weichbrodt waren gebeten, welch letztere ja nicht abließ, am 25. in ihren heißen Stübchen die übliche, mit Unglücksfällen verbundene Bescherung abzuhalten.

Es fehlte der Chor der »Hausarmen«, die in der Mengstraße Schuhzeug und wollene Sachen in Empfang genommen hatten, und es gab keinen Knabengesang. Man stimmte im Salon ganz einfach das »Stille Nacht, heilige Nacht« an, worauf Therese Weichbrodt aufs exakteste das Weihnachtskapitel verlas, an Stelle der Senatorin, die das nicht sonderlich liebte; und dann ging man, indem man mit halber Stimme die erste Strophe des »O Tannebaum« sang, durch die Zimmerflucht in den großen Saal hinüber.

Es lag kein besonderer Grund vor zu freudigen Veranstaltungen. Die Gesichter waren nicht eben glückstrahlend und die Unterhaltung nicht eben heiter bewegt. Worüber sollte man plaudern? Es gab nicht viel Erfreuliches in der Welt. Man gedachte der seligen Mutter, sprach über den Hausverkauf, über die helle Etage, die Frau Permaneder vorm Holstentore in einem freundlichen Hause angesichts der Anlagen des »Lindenplatzes« gemietet hatte, und über das, was geschehen werde, wenn Hugo Weinschenk wieder auf freiem Fuße wäre... Inzwischen spielte der kleine Johann auf dem Flügel einiges, was er mit Herrn Pfühl geübt hatte, und begleitete seiner Mutter, etwas fehlerhaft, aber mit schönem Klange, eine Sonate von Mozart. Er wurde belobt und geküßt, mußte dann aber von Ida Jungmann zur Ruhe gebracht werden, da er heute abend, noch infolge einer kaum überstandenen Darmaffektion, sehr blaß und matt aussah.

Selbst Christian, welcher, da er nach jenem Zusammenstoße im Frühstückszimmer von Heiratsgedanken nichts mehr hatte verlautbaren lassen, mit seinem Bruder in dem alten, für ihn nicht sehr ehrenvollen Verhältnis fortlebte, war gänzlich ungesprächig und zu keinem Spaße aufgelegt. Er machte mit wandernden Augen einen kurzen Versuch, bei den Anwesenden ein wenig Verständnis für die »Qual« in seiner linken Seite zu erwecken, und ging früh in den Klub, um erst zum Abendessen zurückzukehren, das in der hergebrachten Weise zusammengesetzt war... Dann hatten Buddenbrooks diesen Weihnachtsabend hinter sich, und sie waren beinahe froh darüber.

Zu Beginn des Jahres 72 ward der Hausstand der verstorbenen Konsulin aufgelöst. Die Dienstmädchen zogen davon, und Frau Permaneder lobte Gott, als auch Mamsell Severin, die ihr bislang im Wirtschaftswesen aufs unerträglichste die Autorität streitig gemacht hatte, sich mit den übernommenen Seidenkleidern und Wäschestücken verabschiedete. Dann standen Möbelwagen in der Mengstraße, und die Räumung des alten Hauses begann. Die große geschnitzte Truhe, die vergoldeten Kandelaber und die übrigen Dinge, die dem Senator und seiner Gattin zugefallen waren, wurden nun in die Fischergrube geschafft. Christian bezog mit dem Seinen eine Garçonwohnung von drei Zimmern in der Nähe des Klubs, und die kleine Familie Permaneder-Weinschenk hielt ihren Einzug in dem hellen und nicht ohne Anspruch auf Vornehmheit eingerichteten Stockwerk am Lindenplatze. Es war eine hübsche kleine Wohnung, und an der Etagentür stand auf einem blanken Kupferschilde in zierlicher Schrift zu lesen: *A. Permaneder-Buddenbrook, Witwe.*

Kaum aber stand das Haus in der Mengstraße leer, als auch schon eine Schar von Arbeitern am Platze erschien, die das Rückgebäude abzubrechen begannen, daß der alte Mörtelstaub die Luft verfinsterte... Das Grundstück war nun endgültig in den Besitz Konsul Hagenströms übergegangen. Er hatte es gekauft, er schien seinen Ehrgeiz darein gesetzt zu haben, es zu kaufen, denn ein Angebot, das Herrn Siegismund Gosch von Bremen aus zugegangen war, hatte er unverzüglich überboten, und er begann nun, sein Eigentum in der ingeniösen Art zu verwerten, die man seit langer Zeit an ihm bewunderte. Schon im Frühjahr bezog er mit seiner Familie das Vorderhaus, indem er dort nach Möglichkeit alles beim alten beließ, vorbehaltlich kleiner gelegentlicher Renovierungen und abgesehen von einigen sofortigen, der Neuzeit entsprechenden Änderungen; zum Beispiel wurden alle Glockenzüge abgeschafft und das Haus durchaus mit elektrischen Klingeln versehen... Schon aber war das Rückgebäude vom Boden verschwunden, und an seiner Statt stieg ein neues empor, ein schmucker und luftiger Bau, dessen Front der Beckergrube zugekehrt war und der für Magazine und Läden hohe und weite Räume bot.

Frau Permaneder hatte ihrem Bruder Thomas gegenüber wiederholt eidlich beteuert, daß fortan keine Macht der Erde sie werde bewegen können, ihr Elternhaus auch nur mit einem Blicke wiederzusehen. Allein, es war unmöglich, dies innezuhalten, und hie und da führte ihr Weg sie notwendig an den rasch aufs vorteilhafteste vermieteten Läden und Schaufenstern des Rückgebäudes oder der ehrwürdigen Giebelfassade andererseits vorüber, wo nun unter dem »Dominus providebit« der Name Konsul Hermann Hagenströms zu lesen war. Dann aber begann Frau Permaneder-Buddenbrook auf offener Straße und angesichts noch so vieler Menschen einfach laut zu weinen. Sie legte den Kopf zurück, ähnlich einem Vogel, der zu singen anhebt, drückte das Schnupftuch gegen die Augen und stieß wiederholt einen Wehelaut hervor, dessen Ausdruck aus Protest und Klage gemischt war, worauf sie, ohne sich um irgendeinen Vorübergehenden noch um die Mahnungen ihrer Tochter zu bekümmern, sich ihren Tränen überließ.

Es war noch ganz ihr unbedenkliches, erquickendes Kinderweinen, das ihr in allen Stürmen und Schiffbrüchen des Lebens treu geblieben war.

Zehnter Teil

1.

Oftmals, wenn die trüben Stunden kamen, fragte sich Thomas Buddenbrook, was er eigentlich noch sei, was ihn eigentlich noch berechtige, sich auch nur ein wenig höher einzuschätzen als irgendeinen seiner einfach veranlagten, biderben und kleinbürgerlich beschränkten Mitbürger. Die phantasievolle Schwungkraft, der muntere Idealismus seiner Jugend war dahin. Im Spiele zu arbeiten und mit der Arbeit zu spielen, mit einem halb ernst, halb spaßhaft gemeinten Ehrgeiz nach Zielen zu streben, denen man nur einen Gleichniswert zuerkennt – zu solchen heiter-skeptischen Kompromissen und geistreichen Halbheiten gehört viel Frische, Humor und guter Mut; aber Thomas Buddenbrook fühlte sich unaussprechlich müde und verdrossen.

Was für ihn zu erreichen gewesen war, hatte er erreicht, und er wußte wohl, daß er den Höhepunkt seines Lebens, wenn überhaupt, wie er bei sich hinzufügte, bei einem so mittelmäßigen und niedrigen Leben von einem Höhepunkte die Rede sein konnte, längst überschritten hatte.

Was das rein Geschäftliche betraf, so galt im allgemeinen sein Vermögen für stark reduziert und die Firma für im Rückgange begriffen. Dennoch war er, sein mütterliches Erbe, den Anteil am Mengstraßenhause und den Grundbesitz eingerechnet, ein Mann von mehr als sechsmalhunderttausend Mark Courant. Das Betriebskapital aber lag brach seit langen Jahren, mit dem pfennigweisen Geschäftemachen, dessen sich der Senator zur Zeit der Pöppenrader Ernteangelegenheit angeklagt hatte, war es seit dem Schlage, den er damals empfangen, nicht besser, sondern schlimmer geworden, und jetzt, in einer Zeit, da alles sich frisch und siegesfroh regte, da seit dem Eintritt der Stadt in den Zollverband kleine Krämergeschäfte imstande waren, sich binnen weniger Jahre zu angesehenen Großhandlungen zu entwikkeln, jetzt ruhte die Firma Johann Buddenbrook, ohne irgendeinen Vorteil aus den Errungenschaften der Zeit zu ziehen, und über den Gang der Geschäfte befragt, antwortete der Chef mit matt abwehrender Handbewegung: »Ach, dabei ist nicht viel Freude...« Ein lebhafterer Konkurrent, der ein naher Freund der Hagenströms war, tat die Äußerung, daß Thomas Buddenbrook an der Börse eigentlich nur noch dekorativ wirke, und dieser Scherz, der auf das sorgfältig gepflegte Äußere des Senators anspielte, wurde von den Bürgern als eine unerhörte Leistung gewandter Dialektik bewundert und belacht.

War aber der Senator im Fortwirken für das alte Firmenschild, dem er ehemals mit soviel Enthusiasmus gedient hatte, durch erlittenes Mißgeschick und innere Mattigkeit gelähmt, so waren seinem Emporstreben im städtischen Gemeinwesen äußere Grenzen gezogen, die unüberschreitbar waren. Seit Jahren, schon seit seiner Berufung in den Senat, hatte er auch hier erlangt, was für ihn zu erlangen war. Es gab nur noch Stellungen innezuhalten und Ämter zu bekleiden, aber nichts mehr zu erobern; es gab nur noch Gegenwart und kleinliche Wirklichkeit, aber keine Zukunft und keine ehrgeizigen Pläne mehr. Zwar hatte er seine Macht in der Stadt umfänglicher zu gestalten gewußt, als ein anderer an seiner Stelle das vermocht hätte, und seinen Feinden wurde es schwer, zu leugnen, daß er »des Bürgermeisters rechte Hand« sei. Bürgermeister aber konnte Thomas Buddenbrook nicht werden, denn er war Kaufmann und nicht Gelehrter, er hatte kein Gymnasium absolviert, war nicht Jurist und überhaupt nicht akademisch ausgebildet. Er aber, der von jeher seine Mußestunden mit historischer und literarischer Lektüre ausgefüllt hatte, der sich seiner gesamten Umgebung an Geist, Verstand und innerer wie äußerer Bildung überlegen fühlte, er verwand nicht den Ärger darüber, daß das Fehlen der ordnungsmäßigen Qualifikationen es ihm unmöglich machte, in dem kleinen Reich, in das er hineingeboren, die erste Stelle einzunehmen. »Wie dumm sind wir gewesen«, sagte er zu seinem Freunde und Bewunderer Stephan Kistenmaker – aber mit dem »wir« meinte er nur sich allein –, »daß wir so früh ins Comptoir gelaufen sind und nicht lieber die Schule beendigt haben!« Und Stephan Kistenmaker antwortete: »Ja, da hast du wahrhaftig recht!... Warum übrigens?«

Der Senator arbeitete jetzt meistens allein an dem großen Mahagoni-Schreibtisch in seinem Privatbureau; erstens, weil dort niemand es sah, wenn er den Kopf in die Hand stützte und mit geschlossenen Augen grübelte, hauptsächlich aber, weil die haarsträubende Pedanterie, mit der sein Sozius, Herr Friedrich Wilhelm Marcus, ihm gegenüber immer aufs neue seine Utensilien ordnete und seinen Schnurrbart strich, ihn von seinem Fensterplatz im Hauptcomptoir verjagt hatte.

Die bedächtige Umständlichkeit des alten Herrn Marcus war im Laufe der Jahre zur vollständigen Manie und Wunderlichkeit geworden; was sie aber in letzter Zeit für Thomas Buddenbrook zu etwas unerträglich Aufreizendem und Beleidigendem machte, war der Umstand, daß er selbst zu seinem Entsetzen oftmals etwas Ähnliches an sich beobachten mußte. Ja, auch in ihm, der ehemals aller Kleinlichkeit so abhold gewesen war, hatte sich eine Art von Pedanterie entwickelt, wenn auch aus einer anderen Konstitution und einer anderen Gemütsverfassung heraus.

In ihm war es leer, und er sah keinen anregenden Plan und keine fesselnde Arbeit, der er sich mit Freude und Befriedigung hätte hingeben können. Sein Tätigkeitstrieb aber, die Unfähigkeit seines Kopfes, zu ruhen, seine Aktivität, die stets etwas gründlich anderes gewesen war als die natürliche und durable Arbeitslust seiner Väter: etwas Künstliches nämlich, ein Drang seiner Nerven, ein Betäubungsmittel im Grunde, so gut wie die kleinen, scharfen russischen Zigaretten, die er beständig dazu rauchte... sie hatte ihn nicht verlassen, er war ihrer weniger Herr als jemals, sie hatte überhandgenommen und wurde zur Marter, indem sie sich an eine Menge von Nichtigkeiten verzettelte. Er war gehetzt von fünfhundert nichtswürdigen Bagatellen, die zum großen Teil nur die Instandhaltung seines Hauses und seiner Toilette betrafen, die er aus Überdruß verschob, die sein Kopf nicht beieinanderzuhalten vermochte und mit denen er nicht in Ordnung kam, weil er unverhältnismäßig viel Nachdenken und Zeit daran verschwendete.

Das, was man in der Stadt seine »Eitelkeit« nannte, hatte in einer Weise zugenommen, deren er selbst längst begonnen hatte sich zu schämen, ohne daß er imstande gewesen wäre, sich der Gewohnheiten zu entschlagen, die sich in dieser Beziehung entwickelt hatten. Von dem Augenblicke an, da er nach einer nicht unruhig, aber in dumpfem und unerquicklichem Schlafe verbrachten Nacht im Schlafrock zu Herrn Wenzel, dem alten Barbier, ins Ankleidezimmer trat – es war neun Uhr, und er hatte sich früher viel zeitiger erhoben –, verbrauchte er volle anderthalb Stunden bei seinem Anzuge, bis er sich fertig und entschlossen fühlte, den Tag zu beginnen, indem er sich zum Tee ins erste Stockwerk hinunterbegab. Seine Toilette war so umständlich und dabei in der Reihenfolge ihrer Einzelheiten, von der kalten Douche im Badezimmer bis zum Schluß, wenn das letzte Stäubchen vom Rocke entfernt war und die Bartenden zum letzten Male durch die Brennschere glitten, so fest und unabänderlich geregelt, daß die beständig wiederholte Abhaspelung dieser zahllosen kleinen Handgriffe und Arbeiten ihn jeden Augenblick zur Verzweiflung brachte. Dennoch hätte er es nicht vermocht, das Kabinett mit dem Bewußtsein zu verlassen, irgend etwas davon unterlassen oder nur flüchtig erledigt zu haben, aus Furcht, dieses Gefühls von Frische, Ruhe und Intaktheit verlustig zu gehen, das doch nach einer einzigen Stunde wieder verloren war und notdürftig erneuert werden mußte.

Er sparte in allen Dingen, soweit das, ohne sich dem Gerede auszusetzen, tunlich war, – nur nicht in betreff seiner Garderobe, die er durchaus bei dem elegantesten Schneider von Hamburg anfertigen ließ und für deren Erhaltung und Ergänzung er keine Kosten scheute. Eine Tür, die in ein anderes Zimmer zu führen schien, verschloß die geräumige Nische, die in eine Wand des Ankleide-Kabinetts eingemauert war, und in der an langen Reihen von Haken, über gebogene Holzleisten ausgespannt, die Jacketts, Smokings, Gehröcke, Fräcke für alle Jahreszeiten und in allen Gradabstufungen der gesellschaftlichen Feierlichkeit hingen, während auf mehreren Stühlen die Beinkleider, sorgfältig in die Falten gelegt, aufgestapelt waren. In der Kommode aber, mit dem gewaltigen Spiegelaufsatz, dessen Platte mit Kämmen, Bürsten und Präparaten für die Pflege des Haupthaares und Bartes bedeckt war, lagerte der Vorrat von verschiedenartiger Leibwäsche, die beständig gewechselt, gewaschen, verbraucht und ergänzt wurde...

In diesem Kabinett verbrachte er nicht nur am Morgen eine lange Zeit, sondern auch vor jedem Diner, jeder Senatssitzung, jeder öffentlichen Versammlung, kurz, immer, bevor es galt, sich unter Menschen zu zeigen und zu bewegen, ja selbst vor den alltäglichen Mahlzeiten zu Hause, bei denen außer ihm selbst nur seine Frau, der kleine Johann und Ida Jungmann zugegen waren. Und wenn er hinaustrat, so verschaffte die frische Wäsche an seinem Körper, die tadellose und diskrete Eleganz seines Anzuges, sein sorgfältig gewaschenes Gesicht, der Geruch der Brillantine in seinem Schnurrbart und der herb-kühle Geschmack des gebrauchten Mundwassers ihm das Befriedigungs- und Bereitschaftsgefühl, mit dem ein Schauspieler, der seine Maske in allen Einzelheiten vollendet hergestellt hat, sich zur Bühne begibt... Wirklich! Thomas Buddenbrooks Dasein war kein anderes mehr als das eines Schauspielers, eines solchen aber, dessen ganzes Leben bis auf die geringste und alltäglichste Kleinigkeit zu einer einzigen Produktion geworden ist, einer Produktion, die mit Ausnahme einiger weniger und kurzer Stunden des Alleinseins und der Abspannung beständig alle Kräfte in Anspruch nimmt und verzehrt... Der gänzliche Mangel eines aufrichtig feurigen Interesses, das ihn in Anspruch genommen hätte, die Verarmung und Verödung seines Inneren – eine Verödung, so stark, daß sie sich fast unablässig als ein unbestimmt lastender Gram fühlbar machte –, verbunden mit einer unerbittlichen inneren Verpflichtung und zähen Entschlossenheit, um jeden Preis würdig zu repräsentieren, seine Hinfälligkeit mit allen Mitteln zu verstecken und die »Dehors« zu wahren, hatte dies aus seinem Dasein gemacht, hatte es künstlich, bewußt, gezwungen gemacht und bewirkt, daß jedes Wort, jede Bewegung, jede geringste Aktion unter Menschen zu einer anstrengenden und aufreibenden Schauspielerei geworden war.

Seltsame Einzelheiten traten dabei zutage, eigenartige Bedürfnisse, die er selbst mit Erstaunen und Widerwillen an sich wahrnahm. Im Gegensatz zu Leuten, die selbst keine Rolle spielen, sondern nur unbeachtet und den Blicken unzugänglich in aller Stille ihre Beobachtungen anstellen wollen, liebte er es nicht, das Tageslicht im Rücken zu haben, sich selbst im Schatten zu wissen und die Leute in heller Beleuchtung vor sich zu sehen; halb geblendet vielmehr das Licht in den Augen zu fühlen und die Leute, sein Publikum, die, auf die er als liebenswürdiger Gesellschafter oder als lebhafter Geschäftsmann und repräsentierender Firmenchef oder als öffentlicher Redner zu wirken hatte, als eine bloße Masse im Schatten vor sich zu sehen... nur dies gab ihm das Gefühl der Separation und Sicherheit, jenen blinden Rausch des Sich-Produzierens, in dem er seine Erfolge erzielte. Ja, eben dieser rauschartige Zustand der Aktion war es, der ihm allgemach zu dem weitaus erträglichsten geworden war. Wenn er, das Weinglas zur Hand, am Tische stand und mit liebenswürdigem Mienenspiele, gefälligen Gesten und geschickt vorgebrachten Redewendungen, welche einschlugen und beifällige Heiterkeit entfesselten, einen Toast ausbrachte, so konnte er trotz seiner Blässe als der Thomas Buddenbrook von ehedem erscheinen; viel schwerer war es ihm, in untätigem Stillesitzen die Herrschaft über sich selbst zu bewahren. Dann stiegen Müdigkeit und Überdruß in ihm empor, trübten seine Augen und nahmen ihm die Gewalt über seine Gesichtsmuskeln und die Haltung seines Körpers. Nur ein Wunsch erfüllte ihn dann: dieser matten Verzweiflung nachzugeben, sich davonzustehlen und zu Hause seinen Kopf auf ein kühles Kissen zu legen.

Frau Permaneder hatte in der Fischergrube zu Abend gegessen, und zwar allein; denn ihre Tochter, die gleichfalls gebeten worden war, hatte nachmittags ihrem Gatten im Gefängnis einen

Besuch gemacht und fühlte sich, wie stets in diesem Falle, ermüdet und unwohl, weshalb sie zu Hause geblieben war.

Frau Antonie hatte bei Tische über Hugo Weinschenk gesprochen, dessen Gemütszustand äußerst traurig sein sollte, und dann war die Frage erörtert worden, wann man wohl, mit einiger Aussicht auf Erfolg, dem Senate ein Gnadengesuch werde einreichen können. Nun hatten sich die drei Verwandten im Wohnzimmer um den runden Mitteltisch unter der großen Gaslampe niedergelassen. Gerda Buddenbrook und ihre Schwägerin saßen, mit Handarbeiten beschäftigt, einander gegenüber. Die Senatorin hielt ihr schönes weißes Gesicht über eine Seidenstickerei gebeugt, daß ihr schweres Haar, vom Lichte beschienen, dunkel zu erglühen schien, und Frau Permaneder, den Klemmer gänzlich schief und zweckwidrig auf der Nase, befestigte mit sorglichen Fingern eine große, wunderbar rote Atlasschleife an einem winzigen gelben Körbchen. Das wurde ein Geburtstagsgeschenk für irgendeine Bekannte. Der Senator aber saß seitwärts vom Tische in einem breiten Polsterfauteuil mit schräger Rückenlehne und las mit gekreuzten Beinen die Zeitung, während er dann und wann den Rauch seiner russischen Zigarette einzog und ihn als einen hellgrauen Strom durch den Schnurrbart wieder ausatmete...

Es war ein warmer Sommer-Sonntagabend. Das hohe Fenster stand offen und ließ die laue, ein wenig feuchte Luft das Zimmer erfüllen. Vom Tische aus konnte man, über den grauen Giebeln der gegenüberliegenden Häuser, zwischen ganz langsam ziehenden Wolken die Sterne sehen. Drüben, in dem kleinen Blumenladen von Iwersen, war noch Licht. Weiter oben in der stillen Straße ward unter allerhand Mißgriffen eine Handharmonika gespielt, wahrscheinlich von einem Knechte des Fuhrmannes Dankwart. Dann und wann wurde es laut dort draußen. Ein Trupp von Matrosen zog vorüber, die singend, rauchend und Arm in Arm aus einer zweifelhaften Hafenwirtschaft kamen und sich in Feierstimmung nach einer zweifelhafteren umtaten. Ihre rauhen Stimmen und wiegenden Schritte verhallten in einer Querstraße.

Der Senator legte die Zeitung neben sich auf den Tisch, schob sein Pincenez in die Westentasche und strich mit der Hand über Stirn und Augen.

»Schwach, sehr schwach, diese ›Anzeigen‹!« sagte er. »Mir fällt jedesmal dabei ein, was Großvater von faden und konsistenzlosen Gerichten sagte: ›Es schmeckt, als ob man die Zunge zum Fenster hinaushängt...‹ In drei langweiligen Minuten ist man mit dem Ganzen fertig. Es steht einfach gar nichts darin...«

»Ja, Gott weiß es, das darfst du getrost wiederholen, Tom!« sagte Frau Permaneder, indem sie ihre Arbeit sinken ließ und an dem Klemmer vorbei auf ihren Bruder sah... »Was soll auch wohl darin stehen? Ich habe es von jeher gesagt, schon als ganz junges dummes Ding: Diese ›Städtischen Anzeigen‹ sind ein klägliches Blättchen! Ich lese sie ja auch, gewiß, weil eben meistens nichts anderes zur Hand ist... Aber daß der Großhändler Konsul Soundso seine silberne Hochzeit zu feiern gedenkt, finde ich meinesteils nicht allzu erschütternd. Man sollte andere Blätter lesen, die ›Königsberger Hartung'sche Zeitung‹ oder die ›Rheinische Zeitung‹. Da würde man...«

Sie unterbrach sich. Sie hatte die Zeitung zur Hand genommen, hatte sie noch einmal entfaltet und, während sie sprach, ihre Augen geringschätzig über die Spalten gleiten lassen. Nun aber blieb ihr Blick an einer Stelle haften, einer kurzen Notiz von vier oder fünf Zeilen... Sie verstummte, sie griff mit einer Hand nach ihrem Augenglas, las, während ihr Mund sich langsam öffnete, die Notiz zu Ende und stieß dann zwei Schreckensrufe aus, wobei sie beide Handflächen gegen die Wangen preßte und die Ellenbogen weit vom Körper entfernt hielt.

»Unmöglich!... Es ist nicht möglich!... Nein, Gerda... Tom... Das konntest du übersehen!... Es ist entsetzlich!... Die arme Armgard! So mußte es für sie kommen...«

Gerda hatte den Kopf von ihrer Arbeit erhoben und Thomas sich erschreckt seiner Schwester zugewandt. Und heftig ergriffen, mit bebender Kehlstimme jedes Wort schicksalsschwer betonend, las Frau Permaneder laut diese Nachricht, die aus Rostock kam und dahin ging, daß gestern nacht der Rittergutsbesitzer Ralf von Maiboom im Arbeitszimmer des Herrenhauses von Pöppenrade sich vermittelst eines Revolverschusses entleibt habe. »Pekuniäre Bedrängnis scheint der Beweggrund zur Tat gewesen zu sein. Herr von Maiboom hinterläßt eine Frau mit drei Kindern.« So schloß sie, und dann ließ sie die Zeitung in den Schoß sinken, lehnte sich zurück und sah Bruder und Schwägerin schweigend und fassungslos mit klagenden Augen an.

Thomas Buddenbrook hatte sich, schon während sie las, wieder von ihr abgekehrt und blickte an ihr vorbei, zwischen den Portieren hindurch, in das Dunkel des Salons hinüber.

»Mit einem Revolver?« fragte er, nachdem wohl zwei Minuten lang Stille geherrscht hatte. – Und wiederum nach einer Pause sprach er leise, langsam und spöttisch:

»Ja, ja, so ein Rittersmann!...«

Dann versank er aufs neue in Sinnen. Die Schnelligkeit, mit der er die eine Spitze seines Schnurrbartes zwischen den Fingern drehte, stand in sonderbarem Gegensatz zu der verschwommenen, starren und ziellosen Unbeweglichkeit seines Blickes.

Er achtete nicht auf die Klagereden seiner Schwester und auf die Mutmaßungen, die sie in betreff des ferneren Lebens ihrer Freundin Armgard anstellte, noch bemerkte er, daß Gerda, ohne den Kopf ihm zuzuwenden, ihre nahe beieinanderliegenden braunen Augen, in deren Winkeln bläuliche Schatten lagerten, fest und spähend auf ihn gerichtet hielt.

2.

Niemals vermochte Thomas Buddenbrook mit dem Blicke matten Mißmutes, mit dem er den Rest seines eigenen Lebens erwartete, auch in die Zukunft des kleinen Johann zu sehen. Sein Familiensinn, dieses ererbte und anerzogene, rückwärts sowohl wie vorwärts gewandte, pietätvolle Interesse für die intime Historie seines Hauses hinderte ihn daran, und die liebevolle oder

neugierige Erwartung, mit der seine Freundschaft und Bekanntschaft in der Stadt, seine Schwester und selbst die Damen Buddenbrook in der Breiten Straße seinen Sohn betrachteten, beeinflußte seine Gedanken. Er sagte sich mit Genugtuung, daß, wie
aufgerieben und hoffnungslos auch immer er selbst für seine
Person sich fühlte, er angesichts seines kleinen Erbfolgers stets
belebender Zukunftsträume von Tüchtigkeit, praktischer und
unbefangener Arbeit, Erfolg, Erwerb, Macht, Reichtum und
Ehren fähig war... ja, daß an dieser einen Stelle sein erkaltetes
und künstliches Leben zu warmem und aufrichtigem Sorgen,
Fürchten und Hoffen wurde.

Wie, wenn er selbst dereinst auf seine alten Tage, von einem
Ruhewinkel aus, den Wiederbeginn der alten Zeit, der Zeit von
Hanno's Urgroßvater erblicken dürfte? War diese Hoffnung
denn so gänzlich unmöglich? Er hatte die Musik als seine Feindin
empfunden; aber hatte es denn in Wirklichkeit eine so ernste Bewandtnis damit? Zugegeben, daß die Liebe des Jungen zum
freien Spiel ohne Noten von einer nicht ganz gewöhnlichen Ver-
anlagung Zeugnis gab, – im regelrechten Unterrichte bei Herrn
Pfühl war er keineswegs außerordentlich weit vorgeschritten.
Die Musik, das war keine Frage, war der Einfluß seiner Mutter,
und kein Wunder, daß während der ersten Kinderjahre dieser
Einfluß überwogen hatte. Aber die Zeit begann, da einem Vater
Gelegenheit gegeben wird, auch seinerseits auf seinen Sohn zu
wirken, ihn ein wenig auf seine Seite zu ziehen und mit männlichen Gegeneindrücken die bisherigen weiblichen Einflüsse zu
neutralisieren. Und der Senator war entschlossen, keine solche
Gelegenheit unbenutzt zu lassen.

Hanno, nun elfjährig, war zu Ostern ebenso wie sein Freund,
der kleine Graf Mölln, mit genauer Not und zwei Nachprüfun-
gen, im Rechnen und in der Geographie, nach Quarta versetzt
worden. Es stand fest, daß er die Realklassen besuchen sollte,
denn daß er Kaufmann werden und dereinst die Firma übernüh-
men mußte, war selbstverständlich, und Fragen seines Vaters,
ob er Lust zu seinem künftigen Berufe in sich verspüre, beantwortete er mit Ja... einem einfachen, etwas scheuen Ja ohne Zu-

satz, das der Senator durch weitere drängende Fragen ein wenig lebhafter und ausführlicher zu machen suchte – und zwar meistens vergebens.

Hätte Senator Buddenbrook zwei Söhne besessen, so hätte er den jüngeren ohne Frage das Gymnasium absolvieren und studieren lassen. Aber die Firma verlangte einen Erben, und abgesehen hiervon glaubte er dem Kleinen eine Wohltat zu erweisen, wenn er ihn der unnötigen Mühen mit dem Griechischen überhob. Er war der Meinung, daß das Realpensum leichter zu bewältigen sei, und daß Hanno, mit seiner oft schwerfälligen Auffassung, seiner träumerischen Unaufmerksamkeit und seiner körperlichen Zartheit, die ihn allzuoft nötigte, die Schule zu versäumen, in den Realklassen ohne Überanstrengung schneller und ehrenvoller vorwärtskommen werde. Sollte der kleine Johann Buddenbrook einstmals das leisten, wozu er berufen war und was die Seinen von ihm erhofften, so mußte man vor allem darauf bedacht sein, seine nicht eben kräftige Konstitution durch Rücksichtnahme einerseits und durch rationelle Pflege und Abhärtung andererseits zu festigen und zu heben...

Mit seinem braunen Haar, das er jetzt seitwärts gescheitelt und schräg von seiner weißen Stirn zurückgebürstet trug, das aber dennoch danach strebte, sich in weichen Locken tief über die Schläfen zu schmiegen, mit seinen langen, braunen Wimpern und seinen goldbraunen Augen stach Johann Buddenbrook auf dem Schulhof und auf der Straße trotz seines Kopenhagener Matrosenanzuges stets ein wenig fremdartig unter den hellblonden und stahlblauäugigen, skandinavischen Typen seiner Kameraden hervor. Er war in letzter Zeit ziemlich stark gewachsen, aber seine Beine in den schwarzen Strümpfen und seine Arme in den dunkelblauen, bauschigen und gesteppten Ärmeln waren schmal und weich wie die eines Mädchens, und noch immer lagen, wie bei seiner Mutter, die bläulichen Schatten in den Winkeln seiner Augen, – dieser Augen, die, besonders wenn sie seitwärts gerichtet waren, mit einem so zagen und ablehnenden Ausdruck dareinblickten, während sein Mund sich noch immer auf jene wehmütige Art geschlossen hielt, oder während Hanno

nachdenklich die Zungenspitze an einem Zahne scheuerte, dem
er mißtraute, mit leicht verzerrten Lippen und einer Miene, als
fröre ihn...

Wie man von Doktor Langhals erfuhr, der jetzt die Praxis des
alten Doktor Grabow gänzlich übernommen hatte und Hausarzt
bei Buddenbrooks war, hatte Hanno's unzulänglicher Kräftezu-
stand sowie die Blässe seiner Haut ihren triftigen Grund, und
dieser bestand darin, daß der Organismus des Kleinen leider die
so wichtigen roten Blutkörperchen in nicht genügender Anzahl
produzierte. Diese Unzuträglichkeit zu steuern aber gab es ein
Mittel, ein ganz vortreffliches Mittel, das Doktor Langhals in
großen Mengen verordnete: Lebertran, guter, gelber, fetter,
dickflüssiger Dorschlebertran, der aus einem Porzellanlöffel
zweimal täglich zu nehmen war; und auf entschiedenen Befehl
des Senators sorgte Ida Jungmann mit liebevoller Strenge dafür,
daß dies pünktlich geschah. Anfangs zwar erbrach sich Hanno
nach jedem Löffel, und sein Magen schien den guten Dorschlebertran nicht beherbergen zu können; aber er gewöhnte sich
daran, und wenn man gleich nach dem Niederschlucken ein
Stück Roggenbrot mit angehaltenem Atem im Munde zerkaute,
so ward der Ekel ein wenig beruhigt.

Alle übrigen Beschwerden waren ja nur Folgeerscheinungen
dieses Mangels an roten Blutkörperchen, »sekundäre Erscheinungen«, wie Doktor Langhals sagte, indem er seine Fingernägel
besah. Allein auch diesen sekundären Erscheinungen mußte un-
nachsichtig zu Leibe gegangen werden. Um die Zähne zu behandeln, zu füllen und gegebenen Falles zu extrahieren, dazu wohnte
Herr Brecht mit seinem Josephus in der Mühlenstraße; und um
die Verdauung zu regulieren, gab es Rizinusöl auf der Welt, gutes,
dickes, silberblankes Rizinusöl, welches, aus einem Eßlöffel genommen, wie ein schlüpfriger Molch durch die Kehle glitschte,
und das man drei Tage lang roch, schmeckte, im Schlunde
spürte, wo man ging und stand... Ach, warum war das alles
doch so unüberwindlich widerlich? Ein einziges Mal – Hanno
hatte recht krank zu Bette gelegen, und sein Herz hatte sich
besondere Unregelmäßigkeiten zuschulden kommen lassen –

war Doktor Langhals mit einer gewissen Nervosität zur Verschreibung eines Mittels geschritten, das dem kleinen Johann Freude gemacht und ihm so unvergleichlich wohlgetan hatte: und das waren Arsenikpillen gewesen. Hanno fragte in der Folge oftmals danach, von einem beinahe zärtlichen Bedürfnis nach diesen kleinen, süßen, beglückenden Pillen getrieben. Aber er erhielt sie nicht mehr.

Lebertran und Rizinusöl waren gute Dinge, aber darin war Doktor Langhals vollständig mit dem Senator einig, daß sie allein nicht hinreichten, den kleinen Johann zu einem tüchtigen und wetterfesten Manne zu machen, wenn er selbst nicht das Seine dazu täte. Da waren zum Beispiel, geleitet von dem Turnlehrer Herrn Fritsche, die Turnspiele, die zur Sommerszeit allwöchentlich draußen auf dem »Burgfelde« veranstaltet wurden und der männlichen Jugend der Stadt Gelegenheit gaben, Mut, Kraft, Gewandtheit und Geistesgegenwart zu zeigen und zu pflegen. Aber zum Zorne seines Vaters legte Hanno nichts als Widerwillen, einen stummen, reservierten, beinahe hochmütigen Widerwillen gegen solche gesunden Unterhaltungen an den Tag... Warum hatte er so gar keine Fühlung mit seinen Klassen- und Altersgenossen, mit denen er später zu leben und zu wirken haben würde? Warum hockte er beständig nur mit diesem kleinen, halb gewaschenen Kai zusammen, der ja ein gutes Kind, aber immerhin eine etwas zweifelhafte Existenz und kaum eine Freundschaft für die Zukunft war? Auf irgendeine Weise muß ein Knabe sich das Vertrauen und den Respekt seiner Umgebung, die mit ihm aufwächst und auf deren Schätzung er für sein ganzes Leben angewiesen ist, von Anfang an zu gewinnen wissen. Da waren die beiden Söhne des Konsuls Hagenström: vierzehn- und zwölfjährig, zwei Prachtkerle, dick, stark und übermütig, die in den Gehölzen der Umgegend regelrechte Faustduelle veranstalteten, die besten Turner der Schule waren, schwammen wie Seehunde, Zigarren rauchten und zu jeder Schandtat bereit waren. Sie waren gefürchtet, beliebt und respektiert. Ihre Cousins, die beiden Söhne des Staatsanwaltes Doktor Moritz Hagenström andererseits, von zarterer Konstitution und sanfteren Sitten, zeichneten sich auf geistigem Gebiete aus und waren Musterschüler, ehrgeizig, devot, still und bienenfleißig, bebend aufmerksam und beinahe verzehrt von der Begier, stets Primus zu sein und das Zeugnis Numero Eins zu erhalten. Sie erhielten es und genossen die Achtung ihrer dümmeren und fauleren Genossen. Was aber mochten, ganz abgesehen von seinen Lehrern, seine Mitschüler von Hanno halten, der ein höchst mittelmäßiger Schüler war und obendrein ein Weichling, welcher allem, wozu ein wenig Mut, Kraft, Gewandtheit und Munterkeit gehörte, scheu aus dem Wege zu gehen suchte? Und wenn Senator Buddenbrook, auf dem Wege zu seinem Ankleidezimmer, an dem »Altan« in der zweiten Etage vorüberging, so hörte er aus dem mittleren der drei dort oben gelegenen Zimmer, das Hanno's war, seitdem er zu groß geworden war, bei Ida Jungmann zu schlafen, die Töne des Harmoniums oder Kais halblaute und geheimnisvolle Stimme, die eine Geschichte erzählte...

Was Kai betraf, so mied er die »Turnspiele«, weil er die Disziplin und gesetzmäßige Ordnung verabscheute, die dabei beobachtet werden mußte. »Nein, Hanno«, sagte er, »ich gehe nicht hin. Du vielleicht? Hol's der Geier... Alles, was einem Spaß dabei machen würde, das gilt nicht.« Solche Redewendungen wie »Hol's der Geier« hatte er von seinem Vater; Hanno aber antwortete: »Wenn Herr Fritsche *einen* Tag nach etwas anderem röche als nach Schweiß und Bier, so ließe sich über die Sache reden... Ja, nun laß das nur, Kai, und erzähle weiter. Das mit dem Ringe, den du aus dem Sumpfe holtest, war noch lange nicht fertig...« – »Gut«, sagte Kai; »aber wenn ich winke, so mußt du spielen.« Und Kai fuhr fort zu erzählen.

Durfte man ihm glauben, so war er vor einiger Zeit bei schwüler Nacht und in fremder, unkenntlicher Gegend einen schlüpfrigen und unermeßlich tiefen Abhang hinabgeglitten, an dessen Fuße er im fahlen und flackernden Schein von Irrlichtern ein schwarzes Sumpfgewässer gefunden hatte, aus dem mit hohl glucksendem Geräusch unaufhörlich silberblanke Blasen aufgestiegen waren. Eine aber davon, die, nahe dem Ufer, beständig wiedergekehrt war, sooft sie zersprungen, hatte die Form eines Ringes gehabt, und diese hatte er nach langen, gefahrvollen Bemühungen mit der Hand zu erhaschen verstanden, worauf sie nicht mehr zerplatzt war, sondern sich als glatter und fester Reif hatte an den Finger stecken lassen. Er aber, der mit Recht diesem Ringe ungewöhnliche Eigenschaften zugetraut hatte, war mit seiner Hilfe den steilen und schlüpfrigen Abhang wieder emporgelangt und hatte unweit davon in rötlichem Nebel ein schwarzes, totenstilles und ungeheuerlich bewachtes Schloß gefunden, in das er eingedrungen war, und in dem er, immer mit Hülfe des Ringes, die dankenswertesten Entzauberungen und Erlösungen vorgenommen hatte... In den seltsamsten Augenblicken aber griff Hanno auf seinem Harmonium süße Akkordfolgen... Auch wurden, standen nicht unüberwindliche szenische Schwierigkeiten im Wege, diese Erzählungen mit Musikbegleitung auf dem Puppentheater dargestellt... Zu den »Turnspielen« aber ging Hanno nur auf ausdrücklichen und strengen Befehl seines Vaters, und dann begleitete ihn der kleine Kai.

Es war nicht anders mit dem Schlittschuhlaufen zur Winterszeit und mit dem Baden in der hölzernen Anstalt des Herrn Asmussen, unten am Fluß, im Sommer... »Baden! Schwimmen!« hatte Doktor Langhals gesagt. »Der Junge muß baden und schwimmen!« Und der Senator war vollständig damit einverstanden gewesen. Was aber hauptsächlich Hanno veranlaßte, sich vom Baden sowohl wie vom Schlittschuhlaufen und von den »Turnspielen«, sobald es nur immer anging, fernzuhalten, war der Umstand, daß die beiden Söhne des Konsuls Hagenström, die sich an allen diesen Dingen ehrenvoll beteiligten, es auf ihn abgesehen hatten und, obgleich sie doch in dem Hause seiner Großmutter wohnten, keine Gelegenheit versäumten, ihn mit ihrer Stärke zu demütigen und zu quälen. Sie kniffen und verhöhnten ihn bei den »Turnspielen«, sie stießen ihn in den Schneekehricht auf der Eisbahn, sie kamen im Schwimmbassin mit bedrohlichen Lauten durch das Wasser auf ihn zu... Hanno versuchte nicht zu entfliehen, was übrigens wenig nützlich gewesen wäre. Er stand da, mit seinen Mädchenarmen, bis zum

Bauche in dem ziemlich trüben Wasser, auf dessen Oberfläche hie und da grüne Gebilde von Pflanzen, sogenanntes Gänsefutter, umhertrieben, und sah mit zusammengezogenen Brauen, einem finsteren Senkblick und leicht verzerrten Lippen den beiden entgegen, die, sicher ihrer Beute, mit langen, schäumenden Sprungschritten daherkamen. Sie hatten Muskeln an den Armen, die beiden Hagenströms, und damit umklammerten sie ihn und tauchten ihn, tauchten ihn recht lange, so daß er ziemlich viel von dem unreinlichen Wasser schluckte und lange nachher, sich hin und her wendend, nach Atem rang... Ein einziges Mal ward er ein wenig gerächt. Gerade als ihn nämlich eines Nachmittags die beiden Hagenströms unter die Wasserfläche hielten, stieß der eine von ihnen plötzlich einen Wut- und Schmerzensschrei aus und hob sein eines fleischiges Bein empor, von dem das Blut in großen Tropfen rann. Neben ihm aber kam Kai Graf Mölln zum Vorschein, welcher sich auf irgendeine Weise das Eintrittsgeld verschafft hatte, unversehens unter Wasser herbeigeschwommen war und den jungen Hagenström gebissen – mit allen Zähnen ins Bein gebissen hatte, wie ein kleiner wütender Hund. Seine blauen Augen blitzten durch das rötlichblonde Haar, das naß darüberhing... Ach, es erging ihm schlecht für seine Tat, dem kleinen Grafen, und übel zugerichtet stieg er aus dem Bassin. Allein Konsul Hagenströms starker Sohn hinkte doch beträchtlich, als er nach Hause ging...

Nährende Mittel und körperliche Übungen aller Art – das war die Grundlage von Senator Buddenbrooks sorgenden Bemühungen um seinen Sohn. Nicht minder aufmerksam aber trachtete er danach, ihn geistig zu beeinflussen und ihn mit lebendigen Eindrücken aus der praktischen Welt zu versehen, für die er bestimmt war.

Er fing an, ihn ein wenig in das Bereich seiner zukünftigen Tätigkeit einzuführen, er nahm ihn mit sich auf Geschäftsgänge, zum Hafen hinunter und ließ ihn dabeistehen, wenn er am Quai mit den Lösch-Arbeitern in einem Gemisch von Dänisch und Plattdeutsch plauderte, in den kleinen, finsteren Speichercomptoiren mit den Geschäftsführern konferierte oder draußen den

Männern einen Befehl erteilte, die mit hohlen und langgezogenen Rufen die Kornsäcke zu den Böden hinaufwanden... Für Thomas Buddenbrook selbst war dieses Stück Welt am Hafen, zwischen Schiffen, Schuppen und Speichern, wo es nach Butter, Fischen, Wasser, Teer und geöltem Eisen roch, von klein auf der liebste und interessanteste Aufenthalt gewesen; und da Freude und Teilnahme sich bei seinem Sohne nicht von selbst äußerten, so mußte er darauf bedacht sein, sie zu wecken... Wie hießen nun die Dampfer, die mit Kopenhagen verkehrten? »Najaden«... »Halmstadt«... »Friederike Oeverdieck«... »Nun, daß du wenigstens diese weißt, mein Junge, das ist schon *etwas*. Auch die anderen wirst du dir noch merken... Ja, von den Leuten, die da die Säcke hinaufwinden, heißen manche wie du, mein Lieber, weil sie nach deinem Großvater getauft sind. Und unter ihren Kindern kommt häufig mein Name vor... und auch der von Mama... Man schenkt ihnen dann jährlich eine Kleinigkeit... So, an diesem Speicher gehen wir vorüber und reden nicht mit den Männern; da haben wir nichts zu sagen; das ist ein Konkurrent...«

»Willst du mitkommen, Hanno?« sagte er ein andermal... »Ein neues Schiff, das zu unserer Reederei gehört, läuft heute nachmittag vom Stapel. Ich taufe es... Hast du Lust?«

Und Hanno gab an, daß er Lust habe. Er ging mit und hörte die Taufrede seines Vaters, sah zu, wie er eine Champagnerflasche am Bug zerschellte, und blickte mit fremden Augen dem Schiffe nach, welches die gänzlich mit grüner Seife beschmierte schiefe Ebene hinabglitt, ins Wasser schäumte und puffend davondampfte, seine Probefahrt zu unternehmen...

An gewissen Tagen des Jahres, am Palmsonntag, wenn die Konfirmationen stattfanden, oder am Neujahrstage, unternahm Senator Buddenbrook zu Wagen eine Tournee von Visiten in einer Reihe von Häusern, denen er gesellschaftlich verpflichtet war, und da seine Gattin es vorzog, sich bei solchen Gelegenheiten mit Nervosität und Migräne zu entschuldigen, so forderte er Hanno auf, ihn zu begleiten. Und Hanno hatte auch hierzu Lust. Er stieg zu seinem Vater in die Droschke und saß stumm an seiner Seite in den Empfangszimmern, indem er mit stillen Augen sein leichtes, taktsicheres und so verschiedenartiges, so sorgfältig abgetöntes Benehmen gegen die Leute beobachtete. Er sah zu, wie er dem Oberstleutnant und Bezirkskommandanten Herrn von Rinnlingen, welcher beim Abschied betonte, er wisse die Ehre dieses Besuches sehr wohl zu schätzen, mit liebenswürdiger Erschrockenheit einen Augenblick den Arm um die Schultern legte; wie er an anderer Stelle eine ähnliche Bemerkung ruhig und ernst entgegennahm und sie an einer dritten mit einem ironisch übertriebenen Gegenkompliment abwehrte... Alles mit einer formalen Versiertheit des Wortes und der Gebärde, die er ersichtlich gern der Bewunderung seines Sohnes produzierte und von der er sich unterrichtende Wirkung versprach.

Aber der kleine Johann sah mehr, als er sehen sollte, und seine Augen, diese schüchternen, goldbraunen, bläulich umschatteten Augen beobachteten zu gut. Er sah nicht nur die sichere Liebenswürdigkeit, die sein Vater auf alle wirken ließ, er sah auch – sah es mit einem seltsamen, quälenden Scharfblick –, wie furchtbar schwer sie zu *machen* war, wie sein Vater nach jeder Visite wortkarger und bleicher, mit geschlossenen Augen, deren Lider sich gerötet hatten, in der Wagenecke lehnte, und mit Entsetzen im Herzen erlebte er es, daß auf der Schwelle des nächsten Hauses eine Maske über ebendieses Gesicht glitt, immer aufs neue eine plötzliche Elastizität in die Bewegungen ebendieses ermüdeten Körpers kam... Das Auftreten, Reden, Sichbenehmen, Wirken und Handeln unter Menschen stellte sich dem kleinen Johann nicht als ein naives, natürliches und halb unbewußtes Vertreten praktischer Interessen dar, die man mit anderen gemein hat und gegen andere durchsetzen will, sondern als eine Art von Selbstzweck, eine bewußte und künstliche Anstrengung, bei welcher, anstatt der aufrichtigen und einfachen inneren Beteiligung, eine furchtbar schwierige und aufreibende Virtuosität für Haltung und Rückgrat aufkommen mußte. Und bei dem Gedanken, man erwarte, daß auch er dereinst in öffentlichen Versammlungen auftreten und unter dem Druck aller Blicke mit Wort und

Gebärde tätig sein sollte, schloß Hanno mit einem Schauder angstvollen Widerstrebens seine Augen...

Ach, das war die Wirkung nicht, die Thomas Buddenbrook von dem Einfluß seiner Persönlichkeit auf seinen Sohn erhoffte! Unbefangenheit vielmehr, Rücksichtslosigkeit und einen einfachen Sinn für das praktische Leben in ihm zu erwecken, auf nichts anderes waren all seine Gedanken gerichtet.

»Du scheinst gern gut zu leben, mein Lieber«, sagte er, wenn Hanno eine zweite Portion Dessert oder eine halbe Tasse Kaffee nach dem Essen erbat... »Da mußt du ein tüchtiger Kaufmann werden und viel Geld verdienen! Willst du das?« Und der kleine Johann antwortete: »Ja.«

Dann und wann, wenn die Familie beim Senator zu Tische gebeten war und Tante Antonie oder Onkel Christian nach alter Gewohnheit sich über die arme Tante Klothilde lustig zu machen und in der ihr eigenen langgedehnten und demütig-freundlichen Sprache mit ihr zu reden begannen, so konnte es geschehen, daß Hanno, unter der Einwirkung des unalltäglich schweren Rotweines, einen Augenblick auch seinerseits in diesen Ton geriet und sich mit irgendeiner Mokerie an Tante Klothilde wandte. Dann lachte Thomas Buddenbrook – ein lautes, herzliches, ermunterndes, fast dankbares Lachen, wie ein Mensch, dem eine hocherfreuliche, heitere Genugtuung zuteil geworden ist, ja, er fing an, seinen Sohn zu unterstützen und selbst in die Neckerei einzustimmen: Und doch hatte er sich eigentlich seit Jahr und Tag dieses Tones gegen die arme Verwandte begeben. Es war so billig, so gänzlich gefahrlos, seine Überlegenheit über die beschränkte, demütige, magere und immer hungrige Klothilde geltend zu machen, daß er es trotz aller Harmlosigkeit, die dabei herrschte, als gemein empfand. Mit Widerstreben empfand er es so, mit jenem verzweifelten Widerstreben, das er alltäglich im praktischen Leben seiner skrupulösen Natur entgegensetzen mußte, wenn er es wieder einmal nicht fassen, nicht darüber hinwegkommen konnte, wie es möglich sei, eine Situation zu erkennen, zu durchschauen und sie dennoch ohne Schamempfindung auszunutzen... Aber die Situation ohne Schamgefühl auszunutzen, sagte er sich, das ist Lebenstüchtigkeit!

Ach, wie froh, wie glücklich, wie hoffnungsvoll entzückt er über jedes geringste Anzeichen dieser Lebenstüchtigkeit war, das der kleine Johann an den Tag legte!

3.

Seit manchem Jahr hatten Buddenbrooks sich der weiteren sommerlichen Reisen entwöhnt, die ehemals üblich gewesen waren, und selbst als im vorigen Frühling die Senatorin dem Wunsche gefolgt war, ihren alten Vater in Amsterdam zu besuchen und nach so langer Zeit einmal wieder ein paar Duos mit ihm zu geigen, hatte ihr Gatte nur in ziemlich wortkarger Weise seine Einwilligung gegeben. Daß aber Gerda, der kleine Johann und Fräulein Jungmann alljährlich für die Dauer der Sommerferien ins Kurhaus von Travemünde übersiedelten, war hauptsächlich Hanno's Gesundheit wegen die Regel geblieben...

Sommerferien an der See! Begriff wohl irgend jemand weit und breit, was für ein Glück das bedeutete? Nach dem schwerflüssigen und sorgenvollen Einerlei unzähliger Schultage vier Wochen lang eine friedliche und kummerlose Abgeschiedenheit, erfüllt von Tanggeruch und dem Rauschen der sanften Brandung... Vier Wochen, eine Zeit, die an ihrem Beginne nicht zu übersehen und ermessen war, an deren Ende zu glauben unmöglich und von deren Ende zu sprechen eine lästerliche Roheit war. Niemals verstand es der kleine Johann, wie dieser oder jener Lehrer es über sich gewann, am Schlusse des Unterrichtes Redewendungen laut werden zu lassen wie etwa: »Hier werden wir nach den Ferien fortfahren und zu dem und dem übergehen...« Nach den Ferien! Er schien sich noch darauf zu freuen, dieser unbegreifliche Mann im blanken Kammgarnrock! Nach den Ferien! War das überhaupt ein Gedanke? So wundervoll weit in graue Ferne entrückt war alles, was jenseits dieser vier Wochen lag!

In einem der beiden Schweizerhäuser, welche durch einen

schmalen Mittelbau verbunden, mit der »Konditorei« und dem Hauptgebäude des Kurhauses eine gerade Linie bildeten: welch ein Erwachen, am ersten Morgen, nachdem tags zuvor ein Vorzeigen des Zeugnisses wohl oder übel überstanden und die Fahrt in der bepackten Droschke zurückgelegt war! Ein unbestimmtes Glücksgefühl, das in seinem Körper emporstieg und sein Herz sich zusammenziehen ließ, schreckte ihn auf... er öffnete die Augen und umfaßte mit einem gierigen und seligen Blick die altfränkischen Möbel des reinlichen kleinen Zimmers. ... Eine Sekunde schlaftrunkener, wonniger Verwirrung – und dann begriff er, daß er in Travemünde war, für vier unermeßliche Wochen in Travemünde! Er regte sich nicht; er lag still auf dem Rücken in dem schmalen gelbhölzernen Bette, dessen Linnen vor Alter außerordentlich dünn und weich waren, schloß hie und da aufs neue seine Augen und fühlte, wie seine Brust in tiefen, langsamen Atemzügen vor Glück und Unruhe erzitterte.

Das Zimmer lag in dem gelblichen Tageslicht, das schon durch das gestreifte Rouleau hereinfiel, während doch ringsum noch alles still war und Ida Jungmann sowohl wie Mama noch schliefen. Nichts war zu vernehmen als das gleichmäßige und friedliche Geräusch, mit dem drunten der Hausknecht den Kies des Kurgartens harkte, und das Summen einer Fliege, die zwischen Rouleau und Fenster beharrlich gegen die Scheibe stürmte, und deren Schatten man auf der gestreiften Leinwand in langen Zickzack-Linien umherschießen sah... Stille! Das einsame Geräusch der Harke und monotones Summen! Und dieser sanft belebte Friede erfüllte den kleinen Johann alsbald mit der köstlichen Empfindung jener ruhigen, wohlgepflegten und distinguierten Abgeschiedenheit des Bades, die er so über alles liebte. Nein, Gott sei gepriesen, hierher kam keiner der blanken Kammgarnröcke, die auf Erden Regeldetri und Grammatik vertraten, hierher nicht, denn es war ziemlich kostspielig hier draußen...

Ein Anfall von Freude machte, daß er aus dem Bett sprang und auf nackten Füßen zum Fenster lief. Er zog das Rouleau empor, öffnete den einen Flügel, indem er den weißlackierten Haken löste, und blickte der Fliege nach, die über die Kieswege und Rosenbeete des Kurgartens hin davonflog. Der Musiktempel, im Halbkreise von Buchsbaum umwachsen, stand noch leer und still den Hotel-Gebäuden gegenüber. Das »Leuchtenfeld«, das seinen Namen nach dem Leuchtturm trug, der irgendwo zur Rechten aufragte, dehnte sich unter dem weißlich bezogenen Himmel aus, bis sein kurzes, von kahlen Erdflecken unterbrochenes Gras in hohe und harte Strandgewächse und dann in Sand überging, dort, wo man die Reihen der kleinen, hölzernen Privatpavillons und der Sitzkörbe unterschied, die auf die See hinausblickten. Sie lag da, die See, in Frieden und Morgenlicht, in flaschengrünen und blauen, glatten und gekrausten Streifen, und ein Dampfer kam zwischen den rotgemalten Tonnen, die ihm den Kurs bezeichneten, von Kopenhagen daher, ohne daß man zu wissen brauchte, ob der »Najaden« oder »Friederike Oeverdieck« hieß. Und Hanno Buddenbrook zog wieder tief und mit stiller Seligkeit den würzigen Atem ein, den die See zu ihm herübersandte, und grüßte sie zärtlich mit den Augen, mit einem stummen, dankbaren und liebevollen Gruße.

Und dann begann der Tag, der erste dieser armseligen achtundzwanzig Tage, die anfangs wie eine ewige Seligkeit erschienen und, waren die ersten vorüber, so verzweifelt schnell zerrannen... Es wurde auf dem Balkon oder unter dem großen Kastanienbaum gefrühstückt, der drunten vor dem Kinderspielplatze stand, dort, wo die große Schaukel hing, – und alles, der Geruch, den das eilig gewaschene Tischtuch ausströmte, wenn der Kellner es ausbreitete, die Servietten aus Seidenpapier, das fremdartige Brot, der Umstand, daß man die Eier nicht wie zu Hause mit knöchernen, sondern mit gewöhnlichen Teelöffeln und aus metallenen Bechern aß, – alles entzückte den kleinen Johann.

Und was folgte, war alles frei und leicht geordnet, ein wunderbar müßiges und pflegesames Wohlleben, das ungestört und kummerlos verging: Der Vormittag am Strande, während droben die Kurkapelle ihr Morgenprogramm erledigte, dieses Liegen und Ruhen zu Füßen des Sitzkorbes, dieses zärtliche und träumerische Spielen mit dem weichen Sande, der nicht be-

schmutzt, dieses mühe- und schmerzlose Schweifen und Sich-
verlieren der Augen über die grüne und blaue Unendlichkeit
hin, von welcher, frei und ohne Hindernis, mit sanftem Sausen
ein starker, frisch, wild und herrlich duftender Hauch daherkam, der die Ohren umhüllte und einen angenehmen Schwindel
hervorrief, eine gedämpfte Betäubung, in der das Bewußtsein
von Zeit und Raum und allem Begrenzten still selig unter-
ging... Das Baden dann, das hier eine erfreulichere Sache war
als in Herrn Asmussens Anstalt, denn es gab hier kein »Gänsefutter«, das hellgrüne, kristallklare Wasser schäumte weithin,
wenn man es aufrührte, statt eines schleimigen Bretterbodens
schmeichelte der weich gewellte Sandboden den Sohlen, und
Konsul Hagenströms Söhne waren weit, sehr weit, in Norwe-
gen oder Tirol. Der Konsul liebte es, im Sommer eine ausge-
dehntere Erholungsreise zu unternehmen – und warum also
nicht, nicht wahr... Ein Spaziergang, zur Erwärmung, den
Strand entlang, bis zum »Möwenstein« oder zum »Seetempel«,
ein Imbiß, am Sitzkorbe eingenommen, – und die Stunde näherte
sich, da man hinauf in die Zimmer ging, um vor der Toilette zur
Table d'hôte eine kleine Stunde zu ruhen. Die Table d'hôte war
lustig, das Bad stand in Flor, viele Leute, Familien, die den Buddenbrooks befreundet waren, sowohl wie Hamburger und sogar
englische und russische Herrschaften füllten den großen Saal
des Kurhauses, an einem feierlichen Tischchen kredenzte ein
schwarz gekleideter Herr die Suppe aus einer silberblanken Ter-
rine, es gab vier Gänge, die schmackhafter, würziger und jedenfalls auf irgendeine festlichere Weise zubereitet waren als zu
Hause, und an vielen Stellen der langen Tafeln ward Champagner
getrunken. Oftmals kamen einzelne Herren aus der Stadt, die
sich von ihren Geschäften nicht während der ganzen Woche fesseln ließen, die sich amüsieren und nach dem Essen die Roulette
ein wenig in Bewegung setzen wollten: Konsul Peter Döhlmann, der seine Tochter zu Hause gelassen hatte und mit schallender Stimme auf plattdeutsch so ungenierte Geschichten erzählte, daß die Hamburger Damen vor Lachen husteten und um
einen Augenblick Pause baten; Senator Doktor Cremer, der alte

Polizeichef; Onkel Christian und sein Schulfreund, Senator Gieseke, der ebenfalls ohne Familie war und alles für Christian Buddenbrook bezahlte... Später, wenn die Erwachsenen zu den Klängen der Musik unter dem Zeltdache der Konditorei den Kaffee tranken, saß Hanno auf einem Stuhle unermüdlich vor den Stufen des Tempels und lauschte... Es war gesorgt für den Nachmittag. Es gab eine Schießbude im Kurgarten, und zur Rechten der Schweizerhäuser standen die Stallgebäude mit Pferden, Eseln und Kühen, deren Milch man warm, schaumig und duftend zur Vesperstunde trank. Man konnte einen Spaziergang machen, in das Städtchen, die »Vorderreihe« entlang; man konnte von dort aus mit einem Boote zum »Priwall« übersetzen, an dessen Strande es Bernstein zu finden gab, konnte sich auf dem Kinderspielplatze an einer Krocket-Partie beteiligen oder sich auf einer Bank des bewaldeten Hügels, der hinter den Hotels gelegen war, und auf dem die große Table-d'hôte-Glocke hing, von Ida Jungmann vorlesen lassen... Und doch war das klügste stets, zur See zurückzukehren und noch im Zwielicht, das Gesicht dem offenen Horizonte zugewandt, auf der Spitze des Bollwerks zu sitzen, den großen Schiffen, die vorüberglitten, mit dem Taschentuch zuzuwinken und zu horchen, wie die kleinen Wellen mit leisem Plaudern wider die Steinblöcke klatschten und die ganze Weite ringsum von diesem gelinden und großartigen Sausen erfüllt war, das dem kleinen Johann gütevoll zusprach und ihn beredete, in ungeheurer Zufriedenheit seine Augen zu schließen. Dann aber sagte Ida Jungmann: »Komm, Hannochen; müssen gehen; Abendbrotzeit; wirst dir den Tod holen, wenn du hier wirst schlafen wollen...« Welch ein beruhigtes, befriedigtes und in wohltätiger Ordnung arbeitendes Herz er immer mitnahm vom Meere! Und wenn er sein Abendbrot mit Milch oder stark gemalztem Braunbier im Zimmer gegessen hatte, während seine Mutter später in der Glasveranda des Kurhauses in größerer Gesellschaft speiste, so senkte sich, kaum daß er wieder zwischen dem altersdünnen Linnen seines Bettes lag, zu den sanften und vollen Schlägen ebendieses befriedigten Herzens und den gedämpften Rhythmen des

Abendkonzertes ganz ohne Schrecken und Fieber der Schlaf über ihn...

Am Sonntag erschien, gleich einigen anderen Herren, die während der Woche von ihren Geschäften in der Stadt zurückgehalten wurden, der Senator bei den Seinen und blieb bis zum Montag-Morgen. Aber obgleich dann Eis und Champagner an der Table d'hôte serviert ward, obgleich Eselritte und Segelpartieen in die offene See hinaus veranstaltet wurden, liebte der kleine Johann diese Sonntage nicht sehr. Die Ruhe und Abgeschlossenheit des Bades war gestört. Eine Menge von Leuten aus der Stadt, die gar nicht hierher gehörten, »Eintagsfliegen aus dem guten Mittelstande«, wie Ida Jungmann sie mit wohlwollender Geringschätzung nannte, bevölkerte am Nachmittage Kurgarten und Strand, um Kaffee zu trinken, Musik zu hören, zu baden, und Hanno hätte am liebsten im geschlossenen Zimmer den Abfluß dieser festlich geputzten Störenfriede erwartet... Nein, er war froh, wenn am Montag alles wieder ins alltägliche Geleise kam, wenn auch die Augen seines Vaters, diese Augen, denen er sechs Tage lang fern gewesen war, und die, er hatte es wohl gefühlt, während des ganzen Sonntages wieder kritisch und forschend auf ihm geruht hatten, nicht mehr da waren...

Und vierzehn Tage waren vorbei, und Hanno sagte sich und beteuerte es jedem, der es hören wollte, daß jetzt noch eine Zeit komme, so lang wie die Michaelisferien. Allein das war ein trügerischer Trost, denn war die Höhe der Ferien erreicht, so ging es abwärts und gegen Ende, schnell, so fürchterlich schnell, daß er sich an jede Stunde hätte klammern mögen, um sie nicht vorüberzulassen, und jeden Seeluft-Atemzug verlangsamen, um das Glück nicht achtlos zu vergeuden.

Aber die Zeit verging unaufhaltsam im Wechsel von Regen und Sonnenschein, See- und Landwind, stiller, brütender Wärme und lärmenden Gewittern, die nicht über das Wasser konnten und kein Ende nehmen zu wollen schienen. Es gab Tage, an denen der Nordost-Wind die Bucht mit schwarzgrüner Flut überfüllte, welche den Strand mit Tang, Muscheln und

Quallen bedeckte und die Pavillons bedrohte. Dann war die trübe, zerwühlte See weit und breit mit Schaum bedeckt. Große, starke Wogen wälzten sich mit einer unerbittlichen und furchteinflößenden Ruhe heran, neigten sich majestätisch, indem sie eine dunkelgrüne, metallblanke Rundung bildeten, und stürzten tosend, krachend, zischend, donnernd über den Sand... Es gab andere Tage, an denen der Westwind die See zurücktrieb, daß der zierlich gewellte Grund weit hinaus freilag und überall nackte Sandbänke sichtbar waren, während der Regen in Strömen herniederging, Himmel, Erde und Wasser ineinander verschwammen und der Stoßwind in den Regen fuhr und ihn gegen die Fensterscheiben trieb, daß nicht Tropfen, sondern Bäche daran hinunterflossen und sie undurchsichtig machten. Dann hielt Hanno sich meistens im Kursaale auf, am Pianino, das zwar bei den Réunions von Walzern und Schottischen ein wenig zerhämmert war und auf dem sich nicht so wohllautend phantasieren ließ wie zu Haus auf dem Flügel, aber mit dessen gedeckter und glucksender Klangart doch recht unterhaltende Wirkungen zu erzielen waren... Und wieder kamen andere Tage, träumerische, blaue, ganz windstille und brütend warme, an denen die blauen Fliegen summend in der Sonne über dem »Leuchtenfeld« standen und die See stumm und spiegelnd, ohne Hauch und Regung lag. Und waren noch drei Tage übrig, so sagte sich Hanno und machte es jedem klar, daß jetzt noch eine Zeit komme, so lang wie die ganzen Pfingstferien. Aber so unanfechtbar diese Rechnung war, glaubte er doch selbst nicht daran, und seines Herzens hatte sich längst die Erkenntnis bemächtigt, daß der Mann im blanken Kammgarnrock dennoch recht gehabt, daß die vier Wochen dennoch ein Ende nahmen und daß man nun dennoch da fortfahren, wo man aufgehört, und zu dem und dem übergehen werde...

Die bepackte Droschke hielt vorm Kurhause, der Tag war da. Hanno hatte frühmorgens der See und dem Strande sein Adieu gesagt; er sagte es nun den Kellnern, die ihre Trinkgelder entgegennahmen, dem Musiktempel, den Rosenbeeten und dieser ganzen Sommerszeit. Und dann, unter den Verbeugungen des Hotel-Personals, setzte sich der Wagen in Bewegung.

Er passierte die Allee, die zum Städtchen führte, und fuhr die »Vorderreihe« entlang... Hanno drückte den Kopf in die Wagenecke und sah, an Ida Jungmann vorbei, die frischäugig, weißhaarig und knochig ihm gegenüber auf dem Rückplatze saß, zum Fenster hinaus. Der Morgenhimmel war weißlich bedeckt, und die Trave warf kleine Wellen, die schnell vor dem Winde dahereilten. Dann und wann prickelten Regentropfen gegen die Scheiben. Am Ausgange der »Vorderreihe« saßen Leute vor ihren Haustüren und flickten Netze; barfüßige Kinder kamen herbeigelaufen und betrachteten neugierig den Wagen. *Die* blieben hier...

Als der Wagen die letzten Häuser zurückließ, beugte Hanno sich vor, um noch einmal den Leuchtturm zu sehen; dann lehnte er sich zurück und schloß die Augen. »Nächst's Jahr wieder, Hannochen«, sagte Ida Jungmann mit tiefer, tröstender Stimme; aber dieser Zuspruch hatte nur gefehlt, um sein Kinn in zitternde Bewegung zu setzen und die Tränen unter seinen langen Wimpern hervorquellen zu lassen.

Sein Gesicht und seine Hände waren von der Seeluft gebräunt; aber wenn man mit diesem Badeaufenthalt den Zweck verfolgt hatte, ihn härter, energischer, frischer und widerstandsfähiger zu machen, so war man jämmerlich fehlgegangen; von dieser hoffnungslosen Wahrheit war er ganz erfüllt. Sein Herz war durch diese vier Wochen voll Meeresandacht und eingehegtem Frieden nur noch viel weicher, verwöhnter, träumerischer, empfindlicher geworden und nur noch viel unfähiger, bei dem Ausblick auf Herrn Tietge's Regeldetri tapfer zu bleiben und bei dem Gedanken an das Auswendiglernen der Geschichtszahlen und grammatischen Regeln, an das verzweifelt leichtsinnige Wegwerfen der Bücher und den tiefen Schlaf, um allem zu entgehen, an die Angst am Morgen und vor den Stunden, die Katastrophen, die feindlichen Hagenströms und die Anforderungen, die sein Vater an ihn stellte, nicht vollständig zu verzagen.

Dann aber ermunterte die morgendliche Fahrt ihn ein wenig,

die, zwischen dem Gezwitscher der Vögel, durch die wasser-
erfüllten Geleise der Landstraße dahinging. Er dachte an Kai und
das Wiedersehen mit ihm, an Herrn Pfühl, die Klavierstunden,
den Flügel und sein Harmonium. Übrigens war morgen Sonntag, und der erste Schultag, übermorgen, war noch gefahrlos.
Ach, er fühlte noch ein wenig Sand vom Strande in seinen
Knöpfstiefeln... er wollte den alten Grobleben bitten, ihn immer darin zu lassen... Mochte es nur alles wieder beginnen, das
mit den Kammgarnröcken und das mit Hagenströms und das
andere. Er hatte, was er hatte. Er wollte sich der See und des
Kurgartens erinnern, wenn alles wieder auf ihn einstürmte, und
ein ganz kurzer Gedanke an das Geräusch, mit dem abends in der
Stille die kleinen Wellen, weither, aus der in geheimnisvollem
Schlummer liegenden Ferne kommend, gegen das Bollwerk ge-
planscht hatten, sollte ihn so getrost, so unberührbar gegen alle
Widrigkeiten machen...

Dann kam die Fähre, es kam die Israelsdorfer Allee, der Jerusalemsberg, das Burgfeld, der Wagen erreichte das Burgtor, neben dem zur Rechten die Mauern des Gefängnisses aufragten,
wo Onkel Weinschenk saß, er rollte die Burgstraße entlang und
über den Koberg, ließ die Breite Straße zurück und fuhr brem-
send die stark abfallende Fischergrube hinunter... Da war die
rote Fassade mit dem Erker und den weißen Karyatiden, und als
sie von der mittagwarmen Straße in die Kühle des steinernen
Flures traten, kam der Senator, die Feder in der Hand, aus dem
Comptoir heraus, um sie zu begrüßen...

Und langsam, langsam, mit heimlichen Tränen, lernte der
kleine Johann wieder, die See zu missen, sich zu ängstigen
und ungeheuerlich zu langweilen, stets der Hagenströms gewärtig zu sein und sich mit Kai, Herrn Pfühl und der Musik zu
trösten.

Die Damen Buddenbrook aus der Breiten Straße und Tante
Klothilde richteten, sobald sie seiner ansichtig wurden, die
Frage an ihn, wie nach den Ferien die Schule schmecke, – mit
einem neckischen Blinzeln, das ein überlegenes Verständnis für
seine Lage vorgab, und jenem sonderbaren Erwachsenen-Hoch-

mut, der alles, was Kinder angeht, möglichst spaßhaft und oberflächlich behandelt; und Hanno hielt diesen Fragen stand.

Drei oder vier Tage nach der Rückkehr in die Stadt erschien der
Hausarzt Doktor Langhals in der Fischergrube, um die Wirkungen des Bades festzustellen. Nachdem er eine längere Konferenz
mit der Senatorin gehabt, ward Hanno vorgeführt, um sich,
halb entkleidet, einer eingehenden Prüfung zu unterziehen – seines status praesens, wie Doktor Langhals sagte, indem er seine
Fingernägel besah. Er untersuchte Hanno's spärliche Muskula-
tur, die Breite seiner Brust und die Funktion seines Herzens, ließ
sich über alle seine Lebensäußerungen Bericht erstatten, nahm
schließlich vermittelst einer Nadelspritze einen Blutstropfen aus
Hanno's schmalem Arm, um zu Hause eine Analyse vorzunehmen, und schien im allgemeinen wieder nicht recht befriedigt.

»Wir sind ziemlich braun geworden«, sagte er, indem er
Hanno, der vor ihm stand, umarmte, die kleine, schwarz be-
haarte Hand auf seiner Schulter gruppierte und zur Senatorin
und Fräulein Jungmann emporsah, »aber ein allzu betrübtes Gesicht machen wir immer noch.«

»Er hat Heimweh nach der See«, bemerkte Gerda Buddenbrook.

»So, so... also dort bist du so gern!« fragte Doktor Langhals,
indem er dem kleinen Johann mit seinen eitlen Augen ins Gesicht blickte... Hanno verfärbte sich. Was bedeutete diese
Frage, auf die Doktor Langhals ersichtlich eine Antwort erwartete? Eine wahnwitzige und phantastische Hoffnung, möglich
gemacht durch die schwärmerische Überzeugung, daß allen
Kammgarnmännern der Welt zum Trotz vor Gott nichts unmöglich sei, stieg in ihm auf.

»Ja...« brachte er hervor, seine erweiterten Augen starr auf
den Doktor gerichtet. Aber Doktor Langhals hatte gar nichts
Besonderes bei seiner Frage im Sinne gehabt.

»Nun, der Effekt der Bäder und der guten Luft wird schon
noch nachkommen... schon noch nachkommen!« sagte er, indem er dem kleinen Johann auf die Schulter klopfte, ihn von sich
schob und mit einem Kopfnicken gegen die Senatorin und Ida

Jungmann – dem überlegenen, wohlwollenden und ermunternden Kopfnicken des wissenden Arztes, an dessen Augen und Lippen man hängt – sich erhob und die Konsultation beendete...

Das bereitwilligste Verständnis noch für seinen Schmerz um die See, diese Wunde, die so langsam vernarbte und, von der geringsten Härte des Alltages berührt, wieder zu brennen und zu bluten begann, fand Hanno bei Tante Antonie, die ihn mit ersichtlichem Vergnügen vom Travemünder Leben erzählen hörte, und auf seine sehnsüchtigen Lobpreisungen lebhaften Herzens einging.

»Ja, Hanno«, sagte sie, »was wahr ist, bleibt ewig wahr, und Travemünde ist ein schöner Aufenthalt! Bis ich den Fuß ins Grab setze, weißt du, werde ich mich mit Freuden an die Sommerwochen erinnern, die ich dort als junges, dummes Ding einmal erlebte. Ich wohnte bei Leuten, die ich gern hatte und die mich auch wohl leiden konnten, wie es schien, denn ich war ein hübscher Springinsfeld damals – jetzt kann ich altes Weib es ja aussprechen – und fast immer guter Dinge. Es waren brave Leute, will ich dir sagen, bieder, gutherzig und gradsinnig und außerdem so gescheut, gelehrt und begeistert, wie ich später im Leben überhaupt keine mehr gefunden habe. Ja, es war ein außerordentlich anregender Verkehr mit ihnen. Ich habe da, was Anschauungen und Kenntnisse betrifft, weißt du, für mein ganzes Leben viel gelernt, und wenn nicht anderes dazwischengekommen wäre, allerhand Ereignisse... kurz, wie es im Leben so geht... so hätte ich dummes Ding wohl noch manches profitiert. Willst du wissen, wie dumm ich damals war? Ich wollte die bunten Sterne aus den Quallen heraushaben. Ich trug eine ganze Menge Quallen im Taschentuche nach Hause und legte sie säuberlich auf den Balkon in die Sonne, damit sie verdunsteten... Dann mußten die Sterne doch übrigbleiben! Ja, gut... als ich nachsah, war da ein ziemlich großer nasser Fleck. Es roch nur ein bißchen nach faulem Seetang...«

4

Zu Beginn des Jahres 1873 ward dem Gnadengesuch Hugo Weinschenks vom Senate stattgegeben und der ehemalige Direktor ein halbes Jahr vor Ablauf der ihm zugemessenen Strafzeit auf freien Fuß gesetzt.

Würde Frau Permaneder ehrlich gesprochen haben, so hätte sie zugeben müssen, daß dieses Ereignis sie gar nicht sehr freudig berührte; und daß sie es lieber gesehen hätte, wenn alles nun auch bis ans Ende geblieben wäre, wie es einmal war. Sie lebte mit ihrer Tochter und ihrer Enkelin friedlich am Lindenplatze, im Verkehr mit dem Hause in der Fischergrube und mit ihrer Pensionsfreundin Armgard von Maiboom, geborener von Schilling, die seit dem Ableben ihres Gatten in der Stadt wohnte. Sie wußte längst, daß sie außerhalb der Mauern ihrer Vaterstadt eigentlich nirgends am richtigen und würdigen Platze war, und verspürte, mit ihren Münchener Erinnerungen, ihrem beständig schwächer und reizbarer werdenden Magen und ihrem wachsenden Ruhebedürfnis, durchaus keine Neigung, auf ihre alten Tage noch einmal in eine große Stadt des geeinten Vaterlandes oder gar ins Ausland überzusiedeln.

»Liebes Kind«, sagte sie zu ihrer Tochter, »ich muß dich nun etwas fragen, etwas Ernstes! ... Du liebst deinen Mann doch noch immer von ganzem Herzen? Du liebst ihn doch so, daß du ihm, wohin er sich jetzt auch wenden möge, mit eurem Kinde folgen willst, da seines Bleibens hier ja leider nicht ist?«

Und da Frau Erika Weinschenk, geborene Grünlich, hierauf unter Tränen, die alles mögliche bedeuten konnten, genauso pflichtgemäß antwortete, wie Tony selbst einstmals unter ähnlichen Umständen in ihrer Villa bei Hamburg ihrem Vater geantwortet hatte, so fing man an, mit einer nahen Trennung zu rechnen...

Es war ein Tag, beinahe so schauerlich wie der, an dem Direktor Weinschenk in Haft genommen war, als Frau Permaneder ihren Schwiegersohn in einer geschlossenen Droschke vom Gefängnisse abholte. Sie brachte ihn in ihre Wohnung am Lindenplatze, und dort blieb er, nachdem er verwirrt und ratlos Frau und Kind begrüßt, in dem Zimmer, das man ihm eingeräumt, und rauchte von früh bis spät Zigarren, ohne es zu wagen, auf die Straße zu gehen, ja meistens ohne die Mahlzeiten mit den Seinen gemeinsam zu nehmen, ein ergrauter und vollständig kopfscheuer Mensch.

Das Gefängnisleben hatte seiner körperlichen Gesundheit nichts anhaben können, denn Hugo Weinschenk war stets von durabler Konstitution gewesen; aber es stand doch äußerst traurig um ihn. Es war entsetzlich zu sehen, wie dieser Mann – der höchstwahrscheinlich nichts anderes begangen hatte, als was die meisten seiner Kollegen ringsum mit gutem Mut alle Tage begingen, und der, wäre er nicht ertappt worden, ohne Zweifel erhobenen Hauptes und unberührt heiteren Gewissens seinen Pfad gewandert wäre – durch seinen bürgerlichen Fall, durch die Tatsache der gerichtlichen Verurteilung und diese drei Gefängnisjahre nun moralisch so vollkommen gebrochen war. Er hatte vor Gericht aus tiefster Überzeugung beteuert, und von Sachverständigen war es ihm bestätigt worden, daß das kecke Manöver, welches er seiner Gesellschaft und sich selbst zu Ehr' und Vorteil unternommen, in der Geschäftswelt als Usance gelte. Die Juristen aber, Herren, die nach seiner eigenen Meinung von diesen Dingen gar nichts verstanden, die unter ganz anderen Begriffen und in einer ganz anderen Weltanschauung lebten, hatten ihn wegen Betruges verurteilt, und dieser Spruch, dem die staatliche Macht zur Seite stand, hatte seine Selbstschätzung dermaßen zu erschüttern vermocht, daß er niemandem mehr ins Angesicht zu blicken wagte. Sein federnder Gang, die unternehmende Art, mit der er sich in der Taille seines Gehrockes gewiegt, mit den Fäusten balanciert und die Augen gerollt hatte, die ungemeine Frische, mit der er von der Höhe seiner Unwissenheit und Unbildung herab seine Fragen und Erzählungen zum besten gegeben hatte, – alles war dahin! Es war so sehr dahin, daß den Seinen vor so viel Gedrücktheit, Feigheit und dumpfer Würdelosigkeit graute.

Nachdem Herr Hugo Weinschenk acht oder zehn Tage lang

sich lediglich mit Rauchen beschäftigt hatte, fing er an, Zeitungen zu lesen und Briefe zu schreiben. Und dies hatte nach dem Verlaufe weiterer acht oder zehn Tage zur Folge, daß er in unbestimmten Wendungen erklärte, in London scheine sich ihm eine neue Position zu bieten, doch wolle er zunächst allein dorthin reisen, um die Sache persönlich zu regeln, und erst, wenn alles in Richtigkeit sei, Frau und Kind zu sich zu rufen.

Er fuhr, von Erika begleitet, in geschlossenem Wagen zum Bahnhof und reiste ab, ohne irgendeinen seiner übrigen Verwandten noch einmal gesehen zu haben.

Einige Tage später traf, noch aus Hamburg, ein an seine Gattin gerichtetes Schreiben ein, in welchem er zu wissen tat, er sei entschlossen, sich keinesfalls eher mit Frau und Kind zu vereinigen oder auch nur von sich hören zu lassen, als bis er ihnen eine angemessene Existenz werde bieten können. Und dies war Hugo Weinschenks letztes Lebenszeichen. Niemand vernahm seitdem das geringste von ihm. Obgleich später Frau Permaneder, versiert in solchen Dingen und voll umsichtiger Tatkraft, wie sie war, mehrere Aufrufe nach ihrem Schwiegersohn ergehen ließ, um, wie sie mit wichtiger Miene erklärte, der Scheidungsklage wegen böswilligen Verlassens eine volle Begründung zu geben, war und blieb er verschollen, und so kam es, daß Erika Weinschenk mit der kleinen Elisabeth nach wie vor bei ihrer Mutter in der hellen Etage am »Lindenplatze« verblieb.

5.

Die Ehe, aus welcher der kleine Johann hervorgegangen war, hatte, als Gesprächsgegenstand genommen, in der Stadt niemals an Reiz verloren. So gewiß wie jedem der beiden Gatten etwas Extravagantes und Rätselhaftes eigen war, so gewiß trug diese Ehe selbst den Charakter des Ungewöhnlichen und Fragwürdigen. Hier ein wenig hinters Licht zu kommen und, abgesehen von den dürftigen, äußeren Tatsachen, dem Verhältnis ein wenig auf den Grund zu gehen, schien eine schwierige, aber lohnende Aufgabe... Und in Wohn- und Schlafstuben, in Klubs und Kasinos, ja selbst an der Börse sprachen die Leute über Gerda und Thomas Buddenbrook desto mehr, je weniger sie von ihnen wußten.

Wie hatten diese beiden sich gefunden, und wie standen sie zueinander? Man erinnerte sich der jähen Entschlossenheit, mit der vor achtzehn Jahren der damals dreißigjährige Thomas Buddenbrook zu Werke gegangen war. »Diese oder keine«, das war sein Wort gewesen, und es mußte sich mit Gerda wohl ähnlich verhalten haben, denn sie hatte in Amsterdam bis zu ihrem siebenundzwanzigsten Jahre Körbe ausgeteilt und diesen Bewerber alsbald erhört. Eine Liebesheirat also, dachten die Leute in ihrem Sinne; denn so schwer es ihnen wurde, mußten sie einräumen, daß Gerda's Dreihunderttausend doch wohl nur eine Rolle zweiten Ranges bei der Sache gespielt hatten. Allein von Liebe wiederum, von dem, was man unter Liebe verstand, war zwischen den beiden von Anbeginn höchst wenig zu spüren gewesen. Von Anbeginn vielmehr hatte man nichts als Höflichkeit in ihrem Umgang konstatiert, eine zwischen Gatten ganz außerordentliche, korrekte und respektvolle Höflichkeit, die aber unverständlicherweise nicht aus innerer Fernheit und Fremdheit, sondern aus einer sehr eigenartigen, stummen und tiefen gegenseitigen Vertrautheit und Kenntnis, einer beständigen gegenseitigen Rücksicht und Nachsicht hervorzugehen schien. Daran hatten die Jahre nicht das geringste geändert. Die Änderung, die sie hervorgebracht hatten, bestand nur darin, daß jetzt der Altersunterschied der beiden, so selten geringfügig er den Jahren nach war, anfing, in auffälliger Weise hervorzutreten...

Man sah die beiden an und fand, daß dies ein stark alternder, schon ein bißchen beleibter Mann, mit einer jungen Frau zur Seite war. Man fand, daß Thomas Buddenbrook verfallen aussah – ja, dies war trotz der nachgerade ein wenig komisch wirkenden Eitelkeit, mit der er sich zurechtstutzte, das einzig richtige Wort für ihn –, während Gerda sich in diesen achtzehn Jahren fast gar nicht verändert hatte. Sie erschien gleichsam konserviert in der nervösen Kälte, in der sie lebte und die sie ausströmte. Ihr dunkelrotes Haar hatte genau seine Farbe behalten, ihr schönes, weißes Gesicht genau sein Ebenmaß und die Gestalt ihre schlanke und hohe Vornehmheit. In den Winkeln ihrer etwas zu kleinen und etwas zu nahe beieinanderliegenden braunen Augen lagerten immer noch die bläulichen Schatten... Man traute diesen Augen nicht. Sie blickten seltsam, und was etwa in ihnen geschrieben stand, vermochten die Leute nicht zu entziffern. Diese Frau, deren Wesen so kühl, so eingezogen, verschlossen, reserviert und ablehnend war, und die nur an ihre Musik ein wenig Lebenswärme zu verausgaben schien, erregte unbestimmte Verdächte. Die Leute holten ihr bißchen verstaubte Menschenkenntnis hervor, um sie gegen Senator Buddenbrooks Gattin anzuwenden. Stille Wasser waren oft tief. Mancher hatte es faustdick hinter den Ohren. Und da sie doch wünschten, sich die ganze Sache ein Stückchen näher zu bringen und überhaupt irgend etwas davon zu wissen und zu verstehen, so führte ihre bescheidene Phantasie sie zu der Annahme, es könne wohl nicht anders sein, als daß die schöne Gerda ihren alternden Mann nun ein wenig betröge.

Sie gaben wohl acht, und es dauerte nicht lange, bis sie einig darüber waren, daß Gerda Buddenbrook in ihrem Verhältnis zu Herrn Leutnant von Throta, gelinde gesagt, die Grenzen des Sittsamen überschritt.

René Maria von Throta, aus den Rheinlanden gebürtig, stand als Seconde-Leutnant bei einem der Infanterie-Bataillone, die in der Stadt garnisonierten. Der rote Kragen nahm sich gut aus zu seinem schwarzen Haar, das seitwärts gescheitelt und rechts in einem hohen, dichten und gelockten Kamm von der weißen Stirn zurückgestrichen war. Aber obwohl er groß und stark von Gestalt erschien, rief seine ganze Erscheinung, seine Bewegungen sowohl wie seine Art zu sprechen und zu schweigen, einen äußerst unmilitärischen Eindruck hervor. Er liebte es, eine Hand zwischen die Knöpfe seines halb offenen Interimsrockes zu schieben oder dazusitzen, indem er die Wange gegen den Handrücken lehnte; seine Verbeugungen entbehrten jeglicher Strammheit, man hörte nicht einmal seine Absätze dabei zusammenschlagen, und er behandelte die Uniform an seinem muskulösen Körper genau so nachlässig und launisch wie einen Zivilanzug. Selbst sein schmales, schräg zu den Mundwinkeln hinablaufendes Jünglings-Schnurrbärtchen, dem nicht Spitze noch Schwung hätte gegeben werden können, trug dazu bei, diesen unmartialischen Gesamteindruck zu verstärken. Das Merkwürdigste an ihm aber waren die Augen: große, außerordentlich glänzende und so schwarze Augen, daß sie wie unergründliche, glühende Tiefen erschienen, Augen, welche schwärmerisch, ernst und schimmernd auf Dingen und Gesichtern ruhten...

Ohne Zweifel war er wider Willen oder doch ohne Liebe zur Sache in die Armee eingetreten, denn trotz seiner Körperstärke war er untüchtig im Dienste und unbeliebt bei seinen Kameraden, deren Interessen und Vergnügungen – die Interessen und Vergnügungen junger Offiziere, die vor kurzem von einem siegreichen Feldzuge zurückgekehrt waren – er zu wenig teilte. Er galt für einen unangenehmen und extravaganten Sonderling unter ihnen, der einsame Spaziergänge machte, der weder Pferde noch Jagd, noch Spiel, noch Frauen liebte, und dessen ganzer Sinn der Musik zugewandt war, denn er spielte mehrere Instrumente und war, mit seinen glühenden Augen und seiner unmilitärischen, zugleich saloppen und schauspielerhaften Haltung, in allen Opern und Konzerten zu sehen, während er Klub und Kasino mißachtete.

Wohl oder übel erledigte er die notwendigsten Visiten in den hervorragenden Familien; aber er lehnte beinahe alle Einladungen ab und verkehrte eigentlich nur im Hause Buddenbrook... zuviel, wie die Leute meinten, zuviel, wie auch der Senator selber meinte...

Niemand ahnte, was in Thomas Buddenbrook vorging, niemand durfte es ahnen, und gerade dies: alle Welt über seinen Gram, seinen Haß, seine Ohnmacht in Unwissenheit zu erhalten, war so fürchterlich schwer! Die Leute fingen an, ihn ein wenig lächerlich zu finden, aber vielleicht hätten sie Mitleid verspürt und solche Gefühle unterdrückt, wenn sie im entferntesten vermutet hätten, mit welcher angstvollen Reizbarkeit er vor dem Lächerlichen auf der Hut war, wie er es längst von weitem hatte nahen sehen und es vorausempfunden hatte, bevor noch ihnen irgend etwas davon in den Sinn gekommen war. Auch seine Eitelkeit, diese vielfach bespöttelte »Eitelkeit«, war ja zum guten Teile aus dieser Sorge hervorgegangen. Er war der erste gewesen, der das beständig hervortretende Mißverhältnis zwischen seiner eigenen Erscheinung und Gerda's sonderbarer Unberührtheit, der die Jahre nichts anhatten, mit Argwohn ins Auge gefaßt hatte, und jetzt, seit Herr von Throta in sein Haus gekommen war, mußte er seine Besorgnis mit dem Rest seiner Kräfte bekämpfen und verstecken, mußte es, um nicht durch das Kundwerden dieser Besorgnis schon seinen Namen dem allgemeinen Lächeln preiszugeben.

Gerda Buddenbrook und der junge, eigenartige Offizier hatten einander, wie sich versteht, auf dem Gebiete der Musik gefunden. Herr von Throta spielte Klavier, Geige, Bratsche, Violoncell und Flöte – alles vortrefflich –, und oft ward dem Senator der kommende Besuch im voraus angekündigt, dadurch, daß Herr von Throta's Bursche, den Cello-Kasten auf dem Rücken schleppend, an den grünen Fenstervorsätzen des Privat-Comptoirs vorüberging und im Hause verschwand... Dann saß Thomas Buddenbrook an seinem Schreibtisch und wartete, bis er auch ihn selbst, den Freund seiner Frau, in sein Haus eintreten sah, bis über ihm im Salon die Harmonieen aufwogten, die unter Singen, Klagen und übermenschlichem Jubeln gleichsam mit krampfhaft ausgestreckten, gefalteten Händen emporrangen und nach allen irren und vagen Ekstasen in Schwäche und Schluchzen hinsanken in Nacht und Schweigen. Mochten sie doch rollen und brausen, weinen und jauchzen, einander aufschäumend umschlingen und sich so übernatürlich gebärden, wie sie nur wollten! Das Schlimme, das eigentlich Qualvolle war die Lautlosigkeit, die ihnen folgte, die dann dort oben im Salon so lange, lange herrschte, und die zu tief und unbelebt war, um nicht Grauen zu erregen. Kein Schritt erschütterte die Decke, kein Stuhl ward gerückt; es war eine unlautere, hinterhältige, schweigende, *ver*schweigende Stille... Dann saß Thomas Buddenbrook und ängstigte sich so sehr, daß er manchmal leise ächzte.

Was fürchtete er? Wieder hatten die Leute Herrn von Throta in das Haus eintreten sehen, und mit ihren Augen gleichsam, so, wie es sich ihnen darstellte, sah er dies Bild: sich selbst, den alternden, abgenutzten und übellaunigen Mann unten im Comptoir am Fenster sitzen, während droben seine schöne Frau mit ihrem Galan musizierte und nicht nur musizierte... Ja, so erschienen ihnen die Dinge, er wußte es. Und dennoch wußte er auch, daß das Wort »Galan« für Herrn von Throta eigentlich sehr wenig bezeichnend war. Ach, er wäre beinahe glücklich gewesen, wenn er ihn so hätte nennen und auffassen dürfen, ihn als einen windigen, unwissenden und ordinären Jungen hätte verstehen und verachten können, der eine normale Portion von Übermut in ein wenig Kunst ausströmen läßt und damit Frauenherzen gewinnt. Er ließ nichts unversucht, ihn zu einer solchen Figur zu stempeln. Er rief einzig und allein zu diesem Behufe die Instinkte seiner Väter in sich wach: das ablehnende Mißtrauen des seßhaften und sparsamen Kaufmannes gegenüber der abenteuerlustigen, leichtfertigen und geschäftlich unsicheren Kriegerkaste. In Gedanken sowohl wie in Gesprächen nannte er Herrn von Throta beständig mit geringschätziger Betonung »der Leutnant«; und dabei fühlte er allzu gut, daß dieser Titel nach allen am schlechtesten geeignet war, das Wesen dieses jungen Mannes auszudrücken...

Was fürchtete Thomas Buddenbrook? Nichts... Nichts Nennbares. Ach, hätte er sich gegen etwas Handgreifliches, Einfaches und Brutales zur Wehre setzen dürfen! Er neidete den Leuten dort draußen die Schlichtheit des Bildes, das sie sich von der Sache machten; aber während er hier saß und, den Kopf in den Händen, qualvoll horchte, wußte er allzu wohl, daß »Betrug« und »Ehebruch« nicht Laute waren, um die singenden und abgründig stillen Dinge bei Namen zu nennen, die sich dort oben begaben.

Manchmal, wenn er hinaus auf die grauen Giebel und die vorübergehenden Bürger blickte, wenn er seine Augen auf der vor ihm hängenden Gedenktafel, dem Jubiläumsgeschenk, den Porträts seiner Väter ruhen ließ und der Geschichte seines Hauses gedachte, so sagte er sich, daß all dies das Ende von allem sei, und daß nur dies, was jetzt vorgehe, noch gefehlt habe. Ja, es hatte nur gefehlt, daß seine Person zum Gespött werde und sein Name, sein Familienleben in das Geschrei der Leute komme, damit allem die Krone aufgesetzt würde... Aber dieser Gedanke tat ihm fast wohl, weil er ihm einfach, faßlich und gesund, ausdenkbar und aussprechbar erschien im Vergleich mit dem Brüten über diesem schimpflichen Rätsel, diesem mysteriösen Skandal zu seinen Häupten...

Er ertrug es nicht länger, er schob den Sessel zurück, verließ das Comptoir und stieg in das Haus hinauf. Wohin sollte er sich wenden? In den Salon, um Herrn von Throta unbefangen und ein wenig von oben herab zu begrüßen, ihn zum Abendessen zu bitten und, wie schon mehrere Male, eine abschlägige Antwort entgegenzunehmen? Denn es war das eigentlich Unerträgliche, daß der Leutnant ihn vollständig mied, fast alle offiziellen Einladungen ablehnte und nur an dem privaten und freien Verkehr mit der Senatorin festzuhalten beliebte...

Warten? Irgendwo, vielleicht im Rauchzimmer, warten, bis er fortginge, und dann vor Gerda treten und sich mit ihr aussprechen, sie zur Rede stellen? – Man stellte Gerda nicht zur Rede, man sprach sich mit ihr nicht aus. Worüber? Das Bündnis mit ihr war auf Verständnis, Rücksicht und Schweigen gegründet. Es war nicht nötig, sich auch vor ihr noch lächerlich zu machen. Den Eifersüchtigen spielen, hieße den Leuten dort draußen recht geben, den Skandal proklamieren, ihn laut werden lassen... Empfand er Eifersucht? Auf wen? Auf was? Ach, weit entfernt! etwas so Starkes weiß Handlungen hervorzubringen, falsche, törichte vielleicht, aber eingreifende und befreiende. Ach nein, nur ein wenig Angst empfand er, ein wenig quälende und jagende Angst vor dem Ganzen...

Er ging in sein Ankleidekabinett hinauf, um sich die Stirn mit Eau de Cologne zu waschen, und stieg dann wieder zum ersten Stockwerk hinunter, entschlossen, das Schweigen im Salon um jeden Preis zu brechen. Aber als er den schwarzgoldenen Griff der weißen Tür schon erfaßt hielt, setzte mit einem stürmischen Aufbrausen die Musik wieder ein, und er wich zurück.

Er ging über die Gesindetreppe ins Erdgeschoß hinab, über die Diele und den kalten Flur bis zum Garten, kehrte wieder zurück und machte sich auf der Diele mit dem ausgestopften Bären und auf dem Absatz der Haupttreppe mit dem Goldfisch-bassin zu schaffen, unfähig, irgendwo zur Ruhe zu kommen, horchend und lauernd, voll Scham und Gram, niedergedrückt und umhergetrieben von dieser Furcht vor dem heimlichen und vor dem öffentlichen Skandal...

Einstmals, in solcher Stunde, als er im zweiten Stockwerk an der Galerie lehnte und durch das lichte Treppenhaus hinunter-blickte, wo alles schwieg, kam der kleine Johann aus seinem Zim-mer, die Stufen des »Altans« herab und über den Korridor, um sich in irgendeiner Angelegenheit zu Ida Jungmann zu begeben. Er wollte, indem er mit dem Buche, das er trug, die Wand ent-langstrich, mit gesenkten Augen und einem leisen Gruße an sei-nem Vater vorübergehen; aber der Senator redete ihn an.

»Nun, Hanno, was treibst du?«

»Ich arbeite, Papa; ich will zu Ida, um ihr vorzuüberset-zen...«

»Wie geht es? Was hast du auf?«

Und immer mit gesenkten Wimpern, aber rasch und sichtlich angestrengt, mit einer korrekten, klaren und geistesgegenwärti-gen Antwort aufzuwarten, erwiderte Hanno, nachdem er eilig hinuntergeschluckt hatte:

»Wir haben eine Nepos-Präparation, eine kaufmännische Rechnung ins reine zu schreiben, französische Grammatik, die Flüsse von Nord-Amerika... deutsche Aufsatz-Korrektur...«

Er schwieg, unglücklich darüber, daß er zuletzt nicht »und« gesagt und die Stimme mit Entschiedenheit gesenkt hatte; denn nun wußte er nicht mehr zu nennen, und die ganze Antwort war wieder abrupt und ungeschlossen hervorgebracht. – »*Mehr* nicht«, sagte er, so bestimmt er konnte, wenn auch ohne aufzu-blicken. Aber sein Vater schien nicht darauf zu achten. Er hielt

Hanno's freie Hand in seinen Händen und spielte damit, zerstreut und augenscheinlich ohne etwas von dem Gesagten aufgefangen zu haben, fingerte unbewußt und langsam an den zarten Gelenken und schwieg.

Und dann, plötzlich, vernahm Hanno über sich etwas, was in gar keinem Zusammenhange mit dem eigentlichen Gespräche stand, eine leise, angstvoll bewegte und beinahe beschwörende Stimme, die er noch nie gehört, die Stimme seines Vaters dennoch, welche sagte:

»Nun ist der Leutnant schon zwei Stunden bei Mama... Hanno...«

Und siehe da, bei diesem Klange schlug der kleine Johann seine goldbraunen Augen auf und richtete sie so groß, klar und liebevoll wie noch niemals auf seines Vaters Gesicht, dieses Gesicht mit den geröteten Lidern unter den hellen Brauen und den weißen, ein wenig gedunsenen Wangen, die von den lang ausgezogenen Spitzen des Schnurrbartes starr überragt wurden. Gott weiß, wieviel er begriff. Das eine aber war sicher, und sie fühlten es beide, daß in diesen Sekunden, während ihre Blicke ineinander ruhten, jede Fremdheit und Kälte, jeder Zwang und jedes Mißverständnis zwischen ihnen dahinsank, daß Thomas Buddenbrook, wie hier, so überall, wo es sich nicht um Energie, Tüchtigkeit und helläugige Frische, sondern um Furcht und Leiden handelte, des Vertrauens und der Hingabe seines Sohnes gewiß sein konnte.

Er achtete dessen nicht, er sträubte sich, dessen zu achten. Strenger als jemals zog er Hanno in dieser Zeit zu praktischen Vorübungen für sein künftiges, tätiges Leben heran, examinierte er seine Geisteskräfte, drang er in ihn nach entschlossenen Äußerungen der Lust zu dem Beruf, der seiner harrte, und brach in Zorn aus bei jedem Zeichen des Widerstrebens und der Mattigkeit... Denn es war an dem, daß Thomas Buddenbrook, achtundvierzig Jahre alt, seine Tage mehr und mehr als gezählt betrachtete und mit seinem nahen Tode zu rechnen begann.

Sein körperliches Befinden hatte sich verschlechtert. Appetit- und Schlaflosigkeit, Schwindel und jene Schüttelfröste, zu denen er immer geneigt hatte, zwangen ihn mehrere Male, Doktor Langhals zu Rate zu ziehen. Aber er gelangte nicht dazu, des Arztes Verordnungen zu befolgen. Seine Willenskraft, in Jahren voll geschäftiger und gehetzter Tatenlosigkeit angegriffen, reichte nicht aus dazu. Er hatte begonnen, am Morgen sehr lange zu schlafen, obgleich er jeden Abend den zornigen Entschluß faßte, sich früh zu erheben, um den anbefohlenen Spaziergang vorm Tee zu machen. In Wirklichkeit führte er dies zwei- oder dreimal aus... und so ging es in all und jeder Sache. Die beständige Anspannung des Willens ohne Erfolg und Genugtuung zehrte an seiner Selbstachtung und stimmte ihn verzweifelt. Er war weit entfernt, sich den betäubenden Genuß der kleinen, scharfen, russischen Zigaretten zu versagen, die er, seit seiner Jugend schon, täglich in Massen rauchte. Er sagte dem Doktor Langhals ohne Umschweife in sein eitles Gesicht hinein:

»Sehen Sie, Doktor, mir die Zigaretten zu verbieten, ist Ihre Pflicht... eine sehr leichte und sehr angenehme Pflicht, wahrhaftig! Das Verbot innezuhalten, ist meine Sache; dabei dürfen Sie zusehen... Nein, wir wollen zusammen an meiner Gesundheit arbeiten, aber die Rollen sind zu ungerecht verteilt, mir fällt ein zu großer Anteil an dieser Arbeit zu! Lachen Sie nicht... Das ist kein Witz... Man ist so fürchterlich allein... Ich rauche. Darf ich bitten?«

Und er präsentierte ihm sein Tula-Etui...

Alle seine Kräfte nahmen ab; was sich in ihm verstärkte, war allein die Überzeugung, daß dies alles nicht lange währen könne, und daß sein Hintritt nahe bevorstehe. Es kamen ihm seltsame und ahnungsvolle Vorstellungen. Einige Male befiel ihn bei Tische die Empfindung, daß er schon nicht mehr eigentlich mit den Seinen zusammensitze, sondern, in eine gewisse, verschwommene Ferne entrückt, zu ihnen hinüberblicke... Ich werde sterben, sagte er sich, und er rief abermals Hanno zu sich und sprach auf ihn ein:

»Ich kann früher dahingehen, als wir denken, mein Sohn. Du mußt dann am Platze sein! Auch ich bin früh berufen worden... Begreife doch, daß deine Indifferenz mich quält! Bist du nun entschlossen?... Ja – ja – das ist keine Antwort, das ist wieder keine Antwort! Ob du mit Mut und Freudigkeit entschlossen bist, frage ich... Glaubst du, daß du Geld genug hast und nichts wirst zu tun brauchen? Du hast nichts, du hast bitterwenig, du wirst gänzlich auf dich selbst gestellt sein! Wenn du leben willst, und sogar gut leben, so wirst du arbeiten müssen, schwer, hart, härter noch als ich...«

Aber es war nicht nur dies; es war nicht mehr allein die Sorge um die Zukunft seines Sohnes und seines Hauses, unter der er litt. Etwas anderes, Neues kam über ihn, bemächtigte sich seiner und trieb seine müden Gedanken vor sich her... Sobald er nämlich sein zeitliches Ende nicht mehr als eine ferne, theoretische und unbeträchtliche Notwendigkeit, sondern als etwas ganz Nahes und Greifbares betrachtete, für das es unmittelbare Vorbereitungen zu treffen galt, begann er zu grübeln, in sich zu forschen, sein Verhältnis zum Tode und den unirdischen Fragen zu prüfen... und bereits bei den ersten derartigen Versuchen ergab sich ihm als Resultat eine heillose Unreife und Unbereitschaft seines Geistes, zu sterben.

Der Buchstabenglaube, das schwärmerische Bibel-Christentum, das sein Vater mit einem sehr praktischen Geschäftssinn zu verbinden gewußt und das später auch seine Mutter übernommen hatte, war ihm immer fremd gewesen. Sein Lebtag vielmehr hatte er den ersten und letzten Dingen die weltmännische Skepsis seines Großvaters entgegengebracht; zu tief aber, zu geistreich und zu metaphysisch bedürftig, um in der behaglichen Oberflächlichkeit des alten Johann Buddenbrook Genüge zu finden, hatte er sich die Fragen der Ewigkeit und Unsterblichkeit historisch beantwortet und sich gesagt, daß er in seinen Vorfahren gelebt habe und in seinen Nachfahren leben werde. Dies hatte nicht allein mit seinem Familiensinn, seinem Patrizierselbstbewußtsein, seiner geschichtlichen Pietät übereingestimmt, es hatte ihn auch in seiner Tätigkeit, seinem Ehrgeiz, seiner ganzen Lebensführung unterstützt und bekräftigt. Nun aber zeigte sich, daß es vor dem nahen und durchdringenden Auge des Todes dahinsank und zunichte ward, unfähig, auch nur eine Stunde der Beruhigung und Bereitschaft hervorzubringen.

Obgleich Thomas Buddenbrook in seinem Leben hie und da mit einer kleinen Neigung zum Katholizismus gespielt hatte, war er doch ganz erfüllt von dem ernsten, tiefen, bis zur Selbstpeinigung strengen und unerbittlichen Verantwortlichkeitsgefühl des echten und leidenschaftlichen Protestanten. Nein, dem Höchsten und Letzten gegenüber gab es keinen Beistand von außen, keine Vermittlung, Absolution, Betäubung und Tröstung! Ganz einsam, selbständig und aus eigener Kraft mußte man in heißer und emsiger Arbeit, ehe es zu spät war, das Rätsel entwirren und sich klare Bereitschaft erringen, oder in Verzweiflung dahinfahren... Und Thomas Buddenbrook wandte sich enttäuscht und hoffnungslos von seinem einzigen Sohne ab, in dem er stark und verjüngt fortzuleben gehofft hatte, und fing an, in Hast und Furcht nach der Wahrheit zu suchen, die es irgendwo für ihn geben mußte...

Es war der Hochsommer des Jahres 74. Silberweiße, rundliche Wolken zogen am tiefblauen Himmel über die zierliche Symmetrie des Stadtgartens hin, in den Zweigen des Walnußbaumes zwitscherten die Vögel mit fragender Betonung, der Springbrunnen plätscherte inmitten des Kranzes von hohen, lilafarbenen Schwertlilien, der ihn umgab, und der Duft des Flieders vermischte sich leider mit dem Sirup-Geruch, den ein warmer Luftzug von der nahen Zuckerbrennerei herübertrug. Zum Erstaunen des Personals verließ der Senator jetzt oftmals in voller Arbeitszeit das Comptoir, um sich, die Hände auf dem Rücken, in seinem Garten zu ergehen, den Kies zu harken, den Schlamm vom Springbrunnen zu fischen oder einen Rosenzweig zu stützen... Sein Gesicht, mit den hellen Brauen, von denen eine ein wenig emporgezogen war, schien ernst und aufmerksam bei diesen Beschäftigungen; aber seine Gedanken gingen weit fort im Dunklen, ihre eigenen, mühseligen Pfade.

Manchmal setzte er sich, auf der Höhe der kleinen Terrasse, in den von Weinlaub gänzlich eingehüllten Pavillon und blickte, ohne etwas zu sehen, über den Garten hin auf die rote Rückwand seines Hauses. Die Luft war warm und süß, und es war, als ob die friedlichen Geräusche ringsumher ihm besänftigend zusprächen und ihn einzulullen trachteten. Müde vom Ins-Leere-Starren, von Einsamkeit und Schweigen, schloß er dann und wann die Augen, um sich alsbald wieder aufzuraffen und hastig den Frieden von sich zu scheuchen. ›Ich muß denken‹, sagte er beinahe laut... ›Ich muß alles ordnen, ehe es zu spät ist...‹

Hier aber war es, in diesem Pavillon, in dem kleinen Schaukelstuhl aus gelbem Rohr, wo er eines Tages vier volle Stunden lang mit wachsender Ergriffenheit in einem Buche las, das halb gesucht, halb zufällig in seine Hände geraten war... Nach dem zweiten Frühstück, die Zigarette im Munde, hatte er es im Rauchzimmer, in einem tiefen Winkel des Bücherschrankes, hinter stattlichen Bänden versteckt, gefunden und sich erinnert, daß er es einst vor Jahr und Tag beim Buchhändler zu einem Gelegenheitspreise achtlos erstanden hatte: ein ziemlich umfangreiches, auf dünnem und gelblichem Papier schlecht gedrucktes und schlecht geheftetes Werk, der zweite Teil nur eines berühmten metaphysischen Systems... Er hatte es mit sich in den Garten genommen und wandte nun, in tiefer Versunkenheit, Blatt um Blatt...

Eine ungekannte, große und dankbare Zufriedenheit erfüllte ihn. Er empfand die unvergleichliche Genugtuung, zu sehen, wie ein gewaltig überlegenes Gehirn sich des Lebens, dieses so starken, grausamen und höhnischen Lebens, bemächtigt, um es zu bezwingen und zu verurteilen... die Genugtuung des Leidenden, der vor der Kälte und Härte des Lebens sein Leiden beständig schamvoll und bösen Gewissens versteckt hielt und plötzlich aus der Hand eines Großen und Weisen die grundsätzliche und feierliche Berechtigung erhält, an der Welt zu leiden – dieser besten aller denkbaren Welten, von der mit spielendem Hohne bewiesen ward, daß sie die schlechteste aller denkbaren sei.

Er begriff nicht alles; Prinzipien und Voraussetzungen blieben ihm unklar, und sein Sinn, in solcher Lektüre ungeübt, vermochte gewissen Gedankengängen nicht zu folgen. Aber gerade der Wechsel von Licht und Finsternis, von dumpfer Verständnislosigkeit, vagem Ahnen und plötzlicher Hellsicht hielt ihn in Atem, und die Stunden schwanden, ohne daß er vom Buche aufgeblickt oder auch nur seine Stellung im Stuhle verändert hätte.

Er hatte anfänglich manche Seite ungelesen gelassen und rasch vorwärtsschreitend, unbewußt und eilig nach der Hauptsache, nach dem eigentlich Wichtigen verlangend, sich nur diesen oder jenen Abschnitt zu eigen gemacht, der ihn fesselte. Dann aber stieß er auf ein umfängliches Kapitel, das er vom ersten bis zum letzten Buchstaben durchlas, mit fest geschlossenen Lippen und zusammengezogenen Brauen, ernst, mit einem vollkommenen, beinahe erstorbenen, von keiner Regung des Lebens um ihn her beeinflußbaren Ernst in der Miene. Es trug aber dieses Kapitel den Titel: ›Über den Tod und sein Verhältnis zur Unzerstörbarkeit unseres Wesens an sich‹. –

Ihm fehlten wenige Zeilen, als um vier Uhr das Folgmädchen durch den Garten kam und ihn zu Tische bat. Er nickte, las die übrigen Sätze, schloß das Buch und blickte um sich... Er fühlte sein ganzes Wesen auf ungeheuerliche Art geweitet und von einer schweren, dunklen Trunkenheit erfüllt; seinen Sinn umnebelt und vollständig berauscht von irgend etwas unsäglich Neuem, Lockendem und Verheißungsvollem, das an erste, hoffende Liebessehnsucht gemahnte. Aber als er mit kalten und unsicheren Händen das Buch in der Schublade des Gartentisches verwahrte, war sein glühender Kopf, in dem ein seltsamer Druck, eine beängstigende Spannung herrschte, als könnte irgend etwas darin zerspringen, nicht eines vollkommenen Gedankens fähig.

›Was war dies?‹ fragte er sich, während er ins Haus ging, die Haupttreppe erstieg und sich im Eßzimmer zu den Seinen setzte... ›Was ist mir geschehen? Was habe ich vernommen? Was ist zu mir gesprochen worden, zu mir, Thomas Buddenbrook, Ratsherr dieser Stadt, Chef der Getreidefirma Johann Buddenbrook...? War dies für mich bestimmt? Kann ich es ertragen? Ich weiß nicht, was es war... ich weiß nur, daß es zuviel, zuviel ist für mein Bürgerhirn....‹

In diesem Zustande eines schweren, dunklen, trunkenen und gedankenlosen Überwältigtseins verblieb er den ganzen Tag. Dann aber kam der Abend, und unfähig, seinen Kopf länger auf den Schultern zu halten, ging er frühzeitig zu Bette. Er schlief drei Stunden lang, tief, unerreichbar tief, wie noch niemals in seinem Leben. Dann erwachte er, so jäh, so köstlich erschrokken, wie man einsam erwacht, mit einer keimenden Liebe im Herzen.

Er wußte sich allein in dem großen Schlafgemach, denn Gerda schlief jetzt in Ida Jungmanns Zimmer, die kürzlich, um näher beim kleinen Johann zu sein, eines der drei Altan-Zimmer bezogen hatte. Es herrschte dichte Nacht um ihn her, da die Vorhänge der beiden hohen Fenster fest geschlossen waren. In tiefer Stille und sacht lastender Schwüle lag er auf dem Rücken und blickte in das Dunkel empor.

Und siehe da: plötzlich war es, wie wenn die Finsternis vor seinen Augen zerrisse, wie wenn die samtne Wand der Nacht sich klaffend teilte und eine unermeßlich tiefe, eine ewige Fernsicht von Licht enthüllte... *Ich werde leben!* sagte Thomas Buddenbrook beinahe laut und fühlte, wie seine Brust dabei vor innerlichem Schluchzen erzitterte. Dies ist es, daß ich leben werde! Es wird leben... und daß dieses Es nicht ich bin, das ist nur eine Täuschung, das war nur ein Irrtum, den der Tod berichtigen wird. So ist es, so ist es!... Warum? – Und bei dieser Frage schlug die Nacht wieder vor seinen Augen zusammen. Er sah, er wußte und verstand wieder nicht das geringste mehr und ließ sich tiefer in die Kissen zurücksinken, gänzlich geblendet und ermattet von dem bißchen Wahrheit, das er soeben hatte erschauen dürfen.

Und er lag stille und wartete inbrünstig, fühlte sich versucht, zu beten, daß es noch einmal kommen und ihn erhellen möge. Und es kam. Mit gefalteten Händen, ohne eine Regung zu wagen, lag er und durfte schauen...

Was war der Tod? Die Antwort darauf erschien ihm nicht in armen und wichtigtuerischen Worten: er fühlte sie, er besaß sie zuinnerst. Der Tod war ein Glück, so tief, daß er nur in begnadeten Augenblicken, wie dieser, ganz zu ermessen war. Er war die Rückkunft von einem unsäglich peinlichen Irrgang, die Korrektur eines schweren Fehlers, die Befreiung von den widrigsten Banden und Schranken – einen beklagenswerten Unglücksfall machte er wieder gut.

Ende und Auflösung? Dreimal erbarmungswürdig jeder, der diese nichtigen Begriffe als Schrecknisse empfand! Was würde enden und was sich auflösen? Dieser sein Leib... Diese seine Persönlichkeit und Individualität, dieses schwerfällige, störrische, fehlerhafte und hassenswerte *Hindernis, etwas Anderes und Besseres zu sein!*

War nicht jeder Mensch ein Mißgriff und Fehltritt? Geriet er nicht in eine peinvolle Haft, sowie er geboren ward? Gefängnis! Gefängnis! Schranken und Bande überall! Durch die Gitterfenster seiner Individualität starrt der Mensch hoffnungslos auf die Ringmauern der äußeren Umstände, bis der Tod kommt und ihn zu Heimkehr und Freiheit ruft...

Individualität!... Ach, was man ist, kann und hat, scheint arm, grau, unzulänglich und langweilig; was man aber nicht ist, nicht kann und nicht hat, das eben ist es, worauf man mit jenem sehnsüchtigen Neide blickt, der zur Liebe wird, weil er sich fürchtet, zum Haß zu werden.

Ich trage den Keim, den Ansatz, die Möglichkeit zu allen Befähigungen und Betätigungen der Welt in mir... Wo könnte ich sein, wenn ich nicht hier wäre! Wer, was, wie könnte ich sein, wenn ich nicht ich wäre, wenn diese meine persönliche Erscheinung mich nicht abschlösse und mein Bewußtsein von dem aller derer trennte, die nicht ich sind! Organismus! Blinde, unbedachte, bedauerliche Eruption des drängenden Willens! Besser, wahrhaftig, dieser Wille webt frei in raum- und zeitloser Nacht, als daß er in einem Kerker schmachtet, der von dem zitternden und wankenden Flämmchen des Intellektes notdürftig erhellt wird!

In meinem Sohne habe ich fortzuleben gehofft? In einer noch ängstlicheren, schwächeren, schwankenderen Persönlichkeit? Kindische, irregeführte Torheit! Was soll mir ein Sohn? Ich brauche keinen Sohn!... Wo ich sein werde, wenn ich tot bin? Aber es ist so leuchtend klar, so überwältigend einfach! In allen denen werde ich sein, die je und je Ich gesagt haben, sagen und sagen werden: *besonders aber in denen, die es voller, kräftiger, fröhlicher sagen* ...

Irgendwo in der Welt wächst ein Knabe auf, gut ausgerüstet und wohlgelungen, begabt, seine Fähigkeiten zu entwickeln, gerade gewachsen und ungetrübt, rein, grausam und munter, einer von diesen Menschen, deren Anblick das Glück der Glücklichen erhöht und die Unglücklichen zur Verzweiflung treibt: – Das ist mein Sohn. *Das bin ich*, bald... bald... sobald der Tod mich von dem armseligen Wahne befreit, ich sei nicht sowohl er wie ich...

Habe ich je das Leben gehaßt, dies reine, grausame und starke Leben? Torheit und Mißverständnis! Nur mich habe ich gehaßt, dafür, daß ich es nicht ertragen konnte. Aber ich liebe euch... ich liebe euch alle, ihr Glücklichen, und bald werde ich aufhören, durch eine enge Haft von euch ausgeschlossen zu sein; bald wird das in mir, was euch liebt, wird meine Liebe zu euch frei werden und bei und in euch sein... bei und in euch allen! – –

Er weinte; preßte das Gesicht in die Kissen und weinte, durchbebt und wie im Rausche emporgehoben von einem Glück, dem keins in der Welt an schmerzlicher Süßigkeit zu vergleichen. Dies war es, dies alles, was ihn seit gestern nachmittag trunken und dunkel erfüllt, was sich inmitten der Nacht in seinem Herzen geregt und ihn geweckt hatte wie eine keimende Liebe. Und während er es nun begreifen und erkennen durfte – nicht in Worten und aufeinanderfolgenden Gedanken, sondern in plötzlichen, beseligenden Erhellungen seines Inneren –, war er schon frei, war er ganz eigentlich schon erlöst und aller natürlichen wie künstlichen Schranken und Bande entledigt. Die Mauern seiner Vaterstadt, in denen er sich mit Willen und Bewußtsein eingeschlossen, taten sich auf und erschlossen seinem Blicke die Welt, die ganze Welt, von der er in jungen Jahren dies und jenes Stückchen gesehen, und die der Tod ihm ganz und gar zu schenken versprach. Die trügerischen Erkenntnisformen des Raumes, der Zeit und also der Geschichte, die Sorge um ein rühmliches, historisches Fortbestehen in der Person von Nachkommen, die Furcht vor irgendeiner endlichen historischen Auflösung und Zersetzung, – dies alles gab seinen Geist frei und hinderte ihn nicht mehr, die stete Ewigkeit zu begreifen. Nichts begann und nichts hörte auf. Es gab nur eine unendliche Gegenwart, und diejenige Kraft in ihm, die mit einer so schmerzlich süßen, drängenden und sehnsüchtigen Liebe das Leben liebte, und von der seine Person nur ein verfehlter Ausdruck war – sie würde die Zugänge zu dieser Gegenwart immer zu finden wissen.

»Ich werde leben!« flüsterte er in das Kissen, weinte und... wußte im nächsten Augenblick nicht mehr, worüber. Sein Gehirn stand still, sein Wissen erlosch, und in ihm gab es plötzlich wieder nichts mehr als verstummende Finsternis. ›Aber es wird wiederkehren!‹ versicherte er sich. ›Habe ich es nicht besessen?‹... Und während er fühlte, wie Betäubung und Schlaf ihn unwiderstehlich überschatteten, schwor er sich einen teuren Eid, dies ungeheure Glück niemals fahrenzulassen, sondern seine Kräfte zu sammeln und zu lernen, zu lesen und zu studieren, bis er sich fest und unveräußerlich die ganze Weltanschauung zu eigen gemacht haben würde, aus der dies alles hervorgegangen war.

Allein das konnte nicht sein, und schon am nächsten Morgen, als er mit einem ganz kleinen Gefühl von Geniertheit über die geistigen Extravaganzen von gestern erwachte, ahnte er etwas von der Unausführbarkeit dieser schönen Vorsätze.

Er stand spät auf und hatte sich sogleich an den Debatten einer Bürgerschaftssitzung zu beteiligen. Das öffentliche, geschäftliche, bürgerliche Leben in den giebeligen und winkeligen Straßen dieser mittelgroßen Handelsstadt nahm seinen Geist und seine Kräfte wieder in Besitz. Immer noch mit dem Vorsatz beschäftigt, die wunderbare Lektüre wieder aufzunehmen, fing er doch an, sich zu fragen, ob die Erlebnisse jener Nacht in Wahrheit und auf die Dauer etwas für ihn seien und ob sie, träte der Tod ihn an, praktisch standhalten würden. Seine bürgerlichen Instinkte regten sich dagegen. Auch seine Eitelkeit regte sich: die Furcht vor einer wunderlichen und lächerlichen Rolle. Standen ihm diese Dinge zu Gesicht? Ziemten sie ihm, ihm, Senator Thomas Buddenbrook, Chef der Firma Johann Buddenbrook?...

Er gelangte niemals wieder dazu, einen Blick in das seltsame Buch zu werfen, das so viele Schätze barg, geschweige denn, sich die übrigen Bände des großen Werkes zu verschaffen. Die nervöse Pedanterie, die sich mit den Jahren seiner bemächtigt, verzehrte seine Tage. Gehetzt von fünfhundert nichtswürdigen und alltäglichen Bagatellen, die in Ordnung zu halten und zu erledigen sein Kopf sich plagte, war er zu willensschwach, um eine vernünftige und ergiebige Einteilung seiner Zeit zu erreichen. Und zwei Wochen ungefähr nach jenem denkwürdigen Nachmittage war er so weit, daß er alles aufgab und dem Dienstmädchen befahl, ein Buch, das unordentlicherweise in der Schublade des Gartentisches umherliege, sofort hinaufzutragen und in den Bücherschrank zu stellen.

So aber geschah es, daß Thomas Buddenbrook, der die Hände verlangend nach hohen und letzten Wahrheiten ausgestreckt hatte, matt zurücksank zu den Begriffen und Bildern, in deren gläubigem Gebrauch man seine Kindheit geübt hatte. Er ging umher und erinnerte sich des einigen und persönlichen Gottes, des Vaters der Menschenkinder, der einen persönlichen Teil seines Selbst auf die Erde entsandt hatte, damit er für uns leide und blute, der am Jüngsten Tage Gericht halten würde, und zu dessen Füßen die Gerechten im Laufe der dann ihren Anfang nehmenden Ewigkeit für die Kümmernisse dieses Jammertales entschädigt werden würden... dieser ganzen, ein wenig unklaren und ein wenig absurden Geschichte, die aber kein Verständnis, sondern nur gehorsamen Glauben beanspruchte und die in feststehenden und kindlichen Worten zur Hand sein würde, wenn die letzten Ängste kamen... Wirklich?

Ach, auch hierin gelangte er nicht zum Frieden. Dieser Mann mit seiner nagenden Sorge um die Ehre seines Hauses, um seine Frau, seinen Sohn, seinen Namen, seine Familie, dieser abgenutzte Mann, der seinen Körper mit Mühe und Kunst elegant, korrekt und aufrecht erhielt, er plagte sich mehrere Tage mit der Frage, wie es nun eigentlich bestellt sei: ob nun eigentlich die Seele unmittelbar nach dem Tode in den Himmel gelange, oder ob die Seligkeit erst mit der Auferstehung des Fleisches beginne... Und wo blieb die Seele bis dahin? Hatte ihn jemals jemand in der Schule oder der Kirche darüber belehrt? Wie war es verantwortbar, den Menschen in einer solchen Unwissenheit zu lassen? – Und er war darauf und daran, Pastor Pringsheim zu besuchen und ihn um Rat und Trost anzugehen, bis er es im letzten Augenblick aus Furcht vor der Lächerlichkeit unterließ.

Endlich gab er alles auf und stellte alles Gott anheim. Da er aber mit der Ordnung seiner ewigen Angelegenheiten zu einem so unbefriedigenden Schluß gekommen war, so beschloß er, zum wenigsten einmal seine irdischen gewissenhaft zu bestellen, womit er einen lange gehegten Vorsatz zur Ausführung bringen würde.

Eines Tages vernahm der kleine Johann nach dem Mittagessen, im Wohnzimmer, wo die Eltern ihren Kaffee tranken, wie sein Vater der Mama die Mitteilung machte, er erwarte heute den Rechtsanwalt Doktor Soundso, um mit ihm sein Testament zu machen, dessen Fixierung er nicht beständig ins Ungewisse hinausschieben dürfe. Später übte Hanno im Salon eine Stunde auf dem Flügel. Als er aber dann über den Korridor gehen wollte, traf er mit seinem Vater und einem Herrn in langem, schwarzem Überrock zusammen, welche die Haupttreppe heraufkamen.

»Hanno!« sagte der Senator kurz. Und der kleine Johann blieb stehen, schluckte hinunter und antwortete leise und eilig:

»Ja, Papa...«

»Ich habe mit diesem Herrn Wichtiges zu arbeiten«, fuhr sein Vater fort. »Du stellst dich, wenn ich bitten darf, vor diese Tür« – er wies auf den Eingang zum Rauchzimmer – »und gibst acht, daß niemand, hörst du? absolut niemand uns stört.«

»Ja, Papa«, sagte der kleine Johann und stellte sich vor die Tür, die sich hinter den beiden Herren schloß.

Er stand dort, hielt mit einer Hand den Schifferknoten auf

seiner Brust erfaßt, scheuerte seine Zunge an einem Zahne, dem er mißtraute, und horchte auf die ernsten und gedämpften Stimmen, die aus dem Inneren des Zimmers zu ihm drangen. Sein Kopf mit dem lockig in die Schläfen fallenden hellbraunen Haar war zur Seite geneigt, und unter zusammengezogenen Brauen blickten seine goldbraunen, von bläulichen Schatten umlagerten Augen blinzelnd, mit einem abgestoßenen und grüblerischen Ausdruck zur Seite, einem Ausdruck, ganz ähnlich demjenigen, mit dem er an der Bahre seiner Großmutter den Blumengeruch und jenen anderen, fremden und so seltsam vertrauten Duft eingeatmet hatte.

Ida Jungmann kam und sagte:

»Hannochen, mein Jungchen, wo bleibst du, was wirst du hier herumzustehen haben!«

Der bucklige Lehrling kam aus dem Comptoir, eine Depesche in der Hand, und fragte nach dem Senator.

Und jedesmal streckte der kleine Johann seinen Arm in dem blauen mit einem Anker bestickten Matrosenärmel waagerecht vor der Tür aus, schüttelte den Kopf und sagte nach einem Augenblicke des Schweigens leise und fest:

»Niemand darf hinein. – Papa macht sein Testament.«

6.

Im Herbst sagte Doktor Langhals, indem er seine schönen Augen spielen ließ wie eine Frau:

»Die Nerven, Herr Senator... an allem sind bloß die Nerven schuld. Und hie und da läßt auch die Blutzirkulation ein wenig zu wünschen übrig. Darf ich mir einen Ratschlag erlauben? Sie sollten sich dieses Jahr noch ein bißchen ausspannen! Diese paar Seeluft-Sonntage im Sommer haben natürlich nicht viel vermocht... Wir haben Ende September, Travemünde ist noch in Betrieb, es ist noch nicht vollständig entvölkert. Fahren Sie hin, Herr Senator, und setzen Sie sich noch ein wenig an den Strand. Vierzehn Tage oder drei Wochen reparieren schon manches...«

Und Thomas Buddenbrook sagte ja und amen hierzu. Als aber die Seinen von dem Entschlusse erfuhren, erbot sich Christian, ihn zu begleiten.

»Ich gehe mit, Thomas«, sagte er einfach. »Du hast wohl nichts dagegen.« Und obgleich der Senator eigentlich eine Menge dagegen hatte, sagte er abermals ja und amen.

Die Sache war die, daß Christian jetzt mehr als jemals Herr seiner Zeit war, denn wegen schwankender Gesundheit hatte er sich genötigt gesehen, auch seine letzte kaufmännische Tätigkeit, die Champagner- und Cognac-Agentur, fahrenzulassen. Das Trugbild eines Mannes, der in der Dämmerung auf seinem Sofa saß und ihm zunickte, hatte sich erfreulicherweise nicht wiederholt. Aber mit der periodischen »Qual« in seiner linken Seite war es womöglich noch schlimmer geworden, und Hand in Hand mit ihr ging eine große Anzahl anderer Unzuträglichkeiten, die Christian sorgfältig beobachtete und mit krauser Nase schilderte, wo er ging und stand. Oftmals, wie schon früher, versagten beim Essen seine Schluckmuskeln, so daß er, den Bissen im Halse, dasaß und seine kleinen, runden, tiefliegenden Augen wandern ließ. Oftmals, wie schon früher, litt er an dem unbestimmten, aber unbesiegbaren Furchtgefühl vor einer plötzlichen Lähmung seiner Zunge, seines Schlundes, seiner Extremitäten, ja sogar seines Denkvermögens. Zwar wurde nichts an ihm gelähmt; aber war nicht die Furcht davor beinahe noch schlimmer? Er erzählte ausführlich, wie er eines Tages, als er sich Tee bereitete, das brennende Zündholz statt über den Kochapparat über die offene Spiritusflasche gehalten habe, so daß beinahe nicht nur er selbst, sondern auch die übrigen Hausbewohner, ja, vielleicht auch die der Nachbarhäuser auf fürchterliche Weise umgekommen wären... Dies ging zu weit. Was er aber mit besonderer Ausführlichkeit, Eindringlichkeit und Anstrengung, sich ganz verständlich zu machen, beschrieb, war eine scheußliche Anomalie, die er in letzter Zeit an sich wahrgenommen hatte und die darin bestand, daß er an gewissen Tagen, das heißt bei gewisser Witterung und Gemütsverfassung, kein offenes Fenster sehen konnte, ohne von dem gräßlichen und durch nichts gerechtfertigten Drange befallen zu werden, hinauszuspringen... einem wilden und kaum unterdrückbaren Triebe, einer Art von unsinnigem und verzweifeltem Übermut! Eines Sonntages, als die Familie in der Fischergrube speiste, beschrieb er, wie er unter Aufbietung aller moralischen Kräfte auf Händen und Füßen habe zum offenen Fenster kriechen müssen, um es zu schließen... Hier aber schrie alles auf, und niemand wollte ihm weiter zuhören.

Diese und ähnliche Dinge konstatierte er mit einer gewissen schauerlichen Genugtuung. Was er aber nicht beobachtete und nicht feststellte, was ihm unbewußt blieb und sich darum beständig verschlimmerte, war der sonderbare Mangel an Taktgefühl, der ihm mit den Jahren immer mehr zu eigen geworden war. Es war schlimm, daß er im Familienkreise Anekdoten erzählte, so geartet, daß er sie höchstens im Klub hätte vorbringen dürfen. Aber es gab auch direkte Anzeichen dafür, daß sein Sinn für körperliche Schamhaftigkeit im Erlahmen begriffen war. In der Absicht, seiner Schwägerin Gerda, mit der er auf freundschaftlichem Fuße stand, zu zeigen, wie durabel gearbeitet seine englischen Socken seien, und wie mager er übrigens geworden sei, gewann er es über sich, vor ihren Augen sein weites, kariertes Beinkleid bis hoch über die Knie zurückzuziehen... »Da sieh, wie mager ich werde... Ist es nicht auffällig und sonderbar?« sagte er bekümmert, indem er mit krauser Nase auf sein knochiges und stark nach außen gekrümmtes Bein in der weißwollenen Unterhose zeigte, unter der sich das hagere Knie trübselig abzeichnete...

Er hatte, wie gesagt, jetzt jede kaufmännische Tätigkeit fahrenlassen; aber diejenigen Stunden am Tage, die er nicht im »Klub« verbrachte, suchte er doch auf verschiedene Weise auszufüllen, und er liebte es, ausdrücklich hervorzuheben, daß er trotz aller Behinderungen niemals vollständig aufgehört habe zu arbeiten. Er erweiterte seine Sprachkenntnisse und hatte, der Wissenschaft halber und ohne praktischen Endzweck, kürzlich begonnen, Chinesisch zu lernen, worauf er vierzehn Tage lang viel Fleiß verwendet hatte. Zur Zeit war er damit beschäftigt, ein

englisch-deutsches Lexikon, das ihm unzulänglich schien, zu
»ergänzen«; aber da eine kleine Luftveränderung ihm sowieso
einmal wieder not tat und da es schließlich ja wünschenswert
war, daß der Senator irgendwelche Begleitung hatte, so vermochte dies Geschäft jetzt nicht, ihn in der Stadt festzuhalten...

Die beiden Brüder fuhren an die See; sie fuhren, indes der
Regen auf das Verdeck des Wagens trommelte, auf der Landstraße dahin, die nur eine Pfütze war, und sprachen beinahe kein
Wort. Christian ließ seine Augen wandern, als horche er auf irgend etwas Verdächtiges; Thomas saß fröstelnd in seinen Mantel gehüllt, mit müde blickenden, geröteten Augen, und die
langausgezogenen Spitzen seines Schnurrbartes überragten starr
seine weißlichen Wangen. So fuhren sie nachmittags in den Kurgarten ein, in dessen verschwemmtem Kies die Räder knirschten. Der Alte Makler Siegismund Gosch saß in der Glasveranda
des Hauptgebäudes und trank Grog von Rum. Er stand auf, indem er durch die Zähne zischte, und dann setzten sie sich zu ihm,
um, während die Koffer hinaufgetragen wurden, auch ihrerseits
etwas Warmes zu genießen.

Herr Gosch war ebenfalls noch Kurgast, gleich einigen wenigen Leuten, einer englischen Familie, einer ledigen Holländerin
und einem ledigen Hamburger, die jetzt mutmaßlich ihr Schläf-
chen vor der Table d'hôte hielten, denn es war überall totenstill,
und nur der Regen planschte. Mochten sie schlafen. Herr Gosch
schlief am Tage nicht. Er war froh, wenn er sich zur Nacht ein
paar Stunden Bewußtlosigkeit erobern konnte. Es ging ihm
nicht gut. Er gebrauchte diese späte Luftkur gegen das Zittern,
das Zittern in seinen Gliedmaßen... verflucht! er konnte kaum
noch das Grogglas halten, und – teuflischer! – er konnte nur selten noch schreiben, so daß es mit der Übersetzung von Lope de
Vega's sämtlichen Dramen jämmerlich langsam vorwärtsging.
Er war in sehr gedrückter Stimmung, und seine Gotteslästerun-
gen waren ohne die rechte Freudigkeit. »Laß fahren dahin!«
sagte er, und dies schien seine Lieblingsredensart geworden zu
sein, denn er wiederholte sie beständig und oftmals ganz außer
dem Zusammenhange.

Und der Senator? Was war es mit ihm? Wie lange gedachten die Herren zu bleiben?

Ach, Doktor Langhals habe ihn der Nerven wegen hergeschickt, antwortete Thomas Buddenbrook. Er habe natürlich gehorcht, trotz dieses Hundewetters, denn was tue man nicht aus Furcht vor seinem Arzte! Er fühle sich ja wirklich ein wenig miserabel. Sie würden eben bleiben, bis es ihm besser gehe...

»Ja, übrigens geht es mir auch sehr schlecht«, sagte Christian voll Neid und Erbitterung, daß Thomas nur von sich sprach; und er war im Begriffe, von dem nickenden Manne, der Spiritusflasche und dem offenen Fenster zu berichten, als sein Bruder aufbrach, um die Zimmer in Besitz zu nehmen.

Der Regen ließ nicht nach. Er zerwühlte den Boden und tanzte in springenden Tropfen auf der See, die, vom Süd-West überschauert, vom Strande zurückwich. Alles war in Grau gehüllt. Die Dampfer zogen wie Schatten und Geisterschiffe vorüber und verschwanden am verwischten Horizont.

Mit den fremden Gästen traf man nur beim Essen zusammen. Der Senator ging mit dem Makler Gosch in Gummimantel und Galoschen spazieren, indem Christian droben in der Konditorei mit der Büffetdame Schwedischen Punsch trank.

Zwei- oder dreimal, an Nachmittagen, da es aussah, als ob die Sonne hervorkommen wollte, erschienen zur Table d'hôte ein paar Bekannte aus der Stadt, die sich gern ein wenig unabhängig von ihren Angehörigen unterhielten: Senator Doktor Gieseke, Christians Schulkamerad, und Konsul Peter Döhlmann, der übrigens schlecht aussah, weil er sich durch maßlosen Gebrauch von Hunyadi-Janos-Wasser verdarb. Dann setzten sich die Herren in ihren Paletots unter das Zeltdach der Konditorei, gegenüber dem Musiktempel, in dem nicht mehr musiziert wurde, tranken ihren Kaffee und verdauten ihre fünf Gänge, indem sie in den herbstlichen Kurgarten hinausblickten und plauderten...

Die Ereignisse der Stadt, das letzte Hochwasser, das in viele Keller gedrungen und bei dem man in den unteren Gruben mit Böten gefahren war, eine Feuersbrunst, ein Schuppenbrand am Hafen, eine Senatswahl wurden besprochen... Alfred Laurit-

zen, in Firma Stürmann & Lauritzen, Colonialwaren en gros &
en détail, war vorige Woche gewählt worden, und Senator Buddenbrook war nicht einverstanden damit. Er saß in seinen Kragenmantel gehüllt, rauchte Zigaretten und warf nur an diesem
Punkte des Gespräches ein paar Bemerkungen ein. Er habe
Herrn Lauritzen seine Stimme nicht gegeben, sagte er, soviel sei
sicher. Lauritzen sei ein ehrenfester Mensch und ein vortreff-
licher Kaufmann, ohne Frage; aber er sei Mittelstand, guter Mittelstand, sein Vater habe noch eigenhändig den Dienstmädchen
die sauren Heringe aus der Tonne geholt und eingewickelt...
und jetzt habe man den Inhaber eines Detail-Geschäftes im
Senate. Sein, Thomas Buddenbrooks, Großvater habe sich mit
seinem ältesten Sohne überworfen, weil dieser einen Laden er-
heiratet habe; so seien die Dinge damals gewesen. »Aber das
Niveau sinkt, ja, das gesellschaftliche Niveau des Senates ist im
Sinken begriffen, der Senat wird demokratisiert, lieber Gieseke,
und das ist nicht gut. Kaufmännische Tüchtigkeit tut es doch
nicht so ganz, meiner Meinung nach sollte man nicht aufhören,
ein wenig mehr zu verlangen. Alfred Lauritzen mit seinen großen Füßen und seinem Bootsmannsgesicht im Ratssaal zu denken, beleidigt mich... ich weiß nicht, was in mir. Es ist gegen
alles Stilgefühl, kurzum, eine Geschmacklosigkeit.«

Aber Senator Gieseke war etwas pikiert. Schließlich war er
auch nur der Sohn eines Branddirektors... Nein, dem Verdienste seine Krone. Dafür sei man Republikaner. »Übrigens sollten
Sie nicht so viele Zigaretten rauchen, Buddenbrook, Sie haben ja
gar nichts von der Seeluft.«

»Ja, nun höre ich auf«, sagte Thomas Buddenbrook, warf das
Mundstück fort und schloß die Augen.

Träge, während der Regen, der unausbleiblich wieder einsetzte, die Aussicht verschleierte, glitt das Gespräch dahin. Man
kam auf den letzten Skandal der Stadt, eine Wechselfälschung,
auf Großkaufmann Kaßbaum, P. Philipp Kaßbaum & Co., der
nun hinter Schloß und Riegel saß. Man ereiferte sich durchaus
nicht; man nannte Herrn Kaßbaums Tat eine Dummheit, lachte
kurz und zuckte die Achseln. Senator Doktor Gieseke erzählte,

daß der Großkaufmann übrigens bei gutem Humor geblieben sei. An seinem neuen Aufenthaltsort habe er sogleich einen Toilette-Spiegel verlangt, der in seiner Zelle gefehlt habe. »Ich sitze hier ja nicht Jahre, sondern Jahren«, hatte er gesagt; »da muß ich doch einen Spiegel haben!« – Er war, wie Christian Buddenbrook und Andreas Gieseke, ein Schüler des seligen Marcellus Stengel gewesen.

Ohne die Miene zu verziehen, lachten die Herren wieder kurz durch die Nase. Siegismund Gosch bestellte Grog von Rum, mit einer Betonung, als wollte er ausdrücken: ›Was soll das schlechte Leben nützen?‹... Konsul Döhlmann sprach einer Flasche Aquavit zu, und Christian war wieder beim Schwedischen Punsch angelangt, den Senator Gieseke für sich und ihn hatte kommen lassen. Es dauerte nicht lange, bis Thomas Buddenbrook wieder zu rauchen begann.

Und immer in einem trägen, wegwerfenden und skeptisch fahrlässigen Ton, gleichgültig und schwer gesinnt vom Essen, vom Trinken und vom Regen, sprach man von Geschäften, den Geschäften jedes einzelnen; aber auch dies Thema belebte niemanden.

»Ach, dabei ist nicht viel Freude«, sagte Thomas Buddenbrook mit schwerer Brust und legte angewidert den Kopf über die Stuhllehne zurück.

»Nun, und Sie, Döhlmann?« erkundigte sich Senator Gieseke und gähnte... »Sie haben sich gänzlich dem Aquavit ergeben, wie?«

»Wovon soll der Schornstein rauchen«, sagte der Konsul. »Ich gucke alle paar Tage mal ins Comptoir. Kurze Haare sind bald gekämmt.«

»Und alles Wichtige haben ja doch Strunck & Hagenström in Händen«, bemerkte trübe der Makler Gosch, der seinen Ellenbogen weit vor sich hin auf den Tisch gestützt hatte und den bösartigen Greisenkopf in der Hand ruhen ließ.

»Gegen einen Haufen Mist kann man nicht anstinken«, sagte Konsul Döhlmann mit einer so geflissentlich ordinären Aussprache, daß jedermann wie durch einen hoffnungslosen Zynismus trübe gestimmt werden mußte. »Na, und Sie, Buddenbrook, tun Sie noch was?«

»Nein«, antwortete Christian; »ich kann es nun nicht mehr.« Und ohne Übergang, lediglich aus seinem Verständnis der herrschenden Stimmung heraus, und aus dem Bedürfnis, sie zu vertiefen, begann er plötzlich, den Hut schräg in die Stirn geschoben, von seinem Comptoir in Valparaiso und von Johnny Thunderstorm zu sprechen... »Ha, bei *der* Hitze. Du lieber Gott!... Arbeiten? No, Sir, wie Sie sehen, Sir!« Und dabei hatten sie dem Chef ihren Zigarettenrauch ins Gesicht geblasen. Du lieber Gott!... Seine Mienen und Bewegungen drückten unübertrefflich eine zugleich frech herausfordernde und gutmütig verbummelte Trägheit aus. Sein Bruder rührte sich nicht.

Herr Gosch versuchte, seinen Grog zum Munde zu führen, stellte ihn zischend auf den Tisch zurück und hieb sich selbst mit der Faust auf den widerspenstigen Arm, worauf er das Glas aufs neue an seine schmalen Lippen riß, mehreres verschüttete und den Rest in Wut auf einmal hinuntergoß.

»Ach, Sie mit Ihrem Zittern, Gosch!« sagte Döhlmann. »Sie sollten sich's mal gehen lassen wie mir. Dies verfluchte Hunyadi-Janos... Ich krepiere, wenn ich nicht täglich meinen Liter trinke, so weit bin ich, und wenn ich ihn trinke, so krepiere ich erst recht. Wissen Sie, wie es tut, wenn man niemals, nicht einen Tag, mit seinem Mittagessen fertig werden kann... ich meine, wenn man es im Magen hat?«... Und er gab einige widerliche Einzelheiten seines Befindens zum besten, die Christian Buddenbrook mit schauerlichem Interesse und krausgezogener Nase anhörte und mit einer kleinen eindringlichen Beschreibung seiner »Qual« beantwortete.

Der Regen hatte sich wieder verstärkt. Dicht und senkrecht ging er hernieder, und sein Rauschen erfüllte unabänderlich, öde und hoffnungslos die Stille des Kurgartens.

»Ja, das Leben ist faul«, sagte Senator Gieseke, der sehr viel getrunken hatte.

»Ich mag gar nicht mehr auf der Welt sein«, sagte Christian.

»Laß fahren dahin!« sagte Herr Gosch.

»Da kommt Fiken Dahlbeck«, sagte Senator Gieseke.

Dies war die Besitzerin des Kuhstalles, die mit einem Milcheimer vorüberging und den Herren zulächelte. Sie war an die Vierzig, korpulent und frech.

Senator Gieseke sah sie mit verwilderten Augen an.

»Was für ein Busen!« sagte er; und hieran knüpfte Konsul Döhlmann einen übermäßig unflätigen Witz, der nur bewirkte, daß die Herren wieder kurz und wegwerfend durch die Nase lachten.

Dann ward der aufwartende Kellner herangerufen.

»Ich bin mit der Flasche fertig geworden, Schröder«, sagte Döhlmann. »Wir können auch ebensogut mal bezahlen. Einmal muß es ja sein... Und Sie, Christian? Na, für Sie zahlt wohl Gieseke.«

Hier aber belebte sich Senator Buddenbrook. Er hatte, in seinen Kragenmantel gehüllt, die Hände im Schoße und die Zigarette im Mundwinkel, fast ohne Teilnahme dagesessen; plötzlich aber richtete er sich auf und sagte scharf:

»Hast du kein Geld bei dir, Christian? Dann erlaubst du, daß *ich* die Kleinigkeit auslege.«

Man spannte die Regenschirme auf und trat unter dem Zeltdach hervor, um ein bißchen zu promenieren...

– Hie und da besuchte Frau Permaneder ihren Bruder. Dann gingen die beiden zum »Möwenstein« oder zum »Seetempel« spazieren, wobei Tony Buddenbrook aus unbekannten Gründen jedesmal in eine begeisterte und unbestimmt aufrührerische Stimmung geriet. Sie betonte wiederholt die Freiheit und Gleichheit aller Menschen, verwarf kurzerhand jede Rangordnung der Stände, ließ harte Worte gegen Privilegien und Willkür fallen und verlangte ausdrücklich, daß dem Verdienste seine Krone werde. Und dann kam sie auf ihr Leben zu sprechen. Sie sprach gut, sie unterhielt ihren Bruder aufs beste. Dieses glückliche Geschöpf hatte, solange sie auf Erden wandelte, nichts, nicht das geringste hinunterzuschlucken und stumm zu verwinden gebraucht. Auf keine Schmeichelei und keine Beleidigung, die ihr das Leben gesagt, hatte sie geschwiegen. Alles, jedes

Glück und jeden Kummer, hatte sie in einer Flut von banalen und kindisch wichtigen Worten, die ihrem Mitteilungsbedürfnis vollkommen genügten, wieder von sich gegeben. Ihr Magen war nicht ganz gesund, aber ihr Herz war leicht und frei – sie wußte selbst nicht wie sehr. Nichts Unausgesprochenes zehrte an ihr; kein stummes Erlebnis belastete sie. Und darum hatte sie auch gar nichts an ihrer Vergangenheit zu tragen. Sie wußte, daß sie bewegte und arge Schicksale gehabt, aber all das hatte ihr keinerlei Schwere und Müdigkeit hinterlassen, und im Grunde glaubte sie gar nicht daran. Allein, da es allseitig anerkannte Tatsache schien, so nutzte sie es aus, indem sie damit prahlte und mit gewaltig ernsthafter Miene darüber redete... Sie geriet ins Schelten, sie rief voll ehrlicher Entrüstung die Personen bei Namen, die ihr Leben – und folglich das der Familie Buddenbrook – schädlich beeinflußt hatten und deren Zahl mit der Zeit recht stattlich geworden war. »Tränen-Trieschke!« rief sie. »Grünlich! Permaneder! Tiburtius! Weinschenk! Hagenströms! Der Staatsanwalt! Die Severin! Was für Filous, Thomas, Gott wird sie strafen dereinst, *den* Glauben bewahre ich mir!«

Als sie hinauf zum »Seetempel« kamen, brach schon die Dämmerung herein; der Herbst war vorgeschritten. Sie standen in einer der nach der Bucht zu sich öffnenden Kammern, in denen es nach Holz roch wie in den Kabinen der Badeanstalt, und deren roh gezimmerte Wände mit Inschriften, Initialen, Herzen, Versen bedeckt waren. Nebeneinander blickten sie über den feucht-grünen Abhang und den schmalen, steinigen Strandstreifen hinweg auf die trübbewegte See hinaus.

»Breite Wellen...« sagte Thomas Buddenbrook. »Wie sie daherkommen und zerschellen, daherkommen und zerschellen, eine nach der anderen, endlos, zwecklos, öde und irr. Und doch wirkt es beruhigend und tröstlich, wie das Einfache und Notwendige. Mehr und mehr habe ich die See lieben gelernt... vielleicht zog ich ehemals das Gebirge nur vor, weil es in weiterer Ferne lag. Jetzt möchte ich nicht mehr dorthin. Ich glaube, daß ich mich fürchten und schämen würde. Es ist zu willkürlich, zu unregelmäßig, zu vielfach... sicher, ich würde mich allzu unterlegen fühlen. Was für Menschen es wohl sind; die der Monotonie des Meeres den Vorzug geben? Mir scheint, es sind solche, die zu lange und tief in die Verwicklungen der innerlichen Dinge hineingesehen haben, um nicht wenigstens von den äußeren vor allem eins verlangen zu müssen: Einfachheit... Es ist das wenigste, daß man tapfer umhersteigt im Gebirge, während man am Meere still im Sande ruht. Aber ich kenne den Blick, mit dem man dem einen, und jenen, mit dem man dem andern huldigt. Sichere, trotzige, glückliche Augen, die voll sind von Unternehmungslust, Festigkeit und Lebensmut, schweifen von Gipfel zu Gipfel; aber auf der Weite des Meeres, das mit diesem mystischen und lähmenden Fatalismus seine Wogen heranwälzt, träumt ein verschleierter, hoffnungsloser und wissender Blick, der irgendwo einstmals tief in traurige Wirrnisse sah... Gesundheit und Krankheit, das ist der Unterschied. Man klettert keck in die wundervolle Vielfachheit der zackigen, ragenden, zerklüfteten Erscheinungen hinein, um seine Lebenskraft zu erproben, von der noch nichts verausgabt wurde. Aber man ruht an der weiten Einfachheit der äußeren Dinge, müde wie man ist von der Wirrnis der inneren.«

Frau Permaneder verstummte so eingeschüchtert und unangenehm berührt, wie harmlose Leute verstummen, wenn in Gesellschaft plötzlich etwas Gutes und Ernstes ausgesprochen wird. ›Dergleichen sagt man doch nicht!‹ dachte sie, indem sie fest ins Weite sah, um seinen Augen nicht zu begegnen. Und um ihm in der Stille abzubitten, daß sie sich für ihn schämte, zog sie seinen Arm in den ihrigen.

7.

Es war Winter geworden, Weihnacht war vorüber, man schrieb Januar, Januar 1875. Der Schnee, der die Bürgersteige als eine festgetretene, mit Sand und Asche untermischte Masse bedeckte, lagerte zu beiden Seiten der Fahrdämme in hohen Haufen, die beständig grauer, zerklüfteter und poröser wurden, denn es waren Wärmegrade in der Luft. Das Pflaster war naß und schmutzig, und von den grauen Giebeln troff es. Aber darüber spannte sich der Himmel zartblau und makellos, und Milliarden von Licht-Atomen schienen wie Kristalle in dem Azur zu flimmern und zu tanzen...

Im Zentrum der Stadt war es lebendig, denn es war Sonnabend und Markttag. Unter den Spitzbogen der Rathaus-Arkaden hatten die Fleischer ihre Stände und wogen mit blutigen Händen ihre Ware ab. Auf dem Marktplatze selbst aber, um den Brunnen herum, war Fischmarkt. Dort saßen, die Hände in halb enthaarten Pelzmüffen und die Füße an Kohlenbecken wärmend, beleibte Weiber, die ihre naßkalten Gefangenen hüteten und die umherwandernden Köchinnen und Hausfrauen mit breiten Worten zum Kaufe einluden. Es war keine Gefahr, betrogen zu werden. Man konnte sicher sein, etwas Frisches zu erhandeln, denn die Fische lebten fast alle noch, die fetten, muskulösen Fische... Einige hatten es gut. Sie schwammen, in einiger Enge zwar, aber doch guten Mutes, in Wassereimern umher und hatten nichts auszustehen. Andere aber lagen mit fürchterlich glotzenden Augen und arbeitenden Kiemen, zählebig und qualvoll auf ihrem Brett und schlugen hart und verzweifelt mit dem Schwanze, bis man sie endlich packte und ein spitzes, blutiges Messer ihnen mit Knirschen die Kehle zerschnitt. Lange und dicke Aaale wanden und schlängelten sich zu abenteuerlichen Figuren. In tiefen Bütten wimmelte es schwärzlich von Ostsee-Krabben. Manchmal zog ein starker Butt sich krampfhaft zusammen und schnellte sich in seiner tollen Angst weit vom Brette fort auf das schlüpfrige, von Abfällen verunreinigte Pflaster, so daß seine Besitzerin ihm nachlaufen und ihn unter harten Worten der Mißbilligung seiner Pflicht wieder zuführen mußte...

In der Breiten Straße herrschte um Mittag reger Verkehr. Schulkinder, die Ränzel auf dem Rücken, kamen daher, erfüllten die Luft mit Lachen und Geplapper und bewarfen einander mit dem halb zertauten Schnee. Junge Kaufmannslehrlinge aus guter Familie, mit dänischen Schiffermützen oder elegant nach englischer Mode gekleidet, Portefeuilles in den Händen, gingen nicht ohne Würde vorüber, stolz, dem Realgymnasium entronnen zu sein. Gesetzte, graubärtige und höchlichst verdiente Bürger stießen mit dem Gesichtsausdruck unerschütterlich national-liberaler Gesinnung ihre Spazierstöcke vor sich her und blickten aufmerksam zu der Glasurziegelfassade des Rathauses hinüber, an dessen Portal die Doppelwache aufgezogen war. Denn der Senat war versammelt. Die beiden Infanteristen schritten in ihren Mänteln, das Gewehr auf der Schulter, die ihnen zugemessene Strecke ab, indem sie kaltblütig durch die kotige und halbflüssige Schneemasse am Boden stampften. Sie begegneten sich in der Mitte vorm Eingang, sahen sich an, wechselten ein Wort und gingen nach beiden Seiten wieder auseinander. Manchmal, wenn mit emporgeklapptem Paletotkragen und beide Hände in den Taschen ein Offizier sich näherte, der den Spuren irgendeines Mamsellchens folgte und sich gleichzeitig von den jungen Damen aus großem Hause bewundern ließ, stellte sich jeder vor sein Schilderhaus, besah sich selbst von oben bis unten und präsentierte... Es hatte noch gute Weile, bis sie den Senatoren beim Herauskommen zu salutieren haben würden. Die Sitzung dauerte erst drei Viertelstunden. Sie würden wohl vorher noch abgelöst werden...

Da aber, plötzlich, vernahm der eine der beiden Soldaten ein kurzes, diskretes Zischen im Innern des Gebäudes, und im selben Augenblick leuchtete im Portal der rote Frack des Ratsdieners Uhlefeldt auf, welcher, mit Dreispitz und Galanteriedegen, in äußerster Geschäftigkeit zum Vorschein kam, ein leises »Achtung!« hervorstieß und sich eilfertig wieder zurückzog, während drinnen auf den hallenden Fliesen schon nahende Schritte sich hören ließen...

Die Infanteristen machten Front, sie zogen die Absätze zusammen, steiften das Genick, blähten die Brust, setzten das Gewehr bei Fuß und präsentierten es mit ein paar prompt zusammenklappenden Griffen. Zwischen ihnen hindurch schritt ziemlich geschwind, mit gelüftetem Zylinder, ein kaum mittelgroßer Herr, der eine seiner hellen Brauen ein wenig emporgezogen hielt und dessen weißliche Wangen von den lang aus-

674

gezogenen Schnurrbartspitzen überragt wurden. Senator Thomas Buddenbrook verließ heute lange vor Schluß der Sitzung das Rathaus.

Er bog nach rechts ab und schlug also nicht den Weg zu seinem Hause ein. Korrekt, tadellos sauber und elegant ging er mit dem etwas hüpfenden Schritte, der ihm eigen war, die Breite Straße entlang, indem er beständig nach allen Seiten zu grüßen hatte. Er trug weiße Glacéhandschuhe und hielt seinen Stock mit silberner Krücke unter dem linken Arm. Hinter den dicken Revers seines Pelzes sah man die weiße Frackkrawatte. Aber sein sorgfältig hergerichteter Kopf sah übernächtig aus. Verschiedene Leute bemerkten im Vorübergehen, daß ihm plötzlich die Tränen in die geröteten Augen stiegen und daß er die Lippen auf eine ganz sonderbare, behutsame und verzerrte Weise geschlossen hielt. Manchmal schluckte er hinunter, als habe sein Mund sich mit Flüssigkeit gefüllt; und dann konnte man an den Bewegungen der Muskeln an Wangen und Schläfen beobachten, daß er die Kiefer zusammenbiß.

»Was nun, Buddenbrook, du schwänzst die Sitzung? Das ist mal was Neues!« sagte am Anfang der Mühlenstraße jemand zu ihm, den er nicht hatte kommen sehen. Es war Stephan Kistenmaker, der plötzlich vor ihm stand, sein Freund und Bewunderer, der sich in öffentlichen Fragen jede seiner Meinungen zu eigen machte. Er besaß einen rundgeschnittenen, ergrauenden Vollbart, furchtbar dicke Augenbrauen und eine lange, poröse Nase. Vor ein paar Jahren hatte er sich, nachdem er ein gutes Stück Geld verdient, von dem Weingeschäft zurückgezogen, das nun sein Bruder Eduard auf eigene Hand weiterführte. Seitdem lebte er als Privatier; da er sich dieses Standes im Grunde aber ein wenig schämte, so tat er beständig, als habe er unüberwindlich viel zu tun. »Ich reibe mich auf!« sagte er und strich mit der Hand über seinen grauen, mit der Brennschere gewellten Scheitel. »Aber wozu ist der Mensch auf der Welt, als um sich aufzureiben?« Stundenlang stand er mit wichtigen Gebärden an der Börse, ohne dort das geringste zu suchen zu haben. Er bekleidete eine Menge von gleichgültigen Ämtern. Kürzlich hatte er sich zum Direktor der Städtischen Badeanstalt gemacht. Er fungierte emsig als Geschworener, als Makler, als Vormund, als Testamentsvollstrecker und wischte sich den Schweiß von der Stirn...

»Es ist doch Sitzung, Buddenbrook«, wiederholte er, »und du gehst spazieren?«

»Ach, du bist es«, sagte der Senator leise und mit widerwillig sich bewegenden Lippen... »Ich kann minutenlang nichts sehen. Ich habe wahnsinnige Schmerzen.«

»Schmerzen? Wo?«

»Zahnschmerzen. Seit gestern schon. Ich habe in der Nacht kein Auge zugetan... Ich war noch nicht beim Arzt, weil ich heute vormittag im Geschäft zu tun hatte und dann die Sitzung nicht versäumen wollte. Nun konnte ich es doch nicht aushalten und bin auf dem Wege zu Brecht...«

»Wo sitzt es denn?«

»Hier unten links... Ein Backenzahn... Er ist natürlich hohl... Es ist unerträglich... Adieu, Kistenmaker! Du begreifst, daß ich Eile habe...«

»Ja, meinst du, daß ich *keine* habe? Fürchterlich viel zu tun... Adieu! Gute Besserung übrigens! Laß ihn ausziehen! Immer gleich raus damit, das ist das beste...«

Thomas Buddenbrook ging weiter und biß die Kiefer zusammen, obgleich dies die Sache nur verschlimmerte. Es war ein wilder, brennender und bohrender Schmerz, eine boshafte Pein, die sich von einem kranken Backenzahn aus der ganzen linken Seite des Unterkiefers bemächtigt hatte. Die Entzündung pochte darin mit glühenden Hämmerchen und machte, daß ihm die Fieberhitze ins Gesicht und die Tränen in die Augen schossen. Die schlaflose Nacht hatte seine Nerven schrecklich angegriffen. Er hatte sich eben beim Sprechen zusammennehmen müssen, damit seine Stimme sich nicht breche.

In der Mühlenstraße betrat er ein mit gelbbrauner Ölfarbe gestrichenes Haus und stieg zum ersten Stockwerk empor, woselbst an der Tür auf einem Messingschild »Zahnarzt Brecht« zu lesen war. Er sah das Dienstmädchen nicht, das ihm öffnete. Auf dem Korridor roch es warm nach Beefsteak und Blumenkohl. Dann plötzlich atmete er die scharf riechende Luft des Wartezimmers, in das man ihn nötigte. »Nehmen Sie Platz... einen Momang!« schrie die Stimme eines alten Weibes. Es war Josephus, der im Hintergrunde des Raumes in seinem blanken Bauer saß und ihm mit kleinen, giftigen Augen schief und tückisch entgegenstarrte.

Der Senator setzte sich an den runden Tisch und versuchte, die Witze in einem Band ›Fliegender Blätter‹ auf sich wirken zu lassen, schlug dann aber das Buch mit Ekel zu, drückte das kühle Silber seiner Stockkrücke gegen die Wange, schloß seine brennenden Augen und stöhnte. Rings war alles still, und nur Josephus biß mit Knacken und Knirschen in das ihn umgebende Gitter. Herr Brecht war es sich schuldig, auch wenn er unbeschäftigt war, eine Weile warten zu lassen.

Thomas Buddenbrook stand hastig auf und trank an einem Tischchen aus einer dort aufgestellten Karaffe ein Glas Wasser, das nach Chloroform roch und schmeckte. Dann öffnete er die Tür zum Korridor und rief mit gereizter Betonung hinaus, wenn nicht dringende Abhaltung vorhanden sei, möge Herr Brecht die Güte haben, sich ein wenig zu beeilen. Er habe Schmerzen.

Gleich darauf erschien der graumelierte Schnurrbart, die Hakennase und die kahle Stirn des Zahnarztes in der Tür zum Operationszimmer. »Bitte«, sagte er. »Bitte!« schrie auch Josephus. Der Senator folgte der Einladung, ohne zu lachen. ›Ein schwerer Fall!‹ dachte Herr Brecht und verfärbte sich...

Sie gingen beide rasch durch das helle Zimmer zu dem großen, verstellbaren Stuhl mit Kopfpolster und grün-plüschenen Armlehnen, der vor einem der beiden Fenster stand. Während er sich niederließ, erklärte Thomas Buddenbrook kurz, um was es sich handele, legte den Kopf zurück und schloß die Augen.

Herr Brecht schrob ein wenig an dem Stuhle und machte sich dann mit einem Spiegelchen und einem Stahlstäbchen an dem Zahne zu schaffen. Seine Hand roch nach Mandelseife, sein Atem nach Beefsteak und Blumenkohl.

»Wir müssen zur Extraktion schreiten«, sagte er nach einer Weile und erblich noch mehr.

»Schreiten Sie nur«, sagte der Senator und schloß die Lider noch fester.

Nun trat eine Pause ein. Herr Brecht präparierte an einem Schranke irgend etwas und suchte Instrumente hervor. Dann näherte er sich dem Patienten aufs neue.

»Ich werde ein bißchen pinseln«, sagte er. Und sogleich begann er, diesen Entschluß zur Tat zu machen, indem er das Zahnfleisch ausgiebig mit einer scharf riechenden Flüssigkeit bestrich. Hierauf bat er leise und herzlich, stillezuhalten und den Mund sehr weit zu öffnen, und begann sein Werk.

Thomas Buddenbrook hielt mit beiden Händen die Sammet-Armpolster fest erfaßt. Er empfand kaum das Ansetzen und Zugreifen der Zange, bemerkte dann aber an dem Knirschen in seinem Munde sowie an dem wachsenden, immer schmerzhafter und wütender werdenden Druck, dem sein ganzer Kopf ausgesetzt war, daß alles auf dem besten Wege sei. ›Gott befohlen!‹ dachte er. ›Nun muß es seinen Gang gehen. Dies wächst und wächst bis ins Maßlose und Unerträgliche, bis zur eigentlichen Katastrophe, bis zu einem wahnsinnigen, kreischenden, unmenschlichen Schmerz, der das ganze Gehirn zerreißt... Dann ist es überstanden; ich muß es nun abwarten.‹

Es dauerte drei oder vier Sekunden. Herrn Brechts bebende Kraftanstrengung teilte sich Thomas Buddenbrooks ganzem Körper mit, er wurde ein wenig auf seinem Sitze emporgezogen und hörte ein leise piepends Geräusch in der Kehle des Zahnarztes... Plötzlich gab es einen furchtbaren Stoß, eine Erschütterung, als würde ihm das Genick gebrochen, begleitet von einem kurzen Knacken und Krachen. Er öffnete hastig die Augen... Der Druck war fort, aber sein Kopf dröhnte, der Schmerz tobte heiß in dem entzündeten und mißhandelten Kiefer, und er fühlte deutlich, daß dies nicht das Bezweckte, nicht die wahre Lösung der Frage, sondern eine verfrühte Katastrophe sei, die die Sachlage nur verschlimmerte... Herr Brecht war zurückgetreten. Er lehnte am Instrumentenschrank, sah aus wie der Tod und sagte:

»Die Krone... Ich dachte mir's.«

Thomas Buddenbrook spie ein wenig Blut in die blaue Schale zu seiner Seite, denn das Zahnfleisch war verletzt. Dann fragte er halb bewußtlos:

»Was dachten Sie sich? Was ist mit der Krone?«

»Die Krone ist abgebrochen, Herr Senator... Ich fürchtete es... Der Zahn ist außerordentlich defekt... Aber es war meine Pflicht, das Experiment zu wagen...«

»Was nun?«

»Überlassen Sie alles mir, Herr Senator...«

»Was muß geschehen?«

»Die Wurzeln müssen entfernt werden. Vermittelst des Hebels... Es sind vier an der Zahl...«

»Vier? Also ist viermaliges Ansetzen und Ziehen nötig?«

»Leider.«

»Nun, für heute ist es genug!« sagte der Senator und wollte sich rasch erheben, blieb aber trotzdem sitzen und legte den Kopf zurück.

»Lieber Herr, Sie dürfen nur Menschliches verlangen«, sagte er. »Ich stehe nicht auf den festesten Füßen... Für diesmal bin ich jedenfalls fertig... Wollen Sie die Güte haben, das Fenster da einen Augenblick zu öffnen?«

Dies tat Herr Brecht, und dann erwiderte er:

»Es wäre mir vollkommen lieb, Herr Senator, wenn Sie morgen oder übermorgen zu einer beliebigen Stunde wieder vorsprechen möchten und wir die Operation bis dahin verschöben. Ich muß gestehen, ich selbst... Ich werde mir jetzt erlauben, noch eine Spülung und eine Pinselung vorzunehmen, um den Schmerz vorläufig zu lindern...«

Er nahm die Spülung und die Pinselung vor, und dann ging der Senator, begleitet von dem bedauernden Achselzucken, an das der schneebleiche Herr Brecht seine letzten Kräfte verausgabte.

»Einen Momang... bitte!« schrie Josephus, als sie das Wartezimmer passierten, und er schrie es noch, als Thomas Buddenbrook schon die Treppe hinunterstieg.

Vermittelst des Hebels... ja, ja, das war morgen. Was nun? Nach Hause und ruhen, zu schlafen versuchen. Der eigentliche Nervenschmerz schien betäubt; es war nur ein dunkles, schweres Brennen in seinem Munde. Nach Hause also... Und er ging langsam durch die Straßen, mechanisch Grüße erwidernd, die ihm dargebracht wurden, mit sinnenden und ungewissen Augen, als dächte er darüber nach, wie ihm eigentlich zumute sei.

Er gelangte zur Fischergrube und begann das linke Trottoir hinunterzugehen. Nach zwanzig Schritten befiel ihn eine Übelkeit. ›Ich werde dort drüben in die Schenke treten und einen Cognac trinken müssen‹, dachte er und beschritt den Fahrdamm. Als er etwa die Mitte desselben erreicht hatte, geschah ihm folgendes. Es war genau, als würde sein Gehirn ergriffen und von einer unwiderstehlichen Kraft mit wachsender, fürchterlich wachsender Geschwindigkeit in großen, kleineren und immer kleineren konzentrischen Kreisen herumgeschwungen und schließlich mit einer unmäßigen, brutalen und erbarmungslosen Wucht gegen den steinharten Mittelpunkt dieser Kreise geschmettert... Er vollführte eine halbe Drehung und schlug mit ausgestreckten Armen vornüber auf das nasse Pflaster.

Da die Straße stark abfiel, befand sich sein Oberkörper ziemlich viel tiefer als seine Füße. Er war aufs Gesicht gefallen, unter dem sofort eine Blutlache sich auszubreiten begann. Sein Hut rollte ein Stück des Fahrdammes hinunter. Sein Pelz war mit Kot und Schneewasser bespritzt. Seine Hände, in den weißen Glacéhandschuhen, lagen ausgestreckt in einer Pfütze.

So lag er und so blieb er liegen, bis ein paar Leute herangekommen waren und ihn umwandten.

8.

Frau Permaneder kam die Haupttreppe herauf, indem sie vorn mit der Hand ihr Kleid emporraffte und mit der anderen die große braune Muff gegen ihre Wange drückte. Sie stürzte und stolperte mehr, als daß sie ging, ihr Kapotthut war unordentlich aufgesetzt, ihre Wangen waren hitzig, und auf ihrer ein wenig vorgeschobenen Oberlippe standen kleine Schweißtropfen. Obgleich ihr niemand begegnete, sprach sie unaufhörlich im Vorwärtshasten, und aus ihrem Flüstern löste sich dann und wann mit plötzlichem Vorstoße ein Wort los, dem die Angst lauten Ton verlieh... »Es ist nichts...« sagte sie. »Es hat gar nichts zu bedeuten... Der liebe Gott wird das nicht wollen... Er weiß, was er tut; *den* Glauben bewahre ich mir... Es hat ganz sicherlich nichts zu sagen... Ach, du Herr, tagtäglich will ich beten...« Sie plapperte einfach Unsinn vor Angst, stürzte die Treppe zur zweiten Etage hinauf und über den Korridor...

Die Tür zum Vorzimmer stand offen, und dort kam ihre Schwägerin ihr entgegen.

Gerda Buddenbrooks schönes weißes Gesicht war in Grauen und Ekel ganz und gar verzogen, und ihre nahe beieinanderliegenden, braunen, von bläulichen Schatten umlagerten Augen blickten blinzelnd, zornig, verstört und angewidert. Als sie Frau Permaneder erkannte, winkte sie ihr rasch mit ausgestrecktem Arme und umarmte sie, indem sie den Kopf an ihrer Schulter verbarg.

»Gerda, Gerda, was ist!« rief Frau Permaneder. »Was ist geschehen!... Was bedeutet dies!... Gestürzt, sagen sie? Bewußtlos?... Wie ist es mit ihm?... Der liebe Gott wird das Schlimmste nicht wollen... Sage mir doch um aller Barmherzigkeit willen...«

Aber sie erhielt nicht sogleich eine Antwort, sondern fühlte nur, wie Gerda's ganze Gestalt sich in einem Schauer dehnte. Und dann vernahm sie an ihrer Schulter ein Flüstern...

»Wie er aussah«, verstand sie, »als sie ihn brachten! Sein ganzes Leben lang hat man nicht ein Staubfäserchen an ihm sehen dürfen... Es ist ein Hohn und eine Niedertracht, daß das Letzte *so* kommen muß...!«

Gedämpftes Geräusch drang zu ihnen. Die Tür zum Ankleide-Kabinett hatte sich geöffnet, und Ida Jungmann stand in ihrem Rahmen, in weißer Schürze, eine Schüssel in den Händen. Ihre Augen waren gerötet. Sie erblickte Frau Permaneder und trat mit gesenktem Kopfe zurück, um den Weg freizugeben. Ihr Kinn zitterte in Falten.

Die hohen, geblümten Fenstervorhänge bewegten sich im Luftzuge, als Tony, gefolgt von der Schwägerin, ins Schlafzimmer trat. Der Geruch von Karbol, Äther und anderen Medikamenten wehte ihnen entgegen. In dem breiten Mahagoni-Bett, unter der roten Steppdecke lag Thomas Buddenbrook ausgekleidet und im gestickten Nachthemd auf dem Rücken. Seine halb offenen Augen waren gebrochen und verdreht, unter dem zerzausten Schnurrbart bewegten seine Lippen sich lallend, und gurgelnde Laute drangen dann und wann aus seiner Kehle. Der junge Doktor Langhals beugte sich über ihn, nahm einen blutigen Verband von seinem Gesicht und tauchte einen neuen in ein Schälchen, das auf dem Nachttische stand. Dann horchte er an der Brust des Kranken und fühlte den Puls... Auf dem Wäschepuff, zu Füßen des Bettes, saß der kleine Johann, drehte an seinem Schifferknoten und horchte mit grüblerischem Gesichtsausdruck hinter sich auf die Laute, die sein Vater ausstieß. Die besudelten Kleidungsstücke hingen irgendwo über einem Stuhle.

Frau Permaneder kauerte sich zur Seite des Bettes nieder, ergriff die Hand ihres Bruders, die kalt und schwer war, und starrte in sein Gesicht... Sie begann zu begreifen, daß, wußte der liebe Gott nun, was er tat, oder nicht, er jedenfalls dennoch »das Schlimmste« wollte.

»Tom!« jammerte sie. »Erkennst du mich nicht? Wie ist dir? Willst du von uns gehen? Du willst doch nicht von uns gehen?! Ach, es *darf* nicht sein...!«

Nichts erfolgte, was einer Antwort ähnlich gewesen wäre. Sie blickte hülfesuchend zu Doktor Langhals auf. Er stand da, hielt seine schönen Augen gesenkt und drückte in seiner Miene, nicht ohne einige Selbstgefälligkeit, den Willen des lieben Gottes aus...

Ida Jungmann kam wieder herein, um zu helfen, wo es zu helfen gab. Der alte Doktor Grabow erschien persönlich, drückte mit langem und mildem Gesichte allen die Hand, betrachtete kopfschüttelnd den Kranken und tat genau, was auch Doktor Langhals schon getan hatte... Die Kunde hatte sich mit Windeseile in der ganzen Stadt verbreitet. Beständig schellte es drunten am Windfang, und Fragen nach dem Befinden des Senators drangen ins Schlafzimmer. Es war unverändert, unverändert... jeder bekam die gleiche Antwort.

Die beiden Ärzte hielten dafür, daß auf jeden Fall für die Nacht eine Barmherzige Schwester herbeigeschafft werden müsse. Es wurde nach Schwester Leandra geschickt, und sie kam. Es war keine Spur von Überraschung und Schrecken in ihrem Gesicht, als sie eintrat. Sie legte auch diesmal still ihr Ledertäschchen, ihre Haube und ihren Umhang beiseite und ging mit sanften und freundlichen Bewegungen an ihre Arbeit.

Der kleine Johann saß Stunde für Stunde auf seinem Puff, sah alles an und horchte auf die gurgelnden Laute. Er hätte sich eigentlich zum Privatunterricht im Rechnen begeben müssen, aber er begriff, daß dies Ereignisse waren, vor denen die Kammgarnröcke verstummen mußten. Auch seiner Schulaufgaben gedachte er nur kurz und mit Spott... Manchmal, wenn Frau Permaneder zu ihm trat und ihn an sich preßte, vergoß er Tränen; aber meistens blinzelte er trockenen Auges mit einem abgestoßenen und grüblerischen Gesichtsausdruck darein, unregelmäßig und vorsichtig atmend, als erwarte er den Duft, den fremden und doch so seltsam vertrauten Duft...

Gegen vier Uhr faßte Frau Permaneder einen Entschluß. Sie veranlaßte den Doktor Langhals, ihr ins Nebenzimmer zu folgen, verschränkte die Arme und legte den Kopf zurück, wobei sie trotzdem versuchte, das Kinn auf die Brust zu drücken.

»Herr Doktor«, sagte sie, »eines steht in Ihrer Macht, und darum bitte ich Sie! Schenken Sie mir reinen Wein ein, tun Sie es! Ich bin eine vom Leben gestählte Frau... Ich habe gelernt, die Wahrheit zu ertragen, glauben Sie mir!... Wird mein Bruder morgen am Leben sein? Reden Sie offen!«

Und Doktor Langhals wandte seine schönen Augen ab, besah seine Fingernägel und sprach von menschlicher Ohnmacht sowie von der Unmöglichkeit, die Frage zu entscheiden, ob Frau

Permaneders Herr Bruder die Nacht überleben werde oder in der nächsten Minute abberufen werden würde...

»Dann weiß ich, was ich zu tun habe«, sagte sie, ging hinaus und schickte zu Pastor Pringsheim.

In halbem Ornat, ohne Halskrause, aber in langem Talar, erschien er, streifte Schwester Leandra mit einem kalten Blick und ließ sich am Bette auf dem Stuhl nieder, den man ihm zuschob. Er bat den Kranken, ihn zu erkennen und ihm ein wenig Gehör zu schenken; da dieser Versuch aber fruchtlos blieb, so wandte er sich direkt an Gott, redete ihn in stilisiertem Fränkisch an und sprach zu ihm mit modulierender Stimme in bald dunklen, bald jäh akzentuierten Lauten, indes finsterer Fanatismus und milde Verklärung auf seinem Gesichte wechselten... Während er das R auf eine eigenartig fette und gewandte Art am Gaumen rollte, gewann der kleine Johann die deutliche Vorstellung, daß er soeben Kaffee und Buttersemmeln zu sich genommen haben müsse.

Er sagte, daß er und die hier Anwesenden nicht mehr um das Leben dieses Lieben und Teuren bäten, denn sie sähen, daß es des Herrn heiliger Wille sei, ihn zu sich zu nehmen. Nur um die Gnade einer sanften Erlösung flehten sie noch... Und dann sprach er mit wirksamer Pointierung noch zwei in solchen Fällen übliche Gebete und erhob sich. Er drückte Gerda Buddenbrooks und Frau Permaneders Hand, nahm den Kopf des kleinen Johann zwischen beide Hände und blickte ihm eine Minute lang zitternd vor Wehmut und Innigkeit auf die gesenkten Wimpern, grüßte Fräulein Jungmann, streifte Schwester Leandra nochmals mit einem kalten Blick und hielt seinen Abgang.

Als Doktor Langhals zurückkehrte, der ein wenig nach Hause gegangen war, fand er alles beim alten. Er nahm nur eine kurze Rücksprache mit der Pflegerin und empfahl sich wieder. Auch Doktor Grabow sprach noch einmal vor, sah mit mildem Gesicht nach dem Rechten und ging. Thomas Buddenbrook fuhr fort, gebrochenen Auges die Lippen zu bewegen und gurgelnde Laute auszustoßen. Die Dämmerung fiel ein. Draußen gab es ein wenig winterliches Abendrot, und es beschien durchs Fenster sanft die besudelten Kleidungsstücke, die irgendwo über einem Stuhle hingen.

Um fünf Uhr ließ Frau Permaneder sich zu einer Unbedachtsamkeit hinreißen. Ihrer Schwägerin gegenüber am Bette sitzend, begann sie plötzlich, unter Anwendung ihrer Kehlkopfstimme, sehr laut und mit gefalteten Händen, einen Gesang zu sprechen... »Mach End', o Herr«, sagte sie, und alles hörte ihr regungslos zu – »mach Ende mit aller seiner Not; stärk' seine Füß' und Hände und laß bis in den Tod...« Aber sie betete so sehr aus Herzensgrund, daß sie sich immer nur mit dem Worte beschäftigte, welches sie grade aussprach, und nicht erwog, daß sie die Strophe gar nicht zu Ende wisse und nach dem dritten Verse jämmerlich steckenbleiben müsse. Das tat sie, brach mit erhobener Stimme ab und ersetzte den Schluß durch die erhöhte Würde ihrer Haltung. Jedermann im Zimmer wartete und zog sich zusammen vor Geniertheit. Der kleine Johann räusperte sich so schwer, daß es wie Ächzen klang. Und dann war in der Stille nichts als das agonierende Gurgeln Thomas Buddenbrooks zu vernehmen.

Es war eine Erlösung, als das Folgmädchen meldete, nebenan sei etwas Essen aufgetragen. Als man aber in Gerda's Schlafzimmer anfing, ein wenig Suppe zu genießen, erschien Schwester Leandra in der Tür und winkte freundlich.

Der Senator starb. Er schluchzte zwei- oder dreimal leise, verstummte und hörte auf, die Lippen zu bewegen. Das war die ganze Veränderung, die mit ihm vor sich ging; seine Augen waren schon vorher tot gewesen.

Doktor Langhals, der wenige Minuten später zur Stelle war, setzte sein schwarzes Hörrohr auf die Brust der Leiche, horchte längere Zeit und sprach nach gewissenhafter Prüfung:

»Ja, es ist zu Ende.«

Und mit dem Ringfinger ihrer blassen, sanftmütigen Hand schloß Schwester Leandra behutsam dem Toten die Augenlider.

Da warf sich Frau Permaneder an dem Bett in die Kniee, drückte das Gesicht in die Steppdecke und weinte laut, gab sich rückhaltlos und ohne irgend etwas in sich zu dämpfen und zu unterdrücken, einem dieser erfrischenden Gefühlsausbrüche hin, die ihrer glücklichen Natur zu Gebote standen . . . Mit gänzlich nassem Gesicht, aber gestärkt, erleichtert und vollkommen im seelischen Gleichgewicht, erhob sie sich und war sofort imstande, der Todesanzeigen zu gedenken, die unverzüglich und in höchster Eile hergestellt werden mußten, – ein ungeheurer Posten vornehm gedruckter Todesanzeigen . . .

Christian betrat die Bildfläche. Es verhielt sich so mit ihm, daß er die Nachricht von dem Sturz des Senators im Klub erhalten hatte und auch sogleich aufgebrochen war. Aus Furcht jedoch vor irgendeinem gräßlichen Anblick hatte er einen weiten Spaziergang vors Tor unternommen, so daß niemand ihn hatte finden können. Nun stellte er sich dennoch ein und erfuhr schon auf der Diele, daß sein Bruder verschieden sei.

»Ist doch wohl nicht möglich!« sagte er und ging lahmend und mit wandernden Augen die Treppen hinauf.

Dann stand er, zwischen Schwester und Schwägerin, am Sterbebette. Er stand dort, und mit seinem kahlen Schädel, seinen eingefallenen Wangen, seinem hängenden Schnurrbart und seiner ungeheuren, gehöckerten Nase, auf krummen und mageren Beinen, ein wenig geknickt, ein wenig fragezeichenartig, und seine kleinen, tiefliegenden Augen blickten in des Bruders Gesicht, das so schweigsam, kalt, ablehnend und einwandfrei, so sehr jedem menschlichen Urteil unzugänglich erschien . . . Thomas' Mundwinkel waren mit beinahe verächtlichem Ausdruck nach unten gezogen. Er, dem Christian vorgeworfen hatte, daß er bei seinem Tode nicht weinen werde, er war seinerseits tot, er war ohne ein Wort zu sagen ganz einfach gestorben, hatte sich vornehm und intakt ins Schweigen zurückgezogen und überließ den andern mitleidlos der Beschämung, wie so oft im Leben! Hatte er nun gut oder schnöde gehandelt, indem er den Leiden Christians, seiner »Qual«, dem nickenden Manne, der Spiritusflasche, dem offenen Fenster, stets nur kalte Verachtung entgegengesetzt hatte? Diese Frage fiel dahin, sie war sinnlos geworden, da der Tod in eigensinniger und unberechenbarer Parteilichkeit ihn, ihn ausgezeichnet und gerechtfertigt, ihn angenommen und aufgenommen, ihn ehrwürdig gemacht und ihm befehlshaberisch das allgemeine, scheue Interesse verschafft hatte, während er Christian verschmähte und nur fortfahren würde, ihn mit fünfzig Mätzchen und Schikanen zu hänseln, vor denen niemand Respekt hatte. Nie hatte Thomas Buddenbrook seinem Bruder mehr imponiert als zu dieser Stunde. Der Erfolg ist ausschlaggebend. Der anderen Achtung vor unseren Leiden verschafft uns nur der Tod, und auch die kläglichsten Leiden werden ehrwürdig durch ihn. ›Du hast recht bekommen, ich beuge mich‹, dachte Christian, und mit einer raschen, unbeholfenen Bewegung ließ er sich auf ein Knie nieder und küßte die kalte Hand auf der Steppdecke. Dann trat er zurück und begann mit schweifenden Augen im Zimmer umherzugehen.

Andere Besucher, die alten Krögers, die Damen Buddenbrook aus der Breiten Straße, der alte Herr Marcus, stellten sich ein. Auch die arme Klothilde kam, stand mager und aschgrau am Bette und faltete apathischen Angesichts ihre mit Zwirnhandschuhen bekleideten Hände. »Ihr müßt nicht glauben, Tony und Gerda«, sagte sie unendlich gedehnt und klagend, »daß ich kalten Herzens bin, weil ich nicht weine. Ich habe keine Tränen mehr...« Und jedermann glaubte ihr das aufs Wort, so hoffnungslos verstaubt und ausgedörrt, wie sie dastand...

Schließlich räumten alle das Feld vor einer Frauensperson, einem unsympathischen alten Geschöpf mit kauendem, zahnlosem Munde, die angekommen war, um zusammen mit Schwester Leandra die Leiche zu waschen und umzukleiden.

Zu vorgerückter Abendstunde noch saßen im Wohnzimmer Gerda Buddenbrook, Frau Permaneder, Christian und der kleine Johann unter der großen Gaslampe um den runden Mitteltisch und arbeiteten emsig. Es galt die Liste derjenigen Leute zusammenzustellen, die Todesanzeigen bekommen mußten, und die Adressen auf die Briefumschläge zu schreiben. Alle Federn knirschten. Dann und wann hatte jemand einen Einfall und setzte einen neuen Namen auf die Liste... Auch Hanno mußte helfen, denn er schrieb reinlich, und die Zeit drängte.

Es war still im Hause und auf der Straße. Selten wurden Schritte laut und verhallten. Die Gaslampe puffte leise, ein Name ward gemurmelt, das Papier knisterte. Zuweilen blickten alle einander an und erinnerten sich dessen, was geschehen war.

Frau Permaneder kritzelte in höchster Geschäftigkeit. Aber wie ausgerechnet in jeder fünften Minute legte sie die Feder fort, erhob die zusammengelegten Hände bis zur Höhe des Mundes und brach in Klagerufe aus. »Ich fasse es nicht!« rief sie und deutete damit an, daß sie allmählich zu fassen beginne, was eigentlich vorgegangen war. »Aber es ist ja nun alles aus!« rief sie ganz unerwartet in heller Verzweiflung und schlang laut weinend die Arme um den Hals ihrer Schwägerin, worauf sie gestärkt ihre Tätigkeit wieder aufnahm.

Mit Christian stand es ähnlich wie mit der armen Klothilde. Er hatte noch nicht eine Träne vergossen und schämte sich dessen ein wenig. Das Gefühl der Blamiertheit überwog in ihm jegliche andere Empfindung. Auch hatte die beständige Beschäftigung mit den eigenen Zuständen und Sonderbarkeiten ihn abgenutzt und stumpf gemacht. Hie und da richtete er sich auf, strich mit der Hand über seine kahle Stirn und sagte mit gepreßter Stimme: »Ja, es ist furchtbar traurig!« Er sagte dies zu sich selbst, hielt es sich gewaltsam vor und nötigte seine Augen, ein wenig feucht zu werden...

Plötzlich geschah etwas, was alle verstörte. Der kleine Johann geriet ins Lachen. Er war beim Schreiben auf einen Namen gestoßen, irgendeinen kuriosen Klang, dem er nicht widerstehen konnte. Er wiederholte ihn, schnob durch die Nase, beugte sich vornüber, zitterte, schluchzte und konnte nicht an sich halten. Anfangs konnte man glauben, daß er weine; aber es war nicht an dem. Die Erwachsenen sahen ihn ungläubig und fassungslos an. Dann schickte seine Mutter ihn schlafen...

9

An einem Zahne... Senator Buddenbrook war an einem Zahne gestorben, hieß es in der Stadt. Aber, zum Donnerwetter, daran starb man doch nicht! Er hatte Schmerzen gehabt, Herr Brecht hatte ihm die Krone abgebrochen, und daraufhin war er auf der Straße einfach umgefallen. War dergleichen erhört?...

Aber das war nun gleich, es war seine Angelegenheit. Was man zunächst in der Sache zu tun hatte, war dies, daß man Kränze schickte, große Kränze, teure Kränze, Kränze, mit denen man Ehre einlegen konnte, die in den Zeitungsartikeln erwähnt werden würden und denen man ansah, daß sie von loyalen und zahlungsfähigen Leuten kamen. Sie wurden geschickt, sie strömten von allen Seiten herbei, von den Körperschaften sowohl wie von den Familien und Privatpersonen; Kränze aus Lorbeer, aus starkriechenden Blumen, aus Silber, mit schwarzen Schleifen und solchen in den Farben der Stadt, mit schwarz gedruckten Widmungen und solchen in goldenen Buchstaben. Und Palmenwedel, ungeheure Palmenwedel...

Alle Blumenhandlungen machten Geschäfte großen Stiles, nicht zum wenigsten diejenige von Iwersen, gegenüber dem Buddenbrookschen Hause. Frau Iwersen schellte mehrmals des Tages am Windfang und brachte Arrangements in verschiedenen Gestalten, von Senator Soundso, von Konsul Soundso, von der und der Beamtenschaft... Einmal fragte sie, ob sie nicht vielleicht ein wenig hinauf dürfe und den Senator sehen? Ja, das dürfe sie, wurde ihr geantwortet, und sie folgte dem Fräulein Jungmann über die Haupttreppe, indem sie stumme Blicke in das glänzende Treppenhaus hinaufgleiten ließ.

Sie ging schwer, denn sie war guter Hoffnung wie gewöhnlich. Ihre Erscheinung im allgemeinen war mit den Jahren ein bißchen gemein geworden, aber die schmalgeschnittenen schwarzen Augen sowie die malaiischen Wangenknochen waren reizvoll, und man sah wohl, daß sie einstmals außerordentlich hübsch gewesen sein mußte. – Sie wurde in den Salon eingelassen, denn dort lag Thomas Buddenbrook aufgebahrt.

Er lag inmitten des weiten und lichten Gemaches, dessen Möbel fortgeschafft waren, in den weißseidenen Polstern des Sarges, in weiße Seide gekleidet und mit weißer Seide bedeckt, in einem strengen und betäubenden Duftgemisch von Tuberosen, Veilchen und hundert anderen Gewächsen. Zu seinen Häupten, in einem Halbkreise von silbernen Armleuchtern, auf umflorten Postamenten, stand Thorwaldsens Segnender Christus. Die Blumengebinde, die Kränze, Körbe und Sträuße standen und lagen an den Wänden entlang, auf dem Fußboden und auf der Steppdecke; Palmenwedel lehnten an der Bahre und neigten sich über des Toten Füße. – Sein Gesicht war stellenweise zerschunden, und besonders die Nase zeigte Quetschungen. Aber sein Haupthaar war wie im Leben frisiert, und der Schnurrbart, von dem alten Herrn Wenzel noch einmal mit der Brennschere ausgezogen, überragte lang und starr seine weißen Wangen. Sein Kopf war ein wenig zur Seite gewandt, und zwischen seinen zusammengelegten Händen stak ein Elfenbeinkreuz.

Frau Iwersen blieb beinahe an der Tür stehen und blickte von dort aus blinzelnd zur Bahre hinüber; erst als Frau Permaneder, ganz in Schwarz gehüllt und verschnupft vom Weinen, vom Wohnzimmer aus, zwischen den Portieren erschien und sie mit sanften Worten zum Nähertreten einlud, wagte sie sich ein Stückchen weiter auf der parkettierten Fußbodenfläche vorwärts. Sie stand, die Hände auf ihrem hervortretenden Leibe gefaltet, und blickte mit ihren schmalen, schwarzen Augen auf die Pflanzen, die Armleuchter, die Schleifen, all die weiße Seide und in Thomas Buddenbrooks Angesicht. Es wäre schwer gewesen, den Ausdruck ihrer bleichen und verwischten Wöchnerinnenzüge bei Namen zu nennen. Schließlich sagte sie »Ja...«, schluchzte einmal – ein einziges Mal – ganz kurz und undeutlich auf und wandte sich zum Gehen.

Frau Permaneder liebte solche Besuche. Sie wich nicht aus dem Hause und überwachte mit unermüdlichem Eifer die Huldigungen, die man der sterblichen Hülle ihres Bruders darzubringen sich drängte. Unter Anwendung ihrer Kehlkopfstimme verlas sie viele Male die Zeitungsartikel, in denen, wie zur Zeit des Geschäftsjubiläums, seine Verdienste gefeiert, der unersetzliche Verlust seiner Persönlichkeit beklagt wurde. Sie war im Wohnzimmer zugegen bei allen Kondolenz-Visiten, die Gerda im Salon entgegennahm; und die fanden kein Ende, ihre Zahl war Legion. Sie hielt mit verschiedenen Personen Konferenzen ab in betreff des Begräbnisses, das sich unsäglich vornehm gestalten mußte. Sie arrangierte Abschiedsszenen. Sie ließ das Comptoir-Personal heraufkommen, damit es seinem Chef ein letztes Lebewohl sage. Und dann mußten die Speicherarbeiter kommen. Sie schoben sich auf ihren kolossalen Füßen über das Parkett, zogen mit ungeheurer Biederkeit ihre Mundwinkel abwärts und verbreiteten einen Geruch von Branntwein, Kautabak und körperlicher Arbeit. Sie sahen sich die prunkhafte Aufbahrung an, indem sie ihre Mützen drehten, wunderten sich zuerst und langweilten sich dann, bis einer den Mut hatte, wieder aufzubrechen, worauf ihm schlürfend die ganze Schar auf den Fersen folgte... Frau Permaneder war entzückt. Sie behauptete, mehreren seien die Tränen in die harten Bärte geronnen. Das war einfach nicht wahr. Dergleichen war nicht vorgekommen. Aber wenn sie es doch so gesehen hatte und wenn es sie glücklich machte?

Und der Tag der Beisetzung kam heran. Der Metallsarg war luftdicht verschlossen und mit Blumen bedeckt, die Kerzen auf den Armleuchtern brannten, das Haus füllte sich mit Menschen, und umgeben von den Leidtragenden, den einheimischen und auswärtigen, stand in aufrechter Majestät Pastor Pringsheim zu Häupten des Sarges, indem er seinen ausdrucksvollen Kopf auf der breiten Halskrause ruhen ließ, wie auf einem Teller.

Ein hochgeschulter Lohndiener, ein behendes Mittelding zwischen Aufwärter und Festordner, hatte die äußere Leitung der Feierlichkeit übernommen. Er lief, den Zylinder in der Hand, auf leisen Sohlen die Haupttreppe hinunter und rief mit durchdringender Flüsterstimme über die Diele hin, die soeben von Steuerbeamten in Uniform und Kornträgern in Blusen, Kniehosen und Zylindern überflutet wurde: »Die Zimmer sind voll, aber auf dem Korridor ist noch ein wenig Platz...«

Dann verstummte alles; Pastor Pringsheim begann zu reden, und sein kunstvolles Organ erfüllte tönend und modulierend das ganze Haus. Während er aber dort oben neben der Christusfigur die Hände vorm Gesicht rang und sie segnend spreizte, hielt drunten vorm Hause unter dem weißen Winterhimmel die vierspännige Leichenkutsche, an die sich die übrigen Wagen in langer Folge die Straße hinab bis zum Flusse reihten. Der Haustür gegenüber aber stand, Gewehr bei Fuß, in zwei Reihen aufgestellt, eine Kompanie Soldaten, mit Leutnant von Throta an ihrer Front, welcher, den gezogenen Degen im Arm, mit seinen glühenden Augen zum Erker hinaufblickte... Viele Leute reckten in den Fenstern ringsum und auf dem Pflaster die Hälse.

Schließlich entstand Bewegung im Vestibül, des Leutnants leise hervorgestoßenes Kommandowort klang auf, die Soldaten präsentierten klappend, Herr von Throta senkte seinen Degen, der Sarg erschien. Von den vier Männern in schwarzen Mänteln und Dreispitzen getragen, schwankte er behutsam zur Haustür heraus, und der Wind führte den Blumenduft über die Köpfe der Neugierigen hin, indes er zugleich den schwarzen Federbusch auf dem Dache des Leichenwagens zerzauste, in den Mähnen aller Pferde spielte, die bis zum Flusse hinunter standen, und an den schwarzen Hutschleiern des Trauerkutschers und der Stallknechte zerrte. Einzelne, ganz seltene Schneeflocken kamen in großen, langsamen Bogenlinien vom Himmel herab.

Die Pferde des Leichenwagens, ganz in Schwarz gehüllt, daß nur die unruhigen Augen sichtbar waren, setzten sich, von den vier schwarzen Knechten geführt, langsam in Bewegung, das Militär schloß sich an, und eine nach der anderen fuhren die übrigen Kutschen vor. Christian Buddenbrook stieg mit dem Pastor in die erste. Der kleine Johann folgte zusammen mit einem wohlgenährt aussehenden Verwandten aus Hamburg. Und langsam, langsam, lang ausgedehnt, betrübt und feierlich, wand sich Thomas Buddenbrooks Leichenzug dahin, während an allen Häusern der Wind mit den auf halbmast gezogenen Fahnen klatschte... Die Beamtenschaft und die Kornträger schritten zu Fuß.

Als draußen, über die Wege des Friedhofes hin, der Sarg, gefolgt von der Schar der Leidtragenden, vorbei an Kreuzen, Statuen, Kapellen und nackten Trauerweiden, dem Buddenbrookschen Erbbegräbnis sich näherte, stand schon die Ehren-Kompanie bereit und präsentierte aufs neue. Hinter einem Gebüsch erklang in gedämpften und schweren Rhythmen ein Trauermarsch.

Und wieder war die große Grabesplatte mit dem plastisch gearbeiteten Familienwappen beiseite geschafft worden, und wieder umstanden am Saume des kahlen Gehölzes die Herren der Stadt den ausgemauerten Schlund, in den nun Thomas Buddenbrook zu seinen Eltern hinabgelassen ward. Sie standen da, die Herren von Verdienst und Vermögen, mit gesenkten oder wehmütig zur Seite geneigten Köpfen, und unter ihnen waren die Ratsherren an ihren weißen Handschuhen und Krawatten kenntlich. Weithin aber drängten sich die Beamten, die Kornträger, die Comptoiristen, die Speicherarbeiter.

Die Musik verstummte, Pastor Pringsheim sprach. Und als seine Segenssprüche in der kühlen Luft verhallten, schickte sich alles an, dem Bruder und dem Sohne des Verblichenen noch einmal die Hand zu drücken.

Es gab ein langwieriges Defilee. Christian Buddenbrook nahm alle Beileidsbezeugungen mit dem halb zerstreuten, halb verlegenen Gesichtsausdruck entgegen, der ihm bei Feierlichkeiten eigen war. Der kleine Johann stand in seiner dicken Seemannsjacke mit goldenen Knöpfen neben ihm, hielt seine bläulich umschatteten Augen zu Boden gesenkt, ohne irgend jemanden anzublicken, und neigte den Kopf mit einer empfindlichen Grimasse schräg rückwärts gegen den Wind.

Elfter Teil

(Meinem Freunde Otto Grautoff.)

1.

Man erinnert sich dieser oder jener Person, man denkt nach, wie es ihr gehen mag, und plötzlich fällt einem ein, daß sie nicht mehr auf den Trottoirs umherspaziert, daß ihre Stimme nicht mehr in dem allgemeinen Stimmenkonzert mitklingt, sondern daß sie einfach für immer vom Schauplatz verschwunden ist und irgendwo draußen vorm Tore unter der Erde liegt.

Die Konsulin Buddenbrook, geborene Stüwing, die Witwe Onkel Gottholds, war tot. Auch ihr, die ehemals die Ursache so heftigen Zwists in der Familie gewesen war, hatte der Tod seine sühnende und verklärende Krone aufgesetzt, und ihre drei Töchter, Friederike, Henriette und Pfiffi, fühlten nun das Recht, den Kondolationen ihrer Verwandten eine beleidigte Miene entgegenzusetzen, als wollten sie sagen: ›Da seht, eure Verfolgungen haben sie in die Grube gebracht!‹... Obgleich die Konsulin steinalt geworden war...

Auch Madame Kethelsen hatte den Frieden. Nachdem sie sich während der letzten Jahre mit der Gicht hatte plagen müssen, war sie sanft, einfältig und kindergläubig dahingegangen, beneidet von ihrer gelehrten Schwester, die immer noch hie und da gegen kleine rationalistische Anfechtungen zu kämpfen hatte und, obgleich sie beständig buckliger und winziger wurde, durch eine zähe Konstitution an diese schlechte Erde gebannt war.

Konsul Peter Döhlmann war abgerufen worden. Er hatte sein ganzes Vermögen verfrühstückt, war schließlich dem Hunyadi-Janos erlegen und hinterließ seiner Tochter eine Rente von zweihundert Mark jährlich, indem er es der öffentlichen Pietät gegen

694

den Namen Döhlmann anheimgab, sie durch Aufnahme in das Johannis-Kloster zu versorgen.

Justus Kröger war ebenfalls abgeschieden, und das war schlimm; denn nun hinderte niemand mehr seine schwache Gattin, das letzte Silberzeug zu verkaufen, um dem entarteten Jakob Geld schicken zu können, der irgendwo draußen in der Welt sein Lotterleben führte...

Was Christian Buddenbrook betrifft, so hätte man ihn vergebens in der Stadt gesucht; er weilte nicht mehr in ihren Mauern. Ein knappes Jahr nach dem Tode seines Bruders, des Senators, war er nach Hamburg übergesiedelt, woselbst er sich mit einer Dame, der er längst schon nahegestanden, mit Fräulein Aline Puvogel, vor Gott und den Menschen vermählt hatte. Niemand hatte ihm wehren können. Sein mütterliches Erbe zwar, dessen Zinsen übrigens schon immer zur Hälfte nach Hamburg gewandert waren, wurde, soweit es noch nicht im voraus verbraucht war, von Herrn Stephan Kistenmaker verwaltet, der dazu durch seines toten Freundes Testament bestellt worden war; aber Christian war im übrigen Herr seines Willens... Sobald seine Verehelichung ruchbar wurde, richtete Frau Permaneder an Frau Aline Buddenbrook zu Hamburg einen langen und außerordentlich feindseligen Brief, der mit der Anrede »Madame!« begann und in sorgfältig vergifteten Worten die Erklärung enthielt, daß Frau Permaneder weder die Adressatin noch ihre Kinder jemals als Verwandte anzuerkennen gesonnen sei.

Herr Kistenmaker war Testamentsvollstrecker, Verwalter des Buddenbrookschen Vermögens und Vormund des kleinen Johann, und er hielt diese Ämter in Ehren. Sie verschafften ihm eine höchst wichtige Tätigkeit, sie berechtigten ihn, an der Börse mit allen Anzeichen der Überarbeitung sein Haupthaar zu streichen und zu versichern, daß er sich aufreibe... nicht zu vergessen, daß er für seine Mühewaltung mit großer Pünktlichkeit zwei Prozent der Revenuen bezog. Im übrigen aber hatte er nicht viel Glück bei den Geschäften und zog sich sehr bald die Unzufriedenheit Gerda Buddenbrooks zu.

Die Dinge lagen so, daß liquidiert werden, daß die Firma verschwinden sollte, und zwar binnen eines Jahres; dies war des Senators letztwillige Bestimmung. Frau Permaneder zeigte sich heftig bewegt hierüber. »Und Johann, und der kleine Johann, und Hanno?!« fragte sie ... Die Tatsache, daß ihr Bruder über seinen Sohn und einzigen Erben hinweggegangen war, daß er für ihn nicht hatte die Firma am Leben erhalten wollen, enttäuschte und schmerzte sie sehr. Manche Stunde weinte sie darüber, daß man sich des ehrwürdigen Firmenschildes, dieses durch vier Generationen überlieferten Kleinods, entäußern, daß man seine Geschichte abschließen sollte, während doch ein natürlicher Erbfolger vorhanden war. Aber dann tröstete sie sich damit, daß das Ende der Firma ja nicht geradezu dasjenige der Familie sei, und daß ihr Neffe eben ein junges und neues Werk werde beginnen müssen, um seinem hohen Berufe nachzukommen, der ja darin bestand, dem Namen seiner Väter Glanz und Klang zu erhalten und die Familie zu neuer Blüte zu bringen. Nicht umsonst besaß er so viel Ähnlichkeit mit seinem Urgroßvater ...

Die Abwicklung der Geschäfte also begann unter der Leitung Herrn Kistenmakers und des alten Herrn Marcus, und sie nahm einen außerordentlich kläglichen Verlauf. Die gegebene Frist war kurz, sie sollte mit buchstäblicher Genauigkeit innegehalten werden, die Zeit drängte. Die schwebenden Angelegenheiten wurden in übereilter und ungünstiger Weise erledigt. Ein überstürzter und unvorteilhafter Verkauf folgte dem anderen. Das Lager, die Speicher wurden mit großem Schaden zu Gelde gemacht. Und was Herrn Kistenmakers Übereifer nicht verdarb, das vollbrachte die Saumseligkeit des alten Herrn Marcus, von dem man sich in der Stadt erzählte, daß er zur Winterszeit, bevor er ausgehe, nicht nur seinen Paletot und Hut, sondern auch seinen Spazierstock sorgfältig am Ofen wärme, und der, bot sich einmal eine günstige Konjunktur, sicherlich die Gelegenheit vorübergehen ließ ... Kurzum, die Verluste häuften sich. Thomas Buddenbrook hatte auf dem Papiere ein Vermögen von sechsmalhundertundfünfzigtausend Mark hinterlassen; ein Jahr nach der Testamentseröffnung stellte sich heraus, daß mit dieser Summe im entferntesten nicht zu rechnen war ...

Unbestimmte und übertriebene Gerüchte über die ungünstige Liquidation gingen um, und sie wurden genährt durch die Nachricht, daß Gerda Buddenbrook das große Haus zu verkaufen gedenke. Man erzählte sich Wunderdinge über das, was sie dazu nötigte, über das bedenkliche Zusammenschmelzen des Buddenbrookschen Vermögens, und so konnte es geschehen, daß allgemach in der Stadt eine Stimmung Platz zu ergreifen begann, die die verwitwete Senatorin anfangs mit Erstaunen und Befremdung, dann mit wachsendem Unwillen in ihrem Haushalt empfinden mußte... Als sie eines Tages ihrer Schwägerin berichtete, daß mehrere Handwerker und Lieferanten in unanständiger Weise auf die Berichtigung größerer Rechnungen gedrungen hatten, blieb Frau Permaneder lange Zeit erstarrt und brach dann in ein fürchterliches Gelächter aus... Gerda Buddenbrook war so indigniert, daß sie sogar etwas wie einen halben Entschluß laut werden ließ, mit dem kleinen Johann die Stadt zu verlassen, zu ihrem alten Vater nach Amsterdam zu ziehen und wieder Duos mit ihm zu geigen. Aber dies rief einen solchen Sturm des Entsetzens von seiten Frau Permaneders hervor, daß sie den Plan fürs erste fahrenlassen mußte.

Wie zu erwarten stand, erstreckten sich Frau Permaneders Proteste auch auf den Verkauf des von ihrem Bruder erbauten Hauses. Sie jammerte laut über den üblen Eindruck, den dies hervorrufen könne, und klagte, daß es für den Namen der Familie eine neue Einbuße an Prestige bedeuten werde. Aber sie mußte doch einräumen, daß es unpraktisch gewesen wäre, das weitläufige und prächtige Haus, das Thomas Buddenbrooks kostspielige Liebhaberei gewesen war, fernerhin zu bewohnen und instand zu halten, und daß Gerda's Wunsch nach einer bequemen kleinen Villa, vorm Tore, im Grünen, seine Berechtigung hatte...

Herrn Gosch, dem Makler Siegismund Gosch, dämmerte ein erhabener Tag. Ein Erlebnis verklärte sein Greisenalter, das seinen Gliedern sogar für mehrere Stunden das Zittern nahm. Es geschah, daß er sich in Gerda Buddenbrooks Salon erblicken durfte, ihr gegenüber in einem Fauteuil, Aug' in Auge mit ihr über den Preis ihres Hauses verhandelnd. Das schlohweiße Haar von allen Seiten ins Gesicht gestrichen, starrte er ihr mit gräßlich vorgeschobenem Kinn von unten herauf ins Angesicht und erreichte es, vollkommen bucklig auszusehen. Seine Stimme zischte, aber er sprach kalt und geschäftlich, und nichts verriet die Erschütterung seiner Seele. Er machte sich anheischig, das Haus zu übernehmen, streckte die Hand aus und bot mit tückischem Lächeln fünfundachtzigtausend Mark. Das war annehmbar, denn ein Verlust war bei diesem Verkaufe unvermeidlich. Allein Herrn Kistenmakers Meinung mußte gehört werden, Gerda Buddenbrook mußte Herrn Gosch entlassen, ohne mit ihm abgeschlossen zu haben, und es zeigte sich, daß Herr Kistenmaker nicht gesonnen war, irgendwelche Eingriffe in seine Tätigkeit zu gestatten. Er mißachtete das Angebot des Herrn Gosch, er lachte darüber und schwor, daß man weit mehr bekommen werde. Und er beschwor dies so lange, bis er sich, um überhaupt einmal ein Ende zu machen, genötigt sah, das Haus für fünfundsiebenzigtausend Mark an einen alternden Junggesellen abzugeben, der, von weiten Reisen zurückkehrend, sich in der Stadt niederzulassen gedachte...

Herr Kistenmaker besorgte auch den Ankauf des neuen Hauses, einer angenehmen kleinen Villa, die vielleicht ein wenig zu teuer erstanden wurde, die aber, vorm Burgtore an einer alten Kastanien-Allee gelegen und von einem hübschen Zier- und Nutzgarten umgeben, den Wünschen Gerda Buddenbrooks entsprach... Dorthin zog die Senatorin, im Herbst des Jahres 76, mit ihrem Sohne, ihren Dienstboten und einem Teile ihres Hausrates, während ein anderer Teil davon unter den Wehklagen Frau Permaneders zurückgelassen werden und in den Besitz des alternden Junggesellen übergehen mußte.

Nicht genug der Veränderungen! Mamsell Jungmann, Ida Jungmann, seit vierzig Jahren im Buddenbrookschen Hause, trat aus den Diensten der Familie und kehrte in ihre westpreußische Heimat zurück, um bei Verwandten den Feierabend ihres Lebens zu verbringen. Die Wahrheit zu sagen, so wurde sie von der Senatorin entlassen. Die gute Seele hatte, als die vorige Ge-

neration ihr entwachsen war, alsbald den kleinen Johann vorge-
funden, den sie hegen und pflegen, dem sie Grimmsche Märchen vorlesen und die Geschichte des Onkels erzählen konnte,
welcher am Schluckauf gestorben war. Nun aber war der kleine
Johann eigentlich gar nicht mehr klein, er war ein fünfzehnjähri-
ger Junge, dem sie trotz seiner Zartheit nicht mehr beträchtlich
nützen konnte..., und zu seiner Mutter stand sie, lange schon,
in einem ziemlich unangenehmen Verhältnis. Sie hatte diese
Frau, die weit später in die Familie eingetreten war als sie,
eigentlich niemals recht als zugehörig und vollwertig angesehen
und begann andererseits in vorgerückten Jahren mit dem Dün-
kel einer alten Dienerin sich selbst übertriebene Befugnisse anzumaßen. Sie erregte Anstoß, indem sie ihre Person als allzu
wichtig betrachtete, indem sie sich im Haushalte dieses oder jenes Übergriffes schuldig machte... Die Lage ward unhaltbar,
erregte Auftritte fanden statt, und obgleich Frau Permaneder
mit der nämlichen Beredsamkeit für sie bat, mit der sie für die
großen Wohnhäuser und die Möbel gebeten hatte, erhielt die alte
Ida den Abschied.

Sie weinte bitterlich, als die Stunde herankam, da sie dem kleinen Johann Lebewohl zu sagen hatte. Er umarmte sie, legte dann
die Hände auf den Rücken, stützte sich auf sein eines Bein, indem er den anderen Fuß auf die Zehenspitzen stellte, und sah zu,
wie sie davonging, mit demselben grüblerischen und nach innen
gekehrten Blick, den seine goldbraunen, bläulich umschatteten
Augen an der Leiche seiner Großmutter, beim Tode seines Vaters, bei der Auflösung der großen Haushalte und so manchem
weniger äußerlichen Erlebnis ähnlicher Art angenommen hatten... Der alten Ida Verabschiedung schloß sich in seiner Anschauung folgerichtig den anderen Vorgängen des Abbröckelns,
des Endens, des Abschließens, der Zersetzung an, denen er beigewohnt hatte. Dergleichen befremdete ihn nicht mehr; es hatte
ihn seltsamerweise niemals befremdet. Manchmal, wenn er seinen Kopf mit dem gelockten hellbraunen Haar und den immer
ein wenig verzerrten Lippen erhob und die feinen Flügel seiner
Nase sich empfindlich öffneten, war es, als schnuppere er behut-

sam in die Atmosphäre und Lebensluft, die ihn umgab, gewärtig, den Duft, den seltsam vertrauten Duft zu verspüren, den an der Bahre seiner Großmutter alle Blumengerüche nicht zu übertäuben vermocht hatten...

Immer wenn Frau Permaneder bei ihrer Schwägerin vorsprach, zog sie ihren Neffen an sich, um ihm von der Vergangenheit und jener Zukunft zu erzählen, welche Buddenbrooks, nächst der Gnade Gottes, ihm, dem kleinen Johann, zu verdanken haben sollten. Je unerquicklicher die Gegenwart sich darstellte, desto weniger konnte sie sich genugtun in Schilderungen, wie vornehm das Leben in den Häusern ihrer Eltern und Großeltern gewesen und wie Hanno's Urgroßvater vierspännig über Land gefahren sei... Eines Tages erlitt sie einen heftigen Anfall von Magenkrampf, infolge davon, daß Friederike, Henriette und Pfiffi Buddenbrook einstimmig behauptet hatten, Hagenströms seien die Crème der Gesellschaft...

Über Christian lagen betrübende Nachrichten vor. Die Ehe schien sein Befinden nicht günstig beeinflußt zu haben. Unheimliche Wahnideen und Zwangsvorstellungen hatten sich bei ihm in verstärktem Maße wiederholt, und auf Veranlassung seiner Gattin und eines Arztes hatte er sich nunmehr in eine Anstalt begeben. Er war nicht gern dort, schrieb lamentierende Briefe an die Seinen und gab dem heftigen Wunsche Ausdruck, aus dieser Anstalt, in der man ihn sehr streng zu behandeln schien, wieder befreit zu werden. Aber man hielt ihn fest, und das war wohl das Beste für ihn. Jedenfalls setzte es seine Gemahlin in den Stand, unbeschadet der praktischen und ideellen Vorteile, die sie der Heirat verdankte, ihr früheres unabhängiges Leben ohne Rücksicht und Behinderung fortzuführen.

2.

Das Werk der Weckuhr schnappte ein und rasselte pflichtgetreu und grausam. Es war ein heiseres und geborstenes Geräusch, ein Klappern mehr als ein Klingeln, denn sie war altgedient und abgenutzt; aber es dauerte lange, hoffnungslos lange, denn sie war gründlich aufgezogen.

Hanno Buddenbrook erschrak zuinnerst. Wie jeden Morgen zogen sich bei dem jähen Einsetzen dieses zugleich boshaften und treuherzigen Lärmes auf dem Nachttische, dicht neben seinem Ohre, vor Grimm, Klage und Verzweiflung seine Eingeweide zusammen. Äußerlich aber blieb er ganz ruhig, veränderte seine Lage im Bette nicht und riß nur rasch, aus irgendeinem verwischten Morgentraume gejagt, die Augen auf.

Es war vollkommen finster in der winterkalten Stube; er unterschied keinen Gegenstand und konnte die Zeiger der Uhr nicht sehen. Aber er wußte, daß es sechs Uhr war, denn er hatte gestern abend den Wecker auf diese Stunde gestellt... Gestern... gestern... Während er mit angespannten Nerven, um den Entschluß kämpfend, Licht zu machen und das Bett zu verlassen, regungslos auf dem Rücken lag, kehrte ihm nach und nach alles ins Bewußtsein zurück, was ihn gestern erfüllt hatte...

Es war Sonntag gewesen, und nachdem er sich mehrere Tage hintereinander von Herrn Brecht hatte malträtieren lassen müssen, hatte er zur Belohnung seine Mutter ins Stadt-Theater begleiten dürfen, um den ›Lohengrin‹ zu hören. Die Freude auf diesen Abend hatte seit einer Woche schon sein Leben ausgemacht. Beklagenswert war nur, daß stets vor solcherlei Festen soviel des Widerwärtigen lagerte und bis zum letzten Augenblick die freie und freudige Aussicht darauf verdarb. Aber endlich war doch am Sonnabend die Schulzeit überstanden gewesen, und die Tretmaschine hatte zum letzten Male in seinem Munde mit schmerzhaftem Summen gebohrt... Nun war alles beiseite geschafft und überwunden gewesen, denn die Schulaufgaben hatte er kurz entschlossen jenseits des Sonntag-Abends geschoben. Was hatte der Montag bedeutet? War es wahrscheinlich gewesen, daß er jemals anbrechen würde? Man glaubt an keinen Montag, wenn man am Sonntag-Abend den ›Lohengrin‹ hören soll... Er hatte am Montag frühzeitig aufstehen wollen und diese albernen Sachen erledigen – damit genug! Nun war er frei umhergegangen, hatte die Freude seines Herzens gepflegt, am Flügel geträumt und alle Widrigkeiten vergessen.

Und dann war das Glück zur Wirklichkeit geworden. Es war über ihn gekommen mit seinen Weihen und Entzückungen, seinem heimlichen Erschauern und Erbeben, seinem plötzlichen innerlichen Schluchzen, seinem ganzen überschwenglichen und unersättlichen Rausche... Freilich, die billigen Geigen des Orchesters hatten beim Vorspiel ein wenig versagt, und ein dicker, eingebildeter Mensch mit rotblondem Vollbarte war im Nachen ein wenig ruckweise herangeschwommen. Auch war in der Nachbarloge sein Vormund Herr Stephan Kistenmaker zugegen gewesen und hatte gemurrt, daß man den Jungen auf solche Weise zerstreue und von seinen Pflichten ablenke. Aber darüber hatte ihn die süße und verklärte Herrlichkeit, auf die er lauschte, hinweggehoben...

Und endlich war doch das Ende gekommen. Das singende, schimmernde Glück war verstummt und erloschen, mit fiebrigem Kopfe hatte er sich daheim in seinem Zimmer wiedergefunden und war gewahr geworden, daß nur ein paar Stunden des Schlafes dort in seinem Bett ihn von grauem Alltag trennten. Da hatte ihn ein Anfall jener gänzlichen Verzagtheit überwältigt, die er so wohl kannte. Er hatte wieder empfunden, wie wehe die Schönheit tut, wie tief sie in Scham und sehnsüchtige Verzweiflung stürzt und doch auch den Mut und die Tauglichkeit zum gemeinen Leben verzehrt. So fürchterlich hoffnungslos und bergeschwer hatte es ihn niedergedrückt, daß er sich wieder einmal gesagt hatte, es müsse mehr sein als seine persönlichen Kümmernisse, was auf ihm laste, eine Bürde, die von Anbeginn seine Seele beschwert habe und sie irgendwann einmal ersticken müsse...

Dann hatte er den Wecker gerichtet und geschlafen, so tief und tot, wie man schläft, wenn man niemals wieder erwachen möchte. Und nun war der Montag da, und es war sechs Uhr, und er hatte für keine Stunde gearbeitet!

Er richtete sich auf und entzündete die Kerze auf dem Nachttische. Da aber in der eiskalten Luft seine Arme und Schultern sofort heftig zu frieren begannen, ließ er sich rasch wieder zurücksinken und zog die Decke über sich.

Die Zeiger wiesen auf zehn Minuten nach sechs Uhr... Ach, es war sinnlos, nun aufzustehen und zu arbeiten, es war zuviel, es gab beinahe für jede Stunde etwas zu lernen, es lohnte nicht, damit anzufangen, und der Zeitpunkt, den er sich festgesetzt, war sowieso überschritten... War es denn so sicher, wie es ihm gestern erschienen war, daß er heute sowohl im Lateinischen wie in der Chemie an die Reihe kommen würde? Es war anzunehmen, ja, nach menschlicher Voraussicht war es wahrscheinlich. Was den Ovid betraf, so waren neulich die Namen aufgerufen worden, die mit den letzten Buchstaben des Alphabetes begannen, und mutmaßlich würde es heute mit A und B von vorn anfangen. Aber es war doch nicht unbedingt sicher, nicht ganz und gar zweifellos! Es kamen doch Abweichungen von der Regel vor! Was bewirkte nicht manchmal der Zufall, du lieber Gott!... Und während er sich mit diesen trügerischen und gewaltsamen Erwägungen beschäftigte, verschwammen seine Gedanken ineinander, und er entschlief aufs neue.

Das kleine Schülerzimmer, kalt und kahl, mit seiner Sixtinischen Madonna als Kupferstich über dem Bette, seinem Ausziehtisch in der Mitte, seinem unordentlich vollgepfropften Bücherbord, einem steifbeinigen Mahagoni-Pult, dem Harmonium und dem schmalen Waschtisch, lag stumm in dem wankenden Schein der Kerze. Eisblumen blühten am Fenster, dessen Rouleau nicht hinabgelassen war, damit das Tageslicht früher hereindringe. Und Hanno Buddenbrook schlief, die Wange in das Kissen geschmiegt. Er schlief mit getrennten Lippen und tief und fest gesenkten Wimpern, mit dem Ausdruck einer inbrünstigen und schmerzlichen Hingabe an den Schlaf, und sein weiches, hellbraunes Haar bedeckte gelockt seine Schläfen. Und langsam verlor das Flämmchen auf dem Nachttische seinen rotgelben Schein, da durch die Eiskruste der Fensterscheibe der matte Morgen starr und fahl ins Zimmer blickte.

Als es sieben Uhr war, erwachte er wieder mit Schrecken. Nun war auch diese Frist abgelaufen. Aufstehen und den Tag auf sich nehmen – es gab nichts, um das abzuwenden. Eine kurze Stunde nur noch bis zum Schulanfang ... Die Zeit drängte, von den Arbeiten nun ganz zu schweigen. Trotzdem blieb er noch liegen, voll von Erbitterung, Trauer und Anklage dieses brutalen Zwanges wegen, in frostigem Halbdunkel das warme Bett zu verlassen und sich hinaus unter strenge und übelwollende Menschen in Not und Gefahr zu begeben. ›Ach, noch zwei armselige Minuten, nicht wahr?‹ fragte er sein Kopfkissen mit überquellender Zärtlichkeit. Und dann, in einem Anfall von Trotz, schenkte er sich fünf volle Minuten, um noch ein wenig die Augen zu schließen, von Zeit zu Zeit das eine zu öffnen und verzweiflungsvoll auf den Zeiger zu starren, der stumpfsinnig, unwissend und korrekt seines Weges vorwärts ging ...

Zehn Minuten nach sieben Uhr riß er sich los und fing an, sich in höchster Hast im Zimmer hin und her zu bewegen. Die Kerze brannte fort, denn das Tageslicht allein genügte noch nicht. Als er eine Eisblume zerhauchte, sah er, daß draußen dichter Nebel herrschte.

Ihn fror über alle Maßen. Der Frost schüttelte manchmal mit schmerzhaftem Schauder seinen ganzen Körper. Seine Fingerspitzen brannten und waren so geschwollen, daß mit der Nagelbürste nichts anzufangen war. Als er sich den Oberkörper wusch, ließ seine beinah erstorbene Hand den Schwamm zu Boden fallen, und er stand einen Augenblick starr und hilflos da, qualmend, wie ein schwitzendes Pferd.

Und endlich, mit gehetztem Atem und trüben Augen, stand er dennoch fertig am Ausziehtische, ergriff die Ledermappe und raffte die Geisteskräfte zusammen, welche die Verzweiflung ihm übrigließ, um für die Stunden von heute die nötigen Bücher hineinzupacken. Er stand, sah angestrengt in die Luft, murmelte angstvoll: »Religion ... Lateinisch ... Chemie ... « und stopfte die defekten und mit Tinte befleckten Pappbände zueinander ...

Ja, er war nun schon ziemlich lang, der kleine Johann. Er war mehr als fünfzehnjährig und trug kein Kopenhagener Matrosenhabit mehr, sondern einen hellbraunen Jackett-Anzug mit blauer, weißgesprenkelter Krawatte. Auf seiner Weste war die lange und dünne goldene Uhrkette zu sehen, die von seinem Urgroßvater auf ihn gekommen war, und an dem vierten Finger seiner ein wenig zu breiten, aber zartgegliederten Rechten stak der alte Erb-Siegelring mit grünem Stein, der nun ebenfalls ihm gehörte... Er zog die dicke, wollige Winterjacke an, setzte den Hut auf, riß die Mappe an sich, löschte die Kerze und stürzte die Treppe hinunter, ins Erdgeschoß, an dem ausgestopften Bären vorbei, zur Rechten ins Speisezimmer.

Fräulein Clementine, die neue Jungfer seiner Mutter, ein mageres Mädchen mit Stirnlocken, spitzer Nase und kurzsichtigen Augen, war bereits zur Stelle und machte sich am Frühstückstische zu schaffen.

»Wie spät ist es eigentlich?« fragte er zwischen den Zähnen, obgleich er es sehr genau wußte.

»Viertel vor acht«, antwortete sie und wies mit ihrer dünnen, roten Hand, die aussah wie gichtisch, auf die Wanduhr. »Sie müssen wohl zusehen, daß Sie fortkommen, Hanno...« Damit setzte sie die dampfende Tasse an seinen Platz und schob ihm Brotkorb und Butter, Salz und Eierbecher zu.

Er sagte nichts mehr, griff nach einer Semmel und begann, im Stehen, den Hut auf dem Kopfe und die Mappe unterm Arm, den Kakao zu schlucken. Das heiße Getränk tat entsetzlich weh an einem Backenzahn, den gerade Herr Brecht in Behandlung gehabt hatte... Er ließ die Hälfte stehen, verschmähte auch das Ei, ließ mit verzerrtem Munde einen leisen Laut vernehmen, den man als Adieu deuten mochte, und lief aus dem Hause.

Es war zehn Minuten vor acht Uhr, als er den Vorgarten passierte, die kleine rote Villa zurückließ und nach rechts die winterliche Allee entlangzuhasten begann... Zehn, neun, acht Minuten nur noch. Und der Weg war weit. Und man konnte vor Nebel kaum sehen, wie weit man gekommen war! Er zog ihn ein und stieß ihn wieder aus, diesen dicken, eiskalten Nebel, mit der ganzen Kraft seiner schmalen Brust, stemmte die Zunge gegen den Zahn, der vom Kakao noch brannte, und tat den Muskeln seiner Beine eine unsinnige Gewalt an. Er war in Schweiß gebadet und fühlte sich dennoch erfroren in jedem Gliede. In seinen Seiten fing es an zu stechen. Das bißchen Frühstück revoltierte in seinem Magen bei diesem Morgenspaziergang, ihm ward übel, und sein Herz war nur noch ein bebendes und haltlos flatterndes Ding, das ihm den Atem nahm.

Das Burgtor, das Burgtor erst, und dabei war es vier Minuten vor acht! Während er sich in kalter Transpiration, in Schmerz, Übelkeit und Not durch die Straßen kämpfte, spähte er nach allen Seiten, ob nicht vielleicht noch andere Schüler zu sehen seien... Nein, nein, es kam niemand mehr. Alle waren an Ort und Stelle, und da begann es auch schon acht Uhr zu schlagen! Die Glocken klangen durch den Nebel von allen Türmen, und diejenigen von Sankt Marien spielten zur Feier des Augenblicks sogar, »Nun danket alle Gott«... Sie spielten es grundfalsch, wie Hanno rasend vor Verzweiflung konstatierte, sie hatten keine Ahnung von Rhythmus und waren höchst mangelhaft gestimmt... Aber das war nun das wenigste, das wenigste! Ja, er kam zu spät, es war wohl keine Frage mehr. Die Schuluhr war ein wenig im Rückstande, aber er kam dennoch zu spät, es war sicher. Er starrte den Leuten ins Gesicht, die an ihm vorübergingen. Sie begaben sich in ihre Comptoirs und an ihre Geschäfte, sie eilten gar nicht sehr, und nichts drohte ihnen. Manche erwiderten seinen neidischen und klagenden Blick, musterten seine aufgelöste Erscheinung und lächelten. Er war außer sich über dieses Lächeln. Was dachten sie sich, und wie beurteilten diese Ungeängstigten die Sachlage? ›Es beruht auf Roheit‹, hätte er ihnen zuschreien mögen, ›Ihr Lächeln, meine Herrschaften! Sie könnten bedenken, daß es innig wünschenswert wäre, vor dem geschlossenen Hoftore tot umzufallen...‹

Das anhaltend gellende Klingeln, das Zeichen zum Beginne der Montagsandacht, schlug an sein Ohr, als er noch zwanzig Schritte von der langen, roten, von zwei gußeisernen Pforten unterbrochenen Mauer entfernt war, die den vorderen Schulhof von der Straße trennte. Ohne über irgendwelche Kräfte zum Ausschreiten und Laufen mehr zu verfügen, ließ er seinen Oberkörper einfach nach vorne fallen, wobei die Beine wohl oder übel das Hinstürzen verhindern mußten, indem sie sich stolpernd und schlotternd ebenfalls vorwärts bewegten, und gelangte so vor die erste Pforte, als das Klingeln schon verstummt war.

Herr Schlemiel, der Kustos, ein untersetzter Mann mit rauhbärtigem Arbeitergesicht, war eben im Begriff, sie zu verschließen. »Na…« sagte er und ließ den Schüler Buddenbrook hindurchschlüpfen… Vielleicht, vielleicht war er gerettet. Es galt, sich ungesehen ins Klassenzimmer zu stehlen, dort heimlich das Ende der Andacht abzuwarten, die in der Turnhalle abgehalten wurde, und zu tun, als ob alles in Ordnung sei. Und mit Keuchen nach Luft ringend, aufgerieben und in kaltem Schweiße erstarrt, schleppte er sich über den mit roten Klinkern gepflasterten Hof und durch eine der hübschen, mit bunten Glasscheiben versehenen Klapptüren ins Innere…

Es war alles neu, reinlich und schön hier in der Anstalt. Der Zeit war ihr Recht geworden, und die grauen und altersmorschen Teile der ehemaligen Klosterschule, in denen noch die Väter der jetzigen Generation der Wissenschaft gepflogen hatten, waren der Erde gleichgemacht, um neue, luftige, prächtige Baulichkeiten an ihrer Stelle erstehen zu lassen. Der Stil des Ganzen war gewahrt worden, und über Korridoren und Kreuzgängen spannten sich feierlich die gotischen Gewölbe. Was aber die Beleuchtung und Heizung, was die Geräumigkeit und Helligkeit der Klassen, die Behaglichkeit der Lehrerzimmer, die praktische Einrichtung der Säle für Chemie-, Physik- und Zeichenunterricht betraf, so herrschte der vollste Komfort der Neuzeit…

Der erschöpfte Hanno Buddenbrook drückte sich an der Wand entlang und blickte um sich… Nein, gepriesen sei Gott, es sah ihn niemand. Von fernen Korridoren hallte das Gewühl der Schüler- und Lehrermasse zu ihm her, die sich zur Turnhalle wälzte, um dort für die Arbeit der Woche eine kleine religiöse Stärkung zu sich zu nehmen. Hier vorn lag alles tot und still, und auch der Weg über die breite, mit Linoleum gedeckte Treppe war frei. Behutsam, auf den Zehenspitzen, verhaltenen Atems und angespannt lauschend, schlich er hinauf. Sein Klassenzimmer, die Real-Untersekunda, war im ersten Stockwerk, der

Treppe gegenüber gelegen; die Tür stand offen. Auf der obersten Stufe spähte er, vorgebeugt, den langen Wandelgang entlang, an dessen beiden Seiten sich die mit Porzellanschildern versehenen Eingänge zu den verschiedenen Klassen reihten, tat drei rasche, geräuschlose Schritte vorwärts und befand sich im Zimmer.

Es war leer. Die drei breiten Fenster waren noch verhangen, und die brennenden Gaslampen, die von der Decke niederhingen, kochten leise in der Stille. Grüne Schirme breiteten das Licht über die drei Kolonnen zweisitziger Pultbänke aus hellem Holze hin, denen dunkel, lehrhaft und reserviert, mit einer Wandtafel zu seinen Häupten, das Katheder gegenüberstand. Eine gelbe Holztäfelung bekleidete den unteren Teil der Wände, und darüber waren die nackten Kalkflächen mit ein paar Landkarten geschmückt. Eine zweite Tafel lehnte auf einer Staffelei zur Seite des Katheders.

Hanno ging zu seinem Platz, der sich ungefähr inmitten des Zimmers befand, schob die Mappe ins Fach, sank auf den harten Sitz, legte die Arme auf die schräge Platte und bettete seinen Kopf darauf. Ein unsägliches Wohlgefühl durchrieselte ihn. Diese kahle und harte Stube war häßlich und hassenswert, und auf seinem Herzen lastete der ganze drohende Vormittag mit tausend Gefahren. Aber er war doch fürs erste in Sicherheit, war körperlich geborgen und konnte die Dinge an sich herankommen lassen. Auch war die erste, die Religionsstunde bei Herrn Ballerstedt ziemlich harmloser Natur ... An dem Vibrieren des Papierzüngleins dort oben vor der kreisrunden Öffnung in der Wand sah man, wie die warme Luft hereinströmte, und auch die Gasflammen heizten den Raum. Ach, man konnte sich strecken und die starr-feuchten Glieder langsam sich lösen und auftauen lassen. Eine wohlige und ungesunde Hitze stieg in seinen Kopf hinauf, summte in seinen Ohren und verschleierte seine Augen ...

Plötzlich vernahm er hinter sich ein Geräusch, das ihn zusammenzucken und sich jäh herumwenden ließ ... Und siehe da, hinter der hintersten Bank kam der Oberkörper Kais, des Grafen Mölln, zum Vorschein. Er kroch hervor, der junge Herr, er arbeitete sich heraus, stellte sich auf die Füße, schlug leicht und schnell die Hände gegeneinander, um den Staub davon abzustreifen, und schritt strahlenden Angesichts auf Hanno Buddenbrook zu.

»Ach, du bist es, Hanno!« sagte er. »Und ich zog mich *dort*hin zurück, weil ich dich für ein Stück Lehrkörper hielt, als du kamst!«

Seine Stimme brach sich beim Sprechen, merklich im Wechseln begriffen, was bei seinem Freunde noch nicht der Fall war. Er war in gleichem Maße gewachsen wie dieser, aber sonst war er ganz und gar derselbe geblieben. Immer noch trug er einen Anzug von unbestimmter Farbe, an dem hie und da ein Knopf fehlte, und dessen Gesäß von einem großen Flicken gebildet ward. Immer noch waren seine Hände nicht ganz reinlich, aber schmal und außerordentlich edel gebildet, mit langen, schlanken Fingern und spitz zulaufenden Nägeln. Und immer noch fiel sein flüchtig in der Mitte gescheiteltes, rötlichgelbes Haar in eine alabasterweiße und makellose Stirn, unter welcher, tief und scharf zugleich, die hellblauen Augen blitzten... Der Gegensatz zwischen seiner arg vernachlässigten Toilette und der Rasse-Reinheit dieses zartknochigen Gesichts mit der ganz leicht gebogenen Nase und ein wenig geschürzten Oberlippe sprang jetzt noch mehr in die Augen als ehemals.

»Nein, Kai«, sagte Hanno mit verzogenem Munde und indem er eine Hand in der Gegend des Herzens umherbewegte, »wie kannst du mich dermaßen erschrecken! Warum bist du hier oben? Warum hast du dich versteckt? Bist du auch zu spät gekommen?«

»Bewahre«, antwortete Kai. »Ich bin schon lange hier... Am Montag-Morgen kann man es ja nicht erwarten, endlich wieder in die Anstalt zu gelangen, wie du selbst am besten weißt, mein Lieber... Nein, ich bin nur zum Spaß hier oben geblieben. Der tiefe Oberlehrer hatte die Aufsicht und achtete es nicht für Raub, das Volk zur Andacht hinunterzutreiben. Da machte ich es so, daß ich mich immer dicht hinter seinem Rücken hielt... Wie er sich auch drehte und um sich lugte, der Mystiker, ich war immer dicht hinter seinem Rücken, bis er wegging, und so konnte ich oben bleiben... Aber du«, sagte er mitleidig und setzte sich mit einer zärtlichen Bewegung neben Hanno auf die Bank... »Du hast rennen müssen, wie? Armer! Du siehst ganz verhetzt aus. Das Haar klebt dir ja an den Schläfen...« Und er nahm ein Lineal vom Tische und lockerte damit, ernst und sorgsam, das Haar des kleinen Johann. »Du hast also die Zeit verschlafen?... Übrigens sitze ich hier auf Adolf Todtenhaupts Platz«, unterbrach er sich und blickte um sich, »auf des Primus geweihtem Platze! Nun, für diesmal macht es wohl nichts... Du hast also die Zeit verschlafen?«

Hanno hatte sein Gesicht wieder auf die gekreuzten Arme gebettet. »Ich war ja im Theater gestern abend«, sagte er nach einem schweren Seufzer.

»Oh, richtig, das hatte ich vergessen!... War es so schön?«

Kai bekam keine Antwort.

»Du hast es doch gut«, fuhr er überredend fort, »das solltest du bedenken, Hanno. Sieh, ich bin noch nie im Theater gewesen, und es besteht auf lange Jahre hinaus nicht die geringste Aussicht, daß ich jemals hineinkomme...«

»Wenn nur der Katzenjammer nicht wäre«, sagte Hanno gepreßt.

»Ja, den Zustand kenne ich ohnehin.« Und Kai bückte sich nach dem Hut und dem Überzieher seines Freundes, die neben der Bank auf dem Boden lagen, nahm die Sachen und trug sie leise auf den Korridor hinaus.

»Dann hast du die Metamorphosen-Verse wohl nicht sehr genau im Kopfe?« fragte er, als er wieder hereinkam.

»Nein«, sagte Hanno.

»Oder bist du vielleicht auf das Geographie-Extemporale präpariert?«

»Ich bin gar nichts und kann gar nichts«, sagte Hanno.

»Also auch nicht Chemie und Englisch! Allright! Wir sind Herzensfreunde und Waffenbrüder!« Kai war sichtlich erleichtert. »Ich bin in genau derselben Lage«, erklärte er munter. »Ich habe am Sonnabend nicht gearbeitet, weil morgen Sonntag war,

und am Sonntag nicht, aus Pietät... Nein, Unsinn... hauptsächlich, weil ich etwas Besseres zu arbeiten hatte, natürlich«,
sagte er mit plötzlichem Ernst, indem eine leichte Röte sein Gesicht überflog. »Ja, heute kann es vergnüglich werden, Hanno.«

»Wenn ich noch einen Tadel bekomme«, sagte der kleine Johann, »so bleibe ich sitzen; und den bekomme ich sicher, wenn
er mich im Lateinischen darannimmt. Der Buchstabe B ist an
der Reihe, Kai, das ist nicht aus der Welt zu schaffen...«

»Warten wir's ab! Ha, Cäsar geht aus. ›Mir haben stets Gefahren im Rücken nur gedroht; wenn sie die Stirn des Cäsar werden
sehen...‹« Aber Kai kam mit seiner Deklamation nicht zu Ende.
Es war ihm ebenfalls sehr schlecht zumute. Er ging zum Katheder, setzte sich darauf und fing an, sich mit finsterer Miene in
dem Armstuhl zu schaukeln. Hanno Buddenbrook ließ seine
Stirn noch immer auf den gekreuzten Armen ruhen. So saßen sie
sich eine Weile schweigend gegenüber.

Plötzlich klang irgendwo in weiter Ferne ein dumpfes Summen auf, das schnell zum Brausen ward und sich binnen einer
halben Minute bedrohlich heranwälzte...

»Das Volk«, sagte Kai erbittert. »Herr, mein Gott, wie rasch
sie fertig sind! Nicht einmal um zehn Minuten ist die Stunde
kürzer geworden...«

Er stieg vom Katheder hinab und begab sich zur Tür, um sich
unter die Hereinkommenden zu mischen. Was Hanno betraf, so
erhob er nur einen Augenblick den Kopf, verzog den Mund und
blieb einfach sitzen.

Es kam heran, mit Schlürfen, Stampfen und einem Gewirr
von männlichen Stimmen, Diskanten und sich überschlagenden
Wechsel-Organen, flutete über die Treppen herauf, ergoß sich
über den Korridor und strömte auch in dieses Zimmer, das
plötzlich von Leben, Bewegung und Geräusch erfüllt ward. Sie
kamen herein, die jungen Leute, die Kameraden Hanno's und
Kais, die Real-Untersekundaner, etwa fünfundzwanzig an der
Zahl, schlenderten, die Hände in den Hosentaschen oder mit den
Armen schlenkernd, an ihre Plätze und schlugen ihre Bibeln auf.
Es waren da angenehme und konfiszierte Physiognomieen, sol-

che, die wohl und gesund, und andere, die bedenklich aussahen, lange, starke Schlingel, die demnächst Kaufleute werden oder gar zur See gehen wollten und sich um gar nichts mehr kümmerten, und kleine, über ihr Alter hinaus vorgeschrittene Streber, die in den Fächern brillierten, in denen es auswendig zu lernen galt. Adolf Todtenhaupt aber, der Primus, wußte alles; er war seiner Lebtage noch nicht eine Antwort schuldig geblieben. Das lag zum Teil an seinem stillen, leidenschaftlichen Fleiße, zum Teil daran, daß die Lehrer sich hüteten, ihn etwas zu fragen, was er vielleicht nicht hätte wissen können. Es hätte sie schmerzlich berührt und beschämt, es hätte sie in ihrem Glauben an menschliche Vollkommenheit erschüttert, ein Verstummen Adolf Todtenhaupts zu erleben... Er besaß einen merkwürdig gebuckelten Schädel, dem das blonde Haar spiegelglatt angeklebt war, graue, schwarz umringte Augen und lange, braune Hände, die aus den zu kurzen Ärmeln seiner sauber gebürsteten Jacke hervorsahen. Er setzte sich neben Hanno Buddenbrook, lächelte sanft und ein wenig tückisch und bot dem Nachbar einen Guten Morgen, wobei er sich dem herrschenden Jargon anbequemte, der das Wort zu einem kecken und nachlässigen Laute verzerrte. Dann begann er, während um ihn her alles halblaut plauderte, sich präparierte, gähnte und lachte, stillschweigend in dem Klassenbuch zu arbeiten, indem er die Feder auf unvergleichlich korrekte Art mit schlank und gerade ausgestreckten Fingern handhabte.

Nach Verlauf von zwei Minuten wurden draußen Schritte laut, die Inhaber der vorderen Bänke erhoben sich ohne Eile von ihren Plätzen, und weiter hinten folgte dieser und jener ihrem Beispiel, während andere sich in ihren Beschäftigungen nicht stören ließen und kaum Notiz davon nahmen, daß Herr Oberlehrer Ballerstedt ins Zimmer kam, seinen Hut an die Tür hängte und sich zum Katheder begab.

Er war ein Vierziger von sympathischem Embonpoint, mit großer Glatze, rötlich-gelbem, kurz gehaltenem Vollbart, rosigem Teint und einem Mischausdruck von Salbung und behaglicher Sinnlichkeit um die feuchten Lippen. Er nahm sein Notizbuch zur Hand und blätterte schweigend darin; da aber die Ruhe in der Klasse vieles zu wünschen übrigließ, erhob er den Kopf, streckte den Arm auf der Pultplatte aus und bewegte, während sein Gesicht langsam so dunkelrot anschwoll, daß sein Bart hellgelb erschien, seine schwache und weiße Faust ein paarmal kraftlos auf und nieder, wobei seine Lippen eine halbe Minute lang krampfhaft und fruchtlos arbeiteten, um schließlich nichts hervorzubringen als ein kurzes, gepreßtes und ächzendes »Nun...« Dann rang er noch eine Weile nach ferneren Ausdrücken des Tadels, wandte sich schließlich wieder seinem Notizbuch zu, schwoll ab und gab sich zufrieden. Dies war so Oberlehrer Ballerstedts Art und Weise.

Er hatte ehemals Prediger werden wollen, war dann jedoch durch seine Neigung zum Stottern wie durch seinen Hang zu weltlichem Wohlleben bestimmt worden, sich lieber der Pädagogik zuzuwenden. Er war Junggeselle, besaß einiges Vermögen, trug einen kleinen Brillanten am Finger und war dem Essen und Trinken herzlich zugetan. Er war derjenige Oberlehrer, der nur dienstlich mit seinen Standesgenossen, im übrigen aber vorwiegend mit der unverheirateten kaufmännischen Lebewelt der Stadt, ja auch mit den Offizieren der Garnison verkehrte, täglich zweimal im ersten Gasthause speiste und Mitglied des »Klubs« war. Begegnete er größeren Schülern nachts um zwei oder drei Uhr irgendwo in der Stadt, so schwoll er an, brachte einen »Guten Morgen« zustande und ließ die Sache für beide Teile auf sich beruhen... Hanno Buddenbrook hatte nichts von ihm zu befürchten und wurde fast nie von ihm gefragt. Der Oberlehrer hatte sich mit seinem Onkel Christian allzuoft in allzu rein menschlicher Weise zusammengefunden, als daß es ihn hätte freuen können, mit dem Neffen in dienstliche Konflikte zu geraten...

»Nun...« sagte er abermals, sah in der Klasse umher, bewegte wieder seine schwach geballte Faust mit dem kleinen Brillanten und blickte in sein Notizbuch. »Perlemann. Die Übersicht.«

Irgendwo in der Klasse erhob sich Perlemann. Man merkte es kaum, daß er emporstieg. Es war einer von den Kleinen, Vorgeschrittenen. »Die Übersicht«, sagte er leise und artig, indem er mit ängstlichem Lächeln den Kopf vorstreckte. »Das Buch Hiob zerfällt in drei Teile. Erstens der Zustand Hiobs, ehe er in das Kreuz oder Züchtigung des Herrn geraten; Kapitel eins, Vers eins bis sechs. Zweitens das Kreuz selbst und was sich dabei zugetragen; Kapitel...«

»Es war richtig, Perlemann«, unterbrach ihn Herr Ballerstedt, gerührt von soviel zager Willfährigkeit, und schrieb eine gute Note in sein Taschenbuch. »Heinricy, fahren Sie fort.«

Heinricy war einer von den langen Schlingeln, die sich um gar nichts mehr kümmerten. Er schob das griffeste Messer, mit dem er sich beschäftigt hatte, in die Hosentasche, stand geräuschvoll auf, ließ die Unterlippe hängen und räusperte sich mit rauher und roher Männerstimme. Alle waren unzufrieden, daß nun er statt des sanften Perlemann an die Reihe kam. Die Schüler träumten und brüteten in der warmen Stube unter den leise sausenden Gasflammen im Halbschlafe vor sich hin. Alle waren müde vom Sonntag, und alle waren an dem kalten Nebelmorgen seufzend und mit klappernden Zähnen aus den warmen Betten gekrochen. Jedem wäre es lieb gewesen, wenn der kleine Perlemann die ganze Stunde lang weitergesäuselt hätte, während Heinricy nun sicherlich Streit machen würde...

»Ich habe gefehlt, als dies durchgenommen wurde«, sagte er mit grober Betonung.

Herr Ballerstedt schwoll an, er bewegte seine schwache Faust, arbeitete mit den Lippen und starrte dem jungen Heinricy mit emporgezogenen Augenbrauen ins Gesicht. Sein dunkelroter Kopf zitterte vor ringender Anstrengung, bis er schließlich ein »Nun...« hervorzustoßen vermochte, womit der Bann gebrochen und das Spiel gewonnen war. »Von Ihnen ist nie eine Leistung zu erlangen«, fuhr er mit Leichtigkeit und Redegewandtheit fort, »und immer haben Sie eine Entschuldigung bei der Hand, Heinricy. Wenn Sie vorige Stunde krank waren, so hätten Sie sich doch in diesen Tagen sehr wohl über das durchgenommene Pensum unterrichten können, und wenn der erste Teil vom Zustande vor dem Kreuze und der zweite vom Kreuze

selbst handelt, so könnten Sie sich am Ende an den Fingern ab-
zählen, daß der dritte Teil den Zustand *nach* vorbesagtem Jam-
mer betrifft. Aber es fehlt Ihnen an der rechten Hingebung, und
Sie sind nicht allein ein schwacher Mensch, Sie sind auch immer
bereit, Ihre Schwäche zu beschönigen und zu verteidigen. Merken Sie sich aber, daß, solange dies der Fall, an eine Erhebung
und Besserung nicht zu denken ist, Heinricy. Setzen Sie sich.
Wasservogel, fahren Sie fort.«

Heinricy, dickfällig und trotzig, setzte sich mit Scharren und
Knarren, raunte seinem Nachbar eine Frechheit zu und zog sein
griffestes Messer wieder hervor. Der Schüler Wasservogel stand
auf, ein Junge mit entzündeten Augen, aufgestülpter Nase, abstehenden Ohren und zerkauten Fingernägeln. Er vollendete
mit weichlicher Quetschstimme die »Übersicht« und fing an
von Hiob, dem Manne im Lande Uz, zu erzählen, und was sich
mit ihm begeben. Er hatte das Alte Testament hinter dem Rükken seines Vordermannes aufgeschlagen, las darin mit dem Ausdruck vollendeter Unschuld und hingebender Nachdenklichkeit, starrte dann auf einen Punkt der Wand und sprach, indem
er das Erschaute unter Stocken und quäkendem Husten in ein
hülfloses, modernes Deutsch übersetzte... Er hatte etwas
äußerst Widerliches an sich, aber Herr Ballerstedt lobte ihn sehr
für alle seine Bemühungen. Der Schüler Wasservogel hatte es
insofern gut im Leben, als die meisten Lehrer ihn gern und über
seine Verdienste lobten, um ihm, sich selbst und anderen zu zeigen, daß sie sich durch seine Häßlichkeit keineswegs zur Ungerechtigkeit verführen ließen...

Und die Religionsstunde nahm ihren Fortgang. Verschiedene
junge Leute wurden noch aufgerufen, um sich über ihr Wissen
um Hiob, den Mann im Lande Uz, auszuweisen und Gottlieb
Kaßbaum, Sohn des verunglückten Großkaufmanns Kaßbaum,
erhielt trotz seiner zerrütteten Familienverhältnisse eine vorzügliche Note, weil er mit Genauigkeit feststellen konnte, daß Hiob
an Vieh siebentausend Schafe, dreitausend Kamele, fünfhundert
Joch Rinder, fünfhundert Esel und sehr viel Gesindes besessen
habe.

Dann durften die Bibeln aufgeschlagen werden, die meistens schon aufgeschlagen waren, und man fuhr mit Lesen fort. Kam eine Stelle, die Herrn Ballerstedt der Erläuterung bedürftig erschien, so schwoll er an, sagte »Nun...« und hielt nach den üblichen Vorbereitungen einen kleinen mit allgemeinen moralischen Betrachtungen untermischten Vortrag über den fraglichen Punkt. Kein Mensch hörte ihm zu. Friede und Schläfrigkeit herrschten im Zimmer. Die Hitze war durch die beständig arbeitende Heizung und die Gaslampen schon ziemlich stark geworden und die Luft durch diese fünfundzwanzig atmenden und dünstenden Körper schon ziemlich verdorben. Die Wärme, das gelinde Sausen der Flammen und die monotone Stimme des Vorlesenden legten sich um die gelangweilten Gehirne und lullten sie in dumpfe Traumseligkeit. Kai Graf Mölln hatte außer seiner Bibel auch die ›Unbegreiflichen Ereignisse und geheimnisvollen Taten‹ von Edgar Allan Poe vor sich aufgeschlagen und las darin, den Kopf in die aristokratische und nicht ganz saubere Hand gestützt. Hanno Buddenbrook saß zurückgelehnt und zusammengesunken und blickte mit schlaffem Munde und schwimmenden, heißen Augen auf das Buch Hiob, dessen Zeilen und Buchstaben zu einem schwärzlichen Gewimmel verschwammen. Manchmal, wenn er sich des Gralmotives oder des Ganges zum Münster erinnerte, senkte er langsam die Lider und fühlte ein innerliches Schluchzen. Und sein Herz betete, es möchte möglich sein, daß diese gefahrlose und friedevolle Morgenstunde niemals ein Ende nähme.

Und dennoch kam es, wie es in der Ordnung der Dinge lag, und der schrill heulende Klang der Kustosglocke, der durch die Korridore gellte und hallte, riß die fünfundzwanzig Gehirne aus ihrem warmen Dämmmern.

»So weit!« sagte Herr Ballerstedt und ließ sich das Klassenbuch reichen, um darin mit seinem Namenszeichen zu bescheinigen, daß er diese Stunde seines Amtes gewaltet.

Hanno Buddenbrook schloß seine Bibel und reckte sich zitternd und mit nervösem Gähnen; als er aber die Arme senkte und die Glieder abspannte, mußte er eilig und mühsam aufatmen, um sein Herz, das einen Augenblick schwach und wankend den Dienst versagte, ein wenig in Takt zu bringen. Jetzt kam das Lateinische... Er warf einen hülfesuchenden Seitenblick zu Kai hinüber, der das Ende der Stunde gar nicht bemerkt zu haben schien und immer noch in Versunkenheit seiner Privatlektüre oblag, zog den in marmorierte Pappe gebundenen Ovid aus seiner Mappe und schlug die Verse auf, die für heute auswendig zu lernen waren... Nein, es gab keine Hoffnung, diese schwarzen Zeilen, die sich, mit Bleistiftzeichen versehen, schnurgerade und zu fünfen numeriert aneinanderreihten und ihn so hoffnungslos dunkel und unbekannt anstarrten, sich jetzt noch ein wenig vertraut zu machen. Er verstand kaum ihren Sinn, geschweige denn hätte er eine einzige davon aus dem Kopfe hersagen können. Und von denjenigen, die sich daranschlossen und die für heute zu präparieren waren, enträtselte er nicht ein Sätzchen.

»Was heißt denn ›deciderant, patula Jovis arbore, glandes‹?« wandte er sich mit verzweifelter Stimme an Adolf Todtenhaupt, der neben ihm im Klassenbuch arbeitete. »Das ist ja alles Unsinn! Nur um einen zu schikanieren...«

»Wie?« sagte Todtenhaupt und fuhr fort zu schreiben... »Die Eicheln vom Baum des Jupiter... Das ist die Eiche... Ja, ich weiß selbst nicht recht...«

»Sage mir nur ein bißchen zu, Todtenhaupt, wenn ich darankomme!« bat Hanno und schob das Buch von sich. Dann, nachdem er mit düsterem Blick des Primus unachtsames und unverbindliches Nicken betrachtet hatte, schob er sich seitwärts aus der Bank hinaus und stand auf.

Die Situation hatte sich verändert. Herr Ballerstedt hatte das Zimmer verlassen, und statt seiner stand jetzt am Katheder, ganz gerade und stramm, ein kleines, schwaches und ausgemergeltes Männchen mit dünnem weißen Bart, dessen rotes Hälschen aus einem engen Klappkragen hervorragte, und das mit dem einen seiner weißbehaarten Händchen seinen Zylinder, die Öffnung nach oben, vor sich hin hielt. Es führte bei den Schülern den Namen »die Spinne« und hieß in Wirklichkeit Professor

Hückopp. Da ihm während dieser Pause auf dem Korridor die Aufsicht zuerteilt war, hatte es auch in den Klassenzimmern nach dem Rechten zu sehen... »Die Lampen aus! Die Vorhänge auf! Die Fenster auf!« sagte es, indem es seinem Stimmchen so viel Kommando-Kraft wie möglich gab und mit unbeholfen energischer Geste seinen Arm in der Luft bewegte, als drehe es eine Kurbel... »Und alles hinunter, hinaus in die frische Luft, potztausend noch mal dazu!«

Die Lampen verloschen, die Vorhänge flogen empor, das fahle Tageslicht erfüllte das Zimmer, und die kalte Nebelluft stürzte durch die breiten Fenster herein, während die Untersekundaner sich an Professor Hückopp vorbei zum Ausgange schoben; nur der Primus durfte hier oben bleiben.

Hanno und Kai trafen an der Tür zusammen und gingen nebeneinander die komfortable Treppe hinunter und drunten über die stilvollen Vorplätze. Sie schwiegen beide. Hanno sah jämmerlich elend aus, und Kai war in Gedanken. Auf dem großen Hofe angelangt, begannen sie auf und nieder zu wandern, inmitten der Menge von Kameraden verschiedenen Alters, die sich auf den feucht-roten Fliesen geräuschvoll durcheinanderbewegten.

Ein noch jugendlicher Herr mit blondem Spitzbart führte hier unten die Aufsicht. Dies war der feine Oberlehrer. Er hieß Doktor Goldener und unterhielt ein Knabenpensionat, das von reichen und adeligen Gutsbesitzerssöhnen aus Holstein und Mecklenburg besucht war. Beeinflußt von den feudalen jungen Leuten, die seiner Hut empfohlen waren, pflegte er sein Äußeres in einer Weise, wie sie unter seinen Kollegen gänzlich ungebräuchlich war. Er trug buntseidene Krawatten, ein stutzerhaftes Röckchen, zartfarbene Beinkleider, die mit Strippen unter den Sohlen befestigt waren, und parfümierte Taschentücher mit farbigen Borten. Bescheidener Leute Kind, wie er war, stand ihm solcher Prunk eigentlich gar nicht zu Gesicht, und seine großmächtigen Füße, zum Beispiel, nahmen sich in den spitz zulaufenden Knöpfstiefeln ziemlich lächerlich aus. Unbegreiflicherweise war er eitel auf seine plumpen und roten Hände, die er unaufhörlich aneinanderrieb, ineinanderschlang und liebevoll prüfend betrachtete. Er pflegte seinen Kopf schräg zurückgelehnt zu tragen und mit blinzelnden Augen, gekrauster Nase und halboffenem Munde beständig ein Gesicht zu schneiden, als sei er im Begriffe zu sagen: ›Was ist denn nun schon wieder los?‹ ... Dennoch war er zu vornehm, um nicht alle kleine Unerlaubtheiten auf distinguierte Art zu übersehen, die sich etwa auf dem Hofe ereigneten. Er übersah, daß dieser oder jener Schüler ein Buch mit sich heruntergebracht hatte, um sich im letzten Augenblick ein wenig zu präparieren, übersah, daß seine Pensionäre Herrn Schlemiel, dem Kustos, Geld einhändigten, um sich Bäckereien holen zu lassen, daß hier eine kleine Kraftprobe zwischen zwei Tertianern in eine Prügelei ausartete, um die sich sofort ein Ring von Sachverständigen bildete, und daß dort hinten jemand, der auf irgendeine Weise eine unkameradschaftliche, feige oder unehrenhafte Gesinnung an den Tag gelegt hatte, von seinen Klassengenossen zwangsweise zur Pumpe befördert wurde, um zu seiner Schande mit Wasser begossen zu werden...

Es war ein wackeres und ein bißchen ungehobeltes Geschlecht, die laute Menge, in der Kai und Hanno hin und wider wanderten. Herangewachsen in der Luft eines kriegerisch siegreichen und verjüngten Vaterlandes, huldigte man Sitten von rauher Männlichkeit. Man redete in einem Jargon, der zugleich salopp und schneidig war und von technischen Ausdrücken wimmelte. Trink- und Rauchtüchtigkeit, Körperstärke und Turnertugend standen sehr hoch in der Schätzung, und die verächtlichsten Laster waren Weichlichkeit und Geckenhaftigkeit. Wer mit emporgeklapptem Rockkragen betroffen wurde, durfte der Pumpe gewärtig sein. Wer sich aber gar auf der Straße mit einem Spazierstocke hatte sehen lassen, an dem wurde in der Turnhalle auf ebenso schimpfliche wie schmerzhafte Art eine öffentliche Züchtigung vollzogen...

Das, was Hanno und Kai miteinander sprachen, ging fremd und sonderbar in dem Stimmengewirr unter, das die kalte und feuchte Luft erfüllte. Diese Freundschaft war seit langem in der ganzen Schule bekannt. Die Lehrer duldeten sie mit Übelwollen, weil sie Unrat und Opposition dahinter vermuteten, und die Kameraden, außerstande, ihr Wesen zu enträtseln, hatten sich gewöhnt, sie mit einem gewissen scheuen Widerwillen gelten zu lassen und diese beiden Genossen als outlaws und fremdartige Sonderlinge zu betrachten, die man sich selbst überlassen mußte... Übrigens genoß Kai Graf Mölln eines gewissen Respekts wegen der Wildheit und zügellosen Unbotmäßigkeit, die man an ihm kannte. Was aber Hanno Buddenbrook betraf, so konnte selbst der große Heinricy, der doch alle Welt prügelte, sich nicht entschließen, wegen Geckenhaftigkeit und Feigheit Hand an ihn zu legen, aus unbestimmter Furcht vor der Weichheit seines Haares, vor der Zartheit seiner Glieder, vor seinem trüben, scheuen und kalten Blick...

»Ich habe Angst«, sagte Hanno zu Kai, indem er an der einen Seitenwand des Hofes stehenblieb, sich gegen die Mauer lehnte und mit fröstelndem Gähnen seine Jacke fester zusammenzog... »Ich habe eine unsinnige Angst, Kai, sie tut mir überall weh im Körper. Ist nun Herr Mantelsack der Mann, vor dem man sich derartig fürchten dürfte? Sage selbst! Wenn diese widerliche Ovidstunde erst vorüber wäre! Wenn ich meinen Tadel im Klassenbuch hätte und sitzenbliebe und alles in Ordnung wäre! Ich fürchte mich nicht *davor*, ich fürchte mich vor dem Eklat, der damit verbunden ist...‹

Kai verfiel in Gedanken. »Dieser Roderich Usher ist die wundervollste Figur, die je erfunden worden ist!« sagte er schnell und unvermittelt. »Ich habe eben die ganze Stunde gelesen... Wenn ich jemals eine so gute Geschichte schreiben könnte!«

Die Sache war die, daß Kai sich mit Schreiben abgab. Dies war es auch, was er heute morgen gemeint hatte, als er sagte, er habe Besseres zu tun, als Schularbeiten zu machen, und Hanno hatte ihn wohl verstanden. Aus der Neigung zum Geschichtenerzählen, die er als kleiner Junge an den Tag gelegt hatte, hatten sich schriftstellerische Versuche entwickelt, und kürzlich hatte er eine Dichtung vollendet, ein Märchen, ein rücksichtslos phantastisches Abenteuer, in dem alles in einem dunklen Schein erglühte, das unter Metallen und geheimnisvollen Gluten in den tiefsten und heiligsten Werkstätten der Erde und zugleich in denen der menschlichen Seele spielte, und in dem die Urgewalten der Natur und der Seele auf eine sonderbare Art vermischt, gewandt, gewandelt und geläutert wurden, – geschrieben in einer innerlichen, deutsamen, ein wenig überschwenglichen und sehnsüchtigen Sprache von zarter Leidenschaftlichkeit...

Hanno kannte diese Geschichte wohl und liebte sie sehr; aber er war jetzt nicht aufgelegt, von Kais Arbeiten oder von Edgar Poe zu sprechen. Er gähnte wieder und seufzte dann, indem er gleichzeitig ein Motiv vor sich hin sang, das er kürzlich am Flügel erfunden hatte. Dies war so seine Gewohnheit. Er pflegte oft zu seufzen, tief aufzuatmen aus dem dringenden Bedürfnis, sein unzulänglich arbeitendes Herz in einen etwas munteren Gang zu bringen, und er hatte sich gewöhnt, das Ausatmen nach einem musikalischen Thema, irgendeinem Stück Melodie eigener oder fremder Erfindung geschehen zu lassen...

»Siehe, da kommt der liebe Gott!« sagte Kai. »Er lustwandelt in seinem Garten.«

»Ein netter Garten«, sagte Hanno und geriet ins Lachen. Er lachte nervös und konnte nicht aufhören, hielt sein Taschentuch vor den Mund und blickte darüber hinweg auf den, welchen Kai als den »lieben Gott« bezeichnet hatte.

Es war Direktor Wulicke, der Leiter der Schule, der auf dem Hofe erschienen war: ein außerordentlich langer Mann mit schwarzem Schlapphut, kurzem Vollbart, einem spitzen Bauche, viel zu kurzen Beinkleidern und trichterförmigen Manschetten, die stets sehr unsauber waren. Er ging mit einem Gesicht, das vor Zorn beinahe leidend aussah, schnell über die Steinfliesen, indem er mit ausgestrecktem Arme auf die Pumpe wies... Das Wasser floß! Eine Anzahl Schüler liefen vor ihm her und überstürzten sich, dem Schaden dadurch abzuhelfen, daß sie die Leitung schlossen. Aber auch dann standen sie noch lange und betrachteten mit verstörten Gesichtern abwechselnd die Pumpe und den Direktor, der sich an den mit rotem Antlitz herbeigeeilten Doktor Goldener gewandt hatte und mit tiefer, dumpfer und bewegter Stimme auf ihn einsprach. Seine Rede

war mit brummenden und unartikulierten Lippenlauten durchsetzt...

Dieser Direktor Wulicke war ein furchtbarer Mann. Er war
der Nachfolger des jovialen und menschenfreundlichen alten
Herrn, unter dessen Regierung Hanno's Vater und Onkel studiert hatten, und der bald nach dem Jahre 71 gestorben war.
Damals war Doktor Wulicke, bislang Professor an einem preußischen Gymnasium, berufen worden, und mit ihm war ein anderer, ein neuer Geist in die Alte Schule eingezogen. Wo ehemals
die klassische Bildung als ein heiterer Selbstzweck gegolten
hatte, den man mit Ruhe, Muße und fröhlichem Idealismus verfolgte, da waren nun die Begriffe Autorität, Pflicht, Macht,
Dienst, Carrière zu höchster Würde gelangt, und der »kategori-
sche Imperativ unseres Philosophen Kant« war das Banner, das
Direktor Wulicke in jeder Festrede bedrohlich entfaltete. Die
Schule war ein Staat im Staate geworden, in dem preußische
Dienststrammheit so gewaltig herrschte, daß nicht allein die
Lehrer, sondern auch die Schüler sich als Beamte empfanden, die
um nichts als ihr Avancement und darum besorgt waren, bei den
Machthabern gut angeschrieben zu stehen... Bald nach dem
Einzug des neuen Direktors war auch unter den vortrefflichsten
hygienischen und ästhetischen Gesichtspunkten mit dem Um-
bau und der Neueinrichtung der Anstalt begonnen und alles aufs
glücklichste fertiggestellt worden. Allein es blieb die Frage, ob
nicht früher, als weniger Komfort der Neuzeit und ein bißchen
mehr Gutmütigkeit, Gemüt, Heiterkeit, Wohlwollen und Behagen in diesen Räumen geherrscht hatte, die Schule ein sympathi-
scheres und segenvolleres Institut gewesen war...

Was Direktor Wulicke persönlich betraf, so war er von der
rätselhaften, zweideutigen, eigensinnigen und eifersüchtigen
Schrecklichkeit des alttestamentarischen Gottes. Er war entsetzlich im Lächeln wie im Zorne. Die ungeheure Autorität, die in
seinen Händen lag, machte ihn schauerlich launenhaft und unbe-
rechenbar. Er war imstande, etwas Scherzhaftes zu sagen und
fürchterlich zu werden, wenn man lachte. Keine seiner zitternden Kreaturen wußte Rat, wie man sich ihm gegenüber zu be-

nehmen habe. Es blieb nichts übrig, als ihn im Staub zu verehren und durch eine wahnsinnige Demut vielleicht zu verhüten, daß er einen nicht dahinraffe in seinem Grimm und nicht zermalme in seiner großen Gerechtigkeit...

Der Name, den Kai ihm gegeben hatte, wurde nur von ihm selbst und Hanno Buddenbrook gebraucht, und sie hüteten sich, ihn vor den Kameraden laut werden zu lassen, aus Scheu vor dem starren und kalten Blick des Unverständnisses, den sie so wohl kannten... Nein, es gab nicht einen Punkt, in dem diese beiden sich mit ihren Genossen verstanden. Es war ihnen sogar die Art von Opposition und Rache fremd, an der die anderen sich genügen ließen, und sie mißachteten die üblichen Spottnamen, weil ein Humor daraus sprach, der sie nicht berührte und sie nicht einmal zum Lächeln brachte. Es war so billig, so nüchtern und unwitzig, den dünnen Professor Hückopp »die Spinne« und Oberlehrer Ballerstedt »Kakadu« zu nennen, eine so armselige Schadloshaltung für den Zwang des Staatsdienstes! Nein, Kai Graf Mölln war ein wenig bissiger! Für seine und Hanno's Person hatte er den Brauch eingeführt, von den Lehrern nur vermittelst ihres richtigen bürgerlichen Namens unter Hinzufügung des Wortes »Herr« zu sprechen: »Herr Ballerstedt«, »Herr Mantelsack«, »Herr Hückopp«... Das ergab gleichsam eine ablehnende und ironische Kälte, eine spöttische Distanz und Fremdheit... Sie sprachen von dem »Lehrkörper« und amüsierten sich während ganzer Pausen damit, sich ein wirklich vorhandenes Geschöpf, eine Art Ungeheuer von widerlicher und phantastischer Gestaltung darunter vorzustellen. Und sie sprachen im allgemeinen von der »Anstalt« mit einer Betonung, als handele es sich um eine solche wie die, in der Hanno's Onkel Christian sich aufhielt...

Durch den Anblick des lieben Gottes, der doch eine Weile alles in bleichen Schrecken versetzte, indem er mit fürchterlichem Brummen nach verschiedenen Richtungen auf das Butterbrotpapier zeigte, das hie und da auf den Fliesen lag, war Kai in vorzügliche Laune geraten. Er zog Hanno mit sich fort, zu einem der Tore, durch das die Lehrer, die zur zweiten Stunde eintrafen, den Hof beschritten, und fing an, sich ungeheuer tief vor den rotäugigen, blassen und dürftigen Seminaristen zu verbeugen, die vorübergingen, um sich zu ihren Sextanern und Septimanern auf die hinteren Höfe zu begeben. Er bückte sich übermäßig, ließ die Arme hängen und blickte von unten herauf hingebungsvoll zu den armen Gesellen empor. Als jedoch der greise Rechenlehrer, Herr Tietge, erschien, einige Bücher mit zitternder Hand auf dem Rücken haltend, auf unmögliche Art in sich hineinschielend, krumm, gelb und speiend, da sagte er mit klangvoller Stimme: »Guten Tag, du Leiche.« Worauf er klaren und scharfen Blickes irgendwohin in die Luft sah...

Es schellte gellend in diesem Augenblick, und sofort begannen die Schüler von allen Seiten zu den Eingängen zusammenzuströmen. Aber Hanno hörte nicht auf zu lachen; er lachte noch auf der Treppe so sehr, daß seine Klassengenossen, die ihn und Kai umgaben, ihm kalt, befremdet und sogar ein wenig angewidert von so viel Albernheit ins Gesicht blickten...

Es ward still in der Klasse, und alles stand einmütig auf, als Oberlehrer Doktor Mantelsack eintrat. Er war der Ordinarius, und es war Sitte, vor dem Ordinarius Respekt zu haben. Er zog die Tür hinter sich zu, indem er sich bückte, reckte den Hals, um zu sehen, ob alle standen, hing seinen Hut an den Nagel und ging dann rasch zum Katheder, wobei er seinen Kopf in schnellem Wechsel hob und senkte. Hier nahm er Aufstellung und sah ein wenig zum Fenster hinaus, indem er seinen ausgestreckten Zeigefinger, an dem ein großer Siegelring saß, zwischen Kragen und Hals hin und her bewegte. Er war ein mittelgroßer Mann mit dünnem, ergrautem Haar, einem krausen Jupiter-Bart und kurzsichtig hervortretenden saphirblauen Augen, die hinter den scharfen Brillengläsern glänzten. Er war gekleidet in einen offenen Gehrock aus grauem, weichem Stoff, den er in der Taillengegend mit seiner kurzfingerigen und runzeligen Hand sanft zu belasten liebte. Seine Beinkleider waren, wie bei allen Lehrern, bis auf den feinen Doktor Goldener, zu kurz und ließen die Schäfte von einem Paar außerordentlich breiter und marmorblank gewichster Stiefel sehen.

Plötzlich wandte er den Kopf vom Fenster weg, stieß einen kleinen freundlichen Seufzer aus, indem er in die lautlose Klasse hineinblickte, sagte »Ja, ja!« und lächelte mehrere Schüler zutraulich an. Er war guter Laune, es war offenbar. Eine Bewegung der Erleichterung ging durch den Raum. Es kam so viel, es kam alles darauf an, ob Doktor Mantelsack guter Laune war oder nicht, denn man wußte, daß er sich seinen Stimmungen unbewußt und ohne die geringste Selbstkritik überließ. Er war von einer ganz ausnehmenden, grenzenlos naiven Ungerechtigkeit, und seine Gunst war hold und flatterhaft wie das Glück. Stets hatte er ein paar Lieblinge, zwei oder drei, die er »Du« und mit Vornamen nannte, und die es gut hatten wie im Paradiese. Sie konnten beinahe sagen, was sie wollten, und es war dennoch richtig; und nach der Stunde plauderte Doktor Mantelsack aufs menschlichste mit ihnen. Eines Tages jedoch, vielleicht nach den Ferien, Gott allein wußte, warum, war man gestürzt, vernichtet, abgeschafft, verworfen, und ein anderer wurde mit Vornamen genannt... Diesen Glückseligen pflegte er die Fehler in den Extemporalien ganz leicht und zierlich anzustreichen, so daß ihre Arbeiten auch bei großer Mangelhaftigkeit einen reinlichen Aspekt behielten. In anderen Heften aber fuhr er mit breiter und zorniger Feder umher und überschwemmte sie mit Rot, so daß sie einen abschreckenden und verwahrlosten Eindruck machten. Und da er die Fehler nicht zählte, sondern die Zensuren je nach der Menge von roter Tinte erteilte, die er an eine Arbeit verausgabt hatte, so gingen seine Günstlinge mit großem Vorteil aus der Sache hervor. Bei diesem Verfahren dachte er sich nicht das geringste, sondern fand es vollständig in der Ordnung und ahnte nichts von Parteilichkeit. Hätte jemand den traurigen Mut besessen, dagegen zu protestieren, so wäre er der Aussicht verlustig gegangen, jemals geduzt und mit Vornamen genannt zu werden. Und diese Hoffnung ließ niemand fahren...

Nun kreuzte Doktor Mantelsack im Stehen die Beine und blätterte in seinem Notizbuch. Hanno Buddenbrook saß vornübergebeugt und rang unter dem Tische die Hände. Das B, der Buchstabe B war an der Reihe! Gleich würde sein Name ertönen, und er würde aufstehen und nicht eine Zeile wissen, und es würde einen Skandal geben, eine laute schreckliche Katastrophe, so guter Laune der Ordinarius auch sein mochte... Die Sekunden dehnten sich martervoll. ›Buddenbrook‹... jetzt sagte er ›Buddenbrook‹...

»Edgar!« sagte Doktor Mantelsack, schloß sein Notizbuch, indem er seinen Zeigefinger darin steckenließ, und setzte sich aufs Katheder, als ob nun alles in bester Ordnung sei.

Was? Wie war das? Edgar... Das war Lüders, der dicke Lüders dort, am Fenster, der Buchstabe L, der nicht im entferntesten an der Reihe war! Nein, war es möglich? Doktor Mantelsack war so guter Laune, daß er einfach einen Liebling herausgriff und sich gar nicht darum kümmerte, wer heute ordnungsmäßig vorgenommen werden mußte...

Der dicke Lüders stand auf. Er hatte ein Mopsgesicht und braune apathische Augen. Obgleich er einen vorzüglichen Platz innehatte und mit Bequemlichkeit hätte ablesen können, war er auch hierzu zu träge. Er fühlte sich zu sicher im Paradiese und antwortete einfach:

»Ich habe gestern wegen Kopfschmerzen nicht lernen können. «

»Oh, du lässest mich im Stich, Edgar?« sagte Doktor Mantelsack betrübt... »Du willst mir die Verse vom Goldenen Zeitalter nicht sprechen? Wie jammerschade, mein Freund! Hattest du Kopfschmerzen? Aber mich dünkt, du hättest mir das zu Beginn der Stunde sagen sollen, bevor ich dich aufrief... Hattest du nicht schon neulich Kopfschmerzen gehabt? Du solltest etwas dagegen tun, Edgar, denn sonst ist die Gefahr nicht ausgeschlossen, daß du Rückschritte machst... Timm, wollen Sie ihn vertreten. «

Lüders setzte sich. In diesem Augenblick war er allgemein verhaßt. Man sah deutlich, daß des Ordinarius Laune beträchtlich gesunken war, und daß Lüders vielleicht schon in der nächsten Stunde würde mit Nachnamen genannt werden... Timm stand auf, in einer der hintersten Bänke. Es war ein blonder Junge von ländlichem Äußeren, mit einer hellbraunen Jacke und

726

kurzen, breiten Fingern. Er hielt seinen Mund mit eifrigem und törichtem Ausdruck trichterförmig geöffnet und rückte hastig sein offenes Buch zurecht, indem er angestrengt geradeaus blickte. Dann senkte er den Kopf und begann vorzulesen, langgezogen, stockend und monoton, wie ein Kind aus der Fibel: »Aurea prima sata est aetas...«

Es war klar, daß Doktor Mantelsack heute außerhalb jeder Ordnung fragte und sich gar nicht darum kümmerte, wer am längsten nicht examiniert worden war. Es war jetzt nicht mehr so drohend wahrscheinlich, daß Hanno aufgerufen wurde, es konnte nur noch durch einen unseligen Zufall geschehen. Er wechselte einen glücklichen Blick mit Kai und fing an, seine Glieder ein wenig abzuspannen und auszuruhen...

Plötzlich ward Timm in seiner Lektüre unterbrochen. Sei es nun, daß Doktor Mantelsack den Rezitierenden nicht recht verstand, oder daß er sich Bewegung zu machen wünschte: er verließ das Katheder, lustwandelte gemächlich durch die Klasse und stellte sich, seinen Ovid in der Hand, dicht neben Timm, der mit kurzen, unsichtbaren Bewegungen sein Buch beiseite geräumt hatte und nun vollkommen hülflos war. Er schnappte mit seinem trichterförmigen Munde, blickte den Ordinarius mit blauen, ehrlichen, verstörten Augen an und brachte nicht eine Silbe mehr zustande.

»Nun, Timm«, sagte Doktor Mantelsack... »Jetzt geht es auf einmal nicht mehr?«

Und Timm griff sich nach dem Kopf, rollte die Augen, atmete heftig und sagte schließlich mit einem irren Lächeln:

»Ich bin so verwirrt, wenn Sie bei mir stehen, Herr Doktor.«

Auch Doktor Mantelsack lächelte; er lächelte geschmeichelt und sagte:

»Nun, sammeln Sie sich und fahren Sie fort.« Damit wandelte er zum Katheder zurück.

Und Timm sammelte sich. Er zog sein Buch wieder vor sich hin, öffnete es, indem er, sichtlich nach Fassung ringend, im Zimmer umherblickte, senkte dann den Kopf und hatte sich wiedergefunden.

»Ich bin befriedigt«, sagte der Ordinarius, als Timm geendet hatte. »Sie haben gut gelernt, das steht außer Zweifel. Nur entbehren Sie zu sehr des rhythmischen Gefühles, Timm. Über die Bindungen sind Sie sich klar, und dennoch haben Sie nicht eigentlich Hexameter gesprochen. Ich habe den Eindruck, als ob Sie das Ganze wie Prosa auswendig gelernt hätten... Aber wie gesagt, Sie sind fleißig gewesen, Sie haben Ihr Bestes getan, und wer immer strebend sich bemüht... Sie können sich setzen.«

Timm setzte sich stolz und strahlend, und Doktor Mantelsack schrieb eine wohl befriedigende Note hinter seinen Namen. Das Merkwürdige aber war, daß in diesem Augenblick nicht allein der Lehrer, sondern auch Timm selbst und seine sämtlichen Kameraden der aufrichtigen Ansicht waren, daß Timm wirklich und wahrhaftig ein guter und fleißiger Schüler sei, der seine gute Note vollauf verdient hatte. Auch Hanno Buddenbrook war außerstande, sich diesem Eindruck zu entziehen, obgleich er fühlte, wie etwas in ihm sich mit Widerwillen dagegen wehrte... Wieder horchte er angespannt auf den Namen, der nun ertönen würde...

»Mumme!« sagte Doktor Mantelsack. »Noch einmal! Aurea prima...?«

Also Mumme! Gott sei gelobt, nun war Hanno wohl in Sicherheit! Zum drittenmal würden die Verse kaum rezitiert werden müssen, und bei der Neupräparation war der Buchstabe B erst kürzlich an der Reihe gewesen...

Mumme erhob sich. Er war ein langer, bleicher Mensch mit zitternden Händen und außerordentlich großen, runden Brillengläsern. Er war augenleidend und so kurzsichtig, daß es ihm unmöglich war, im Stehen aus einem vor ihm liegenden Buche zu lesen. Er mußte lernen, und er hatte gelernt. Da er aber herzlich unbegabt war und außerdem nicht geglaubt hatte, heute aufgerufen zu werden, so wußte er dennoch nur wenig und verstummte schon nach den ersten Worten. Doktor Mantelsack half ihm ein, er half ihm zum zweiten Male mit schärferer Stimme und zum dritten Male mit äußerst gereiztem Tone ein; als aber Mumme dann ganz und gar festsaß, wurde der Ordinarius von heftigem Zorne ergriffen.

»Das ist vollständig ungenügend, Mumme! Setzen Sie sich hin! Sie sind eine traurige Figur, dessen können Sie versichert sein, Sie Kretin! Dumm *und* faul ist zuviel des Guten...«

Mumme versank. Er sah aus wie das Unglück, und es gab in diesem Augenblicke niemanden im Zimmer, der ihn nicht verachtet hätte. Abermals stieg ein Widerwille, eine Art von Brechreiz in Hanno Buddenbrook auf und schnürte ihm die Kehle zusammen. Gleichzeitig aber beobachtete er mit entsetzlicher Klarheit, was vor sich ging. Doktor Mantelsack malte heftig ein Zeichen von böser Bedeutung hinter Mumme's Namen und sah sich dann mit finsteren Brauen in seinem Notizbuch um. Aus Zorn ging er zur Tagesordnung über, sah nach, wer eigentlich an der Reihe war, es war klar! Und als Hanno von dieser Erkenntnis gerade gänzlich überwältigt war, hörte er auch schon seinen Namen, hörte ihn wie in einem bösen Traum.

»Buddenbrook!« – Doktor Mantelsack hatte »Buddenbrook« gesagt, der Schall war noch in der Luft, und dennoch glaubte Hanno nicht daran. Ein Sausen war in seinen Ohren entstanden. Er blieb sitzen.

»*Herr* Buddenbrook!« sagte Doktor Mantelsack und starrte ihn mit seinen saphirblauen, hervorquellenden Augen an, die hinter den scharfen Brillengläsern glänzten... »Wollen Sie die Güte haben?«

Gut, also es sollte so sein. So hatte es kommen müssen. Ganz anders, als er es sich gedacht hatte, aber nun war dennoch alles verloren. Er war nun gefaßt. Ob es wohl ein sehr großes Gebrüll geben würde? Er stand auf und war im Begriffe, eine unsinnige und lächerliche Entschuldigung vorzubringen, zu sagen, daß er »vergessen« habe, die Verse zu lernen, als er plötzlich gewahrte, daß sein Vordermann ihm das offene Buch hinhielt.

Sein Vordermann, Hans Hermann Kilian, war ein Kleiner, Brauner, mit fettem Haar und breiten Schultern. Er wollte Offizier werden und war so beseelt von Kameradschaftlichkeit, daß er selbst Johann Buddenbrook, den er doch nicht leiden mochte, nicht im Stiche ließ. Er wies sogar mit dem Zeigefinger auf die Stelle, wo anzufangen war...

Und Hanno starrte dorthin und fing an zu lesen. Mit wankender Stimme und verzogenen Brauen und Lippen las er von dem Goldenen Zeitalter, das zuerst entsprossen war und ohne Rächer, aus freiem Willen, ohne Gesetzesvorschrift, Treue und Recht gepflegt hatte. »Strafe und Furcht waren nicht vorhanden«, sagte er auf lateinisch. »Es wurden weder drohende Worte auf angehefteter eherner Tafel gelesen, noch scheute die bittende Schar das Antlitz ihres Richters...« Er las mit gequältem und angeekeltem Gesichtsausdruck, las mit Willen schlecht und unzusammenhängend, vernachlässigte absichtlich einzelne Bindungen, die in Kilians Buch mit Bleistift angegeben waren, sprach fehlerhafte Verse, stockte und arbeitete sich scheinbar nur mühsam vorwärts, immer gewärtig, daß der Ordinarius alles entdecken und sich auf ihn stürzen werde... Der diebische Genuß, das offene Buch vor sich zu sehen, verursachte ein Prickeln in seiner Haut; aber er war voll Widerwillen und betrog mit Absicht so schlecht wie möglich, nur um den Betrug dadurch weniger gemein zu machen. Dann schwieg er, und es entstand eine Stille, in der er nicht aufzublicken wagte. Diese Stille war entsetzlich; er war überzeugt, daß Doktor Mantelsack alles gesehen hatte, und seine Lippen waren ganz weiß. Schließlich aber seufzte der Ordinarius und sagte:

»O Buddenbrook, si tacuisses! Sie entschuldigen wohl ausnahmsweise das klassische Du!... Wissen Sie, was Sie getan haben? Sie haben die Schönheit in den Staub gezogen, Sie haben sich benommen wie ein Vandale, wie ein Barbar, Sie sind ein amusisches Geschöpf, Buddenbrook, man sieht es Ihnen an der Nase an! Wenn ich mich frage, ob Sie die ganze Zeit gehustet oder erhabene Verse gesprochen haben, so neige ich mehr der ersteren Ansicht zu. Timm hat wenig rhythmisches Gefühl entwickelt, aber gegen Sie ist er ein Genie, ein Rhapsode... Setzen Sie sich, Unseliger. Sie haben gelernt, gewiß, Sie haben gelernt. Ich kann Ihnen kein schlechtes Zeugnis geben. Sie haben sich wohl nach Kräften bemüht... Hören Sie, erzählt man sich nicht, daß Sie musikalisch sind, daß Sie Klavier spielen? Wie ist das möglich?... Nun, es ist gut, setzen Sie sich, Sie mögen fleißig gewesen sein, es ist gut.«

Er schrieb eine befriedigende Note in sein Taschenbuch, und Hanno Buddenbrook setzte sich. Wie es vorhin bei dem Rhapsoden Timm gewesen war, so war es auch jetzt. Er konnte nicht umhin, sich durch das Lob, das in Doktor Mantelsacks Worten enthalten gewesen war, aufrichtig betroffen zu fühlen. Er war in diesem Augenblick ernstlich der Meinung, daß er ein etwas unbegabter, aber fleißiger Schüler sei, der verhältnismäßig mit Ehren aus der Sache hervorgegangen war, und er empfand deutlich, daß seine sämtlichen Klassengenossen, Hans Hermann Kilian nicht ausgeschlossen, ebenderselben Anschauung huldigten. Wieder regte sich etwas wie Übelkeit in ihm; aber er war zu ermattet, um über die Vorgänge nachzudenken. Bleich und zitternd schloß er die Augen und versank in Lethargie...

Doktor Mantelsack aber setzte den Unterricht fort. Er ging zu den Versen über, die für heute neu zu präparieren waren, und rief Petersen auf. Petersen erhob sich, frisch und munter und zuversichtlich, in tapferer Attitüde, streitbar und bereit, den Strauß zu wagen. Und dennoch war ihm heute der Untergang bestimmt! Ja, die Stunde wollte nicht vorübergehen, ohne daß eine Katastrophe eintrat, weit schrecklicher als diejenige mit dem armen, kurzsichtigen Mumme...

Petersen übersetzte, indem er dann und wann einen Blick auf die andere Seite seines Buches warf, dorthin, wo er eigentlich gar nichts zu suchen hatte. Er trieb dies mit Geschick. Er tat, als störe ihn dort etwas, fuhr mit der Hand darüberhin und blies darauf, als gelte es, ein Staubfäserchen oder dergleichen zu entfernen, das ihn inkommodierte. Und doch erfolgte nun das Entsetzliche.

Doktor Mantelsack nämlich vollführte plötzlich eine heftige Bewegung, die Petersen mit einer ebensolchen Bewegung beantwortete. Und in demselben Augenblick verließ der Ordinarius das Katheder, er stürzte sich förmlich kopfüber hinab und ging mit langen, unaufhaltsamen Schritten auf Petersen zu.

»Sie haben einen Schlüssel im Buche, eine Übersetzung«, sagte er, als er bei ihm stand.

»Einen Schlüssel... ich... nein...« stammelte Petersen. Es war ein hübscher Junge, mit einem blonden Haarwulst über der Stirn und außerordentlich schönen blauen Augen, die jetzt angstvoll flackerten.

»Sie haben keinen Schlüssel im Buche?«

»Nein... Herr Oberlehrer... Herr Doktor... Einen Schlüssel?... Ich habe wahrhaftig keinen Schlüssel... Sie befinden sich im Irrtum... Sie haben mich in einem falschen Verdacht...« Petersen redete, wie man eigentlich nicht zu reden pflegte. Die Angst bewirkte, daß er ordentlich gewählt sprach, in der Absicht, dadurch den Ordinarius zu erschüttern. »Ich betrüge nicht«, sagte er aus übergroßer Not. »Ich bin immer ehrlich gewesen... mein Lebtag!«

Aber Doktor Mantelsack war seiner traurigen Sache allzu sicher.

»Geben Sie mir Ihr Buch«, sagte er kalt.

Petersen klammerte sich an sein Buch, er hob es beschwörend mit beiden Händen empor und fuhr fort, mit halb gelähmter Zunge zu deklamieren:

»Glauben Sie mir doch... Herr Oberlehrer... Herr Doktor... Es ist nichts im Buche... Ich habe keinen Schlüssel... Ich habe nicht betrogen... Ich bin immer ehrlich gewesen...«

»Geben Sie mir das Buch«, wiederholte der Ordinarius und stampfte mit dem Fuße.

Da erschlaffte Petersen, und sein Gesicht wurde ganz grau.

»Gut«, sagte er und lieferte das Buch aus, »hier ist es. Ja, es ist ein Schlüssel darin! Sehen Sie selbst, da steckt er!... Aber ich habe ihn nicht gebraucht!« schrie er plötzlich in die Luft hinein.

Allein Doktor Mantelsack überhörte diese unsinnige Lüge, die der Verzweiflung entsprang. Er zog den »Schlüssel« hervor, betrachtete ihn mit einem Gesicht, als hätte er stinkenden Unrat in der Hand, schob ihn in die Tasche und warf den Ovid verächtlich auf Petersens Platz zurück. »Das Klassenbuch«, sagte er dumpf.

Adolf Todtenhaupt brachte dienstbeflissen das Klassenbuch herbei, und Petersen erhielt einen Tadel wegen versuchten Betruges, was ihn auf lange Zeit hinaus vernichtete und die Unmöglichkeit seiner Versetzung zu Ostern besiegelte. »Sie sind der Schandfleck der Klasse«, sagte Doktor Mantelsack noch und kehrte dann zum Katheder zurück.

Petersen setzte sich und war gerichtet. Man sah deutlich, wie sein Nebenmann ein Stück von ihm wegrückte. Alle betrachteten ihn mit einem Gemisch von Ekel, Mitleid und Grauen. Er war gestürzt, einsam und vollkommen verlassen, darum, daß er ertappt worden war. Es gab nur eine Meinung über Petersen, und das war die, daß er wirklich »der Schandfleck der Klasse« sei. Man anerkannte und akzeptierte seinen Fall ebenso widerstandslos, wie man Timms und Buddenbrooks Erfolge und das Unglück des armen Mumme anerkannt und akzeptiert hatte... Und er selbst tat desgleichen.

Wer unter diesen fünfundzwanzig jungen Leuten von rechtschaffener Konstitution, stark und tüchtig für das Leben war, wie es ist, der nahm in diesem Augenblicke die Dinge völlig wie sie lagen, fühlte sich nicht durch sie beleidigt und fand, daß alles selbstverständlich und in der Ordnung sei. Aber es gab auch Augen, die sich in finsterer Nachdenklichkeit auf einen Punkt richteten... Der kleine Johann starrte auf Hans Hermann Kilians breiten Rücken, und seine goldbraunen, bläulich umschatteten Augen waren ganz voll von Abscheu, Widerstand und Furcht... Doktor Mantelsack aber fuhr fort zu unterrichten. Er rief einen anderen Schüler auf, irgendeinen, Adolf Todtenhaupt, weil er für heute ganz und gar die Lust verloren hatte, die Zweifelhaften zu prüfen. Und dann kam noch einer daran, der mäßig vorbereitet war und nicht einmal wußte, was »patula Jovis arbore, glandes« hieß, weshalb Buddenbrook es sagen mußte... Er sagte es leise und ohne aufzublicken, weil Doktor Mantelsack ihn fragte, und erhielt ein Kopfnicken dafür.

Und als es mit den Produktionen der Schüler zu Ende war, hatte die Stunde auch jedes Interesse verloren. Doktor Mantelsack ließ einen Hochbegabten auf eigene Faust weiter übersetzen und hörte ebensowenig zu wie die anderen vierundzwanzig, die anfingen, sich für die nächste Stunde zu präparieren. Dies war nun gleichgültig. Man konnte niemandem ein Zeugnis dafür geben, noch überhaupt den dienstlichen Eifer danach beurteilen... Auch war die Stunde nun gleich zu Ende. Sie war zu Ende; es schellte. So hatte es kommen sollen für Hanno. Sogar ein Kopfnicken hatte er bekommen.

»Nun«, sagte Kai, als sie inmitten der Kameraden über die gotischen Korridore ins Chemiezimmer gingen... »Was sagst du jetzt, Hanno? ›Wenn sie die Stirn des Cäsar werden sehen...‹ Du hast ein unerhörtes Glück gehabt!«

»Mir ist übel, Kai«, sagte der kleine Johann. »Ich will es gar nicht, das Glück, es macht mir übel...«

Und Kai wußte, daß er in Hanno's Lage genauso empfunden haben würde.

Das Chemiezimmer war ein Gewölbe mit amphitheatralisch aufsteigenden Bänken, einem langen Experimentiertisch und zwei Glasschränken voller Phiolen. Die Luft war in der Klasse zuletzt wieder sehr heiß und schlecht gewesen, aber hier war sie gesättigt mit Schwefel-Wasserstoff, mit dem soeben experimentiert worden war, und stank über alle Maßen. Kai riß das Fenster auf, stahl dann Adolf Todtenhaupts Reinschrift-Heft und begann in großer Eile das Pensum abzuschreiben, das heute vorzuweisen war. Hanno und mehrere andere Schüler taten dasselbe. Das nahm die ganze Pause in Anspruch, bis es schellte und Doktor Marotzke erschien.

Dies war der tiefe Oberlehrer, wie Kai und Hanno ihn nannten. Es war ein mittelgroßer, brünetter Mann, mit außerordentlich gelbem Teint, zwei Wulsten an der Stirn, einem harten und schmierigen Bart und ebensolchem Haupthaar. Er sah beständig übernächtig und ungewaschen aus, was aber wohl auf Täuschung beruhte. Er unterrichtete in den Naturwissenschaften, aber sein Hauptgebiet war die Mathematik, und er galt für einen bedeutenden Denker in diesem Fache. Er liebte es, von den philosophischen Stellen der Bibel zu sprechen, und zuweilen, in guter und träumerischer Stimmung, ließ er sich vor Sekundanern und Primanern herab, seltsame Auslegungen geheimnisvoller Schriftstellen zu liefern... Außerdem aber war er Reserveoffizier, und zwar mit Begeisterung. Als Beamter, der zugleich Militär war, stand er bei Direktor Wulicke aufs beste angeschrieben. Er hielt von allen Lehrern am meisten auf Disziplin, musterte die Front der strammstehenden Schüler mit kritischem Blick und verlangte kurze und scharfe Antworten. Diese Mischung von Mystizismus und Schneidigkeit war ein wenig abstoßend...

Die Reinschriften wurden vorgezeigt, und Doktor Marotzke ging umher und tippte auf jedes Heft mit dem Finger, wobei gewisse Schüler, die nichts geschrieben hatten, ihm ganz andere Bücher oder alte Arbeiten vorlegten, ohne daß er dies bemerkte.

Dann begann er den Unterricht; und wie soeben gelegentlich des Ovid, so hatten die fünfundzwanzig jungen Leute sich jetzt mit Rücksicht auf Bor, Chlor oder Strontium über ihren Diensteifer auszuweisen. Hans Hermann Kilian ward belobigt, weil er wußte, daß $BaSO_4$ oder Schwerspat das gebräuchlichste Fälschungsmittel sei. Überhaupt war er der Beste, darum, weil er Offizier werden wollte. Hanno und Kai wußten gar nichts, und in Doktor Marotzke's Notizbuch erging es ihnen übel.

Und als es mit dem Prüfen, Verhören und Zeugnisgeben zu Ende war, war auch das Interesse an der Chemiestunde allerseits so gut wie erschöpft. Doktor Marotzke fing an, ein paar Experimente zu machen, ein wenig zu knallen und farbige Dämpfe zu entwickeln, aber das war gleichsam nur, um den Rest der Stunde auszufüllen. Schließlich diktierte er das Pensum, das fürs nächste Mal zu lernen war. Dann klingelte es, und auch die dritte Stunde war vorüber.

Alle waren vergnügt, bis auf Petersen, den es heute getroffen hatte; denn jetzt kam eine lustige Stunde, vor der sich keine Seele zu fürchten brauchte, und die nichts als Unfug und Amüsement versprach. Es war das Englische bei dem Kandidaten Modersohn, einem jungen Philologen, der seit ein paar Wochen probeweise in der Anstalt wirkte oder, wie Kai Graf Mölln es ausdrückte, ein Gastspiel auf Engagement absolvierte. Aber er hatte wenig Aussicht, engagiert zu werden; es ging allzu fröhlich in seinen Stunden zu...

Einige blieben im Chemiesaale, und andere gingen ins Klassenzimmer hinauf; aber auf dem Hofe brauchte jetzt niemand zu frieren, denn droben auf dem Korridor hatte schon während der Pause Herr Modersohn die Aufsicht, und der wagte keinen hinunterzuschicken. Auch galt es, Vorbereitungen zu seinem Empfange zu treffen...

Es wurde nicht einmal ein wenig stiller in der Klasse, als es zur vierten Stunde schellte. Alles schwatzte und lachte, voll Freude auf den Tanz, der nun bevorstand. Graf Mölln, den Kopf in beide Hände gestützt, fuhr fort, sich mit Roderich Usher zu beschäftigen, und Hanno saß still und sah dem Spektakel zu. Einige ahmten Tierstimmen nach. Ein Hahnenschrei zerriß die Luft, und dort hinten saß Wasservogel und grunzte genau wie ein Schwein, ohne daß man sehen konnte, daß diese Laute aus seinem Innern kamen. An der Wandtafel prangte eine große Kreidezeichnung, eine schielende Fratze, die der Rhapsode Timm vollbracht hatte. Und als dann Herr Modersohn eintrat, konnte er trotz der heftigsten Anstrengungen die Tür nicht hinter sich schließen, weil ein dicker Tannenzapfen in der Spalte stak, der erst von Adolf Todtenhaupt entfernt werden mußte...

Der Kandidat Modersohn war ein kleiner, unansehnlicher Mann, der beim Gehen eine Schulter schräg voranschob, mit einem säuerlich verzogenen Gesicht und sehr dünnem, schwarzem Bart. Er war in furchtbarer Verlegenheit. Immer zwinkerte er mit seinen blanken Augen, zog den Atem ein und öffnete den Mund, als wollte er etwas sagen. Aber er fand nicht die Worte, die nötig waren. Nach drei Schritten, die er von der Tür aus zurückgelegt, trat er auf eine Knallerbse, eine Knallerbse von seltener Qualität, die einen Lärm verursachte, als habe er auf Dynamit getreten. Er fuhr heftig zusammen, lächelte dann in seiner Not, tat, als sei nichts geschehen, und stellte sich vor die mittlere Bankreihe, indem er sich nach seiner Gewohnheit, schief gebückt, mit einer Handfläche auf die vorderste Pultplatte stützte. Aber man kannte diese seine Lieblingsstellung, und darum hatte man diese Stelle des Tisches mit Tinte beschmiert, so daß Herr Modersohn sich nun seine ganze kleine, ungeschickte Hand besudelte. Er tat, als bemerke er es nicht, legte die nasse und geschwärzte Hand auf den Rücken, blinzelte und sagte mit weicher und schwacher Stimme:

»Die Ordnung der Klasse läßt zu wünschen übrig.«

Hanno Buddenbrook liebte ihn in diesem Augenblick und blickte unbeweglich in sein hülflos verzogenes Gesicht. Aber Wasservogels Grunzen ward immer lauter und natürlicher, und plötzlich prasselten eine Menge Erbsen gegen die Fensterscheiben, prallten ab und fielen rasselnd ins Zimmer zurück.

»Es hagelt«, sagte jemand laut und deutlich; und Herr Modersohn schien dies zu glauben, denn er zog sich ohne weiteres aufs Katheder zurück und verlangte nach dem Klassenbuche. Dies tat er nicht, um jemanden einzuschreiben; sondern, obgleich er bereits fünf oder sechs Unterrichtsstunden in dieser Klasse erteilt hatte, kannte er doch die Schüler bis auf einige wenige noch nicht und war genötigt, die Namen aufs Geratewohl aus dem schriftlichen Verzeichnis abzulesen.

»Feddermann«, sagte er, »wollen Sie, bitte, das Gedicht aufsagen.«

»Fehlt!« schrie eine Menge verschiedenartiger Stimmen. Und dabei saß Feddermann groß und breit an seinem Platze und schnellte mit unglaublicher Geschicklichkeit Erbsen durch die ganze Stube.

Herr Modersohn blinzelte und buchstabierte sich einen neuen Namen zusammen.

»Wasservogel«, sagte er.

»Verstorben!« rief Petersen, der vom Galgenhumor ergriffen worden war. Und unter Füßescharren, Gegrunz, Gekräh und Hohngelächter wiederholten alle, daß Wasservogel tot sei.

Herr Modersohn blinzelte abermals, er blickte sich um, verzog säuerlich den Mund und sah dann wieder ins Klassenbuch, indem er mit seiner kleinen, ungeschickten Hand auf den Namen zeigte, den er nun aufrufen wollte.

»Perlemann«, sagte er ohne viel Zuversicht.

»Leider dem Wahnsinn verfallen«, sprach Kai Graf Mölln klar und fest; und unter wachsendem Hallo wurde auch dies bestätigt.

Da stand Herr Modersohn auf und rief in den Lärm hinein: »Buddenbrook, Sie werden mir eine Strafarbeit anfertigen. Wiederholt sich Ihr Lachen, so werde ich Sie tadeln müssen.«

Dann setzte er sich wieder. – In der Tat, Buddenbrook hatte gelacht, er war über Kais Witz in ein leises und heftiges Lachen geraten, dem er nicht Einhalt gebieten konnte. Er fand ihn gut, und besonders das »Leider« erschütterte ihn mit Komik. Als aber Herr Modersohn ihn anherrschte, wurde er ruhig und blickte still und finster auf den Kandidaten. Er sah in diesem Augenblick alles an ihm, jedes jämmerliche Härchen seines Bartes, der überall die Haut durchscheinen ließ, und seine braunen, blanken, hoffnungslosen Augen; sah, daß er gleichsam zwei Paar Manschetten an seinen kleinen, ungeschickten Händen trug, weil seine Hemdärmel an den Gelenken ebenso lang und breit waren wie die eigentlichen Manschetten, sah seine ganze armselige und verzweifelte Gestalt. Er sah auch in sein Inneres hinein. Hanno Buddenbrook war beinahe der einzige, den Herr Modersohn schon mit Namen kannte, und das benutzte er dazu, ihn beständig zur Ordnung zu rufen, ihm Strafarbeiten zu diktieren und ihn zu tyrannisieren. Er kannte den Schüler Buddenbrook nur deshalb, weil er sich durch stilles Verhalten von den anderen unterschieden hatte, und diese Sanftmut nützte er dazu aus, ihn unaufhörlich die Autorität fühlen zu lassen, die er den Lauten und Frechen gegenüber nicht geltend zu machen wagte. ›Selbst das Mitleid wird einem auf Erden durch die Gemeinheit unmöglich gemacht‹, dachte Hanno. ›Ich nehme nicht daran teil, Sie zu quälen und auszubeuten, Kandidat Modersohn, weil ich das brutal, häßlich und gewöhnlich finde, und wie antworten Sie mir? Aber so ist es, so ist es, so wird es immer und überall sich verhalten‹, dachte er, und Furcht und Übelkeit stiegen wieder in ihm auf. ›Und daß ich Sie obendrein so widerlich deutlich durchschauen muß!…‹

Endlich fand sich einer, der weder tot noch wahnsinnig war und es übernehmen wollte, die englischen Verse aufzusagen. Es

738

handelte sich um ein Gedicht, das ›The monkey‹ hieß, ein kindisches Machwerk, das man den jungen Leuten, die sich großen Teiles aufs Meer, ins Geschäft, ins ernsthafte Lebensgetriebe sehnten, zugemutet hatte, auswendig zu lernen.

> »Monkey, little merry fellow,
> Thou art nature's punchinello...«

Es gab eine Menge Strophen, und der Schüler Kaßbaum las sie aus seinem Buche vor. Herrn Modersohn gegenüber brauchte man sich nicht den geringsten Zwang anzutun. Und der Lärm war immer noch ärger geworden. Alle Füße waren in Bewegung und scharrten den staubigen Boden. Der Hahn krähte, das Schwein grunzte, die Erbsen flogen. Die Zügellosigkeit berauschte die fünfundzwanzig. Die ungeordneten Instinkte ihrer sechzehn, siebzehn Jahre wurden wach. Blätter mit den obszönsten Bleistiftzeichnungen wurden emporgehoben, umhergeschickt und gierig belacht...

Auf einmal verstummte alles. Der Rezitierende unterbrach sich. Herr Modersohn selbst richtete sich auf und lauschte. Etwas Liebliches geschah. Feine und glockenreine Klänge drangen aus dem Hintergrunde des Zimmers und flossen süß, sinnig und zärtlich in die plötzliche Stille. Es war eine Spieluhr, die jemand mitgebracht hatte, und die »Du, du liegst mir am Herzen« spielte, mitten in der englischen Stunde. Genau aber in dem Augenblick, da die zierliche Melodie verklang, vollzog sich etwas Fürchterliches... es brach über alle Anwesenden herein, grausam, unerwartet, übergewaltig und lähmend.

Ohne daß nämlich geklopft worden wäre, öffnete sich mit einem Ruck die Tür sperrangelweit, etwas Langes und Ungeheures kam herein, stieß einen brummenden Lippenlaut aus und stand mit einem einzigen Seitenschritt mitten vor den Bänken... Es war der liebe Gott.

Herr Modersohn war aschfahl geworden und zerrte den Armstuhl vom Katheder herunter, indem er ihn mit seinem Schnupftuche abwischte. Die Schüler waren emporgeschnellt wie ein Mann. Sie preßten die Arme an die Flanken, stellten sich auf die

Zehenspitzen, beugten die Köpfe und bissen sich auf die Zungen vor rasender Devotion. Es herrschte tiefe Lautlosigkeit. Jemand seufzte vor Anstrengung, und dann war alles wieder still.

Direktor Wulicke musterte eine Weile die salutierenden Kolonnen, worauf er die Arme mit den trichterförmigen, schmutzigen Manschetten erhob und sie mit weitgespreizten Fingern senkte, wie jemand, der voll in die Tasten greift. »Setzt euch«, sagte er dabei mit seinem Kontrabaßorgan. Er duzte jedermann.

Die Schüler versanken. Herr Modersohn zog mit zitternden Händen den Armstuhl herbei, und der Direktor setzte sich zur Seite des Katheders. »Bitte, nur fortzufahren«, sagte er; und das klang genau so entsetzlich, als hätte er gesagt: ›Wir werden ja sehen, und wehe demjenigen...!‹

Es war klar, warum er erschienen war. Herr Modersohn sollte vor ihm eine Probe seiner Unterrichtskunst ablegen, sollte zeigen, was die Real-Untersekunda in sechs oder sieben Stunden bei ihm gelernt hatte; es galt Herrn Modersohns Existenz und Zukunft. Der Kandidat bot einen traurigen Anblick, als er wieder auf dem Katheder stand und jemanden zur Wiederholung des Gedichtes ›The monkey‹ aufrief. Und wie bislang nur die Schüler geprüft und begutachtet worden waren, so geschah es nun gleichzeitig auch mit dem Lehrer... Ach, es erging beiden Teilen schlecht! Das Erscheinen Direktor Wulicke's war eine Überrumpelung, und niemand, bis auf zwei oder drei, war vorbereitet. Herr Modersohn konnte unmöglich die ganze Stunde lang Adolf Todtenhaupt fragen, der alles wußte. Da ›The monkey‹ in Gegenwart des Direktors nicht mehr abgelesen werden konnte, so ging es jammervoll, und als die Lektüre von ›Ivanhoe‹ an die Reihe kam, konnte eigentlich nur der junge Graf Mölln ein wenig übersetzen, weil bei ihm ein privates Interesse für den Roman vorhanden war. Die übrigen stocherten hustend und hülflos zwischen den Vokabeln umher. Auch Hanno Buddenbrook ward aufgerufen und kam nicht über eine Zeile hinweg. Direktor Wulicke stieß einen Laut aus, wie wenn die tiefste Saite des Kontrabasses heftig angestrichen wird. Herr Modersohn rang seine kleinen, ungeschickten, mit Tinte besudelten Hände und wiederholte jammernd:

»Und sonst ging es immer so gut! Und sonst ging es immer so gut!«

Dies wiederholte er noch, als es schellte, verzweiflungsvoll halb an die Schüler und halb an den Direktor gewendet. Aber der liebe Gott stand fürchterlich aufgerichtet, mit verschränkten Armen vor seinem Stuhle und blickte mit abweisendem Kopf-nicken starr über die Klasse hinweg... Und dann befahl er das Klassenbuch und schrieb langsam allen denjenigen, deren Lei-stungen soeben mangelhaft oder gleich Null gewesen waren, einen Tadel wegen Trägheit hinein, sechs oder sieben Schülern auf einmal. Herr Modersohn konnte nicht eingeschrieben wer-den, aber er war schlimmer daran als alle; er stand da, fahl, ge-brochen und abgetan. Hanno Buddenbrook aber war ebenfalls unter den Getadelten. – »Ich will euch eure Carrière schon ver-derben«, sagte Direktor Wulicke noch. Und dann verschwand er.

Es schellte, die Stunde war aus. So hatte es kommen sollen. Ja, so war es immer. Wenn man sich am meisten ängstigte, so ging es einem, wie aus Hohn, beinahe gut; aber wenn man nichts Übles gewärtigte, so kam das Unglück. Hanno's Avancement zu Ostern war nun endgültig unmöglich. Er stand auf und ging mit müden Augen aus dem Zimmer, indem er seine Zunge an dem kranken Backenzahne scheuerte.

Kai kam zu ihm, legte den Arm um ihn und ging mit ihm, inmitten der erregten Kameraden, die über die außerordent-lichen Ereignisse disputierten, auf den Hof hinunter. Er blickte ängstlich und liebevoll in Hanno's Gesicht und sagte:

»Verzeih, Hanno, daß ich eben übersetzt habe und nicht lieber stillschwieg und mich auch einschreiben ließ! Es ist so ge-mein...«

»Habe ich vorhin nicht auch gesagt, was ›patula Jovis arbore, glandes‹ heißt?« antwortete Hanno. »Das ist nun schon so, Kai, laß es gut sein. Man muß es gut sein lassen.«

»Ja, das muß man wohl. – Also der liebe Gott will dir die Carrière verderben. Dann mußt du dich wohl darein ergeben, Hanno; denn wenn es sein unerforschlicher Wille ist... Die Carrière, was für ein liebes Wort! Herrn Modersohns Carrière ist nun auch dahin. Er wird nie Oberlehrer werden, der Arme! Ja, es gibt Hilfslehrer, und es gibt Oberlehrer, mußt du wissen, aber Lehrer gibt es nicht. Dies ist nun etwas, was man nicht so leicht verstehen kann, weil es nur für ganz Erwachsene ist und solche, die vom Leben gereift sind. Man könnte sagen: Jemand ist ein Lehrer oder er ist keiner; wie jemand ein Oberlehrer sein kann, das verstehe ich nicht. Man könnte damit vor den lieben Gott oder Herrn Marotzke hintreten und es ihnen auseinandersetzen. Was würde geschehen? Sie würden es als Beleidigung nehmen und dich wegen Unbotmäßigkeit vernichten, während du doch eine sehr viel höhere Meinung von ihrem Beruf an den Tag gelegt hättest, als sie selber besitzen können... Na, laß sie, komm, es sind lauter Nashörner.«

Sie gingen auf dem Hofe spazieren, und Hanno horchte wohlgefällig auf das, was Kai zum besten gab, um ihn seinen Tadel vergessen zu lassen.

»Sieh, hier ist eine Tür, eine Hoftür, sie ist offen, da draußen ist die Straße. Wie wäre es, wenn wir hinausträten und ein bißchen auf dem Trottoir umhergingen? Es ist Pause, wir haben noch sechs Minuten; und wir könnten ja pünktlich zurückkehren. Aber die Sache ist die: es ist unmöglich. Verstehst du das? Hier ist die Tür, sie ist offen, es ist kein Gitter davor, nichts, kein Hindernis, hier ist die Schwelle. Und dennoch ist es unmöglich, schon der Gedanke ist unmöglich, auch nur auf eine Sekunde hinauszutreten... Nun, sehen wir davon ab! Aber nehmen wir ein anderes Beispiel. Es wäre gänzlich verkehrt, zu sagen, daß die Uhr jetzt ungefähr halb zwölf ist. Nein, es kommt jetzt die Geographie-Stunde an die Reihe: so verhält es sich! Nun frage ich aber jedermann: ist dies ein Leben? Alles ist verzerrt... Ach, Herr Gott, wollte die Anstalt uns erst aus ihrer liebenden Umarmung entlassen!«

»Ja, und was dann? Nein, laß nur, Kai, dann wäre es auch noch so! Was soll man anfangen? Hier ist man wenigstens aufgehoben. Seit mein Vater tot ist, haben Herr Stephan Kistenmaker und Pastor Pringsheim es übernommen, mich tagtäglich zu fragen, was ich werden will. Ich weiß es nicht. Ich kann nichts antworten. Ich kann nichts werden. Ich fürchte mich vor dem Ganzen...«

»Nein, wie kann man so verzagt reden! Du mit deiner Musik...«

»Was ist mit meiner Musik, Kai? Es ist nichts damit. Soll ich umherreisen und spielen? Erstens würden sie es mir nicht erlauben, und zweitens werde ich nie genug dazu können. Ich kann beinahe nichts, ich kann nur ein bißchen phantasieren, wenn ich allein bin. Und dann stelle ich mir das Umherreisen auch schrecklich vor... Mit dir ist es so anders. Du hast mehr Mut. Du gehst hier herum und lachst über das Ganze und hast ihnen etwas entgegenzuhalten. Du willst schreiben, willst den Leuten Schönes und Merkwürdiges erzählen, gut, das ist etwas. Und du wirst sicher berühmt werden, du bist so geschickt. Woran liegt es? Du bist lustiger. Manchmal in der Stunde sehen wir uns an, wie vorhin einen Augenblick, bei Herrn Mantelsack, als Petersen unter allen, die abgelesen hatten, einen Tadel bekam. Wir denken dasselbe, aber du schneidest eine Fratze und bist stolz... Ich kann das nicht. Ich werde so müde davon. Ich möchte schlafen und nichts mehr wissen. Ich möchte sterben, Kai!... Nein, es ist nichts mit mir. Ich kann nichts wollen. Ich will nicht einmal berühmt werden. Ich habe Angst davor, genau, als wäre ein Unrecht dabei! Es kann nichts aus mir werden, sei sicher. Neulich nach der Konfirmationsstunde hat Pastor Pringsheim zu jemandem gesagt, man müsse mich aufgeben, ich stammte aus einer verrotteten Familie...«

»Hat er das gesagt?« fragte Kai mit angespanntem Interesse...

»Ja, er meint meinen Onkel Christian damit, der in Hamburg in einer Anstalt sitzt. – Er hat sicher recht. Man sollte mich nur aufgeben. Ich wäre so dankbar dafür!... Ich habe so vielerlei Sorgen, und alles fällt mir so schwer. Nehmen wir an, ich schneide mich in den Finger, tue mir irgendwo weh... es ist eine

Wunde, die bei einem anderen in acht Tagen geheilt wäre. Bei mir dauert es vier Wochen. Es will nicht heilen, es entzündet sich, es wird schlimm und macht mir unmäßige Beschwerden... Neulich sagte mir Herr Brecht, um meine Zähne sähe es jämmerlich aus, fast alle seien schon unterminiert und verbraucht, nicht zu reden von denen, die ausgezogen sind. So steht es jetzt. Und womit werde ich beißen, wenn ich dreißig, vierzig Jahre alt bin? Ich habe gar keine Hoffnung...«

»So«, sagte Kai und schlug eine schnellere Gangart an; »nun erzählst du mir ein bißchen von deinem Klavierspiel. Ich will nämlich jetzt etwas Wunderbares schreiben, etwas Wunderbares... Vielleicht fange ich nachher in der Zeichenstunde an. Willst du heute nachmittag spielen?«

Hanno schwieg einen Augenblick. Etwas Trübes, Verwirrtes und Heißes war in seinen Blick gekommen.

»Ja, ich werde wohl spielen«, sagte er, »obgleich ich es nicht tun sollte. Ich sollte meine Etüden und Sonaten üben und dann aufhören. Aber ich werde wohl spielen, ich kann es nicht lassen, obgleich es alles noch schlimmer macht.«

»Schlimmer?«

Hanno schwieg.

»Ich weiß, wovon du spielst«, sagte Kai. Und dann schwiegen beide.

Sie waren in einem seltsamen Alter. Kai war sehr rot geworden und blickte zu Boden, ohne den Kopf zu senken. Hanno sah blaß aus. Er war furchtbar ernst und hielt seine verschleierten Augen seitwärts gerichtet.

Dann schellte Herr Schlemiel, und sie gingen hinauf.

Es kam die Geographie-Stunde und mit ihr das Extemporale, ein sehr wichtiges Extemporale über das Gebiet von Hessen-Nassau. Ein Mann mit rotem Bart und braunem Schoßrock trat ein. Sein Gesicht war bleich, und auf seinen Händen, deren Poren weit offenstanden, wuchs nicht ein einziges Härchen. Dies war der geistreiche Oberlehrer, Herr Doktor Mühsam. Er litt zuweilen an Lungenblutungen und sprach beständig in ironischem Tone, weil er sich für ebenso witzig wie leidend hielt. Zu

Hause besaß er eine Art Heine-Archiv, eine Sammlung von Papieren und Gegenständen, die sich auf den frechen und kranken Poeten bezogen. Jetzt fixierte er die Grenzen von Hessen-Nassau auf der Wandtafel und bat dann mit einem zugleich melancholischen und höhnischen Lächeln, die Herren möchten in ihre Hefte zeichnen, was das Land an Merkwürdigem biete. Er schien sowohl die Schüler wie das Land Hessen-Nassau verspotten zu wollen; und doch war es ein sehr wichtiges Extemporale, vor dem alle sich fürchteten.

Hanno Buddenbrook wußte nichts von Hessen-Nassau, nicht viel, so gut wie nichts. Er wollte ein wenig auf Adolf Todtenhaupts Heft hinübersehen, aber Heinrich Heine, der trotz seiner überlegenen und leidenden Ironie mit gespanntester Aufmerksamkeit jede Bewegung überwachte, bemerkte es sofort und sagte:

»Herr Buddenbrook, ich bin versucht, Sie Ihr Buch schließen zu lassen, aber ich fürchte allzusehr, Ihnen eine Wohltat damit zu erweisen. Fahren Sie fort.«

Diese Bemerkung enthielt zwei Witze. Erstens denjenigen, daß Doktor Mühsam Hanno mit »Herr« anredete, und zweitens den mit der »Wohltat«. Hanno Buddenbrook aber fuhr fort, über seinem Heft zu brüten, und lieferte schließlich ein beinahe leeres Blatt ab, worauf er wieder mit Kai hinausging.

Für heute war nun alles überstanden. Wohl dem, der glücklich davongekommen war und dessen Bewußtsein von keinem Tadel beschwert wurde. Er konnte nun frei und wohlgemut bei Herrn Drägemüller im Saale sitzen und zeichnen...

Der Zeichensaal war weit und licht. Gipsabgüsse nach der Antike standen auf den Wandbörtern, und in einem großen Schranke gab es allerhand Holzklötze und Puppenmöbel, die ebenfalls als Modelle dienten. Herr Drägemüller war ein untersetzter Mann mit rundgeschnittenem Vollbart und einer braunen, glatten, billigen Perücke, die im Nacken verräterisch abstand. Er besaß zwei Perücken, eine mit längerem und eine mit kürzerem Haar; hatte er sich den Bart scheren lassen, so setzte er die kürzere auf... Auch sonst war er ein Mann von einigen drolligen Eigentümlichkeiten. Statt »der Bleistift« sagte er »die Blei«. Außerdem verbreitete er einen ölig-spirituösen Geruch, wo er ging und stand, und einige sagten, er tränke Petroleum. Seine schönsten Stunden kamen, wenn er vertretungsweise einmal in einem anderen Fache als im Zeichnen unterrichten durfte. Dann hielt er Vorträge über Bismarcks Politik, die er mit eindringlichen, spiralförmigen Bogenbewegungen von der Nase zur Schulter begleitete, und sprach mit Haß und Furcht von der Sozialdemokratie... »Wir müssen zusammenhalten!« pflegte er zu schlechten Schülern zu sagen, indem er sie am Arme packte. »Die Sozialdemokratie steht vor der Tür!« Er hatte etwas krampfhaft Geschäftiges an sich. Er setzte sich neben einen, verbreitete einen heftigen Spiritusgeruch, schlug einem mit einem Siegelring vor die Stirn, stieß einzelne Wörter hervor, wie »Perspektive!«, »Schlagschatten!«, »Die Blei!«, »Sozialdemokratie!«, »Zusammenhalten!«, und enteilte...

Kai schrieb an seiner neuen literarischen Arbeit in dieser Stunde, und Hanno beschäftigte sich damit, daß er in Gedanken eine Orchester-Ouvertüre aufführte. Dann war es aus, man holte seine Sachen herunter, der Weg durch die Hoftore war freigegeben, man ging nach Hause.

Hanno und Kai hatten denselben Weg, und bis zu der kleinen, roten Villa draußen in der Vorstadt gingen sie zusammen, ihre Bücher unterm Arm. Dann hatte der junge Graf Mölln noch eine weite Strecke bis zu dem väterlichen Wohnsitz allein zu wandern. Er trug nicht einmal einen Paletot.

Der Nebel, der am Morgen geherrscht hatte, war zu Schnee geworden, der in großen, weichen Flocken herniedersank und sich in Kot verwandelte. An der Buddenbrookschen Gartenpforte trennten sie sich; aber als Hanno schon den Vorgarten zur Hälfte durchschritten hatte, kam Kai noch einmal zurück und legte den Arm um seinen Hals. »Sei nicht verzweifelt... Und spiele lieber nicht!« sagte er leise; dann verschwand seine schlanke, verwahrloste Gestalt im Schneegestöber.

Hanno ließ seine Bücher auf dem Korridor in der Schale zurück, die der Bär vor sich hinstreckte, und ging ins Wohnzimmer, um seine Mutter zu begrüßen. Sie saß auf der Chaiselongue und las in einem gelb gehefteten Buche. Während er über den Teppich schritt, blickte sie ihm mit ihren blauen, nahe beieinanderliegenden Augen entgegen, in deren Winkeln bläuliche Schatten lagerten. Als er vor ihr stand, nahm sie seinen Kopf zwischen die Hände und küßte ihn auf die Stirn.

Er ging in sein Zimmer hinauf, wo Fräulein Clementine ein wenig Frühstück für ihn bereitgestellt hatte, wusch sich und aß. Als er fertig war, nahm er aus dem Pulte ein Päckchen jener kleinen, scharfen, russischen Zigaretten, die ihm ebenfalls nicht mehr unbekannt waren, und begann zu rauchen. Dann setzte er sich ans Harmonium und spielte etwas sehr Schwieriges, Strenges, Fugiertes, von Bach. Und schließlich faltete er die Hände hinter dem Kopf und blickte zum Fenster hinaus in den lautlos niedertaumelnden Schnee. Es gab da sonst nichts zu sehen. Es lag kein zierlicher Garten mit plätscherndem Springbrunnen mehr unter seinem Fenster. Die Aussicht wurde durch die graue Seitenwand der benachbarten Villa abgeschnitten.

Um vier Uhr wurde zu Mittag gegessen. Gerda Buddenbrook, der kleine Johann und Fräulein Clementine waren allein. Später traf Hanno im Salon die Vorbereitungen zum Musizieren und erwartete am Flügel seine Mutter. Sie spielten die Sonate opus 24 von Beethoven. Bei dem Adagio sang die Geige wie ein Engel; aber Gerda nahm dennoch unbefriedigt das Instrument vom Kinn, betrachtete es mißmutig und sagte, daß es nicht in Stimmung sei. Sie spielte nicht weiter und ging hinauf, um zu ruhen.

Hanno blieb im Salon zurück. Er trat an die Glastür, die auf die schmale Veranda führte, und blickte ein paar Minuten lang in den aufgeweichten Vorgarten hinaus. Plötzlich aber trat er einen Schritt rückwärts, zog heftig den crèmefarbenen Vorhang vor die Tür, so daß das Zimmer in einem gelblichen Halbdunkel lag, und ging in Bewegung zum Flügel. Dort stand er abermals eine Weile, und sein Blick, starr und unbestimmt auf einen Punkt gerichtet, verdunkelte sich langsam, verschleierte sich, verschwamm... Er setzte sich und begann eine seiner Phantasieen.

Es war ein ganz einfaches Motiv, das er sich vorführte, ein Nichts, das Bruchstück einer nicht vorhandenen Melodie, eine Figur von anderthalb Takten, und als er sie zum erstenmal mit einer Kraft, die man ihm nicht zugetraut hätte, in tiefer Lage als einzelne Stimme ertönen ließ, wie als sollte sie von Posaunen einstimmig und befehlshaberisch als Urstoff und Ausgang alles Kommenden verkündigt werden, war gar nicht abzusehen, was eigentlich gemeint sei. Als er sie aber im Diskant, in einer Klangfarbe von mattem Silber, harmonisiert wiederholte, erwies sich, daß sie im wesentlichen aus einer einzigen Auflösung bestand, einem sehnsüchtigen und schmerzlichen Hinsinken von einer Tonart in die andere... eine kurzatmige, armselige Erfindung, der aber durch die preziöse und feierliche Entschiedenheit, mit der sie hingestellt und vorgebracht wurde, ein seltsamer, geheimnis- und bedeutungsvoller Wert verschafft ward. Und nun begannen bewegte Gänge, ein rastloses Kommen und Gehen von Synkopen, suchend, irrend und von Aufschreien zerrissen, wie als sei eine Seele voll Unruhe über das, was sie vernommen, und was doch nicht verstummen wollte, sondern in immer anderen Harmonieen, fragend, klagend, ersterbend, verlangend, verheißungsvoll sich wiederholte. Und immer heftiger wurden die Synkopen, ratlos umhergedrängt von hastigen Triolen; die Schreie der Furcht jedoch, die hineinklangen, nahmen Gestalt an, sie schlossen sich zusammen, sie wurden zur Melodie, und der Augenblick kam, da sie wie ein inbrünstig und flehentlich hervortretender Gesang des Bläserchores stark und demütig zur Herrschaft gelangten. Das haltlos Drängende, das Wogende, Irrende und Entgleitende war verstummt und besiegt, und in unbeirrbar einfachem Rhythmus erscholl dieser zerknirschte und kindlich betende Choral... Mit einer Art von Kirchenschluß endete er. Eine Fermate kam, und eine Stille. Und siehe, plötzlich war, ganz leise, in einer Klangfarbe von mattem Silber, das erste Motiv wieder da, diese armselige Erfindung, diese dumme oder geheimnisvolle Figur, dieses süße, schmerzliche Hinsinken von einer Tonart in die andere. Da entstand ein ungeheurer Aufruhr und wild erregte Geschäftigkeit, beherrscht von fanfarenartigen

Akzenten, Ausdrücken einer wilden Entschlossenheit. Was geschah? Was war in Vorbereitung? Es scholl wie Hörner, die zum Aufbruch riefen. Und dann trat etwas ein wie Sammlung und Konzentration, festere Rhythmen fügten sich zusammen, und eine neue Figur setzte ein, eine kecke Improvisation, eine Art Jagdlied, unternehmend und stürmisch. Aber es war nicht fröhlich, es war im Innersten voll verzweifelten Übermuts, die Signale, die darein tönten, waren gleich Angstrufen, und immer wieder war zwischen allem, in verzerrten und bizarren Harmonieen, quälend, irrselig und süß, das Motiv, jenes erste rätselhafte Motiv zu vernehmen... Und dann begann ein unaufhaltsamer Wechsel von Begebenheiten, deren Sinn und Wesen nicht zu erraten war, eine Flucht von Abenteuern des Klanges, des Rhythmus und der Harmonie, über die Hanno nicht Herr war, sondern die sich unter seinen arbeitenden Fingern gestalteten, und die er erlebte, ohne sie vorher zu kennen... Er saß, ein wenig über die Tasten gebeugt, mit getrennten Lippen und fernem, tiefem Blick, und sein braunes Haar bedeckte in weichen Locken seine Schläfen. Was geschah? Was wurde erlebt? Wurden hier furchtbare Hindernisse bewältigt, Drachen getötet, Felsen erklommen, Ströme durchschwommen, Flammen durchschritten? Und wie ein gellendes Lachen oder wie eine unbegreiflich selige Verheißung schlang sich das erste Motiv hindurch, dies nichtige Gebilde, dies Hinsinken von einer Tonart in die andere... ja, es war, als reize es auf zu immer neuen, gewaltsamen Anstrengungen, rasende Anläufe in Oktaven folgten ihm, die in Schreie ausklangen, und dann begann ein Aufschwellen, eine langsame, unaufhaltsame Steigerung, ein chromatisches Aufwärtsringen von wilder, unwiderstehlicher Sehnsucht, jäh unterbrochen durch plötzliche, erschreckende und aufstachelnde Pianissimi, die wie ein Weggleiten des Bodens unter den Füßen und wie ein Versinken in Begierde waren... Einmal war es, als ob fern und leise mahnend die ersten Akkorde des flehenden, zerknirschten Gebetes vernehmbar werden wollten; alsbald aber stürzte die Flut der empordrängenden Kakophonieen darüber her, die sich zusammenballten, sich vorwärts wälzten, zurück-

wichen, aufwärtsklommen, versanken und wieder einem un-
aussprechlichen Ziele entgegenrangen, das kommen mußte,
nun kommen mußte, in diesem Augenblick, an diesem furchtbaren Höhepunkt, da die lechzende Drangsal zur Unerträglich-
keit geworden war ... Und es kam, es war nicht mehr hintanzu-
halten, die Krämpfe der Sehnsucht hätten nicht mehr verlängert
werden können, es kam, gleichwie wenn ein Vorhang zerrisse,
Tore aufsprängen, Dornenhecken sich erschlössen, Flammen-
mauern in sich zusammensänken ... Die Lösung, die Auflösung, die Erfüllung, die vollkommene Befriedigung brach herein, und mit entzücktem Aufjauchzen entwirrte sich alles zu
einem Wohlklang, der in süßem und sehnsüchtigem Ritardando
sogleich in einen anderen hinübersank ... es war das Motiv, das
erste Motiv, was erklang! Und was nun begann, war ein Fest,
ein Triumph, eine zügellose Orgie ebendieser Figur, die in allen
Klangschattierungen prahlte, sich durch alle Oktaven ergoß,
aufweinte, im Tremolando verzitterte, sang, jubelte,
schluchzte, angetan mit allem brausenden, klingelnden, perlenden, schäumenden Prunk der orchestralen Ausstattung sieghaft
daherkam ... Es lag etwas Brutales und Stumpfsinniges und zugleich etwas asketisch Religiöses, etwas wie Glaube und Selbstaufgabe in dem fanatischen Kultus dieses Nichts, dieses Stücks
Melodie, dieser kurzen, kindischen, harmonischen Erfindung
von anderthalb Takten ... etwas Lasterhaftes in der Maßlosigkeit und Unersättlichkeit, mit der sie genossen und ausgebeutet
wurde, und etwas zynisch Verzweifeltes, etwas wie Wille zu
Wonne und Untergang in der Gier, mit der die letzte Süßigkeit
aus ihr gesogen wurde, bis zur Erschöpfung, bis zum Ekel und
Überdruß, bis endlich, endlich in Ermattung nach allen Aus-
schweifungen ein langes, leises Arpeggio in Moll hinrieselte, um
einen Ton emporstieg, sich in Dur auflöste und mit einem wehmütigen Zögern erstarb. –

Hanno saß noch einen Augenblick still, das Kinn auf der
Brust, die Hände im Schoß. Dann stand er auf und schloß den
Flügel. Er war sehr blaß, in seinen Knieen war gar keine Kraft,
und seine Augen brannten. Er ging ins Nebenzimmer, streckte

sich auf der Chaiselongue aus und blieb so lange Zeit, ohne ein Glied zu rühren.

Später wurde zu Abend gegessen, worauf er mit seiner Mutter eine Partie Schach spielte, bei der niemand gewann. Aber nach Mitternacht noch saß er in seinem Zimmer bei einer Kerze vor dem Harmonium und spielte, weil nichts mehr erklingen durfte, in Gedanken, obgleich er gewillt war, morgen um halb sechs Uhr aufzustehen, um die wichtigsten Schularbeiten anzufertigen.

Dies war ein Tag aus dem Leben des kleinen Johann.

3.

Mit dem Typhus ist es folgendermaßen bestellt.

Der Mensch fühlt eine seelische Mißstimmung in sich entstehen, die sich rasch vertieft und zu einer hinfälligen Verzweiflung wird. Zu gleicher Zeit bemächtigt sich seiner eine physische Mattigkeit, die sich nicht allein auf Muskeln und Sehnen, sondern auch auf die Funktionen aller inneren Organe erstreckt, und nicht zuletzt auf die des Magens, der die Aufnahme von Speise mit Widerwillen verweigert. Es besteht ein starkes Schlafbedürfnis, allein trotz äußerster Müdigkeit ist der Schlaf unruhig, oberflächlich, beängstigt und unerquicklich. Das Gehirn schmerzt; es ist dumpf, befangen, wie von Nebeln umhüllt, und von Schwindel durchzogen. Ein unbestimmter Schmerz sitzt in allen Gliedern. Hie und da fließt ohne jedwede besondere Veranlassung Blut aus der Nase. – Dies ist die Introduktion.

Dann gibt ein heftiger Frostanfall, der den ganzen Körper durchrüttelt und die Zähne gegeneinanderwirbelt, das Zeichen zum Einsatze des Fiebers, das sofort die höchsten Grade erreicht. Auf der Haut der Brust und des Bauches werden nun einzelne linsengroße, rote Flecken sichtbar, die durch den Druck eines Fingers entfernt werden können, aber sofort zurückkehren. Der Puls rast; er hat bis zu hundert Schläge in einer Minute. So vergeht, bei einer Körpertemperatur von vierzig Grad, die erste Woche.

In der zweiten Woche ist der Mensch von Kopf- und Glieder-
schmerzen befreit; dafür aber ist der Schwindel bedeutend heftiger geworden, und in den Ohren ist ein solches Sausen und Brausen, daß es geradezu Schwerhörigkeit hervorruft. Der Ausdruck
des Gesichtes wird dumm. Der Mund fängt an offenzustehen, die
Augen sind verschleiert und ohne Teilnahme. Das Bewußtsein ist
verdunkelt; Schlafsucht beherrscht den Kranken, und oft ver-
sinkt er, ohne wirklich zu schlafen, in eine bleierne Betäubung.
Dazwischen erfüllen seine Irreden, seine lauten, erregten Phantasieen das Zimmer. Seine schlaffe Hülflosigkeit hat sich bis zum
Unreinlichen und Widerwärtigen gesteigert. Auch sind sein
Zahnfleisch, seine Zähne und seine Zunge mit einer schwärzlichen Masse bedeckt, die den Atem verpestet. Mit aufgetriebe-
nem Unterleibe liegt er regungslos auf dem Rücken. Er ist im
Bette hinabgesunken, und seine Kniee sind gespreizt. Alles an
ihm arbeitet hastig, jagend und oberflächlich, seine Atmung sowohl wie der Puls, der an hundertundzwanzig flüchtig zuckende
Schläge in einer Minute vollführt. Die Augenlider sind halb geschlossen, und die Wangen glühen nicht mehr wie zu Anfang rot
vor Fieberhitze, sondern haben eine bläuliche Färbung angenommen. Die linsengroßen, roten Flecke auf der Brust und dem
Bauche haben sich vermehrt. Die Temperatur des Körpers erreicht einundvierzig Grad...

In der dritten Woche ist die Schwäche auf ihrem Gipfel. Die
lauten Delirien sind verstummt, und niemand kann sagen, ob
der Geist des Kranken in leere Nacht versunken ist, oder ob er,
fremd und abgewandt dem Zustande des Leibes, in fernen, tiefen, stillen Träumen weilt, von denen kein Laut und kein Zeichen Kunde gibt. Der Körper liegt in grenzenloser Unempfind-
lichkeit. – Dies ist der Zeitpunkt der Entscheidung...

Bei gewissen Individuen wird die Diagnose durch besondere
Umstände erschwert. Gesetzt, zum Beispiel, daß die Anfangs-
symptome der Krankheit, Verstimmung, Mattigkeit, Appetit-
losigkeit, unruhiger Schlaf, Kopfschmerzen, schon meistens
vorhanden waren, als der Patient noch, die Hoffnung der Seinen, in völliger Gesundheit umherging? Daß sie sich, auch bei

plötzlich verstärktem Auftreten, kaum als etwas Außergewöhnliches bemerkbar machen? – Ein tüchtiger Arzt von soliden Kenntnissen, wie, um einen Namen zu nennen, Doktor Langhals, der hübsche Doktor Langhals, mit den kleinen, schwarzbehaarten Händen, wird gleichwohl bald in der Lage sein, die Sache bei ihrem richtigen Namen zu nennen, und das Erscheinen der fatalen roten Flecke auf der Brust und dem Bauche gibt ja völlige Gewißheit. Er wird über die Maßregeln, die zu treffen, die Mittel, die anzuwenden, nicht in Zweifel sein. Er wird für ein möglichst großes, oft gelüftetes Krankenzimmer sorgen, dessen Temperatur siebenzehn Grad nicht übersteigen darf. Er wird auf äußerste Sauberkeit dringen und auch durch immer erneutes Ordnen des Bettes den Körper, solange dies irgend möglich – in gewissen Fällen ist es nicht lange möglich –, vor dem »Wundliegen« zu schützen suchen. Er wird eine beständige Reinigung der Mundhöhle mit nassen Leinwandläppchen veranlassen, wird, was die Arzneien betrifft, sich einer Mischung von Jod und Jodkalium bedienen, Chinin und Antipyrin verschreiben und, vor allem, da der Magen und die Gedärme schwer in Mitleidenschaft gezogen sind, eine äußerst leichte und äußerst kräftigende Diät verordnen. Er wird das zehrende Fieber durch Bäder bekämpfen, durch Vollbäder, in die der Kranke oft, jede dritte Stunde, ohne Unterlaß, bei Tag und Nacht hineinzutragen ist, und die vom Fußende der Wanne aus langsam zu erkälten sind. Und nach einem jeden Bade wird er rasch etwas Stärkendes und Anregendes, Cognac, auch Champagner verabreichen...

Alle diese Mittel aber gebraucht er durchaus aufs Geratewohl, für den Fall gleichsam nur, daß sie überhaupt von irgendeiner Wirkung sein können, unwissend darüber, ob ihre Anwendung nicht jedes Wertes, Sinnes und Zweckes entbehrt. Denn eines weiß er nicht, was eine Frage betrifft, so tappt er im Dunkel, über ein Entweder-Oder schwebt er bis zur dritten Woche, bis zur Krisis und Entscheidung in völliger Unentschiedenheit. Er weiß nicht, ob die Krankheit, die er »Typhus« nennt, in diesem Falle ein im Grunde belangloses Unglück bedeutet, die unangenehme Folge einer Infektion, die sich vielleicht hätte vermeiden lassen und der mit den Mitteln der Wissenschaft entgegenzuwirken ist – oder ob sie ganz einfach eine Form der Auflösung ist, das Gewand des Todes selbst, der ebensogut in einer anderen Maske erscheinen könnte, und gegen den kein Kraut gewachsen ist.

Mit dem Typhus ist es folgendermaßen bestellt:

In die fernen Fieberträume, in die glühende Verlorenheit des Kranken wird das Leben hineinrufen mit unverkennbarer, ermunternder Stimme. Hart und frisch wird diese Stimme den Geist auf dem fremden, heißen Wege erreichen, auf dem er vorwärts wandelt, und der in den Schatten, die Kühle, den Frieden führt. Aufhorchend wird der Mensch diese helle, muntere, ein wenig höhnische Mahnung zur Umkehr und Rückkehr vernehmen, die aus jener Gegend zu ihm dringt, die er so weit zurückgelassen und schon vergessen hatte. Wallt es dann auf in ihm, wie ein Gefühl der feigen Pflichtversäumnis, der Scham, der erneuten Energie, des Mutes und der Freude, der Liebe und Zugehörigkeit zu dem spöttischen, bunten und brutalen Getriebe, das er im Rücken gelassen: wie weit er auch auf dem fremden, heißen Pfade fortgeirrt sein mag, er wird umkehren und leben. Aber zuckt er zusammen vor Furcht und Abneigung bei der Stimme des Lebens, die er vernimmt, bewirkt diese Erinnerung, dieser lustige, herausfordernde Laut, daß er den Kopf schüttelt und in Abwehr die Hand hinter sich streckt und sich vorwärts flüchtet auf dem Wege, der sich ihm zum Entrinnen eröffnet hat... nein, es ist klar, dann wird er sterben. –

4.

»Es ist nicht recht, es ist nicht recht, Gerda!« sagte das alte Fräulein Weichbrodt wohl zum hundertsten Male bekümmert und vorwurfsvoll. Sie nahm heute abend im Wohnzimmer ihrer ehemaligen Schülerin einen Sofaplatz in dem Kreise ein, der von Gerda Buddenbrook, Frau Permaneder, ihrer Tochter Erika, der armen Klothilde und den drei Damen Buddenbrook aus der Breiten Straße um den runden Mitteltisch gebildet ward. Die grünen Bänder ihrer Haube fielen auf ihre Kinderschultern hinab, von denen sie die eine ganz hoch emporziehen mußte, um den Oberarm auf der Tischplatte gestikulieren lassen zu können; so winzig war sie mit ihren fünfundsiebzig Jahren geworden.

»Es ist nicht recht, laß dir sagen, daß es nicht wohlgetan ist, Gerda!« wiederholte sie mit eifernder und zitternder Stimme. »Ich stehe mit einem Fuße im Grabe, mir bleibt nur eine kurze Frist, und du willst mich... Du willst uns verlassen, willst dich auf immer von uns trennen... fortziehen. Wenn es eine Reise, einen Besuch in Amsterdam gälte... allein auf immer!« Und sie schüttelte ihren alten Vogelkopf mit den braunen, gescheuten, betrübten Augen. »Es ist wahr, daß du vieles verloren hast...«

»Nein, sie hat alles verloren«, sagte Frau Permaneder. »Wir dürfen nicht egoistisch sein, Therese. Gerda will gehen, und sie geht, da ist nichts zu tun. Sie ist mit Thomas gekommen, vor einundzwanzig Jahren, und wir haben sie alle geliebt, obgleich wir ihr wohl immer widerwärtig waren... ja, das waren wir, Gerda, keine Widerrede! Aber Thomas ist nicht mehr und... niemand ist mehr. Was sind wir ihr? Nichts. Uns tut es weh, aber reise mit Gott, Gerda, und Dank, daß du nicht schon früher reistest, damals, als Thomas starb...«

Es war nach dem Abendbrot, im Herbst; der kleine Johann (Justus, Johann, Kaspar) lag ungefähr seit sechs Monaten, mit den Segnungen Pastor Pringheims wohl versehen, dort draußen am Rande des Gehölzes unter dem Sandsteinkreuz und dem Familienwappen. Vorm Hause rauschte der Regen in den halbentblätterten Bäumen der Allee. Manchmal kamen Windstöße und trieben ihn gegen die Fensterscheiben. Alle acht Damen waren schwarz gekleidet.

Es war eine kleine Familienzusammenkunft, um Abschied zu nehmen, Abschied von Gerda Buddenbrook, die im Begriff stand, die Stadt zu verlassen und nach Amsterdam zurückzukehren, um wie ehemals mit ihrem alten Vater Duos zu spielen. Keine Verpflichtung hielt sie mehr zurück. Frau Permaneder hatte diesem Entschlusse nichts mehr entgegenzuhalten. Sie ergab sich darein, aber in ihrem Inneren war sie tief unglücklich darüber. Wäre die Witwe des Senators in der Stadt geblieben, hätte sie sich Platz und Rang in der Gesellschaft gewahrt und ihr Vermögen am Platze gelassen, so wäre dem Namen der Familie doch ein wenig Prestige erhalten geblieben... Mochte dem nun wie immer sein, Frau Antonie war gewillt, den Kopf hoch zu tragen, solange sie über der Erde weilte und Menschen auf sie blickten. Ihr Großvater war vierspännig über Land gefahren...

Trotz des bewegten Lebens, das hinter ihr lag, und trotz der Schwäche ihres Magens sah man ihr ihre fünfzig Jahre nicht an. Ihr Teint war ein wenig flaumig und matt geworden, und auf ihrer Oberlippe – der hübschen Oberlippe Tony Buddenbrooks – wuchsen die Härchen reichlicher; aber in dem glatten Scheitel unter dem Trauerhäubchen war nicht ein einziger weißer Faden zu sehen.

Ihre Cousine, die arme Klothilde, nahm Gerda's Abreise, wie man alle Dinge im Diesseits zu nehmen hat, gleichmütig und sanft. Sie hatte vorhin beim Abendessen still und gewaltig zugelangt und saß nun da, aschgrau und mager wie stets, mit gedehnten und freundlichen Worten.

Erika Weinschenk, nun einunddreißigjährig, war ebenfalls nicht die Frau, sich über den Abschied von ihrer Tante zu erregen. Sie hatte Schwereres erlebt und sich frühzeitig ein resigniertes Wesen zu eigen gemacht. In ihren müde blickenden, wasserblauen Augen – den Augen Herrn Grünlichs – las man Ergebenheit in ein fehlgeschlagenes Leben, und aus ihrer gelassenen und manchmal ein wenig klagenden Stimme klang dasselbe.

Was die drei Damen Buddenbrook, die Töchter Onkel Gottholds, betraf, so waren ihre Mienen pikiert und voll Kritik, wie gewöhnlich. Friederike und Henriette, die älteren, waren mit den Jahren immer hagerer und spitziger geworden, während Pfiffi, die dreiundfünfzigjährige jüngste, allzu klein und beleibt erschien...

Auch die alte Konsulin Kröger, die Witwe Onkel Justus',

war geladen worden; aber sie war unpäßlich und hatte vielleicht auch kein präsentables Kleid anzuziehen; das war nicht zu entscheiden.

Es war von Gerda's Reise die Rede, von dem Zuge, mit dem sie zu fahren gedachte, und dem Verkaufe der Villa samt den Möbeln, den der Makler Gosch übernommen hatte. Denn Gerda nahm nichts mit und ging fort, wie sie gekommen war.

Dann kam Frau Permaneder auf das Leben zu sprechen, nahm es von seiner wichtigsten Seite und stellte Betrachtungen an über Vergangenheit und Zukunft, obgleich über die Zukunft fast gar nichts zu sagen war.

»Ja, wenn ich tot bin, kann Erika meinetwegen auch davonziehen«, sagte sie, »aber ich halte es sonst nirgends aus, und solange ich am Leben bin, wollen wir hier zusammenhalten, wir paar Leute, die wir übrigbleiben... Einmal in der Woche kommt ihr zu mir zum Essen... Und dann lesen wir in den Familienpapieren –« Sie berührte die Mappe, die vor ihr lag. »Ja, Gerda, ich übernehme sie mit Dank. – Das ist abgemacht... Hörst du, Thilda?... Obgleich nun eigentlich ebensogut du es sein könntest, die uns einlüde, denn im Grunde stehst du dich ja gar nicht mehr schlechter als wir. Ja, so geht es. Man müht sich und nimmt Anläufe und kämpft... und du hast dagesessen und geduldig abgewartet. Aber darum bist du doch ein Kamel, Thilda, das nimm mir nicht übel...«

»Oh, Tony?« sagte Klothilde lächelnd.

»Es tut mir leid, daß ich mich von Christian nicht verabschieden kann«, sagte Gerda, und so kam die Rede auf Christian. Es war wenig Aussicht vorhanden, daß er je aus der Anstalt, in der er saß, wieder hervorgehen würde, obgleich es wohl nicht so schlimm mit ihm stand, daß er nicht hätte in Freiheit umhergehen können. Aber seiner Gattin war der gegenwärtige Zustand allzu angenehm, sie war, wie Frau Permaneder behauptete, mit dem Arzte im Bunde, und voraussichtlich würde Christian seine Tage in der Anstalt beschließen.

Dann entstand eine Pause. Leise und zögernd wandte das Gespräch sich den jüngst vergangenen Ereignissen zu, und als der

Name des kleinen Johann gefallen war, ward es wieder stumm in der Stube, und nur den Regen vorm Haus hörte man stärker rauschen.

Es lag wie ein schweres Geheimnis über Hanno's letzter Krankheit, die in außerordentlich schrecklicher Weise vor sich gegangen sein mußte. Man blickte sich nicht an, während man, gedämpften Tones, in Andeutungen und halben Worten davon sprach. Und dann rief man sich jene letzte Episode ins Gedächtnis zurück... den Besuch dieses kleinen, abgerissenen Grafen, der sich beinahe mit Gewalt den Weg zum Krankenzimmer gebahnt hatte... Hanno hatte gelächelt, als er seine Stimme vernahm, obgleich er sonst niemanden mehr erkannte, und Kai hatte ihm unaufhörlich beide Hände geküßt.

»Er hat ihm die Hände geküßt?« fragten die Damen Buddenbrook...

»Ja, viele Male.«

Hierüber dachten alle eine Weile nach.

Plötzlich brach Frau Permaneder in Tränen aus.

»Ich habe ihn so geliebt«, schluchzte sie... »Ihr wißt nicht, wie sehr ich ihn geliebt habe... mehr als ihr alle... ja, verzeih, Gerda, du bist die Mutter... Ach, er war ein Engel...«

»Nun ist er ein Engel«, verbesserte Sesemi.

»Hanno, kleiner Hanno«, fuhr Frau Permaneder fort, und die Tränen flossen über die flaumige, matte Haut ihrer Wangen... »Tom, Vater, Großvater und die anderen alle! Wo sind sie hin? Man sieht sie nicht mehr. Ach, es ist so hart und traurig!«

»Es gibt ein Wiedersehen«, sagte Friederike Buddenbrook, wobei sie die Hände fest im Schoße zusammenlegte, die Augen niederschlug und mit ihrer Nase in die Luft stach.

»Ja, so sagt man... Ach, es gibt Stunden, Friederike, wo es kein Trost ist, Gott strafe mich, wo man irre wird an der Gerechtigkeit, an der Güte... an allem. Das Leben, wißt ihr, zerbricht so manches in uns, es läßt so manchen Glauben zuschanden werden... Ein Wiedersehen... Wenn es so wäre...«

Da aber kam Sesemi Weichbrodt am Tische in die Höhe, so hoch sie nur irgend konnte. Sie stellte sich auf die Zehenspitzen, reckte den Hals, pochte auf die Platte, und die Haube zitterte auf ihrem Kopfe.

»*Es ist so!*« sagte sie mit ihrer ganzen Kraft und blickte alle herausfordernd an.

Sie stand da, eine Siegerin in dem guten Streite, den sie während der Zeit ihres Lebens gegen die Anfechtungen von seiten ihrer Lehrerinnenvernunft geführt hatte, bucklig, winzig und bebend vor Überzeugung, eine kleine, strafende, begeisterte Prophetin.

Thomas Mann

Fischer Taschenbuch Verlag

Stefan Zweig

Fischer Taschenbuch Verlag

Stefan Zweig

Fischer Taschenbuch Verlag

Marcel Reich-Ranicki

Thomas Mann und die Seinen

Fischer Taschenbuch Band 6951

Marcel Reich-Ranicki gehört zu den besten Kennern der an herausragenden Begabungen und Persönlichkeiten reichen Familie Mann. »Aber so glücklich wir sein müssen, daß es diese einzigartige Familie gibt, so aufschlußreich, so faszinierend ihre Geschichte ist, so wenig brauchen wir (und die Manns) einen Hofberichterstatter.« Von einem solchen freilich ist Reich-Ranicki weit entfernt. »Entmonumentalisierung« heißt vielmehr sein Gebot. Gerade wer über Thomas Mann schreibt, »der, allen Interpreten mißtrauend, die Deutung seines Lebens und seines Werkes schon früh in die eigenen Hände genommen hat«, kann die Aufgabe nur erfüllen, »wenn sie aus der direkten oder indirekten Polemik gegen sein Autoporträt hervorgeht.« Was Reich-Ranicki über Golo Mann schreibt, der sich »nur mit oder gegen, doch nicht ohne Thomas Mann entfalten konnte«, gilt für alle Mitglieder der Familie, in höherem Maße für die Söhne Golo und Klaus, in geringerem für die Tochter Erika, möglicherweise sogar noch für den Bruder Heinrich. In ihm finden wir die zweite charakterliche und künstlerische Autorität, den einzigen Widerpart, mit dem oder gegen den auch Thomas Mann sich nur entfalten konnte. Die Gegensätze und Abhängigkeiten, die Kämpfe und der Zusammenhalt der Familie werden von Reich-Ranicki in biographischen und literaturkritischen Studien, vor allem aber vor dem Hintergrund der Tagebücher und Korrespondenzen untersucht.

Fischer Taschenbuch Verlag

Romane von gestern – heute gelesen 1900 - 1918

Herausgegeben von Marcel Reich-Ranicki
270 Seiten, gebunden

Die Serie *Romane von gestern – heute gelesen,* die in den Jahren 1980 bis 1989 in der *Frankfurter Allgemeinen Zeitung* erschienen ist, wurde vom Publikum mit außergewöhnlichem Interesse aufgenommen. Das liegt zunächst einmal an der überzeugenden Grundidee: Schriftsteller, Kritiker und Literaturhistoriker äußern sich über Romane, die ihnen am Herzen liegen oder denen sie eine besondere Bedeutung beimessen. Im Vorwort des Herausgebers heißt es: »Was für Werke sind es, die jetzt dem zweiten, dem prüfenden Blick ausgesetzt werden? Meilensteine auf dem Weg der deutschen Literatur in der ersten Hälfte unseres Jahrhunderts? Ja, das mag auf viele zutreffen. Von anderen hingegen muß es heißen, daß sie in dem Ruf stehen oder standen, Meilensteine zu sein – und von manchen, daß man sie gerade heute als Meilensteine erkennen sollte.« Siegfried Lenz schreibt über Thomas Manns *Buddenbrooks,* Manfred Bieler über Heinrich Manns *Professor Unrat,* Gabriele Wohmann über Hermann Hesses *Unterm Rad,* Walter Jens über Robert Musils *Verwirrungen des Zöglings Törleß,* Golo Mann über Jakob Wassermanns *Caspar Hauser,* François Bondy über Franz Nabls *Ödhof,* um nur einige zu nennen. Sehr subjektive Vorlieben sind dabei und auch die berühmtesten Texte der Epoche.

S. Fischer

fi 1573 / 1

Erzähler–Bibliothek

Jerzy Andrzejewski
Die Pforten des
Paradieses
Band 9330

Veljko Barbieri
Epitaph eines
königlichen
Feinschmeckers
Roman
Band 11026

Hermann Burger
Die Wasserfall-
finsternis von
Badgastein *und*
andere Erzählungen
Band 9335

Joseph Conrad
Jugend
Ein Bericht
Band 9334
Die Rückkehr
Erzählung
Band 9309

Heimito von Doderer
Das letzte Abenteuer
Ein »Ritter-Roman«
Band 10711

Fjodor M. Dostojewski
Traum eines lächer-
lichen Menschen
Eine phantastische
Erzählung. Band 9304

Carlo Emilio Gadda
Cupido im Hause
Brocchi
Erzählung. Band 11016

Nikolai Gogol
Der Mantel/Die Nase
Zwei Erzählungen
Band 9328

Ludwig Harig
Der kleine Brixius
Eine Novelle
Band 9313

Henry James
Das glückliche Eck
Eine Geistergeschichte
Band 10538

Abraham B. Jehoschua
Frühsommer 1970
Erzählung
Band 9326

Franz Kafka
Ein Bericht
für eine Akademie/
Forschungen
eines Hundes
Erzählungen
Band 9303

Alfred Kantorowicz
Meine Kleider
Band 11424

Eduard
von Keyserling
Schwüle Tage
Erzählung
Band 9312

Michail Kusmin
Taten des
Großen Alexander
Roman
Band 10540

Fischer Taschenbuch Verlag

fi 669 / 11a

Erzähler–Bibliothek

George Langelaan
Die Fliege
*Eine phantastische
Erzählung. Band 9314*

D.H.Lawrence
Die Frau, die davonritt
Erzählung. Band 9324

Siegfried Lenz
So zärtlich
war Suleyken
Masurische Geschichten
Band 11739

Antonio Manetti
Die Novelle vom
dicken Holzschnitzer
Band 11181

Thomas Mann
Mario und
der Zauberer
*Ein tragisches
Reiseerlebnis*
Band 9320

Der Tod in Venedig
Novelle. Band 11266

Tristan
Novelle. Band 10572

Thomas Mann
Die vertauschten
Köpfe
*Eine indische
Legende. Band 9305*

Walter de la Mare
Die verlorene Spur
*Erzählung
Band 11530*

Daphne Du Maurier
Der Apfelbaum
*Erzählungen
Band 9307*

Herman Melville
Bartleby
Erzählung. Band 9302

Arthur Miller
Die Nacht
des Monteurs
Erzählung. Band 9332

Franz Nabl
Die Augen
Erzählung. Band 9329

René de Obaldia
Graf Zeppelin
oder Emiles Leiden
*Erzählung
Band 10177*

V.S.Pritchett
Die Heimkehr der
verlorenen Tochter
*Erzählung
Band 11265*

Alexander Puschkin
Die Erzählungen des
verstorbenen Iwan
Petrowitsch Belkin
Band 9331

Peter Rühmkorf
Auf Wiedersehen
in Kenilworth
*Ein Märchen in
dreizehn Kapiteln
Band 9333*

Antoine
de Saint-Exupéry
Nachtflug
Roman. Band 9316

Fischer Taschenbuch Verlag

fi 669 / 6 b

Erzähler–Bibliothek

William Saroyan
Traceys Tiger
Roman
Band 9325

Arthur Schnitzler
Frau Beate
und ihr Sohn
Eine Novelle
Band 9318

Anna Seghers
Wiedereinführung
der Sklaverei
in Guadeloupe
Band 9321

Isaac Bashevis Singer
Die Zerstörung
von Kreschew
Erzählung
Band 10267

Adalbert Stifter
Abdias
Erzählung
Band 10178

Mark Twain
Der Mann,
der Hadleyburg
korrumpierte
Band 9317

Jurij Tynjanow
Sekondeleutnant Saber
Erzählung
Band 10541

Franz Werfel
Eine blaßblaue
Frauenschrift
Erzählung
Band 9308

Geheimnis
eines Menschen
Novelle. Band 9327

Edith Wharton
Granatapfelkerne
Erzählung. Band 10180

Patrick White
Eine Seele von Mensch
Short Story
Band 10710

Oscar Wilde
Der Fischer
und seine Seele
Märchen. Band 11320

Virginia Woolf
Lappin und
Lapinova
Fünf Erzählungen
Band 11027

Carl Zuckmayer
Eine Liebesgeschichte
Band 10260

Der Seelenbräu
Erzählung. Band 9306

Stefan Zweig
Angst
Novelle. Band 10494

Der begrabene Leuchter
Legende. Band 11423

Brennendes Geheimnis
Erzählung. Band 9311

Brief einer
Unbekannten
Erzählung. Band 9323

Fischer Taschenbuch Verlag

fi 669 / 6 c